DER KLEINE FREUND

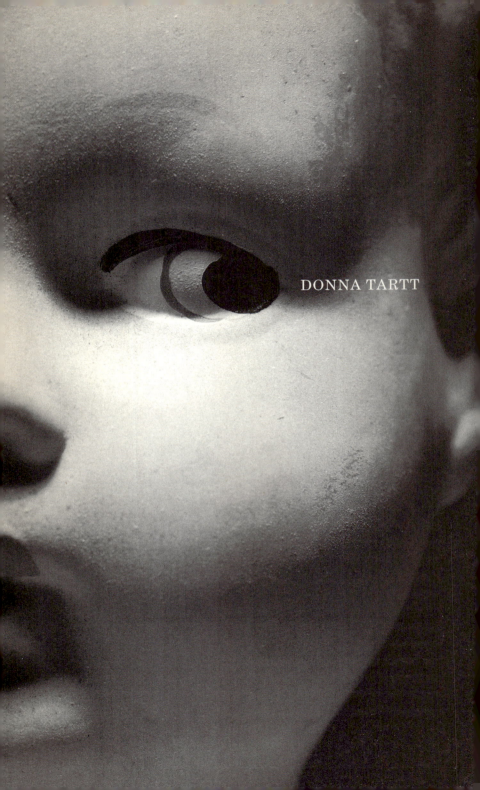
DONNA TARTT

Wilhelm Goldmann Verlag   2003

DONNA TARTT

DER KLEINE FREUND

Deutsch von Rainer Schmidt

Für Neal

»Gleichwohl ist… die geringste Erkenntnis, die wir von diesen höchsten Wahrheiten erreichen können, wertvoller und unserer Sehnsucht würdiger als die sicherste Erkenntnis der geringfügigen irdischen Dinge.«

THOMAS VON AQUIN
SUMMA THEOLOGICA I, 1, 5 AD 1

Meine Damen und Herren, ich bin nunmehr mit einer Handschelle gefesselt, an deren Herstellung ein britischer Mechaniker fünf Jahre gearbeitet hat. Ich weiß nicht, ob ich mich daraus befreien werde oder nicht, aber ich kann Ihnen versichern, dass ich mein Bestes tun werde.

HARRY HOUDINI, LONDON HIPPODROME,
SAINT PATRICK'S DAY 1904

PROLOG.

13.

Für den Rest ihres Lebens würde Charlotte Cleve sich die Schuld am Tod ihres Sohnes geben, weil sie entschieden hatte, das Muttertagsessen abends um sechs stattfinden zu lassen und nicht mittags nach der Kirche, wie es bei den Cleves sonst üblich war. Die älteren Cleves hatten ihren Unmut über diese Planung zum Ausdruck gebracht, und wenn dies auch hauptsächlich auf ihren prinzipiellen Argwohn gegen jegliche Art von Neuerung zurückzuführen war, ahnte Charlotte, dass sie auf das unterschwellige Murren hätte hören sollen – als eine zarte, aber ominöse Warnung vor dem, was geschehen würde, eine Warnung, die einem zwar selbst rückblickend noch reichlich undeutlich erscheint, die aber vielleicht so gut war wie jede andere, auf die wir in diesem Leben hoffen dürfen.

So sehr die Cleves das Erzählen liebten und sich gegenseitig sogar die geringfügigeren Ereignisse ihrer Familiengeschichte wiederholt schilderten – Wort für Wort, mit ausgefeilten stilistischen und rhetorisch wirksamen Pausen, ganze Sterbeszenen oder auch hundert Jahre zuvor gemachte Heiratsanträge –, die Ereignisse dieses schrecklichen Muttertags wurden doch niemals erörtert. Niemals, nicht einmal in unbeobachteten Zweiergruppen, zusammengeführt durch eine lange Autofahrt oder durch geteilte Schlaflosigkeit in nächtlichen Küchen, und das war ungewöhnlich, denn mit Hilfe dieser familiären Erörterungen machten die Cleves sich einen Reim auf die Welt. Noch

Prolog.

die grausamsten und willkürlichsten Katastrophen – der
Feuertod, der einen von Charlottes Cousins im Säuglings-
alter ereilt hatte, oder der Jagdunfall, bei dem Charlottes
Onkel zu Tode gekommen war, als sie noch zur höheren
Schule ging – wurden ständig bei ihnen durchgespielt, und
die sanfte Stimme ihrer Großmutter und die strenge ihrer
Mutter verschmolzen harmonisch mit dem Bariton ihres
Großvaters und dem Geschnatter der Tanten. Bestimmte
Ausschmückungen, improvisiert von wagemutigen Solis-
ten, wurden eifrig aufgenommen und vom Chor ausgear-
beitet, bis sie schließlich mit vereinten Kräften bei einem
einzigen Lied angelangt waren, einem Lied, das dann auswendig gelernt und von der ganzen Gesellschaft wieder
und wieder gesungen wurde, und nach und nach höhlte es
die Erinnerung aus und nahm den Platz der Wahrheit ein:
Der zornige Feuerwehrmann, gescheitert in seinen Bemühungen, den winzigen Leichnam wieder zu beleben, voll-
zog die süße Wandlung zum weinenden Feuerwehrmann.
Der trübselige Hühnerhund, den der Tod seines Herrn für
mehrere Wochen in Verwirrung stürzte, gestaltete sich zur
kummervollen Queenie der Familienlegende, die ihren Geliebten unermüdlich im ganzen Hause suchte und nachts
untröstlich in ihrem Zwinger heulte, und die in freudiger
Begrüßung bellte, wenn der liebe Geist durch den Garten
herankam, ein Geist, den nur sie selbst wahrnehmen konnte. »Hunde können Dinge sehen, die wir nicht sehen können«, intonierte Charlottes Tante Tat stets aufs Stichwort
an der entsprechenden Stelle der Geschichte; sie hatte eine
mystische Ader, und der Geist war eine von ihr eingeführte
Neuerung.

Aber Robin: ihr lieber kleiner Robs. Mehr als zehn Jahre
später war sein Tod noch immer eine Qual; da gab es kein
Detail zu beschönigen, und keiner der narrativen Kunst-
griffe, die den Cleves zu Gebote standen, konnte das Grau-
envolle daran beheben oder umwandeln. Und da diese ei-
genwillige Amnesie verhindert hatte, dass Robins Tod in
jene gute alte Familiensprache übersetzt wurde, die selbst
die bittersten Geheimnisse zu behaglicher, begreiflicher
Form glättete, war die Erinnerung an die Ereignisse je-

15.

nes Tages von chaotischer, fragmentierter Beschaffenheit –
gleißende Spiegelscherben eines Alptraums, die aufblitzten
beim Duft der Glyzine, beim Knarren einer Wäscheleine,
oder wenn das Licht eines Frühlingstags einen bestimmten
Gewitterton annahm.

Manchmal erschienen diese eindringlich aufstrahlenden
Erinnerungen wie die Bruchstücke eines bösen Traums –
als wäre das alles nie geschehen. Und doch schien es in viel-
facher Hinsicht das einzig Wirkliche zu sein, das in Charlottes Leben je geschehen war.

Die einzige Erzählweise, die sie diesem Gewirr von Bildern überstülpen konnte, war die Überlieferung des Ritu-
als, das seit ihren Kindertagen unverändert war: der fest ge-
fügte Rahmen des Familientreffens. Aber selbst das war
wenig hilfreich: Gebräuche waren in jenem Jahr missachtet,
Hausregeln ignoriert worden. Rückblickend verschmolz
alles zu einem Wegweiser, der in Richtung Katastrophe deutete. Das Essen hatte nicht wie sonst im Hause ihres Großvaters stattgefunden, sondern bei ihr. Die Ansteckbouquets
waren aus Cymbidiumorchideen gewesen, nicht aus den
üblichen Rosenknospen. Hühnerkroketten – die alle gern
aßen, die Ida Rhew immer gelangen, die man bei den Cleves
zu Geburtstagen und an Heiligabend reichte – hatte es jedoch noch nie am Muttertag gegeben; da hatte es, so weit
sich irgendjemand erinnern konnte, überhaupt nie etwas
anderes gegeben als Zuckererbsen, Maispudding und Schinken.

Ein stürmischer, leuchtender Frühlingsabend, tief hän-
gende, verwischte Wolken und goldenes Licht, der Rasen
übersät von Löwenzahn und Wiesenblumen. Die Luft roch
frisch und straff nach Regen. Lachen und Geplauder im
Haus, und einen Augenblick lang erhob sich die quengelnde
Stimme von Charlottes alter Tante Libby hoch und klagend über die andern: »Aber ich habe so etwas noch nie getan, Adelaide, noch nie im Leben habe ich so etwas getan!«
Der ganzen Familie Cleve machte es Spaß, Tante Libby aufzuziehen. Sie war eine Jungfer und hatte Angst vor allem,
vor Hunden und Gewittern und Früchtebrot mit Rum, vor
Bienen, Negern und der Polizei. Ein kräftiger Wind zerrte

Prolog.

an der Wäscheleine und wehte auf dem Brachgrundstück auf der anderen Straßenseite das hohe Unkraut flach. Die Fliegentür flog zu. Robin kam herausgerannt, quiekend vor Lachen über einen Witz, den seine Großmutter ihm erzählt hatte (Warum ist der Brief feucht? Weil die Frankiermaschine leckt.), und sprang immer zwei Stufen auf einmal herunter.

Es hätte zumindest jemand draußen sein müssen, der auf das Baby aufpasste. Harriet war damals noch nicht einmal ein Jahr alt, ein schweres, ernstes Baby mit schwarzem Schopf, das niemals weinte. Sie war draußen auf dem Weg vor dem Haus, festgeschnallt in ihrer tragbaren Schaukel, die vor- und zurückwippte, wenn man sie aufzog. Ihre Schwester Allison, vier Jahre alt, spielte auf den Stufen still mit Weenie, Robins Katze. Anders als Robin, der in diesem Alter unaufhörlich und ausgelassen mit seinem rauen Stimmchen geschwatzt und sich vor lauter Vergnügen über seine eigenen Witze auf dem Boden gekugelt hatte, war Allison scheu und ängstlich und weinte, wenn jemand ihr das ABC beibringen wollte; und die Großmutter der Kinder (die auf dieses Verhalten mit Ungeduld reagierte) kümmerte sich kaum um sie.

Tante Tat war schon früh draußen gewesen und hatte mit dem Baby gespielt. Charlotte selbst, die zwischen Küche und Esszimmer hin- und herrannte, hatte ein-, zweimal den Kopf hinausgestreckt – aber sie hatte nicht genau Acht gegeben, weil Ida Rhew, die Haushälterin (die beschlossen hatte, ihre montägliche Wäsche schon jetzt in Angriff zu nehmen), immer wieder im Garten erschien, um Kleider auf die Leine zu hängen. Charlotte war deshalb zu Unrecht beruhigt gewesen, denn an ihrem normalen Waschtag – montags – war Ida immer in Hörweite, ob im Garten oder bei der Waschmaschine auf der hinteren Veranda, und so konnte man selbst die Kleinsten gefahrlos draußen allein lassen. Aber Ida war an diesem Tag gehetzt, verhängnisvoll gehetzt, denn sie hatte die Gäste zu versorgen und nicht nur das Baby, sondern auch den Herd im Auge zu behalten. So war sie miserabler Laune, weil sie normalerweise sonntags um eins nach Hause kam, und jetzt musste nicht nur

17.

ihr Mann, Charlie T., selbst für sein Essen sorgen, sondern sie, Ida Rhew, versäumte auch noch die Kirche. Sie hatte darauf bestanden, das Radio in die Küche zu stellen, damit sie wenigstens die Gospelshow aus Clarksdale hören konnte. Mürrisch wurschtelte sie in ihrem schwarzen Dienstbotenkleid mit der weißen Schürze in der Küche herum, die Lautstärke ihrer Evangeliumssendung bockig laut gestellt, und goss Eistee in hohe Gläser, während die sauberen Hemden draußen auf der Wäscheleine sich drehten und um sich schlugen und in ihrer Verzweiflung vor dem kommenden Regen die Arme hochrissen.

Robins Großmutter war auch irgendwann auf der Veranda gewesen; so viel stand fest, denn sie hatte ein Foto gemacht. Es gab nicht viele Männer in der Familie Cleve, und handfeste, maskuline Tätigkeiten – Bäume beschneiden, Reparaturen im Haushalt vornehmen, die Älteren zum Einkaufen und in die Kirche fahren – waren größtenteils ihr zugefallen. Sie erledigte das alles fröhlich und mit einem forschen Selbstbewusstsein, zum Erstaunen ihrer schüchternen Schwestern. Von ihnen konnte keine auch nur Auto fahren, und die arme Tante Libby hatte solche Angst vor Geräten und mechanischen Apparaten jeglicher Art, dass sie schon bei der Aussicht darauf, eine Gasheizung anzuzünden oder eine Glühbirne zu wechseln, in Tränen ausbrach. Sie waren zwar fasziniert von der Kamera, aber auch auf der Hut vor ihr, und sie bewunderten den unbekümmerten Wagemut ihrer Schwester im Umgang mit diesem männlichen Instrument, das Laden und Zielen und Abdrücken erforderte wie eine Pistole. »Seht euch Edith an«, sagten sie dann, wenn sie sahen, wie sie den Film zurückspulte oder mit fachmännischer Geschwindigkeit die Schärfe einstellte. »Es gibt nichts, was Edith nicht kann.«

Es war eine Familienweisheit, dass Edith bei aller Brillanz auf vielfältigen Fachgebieten keine besonders glückliche Hand mit Kindern hatte. Sie war stolz und ungeduldig, und ihre Art ließ wenig Platz für Herzlichkeit. Charlotte, ihr einziges Kind, lief immer zu ihren Tanten (vorzugsweise zu Tante Libby), wenn sie Trost, Zuneigung und Bestäti-

Prolog.

gung brauchte. Harriet, das Baby, hatte noch kaum erkennen lassen, dass sie irgendjemanden bevorzugte, aber Allison graute es vor den energischen Versuchen ihrer Großmutter, sie zur Aufgabe ihrer Schweigsamkeit anzustacheln, und sie weinte, wenn sie bei ihr bleiben musste. Aber, oh, wie hatte Charlottes Mutter den kleinen Robin geliebt, und wie hatte er ihre Liebe erwidert. Sie – eine würdevolle Dame mittleren Alters – spielte mit ihm im Vorgarten Fangen, sie fing Schlangen und Spinnen in ihrem Garten und gab sie ihm zum Spielen, und sie brachte ihm lustige Lieder bei, die sie als Krankenschwester im Zweiten Weltkrieg von den Soldaten gelernt hatte.

EdieEdieEdieEdieEdie! Sogar ihr Vater und ihre Schwester nannten sie Edith, aber Edie war der Name, den er ihr gegeben hatte, als er gerade hatte sprechen können und kreischend vor Vergnügen wie toll auf dem Rasen umhergerannt war. Einmal, als Robin ungefähr vier war, hatte er sie ganz ernst *altes Mädchen* genannt. »Armes altes Mädchen«, hatte er gesagt, gravitätisch wie eine Eule, und ihr dabei mit seiner kleinen, sommersprossigen Hand die Stirn getätschelt. Charlotte wäre es nicht im Traum eingefallen, mit ihrer schneidigen, geschäftsmäßigen Mutter so vertraulich umzugehen, schon gar nicht, wenn sie mit Kopfschmerzen im Schlafzimmer lag; aber die Sache hatte Edie sehr erheitert, und inzwischen war es eine ihrer Lieblingsgeschichten. Ihr Haar war grau, als er zur Welt kam, aber als sie jünger war, war es leuchtend kupferrot gewesen, genau wie Robins. *Für Robin Rotkehlchen* schrieb sie auf die Schildchen an seinen Geburtstags- und Weihnachtsgeschenken, oder *Für meinen roten Robin. In Liebe von deinem armen alten Mädchen.*

EdieEdieEdieEdieEdie! Er war jetzt neun, aber seine traditionelle Begrüßung, sein Liebeslied an sie, war zu einem Scherzwort in der Familie geworden, und er sang es quer durch den Garten, wie er es immer tat, als sie an jenem Nachmittag, an dem sie ihn zum letzten Mal sah, auf die Veranda herauskam.

»Komm und gib dem alten Mädchen einen Kuss«, rief sie. Für gewöhnlich ließ er sich gern fotografieren, aber manchmal war er scheu – dann kam nichts als ein verwischter Rotschopf, spitze Ellenbogen und Knie auf hastiger Flucht dabei heraus –, und als er jetzt die Kamera an Edies Hals sah, nahm er Reißaus und bekam vor Lachen einen Schluckauf.

»Komm zurück, du Schlingel!«, rief sie, und dann hob sie spontan die Kamera und drückte trotzdem auf den Auslöser. Es war das letzte Bild, das sie von ihm hatten. Verschwommen. Eine flache grüne Fläche, leicht schräg, mit einem weißen Geländer und dem wogenden Glanz eines Gardenienbusches scharf im Vordergrund, am Rande der Veranda. Ein düsterer, gewitterfeuchter Himmel, ineinander verfließendes Indigo und Schiefergrau, wallende Wolken, umstrahlt von Zacken aus Licht. In der Ecke des Bildes rannte Robin, ein verwischter Schatten mit dem Rücken zum Betrachter, über den nebligen Rasen hinaus und seinem Tod entgegen, der – beinahe sichtbar – dastand und ihn erwartete, an dem dunklen Fleck unter dem Tupelobaum.

Tage später, als sie im verdunkelten Zimmer lag, war im Nebel der Tabletten ein Gedanke durch Charlottes Kopf gehuscht. Immer wenn Robin irgendwo hinging – zur Schule, zu einem Freund, zu Tante Edie, um den Nachmittag bei ihr zu verbringen –, war es ihm sehr wichtig gewesen, auf Wiedersehen zu sagen, und zwar auf zärtliche und häufig ausgedehnte und zeremonielle Art und Weise. Sie hatte tausend Erinnerungen an kleine Zettel, die er geschrieben hatte, an Kusshände aus Fenstern, an seine kleine Hand, die vom Rücksitz eines abfahrenden Wagens auf und ab flatterte: *Auf Wiedersehen! Auf Wiedersehen!* Als Baby hatte er sehr viel eher *bye-bye* als *hello* sagen können, und er hatte die Leute damit begrüßt und sich von ihnen verabschiedet. Charlotte kam es besonders grausam vor, dass es diesmal kein Aufwiedersehen gegeben hatte. Sie war so außer sich gewesen, dass sie sich nicht mehr klar an ihren letzten Wortwechsel mit Robin entsinnen konnte, ja, nicht einmal daran, wann sie ihn das letzte Mal gesehen hatte, während sie doch etwas Konkretes brauchte, irgendeine

Prolog.

kleine unwiderrufliche Erinnerung, die die Hand in ihre schieben und sie begleiten konnte, wenn sie jetzt blind durch diese jäh entstandene Wüste des Daseins stolperte, die sich vom gegenwärtigen Augenblick bis zum Ende ihres Lebens vor ihr ausdehnte. Halb von Sinnen vor Trauer und Schlaflosigkeit, hatte sie unentwegt mit Libby geplappert (Tante Libby war es gewesen, die sie über diese Zeit hinweggebracht hatte, Libby mit ihren kühlen Tüchern und ihrem Lavendelöl, Libby, die Nacht um Nacht mit ihr wach geblieben war, Libby, die nie von ihrer Seite gewichen war, Libby, die sie gerettet hatte), denn weder ihr Ehemann noch sonst jemand hatte ihr auch nur den fadenscheinigsten Trost spenden können, und auch wenn ihre eigene Mutter (die auf Außenstehende den Eindruck machte, sie »verkrafte die Sache gut«) sich in ihren Gewohnheiten und ihrer Erscheinung nicht veränderte und weiter tapfer ihren täglichen Pflichten nachging, würde sie doch nie wieder so sein wie früher. Der Schmerz hatte sie versteinert, und es war schrecklich mitanzusehen. »Raus aus dem Bett, Charlotte!«, blaffte sie und stieß die Fensterläden auf. »Hier, trink eine Tasse Kaffee, bürste dir das Haar, du kannst nicht ewig so herumliegen.« Und sogar die unschuldige alte Libby erschauerte manchmal vor der gleißenden Kälte in Edies Blick, wenn sie sich vom Fenster abwandte und ihre Tochter anschaute, die reglos im dunklen Schlafzimmer lag: wild und erbarmungslos wie Arcturus.

»Das Leben geht weiter.« Das war einer von Edies Lieblingssätzen. Es war eine Lüge. In jenen Tagen erwachte Charlotte immer noch in einem medikamentösen Delirium, um ihren toten Sohn für die Schule zu wecken, und fünf- oder sechsmal in der Nacht schrak sie aus dem Bett hoch und rief seinen Namen. Und manchmal glaubte sie einen oder zwei Augenblicke lang, Robin sei oben und das alles nur ein böser Traum. Aber wenn ihre Augen sich an die Dunkelheit gewöhnt hatten und sie das scheußliche, verzweifelte Durcheinander (Papiertaschentücher, Pillenfläschchen, welke Blütenblätter) auf dem Nachttisch verstreut sah, fing sie wieder an zu schluchzen – obwohl sie schon geschluchzt hatte, bis ihr die Rippen wehtaten, denn Robin war nicht oben und auch sonst an keinem Ort, von dem er je wieder zurückkommen würde.

Er hatte Spielkarten zwischen die Speichen seines Fahrrads geklemmt. Als er noch lebte, war es ihr nicht klar gewesen, aber durch dieses Knattern hatte sie sein Kommen und Gehen verfolgen können. Ein Kind in der Nachbarschaft hatte ein Fahrrad, das sich genauso anhörte, und immer wenn sie es in der Ferne hörte, überschlug sich ihr Herz für einen schwebenden, ungläubigen Moment von prachtvoller Grausamkeit.

Hatte er nach ihr gerufen? Der Gedanke an seine letzten Augenblicke zerstörte ihre Seele, und trotzdem konnte sie an nichts anderes denken. Wie lange? Hatte er leiden müssen? Den ganzen Tag starrte sie an die Schlafzimmerdecke, bis die Schatten darüber hinwegschlichen, und dann lag sie wach und starrte im Dunkeln auf das Schimmern des Leuchtzifferblatts.

»Du tust niemandem auf der Welt einen Gefallen, wenn du den ganzen Tag weinend im Bett liegst«, sagte Edie energisch. »Du würdest dich sehr viel besser fühlen, wenn du dich anziehen und zum Frisör gehen würdest.«

In ihren Träumen war er ausweichend und distanziert, enthielt ihr irgendetwas vor. Sie sehnte sich nach einem Wort von ihm, aber er schaute ihr nie in die Augen, sprach nie. Libby hatte ihr während der schlimmsten Tage immer wieder etwas ins Ohr gemurmelt, etwas, das sie nicht verstanden hatte. *Es war uns nie bestimmt, ihn zu haben, Darling. Er hat nicht uns gehört, und wir sollten ihn nicht behalten. Es war unser Glück, dass er überhaupt so lange bei uns war.*

Und dieser Gedanke war es, der Charlotte im Nebel der Medikamente an jenem heißen Morgen in ihrem verdunkelten Zimmer in den Sinn kam: dass Libby die Wahrheit gesagt hatte. Dass Robin, seit er ein Baby gewesen war, auf irgendeine seltsame Art sein Leben lang versucht hatte, ihr auf Wiedersehen zu sagen.

Prolog.

Edie war die Letzte, die ihn gesehen hatte. Danach wusste eigentlich niemand mehr etwas Genaues. Während die Familie im Wohnzimmer plauderte – die Schweigepausen wurden jetzt länger, und alle schauten sich wohlig um und warteten darauf, dass sie zu Tisch gerufen wurden –, kauerte Charlotte auf Händen und Knien vor der Anrichte im Esszimmer und wühlte nach ihren guten Leinenservietten (beim Hereinkommen hatte sie gesehen, dass der Tisch mit den baumwollenen Alltagsservietten gedeckt gewesen war; Ida behauptete – typisch –, sie habe noch nie von den andern gehört, und die karierten Picknickservietten seien die einzigen, die sie habe finden können). Charlotte hatte die guten eben gefunden und wollte Ida rufen *(Siehst du? Sie waren genau da, wo ich es gesagt habe.)*, als sie plötzlich das sichere Gefühl hatte, dass etwas nicht stimmte.

Das Baby. Dem Baby galt ihr erster Gedanke. Sie sprang auf, ließ die Servietten auf den Teppich fallen und rannte hinaus auf die Veranda.

Aber Harriet fehlte nichts. Sie saß immer noch angeschnallt in ihrer Wippe und starrte ihre Mutter mit großen, ernsten Augen an. Allison saß auf dem Gehweg und hatte den Daumen im Mund. Sie wiegte sich – offenbar unversehrt – vor und zurück und gab ein wespenartiges Summen von sich, aber Charlotte sah, dass sie geweint hatte.

Was ist los?, fragte sie. Hast du dir wehgetan?

Aber Allison schüttelte den Kopf, ohne den Daumen aus dem Mund zu nehmen.

Aus dem Augenwinkel sah Harriet am Rande des Gartens eine Bewegung aufblitzen – Robin? Doch als sie aufblickte, war dort niemand zu sehen.

Bist du sicher?, fragte Charlotte. Hat das Kätzchen dich gekratzt?

Allison schüttelte den Kopf: nein. Charlotte kniete nieder und untersuchte sie rasch: keine Beulen, keine Schrammen. Die Katze war verschwunden.

Immer noch voller Unbehagen, gab Charlotte ihr einen Kuss auf die Stirn und führte sie ins Haus (»Willst du nicht in die Küche gehen und sehen, was Ida macht?«), und dann ging sie wieder hinaus, um nach dem Baby zu sehen. Sie

hatte diese traumartig aufblitzende Panik schon öfter gespürt, meistens mitten in der Nacht, und immer wenn ein
Kind weniger als sechs Monate alt gewesen war; dann war
sie aus tiefem Schlaf hochgeschossen und zum Kinderbett
geeilt. Aber Allison fehlte nichts, und das Baby war wohl-
auf... Sie ging ins Wohnzimmer und deponierte Harriet bei
ihrer Tante Adelaide, hob die Servietten vom Esszimmer-
teppich auf und wanderte – immer noch halb schlafwan-
delnd, sie wusste nicht, warum – in die Küche, um das Apri-
kosenglas für das Baby zu holen.

Ihr Mann Dix hatte gesagt, dass man mit dem Essen
nicht auf ihn warten sollte. Er war auf der Entenjagd. Das
war gut und schön. Wenn Dix nicht in der Bank war, war
er meistens auf der Jagd oder drüben im Haus seiner Mutter. Sie stieß die Küchentür auf und schob einen Schemel
vor den Schrank, um das Glas für das Baby herauszuholen.
Ida Rhew stand gebückt vor dem Herd und zog ein Blech
mit Brötchen heraus. *Gott,* sang eine brüchige Negerstim-
me aus dem Transistorradio, *Gott ändert sich nie.*

Die Gospelsendung. Diese Gospelsendung war etwas,
das Charlotte quälte, auch wenn sie nie jemandem davon
erzählt hatte. Wenn Ida diesen Krach nicht so laut aufgedreht hätte, dann hätten sie vielleicht hören können,
was im Garten vor sich ging, hätten vielleicht merken können, dass etwas nicht stimmte. Andererseits (nachts warf
sie sich im Bett hin und her und versuchte ruhelos, die
Ereignisse bis zu einer ersten Ursache zurückzuverfolgen)
war sie es gewesen, die die fromme Ida gezwungen hatte,
überhaupt am Sonntag zu arbeiten. *Gedenke des Sabbat-
tages, dass du ihn heiligest.* Der Jahwe des Alten Testa-
ments hatte Menschen immer wieder für sehr viel weniger
zerschmettert.

Diese Brötchen sind fast fertig, sagte Ida Rhew und beugte
sich wieder vor dem Herd.

Ida, die übernehme ich schon. Ich glaube, es gibt Regen.
Hol doch die Wäsche herein, und rufe Robin zum Essen.

Als Ida steif mit einer Armladung weißer Hemden ächzend zurückkam, sagte sie mürrisch: Er kommt nicht.

Sag ihm, er soll auf der Stelle herkommen.

Prolog.

Ich weiß nicht, wo er ist. Hab ihn ein halbes Dutzend Mal gerufen.

Vielleicht ist er über die Straße gelaufen.

Ida warf die Hemden in den Bügelkorb. Die Fliegentür knallte. *Robin*, hörte Charlotte sie schreien. *Komm her jetzt, oder es setzt was.*

Und dann noch einmal: *Robin!*

Aber Robin kam nicht.

Ach, um Himmels willen, sagte Charlotte, und sie trocknete sich die Hände an einem Küchenhandtuch ab und ging hinaus.

Draußen wurde ihr – mit leisem Unbehagen, das mehr Ärger war als irgendetwas anderes – klar, dass sie keine Ahnung hatte, wo sie suchen sollte. Sein Fahrrad lehnte an der Veranda. Er wusste, dass er so kurz vor dem Abendessen nicht mehr weggehen durfte, schon gar nicht, wenn sie Besuch hatten.

Robin!, rief sie. Ob er sich versteckt hatte? In der Nachbarschaft wohnten keine Kinder in seinem Alter; zwar kamen ab und zu verwahrloste Kinder, schwarze wie weiße, vom Fluss herauf zu den breiten, von Eichen überschatteten Gehwegen der George Street, aber jetzt war keins von ihnen zu sehen. Ida hatte ihm verboten, mit ihnen zu spielen, aber manchmal tat er es trotzdem. Die Kleinsten waren zum Erbarmen mit ihren verkrusteten Knien und schmutzigen Füßen; Ida Rhew verscheuchte sie schroff aus dem Garten, aber Charlotte gab ihnen, wenn sie sich mild gestimmt fühlte, mitunter einen Vierteldollar oder ein Glas Limonade. Wenn sie hingegen älter wurden – dreizehn oder vierzehn –, war sie froh, wenn sie sich ins Haus zurückziehen und es Ida überlassen konnte, sie mit all ihrem Ingrimm zu verjagen. Sie schossen mit Luftgewehren auf Hunde, stahlen Sachen von den Veranden der Leute, benutzten eine unflätige Sprache und streunten bis spät nachts durch die Straßen.

Ida sagte: Ein paar von den verkommenen kleinen Jungs sind vorhin die Straße runtergelaufen.

Wenn Ida »verkommen« sagte, meinte sie »weiß«. Ida hasste die armen weißen Kinder und gab ihnen mit unbeirrbar

einseitigem Zorn die Schuld an sämtlichen Gartenmissge-
schicken, selbst an denen, für die sie nach Charlottes Ansicht
unmöglich verantwortlich sein konnten.

War Robin bei ihnen?, fragte Charlotte.

Nein.

Wo sind sie jetzt?

Hab sie verjagt.

In welche Richtung?

Runter, Richtung Depot.

Die alte Mrs. Fountain von nebenan in ihrer weißen
Strickjacke und mit der Schmetterlingsbrille war in ihren
Vorgarten gekommen, um zu sehen, was los war, begleitet
von ihrem hinfälligen Pudel Mickey. Die beiden sahen sich
auf komische Weise ähnlich: spitze Nase, starre graue
Löckchen, misstrauisch vorgeschobenes Kinn.

Na, rief sie fröhlich, feiert ihr 'ne große Party da drüben?

Nur die Familie, rief Charlotte zurück und suchte den
dunkler werdenden Horizont jenseits der Natchez Street
ab, wo die Bahngleise sich flach in die Ferne erstreckten. Sie hätte Mrs. Fountain zum Essen einladen sollen.
Mrs. Fountain war Witwe, und ihr einziges Kind war im
Koreakrieg gefallen, aber sie war eine Nörglerin und eine
bösartige Klatschbase. Mr. Fountain, Inhaber einer Textil-
reinigung, war früh gestorben, und die Leute behaupteten
scherzhaft, sie habe ihn unter die Erde geredet.

Was ist los?, fragte Mrs. Fountain.

Sie haben Robin nicht gesehen, oder?

Nein. Ich war den ganzen Nachmittag oben und habe
den Speicher ausgeräumt. Ich weiß, ich sehe furchtbar aus.
Sehen Sie den ganzen Plunder, den ich herausgeschleppt
habe? Ich weiß schon, dass die Müllabfuhr erst am Dienstag kommt, und es ist mir unangenehm, das ganze Zeug
einfach so auf der Straße zu lassen, aber ich weiß nicht, was
ich sonst machen soll. Wo ist Robin denn hingelaufen? Können Sie ihn nicht finden?

Er ist sicher nicht weit, sagte Charlotte und trat auf den
Gehweg hinaus, um die Straße hinunterzuspähen. Aber es
ist Essenszeit.

Prolog.

Gibt gleich ein Gewitter, sagte Ida Rhew und schaute in den Himmel.

Sie glauben doch nicht, dass er in den Fischteich gefallen ist, oder?, fragte Mrs. Fountain besorgt. Ich hab immer schon befürchtet, dass eins von diesen Kleinen da mal reinfällt.

Der Fischteich ist nicht einmal einen halben Meter tief, sagte Charlotte, aber sie machte doch kehrt und ging nach hinten in den Garten.

Edie war auf die Veranda herausgekommen. Ist was?, fragte sie.

Er ist nicht hinten, rief Ida Rhew. Ich hab schon geguckt.

Als Charlotte an der Seite des Hauses am offenen Küchenfenster vorbeiging, hörte sie immer noch Idas Gospelsendung.

Sanft und liebevoll ruft Jesus,
Ruft nach dir und ruft nach mir,
Sieh nur, an der Himmelspforte
Wacht und wartet er auf uns …

Der Garten lag verlassen da. Die Tür des Werkzeugschuppens stand offen: leer. Eine faulige Schicht von grünem Schaum lag unberührt auf dem Goldfischteich. Charlotte blickte hoch, und ein Blitz zuckte wie ein zerfaserter Draht durch die schwarzen Wolken.

Mrs. Fountain sah ihn zuerst. Ihr Schrei ließ Charlotte wie angewurzelt stehen bleiben. Sie drehte sich um und rannte zurück, schnell, schnell, aber nicht schnell genug – trockener Donner grollte in der Ferne, der Gewitterhimmel tauchte alles in ein seltsames Licht, und der Boden neigte sich ihr entgegen, als sie mit den Absätzen in der schlammigen Erde versank, während immer noch irgendwo der Chor sang, und ein jäher, kräftiger Wind, kühl vom aufziehenden Regen, rauschte über ihr durch die Eichen, dass es klang wie das Schlagen riesiger Flügel, und der Rasen bäumte sich grün und gallig auf und umwogte sie wie das Meer, während sie blindlings und voller Entsetzen dorthin stürzte, wo, wie sie wusste – denn es war alles da, alles, in Mrs. Fountains Schrei –, das Allerschlimmste sie erwartete.

Wo war Ida gewesen, als sie angekommen war? Wo Edie? Sie erinnerte sich nur an Mrs. Fountain, die eine Hand mit einem zerknüllten Kleenex fest an den Mund presste und hinter der perlschimmernden Brille wild mit den Augen rollte, an Mrs. Fountain und den kläffenden Pudel und an das volle, unirdische Vibrato – von irgendwoher, von nirgendwoher und von überallher zugleich – in Edies Schreien.

Er hing mit dem Hals an einem Strick, der über einen niedrigen Ast des schwarzen Tupelobaums geschlungen war, der an der ausgewucherten Ligusterhecke zwischen Charlottes und Mrs. Fountains Haus stand, und er war tot. Die Spitzen seiner schlaffen Tennisschuhe baumelten zwei Handbreit über dem Gras. Die Katze, Weenie, lag bäuchlings ausgestreckt und o-beinig auf einem Ast und schlug mit einer Pfote geschickte Finten nach Robins kupferroten Haaren, die glänzend vom Wind zerzaust waren – das Einzige an ihm, das noch die richtige Farbe hatte.

Komm heim, sang der Radiochor melodiös:

Komm heim,
du, der du müde bist, komm heim ...

Schwarzer Rauch quoll aus dem Küchenfenster. Die Hühnerkroketten auf dem Herd waren angebrannt. Einst ein Lieblingsgericht der Familie, konnte sie nach jenem Tag niemand mehr anrühren.

KAPITEL 1.

Die tote Katze.

Zwölf Jahre nach Robin Cleves Tod wusste man darüber, wie es gekommen war, dass er in seinem eigenen Garten an einem Baum erhängt gestorben war, noch genauso wenig wie an dem Tag, als es passiert war.

Die Leute in der Stadt sprachen immer noch über seinen Tod. Meistens sagten sie »der Unfall«, auch wenn die Fakten (wie man sie auf Bridgepartys, beim Frisör, im Anglergeschäft und beim Arzt im Wartezimmer sowie im Speiseraum des Country Club erörterte) eher etwas anderes vermuten ließen. Jedenfalls war es schwer vorstellbar, wie ein Neunjähriger es schaffen sollte, sich durch einen dummen Zufall oder ein Missgeschick aufzuhängen. Alle kannten die Details, und sie gaben Anlass zu mancherlei Spekulation und Debatte. Robin war mit einem Faserkabel von nicht alltäglicher Art erhängt worden, wie es manchmal von Elektrikern benutzt wurde, und niemand hatte eine Ahnung, woher es stammte oder wie es in Robins Hände gekommen sein sollte. Das dicke Material war widerspenstig, und die Kriminalpolizei aus Memphis hatte dem (inzwischen pensionierten) Town Sheriff gesagt, ihrer Meinung nach hätte ein kleiner Junge wie Robin die Knoten nicht selbst knüpfen können. Das Kabel war auf nachlässige, amateurhafte Weise am Baum befestigt, aber ob dies auf Unerfahrenheit oder auf Hast seitens des Mörders schließen ließ, wusste niemand. Und die Male am Leichnam (sagte Robins Kinderarzt, der mit dem staatlichen Leichen-

Die tote Katze.

beschauer gesprochen hatte, der wiederum den Obduktionsbericht der County-Behörden gelesen hatte) deuteten darauf hin, dass Robin nicht an einem Genickbruch gestorben, sondern stranguliert worden war. Manche glaubten, er sei dort stranguliert worden, wo er gehangen hatte; andere vermuteten, er sei auf dem Boden erwürgt und erst nachträglich an den Baum gehängt worden.

In den Augen der Stadt und der Familie Robins gab es kaum Zweifel daran, dass Robin irgendeinem Verbrechen zum Opfer gefallen war. Was für einem Verbrechen aber genau oder wer es begangen hatte, das wusste niemand zu sagen. Seit den zwanziger Jahren waren zweimal Frauen aus prominenten Familien von ihren eifersüchtigen Ehemännern ermordet worden, aber das waren alte Skandale, und die Beteiligten waren längst verstorben. Und ab und zu fand sich ein toter Schwarzer in Alexandria, aber diese Morde wurden (wie die meisten Weißen eilig betonten) im Allgemeinen von anderen Negern begangen, und es ging dabei in erster Linie um Negerangelegenheiten. Ein totes Kind war da etwas anderes – Furcht erregend für alle, ob Arm oder Reich, Schwarz oder Weiß –, und niemand konnte sich vorstellen, wer so etwas getan haben sollte oder warum er es getan hatte.

In der Nachbarschaft redete man von einem Geheimnisvollen Schleicher, und Jahre nach Robins Tod behaupteten immer noch Leute, sie hätten ihn gesehen. Allen Berichten zufolge war er ein Riese, aber darüber hinaus gingen die Beschreibungen auseinander. Manchmal war er schwarz, manchmal weiß, und zuweilen wies er besonders anschauliche Merkmale auf: einen fehlenden Finger, einen Klumpfuß, eine rote Narbe quer über der Wange. Es hieß, er sei ein bösartiger Handlanger, der das Kind eines texanischen Senators erwürgt und an die Schweine verfüttert habe; ein ehemaliger Rodeoclown, der kleine Kinder mit ausgefallenen Lassotricks in den Tod locke; ein schwachsinniger Psychopath, entflohen aus der psychiatrischen Klinik in Whitfield und in elf Staaten polizeilich gesucht. Aber auch wenn die Eltern in Alexandria ihre Kinder vor ihm warnten, und auch wenn man seine massige Gestalt regelmäßig

33.

zu Halloween in der Nähe der George Street umherhinken sah, blieb der Schleicher eine schemenhafte Gestalt. Nach dem Tod des kleinen Cleve hatte man jeden Tramp, jeden Landstreicher, jeden Spanner im Umkreis von hundert Meilen festgenommen und verhört, aber die Ermittlungen hatten nichts ergeben. So dachte niemand gern daran, dass ein Mörder frei herumlief, und die Angst blieb bestehen. Vor allem befürchtete man, dass er immer noch in der Nachbarschaft herumschlich: dass er in einem diskret geparkten Auto saß und spielende Kinder beobachtete.

Die Leute in der Stadt redeten über diese Dinge. Robins Familie verlor darüber nie auch nur ein Wort.

Robins Familie sprach über Robin. Sie erzählten sich Anekdoten aus seinen Babytagen, aus dem Kindergarten, aus der Baseballzeit in der Little League, all die niedlichen und lustigen und bedeutungslosen Anekdoten, an die man sich erinnerte, die er irgendwann gesagt oder getan hatte. Seine Tanten entsannen sich an Unmengen von Bagatellen: an Spielsachen, die er gehabt, an Kleider, die er getragen hatte, an Lehrer, die er geliebt oder gehasst hatte, an Spiele, die er gespielt, und an Träume, die er erzählt hatte, an Dinge, die er gemocht, sich gewünscht oder am meisten geliebt hatte. Manches davon traf zu, manches eher nicht, und vieles davon konnte niemand so genau wissen, aber wenn die Cleves sich einmal entschlossen hatten, in irgendeiner subjektiven Angelegenheit übereinzustimmen, wurde diese, automatisch und wohl unwiderruflich, zur Wahrheit, ohne dass jemandem die kollektive Alchimie bewusst war, die dies bewirkte.

Die mysteriösen, widersprüchlichen Umstände von Robins Tod gehorchten dieser Alchimie nicht. So stark die redigierenden Instinke der Cleves auch waren, es gab doch keinen Plot, der sich den Fragmenten überstülpen ließe, keine Logik, aus der man etwas hätte ableiten können, keine Lektion, die im Rückblick zu lernen gewesen wäre, keine Moral. Robin selbst, oder das, was sie von ihm in Erinnerung hatten, war alles, was sie besaßen, und die erlesene Schilderung seines Charakters – im Laufe mehrerer Jahre auf das sorgsamste ausgeschmückt – war ihr größtes Meisterwerk. Weil er ein so einnehmender kleiner Stromer gewesen war

Die tote Katze.

und weil gerade seine Schrullen und Eigenheiten der Grund dafür gewesen waren, dass sie ihn alle so sehr geliebt hatten, wurde die impulsive Aufgewecktheit des lebenden Robin in ihren Rekonstruktionen mitunter schmerzhaft klar sichtbar: Fast war es, als sause er auf seinem Fahrrad die Straße hinunter an ihnen vorbei, vorgebeugt, mit flatternden Haaren, hart und wild in die Pedalen tretend, sodass das Fahrrad hin- und herwackelte – ein launisches, kapriziöses, atmendes Kind. Aber diese Klarheit war irreführend, sie verlieh einem größtenteils frei erfundenem Bild trügerische Glaubhaftigkeit, denn an anderen Stellen war die Geschichte offenkundig ausgehöhlt und leicht zu durchschauen, strahlend, aber seltsam konturlos, wie es das Leben von Heiligen manchmal ist.

»Wie gut hätte Robin das gefallen!«, sagten die Tanten immer liebevoll. »Wie hätte Robin gelacht!« In Wahrheit war Robin ein flatterhaftes und unbeständiges Kind gewesen, melancholisch in einzelnen Augenblicken, geradezu hysterisch in anderen, und im Leben hatte diese Unberechenbarkeit einen großen Teil seines Charmes ausgemacht. Aber seine jüngeren Schwestern, die ihn im eigentlichen Sinne nie gekannt hatten, wuchsen auf mit der völligen Gewissheit über die Lieblingsfarbe ihres toten Bruders (Rot), über sein Lieblingsbuch (»The Wind in the Willows«) und seine Lieblingsfigur darin (Mr. Toad). Sie kannten sein Lieblingseis (Schokolade) und seine Lieblings-Baseballmannschaft (die Cardinals) und tausend andere Dinge, die sie – als lebendige Kinder, die heute am liebsten Schokoladeneis essen und morgen Pfirsicheis bevorzugen – nicht einmal genau von sich selbst hätte sagen können. Infolgedessen war die Beziehung zu ihrem toten Bruder von höchst intimer Natur; sein starkes, leuchtendes, unveränderliches Ich strahlte beständig, verglichen mit dem Wankelmut ihres eigenen Charakters und der Launen der Menschen, die sie kannten. Sie wuchsen also auf in dem Glauben, dies sei auf irgendeinen seltenen, engelsgleichen Glanz der Schöpfung in Robins Wesen zurückzuführen und keineswegs auf die Tatsache, dass er tot war.

———————

Robins kleinere Schwestern hatten keine Ähnlichkeit mit ihrem Bruder, als sie älter wurden, und auch untereinander unterschieden sie sich sehr.

Allison war jetzt sechzehn. Aus dem mausartigen kleinen Mädchen, das leicht blaue Flecken und Sonnenbrand bekam und über fast alles in Tränen ausbrach, war ganz unerwartet die Hübsche geworden: lange Beine, rehbraunes Haar und große, samtige, rehbraune Augen. Ihr ganzer Charme lag in ihrer Unbestimmtheit. Sie sprach leise und bewegte sich schleppend, und ihre Züge waren verschwommen und verträumt, und für ihre Großmutter Edie, die funkelnde Farbigkeit schätzte, war sie eine ziemliche Enttäuschung. Allisons Blüte war zart und kunstlos wie die Blüte des Grases im Juni und bestand ganz und gar aus einer jugendlichen Frische, die (was niemand besser wusste als Edie) als Erstes vergehen würde. Sie war eine Tagträumerin, sie seufzte oft, ihr Gang war ungelenk, schlurfend und mit einwärts gewandten Zehen, und ihre Art zu sprechen war nicht besser. Immerhin, sie war hübsch auf ihre scheue, milchweiße Art, und die Jungen in ihrer Klasse hatten angefangen, sie anzurufen. Edie hatte sie beobachtet, wie sie (den Blick gesenkt, das Gesicht glühend rot) den Hörer zwischen Schulter und Ohr klemmte, mit der Spitze ihres Oxfordschuhs vor und zurück über den Teppich scharrte und vor Verlegenheit stammelte.

Wie schade, klagte Edie laut, dass ein so reizendes Mädchen (*reizend*, wie Edie es aussprach, trug unüberhörbar die Last von *schwach* und *anämisch* in sich) eine so schlechte Haltung hatte. Allison solle darauf achten, dass ihr die Haare nicht dauernd in die Augen fielen. Allison solle die Schultern zurücknehmen und aufrecht und selbstbewusst dastehen, statt in sich zusammenzusacken. Allison solle lächeln, den Mund aufmachen, Interessen entwickeln, die Leute über ihr Leben befragen, wenn ihr sonst nichts Interessantes zu sagen einfalle. Solche Ratschläge, wenngleich gut gemeint, wurden häufig in der Öffentlichkeit und mit solcher Ungeduld erteilt, dass Allison weinend aus dem Zimmer stolperte.

»Na, mir ist es egal«, sagte Edie dann laut in die Stille, die solchen Auftritten folgte. »Jemand muss ihr ja beibrin-

Die tote Katze.

gen, wie man sich benimmt. Wenn ich ihr nicht so im Nacken säße, wäre das Kind nicht in der zehnten Klasse, das kann ich euch sagen.«

Das stimmte. Allison war zwar nie sitzen geblieben, aber sie war doch mehrmals gefährlich nah davor gewesen, besonders in der Grundschule. *Träumt viel,* stand unter »Betragen« in Allisons Zeugnissen. *Unordentlich. Langsam. Setzt sich nicht ein.* »Tja, ich schätze, da müssen wir uns einfach ein bisschen mehr anstrengen«, sagte Charlotte vage, wenn Allison wieder mit schlechten Noten nach Hause kam.

Allison und ihrer Mutter schienen die schlechten Zeugnisse nichts auszumachen, Edie dafür aber umso mehr, und zwar in einem alarmierenden Ausmaß. Sie marschierte in die Schule und verlangte Besprechungen mit den Lehrern; sie quälte Allison mit Lektürelisten, Übungskarten und Bruchrechnen, und sie korrigierte Allisons Aufsätze und Physikprojekte mit rotem Stift – noch jetzt, wo sie zur High School ging.

Es hatte keinen Sinn, Edie daran zu erinnern, dass Robin selbst auch nicht immer ein guter Schüler gewesen war. »Zu ausgelassen«, antwortete sie dann schnippisch. »Er hätte sich schon noch früh genug beruhigt und zu arbeiten angefangen.« Bis hierher und nicht weiter ließ sie es zu, das eigentliche Problem zur Kenntnis zu nehmen, denn alle Cleves waren sich darüber im Klaren, dass Edie einer, wie ihr Bruder, lebhaften Allison alle schlechten Zeugnisse der Welt nachgesehen hätte.

Während Edie durch Robins Tod und die Jahre danach ein wenig sauertöpfisch geworden war, war Charlotte in eine Gleichgültigkeit abgedriftet, die jeden Bereich des Lebens stumpf und farblos werden ließ, und wenn sie versuchte, für Allison Partei zu ergreifen, tat sie es auf eine hilflose, halbherzige Weise. In dieser Hinsicht ähnelte sie allmählich ihrem Ehemann Dixon, der seine Familie zwar finanziell anständig versorgte, seinen Töchtern aber nie viel Ermutigung oder Interesse entgegengebracht hatte. Seine Achtlosigkeit richtete sich nicht persönlich gegen diesen oder jenen; er hatte einfach zu vielen Dingen eine Meinung, und seine geringe Meinung von Töchtern brachte er ohne Scheu und in beiläufigem, humorvollem Plauderton zum Ausdruck. (Keine *seiner* Töchter, wiederholte er gern, werde einen Cent von ihm erben.) Dix hatte nie viel Zeit zu Hause verbracht, und jetzt war er kaum noch da. Er entstammte, Edies Ansicht nach, einer Familie von gesellschaftlichen Emporkömmlingen (sein Vater hatte ein Geschäft für Installationsbedarf gehabt), und als er, von ihrer Familie, ihrem Namen angelockt, Charlotte geheiratet hatte, war es in dem Glauben geschehen, sie habe Geld. Die Ehe war nie glücklich gewesen (lange Abende in der Bank, lange Nächte beim Poker, Jagen und Angeln und Football und Golf – jeder Vorwand war ihm recht, um für ein Wochenende zu verschwinden), aber nach Robins Tod wurde sein Frohsinn noch stärker beeinträchtigt. Er wollte das Trauern hinter sich bringen; er ertrug die stillen Zimmer nicht, die Atmosphäre von Vernachlässigung, Mattigkeit, Trübsal, und er drehte den Fernseher so laut, wie es ging, und er marschierte in einem Zustand andauernder Frustration im Haus umher, klatschte in die Hände, zog Jalousien hoch und sagte Dinge wie:»Reißt euch zusammen!« und»Jetzt mal wieder auf die Beine kommen hier!« und»Wir sind doch ein Team!« Dass niemand seine Bemühungen zu schätzen wusste, erstaunte ihn. Und als es ihm mit all seinen Äußerungen nicht gelang, die Tragödie aus seinem Zuhause zu vertreiben, verlor er schließlich jedes Interesse daran. Rastlos und immer öfter blieb er wochenlang weg und hielt sich in seinem Jagdcamp auf, bis er schließlich spontan einen hoch dotierten Bankjob in einer anderen Stadt annahm. Er stellte es als großes und selbstloses Opfer dar, aber wer Dix kannte, wusste, dass er nicht zum Wohle seiner Familie nach Tennessee zog. Dix wollte ein schillerndes Leben, mit Cadillacs und Pokerpartys und Footballspielen, mit Nightclubs in New Orleans und Urlaub in Florida, er wollte Cocktails und Gelächter, eine Frau, die sich unentwegt die Haare machen ließ und das Haus makellos sauber hielt und die bereit war, jederzeit im Handumdrehen das Tablett mit den Hors d'œuvres hervorzuzaubern.

Die tote Katze.

Aber Dix' Familie war weder schwungvoll noch schillernd. Seine Frau und seine Töchter waren eigenbrötlerisch, exzentrisch, melancholisch. Schlimmer noch: Wegen des Vorfalls betrachteten die Leute sie alle, sogar Dix selbst, als irgendwie befleckt. Freunde gingen ihnen aus dem Weg, Ehepaare luden sie nicht mehr ein, Bekannte riefen nicht mehr an. Daran war nichts zu ändern. Die Menschen ließen sich nicht gern an Tod oder Unheil erinnern. Und aus all diesen Gründen fühlte Dix sich genötigt, seine Familie gegen ein holzgetäfeltes Büro und ein flottes Gesellschaftsleben in Nashville einzutauschen, ohne sich im Geringsten schuldig zu fühlen.

So sehr Edie sich über Allison ärgerte, so sehr beteten die Tanten sie an, und für sie waren viele der Eigenschaften, die Edie so frustrierend fand, heiter, ja sogar poetisch. Ihrer Meinung nach war Allison nicht nur die Hübsche, sondern auch die Sanfte: geduldig, niemals klagend, behutsam im Umgang mit Tieren und alten Leuten und Kindern – lauter Tugenden, soweit es die Tanten betraf, die alles an guten Zensuren oder klugen Reden weit in den Schatten stellten.

Die Tanten verteidigten sie loyal. *Nach allem, was das Kind hat durchmachen müssen*, sagte Tat einmal wütend zu Edie. Das genügte, um Edie zum Schweigen zu bringen, wenigstens für eine Weile. Denn niemand konnte vergessen, dass Allison und das Baby an jenem schrecklichen Tag als Einzige draußen gewesen waren, und auch wenn Allison erst vier gewesen war, gab es kaum einen Zweifel daran, dass sie etwas gesehen hatte, höchstwahrscheinlich etwas so Furchtbares, dass es sie aus dem Gleichgewicht gebracht hatte.

Unmittelbar danach war sie von der Familie und von der Polizei rigoros befragt worden. War jemand im Garten gewesen, ein Erwachsener, ein Mann vielleicht? Allison hatte unerklärlicherweise angefangen, ins Bett zu machen und nachts schreiend aus wütenden Alpträumen hochzuschrecken, aber sie hatte sich geweigert, ja oder nein zu sagen. Sie lutschte am Daumen, drückte ihren Stoffhund fest an sich und wollte nicht einmal sagen, wie sie hieß oder wie alt sie war. Niemand, nicht einmal Libby, die sanfteste und geduldigste ihrer alten Tanten, konnte ihr ein Wort entlocken.

Allison erinnerte sich nicht an ihren Bruder, und sie hatte sich auch nie an irgendetwas im Zusammenhang mit seinem Tod entsinnen können. Als sie klein war, hatte sie manchmal nachts wach gelegen, wenn alle andern im Haus schon schliefen, und dann hatte sie auf den Schattendschungel an der Schlafzimmerdecke gestarrt und so weit zurückgedacht, wie sie konnte, aber alles Suchen war nutzlos, denn es gab nichts zu finden. Der freundliche Alltag ihres frühen Lebens war immer da – Veranda, Fischteich, Miezekatze, Blumenbeete, nahtlos, strahlend, unveränderlich –, aber wenn sie ihre Erinnerung weit genug zurückwandern ließ, erreichte sie unweigerlich einen seltsamen Punkt, wo der Garten leer war, das Haus hallend und verlassen, allenthalben Anzeichen dafür, dass noch kürzlich jemand da gewesen war (Wäsche hing an der Leine, das Geschirr vom Lunch war noch nicht abgeräumt), aber ihre ganze Familie war fort, verschwunden, und Robins orangegelbe Katze – damals noch ein Kätzchen, nicht der träge, feistbackige Kater, der aus ihm werden sollte – war plötzlich sonderbar geworden, jagte wild und mit leeren Augen quer über den Rasen und schoss auf einen Baum, voller Angst vor ihr, als wäre sie eine Fremde. Sie war nicht ganz sie selbst in diesen Erinnerungen, nicht, wenn sie so weit zurückreichten. Zwar erkannte sie die physikalische Umgebung, in der sie angesiedelt waren, genau – George Street Nummer 363, das Haus, in dem sie ihr ganzes Leben verbracht hatte –, aber sie, Allison, war nicht erkennbar, nicht einmal für sich selbst: Sie war kein Kleinkind, auch kein Baby, sondern nur ein Blick, ein Paar Augen, die auf einer vertrauten Umgebung verweilten und sie betrachteten, ohne Persönlichkeit, ohne Körper, Alter oder Vergangenheit – als erinnere sie sich an Dinge, die sich zugetragen hatten, bevor sie geboren war.

Über all das dachte Allison nicht bewusst nach, sondern

Die tote Katze.

auf äußerst vage und unfertige Weise. Als sie klein war, kam sie nicht auf den Gedanken, die Bedeutung dieser körperlosen Eindrücke zu hinterfragen, und jetzt, da sie älter war, fiel es ihr erst recht nicht ein. Sie dachte kaum über die Vergangenheit nach, und darin unterschied sie sich wesentlich von ihrer Familie, die über wenig anderes nachdachte.

Niemand in ihrer Familie konnte das verstehen. Sie hätten es nicht einmal verstanden, wenn sie den Versuch unternommen hätte, es ihnen zu erklären. Für beständig von Erinnerungen belagerte Gemüter wie die ihren, für die Gegenwart und Zukunft allein als Systeme der Wiederkehr existierten, war eine solche Weltsicht unvorstellbar. Die Erinnerung – fragil, dunstig-hell, wundersam – war für sie der Funke des Lebens selbst, und fast jeder ihrer Sätze begann mit irgendeinem Appell an sie: »Du erinnerst dich doch an den Batist mit dem grünen Zweigmuster, oder?«, fragten ihre Mutter und ihre Tanten dann beharrlich. »An die rosarote Floribunda? An diese Zitronenteekuchen? Erinnerst du dich an dieses wunderbar kalte Osterfest, als Harriet noch ein ganz kleines Ding war – als ihr im Schnee Eier gesucht und in Adelaides Vorgarten einen großen Schnee-Osterhasen gebaut habt?«

»Ja, ja«, log Allison dann. »Ich erinnere mich.« Und in gewisser Weise tat sie es auch. Sie hatte die Geschichten so oft gehört, dass sie sie auswendig kannte und, wenn sie wollte, erzählen, ja, sogar ein oder zwei beim Überliefern vernachlässigte Details einfügen konnte: wie sie und Harriet (zum Beispiel) aus den rosa Blüten, die vom erfrorenen Holzapfelbaum heruntergefallen waren, die Nase und die Ohren für den Schnee-Osterhasen gemacht hatten. Diese Geschichten waren ihr ebenso vertraut wie die Geschichten aus der Kindheit ihrer Mutter oder die Geschichten aus Büchern. Aber keine davon schien auf wirklich fundamentale Weise mit ihr verbunden zu sein.

Die Wahrheit war – und das war etwas, das sie niemals irgendjemandem gegenüber eingestand –, dass es furchtbar viele Dinge gab, an die Allison sich nicht erinnern konnte. Sie hatte keine klare Erinnerung daran, im Kindergarten gewesen zu sein oder im ersten Schuljahr, oder an sonst irgendetwas, wovon sie eindeutig hätte sagen können, es habe sich ereignet, bevor sie acht gewesen war. Es war ein äußerst beschämender Umstand, einer, den sie (großenteils erfolgreich) zu verschleiern bemüht war. Ihre kleine Schwester Harriet behauptete, sich an Dinge aus ihrem ersten Lebensjahr zu entsinnen.

Obwohl sie nicht einmal sechs Monate alt gewesen war, als Robin starb, sagte Harriet, sie könne sich an ihn erinnern, und Allison und die übrigen Cleves glaubten, dass dies wahrscheinlich der Wahrheit entsprach. Ab und zu rückte Harriet mit irgendeiner obskuren, aber erschreckend akkuraten Kleinigkeit heraus – mit einem Detail zu Wetter oder Kleidung oder zu dem Essen auf einer Geburtstagsparty, bei der sie nicht einmal zwei Jahre alt gewesen war –, und alle hörten mit offenem Mund zu.

Aber Allison konnte sich überhaupt nicht an Robin erinnern. Das war unverzeihlich. Sie war fast fünf Jahre alt gewesen. Und sie konnte sich auch nicht an die Zeit nach seinem Tod erinnern. Sie wusste detailliert über die ganze Affäre Bescheid: über die Tränen, den Stoffhund, ihr Schweigen. Sie wusste, wie der Kriminalpolizist aus Memphis – ein großer, kamelgesichtiger Mann mit vorzeitig weiß gewordenem Haar, der Snowy Olivet geheißen hatte – ihr Bilder von seiner eigenen Tochter namens Celia gezeigt und ihr Mandel-Schokoriegel aus einer Großhandelspackung in seinem Wagen geschenkt hatte, und wie er ihr auch andere Bilder gezeigt hatte, Bilder von farbigen und von weißen Männern mit Bürstenhaarschnitten und schweren Augenlidern. Wie sie, Allison, auf Tattycorums blausamtenem Plaudersofa gesessen hatte – sie hatte damals bei Tante Tat gewohnt, sie und das Baby, denn ihre Mutter lag noch im Bett –, und wie sie mit tränenüberströmtem Gesicht die Schokolade von den Mandelriegeln abgebröckelt hatte und kein Wort hatte sagen wollen. Sie wusste das alles nicht, weil sie sich daran erinnerte, sondern weil Tante Tat es ihr erzählt hatte, und zwar viele Male, in ihrem Sessel, den sie dicht vor die Gasheizung gestellt hatte, wenn Allison sie an den Winternachmittagen nach

Die tote Katze.

der Schule besuchen kam; ihre schwachen alten, sherry-braunen Augen waren auf einen Punkt auf der anderen Seite des Zimmers gerichtet, und ihre Stimme klang liebevoll, geschwätzig, in Erinnerungen schwelgend, als erzähle sie eine Geschichte über jemanden, der nicht anwesend war.

Die scharfäugige Edie war weder so liebevoll noch so tolerant. Die Geschichten, die sie Allison vorzugsweise erzählte, hatten oft einen eigentümlich allegorischen Unterton.

»Die Schwester meiner Mutter«, pflegte sie anzufangen, wenn sie Allison vom Klavierunterricht nach Hause fuhr, ohne je den Blick von der Straße zu wenden, und dabei hielt sie die kraftvolle, elegante Habichtsnase hoch in die Luft, »die Schwester meiner Mutter kannte einen kleinen Jungen namens Randall Schofield, dessen Familie bei einem Tornado zu Tode kam. Er kam von der Schule nach Hause, und was glaubst du, was er sah? Sein Haus war vom Wind in Trümmer gelegt worden, und die Neger, die auf dem Anwesen arbeiteten, hatten die Leichen seines Vaters und seiner Mutter und seiner drei kleinen Brüder aus der Ruine gezogen, und da lagen sie alle, so blutig, wie man es sich nur denken kann, und nicht einmal mit Laken zugedeckt, Seite an Seite ausgestreckt nebeneinander wie ein Xylophon. Einem der Brüder fehlte ein Arm, und in der Schläfe der Mutter steckte ein eiserner Türstopper. Na, und weißt du, was mit dem kleinen Jungen passiert ist? Er ist *stumm* geworden. Und er hat die nächsten sieben Jahre kein Wort gesprochen. Mein Vater sagte, er trug immer einen Stapel Hemdenpappen und einen Fettstift bei sich, und er musste jedes Wort, das er zu irgendjemandem sagen wollte, aufschreiben. Der Mann, der in der Stadt die Reinigung führte, schenkte ihm diese Hemdenpappen.«

Edie erzählte die Geschichte gern. Es gab Variationen davon, wie zum Beispiel Kinder, die vorübergehend blind geworden waren oder sich die Zunge abgebissen oder den Verstand verloren hatten, nachdem sie diesem oder jenem schrecklichen Anblick ausgesetzt gewesen waren. Aber sie hatten alle einen leicht vorwurfsvollen Unterton, ohne dass Allison je genau hätte sagen können, worin er bestand.

Allison verbrachte die meiste Zeit allein. Sie hörte Schallplatten. Sie machte Collagen aus Bildern, die sie aus Illustrierten ausgeschnitten hatte, und krumme Kerzen aus geschmolzenen Malstiften. Sie zeichnete Ballerinen und Pferde und Mäusebabys auf die Ränder in ihrem Geometrieheft. Beim Mittagessen saß sie an einem Tisch mit einer Gruppe von ziemlich beliebten Mädchen, aber außerhalb der Schule traf sie sich selten mit ihnen. Oberflächlich betrachtet, war sie eine von ihnen: Sie war gut gekleidet und hatte eine klare Haut, und sie wohnte in einem großen Haus in einer hübschen Straße, und wenn sie auch nicht munter oder lebhaft war, so hatte sie doch nichts an sich, was Abneigung hätte erregen können.

»Du könntest so beliebt sein, wenn du wolltest«, sagte Edie, die jeden Trick kannte, wenn es um die gesellschaftliche Positionierung ging, selbst auf dem Niveau des zehnten Schuljahrs. »Das beliebteste Mädchen in deiner Klasse, wenn du nur Lust hättest, dich darum zu bemühen.«

Allison wollte sich nicht darum bemühen. Sie wollte nicht, dass die anderen Kinder gemein zu ihr waren oder sich über sie lustig machten, aber solange niemand sie behelligte, war sie glücklich. Und von Edie abgesehen, behelligte sie auch niemand weiter. Sie schlief viel. Sie ging allein in die Schule. Sie spielte mit den Hunden, denen sie unterwegs begegnete. Nachts träumte sie von einem gelben Himmel und einem weißen Ding davor, das aussah wie ein aufgeblähtes Laken, und diese Träume beunruhigten sie sehr, aber sie vergaß sie, wenn sie aufwachte.

Allison verbrachte viel Zeit bei ihren Großtanten, an den Wochenenden und nach der Schule. Sie half ihnen beim Einfädeln und las ihnen vor, wenn ihre Augen müde waren, sie kletterte auf Trittleitern, um Dinge von hohen, staubigen Regalborden zu holen, und hörte ihnen zu, wenn sie von verstorbenen Schulfreundinnen und sechzig Jahre zurückliegenden Klavierkonzerten erzählten. Manchmal machte sie nach der Schule Süßigkeiten für sie, Toffee, Zuckerschaumbällchen, die sie für ihren Kirchenbasar mitneh-

Die tote Katze.

men konnten. Dabei benutzte sie eine kalte Marmorplatte und ein Zuckerthermometer, akribisch wie ein Chemiker, folgte dem Rezept Schritt für Schritt und strich die Zutaten im Messbecher mit einem Buttermesser glatt. Die Tanten – selbst wie kleine Mädchen, Rouge auf den Wangen, Locken in den Haaren, fröhlich und aufgekratzt – trippelten hin und her und ein und aus, entzückt über das Treiben in ihrer Küche, und redeten einander mit den Spitznamen ihrer Kindheit an.

So eine gute kleine Köchin, sangen die Tanten alle miteinander. Wie hübsch du bist. Ein Engel bist du, dass du uns besuchen kommst. Was für ein braves Mädchen. Wie hübsch. Wie süß.

Harriet, das Baby, war weder hübsch noch süß. Harriet war schlau.

Seit sie sprechen konnte, sorgte Harriet für eine Art quälender Unruhe im Hause Cleve. Wild auf dem Spielplatz, grob zu Gästen, stritt sie sich mit Edie, lieh sich in der Bibliothek Bücher über Dschingis Khan und bereitete ihrer Mutter Kopfschmerzen. Sie war zwölf Jahre alt und in der siebten Klasse. Obwohl sie eine ausgezeichnete Schülerin war, wurden die Lehrer nicht mit ihr fertig. Manchmal riefen sie ihre Mutter an oder Edie, denn jeder, der die Cleves kannte, war sich darüber im Klaren, dass sie diejenige war, mit der man tunlichst redete; sie war sowohl Feldmarschall als auch Oligarchin, sie hatte die größte Macht in der Familie, und sie würde am ehesten etwas unternehmen. Aber selbst Edie wusste nicht genau, wie sie mit Harriet umgehen sollte. Harriet war nicht wirklich ungehorsam oder widerspenstig, aber sie war hochfahrend, und irgendwie gelang es ihr, beinahe jeden Erwachsenen, mit dem sie in Kontakt kam, zu verärgern.

Harriet besaß nichts von der verträumten Fragilität ihrer Schwester. Sie war von stämmiger Gestalt wie ein kleiner Dachs, mit runden Wangen, einer spitzen Nase, schwarzen, kurz geschnittenen Haaren und einem schmalen, entschlossenen kleinen Mund. Ihr Ton war forsch, ihre Stimme hoch und dünn und ihre Sprechweise für ein Kind aus Mississippi seltsam knapp, sodass Fremde oft fragten, woher um alles in der Welt sie diesen Yankee-Akzent habe. Der Blick ihrer hellen Augen war durchdringend und dem Edies nicht unähnlich. Die Ähnlichkeit zwischen ihr und ihrer Großmutter war ausgeprägt und blieb nicht unbemerkt; aber die lebhafte, wildäugige Schönheit der Großmutter war bei ihrem Enkelkind nur noch wild und ein bisschen beunruhigend. Chester, der Gärtner, verglich die beiden insgeheim gern mit einem Falken und einem kleinen Hühnerhabicht.

Für Chester und für Ida Rhew war Harriet ein Quell von Verdruss und Heiterkeit zugleich. Seit sie sprechen konnte, zottelte sie ihnen bei ihrer Arbeit hinterher und fragte sie unaufhörlich aus. Wie viel Geld verdiente Ida? Konnte Chester das Vaterunser? Würde er es für sie aufsagen? Es erheiterte die beiden, wenn sie unter den für gewöhnlich friedfertigen Cleves Zwietracht säte. Mehr als einmal hatte sie für Zwistigkeiten gesorgt, die beinahe ernste Ausmaße angenommen hätten: indem sie Adelaide erzählte, dass weder Edie noch Tat die Kissenbezüge, die sie für sie bestickt hatte, je behalten, sondern sie eingepackt und anderen Leuten geschenkt hätten, oder indem sie Libby davon in Kenntnis setzte, dass ihre Dillgurken keineswegs die kulinarischen Hochgenüsse seien, für die sie sie hielt, sondern ungenießbar, und dass die große Nachfrage bei Nachbarn und Verwandten nur auf ihre seltsame Wirksamkeit als Herbizid zurückzuführen sei. »Kennst du die kahle Stelle im Garten?«, fragte Harriet. »Hinten vor der Veranda? Vor sechs Jahren hat Tatty ein paar von deinen Gurken dort hingekippt, und seitdem ist da nichts mehr gewachsen.« Harriet war entschieden dafür, die Dillgurken in Gläsern zu konservieren und als Unkrautvernichter zu verkaufen. Libby würde Millionärin werden.

Tante Libby hörte erst nach drei oder vier Tagen auf zu weinen. Bei Adelaide und den Kissenbezügen war es noch schlimmer. Anders als Libby machte es Adelaide Spaß zu grollen; zwei Wochen lang sprach sie nicht mit Edie und Tat, und eiskalt ignorierte sie die versöhnlichen Torten und Pasteten, die man auf ihre Veranda brachte – sie ließ sie

Die tote Katze.

stehen, damit die Hunde aus der Nachbarschaft sie fraßen. Libby war entsetzt über diesen Zwist (sie traf daran keine Schuld, denn als einzige der Schwestern war sie loyal genug, Adelaides Kissenbezüge zu behalten, so hässlich sie auch waren), und sie eilte hin und her und bemühte sich, Frieden zu stiften. Fast hätte sie Erfolg gehabt, als es Harriet erneut gelang, Adelaide aufzubringen, indem sie ihr erzählte, dass Edie die Geschenke, die sie von Adelaide bekam, niemals auch nur auspackte, sondern nur das alte Namensschildchen abmachte und ein neues anbrachte, bevor sie sie weiterschickte: an Wohltätigkeitsorganisationen meistens, auch an solche für Neger. Diese Angelegenheit war so verheerend, dass noch jetzt, Jahre später, jede Erwähnung zu Gehässigkeiten und unterschwelligen Vorwürfen führte, und Adelaide legte jetzt besonderen Wert darauf, ihren Schwestern zum Geburtstag und zu Weihnachten etwas demonstrativ Verschwenderisches zu kaufen – eine Flasche Shalimar zum Beispiel, oder ein Nachthemd von Goldsmith's in Memphis –, wobei sie dann nicht selten vergaß, das Preisschild zu entfernen. »Ich persönlich bevorzuge selbst gemachte Geschenke«, hörte man sie dann laut in Gegenwart der Damen in ihrem Bridgeclub oder vor Chester im Garten deklamieren, über die Köpfe ihrer gedemütigten Schwestern hinweg, die gerade dabei waren, die unerbetenen Extravaganzen auszupacken. »Sie sind wertvoller. *Sie zeigen, dass man sich Gedanken gemacht hat.* Aber für manche Leute zählt nur, wie viel Geld man ausgegeben hat. Sie finden, ein Geschenk ist nichts wert, wenn es nicht aus dem Geschäft kommt.«

»Mir gefallen die Sachen, die du machst, Adelaide«, sagte Harriet dann immer. Und das stimmte auch. Sie hatte zwar keine Verwendung für Schürzen, Kissenbezüge und Küchentücher, aber sie hortete Adelaides grelle Textilien schubladenweise in ihrem Zimmer. Nicht die Wäschestücke gefielen ihr, sondern die Muster darauf: holländische Mädchen, tanzende Teekessel, schlummernde Mexikaner mit Sombrerohüten. Ihr Begehren ging so weit, dass sie sie aus den Schränken anderer Leute stibitzte, und sie war äußerst erbost darüber gewesen, dass Edie die Kissenbezüge an einen wohltätigen Verein schickte (»Sei nicht albern, Harriet. Was um *alles* in der Welt *willst* du denn damit?«), obwohl sie sie behalten wollte.

»Ich weiß, dass sie *dir* gefallen«, murmelte Adelaide mit vor Selbstmitleid bebender Stimme und beugte sich herunter, um Harriet einen theatralischen Kuss zu geben, während Tat und Edie hinter ihrem Rücken Blicke austauschten. »Eines Tages, wenn ich nicht mehr bin, wirst du vielleicht froh sein, dass du sie hast.«

»Die ganz Kleine«, sagte Chester zu Ida, »die hat gern Streit.«

Edie, die selbst nichts gegen einen handfesten Streit einzuwenden hatte, fand in ihrer jüngsten Enkelin einen ebenbürtigen Gegner. Trotzdem oder vielleicht gerade deshalb waren die beiden gern zusammen, und Harriet verbrachte viel Zeit drüben im Haus ihrer Großmutter. Edie beschwerte sich oft über Harriets Halsstarrigkeit und ihre schlechten Manieren und murrte darüber, dass sie ihr dauernd in die Quere kam, aber so sehr sie ihr auch auf die Nerven ging, zog Edie Harriets Gesellschaft der Allisons vor, die sehr wenig zu sagen hatte. Sie hatte Harriet gern um sich, auch wenn sie es niemals zugegeben hätte, und wenn sie nachmittags einmal nicht kam, vermisste sie sie.

Die Tanten liebten Harriet, aber ihre stolze Art beunruhigte sie. Sie war ihnen zu geradeheraus. Sie wusste nichts von Zurückhaltung oder Diplomatie, und in dieser Hinsicht ähnelte sie Edie mehr, als es jener klar war.

Vergebens versuchten die Tanten, ihr Höflichkeit beizubringen. »Aber *verstehst* du denn nicht, Liebling«, sagte Tat, »dass es, wenn du keinen Früchtekuchen magst, immer noch besser ist, ihn zu essen, als deine Gastgeberin zu kränken?«

»Aber ich mag keinen Früchtekuchen.«

»Das weiß ich, Harriet. Deshalb habe ich dieses Beispiel ja benutzt.«

»Aber Früchtekuchen ist grässlich. Ich kenne niemanden, der ihn mag. Und wenn ich ihr sage, dass ich ihn mag, wird sie ihn mir immer wieder anbieten.«

»Ja, Schatz, aber darum geht es nicht. Wenn jemand sich

Die tote Katze.

die Mühe gemacht hat, etwas für dich zu backen, dann ist
es gutes Benehmen, es auch zu essen – darum geht es.«

»Aber in der Bibel steht, man soll nicht lügen.«

»Das ist etwas anderes. Das hier ist eine Notlüge. In der
Bibel ist eine andere Art Lüge gemeint.«

»In der Bibel steht nichts von Notlügen und anderen
Lügen. Da steht nur Lügen.«

»Glaub mir, Harriet. Es stimmt, Jesus sagt, wir sollen
nicht lügen, aber das bedeutet nicht, dass wir unhöflich
gegen unsere Gastgeberin sein sollen.«

»Jesus sagt überhaupt nichts über unsere Gastgeberin.
Er sagt nur, dass Lügen eine Sünde ist. ›Der Teufel ist ein
Lügner und der Fürst der Lügen.‹«

»Aber Jesus sagt auch: ›Liebe deinen Nächsten‹, nicht
wahr?« Begeistert sprang Libby für die sprachlose Tat in
die Bresche. »Ist damit nicht deine Gastgeberin gemeint?
Deine Gastgeberin ist doch auch deine Nächste.«

»Das stimmt«, sagte Tat erfreut. »Damit will allerdings
niemand sagen«, beeilte sie sich hinzuzufügen, »dass deine
Gastgeberin unbedingt der nächste Mensch auf Erden für
dich ist. ›Liebe deinen Nächsten‹ heißt nur, du sollst essen,
was man dir anbietet, und höflich sein.«

»Ich verstehe nicht, wieso ich, wenn ich meinen Nächsten
liebe, ihm sagen muss, dass ich gern Früchtekuchen esse,
wenn ich keinen mag.«

Niemand, nicht einmal Edie, hatte eine Ahnung, wie
man dieser finsteren Pedanterie begegnen sollte. Es konnte
stundenlang so gehen, und es half nichts, wenn man sich
den Mund fransig redete. Und noch aufreizender war der
Umstand, dass Harriets Argumenten, so lächerlich sie auch
waren, in den meisten Fällen eine mehr oder minder solide
biblische Basis zugrunde lag. Edie ließ sich davon nicht beeindrucken. Sie leistete zwar Wohltätigkeits- und Missio-
narsarbeit und sang im Kirchenchor, aber sie glaubte nicht
ernsthaft, dass jedes Wort in der Bibel wahr sei – ebenso
wenig, wie sie im Grunde ihres Herzens wirklich glaubte,
was zu ihren Lieblingsredensarten gehörte: dass zum Beispiel alles, was passiere, stets zum Besten sei oder dass
Neger tief im Innern genau die gleichen Menschen seien

wie die Weißen. Aber die Tanten, vor allem Libby, waren manchmal beunruhigt, wenn sie allzu sehr über das nachdachten, was Harriet sagte. Ihre Sophismen gründeten unbestreitbar in der Bibel, aber sie standen im Widerspruch zum gesunden Menschenverstand und zu allem, was richtig war. »Vielleicht«, sagte Libby voller Unbehagen, als Harriet zum Essen nach Hause marschiert war, »vielleicht sieht der Herr wirklich keinen Unterschied zwischen einer Notlüge und einer bösen Lüge. Vielleicht sind sie in Seinen Augen alle böse.«

»Aber Libby.«

»Vielleicht braucht es ein kleines Kind, um uns daran zu erinnern.«

»Ich komme lieber in die Hölle«, blaffte Edie, die bei dem vorausgegangenen Wortwechsel nicht dabei gewesen war, »als dass ich dauernd herumlaufe und alle in der Stadt wissen lassen, was ich über sie denke.«

»Edith!«, riefen alle ihre Schwester wie aus einem Munde.

»Edith, das meinst du nicht ernst!«

»Doch. Und es ist mir auch egal, was alle in der Stadt über mich denken.«

»Ich kann mir nicht vorstellen, was du getan hast, Edith«, sagte die selbstgerechte Adelaide, »dass du davon ausgehst, alle denken so schlecht über dich.«

Libbys Hausmädchen Odean, die tat, als sei sie schwerhörig, hörte sich das alles gleichmütig an, während sie für das Abendessen der alten Damen ein Hühnerragout und weiche Brötchen aufwärmte. In Libbys Haus passierte nicht viel Aufregendes, und die Unterhaltung wurde meist ein wenig hitziger, wenn Harriet zu Besuch da war.

Im Gegensatz zu Allison, die von anderen Kindern irgendwie akzeptiert wurde, ohne dass sie genau wussten, warum, war Harriet ein rechthaberisches kleines Mädchen und nicht sonderlich beliebt. Die Freundschaften jedoch, die sie hatte, waren nicht lau oder beiläufig wie bei Allison. Ihre Freunde waren überwiegend Jungen, meistens jünger als sie und ihr fanatisch ergeben, und sie fuhren nach der Schule mit dem Fahrrad durch die halbe Stadt, um sie zu sehen. Sie mussten »Kreuzzug« und »Johanna von

Die tote Katze.

Orleans« mit ihr spielen; sie mussten sich in Bettlaken hüllen und Szenen aus dem Neuen Testament mit ihr aufführen, bei denen sie selbst die Rolle Jesu übernahm. Das Letzte Abendmahl war ihr Lieblingsstück. Dabei saßen sie alle à la Leonardo auf einer Seite des Picknickstisches unter der muskattraubenberankten Pergola in Harriets Garten und warteten eifrig auf den Augenblick, da Harriet – nachdem sie eine letzte Mahlzeit aus Ritz-Crackers und Fanta aufgetischt hatte – sich am Tisch umschaute und jeden Jungen nacheinander ein paar Sekunden lang mit eisigem Blick fixierte. »Und doch wird einer von euch«, sagte sie mit einer Ruhe, die sie alle erbeben ließ, »wird einer von euch mich noch heute Nacht verraten.«

»Nein! Nein!«, quiekten sie dann entzückt, auch Hely, der Junge, der den Judas gab, aber Hely war auch Harriets Liebling und durfte nicht nur den Judas spielen, sondern auch alle anderen besseren Apostel: Johannes, Lukas, Simon Petrus. »Niemals, Meister!«

Dann kam die Prozession zum Garten Gethsemane, der im tiefen Schatten unter dem schwarzen Tupelobaum in Harriets Garten lag. Hier war Harriet in ihrer Rolle als Jesus gezwungen, sich die Gefangennahme durch die Römer gefallen zu lassen – eine gewaltsame Gefangennahme, wüster als die Version des Evangeliums –, und das war schon aufregend genug, aber die Jungen liebten Gethsemane besonders, weil es unter dem Baum gespielt wurde, an dem ihr Bruder ermordet worden war. Die meisten von ihnen waren noch nicht auf der Welt gewesen, als der Mord geschehen war, aber die Geschichte kannten sie alle, hatten sie sich zusammengesetzt aus Bruchstücken der Gespräche ihrer Eltern und den grotesken Halbwahrheiten, die ältere Geschwister in dunklen Schlafzimmern tuschelnd verbreiteten, und der Baum warf seinen reich gefärbten Schatten über ihre Fantasie, seit ihre Kindermädchen sich an der Ecke der George Street zum ersten Mal über sie gebeugt, ihre Hände umfasst und ihnen als Babys unter gezischelten Warnungen diesen Baum gezeigt hatten.

Die Leute fragten sich, warum der Baum noch stand. Alle fanden, man hätte ihn fällen sollen – nicht nur Robins wegen, sondern auch, weil er vom Wipfel her abstarb; melancholisch graue Äste ragten wie gebrochene Knochen aus dem unansehnlichen Laub, als sei er vom Blitz versengt worden. Im Herbst leuchtete er in wütendem Rot und sah dann einen oder zwei Tage lang hübsch aus, bevor er jäh alle seine Blätter abwarf und nackt dastand. Wenn die neuen Blätter kamen, waren sie glänzend und ledrig und so dunkel, dass sie beinahe schwarz erschienen, und sie warfen einen so tiefen Schatten, dass darunter kaum Gras wuchs. Außerdem war der Baum zu groß und stand zu dicht am Haus; es brauchte nur einmal ein hinreichend starker Sturm zu kommen, hatte der Baumchirurg zu Charlotte gesagt, und eines Morgens werde sie aufwachen, weil der Baum durch ihr Schlafzimmerfenster gekracht sei (»von dem kleinen Jungen gar nicht zu reden«, hatte er noch zu seinem Partner gesagt, als er wieder in seinen Laster kletterte und die Tür zuschlug.»Wie kann die arme Frau Morgen für Morgen beim Aufwachen in den Garten schauen und dieses Ding sehen?«). Mrs. Fountain hatte sich sogar erboten, für die Kosten aufzukommen, wenn der Baum gefällt werde, und sie hatte taktvoll auf die Gefahr hingewiesen, die er für ihr eigenes Haus darstellte. Das war schon außergewöhnlich, denn Mrs. Fountain war so geizig, dass sie ihre alte Alufolie spülte, zusammenrollte und wieder benutzte. Aber Charlotte schüttelte nur den Kopf.»Nein danke, Mrs. Fountain«, sagte sie in einem so unbestimmten Ton, dass Mrs. Fountain sich fragte, ob sie vielleicht missverstanden worden sei.

»Ich habe gesagt«, wiederholte sie schrill,»dass ich dafür bezahlen werde! Ich mach's gern! Er ist auch eine Gefahr für mein Haus, und wenn ein Tornado kommt, und…«

»Nein danke.«

Sie schaute Mrs. Fountain nicht an, schaute nicht einmal den Baum an, wo das Baumhaus ihres toten Sohnes auf einer morschen Astgabel einsam verrottete. Sie schaute über die Straße hinweg, vorbei an dem Brachgrundstück, wo hoch Lichtnelken und Rispenhirse standen, und bis hin zu den Bahngleisen, die sich in der Ferne trostlos an den rostigen Dächern von Niggertown vorbeizogen.

Die tote Katze.

»Hören Sie«, fuhr Mrs. Fountain mit veränderter Stimme fort, »hören Sie, Charlotte. Sie glauben, ich wüsste es nicht, aber ich weiß, wie es ist, wenn man einen Sohn verliert. Aber es ist Gottes Wille, und Sie müssen es einfach akzeptieren.« Durch Charlottes Schweigen ermuntert, sprach sie weiter. »Außerdem war er nicht Ihr einziges Kind. Sie haben doch wenigstens noch die andern. Der arme Lynsie dagegen – er war alles, was ich hatte. Kein Tag vergeht, ohne dass ich an den Morgen denke, an dem ich erfuhr, dass sein Flugzeug abgeschossen worden war. Wir waren gerade bei den Weihnachtsvorbereitungen; ich stand in Nachthemd und Morgenrock auf der Leiter und wollte einen Mistelzweig am Kronleuchter befestigen, als ich es vorn klopfen hörte. Porter, Gott hab ihn selig, es war nach seinem ersten Herzinfarkt, aber vor seinem zweiten...«

Ihre Stimme brach, und sie warf Charlotte einen Blick zu. Aber Charlotte war nicht mehr da. Sie hatte sich abgewandt und wanderte zurück zum Haus.

Seitdem waren Jahre vergangen, und der Baum stand immer noch, und immer noch verrottete Robins Baumhaus in seiner Krone. Mrs. Fountain war jetzt nicht mehr so freundlich, wenn sie Charlotte begegnete. »Sie kümmert sich kein bisschen um die beiden Mädchen«, sagte sie zu den Damen unten bei Mrs. Neely, wenn sie sich die Haare machen ließ. »Und das Haus ist voll gestopft mit Müll. Wenn man durch die Fenster guckt, stapeln sich die Zeitungen fast bis unter die Decke.«

»Ich frage mich«, sagte die fuchsgesichtige Mrs. Neely und schaute Mrs. Fountain in die Augen, während sie nach dem Haarspray griff, »ob sie nicht hin und wieder auch ein Gläschen trinkt?«

Es kam oft vor, dass Mrs. Fountain von ihrer Veranda aus Kinder anschrie, und die Kinder rannten weg und erfanden Geschichten über sie: Sie entführe (und fresse) kleine Jungen, und ihr preisgekröntes Rosenbeet sei mit ihren zermahlenen Knochen gedüngt. Die Nähe zu Mrs. Fountains Haus des Schreckens machte die Aufführung der Gefangennahme im Garten Gethsemane noch aufregender. Aber wenn es den Jungen auch manchmal gelang, sich

gegenseitig mit Mrs. Fountain Angst einzujagen, so brauchten sie dies, was den Baum anging, überhaupt nicht zu versuchen: Irgendetwas in seinen Konturen bereitete ihnen
Unbehagen; die drückende Düsternis seines Schattens, nur
wenige Schritte abseits des hellen Rasens und doch endlos
weit davon entfernt, war beunruhigend, selbst wenn man
nichts von seiner Geschichte wusste. Es war unnötig,
einander daran zu erinnern, was geschehen war, denn das
tat der Baum selbst. Er hatte seine eigene Macht, seine
eigene Finsternis.

Wegen Robins Tod war Allison in den ersten Schuljahren
grausam geneckt worden (*»Mommy, kann ich draußen mit
meinem Bruder spielen?«»Auf keinen Fall, du hast ihn diese
Woche schon dreimal ausgegraben!«*) Sie hatte diese Hän-
seleien in demütigem Schweigen ertragen – niemand wusste genau zu sagen, wie oft oder wie lange –, bis eine barm-
herzige Lehrerin schließlich gemerkt hatte, was da vorging,
und der Sache ein Ende machte.

Harriet dagegen, vielleicht wegen ihres aggressiveren
Charakters, möglicherweise aber auch nur, weil ihre Klassenkameraden zu jung waren, um sich an den Mord zu erinnern, war solchen Verfolgungen entgangen. Die Tragödie
in ihrer Familie warf einen unheimlichen Glanz auf sie, den
die Jungen unwiderstehlich fanden. Sie sprach häufig von
ihrem toten Bruder, und dann mit einem seltsam hals-
starrigen Eigensinn, der nicht nur durchblicken ließ, dass
sie Robin gekannt hatte, sondern auch, dass er noch lebte.
Immer wieder ertappten die Jungen sich dabei, dass sie
Harriets Hinterkopf oder ihr Profil anstarrten, und manchmal erschien es ihnen, als *wäre* sie Robin – ein Kind wie sie,
das aus dem Grab zurückgekehrt war und Dinge wusste,
die sie nicht wussten. Durch Harriets Augen lag der stechende Blick ihres toten Bruders auf ihnen, übertragen
durch die Rätsel der Blutsverwandtschaft. Tatsächlich bestand, wenngleich das keinem von ihnen klar war, kaum
Ähnlichkeit zwischen ihr und ihrem Bruder, nicht einmal
auf Fotos. Flink, hell, schlüpfrig wie ein kleiner Fisch, war
er das genaue Gegenteil von Harriet mit ihrer brütenden
Art und ihrer hochfahrenden Humorlosigkeit, und es war

Die tote Katze.

allein die Stärke ihres eigenen Charakters, die die Jungen in ihren Bann schlug, nicht Robin.

Die Jungen sahen wenig Ironie und keine Parallelen zwischen der Tragödie, die da im Dunkel unter dem schwarzen Tupelobaum zur Aufführung kam, und der Tragödie, die zwölf Jahre zuvor dort stattgefunden hatte. Hely hatte alle Hände voll zu tun, denn als Judas Ischariot musste er Harriet an die Römer ausliefern, aber (als Simon Petrus) hatte er auch dem Hauptmann zu ihrer Verteidigung ein Ohr abzuschlagen. Erfreut und nervös zählte er die dreißig Erdnüsse ab, für die er seinen Erlöser verraten würde, und während die anderen Jungen ihn bedrängten und stießen, befeuchtete er sich die Lippen mit einem Extraschluck Fanta. Um Harriet zu verraten, musste er sie auf die Wange küssen. Einmal hatte er sie, angestachelt von den anderen Aposteln, mitten auf den Mund geküsst. Die Strenge, mit der sie diesen Kuss abgewischt hatte – voller Verachtung fuhr sie sich mit dem Handrücken über den Mund –, hatte ihn noch heftiger erschauern lassen als der Kuss an sich.

Die lakenverhüllten Gestalten Harriets und ihrer Apostel waren eine gespenstische Erscheinung für die Nachbarschaft. Manchmal, wenn Ida Rhew durch das Fenster über dem Spülbecken hinausschaute, erschrak sie über die seltsame kleine Prozession, die sich da so ingrimmig über den Rasen schlängelte. Sie sah nicht, dass Hely beim Gehen seine Erdnüsse befingerte, sah auch seine grünen Turnschuhe unter dem Gewand nicht, und sie hörte nicht, wie die anderen Jünger erbost untereinander tuschelten, weil sie ihre Schreckschusspistolen nicht hatten mitnehmen dürfen, um Jesus damit zu verteidigen. Die Reihe der kleinen, weiß verhüllten Gestalten, deren Lakengewänder über das Gras schleiften, weckte in ihr das gleiche Gefühl von Neugier und Vorahnung, das sie vielleicht auch als Waschfrau in Palästina empfunden hätte, wenn sie, die Arme bis an die Ellenbogen im schmutzigen Brunnenwasser, im warmen Zwielicht des Passah innegehalten hätte, um sich mit dem Handrücken über die Stirn zu fahren und einen Augenblick lang verwirrt die dreizehn Kapuzengestalten anzustarren, die da vorüberschwebten, die staubige

Straße hinauf zu dem ummauerten Olivenhain auf dem Gipfel der Anhöhe – die Bedeutung dieses Ganges ersichtlich an ihrer gemessenen, würdevollen Haltung, aber sein Anlass unergründlich: ein Begräbnis vielleicht? Ein Krankenbesuch, eine Gerichtsverhandlung, eine religiöse Feier? Irgendetwas Aufwühlendes, was immer es sein mochte – genug, um ihre Aufmerksamkeit für einen oder zwei Augenblicke in Anspruch zu nehmen, aber dann würde sie sich wieder ihrer Arbeit zuwenden, ohne zu wissen, dass die kleine Prozession auf dem Weg zu einem Ereignis war, das aufwühlend genug war, um der Geschichte eine neue Wendung zu geben.

»Wieso spielt ihr bloß immer unter diesem scheußlichen alten Baum?«, fragte sie, als Harriet hereinkam.

»Weil es die dunkelste Stelle im Garten ist«, sagte Harriet.

Sie beschäftigte sich, seit sie klein war, mit Archäologie: mit indianischen Grabhügeln, verfallenen Städten, vergrabenen Dingen. Ihre Neugier war von Dinosauriern entfacht worden und hatte dann eine Wandlung erfahren. Was Harriet interessierte – das wurde klar, sobald sie alt genug war, um es zu artikulieren –, waren nicht die Dinosaurier selbst, die langwimprigen Brontosaurier aus den Cartoons der Samstagszeitung, die sich reiten ließen oder brav die Hälse senkten, damit die Kinder darauf herunterrutschen konnten, und nicht einmal der kreischende Tyrannosaurus und der Pterodaktylus der Alpträume. Was sie interessierte, war der Umstand, dass sie nicht mehr existierten.

»Aber woher *wissen* wir«, hatte sie Edie gefragt, die das Wort Saurier nicht mehr hören konnte, »wie sie wirklich ausgesehen haben?«

»Weil man ihre Knochen gefunden hat.«

»Aber wenn ich deine Knochen finde, Edie, dann weiß ich doch noch nicht, wie du ausgesehen hast.«

Edie war beim Pfirsichschälen und gab keine Antwort.

»Schau hier, Edie. Schau. Hier steht, sie haben nur einen Wadenknochen gefunden.« Sie kletterte auf einen Schemel

Die tote Katze.

und hielt hoffnungsvoll mit einer Hand das Buch vor sich ausgestreckt. »Und hier ist ein Bild vom ganzen Dinosaurier.«

»Kennst du das Lied nicht, Harriet?«, unterbrach Libby und beugte sich von der Küchentheke herüber, wo sie die Pfirsiche entsteinte. Mit ihrer zittrigen Stimme fing sie an zu singen:»*Der Knieknochen hängt am Wadenknochen...der Wadenknochen hängt am...*«

»Aber woher *wissen* sie, wie er ausgesehen hat? Woher wissen sie, dass er grün war? Auf dem Bild haben sie ihn grün gemacht. Guck. *Guck*, Edie.«

»Ich gucke ja«, sagte Edie missmutig, obwohl sie es nicht tat.

»Nein, du guckst nicht!«

»Was ich gesehen habe, reicht mir.«

Als Harriet ein bisschen älter wurde, neun oder zehn, verlegte sich ihre Fixierung auf die Archäologie. Hier fand sie eine bereitwillige, wenn auch konfuse Diskussionspartnerin in ihrer Tante Tat. Tat war dreißig Jahre lang Lateinlehrerin an der örtlichen High School gewesen, und im Ruhestand hatte sie ein Interesse an diversen Rätseln der Antike entwickelt, von denen viele, wie sie glaubte, auf Atlantis zurückzuführen seien. Die Atlantier, behauptete sie, hätten die Pyramiden und die Monolithfiguren auf der Osterinsel errichtet; atlantische Weisheit sei die Erklärung für die trepanierten Schädel, die man in den Anden, und die modernen elektrischen Batterien, die man in den Gräbern der Pharaonen gefunden habe. Ihre Regale waren voll gestopft mit pseudowissenschaftlichen, populären Büchern aus den neunziger Jahren des neunzehnten Jahrhunderts, die sie von ihrem gebildeten, aber leichtgläubigen Vater geerbt hatte, einem angesehenen Richter, der in seinen letzten Lebensjahren unentwegt versucht hatte, im Pyjama aus einem verschlossenen Schlafzimmer zu entweichen. Seine Bibliothek, die er seiner zweitjüngsten Tochter Theodora – sie hatte von ihm den Spitznamen Tattycorum, oder kurz Tat, erhalten – hinterlassen hatte, enthielt Werke wie *Die antediluvische Kontroverse, Andere Welten* und *Der Kontinent Mu: Fiktion oder Wirklichkeit?*

Tats Schwestern hatten nichts übrig für diese Forschungsrichtung: Adelaide und Libby hielten sie für unchristlich, Edie fand es einfach nur albern. »Aber wenn es so etwas wie Atlanta gegeben hat«, sagte Libby und runzelte die unschuldige Stirn, »warum steht dann nichts davon in der Bibel?«

»Weil es da noch nicht erbaut war«, sagte Edie ziemlich grausam. »Atlanta ist die Hauptstadt von Georgia. Sherman hat es im Bürgerkrieg in Schutt und Asche gelegt.«

»Oh, Edith, sei nicht so gehässig…«

»Die Atlantier«, sagte Tat, »waren die Vorfahren der alten Ägypter.«

»Na, aber da hast du's. Die alten Ägypter waren keine Christen«, sagte Adelaide. »Sie haben Katzen und Hunde angebetet und so was.«

»Sie *konnten* keine Christen sein, Adelaide. Christus war noch nicht geboren.«

»Vielleicht nicht, aber Moses und all die andern hielten sich doch wenigstens an die Zehn Gebote. Sie sind nicht herumgelaufen und haben Katzen und Hunde angebetet.«

»Die Atlantier«, sagte Tat hochfahrend über das Gelächter ihrer Schwester hinweg, »die *Atlantier* wussten viele Dinge, die moderne Wissenschaftler heute noch gern in die Finger bekämen. Daddy wusste über Atlantis Bescheid, und er war ein guter Christ und besaß mehr Bildung als wir alle zusammen in diesem Zimmer.«

»Daddy«, brummte Edie, »*Daddy* hat mich immer mitten in der Nacht aus dem Bett geholt und gesagt, Kaiser Wilhelm kommt, und ich soll das Silber im Brunnen verstecken.«

»Edith!«

»Edith, das ist nicht recht. Da war er krank. Nachdem er doch zu uns allen so gut war!«

»Ich sage nicht, dass Daddy kein guter Mann war, Tatty. Ich sage nur, dass ich diejenige war, die für ihn sorgen musste.«

»*Mich* hat Daddy immer erkannt«, sagte Adelaide eifrig; sie war die Jüngste und, wie sie glaubte, der Liebling ihres Vaters gewesen. Niemals ließ sie sich eine Gelegenheit ent-

Die tote Katze.

gehen, ihre Schwestern daran zu erinnern.»Er wusste bis zum Schluss, wer ich war. An dem Tag, als er starb, nahm er meine Hand und sagte: ›Addie, Honey, was haben sie mit mir gemacht?‹ Ich weiß nicht, warum um alles in der Welt ich die Einzige war, die er erkannte. Wirklich sehr komisch.«

Harriet schaute sich sehr gern Tats Bücher an, zu denen nicht nur die Atlantis-Bände gehörten, sondern auch etabliertere Werke wie Gibbon und Ridpaths *History* sowie eine Anzahl von Paperback-Liebesromanen, die in der Antike spielten und bunte Bilder von Gladiatoren auf dem Cover hatten.

»Das sind natürlich keine historischen Werke«, erklärte Tat.»Das sind nur leichte kleine Romane mit historischem Hintergrund. Aber es sind sehr unterhaltsame Bücher, und lehrreich sind sie auch. Ich habe sie immer den Kindern auf der High School gegeben, um sie für die Römerzeit zu interessieren. Mit den Büchern, die sie heutzutage alle schreiben, könnte man das wahrscheinlich nicht mehr tun, aber das sind saubere kleine Romane, nicht der Schund, den es heute gibt.« Sie wanderte mit einem knochigen Zeigefinger, die Knöchel arthritisch geschwollen, über die identischen Buchrücken.»H. Montgomery Storm. Ich glaube, er hat auch Bücher über die Regency-Periode geschrieben, unter einem Frauennamen, an den kann ich mich aber nicht mehr erinnern.«

Harriet interessierte sich überhaupt nicht für die Gladiatorenromane. Für sie waren das Liebesgeschichten in römischer Kostümierung, und sie konnte nichts ausstehen, was mit Liebe oder Romantik zu tun hatte. Das liebste unter Tats Büchern war ihr ein mächtiger Band mit dem Titel *Pompeji und Herculaneum: Die vergessenen Städte*, illustriert mit farbigen Stichen.

Und auch Tat hatte Freude daran, sich dieses Buch mit Harriet anzuschauen. Sie saßen auf Tats Manchestersofa und blätterten gemeinsam die Seiten um, vorbei an zarten Wandgemälden aus zerstörten Villen, vorbei an Bäckerständen, die mit Brot und allem, was dazugehörte, unter einer fünf Meter tiefen Ascheschicht tadellos konserviert waren, vorbei an gesichtslosen Gipsformen toter Römer, noch immer verrenkt in den beredten Posen des Leidens, in denen sie vor zweitausend Jahren im Glutregen auf das Kopfsteinpflaster gestürzt waren.

»Ich begreife nicht, warum diese armen Menschen nicht so klug waren, vorher zu flüchten«, sagte Tat. »Vermutlich wussten sie damals noch nicht, was ein Vulkan ist. Und ich nehme an, es war ein bisschen so wie damals, als der Hurrikan Camille an der Golfküste gewütet hat. Da gab es eine Menge törichte Leute, die nicht gehen wollten, als die Stadt evakuiert wurde, und sie saßen im Buena Vista Hotel herum und tranken, als wären sie auf einer großen Party. Ich sage dir, Harriet, sie haben noch drei Wochen lang ihre Leichen aus den Bäumen geangelt, nachdem das Wasser zurückgegangen war. Und vom Buena Vista war kein Stein auf dem andern geblieben. An das Buena Vista wirst du dich nicht erinnern, Schatz. Da waren Skalare auf die Wassergläser gemalt.« Sie blätterte um. »Hier. Siehst du diesen Gipsabdruck von dem kleinen Hund, der gestorben ist? Er hat noch einen Keks in der Schnauze. Irgendwo habe ich eine hübsche Geschichte gelesen, die jemand über genau diesen Hund geschrieben hat. In der Geschichte gehörte der Hund einem kleinen pompejanischen Bettlerjungen, den er liebte, und er starb, als er versuchte, ihm Proviant zu besorgen, damit er auf der Flucht aus Pompeji etwas zu essen hätte. Ist das nicht traurig? Natürlich kann das niemand genau wissen, aber es ist doch ziemlich nah an der Wahrheit, meinst du nicht auch?«

»Vielleicht wollte der Hund den Keks auch für sich selbst.«

»Das bezweifle ich. Weißt du, dieser Keks war wahrscheinlich das Letzte, was dieses arme Ding im Sinn hatte, als all die Leute schreiend umherrannten und überall die Asche herabregnete.«

Tat teilte Harriets Interesse an der versunkenen Stadt aus menschlicher Sicht, aber sie verstand nicht, weshalb Harriets Faszination sich auch auf die unbedeutendsten und am wenigsten dramatischen Aspekte des Untergangs erstreckte: auf zerbrochene Gerätschaften, graue Tonscherben, verrostete Klumpen aus unkenntlichem Metall. Und

Die tote Katze.

ganz sicher war ihr nicht klar, dass Harriets besessene Vorliebe für Bruchstücke etwas mit der Geschichte ihrer Familie zu tun hatte.

Wie die meisten alten Familien in Mississippi waren die Cleves früher reicher gewesen als heute. Genau wie beim untergegangenen Pompeji waren auch von diesen Reichtümern nur Spuren übrig geblieben, und sie erzählten einander gern Geschichten von ihrem verlorenen Vermögen. Manche davon entsprachen der Wahrheit. Die Yankees hatten ihnen tatsächlich einen Teil ihres Schmucks und ihres Silbers gestohlen, wenn auch nicht die ungeheuren Schätze, denen die Schwestern seufzend nachtrauerten. Richter Cleve hatte der Börsenkrach von 1929 übel mitgespielt, und in seiner Senilität hatte er ein paar katastrophale Investitionen getätigt, von denen die bemerkenswerteste darin bestand, dass er den Großteil seiner Ersparnisse in ein verrücktes Projekt zur Entwicklung des Autos der Zukunft gesteckt hatte – in ein Automobil, das fliegen konnte. Nach seinem Tod mussten seine Töchter bestürzt feststellen, dass der Richter einer der Haupteigner des bankrotten Unternehmens gewesen war.

Daher musste das große Haus, das seit seiner Erbauung im Jahr 1809 im Besitz der Familie Cleve gewesen war, in aller Eile verkauft werden, um die Schulden des Richters zu begleichen. Darüber trauerten die Schwestern noch immer. Sie waren dort aufgewachsen – wie auch der Richter selbst und seine Mutter und Großeltern. Was noch schlimmer war: Der Käufer verkaufte es postwendend an jemanden, der ein Altenheim daraus machte, und als dieses Altenheim seine Zulassung verlor, wandelte er es in Sozialwohnungen um. Drei Jahre nach Robins Tod war es bis auf die Grundmauern niedergebrannt. »Den Bürgerkrieg hat es überstanden«, sagte Edie verbittert, »aber am Ende haben es doch die Nigger bekommen.«

Tatsächlich war es Richter Cleve gewesen, der das Haus zerstört hatte, nicht »die Nigger«; fast siebzig Jahre lang hatte er keine Reparaturen daran vornehmen lassen, und seine Mutter in den vierzig Jahren davor auch nicht. Als er starb, waren die Fußböden verrottet, die Fundamente von

Termiten zerfressen, und das ganze Gebäude stand kurz
vor dem Einsturz, aber noch immer sprachen die Schwestern liebevoll von den handgemalten Tapeten – Rosenblü-
ten auf eierschalenblauem Grund –, die aus Frankreich
importiert worden waren, von den marmornen Kaminsim-
sen mit den gemeißelten Engeln und dem handgefädelten
Kronleuchter aus böhmischem Kristall, von der Doppel-
treppe, die eigens dazu erdacht gewesen war, das Feiern
gemischter Feste zu ermöglichen: Die eine Treppe war für
die Jungen, die andere für die Mädchen, und das Obergeschoss des Hauses war durch eine Wand geteilt, sodass
mutwillige Jungen sich nicht mitten in der Nacht zu den
Zimmern der Mädchen hinüberschleichen konnten. Sie
hatten fast vergessen, dass die Jungentreppe an der Nord-
seite seit fast fünfzig Jahren keine Party mehr gesehen
hatte, als der Richter starb, und so wacklig gewesen war,
dass man sie nicht mehr hatte benutzen können. Dass
das Esszimmer von dem senilen Richter bei einem Unfall mit einer Paraffinlampe beinahe ausgebrannt worden
wäre. Dass die Böden durchhingen, dass das Dach undicht
war, dass die Stufen an der hinteren Veranda im Jahr 1947
unter dem Gewicht des Mannes von der Gasanstalt, der
die Uhr hatte ablesen wollen, zersplittert waren und dass
die berühmte Tapete sich in großen, schimmeligen Fladen
vom Putz abschälte.

Amüsanterweise hatte das Haus »Drangsal« geheißen.
Richter Cleves Großvater hatte es so genannt, weil er
behauptete, dass der Bau ihn beinahe umgebracht hätte.
Jetzt war nichts davon übrig außer den beiden Kaminen
und dem moosbewachsenen Ziegelpfad. Das Ziegelpflas-
ter war in einem verzwickten Fischgrätmuster angelegt,
und der Pfad führte von den Fundamenten zur vorderen
Treppe, wo auf einer Stufe fünf rissige Kacheln in verbli-
chenem Delfter Blau den Namen CLEVE bildeten.

Für Harriet waren diese fünf holländischen Fliesen ein
weit faszinierenderes Überbleibsel einer versunkenen Zivilisation als irgendein toter Hund mit einem Keks in
der Schnauze. Für sie war das feine, wässrige Blau das
Blau des Reichtums, der Erinnerung, das Blau Europas,

Die tote Katze.

des Himmels, und alle Drangsal, die sie daraus herleitete, leuchtete mit der phosphoreszierenden Pracht eines Traums. In ihrer Vorstellung bewegte sich ihr toter Bruder wie ein Prinz durch die Räume dieses verlorenen Palastes. Das Haus war verkauft worden, als sie gerade sechs Wochen alt war, aber Robin war noch auf dem Mahagonigeländer heruntergerutscht (und wäre unten einmal, wie Adelaide erzählte, beinahe in die gläserne Porzellanvitrine gestürzt), und er hatte auf dem Perserteppich Domino gespielt, während die marmornen Engel mit ausgebreiteten Schwingen und schlauen, schwerlidrigen Augen über ihn wachten. Er war zu Füßen des Bären eingeschlafen, den sein Großonkel geschossen und ausgestopft hatte, und er hatte den Pfeil mit den verblichenen Häherfedern gesehen, den ein Natchez-Indianer 1812 bei einem Überfall im Morgengrauen auf seinen Ururgroßvater abgeschossen hatte und den man im Wohnzimmer in der Wand hatte stecken lassen, wo er hineingefahren war.

Von den holländischen Fliesen abgesehen, gab es nur noch wenige greifbare Artefakte aus »Drangsal«. Die meisten Teppiche und Möbelstücke und die gesamte feste Einrichtung – Marmorengel, Kronleuchter – waren in Kisten mit der Aufschrift »Verschiedenes« verpackt und an einen Antiquitätenhändler in Greenwood verkauft worden, der nur die Hälfte dessen bezahlt hatte, was sie wert waren. Der Schaft des berühmten Pfeils war in Edies Händen zerbröckelt, als sie ihn am Tag des Auszugs aus der Wand hatte ziehen wollen, und die winzige Pfeilspitze hatte sich allen Bemühungen, sie mit einem Spachtelmesser aus dem Putz zu graben, erfolgreich widersetzt. Der von Motten zerfressene ausgestopfte Bär war auf den Müll gewandert, wo ein paar Negerkinder ihn begeistert gerettet und an den Beinen durch den Schlamm nach Hause geschleift hatten.

Wie also war dieser ausgestorbene Koloss zu rekonstruieren? Welche Fossilien waren noch übrig, welche Spuren konnte sie verfolgen? Das Fundament war noch da, ein Stück weit außerhalb der Stadt, sie wusste nicht genau, wo, und irgendwie kam es darauf auch nicht weiter an. Nur einmal, an einem Winternachmittag vor langer Zeit, war man mit ihr dort gewesen, um es ihr zu zeigen. Auf ein kleines Kind machte es den Eindruck, als habe es ein Bauwerk getragen, das viel größer war als ein Haus – eine Stadt fast. Sie hatte eine Erinnerung daran, wie Edie (jungenhaft in ihrer Khakihose) aufgeregt von einem Zimmer zum andern gesprungen war. Der Atem war in weißen Wölkchen aus ihrem Mund gekommen, und sie hatte ihnen das Wohnzimmer gezeigt, das Esszimmer, die Bibliothek – aber das alles war nebelhaft im Vergleich zu der furchtbaren, furchtbaren Erinnerung an Libby in ihrem roten Automantel, wie sie, in Tränen aufgelöst, ihre behandschuhte Hand ausgestreckt, sich von Edie durch den knirschenden Winterwald zurück zum Auto hatte führen lassen, mit Harriet im Schlepptau.

Eine Ansammlung minderer Artefakte war aus »Drangsal« gerettet worden – Tischwäsche, Teller mit Monogrammen, eine wuchtige Anrichte aus Rosenholz, Vasen, Porzellanuhren, Esszimmerstühle, alles verstreut in ihrem eigenen Haus und in den Häusern ihrer Tanten: ungeordnete Fragmente, ein Schenkelknochen hier, ein Wirbelknochen da, mit deren Hilfe Harriet sich daranmachte, die abgebrannte Pracht, die sie nie gesehen hatte, zu rekonstruieren. Und diese erretteten Gegenstände verströmten warm ein ganz eigenes, heiteres altes Licht: Das Silber war schwerer, die Stickereien reicher, das Kristall zarter, und das Porzellan von feinerem, erlesenerem Blau. Aber am beredtesten waren die Geschichten, die ihr überliefert wurden – verschwenderisch verzierte Stücke, die Harriet entschlossen noch weit prächtiger ausschmückte: zum Mythos vom verzauberten Alcazar, vom Feenschloss, das es nie gegeben hatte. Sie besaß in einem einzigartigen und Unbehagen erregenden Ausmaß jene Scheuklappensicht, die es allen Cleves ermöglichte zu vergessen, was sie nicht im Gedächtnis behalten wollten, und zu übertreiben oder sonst wie zu verändern, was sie nicht vergessen konnten. Während sie also das Skelett der ausgestorbenen Monstrosität, die einst das Vermögen ihrer Familie gewesen war, neu zusammensetzte, ahnte sie nicht, dass man sich an einigen der Knochen zu

Die tote Katze.

schaffen gemacht hatte, dass andere überhaupt zu anderen Tieren gehörten und dass viele der massigeren und spektakuläreren Knochen überhaupt keine Knochen waren, sondern Fälschungen aus Gips. (Der berühmte böhmische Kronleuchter zum Beispiel stammte keineswegs aus Böhmen. Er war nicht einmal aus Kristall. Die Mutter des Richters hatte ihn bei Montgomery Ward bestellt.) Und ihr war erst recht nicht klar, dass sie im Laufe ihrer Bestrebungen immer wieder über gewisse bescheidene, verstaubte Fragmente hinwegtrampelte, hin und her, die ihr, hätte sie sich die Mühe gemacht, sie zu untersuchen, den wahren – und ziemlich enttäuschenden – Schlüssel zu dem ganzen Gebäude offenbart hätten. Das mächtige, donnernd opulente »Drangsal«, das sie in ihrer Vorstellung so mühselig rekonstruiert hatte, war nicht die Nachbildung irgendeines Hauses, das es je gegeben hatte, sondern eine Chimäre, ein Märchen.

Harriet brachte ganze Tage damit zu, das alte Fotoalbum zu studieren, das sich in Edies Haus befand (einem Haus, das Welten von »Drangsal« entfernt war, einem Drei-Zimmer-Bungalow aus den vierziger Jahren). Da war die dünne, schüchterne Libby, das Haar straff nach hinten gekämmt, farblos und jüngferlich schon mit achtzehn: Mund und Augen hatten etwas von Harriets Mutter (und von Allison). Als Nächstes die geringschätzige Edie – neun Jahre alt, eine Stirn wie eine Gewitterwolke, die mit ihrem Gesichtsausdruck eine kleine Version ihres Vaters abgab, der finster blickend hinter ihr stand. Eine seltsame, mondgesichtige Tat, ausgestreckt in einem Korbsessel. Auf dem Schoß der verschwommene Schatten eines Kätzchens, unkenntlich. Baby Adelaide, die drei Ehemänner überleben sollte, lachte in die Kamera. Sie war die Hübscheste der vier, und auch sie hatte etwas an sich, das an Allison erinnerte, aber schon zeigte sich ein nörgelnder Zug an ihren Mundwinkeln. Auf den Stufen vor dem zum Untergang verurteilten Haus die holländischen Fliesen mit der Aufschrift CLEVE: gerade noch erkennbar und auch nur, wenn man genau hinschaute, aber sie waren das Einzige auf dem Foto, das sich unverändert erhalten hatte.

Harriets Lieblingsfotos waren die, auf denen ihr Bruder

zu sehen war. Edie hatte die meisten davon gemacht, und weil es so schmerzlich war, sie anzuschauen, hatte man sie aus dem Album genommen und bewahrte sie separat auf; sie lagen auf einem Bord in Edies Wandschrank in einer herzförmigen Pralinenschachtel. Als Harriet mit ungefähr acht Jahren darauf stieß, war dies ein archäologischer Fund vom Rang der Entdeckung des Tutenchamun-Grabes.

Edie hatte keine Ahnung, dass Harriet die Bilder gefunden hatte und dass sie der Hauptgrund dafür waren, weshalb Harriet so viel Zeit bei ihr zu Hause verbrachte. Mit einer Taschenlampe ausgerüstet, hockte Harriet hinten in Edies muffigem Wandschrank hinter den Röcken von Edies Sonntagskostümen und betrachtete sie; manchmal schob sie die Schachtel in ihren Barbie-Koffer und nahm sie mit hinaus in Edies Werkzeugschuppen, wo ihre Großmutter, froh, wenn ihr Harriet nicht im Weg stand, sie ungestört spielen ließ. Ein paarmal hatte sie die Fotos auch schon über Nacht mit nach Hause genommen. Einmal, als ihre Mutter schon im Bett war, zeigte sie sie Allison. »Schau«, sagte sie, »das ist unser Bruder.«

Auf Allisons Gesicht breitete sich fast so etwas wie Angst aus, als sie die offene Schachtel anstarrte, die Harriet ihr auf den Schoß gelegt hatte.

»Na los. Sieh sie dir an. Auf einigen bist du auch.«

»Ich will nicht«, sagte Allison; sie drückte den Deckel auf die Schachtel und schob sie zu Harriet zurück.

Es waren Farbfotos, verblichene Abzüge mit rosa angelaufenen Rändern, klebrig und eingerissen, wo man sie aus dem Album gelöst hatte. Sie waren mit Fingerabdrücken beschmiert, als hätte jemand sie oft in der Hand gehabt. Auf die Rückseite einiger Fotos hatte man schwarze Katalognummern gestempelt, weil die Bilder bei den polizeilichen Ermittlungen benutzt worden waren, und auf ihnen fanden sich die meisten Fingerabdrücke.

Harriet wurde nie müde, sie anzuschauen. Die Abzüge waren blaustichig, unirdisch, und die Farben waren mit dem Alter noch seltsamer und zaghafter geworden. Die traumerleuchtete Welt, auf die sie ihr einen Blick eröffne-

Die tote Katze.

ten, war magisch, in sich geschlossen, unwiederbringlich. Da war Robin bei einem Nickerchen mit seinem orangegelben Kätzchen Weenie. Hier tollte er auf großen Säulenveranden von »Drangsal«, schrie prustend vor Lachen in die Kamera. Da machte er Seifenblasen mit einem Schälchen Lauge und einem Röhrchen. Da war er ganz ernst in einem gestreiften Pyjama, da in seiner Pfadfinderuniform, die Knie durchgedrückt, begeistert von sich selbst. Hier war er viel kleiner, verkleidet für die Kindergartenaufführung *Der Lebkuchenmann*, in der Rolle eines gierigen schwarzen Vogels. Das Kostüm, das er dabei getragen hatte, war berühmt. Libby hatte Wochen mit Nähen zugebracht: ein schwarzes Trikot mit orangegelben Strümpfen, und vom Handgelenk bis zur Achsel und von der Achsel bis zu den Oberschenkeln waren Flügel aus federbesetztem schwarzen Samt angenäht. Ein Kegel aus orangegelber Pappe war als Schnabel über seine Nase gestülpt und festgebunden. Es war ein so schönes Kostüm, dass Robin es zwei Halloweens hintereinander getragen hatte, genau wie seine Schwestern nach ihm, und noch heute wurde Charlotte von Müttern aus der Nachbarschaft angerufen, die darum baten, es für ihre Kinder ausborgen zu dürfen.

Am Abend des Theaterstücks hatte Edie einen ganzen Film verknipst: mehrere Aufnahmen von Robin, wie er aufgeregt durch das Haus rannte; er flatterte mit den Armen, seine Flügel blähten sich hinter ihm, und eine oder zwei verlorene Federn wehten auf den riesigen, fadenscheinigen Teppich. Eine schwarze Schwinge, der schüchternen Libby um den Has geworfen, der errötenden Näherin. Hier war er mit seinen kleinen Freunden Alex (als Bäcker, in einem weißen Kittel und mit Mütze) und dem schlimmen Pemberton, dem Lebkuchenmann persönlich, dessen kleines Gesicht dunkel war vor Wut über das würdelose Kostüm. Und wieder Robin, ungeduldig zappelnd, während seine kniende Mutter ihn festhielt und sich bemühte, einen Kamm durch sein Haar zu ziehen. Die verspielte junge Frau war unbestreitbar Harriets Mutter, aber eine Mutter, die sie nie gekannt hatte: beschwingt, bezaubernd, funkelnd vor Lebendigkeit.

Die Bilder schlugen Harriet in ihren Bann. Mehr als alles andere wünschte sie sich, sie könnte aus der Welt, die sie kannte, in ihre kühle, blaustichige Klarheit hinübergleiten, wo ihr Bruder lebte und das Haus stand und alle immer glücklich waren. Robin und Edie in dem großen, düsteren Wohnzimmer, beide auf Händen und Knien bei einem Brettspiel – sie konnte nicht erkennen, was es war, irgendein Spiel mit bunten Karten und einer farbenprächtigen Scheibe, die man kreiseln ließ. Und da waren sie wieder, Robin mit dem Rücken zur Kamera, wie er Edie einen dicken roten Ball zuwarf, und Edie, wie sie komisch die Augen verdrehte, als sie losstürzte, um ihn zu fangen. Da blies er die Kerzen auf seiner Geburtstagstorte aus – neun Kerzen, der letzte Geburtstag, den er erleben würde –; Edie und Allison beugten sich über seine Schulter, um ihm zu helfen, und ihre lächelnden Gesichter leuchteten im Dunkeln. Ein Delirium von Weihnachtsfesten: Tannenzweige und Lametta, Geschenke, die unter dem Baum hervorquollen, Kristallschalen mit Süßigkeiten und Apfelsinen und zuckerbestäubte Kuchen auf silbernen Platten, die Engel am Kamin mit Stechpalmengirlanden geschmückt, und alle lachten, und der Kronleuchter loderte in den hohen Spiegeln. Im Hintergrund, auf der Festtafel, konnte Harriet gerade noch das berühmte Weihnachtsgeschirr erkennen, umkränzt mit einem Muster aus scharlachroten Bändern und klingelnden Schlittenglöckchen, in Blattgold getrieben. Beim Umzug war es zerbrochen, die Packer hatten schlecht gearbeitet, und jetzt gab es davon nur noch zwei Untertassen und eine Sauciere. Aber auf dem Foto war alles noch da, himmlisch, prachtvoll, ein komplettes Service.

Harriet selbst war eine Woche vor Weihnachten geboren, mitten in einem Schneesturm, dem schwersten, den es seit Menschengedenken in Mississippi gegeben hatte. Es gab auch ein Bild von diesem Schneefall in der herzförmigen Schachtel: die zwei Ulmen vor »Drangsal«, blitzend von Eis, und Bounce, Adelaides längst verstorbener Terrier, wie er verrückt vor Aufregung den verschneiten Pfad hinunterrennt, seiner Herrin, der Fotografin, entgegen – mitten im Kläffen für immer erstarrt, die dünnen Beinchen

Die tote Katze.

verwischt, eine Schaumwolke von Schnee aufwirbelnd, ein Augenblick glorreicher Erwartung, ehe er seine geliebte Herrin erreichte. Im Hintergrund stand die Haustür offen, und Robin winkte dem Betrachter fröhlich zu, während seine schüchterne Schwester Allison sich an seine Hüften klammerte. Er winkte Adelaide zu, die das Foto gemacht hatte, und Edie, die seiner Mutter aus dem Auto half, und seiner kleinen Schwester Harriet, die er noch nie gesehen hatte und die an diesem schneehellen Weihnachtsabend aus dem Krankenhaus zum ersten Mal nach Hause gebracht wurde.

Harriet hatte nur zweimal Schnee gesehen, aber sie wusste ihr Leben lang, dass sie darin geboren war. An jedem Weihnachtsabend (es waren jetzt kleinere, traurigere Weihnachtsfeste, an denen sie sich in Libbys stickigem kleinem Haus mit den niedrigen Decken an der Gasheizung versammelten und Eierpunsch tranken) erzählten Libby und Tat und Adelaide die gleiche Geschichte: die Geschichte, wie sie sich in Edies Auto gezwängt hatten und hinüber ins Krankenhaus nach Vicksburg gefahren waren, um Harriet durch den Schnee nach Hause zu holen, am Weihnachtsabend.

»Du warst das schönste Weihnachtsgeschenk, das wir je bekommen haben«, sagten sie. »Robin war so aufgeregt. In der Nacht, bevor wir dich abholten, konnte er kaum schlafen, und bis vier Uhr morgens hat er deine Großmutter wach gehalten. Und als er dich das erste Mal sah, als wir dich ins Haus brachten, war er einen Augenblick still, und dann sagte er: ›Mutter, du hast eindeutig das schönste Baby ausgesucht, das sie hatten.‹«

»Harriet war ein so braves Baby«, sagte Harriets Mutter wehmütig. Sie saß vor der Heizung und umklammerte ihre Knie. Wie Robins Geburtstag und sein Todestag war auch Weihnachten immer sehr schmerzlich für sie, und das wussten alle.

»War ich brav?«

»Ja, das warst du, Liebling.« Es stimmte. Harriet hatte nie geweint oder irgendjemanden auch nur einen Augenblick lang geplagt, ehe sie sprechen gelernt hatte.

Harriets Lieblingsbild in der herzförmigen Schachtel, das sie im Licht der Taschenlampe wieder und wieder betrachtete, zeigte sie und Robin und Allison vor dem Weihnachtsbaum im Wohnzimmer von »Drangsal«. Es war das einzige Bild, das sie kannte, auf dem sie alle drei zu sehen waren, und es war das einzige Bild von ihr, das im alten Haus ihrer Familie aufgenommen worden war. Es vermittelte keinerlei Vorahnung auf einen der vielen Schicksalsschläge, die bevorstanden. Der alte Richter würde einen Monat später nicht mehr da sein, »Drangsal« würde für immer verloren gehen, und Robin würde im Frühling sterben, aber damals hatte das natürlich niemand gewusst. Es war Weihnachten, im Haus war ein neues Baby, alle waren glücklich und glaubten, sie würden ewig glücklich sein.

Auf dem Bild stand Allison, würdevoll in ihrem weißen Nachthemd, barfuß neben Robin, der die kleine Harriet auf dem Arm trug; in seinem Gesicht mischten sich Aufregung und Ratlosigkeit, als sei Harriet ein ausgefallenes Spielzeug und als wisse er nicht genau, wie er damit umgehen sollte. Der Weihnachtsbaum funkelte neben ihnen, und am Rande des Bildes spähten Robins Katze Weenie und der neugierige Bounce niedlich ins Bild, wie die Tiere, die gekommen waren, um Zeugen des Wunders im Stall zu sein. Über der Szene lächelten die marmornen Engel. Das Licht auf dem Foto war gebrochen, gefühlvoll, durchglüht von Katastrophen. Am nächsten Weihnachtsfest würde sogar Bounce, der Terrier, tot sein.

Nach Robins Tod veranstaltete die Erste Baptistenkirche eine Kollekte für ein Geschenk zu seinem Gedenken – eine japanische Quitte oder vielleicht neue Sitzkissen für die Kirchenbänke –, aber es kam mehr Geld zusammen, als irgendjemand erwartet hatte. Eins der sechs Buntglasfenster der Kirche, jedes mit einer Szene aus dem Leben Jesu, war während eines Wintersturms von einem Ast zerschmettert worden und seitdem mit Sperrholz vernagelt. Der Pastor, der schon nicht mehr geglaubt hatte, dass man

Die tote Katze.

sich ein neues Fenster werde leisten können, schlug vor, jetzt eins zu kaufen.

Einen beträchtlichen Teil des Geldes hatten die Schulkinder der Stadt zusammengetragen. Sie waren von Tür zu Tür gezogen, hatten Tombolen und Kuchenbasare veranstaltet. Robins Freund Pemberton Hull (der bei der Kindergartenaufführung den Lebkuchenmann gespielt hatte, mit Robin als Schwarzdrossel) hatte für das Denkmal seines toten Freundes fast zweihundert Dollar gespendet, eine Großzügigkeit, die ihm, wie der neunjährige Pem behauptete, durch das Zerschlagen seines Sparschweins ermöglicht worden sei. Tatsächlich hatte er das Geld aus der Handtasche seiner Großmutter gestohlen. (Er hatte auch versucht, den Verlobungsring seiner Mutter beizusteuern, und außerdem zehn silberne Teelöffel und eine Freimaurer-Krawattenspange, deren Herkunft niemand ermitteln konnte; sie war aber mit Diamanten besetzt und offensichtlich wertvoll.) Doch selbst ohne diese stattlichen Gaben war die Summe, die Robins Klassenkameraden zusammenbrachten, ziemlich hoch, und man schlug vor, statt das zerbrochene Glasbild von der Hochzeit zu Kana durch die gleiche Szene zu ersetzen, doch lieber etwas anzuschaffen, mit dem man nicht nur Robin, sondern auch die Kinder ehrte, die so hart für ihn gearbeitet hatten.

Das neue Fenster, das anderthalb Jahre später unter den bewundernden Ausrufen der Ersten Baptistengemeinde enthüllt wurde, zeigte einen sympathischen, blauäugigen Jesus, der auf einem Felsblock unter einem Ölbaum saß, ins Gespräch vertieft mit einem rothaarigen Jungen mit Baseballmütze, der unverkennbar Ähnlichkeit mit Robin aufwies.

LASSET DIE KINDLEIN ZU MIR KOMMEN

lautete die Inschrift unter dieser Szene, und eingraviert auf einer Plakette darunter stand:

71.

In liebevollem Gedenken an Robin Cleve Dusfresnes
von den Schülern in Alexandria, Mississippi.
»Denn ihrer ist das Himmelreich.«

Ihr Leben lang hatte Harriet ihren Bruder strahlend in
einer Reihe mit dem Erzengel Gabriel, Johannes dem Täufer, Maria und Joseph und natürlich Christus selbst gesehen. Die Mittagssonne flutete durch seine erhabene Gestalt,
und die geläuterten Konturen seines Gesichts (Stupsnase,
Elfenlächeln) leuchteten in der gleichen seligen Klarheit.
Es war eine Klarheit, die desto lichtvoller erschien, weil sie
kindlich war, verwundbarer als Johannes der Täufer und die
anderen; aber auch in diesem kleinen Gesicht lag jener hei-
tere Gleichmut gegenüber der Ewigkeit – wie ein Geheimnis, das sie alle miteinander teilten.

Was genau war auf dem Kalvarienberg geschehen oder
später im Grab? Wie konnte das Fleisch aus den Niederun-
gen des Leids zu diesem Kaleidoskop der Auferstehung em-
porsteigen? Harriet wusste es nicht. Aber Robin wusste es,
und das Geheimnis leuchtete in seinem verklärten Gesicht.

Christi eigener Übergang wurde – treffend – als Mys-
terium beschrieben, aber die Menschen waren sonderbar
desinteressiert daran, ihm auf den Grund zu kommen. Was
genau meinte die Bibel, wenn sie sagte, Jesus sei von den
Toten auferstanden? War er nur im Geiste zurückgekehrt
als eine Art unbefriedigendes Gespenst? Anscheinend
nicht, wenn man der Bibel folgte: Der ungläubige Thomas
hatte den Finger in die Nagelwunde in Seiner Handfläche
gelegt. Er war durchaus handfest auf der Straße nach
Emmaus gesehen worden. Er hatte sogar bei einem Seiner
Jünger zu Hause einen kleinen Imbiss zu sich genommen.
Aber wenn Er wirklich in Seinem irdischen Körper von den
Toten auferstanden war, wo war Er dann jetzt? Und wenn
Er alle so sehr liebte, wie Er es behauptete, warum musste
dann überhaupt irgendjemand sterben?

Mit sieben oder acht war Harriet in die Stadtbibliothek
gegangen und hatte nach Büchern über Zauberei gefragt.
Zu Hause hatte sie empört festgestellt, dass sie nur Tricks

Die tote Katze.

enthielten: Bälle, die sich unter Tassen in Luft auflösten, Vierteldollarstücke, die den Leuten aus den Ohren fielen. Dem Fenster mit Jesus und ihrem Bruder gegenüber befand sich die Szene, in der Lazarus von den Toten auferweckt wurde. Immer wieder las Harriet die Lazarusgeschichte in der Bibel, aber diese Geschichte beantwortete nicht einmal die elementarsten Fragen. Was hatte Lazarus Jesus und seinen Schwestern über die Woche im Grab zu erzählen? Roch er noch schlecht? Konnte er wieder nach Hause gehen und weiter mit seinen Schwestern zusammenleben, oder machte er den Leuten in seiner Umgebung Angst und musste deshalb vielleicht irgendwohin verschwinden und allein leben wie Frankensteins Ungeheuer? Sie kam nicht umhin zu glauben, dass, wenn sie, Harriet, dabei gewesen wäre, sie zu dem Thema sehr viel mehr zu sagen gehabt hätte als der heilige Lukas.

Vielleicht war alles nur erfunden. Vielleicht war Jesus selbst nicht von den Toten auferstanden, obwohl alle Welt es behauptete. Aber wenn Er wirklich den Stein beiseite gerollt hatte und lebend aus dem Grab getreten war, warum dann nicht auch ihr Bruder, den sie jeden Sonntag gleißend an Seiner Seite sah?

Dies war Harriets größte Obsession und die, aus der alle andern entsprangen. Denn eines wünschte sie sich mehr als »Drangsal«, mehr als alles andere: Sie wollte ihren Bruder wiederhaben. Und als Zweites wollte sie herausfinden, wer ihn ermordet hatte.

An einem Freitagmorgen im Mai, zwölf Jahre nach dem Mord an Robin, saß Harriet an Edies Küchentisch und las Captain Scotts Tagebuch über seine letzte Expedition in die Antarktis. Das Buch war zwischen ihrem Ellenbogen und einem Teller aufgestellt, von dem sie Rührei mit Toast aß. Sie und Allison frühstückten oft bei Edie, wenn sie morgens zur Schule gingen. Ida Rhew, die für das Kochen zuständig war, kam erst um acht zur Arbeit, und ihre Mutter, die ohnehin selten viel aß, nahm zum Frühstück nur eine Zigarette und gelegentlich eine Flasche Pepsi zu sich.

Aber dies war kein Schulmorgen, sondern ein Werktagsmorgen zu Beginn der Sommerferien. Edie stand mit einer getüpfelten Schürze über dem Kleid am Herd und machte ein Rührei für sich. Es passte ihr nicht, dass Harriet am Tisch saß und las, aber es war leichter, sie einfach gewähren zu lassen, statt sie alle fünf Minuten zu maßregeln. Das Ei war fertig. Sie drehte die Flamme ab und ging zum Schrank, um einen Teller zu holen. Dabei war sie gezwungen, über die Gestalt ihrer zweiten Enkelin hinwegzusteigen, die lang ausgestreckt bäuchlings auf dem Küchenlinoleum lag und monoton vor sich hin schluchzte. Edie ignorierte das Schluchzen; vorsichtig stieg sie über Allison zurück und löffelte sich das Rührei auf den Teller. Dann ging sie sorgfältig um Allison herum zum Küchentisch, setzte sich der versunkenen Harriet gegenüber und fing schweigend an zu essen. Sie war viel zu alt für so etwas. Sie war seit fünf Uhr früh auf den Beinen, und sie hatte die Kinder bis obenhin satt.

Das Problem war die Katze der Kinder, die auf einem Handtuch in einem Pappkarton neben Allisons Kopf lag. Vor einer Woche hatte sie aufgehört zu fressen, und dann hatte sie angefangen zu jammern, wenn man sie aufhob. Sie hatten sie zu Edie gebracht, damit Edie sie untersuchte.

Edie verstand sich auf Tiere, und sie dachte oft, dass sie eine gute Tierärztin oder sogar Ärztin geworden wäre, wenn Mädchen so etwas zu ihrer Zeit getan hätten. Sie hatte zahllose Kätzchen und Welpen gesund gepflegt, hatte kleine Vögel aufgepäppelt, die aus dem Nest gefallen waren, und bei allen möglichen verletzten Geschöpfen die Wunden gesäubert und die gebrochenen Knochen gerichtet. Die Kinder wussten das – nicht nur ihre Enkel, sondern alle Kinder in der Nachbarschaft – und brachten ihr zusätzlich zu den eigenen kranken Haustieren auch noch jeden erbarmungswürdigen kleinen Streuner oder sonstiges Kleintier.

Aber so gern Edie Tiere hatte, neigte sie ihnen gegenüber nicht zur Gefühlsduselei. Und ebenso wenig konnte sie, wie sie den Kindern zu bedenken gab, Wunder wirken. Nachdem sie die Katze kurz untersucht hatte, die in der Tat

Die tote Katze.

teilnahmslos erschien, ohne dass ihr erkennbar etwas fehlte, hatte sie sich aufgerichtet und die Hände am Rock abgewischt, während ihre Enkelinnen sie hoffnungsvoll anschauten.

»Wie alt ist diese Katze eigentlich?«, fragte sie die Mädchen.

»Sechzehneinhalb«, sagte Harriet.

Edie bückte sich und streichelte das arme Ding, das mit wildem, jammervollem Blick am Tischbein lehnte. Sie hatte die Katze selbst gern. Es war Robins Kätzchen gewesen. Er hatte es im Sommer auf dem heißen Gehweg gefunden; halb tot hatte es dagelegen, die Augen fast geschlossen, und er hatte es behutsam in den gewölbten Händen zu ihr getragen. Edie hatte höllische Mühe gehabt, es zu retten. Ein Knäuel Maden hatte ein Loch in seine Flanke gefressen, und sie konnte sich noch erinnern, wie ergeben und klaglos das kleine Ding dagelegen hatte, als sie die Wunde in einer flachen Schüssel mit lauwarmem Wasser auswusch, und wie rosarot das Wasser gewesen war, als sie fertig war.

»Er wird wieder gesund, nicht wahr, Edie?«, sagte Allison, schon damals den Tränen nahe. Der Kater war ihr bester Freund. Nach Robins Tod hatte er sich ihr angeschlossen; er folgte ihr umher und brachte ihr kleine Geschenke, die er gestohlen oder erlegt hatte (tote Vögel, schmackhafte Brocken aus dem Abfall und einmal mysteriöserweise eine ungeöffnete Packung Haferkekse). Seit sie zur Schule ging, kratzte er jeden Nachmittag um Viertel vor drei an der Hintertür und wollte hinausgelassen werden, damit er zur Ecke hinunterlaufen und sie erwarten konnte.

Allison ihrerseits überhäufte den Kater mit mehr Zuneigung als jedes andere Lebewesen, Familienmitglieder eingeschlossen. Sie sprach unentwegt mit ihm, fütterte ihn mit Häppchen von Hühnerfleisch und Schinken von ihrem Teller, und nachts beim Schlafen durfte er seinen Bauch über ihren Hals drapieren.

»Wahrscheinlich hat er was gegessen, was er nicht vertragen hat«, meinte Harriet.

»Wir werden sehen«, sagte Edie.

Aber in den nächsten Tagen bestätigte sich ihr Verdacht. Dem Kater fehlte nichts, er war nur alt. Sie bot ihm Thunfisch an und versuchte, ihm mit einer Augenpipette Milch einzuflößen, aber der Kater schloss die Augen und spuckte die Milch als hässliches Schaumrinnsal zwischen den Zähnen aus. Am Morgen zuvor, als die Kinder in der Schule gewesen waren, hatte sie ihn in der Küche gefunden, wie er in einer Art Anfall zappelte, und da hatte sie ihn in ein Handtuch gewickelt und zum Tierarzt gebracht.

Als die Mädchen am Nachmittag bei ihr vorbeikamen, sagte sie:»Es tut mir Leid, aber ich kann nichts tun. Ich war heute Vormittag mit dem Kater bei Dr. Clark. Er sagt, wir werden ihn einschläfern müssen.«

Harriet hatte die Nachricht relativ gleichmütig aufgenommen, überraschenderweise, denn sie rastete leicht aus, wenn ihr danach war.»Armer alter Weenie«, hatte sie nur gesagt und sich vor den Karton mit dem Kater gekniet.»Armer Miezekater.« Und sie hatte die Hand auf die bebende Flanke des Katers gelegt. Sie liebte ihn fast so sehr wie Allison, obwohl er wenig Notiz von ihr nahm.

Aber Allison war blass geworden.»Wie meinst du das, ihn einschläfern?«

»Wie ich es sage.«

»Das darfst du nicht. Das erlaube ich dir nicht.«

»Wir können nichts mehr für ihn tun«, sagte Edie scharf. »Der Tierarzt weiß es am besten.«

»Ich lasse nicht zu, dass du ihn umbringst.«

»Was willst du denn? Soll das arme Ding weiter leiden?«

Allison sank mit zitternder Unterlippe vor der Schachtel des Katers auf die Knie und brach hysterisch in Tränen aus.

Das war gestern Nachmittag um drei Uhr gewesen. Seitdem war Allison nicht von der Seite des Katers gewichen. Sie hatte nichts zu Abend gegessen, sie hatte Decke und Kopfkissen zurückgewiesen, sie hatte einfach die ganze Nacht auf dem kalten Fußboden gelegen und geheult und geweint. Edie hatte ungefähr eine halbe Stunde lang bei ihr in der Küche gesessen und versucht, ihr einen munteren kleinen Vortrag darüber zu halten, dass alles auf der

Die tote Katze.

Welt sterben müsse, und dass Allison lernen müsse, das zu akzeptieren. Aber Allison hatte nur noch mehr geweint, und schließlich hatte Edie aufgegeben; sie war in ihr Zimmer gegangen, hatte die Tür zugemacht und einen Agatha-Christie-Roman angefangen.

Gegen Mitternacht, nach Edies Wecker auf dem Nachttisch, hatte das Weinen endlich aufgehört. Aber jetzt war sie wieder voll dabei. Edie nahm einen Schluck Tee. Harriet war ganz in Captain Scott vertieft. Allisons Frühstück auf der anderen Seite des Tisches war unberührt.

»Allison«, sagte Edie.

Allisons Schultern bebten, aber sie antwortete nicht.

»Allison. Komm her, und iss dein Frühstück.« Das sagte sie jetzt zum dritten Mal.

»Ich habe keinen Hunger«, war die gedämpfte Antwort.

»Jetzt hör mal zu«, fauchte Edie. »Ich habe wirklich genug. Du bist zu alt für ein solches Benehmen. Ich wünsche, dass du *augenblicklich* aufhörst, dich am Boden zu wälzen, und aufstehst und dein Frühstück isst. Jetzt komm schon. Es wird kalt.«

Dieser Tadel rief nur ein schmerzvolles Geheul hervor.

»Ach, um Himmels willen.« Edie wandte sich wieder ihrem Frühstück zu. »Mach, was du willst. Ich frage mich bloß, was deine Lehrer in der Schule sagen würden, wenn sie sehen könnten, wie du dich hier auf dem Fußboden herumrollst wie ein großes Baby.«

»Hör mal«, sagte Harriet plötzlich, und sie fing an, mit pedantischer Stimme aus ihrem Buch vorzulesen:

»Titus Oates ist dem Ende sehr nah, scheint es. Was er tun wird – oder was wir tun werden –, weiß Gott allein. Wir haben die Sache nach dem Frühstück erörtert; er ist ein tapferer, prächtiger Kerl, und er ist sich über die Lage im Klaren, aber …«

»Harriet, keiner von uns interessiert sich im Augenblick sehr für Captain Scott«, sagte Edie. Sie hatte das Gefühl, selbst immer näher an das Ende ihrer Möglichkeiten zu kommen.

»Ich sage nur, dass Scott und seine Männer tapfer waren. Sie behielten ihren Mut. Sogar, als sie in den Sturm gerieten und wussten, dass sie alle sterben würden.« Und sie fuhr mit erhobener Stimme fort:»Wir sind dem Ende nah, aber wir haben unseren guten Mut nicht verloren und werden ihn auch nicht verlieren.'«

»Ja, der Tod ist freilich ein Teil des Lebens«, sagte Edie resigniert.

»Scotts Männer liebten ihre Hunde und ihre Ponys, aber es wurde so schlimm, dass sie jedes einzelne Tier erschießen mussten. Hör dir das an, Allison. Sie mussten sie *essen*.« Sie blätterte ein paar Seiten zurück und beugte den Kopf wieder über das Buch.»Die armen Tiere! Sie haben sich wunderbar gehalten, wenn man bedenkt, unter welch schrecklichen Umständen sie arbeiten mussten, doch es ist schwer, sie so töten zu müssen...«

»Sie soll aufhören!«, heulte Allison auf dem Boden und presste sich die Hände auf die Ohren.

»Sei still, Harriet«, sagte Edie.

»Aber...«

»Kein aber. Allison«, fuhr sie in scharfem Ton fort, »steh jetzt vom Boden auf. Mit Weinen wirst du dem Kater nicht helfen.«

»Ich bin die Einzige hier, die Weenie liebt. Allen andern ist er ega-ha-hal.«

»Allison. *Allison*. Einmal«, sagte Edie und griff nach dem Buttermesser, »hat euer Bruder eine Kröte gefunden und zu mir gebracht. Der Rasenmäher hatte ihr ein Bein abgeschnitten.«

Die Schreie, die daraufhin vom Küchenboden ertönten, waren so schrill, dass Edie glaubte, sie würden ihr den Kopf spalten, aber sie strich weiter Butter auf ihren Toast – der inzwischen kalt geworden war – und redete unbeirrt weiter. »Robin wollte, dass ich sie heile. Aber das konnte ich nicht. Ich konnte für das arme Ding nichts tun, außer es zu töten. Robin verstand nicht, dass es manchmal, wenn ein Geschöpf so leiden muss, am barmherzigsten ist, wenn man es von seinem Elend erlöst. Er hat geweint und geweint. Ich konnte ihm nicht begreiflich machen, dass die Kröte tot besser dran war als mit solchen schrecklichen Schmerzen. Natürlich war er viel kleiner als du heute.«

Die tote Katze.

Dieser kleine Monolog hatte keine Wirkung auf die Person, an die er gerichtet war, aber als Edie aufblickte, nahm sie mit leisem Ärger zur Kenntnis, dass Harriet sie mit offenem Mund anstarrte.

»Wie hast du sie getötet, Edie?«

»So barmherzig, wie es ging«, sagte Edie knapp. Sie hatte der Kröte mit einer Hacke den Kopf abgeschlagen – und überdies war sie unbedacht genug gewesen, es vor Robins Augen zu tun, was ihr Leid tat –, aber sie hatte nicht vor, darauf näher einzugehen.

»Hast du draufgetreten?«

»Niemand hört auf mich«, platzte Allison plötzlich heraus. »Mrs. Fountain hat Weenie vergiftet. Ich weiß es. Sie hat gesagt, sie wollte ihn umbringen. Er ist immer in ihren Garten hinübergegangen und hat Pfotenabdrücke auf der Windschutzscheibe ihres Autos hinterlassen.«

Edie seufzte. Das alles hatten sie schon einmal durchgehechelt. »Ich kann Grace Fountain genauso wenig leiden wie du«, sagte sie. »Sie ist eine boshafte alte Krähe, und sie steckt ihre Nase in alles. Aber du kannst mich nicht davon überzeugen, dass sie die Katze vergiftet hat.«

»Ich weiß, dass sie es getan hat. Ich hasse sie.«

»Es tut dir nicht gut, so zu denken.«

»Sie hat Recht, Allison«, sagte Harriet unvermittelt. »Ich glaube auch nicht, dass Mrs. Fountain Weenie vergiftet hat.«

»Wie meinst du das?«, fragte Edie und sah Harriet an; diese unerwartete Zustimmung kam ihr verdächtig vor.

»Ich meine, wenn sie es getan hätte, wüsste ich, glaube ich, davon.«

»Und woher willst du so etwas wissen?«

»Mach dir keine Sorgen, Allison. Ich glaube nicht, dass sie ihn vergiftet hat. Aber wenn sie es doch getan hat«, sagte Harriet und wandte sich wieder ihrem Buch zu, »wird es ihr noch Leid tun.«

Edie hatte nicht die Absicht, diese Äußerung einfach so hinzunehmen, und wollte eben nachsetzen, als Allison von neuem losschrie, lauter als zuvor.

»Mir ist egal, wer es getan hat«, schluchzte sie und bohrte

sich die Handballen heftig in die Augen.»Warum muss Weenie sterben? Warum mussten all diese armen Leute erfrieren? *Warum ist immer alles nur so furchtbar?*«

»Weil die Welt so ist«, sagte Edie.

»Dann ist die Welt zum Kotzen.«

»Allison, hör auf.«

»Nein. Ich werde nie aufhören, das zu denken.«

»Na, das ist eine sehr unreife Einstellung«, sagte Edie. »Die Welt zu hassen. Der Welt ist das egal.«

»Ich werde sie für den Rest meines Lebens hassen. Ich werde nie aufhören, sie zu hassen.«

»Scott und seine Männer waren sehr tapfer, Allison«, sagte Harriet.»Selbst als sie starben. Hör zu. ›Wir sind in einem verzweifelten Zustand – Füße erfroren etc. Kein Brennstoff, längst nichts mehr zu essen, aber es würde eurem Herzen wohl tun, in unserem Zelt zu sein, unsere Lieder zu hören und unsere fröhlichen Gespräche…‹«

Edie stand auf.»Das reicht«, sagte sie.»Ich bringe den Kater zu Dr. Clark. Ihr Mädchen bleibt hier.« Ungerührt fing sie an, die Teller zusammenzustellen, ohne die neuerlichen Schreie vom Boden zu ihren Füßen zu beachten.

»Nein, Edie«, sagte Harriet und schob geräuschvoll ihren Stuhl zurück. Sie sprang auf und lief zu der Pappschachtel. »Armer Weenie«, sagte sie und streichelte den fröstelnden Kater.»Arme Mieze. Bitte bring ihn nicht gleich weg, Edie.«

Die Augen des alten Katers waren vor Schmerzen halb geschlossen. Kraftlos schlug er mit dem Schwanz an die Wand der Schachtel.

Halb erstickt vor Schluchzen, schlang Allison die Arme um ihn und zog seinen Kopf an ihre Wange.»Nein, Weenie.« Sie bekam einen Schluckauf.»Nein, nein, nein.«

Edie kam herüber und nahm ihr den Kater überraschend sanft ab. Als sie ihn behutsam hochhob, stieß er einen zarten und beinahe menschlichen Schrei aus. Sein graues Mäulchen, zu einem gelbzahnigen, starren Grinsen verzerrt, sah aus wie bei einem alten Mann, geduldig und vom Leid erschöpft.

Edie kraulte ihn zärtlich hinter den Ohren.»Reich mir das Handtuch, Harriet.«

Die tote Katze.

Allison wollte etwas sagen, konnte aber vor lauter Schluchzen nicht sprechen.

»Nicht, Edie«, flehte Harriet, die jetzt auch weinte. »Bitte. Ich habe ihm noch nicht auf Wiedersehen sagen können.«

Edie bückte sich und hob das Handtuch selbst auf; dann richtete sie sich wieder auf. »Dann sag ihm auf Wiedersehen«, befahl sie ungeduldig. »Der Kater geht jetzt, und er wird vielleicht eine Weile wegbleiben.«

Eine Stunde später saß Harriet, deren Augen immer noch rot waren, hinten auf Edies Veranda und schnitt das Bild eines Pavians aus dem Band P von *Compton's Encyclopedia*. Als Edies blauer Oldsmobile aus der Zufahrt gerollt war, hatte auch sie sich neben die leere Schachtel auf den Küchenfußboden gelegt und ebenso stürmisch geweint wie ihre Schwester. Als der Tränenstrom nachgelassen hatte, war sie aufgestanden und in das Schlafzimmer ihrer Großmutter gegangen, hatte eine gerade Nadel aus dem Nadelkissen auf dem Sekretär gezogen und sich eine Weile damit vergnügt, in winzigen Buchstaben ICH HASSE EDIE auf das Fußende von Edies Bett zu ritzen. Aber das erwies sich als seltsam unbefriedigend, und als sie schniefend auf dem Teppich vor dem Fußende kauerte, kam ihr plötzlich eine Idee, die mehr Aufmunterung versprach. Wenn sie das Paviansgesicht aus dem Lexikon geschnitten hätte, würde sie es auf Edies Gesicht kleben, auf ein Porträt im Familienalbum. Sie hatte versucht, Allison für das Projekt zu interessieren, aber Allison hatte mit dem Gesicht nach unten neben der leeren Katzenschachtel gelegen und nicht einmal hinschauen wollen.

Edies Gartentor öffnete sich kreischend, und Hely Hull kam hereingesaust, ohne es hinter sich zu schließen. Er war elf, ein Jahr jünger als Harriet, und trug sein aschblondes Haar bis auf die Schultern, womit er seinen älteren Bruder, Pemberton, imitierte. »Harriet«, rief er und polterte die Verandatreppe herauf, »hey, Harriet.« Dann hörte er das monotone Schluchzen aus der Küche und blieb wie angewurzelt stehen. Als Harriet aufblickte, sah er, dass sie auch geweint hatte.

»O nein«, sagte er entsetzt. »Sie schicken euch ins Camp, ja?«

Camp Lake de Selby war Helys – und Harriets – größter Schrecken. Er war ein christliches Kinder-Camp, an dem sie im Sommer zuvor beide zwangsweise teilgenommen hatten. Jungen und Mädchen (getrennt an gegenüberliegenden Ufern des Sees) wurden dort genötigt, vier Stunden täglich mit Bibelstudium zu verbringen, und die restliche Zeit mussten sie Taue flechten und in blöden, erniedrigenden Sketchen mitspielen, die die Betreuer geschrieben hatten. Auf der Jungenseite sprachen sie Helys Namen beharrlich falsch aus – sie sagten nicht »Healy« mit langem i, wie es richtig war, sondern machten ein demütigendes »Helly« daraus, das sich auf »Nelly« reimte. Und noch schlimmer: Sie hatten ihm in der Versammlung das Haar kurz geschnitten, als spaßige Unterhaltung für die anderen Camper. Und auch wenn Harriet die Bibelstunden auf ihrer Seite durchaus Spaß gemacht hatten, hauptsächlich, weil sie ihr ein fasziniertes und leicht zu schockierendes Forum boten, vor dem sie ihre unorthodoxen Ansichten zur Heiligen Schrift ausbreiten konnte, hatte sie sich doch alles in allem genauso elend gefühlt wie Hely: aufstehen um fünf, Licht aus um acht, keine Zeit für sich, keine Bücher außer der Bibel und jede Menge »gute, altmodische Disziplin« (Prügel, öffentliche Verspottung) zur Durchsetzung dieser Regeln. Am Ende der sechs Wochen hatten sie und Hely und die anderen Camper der Ersten Baptistengemeinde im Kirchenbus gesessen und teilnahmslos aus den Fenstern gestarrt, stumm in ihren grünen »Camp Lake de Selby«-T-Shirts, absolut niedergeschmettert.

»Sag deiner Mutter, du bringst dich um«, schlug Hely atemlos vor. Eine große Gruppe seiner Schulfreunde war am Tag zuvor abtransportiert worden; mit resigniert herabhängenden Schultern waren sie zu dem leuchtend grünen Schulbus geschlichen, als müssten sie nicht ins Sommerlager fahren, sondern geradewegs in die Hölle. »Ich habe ihnen gesagt, ich bringe mich um, wenn sie mich noch mal

Die tote Katze.

zwingen, da hinzufahren. Ich habe gesagt, ich lege mich auf die Straße und lasse mich von einem Auto überfahren.«

»Darum geht's nicht.« In knappen Worten berichtete Harriet von dem Kater.

»Du fährst also nicht ins Camp?«

»Nicht, wenn ich es verhindern kann«, sagte Harriet. Wochenlang hatte sie die Post abgefangen und auf die Anmeldeformulare gewartet; als sie gekommen waren, hatte sie sie zerrissen und unter den Müll gemischt. Aber die Gefahr war noch nicht vorbei. Edie war die eigentliche Bedrohung (ihre geistesabwesende Mutter hatte noch gar nicht gemerkt, dass die Formulare nicht da waren), denn sie hatte schon einen Brotbeutel und ein Paar neue Turnschuhe für Harriet gekauft und fragte beständig nach der Proviantliste.

Hely nahm das Bild von dem Pavian in die Hand und betrachtete es. »Wofür ist das?«

»Ach. Das.« Sie erzählte es ihm.

»Vielleicht wäre ein anderes Tier noch besser«, erwog Hely. Er konnte Edie nicht leiden. Sie machte sich immer über sein Haar lustig und tat, als halte sie ihn für ein Mädchen. »Ein Nilpferd vielleicht. Oder ein Schwein.«

»Ich finde das hier ziemlich gut.«

Er beugte sich über ihre Schulter, aß Erdnüsse, die er aus der Hosentasche holte, und sah zu, wie Harriet das zähnefletschende Gesicht des Pavians auf Edies klebte, kunstvoll umrahmt von ihrer Frisur. Mit entblößten Eckzähnen funkelte es den Betrachter aggressiv an, während Harriets Großvater, im Profil, seine äffische Braut hingerissen anstrahlte. Unter dem Foto stand in Edies Handschrift:

Edith und Hayward
Ocean Springs, Mississippi
11. Juni 1939

Sie betrachteten es gemeinsam eingehend.

»Du hast Recht«, sagte Hely, »das ist ziemlich gut.«

»Ich hatte an eine Hyäne gedacht, aber das ist besser.«

Sie hatten eben das Lexikon wieder ins Regal gestellt und auch das Album zurückgelegt (auf den Umschlagdeckel waren vergoldete viktorianische Schnörkel geprägt), als sie hörten, wie Edies Wagen knirschend in die kiesbedeckte Einfahrt bog.

Die Fliegentür schlug zu. »Kinder«, hörten sie Edie rufen, als ob nichts wäre.

Keine Antwort.

»Kinder, ich habe beschlossen, dass ich keine Spielverderberin sein will, und deshalb habe ich den Kater mit nach Hause gebracht, damit ihr ihn begraben könnt, aber wenn nicht augenblicklich eine von euch Antwort gibt, werde ich auf der Stelle kehrtmachen und ihn zu Dr. Clark zurückbringen.«

Alle drei Kinder stürmten zur Tür und starrten sie an.

Edie zog eine Braue hoch. »Ja, wer ist denn diese kleine Miss?«, fragte sie Hely in gespielter Überraschung. Sie hatte ihn sehr gern – er erinnerte sie an Robin, von den grässlichen langen Haaren abgesehen –, und sie ahnte nicht, dass sie mit dem, was sie als gutmütige Neckerei betrachtete, seinen erbitterten Hass geweckt hatte. »Bist *du* das etwa, Hely? Ich fürchte, ich habe dich nicht erkannt unter deinen goldenen Locken.«

Hely grinste spöttisch. »Wir haben uns ein paar Bilder von Ihnen angeguckt.«

Harriet gab ihm einen Tritt.

»Na, das kann ja nicht sehr aufregend gewesen sein«, sagte Edie und wandte sich dann an ihre Enkelinnen. »Kinder, ich dachte, ihr möchtet den Kater in eurem eigenen Garten begraben; deshalb bin ich auf dem Rückweg bei euch zu Hause vorbeigefahren und habe Chester gebeten, ein Grab auszuheben.«

»Wo ist Weenie?«, fragte Allison. Ihre Stimme klang heiser, und in ihren Augen lag ein irrer Ausdruck. »Wo ist er? Wo hast du ihn gelassen?«

»Bei Chester. Er ist in sein Handtuch gewickelt. Ich schlage vor, dass ihr ihn nicht mehr auspackt, Kinder.«

Die tote Katze.

»Los«, sagte Hely und gab Harriet einen Stoß mit der Schulter. »Gehen wir gucken.«

Er und Harriet standen in dem dunklen Werkzeugschuppen in Harriets Garten, wo Weenies Leichnam in ein blaues Badetuch gewickelt auf Chesters Werkbank lag. Allison, die sich immer noch die Augen ausweinte, war im Haus und wühlte in den Schubladen nach einem alten Pullover, auf dem der Kater gern geschlafen hatte und den sie ihm mit ins Grab geben wollte.

Harriet schaute aus dem Fenster des Werkzeugschuppens, das pelzig von Staub war. Am Rande des hellen Sommerrasens sah sie die Silhouette Chesters, der kraftvoll auf das Blatt des Spatens trat.

»Okay«, sagte sie. »Aber schnell. Bevor sie zurückkommt.«

Erst nachher wurde Harriet klar, dass sie zum ersten Mal ein totes Lebewesen sah oder berührte. Sie hatte nicht damit gerechnet, dass es ein solcher Schock sein würde. Der Leib der Katze war kalt und unnachgiebig und fühlte sich hart an, und ein hässliches Kribbeln durchströmte ihre Fingerspitzen.

Hely beugte sich vor, um besser zu sehen. »Eklig«, sagte er entzückt.

Harriet streichelte das orangegelbe Fell. Es war immer noch orangegelb und so weich wie eh und je, trotz der erschreckenden Holzartigkeit des Körpers darunter. Seine Pfoten waren starr ausgestreckt, als stemme er sich dagegen, in einen Wasserbottich geworfen zu werden, und seine Augen, die noch in Alter und Leiden von klarem, klingendem Grün gewesen waren, waren jetzt von einem gallertigen Film verklebt.

Hely beugte sich vor, um ihn zu berühren. »Hey«, japste er und riss die Hand weg. »*Eklig.*«

Harriet zuckte nicht zurück. Behutsam strich sie mit der Hand über die Seite des Katers bis zu der rosafarbenen Stelle, wo das Fell nie ganz nachgewachsen war – wo die Maden an ihm gefressen hatten, als er klein gewesen war. Im Leben hatte Weenie sich von niemandem dort berühren lassen; er fauchte und schlug nach jedem, der es versuchte, sogar wenn es Allison war. Aber der Kater blieb still, und

seine Lippen waren von den zusammengebissenen, nadelspitzen Zähnen zurückgezogen. Die Haut dort war runzlig,
rau wie Wildleder und kalt kalt kalt.

Das also war das Geheimnis, das Captain Scott und Lazarus und Robin teilten und das sogar der Kater in seiner letzten Stunde kennen gelernt hatte: Das war es – der
Übergang in das Buntglasfenster. Als man Scotts Zelt acht
Monate später fand, lagen Bowers und Wilson in ihren über
den Köpfen geschlossenen Schlafsäcken, und Scott lag in
einem offenen Schlafsack und hatte einen Arm über Wilson gelegt. Dort die Antarktis und hier ein frischer grüner
Morgen im Mai, aber die Gestalt unter ihrer Handfläche
war hart wie Eis. Sie strich mit den Fingerknöcheln über
seine Vorderpfoten, deren weißes Fell wie ein Strumpf aussah. *Es ist schade*, hatte Scott mit seiner erstarrenden
Hand geschrieben, als das Weiß der weißen Unendlichkeit
sanft näher rückte und die matte Bleistiftschrift auf dem
weißen Papier immer matter wurde, *aber ich glaube, ich
kann nicht mehr schreiben.*

»Ich wette, du fasst seinen Augapfel nicht an«, sagte Hely
und schob sich wieder dichter heran. »Trau dich.«

Harriet hörte ihn kaum. Das war es, was ihre Mutter und
Edie gesehen hatten: die äußere Finsternis, das Grauen,
von dem man nicht zurückkam. Worte, die vom Papier ins
Leere glitten.

Im kühlen Halbdunkel des Schuppens kam Hely noch
näher heran. »Hast du Angst?«, flüsterte er. Seine Hand
stahl sich auf ihre Schulter.

»Hör auf damit.« Harriet schüttelte sie ab.

Sie hörte, wie die Fliegentür zufiel und wie ihre Mutter
Allison etwas hinterherrief. Hastig warf sie das Handtuch
wieder über den Kater.

Es würde sie nie wieder ganz verlassen, das Schwindel-
gefühl dieses Augenblicks; es würde für den Rest ihres Lebens bei ihr bleiben, stets unauflöslich vermischt mit dem
halbdunklen Werkzeugschuppen – blinkende Metallsäge-
zähne, der Geruch von Staub und Benzin – und drei tote
Engländer unter einer Schneewechte, mit glitzernden Eis-
zapfen in den Haaren. Amnesie: Eisschollen, gewaltige Ent-

Die tote Katze.

fernungen, der Körper zu Stein geworden. Das Grauen aller Körper.

»Komm«, sagte Hely und warf den Kopf in den Nacken, »lass uns hier verschwinden.«

»Ich komme«, sagte Harriet. Ihr Herz pochte, und sie war atemlos – aber es war nicht die Atemlosigkeit der Angst, es fühlte sich fast so an wie Wut.

Mrs. Fountain hatte den Kater nicht vergiftet, aber sie war nichtsdestoweniger froh, dass er tot war. Am Fenster über ihrem Spülbecken – auf diesem Beobachtungsposten stand sie jeden Tag stundenlang und verfolgte das Kommen und Gehen ihrer Nachbarn – hatte sie gesehen, wie Chester die Grube ausgehoben hatte, und als sie jetzt durch den Küchenvorhang spähte, sah sie die drei Kinder, die darum versammelt waren. Eins von ihnen – die Kleine, Harriet – hielt ein Bündel im Arm. Die Große weinte.

Mrs. Fountain zog ihre perlenumrahmte Lesebrille tief auf die Nasenspitze herunter und legte sich eine Strickjacke mit juwelenblitzenden Knöpfen um die Schultern; es war ein warmer Tag, aber sie fröstelte leicht, und sie musste sich etwas über ihr Hauskleid ziehen, wenn sie das Haus verließ. So lief sie dann zur Hintertür hinaus und hinüber zum Zaun.

Es war ein klarer, frischer, luftiger Tag. Niedrige Wolken jagten über den Himmel. Der Rasen – er musste gemäht werden, es war tragisch, wie Charlotte alles verkommen ließ – war übersät von Veilchen, wildem Sauerampfer, Klee und Pusteblumen, und der Wind kräuselte das Gras in planlosen Strömungen und Wirbeln wie ein Meer. Glyzinenranken ringelten sich von der Veranda, fein wie Seetang. Sie hingen so dick über die Rückseite des Hauses, dass man die Veranda kaum noch sehen konnte. Ganz hübsch anzusehen, wenn sie blühten, aber die restliche Zeit waren sie ein struppiges Durcheinander, und mit ihrem Gewicht würden sie irgendwann die Veranda einstürzen lassen. Glyzinen waren Parasiten, sie schwächten das Gefüge eines Hauses, wenn man sie überall hinkriechen ließ – aber manche Leute mussten eben ihr Lehrgeld bezahlen.

Sie hatte erwartet, dass die Kinder sie begrüßen würden, und blieb erwartungsvoll eine Weile am Zaun stehen, aber sie nahmen keine Notiz von ihr, sondern fuhren fort mit dem, was immer sie da taten.

»Was macht ihr Kinder da drüben?«, rief sie schließlich honigsüß.

Sie blickten hoch wie erschrockene Rehe.

»Begrabt ihr da was?«

»Nein«, schrie Harriet, die Kleine, in einem Ton, der Mrs. Fountain nicht besonders gefiel. Sie war eine Neunmalkluge, diese Göre.

»Sieht aber so aus.«

»Na, es stimmt aber nicht.«

»Ich glaube, ihr begrabt die alte gelbe Katze.«

Keine Antwort.

Mrs. Fountain blinzelte über ihre Lesebrille hinweg. Ja, das große Mädchen weinte. Sie war zu alt für solchen Unsinn. Die Kleine legte ihr Bündel in das Loch.

»Genau das ist es, was ihr da macht«, krähte Mrs. Fountain. »Ihr könnt mir nichts vormachen. Diese Katze war eine Plage. Jeden Tag ist sie hergekommen und hat ihre scheußlichen Pfoten auf meine Windschutzscheibe geschmiert.«

»Kümmere dich nicht um sie«, sagte Harriet mit zusammengebissenen Zähnen zu ihrer Schwester. »Altes Miststück.«

Hely hatte noch nie ein Schimpfwort von Harriet gehört. Ein ruchloser Wonneschauer flatterte an seinem Nacken hinunter. »Miststück«, wiederholte er etwas lauter, und das böse Wort schmeckte köstlich auf seiner Zunge.

»Was war das?«, schrie Mrs. Fountain schrill. »Wer hat das gesagt da drüben?«

»Halt den Mund«, sagte Harriet zu Hely.

»Wer von euch hat das gesagt? Wer ist das da drüben bei euch Mädchen?«

Harriet war auf die Knie gefallen und schob mit bloßen Händen die Erde wieder in das Loch, auf das blaue

Die tote Katze.

Handtuch. »Komm schon, Hely«, zischte sie. »Schnell. Hilf mir.«

»Wer ist das da drüben?«, quakte Mrs. Fountain. »Antwortet lieber. Sonst gehe ich sofort ins Haus und rufe eure Mutter an.«

»Scheiße«, sagte Hely, kühner geworden, und errötete vor Wagemut. Er ließ sich neben Harriet auf die Knie fallen und half ihr hastig, die Erde ins Loch zu schieben. Allison stand dabei, eine Faust an den Mund gepresst, und die Tränen strömten ihr übers Gesicht.

»Ich rate euch, Kinder, antwortet mir.«

»Wartet«, rief Allison plötzlich. »Wartet!« Sie wandte sich vom Grab ab und rannte durch das Gras zum Haus.

Harriet und Hely hielten inne, die Hände bis an die Handgelenke in der Erde.

»Was macht sie denn?«, flüsterte Hely und wischte sich mit dem erdverschmierten Handrücken über die Stirn.

»Ich weiß es nicht«, sagte Harriet ratlos.

»Ist das der kleine Hull?«, rief Mrs. Fountain. »Du kommst jetzt hierher. Ich werde deine Mutter anrufen. Du kommst sofort hierher.«

»Ruf sie doch an, Miststück«, murmelte Hely. »Sie ist nicht zu Hause.«

Die Fliegentür schlug zu, und Allison kam stolpernd herausgelaufen, einen Arm vor dem Gesicht, tränenblind. »Hier«, sagte sie, und sie fiel neben ihnen auf die Knie und warf etwas ins offene Grab.

Hely und Harriet reckten die Hälse, um zu sehen, was es war. Ein Bild von Allison, ein Atelierporträt, das im Herbst zuvor in der Schule aufgenommen worden war, lächelte aus der losen Erde zu ihnen herauf. Sie hatte einen rosa Pullover mit einem Spitzenkragen an und trug rosa Spangen im Haar.

Schluchzend schaufelte sie eine doppelte Hand voll Erde auf und warf sie ins Grab, auf ihr eigenes lächelndes Gesicht. Die Krumen prasselten, als sie auf das Foto trafen. Einen Augenblick lang war das Rosa ihres Pullovers noch zu sehen, spähten ihre schüchternen Augen noch hoffnungsvoll durch verschmierten Lehm; dann prasselte noch eine schwarze Hand voll auf sie herab, und sie waren fort.

»Los doch«, rief sie ungeduldig, als die beiden kleineren Kinder verdutzt erst das Loch und dann sie anstarrten. »Komm schon, Harriet. Hilf mir.«

»Das reicht«, kreischte Mrs. Fountain. »Jetzt gehe ich ins Haus. Jetzt rufe ich auf der Stelle eure Mütter an. Seht mich an. Ich gehe jetzt. Das wird euch noch *mächtig Leid tun.*«

KAPITEL 2.

Die Schwarzdrossel.

Ein paar Abende später, gegen zehn, als ihre Mutter
und ihre Schwester oben schliefen, drehte Harriet behutsam den Schlüssel im Schloss des Gewehrschranks. Die
Gewehre waren alt und in schlechtem Zustand, Sammler-
stücke, die Harriets Vater von einem Onkel geerbt hatte.
Über diesen mysteriösen Onkel Clyde wusste Harriet
nichts außer seinem Beruf (Ingenieur), seinem Charakter
(»säuerlich«, sagte Adelaide und verzog das Gesicht, denn
sie war mit ihm auf der High School gewesen) und seinem Ende (bei einem Flugzeugabsturz vor der Küste von
Florida). Weil er aber »auf See verschollen« war (das war
die Formulierung, die alle benutzten), war Onkel Clyde für
Harriet eigentlich nicht tot. Wenn sein Name erwähnt wurde, hatte sie immer die unbestimmte Vorstellung von einer
bärtigen Vogelscheuche wie Benn Gunn in der *Schatzinsel*,
die ein einsames Dasein auf einem trostlosen, salzigen In-
selchen fristete, die Hose zerlumpt, die Armbanduhr rostig
vom Seewasser.

Vorsichtig und mit einer Hand auf der Glasscheibe, damit sie nicht klapperte, zog Harriet an der verklemmten
alten Tür des Schranks. Erzitternd sprang sie auf. Auf dem
obersten Bord lag ein Etui mit antiken Pistolen – winzige
Duellwaffen, mit Silber und Perlmutt eingelegt, verrückte
kleine Derringer, kaum zehn Zentimeter lang. Darunter,
in chronologischer Ordnung aufgestellt und nach links gelehnt, standen die größeren Waffen: Steinschlossgewehre

Die Schwarzdrossel.

aus Kentucky, eine grimmige, zehn Pfund schwere Prärie-
büchse, ein roststarrer Vorderlader, der angeblich aus dem
Bürgerkrieg stammte. Die eindrucksvollste unter den neu-
eren Waffen war eine Winchester-Schrotflinte aus dem Ersten Weltkrieg.

Harriets Vater, der Eigentümer dieser Sammlung, war
eine ferne, unangenehme Person. Die Leute tuschelten
über den Umstand, dass er in Nashville wohnte, schließlich waren er und Harriets Mutter immer noch miteinander
verheiratet. Harriet hatte zwar keine Ahnung, wie dieses
Arrangement zustande gekommen war (abgesehen von der
unbestimmten Ahnung, dass es etwas mit der Arbeit ihres
Vaters zu tun hatte), aber sie fand nichts weiter dabei, denn
so lange sie sich erinnern konnte, wohnte er schon nicht
mehr zu Hause. Jeden Monat schickte er einen Scheck für
die Haushaltskasse, zu Weihnachten und Erntedank kam
er nach Hause, und im Herbst machte er immer ein paar
Tage Station auf dem Weg in sein Jagdcamp unten im Delta.
Harriet hielt dies für eine ganz vernünftige Regelung, denn
sie entsprach dem jeweiligen Charakter aller Beteiligten:
dem ihrer Mutter, die sehr wenig Energie hatte und fast
den ganzen Tag im Bett blieb, und dem ihres Vaters, der
zu viel Energie hatte, noch dazu von der falschen Sorte. Er
aß schnell und redete schnell, und wenn er keinen Drink
in der Hand hielt, konnte er nicht einen Augenblick lang
stillsitzen. In der Öffentlichkeit riss er unentwegt Witze,
und die Leute fanden ihn zum Piepen, aber zu Hause war
sein unberechenbarer Humor nicht immer so unterhaltsam, und mit seiner lauten Angewohnheit, spontan auszusprechen, was ihm in den Sinn kam, kränkte er oft die ganze
Familie.

Schlimmer noch: Harriets Vater hatte immer Recht, auch
wenn er im Unrecht war. Für ihn war alles eine Kraftprobe
des Willens. Obwohl er in seinen Ansichten ziemlich fest-
gelegt war, stritt er gern, und selbst wenn er gute Laune
hatte (bequem zurückgelehnt in seinem Sessel, mit einem
Cocktail neben sich), machte es ihm Spaß, Harriet zu ärgern
und sie aufzuziehen, nur um ihr zu zeigen, wer der Boss
war. »Gescheite Mädchen sind nicht beliebt«, pflegte er zu

sagen. Oder:»Hat doch keinen Sinn, dich groß zur Schule
zu schicken, denn wenn du erwachsen bist, wirst du heiraten.« Und während er glaubte, dass er mit solchen Reden
nur schlicht und gutmütig die Wahrheit aussprach, geriet
Harriet darüber in Wut und war nicht bereit, sie hinzunehmen, und so gab es jedes Mal Ärger. Manchmal schlug er sie
mit dem Gürtel, weil sie Widerworte gab; Allison schaute
dann mit glasigem Blick zu, und ihre Mutter verkroch sich
im Schlafzimmer. Bei anderen Gelegenheiten gab er Harriet zur Strafe gewaltige und unerfüllbare Aufgaben (mit
dem Handrasenmäher den Garten mähen oder allein den
ganzen Dachboden aufräumen), und Harriet verschränkte
daraufhin die Arme und weigerte sich schlichtweg zu gehorchen.»Na los!«, sagte Ida Rhew dann, wenn ihr Vater die
Treppe hinuntergepoltert war, und streckte mit besorgter
Miene den Kopf durch die Speichertür.»Fang lieber an,
sonst kriegst du noch mal Haue, wenn er zurückkommt.«
    Aber Harriet hockte mit finsterer Miene zwischen Sta-
peln von alten Zeitungen und Illustrierten und rührte sich
nicht. Er konnte sie verprügeln, so lange er wollte; das war
ihr egal. Es ging ums Prinzip. Und Ida machte sich dann oft
solche Sorgen um Harriet, dass sie ihre eigene Arbeit liegen
ließ, nach oben ging und die Sache selbst übernahm.
    Weil ihr Vater so ein Streithammel und mit allem so un-
zufrieden war, fand Harriet es ganz richtig, dass er nicht zu
Hause wohnte. Nie wäre es ihr in den Sinn gekommen, dass
das Arrangement seltsam war, und niemals hätte sie erkannt, dass die Leute es merkwürdig fanden, bis ihr Schulbus eines Nachmittags – sie ging in die vierte Klasse – eine
Panne hatte. Harriet saß neben einem geschwätzigen kleineren Mädchen namens Christy Dooley, die große Schneidezähne hatte und jeden Tag in einem weißen Häkelponcho
zur Schule kam. Sie war die Tochter eines Polizisten, auch
wenn nichts in ihrem Verhalten darauf hinwies, wenn man
sie sah: eine weiße, sich ruckartig bewegende Maus. Sie
schwatzte, ohne dass man sie dazu ermutigte, und trank
zwischendurch immer wieder einen Schluck übrig geblie-
bene Gemüsesuppe aus ihrer Thermosflasche, und plauderte diverse Geheimnisse aus (über Lehrer und über die

Die Schwarzdrossel.

Eltern anderer Leute), die sie zu Hause aufgeschnappt hatte. Harriet starrte missmutig aus dem Fenster und wartete darauf, dass jemand kam und den Bus reparierte, als ihr schlagartig klar wurde, dass Christy über ihre Eltern redete.

Harriet drehte sich um und starrte sie an. Oh, das wusste doch *jeder*, flüsterte Christy und schmiegte sich unter ihrem Poncho weiter an (sie rückte immer unerträglich nahe an einen heran). Ob Harriet sich denn nicht fragte, warum ihr Dad woanders wohnte?

»Weil er da arbeitet«, sagte Harriet. Noch nie war ihr diese Erklärung unzureichend erschienen, aber Christy gab einen zufriedenen und sehr erwachsenen kleinen Seufzer von sich und erzählte Harriet dann die wahre Geschichte. Kern der Sache war, dass Harriets Vater nach Robins Tod hatte umziehen wollen, irgendwohin, wo er »einen neuen Anfang« machen könnte. Von vertraulichem Grusel erfasst, riss Christy die Augen auf. »Aber *sie* wollte nicht.« Es war, als rede Christy nicht über Harriets Mutter, sondern über eine Frau in einer Gespenstergeschichte. »Sie sagte, *sie* würde für immer bleiben.«

Harriet, die sich schon ärgerte, weil sie überhaupt neben Christy sitzen musste, rückte auf ihrem Sitz von ihr ab und schaute wieder aus dem Fenster.

»Bist du wütend?«, fragte Christy hinterhältig.

»Nein.«

»Was hast du denn dann?«

»Dein Atem riecht nach Suppe.«

In den darauf folgenden Jahren hatte Harriet, von Kindern wie von Erwachsenen gleichermaßen, noch andere Bemerkungen gehört, die alle darauf hinausliefen, dass bei ihr zu Hause etwas »nicht geheuer« sei, aber Harriet fand das alles lächerlich. Die Wohnsituation ihrer Familie war praktisch begründet. Ihr Vater verdiente in Nashville die Brötchen, aber niemand freute sich über seine Feiertagsbesuche; er wiederum konnte weder Edie noch die Tanten leiden, und alle sahen bestürzt, wie unerbittlich er Harriets Mutter zusetzte und sie damit zur Raserei trieb. Im Jahr zuvor hatte er sie bekniet, mit ihm auf irgendeine Weihnachtsparty zu gehen, bis sie schließlich (sie hatte sich die Schultern unter den dünnen Ärmeln ihres Nachthemds gerieben) die Augen kurz geschlossen und okay gesagt hatte. Aber als es Zeit wurde, sich fertig zu machen, hatte sie im Bademantel vor der Frisierkommode gesessen und ihr Spiegelbild angestarrt, ohne sich die Lippen zu schminken oder sich die Nadeln aus dem Haar zu nehmen. Als Allison auf Zehenspitzen heraufkam, um nach ihr zu sehen, sagte sie, sie habe Migräne. Dann schloss sie sich im Badezimmer ein und ließ das Wasser laufen, bis Harriets Vater (bebend und mit rotem Gesicht) mit den Fäusten an die Tür hämmerte. Es war ein jämmerlicher Heiligabend gewesen; Harriet und Allison saßen starr im Wohnzimmer vor dem Baum, und die Weihnachtslieder (abwechselnd volltönend und jubilierend) brandeten machtvoll aus der Stereoanlage, aber nicht machtvoll genug, um das Geschrei im ersten Stock ganz zu übertönen. Alle waren erleichtert, als Harriets Vater früh am Weihnachtsnachmittag mit seinem Koffer und der Einkaufstüte mit Geschenken zu seinem Auto hinausstapfte und wieder wegfuhr, hinauf nach Tennessee. Der gesamte Haushalt konnte sich wohlig dösend wieder mit einem Seufzer dem Vergessen anheim geben.

Harriets Haus war ein schläfriges Haus – für alle außer Harriet, die von Natur aus wach und aufmerksam war. Wenn sie als Einzige in der dunklen Stille wach war, was oft vorkam, war die Langeweile, die sich auf sie legte, so dicht, so glasig und verworren, dass sie manchmal nichts anderes tun konnte, als wie betäubt auf ein Fenster oder eine Wand zu starren. Ihre Mutter hielt sich fast nur in ihrem Schlafzimmer auf, und wenn Allison abends zu Bett gegangen war, meistens schon früh, gegen neun, war Harriet allein. Dann trank sie Milch geradewegs aus dem Karton, wanderte auf Strümpfen durch das Haus, zwischen den Zeitungsstapeln hindurch, die sich in fast jedem Zimmer türmten. Seit Robins Tod hatte Harriets Mutter eine seltsame Unfähigkeit entwickelt, irgendetwas wegzuwerfen, und der Müll, den man zuerst in Dachboden und Keller gepfercht hatte, quoll jetzt auch ins übrige Haus.

Die Schwarzdrossel.

Manchmal machte es Harriet Spaß, allein auf zu sein. Sie schaltete Lampen ein, ließ den Fernseher oder den Plattenspieler laufen, rief beim Gebetstelefon an oder ärgerte die Nachbarn mit anonymen Anrufen. Sie aß aus dem Kühlschrank, was sie wollte; sie kletterte auf hohe Regale und stöberte in Schränken herum, die sie nicht öffnen durfte. Sie hüpfte auf dem Sofa, bis die Sprungfedern quietschten, und sie zog die Polster und Kissen herunter und baute sich Forts und Rettungsflöße auf dem Boden. Manchmal holte sie die Collegekleider ihrer Mutter aus dem Wandschrank (pastellfarbene Pullover mit Mottenlöchern, Stulpenhandschuhe in allen Farben und ein wasserblaues Ballkleid, das an Harriet einen halben Meter über den Fußboden schleifte). Ein gefährlicher Zeitvertreib, denn Harriets Mutter war ziemlich eigen mit ihren Kleidern, auch wenn sie sie niemals trug. Aber Harriet achtete darauf, dass sie alles wieder so zurücklegte, wie sie es vorgefunden hatte, und wenn ihre Mutter je etwas davon merkte, erwähnte sie es doch nie.

Keins der Gewehre war geladen. Die einzige Munition im Schrank war eine Schachtel mit Schrotpatronen. Harriet, die nur eine sehr nebelhafte Vorstellung von dem Unterschied zwischen einem Gewehr und einer Schrotflinte hatte, schüttete die Patronen auf den Boden und ordnete sie sternförmig auf dem Teppich an. Eines der großen Gewehre war mit einem Bajonett ausgerüstet, was interessant war, aber ihr Lieblingsstück war eine Winchester mit Zielfernrohr. Sie schaltete die Deckenlampe aus, legte den Lauf auf das Sims des Wohnzimmerfensters und spähte mit zusammengekniffenen Augen durch das Zielfernrohr – auf geparkte Autos, auf den unter hohen Laternen glitzernden Asphalt, auf Rasensprenger, die zischelnd üppige leere Rasenflächen befeuchteten. Das Fort wurde angegriffen; sie war auf Posten, und das Leben aller war in ihrer Hand.

Ein Windspiel klingelte auf Mrs. Fountains Vorderveranda. Wenn Harriet am ölschillernden Lauf ihres Gewehrs entlang über den ausgewucherten Rasen spähte, konnte sie den Baum sehen, an dem ihr Bruder gestorben war. Eine

Brise wisperte in den glänzenden Blättern und kräuselte die schimmernden Schatten im Gras.

Manchmal, wenn Harriet spät nachts durch das düstere Haus streifte, spürte sie, wie ihr toter Bruder nah an ihre Seite kam, und sein Schweigen war freundlich und vertraulich. Sie hörte seine Schritte im Knarren der Bodendielen, spürte ihn im Spiel eines wehenden Vorhangs oder in dem Bogen, den eine von selbst aufschwingende Tür beschrieb. Gelegentlich war er boshaft; dann versteckte er ihr Buch oder ihren Schokoriegel und legte die Sachen wieder auf ihren Sessel, wenn sie nicht hinschaute. Harriet genoss seine Gesellschaft. Irgendwie stellte sie sich vor, dass es da, wo er lebte, immer Nacht war, und wenn sie nicht da war, war er ganz allein: saß unruhig zappelnd und einsam da und ließ die Beine baumeln, in einem Wartezimmer voll tickender Uhren.

Hier bin ich, sagte sie bei sich. *Auf meinem Posten.* Denn sie spürte den Glanz seiner Gegenwart ganz warm, wenn sie mit dem Gewehr am Fenster saß. Zwölf Jahre waren seit dem Tod ihres Bruders vergangen, und vieles hatte sich verändert oder war verschwunden, aber der Blick aus dem Wohnzimmerfenster war noch derselbe. Sogar der Baum war noch da.

Die Arme taten ihr weh. Vorsichtig legte sie das Gewehr neben ihrem Sessel auf den Boden und ging in die Küche, um sich ein Eis am Stiel zu holen. Sie kehrte ins Wohnzimmer zurück und aß es am Fenster, im Dunkeln und ohne Hast. Dann legte sie den Stiel auf einen Zeitungsstapel und nahm ihren Platz mit dem Gewehr wieder ein. Das Eis war mit Traubengeschmack, ihre Lieblingssorte. Im Gefrierschrank waren noch mehr, und niemand konnte sie hindern, die ganze Schachtel leer zu essen, aber es war schwierig, Eis am Stiel zu essen und gleichzeitig das Gewehr im Anschlag zu halten.

Sie bewegte den Lauf über den dunklen Himmel und verfolgte einen Nachtvogel über die mondbeschienenen Wolken. Eine Autotür wurde zugeschlagen. Schnell schwenkte sie auf das Geräusch zu und nahm Mrs. Fountain ins Visier, die spät von ihrer Chorprobe zurückkam und jetzt im duns-

Die Schwarzdrossel.

tigen Licht der Straßenlaternen den Weg zu ihrem Haus entlangstolperte, selbstvergessen und ohne zu ahnen, dass ihr funkelnder Ohrring mitten im Zentrum von Harriets Fadenkreuz leuchtete. Verandalicht aus, Küchenlicht an. Mrs. Fountains hängeschultrige, ziegenköpfige Silhouette glitt über das Fensterrollo wie eine Figur in einem Schattenspiel.

»Peng«, flüsterte Harriet. Nur ein Zucken des Fingers, ein Druck des Knöchels, und Mrs. Fountain wäre da, wo sie hingehörte: beim Teufel. Da würde sie hinpassen – wo Hörner sich aus ihren Dauerwellen ringelten und hinten unter ihrem Kleid ein Schwanz mit einer Pfeilspitze hervorragte. Da konnte sie ihren Einkaufswagen durch die Hölle schubsen.

Ein Auto näherte sich. Sie schwenkte von Mrs. Fountain weg und verfolgte es mit ihrem Zielfernrohr – vergrößert, federnd, Teenager, die Fenster heruntergedreht, viel zu schnell –, bis die roten Rücklichter um die Ecke verschwanden.

Als sie zu Mrs. Fountain zurückkehren wollte, sah sie ein erleuchtetes Fenster über die Linse huschen, und dann war sie zu ihrem Entzücken mitten im Esszimmer der Godfreys auf der anderen Straßenseite. Die Godfreys waren rosige, fröhliche Leute, weit über vierzig – kinderlos, gesellig, aktiv in der Baptistengemeinde –, und sie dort zu wissen war tröstlich. Mrs. Godfrey stand da und löffelte gelbe Eiscreme aus einem Karton auf einen Teller. Mr. Godfrey saß am Tisch und wandte Harriet den Rücken zu. Die beiden waren allein. Eine Spitzentischdecke, eine niedrige Lampe mit rosa Schirm in der Ecke, gedämpftes Licht, alles scharf und intim, sogar das Weinblattmuster auf den Eiscremetellern der Godfreys und den Haarklammern in Mrs. Godfreys Frisur.

Die Winchester war ein Fernglas, eine Kamera, ein Instrument, mit dem man Dinge sehen konnte. Harriet schmiegte die Wange an den Kolben; er war glatt und sehr kühl.

Robin, dessen war sie sicher, wachte in diesen Nächten über sie, fast so, wie sie über ihn wachte. Sie fühlte, wie er hinter ihr atmete: ruhig, freundlich, froh über ihre Gesellschaft. Aber das Knarren und die Schatten im dunklen Haus machten ihr trotzdem manchmal Angst. Unruhig und mit schmerzenden Armen vom Gewicht des Gewehrs, rutschte Harriet im Sessel hin und her. Gelegentlich rauchte sie in solchen Nächten eine der Zigaretten ihrer Mutter. In den schlimmsten Nächten konnte sie nicht einmal lesen, und die Buchstaben in ihren Büchern, sogar in der *Schatzinsel* und in *Entführt* – Bücher, die sie liebte und niemals satt bekam – verwandelten sich in eine Art wildes Chinesisch: unlesbar, bösartig, eine juckende Stelle, an der sie nicht kratzen konnte. Einmal zerschlug sie aus blanker Frustration ein Porzellankätzchen, das ihrer Mutter gehörte, um kurz darauf voller Panik (denn ihre Mutter liebte die Figur und hatte sie schon als kleines Mädchen besessen) die Trümmer in ein Papierhandtuch zu wickeln und in eine leere Cornflakesschachtel zu stecken. Die Cornflakesschachtel stopfte sie ganz unten in die Mülltonne. Das war über zwei Jahre her. Soweit Harriet wusste, hatte ihre Mutter immer noch nicht gemerkt, dass das Kätzchen aus der Porzellanvitrine verschwunden war. Aber wann immer Harriet daran dachte, und besonders wenn sie sich versucht fühlte, etwas Ähnliches wieder zu tun (eine Teetasse zu zerbrechen, das Tischtuch mit einer Schere zu zerfetzen), überkam sie ein schwindliges, flaues Gefühl. Sie könnte das Haus anzünden, wenn sie wollte, und niemand wäre da, um sie daran zu hindern.

Eine rostig braune Wolke hatte sich halb vor den Mond geschoben. Sie schwenkte den Lauf zurück zum Fenster der Godfreys. Jetzt hatte auch Mrs. Godfrey Eiscreme. Sie sprach mit ihrem Mann und nahm zwischendurch immer wieder gemächlich einen Löffel voll, und ihr Gesichtsausdruck wirkte ziemlich kühl und verärgert. Mr. Godfrey stützte beide Ellenbogen auf die Spitzentischdecke. Sie sah nur seinen kahlen Hinterkopf mitten im Zentrum ihres Fadenkreuzes, und sie konnte nicht erkennen, ob er Mrs. Godfrey Antwort gab oder ob er überhaupt zuhörte.

Plötzlich stand er auf, streckte sich und ging hinaus. Mrs. Godfrey, die jetzt allein am Tisch saß, sagte noch etwas. Während sie den letzten Löffel Eiscreme in den Mund steckte,

Die Schwarzdrossel.

drehte sie den Kopf ein wenig zur Seite, als höre sie, was Mr. Godfrey aus dem anderen Zimmer antwortete, und dann stand sie auf und ging zur Tür, und sie strich sich den Rock mit dem Handrücken glatt. Dann wurde das Bild schwarz. Das Licht bei ihnen war das einzige in der Straße gewesen. Bei Mrs. Fountain war es schon lange dunkel.

Harriet warf einen Blick auf die Kaminuhr. Es war nach elf, und sie musste am nächsten Morgen um neun für die Sonntagsschule aufstehen.

Es gab keinen Grund, Angst zu haben, die Laternen in der ruhigen Straße leuchteten hell, aber im Haus war es sehr still, und Harriet war ein bisschen nervös. Obwohl er am helllichten Tag zu ihrem Haus gekommen war, hatte sie vor allem nachts Angst vor dem Mörder. Wenn er in ihren Alpträumen zurückkam, war es immer dunkel: Ein kalter Wind wehte durch das Haus, Gardinen blähten sich, und alle Fenster und Türen standen offen, während sie hin und her rannte und die Schiebefenster herunterknallte und an den Schlössern herumfummelte und ihre Mutter ungerührt auf dem Sofa saß, mit Coldcream im Gesicht und ohne einen Finger zu rühren, um ihr zu helfen, und nie hatte sie genug Zeit, bis das Glas klirrte und die behandschuhte Hand hereinlangte, um den Türgriff zu drehen. Manchmal sah Harriet noch, wie die Tür sich öffnete, aber immer wachte sie auf, bevor sie ein Gesicht sah.

Auf Händen und Knien sammelte sie die Patronen ein. Sie stapelte sie säuberlich wieder in der Schachtel, wischte ihre Fingerabdrücke von dem Gewehr und stellte es zurück; dann schloss sie den Schrank ab und warf den Schlüssel wieder in das rote Lederkästchen im Schreibtisch ihres Vaters, wo er hingehörte: zu dem Nagelknipser, einigen einzelnen Manschettenknöpfen, einem Paar Würfel in einem grünen Wildlederbeutel und einem Stapel verblichener Streichholzheftchen aus Nightclubs in Memphis und Miami und New Orleans.

Oben zog sie sich leise aus, ohne das Licht einzuschalten. Im anderen Bett lag Allison mit dem Gesicht nach unten wie eine Wasserleiche. Über ihre Bettdecke wanderte das Mondlicht hin und her, ein Tüpfelmuster, das sich spielerisch veränderte, wenn der Wind durch die Bäume strich. Ein Wust von Stofftieren war um sie herum ins Bett gepackt wie in ein Rettungsboot – ein Patchwork-Elefant, ein gefleckter Hund, dem ein Knopfauge fehlte, ein wolliges schwarzes Lämmchen und ein Känguru aus violettem Baumwollsamt und eine ganze Familie von Teddybären –, und ihre unschuldigen Formen drängten sich um ihren Kopf, niedlich, grotesk und schattenhaft, als wären es Kreaturen aus Allisons Träumen.

»So, Jungen und Mädchen«, sagte Mr. Dial. Mit einem kalten, walgrauen Auge musterte er Harriets und Helys Sonntagsschulklasse, die infolge Mr. Dials Begeisterung für das Camp Lake de Selby und dessen Befürwortung seitens der Eltern seiner Schüler mehr als halb leer war. »Jetzt sollt ihr alle mal eine Minute über Moses nachdenken. Warum war Moses so versessen darauf, die Kinder Israels in das Gelobte Land zu führen?«

Schweigen. Mr. Dials taxierender Verkäuferblick wanderte über die kleine Schar von desinteressierten Gesichtern. Die Kirche, die nicht wusste, was sie mit dem neuen Schulbus anfangen sollte, hatte ein Sozialprojekt gestartet, in dem sie unterprivilegierte weiße Kinder vom Lande abholte und zur Sonntagsschule in die wohl ausgestatteten, kühlen Hallen der Ersten Baptistengemeinde transportierte. Mit schmutzigen Gesichtern, verstohlenen Mienen, in für die Kirche unpassenden Kleidern, fixierten sie gesenkten Blickes den Fußboden. Nur der riesenhafte Curtis Ratliff, der zurückgeblieben und ein paar Jahre älter als die andern war, glotzte Mr. Dial mit offenem Mund dankbar an.

»Oder nehmen wir ein anderes Beispiel«, sagte Mr. Dial. »Was ist mit Johannes dem Täufer? Warum war er so entschlossen, in die Wildnis zu gehen und den Weg für die Ankunft Christi zu bereiten?«

Es war sinnlos zu versuchen, diese kleinen Ratliffs und Scurlees und Odums zu erreichen, diese Bengel mit ihren verklebten Augen und verkniffenen Gesichtern, ihren Klebstoff schnüffelnden Müttern, ihren tätowierten, hurenden

Die Schwarzdrossel.

Vätern. Sie waren erbärmlich. Erst am Tag zuvor war Mr. Dial gezwungen gewesen, seinen Schwiegersohn Ralph – den er bei Dial Chevrolet beschäftigte – zu irgendwelchen Scurlees hinunterzuschicken, um einen neuen Oldsmobile Cutlass zurückzuholen. Es war eine uralte Geschichte: Diese jämmerlichen Hunde fuhren mit Oberklasseautos durch die Gegend, kauten Tabak und tranken Bier aus der Flasche, und dabei war ihnen egal, dass sie mit den Ratenzahlungen sechs Monate im Rückstand waren. Ein anderer Scurlee und zwei Odums würden am Montagmorgen einen kleinen Besuch von Ralph bekommen, auch wenn sie das noch nicht wussten.

Mr. Dials Blick verweilte auf Harriet, Miss Libby Cleves kleiner Nichte, und ihrem Freund, dem Hull-Jungen. Die beiden gehörten zur alten Gesellschaft von Alexandria und waren aus einer guten Gegend: Ihre Familien waren Mitglied im Country Club, und die Raten für ihren Wagen zahlten sie mehr oder weniger pünktlich.

»Hely«, sagte Mr. Dial.

Mit wildem Blick schrak Hely auf, zuckte von seinem Sonntagsschulheft hoch, das er wieder und wieder gefaltet hatte, bis es ein kleines Viereck war.

Mr. Dial grinste. Seine kleinen Zähne, seine weit auseinander liegenden Augen – und die Gewohnheit, seine Klasse aus dem Profil anzuschauen und nicht von vorn – verliehen ihm oberflächlich das Aussehen eines unfreundlichen Delfins. »Möchtest du uns sagen, warum Johannes der Täufer zum Rufer in der Wüste wurde?«

Hely wand sich. »Weil Jesus ihn dazu gebracht hat.«

»Nicht ganz!« Mr. Dial rieb sich die Hände. »Wir wollen alle mal einen Augenblick über Johannes' Situation nachdenken. Warum wohl zitiert er die Worte des Propheten Jesaja hier in«, er fuhr mit dem Finger auf der Seite herunter, »in Vers 23?«

»Weil er Gottes Plan folgte?«, sagte ein dünnes Stimmchen in der ersten Reihe.

Das war Annabel Arnold. Ihre behandschuhten Hände lagen sittsam auf der weißen Reißverschlussbibel in ihrem Schoß gefaltet.

»*Sehr gut!*«, sagte Mr. Dial. Annabel kam aus einer guten Familie – einer guten *christlichen* Familie im Gegensatz zu cocktailtrinkenden Country-Club-Familien wie den Hulls. Annabel, eine Twirling-Meisterin, hatte wesentlich dazu beigetragen, einen kleinen jüdischen Schulkameraden zu Christus zu führen. Am Dienstagabend würde sie drüben in der High School an einem regionalen Majoretten-Wettbewerb teilnehmen, einem Ereignis, zu dessen Hauptsponsoren Dial Chevrolet gehörte.

Mr. Dial sah, dass Harriet etwas sagen wollte, und kam ihr hastig zuvor. »Habt ihr gehört, was Annabel gesagt hat, Jungen und Mädchen?«, fragte er strahlend. »Johannes der Täufer arbeitete gemäß dem göttlichen Plan. Und warum tat er das? Weil«, sagte Mr. Dial, und er drehte den Kopf und fixierte die Klasse mit dem anderen Auge, »weil Johannes der Täufer *ein Ziel hatte*.«

Schweigen.

»Warum ist es so wichtig, im Leben ein Ziel zu haben, Jungen und Mädchen?« Während er auf eine Antwort wartete, schob er einen kleinen Stapel Papier auf dem Pult einmal und noch einmal zurecht, sodass der Edelstein in seinem wuchtigen Goldring das Licht einfing und rot aufblitzte. »Wir wollen darüber nachdenken, ja? Ohne Ziele sind wir nicht motiviert, nicht wahr? Ohne Ziele geht es uns finanziell nicht gut! Ohne Ziele können wir nicht erreichen, was wir nach Christi Willen als Christen und Mitglieder der Gemeinde erreichen sollen!«

Harriet, sah er mit leisem Schrecken, funkelte ihn ziemlich aggressiv an.

»No Sir!« Mr. Dial klatschte in die Hände. »Denn Ziele helfen uns, damit wir uns auf das konzentrieren können, worauf es ankommt! Es ist wichtig, dass jeder von uns, ganz gleich, wie alt er ist, sich Ziele setzt, für das Jahr, für die Woche, ja, für die Stunde, denn sonst haben wir niemals den Drive, unseren Hintern vor dem Fernseher hochzuheben und unseren Lebensunterhalt zu verdienen, wenn wir erwachsen sind.«

Während er redete, fing er an, Papier und Buntstifte zu verteilen. Es konnte nicht schaden, ein paar von diesen

Die Schwarzdrossel.

kleinen Ratliffs und Odums ein bisschen Arbeitsethos ein-
zutrichten. Zu Hause kriegten sie davon jedenfalls nichts
mit – so, wie die meisten von ihnen herumsaßen und sich
von Staat durchfüttern ließen. Die Übung, die er ihnen zugedacht hatte, war eine, an der Mr. Dial selbst einmal teilgenommen und die er als äußerst motivierend erlebt hatte;
sie stammte von einem Christlichen Verkäuferseminar, auf
dem er im Sommer zuvor in Lynchburg, Virginia, gewesen
war.

»Jetzt wollen wir alle mal ein Ziel aufschreiben, das wir
in diesem Sommer erreichen wollen«, sagte Mr. Dial. Er
formte seine Hände zu einem Kirchturm und legte die
Zeigefinger an die geschürzten Lippen. »Das kann ein Projekt sein, ein finanzieller oder persönlicher Erfolg… oder
es kann etwas sein, womit ihr eurer Familie helft, der Gemeinde oder dem Herrn. Ihr braucht euren Namen nicht
darunterzuschreiben, wenn ihr nicht wollt – macht nur ein
kleines Zeichen unten an den Rand, das darstellt, wer ihr
seid.«

Mehrere verschlafene Köpfe fuhren panisch hoch.

»Nichts zu Kompliziertes! Zum Beispiel…« Mr. Dial verknotete seine Hände ineinander. »Zum Beispiel könnt ihr
einen Fußball zeichnen, wenn ihr gern Sport habt, oder ein
fröhliches Gesicht, wenn ihr die Leute gern zum Lächeln
bringt.«

Er setzte sich wieder, und da die Kinder ihr Papier und
nicht ihn anschauten, wurde sein breites Grinsen, das die
kleinen Zähne entblößte, an den Rändern ein bisschen
säuerlich. Nein, es war egal, wie sehr man sich mit diesen
kleinen Odums und Ratliffs und so weiter abmühte; man
brauchte sich nicht einzubilden, dass man ihnen auch nur
die geringste Kleinigkeit beibringen könnte. Er schaute
über die stumpfen kleinen Gesichter hinaus, die lustlos an
den Enden ihrer Buntstifte lutschten. In ein paar Jahren
würden diese kleinen Pechvögel Mr. Dial und Ralph mit
ihren geplatzten Autokrediten in Atem halten, wie es ihre
Cousins und Brüder jetzt taten.

Hely beugte sich vor, um zu sehen, was Harriet auf ihr Blatt geschrieben hatte. »Hey«, flüsterte er. Als persönliches Symbol hatte er gehorsam einen Fußball gemalt, aber dann hatte er fast fünf Minuten lang in betäubtem Schweigen vor sich hin gestarrt.

»Nicht schwatzen da hinten«, sagte Mr. Dial. Mit übertriebenem Ausatmen stand er auf und sammelte die Arbeiten ein. »Also«, sagte er und deponierte die Blätter in einem Stapel auf seinem Tisch. »Jetzt stellen sich alle in einer Reihe auf, und jeder nimmt ein Blatt – nein«, blaffte er, als mehrere Kinder gleichzeitig von ihren Stühlen aufsprangen, »nicht *rennen*. Einer nach dem andern.«

Ohne Begeisterung kamen die Kinder zum Pult geschlurft. Als Harriet wieder an ihrem Platz saß, nestelte sie das Blatt auseinander, das sie sich ausgesucht hatte. Es war zur äußersten Winzigkeit einer Briefmarke zusammengefaltet.

Hely prustete unvermutet los. Er schob Harriet das Blatt zu, das er genommen hatte. Unter einer rätselhaften Zeichnung (ein kopfloser Klecks mit Strichbeinen, halb Möbelstück, halb Insekt – Harriet hätte nicht sagen können, was für ein Tier, was für einen Gegenstand, ja, was für einen Maschinenteil es darstellen sollte) purzelte die verknotete Schrift holprig im Fünfundvierzig-Grad-Winkel über das Papier. *Mein Zihl*, las Harriet, *ist dady soll mit mir nach Opry Land.*

Harriet hatte endlich auch ihr eigenes Blatt entfaltet. Es war Annabel Arnolds Handschrift: rund und gewissenhaft, mit sorgsamen Schnörkeln an den *g*s und *h*s.

Mein Ziel!
Mein Ziel ist, jeden Tag ein kleines Gebet zu sprechen
und Gott zu bitten, dass er mir einen
neuen Menschen schickt, dem ich helfen kann!!!!

Harriet starrte hasserfüllt auf das Blatt. Unten auf der Seite bildeten zwei große *B*s, Rücken an Rücken, einen albernen Schmetterling.

Die Schwarzdrossel.

»Harriet?«, sagte Mr. Dial plötzlich. »Fangen wir mit dir an.«

In einem ausdruckslosen Ton, der ihre Verachtung hoffentlich zum Ausdruck brachte, las Harriet den verschnörkelten Vorsatz laut vor.

»Das ist wirklich ein hervorragendes Ziel«, sagte Mr. Dial warmherzig. »Es ist ein Aufruf zum Gebet, aber auch ein Aufruf zum Dienen. Hier haben wir einen jungen Christenmenschen mit Sinn für die anderen in Kirche und Gemein- Ist da hinten irgendetwas komisch?«

Die schwachen Kicherer verstummten.

Mr. Dial sagte mit größerem Nachdruck: »Harriet, was sagt uns dieses Ziel über die Person, die es aufgeschrieben hat?«

Hely tippte Harriet ans Knie, und neben seinem Bein machte er eine unauffällige kleine Geste mit abwärts gerichtetem Daumen: *Loser.*

»Ist ein Symbol dabei?«

»Bitte?«, sagte Harriet.

»Welches Symbol hat der Verfasser oder die Verfasserin gewählt, um sich darzustellen?«

»Ein Insekt.«

»Ein *Insekt*?«

»Das ist ein Schmetterling«, sagte Annabel leise, aber Mr. Dial hörte es nicht.

»Was für ein Insekt?«, wollte er von Harriet wissen.

»Ich weiß nicht genau, aber es sieht aus, als ob es einen Stachel hätte.«

Hely reckte den Hals, um es sehen zu können. »Eklig«, rief er in scheinbar ungeheucheltem Entsetzen, »was *ist* das?«

»Reich es nach vorn«, sagte Mr. Dial in scharfem Ton.

»Wer zeichnet denn so was?« Hely schaute fassungslos in die Runde.

»Das ist ein *Schmetterling*«, sagte Annabel, hörbarer jetzt.

Mr. Dial erhob sich, um nach dem Blatt zu greifen, und ganz plötzlich – so plötzlich, dass alle zusammenschraken – gab Curtis Ratliff ein begeistertes Truthahnkollern

von sich. Er deutete nach vorn auf das Pult und fing an, aufgeregt auf seinem Stuhl herumzuhopsen.

»Dat mei«, kollerte er. »Dat mei.«

Mr. Dial erstarrte. Davor hatte ihm immer gegraut: dass
der gemeinhin zahme Curtis eines Tages explodieren und
einen Anfall von Gewalttätigkeit oder Krämpfen bekommen könnte.

Hastig verließ er das Pult und eilte zur vorderen Reihe.
»Stimmt etwas nicht, Curtis?« Er beugte sich tief herunter,
und sein vertraulicher Ton war im ganzen Klassenzimmer
zu hören. »Musst du zur Toilette?«

Curtis kollerte, und er war puterrot im Gesicht. Auf
seinem ächzenden Stuhl, der zu klein für ihn war, hüpfte
er so energisch auf und ab, dass Mr. Dial den Kopf einzog
und zurückwich.

Curtis stach mit dem Finger in die Luft. »Dat mei«,
krähte er. Unvermittelt sprang er von seinem Stuhl auf –
mit einem leisen, erniedrigenden Aufschrei stolperte Mr.
Dial rückwärts – und raffte ein zerknülltes Blatt vom Pult.

Dann strich er es sehr behutsam glatt und reichte es Mr.
Dial. Er deutete auf das Papier und dann auf sich. »Mei«,
sagte er strahlend.

»Oh«, sagte Mr. Dial. Aus dem hinteren Teil des Klassenzimmers hörte er Geflüster und unverfrorenes heiteres Ge-
schnaufe. »Ganz recht, Curtis. Das ist *dein* Blatt.« Mr. Dial
hatte es absichtlich nicht zu denen der anderen Kinder gelegt. Curtis verlangte zwar immer Papier und Bleistift und
weinte, wenn man es ihm versagte, aber er konnte weder
lesen noch schreiben.

»Mei«, sagte Curtis und deutete sich mit dem Daumen
auf die Brust.

»Ja«, sagte Mr. Dial vorsichtig. »Das ist *dein* Ziel, Curtis.
Stimmt genau.«

Er legte das Blatt wieder auf den Tisch. Curtis raffte es
wieder auf und streckte es ihm erwartungsvoll lächelnd
entgegen.

»Ja, *danke*, Curtis«, sagte Mr. Dial und zeigte auf den
leeren Stuhl. »Ach, Curtis? Du kannst dich jetzt wieder hinsetzen. Ich will nur ...«

Die Schwarzdrossel.

»Lie.«

»Curtis. Wenn du dich nicht hinsetzt, kann ich nicht...«

»*Lie mei!*«, kreischte Curtis, und zu Mr. Dials Entsetzen begann er auf- und abzuspringen. »*Lie mei! Lie mei! Lie mei!*«

Mr. Dial warf einen entgeisterten Blick auf das zerknickte Blatt Papier in seiner Hand. Da stand nichts außer ein paar Kritzeleien, wie ein Baby sie machen würde. Curtis klapperte liebreizend mit den Augendeckeln und machte einen schwerfälligen Schritt nach vorn. Für einen Mongoloiden hatte er sehr lange Wimpern. »Lie«, sagte er.

»Ich frage mich, was Curtis' Ziel war«, sagte Harriet versonnen, als sie und Hely zusammen nach Hause gingen. Ihre Lackschuhe klapperten auf dem Gehweg. Es hatte in der Nacht geregnet, und der feuchte Zement war übersät von durchdringend riechenden Büscheln von abgemähtem Gras und zerdrückten Blütenblättern, die von den Sträuchern abgeweht waren.

»Ich meine«, sagte Harriet, »glaubst du, Curtis hat überhaupt ein Ziel?«

»*Mein* Ziel war, dass Curtis Mr. Dial in den Arsch treten sollte.«

Sie bogen in die George Street ein, wo Pekan- und Amberbäume in vollem, dunklem Laub standen und die Bienen in Kreppmyrten, Jasmin und rosa Floribunda-Rosen machtvoll summten. Der muffig trunkene Duft der Magnolien war so schweißtreibend wie die Hitze selbst und so schwer, dass man davon Kopfschmerzen bekommen konnte. Harriet sagte nichts. Sie klapperte mit gesenktem Kopf und auf dem Rücken verschränkten Händen voran, tief in Gedanken versunken.

In einem freundschaftlichen Versuch, das Gespräch wieder zu beleben, warf Hely den Kopf in den Nacken und gab sein bestes Delphinschnattern von sich.

Man ruft nur Flipper, Flipper, sang er in schmalzigem Ton, *gleich wird er koooom-men...*

Zu seiner Genugtuung gab Harriet ein kurzes Schnauben

von sich. Wegen seines meckernden Lachens und der delphinartig gewölbten Stirn war Flipper ihr Spitzname für Mr. Dial.

»Was hast du denn geschrieben?«, fragte Hely. Er hatte die verhasste Jacke seines Sonntagsanzugs ausgezogen und wirbelte sie durch die Luft. »Warst du das mit dem schwarzen Punkt?«

»Ja.«

Hely strahlte. Solche rätselhaften und unvorhersehbaren Gesten waren der Grund, weshalb er Harriet anbetete. Man kapierte nicht, warum sie so etwas tat oder warum es überhaupt cool war, aber es *war* cool. Dieser schwarze Klecks hatte Mr. Dial jedenfalls beunruhigt, erst recht nach dem Debakel mit Curtis. Er hatte geblinzelt und verstört geguckt, als ein Kind in der letzten Reihe ein weißes Blatt hochgehalten hatte – leer bis auf dieses unheimliche kleine Zeichen in der Mitte. »Da wollte jemand witzig sein«, fauchte er nach einem gespenstischen kurzen Aussetzer und ging dann sofort weiter zum nächsten Kind, denn das schwarze Zeichen war wirklich unheimlich – aber warum? Es war nur ein Bleistiftzeichen, aber trotzdem war es einen merkwürdigen Augenblick lang still im Zimmer geworden, als das Kind es in die Höhe gehalten hatte, damit alle es sehen konnte. Und daran erkannte man Harriets Hand: Sie konnte einem eine Heidenangst einjagen, und man wusste nicht mal genau, warum.

Er stieß sie mit der Schulter an. »Weißt du, was komisch gewesen wäre? Du hättest schreiben sollen: *Arsch*. Ha!« Hely dachte sich dauernd Streiche für andere Leute aus; er hatte nicht den Mut, sie selbst zu begehen. »In ganz winzigen Buchstaben, weißt du, sodass er es kaum lesen kann.«

»Das schwarze Zeichen ist aus der *Schatzinsel*«, sagte Harriet. »Du hast es von den Piraten gekriegt, wenn sie kamen, um dich umzubringen. Nur ein weißes Blatt Papier mit einem schwarzen Fleck drauf.«

Zu Hause ging Harriet in ihr Zimmer und wühlte ein Notizbuch hervor, das sie in der Kommodenschublade unter

Die Schwarzdrossel.

ihrer Unterwäsche versteckt aufbewahrte. Dann legte sie
sich auf die andere Seite von Allisons Doppelbett, wo man
sie von der Tür aus nicht sehen konnte, obwohl es kaum
wahrscheinlich war, dass man sie stören würde; Allison
und ihre Mutter waren in der Kirche. Harriet hätte sich
dort mit ihnen treffen sollen – und mit Edie und ihren Tanten –, aber ihre Mutter würde kaum bemerken, dass sie
nicht gekommen war, und es würde sie auch kaum kümmern.

Harriet konnte Mr. Dial nicht leiden, aber die Übung in
der Sonntagsschule hatte sie trotzdem nachdenklich gemacht. Dazu herausgefordert, hatte sie nicht sagen können, was – für den Tag, für den Sommer, für den Rest ihres
Lebens – ihre Ziele waren, und das beunruhigte sie, denn
aus irgendeinem Grund verschmolz und verquickte sich
diese Frage in ihrer Vorstellung, mit den unerfreulichen
Wahrnehmungen im Zusammenhang mit der toten Katze
im Werkzeugschuppen.

Harriet unterzog sich selbst gern körperlichen Prüfungen (einmal hatte sie versucht, wie lange sie von achtzehn
Erdnüssen am Tag leben konnte, was die Tagesration der
Konföderierten am Ende des Krieges gewesen war), aber
meistens ging es dabei um Leiden ohne praktischen Sinn.
Das einzige wirkliche Ziel, das ihr einfallen wollte, ein
ziemlich klägliches obendrein, war der erste Preis im sommerlichen Lesewettbewerb der Bibliothek. Seit sie sechs
war, hatte Harriet jedes Jahr daran teilgenommen – und
zweimal gewonnen –, aber jetzt, da sie älter war und richtige Romane las, hatte sie keine Chance mehr. Im letzten
Jahr war der Preis an ein langes, dürres schwarzes Mädchen gegangen, das zwei- oder dreimal täglich kam und
riesige Stapel Kleinkinderbücher von Dr. Seuss und so etwas wie »*Coco fährt Rad*« auslieh. Harriet hatte mit ihrem
Ivanhoe und ihren Gespenstergeschichten von Algernon
Blackwood und den *Mythen und Legenden aus Japan* hinter ihr in der Schlange gestanden und vor Wut geschäumt.
Sogar Mrs. Fawcett, die Bibliothekarin, hatte eine Augen-
braue hochgezogen, und daran konnte man deutlich erkennen, wie *sie* darüber dachte.

Harriet schlug das Notizbuch, ein Geschenk von Hely, auf. Es war nur ein einfacher Spiralblock mit einem gezeichneten Strandbuggy auf dem Umschlag, der Harriet nicht besonders zusagte, aber sie hatte das Buch gern, weil das linierte Papier leuchtend orangegelb war. Hely hatte es zwei Jahre zuvor bei Mrs. Criswell als Geographieheft benutzen wollen, hatte sich aber sagen lassen müssen, dass weder der coole Buggy noch das orangegelbe Papier sich für die Schule eignete. Auf dem ersten Blatt (mit Filzstift, den Mrs. Criswell ebenfalls für ungeeignet erklärt und konfisziert hatte) stand eine halbe Seite unzusammenhängender Notizen von Hely.

Weltgeographie   *Alexandria Academy*
Duncan Hely Hull   *4. September*

Die beiden Kontineste die eine zusammenhengende Landmasse bilden: Eurga und Asic.

Die Nordhälfte der Erde über dem Aqutor heist die Nördliche.

Warum sind allgemein verbintliche Maßeinheiten notwenig?

Wenn eine Theorie die beste verfügbare Erklärung für einen Teil der Natur?

Eine Lantkarte hat vier Teile.

Diese Notizen betrachtete Harriet liebevoll und verächtlich zugleich. Ein paarmal hatte sie schon erwogen, das Blatt herauszureißen, aber im Laufe der Zeit erschien es ihr immer mehr wie ein Teil der Persönlichkeit dieses Notizbuchs, den man am besten so ließ, wie er war.

Sie blätterte zur nächsten Seite um, wo ihre eigenen Notizen, in Bleistiftschrift, anfingen. Es waren hauptsächlich Listen. Listen von Büchern, die sie gelesen hatte, und

Die Schwarzdrossel.

von Büchern, die sie lesen wollte, und von Gedichten, die sie auswendig konnte; Listen von Geschenken, die sie zum Geburtstag und zu Weihnachten bekommen hatte, und von wem sie sie bekommen hatte; Listen von Orten, an denen sie gewesen war (nichts besonders Exotisches), und Listen von Orten, die sie noch sehen wollte (die Osterinsel, die Antarktis, Machu Picchu, Nepal). Es gab Listen von Menschen, die sie bewunderte: Napoleon und Nathan Bedford Forrest, Dschingis Khan und Lawrence von Arabien, Alexander der Große und Harry Houdini und Johanna von Orléans. Es gab eine ganze Seite Beschwerden darüber, dass sie das Zimmer mit Allison teilen musste. Es gab Vokabellisten – lateinische und englische – und ein unbeholfenes kyrillisches Alphabet, das sie eines Nachmittags, als sie sonst nichts zu tun hatte, mühsam, aber nach besten Kräften aus der Enzyklopädie abgemalt hatte. Und es gab mehrere Briefe, die Harriet geschrieben und nie abgeschickt hatte, an verschiedene Leute, die sie nicht leiden konnte. Einer war an Mrs. Fountain gerichtet, ein anderer an ihre verhasste Lehrerin aus der Fünften, Mrs. Beebe. Es gab auch einen an Mr. Dial. In der Absicht, zwei Fliegen mit einer Klappe zu schlagen, hatte sie ihn in einer bemühten, verschnörkelten Handschrift geschrieben, die aussah wie Annabel Arnolds.

Lieber Mr. Dial (fing der Brief an),
ich bin eine junge Dame Ihrer Bekanntschaft, die Sie schon seit einiger Zeit heimlich bewundert. Ich bin so verrückt nach Ihnen, dass ich kaum noch schlafen kann. Ich weiß, ich bin sehr jung, und man darf auch Mrs. Dial nicht vergessen, aber vielleicht können wir uns doch einmal abends hinter Dial Chevrolet verabreden. Ich habe über diesem Brief gebetet, und der Herr hat mir gesagt, Liebe ist die Antwort. Ich werde bald noch einmal schreiben. Bitte zeigen Sie diesen Brief niemandem. PS: Ich glaube, Sie können sich vielleicht denken, wer dies ist. In Liebe, Ihre heimliche Valentine!

Darunter hatte Harriet ein winziges Foto von Annabel Arnold geklebt, das sie aus der Zeitung ausgeschnitten hatte, und daneben den riesigen, gelbsüchtigen Kopf von Mr. Dial, den sie im Branchenbuch gefunden hatte; seine Glotzaugen quollen aus den Höhlen vor Begeisterung, und aus dem Kopf barst eine Korona aus Cartoon-Sternen, über denen ein Geklingel von hektischen schwarzen Lettern lauthals verkündete:

HIER LIEGT QUALITÄT VORN!
NIEDRIGE ANZAHLUNG!

Als sie diese Briefe jetzt betrachtete, kam Harriet auf die Idee, Mr. Dial tatsächlich einen Brief zu schicken, einen Drohbrief in fehlerhafter Kinderblockschrift, als komme er von Curtis Ratliff. Aber das, entschied sie und klopfte sich dabei mit dem Bleistift an die Zähne, wäre unfair Curtis gegenüber. Sie wünschte Curtis nichts Böses, erst recht nicht nach seiner Attacke gegen Mr. Dial.

Sie blätterte weiter, und auf ein leeres orangegelbes Blatt schrieb sie:

Ziele für den Sommer
Harriet Cleve Dufresnes

Ratlos starrte sie auf das Blatt. Wie die Holzfällertochter am Anfang eines Märchens hatte eine geheimnisvolle Sehnsucht sie erfasst, ein Verlangen danach, weite Reisen zu machen und große Dinge zu tun; und wenn sie auch nicht genau hätte sagen können, was sie eigentlich tun wollte, wusste sie doch, dass es etwas Großartiges und Düsteres und äußerst Schwieriges war.

Sie blätterte ein paar Seiten zurück, bis zu der Liste der Menschen, die sie bewunderte: überwiegend Generäle, Soldaten, Forscher, Männer der Tat samt und sonders. Johanna von Orléans hatte Armeen geführt, als sie kaum älter als Harriet gewesen war. Dennoch hatte Harriets Vater ihr im Jahr zuvor zu Weihnachten ein besonders beleidigendes Brettspiel für Mädchen geschenkt: *Was soll ich*

Die Schwarzdrossel.

werden? Es war ein besonders durchsichtiges Spiel, das angeblich Berufsberatung bieten sollte, aber – ganz gleich, wie gut man es spielte, immer nur vier Zukunftsmöglichkeiten anbot: Lehrerin, Ballerina, Mutter oder Krankenschwester.

Das Beste für sie, wie es in ihrem Lehrbuch »Gesundheit« hieß (eine logische Aufeinanderfolge von Jungenfreundschaft, »Erfolg«, Heirat und Mutterschaft), interessierte Harriet nicht. Von allen Helden auf ihrer Liste war Sherlock Holmes der größte, und der war nicht einmal eine reale Person. Dann war da Harry Houdini. Er war ein Meister des Unmöglichen, und was für Harriet noch wichtiger war: Er war ein Meister des *Entkommens*. Kein Gefängnis der Welt konnte ihn halten; er entkam aus Zwangsjacken, aus verschlossenen Truhen, die man in reißende Flüsse warf, und aus Särgen, die man sechs Fuß tief in der Erde vergrub.

Und wie hatte er das geschafft? *Er hatte keine Angst.* Die heilige Johanna war von Engeln flankiert hinausgaloppiert, aber Houdini hatte die Angst allein gemeistert. Ohne göttlichen Beistand hatte er sich auf die harte Tour selbst beigebracht, wie man die Panik bekämpfte, die grauenhafte Angst vor dem Ersticken, dem Ertrinken und der Dunkelheit. Mit Handschellen gefesselt in einer verschlossenen Truhe auf dem Grunde eines Flusses, hatte er nicht einen Herzschlag darauf verschwendet, Angst zu haben, und nie war er unter dem Schrecken der Ketten, der Dunkelheit und des eisigen Wassers eingeknickt. Hätte ihn auch nur einen Augenblick lang Schwindel erfasst, hätten ihm bei der atemlosen Mühe, die vor ihm lag – Hals über Kopf über das Flussbett polternd –, die Hände gezittert, dann wäre er niemals lebend aus dem Wasser gekommen.

Ein Trainingsprogramm. Das war Houdinis Geheimnis. Er war täglich in Fässer voll Eis gestiegen und gewaltige Strecken unter Wasser geschwommen, und er hatte das Luftanhalten geübt, bis er drei Minuten lang erreicht hatte. Die Sache mit den Eisfässern konnte sie nicht realisieren, aber das Schwimmen und das Atemanhalten – das lag im Bereich des Möglichen.

Sie hörte, wie ihre Mutter und ihre Schwester zur Haustür hereinkamen, hörte die Stimme ihrer Schwester, klagend, unverständlich. Schnell versteckte sie das Notizbuch und lief die Treppe hinunter.

»Sag nicht ›hassen‹, Schatz«, sagte Charlotte geistesabwesend zu Allison. Sie saßen zu dritt in ihren Sonntagskleidern am Tisch und aßen das Huhn, das Ida ihnen zum Mittagessen dagelassen hatte.

Allison hing das Haar ins Gesicht; sie saß da und starrte auf ihren Teller und kaute auf einer Zitronenscheibe aus ihrem Eistee. Zwar hatte sie ihr Essen durchaus energisch zersägt, auf dem Teller hin und her geschoben und zu unappetitlichen Häuflein aufgetürmt (eine Gewohnheit, die Edie in den Wahnsinn trieb), aber sie hatte sehr wenig davon gegessen.

»Ich weiß nicht, warum Allison nicht ›hassen‹ sagen darf, Mutter«, wandte Harriet ein.»Hassen‹ ist ein tadelloses Wort.«

»Es ist nicht höflich.«

»In der Bibel steht ›hassen‹. Der Herr hasset dieses, der Herr hasset jenes. Steht praktisch auf jeder Seite.«

»Schön, aber ihr sollt es nicht sagen.«

»Also gut«, platzte Allison heraus. »Ich *verabscheue* Mrs. Biggs.« Mrs. Biggs war Allison Sonntagsschullehrerin.

Im Nebel ihrer Tranquilizer empfand Charlotte milde Überraschung. Allison war sonst ein so scheues, sanftes Mädchen. Derart verrückte Reden über das Hassen von Leuten waren eher etwas, das sie von Harriet erwarten würde.

»Aber Allison«, sagte sie, »Mrs. Biggs ist eine liebe alte Seele. Und sie ist eine Freundin von deiner Tante Adelaide.«

Allison harkte mit ihrer Gabel durch die Unordnung auf ihrem Teller. »Ich hasse sie trotzdem.«

»Aber es ist kein guter Grund, jemanden zu hassen, Schatz – nur weil sie dich in der Sonntagsschule nicht für eine tote Katze beten lässt.«

»Wieso nicht? Wir mussten auch dafür beten, dass Sissy und Annabel Arnold den Twirling-Wettbewerb gewinnen.«

Die Schwarzdrossel.

»Dafür mussten wir bei Mr. Dial auch beten«, sagte Harriet. »Das kommt, weil ihr Vater Diakon ist.«

Vorsichtig balancierte Allison ihre Zitronenscheibe auf dem Tellerrand. »Ich hoffe, sie lassen ihre Feuerbatons fallen«, sagte sie. »Ich hoffe, der ganze Laden brennt ab.«

»Hört mal, Mädchen«, sagte Charlotte unbestimmt in die darauf folgende Stille hinein. Ihre Gedanken – die nie vollständig mit der Katze und der Kirche und dem Twirling-Wettbewerb beschäftigt gewesen waren – weilten bereits woanders. »Seid ihr schon in der Klinik gewesen, um euch die Typhusimpfung abzuholen?«

Als keins der beiden Kinder antwortete, fuhr sie fort: »Ich möchte, dass ihr auf jeden Fall daran denkt, gleich Montag früh hinzugehen und euch impfen zu lassen. Auch gegen Tetanus. In Kuhtümpeln baden und den ganzen Sommer hindurch barfuß laufen ...«

Ihre Stimme verlor sich wohlig, und sie aß wieder weiter. Harriet und Allison blieben stumm. Noch nie in ihrem Leben hatte eine von ihnen in einem Kuhtümpel gebadet. Ihre Mutter dachte an ihre eigene Kindheit und vermischte sie mit der Gegenwart – was in letzter Zeit immer häufiger vorkam –, und keins der Mädchen wusste genau, wie sie darauf reagieren sollten.

Immer noch in ihrem Sonntagskleid mit dem Gänseblümchenmuster, das sie seit dem Morgen anhatte, tappte Harriet im Dunkeln die Treppe hinunter. Ihre weißen Söckchen waren unter den Fußsohlen schmutzig grau. Es war halb zehn, und ihre Mutter und Allison waren seit einer halben Stunde im Bett.

Allisons Schlafsucht war, anders als die ihrer Mutter, natürlich und nicht narkotisch bedingt. Sie war am glücklichsten, wenn sie schlief, den Kopf unter dem Kissen vergraben; sie sehnte sich den ganzen Tag nach ihrem Bett und ließ sich hineinfallen, sowie es halbwegs dunkel war. Aber Edie, die nachts selten mehr als sechs Stunden schlief, ärgerte sich über die Faulenzerei und das Rumgelungere in den Betten. Charlotte nahm seit Robins Tod irgendwelche

Tranquilizer, und es führte zu nichts, mit ihr darüber zu reden, aber bei Allison stellte sich die Sache doch ganz anders dar. In der Annahme, es könne eine Mononukleose oder eine Hepatitis vorliegen, hatte sie Allison mehrmals gezwungen, zur Blutuntersuchung zum Arzt zu gehen, stets mit negativem Bescheid.»Sie ist ein heranwachsender Teenager«, sagte der Arzt zu Edie.»Teenager brauchen viel Ruhe.«

»Aber sechzehn Stunden!« Edie war erzürnt. Ihr war durchaus bewusst, dass der Arzt ihr nicht glaubte. Sie hatte überdies – zu Recht – den Verdacht, dass er es war, der Charlotte die Drogen verschrieb, von denen sie ständig so groggy war, was immer es sein mochte.

»Und wenn es siebzehn wären«, antwortete Dr. Breedlove. Er saß mit einer weißbekittelten Hinterbacke auf seinem voll gepackten Schreibtisch und musterte Edie mit klinischem Fischblick.»Wenn das Mädchen schlafen will, lassen Sie sie schlafen.«

»Aber wie kannst du es *aushalten*, so viel zu schlafen?«, hatte Harriet ihre Schwester einmal neugierig gefragt.

Allison zuckte die Achseln.

»Ist das nicht langweilig?«

»Ich langweile mich nur, wenn ich wach bin.«

Wie sich das anfühlte, wusste Harriet. Ihre eigene Langeweile war mitunter so betäubend, dass ihr ganz schlecht und schwindlig wurde, als wäre sie chloroformiert worden. Aber jetzt gerade war sie aufgeregt bei dem Gedanken an die einsamen Stunden, die vor ihr lagen, und im Wohnzimmer ging sie nicht zum Waffenschrank, sondern zum Schreibtisch ihres Vaters.

Es gab massenhaft interessante Dinge in der Schreibtischschublade ihres Vaters (Goldmünzen, Geburtsurkunden, Dinge, von denen sie die Finger zu lassen hatte). Nachdem sie in ein paar Schachteln mit Fotos und entwerteten Schecks gewühlt hatte, fand sie schließlich, was sie suchte: eine Stoppuhr aus schwarzem Plastik – ein Werbegeschenk von einer Kreditvermittlung – mit einem roten Digitaldisplay.

Sie setzte sich auf das Sofa, schlang einen tiefen Atem-

Die Schwarzdrossel.

zug herunter und drückte auf den Startknopf. Houdini hatte trainiert, minutenlang den Atem anzuhalten, und es war dieser Trick gewesen, der viele seiner größten Kunststücke erst möglich gemacht hatte. Jetzt würde sie sehen, wie lange sie die Luft anhalten könnte, ohne ohnmächtig zu werden.

Zehn. Zwanzig Sekunden. Dreißig. Sie spürte, wie das Blut immer heftiger in ihren Schläfen pochte. Fünfunddreißig. Vierzig. Harriets Augen tränten, und das Herz pochte bis in die Augäpfel. Bei fünfundvierzig fing ihre Lunge an, krampfhaft zu flattern, und sie musste sich die Nase zuhalten und eine Hand auf den Mund pressen. Achtundfünfzig. Neunundfünfzig. Die Tränen strömten, sie konnte nicht mehr stillsitzen, sie stand auf und drehte sich in einem hektischen kleinen Kreis vor dem Sofa herum, wedelte mit der freien Hand in der Luft, und ihr Blick sprang verzweifelt von einem Gegenstand zum andern – Schreibtisch, Tür, Sonntagsschuhe, Spitze an Spitze auf dem taubengrauen Teppich –, während das Zimmer von ihrem donnernden Herzschlag erzitterte und die Mauer aus Zeitungen wie unter den Vorboten eines Erdbebens zu rascheln begann.

Sechzig Sekunden. Fünfundsechzig. Die rosa Streifen in den Vorhängen hatten sich blutig rot verdunkelt, und das Licht der Lampe entwirrte sich zu langen, irisierenden Tentakeln, die in irgendeiner unsichtbaren Flut hin und her wehten, bis auch sie sich zu verdunkeln begannen und die pulsierenden Ränder schwarz wurden, während sie in der Mitte immer noch weiß brannten, und irgendwo hörte sie eine Wespe summen, irgendwo an ihrem Ohr, aber vielleicht auch nicht, vielleicht war es irgendwo in ihr; das Zimmer drehte sich, und plötzlich konnte sie sich die Nase nicht mehr zuhalten, ihre Hand zitterte und wollte nicht mehr gehorchen, und mit einem langen, qualvollen Röcheln fiel sie in einem Funkenregen rückwärts auf das Sofa und drückte mit dem Daumen auf die Stoppuhr.

Lange lag sie hechelnd da, während die phosphoreszierenden Feenlichter sacht von der Decke herabschwebten.

Ein gläserner Hammer schlug mit kristallenem Klang in

ihrem Hinterkopf. Ihre Gedanken spulten sich auf und wieder ab und bildeten ein verschlungenes Goldfiligran, dessen zarte Muster durch ihren Kopf wehten.

Als die Funken träger flogen und sie schließlich wieder aufrecht sitzen konnte – schwindlig noch und an die Sofalehne geklammert –, schaute sie auf die Stoppuhr. Eine Minute und sechzehn Sekunden.

Das war eine lange Zeit, länger, als sie beim ersten Versuch erwartet hatte, aber Harriet fühlte sich sehr sonderbar. Die Augen taten ihr weh, und es war, als sei der ganze Inhalt ihres Kopfes durcheinander gerüttelt und zusammengepresst worden, sodass sich das Hören mit dem Sehen vermischte und das Sehen mit dem Schmecken, und ihre Gedanken waren von all dem so wirr wie ein Puzzle, bei dem sie nicht wusste, welches Teil wohin gehörte.

Sie versuchte aufzustehen. Es war, als wolle sie in einem Kanu stehen, und sie setzte sich wieder. Echos, schwarze Glocken.

Nun ja, niemand hatte gesagt, dass es einfach sein würde. Wenn es so einfach wäre zu lernen, wie man drei Minuten die Luft anhielt, dann würde jeder auf der Welt es tun, nicht bloß Houdini.

Eine Weile blieb sie sitzen und atmete tief durch, wie sie es im Schwimmunterricht gelernt hatte, und als sie wieder ein wenig zu sich gekommen war, holte sie noch einmal tief Luft und drückte auf die Uhr.

Diesmal war sie entschlossen, nicht auf die Zahlen zu schauen, während sie tickten, sondern sich auf etwas anderes zu konzentrieren. Der Anblick der Zahlen machte alles nur noch schlimmer.

Das Unbehagen nahm zu, und ihr Herz schlug lauter; funkelnde Nadelstiche trippelten in eisigen Wellen wie Regentropfen flink über ihre Kopfhaut. Ihre Augen brannten. Sie machte sie zu. In der pulsierenden roten Dunkelheit regnete ein spektakulärer Schauer von glühender Asche hernieder. Eine schwarze Truhe, mit Ketten umschlungen, polterte über die losen Steine eines Flussbetts, von der Strömung mitgerissen, *bamm, bamm, bamm* – etwas Schweres, Weiches war darin, ein Körper –, und ihre Hand

Die Schwarzdrossel.

fuhr hoch und drückte die Nase zu, wie um einen üblen Geruch fern zu halten, und noch immer rollte die Truhe weiter über bemooste Steine, und ein Orchester spielte irgendwo in einem blattgoldverzierten Theater mit gleißenden Kronleuchtern, und Harriet hörte Edies klaren Sopran, der sich mit der Ballade des Seemanns Barnade Bill über die Geigen erhob.

Nein, das war nicht Edie, das war ein Tenor: ein Tenor mit schwarzem, von Brillantine glänzendem Haar, die behandschuhte Hand an die Smokingbrust gedrückt, das kalkweiß gepuderte Gesicht im Rampenlicht, Augen und Lippen dunkel wie bei einem Stummfilmschauspieler. Er stand vor dem fransengeschmückten Samtvorhang, der sich unter plätscherndem Applaus langsam öffnete und den Blick auf einen riesigen Eisblock mitten auf der Bühne freigab, in den eine kauernde Gestalt eingefroren war.

Ein Aufschrei. Das verblüffte Orchester, das hauptsächlich aus Pinguinen bestand, schlug ein schnelleres Tempo an. Auf der Galerie drängten sich Eisbären; mehrere trugen Weihnachtsmannmützen. Mitten zwischen ihnen saß Mrs. Godfrey mit glasigen Augen und aß Eiscreme von einem Teller mit Harlekinmuster.

Plötzlich wurde das Licht abgeblendet. Der Tenor verbeugte sich und verschwand in den Kulissen. Einer der Eisbären reckte sich über die Balkonbrüstung, warf seine Weihnachtsmannmütze hoch in die Luft und brüllte:»Ein dreifach Hoch auf Captain Scott!«

Ohrenbetäubendes Getöse erhob sich, als der blauäugige Captain Scott, sein Pelz starr von Waltran und Eis, auf die Bühne trat, sich den Schnee von den Kleidern schüttelte und die im Fausthandschuh steckende Hand hob. Hinter ihm stieß der kleine Bowers, auf Skiern, einen leisen, verwunderten Pfiff aus, und er blinzelte ins Rampenlicht und hob den Arm schützend vor sein sonnenverbranntes Gesicht. Dr. Wilson, ohne Mütze und ohne Handschuhe, mit Steigeisen an den Stiefeln, kam an ihm vorbei auf die Bühne geeilt und hinterließ Fußspuren aus Schnee, die unter den Bühnenscheinwerfern sofort zu Pfützen zerflossen. Ohne auf den aufbrandenden Applaus zu achten, strich er mit der Hand über den Eisblock und schrieb eine oder zwei Notizen in ein ledergebundenes Buch. Dann klappte er das Notizbuch zu, und das Publikum wurde still. »Die Lage ist kritisch, Captain«, sagte er, und sein Atem kam in weißen Wölkchen aus seinem Mund. »Der Wind weht aus Nord-Nordwest, und es scheint ein ausgeprägter Herkunftsunterschied zwischen den oberen und unteren Bereichen des Eisbergs zu bestehen, was darauf schließen lässt, dass er mit den alljährlichen Schneefällen Schicht um Schicht akkumuliert hat.«

»Dann werden wir unverzüglich mit der Rettungsaktion beginnen müssen«, sagte Captain Scott. »Osman! *Esh to*«, sagte er ungeduldig zu dem Schlittenhund, der kläffend um ihn herumsprang. »Die Eisäxte, Lieutenant Bowers.«

Bowers schien sich überhaupt nicht darüber zu wundern, dass seine Skier sich in seinen Fäustlingen in ein Paar Äxte verwandelt hatten. Die eine warf er geschickt quer über die Bühne zu seinem Captain hinüber, was wildes Gejohle und Gebrüll und Flossenklatschen hervorrief, und die beiden streiften ihre schneeverkrusteten Wollsachen ab und begannen, auf den gefrorenen Block einzuhacken, während das Pinguinorchester weiterspielte und Dr. Wilson fortfuhr, interessante wissenschaftliche Kommentare zur Natur des Eises abzugeben. Im Proszenium hatte sanft wirbelndes Schneegestöber eingesetzt, und am Bühnenrand assistierte der Tenor mit der Brillantinefrisur dem Expeditionsfotografen Ponting beim Aufstellen des Stativs.

»Der arme Kerl«, sagte Captain Scott zwischen Axthieben – er und Bowers kamen nicht besonders schnell voran –, »ist dem Ende sehr nah, möchte man meinen.«

»Beeilen Sie sich, Captain.«

»Kopf hoch, Jungs«, brüllte ein Eisbär von der Galerie.

»Wir sind in Gottes Hand, und wenn Er nicht eingreift, sind wir verloren«, erklärte Dr. Wilson ernst. Schweißperlen standen auf seinen Schläfen, und die Bühnenscheinwerfer blitzten wie weiße Scheiben auf den Gläsern seiner kleinen, altmodischen Brille. »Lasst uns alle gemeinsam das Gebet des Herrn und das Credo sprechen.«

Die Schwarzdrossel.

Nicht alle schienen das Gebet des Herrn zu kennen. Ein paar Pinguine sangen *Daisy, Daisy, give me your answer, do*, und andere legten die Flossen aufs Herz und sagten den Fahneneid her, als über der Bühne, mit dem Kopf nach unten, an einer Kette kreiselnd, die an den Fußknöcheln befestigt war, ein Mann im Abendanzug erschien: in Zwangsjacke und Handschellen. Das Publikum verstummte, als er sich zappelnd, zuckend, mit rotem Gesicht aus der Zwangsjacke wand und sie mit den Schultern über den Kopf schob. Mit den Zähnen bearbeitete er die Handschellen; einen oder zwei Augenblicke später fielen sie klappernd auf die Bretter, und dann, nachdem er sich geschmeidig hochgekrümmt und seine Füße befreit hatte, schwang er drei Meter hoch über der Bühne an der Kette und landete, die Arme schwungvoll erhoben wie ein Turner, auf dem Boden und nahm einen Zylinder ab, der aus dem Nichts erschienen war. Ein Schwarm rosaroter Tauben flatterte heraus und kreiste zum Entzücken des Publikums auf- und absteigend im Theater umher.

»Ich fürchte, dass konventionelle Methoden hier nicht funktionieren werden, Gentlemen«, sagte der Neuankömmling zu den verdutzten Forschern, und er krempelte die Ärmel seines Abendanzugs auf und hielt einen Moment lang inne, um dem explosiven Blitz der Kamera ein strahlendes Lächeln zu widmen. »Ich wäre zweimal fast zugrunde gegangen, als ich genau dieses Meisterstück vollbringen wollte – einmal im Circus Beketow in Kopenhagen, und einmal im Apollo-Theater in Nürnberg.« Aus der Luft zauberte er einen juwelenbesetzten Schweißbrenner hervor, der eine meterlange blaue Flamme spie, und dann eine Pistole. Mit lautem Knall und einer Rauchwolke feuerte er in die Luft. »Assistenten, bitte!«

Fünf Chinesen in scharlachroten Gewändern und Schädelkappen und mit langen schwarzen Zöpfen auf dem Rücken kamen mit Bügelsägen und Feueräxten herausgelaufen.

Houdini warf die Pistole ins Publikum – die sich zur Freude der Pinguine mitten in der Luft in einen zappelnden Lachs verwandelte, bevor sie zwischen ihnen landete – und riss Captain Scott die Axt aus der Hand. Mit der Linken reckte er sie hoch in die Luft, während in seiner Rechten der Schweißbrenner brannte. »Ich darf das Publikum daran erinnern«, rief er, »dass dem in Frage stehenden Subjekt viertausendsechshundertfünfundsechzig Tage, zwölf Stunden, siebenundzwanzig Minuten und neununddreißig Sekunden lang der lebenserhaltende Sauerstoff versagt worden ist und dass ein Rettungsversuch in dieser Größenordnung noch niemals auf einer amerikanischen Bühne unternommen wurde.« Er warf Captain Scott die Axt wieder zu, hob die Hand, um die orangegelbe Katze zu streicheln, die auf seiner Schulter hockte, und rief dem Pinguindirigenten zu: »Maestro, wenn ich bitten darf!«

Die Chinesen, fröhlich angeführt von Bowers, der sich bis auf sein Unterhemd ausgezogen hatte und Schulter an Schulter mit ihnen arbeitete, hackten rhythmisch im Takt der Musik auf den Block ein. Houdini mit seinem Schweißbrenner machte spektakuläre Fortschritte. Eine große Wasserlache breitete sich auf der Bühne aus; den Pinguinmusikern machte das große Freude, und sie wiegten sich vergnügt unter dem eisigen Wasser, das in den Orchestergraben herabtropfte. Captain Scott stand links auf der Bühne und tat sein Bestes, um den Schlittenhund Osman, der beim Anblick von Houdinis Katze in Raserei verfallen war, zurückzuhalten, und wütend schrie er in die Kulissen, Meares solle herkommen und ihm helfen.

Die geheimnisvolle Gestalt in dem blasigen Eisblock war jetzt nur noch ungefähr sechs Zoll von dem Schweißbrenner und den Sägen der Chinesen entfernt.

»Nur Mut«, schrie ein Eisbär von der Galerie.

Ein zweiter Bär sprang auf. In seiner enormen Pranke, so groß wie ein Baseballhandschuh, hielt er eine zappelnde Taube. Er biss ihr den Kopf ab und spuckte den blutigen Klumpen aus.

Harriet konnte nicht mehr genau sehen, was auf der Bühne vor sich ging, obwohl es sehr wichtig zu sein schien. Krank vor Ungeduld reckte sie sich auf den Zehenspitzen hoch, aber die Pinguine – schnatternd und gackernd – standen einander auf den Schultern und waren so größer als sie. Ein paar rutschten von ihren Stühlen und fingen

Die Schwarzdrossel.

an, vorwärts gebeugt auf die Bühne zuzuwatscheln, nickend und schwankend, die Schnäbel zur Decke gestreckt, die flachen Augen irr vor Anteilnahme. Als Harriet sich durch ihre Reihen drängen wollte, bekam sie einen heftigen Stoß von hinten und erwischte einen öligen Mund voll Pinguinfedern, als sie vorwärts stolperte.

Plötzlich hörte sie einen triumphierenden Ausruf von Houdini. »Meine Damen und Herren!«, rief er. »Wir haben ihn!«

Das Publikum stürmte die Bühne. In dem Durcheinander sah Harriet die weißen Explosionen von Pontings altmodischer Kamera, und ein Trupp Bobbys kam hereingestürmt, mit Handschellen, Gummiknüppeln und Dienstrevolvern.

»Hier entlang, Officers!«, sagte Houdini und trat mit schwungvoll eleganter Armbewegung vor.

Flüssig und ganz unerwartet wandten sich alle Gesichter Harriet zu. Eine schreckliche Stille war eingetreten, unterbrochen nur vom Tröpfeln des Eiswassers im Orchestergraben. Alle beobachteten sie: Captain Scott, der verblüffte kleine Bowers, Houdini mit seinem Basiliskenblick unter zusammengezogenen schwarzen Brauen. Die Pinguine wandten ihr, ohne mit der Wimper zu zucken, ihr linkes Profil zu und beugten sich plötzlich vor, und jeder fixierte sie mit einem gelben Fischauge.

Jemand wollte ihr etwas reichen. *Es hängt von dir ab, meine Liebe...*

Harriet saß kerzengerade auf dem Sofa.

———

»Na, Harriet«, sagte Edie munter, als Harriet verspätet zum Frühstück vor ihrer Tür stand. »Wo hast du gesteckt? Wir haben dich gestern in der Kirche vermisst.«

Sie band sich die Schürze ab, ohne von Harriets Schweigen oder ihrem zerknautschten Gänseblümchenkleid Notiz zu nehmen. Für ihre Verhältnisse war Edie ungewöhnlich vergnügt, und sie hatte sich fein gemacht in einem marineblauen Sommerkostüm mit dazu passenden zweifarbigen Pumps.

»Ich wollte schon ohne dich anfangen«, sagte sie und

setze sich zu Toast und Kaffee an den Tisch. »Kommt Allison? Ich muss zu einer Versammlung.«

»Zu was für einer Versammlung?«

»In der Kirche. Deine Tanten und ich werden verreisen.« Das war eine Neuigkeit, selbst für Harriet in ihrem benommenen Zustand. Edie und die Tanten verreisten niemals. Libby war kaum jemals außerhalb von Mississippi gewesen, und sie und die anderen Tanten waren tagelang bedrückt und verängstigt, wenn sie sich mehr als ein paar Meilen weit in die Welt hinauswagen sollten. Das Wasser schmeckte komisch, murmelten sie. Sie könnten in einem fremden Bett nicht schlafen. Sie machten sich Sorgen, dass sie die Kaffeemaschine nicht abgeschaltet hätten, sie machten sich Sorgen um ihre Zimmerpflanzen und ihre Katzen, machten sich Sorgen, dass es brennen oder dass jemand in ihr Haus einbrechen oder dass das Ende der Welt kommen könnte, während sie weg waren. Sie würden Tankstellentoiletten benutzen müssen – Toiletten, die dreckig waren, und wo man nie wusste, was für Krankheiten dort lauerten. Die Leute in fremden Restaurants kümmerten sich nicht um Libbys salzfreie Diät. Und wenn sie eine Panne hätten? Oder wenn jemand krank würde?

»Wir fahren im August«, sagte Edie. »Nach Charleston. Eine Reise zu historischen Häusern.«

»Du fährst?« Edie weigerte sich zwar, es zuzugeben, aber ihre Augen waren nicht mehr das, was sie einmal gewesen waren; sie rauschte über rote Ampeln hinweg, bog trotz Gegenverkehr links ab und bremste jäh ab, um sich über die Lehne nach hinten zu beugen und mit ihren Schwestern zu schwatzen – die in ihren Handtaschen nach Papiertaschentüchern und Pfefferminz wühlten und ebenso entzückend ahnungslos wie Edie waren, was den erschöpften, hohläugigen Schutzengel betraf, der mit gesenkten Schwingen über dem Oldsmobile schwebte und an jeder Straßenecke einen gewaltigen Zusammenstoß verhütete.

»Alle Damen aus unserem Kirchenkreis fahren mit«, sagte Edie und kaute geschäftig auf ihrem knusprigen Toast. »Roy Dial von der Chevrolet-Vertretung leiht uns einen Bus. Und einen Fahrer. Ich hätte nichts dagegen, meinen

Die Schwarzdrossel.

eigenen Wagen zu nehmen, wenn die Leute auf dem Highway sich heutzutage nicht so verrückt aufführen würden.«
»Und Libby sagt, sie fährt mit?«
»Natürlich. Warum nicht? Mrs. Hatfield Keene und Mrs. Nelson McLemore und alle ihre Freundinnen kommen mit.«
»Addie auch? Und Tat?«
»Natürlich.«
»Und sie *wollen* mit? Niemand zwingt sie?«
»Deine Tanten und ich werden nicht jünger.«
»Hör mal, Edie«, sagte Harriet abrupt und schluckte einen Mund voll Brötchen herunter. »Gibst du mir neunzig Dollar?«
»*Neunzig Dollar?*«, wiederholte Edie und klang unvermittelt empört. »Ganz sicher nicht. Wozu um alles in der Welt brauchst du neunzig Dollar?«
»Mutter hat unsere Mitgliedschaft im Country Club verfallen lassen.«
»Was willst du denn im Country Club?«
»Ich will diesen Sommer schwimmen gehen.«
»Dann soll der kleine Hull dich als Gast mitnehmen.«
»Kann er nicht. Er darf nur fünfmal einen Gast mitbringen. Ich werde aber öfter schwimmen gehen wollen.«
»Ich sehe nicht ein, was es für einen Sinn hat, dem Country Club neunzig Dollar zu geben, nur damit du den Pool benutzen kannst«, sagte Edie. »Du kannst im Lake de Selby schwimmen, so viel du willst.«
Harriet schwieg.
»Komisch. Das Camp fängt dieses Jahr spät an. Ich hätte gedacht, dass die ersten Gruppen schon da sind.«
»Wohl nicht.«
»Erinnere mich daran«, sagte Edie, »dass ich heute Nachmittag dort anrufe. Ich weiß nicht, was los ist mit diesen Leuten. Ich frage mich, wann der kleine Hull fährt?«
»Darf ich aufstehen?«
»Du hast mir noch nicht erzählt, was du heute vorhast.«
»Ich gehe in die Bibliothek und melde mich zum Lesewettbewerb an. Ich will ihn wieder gewinnen.« Jetzt, dachte sie, war nicht der richtige Augenblick, um von ihrem wah-

ren Ziel für diesen Sommer zu sprechen – nicht, solange Camp de Selby über der Unterhaltung schwebte.

»Na, das wirst du sicher hinkriegen.« Edie stand auf und wollte ihre Kaffeetasse zur Spüle bringen.

»Stört es dich, wenn ich dich etwas frage, Edie?«

»Kommt darauf an.«

»Mein Bruder wurde ermordet, nicht wahr?«

Edies Blick wurde unscharf. Sie stellte die Tasse hin.

»Was glaubst du, wer es getan hat?«

Edies Blick schwankte noch für einen Moment und richtete sich dann – ganz plötzlich – scharf und zornig auf Harriet. Nach einer Sekunde voller Unbehagen (in der Harriet wirklich das Gefühl hatte, dass Rauch von ihr aufstieg, als wäre sie ein Haufen trockenes Holz, das in einem Lichtstrahl aufglühte) wandte sie sich ab und stellte ihre Tasse in die Spüle. Ihre Taille sah sehr schmal aus, und ihre Schultern wirkten eckig und militärisch in dem marineblauen Kostüm.

»Hol deine Sachen«, sagte sie knapp, ohne sich umzudrehen.

Harriet wusste nicht, was sie sagen sollte. Sie hatte keine Sachen.

Nach der quälenden Stille während der Autofahrt (sie hatte auf die Polsternähte gestarrt und an einem Stück losem Schaumstoff an der Armlehne genestelt) hatte Harriet keine besondere Lust mehr, in die Bibliothek zu gehen. Aber Edie wartete mit versteinerter Miene am Randstein, und Harriet blieb nichts anderes übrig, als die Treppe hinaufzugehen (mit steifem Rücken und in dem Bewusstsein, dass sie beobachtet wurde) und die Glastür aufzustoßen.

Die Bücherei sah leer aus. Mrs. Fawcett saß allein hinter der Theke; sie ging die Rückgaben des letzten Abends durch und trank eine Tasse Kaffee. Sie war eine winzige Frau mit Vogelknochen und kurzen, grau melierten Haaren, blaugeäderten weißen Armen (sie trug kupferne Armreifen gegen ihre Arthritis), und ihre Augen waren ein bisschen zu stechend und eng zusammenliegend, zumal da ihre Nase

Die Schwarzdrossel.

etwas von einem Schnabel hatte. Die meisten Kinder hatten Angst vor ihr, nicht aber Harriet; sie liebte die Bibliothek und alles, was dazugehörte.

»Hallo, Harriet!«, sagte Mrs. Fawcett. »Willst du dich für den Lesewettbewerb anmelden?« Sie langte unter ihren Schreibtisch und holte ein Plakat hervor. »Du weißt, wie das geht, oder?«

Sie reichte Harriet eine Karte der Vereinigten Staaten, und Harriet studierte sie angelegentlich. *Ich kann eigentlich nicht so schrecklich aus dem Häuschen sein,* dachte sie, *wenn Mrs. Fawcett nichts merkt.* Harriet war nicht leicht zu verletzen, zumindest nicht durch Edie, der ständig wegen irgendetwas der Kragen platzte, aber das Schweigen im Auto hatte sie doch zermürbt.

»Sie machen es dieses Jahr mit einer amerikanischen Karte«, sagte Mrs. Fawcett. »Für jedes vierte Buch, das du ausleihst, bekommst du einen Aufkleber in Form eines Staates, den du auf deine Karte kleben kannst. Soll ich sie für dich aufhängen?«

»Danke, ich mach das schon«, sagte Harriet.

Sie ging zum schwarzen Brett an der hinteren Wand. Der Lesewettbewerb hatte am Samstag angefangen, also erst vorgestern. Sieben oder acht Landkarten hingen schon da; die meisten waren leer, aber eine hatte schon drei Aufkleber. Wie konnte jemand seit Samstag zwölf Bücher gelesen haben?

»Wer«, fragte sie Mrs. Fawcett, als sie mit den vier Büchern, die sie sich ausgesucht hatte, zur Ausleihtheke zurückkam, »ist Lasharon Odum?«

Mrs. Fawcett beugte sich über ihre Theke, zeigte stumm in die Kinderbuchabteilung und deutete mit dem Kopf auf eine winzige Gestalt mit verfilzten Haaren in einem schmuddeligen T-Shirt und einer zu kleinen Hose. Sie saß zusammengekrümmt auf einem Stuhl und las mit großen Augen, und ihr Atem kam rasselnd über ausgetrocknete Lippen.

»Da sitzt sie«, flüsterte Mrs. Fawcett. »Das arme kleine Ding. Die ganze letzte Woche hat sie jeden Morgen vorn auf der Treppe gewartet, wenn ich kam, um zu öffnen, und dann sitzt sie mucksmäuschenstill da, bis ich um sechs wieder schließe. Wenn sie diese Bücher wirklich liest und nicht bloß so tut, dann liest sie für ihre Altersgruppe wirklich gut.«

»Mrs. Fawcett«, sagte Harriet, »darf ich heute wieder nach hinten zu den Zeitungen?«

Mrs. Fawcett machte ein verblüfftes Gesicht. »Die kannst du nicht ausleihen.«

»Ich weiß. Ich will nur etwas recherchieren.«

Mrs. Fawcett schaute Harriet über ihre Brillengläser hinweg an, erfreut über dieses erwachsen klingende Ersuchen. »Weißt du denn, welche du brauchst?«

»Oh, nur die Lokalzeitungen. Vielleicht noch die aus Memphis und Jackson. Von...« Sie zögerte; sie wollte Mrs. Fawcett keinen Hinweis geben, indem sie das Datum von Robins Tod erwähnte.

»Na ja«, sagte Mrs. Fawcett, »eigentlich darf ich dich da hinten nicht hineinlassen, aber wenn du vorsichtig bist, ist es sicher in Ordnung.«

Auf einem Umweg, damit sie nicht an Helys Haus vorbeikam – er hatte sie gefragt, ob sie mit ihm angeln gehen wollte –, brachte Harriet die Bücher, die sie ausgeliehen hatte, nach Hause. Es war halb eins. Allison, verschlafen, zerzaust und noch im Pyjama, saß allein am Esstisch und aß mürrisch ein Tomatensandwich.

»Willst du Tomate, Harriet?«, rief Ida Rhew aus der Küche. »Oder lieber Hühnchen?«

»Tomate, bitte.« Harriet setzte sich zu ihrer Schwester.

»Ich gehe heute Nachmittag in den Country Club, um mich zum Schwimmen anzumelden«, sagte sie. »Kommst du mit?«

Allison schüttelte den Kopf.

»Soll ich dich auch anmelden?«

»Mir egal.«

»Weenie würde aber nicht wollen, dass du dich so benimmst«, sagte Harriet. »Er würde wollen, dass du glücklich bist und dein Leben weiterlebst.«

Die Schwarzdrossel.

»Ich werde nie wieder glücklich sein.« Allison legte ihr Sandwich hin, und Tränen quollen über die Lider ihrer melancholischen, schokoladenbraunen Augen. »Ich wünschte, ich wäre tot.«

»Allison?«, sagte Harriet.

Sie antwortete nicht.

»Weißt du, wer Robin umgebracht hat?«

Allison begann an der Kruste ihres Sandwichs zu zupfen. Sie schälte einen Streifen ab und rollte ihn mit Daumen und Zeigefinger zu einer Kugel zusammen.

»Du warst im Garten, als es passiert ist.« Harriet beobachtete ihre Schwester aufmerksam. »Das hab ich unten in der Bibliothek in der Zeitung gelesen. Da stand, du warst die ganze Zeit draußen.«

»Du warst auch draußen.«

»Ja, aber ich war ein Baby. Du warst vier.«

Allison schälte noch eine Kruste ab und aß sie bedächtig, ohne Harriet anzusehen.

»Vier ist ziemlich alt. Ich kann mich an praktisch alles erinnern, was mir passiert ist, als ich vier war.«

In diesem Augenblick erschien Ida Rhew mit Harriets Teller. Beide Mädchen schwiegen. Als sie wieder in die Küche gegangen war, sagte Allison: »Bitte lass mich in Ruhe, Harriet.«

»Du *musst* dich an etwas erinnern«, beharrte Harriet, ohne Allison aus den Augen zu lassen. »Es ist wichtig. Denk nach.«

Allison spießte eine Tomatenscheibe mit der Gabel auf und knabberte zierlich am Rand entlang.

»Pass auf. Ich hatte letzte Nacht einen Traum.«

Allison hob den Kopf und sah sie erschrocken an.

Harriet war Allisons jäh zunehmende Aufmerksamkeit nicht entgangen und erzählte ausführlich, was sie in der vergangenen Nacht geträumt hatte.

»Ich glaube, der Traum wollte mir etwas sagen«, endete sie. »Ich glaube, ich soll herausfinden, wer Robin ermordet hat.«

Sie aß ihr Sandwich auf. Allison schaute sie immer noch an. Edie – das wusste Harriet – irrte sich, wenn sie glaubte, Allison sei dumm; es war nur sehr schwer zu sagen, was sie gerade dachte, und man musste sehr behutsam mit ihr umgehen, damit man sie nicht erschreckte.

»Ich möchte, dass du mir hilfst«, sagte Harriet. »Weenie würde auch wollen, dass du mir hilfst. Er hat Robin geliebt. Er war Robins Kätzchen.«

»Ich kann nicht.« Allison schob ihren Stuhl zurück. »Ich muss gehen. Gleich kommt *Dark Shadows*.«

»Nein, warte«, sagte Harriet. »Ich möchte, dass du etwas tust. Tust du etwas für mich?«

»Was denn?«

»Kannst du versuchen, dich zu erinnern, was du nachts träumst, und es dann aufschreiben und mir morgens zeigen?«

Allison sah sie ausdruckslos an.

»Du schläfst dauernd. Du musst doch Träume haben. Manchmal erinnert man sich im Traum an Dinge, an die man sich nicht erinnert, wenn man wach ist.«

»Allison«, rief Ida aus der Küche. »Es ist Zeit für unsere Sendung.« Sie und Allison waren besessen von *Dark Shadows*. Im Sommer schauten sie es sich jeden Tag zusammen an.

»Komm und sieh mit uns fern«, sagte Allison zu Harriet. »Letzte Woche war es richtig gut. Sie sind jetzt wieder in der Vergangenheit. Es wird erklärt, wie Barnabas zum Vampir wurde.«

»Du kannst es mir erzählen, wenn ich zurückkomme. Ich gehe jetzt zum Country Club und melde uns beide für den Pool an. Okay? Wenn ich dich anmelde, gehst du dann manchmal mit mir schwimmen?«

»Wann fängt eigentlich dein Camp an? Fährst du diesen Sommer nicht hin?«

»Komm schon.« Ida Rhew kam mit ihrem eigenen Lunch, einem Teller mit Hühnchensandwich, hereingestürmt. Im Sommer zuvor hatte Allison sie nach *Dark Shadows* süchtig gemacht. Ida hatte es mit ihr angeschaut, zunächst voller Argwohn, aber dann verpasste sie es während des Schuljahrs nicht einen Tag, und wenn Allison nach Hause kam, setzte sie sich mit ihr zusammen und erzählte ihr alles, was passiert war.

Die Schwarzdrossel.

Harriet lag hinter verschlossener Tür im Bad auf dem kalten Fliesenboden, hielt den Füller einsatzbereit über das Scheckbuch ihres Vaters und sammelte sich einen Augenblick lang, bevor sie anfing zu schreiben. Sie war gut darin, die Handschrift ihrer Mutter zu fälschen, und noch besser ging es mit der ihres Vaters, aber bei seinem schwungvollen Strich durfte sie nicht einen Moment zögern; sobald die Feder das Papier berührte, musste sie schnell durchschreiben, ohne nachzudenken, denn sonst sah es holprig und falsch aus. Edies Handschrift war ausgefeilter: aufrecht, altmodisch und balletthaft in ihrer Extravaganz, und es war schwierig, ihre hohen, meisterlichen Großbuchstaben flüssig zu kopieren, sodass Harriet langsam arbeiten und immer wieder innehalten musste, um ihr Werk mit einer Schriftprobe von Edie zu vergleichen. Das Resultat war passabel, aber auch wenn andere Leute sich davon täuschen ließen, gelang es doch nicht immer und bei Edie nie.

Harriets Füller schwebte über der leeren Linie. Die gespenstische Titelmusik von *Dark Shadows* wehte jetzt durch die geschlossene Badezimmertür.

Zahlungsempfänger: *Alexandria Country Club*, warf sie in der breiten, nachlässigen Handschrift ihres Vaters herrisch auf das Papier. *Einhundertachtzig Dollar*. Dann die große Banker-Unterschrift – der leichteste Teil. Sie atmete in lang gezogenem Seufzern aus und betrachtete das Ergebnis: ganz gut. Es waren Schecks der Bankfiliale am Ort, und deshalb kamen die Auszüge hierher nach Hause und gingen nicht nach Nashville; wenn der entwertete Scheck zurückkäme, würde sie ihn aus dem Umschlag nehmen und verbrennen, und niemand würde etwas merken. Seit sie das erste Mal wagemutig genug gewesen war, diesen Trick auszuprobieren, hatte Harriet kleckerweise über fünfhundert Dollar vom Konto ihres Vaters entwendet. Er war es ihr schuldig, fand sie, und wenn sie nicht befürchten müsste, ihr System auffliegen zu lassen, hätte sie ihn mit Vergnügen restlos ausgeplündert.

»Die Dufresnes«, sagte Tante Tat, »sind *kalte* Menschen. Sie waren immer schon kalt. Und dass sie besonders kultiviert wären, habe ich auch nie bemerkt.«

Harriet war der gleichen Meinung. Ihre Onkel auf der Seite der Dufresnes waren alle mehr oder weniger wie ihr Vater: Jäger und Sportsfreunde, die laute und raue Reden führten und sich schwarze Tönung in ihr ergrauendes Haar kämmten, alternde Variationen des Elvis-Themas mit Bierbäuchen und albernen Stiefeln. Sie lasen keine Bücher; ihre Witze waren derb, und in ihren Manieren und Vorlieben waren sie ungefähr eine Generation vom ländlichen Lumpenproletariat entfernt. Nur einmal war sie ihrer Großmutter Dufresnes begegnet, einer reizbaren Frau mit rosa Plastikperlen und Stretch-Hosenanzügen, die in einer Eigentumswohnung in Florida wohnte, in der es Glasschiebetüren und Tapeten mit metallglänzenden Giraffen gab. Harriet war einmal für eine Woche zu ihr hinuntergefahren und wäre vor Langeweile beinahe wahnsinnig geworden, denn Großmutter Dufresnes hatte keinen Bibliotheksausweis und besaß keine Bücher außer der Biographie eines Mannes, der die Hilton-Hotelkette gegründet hatte, und ein Paperback mit dem Titel *LBJ mit den Augen eines Texaners gesehen*. Ihre Söhne hatten sie aus der ländlichen Armut von Tallahatchie County geholt und ihr die Wohnung in einer Rentnerkolonie in Tampa gekauft. Jedes Jahr zu Weihnachten schickte sie eine Schachtel Grapefruit, aber ansonsten hörten sie selten von ihr.

Natürlich spürte Harriet die Abneigung, die Edie und die Tanten ihrem Vater entgegenbrachten, aber sie ahnte nicht, wie erbittert sie wirklich war. Er sei nie ein aufmerksamer Ehemann und Vater gewesen, tuschelten sie – nicht einmal, als Robin noch lebte. Es sei verbrecherisch, wie er die Mädchen ignoriere. Es sei verbrecherisch, wie er seine Frau ignoriere – zumal nach dem Tod ihres Sohnes. Er habe einfach in der Bank weitergearbeitet wie immer und sich nicht einmal freigenommen, und sein Sohn sei kaum einen Monat unter der Erde gewesen, da sei er zur Jagd nach Kanada gefahren. Bei einem so jämmerlichen Ehemann sei es kaum überraschend, dass Charlotte geistig nicht mehr die Alte sei.

»Es wäre besser«, erklärte Edie wütend, »wenn er sich einfach von ihr scheiden ließe. Charlotte ist noch jung. Und

Die Schwarzdrossel.

da ist dieser nette junge Willory, der kürzlich das Grundstück draußen bei Glenwild gekauft hat, der ist aus dem Delta, er hat ein bisschen Geld...«

»Na ja«, murmelte Adelaide, »Dixon sorgt schon gut für sie.«

»Ich sage nur, sie könnte einen viel besseren Mann finden.«

»Und *ich* sage, Edie, der Spatz in der Hand ist besser als die Taube auf dem Dach. Ich weiß nicht, was aus der kleinen Charlotte und den Mädchen werden würde, wenn Dix nicht ein so gutes Gehalt hätte.«

»Gut«, sagte Edie, »das stimmt auch wieder.«

»Manchmal frage ich mich«, sagte Libby mit bebender Stimme, »ob es richtig war, dass wir Charlotte nicht dazu gedrängt haben, nach Dallas zu ziehen.«

Nicht lange nach Robins Tod war davon die Rede gewesen. Die Bank hatte Dix eine Beförderung angeboten, wenn er nach Texas umziehen wollte. Ein paar Jahre später hatte er versucht, sie alle dazu zu überreden, in irgendeine Stadt in Nebraska zu ziehen. Die Tanten waren weit davon entfernt gewesen, Charlotte und die Kinder zum Umzug zu drängen – im Gegenteil, sie waren beide Male in Panik geraten, und Adelaide und Libby und sogar Ida Rhew waren wochenlang bei dem bloßen Gedanken in Tränen ausgebrochen.

Harriet blies auf die Unterschrift ihres Vaters, obwohl die Tinte schon trocken war. Ihre Mutter schrieb ständig Schecks auf dieses Konto aus, da sie davon die Rechnungen bezahlte, aber Harriet hatte festgestellt, dass sie die Auszüge nicht im Auge behielt. Sie hätte den Country Club ohne weiteres bezahlt, wenn Harriet sie darum gebeten hätte, aber Camp Lake de Selby dräute schwarz und grummelnd am Horizont, und Harriet hatte keine Lust, sie durch Wörter wie Country Club und Schwimmbad daran zu erinnern, dass das Anmeldeformular noch nicht gekommen war.

Sie stieg auf ihr Fahrrad und fuhr hinüber zum Country Club. Das Büro war verschlossen. Alle waren zum Lunch im Speiseraum. Sie ging den Gang hinunter zum Pro Shop,

wo sie Helys großen Bruder Pemberton traf, der hinter der
Theke eine Zigarette rauchte und in einer Hi-Fi-Zeitschrift
blätterte.

»Kann ich dir dieses Geld hier geben?«, fragte sie. Sie
mochte Pemberton. Er war in Robins Alter, und er war
Robins Freund gewesen. Jetzt war er einundzwanzig, und
manche Leute fanden, es sei eine Schande, dass seine Mutter seinem Vater ausgeredet hatte, ihn auf die Militäraka-
demie zu schicken, als es noch etwas bewirkt hätte. Zwar
war Pem auf der High School beliebt gewesen, und sein
Bild war auf praktisch jeder Seite im Jahrbuch des letzten
Schuljahrs zu finden, aber er war auch ein Faulenzer und
so etwas wie ein Beatnik. Auf dem College – Vanderbilt, Ole
Miss und sogar Delta State – hatte er es nicht lange aus-
gehalten und wohnte jetzt wieder zu Hause. Seine Haare
waren noch viel länger als Helys. Im Sommer arbeitete er
als Bademeister im Country Club, und im Winter schraubte
er nur an seinem Auto herum und hörte laute Musik.

»Hey, Harriet«, sagte Pemberton. Wahrscheinlich war er
einsam, dachte Harriet, so ganz allein im Pro Shop. Er trug
ein zerrissenes T-Shirt, karierte Baumwollshorts und Golf-
schuhe ohne Socken. Die Überreste eines Hamburgers mit
Pommes frites lagen auf einem Teller mit dem Monogramm
des Country Clubs, der neben ihm auf der Theke stand.
»Komm rüber und hilf mir, ein Autoradio auszusuchen.«

»Ich verstehe nichts von Autoradios. Ich will nur diesen
Scheck bei dir lassen.«

Pem strich sich mit einer grobknochigen Hand die Haare
hinter die Ohren und nahm dann den Scheck, um ihn zu
begutachten. Er war langgliedrig, von lässiger Haltung und
sehr viel größer als Hely, aber er hatte die gleichen zerzausten, blond gesträhnten Haare, oben hell und darunter dunkler. Auch seine Gesichtszüge erinnerten an Hely, aber sie
waren feiner geschnitten, und seine Zähne waren ein bisschen schief, aber auf eine Weise, die sie irgendwie ansehn-
licher erscheinen ließ, als wenn sie gerade gewesen wären.

»Tja, du kannst ihn hier lassen«, sagte er schließlich,
»aber ich weiß nicht genau, was ich damit machen soll. Hey,
ich wusste gar nicht, dass dein Dad in der Stadt ist.«

Die Schwarzdrossel.

»Ist er auch nicht.«

Pemberton zog durchtrieben die Braue hoch und zeigte auf das Datum.

»Er hat ihn mit der Post geschickt«, sagte Harriet.

»Wo steckt der alte Dix überhaupt? Hab ihn seit Ewigkeiten nicht mehr gesehen.«

Harriet zuckte die Achseln. Sie konnte ihren Vater zwar nicht leiden, aber sie wusste doch, dass sie über ihn nicht tratschen oder sich beschweren sollte.

»Na, wenn du ihn siehst, frag ihn doch mal, ob er mir nicht auch einen Scheck schicken kann. Diese Lautsprecher hätte ich wirklich gern.« Er schob die Zeitschrift über die Theke und zeigte sie ihr.

Harriet betrachtete sie. »Die sehen alle gleich aus.«

»Überhaupt nicht, Sweetie. Diese Blaupunkt-Dinger sind so sexy wie nichts sonst. Siehst du? Ganz schwarz, mit schwarzen Knöpfen am Receiver? Und siehst du, wie klein sie sind, verglichen mit den Pioneers?«

»Na, dann kauf sie dir doch.«

»Das mach ich, wenn du deinen Dad dazu bringst, mir dreihundert Mäuse zu schicken.« Er nahm einen letzten Zug von seiner Zigarette und drückte sie auf seinem Teller aus, dass es zischte. »Sag mal, wo ist eigentlich mein durchgeknallter Bruder?«

»Weiß ich nicht.«

Pemberton lehnte sich über die Theke und schob vertraulich die Schultern nach vorn. »Wieso lässt du ihn eigentlich bei dir herumlungern?«

Harriet starrte die Ruinen von Pems Lunch an: kalte Fritten, die zerdrückte Zigarette zischend in einem Klecks Ketchup.

»Geht er dir nicht auf die Nerven?«, fragte Pemberton. »Und wieso muss er sich bei dir anziehen wie eine Frau?«

Harriet blickte verdutzt auf

»Du weißt schon, in Marthas Hausmänteln.« Martha war Pems und Helys Mutter. »Er findet es toll. Immer wenn ich ihn sehe, läuft er aus dem Haus und hat irgendeinen verrückten Kissenbezug oder ein Handtuch auf dem Kopf oder so was. Er sagt, du willst das so.«

»Will ich nicht.«

»Komm schon, *Harriet*.« Er sprach ihren Namen aus, als finde er daran etwas leicht Lächerliches. »Ich fahre an deinem Haus vorbei, und immer hast du sieben oder acht kleine Jungs da, die in Bettlaken bei euch im Garten rumhängen. Ricky Ashmore nennt euch den Baby-Ku-Klux-Klan, aber ich glaube, du zwingst sie bloß gern, sich als Mädchen zu verkleiden.«

»Das ist ein Spiel«, sagte Harriet stur. Sie ärgerte sich über seine Beharrlichkeit; die Bibel-Spiele gehörten längst der Vergangenheit an. »Hör mal, ich wollte mit dir reden. Über meinen Bruder.«

Jetzt war es Pemberton, dem unbehaglich zumute wurde. Er nahm die Hi-Fi-Zeitschrift und blätterte mit bemühter Sorgfalt darin herum.

»Weißt du, wer ihn umgebracht hat?«

»Tjaaa«, sagte Pemberton durchtrieben. Er legte die Zeitschrift hin. »Ich werde dir etwas verraten, wenn du versprichst, dass du es keiner Menschenseele weitersagst. Du kennst die alte Mrs. Fountain, die neben euch wohnt?«

Harriet schaute ihn mit so unverhohlener Verachtung an, dass er sich ausschütten wollte vor Lachen.

»Was?«, sagte er. »Du glaubst das nicht, das mit Mrs. Fountain und all den Leuten, die unter ihrem Haus begraben sind?« Ein paar Jahre zuvor hatte er Hely eine Heidenangst eingejagt, indem er ihm erzählt hatte, dass jemand Menschenknochen gefunden hätte, die aus Mrs. Fountains Blumenbeet ragten, und dass Mrs. Fountain ihren Mann ausgestopft und in einen Sessel gesetzt hätte, damit er ihr abends Gesellschaft leistete.

»Du weißt also nicht, wer es war.«

»Nein«, sagte Pemberton kurz angebunden. Er erinnerte sich noch, wie seine Mutter zu seinem Zimmer heraufgekommen war (er hatte gerade ein Modellflugzeug zusammengebaut – irre, was einem manchmal so im Gedächtnis blieb) und ihn in den Flur herausgerufen hatte, um ihm zu erzählen, dass Robin tot war. Es war das einzige Mal, dass er sie je hatte weinen sehen. Er selbst hatte nicht geweint. Er war neun und verstand nichts; er war einfach wieder in

Die Schwarzdrossel.

sein Zimmer gegangen und hatte die Tür zugemacht und unter einer Wolke wachsenden Unbehagens weiter an seiner Sopwith Camel gearbeitet; und er konnte sich noch erinnern, wie der Klebstoff an den Nähten herausgequollen war; beschissen hatte es ausgesehen, und schließlich hatte er das Ding unvollendet weggeworfen.

»Du solltest mit solchen Sachen keine Witze machen«, sagte er zu Harriet.

»Ich mache keine Witze. Es ist mir todernst«, sagte Harriet hochfahrend. Nicht zum ersten Mal fiel Pemberton auf, wie sehr sie sich von Robin unterschied; man konnte kaum glauben, dass sie verwandt waren. Vielleicht lag es zum Teil an ihren dunklen Haaren, dass sie so ernst wirkte, aber anders als Robin hatte sie etwas Schwerfälliges an sich: pokergesichtig, aufgeblasen, und sie lachte nie. Allison (die jetzt, wo sie auf der High School war, einen niedlichen Gang entwickelte; neulich hatte Pem sich auf der Straße nach ihr umgedreht, ohne sich darüber im Klaren zu sein, wer sie war) umgab ein heiteres Flattern von Robins Geist, aber Harriet hatte beim besten Willen nichts Niedliches oder Heiteres an sich. Harriet war eine Fehlkonstruktion.

»Ich glaube, du hast zu viel Nancy Drew gelesen, Sweetie«, sagte er. »Das ganze Zeug ist passiert, bevor Hely auch nur geboren war.« Er schwang einen unsichtbaren Golfschläger. »Hier haben früher täglich drei oder vier Züge gehalten, und drüben bei den Bahngleisen gab es sehr viel mehr Tramps als heute.«

»Aber vielleicht ist der, der es getan hat, noch hier.«

»Wenn das so ist, warum haben sie ihn dann nicht schon erwischt?«

»Kam dir irgendwas komisch vor, bevor es passierte?« Pem schnaubte verächtlich. »Meinst du unheimlich?«

»Nein, einfach merkwürdig.«

»Hör mal, das war nicht wie im Kino. Niemand hat einen riesigen Perversen oder Spinner rumschleichen sehen und bloß vergessen, das zu erwähnen.« Er seufzte. Noch Jahre danach war es in den Schulpausen das beliebteste Spiel gewesen, den Mord an Robin zu inszenieren: ein Spiel, das –

im Laufe der Jahre weitergereicht und verändert – in der Grundschule immer noch populär war. Aber in der Schulhofversion wurde der Mörder gefasst und bestraft. Die Kinder versammelten sich im Kreis an der Schaukel und ließen tödliche Hiebe auf den unsichtbaren Schurken niederprasseln, der ausgestreckt in ihrer Mitte lag.

»Eine Zeit lang«, sagte er laut, »kam jeden Tag irgendein Cop oder Prediger zu uns, um mit uns zu sprechen. In der Schule prahlten die Kids damit, dass sie wüssten, wer es gewesen war, oder dass sie es sogar selbst getan hätten. Bloß, um Aufmerksamkeit zu erregen.«

Harriet starrte ihn durchdringend an.

»Kinder machen so was. Danny Ratliff – o Gott! Der hat dauernd mit Sachen angegeben, die er nie getan hatte: Leuten die Kniescheiben zerschießen oder alten Damen Klapperschlangen ins Auto werfen. Du würdest nicht glauben, was für verrücktes Zeug ich ihn in der Billardhalle hab reden hören...« Pemberton schwieg. Er kannte Danny Ratliff schon aus Kindertagen: schwach und großspurig mit den Armen fuchtelnd und voll von leeren Prahlereien und Drohungen. Aber obwohl das Bild klar genug vor seinem geistigen Auge stand, wusste er nicht genau, wie er es Harriet vermitteln sollte.

»Er... Danny ist einfach verrückt«, sagte er.

»Wo kann ich diesen Danny finden?«

»Langsam. Von Danny Ratliff solltest du die Finger lassen. Er ist gerade aus dem Gefängnis gekommen.«

»Weswegen war er drin?«

»Messerstecherei oder so was. Weiß ich nicht mehr. Von den Ratliffs hat schon jeder Einzelne gesessen, wegen bewaffneten Raubüberfalls oder weil er jemanden umgebracht hat – nur nicht der Kleine, der Schwachsinnige. Und Hely hat mir erzählt, dass *der* neulich Mr. Dial zusammengeschlagen hat.«

Harriet war entsetzt. »Das stimmt nicht. Curtis hat ihn nicht angerührt.«

Pemberton gluckste. »Tut mir Leid, das zu hören. Ich kenne niemand, der so dringend zusammengeschlagen gehört wie Mr. Dial.«

Die Schwarzdrossel.

»Du hast mir noch nicht gesagt, wo ich diesen Danny finde.«

Pemberton seufzte. »Hör mal, Harriet«, sagte er. »Danny Ratliff ist ungefähr in meinem Alter. Und das mit Robin ist passiert, als wir in der vierten Klasse waren.«

»Vielleicht hat es ein Kind getan. Vielleicht haben sie ihn deshalb nie erwischt.«

»Hör mal, ich weiß nicht, wieso du dich für ein solches Genie hältst, das herausfinden wird, was sonst niemandem gelungen ist.«

»Du sagst, er geht in die Billardhalle?«

»Ja, und ins ›Black Door Tavern‹. Aber ich sage dir, Harriet, er hatte nichts damit zu tun, und selbst wenn es doch so wäre, solltest du ihn lieber in Ruhe lassen. Es gibt einen ganzen Haufen von diesen Brüdern, und sie sind alle irgendwie verrückt.«

»Verrückt?«

»Nicht *so*. Ich meine... einer von ihnen ist ein Prediger, du hast ihn wahrscheinlich schon gesehen: Er steht am Highway rum und brüllt was von Buße und so 'nem Zeug. Und der große Bruder, Farish, war eine Zeit lang in Whitfield in der Irrenanstalt.«

»Weshalb?«

»Weil er eine Schaufel oder so was an den Kopf gekriegt hat. Ich weiß es nicht mehr. Aber jeder Einzelne von denen wird andauernd verhaftet. Wegen Autodiebstahl«, fügte er hinzu, als er sah, wie Harriet ihn anschaute. »Oder wegen Einbruch. Nicht das, wovon du hier redest. Wenn sie irgendetwas mit Robin zu tun gehabt hätten, dann hätten die Cops das schon vor Jahren aus ihnen rausgeprügelt.«

Er nahm Harriets Scheck, der immer noch auf der Theke lag. »Okay, Kleine? Das hier ist für dich und Allison?«

»Ja.«

»Wo ist sie?«

»Zu Hause.«

»Was macht sie?« Pem lehnte sich nach vorn und stützte sich auf die Ellenbogen.

»Guckt *Dark Shadows*.«

»Meinst du, sie kommt diesen Sommer mal zum Pool?«

»Wenn sie Lust hat.«

»Hat sie einen Freund?«

»Einige Jungen rufen sie an.«

»Ach ja?«, sagte Pemberton. »Wer denn zum Beispiel?«

»Sie spricht nicht gern mit ihnen.«

»Wieso nicht?«

»Weiß ich nicht.«

»Meinst du, wenn ich sie mal anrufe, spricht sie mit mir?«
Unvermittelt sagte Harriet: »Rate mal, was ich diesen
Sommer machen werde.«

»Was?«

»Ich werde unter Wasser durch das ganze Becken schwimmen.«

Pemberton, der allmählich genug von ihr hatte, verdrehte
die Augen. »Und was kommt als Nächstes? Dein Foto auf
dem *Rolling Stone*?«

»Ich weiß, dass ich es schaffe. Gestern Abend hab ich fast
zwei Minuten die Luft angehalten.«

»Schlag's dir aus dem Kopf, Sweetie.« Pemberton glaubte
kein Wort. »Du wirst ertrinken, und ich muss dich aus dem
Pool fischen.«

Den Nachmittag über saß Harriet auf der Vorderveranda
und las. Ida war mit der Wäsche beschäftigt, wie sie es
montags nachmittags immer war, und ihre Mutter und ihre
Schwester schliefen. Sie war mit *König Salomos Minen* fast
zu Ende, als Allison barfuß und gähnend auf die Veranda
getappt kam. Sie trug ein geblümtes Kleid, das aussah, als
gehöre es ihrer Mutter. Seufzend legte sie sich auf die Kissen der Verandaschaukel und stieß sich mit dem großen
Zeh am Boden ab.

Sofort legte Harriet das Buch weg und setzte sich zu
ihrer Schwester.

»Hast du bei deinem Mittagsschlaf irgendwas geträumt?«

»Ich erinnere mich nicht.«

»Wenn du dich nicht erinnerst, hast du aber vielleicht
etwas geträumt.«

Allison antwortete nicht. Harriet zählte bis fünfzehn und

Die Schwarzdrossel.

wiederholte dann – diesmal langsamer –, was sie gerade gesagt hatte.

»Ich habe nichts geträumt.«

»Ich dachte, du erinnerst dich nur nicht.«

»Nein.«

»Hey«, sagte ein nasales Stimmchen tapfer auf dem Gehweg.

Allison richtete sich auf den Ellenbogen auf. Harriet, die über die Störung erbost war, drehte sich um und sah Lasharon Odum, das schmutzige kleine Mädchen, das Mrs. Fawcett ihr am Morgen in der Bibliothek gezeigt hatte. Sie hielt das Handgelenk eines kleinen, weißhaarigen Geschöpfs von unbestimmbarem Geschlecht in einem fleckigen T-Shirt, das den Bauch nicht ganz bedeckte, umklammert, und auf ihrer anderen Hüfte saß rittlings ein Baby in einer Plastikwindelhose. Wie kleine wilde Tiere, die Angst hatten, allzu nah heranzukommen, standen sie da und starrten mit stumpfem Blick, die Augen in ihren sonnenverbrannten Gesichtern gespenstisch silbern, zur Veranda herüber.

»Ja, hallo.« Allison stand auf und ging vorsichtig die Treppe hinunter, um sie zu begrüßen. Bei all ihrer Schüchternheit liebte sie Kinder – ob weiß oder schwarz, und je kleiner, desto besser. Oft fing sie mit den schmutzigen Gören, die von den Hütten am Fluss herausgewandert kamen, Gespräche an, obwohl Ida Rhew es ihr verboten hatte. »Du wirst sie nich mehr so niedlich finden, wenn du Läuse oder Ringelflechte hast«, sagte sie.

Die Kinder behielten Allison wachsam im Auge, aber sie blieben stehen, als sie näher kam. Allison strich dem Baby über den Kopf. »Wie heißt er?«

Lasharon Odum antwortete nicht. Sie schaute an Allison vorbei zu Harriet hinauf. So jung sie war, ihr Gesicht hatte doch etwas Verkniffenes, Altes. Ihre Augen waren von einem klingenden, primitiven Eisgrau wie die Augen eines Wolfsjungen. »Hab dich in der Bibliothek gesehen«, sagte sie.

Harriet erwiderte ihren Blick mit steinerner Miene, aber sie antwortete nicht. Sie interessierte sich nicht für Babys und kleine Kinder, und sie war mit Ida einer Meinung, dass sie sich nicht ungebeten in den Garten zu wagen hatten.

»Ich heiße Allison«, sagte Allison. »Und du?« Lasharon trat von einem Fuß auf den andern.

»Sind das deine Brüder? Wie heißen sie? Hm?« Sie ging in die Hocke, um dem kleineren Kind ins Gesicht zu schauen. Es hielt ein Buch aus der Bücherei am hinteren Umschlagdeckel, sodass die offenen Seiten über den Gehweg schleiften. »Willst du mir nicht sagen, wie du heißt?«

»Na los, Randy.« Das Mädchen gab dem Kleinen einen Stoß.

»Randy? So heißt du?«

»Sag ja, Randy.« Sie rückte das Baby auf ihrer Hüfte herauf. »Sag: Das ist Randy, und ich bin Rusty.« Mit einem schrillen, essigsauren Stimmchen sprach sie für das Baby. »Randy und Rusty?«

Stinky und Schmutzy wohl eher, dachte Harriet.

Mit kaum verhüllter Ungeduld saß sie auf der Schaukel und klopfte mit dem Fuß auf den Boden, während Allison sich geduldig daran machte, Lasharon zu entlocken, wie alt die drei waren, und ihr ein Kompliment machte, weil sie ein so guter Babysitter sei.

»Zeigst du mir dein Buch?«, fragte sie dann den kleinen Jungen, der Randy hieß. »Hm?« Sie griff danach, aber er drehte sich kokett mit dem ganzen Körper weg und grinste dabei aufreizend.

»Is nich seins«, sagte Lasharon. Ihre scharfe und sehr nasale Stimme klang gleichzeitig fein und klar. »Is meins.«

»Wovon handelt es?«

»Von Ferdinand dem Stier.«

»An Ferdinand kann ich mich erinnern. Das ist der kleine Kerl, der lieber an den Blumen schnuppert, als zu kämpfen, nicht wahr?«

»Du bist hübsch, Lady«, platzte Randy heraus, der bis zu diesem Augenblick noch kein Wort gesagt hatte. Aufgeregt schwenkte er den Arm vor und zurück, sodass die Seiten des offenen Buches über den Gehweg schrammten.

»Geht man denn so mit einem Buch aus der Bücherei um?«, fragte Allison.

Die Schwarzdrossel.

Verwirrt ließ Randy das Buch vollends fallen.

»Heb das auf«, sagte seine große Schwester und tat, als wolle sie ihn ohrfeigen.

Randy wich dem Schlag mühelos aus, und wohl wissend, dass Allisons Blick auf ihm ruhte, trat er einen Schritt zurück und fing an, seinen Unterkörper in einem seltsam lasziven und erwachsen wirkenden kleinen Tanz hin und her zu drehen.

»Wieso sagt *sie* nichts?« Lasharon spähte an Allison vorbei zu Harriet, die finster von der Veranda her zuschaute.

Verblüfft sah Allison sich nach Harriet um.

»Bist du ihre Mama?«

Pack, dachte Harriet mit glühendem Gesicht.

Mit einigem Vergnügen hörte sie Allisons gestammelte Verneinung, als Randy seinen unanständigen kleinen Hula-Tanz plötzlich heftig verschärfte, um die Aufmerksamkeit wieder auf sich zu ziehen.

»Der Mann hat Diddys Auto geklaut«, sagte er. »Der Mann von der Papdisten-Kirche.«

Kichernd duckte er sich unter dem Seitenhieb seiner Schwester hinweg und wollte anscheinend zu weiteren Ausführungen ansetzen, als Ida Rhew unerwartet aus dem Haus gestürmt kam. Die Fliegentür schlug hinter ihr zu, und sie lief auf die Kinder zu und klatschte in die Hände, als wollte sie einen Vogelschwarm verscheuchen, der die Saatkörner vom Feld pickte.

»Macht, dass ihr wegkommt«, rief sie. »Haut ab!«

Im Handumdrehen waren sie mitsamt dem Baby verschwunden. Ida Rhew blieb auf dem Gehweg stehen und schüttelte die Faust. »Lasst euch ja nicht noch mal hier blicken«, schrie sie ihnen nach. »Sonst ruf ich die Polizei!«

»Ida!«, heulte Allison.

»Nix Ida!«

»Aber sie waren doch noch so klein! Sie haben nichts getan.«

»Nein, und sie werden auch nichts tun.« Ida Rhew starrte ihnen eine Minute lang unverwandt nach, und dann klopfte sie sich den Staub von den Händen und wandte sich zum Haus zurück. *Ferdinand der Stier* lag aufgeklappt auf dem

Gehweg, wo die Kinder es fallen gelassen hatten. Sie bückte sich umständlich, um es aufzuheben; sie fasste es mit Daumen und Zeigefinger an einer Ecke, als sei es verseucht. Sie hielt es mit ausgestrecktem Arm vor sich, richtete sich mit scharfem Ausatmen wieder auf und ging um das Haus herum zur Mülltonne.

»Aber Ida!«, rief Allison. »Das Buch ist aus der Bücherei!«

»Mir egal, wo es herkommt«, sagte Ida Rhew, ohne sich umzudrehen. »Es ist dreckig. Ich will nicht, dass ihr es anfasst.«

Charlotte streckte den Kopf zur Tür heraus, besorgt und schlaftrunken. »Was ist los?«, fragte sie.

»Es waren *nur* ein paar kleine Kinder, Mutter. Sie haben niemandem etwas getan.«

»Ach, du liebe Güte.« Charlotte schlang sich die Bänder ihrer Bettjacke fester um die Taille. »Das ist aber schade. Ich hatte vor, die alten Spielsachen aus eurem Zimmer in einen Sack zu packen und ihnen zu geben, wenn sie das nächste Mal vorbeikämen.«

»Mutter!«, quiekte Harriet.

»Aber du weißt doch, dass du mit den alten Babysachen nicht mehr spielst«, sagte ihre Mutter friedfertig.

»Aber sie gehören mir! Ich will sie behalten!« Harriets Spielzeugfarm ... die Dancerina- und Chrissy-Puppen, die sie gar nicht hatte haben wollen, sich aber trotzdem gewünscht hatte, weil die anderen Mädchen in der Schule sie auch hatten ... die Mäusefamilie mit Perücken und eleganten französischen Kostümen, die Harriet im Schaufenster eines sehr, sehr teuren Geschäfts in New Orleans gesehen, um die sie gebettelt, geweint, geschwiegen hatte, und das Abendessen verweigert hatte, bis Libby und Tat und Adelaide sich schließlich aus dem Pontchartrain Hotel geschlichen und ihr Geld zusammengelegt hatten, um sie ihr zu kaufen. Das Weihnachtsfest der Mäuse: das glücklichste Weihnachtsfest ihres Lebens. Nie war sie so fassungslos vor Freude gewesen wie da, als sie die wunderschöne rote Schachtel geöffnet und einen Sturm von Seidenpapier aufgewirbelt hatte. Wie konnte ihre Mutter jeden Fetzen Zeitung horten, der ins Haus kam – und wütend werden, wenn

Die Schwarzdrossel.

Ida nur ein Blättchen davon wegwarf –, und trotzdem versuchen, Harriets Mäuse an dreckige kleine Fremde zu verschenken?

Denn genau das war passiert. Im vergangenen Oktober war die Mäusefamilie, die oben auf Harriets Kommode gestanden hatte, verschwunden. Nach einer hysterischen Suche hatte Harriet sie auf dem Speicher ausgegraben, zusammengewürfelt mit ein paar anderen Spielsachen in einer Kiste. Als sie ihre Mutter zur Rede stellte, gab sie zu, dass sie ein paar Sachen, von denen sie glaubte, dass Harriet nicht mehr damit spielte, eingesammelt hatte, um sie unterprivilegierten Kindern zu schenken, aber anscheinend war ihr nicht klar, wie sehr Harriet die Mäuse liebte, oder dass sie hätte fragen sollen, bevor sie sie wegnahm. (»Ich weiß, dass deine Tanten sie dir geschenkt haben, aber hat nicht Adelaide oder eine von ihnen dir auch die Dancerina-Puppe geschenkt? Und *die* willst du doch auch nicht mehr haben.«) Harriet bezweifelte, dass ihre Mutter sich an diesen Zwischenfall überhaupt noch erinnerte, und ihr verständnisloser Blick bestätigte diesen Verdacht.

»Verstehst du denn nicht?«, rief Harriet verzweifelt. »Das sind *meine* Spielsachen!«

»Sei nicht selbstsüchtig, Darling.«

»Aber sie gehören mir!«

»Ich kann nicht glauben, dass du diesen armen kleinen Kindern ein paar Sachen missgönnst, obwohl du zu alt bist, um noch damit zu spielen.« Charlotte blinzelte verwirrt. »Wenn du gesehen hättest, wie glücklich sie waren, als sie Robins Spielsachen bekamen …«

»Robin ist *tot*.«

»Wenn Sie diesen Kindern irgendwas geben«, erklärte Ida Rhew düster und fuhr sich mit dem Handrücken über den Mund, während sie hinter dem Haus wieder auftauchte, »ist es dreckig oder kaputt, bevor die damit zu Hause ankommen.«

Nachdem Ida Rhew Feierabend gemacht hatte, fischte Allison *Ferdinand den Stier* aus der Mülltonne, trug das Buch zurück auf die Veranda und untersuchte es im Dämmerlicht. Es war auf einem Haufen Kaffeemehl gelandet, und die Seitenränder wellten sich unter einem braunen Fleck. Mit einem Papierhandtuch putzte sie es ab, so gut sie konnte, und dann nahm sie einen Zehn-Dollar-Schein aus ihrem Schmuckkästchen und schob ihn unter den vorderen Einbanddeckel. Zehn Dollar, dachte sie, waren sicher mehr als genug, um für den Schaden aufzukommen. Wenn Mrs. Fawcett sähe, in welchem Zustand das Buch war, würden sie dafür bezahlen oder ihren Bibliotheksausweis abgeben müssen, und für kleine Kinder wie sie wäre es unmöglich, das Bußgeld allein zusammenzukratzen.

Sie setzte sich auf die Verandatreppe und stützte das Kinn auf die Hände. Wenn Weenie nicht gestorben wäre, würde er jetzt neben ihr schnurren, die Ohren flach angelegt, den Schwanz wie einen Haken um ihren bloßen Knöchel geschlungen, und mit schmalen Augen über den dunklen Rasen hinweg in die rastlose, von Echos durchzogene Welt der Nachtgeschöpfe spähen, die für sie unsichtbar war: mit Schneckenspuren und Spinnweben, glasflügeligen Fliegen, mit Käfern und Feldmäusen und all den kleinen, wortlosen Dingen, die sich quiekend oder zirpend oder auch stumm abrackerten. Deren kleine Welt war auch Allisons Heimat, das spürte sie, das geheime Dunkel von Sprachlosigkeit und hektischen Herzschlägen.

Wolkenfetzen zogen schnell über den Vollmond hinweg. Der Tupelobaum rasselte im Wind, und die Unterseiten seiner Blätter sträubten sich fahl in der Dunkelheit.

An die Tage nach Robins Tod konnte Allison sich fast überhaupt nicht erinnern, aber an eine seltsame Sache erinnerte sie sich doch: wie sie, so hoch sie konnte, auf den Baum geklettert und heruntergesprungen war, wieder und wieder. Der Aufschlag verschlug ihr meistens den Atem. Sobald der Schock verklungen war, hatte sie sich den Staub abgeklopft und war wieder hinaufgeklettert und hinuntergesprungen. Immer wieder. Sie hatte einen Traum gehabt, in dem sie das Gleiche getan hatte, nur war sie in diesem Traum nicht auf der Erde gelandet. Stattdessen hatte ein warmer Wind sie aus dem Gras gehoben und in die Luft

Die Schwarzdrossel.

hinaufgetragen; sie war geflogen, und ihre nackten Zehen hatten die Baumwipfel gestreift. Schnell war sie vom Himmel herabgestürzt, wie eine Schwalbe fünf oder sechs Meter weit über den Rasen gestrichen und wieder aufgestiegen, steil in die Höhe, kreisend in Schwindel erregender Weite. Aber da war sie klein gewesen und hatte den Unterschied zwischen Träumen und Leben nicht gekannt, und deshalb war sie immer wieder von dem Baum gesprungen. Wenn sie oft genug spränge, hatte sie gehofft, würde der warme Wind aus ihrem Traum unter sie greifen und sie in den Himmel heben. Aber natürlich geschah das nicht. Sprungbereit auf dem hohen Ast stehend, hatte sie Ida Rhew auf der Veranda aufheulen hören und voller Panik auf den Baum zulaufen sehen. Und dann hatte Allison gelächelt und war trotzdem gesprungen, und Idas verzweifelter Aufschrei kribbelte ihr köstlich in der Magengrube, während sie fiel. So oft war sie gesprungen, dass sie sich den Fußrist gebrochen hatte, und es war ein Wunder, dass sie sich nicht auch den Hals gebrochen hatte.

Die Abendluft war warm, und die mottenfahlen Gardenienblüten verströmten einen schweren, warmen, trunken machenden Duft. Allison gähnte. Wie konnte man je genau wissen, wann man träumte und wann man wach war? Im Traum glaubte man wach zu sein, aber man war es nicht. Und auch wenn Allison jetzt das Gefühl hatte, sie sei wach und sitze barfuß mit einem kaffeefleckigen Buch neben sich auf der Veranda, musste das nicht heißen, dass sie nicht oben in ihrem Bett lag und das alles träumte: die Veranda, die Gardenien, alles.

Tagsüber, wenn sie durch das Haus oder mit ihren Büchern unter dem Arm durch die frostigen, antiseptisch riechenden Flure der High School wandelte, fragte sie sich immer wieder: Bin ich wach, oder schlafe ich? Wie bin ich hierher gekommen?

Oft, wenn sie sich ganz plötzlich erschrocken (zum Beispiel) im Biologieunterricht wiederfand (Insekten, auf Nadeln gespießt, der rothaarige Mr. Peel, der sich über die Interphase der Zellteilung verbreitete), konnte sie feststellen, ob sie träumte oder nicht, indem sie die Spule ihrer Erinnerung zurückdrehte. Wie *bin* ich hergekommen, dachte sie dann benommen. Was hatte sie zum Frühstück gegessen? Hatte Edie sie zur Schule gefahren, hatte es eine Folge von Ereignissen gegeben, die sie hierher zu diesen dunkel getäfelten Wänden, in dieses morgendliche Klassenzimmer geführt hatte? Oder war sie noch einen Augenblick zuvor irgendwo anders gewesen – auf einem einsamen Feldweg, oder zu Hause im Garten, mit einem gelben Himmel und etwas Weißem, das sich davor blähte wie ein Bettlaken? Darüber dachte sie dann angestrengt nach und kam zu dem Schluss, dass sie nicht träumte. Denn die Wanduhr zeigte Viertel nach neun, und um diese Zeit hatte sie Biologie, und sie saß immer noch in alphabetischer Reihenfolge hinter Maggie Dalton und vor Richard Echols, und die Styroportafel mit den aufgespießten Insekten, in der Mitte der pudrige Kometenfalter, hing immer noch an der hinteren Wand zwischen einem Plakat mit einem Katzenskelett und einem mit dem zentralen Nervensystem.

Aber manchmal, zu Hause meistens, bemerkte Allison zu ihrer Beunruhigung winzige Mängel und Fehler im Gewebe der Realität, für die es keine logische Erklärung gab. Die Rosen hatten die falsche Farb: Rot, nicht Weiß. Die Wäscheleine war nicht da, wo sie hingehörte, sondern wo sie gewesen war, bevor der Sturm sie vor fünf Jahren heruntergerissen hatte. Der Schalter einer Lampe war geringfügig anders oder an der falschen Stelle. Auf Familienfotos oder vertrauten Gemälden standen geheimnisvolle Gestalten im Hintergrund, die sie vorher nie bemerkt hatte. Erschreckende Reflexe im Wohnzimmerspiegel hinter einer freundlichen Familienszene. Eine Hand, die aus einem offenen Fenster winkte.

Aber nein, sagte ihre Mutter oder Ida, wenn Allison auf diese Dinge hinwies. *Sei nicht albern. Das war immer schon so.*

Immer schon wie? Sie wusste es nicht. Ob sie schlief oder wach war, die Welt war ein trügerisches Spiel: fließende Kulissen, wehender Widerhall, reflektiertes Licht. Und das alles rieselte ihr wie Salz durch die tauben Finger.

Die Schwarzdrossel.

Pemberton Hull fuhr vom Country Club in seinem babyblauen '62er Cadillac Cabrio nach Hause (das Chassis
musste gerichtet werden, der Kühler war undicht, und es
war höllisch schwer, Ersatzteile aufzutreiben, er musste sie
in irgendeinem Lager in Texas bestellen und dann zwei
Wochen warten, bis sie kamen, aber trotzdem war der Wagen sein Schatz, sein Baby, seine einzige wahre Liebe, und
jeder Cent, den er im Country Club verdiente, ging entweder für Benzin oder für Reparaturen drauf), und als er um
die Ecke in die George Street einbog, strich das Licht seiner
Scheinwerfer über die kleine Allison Dufresnes, die ganz allein vorn auf der Verandatreppe saß.

Er hielt vor dem Haus an. Wie alt war sie? Fünfzehn?
Siebzehn? Bei Minderjährigen drohte Knast, aber er hatte
eine glühende Schwäche für schlaffe, abgefahrene Mädchen mit dünnen Armen, denen die Haare in die Augen fielen.

»Hey«, sagte er zu ihr.

Sie sah nicht erschrocken aus; sie hob nur den Kopf, so
verträumt und vernebelt, dass es in seinem Nacken kribbelte.

»Wartest du auf jemanden?«

»Nein. Ich warte nur so.«

Caramba, dachte Pem.

»Ich fahre zum Drive-in«, sagte er. »Kommst du mit?«

Er rechnete damit, dass sie nein sagen würde, oder Ich-
kann-nicht, oder Ich-muss-meine-Mutter-fragen, aber stattdessen strich sie sich das bronzefarbene Haar aus den
Augen, wobei ihr Amulettarmband klingelte, und sagte (einen Tick zu spät, aber das gefiel ihm an ihr, diese träge,
schläfrige Dissonanz): »Warum?«

»Warum was?«

Sie zuckte nur die Achseln. Pem war fasziniert. Allison
hatte so etwas… Abwesendes, er wusste nicht, wie er es
sonst nennen sollte, sie schlurfte beim Gehen, und ihre
Haare waren anders als bei den andern Mädchen, und ihre
Kleider waren ein bisschen daneben (wie das geblümte,
das sie jetzt trug und das eher zu einer alten Lady gepasst
hätte), aber ihre Unbeholfenheit war von einer nebelzar-

ten Schwerelosigkeit, die ihn verrückt machte. Bruchstück-hafte romantische Szenarien (Auto, Radio, Flussufer) erwachten in ihm.

»Komm schon«, sagte er. »Bis zehn bring ich dich zurück.«

Harriet lag auf ihrem Bett, aß eine Scheibe Sandkuchen und schrieb in ihr Notizbuch, als vor ihrem offenen Fenster ein Auto angeberisch aufheulte. Sie schaute gerade noch rechtzeitig hinaus, um zu sehen, wie ihre Schwester mit wehenden Haaren in Pembertons offenem Wagen davonraste.

Auf der Fensterbank kniend, den Kopf zwischen den gelben Tüllgardinen hinausgestreckt, den gelben, trockenen Geschmack des Kuchens im Mund, spähte Harriet blinzelnd die Straße hinunter. Sie war völlig verblüfft. Allison ging niemals irgendwohin, höchstens die Straße hinunter zu einer der Tanten oder zum Einkaufen.

Zehn Minuten vergingen, dann fünfzehn. Harriet verspürte leise Eifersucht. Was um alles in der Welt hatten die beiden sich bloß zu sagen? Pemberton konnte sich doch unmöglich für jemanden wie Allison interessieren.

Als sie auf die beleuchtete Veranda hinunterstarrte (leere Schaukel, *Ferdinand der Stier* auf der obersten Stufe), hörte sie ein Rascheln in den Azaleen am Rand des Gartens. Zu ihrer Überraschung kam eine Gestalt zum Vorschein, und sie sah, wie Lasharon Odum vorsichtig Richtung Rasen schlich.

Harriet kam nicht auf den Gedanken, dass sie das Buch holen wollte. Etwas an Lasharons kriecherischer Schulterhaltung machte sie rasend, und ohne nachzudenken schleuderte sie den Rest ihres Kuchens aus dem Fenster.

Lasharon schrie auf. Im Gebüsch hinter ihr kam jäh Unruhe auf, und ein paar Augenblicke später huschte ein Schatten über den Rasen und wieselte mitten auf der hell beleuchteten Straße davon, in einigem Abstand gefolgt von einem kleineren, stolpernden Schatten, der nicht so schnell rennen konnte.

Die Knie wieder auf der Fensterbank, streckte Harriet den Kopf zwischen den Gardinen hinaus und starrte ei-

Die Schwarzdrossel.

nige Augenblicke auf das funkelnde Stück Asphalt, wo die kleinen Odums verschwunden waren. Aber gläserne Stille erfüllte die Nacht draußen. Kein Blatt rührte sich, keine Katze schrie. Der Mond leuchtete in einer Pfütze auf dem Gehweg. Sogar das klingende Windspiel auf Mrs. Fountains Veranda war stumm.

Gelangweilt und verärgert verließ sie ihren Posten. Sie vertiefte sich wieder in ihr Notizbuch und hatte fast vergessen, dass sie auf Allison warten wollte, als sie gereizt hochfuhr, weil vorn eine Wagentür zugeschlagen wurde.

Pemberton lachte bellend. Sein Haar leuchtete aschenputtelgelb im Licht der Straßenlaternen; es war so lang, dass er aussah wie ein Mädchen, als es ihm ins Gesicht fiel und nur die scharfe kleine Spitze seiner Nase herausragte.

»Glaub das ja nicht, Darling«, sagte er.

Darling? Was sollte denn das heißen? Harriet ließ die Gardine fallen und schob ihr Notizbuch unters Bett, während Allison hinten um den Wagen herum auf das Haus zukam. Ihre nackten Knie leuchteten rot im grellen Bremslicht des Cadillac.

Die Haustür fiel zu. Pems Wagen fuhr röhrend davon. Allison kam die Treppe heraufgetappt – immer noch barfuß, denn sie war ohne Schuhe weggefahren – und schwebte ins Schlafzimmer. Ohne Harriet zur Kenntnis zu nehmen, ging sie geradewegs zum Kommodenspiegel, bis ihre Nasenspitze nur wenige Zoll vom Glas entfernt war, und betrachtete ernst ihr Gesicht. Dann setzte sie sich auf ihre Bettseite und klopfte sich sorgfältig die Kiesbröckchen ab, die an ihren gelblichen Fußsohlen klebten.

»Wo warst du?«, fragte Harriet.

Allison zog sich das Kleid über den Kopf und gab ein vieldeutiges Geräusch von sich.

»Ich hab dich wegfahren sehen. Wo warst du?«, fragte Harriet, als ihre Schwester nicht antwortete.

»Ich weiß nicht.«

»Du weißt nicht, wo du warst?« Harriet starrte Allison an, die immer wieder zu ihrem Spiegelbild hinüberschaute, während sie in ihre weiße Pyjamahose stieg. »Hat's denn Spaß gemacht?«

Allison wich Harriets Blicken sorgfältig aus; sie knöpfte sich die Pyjamajacke zu, ging ins Bett und fing an, ihre Stofftiere um sich herum zu arrangieren. Dann zog sie sich die Decke über den Kopf.

»Allison?«

»Ja?«, kam ein oder zwei Augenblicke später die gedämpfte Antwort.

»Weißt du noch, worüber wir gesprochen haben?«

»Nein.«

»Doch, weißt du doch. Dass du deine Träume aufschreiben sollst?«

Als sie keine Antwort bekam, sprach Harriet lauter. »Ich hab dir ein Blatt Papier neben das Bett gelegt. Und einen Bleistift. Hast du das gesehen?«

»Nein.«

»Dann sieh nach. *Sieh nach*, Allison.«

Allison streckte den Kopf gerade so weit unter der Decke hervor, dass sie neben ihrer Nachttischlampe ein Blatt Papier aus einem Spiralblock sehen konnte. Am oberen Rand stand in Harriets Handschrift: *Träume. Allison Dufresnes. 12. Juni.*

»Danke, Harriet«, sagte sie undeutlich, und bevor Harriet noch ein Wort herausbekam, zog sie die Decke wieder über sich, warf sich herum und drehte das Gesicht zur Wand.

Harriet starrte ein paar Augenblicke lang unverwandt auf den Rücken ihrer Schwester, und dann langte sie unter das Bett und holte ihr Buch hervor. Am Vormittag hatte sie sich Notizen über die Berichterstattung in der Lokalzeitung gemacht. Vieles davon war ihr neu gewesen: die Entdeckung der Leiche, die Wiederbelebungsversuche (anscheinend hatte Edie ihn mit der Heckenschere vom Baum abgeschnitten und den leblosen Körper bearbeitet, bis der Rettungswagen gekommen war), der Zusammenbruch ihrer Mutter und ihre Einlieferung ins Krankenhaus und die Bemerkungen des Sheriffs in den folgenden Wochen (»keine Spuren«, »frustrierend«). Außerdem hatte sie notiert, was sie von Pems Äußerungen im Gedächtnis behalten hatte, egal ob wichtig oder nicht. Und je mehr sie ge-

Die Schwarzdrossel.

schrieben hatte, desto mehr war ihr eingefallen, alle möglichen, bunt zusammengewürfelten Kleinigkeiten, die sie im Laufe der Jahre hier und da aufgeschnappt hatte. Dass Robin nur ein paar Wochen vor den Sommerferien gestorben war. Dass es an dem Tag geregnet hatte. Dass es um diese Zeit in der Gegend kleinere Einbrüche gegeben hatte, bei denen Werkzeug aus Gartenschuppen gestohlen worden war: ein Zusammenhang? Dass Robins Leichnam im Garten gefunden worden war, als eben der Abendgottesdienst in der Baptistenkirche zu Ende war, und dass einer der Ersten, die zu Hilfe gekommen waren, Dr. Adair gewesen war, ein pensionierter Kinderarzt, schon über achtzig, der mit seiner Familie auf dem Heimweg vorbeigefahren war. Dass ihr Vater in seinem Jagdcamp gewesen war, und dass der Prediger sich hatte ins Auto setzen und hinfahren müssen, um ihn zu suchen und zu benachrichtigen.

Selbst wenn ich nicht herausfinde, wer ihn umgebracht hat, dachte sie, *werde ich wenigstens herausfinden, wie es passiert ist.*

Sie hatte auch den Namen ihres ersten Verdächtigen. Der bloße Akt des Aufschreibens ließ sie erkennen, wie leicht es sein würde, etwas zu vergessen, und wie wichtig es war, von jetzt an alles, aber auch alles, zu Papier zu bringen.

Plötzlich kam ihr ein Gedanke. Wo wohnte er? Sie hüpfte aus dem Bett und ging nach unten zum Telefontisch im Eingangsflur. Als sie seinen Namen im Telefonbuch gefunden hatte – *Danny Ratliff* –, lief ihr ein spinnenhaftes Frösteln über den Rücken.

Eine richtige Adresse stand nicht dabei, nur *Rt. 260.* Harriet nagte unschlüssig an der Unterlippe, und dann wählte sie die Nummer und sog überrascht die Luft zwischen den Zähnen ein, als schon beim ersten Klingeln abgenommen wurde (im Hintergrund hässliches Fernsehgeratter). Eine Männerstimme bellte: »Hallopp!«

Mit einem Riesenkrach, als schlage sie den Deckel über einem Teufel zu, schmiss Harriet den Hörer mit beiden Händen auf die Gabel.

———

»Ich hab gestern Abend gesehen, wie mein Bruder versucht hat, deine Schwester zu küssen«, sagte Hely zu Harriet, als sie nebeneinander bei Edie auf der hinteren Treppe saßen. Er war nach dem Frühstück gekommen, um sie abzuholen. »Am Fluss. Ich war angeln.« Hely wanderte andauernd mit seiner Bambusrute und einem kläglichen Eimer Würmer zum Fluss hinunter. Niemand kam je mit, und niemand wollte je die kleinen Brassen und Crappies haben, die er da fing, und deshalb ließ er sie fast immer wieder frei. Wenn er so allein im Dunkeln saß – nachts angelte er am liebsten, wenn die Frösche zirpten und ein breites weißes Band aus Mondlicht sich auf dem Wasser kräuselte –, träumte er davon, wie er und Harriet allein wie Erwachsene in einer kleinen Hütte am Fluss wohnten. Diese Vorstellung konnte ihn stundenlang unterhalten. Schmutzige Gesichter, Blätter in den Haaren. Lagerfeuer anzünden. Frösche und Schlammschildkröten fangen. Harriets Augen, die ihm plötzlich im Dunkeln entgegenleuchteten, grausam wie bei einer kleinen Wildkatze.

Ihn schauderte. »Ich wünschte, du wärest gestern Abend mitgekommen«, sagte er. »Ich hab eine Eule gesehen.«

»Was hat Allison denn da gemacht?«, fragte Harriet ungläubig. »Doch nicht etwa *geangelt*.«

»Nein. Weißt du...« Vertraulich rutschte er auf dem Hintern näher an sie heran. »Ich hab Pems Auto oben auf der Böschung gehört. Du weißt doch, wie es klingt...« Mit kundig gespitzten Lippen ahmte er das Geräusch nach: *wapp wapp wapp wapp!* »Man hört ihn meilenweit kommen. Ich wusste, dass er es war, und ich dachte, Mama hat ihn geschickt, damit er mich holt. Also hab ich mein Zeug eingesammelt und bin die Böschung raufgeklettert. Aber er wollte nicht zu *mir*.« Hely lachte, ein kurzes, wissendes Auflachen, das so weltklug klang, dass er es gleich noch einmal, und zwar noch besser, wiederholte.

»Was ist daran so komisch?«

»Na ja...« Die Gelegenheit, die sie ihm bot, sein weltkluges neues Lachen ein drittes Mal auszuprobieren, war unwiderstehlich. »Da war Allison, weit außen auf ihrer Seite im Auto, aber Pem hatte den Arm auf die Lehne gelegt

Die Schwarzdrossel.

und beugte sich zu ihr rüber« (er streckte den Arm hinter Harriets Schultern aus, um es zu demonstrieren)»so, weißt du.« Er gab ein lautes, nasses, schmatzendes Geräusch von sich, und Harriet rückte gereizt von ihm ab.

»Hat sie ihn zurückgeküsst?«

»Sie sah aus, als ob es ihr egal wäre. Ich hab mich *ganz* nah rangeschlichen.« Er strahlte. »Ich wollte einen Regenwurm in den Wagen werfen, aber Pem hätte mich verprügelt.«

Er holte eine gekochte Erdnuss aus der Tasche und bot sie Harriet an, aber sie schüttelte den Kopf.

»Was ist los? Die sind nicht *giftig*.«

»Ich mag keine gekochten Erdnüsse.«

»Gut, eine mehr für mich.« Er steckte sich die Erdnuss in den Mund. »Komm schon, geh heute mit mir angeln.«

»Nein danke.«

»Ich hab eine Sandbank im Schilf gefunden, ganz versteckt. Ein Weg führt geradewegs hin. Es wird dir Spaß machen da. Weißer Sand, wie in Florida.«

»*Nein.*« Harriets Vater sprach oft in dem gleichen aufreizenden Ton mit ihr, wenn er ihr voller Zuversicht versprach, dass ihr dies oder jenes »Spaß machen« werde (Football, Squaredance-Musik, ein Kochnachmittag in der Kirche), während sie genau wusste, dass es ihr ein Gräuel sein würde.

»Was ist los mit dir, Harriet?« Es schmerzte Hely, dass sie nie bei dem mitmachte, was er gern tun wollte. Er wollte mit ihr auf dem schmalen Pfad durch das hohe Gras spazieren, ihre Hand halten und Zigaretten rauchen wie Erwachsene, die nackten Beine zerkratzt und schlammverschmiert. Feiner Regen und feiner weißer Schaum, am Rand des Schilfs heraufgeweht.

Harriets Großtante Adelaide war eine unermüdliche Haushälterin. Anders als ihre Schwestern, deren kleine Häuser bis unters Dach voll gestopft waren mit Büchern, Setzkästen und Nippes, Schnittmustern und Tabletts mit selbst gezogener Kapuzinerkresse und von den Katzen zerfetzten Frauenhaarfarnen, hatte Adelaide keinen Garten und keine Tiere, sie hasste das Kochen, und sie hatte eine Sterbensangst vor dem, was sie »Durcheinander« nannte. Sie klagte darüber, dass sie sich keine Haushälterin leisten könne, was Tat und Edie rasend machte, denn mit ihren drei monatlichen Rentenschecks (dank drei verstorbenen Ehegatten) war Adelaide finanziell sehr viel besser gestellt als sie, aber die Wahrheit war, dass sie das Putzen liebte (seit ihrer Kindheit im verfallenen Haus »Drangsal« war ihr jegliche Unordnung ein Gräuel), und sie war selten glücklicher als dann, wenn sie Vorhänge waschen, Wäsche bügeln oder mit einem Staubtuch und einer Spraydose mit zitronenduftender Möbelpolitur in ihrem kahlen, nach Desinfektionsmittel riechenden Haus herumwerkeln konnte.

Wenn Harriet vorbeikam, traf sie Adelaide meistens beim Staubsaugen oder beim Auswaschen der Küchenschränke an, aber heute saß sie auf dem Sofa im Wohnzimmer: Perlenclips am Ohrläppchen, das geschmackvoll aschblond getönte Haar frisch gewellt, die nylonbestrumpften Knöchel übereinander gelegt. Sie war immer die hübscheste der Schwestern gewesen, und mit fünfundsechzig war sie auch die jüngste. Anders als bei der zaghaften Libby, der Walküre Edith oder der nervösen, konfusen Tat verspürte man bei Adelaide eine unterschwellige Koketterie, das schelmenhafte Funkeln der lustigen Witwe, und ein vierter Ehemann war keineswegs ausgeschlossen, sollte sich unerwartet der richtige Mann (ein flotter Gentleman im Blazer, mit schütterem Haar und vielleicht mit Ölquellen oder einer Pferdezucht) in Alexandria präsentieren und sich an sie heranmachen.

Adelaide brütete über der Juni-Nummer von *Town and Country*, die eben gekommen war. Sie war bei den Hochzeiten. »Wer von *diesen* beiden hat das Geld, glaubst du?« Sie zeigte Harriet ein Foto mit einem dunkelhaarigen jungen Mann mit frostigen, gehetzten Augen neben einer Blondine mit glänzendem Gesicht in einem geschnürten Reifrock, in dem sie aussah wie ein Dinosaurierbaby.

»Der Mann sieht aus, als müsste er sich gleich übergeben.«

Die Schwarzdrossel.

»Ich begreife nicht, was das ganze Getue um *Blondinen* soll. ›Blondinen bevorzugt‹ und so weiter. Ich glaube, das haben sich die Leute im Fernsehen zusammengesponnen. Die meisten *echten* Blondinen haben charakterschwache Gesichter, und sie sehen ausgewaschen und kaninchenhaft aus, wenn sie sich nicht mit viel Aufwand zurechtmachen. Sieh dir dieses arme Mädchen an. Sieh sie dir *an*. Sie hat ein Gesicht wie ein Schaf.«

»Ich wollte mit dir über Robin reden.« Harriet sah keinen Sinn darin, sich dem Thema auf elegante Weise zu nähern. »Was sagst du, Schätzchen?« Adelaide betrachtete ein Foto von einem Wohltätigkeitsball. Ein schlanker junger Mann mit schwarzer Krawatte und einem klaren, selbstbewussten, unverdorbenen Gesicht bog sich vor Lachen nach hinten, die eine Hand locker auf dem Rücken einer schnittigen Brünetten in einem bonbonrosafarbenen Ballkleid und dazu passenden Stulpenhandschuhen gelegt.

»*Robin*, Addie.«

»Oh, Darling«, sagte Adelaide wehmütig und blickte von dem hübschen Jungen auf dem Foto auf. »Wenn Robin jetzt noch bei uns wäre, würden die Mädchen reihenweise schwach werden. Schon als er noch ganz klein war – so *fröhlich* war er, dass er manchmal hintenüber kippte, weil er so schrecklich lachen musste. Er hat sich gern von hinten an mich herangeschlichen, mir die Arme um den Hals geworfen und an meinem Ohr geknabbert. Anbetungswürdig. Wie ein Papagei namens Billy Boy, den Edie hatte, als wir Kinder waren ...«

Adelaide verlor sich in Gedanken, als ihr Blick wieder auf das triumphierende Lachen des jungen Yankees fiel. *Student im zweiten Jahr*, lautete die Bildunterschrift. Wenn Robin jetzt noch lebte, wäre er ungefähr genauso alt. Sie verspürte ein leises Flattern der Empörung. Welches Recht hatte dieser F. Dudley Willard, wer immer er war, zu leben und im Plaza Hotel zu lachen, während im Palm Court ein Orchester spielte und sein Hochglanzmädchen im Satinkleid ihn anstrahlte? Adelaides eigene Ehemänner waren nacheinander dem Zweiten Weltkrieg, einer versehentlich bei der Jagd abgefeuerten Kugel und einem schweren Herzinfarkt zum Opfer gefallen; vom ersten hatte sie zwei tot geborene Söhne zur Welt gebracht, vom zweiten eine Tochter, die mit achtzehn Monaten an Rauchvergiftung gestorben war, als mitten in der Nacht der Kamin im alten Apartment in der West Third Street in Brand geraten war – wütende, taumeln machende Schicksalsschläge, grausam. Aber (unter Schmerzen, Augenblick für Augenblick, Atemzug für Atemzug) kam man über alles hinweg. Wenn sie heute an die tot geborenen Zwillinge dachte, erinnerte sie sich nur noch an ihre zarten, makellos geformten Gesichtszüge und an die Augen, die friedlich geschlossen waren, als ob sie schliefen. Von allen Tragödien ihres Lebens (und sie hatte mehr als genug erlitten) schwärte keine so lange und bitter wie der Mord am kleinen Robin, eine Wunde, die niemals ganz heilte, sondern an ihr nagte, sie krank machte und mit der Zeit mehr und mehr zerfraß.

Harriet sah den abwesenden Gesichtsausdruck ihrer Tante und räusperte sich.»Ich glaube, das ist es, wonach ich dich fragen wollte, Adelaide«, sagte sie.

»Ich frage mich immer, ob sein Haar wohl mit der Zeit dunkler geworden wäre.«Adelaide hielt ihre Zeitschrift mit ausgestreckten Armen vor sich und betrachtete sie über den Rand ihrer Lesebrille hinweg.»Edith hatte mächtig rote Haare, als wir klein waren, aber sie waren nicht so rot wie seine. Ein *echtes* Rot. Ohne eine Spur von Orange.« *Tragisch*, dachte sie. Da tänzelten diese verwöhnten Yankee-Gören im Plaza Hotel herum, während ihr entzückender kleiner Neffe, der ihnen in jeder Hinsicht überlegen gewesen war, unter der Erde lag. Robin hatte niemals Gelegenheit bekommen, ein Mädchen anzufassen. Mit Wärme dachte Adelaide an ihre eigenen leidenschaftlichen Ehen und an die Spindraumküsse ihrer munteren Jugend.

»Ich wollte dich fragen, ob du irgendeine Ahnung hast, wer es vielleicht…«

»Aus ihm wäre ein echter Herzensbrecher geworden. All die kleinen Studentinnen am Ole Miss hätten sich darum geschlagen, mit ihm zum Debütantinnenball nach Greenwood zu gehen. Nicht, dass ich von all diesem Debütantin-

Die Schwarzdrossel.

nen-Kram sehr viel halte, mit all diesen Intrigen und Cliquen und kleinlichen …«

Tat tap tap: ein Schatten vor der Fliegentür. »Addie?«
»Wer ist da?« Adelaide schrak hoch. »Edith?«

»Darling.« Tattycorum platzte mit weit aufgerissenen Augen herein, ohne Harriet auch nur anzusehen, und warf ihre Lacklederhandtasche in einen Sessel. »Darling, kannst du dir vorstellen, dass dieser Halunke Roy Dial von dem Chevrolet-Laden jeder Einzelnen aus dem Damenzirkel sechzig Dollar für die Busfahrt der Kirche nach Charleston berechnen will? Mit diesem klapprigen Schulbus?«

»*Sechzig Dollar?*«, quietschte Adelaide. »Er hat gesagt, er leiht uns den Bus. Er hat gesagt, gratis.«

»Er sagt immer noch, es ist gratis. Er sagt, die sechzig Dollar sind fürs *Benzin*.«

»Aber das ist genug Benzin, um nach Rotchina zu fahren!«

»Na, Eugenie Monmouth ruft den Pfarrer an, um sich zu beschweren.«

Adelaide verdrehte die Augen. »Ich finde, *Edith* sollte ihn anrufen.«

»Ich nehme an, das tut sie auch, wenn sie es erfährt. Ich sag dir, was Emma Caradine sagt: ›Er will bloß einen fetten Profit machen.‹«

»Natürlich will er das. Dass er sich nicht schämt. Zumal da Eugenie und Liza und Susie Lee und die andern von der Sozialhilfe leben …«

»Wenn es *zehn* Dollar wären. Zehn Dollar, das könnte ich verstehen.«

»Und dabei ist Roy Dial angeblich ein großer Diakon und so weiter. *Sechzig Dollar?*« Adelaide stand auf, ging zum Telefontisch und holte sich Bleistift und Papier, um nachzurechnen. »Du meine Güte, dazu muss ich den Atlas holen«, sagte sie. »Wie viele Damen sind im Bus?«

»Fünfundzwanzig, glaube ich, nachdem Mrs. Taylor jetzt abgesagt hat und die arme alte Mrs. Newman McLemore hingefallen ist und sich die Hüfte gebrochen hat – hallo, meine süße Harriet!« Tat stieß auf sie herab und gab ihr einen Kuss.»Hat deine Großmutter es dir erzählt? Unser Kirchenkreis macht eine Reise. ›Historische Gärten in Carolina.‹ Ich bin schrecklich aufgeregt.«»Ich weiß nicht, ob ich noch Lust habe, wenn wir alle diesen exorbitanten Fahrpreis an *Roy Dial* bezahlen müssen.«»Er sollte sich schämen. Mehr gibt es dazu nicht zu sagen. Mit seinem großen neuen Haus draußen in Oak Lawn und all den nagelneuen Autos und Wohnwagen und Booten und so...«»Ich wollte etwas fragen«, sagte Harriet verzweifelt.»Es ist wichtig. Über Robin, seinen Tod.«

Addie und Tat verstummten sofort. Adelaide wandte sich von ihrem Straßenatlas ab. Die unerwartete Gefasstheit der beiden war so erschütternd, dass Harriet ein jäher Schrecken durchströmte.

»Ihr wart im Haus, als es passierte«, sagte sie in die unbehagliche Stille hinein, und die Worte purzelten ein wenig zu schnell über ihre Lippen.»Habt ihr denn nichts gehört?«

Die beiden alten Damen warfen einander einen Blick zu, ein kurzer Augenblick der Nachdenklichkeit, in dem sie sich wortlos miteinander zu verständigen schienen. Dann holte Tatty tief Luft und sagte:»Nein. Niemand hat etwas gehört. Und weißt du, was ich glaube?«, fuhr sie fort, als Harriet sie mit einer weiteren Frage unterbrechen wollte.»Ich glaube, es ist kein gutes Thema, um damit so beiläufig zu den Leuten zu kommen.«

»Aber ich...«

»Du hast doch nicht etwa deine Mutter und deine Großmutter damit behelligt, oder?«

»Ich glaube auch nicht«, sagte Adelaide steif,»dass dies ein besonders geeignetes Gesprächsthema ist. Und außerdem glaube ich«, sagte sie über Harriets aufkommende Einwände hinweg,»dass dies ein geeigneter Augenblick für dich ist, um nach Hause zu laufen, Harriet.«

Hely saß halb geblendet von der Sonne und schwitzend auf einer von Gestrüpp überwucherten Uferböschung und beobachtete den rot-weißen Schwimmer an seiner Bambus-

Die Schwarzdrossel.

rute, der auf dem trüben Wasser flirrte. Er hatte seine Regenwürmer laufen lassen, weil er dachte, es könnte ihn aufmuntern, sie in einem dicken, krabbelnden Klumpen auf die Erde zu kippen und dann zuzugucken, wie sie sich davonschlängelten oder eingruben oder sonst was. Aber ihnen war nicht klar, dass sie aus dem Eimer befreit waren, und nachdem sie sich entwirrt hatten, ringelten sie sich friedlich um seine Füße. Es war deprimierend. Er pflückte einen von seinem Turnschuh, betrachtete die mumienhaften Segmente und warf ihn dann ins Wasser.

Es gab viele Mädchen in der Schule, die hübscher waren als Harriet und vor allem netter. Aber keine war so gescheit oder so tapfer. Betrübt dachte er an ihre vielen Talente. Sie konnte Handschriften fälschen – Lehrerhandschriften – und erwachsen klingende Entschuldigungsbriefe komponieren wie ein Profi. Sie konnte Bomben aus Essig und Backpulver machen und am Telefon Stimmen imitieren. Sie schoss gern Feuerwerk ab, im Gegensatz zu vielen anderen Mädchen, die sich nicht einmal in die Nähe eines Knallfroschs wagten. In der zweiten Klasse war sie nach Hause geschickt worden, weil sie einen Jungen dazu überlistet hatte, einen ganzen Löffel Cayennepfeffer zu essen, und zwei Jahre zuvor hatte sie eine Panik ausgelöst, indem sie behauptete, der unheimliche alte Lunchpausenraum im Keller der Schule sei ein Portal zur Hölle; wenn man das Licht ausschaltete, erschien das Gesicht des Satans an der Wand. Eine Horde Mädchen war kichernd hinuntergestürmt, hatte das Licht ausgeschaltet – und dann waren sie völlig von Sinnen und schreiend vor Angst hinausgerannt. Die Kinder fingen an, krank zu spielen, damit sie zum Lunch nach Hause gehen durften, alles, um nicht mehr in den Keller zu müssen. Nachdem das Unbehagen ein paar Tage lang immer mehr zugenommen hatte, rief Mrs. Miley die Kinder zusammen und führte sie, begleitet von der zähen alten Mrs. Kennedy, der Lehrerin der sechsten Klasse, hinunter in den leeren Pausenraum (Mädchen und Jungen drängten sich hinter die beiden), und dort knipste sie das Licht aus. »Seht ihr?«, sagte sie verächtlich. »Kommt ihr euch jetzt nicht alle ziemlich albern vor?«

Ganz hinten, mit einer dünnen, ziemlich hoffnungslos klingenden Stimme, die doch irgendwie mehr Autorität besaß als der auftrumpfende Tonfall der Lehrerin, sagte Harriet:»Er ist da. Ich sehe ihn.«

»Seht ihr?«, rief ein kleiner Junge.»Seht ihr?«

Schreie – und dann heulende, panische Flucht. Denn tatsächlich: wenn man sich an die Dunkelheit gewöhnt hatte, schimmerte in der oberen linken Ecke (und sogar Mrs. Kennedy blinzelte verwirrt) ein gespenstisches grünes Leuchten, und wenn man lange genug hinschaute, sah man ein böses Gesicht mit schrägen Augen und einem Taschentuch vor dem Mund.

Der ganze Aufruhr um den Pausenraumteufel (Eltern hatten in der Schule angerufen und Konferenzen mit dem Direktor verlangt, und Prediger von der Kirche Christi und von den Baptisten waren auf den Zug gesprungen und hatten unter dem Titel»Hinaus mit dem Teufel« und»Satan in unseren Schulen?« einen Sturm von bestürzten und kämpferischen Predigten entfesselt) – alles das war Harriets Werk gewesen, die Frucht ihres trockenen, skrupellosen, berechnenden kleinen Verstandes. Harriet! Obwohl sie klein war, war sie eine Furie auf dem Schulhof, und wenn sie sich prügelte, kämpfte sie unfair. Einmal hatte Fay Gardner sie verpetzt, und Harriet hatte in aller Ruhe unter ihr Pult gegriffen und die übergroße Sicherheitsnadel geöffnet, die ihren Schottenrock zusammenhielt. Den ganzen Tag hatte sie auf die richtige Gelegenheit gewartet, und als Fay am Nachmittag irgendwelche Arbeitsblätter verteilt hatte, hatte sie wie der Blitz zugeschlagen und Fay in den Handrücken gestochen. Es war das einzige Mal, dass Hely gesehen hatte, wie der Direktor ein Mädchen schlug. Drei Schläge mit dem Paddel. Und sie hatte nicht geweint. *Na und?*, hatte sie kühl entgegnet, als er ihr deswegen auf dem Heimweg ein Kompliment gemacht hatte.

Wie konnte er sie dazu bringen, ihn zu lieben? Er wünschte, er hätte ihr etwas Neues und Interessantes zu erzählen, irgendwelche interessanten Fakten oder coole Geheimnisse, die wirklich Eindruck auf sie machen würden. Oder sie wäre in einem brennenden Haus eingeschlossen

Die Schwarzdrossel.

oder würde von Räubern verfolgt, damit er wie ein Held eingreifen und sie retten könnte.

Er war mit dem Fahrrad zu diesem abgelegenen Bach gefahren, der so klein war, dass er nicht einmal einen Namen hatte. Weiter unten an der Uferböschung waren ein paar schwarze Jungen, nicht viel älter als er, und weiter oben ein paar einzelne alte Schwarze in Khakihosen mit aufgekrempelten Hosenbeinen. Einer von denen, er hatte einen Styropor-Eimer und trug einen großen Stroh-Sombrero, auf dem mit grüner Schrift *Souvenir of Mexico* gestickt war, kam jetzt vorsichtig heran. »Guten Tag.«

»Hey«, sagte Hely wachsam.

»Warum kippst du die ganzen guten Würmer auf die Erde?«

Hely wusste nicht, was er sagen sollte. »Ich hab Benzin drübergekleckert«, behauptete er schließlich.

»Das macht denen nichts. Die Fische fressen sie trotzdem. Brauchst sie bloß abzuwaschen.«

»Das ist schon okay.«

»Ich helf dir. Wir können sie hier vorn im flachen Wasser schwenken.«

»Nehmen Sie sie ruhig, wenn Sie sie haben wollen.«

Der alte Mann gluckste trocken, und dann bückte er sich und fing an, seinen Eimer zu füllen. Hely fühlte sich gedemütigt. Er hockte da und starrte auf einen köderlosen Haken im Wasser, und dabei mümmelte er mürrisch Erdnüsse aus einer Plastiktüte in seiner Tasche und tat, als sehe er nichts.

Wie konnte er sie dazu bringen, ihn zu lieben? Sie dazu bringen, dass sie es bemerkte, wenn er nicht da war? Vielleicht könnte er ihr etwas kaufen, aber er wusste nicht, was sie sich wünschte, und er hatte auch gar kein Geld. Wenn er wenigstens eine Rakete oder einen Roboter bauen könnte oder Messer werfen und Sachen treffen wie im Zirkus. Oder wenn er ein Motorrad hätte und damit Kunststücke machen könnte wie Evel Knievel.

Verträumt blinzelte er über den Bach zu einer alten schwarzen Frau hinüber, die am anderen Ufer angelte. Einmal nachmittags hatte Pemberton ihm draußen auf dem

Land gezeigt, wie man die Schaltung des Cadillac bediente. Er stellte sich vor, wie er und Harriet mit offenem Verdeck den Highway 51 hinaufrasten. Ja, er war erst elf, aber in Mississippi konnte man mit fünfzehn den Führerschein machen und in Louisiana mit dreizehn. Wenn es sein musste, würde er es sicher schaffen, als Dreizehnjähriger durchzugehen.

Sie könnten ein Lunchpaket mitnehmen. Saure Gurken und Gelee-Sandwiches. Vielleicht konnte er ein bisschen Whiskey aus dem Barschrank seiner Mutter stehlen, oder, wenn das nicht ginge, eine Flasche Dr. Tichenor's, das war zwar ein antiseptisches Mundwasser und schmeckte beschissen, hatte aber über fünfzig Prozent Alkohol. Sie könnten nach Memphis fahren, zum Museum, und sich die Dinosaurierknochen und die Schrumpfköpfe angucken. So was gefiel ihr, weil es sie bildete. Und dann könnten sie in die Stadt ins Peabody Hotel fahren und den Enten zusehen, die durch die Lobby marschierten. Sie könnten in einem großen Zimmer auf dem Bett herumspringen und beim Roomservice Shrimps und Steaks bestellen und die ganze Nacht fernsehen. Und niemand könnte sie daran hindern, in die Badewanne zu gehen, wenn sie Lust hätten. Ohne Kleider. Sein Gesicht glühte. Wie alt musste man sein, um zu heiraten? Wenn er die Highway-Polizei überzeugen könnte, dass er fünfzehn war, dann würde es ihm auch bei einem Priester gelingen. Er sah sich, wie er mit ihr auf einer wackligen Veranda in De Soto County stand: Harriet in ihren rot karierten Shorts und er in Pems altem Harley-Davidson-T-Shirt, das so verblichen war, dass man kaum noch lesen konnte, was draufstand: *Ride Hard Die Free*. Und Harriets heiße kleine Hand brannte in seiner. »Und jetzt dürfen Sie die Braut küssen.« Danach würde ihnen die Frau des Priesters Limonade bringen, und sie wären für alle Zeit verheiratet und würden dauernd mit dem Auto durch die Gegend fahren und sich amüsieren und die Fische essen, die er für sie finge. Und seine Eltern und alle zu Hause würden sich furchtbare Sorgen machen. Es wäre fantastisch.

Ein lauter Knall riss ihn aus seinen Tagträumen – dann

Die Schwarzdrossel.

ein Platschen und hohes, irres Gelächter. Durcheinander
am anderen Ufer – die alte Schwarze ließ ihre Angelrute
fallen und hielt sich die Hände vor das Gesicht, als eine
Gischtwolke aus dem braunen Wasser aufspritzte.
Dann noch ein Knall und noch einer. Das Gelächter –
beängstigend, grässlich – kam von der kleinen Holzbrücke
weiter oben am Bach. Verdattert hob Hely die Hand vor die
Sonne und sah undeutlich zwei weiße Männer. Der größere
der beiden (und er war viel größer als der andere) war nur
ein massiger Schatten, vor Heiterkeit vornüber gesunken,
und Hely hatte nur einen verschwommenen Eindruck von
seinen Händen, die über das Geländer baumelten: große,
schmutzige Hände mit großen Silberringen. Die kleinere
Silhouette (Cowboyhut, langes Haar) hielt mit beiden Händen eine silbern blinkende Pistole und zielte damit auf das
Wasser. Er schoss noch einmal, und ein alter Mann strom-
aufwärts machte einen Satz rückwärts, als die Kugel vor
seiner Angelschnur einen weißen Wassernebel aufsprühen
ließ.
Der große Kerl auf der Brücke warf seine Löwenmähne
zurück und krähte heiser. Hely sah die buschigen Umrisse
eines Bartes.
Die schwarzen Kids hatten ihre Angelruten fallen lassen
und kraxelten die Böschung hinauf, und die alte schwarze
Frau auf der anderen Seite humpelte leichtfüßig und flink
hinter ihnen her; mit der einen Hand raffte sie ihre Röcke
auf, den anderen Arm streckte sie vor sich, und sie weinte.
»Beweg dich, Granma.«
Noch ein Schuss fiel, Echos schwirrten von den Böschun-
gen zurück, Steine und Erdklumpen flogen ins Wasser. Der
Kerl feuerte jetzt blindlings durch die Gegend. Hely stand
wie versteinert da. Eine Kugel pfiff vorbei und ließ eine
Staubwolke neben einem Baumstumpf aufstieben, wo einer
der Schwarzen sich versteckt hatte. Hely ließ die Rute fallen, drehte sich um, rutschte ab, stürzte beinahe, und dann
rannte er, so schnell er konnte, auf das Dickicht zu.
Er warf sich in ein Brombeergebüsch und schrie auf,
als die Dornen seine nackten Beine zerkratzten. Als wieder
ein Schuss dröhnte, fragte er sich, ob die Rednecks aus die-

ser Entfernung wohl sehen könnten, dass er weiß war, und wenn ja, ob es sie interessierte.

Harriet brütete über ihrem Notizbuch, als ein lautes Heulen durch das offene Fenster drang, und dann hörte sie Allison aus dem Vorgarten schreien.»Harriet! Harriet! Komm schnell!«

Harriet sprang auf, stieß das Notizbuch mit dem Fuß unters Bett und rannte die Treppe hinunter und zur Haustür hinaus. Allison stand weinend auf dem Gehweg. Die Haare hingen ihr ins Gesicht. Harriet hatte die Hälfte des Weges durch den Vorgarten hinter sich, als ihr klar wurde, dass der Zementboden zu heiß für ihre bloßen Füße war. Also hüpfte sie auf einem Bein zurück zur Veranda.

»Komm doch! Schnell!«

»Ich muss mir Schuhe anziehen.«

»Was ist denn los?«, schrie Ida Rhew aus dem Küchenfenster.»Was macht ihr denn für'n Theater da draußen?«

Harriet polterte die Treppe hinauf und stürmte mit klatschenden Sandalen wieder hinunter. Ehe sie fragen konnte, was los war, stürzte Allison ihr entgegen, packte sie beim Arm und schleifte sie die Straße hinunter.»Komm schon. *Beeil* dich.«

Stolpernd (in Sandalen zu rennen war schwierig) schlappte Harriet hinter Allison her, so schnell es ging. Dann blieb Allison, immer noch weinend, stehen, schleuderte den freien Arm nach vorn und deutete auf etwas Krächzendes, Flatterndes mitten auf der Straße.

Es dauerte einen oder zwei Augenblicke, bis Harriet erkannte, was sie da sah: eine Schwarzdrossel, die mit einem Flügel in einer Teerpfütze klebte. Der freie Flügel flatterte panisch, und zu ihrem Entsetzen konnte Harriet dem schreienden Geschöpf tief in den Schlund sehen, bis hinunter zu der blauen Wurzel der spitzen Zunge.

»Tu was!«, weinte Allison.

Harriet wusste nicht, wie sie reagieren sollte. Sie ging auf den Vogel zu und sprang dann erschrocken zurück, als

Die Schwarzdrossel.

das Tier durchdringend schrie und mit dem schiefen Flügel auf den Asphalt klatschte.

Mrs. Fountain war auf ihre Veranda gekommen. »Lasst das Ding«, rief sie mit dünner, zänkischer Stimme. »Es ist eklig.«

Harriets Herz schlug schnell gegen ihre Rippen, als sie nach dem Vogel griff und wieder zurückfuhr, als wolle sie eine glühende Kohle überlisten; sie hatte Angst, ihn zu berühren, und als die Flügelspitze ihr Handgelenk streifte, riss sie die Hand unwillkürlich zurück.

Allison kreischte. »Kriegst du ihn nicht ab?«

»Ich weiß nicht.« Harriet bemühte sich, ruhig zu klingen. Sie ging um den Vogel herum; vielleicht würde er sich beruhigen, wenn er sie nicht sehen konnte, aber er schrie und flatterte nur mit erneuerter Wildheit. Abgebrochene Federkiele starrten durch das wirre Gefieder, und Harriet drehte sich der Magen um, als sie glitzernde rote Schlingen erblickte, die aussahen wie rote Zahnpasta.

Zitternd vor Aufregung kniete sie auf dem heißen Asphalt nieder. »Hör auf«, flüsterte sie, als sie beide Hände auf den Vogel zuschob, »schhh, hab keine Angst...«, aber er hatte Todesangst, flatterte und zappelte, und das wütende schwarze Auge glänzte in heller Panik. Sie schob die Hände unter ihn, stützte den festgeklebten Flügel, so gut sie konnte, zog den Kopf ein, als der andere ihr wild ins Gesicht schlug, und hob ihn hoch. Ein höllisches Kreischen – und als Harriet die Augen öffnete, sah sie, dass sie dem Vogel den festgeklebten Flügel aus der Schulter gerissen hatte. Da lag er im Teer, grotesk verlängert, und ein Knochen glitzerte blau aus dem abgerissenen Ende.

»Leg ihn lieber hin«, hörte sie Mrs. Fountain rufen. »Der wird dich sonst beißen.«

Der Flügel war vollständig ab, erkannte Harriet wie betäubt, als der Vogel in ihren teerverschmierten Händen zappelte und zuckte. Da, wo er gesessen hatte, war nur noch ein pulsierender Fleck, aus dem es rot sickerte.

»Leg das Ding hin«, rief Mrs. Fountain. »Du kriegst Tollwut. Dann müssen sie dir Spritzen in den Bauch geben.«

»Schnell, Harriet.« Allison zupfte sie am Ärmel. »Komm,

beeil dich, wir bringen ihn zu Edie.« Aber der Vogel erschauerte krampfartig und erschlaffte dann in ihren vom Blut glitschigen Händen. Der glänzende Kopf hing herab. Das Gefieder, grün auf schwarz, schillerte hell wie vorher, aber der blanke schwarze Glanz von Angst und Schmerz in den Augen war schon zu dumpfer Ungläubigkeit abgestumpft, zum Grauen des unverstandenen Todes.

»*Beeil dich*, Harriet«, rief Allison. »Er stirbt, er stirbt.«

»Er ist tot«, hörte Harriet sich sagen.

»Was ist los mit dir?«, schrie Ida Rhew hinter Hely her, der eben zur Hintertür hereingestürmt war – vorbei am Herd, an dem Ida schwitzend die Eiersoße für den Bananenpudding anrührte, durch die Küche und polternd die Treppe hinauf zu Harriets Zimmer, noch ehe die Fliegentür hinter ihm zugeschlagen war.

Ohne anzuklopfen, stürzte er in Harriets Zimmer. Sie lag auf dem Bett, und sein Puls, der ohnehin raste, beschleunigte sich beim Anblick des Armes, der über ihrem Gesicht lag, der weißen Mulde ihrer Achselhöhle und der schmutzig braunen Sohlen ihrer Füße. Obwohl es erst halb vier nachmittags war, hatte sie einen Schlafanzug an; Shorts und Hemd, klebrig schwarz verschmiert, lagen zusammengeknüllt auf dem Teppich vor dem Bett.

Hely schleuderte sie mit einem Tritt beiseite und ließ sich keuchend auf das Fußende fallen. »Harriet!« Er war so aufgeregt, dass er kaum sprechen konnte. »Ich bin beschossen worden! Jemand hat auf mich geschossen!«

»Geschossen?« Unter schläfrigem Ächzen der Bettfedern drehte Harriet sich herum und sah ihn an. »Womit?«

»Mit einer Pistole. *Fast* hätten sie mich getroffen. Ich war am Ufer, verstehst du, und *peng*, da gibt's einen großen Klatsch, und das Wasser …« Außer sich fuchtelte er mit der Hand durch die Luft.

»Wie kann denn jemand dich fast treffen?«

»*Das ist kein Witz*, Harriet. Eine Kugel ist an meinem Kopf vorbeigepfiffen. Ich bin in die Brombeeren gesprungen, um zu entkommen. Guck dir meine Beine an! Ich …«

Die Schwarzdrossel.

Bestürzt brach er ab. Auf die Ellenbogen gestützt, lag sie da und schaute ihn an; ihr Blick war zwar aufmerksam, aber keineswegs mitleidsvoll oder auch nur erschrocken. Zu spät erkannte er seinen Fehler: Ihre Bewunderung war schwer genug zu erringen, aber der Versuch, ihr Mitgefühl zu wecken, würde ihm überhaupt nichts einbringen.

Er sprang vom Fußende herunter und ging zur Tür hinüber. »Ich hab sie mit Steinen beworfen«, berichtete er tapfer. »Und sie angeschrien. Da sind sie weggelaufen.«

»Womit haben sie denn geschossen?«, fragte Harriet. »Mit einem Luftgewehr?«

»*Nein*«, antwortete Hely nach einer kurzen, schockierten Pause. Wie konnte er ihr klar machen, wie knapp es gewesen war, wie gefährlich? »Es war eine richtige Pistole, Harriet. Mit richtigen Kugeln. Überall rannten Nigger durcheinander...« Er wedelte mit dem Arm, überwältigt von der Unmöglichkeit, ihr das alles vor Augen zu führen – die heiße Sonne, die Echos an der Böschung, das Gelächter, die Panik...

»Wieso bist du nicht mitgekommen?«, heulte er. »Ich hab dich *angefleht*, mitzukommen...«

»Wenn sie mit einer echten Pistole geschossen haben, war es, finde ich, ziemlich dumm von dir, da rumzustehen und mit Steinen zu werfen.«

»*Nein!* Das hab ich nicht...«

»Doch, genau das hast du gesagt.«

Hely atmete tief durch, und plötzlich war er schlaff vor Erschöpfung und Hoffnungslosigkeit. Die Sprungfedern wimmerten, als er sich wieder hinsetzte. »Willst du nicht mal wissen, wer es war?« sagte er. »Es war so unheimlich, Harriet. Einfach so... *unheimlich*...«

»Natürlich will ich das wissen«, sagte Harriet, aber sie wirkte nicht besorgt oder sonst wie beunruhigt. »Wer war es denn? Irgendwelche Kids?«

»*Nein*, sagte Hely betrübt. »Erwachsene. Große Kerle. Sie haben versucht, die Schwimmer von den Angelruten abzuschießen.«

»Und warum haben sie auf dich geschossen?«

»Sie haben auf *jeden* geschossen. Nicht bloß auf mich. Sie haben...«

Er brach ab, als Harriet aufstand. Erst jetzt sah er ganz bewusst ihren Schlafanzug, ihre schmierigen schwarzen Hände, die schmutzigen Sachen auf dem sonnenwarmen Teppich.

»Hey Mann. Was ist denn das für ein schwarzes Zeug?«, fragte er voller Anteilnahme. »Hast du irgendwie Schwierigkeiten?«

»Ich hab aus Versehen einem Vogel den Flügel abgerissen.«

»Igitt. Wie kam denn das?« Hely hatte seine eigenen Sorgen für den Augenblick vergessen.

»Er war im Teer hängen geblieben. Er wäre sowieso gestorben, oder eine Katze hätte ihn geholt.«

»Ein *lebendiger* Vogel?«

»Ich wollte ihn retten.«

»Und was ist mit deinen Sachen passiert?«

Sie sah ihn an, unbestimmt und verständnislos.

»Das geht nicht ab. Nicht, wenn es Teer ist. Ida wird dir den Arsch versohlen.«

»Ist mir egal.«

»Guck hier. Und hier. Der ganze Teppich ist voll.«

Eine Zeit lang hörte man nichts außer dem Surren des Fensterventilators.

»Meine Mutter hat ein Buch zu Hause, da steht drin, wie man verschiedene Flecken wegbekommt«, sagte Hely schließlich leiser. »Ich hab mal wegen Schokolade nachgesehen, als ich einen Riegel auf dem Sessel liegen gelassen hatte und der geschmolzen war.«

»Und hast du es weggekriegt?«

»Nicht ganz, aber sie hätte mich umgebracht, wenn sie es vorher gesehen hätte. Gib mir deine Sachen. Ich kann sie mit nach Hause nehmen.«

»Ich wette, Teer steht nicht in dem Buch.«

»Dann kann ich sie wegschmeißen.« Hely war dankbar, dass er endlich ihre Aufmerksamkeit hatte. »Du bist verrückt, wenn du sie in eure eigene Mülltonne wirfst. Hier«, er ging auf die andere Seite des Bettes, »hilf mir, das zu verrücken, damit sie den Teppich nicht sieht.«

Die Schwarzdrossel.

Odean, Libbys Hausmädchen, die in ihrem Kommen und Gehen ziemlich kapriziös war, hatte Libbys Küche samt einem halb ausgerollten Pastetenteig im Stich gelassen. Als Harriet hereinspaziert kam, war der Küchentisch mit Mehl überstäubt und übersät von Apfelschalen und Teigkrümeln. Am anderen Ende – winzig und zerbrechlich – saß Libby und trank ihren schwachen Tee. Die Tasse erschien übergroß in ihren kleinen, altersfleckigen Händen. Sie war über die Zeitung mit dem Kreuzworträtsel gebeugt.

»Oh, wie froh ich bin, dass du gekommen bist, Darling«, sagte sie, ohne Harriets umstandsloses Eintreten zu kommentieren und ohne sie, wie Edie es sofort getan hätte, auszuschimpfen, weil sie mit einer Pyjamajacke über der Jeans und mit diesen schwarzen Händen über die Straße gelaufen war. Abwesend klopfte sie mit der flachen Hand auf den Stuhl neben ihr. »Der *Commercial Appeal* hat einen neuen Mann für das Kreuzworträtsel, und der macht es so schwer. Alle möglichen alten französischen Wörter und Wissenschaft und solche Sachen.« Mit der stumpfen Spitze ihres Bleistifts deutete sie auf ein paar verschmierte Quadrate. »›*Metallisches Element*‹. Ich weiß, dass es mit T anfängt, denn Tora ist auf jeden Fall das erste der fünf Bücher der hebräischen Schrift, aber es *gibt* kein Metall, das mit T anfängt. Oder?«

Harriet studierte das Rätsel einen Augenblick lang. »Du brauchst noch einen Buchstaben. Thorium hat sieben Buchstaben. Thulium aber auch.«

»Darling, du bist so gescheit. Davon hab ich noch nie gehört.«

»Also«, sagte Harriet, »sechs senkrecht: ›Ägyptischer Steinpfeiler‹. Das ist ein Obelisk. Also ist das Metall Thorium.«

»Du meine Güte! Sie bringen euch Kindern heutzutage so viel bei in der Schule! Als wir klein waren, haben wir kein bisschen über diese schrecklichen alten Metalle und solche Sachen gelernt. Bei uns gab es nur Arithmetik und europäische Geschichte.«

Zusammen arbeiteten sie an dem Kreuzworträtsel – ratlos standen sie vor einem Wort für »zweifelhafte Frau« mit

fünf Buchstaben, der erste ein D –, bis Odean schließlich
wieder hereinkam und anfing, so energisch mit ihren Töp-
fen zu klappern, dass sie gezwungen waren, sich in Libbys
Zimmer zurückzuziehen.

Libby, die älteste der Schwestern Cleve, hatte als Einzige
nie geheiratet, auch wenn sie alle (mit Ausnahme der dreimal verheirateten Adelaide) im Grunde ihres Herzens
Jungfern waren. Edie war geschieden. Niemand sprach je
über die mysteriöse Verbindung, aus der Harriets Mutter
hervorgegangen war, obwohl Harriet darauf brannte, etwas darüber zu erfahren, und ihre Tanten nach Kräften
löcherte. Aber abgesehen von alten Fotos, die sie gesehen
hatte (schwaches Kinn, helles Haar, schmales Lächeln) und
gewissen faszinierenden Halbsätzen (»... gern ein Glas getrunken...« »...sich selbst der schlimmste Feind...«),
wusste Harriet über ihren Großvater mütterlicherseits
eigentlich nur, dass er einige Zeit in einem Krankenhaus
in Alabama verbracht hatte, wo er vor ein paar Jahren
gestorben war. Als Harriet kleiner gewesen war, hatte sie
(aus *Heidi*) die Idee geborgt, dass sie selbst die Kraft sein
könnte, die der Familie zur Versöhnung verhalf, wenn man
sie nur einmal zu ihm ins Krankenhaus bringen wollte.
Hatte nicht auch Heidi den mürrischen Schweizer Groß-
papa oben in den Alpen bezaubert und ihn »*ins Leben zurückgebracht*«?

»Ha! Darauf würde ich mich *nicht* verlassen«, sagte Edie
zu dem Vorschlag und riss heftig an dem verknoteten Faden auf der Rückseite ihrer Näharbeit.

Tat war es besser ergangen in ihrer zufriedenen, wenn
auch ereignislosen neunzehnjährigen Ehe mit dem Eigentümer eines Sägewerks, Pinkerton Lamb, in der Gegend
bekannt als Mr. Pink. Er war vor Allisons und Harriets
Geburt an einer Hobelmaschine mit einer Embolie tot
umgefallen. Der umfängliche, höfliche Mr. Pink (viel älter
als Tat, eine farbenprächtige Gestalt in seinen Wickel-
gamaschen und Norfolk-Jacketts) hatte keine Kinder zeugen können. Man hatte von Adoption gesprochen; daraus
war nie etwas geworden, aber Tat ließ sich weder durch
Kinderlosigkeit noch durch Witwenschaft aus der Fassung

Die Schwarzdrossel.

bringen. Tatsächlich hatte sie fast vergessen, dass sie jemals verheiratet gewesen war, und sie reagierte mit milder Überraschung, wenn man sie daran erinnerte.

Libby – die alte Jungfer – war neun Jahre älter als Edie, elf Jahre älter als Tat und volle siebzehn Jahre älter als Adelaide. Blass, flachbrüstig und schon in ihrer Jugend kurzsichtig, war sie nie so hübsch gewesen wie ihre jüngeren Schwestern, aber der eigentliche Grund, weshalb sie nie geheiratet hatte, bestand darin, dass der selbstsüchtige alte Richter Cleve, dessen geplagte Frau bei Adelaides Geburt gestorben war, sie gedrängt hatte, zu Hause zu bleiben und ihn und die drei kleineren Mädchen zu versorgen. Indem er an die selbstlose Natur der armen Libby appelliert und es fertig gebracht hatte, die wenigen Freier zu vertreiben, hatte er sie in »Drangsal« behalten: als unbezahlte Haushälterin, Köchin und Cribbage-Partnerin, bis er starb, als Libby Ende sechzig war und mit einem Berg Schulden und buchstäblich ohne einen Penny zurückblieb.

Ihre Schwestern plagte deswegen das Gewissen, als seien sie und nicht ihr Vater an Libbys Knechtschaft schuld gewesen. »Schändlich«, sagte Edie. »Siebzehn Jahre alt, und Daddy zwingt sie, zwei Kinder und ein Baby großzuziehen.« Aber Libby hatte dieses Opfer fröhlich und ohne Bedauern auf sich genommen. Ihren missmutigen, undankbaren alten Vater hatte sie angebetet und es als Privileg empfunden, zu Hause zu bleiben und für ihre mutterlosen Geschwister zu sorgen, die sie verschwenderisch liebte, ohne je an sich selbst zu denken. Wegen ihrer Großzügigkeit, ihrer Geduld und ihrer klaglosen guten Laune war sie in den Augen ihrer jüngeren Schwestern (die nichts von ihrer Sanftheit an sich hatten) so heilig, wie es ein Mensch nur sein konnte. Als junge Frau war sie ziemlich blass und reizlos gewesen (aber strahlend hübsch, wenn sie lächelte); jetzt, als Zweiundachtzigjährige, mit ihren Satinpantoffeln, ihren rosa Satinbettjäckchen und ihren Angorastrickjacken mit rosa Bändern, mit ihren riesigen blauen Augen und dem seidigen weißen Haar – jetzt hatte sie etwas Babyhaftes, Anbetungswürdiges an sich.

Betrat man Libbys wohl behütetes Schlafzimmer mit

seinen hölzernen Fensterläden und den Wänden, so blau wie Enteneier, dann war es, als gleite man in ein freundliches Unterwasser-Königreich.

Rasenflächen, Häuser und Bäume draußen in der glühenden Sonne sahen ausgebleicht und feindselig aus, und der vor Hitze flimmernde Asphalt erinnerte Harriet an die Schwarzdrossel, an das strahlende, sinnlose Grauen, das in ihren Augen geleuchtet hatte. Aber Libbys Zimmer bot Zuflucht vor all dem: vor Hitze, Staub und Grausamkeit. Farben und Oberflächen hatten sich nicht geändert, seit Harriet ein Baby gewesen war: matte, dunkle Bodendielen, eine flauschige Tagesdecke aus Chenille, staubige Organza-Gardinen, die kristallene Pralinenschale, in der Libby ihre Haarnadeln aufbewahrte. Auf dem Kamimsims schlummerte ein klobiger, eiförmiger Briefbeschwerer aus aquamarinblauem Glas mit Luftblasen im Herzen, der die Sonne filterte wie Meerwasser und sich über den Tag hinweg veränderte wie ein Lebewesen. Morgens leuchtete er hell; gegen zehn erreichte das Funkeln seinen blitzenden Höhepunkt und verblasste dann gegen Mittag zu kühlem Jade. Ihre ganze Kindheit hindurch hatte Harriet lange, zufriedene Stunden damit verbracht, versonnen auf dem Boden zu sitzen, während das Licht in dem Briefbeschwerer flirrend emporschwebte, taumelte, bis es sank und auf den blaugrünen Wänden helle Tigerstreifen aufleuchteten, erst hier, dann da. Der geblümte Teppich mit seinem Rankenmuster war ein Spielbrett, ihr eigenes, privates Schlachtfeld. Ungezählte Nachmittage hatte sie auf Händen und Knien zugebracht und Spielzeugarmeen über diese verschlungenen grünen Pfade geführt. Über dem Kaminsims und das Gesamtbild beherrschend, hing das spukhafte alte, rauchige Foto von Haus »Drangsal«: weiße Säulen, die gespenstisch aus schwarzem Immergrün ragten.

Zusammen arbeiteten sie an dem Kreuzworträtsel weiter; Harriet hockte auf der Armlehne von Libbys chintzbezogenem Polstersessel. Die Porzellanuhr tickte sanft auf dem Kaminsims, immer dasselbe liebe, tröstliche alte Ticken, das Harriet ihr Leben lang gehört hatte. Das blaue Schlafzimmer war wie der Himmel mit seinem freundli-

Die Schwarzdrossel.

chen Geruch nach Katzen und Zedernholz und staubigen Kleidern, nach Vetiverwurzel und Limes-de-Buras-Puder und einem violetten Badesalz, das Libby benutzte, solange Harriet sich erinnern konnte. Alle alten Damen benutzten in Säckchen genähte Vetiverwurzel, um die Motten aus ihren Kleidern fern zu halten, und obwohl die anheimelnde Muffigkeit Harriet seit jeher vertraut war, lag immer noch ein Hauch von Geheimnis darin, etwas Trauriges und Fremdartiges – vermodernde Wälder oder Holzrauch im Herbst; es war der alte, dunkle Geruch der wuchtigen Kleiderschränke auf den Plantagen, der Geruch von Haus Drangsal, ja, der Geruch der Vergangenheit.

»Das Letzte!«, rief Libby. »›Gelenkleiden‹. Die ersten drei Buchstaben sind *a-r-t.*« *Tap tap tap,* zählte sie mit dem Bleistift die freien Felder.

»Arthritis?«

»Ja. Ach du liebe Güte ... Moment. Das kommt nicht hin.« Sie rätselten schweigend.

»Aha!«, rief Libby. *»Arthrose.«* Sorgfältig malte sie die Blockbuchstaben mit ihrem stumpfen Bleistift in die Kästchen. »Fertig«, verkündete sie glücklich und nahm die Brille ab. »Danke, Harriet.«

»Gern geschehen«, sagte Harriet knapp; sie ärgerte sich unwillkürlich darüber, dass es Libby gewesen war, die das letzte Wort gewusst hatte.

»Ich weiß nicht, warum ich mir über diese dummen Kreuzworträtsel so sehr den Kopf zerbreche, aber ich glaube, sie helfen mir, meinen Verstand wach zu halten. An den meisten Tagen schaffe ich sie nur zu drei Viertel.«

»Libby ...«

»Lass mich raten, was du sagen willst, Liebes. Wollen wir nicht mal nachsehen, ob Odeans Torte schon aus dem Ofen gekommen ist?«

»Libby, warum will kein Mensch mir *irgendetwas* darüber erzählen, wie Robin gestorben ist?«

Libby legte die Zeitung hin.

»Ist vorher irgendetwas Merkwürdiges passiert?«

»Etwas Merkwürdiges, Darling? Was um alles in der Welt meinst du damit?«

»Irgendetwas...« Harriet suchte nach Worten. »Ein Hinweis.«

»Ich weiß nichts von einem Hinweis«, sagte Libby nach einer seltsam stillen Pause. »Aber wenn du etwas Merkwürdiges hören willst: Mit das Merkwürdigste, was mir jemals im Leben passiert ist, hat sich ungefähr drei Tage vor Robins Tod zugetragen. Hast du je die Geschichte von dem Männerhut gehört, den ich in meinem Schlafzimmer gefunden habe?«

»Oh«, sagte Harriet enttäuscht. Die Geschichte von dem Hut auf Libbys Bett hatte sie ihr Leben lang immer wieder gehört.

»Alle hielten mich für verrückt. Ein schwarzer Männerhut! Größe acht! Ein Stetson! Und ein schöner Hut, ohne verschwitztes Band. Und er erschien am helllichten Tag auf dem Fußende meines Bettes.«

»Du hast aber nicht gesehen, wie er erschien«, sagte Harriet gelangweilt. Sie hatte die Geschichte von diesem Hut ungefähr hundertmal gehört, und niemand außer Libby fand sie besonders geheimnisvoll.

»Darling, es war an einem Mittwochnachmittag um zwei Uhr...«

»Jemand ist ins Haus gekommen und hat ihn dort liegen lassen.«

»Nein, nein, das *kann* nicht sein. Wir hätten ihn doch gesehen oder gehört. Odean und ich waren die ganze Zeit im Haus. Ich war nach Daddys Tod eben von ›Drangsal‹ hierher umgezogen, und Odean war keine zwei Minuten vorher im Schlafzimmer gewesen, um saubere Wäsche wegzuräumen. Und da war noch kein Hut da gewesen.«

»Vielleicht hat Odean ihn hingelegt.«

»Odean hat diesen Hut *nicht* dort hingelegt. Geh nur und frag sie.«

»Na, irgendjemand hat sich reingeschlichen«, sagte Harriet ungeduldig. »Du und Odean, ihr habt ihn einfach nicht gehört.« Die sonst wenig mitteilsame Odean erzählte die Geschichte vom Geheimnis des Schwarzen Hutes ebenso gern und oft wie Libby, und ihre Geschichten waren die gleichen (allerdings stilistisch sehr unterschiedlich: Ode-

Die Schwarzdrossel.

ans Version war sehr viel kryptischer und mit häufigem
Kopfschütteln und langen Schweigepausen untermalt).

»Ich sage dir, mein Herz«, Libby beugte sich hellwach in
ihrem Sessel vor, »Odean ging unentwegt überall im Haus
hin und her und räumte die Wäsche ein, und ich war im Flur
und habe mit deiner Großmutter telefoniert, und die Tür
zum Schlafzimmer stand weit offen, und ich konnte hineinschauen – nein, *nicht* durchs Fenster«, fuhr sie über Harriets Einwurf hinweg fort, »die Fenster waren verriegelt und
die Sturmläden fest geschlossen. Niemand hätte in dieses
Schlafzimmer gelangen können, ohne dass Odean *und* ich
ihn gesehen hätte.«

»Jemand hat euch einen Streich gespielt«, sagte Harriet.
Edie und die Tanten waren übereinstimmend dieser Auf-
fassung, und Edie hatte Libby mehr als einmal in Tränen
ausbrechen (und Odean in wütendes Schmollen verfallen)
lassen, indem sie boshaft angedeutet hatte, dass Libby und
Odean wahrscheinlich am Kochsherry genippt hätten.

»Und was für ein Streich soll das gewesen sein?« Libby
fing an, sich aufzuregen. »Einen schwarzen Herrenhut auf
meinem Fußende liegen zu lassen? Es war ein *teurer* Hut.
Ich war damit im Textilgeschäft, und sie haben mir gesagt,
sie wüssten niemanden in Alexandria oder sonst wo, außer
in Memphis, der solche Hüte verkauft. Und siehe da – drei
Tage, nachdem ich den Hut in meinem Haus gefunden hatte, war der kleine Robin tot.«

Harriet dachte schweigend darüber nach. »Aber was hat
das mit Robin zu tun?«

»Darling, die Welt ist *voll* von Dingen, die wir nicht verstehen.«

»Aber warum ein Hut?«, fragte Harriet nach einer ratlo-
sen Pause. »Und warum sollten sie ihn in *deinem* Haus liegen lassen? Ich sehe da keinen Zusammenhang.«

»Ich will dir noch eine Geschichte erzählen. Als ich noch
draußen in ›Drangsal‹ wohnte«, sagte Libby und faltete die
Hände, »da gab es eine sehr nette Frau namens Viola Gibbs,
die im Kindergarten in der Stadt arbeitete. Ich schätze,
sie war Ende zwanzig. Na ja. Eines Tages kam Mrs. Gibbs
durch die Hintertür nach Hause, und ihr Mann und ihre

Kinder berichteten alle, sie habe einen Satz rückwärts gemacht und mit den Händen in die Luft geschlagen, als sei etwas hinter ihr her, und ehe sie sich versahen, fiel sie um und lag auf dem Boden in der Küche. Tot.«

»Wahrscheinlich hat eine Spinne sie gebissen.«

»Aber *so* stirbt man nicht an einem Spinnenbiss.«

»Oder sie hatte einen Herzanfall.«

»Nein, nein, dazu war sie zu jung. Sie war noch nie im Leben krank gewesen, sie war nicht allergisch gegen Bienenstiche, und es war kein Aneurisma oder so was. Sie fiel einfach tot um, ohne jeglichen Grund, vor den Augen ihres Mannes und ihrer Kinder.«

»Es klingt nach Gift. Ich wette, ihr Mann war's.«

»Er hat nichts dergleichen getan. Aber das ist auch nicht das Merkwürdige an der Geschichte, Darling.« Höflich klapperte Libby mit den Augendeckeln und wartete, bis sie sicher war, dass Harriet ihr aufmerksam zuhörte. »Du musst wissen, dass Viola Gibbs eine Zwillingsschwester hatte. Und das Merkwürdige an der Geschichte ist, dass ein Jahr davor, *auf den Tag genau ein Jahr*«, Libby klopfte mit dem Zeigefinger auf den Tisch, »diese Zwillingsschwester aus einem Swimmingpool in Miami, Florida, stieg und plötzlich ein entsetztes Gesicht machte, das ist es, was die Leute sagten, ein *entsetztes* Gesicht. Dutzende von Leuten haben es gesehen. Dann fing sie an zu schreien und mit den Händen in die Luft zu schlagen. Und ehe sich jemand versah, lag sie tot auf dem Zementboden.«

»Wieso?«, fragte Harriet nach einer verblüfften Pause.

»Das weiß niemand.«

»Aber das verstehe ich nicht.«

»Das versteht auch sonst niemand.«

»Man wird doch nicht einfach von irgendetwas Unsichtbarem angegriffen.«

»Diese beiden Schwestern doch. *Zwillings*schwestern. Im Abstand von genau einem Jahr.«

»Bei Sherlock Holmes gab es einen Fall, der ganz ähnlich war. *Das gefleckte Band.*«

»Ja, ich kenne die Story, Harriet, aber das hier ist doch etwas anderes.«

Die Schwarzdrossel.

»Wieso? Glaubst du, der Teufel war hinter ihnen her?«

»Ich sage nur, dass es furchtbar vieles auf der Welt gibt, das wir nicht verstehen, Schatz, und dass es geheime Zusammenhänge zwischen Dingen gibt, die scheinbar nichts miteinander zu tun haben.«

»Glaubst du, der Teufel hat Robin ermordet? Oder ein Geist?«

»Du lieber Himmel.« Libby griff verstört nach ihrer Brille. »Was ist denn da draußen los?«

Tatsächlich war draußen irgendein Aufruhr im Gange: aufgeregte Stimmen, ein bestürzter Aufschrei von Odean. Harriet folgte Libby in die Küche und sah eine korpulente, schwarze alte Frau mit fleckigen Wangen und grauen Zopfreihen, die am Tisch saß und in ihre Hände schluchzte. Hinter ihr, sichtlich entsetzt, war Odean dabei, Buttermilch in ein Glas mit Eiswürfeln zu gießen. »Is meine Tante«, sagte sie, ohne Libby in die Augen zu sehen. »Is 'n bisschen aufgeregt. Wird gleich wieder gehen.«

»Ja, was um alles in der Welt ist denn passiert? Brauchen wir einen Arzt?«

»Nee. Sie is nich verletzt. Bloß durcheinander. 'n paar Weiße haben unten am Bach auf sie geschossen.«

»Ge*schossen*? Was um alles ...«

»Trink 'n bisschen Buttermilch«, sagte Odean zu ihrer Tante, deren Busen mächtig wogte.

»Ein Gläschen Madeira würde ihr eher gut tun«, sagte Libby und trippelte zur Hintertür. »Ich habe keinen im Haus. Ich laufe rasch zu Adelaide hinüber.«

»Nein«, heulte die alte Frau. »Ich trink kein Schnaps.«

»Aber ...«

»Bitte, Ma'am. Nein. Keinen Whiskey.«

»Aber Madeira ist kein Whiskey, es ist nur ... o Gott.« Hilflos wandte sie sich an Odean.

»Das geht gleich wieder.«

»Was ist denn passiert?« Libby hielt die Hand an ihre Kehle und schaute bang zwischen den beiden Frauen hin und her.

»Ich hab keinem was getan.«

»Aber warum ...«

»Sie *sagt*«, berichtete Odean ihr, »zwei Weiße sind auf die Brücke gestiegen und haben mit Pistolen auf die Leute geschossen.«

»Ist jemand verletzt worden? Soll ich die Polizei rufen?«, fragte Libby atemlos.

Dies veranlasste Odeans Tante zu einem Schreckensschrei, der sogar Harriet in die Glieder fuhr.

»Was um alles in der Welt ist denn los?« Libby war inzwischen rosarot im Gesicht und halb hysterisch.

»Oh, bitte, Ma'am. Nein. Bitte nich die Polizei rufen.«

»Aber warum denn nicht?«

»O Gott, ich hab Angst vor der Polizei.«

»Sie sagt, es waren welche von den Ratliff-Jungs«, erzählte Odean. »Sind grad aus'm Gefängnis raus.«

»*Ratliff?*«, wiederholte Harriet, und aller Verwirrung in der Küche zum Trotz drehten die drei Frauen sich um und schauten sie an, so laut und seltsam hatte ihre Stimme geklungen.

»Ida, was weißt du über Leute namens Ratliff?«, fragte Harriet am nächsten Tag.

»Dass sie 'ne jämmerliche Bande sind«, sagte Ida und wrang ingrimmig ein Spültuch aus.

Sie klatschte das ausgeblichene Tuch auf die Herdplatte. Harriet saß auf dem breiten Sims des offenen Fensters und sah zu, wie sie gelassen die Fettspritzer von der morgendlichen Speck-und-Eier-Pfanne wegwischte und dabei summte und in tranceähnlicher Ruhe mit dem Kopf nickte. Diese Traumversunkenheit, die Ida erfasste, wenn sie eintönige Arbeiten zu verrichten hatte (Erbsen schälen, Teppiche klopfen, den Zuckerguss für eine Torte anrühren), war Harriet von klein auf vertraut und so beruhigend mitanzusehen wie ein Baum, der sich im Wind hin und her wiegte; aber sie war auch das unmissverständliche Signal, dass Ida in Ruhe gelassen zu werden wünschte. Sie konnte wütend werden, wenn man sie in dieser Stimmung störte. Harriet hatte schon erlebt, wie sie Charlotte und sogar Edie anfauchte, wenn eine von ihnen sich den falschen Augenblick

Die Schwarzdrossel.

aussuchte, um sie aufdringlich nach irgendeiner Belanglosigkeit zu fragen. Aber zu anderen Gelegenheiten, zumal wenn Harriet ihr eine schwierige oder geheimnisträchtige oder tiefgründige Frage stellen wollte, antwortete sie mit heiter gelassener, orakelhafter Offenheit, als stände sie unter Hypnose.

Harriet verlagerte ihr Gewicht und zog ein Knie unters Kinn.»Was weißt du sonst noch?«, fragte sie und spielte angelegentlich mit der Schnalle ihrer Sandale.»Über die Ratliffs?«

»Gibt nichts zu wissen. Hast sie ja selbst gesehen. Die Bande, die sich neulich in den Garten geschlichen hat.«

»Hier?«, fragte Harriet nach kurzem, verwirrtem Schweigen.

»Ja, Ma'am, gleich hier drüben … jawohl, du hast sie gesehen«, sagte Ida Rhew in leisem Singsangton, fast als rede sie mit sich selbst.»Und wenn's ein paar kleine alte Ziegen wären, die hier rüberkommen und im Garten eurer Mama rumspielen – ich wette, ihr hättet immer noch Mitleid mit denen.›Guck mal da. Guck mal, wie niedlich.‹ Und nicht lange, und ihr streichelt sie und spielt mit ihnen. ›Komm her, Mr. Ziegenbock, und friss 'n Stückchen Zucker aus meiner Hand.‹ ›Mr. Ziegenbock, du Schmutzfink, komm her, ich bade dich.‹ ›Armer Mr. Ziegenbock.‹ Und bis euch klar ist«, fuhr sie gelassen fort, ohne auf Harriets Aufbegehren zu achten,»und bis euch klar ist, wie niederträchtig und fies die sind, werdet ihr sie nicht mehr los, und wenn ihr sie prügelt. Dann reißen sie die Wäsche von der Leine und trampeln in den Beeten rum und blöken und meckern und schreien die ganze Nacht… Und was sie nicht fressen, treten sie in die Erde.›Los! Gib uns noch mehr!‹ Glaubst du, die sind je zufrieden? Nein, das sind sie nicht. Aber ich sag dir«, Ida schaut mit ihren rot geränderten Augen zu Harriet herüber,»ich hab lieber 'ne Herde Ziegen als 'ne Bande von kleinen Ratliffs, die dauernd rumrennen und betteln und *haben* wollen.«

»Aber Ida…«

»Niederträchtig! Dreckig!« Mit einer drolligen kleinen Grimasse wrang Ida ihr Putztuch aus.»Dauert nicht lange,

und du hörst bloß noch: *haben, haben, haben.* ›Gib mir dies.‹
›Kauf mir jenes.‹«
»Aber diese Kids waren keine Ratliffs, Ida. Die neulich
hier waren.«
»Seht euch bloß vor.« Resigniert wandte Ida sich wieder
ihrer Arbeit zu. »Eure Mutter läuft andauernd raus und
verschenkt eure Kleider an diesen und an jenen – an jeden,
der hier rumlungert. Nach 'ner Weile werden sie sich gar
nicht mehr die Mühe machen, noch zu fragen. Sie werden
sich einfach nehmen, was sie haben wollen.«
»Ida, das waren Odums. Die Kids im Vorgarten.«
»Egal. Keins von denen kann zwischen Recht und Unrecht unterscheiden. Wenn du jetzt eins von diesen kleinen
Odums wärst«, sie schwieg kurz und faltete ihren Lappen
zusammen, »und eure Mutter und euer Daddy nie 'n Finger
zum Arbeiten rühren würden, und wenn sie euch beibringen würden, dass nichts dran auszusetzen ist, wenn man
raubt und hasst und stiehlt und sich einfach nimmt, was
man haben will? Hmm? Dann würdet ihr nichts anderes
kennen als Rauben und Stehlen. No, Sir. Ihr würdet denken, da ist nichts dran auszusetzen.«
»Aber …«
»Ich sag nicht, dass es nicht auch schlechte Schwarze
gibt. Gibt schlechte Schwarze und schlechte Weiße … *Ich*
weiß bloß eins: Ich hab keine Lust, mich mit irgendwelchen Odums abzugeben, und ich hab keine Lust, mich mit
irgendwem abzugeben, der immer bloß an das denkt, was
er nich hat, und wie er's von jemand anders kriegen kann.
No, Sir. Wenn ich's mir nicht verdient hab«, erklärte Ida
feierlich und hob ihre feuchte Hand, »und wenn ich's nicht
habe, dann will ich's auch nicht haben. No, Ma'am. Ich
will's nicht haben. Ich geh einfach vorbei.«
»Ida, die Odums sind mir *egal.*«
»Die sollten dir alle egal sein.«
»Ja, sind sie auch.«
»Freut mich zu hören.«
»Ich will was über die *Ratliffs* wissen. Was kannst du
mir …«
»Ich kann dir erzählen, dass sie das Enkelkind meiner

Die Schwarzdrossel.

Schwester mit Ziegelsteinen beschmissen haben, als es in der ersten Klasse zur Schule ging«, sagte Ida knapp. »Was sagst du dazu? Große, erwachsene Männer. Schmeißen mit Ziegelsteinen und brüllen *Nigger* und *Geh zurück in den Urwald* bei so 'nem armen Kind.«

Harriet schwieg entsetzt. Sie blickte nicht auf, sondern fummelte weiter am Riemen ihrer Sandale herum. Bei dem Wort *Nigger* – erst recht, wenn es von Ida kam – wurde sie rot.

»Ziegelsteine!« Ida schüttelte den Kopf. »Von dem Flügel, den sie damals an die Schule angebaut haben. Und ich schätze, die waren auch noch stolz drauf. Aber *niemand* darf 'n kleines Kind mit Ziegelsteinen beschmeißen; das ist einfach nicht richtig. Zeig mir, wo in der Bibel steht: *Du sollst deinen Nächsten mit Ziegelsteinen beschmeißen.* Hm? Kannst den ganzen Tag suchen, und du wirst es nicht finden, weil es nämlich nicht drinsteht.«

Harriet fühlte sich sehr unbehaglich. Sie gähnte, um ihre Ratlosigkeit und ihre Bestürzung zu tarnen. Sie und Hely gingen auf die Alexandria Academy wie fast alle weißen Kinder im County. Sogar die Odums und Ratliffs und Scurlees hungerten sich praktisch zu Tode, nur um ihre Kinder aus den staatlichen Schulen herauszuhalten. Gewiss würden Familien wie Harriets (oder Helys) es niemals akzeptieren, dass jemand mit Ziegelsteinen auf Kinder warf, ob sie nun weiß oder schwarz waren (»oder lila«, wie Edie bei Diskussionen über Hautfarbe immer gern einzuwerfen pflegte). Und doch ging Harriet auf diese rein weiße Schule.

»Diese Kerle nennen sich Prediger. Spucken da draußen rum und nennen das arme Kind Bimbo und Urwaldaffe und was weiß ich. Aber es kann keinen Grund geben, weshalb ein Erwachsener so 'nem kleinen Kind was tut«, sagte Ida Rhew grimmig. »Das lehrt die Bibel. ›Wer aber ärgert dieser Geringsten einen …‹«

»Sind sie verhaftet worden?«

Ida Rhew schnaubte.

»Ja oder nein?«

»Manchmal behandelt die Polizei die Verbrecher besser als die, gegen die sich das Verbrechen richtet.«

Harriet dachte nach. Soweit sie wusste, war den Ratliffs wegen der Rumballerei am Bach nichts passiert. Anscheinend konnten sich diese Leute alles erlauben. »Aber es ist gegen das Gesetz, dass jemand in der Öffentlichkeit mit Ziegelsteinen wirft«, sagte sie laut. »Völlig schnuppe. Die Polizei hat nichts gemacht, als die Ratliffs die Kirche der Baptistenmission angezündet haben, oder? Als du noch ein Baby warst? Nachdem Dr. King in der Stadt gewesen war? Sind einfach vorbeigefahren und haben 'ne Whiskeyflasche mit 'nem brennenden Lappen durchs Fenster reingeworfen.«

Ihr ganzes Leben lang hatte Harriet immer wieder von diesem Kirchenbrand gehört – und von anderen, in anderen Städten in Mississippi, die sie nicht mehr auseinander halten konnte –, aber nie hatte man ihr gesagt, dass die Ratliffs dafür verantwortlich gewesen waren. Man sollte meinen (fand Edie), dass Neger und arme Weiße einander nicht so sehr hassten, wie sie es taten, denn sie hätten doch so viel gemeinsam, vor allem ihre Armut. Aber für erbärmliches weißes Volk wie die Ratliffs gab es außer den Negern niemanden, auf den sie herabblicken konnten. Sie ertrugen den Gedanken nicht, dass die Neger jetzt genauso gut waren wie sie – und in vielen Fällen sehr viel wohlhabender und angesehener. »Ein armer Neger hat wenigstens seine Herkunft als Entschuldigung«, sagte Edie. »Der arme Weiße kann für seine Lage nur noch den eigenen Charakter verantwortlich machen. Na, aber *das* geht natürlich nicht. Das würde bedeuten, dass er die Verantwortung für seine eigene Faulheit und sein jämmerliches Verhalten übernimmt. Nein, viel lieber stapft er durch die Gegend und lässt Kreuze brennen und gibt dem Neger die Schuld an allem, als dass er versucht, eine Ausbildung zu machen und seine Lage irgendwie zu verbessern.«

Gedankenverloren fuhr Ida Rhew fort, die Herdplatte zu polieren, obwohl sie längst nicht mehr poliert werden musste. »Yes, Ma'am, das ist die Wahrheit«, sagte sie. »Dieses Pack hat Miss Etta Coffey umgebracht, als hätten sie ihr ein Messer ins Herz gestoßen.« Sie presste die Lippen zusammen und polierte in kleinen, straffen Kreisen die

Die Schwarzdrossel.

Chromknöpfe am Herd. »Die alte Miss Etta, das war 'ne gerechte Seele. Hat manchmal die ganze Nacht gebetet. Meine Mutter sieht bei Miss Etta spät nachts das Licht brennen, und dann wirft sie meinen Daddy aus'm Bett, damit er rübergeht und ans Fenster klopft und Miss Etta fragt, ob sie vielleicht hingefallen ist und ob er ihr hochhelfen soll. Da brüllt sie *Nein, danke*, und sie und Jesus hätten noch was zu besprechen!«

»Einmal hat Edie mir erzählt...«

»Yes, Sir. Miss Etta, die sitzt jetzt zur Rechten des Herrn. Und meine Mutter und mein Daddy und mein armer Bruder Cuff, der an Krebs gestorben ist. Und auch der kleine Robin, mitten dazwischen. Gott hat Platz für alle Seine Kinder. Wahrhaftig.«

»Aber Edie sagt, die alte Dame ist nicht im *Feuer* gestorben. Edie sagt, sie hatte einen Herzinfarkt.«

»*Edie sagt?*«

Wenn Ida in diesem Ton sprach, forderte man sie besser nicht heraus. Harriet betrachtete ihre Fingernägel.

»Nicht im *Feuer* gestorben. Ha!« Ida knüllte ihren feuchten Wischlappen zusammen und klatschte ihn auf die Arbeitsplatte. »Sie ist am Rauch gestorben, oder? Und an all dem Geschubse und Geschrei und Gedränge, als die Leute raus wollten? Sie war *alt*, die Miss Coffey. Und so weichherzig, konnte nicht mal Rehfleisch essen oder 'n Fisch vom Haken nehmen. Und da kommt dieses grässliche Pack angefahren und schmeißt Feuer durchs Fenster...«

»Ist die Kirche denn *ganz* abgebrannt?«

»Jedenfalls genug.«

»Edie sagt...«

»War Edie dabei?«

Ihre Stimme klang Furcht erregend. Harriet wagte nicht, noch ein Wort zu sagen. Ida funkelte sie eine ganze Weile an, und dann raffte sie ihren Rocksaum hoch und rollte ihren Strumpf herunter, der dick war und fleischfarben, um etliche Schattierungen heller als Idas tiefdunkle Haut, rollte ihn über das Knie, und über dem undurchsichtigen Nylonwulst erschien ein sechs Zoll breiter Fleck von verbrannter Haut: rosarot wie ein rohes Würstchen, glänzend und eklig glatt an manchen Stellen, an anderen runzlig und narbig, und seine Farbe und Oberfläche standen in schockierendem Kontrast zu dem angenehmen Paranussbraun des Knies.

»Schätze, Edie findet so 'ne Verbrennung wohl nicht gut genug?«

Harriet war sprachlos.

»Ich weiß bloß, dass es sich ordentlich heiß angefühlt hat.«

»Tut es weh?«

»Es *hat* wehgetan, wahrhaftig.«

»Aber jetzt?«

»Nein. Aber manchmal juckt's. Na, komm schon«, sagte sie zu dem Strumpf und fing an, ihn wieder hochzurollen. »Mach keine Schwierigkeiten. Manchmal wollen diese Dinger mich umbringen.«

»Ist das eine Verbrennung dritten Grades?«

»Dritten, vierten *und* fünften.« Ida lachte wieder, aber jetzt klang es ziemlich unangenehm. »Ich weiß bloß, es hat so wehgetan, dass ich sechs Wochen nicht schlafen konnte. Aber vielleicht findet Edie, dass ein Feuer nicht heiß genug ist, wenn es einem nicht beide Beine abbrennt. Und ich schätze, das Gesetz sieht die Sache genauso, denn die, die das getan haben, werden sie nie bestrafen.«

»Aber das müssen sie.«

»Wer sagt das?«

»Das Gesetz. Darum ist es das Gesetz.«

»Es gibt 'n Gesetz für die Schwachen, und es gibt 'n Gesetz für die Starken.«

Überzeugter, als sie es in Wirklichkeit war, sagte Harriet: »Nein, gibt es nicht. Dasselbe Gesetz gilt für alle.«

»Warum laufen diese Kerle dann immer noch frei rum?«

»Ich finde, du solltest Edie davon erzählen«, sagte Harriet nach einer verlegenen Pause. »Wenn du es nicht tust, tu ich es.«

»*Edie?*« Ida Rhews Mund zuckte merkwürdig, beinahe amüsiert. Sie setzte zum Sprechen an, überlegte es sich dann aber anders.

Was? dachte Harriet, und das Herz gefror ihr. *Weiß Edie davon?*

Die Schwarzdrossel.

Wie sehr ihr dieser Gedanke einen Schock versetzte, war ihr so deutlich anzusehen, als wäre vor ihrem Gesicht eine Jalousie hochgeschnellt. Idas Miene wurde sanfter. *Es stimmt,* dachte Harriet: *Sie hat es Edie schon erzählt, Edie weiß es.*

Aber Ida Rhew machte sich ganz plötzlich wieder am Herd zu schaffen. »Und wie kommst du auf die Idee, dass ich Miss Edie mit dieser Schweinerei behelligen sollte, Harriet?« Sie hatte ihr den Rücken zugewandt, und ihr Ton war frotzelnd und ein wenig zu herzlich. »Sie ist 'ne alte Lady. Was glaubst du, was *sie* macht? Denen auf die Füße treten?« Sie gluckste, und obwohl es freundlich klang und zweifellos von Herzen kam, ließ Harriet sich davon nicht beruhigen. »Oder ihnen ihre schwarze Handtasche über den Schädel hauen?«

»Sie sollte die Polizei informieren.« War es vorstellbar, dass Edie das alles gehört und *nicht* die Polizei angerufen hatte? »Wer immer dir das angetan hat, gehört ins Gefängnis.«

»Ins Gefängnis?« Zu Harriets Überraschung brüllte Ida vor Lachen. »Gott segne dich, mein Schatz. Die sind *gerne* im Gefängnis. 'ne Klimaanlage im Sommer und Erbsen und Maisbrot kostenlos. Und reichlich Zeit, rumzulungern und ihre miesen Freunde zu besuchen.«

»Die Ratliffs waren das? Bist du sicher?«

Ida rollte mit den Augen. »Haben in der ganzen Stadt damit angegeben.«

Harriet war den Tränen nahe. Wie konnten sie frei herumlaufen? »Und sie haben auch die Ziegelsteine geworfen?«

»Yes, Ma'am. Erwachsene Männer. Und Jungs auch. Und der eine, der sich Prediger nennt, der *schmeißt* zwar nicht, aber er brüllt und fuchtelt mit seiner Bibel und stachelt die andern an.«

»Es gibt einen Ratliff-Jungen, der ungefähr in Robins Alter ist.« Harriet beobachtete Ida aufmerksam. »Pemberton hat mir von ihm erzählt.«

Ida sagte nichts. Sie wrang ihren Wischlappen aus und wandte sich dann dem Abtropfgestell zu, um das saubere Geschirr wegzuräumen.

»Er müsste jetzt ungefähr zwanzig sein.« Alt genug, dachte Harriet, um einer der Männer gewesen zu sein, die auf der Brücke geschossen hatten.

Seufzend hob Ida die schwere Gusseisenpfanne aus dem Trockengestell und bückte sich, um sie in den Unterschrank zu schieben. Die Küche war mit Abstand der sauberste Raum im ganzen Haus; Ida hatte hier ein kleines Bollwerk der Ordnung aufgebaut, frei von den verstaubten Zeitungen, die sich überall anderswo im Haus stapelten. Harriets Mutter erlaubte nicht, dass die Zeitungen weggeworfen wurden (diese Regel war so alt und unverletzlich, dass nicht einmal Harriet sie in Frage stellte), aber aufgrund irgendeiner unausgesprochenen Vereinbarung zwischen ihnen kamen sie nicht in die Küche, denn hier war Idas Reich.

»Er heißt Danny«, sagte Harriet. »Danny Ratliff. Der in Robins Alter ist.«

Ida warf einen Blick über die Schulter. »Wieso studierst du auf einmal die Ratliffs?«

»Erinnerst du dich an ihn? Danny Ratliff?«

»Guter Gott, ja.« Ida zog eine Grimasse, als sie sich auf die Zehenspitzen erhob, um eine Cornflakesschüssel wegzustellen. »Als ob's gestern gewesen wär.«

Harriet wahrte eine gefasste Miene. »Er war mal hier? Als Robin noch lebte?«

»Yes, Sir. Ein *fieses* kleines Großmaul. Konnte ihn einfach nich verjagen. Knallte seinen Baseballschläger an die Veranda und schlich sich im Garten rum, wenn es dunkel war, und einmal hat er Robins Fahrrad geklaut. Ich hab's deiner armen Mama wieder und wieder gesagt, aber sie hat nichts unternommen. *Unterprivilegiert*, sagte sie. Unterprivilegiert, von wegen!«

Sie zog die Schublade auf und fing lautstark und mit viel Geklapper an, die sauberen Löffel einzuräumen. »Niemand kümmert sich einen Deut um das, was ich sage. Ich sag's deiner Mutter, ich sag ihr *immer* und *immer* wieder, dass dieser kleine Ratliff mies ist. Versucht, sich mit Robin zu prügeln. Flucht andauernd, brennt Knallfrösche ab, schmeißt mit allen möglichen Sachen. Eines Tages würde

Die Schwarzdrossel.

mal jemand verletzt werden. Wer hat denn jeden Tag auf Robin aufgepasst? Wer hat denn immer hier aus'm Fenster geguckt«, sie deutete auf das Fenster über dem Spülbecken, hinaus in den Spätnachmittagshimmel und das voll belaubte Grün des sommerlichen Gartens,»während er gleich hier draußen mit seinen Soldaten spielte oder mit seiner Miezekatze?« Betrübt schüttelte sie den Kopf und schob die Besteckschublade zu.»Dein Bruder, das war 'n braves Kerlchen. Wieselte einem zwischen den Füßen rum wie 'n kleiner Maikäfer, und ab und zu war er auch mal frech zu mir, aber es hat ihm immer Leid getan. Hat nie geschmollt und sich angestellt wie du. Manchmal kam er angerannt und hat mir die Arme um den Hals geworfen: ›Bin so einsam, Ida!‹ Ich hab ihm immer gesagt, er soll nicht mit diesem Gesindel spielen, immer wieder hab ich's ihm gesagt, aber er war einsam, und eure Mutter hatte nichts dagegen, und da hat er's manchmal trotzdem getan.«

»Danny Ratliff hat sich mit Robin geprügelt? Hier im Garten?«

»Yes, Sir. Und geflucht und geklaut.« Ida nahm die Schürze ab und hängte sie an einen Haken.»Ich hab ihn aus'm Garten gejagt, keine zehn Minuten, bevor eure Mama den armen kleinen Robin da draußen an dem Baum gefunden hat.«

»Ich sage dir, die Polizei *unternimmt* nichts gegen Leute wie ihn«, sagte Harriet, und sie fing wieder von der Kirche an, von Idas Bein und der alten Lady, die bei dem Brand umgekommen war, aber Hely hatte keine Lust mehr, sich das alles anzuhören. Was er aufregend fand, war ein gefährlicher Verbrecher auf freiem Fuß und die Vorstellung, er könnte ein Held werden. Er war zwar dankbar, dass er dem Camp der Kirche entronnen war, aber bisher war der Sommer doch ein bisschen zu ruhig verlaufen. Einen Mörder zu fassen würde sicher mehr Spaß machen, als Bibelszenen zu spielen oder von zu Hause wegzulaufen oder irgendeins der anderen Dinge, die er mit Harriet im Laufe des Sommers gern unternommen hätte.

Sie saßen im Werkzeugschuppen hinter Harriets Haus, in

den sie sich seit Kindergartentagen zurückzogen, wenn sie unter vier Augen miteinander reden wollten. Die Luft war stickig, und es roch nach Benzin und Staub. Aufgerollte, dicke schwarze Gummischläuche hingen an Wandhaken, und hinter dem Rasenmäher ragte ein stachliger Wald von Tomatenrankgittern empor wie übertrieben große Gerippe, in Fantasiefiguren verwandelt durch Spinnweben und Schatten und durch die schwertartigen Lichtstrahlen, die sich durch die Löcher im rostigen Blechdach kreuz und quer in das Halbdunkel bohrten, so pelzig vom Staub in der Luft, dass es schien, als werde gelber Puder an den Fingern hängen bleiben, wenn man mit der Hand hindurchstrich. Das Halbdunkel und die Hitze verstärkten die Atmosphäre von Heimlichkeit und Spannung. Chester versteckte Kool-Zigaretten und »Kentucky Tavern«-Whiskey im Schuppen, wobei er die Verstecke von Zeit zu Zeit wechselte. Als Hely und Harriet kleiner waren, hatte es ihnen einen Riesenspaß gemacht, Wasser auf die Zigaretten zu gießen (einmal hatte Hely in einem Anfall von Niedertracht daraufgepinkelt) und die Whiskeyflaschen auszuschütten und mit Tee zu füllen. Chester hatte sie nie verpetzt, weil er die Zigaretten und den Whiskey gar nicht haben durfte.

Harriet hatte Hely schon alles erzählt, was es zu erzählen gab, aber nach ihrem Gespräch mit Ida war sie so aufgeregt, dass sie unablässig zappelte und auf und ab ging und sich wiederholte. »Sie wusste, dass es Danny Ratcliff war. Sie *wusste* es. Sie hat selbst gesagt, er war es, und dabei hatte ich noch nicht einmal erzählt, was dein Bruder gesagt hat. Pem sagt, er hat auch mit anderen Sachen angegeben, mit üblen Sachen …«

»Wollen wir ihm nicht Zucker in den Benzintank schütten? Davon geht der Motor total kaputt.«

Sie warf ihm einen angewiderten Blick zu, was ihn ein wenig kränkte; er fand die Idee ausgezeichnet.

»Oder wir schicken einen Brief an die Polizei, ohne zu unterschreiben.«

»Und was soll das bringen?«

»Ich wette, wenn wir es meinem Daddy erzählen, ruft er sie an.«

Die Schwarzdrossel.

Harriet schnaubte verächtlich. Helys hohe Meinung von seinem Vater, der Direktor an der High School war, konnte sie nicht teilen.

»Dann lass doch mal deine Superidee hören«, sagte Hely sarkastisch.

Harriet nagte an der Unterlippe. »Ich will ihn umbringen«, sagte sie.

Die Härte und Unnahbarkeit in ihrer Miene ließen sein Herz erbeben. »Kann ich dir helfen?«, fragte er sofort.

»Nein.«

»Du kannst ihn nicht allein umbringen!«

»Warum nicht?«

Er war bestürzt, als er ihren Blick sah, und ihm fiel nicht gleich ein guter Grund ein. »Weil er groß ist«, sagte er schließlich. »Er wird dir in den Arsch treten.«

»Ja, aber ich wette, ich bin schlauer als er.«

»Lass mich dabei helfen. Wie willst du es überhaupt machen?« Er stupste sie mit seinem Turnschuh an. »Hast du ein Gewehr?«

»Mein Dad hat eins.«

»Diese großen alten Schrotflinten? So 'n Ding kannst du ja nicht mal hochheben.«

»Kann ich doch.«

»Vielleicht, aber – hör mal, jetzt werde nicht *sauer*«, sagte er, als er sah, wie ihre Stirn sich verfinsterte. »Nicht mal ich kann mit so 'nem großen Gewehr schießen, und ich wiege neunzig Pfund. Diese Schrotflinte würde mich umschmeißen und mir vielleicht sogar ein Auge ausschlagen. Wenn man das Auge zu dicht ans Visier hält, schlägt einem der Rückstoß glatt den Augapfel aus der Höhle.«

»Woher weißt du das alles?«, fragte Harriet nach einer nachdenklichen Pause.

»Von den Pfadfindern.« In Wirklichkeit hatte er es nicht bei den Pfadfindern gelernt; er hätte nicht genau sagen können, woher er es wusste, aber er war sich ziemlich sicher, dass es stimmte.

»Ich hätte nie aufgehört, zu den Pfadfinderinnen zu gehen, wenn sie uns da solche Sachen beigebracht hätten.«

»Na ja, bei den Pfadfindern lernt man auch 'ne Menge Scheiß. Verkehrssicherheit und solchen Kram.«

»Und wenn wir eine Pistole nehmen?«

»Eine Pistole wäre besser.« Hely schaute cool zur Seite, um sich seine Freude nicht anmerken zu lassen.

»Kannst du damit schießen?«

»O ja.« Hely hatte noch nie im Leben eine Schusswaffe in der Hand gehabt – sein Vater jagte nicht und erlaubte es auch seinen Söhnen nicht –, aber er hatte ein Luftgewehr. Eben wollte er ihr eröffnen, dass seine Mutter eine kleine schwarze Pistole in ihrer Nachttischschublade hatte, als Harriet fragte:»Ist es schwer?«

»Schießen? Für mich nicht, nein«, sagte Hely.»Mach dir keine Sorgen. Ich erschieße ihn für dich.«

»Nein, das will ich selbst tun.«

»Okay, dann bringe ich es dir bei. Ich werde dich *coachen*. Wir fangen *heute* an.«

»Wo?«

»Wie meinst du das?«

»Wir können nicht im Garten durch die Gegend ballern.«

»Das stimmt, mein Herz, das könnt ihr nicht«, sagte eine fröhliche Stimme, und ein Schatten ragte unversehens in der Tür des Schuppens auf.

Hely und Harriet starrten zu Tode erschrocken in den weißen Blitz einer Polaroid-Kamera.

»*Mutter!*«, kreischte Hely, riss sich die Arme vors Gesicht und stolperte rückwärts über einen Benzinkanister.

Klickend und sirrend spuckte die Kamera das Bild aus.

»Seid nicht böse, ihr zwei, es musste sein«, sagte Helys Mutter in einem gedankenverlorenen Ton, der erkennen ließ, dass es ihr völlig schnuppe war, ob die beiden böse waren oder nicht.»Ida Rhew hat mir gesagt, dass ihr wahrscheinlich hier draußen wärt. Peanut«, das war Helys Spitzname, und er hasste es, wenn seine Mutter ihn so nannte,»hast du vergessen, dass dein Daddy heute Geburtstag hat? Ich möchte, dass ihr beiden Jungs zu Hause seid, wenn er vom Golfplatz kommt, damit wir ihn überraschen können.«

»Schleich dich nicht so an mich heran!«

»Ach, komm. Ich hab eben einen neuen Film gekauft, und

Die Schwarzdrossel.

ihr habt so niedlich ausgesehen. Hoffentlich ist es was geworden...« Sie betrachtete das Foto und blies es mit gespitzten, rosa überhauchten Lippen trocken. Helys Mutter war so alt wie Harriets, aber sie kleidete und gab sich viel jünger. Sie trug blauen Lidschatten und hatte eine sommersprossige Sonnenbräune, weil sie zu Hause im Bikini durch den Garten stolzierte (»wie ein Teenager!«, sagte Edie), und sie hatte eine Frisur, wie sie viele Mädchen auf der High School trugen.

»*Hör auf*«, winselte Hely. Seine Mutter war ihm peinlich. In der Schule zogen die andern ihn auf, weil ihre Röcke zu kurz waren.

Helys Mutter lachte. »Ich weiß, du magst keine Cremetorte, aber dein Vater hat nun mal heute Geburtstag. Aber soll ich dir was verraten?« Helys Mutter sprach immer in diesem munteren, beleidigenden Babyton mit ihm, als ginge er noch in den Kindergarten. »Beim Bäcker hatten sie *Schokoladen*törtchen, was sagst du dazu? Jetzt komm. Du musst baden und saubere Sachen anziehen... Harriet, es tut mir Leid, dass ich es dir sagen muss, mein Herzchen, aber Ida Rhew möchte, dass du zum Essen hereinkommst.«

»Kann Harriet nicht bei uns essen?«

»Nicht heute, Peanut«, sagte sie beschwingt und zwinkerte Harriet zu. »Harriet versteht das, nicht wahr, Herzchen?«

Harriet ärgerte sich über ihre vertrauliche Art und starrte sie mit steinerner Miene an. Sie sah keinen Grund, zu Helys Mutter höflicher zu sein, als Hely es selbst war.

»Sie versteht das *sicher,* nicht wahr, Harriet? Wenn wir das nächste Mal im Garten Hamburger grillen, kann sie kommen. Außerdem hätten wir leider kein Schokoladentörtchen für sie, wenn sie mitkäme.«

»Ein Schokoladentörtchen?«, quiekte Hely. »Du hast nur *ein* Schokoladentörtchen für mich gekauft?«

»Peanut, sei nicht so gierig.«

»Aber eins ist nicht genug!«

»Ein Törtchen ist mehr als genug für einen ungezogenen Jungen wie dich... Oh, seht mal. Das ist ja zum Piepen.«

Sie beugte sich zu ihnen herunter, um ihnen das Polaroid

zu zeigen; es war noch blass, aber man konnte schon etwas erkennen. »Ob es noch besser wird?«, fragte sie. »Ihr beide seht aus wie zwei kleine Marsmenschen.«

Und wirklich, so sahen sie aus. Helys und Harriets Augen leuchteten rund und rot wie die Augen von kleinen Nachttieren, die unverhofft von Autoscheinwerfern erfasst worden waren, und ihre schreckensstarren Gesichter waren vom Blitzlicht in ungesundes Grün getaucht.

KAPITEL 3.

Der Billardsaal.

Manchmal stellte Ida, bevor sie abends nach Hause ging, etwas Leckeres zum Abendessen hin: Ragout, Brathuhn, mitunter sogar Pudding oder eine Obstpastete. Aber heute standen nur ein paar Reste auf der Theke, die sie loswerden wollte: uralte Schinkenscheiben, fahl und schleimig vom langen Herumliegen in Plastikfolie, und ein paar kalte Stampfkartoffeln.

Harriet kochte vor Wut. Sie machte die Tür zur Speisekammer auf und starrte ins Halbdunkel, auf die ordentlichen Regale, die zum Bersten voll waren mit Gläsern mit Mehl und Zucker, Trockenerbsen und Maismehl, Makkaroni und Reis. Harriets Mutter aß abends selten mehr als ein paar Häppchen, und oft war sie mit einem Schälchen Eis oder einer Hand voll Cracker zufrieden. Manchmal machte Allison Rührei, aber Harriet hatte allmählich genug von den vielen Eiern.

Spinnweben der Lustlosigkeit wehten über sie hin. Sie brach ein Stück von einer Spaghetti ab und lutschte daran. Der mehlige Geschmack war ihr vertraut – wie Teig – und ließ einen ganz unerwarteten Sprudel von Bildern aus dem Kindergarten in ihr aufsteigen... grüne Bodenfliesen, hölzerne Bauklötze, die so angemalt waren, dass sie wie Ziegelsteine aussahen, Fenster, die so hoch waren, dass man nicht hinaussehen konnte...

Gedankenverloren und noch immer auf dem Spaghettisplitter kauend, die Stirn auf eine umständliche Weise

Der Billardsaal.

gerunzelt, die ihre Ähnlichkeit mit Edie und Richter Cleve hervortreten ließ, zog Harriet einen Esszimmerstuhl zum Kühlschrank. Sie stieg auf den Stuhl und durchwühlte schlecht gelaunt die knisternden Packungen im Gefrierfach. Aber auch da war nichts Brauchbares; nur ein Karton von dem ekelhaften Pfefferminzeis, das ihre Mutter so sehr liebte (an manchen Tagen, vor allem im Sommer, aß sie überhaupt nichts anderes), lagerte vergraben unter einem Berg von Alufolienklumpen. Industrienahrung war ein fremdartiger und absurder Begriff für Ida Rhew, die für den Lebensmitteleinkauf zuständig war, und Fertiggerichte fand sie ungesund (auch wenn sie manchmal welche kaufte, weil es sie im Sonderangebot gab). Snacks zwischen den Mahlzeiten tat sie als alberne Mode aus dem Fernsehen ab. (»*Snack?* Wozu brauchst du 'n Snack, wenn du dein Mittagessen aufisst?«)

»Sag's deiner Mutter«, flüsterte Hely jedes Mal, wenn er Harriets Missmut mitbekam. »Sie muss tun, was deine Mutter sagt.«

»Ja, ich weiß.« Helys Mutter hatte Roberta gefeuert, als Hely ihr erzählt hatte, dass Roberta ihn mit einer Haarbürste geschlagen hatte, und sie hatte Ruby gefeuert, weil sie Hely nicht erlaubt hatte, *Verliebt in eine Hexe* zu sehen.

»Mach's. Mach's.« Hely stupste sie dann mit seinem Turnschuh an.

»Später.« Aber das sagte sie immer nur, um ihr Gesicht zu wahren. Harriet und Allison beschwerten sich niemals über Ida, und mehr als einmal – selbst wenn sie wegen irgendeiner Ungerechtigkeit wütend auf Ida gewesen war – hatte sie sogar gelogen und Schuld auf sich genommen, damit Ida nicht in Schwierigkeiten kam. Es war eine schlichte Tatsache, dass die Dinge bei Harriet zu Hause anders funktionierten als bei Hely. Hely hielt sich, wie Pemberton vor ihm, etwas darauf zugute, so schwierig zu sein, dass seine Mutter keine Haushälterin länger als ein oder zwei Jahre halten konnte. Er und Pem hatten fast ein Dutzend kommen und gehen sehen. Was kümmerte es Hely, ob es Roberta war oder Ramona oder Shirley oder Ruby oder Essy Lee, die vor dem Fernseher saß, wenn er aus der Schule nach Hause kam? Ida aber stand fest und unverrückbar im Mittelpunkt von Harriets Universum: geliebt, mürrisch und unersetzlich mit ihren großen freundlichen Händen und ihren runden, feuchten, vorquellenden Augen. Ihr Lächeln war wie das erste Lächeln, das Harriet auf der Welt gesehen hatte. Es tat Harriet weh, wenn sie sah, wie achtlos ihre Mutter manchmal mit Ida umging, als ob sie nur vorübergehend durch ihr Leben reise und nicht fundamental mit ihnen verbunden sei. Harriets Mutter wurde manchmal hysterisch, und dann ging sie weinend in der Küche auf und ab und sagte Dinge, die sie nicht meinte (und die ihr nachher immer Leid taten). Die Möglichkeit, dass Ida entlassen werden könnte (oder, was eher wahrscheinlich war, dass sie wütend wurde und selbst kündigte, denn sie murrte unentwegt darüber, dass Harriets Mutter ihr so wenig zahlte), war so beängstigend, dass Harriet sich nicht erlaubte, daran zu denken.

Zwischen den glitschigen Alufolienklumpen entdeckte Harriet ein Traubeneis am Stiel. Mit Mühe zog sie es heraus und dachte dabei neiderfüllt an den Gefrierschrank bei Hely zu Hause, der voll gestopft war mit Toffee-Eiscreme und Tiefkühlpizza und Hühnerragout und allen erdenklichen Fertigmahlzeiten.

Mit dem Eis ging sie hinaus auf die Veranda – ohne sich die Mühe zu machen, den Stuhl wieder dorthin zu stellen, wo sie ihn hergeholt hatte –, legte sich auf den Rücken in die Schaukel und las das *Dschungelbuch*. Langsam wich die Farbe aus dem Tag. Die satten Grüntöne des Gartens verblassten zu Lavendel, und als aus Lavendel ein stumpfes Schwarzviolett geworden war, begannen die Grillen zu zirpen, und drüben an der überwucherten dunklen Stelle bei Mrs. Fountains Zaun blitzten unsicher zwei Glühwürmchen auf.

Geistesabwesend ließ Harriet den Eisstiel aus den Fingern zu Boden fallen. Sie hatte sich seit mehr als einer halben Stunde nicht bewegt. Ihr Hinterkopf lag in einem höllisch unbequemen Winkel auf der hölzernen Armlehne der Schaukel, aber sie blieb trotzdem reglos liegen und zog sich nur das Buch immer näher vor die Nase.

Der Billardsaal.

Bald war es so dunkel, dass sie nichts mehr sehen konnte. Ihre Kopfhaut prickelte, und sie fühlte einen pochenden Druck hinter den Augäpfeln, aber trotz ihres steifen Nackens rührte sie sich nicht von der Stelle. Manche Teile des *Dschungelbuchs* kannte sie fast auswendig: Mowglis Unterricht bei Bagheera und Baloo, den Angriff mit Kaa gegen die Bandar-log. Spätere, weniger abenteuerliche Teile – wenn Mowgli anfing, mit seinem Leben im Dschungel unzufrieden zu sein – las sie oft überhaupt nicht. Ihr lag nichts an Kinderbüchern, in denen die Kinder heranwuchsen, denn das »Heranwachsen« bedeutete (im Leben wie in Büchern) nichts anderes als ein schnelles und unerklärliches Schwinden des Charakters; aus heiterem Himmel gaben die Helden und Heldinnen ihre Abenteuer zugunsten irgendwelcher langweiliger Geliebten auf, heirateten, gründeten Familien und fingen überhaupt an, sich wie dumme Schafe zu benehmen.

Jemand briet draußen Steaks auf einem Grill. Es roch gut. Harriets Nacken tat jetzt ernsthaft weh, aber obwohl sie sich anstrengen musste, um auf der Seite noch irgendetwas zu sehen, empfand sie einen seltsamen Widerwillen dagegen, aufzustehen und das Licht anzuknipsen. Ihre Aufmerksamkeit glitt von den Wörtern weg und driftete ziellos umher, strich gedankenlos über die Hecke gegenüber wie über einen Strang kratziger schwarzer Wolle, bis sie am Kragen gepackt und gewaltsam zur Geschichte zurückgeholt wurde.

Tief im Dschungel schlummerte eine Ruinenstadt: umgestürzte Altäre, von Ranken erstickte Wasserbecken und Terrassen, verfallene Kammern voller Gold und Edelsteine, für die niemand, Mowgli eingeschlossen, sich interessierte. In den Ruinen wohnten die Schlangen, für die Kaa nur Verachtung zeigt. Und während sie weiterlas, blutete Mowglis Dschungel lautlos in die schwüle, halbtropische Dunkelheit ihres Gartens und infizierte ihn mit einem wilden, schattenhaften, gefahrvollen Gefühl: Frösche sangen, Vögel schrien in den lianenverhangenen Bäumen. Mowgli war ein Junge, aber er war auch ein Wolf. Und sie war sie selbst – Harriet –, aber zum Teil auch noch etwas anderes.

Schwarze Flügel glitten über sie hin. Leere. Harriets Gedanken versanken und versickerten in der Stille. Plötzlich wusste sie nicht mehr genau, wie lange sie auf der Schaukel gelegen hatte. Warum war sie nicht im Bett? War es später, als sie dachte? Dunkelheit schob sich über ihre Gedanken... schwarzer Wind... *Kälte*...

Sie schrak hoch, so heftig, dass die Schaukel zu schwingen begann – etwas flatterte in ihrem Gesicht, etwas Öliges, Zappelndes, sie bekam keine Luft...

Panisch schlug und fuchtelte sie mit den Händen durch die Luft, taumelte im Leeren, und die Schaukel knarrte, und sie wusste nicht, wo oben und wo unten war, bis sie irgendwo im Hinterkopf erkannte, dass der Knall, den sie gehört hatte, von dem Buch gekommen war, das sie auf den Boden hatte fallen lassen.

Harriet hörte auf zu zappeln und lag still. Das heftige Schwingen der Schaukel wurde langsamer und hörte allmählich auf, und die Bretter der Verandadecke kamen zur Ruhe. In der gläsernen Stille lag sie da und dachte nach. Wenn sie nicht gekommen wäre, wäre der Vogel trotzdem gestorben, aber das änderte nichts an der Tatsache, dass sie es war, die ihn getötet hatte.

Das Buch lag aufgeschlagen auf den Bodendielen. Sie drehte sich auf den Bauch, um danach zu greifen. Ein Auto bog um die Ecke und fuhr die George Street hinunter, und als der Scheinwerferstrahl über die Veranda strich, beleuchtete er eine Illustration im Buch, die die Weiße Kobra zeigte, wie ein Straßenschild, das plötzlich nachts aufstrahlt. Darunter stand:

Sie kamen vor vielen Jahren, um den Schatz zu holen. Ich sprach mit ihnen im Dunkeln, und sie lagen still.

Harriet drehte sich wieder auf den Rücken und lag ein paar Minuten lang ganz still, ehe sie mit knirschenden Gelenken aufstand und die Arme über den Kopf streckte. Dann humpelte sie ins Haus und durch das zu helle Esszimmer, wo Allison allein am Tisch saß und aus einer weißen Schüssel kalte Stampfkartoffeln aß.

Der Billardsaal.

Kipling hatte noch mehr Kobras beschrieben, und in seinen Geschichten waren sie immer herzlos, aber sie sprachen wunderschön, ganz wie die bösen Könige im Alten Testament.

Harriet ging weiter in die Küche, zum Telefon an der Wand, und wählte Helys Nummer. Es klingelte viermal. Fünfmal. Dann nahm jemand ab. Wirre Geräusche im Hintergrund.»Nein, ohne siehst du besser aus«, sagte Helys Mutter zu jemandem. Dann, in die Muschel:»Hallo?«

»Harriet hier. Kann ich bitte mit Hely sprechen?«

»*Harriet!* Aber natürlich kannst du, Herzchen...« Der Hörer polterte herab. Harriet, deren Augen sich immer noch nicht an das Licht gewöhnt hatten, betrachtete blinzelnd den Esszimmerstuhl, der vor dem Kühlschrank stand. Helys Mutter überraschte sie immer wieder mit ihren Kosenamen: *Herzchen* war nicht das, was die Leute im Allgemeinen zu Harriet sagten.

Unruhe: das Scharren eines Stuhl über den Boden, Pembertons viel sagendes Lachen. Helys gereiztes Winseln erhob sich durchdringend.

Eine Tür schlug zu.»Hey!« Seine Stimme klang schroff, aber aufgeregt.»Harriet?«

Sie klemmte sich den Hörer zwischen Ohr und Schulter und drehte sich zur Wand.»Hely, wenn wir es versuchen, glaubst du, wir können eine Giftschlange fangen?«

Es folgte ein ehrfurchtsvolles Schweigen, bei dem Harriet voller Genugtuung erkannte, dass er genau verstanden hatte, worauf sie hinauswollte.

»Kupferköpfe? Mokassinschlangen? Welche sind giftiger?«

Nur ein paar Stunden später saßen sie im Dunkeln auf der Hintertreppe bei Harriet. Hely hatte fast den Verstand verloren, während er darauf warten musste, dass der Geburtstagstrubel nachließ, damit er sich aus dem Haus schleichen und zu ihr kommen konnte. Seine Mutter, misstrauisch geworden durch seine plötzliche Appetitlosigkeit, hatte voreilig den demütigenden Schluss gezogen, dass er an Verstopfung leide, und ihn daraufhin eine Ewigkeit lang detailliert über seine Verdauung befragt und ihm Abführmittel angeboten. Als sie ihm schließlich widerstrebend einen Gutenachtkuss gegeben hatte und mit seinem Vater nach oben gegangen war, hatte er mindestens eine halbe Stunde lang mit offenen Augen steif unter seiner Decke gelegen, so aufgedreht, als hätte er einen ganzen Eimer Coca-Cola getrunken, als hätte er eben den neuen James-Bond-Film gesehen, als wäre Weihnachten.

Sich aus dem Haus zu schleichen – auf Zehenspitzen durch den Flur zu huschen, behutsam die knarrende Hintertür aufzuschieben, Zoll für Zoll – hatte ihn noch weiter unter Strom gesetzt. Nach der surrenden, klimatisierten Kühle seines Zimmers war die Nachtluft besonders drückend und heiß; die Haare klebten ihm im Nacken, und er war immer noch atemlos. Harriet saß auf der Stufe unter ihm, das Kinn auf die Knie gestützt, und aß eine kalte Hühnerkeule, die er ihr mitgebracht hatte.

»Was ist denn der Unterschied zwischen Kupferkopf und Mokassinschlange?«, fragte sie. Ihre Lippen glänzten im Mondlicht ein wenig fettig von dem Hühnchen.

»Ich dachte, das ist ein und dasselbe Ding«, sagte Hely. Er war überglücklich.

»Nein, es sind zwei verschiedene Schlangen.«

»Eine Wassermokassinschlange wird dich angreifen, wenn sie Lust hat.« Mit Freude wiederholte er Wort für Wort, was Pemberton zwei Stunden zuvor gesagt hatte, als Hely ihn danach gefragt hatte. Hely hatte eine Heidenangst vor Schlangen und schaute sich nicht einmal die Schlangenbilder im Lexikon gern an. »Die sind echt aggressiv.«

»Bleiben sie die ganze Zeit im Wasser?«

»Ein Kupferkopf ist ungefähr einen halben Meter lang, ganz dünn und *knall*rot.« Hely gab noch etwas wieder, das Pemberton gesagt hatte, denn er wusste keine Antwort auf ihre Frage.

»Wäre so eine leichter zu fangen?«

»*O* ja«, sagte Hely, obwohl er keine Ahnung hatte. Wenn ihm eine Schlange über den Weg kam, die er kannte, wusste er – unfehlbar –, ungeachtet ihrer Größe oder Farbe, anhand der Kopfform, spitz oder rund, ob sie giftig war, aber

Der Billardsaal.

weiter reichte sein Wissen nicht. Sein Leben lang hatte er alle Giftschlangen Mokassinschlangen genannt, und jede Giftschlange an Land war in seinen Augen schlichtweg eine Wassermokassinschlange, die gerade mal nicht im Wasser war.

Harriet warf den Hühnerknochen neben die Treppe, und nachdem sie sich die Finger an ihren nackten Schienbeinen abgewischt hatte, schlug sie das Küchentuch auseinander und fing an, die Scheibe von der Geburtstagstorte zu essen, die Hely ihr mitgebracht hatte. Eine Zeit lang sagten sie beide nichts. Selbst tagsüber hing die Vernachlässigung wie ein trister, zäher Dunst über Harriets Garten, der irgendwie trüb und kälter aussah als die anderen Gärten in der George Street. Und nachts, wenn durchhängende, verfilzte Dickichte und Rattennester aus Unterholz sich schwarz zusammenballten, wimmelte es hier von verborgenem Leben. Mississippi war voll von Schlangen. Ihr Leben lang hatten Hely und Harriet die Geschichten von Anglern gehört, die von Mokassinschlangen gebissen worden waren, Schlangen, die sich am Paddel heraufgewunden oder aus tief hängenden Ästen in die Kanus hatten fallen lassen. Von Klempnern und Kammerjägern und Heizungsmonteuren, die unter Häusern gebissen wurden. Von Wasserskiläufern, die in untergetauchte Mokassinnester gefallen waren und fleckig und mit glasigen Augen wieder auftauchten, so prall angeschwollen, dass sie im Kielwasser des Motorboots dümpelten wie aufblasbare Schwimmtiere. Beide wussten, dass man im Sommer nicht ohne Stiefel und lange Hosen in den Wald gehen durfte, dass man niemals große Steine umdrehte und nicht über dicke Holzstümpfe stieg, ohne vorher nachzusehen, was auf der anderen Seite war. Dass man sich fern hielt von hohem Gras und Reisig und moddrigem Wasser und Kanalisationsrohren und Kriechkellern und verdächtigen Löchern. Nicht ohne Unbehagen dachte Hely an die wiederholten Warnungen seiner Mutter vor den ausgewucherten Hecken, dem versumpften, längst aufgegebenen Goldfischteich und den verrotteten Holzstapeln in Harriets Garten. *Das ist nicht ihre Schuld,* sagte sie. *Ihre Mutter hält den Garten einfach nicht so gut in Ordnung, wie sie sollte. Aber lass dich nicht von mir erwischen, wie du da drüben barfuß herumläufst*...

»Da gibt's ein Schlangennest – kleine rote, wie du sagst – unter der Hecke. Chester sagt, die sind giftig. Letzten Winter, als der Boden gefroren war, hab ich ein Knäuel davon gefunden, ungefähr so...« Sie malte einen softballgroßen Kreis in die Luft.»Mit Eis drauf.«

»Wer hat denn Angst vor toten Schlangen?«

»Sie waren nicht tot. Chester sagte, sie würden wieder wach werden, wenn sie auftauten.«

»Iih!«

»Er hat das ganze Knäuel angezündet.« Die Erinnerung daran war ihr allzu lebhaft erhalten geblieben. Vor ihrem geistigen Auge sah sie Chester immer noch vor sich in seinen hohen Stiefeln, wie er draußen im flachen winterlichen Garten den Kanister mit ausgestrecktem Arm vor sich hielt und die Schlangen mit Benzin übergoss. Als er das Streichholz geworfen hatte, war die Flamme eine surreale, orangegelbe Kugel, die weder Licht noch Wärme auf das stumpfe Grünlich-Schwarz der Hecke dahinter warf. Noch aus der Ferne hatte es ausgesehen, als ringelten die Schlangen sich und erglühten plötzlich zu grausigem Leben; eine vor allem hatte den Kopf aus der Masse erhoben und blind hin- und hergeschwenkt wie einen Scheibenwischer. Beim Brennen hatten sie ein abscheuliches Knistern von sich gegeben, eines der schlimmsten Geräusche, die Harriet je gehört hatte. Den ganzen restlichen Winter hindurch und bis weit in den Frühling hinein hatte an der Stelle ein Häuflein schmieriger Asche und verkohlter Wirbelsäulen gelegen.

Abwesend hob sie das angebissene Stück Cremetorte auf und legte es wieder hin.»Diese Sorte Schlangen«, sagte sie, »Chester meint, die wird man eigentlich nie los. Vielleicht gehen sie für eine Weile weg, wenn man ihnen wirklich zusetzt, aber wenn sie mal irgendwo leben, wo es ihnen gefällt, kommen sie früher oder später zurück.«

Hely musste daran denken, wie oft er die Abkürzung durch diese Hecke genommen hatte. Ohne Schuhe. Laut sagte er:»Kennst du das ›Schlangenparadies‹, diesen Ver-

Der Billardsaal.

gnügungspark draußen am alten Highway? Wo der Versteinerte Wald ist? Da ist auch 'ne Tankstelle. Die führt so 'n unheimlicher alter Knabe mit Hasenscharte.«

Harriet dreht sich um und starrte ihn an. »Da warst du schon?«

»Ja.«

»Soll das heißen, deine Mutter hat da *angehalten*?«

»Du liebe Güte, nein.« Jetzt war Hely ein wenig verlegen. »Nur Pem und ich. Auf dem Rückweg von einem Baseballspiel.« Sogar Pemberton, sogar Pem, war eigentlich nicht erpicht darauf gewesen, am ›Schlangenparadies‹ anzuhalten. Aber sie hatten kein Benzin mehr gehabt.

»Ich hab noch niemanden getroffen, der wirklich schon da war.«

»Der Mann ist auch *Furcht erregend*. Er hat die Arme von oben bis unten mit Schlangen tätowiert.« Und voller Narben, als wäre er schon oft gebissen worden. Hely hatte sie gesehen, als der Mann den Tank füllte. Und keine Zähne, aber auch kein Gebiss – was seinem Grinsen ein weiches, schreckliches, schlangenhaftes Aussehen verlieh. Und das Schlimmste war, dass eine Boa constrictor um seinen Hals gelegen hatte: *Willst du ihn mal streicheln, Söhnchen?*, hatte er gefragt, sich in den Wagen gebeugt und Hely mit seinen flachen, sonnenblinden Augen festgenagelt.

»Wie ist es denn da? Im ›Schlangenparadies‹?«

»Stinkt. Nach Fisch. Ich hab eine Boa constrictor angefasst«, fügte er hinzu. Er hatte nicht gewagt, sich zu weigern, vor lauter Angst, der Schlangenmann könnte das Tier auf ihn werfen. »Sie war kalt. Wie ein Autositz im Winter.«

»Wie viele Schlangen hat er denn?«

»Oh, Mann. Schlangen in Aquarien, die ganze Wand entlang. Dann noch tonnenweise Schlangen, die einfach frei herumliegen. Draußen in dem eingezäunten Teil, der Rattlesnake Ranch heißt? Da war noch ein Gebäude hinten, dessen Wände ganz mit Wörtern und Bildern und Müll bemalt waren.«

»Und warum sind sie nicht herausgekommen?«

»Weiß ich nicht. Sie haben sich nicht allzu viel bewegt. Irgendwie sahen sie krank aus.«

»Ich will aber keine kranke Schlange.«

Hely hatte einen seltsamen Einfall. Wie wäre es wohl, wenn Harriets Bruder nicht gestorben wäre, als sie klein war? Wenn er noch lebte, wäre er vielleicht wie Pemberton, würde sie ärgern und dauernd an ihre Sachen gehen. Wahrscheinlich würde sie ihn nicht mal besonders mögen. Er zog sein gelbes Haar mit der einen Hand in einem Pferdeschwanz hoch und fächelte sich mit der anderen den Nacken. »Ich hätte lieber eine langsame Schlange als eine von den schnellen, die hinter deinem Arsch hersausen«, sagte er fröhlich. »Einmal hab ich im Fernsehen was über Schwarze Mambas gesehen. Die sind über drei Meter lang. Und weißt du, was die machen? Die richten sich mit den ersten zweieinhalb Metern auf und jagen dich mit zwanzig Meilen pro Stunde, das Maul weit aufgerissen, und wenn sie dich eingeholt haben«, sagte er und übertönte Harriets Stimme, »weißt du, was sie dann machen? Sie stoßen dir mitten ins Gesicht.«

»Hat er eine davon?«

»Er hat alle Schlangen der Welt. Außerdem, das hab ich vergessen zu sagen: Die sind so giftig, dass du innerhalb von zehn Sekunden tot bist. Vergiss das Schlangenserum. Du bist erledigt.«

Harriets Schweigen war überwältigend. Mit ihren dunklen Haaren, und wie sie die Arme so um die Knie geschlungen hatte, sah sie aus wie ein kleiner chinesischer Pirat.

»Weißt du, was wir brauchen?«, sagte sie plötzlich. »Ein Auto.«

»Yeah!«, sagte Hely strahlend nach einer kurzen, verdatterten Pause, und er verfluchte sich dafür, dass er vor ihr geprahlt hatte, er könne Auto fahren.

Er warf ihr einen Seitenblick zu, lehnte sich mit durchgedrückten Armen, auf die Handflächen gestützt, zurück und schaute zu den Sternen hinauf. *Kann ich nicht* oder *nein* war niemals das, was man gern zu Harriet sagte. Er hatte gesehen, wie sie von Dächern gesprungen war, wie sie Kinder angegriffen hatte, die doppelt so groß waren wie sie, und wie sie bei den Schutzimpfungen im Kindergarten die Krankenschwestern gebissen und getreten hatte.

Der Billardsaal.

Er wusste nicht, was er sagen sollte, und rieb sich die Augen. Er war schläfrig, aber auf unangenehme Weise – erhitzt und kribbelig und als ob er Alpträume bekommen würde. Er dachte an die abgehäutete Klapperschlange, die er im »Schlangenparadies« an einem Zaunpfahl hatte hängen sehen: rote Muskelstränge, durchzogen von blauen Adern.

»Harriet«, sagte er laut, »wäre es nicht einfacher, die Cops anzurufen?«

»Das wäre viel einfacher«, sagte sie, ohne aus dem Takt zu kommen, und eine Woge der Zuneigung durchflutete ihn. Die gute alte Harriet: Man konnte mit den Fingern schnippen und das Thema wechseln, einfach so – und, zack, da war sie, ohne den Anschluss zu verlieren.

»Dann sollten wir das tun, finde ich. Wir können die Telefonzelle bei der City Hall benutzen und sagen, wir wissen, wer deinen Bruder umgebracht hat. Ich kann *genau* wie eine alte Frau sprechen.«

Harriet sah ihn an, als habe er den Verstand verloren.

»Warum soll ich ihn von *anderen Leuten* bestrafen lassen?«

Ihr Gesichtsausdruck bereitete ihm Unbehagen. Hely schaute weg. Sein Blick fiel auf das fettige Papierhandtuch auf der Treppenstufe, auf dem das angebissene Stück Torte lag. Die Wahrheit war, dass er tun würde, was sie von ihm verlangte, was immer es sein würde, und dass sie es beide wussten.

Der Kupferkopf war klein, kaum mehr als dreißig Zentimeter lang und bei weitem die kleinste der fünf Schlangen, die Hely und Harriet an diesem Vormittag innerhalb von einer Stunde gefunden hatten. Sie lag sehr still in schlaffer S-Form in dem spärlichen Unkraut, das aus einem Haufen Bausand an der Stichstraße in den Oak Lawn Estates spross, einer Siedlungsanlage draußen hinter dem Country Club.

Die Häuser in Oak Lawn waren allesamt noch keine sieben Jahre alt, teils im Pseudo-Tudor-, teils im Blockhausstil, teils auch modern, und eins oder zwei sogar wie Südstaatenvillen aus der Ära vor dem Bürgerkrieg, aus neuen, leuchtend roten Ziegeln und mit angeklebten Ziersäulen an den Fassaden. Obwohl die Häuser groß und ziemlich teuer waren, muteten sie in ihrer Neuheit geschmacklos und abweisend an. Im hinteren Teil der Siedlung, wo Hely und Harriet ihre Fahrräder geparkt hatten, waren viele Häuser noch im Bau – kahle, abgesteckte Parzellen mit Stapeln von Teerpappe und Holz, Gipskarton und Isolationsplatten, eingeklammert von Skeletten aus neuem, gelbem Kiefernholz, durch die der Himmel fiebrig blau herunterströmte.

Anders als in der schattigen alten George Street, die vor der Jahrhundertwende angelegt worden war, gab es hier nur wenige Bäume von nennenswerter Größe und überhaupt keine Gehwege. Buchstäblich jeder Fetzen Vegetation war Kettensägen und Bulldozern zum Opfer gefallen: Wassereichen und Pfahleichen, von denen einige nach Auskunft eines Baumkundlers von der State University, der ein vergebliches Unternehmen zu ihrer Rettung angeführt hatte, schon dagestanden hatten, als La Salle 1682 den Mississippi heruntergekommen war. Der größte Teil des Mutterbodens, den ihre Wurzeln festgehalten hatten, war in den Bach und den Fluss hinuntergespült worden. Der harte Untergrund war von Bulldozern zu einer niedrig gelegenen Ebene planiert worden, und auf der kargen, sauer riechenden Erde, die übrig war, wuchs nur wenig. Gras spross spärlich, wenn überhaupt, und die mit Lastwagen angelieferten Magnolien und Hartriegelsträucher welkten schnell dahin und erstarben zu dürren Stöcken, die aus hoffnungsvollen Mulchkreisen mit dekorativen Umrandungen ragten. Die hart gebrannten Lehmflächen, rot wie der Mars und übersät von Sand und Sägemehl, grenzten schroff an die Kante der Asphaltstraße, die so schwarz und so neu war, dass sie immer noch klebrig aussah. Dahinter, im Süden, begann ein unbändiger Sumpf, der in jedem Frühling anschwoll und die Siedlung überflutete.

Die Häuser in Oak Lawn Estates gehörten großenteils Aufsteigern: Bauunternehmern, Politikern und Immobilienmaklern, ehrgeizigen jungen Ehepaaren, die ih-

Der Billardsaal.

rer Landarbeiterherkunft aus den Kleinstädten der Piny
Woods und den Bergen zu entkommen suchten. Wie von
Hass auf ihre ländlichen Ursprünge getrieben, hatten sie
methodisch jede verfügbare Fläche gepflastert und jeden
einheimischen Baum herausgerissen.

Aber Oak Lawn hatte für diese brutale Einebnung Rache
genommen. Das Land war sumpfig und sirrte von Moskitos.
Löcher füllten sich mit brackigem Wasser, sobald man sie
gegraben hatte. Die Kanalisation lief voll, wenn es regnete;
sagenhaft schwarzer Schlamm quoll dann aus den nagelneuen Toiletten und tropfte aus Wasserhähnen und schicken Massage-Duschköpfen. Weil der ganze Mutterboden
abgetragen war, mussten unzählige Lastwagenladungen
Sand herangeschafft werden, damit die Häuser im Frühling nicht wegschwammen, und nichts hinderte Schild-
kröten und Schlangen daran, so weit landeinwärts zu kriechen, wie sie wollten.

Und Oak Lawn Estates war verseucht von Schlangen –
großen und kleinen, giftigen und ungiftigen, Schlangen, die
Schlamm liebten, Schlangen, die Wasser liebten, Schlangen, die gern auf trockenen Steinen in der Sonne badeten.
An heißen Tagen stieg der Schlangengestank vom Boden
auf, genau wie das trübe Wasser in den Fußspuren, die man
auf der planierten Erde hinterließ. Ida Rhew verglich den
Geruch des Schlangenmoschus mit Fischdärmen, mit den
Innereien von Büffelkarpfen und Catfischen, Aasfressern,
die sich von Abfällen ernährten. Und Edie sagte, wenn
sie ein Loch für eine Azalee oder einen Rosenstrauch grub,
vor allem in den Pflanzbeeten im Garden Club am Interstate Highway, dann wusste sie immer, dass ihr Spaten
in die Nähe eines Schlangennests geraten war, wenn ihr ein
Hauch von verfaulten Kartoffeln in die Nase stieg. Harriet
hatte auch schon oft Schlangengestank gerochen, am stärks-
ten im Reptilienhaus im Zoo von Memphis und von ver-
ängstigten Schlangen, eingesperrt in großen Gläsern für
den Naturkundeunterricht, aber auch, wenn er beißend
und rauchig von trüben Bachböschungen und flachen Tüm-
peln wehte, aus Bachdurchlässen und von dampfenden
Schlammteichen im August und – hin und wieder, bei sehr

heißem Wetter, wenn es geregnet hatte – auch zu Hause im eigenen Garten.

Harriets Jeans und ihr langärmeliges Hemd waren durchgeschwitzt. Weil es in dieser Vorortsiedlung und in dem Sumpf dahinter kaum Bäume gab, hatte sie einen Strohhut aufgesetzt, um keinen Sonnenstich zu bekommen, aber die Sonne brannte weiß und wütend herab wie der Zorn Gottes. Sie war matt vor Hitze und Bangigkeit. Den ganzen Vormittag über hatte sie ihre stoische Fassade bewahrt, während Hely, der für einen Hut zu stolz war und deshalb die ersten Ansätze eines blasigen Sonnenbrandes erkennen ließ, umherhüpfte und unablässig von einem James-Bond-Film plapperte, in dem es um Drogenringe und Wahrsager und tödliche Giftschlangen gegangen war. Auf der Fahrt mit dem Fahrrad hierher hatte er sie mit seinem Gesabbel schon zu Tode gelangweilt; da war es um den Stuntfahrer Evel Knievel und um einen Samstagscartoon namens *Wheelie und die Chopper-Bande* gegangen.

»Das hättest du sehen sollen«, sagte er gerade und harkte mit aufgeregt wiederholter Gebärde die tropfenden Haarsträhnen zurück, die ihm ins Gesicht fielen…»*Oh,* Mann. James Bond, *der hat diese Schlange glattweg verbrannt.* Er hat 'ne Sprühdose mit Deo oder so was, ja? Und als er die Schlange im Spiegel sieht, da wirbelt er rum, *so* ungefähr, und hält seine Zigarre an die Sprühdose, und *pau!* – das Feuer schießt quer durch das Zimmer – *pffff*…«

Er taumelte rückwärts und prustete durch die Lippen, während Harriet die dösende Kupferkopfschlange betrachtete und überlegte, wie sie jetzt vorgehen sollten. Ihre Jagdausrüstung bestand aus Helys Luftgewehr, zwei angespitzten, gegabelten Stöcken, einem Naturführer über *Reptilien und Amphibien der südöstlichen Vereinigten Staaten,* Chesters Gartenhandschuhen, einer Aderpresse, einem Taschenmesser und Kleingeld für einen Telefonanruf für den Fall, dass einer von ihnen gebissen wurde, und einer alten blechernen Lunchbox von Allison (*Campus Queen,* mit pferdeschwanztragenden Cheerleadern und kessen Schönheitsköniginnen mit Diademen), in deren Deckel Harriet unter großen Mühen mit dem Schraubenzieher ein paar

Der Billardsaal.

Luftlöcher gebohrt hatte. Der Plan war, sich an die Schlange heranzuschleichen, vorzugsweise nachdem sie zugestoßen hatte und ehe sie sich wieder sammeln konnte, und sie mit dem Gabelstock festzunageln. Dann würden sie sie dicht hinter dem Kopf packen (sehr dicht, damit sie nicht herumfahren und zubeißen konnte), sie in die Lunchbox werfen und den Deckel mit der Schnalle verschließen.

Aber das alles war leichter gesagt als getan. Bei den ersten Schlangen, die sie gefunden hatten – drei junge Kupferköpfe, die sich zusammen auf einer Betonplatte hatten rösten lassen –, hatten sie Angst gehabt, näher heranzugehen. Hely warf einen Ziegelsteinbrocken zwischen sie. Zwei schossen in verschiedene Richtungen davon, die dritte geriet in Wut und fing an zuzustoßen, flach über dem Boden, immer wieder – gegen den Ziegelstein, in die Luft, gegen alles, was ihre Aufmerksamkeit erregte.

Beide Kinder waren entsetzt. Wachsam umkreisten sie die Schlange, die Gabelstöcke weit vor sich gestreckt, und sprangen auf sie zu und ebenso schnell wieder zurück, wenn das Ding herumfuhr, um wieder zuzustoßen und sie bald hierhin, bald dorthin zu treiben. Harriet hatte solche Angst, dass sie glaubte, sie werde in Ohnmacht fallen. Hely stach mit dem Stock zu und traf nicht; die Schlange fuhr peitschend herum und attackierte ihn mit ihrer vollen Länge, und mit einem erstickten Aufschrei stieß Harriet ihr den Gabelstock in den Nacken. Sofort und mit schockierender Wut begann der restliche halbe Meter der Schlange, um sich zu schlagen, als sei sie vom Teufel besessen. Fassungslos vor Ekel sprang Harriet zurück, damit der Schwanz ihr nicht gegen die Beine klatschte. Mit kräftigem Muskel ringelte das Ding sich aus der Gabel – auf Hely zu, der zur Seite tanzte und kreischte wie am Spieß – und schoss dann davon in das verdorrte Unkraut.

Ein Wort über Oak Lawn Estates: Wenn in der George Street ein Kind – oder sonst irgendjemand – so lang und schrill und laut geschrien hätte, wären Mrs. Fountain, Mrs. Godfrey, Ida Rhew und ein halbes Dutzend Haushälterinnen im Handumdrehen aus ihren Häusern gestürzt (»Kinder! Lasst die Schlange in Ruhe! Weg da!«). Und sie hätten es ernst gemeint und sich keine Widerreden gefallen lassen, und wenn sie wieder in ihre Häuser zurückgekehrt wären, hätten sie an ihren Küchenfenstern Wache gestanden, um sicherzugehen. Aber in Oak Lawn Estates war das anders. Die Häuser hier wirkten auf beängstigende Weise versiegelt, wie Bunker oder Mausoleen. Die Leute kannten einander nicht. Hier draußen konnte man sich die Lunge aus dem Leib schreien, irgendein Sträfling konnte einen mit einem Stück Stacheldraht erwürgen, und niemand würde herauskommen, um nachzusehen, was los war. In der intensiven, hitzeflirrenden Stille wehte das manische Gelächter einer Fernseh-Gameshow geisterhaft aus dem nächstgelegenen Haus, einer verrammelten Hacienda, die abweisend auf einem Lehmgrundstück gleich hinter den Kiefernholzskeletten kauerte. Dunkle Fenster. Ein glänzender neuer Buick parkte auf dem Sand im Carport.

Wer wohnte in diesem Haus? dachte Harriet benommen und beschirmte sich die Augen mit einer Hand. Ein Trinker, der nicht zur Arbeit gegangen war? Irgendeine träge Junior-League-Mutter wie die schlampigen jungen Dinger, bei denen Allison manchmal hier draußen als Babysitter arbeitete, die da in einem verdunkelten Zimmer lag, bei laufendem Fernseher und mit Bergen von schmutziger Wäsche?

»*Der Preis ist heiß* kann ich nicht ausstehen«, sagte Hely. Leise aufstöhnend taumelte er rückwärts und schaute dabei mit aufgeregten, ruckhaften Bewegungen auf den Boden. »Ich sehe gern *Risiko*.«

Hely hörte nicht zu. Energisch drosch er mit seinem Gabelstock auf das dürre Gras. »*From Russia with love…*« sang er schmachtend, und dann, weil er den Text nicht kannte, noch einmal: »*From Russia with LOVE…*«

Sie brauchten nicht lange zu suchen, bis sie die vierte Schlange fanden: eine Mokassinschlange: wachsig, lebergelb, nicht länger als die Kupferköpfe, aber dicker als Harriets Arm. Hely, der trotz seiner Angst darauf bestand, vor Harriet zu gehen, hätte beinahe auf sie getreten. Wie eine Sprungfeder zuckte sie hoch und stieß zu, und nur knapp

Der Billardsaal.

verfehlte sie seine Wade. Helys Reflexe waren von der vorigen Begegnung wie elektrisiert; er sprang zurück und nagelte sie mit seinen Stock auf Anhieb fest. »Ha!«, schrie er. Harriet lachte laut; mit zitternden Fingern nestelte sie an der Schließe ihrer *Campus Queen*-Lunchbox. Diese Schlange war langsamer und weniger behände. Gereizt schwenkte sie ihren dicken Leib in einem abscheulichen, unreinen Gelb über den Boden hin und her. Aber sie war viel größer als die Kupferköpfe: Würde sie in die *Campus Queen* passen? Hely, der vor lauter Angst ebenfalls lachte, schrill und hysterisch, spreizte die Finger und bückte sich, um sie zu packen –

»Der Kopf!«, schrie Harriet und ließ die Lunchbox klappernd zu Boden fallen.

Hely sprang zurück. Der Stock fiel ihm aus der Hand. Die Mokassinschlange lag still. Dann hob sie sehr geschmeidig den Kopf und musterte sie einen langen, eiskalten Augenblick lang mit ihren geschlitzten Pupillen, ehe sie das Maul aufriss (gespenstisch weiß das Innere) und auf sie losging.

Sie machten kehrt und rannten davon, stießen gegeneinander – hatten Angst, in einen Graben zu fallen, aber wagten nicht, auf den Boden zu schauen –, das dürre Gestrüpp krachte unter ihren Turnschuhen, und der Geruch von zertretenem Bitterkraut wehte beißend um sie herum in der Hitze wie der Geruch der Angst.

Ein Graben mit brackigem Wasser, in dem es von Kaulquappen wimmelte, trennte sie von der Straße. Die Betonwände zu beiden Seiten waren glitschig bemoost, und er war zu breit, als dass sie mit einem einzigen Sprung hätten hinüberkommen können. Sie rutschten hinein (der Geruch von Abwasser und fischiger Fäulnis, den sie aufrührten, stürzte sie beide in eine Hustenekstase), fielen vornüber auf die Hände und kletterten auf der anderen Seite hinauf. Als sie sich hinausgestemmt hatten und sich umdrehten, um mit tränenüberströmten Gesichtern dahin zurückzuschauen, woher sie gekommen waren, sahen sie nur den Pfad, den sie durch das gelb blühende, struppige Bitterkraut getrampelt hatten, und weiter hinten die melancholischen Pastelltöne der zu Boden gefallenen Lunchbox.

Sie schwankten wie zwei Betrunkene, keuchend, puterrot und erschöpft. Sie hatten beide das Gefühl, sie könnten in Ohnmacht fallen, aber auf der Erde war es weder bequem noch sicher, und sonst konnte man nirgends sitzen. Eine Kaulquappe, die schon Beine hatte, war aus dem Graben geplantscht und zuckend auf der Straße gestrandet; sie flippte hin und her, und ihre schleimige Haut scharrte auf dem Asphalt, was Harriet zu einem neuerlichen Würgeanfall trieb.

Sie vergaßen die übliche Schuletikette, die einen Abstand von einem halben Meter vorschrieb, der streng einzuhalten war, wenn man nicht gerade schubste oder boxte, und klammerten sich Halt suchend aneinander: Harriet ohne einen Gedanken daran, dass sie wie ein Feigling aussehen könnte, und Hely, ohne einen Gedanken daran, sie zu küssen oder ihr Angst zu machen. Ihre Jeans, übersät von Kletten, klebrig von Hundszungensamen, waren unangenehm schwer und durchweicht von stinkendem Grabenwasser. Hely krümmte sich zusammen und gab Geräusche von sich, als müsse er brechen.

»Alles okay?«, fragte Harriet – und übergab sich, als sie an seinem Ärmel einen gelbgrünen Klumpen von Kaulquappeneingeweiden hängen sah.

Hely würgte ein paarmal wie eine Katze, die einen Haarball loswerden will. Er schüttelte Harriet ab und wollte zurücklaufen, um die Lunchbox und den Stock zu holen.

Harriet hielt ihn an seinem schweißnassen Hemdrücken fest. »Warte«, brachte sie hervor.

Sie setzten sich rittlings auf ihre Fahrräder, um sich auszuruhen – Hely auf sein Sting-Ray mit dem Hornlenker und dem Bananensattel, Harriet auf ihren Western Flyer, der Robin gehört hatte –, und beide atmeten schwer und sprachen nicht. Als das Hämmern ihrer Herzen nachgelassen hatte und sie beide einen kleinen Schluck von dem lauwarmen, nach Plastik schmeckenden Wasser in Harriets Trinkflasche genommen hatten, wagten sie sich wieder hinaus ins Gelände, diesmal bewaffnet mit Helys Luftgewehr.

Helys betäubtes Schweigen war einem theatralischen

Der Billardsaal.

Getue gewichen. Lauthals und mit dramatischen Gebärden prahlte er, wie er die Mokassinschlange fangen und was er mit ihr anstellen würde, wenn er sie hätte: ihr ins Gesicht schießen, sie durch die Luft schwingen, sie wie eine Peitsche schnalzen lassen, sie entzweihacken und mit dem Fahrrad über die Teile fahren. Er war scharlachrot im Gesicht, und sein Atem ging flach und schnell; hin und wieder schoss er ins Gestrüpp, und dann musste er stehen bleiben und wild an seinem Luftgewehr pumpen – *huff huff huff* –, um den Druck wiederherzustellen.

Sie waren dem Graben ausgewichen und hatten Kurs auf die halb fertigen Häuser genommen, wo es einfacher war, auf die Straße zu flüchten, wenn sie in Gefahr geraten sollten. Harriet hatte Kopfschmerzen, und ihre Hände waren kalt und klebrig. Hely – das Luftgewehr baumelte am Riemen an seiner Schulter – lief hin und her, plapperte und boxte in die Luft, ohne den bewegungslosen Scheitel im dünnen Gras zu sehen, keinen Schritt weit von seinem Turnschuh entfernt, wo (unauffällig, in fast schnurgerader Linie) lag, was *Reptilien und Amphibien der südöstlichen Vereinigten Staaten* als »jugendlichen« Kupferkopf bezeichnet hätte.

»Dieser Aktenkoffer, aus dem Tränengas schießt, wenn man ihn aufmacht? Also, da sind auch Kugeln drin, und ein Messer, das an der Seite rausklappt...«

Harriet war schwummrig im Kopf. Sie wünschte, sie bekäme einen Dollar für jedes Mal, wenn sie Hely von dem Aktenkoffer mit Kugeln und Tränengas aus *Liebesgrüße aus Moskau* reden hörte.

Sie schloss die Augen und sagte: »Hör zu, du hast die Schlange zu tief angefasst. Sie hätte dich gebissen.«

»Halt die Klappe!«, schrie Hely nach einer kurzen, erzürnten Pause. »Es ist deine Schuld. Ich *hatte* sie. Wenn du nicht...«

»Pass auf. Hinter dir.«

»*Mokassin?*« Er sank in die Hocke und riss sein Gewehr herum. »*Wo?*«

»Da«, sagte Harriet. Entnervt machte sie einen Schritt nach vorn und streckte den Zeigefinger aus. »*Da.*« Blind pendelte der spitze Kopf in die Höhe – entblößte die fahle Unterseite des muskulösen Kiefers – und sank mit einer fließenden Bewegung wieder herab.

»Mann, das ist doch bloß 'ne kleine«, sagte Hely enttäuscht und beugte sich vor, um sie zu betrachten.

»Es kommt nicht drauf an, wie – hey!« Unbeholfen hüpfte sie zur Seite, als die Schlange wie ein roter Blitz auf ihren Knöchel zustieß.

Ein Regen von gekochten Erdnüssen prasselte an ihr vorbei, und dann segelte die ganze Erdnusstüte über ihre Schulter und klatschte auf den Boden. Harriet taumelte, sie war aus dem Gleichgewicht geraten und sprang auf einem Bein umher, als der Kupferkopf (dessen Position sie für einen Moment aus den Augen verloren hatte) noch einmal zustieß.

Ein Luftgewehrkügelchen schwirrte harmlos gegen ihren Turnschuh. Ein zweites traf sie stechend an der Wade, und sie jaulte auf und sprang zurück, als die Kügelchen vor ihren Füßen in den Staub fuhren. Aber die Schlange war jetzt in Erregung geraten und trieb ihren Angriff trotz Beschuss energisch voran; sie stieß auf ihre Füße zu, wieder und wieder, mit unerbittlicher Zielsicherheit.

Schwindlig, halb von Sinnen, hastete sie auf die Straße. Sie schmierte sich mit dem Unterarm durchs Gesicht (transparente Kleckse pulsierten fröhlich vor ihren sonnengeblendeten Augen, stießen zusammen und verschmolzen wie vergrößerte Amöben in einem Tropfen Teichwasser), und als sie wieder sehen konnte, erkannte sie, dass die kleine Schlange den Kopf erhoben hatte und sie aus anderthalb Schritt Abstand betrachtete, ohne Überraschung, ohne Regung.

In seiner Panik hatte Hely das Luftgewehr verklemmt. Unter sinnlosem Geschrei warf er es weg und rannte los, um den Stock zu holen.

»Warte.« Mit Mühe raffte sie sich auf und riss sich los vom eisigen Blick der Schlange. *Was ist los mit mir?*, dachte sie und stolperte kraftlos mitten auf die flimmernde Straße, *Hitzschlag?*

»O Gott.« Helys Stimme, sie wusste nicht, woher. »Harriet?«

Der Billardsaal.

»Warte.« Fast ohne zu wissen, was sie tat (ihre Knie waren locker und unbeholfen, als gehörten sie einer Marionette, die sie nicht bedienen konnte), trat sie noch einen Schritt zurück, und dann setzte sie sich schwer auf den heißen Asphalt.

»Alles okay, Mann?«

»Lass mich in Ruhe«, hörte Harriet sich sagen.

Die Sonne brutzelte rot durch ihre geschlossenen Lider. Der Nachglanz der Schlangenaugen leuchtete dahinter, in bösartigem Negativ-Schwarz die Iris, die geschlitzten Pupillen in Säuregelb. Sie atmete durch den Mund, und der Geruch ihrer vom Kloakenwasser getränkten Hose war so stark, dass sie ihn schmecken konnte. Plötzlich wurde ihr klar, dass sie auf dem Boden nicht in Sicherheit war; sie versuchte, sich aufzurappeln, aber der Boden glitt immer wieder unter ihr weg...

»Harriet!« Helys Stimme, aus weiter Ferne. »Was ist los? Du machst mir Angst!«

Sie blinzelte; das weiße Licht brannte, als sei ihr Zitronensaft in die Augen gespritzt. Es war grässlich, so erhitzt zu sein, so blind, so gefühllos in Armen und Beinen...

Als Nächstes merkte sie, dass sie auf dem Rücken lag. Der Himmel gleißte in wolkenlosem, herzlosem Blau. Die Zeit schien einen halben Takt ausgesetzt zu haben, als sei sie eingedöst und im selben Augenblick mit einem jähen Ruck des Kopfes aufgewacht. Eine massige Erscheinung verdunkelte ihr Gesichtsfeld. Voller Panik riss sie sich beide Arme vors Gesicht, aber die über ihr schwebende Dunkelheit verlagerte sich nur und drängte desto beharrlicher von der anderen Seite heran.

»Komm schon, Harriet. Es ist nur Wasser.« Sie hörte die Worte von weit weg und hörte sie doch nicht. Als dann völlig unerwartet etwas Kaltes ihren Mundwinkel berührte, suchte Harriet ihm strampelnd zu entkommen, und sie schrie, so laut sie konnte.

»Ihr zwei seid bescheuert«, sagte Pemberton. »Mit dem Fahrrad in diese beschissene Gegend zu fahren. Es müssen fast vierzig Grad sein.«

Harriet lag flach auf dem Rücken hinten in Pems Cadillac und sah, wie der Himmel durch ein kühles Spitzengeflecht aus Baumästen über ihr dahinzog. Die Bäume bedeuteten, dass sie das schattenlose Oak Lawn hinter sich gelassen hatten und wieder auf der guten alten County Line Road waren.

Sie schloss die Augen. Laute Rockmusik plärrte aus den Stereolautsprechern; Schattenflecken – sporadisch, flatternd – huschten über das Rot ihrer geschlossenen Lider. »Die Tennisplätze sind völlig verlassen«, sagte Pem durch den Wind und die Musik. »Nicht mal im Pool ist jemand. Alle sitzen im Clubhaus und gucken *Liebe, Lüge, Leidenschaft*.«

Das Kleingeld für das Telefon hatte sich als nützlich erwiesen. Hely war – äußerst heldenhaft, denn Panik und Sonnenstich waren bei ihm fast so schlimm wie bei Harriet – auf sein Fahrrad gesprungen und trotz seiner Mattigkeit und der Krämpfe in den Beinen fast eine halbe Meile weit zu dem Münztelefon auf dem Parkplatz des Jiffy Kwik Mart gestrampelt. Aber für Harriet war das Warten höllisch gewesen: Sie hatte vierzig Minuten lang ganz allein auf den Asphalt am Ende der schlangenverseuchten Stichstraße gebraten, und jetzt war sie zu durchgeglüht und benommen, um besondere Dankbarkeit zu empfinden.

Sie richtete sich auf, gerade so weit, dass sie Pembertons Haare sehen konnte: Krauslockig von den Chemikalien im Poolwasser, flatterte es nach hinten wie eine zerfranste Fahne. Noch auf dem Rücksitz konnte sie seinen scharfen und entschieden erwachsenen Geruch wahrnehmen: Schweiß, stechend und maskulin unter der Kokosnuss-Sonnenmilch, vermischt mit Zigaretten und so etwas wie Weihrauch.

»Wieso wart ihr so weit draußen in Oak Lawn? Kennt ihr da jemanden?«

»Nein«, sagte Hely in dem monotonen, gelangweilten Tonfall, in den er vor seinem Bruder verfiel.

»Was habt ihr denn dann gemacht?«

»Schlangen gesucht, um – *lass das*«, fauchte er, und seine Hand flog hoch, als Harriet ihn an den Haaren riss.

»Na, wenn ihr eine Schlange fangen wollt, dann ist das

Der Billardsaal.

die richtige Gegend«, sagte Pemberton träge. »Wayne, der im Country Club die Wartungsarbeiten macht, hat mir erzählt, dass sie da draußen für irgendeine Lady einen Pool angelegt haben, und dabei haben sie fünf Dutzend Schlangen totgeschlagen. In einem einzigen Garten.«

»Giftschlangen?«

»Wen interessiert das? Ich würde nicht für eine Million Dollar in diesem Höllenloch wohnen wollen«, sagte Pemberton und warf dabei verächtlich, fürstlich, den Kopf in den Nacken. »Derselbe Typ, Wayne, sagt, dass der Kammerjäger *dreihundert Stück* unter einem dieser beschissenen Häuser gefunden hat. Unter *einem einzigen* Haus. Sobald es da mal 'ne Überschwemmung gibt, die das Pioniercorps nicht mehr mit Sandsäcken eindämmen kann, wird da draußen jede grüne Witwe in Stücke gebissen.«

»Ich hab eine Mokassinschlange gefangen«, sagte Hely selbstgefällig.

»Na klar. Und was hast du damit gemacht?«

»Hab sie wieder laufen lassen.«

»Darauf wette ich.« Pemberton warf ihm einen Seitenblick zu. »Ist sie dir nachgekommen?«

»Nein.« Hely rutschte tiefer in seinen Sitz.

»Na, mir ist egal, was die Leute über Schlangen erzählen. Dass sie mehr Angst haben vor dir als du vor ihnen. Wassermokassinschlangen sind bösartig. Die haben's auf deinen Arsch abgesehen. Einmal hat mich und Tink Pittmon auf dem Oktobeha Lake eine Riesenmokassinschlange angegriffen, und ich meine, wir waren nicht mal in ihrer Nähe, sie ist uns quer über den See nachgeschwommen.« Pem machte eine schnelle Schlängelbewegung mit der Hand. »Im Wasser sah man bloß das aufgerissene weiße Maul. Und dann, *bamm bamm*, ist sie wie ein Rammbock mit dem Kopf gegen das Aluminiumkanu gedonnert. Die Leute haben auf dem Pier gestanden und zugesehen.«

»Und was habt ihr gemacht?« Harriet saß jetzt aufrecht und lehnte sich über den Vordersitz.

»Na, da bist du ja, Tiger. Ich dachte schon, wir müssten dich zum Arzt bringen.« Pems Gesicht im Rückspiegel überraschte sie: kalkweiß die Lippen, und weiße Sonnencreme auch auf der Nase. Ein tiefer Sonnenbrand, der sie an Scotts Polarforscher mit ihren erfrorenen Gesichtern erinnerte.

»Du gehst also gern auf Schlangenjagd?«, sagte er zu Harriets Spiegelbild.

»Nein«, antwortete Harriet. Seine verwunderte Fragerei machte sie trotzig und verwirrte sie zugleich, und sie ließ sich wieder in den Rücksitz fallen.

»Ist kein Grund, sich zu schämen.«

»Wer sagt, dass ich mich schäme?«

Pem lachte. »Du bist tough, Harriet«, sagte er. »Du bist in Ordnung. Aber ich sage euch, ihr habt sie nicht alle, mit eurer Astgabel. Was ihr braucht, ist ein Stück Aluminiumrohr, und da zieht ihr eine Wäscheleine durch, wie 'ne Schlinge; die braucht ihr der Schlange nur über den Kopf zu streifen und stramm zu ziehen. Schon habt ihr sie. Dann könnt ihr sie in einem Glas im Biologieunterricht ausstellen und *richtig* Eindruck machen.« Flink schoss sein rechter Arm zur Seite und boxte Hely auf den Kopf. »Stimmt's?«

»*Halt die Klappe!*«, kreischte Hely und rieb sich wütend das Ohr. Pem ließ ihn nie vergessen, wie er einmal einen Schmetterlingskokon für die Bio-Ausstellung mit in die Schule gebracht hatte. Sechs Wochen lang hatte er ihn gepflegt, Bücher gelesen, Notizen gemacht, auf die richtige Temperatur geachtet und alles getan, was nötig war, aber als er am Tag der Ausstellung mit der noch nicht ausgeschlüpften Larve – behutsam auf ein Stück Watte in eine Schmuckschachtel gebettet – in die Schule gekommen war, hatte sich herausgestellt, dass es kein Kokon war, sondern ein versteinerter Katzenköttel.

»Vielleicht hast du nur *gedacht*, du hättest eine Mokassinschlange gefangen.« Lachend übertönte Pem den heißen Schwall von Beschimpfungen, den Hely auf ihn losließ. »Vielleicht war es überhaupt keine Schlange. Ein dickes, frisches Stück Hundescheiße, schön zusammengerollt im Gras, sieht ja genauso aus wie …«

»Wie *du*«, schrie Hely und hämmerte mit den Fäusten auf die Schulter seines Bruders.

Der Billardsaal.

»Ich habe gesagt, *lass es gut sein*, okay?«, sagte Hely jetzt ungefähr zum zehnten Mal.

Er und Harriet hielten sich am tiefen Ende des Pools an der Beckenkante fest. Die Nachmittagsschatten wurden länger. Fünf oder sechs kleine Kinder ignorierten eine dicke, aufgeregte Mutter, die am Rand hin und her lief und sie anflehte herauszukommen, und schrien und planschten am flachen Ende herum. An der Seite, an der sich die Bar befand, lagen ein paar High-School-Mädchen in Bikinis in Liegestühlen; sie hatten Handtücher über den Schultern und kicherten und schwatzten. Pemberton hatte keinen Dienst. Hely ging fast nie schwimmen, wenn Pem als Bademeister arbeitete, denn Pem hackte auf ihm herum und schrie Beschimpfungen und unfaire Kommandos von seinem hohen Stuhl (zum Beispiel »Nicht rennen am Beckenrand!«, wenn Hely überhaupt nicht rannte, sondern bloß schnell ging), und deshalb kontrollierte er sorgfältig Pems Wochenplan, der mit Klebstreifen am Kühlschrank befestigt war, bevor er zum Pool ging. Und das ging ihm auf die Nerven, denn im Sommer wollte er eigentlich jeden Tag schwimmen gehen.

»Blödmann«, knurrte er, als er an Pem dachte. Er war immer noch wütend, weil Pem von dem Katzenköttel auf der Bio-Ausstellung gesprochen hatte.

Harriet schaute ihn ausdruckslos, beinahe fischartig an. Ihr Haar klebte flach und glatt am Schädel, und die flimmernden Rinnsale aus Licht, die sich kreuz und quer über ihr Gesicht zogen, ließen sie kleinäugig und hässlich aussehen. Hely war schon den ganzen Nachmittag gereizt, und ohne dass er es merkte, waren Verlegenheit und Unbehagen zu Groll geworden, und jetzt wurde er plötzlich wütend. Auch Harriet hatte über die Katzenscheiße gelacht, genau wie die Lehrer und die Preisrichter und alle anderen auf der Ausstellung, und die bloße Erinnerung daran ließ ihn wieder kochen vor Zorn.

Sie schaute ihn immer noch an. Er machte Glotzaugen. »Was *guckst* du so?«, fragte er.

Harriet stieß sich vom Beckenrand ab und machte einen ziemlich demonstrativen Unterwassersalto rückwärts.

Na toll, dachte Hely; als Nächstes würde sie sehen wollen, wer am längsten unter Wasser die Luft anhalten konnte, ein Spiel, das er verabscheute, weil sie gut darin war und er nicht.

Als sie wieder auftauchte, tat er so, als merke er nicht, dass sie sich ärgerte. Lässig bespritzte er sie mit Wasser – ein wohl gezielter Strahl, der sie genau ins Auge traf.

»Da liegt mein toter Hund, den ich nicht gesehen hab«, sang er mit einer zuckersüßen Stimme, von der er wusste, dass sie sie nicht ausstehen konnte.

»Ein Bein ist nicht gesund, und das andere ist ab...«

»Dann kommst du morgen eben nicht mit. Ich gehe lieber allein.«

»Das dritte Bein ist überall verstreut...«, sang Hely über sie hinweg und starrte mit hingerissenem Schmalzblick in die Luft.

»Mir ist es egal, ob du mitkommst oder nicht.«

»Ich falle wenigstens nicht um und schreie wie ein dickes fettes Baby.« Er klapperte mit den Augendeckeln. *»Oh, Hely! Rette mich, rette mich!«,* krähte er mit einer schrillen Stimme, sodass die High-School-Mädchen auf der anderen Seite des Pools zu lachen anfingen.

Ein Schwall Wasser klatschte ihm ins Gesicht.

Er schlug fachmännisch mit der Faust auf das Wasser und bespritzte sie, und dann duckte er sich unter ihrem Gegenspritzer hinweg. »Harriet. Hey, Harriet«, sagte er mit Babystimme. Es erfüllte ihn mit unerklärlicher Genugtuung, dass er sie aufgebracht hatte. »Lass uns Pferdchen spielen, okay? Ich bin das vordere Ende, und *du bist du selbst.«*

Triumphierend stieß er sich ab und schwamm der Vergeltung entrinnend in die Mitte des Beckens hinaus, schnell und mit lautem Geplantsche. Er hatte einen schlimmen Sonnenbrand, und das Chlorwasser brannte wie Säure in seinem Gesicht, aber er hatte an diesem Nachmittag fünf Coca-Cola getrunken (drei, als er ausgedörrt und erschöpft nach Hause gekommen war, und noch einmal zwei, mit zerstoßenem Eis und bunt gestreiften Strohhalmen, von dem Getränkestand am Schwimmbecken); in seinen Oh-

Der Billardsaal.

ren rauschte es, und der Zucker trillerte hoch und schnell in seinem Puls. Er fühlte sich beschwingt. Schon oft hatte Harriets Verwegenheit ihn beschämt. Aber obwohl die Schlangenjagd ihn vorübergehend wirr und hirnrissig vor Angst hatte werden lassen, frohlockte doch immer noch irgendetwas in ihm über ihren Ohnmachtsanfall. Überschwänglich brach er durch die Oberfläche, prustend und Wasser tretend. Als er ein paarmal gezwinkert hatte, um das Brennen in seinen Augen zu lindern, erkannte er, dass Harriet nicht mehr im Pool war. Dann entdeckte er sie weit hinten; sie ging mit schnellen Schritten und gesenktem Kopf auf den Damenumkleideraum zu und hinterließ eine Zickzackspur von nassen Fußabdrücken auf dem Zement.

»Harriet!«, rief er, und diese Achtlosigkeit ließ ihn einen ordentlichen Schwall Wasser schlucken, denn er hatte vergessen, dass er bis über die Ohren drinsteckte.

Der Himmel war taubengrau und die Abendluft schwer und mild. Draußen vor dem Club hörte Harriet immer noch leise das Geschrei der Kinder im flachen Wasser des Schwimmbeckens. Ein leichter Wind überzog ihre Arme und Beine mit Gänsehaut. Sie raffte sich das Handtuch fester um die Schultern und machte sich eilig auf den Heimweg.

Ein Auto voller High-School-Girls kam mit kreischenden Reifen um die Ecke. Es waren die Mädchen aus Allisons Klasse, die sämtlichen Clubs vorstanden und sämtliche Wahlen gewannen: die kleine Lisa Leavitt, Pam McCormick mit ihrem dunklen Pferdeschwanz, Ginger Herbert, die die Beauty Revue gewonnen hatte, und Sissy Arnold, die nicht so hübsch war wie die andern, aber genauso beliebt. Ihre Gesichter – wie die von Filmstarlets, von den unteren Klassen einhellig angebetet – lächelten von praktisch jeder Seite des Jahrbuchs. Da sah man sie, triumphierend, auf dem vom Flutlicht gelb überstrahlten Rasen des Footballfeldes, in Cheerleader-Uniform, mit Majoretten-Tressen, in Handschuhen und Talaren beim Homecoming, außer sich vor Lachen auf einem Festumzug (die Favorites) oder begeistert durcheinander purzelnd auf dem September-Heuwagen (die Sweethearts), und trotz der wechselnden Kostüme, hier sportlich, da salopp, dort formell, waren sie wie Puppen mit stets dem gleichen Lächeln und der gleichen Frisur. Keine von ihnen beobachtete Harriet. Sie starrte vor sich auf den Gehweg, als die Mädchen in einem klingenden Kometenschweif von Popmusik vorüberschossen, und ihre Wangen brannten vor Wut und rätselhafter Scham. Wenn Hely bei ihr gewesen wäre, da war sie fast sicher, hätten sie gebremst und etwas gerufen, denn Lisa und Pam waren beide in Pemberton verknallt. Aber sie wussten wahrscheinlich gar nicht, wer Harriet war, obwohl sie seit dem Kindergarten mit Allison in derselben Klasse waren. Über Allisons Bett zu Hause hing eine Collage aus fröhlichen Kinderfotos: Allison spielte »London Bridge« mit Pam McCormick und Lisa Leavitt. Allison und Ginger Herbert: rotnasig, lachend, die allerbesten Freundinnen, Händchen haltend in irgendeinem winterlichen Garten. Säuberlich gemalte Valentinskärtchen aus der ersten Klasse: »2 kisses 4 you. In Liebe – Ginger!!!« So viel Zuneigung in Einklang zu bringen mit der heutigen Allison und der heutigen Ginger (behandschuht, mit glänzendem Lippenstift, in Chiffon unter einem Bogen aus Kunstblumen) war unvorstellbar. Allison war nicht weniger hübsch als sie alle (und sehr viel hübscher als Sissy Arnold, die lange Hexenzähne hatte und eine Figur wie ein Wiesel), aber irgendwie war aus der Kindheitsfreundin und Kameradin dieser Prinzessinnen eine Unperson geworden, eine, die man höchstens anrief, wenn man seine Hausaufgaben vergessen hatte. Das Gleiche galt für ihre Mutter. Obwohl sie Verbindungsstudentin gewesen war, allseits beliebt, zur Bestgekleideten ihrer Klasse gewählt, hatte auch sie eine Menge Freunde, die nicht mehr anriefen. Die Thorntons und die Bowmonts, die früher jede Woche mit Harriets Eltern Karten gespielt und sich mit ihnen ein Ferienhaus an der Golfküste geteilt hatten, kamen jetzt nicht einmal mehr dann, wenn Harriets Vater in der Stadt war. Ihre Freundlichkeit, wenn sie Harriets Mutter in der Kirche begegneten, hatte etwas Gezwungenes: Die Männer waren übertrieben herzlich, die

Der Billardsaal.

Stimmen der Frauen von kreischend munterer Lebhaftigkeit, und keine von ihnen schaute Harriets Mutter je wirklich in die Augen. Ginger und die anderen Mädchen im Schulbus behandelten Allison genauso: mit fröhlichen Plapperstimmen, aber den Blick abgewandt, als habe Allison eine ansteckende Krankheit.

Harriet (noch immer starrte sie finster auf den Gehweg) wurde von einem gurgelnden Geräusch aus diesen Gedanken gerissen. Der arme schwachsinnige Curtis Ratliff, der im Sommer unaufhörlich durch die Straßen von Alexandria streifte und Autos und Katzen mit seiner Wasserpistole bespritzte, kam schwerfällig quer über die Straße auf sie zu. Als er sah, dass sie ihn anschaute, erstrahlte sein zerdrücktes Gesicht in einem breiten Lächeln.

»Hat!« Er winkte mit beiden Armen – sein ganzer Körper geriet bei dieser Anstrengung ins Wackeln – und fing an, mühevoll auf- und abzuspringen, die Füße geschlossen, als wolle er ein Feuer austreten. »Okay? Okay?«

»Hallo, Alligator«, sagte Harriet, um ihm eine Freude zu machen. Curtis hatte eine lange Phase durchlebt, in der alles, was er gesehen hatte, »Alligator« gewesen war: sein Lehrer, seine Schuhe, der Schulbus.

»Okay? Okay, Hat?« Er würde nicht aufhören, bis er eine Antwort bekäme.

»Danke, Curtis, bei mir ist alles okay.« Curtis war zwar nicht taub, aber ein bisschen schwerhörig, und deshalb musste man immer daran denken, ein wenig lauter zu sprechen.

Curtis' Lächeln wurde noch breiter. Mit seiner pummeligen Gestalt und seinem begriffsstutzigen, lieben Kleinkindbenehmen erinnerte er an den Maulwurf in *Der Wind in den Weiden*.

»Ess gern Kuchen«, sagte er.

»Curtis, solltest du nicht lieber von der Straße herunterkommen?«

Curtis schlug sich die Hand vor den Mund und erstarrte. »Oh, oh!«, krähte er, und dann noch einmal. »Oh, oh!« Wie ein Häschen hoppelte er über die Straße, sprang mit beiden Füßen, als hüpfe er über einen Graben, auf den Randstein und blieb vor ihr stehen. »*Oh, oh!*«, sagte er und zerfloß zu einem kichernden Wackelpudding, beide Hände vors Gesicht gedrückt.

»Entschuldige, aber du stehst mir im Weg«, sagte Harriet.

Curtis spähte zwischen den gespreizten Fingern hindurch. Er strahlte so sehr, dass seine winzigen dunklen Augen zu schmalen Schlitzen wurden.

»Schlangen beißen«, erklärte er unerwartet.

Harriet war verdattert. Teils weil er schlecht hörte, sprach Curtis nicht allzu deutlich. Bestimmt hatte sie ihn missverstanden, und er hatte etwas anderes gesagt: *Stangeneis? Angelreise? Bye-bye?*

Aber bevor sie ihn fragen konnte, tat Curtis einen mächtigen, geschäftsmäßigen Seufzer und steckte seine Wasserpistole in den Bund seiner steifen neuen Jeans. Dann nahm er ihre Hand und umschloss sie mit seiner großen, schlaffen, klebrigen.

»Beißen!«, sagte er fröhlich und deutete erst auf sich und dann auf das Haus gegenüber, und dann machte er kehrt und trottete die Straße hinunter, während Harriet ihm entnervt blinzelnd nachschaute und sich das Handtuch wieder fester um die Schultern zog.

Harriet wusste es nicht, aber Giftschlangen waren keine zehn Meter weit von ihr entfernt ebenfalls ein Gesprächsthema: in der oberen Wohnung eines Holzhauses auf der anderen Straßenseite, das wie mehrere andere Mietshäuser in Alexandria Roy Dial gehörte.

Das Haus war nichts Besonderes: weiß, zweistöckig, mit einer Holztreppe, die an der Seite zum ersten Stock hinaufführte, sodass es dort einen eigenen Eingang gab. Mr. Dial hatte sie bauen und die innere Treppe sperren lassen, um das, was einmal ein einzelnes Wohnhaus gewesen war, in zwei Mietwohnungen umzuwandeln. Bevor Mr. Dial es gekauft und in Apartments aufgeteilt hatte, war es das Haus einer alten Baptistenlady namens Annie Mary Alford gewesen, die früher als Buchhalterin in der Holzfabrik ge-

Der Billardsaal.

arbeitet hatte. Als sie eines regnerischen Sonntagmorgens auf dem Parkplatz der Kirche gestürzt war und sich die Hüfte gebrochen hatte, war es Mr. Dial (der als christlicher Geschäftsmann ein Interesse an alten und gebrechlichen Leuten hatte, besonders an betuchten, ohne Familie, die beratend tätig wurde) ein besonderes kleines Anliegen gewesen, Miss Annie Mary täglich einen Besuch abzustatten, um ihr Dosensuppen und Landausflüge zukommen zu lassen, aber auch inspirierende Lektüre, die Früchte der Jahreszeit und seine uneigennützigen Dienste als Vermögensverwalter und Rechtsvertreter.

Weil Mr. Dial seine Gewinne pflichtschuldig auf die überquellenden Konten der Ersten Baptistenkirche überwies, sah er seine Methoden als gerechtfertigt an. Brachte er nicht schließlich Trost und christliche Nächstenliebe in das öde Leben dieser Leute? Zuweilen vermachten »die Ladys« (wie er sie nannte) ihm ihr Vermögen ganz unverblümt, so tröstlich empfanden sie seine freundliche Anwesenheit. Nur Miss Annie Mary, die schließlich fünfundvierzig Jahre lang Buchhalterin gewesen war, war sowohl durch ihren Beruf als auch von Natur aus misstrauisch, und nach ihrem Tod entdeckte er zu seinem Schrecken, dass sie – hinterlistigerweise, wie er fand – ohne sein Wissen einen Anwalt aus Memphis zu Rate gezogen und ein Testament aufgesetzt hatte, welches die informelle kleine, schriftliche Vereinbarung komplett außer Kraft setzte, die Mr. Dial ihr über die Maßen diskret vorgeschlagen hatte, während er an ihrem Krankenhausbett saß und ihre Hand tätschelte.

Möglicherweise hätte Mr. Dial Miss Annie Marys Haus nach ihrem Tod gar nicht gekauft (denn es war nicht besonders billig), wenn er sich während ihrer letzten Krankheit nicht daran gewöhnt hätte, es als sein Eigentum zu betrachten. Nachdem er aus Erd- und Obergeschoss zwei einzelne Apartments gemacht und die Pekanbäume und Rosenbüsche abgeholzt hatte (denn Bäume und Büsche bedeuteten Wartungskosten), hatte er das Erdgeschoss beinahe sofort an zwei junge Mormonen-Missionare vermietet. Das war fast zehn Jahre her, und die Mormonen wohnten immer noch dort, obwohl ihre Mission erbärmlich gescheitert war: In all den Jahren war es ihnen nicht gelungen, auch nur einen Einwohner von Alexandria zu ihrem frauentauschenden Utah-Jesus zu bekehren.

Die Mormonenjungen glaubten, dass jeder, der kein Mormone sei, in die Hölle fahren werde. (»Ihr werdet's dann da oben sicher ganz schön abgehen lassen, so allein!«, gluckste Mr. Dial gern, wenn er am Monatsersten vorbeikam, um die Miete zu kassieren; es war ein kleiner Scherz, den er sich gern mit ihnen machte.) Aber es waren adrette, höfliche Jungen, und ohne Not hätten sie sich niemals herbeigelassen, das Wort »Hölle« wirklich auszusprechen. Problematischer war das obere Apartment. Da Mr. Dial vor den Kosten für den Einbau einer zweiten Küche zurückscheute, war die Wohnung beinahe unmöglich loszuwerden, wenn man sie nicht an Schwarze vermietete. So hatte das Obergeschoss im Laufe der zehn Jahre etliches beherbergt: ein Fotostudio, ein Pfadfinderinnenheim, einen Kindergarten, eine Trophäenausstellung und eine Großfamilie von Osteuropäern, die, kaum dass Mr. Dial ihnen den Rücken zugekehrt hatte, alle ihre Freunde und Verwandten einziehen ließen und mit einer Kochplatte beinahe das ganze Haus abgefackelt hätten.

In diesem oberen Apartment stand jetzt Eugene Ratliff, und zwar im vorderen Zimmer, wo Linoleum und Tapete von dem Zwischenfall mit der Kochplatte noch immer böse versengt waren. Er fuhr sich nervös mit der Hand über das Haar (das er im untergegangenen Rowdystil seiner Teenagerzeit mit Frisiercreme nach hinten pappte) und starrte durch das Fenster hinaus zu seinem zurückgebliebenen kleinen Bruder, der die Wohnung eben verlassen hatte und draußen einem dunkelhaarigen Kind auf die Nerven ging. Auf dem Boden hinter ihm standen ein Dutzend Dynamitkisten voller Giftschlangen: verschiedene Waldklapperschlangen, Östliche Diamantklapperschlangen, Wassermokassinschlangen und Kupferkopfschlangen und – in einer Kiste für sich – eine einzelne Königskobra aus dem fernen Indien.

An der Wand vor einem Brandfleck stand ein handgemaltes Schild, das Eugene selbst beschrieben hatte. Sein

Der Billardsaal.

Vermieter Mr. Dial hatte ihm befohlen, es aus dem Vorgarten zu entfernen:

Mit der Hilfe unseres Herrn: Aufrechterhaltung und Verbreitung der protestantischen Religion und Durchsetzung unserer bürgerlichen Rechte. Mister Schnapsbrenner, Mr. Drogendealer, Mr. Spieler, Mr. Kommunist, Mr. Wandale und alle Gesetzesbrecher: der Herr Jesus hat euch auf dem Kieker, und 1000 Augen sind auf euch gerichtet. Wechselt lieber den Beruf, bevor Christus die Anklagejury einsetzt. Römer 7:4. Diese Mission steht entschieden für ein sauberes Leben und die Unantastbarkeit unserer Häuser.

Darunter klebte ein Abziehbild der amerikanischen Flagge, und dann war zu lesen:

Die Juden und ihre Behörden, die der Antichrist sind, haben uns unser Öl und unser Land gestohlen. Offenbarung 18:3. Offenb. 18:11-15. Jesus wird uns einen. Offenb. 19:17

Eugenes Besucher, ein drahtiger, starräugiger junger Mann von zweiundzwanzig oder dreiundzwanzig Jahren mit schlaksigen Landjungenmanieren und abstehenden Ohren, kam zu Eugene ans Fenster. Er hatte sein Bestes getan, um sein kurzes, wirres Haar glatt nach hinten zu kämmen, aber es stand noch immer in widerspenstigen Büscheln um seinen Kopf herum.

»Es sind die Unschuldigen wie er, für die Christus Sein Blut vergossen hat«, bemerkte er. Sein Lächeln war das gefrorene Lächeln des gesegneten Fanatikers; es strahlte entweder Hoffnung oder Idiotie aus, je nachdem, wie man es betrachtete.

»Lobet den Herrn«, antwortete Eugene ziemlich mechanisch. Eugene fand Schlangen unangenehm, ob sie giftig waren oder nicht, aber aus irgendeinem Grund hatte er angenommen, dass man denen auf dem Boden hinter ihm das Gift abgemolken oder sie sonst wie harmlos gemacht hatte – wie sonst konnten Bergprediger wie sein Besucher diese Klapperschlangen auf den Mund küssen und sie sich vorn ins Hemd stopfen und sie in ihren Blechdachkirchen hin- und herwerfen, wie sie es angeblich taten?

Eugene selbst hatte noch nie gesehen, dass in einem Gottesdienst mit Schlangen hantiert wurde (und tatsächlich war das Hantieren mit Schlangen selten genug geworden, selbst hoch oben im Kohlenzechengebiet von Kentucky, aus dem sein Besucher stammte). Er hatte indessen jede Menge von Kirchgängern, die flach auf dem Boden lagen und sich in Anfällen wanden, Unverständliches babbeln und lallen sehen. Er hatte gesehen, wie Teufel ausgetrieben wurden, mit einem Schlag der flachen Hand an die Stirn des Leidenden, und wie unreine Geister in Fladen von blutigem Speichel herausgehustet wurden. Er war Zeuge von Handauflegungen gewesen, die Lahme gehend und Blinde sehend machten, und bei einem Abendgottesdienst der Pfingstgemeinde am Flussufer bei Pickens, Mississippi, hatte er gesehen, wie ein schwarzer Prediger namens Cecil Dale McAllister eine dicke Frau in einem grünen Hosenanzug von den Toten auferweckte.

Eugene akzeptierte die Gültigkeit solcher Phänomene ganz so, wie er und seine Brüder das Gepränge und die Fehden der Wrestler in der World Federation akzeptierten, ohne sich sonderlich dafür zu interessieren, dass manche der Kämpfe manipuliert waren. Sicher waren viele von denen, die in Seinem Namen Wunder wirkten, Schwindler. Legionen von zwielichtigen und betrügerischen Gestalten waren ständig auf der Suche nach neuen Wegen, ihre Mitmenschen zu betrügen, und Jesus selbst hatte gegen sie gepredigt. Doch selbst wenn nur fünf Prozent der angeblichen Wunder Christi, die Eugene miterlebt hatte, echt gewesen waren – waren diese fünf Prozent Wunder nicht genug? Die Hingabe, mit der Eugene seinen Schöpfer betrachtete, war stimmgewaltig, standhaft und von Angst gespeist. Es gab keinen Zweifel an Christi Macht, den Eingekerkerten,

Der Billardsaal.

den Unterdrückten und Unterdrückern, den Trunkenen, den Verbitterten und den Traurigen ihre Bürde abzunehmen. Aber die Loyalität, die Er verlangte, war absolut, und die Werkzeuge Seiner Vergeltung arbeiteten schneller als die Werkzeuge Seiner Gnade.

Eugene war ein Geistlicher des Wortes, wenngleich er keiner speziellen Kirche angehörte. Er predigte allen, die Ohren hatten, ihn zu hören, ganz so, wie es die Propheten und Johannes der Täufer getan hatten. Obgleich Eugene reich an Glauben war, hatte der Herr es nicht für angebracht gehalten, ihn mit Charisma oder rednerischem Talent auszustatten, und manchmal schienen die Hindernisse, gegen die er (selbst am Busen seiner Familie) anzukämpfen hatte, unüberwindbar zu sein. Wer gezwungen war, das Wort in verlassenen Lagerhäusern und am Rande des Highways zu verkünden, plagte sich ohne Ruhe unter den Ruchlosen der Erde.

Der Bergprediger war nicht Eugenes Idee gewesen. Seine Brüder Farish und Danny hatten diesen Besuch arrangiert (»um deiner Mission zu helfen«), und zwar mit so viel Getuschel und Gezwinker und leisem Gerede in der Küche, dass Eugene misstrauisch geworden war. Noch nie war er diesem Besucher begegnet. Sein Name war Loyal Reese, und er war der kleine Bruder von Dolphus Reese, einem miesen Gangster aus Kentucky, der als Vertrauensgefangener neben Eugene in der Wäscherei des Parchman-Gefängnisses gearbeitet hatte, als Eugene und Farish Ende der sechziger Jahre wegen zweifachen Autodiebstahls dort gesessen hatten. Dolphus würde nicht mehr herauskommen. Er hatte lebenslänglich plus neunundneunzig Jahre bekommen wegen organisierter Erpressung und zweifachen Mordes, den man ihm, wie er behauptete, in die Schuhe geschoben hatte.

Dolphus und Eugenes Bruder Farish waren Kumpel, zwei vom gleichen Schlag; sie hielten Kontakt, und Eugene hatte so eine Ahnung, dass Farish, der inzwischen draußen war, Dolphus bei seinen Mauscheleien im Knast behilflich war. Dolphus war fast zwei Meter groß, konnte Auto fahren wie Junior Johnson und einen Mann mit bloßen Händen

(sagte er) auf ein halbes Dutzend verschiedene Arten umbringen. Aber anders als der wortkarge und mürrische Farish war Dolphus ein großer Redner. Er war das verlorene
schwarze Schaf in einer Familie von frommen Predigern
seit drei Generationen, und zu gern hatte Eugene zugehört,
wenn Dolphus das Dröhnen der großen Industriewaschma-
schinen in der Gefängniswäscherei mit Geschichten aus
seiner Kindheit in Kentucky übertönt hatte: wie sie im
weihnachtlichen Schneesturm an den Straßenecken in den
Kohlenstädtchen in den Bergen gesungen hatten. Wie sie
in dem klapprigen alten Schulbus durch die Gegend gefahren waren, mit dem sein Vater sein Predigeramt ausgeübt
hatte und in dem die ganze Familie wohnte, manchmal mo-
natelang; dann gab es nur Cornedbeef aus Dosen, und sie
schliefen auf Maisstroh hinten im Bus, während die ein-
gesperrten Klapperschlangen zu ihren Füßen wisperten.
Von Stadt zu Stadt waren sie gefahren, dem Gesetz immer
um einen Schritt voraus, zu Zeltpredigten und mitter-
nächtlichen Gebetsversammlungen im Licht von Benzin-
fackeln, und alle sechs Kinder hatten geklatscht und ge-
tanzt und ihr Tambourin geschlagen, während die Mutter
auf ihrer Versandhausgitarre spielte und der Vater Strych-
nin aus einem Einmachglas trank und sich Klapperschlangen um Arme, Hals und als lebenden Gürtel um den Leib
wand – ihre schuppigen Leiber schlängelten sich im Takt
der Musik aufwärts, als kletterten sie auf der Luft empor –, und er predigte beflügelt, stampfte mit den Füßen
und zitterte von Kopf bis Fuß, und die ganze Zeit redete er
mit singender Stimme von der Macht des lebendigen Gottes, von Seinen Zeichen und Wundern, vom Schrecken und
vom Glück Seiner furchtbaren, furchtbaren Liebe.

Der Besucher – Loyal Reese – war das Baby der Familie,
das Baby, von dem Eugene in der Wäscherei hatte erzählen hören, das als Neugeborenes zwischen die Klapperschlangen zum Schlafen gelegt wurde. Er arbeitete seit
seinem zwölften Lebensjahr mit Schlangen, und er sah so
unschuldig aus wie ein Kalb mit seinen großen Segelohren,
seinen ölig zurückgekämmten Haaren und den braunen
Augen, aus denen Glückseligkeit glasig glänzte. Soweit Eu-

Der Billardsaal.

gene wusste, war niemand in Dolphus' Familie (außer Dolphus selbst) je wegen etwas anderem als ihrer eigentümlichen religiösen Praktiken mit dem Gesetz in Konflikt gekommen. Aber Eugene war überzeugt, dass seine eigenen feixenden und boshaften Brüder (die beide mit Drogen zu tun hatten) irgendwelchen niederen Beweggründen gefolgt waren, als sie diesen Besuch von Dolphus' jüngstem Bruder arrangiert hatten – weiter reichenden Beweggründen, genauer gesagt, als denen, Eugene Unannehmlichkeiten und Kummer zu bereiten. Seine Brüder waren faul, und so viel Spaß es ihnen auch machte, Eugene zu ärgern, es war doch allzu viel Aufwand, den jungen Reese mit seinen Reptilien herkommen zu lassen, nur um ihm einen Streich zu spielen. Was den jungen Reese selbst anging mit seinen großen Ohren und seiner schlechten Haut, so schien er völlig arglos zu sein: Machtvoll erleuchtet von Hoffnung und seiner Berufung, war er nur leicht verwundert über die Zurückhaltung, mit der Eugene ihn empfangen hatte.

Vom Fenster aus sah Eugene zu, wie sein Bruder Curtis die Straße hinuntergaloppierte. Er hatte um diesen Besuch nicht gebeten und wusste jetzt nicht, wie er mit den Reptilien umgehen sollte, die zischend in ihren Kisten in der Mission herumlagen. Er hatte sich vorgestellt, dass sie in einem Kofferraum oder irgendwo in einer Scheune abgestellt und nicht in seiner eigenen Wohnung zu Gast sein würden. Wie vom Donner gerührt hatte er dagestanden, als Kiste um Kiste, mit Planen bedeckt, mühsam die Treppe heraufgeschleppt worden war.

»Wieso hast du mir nicht gesagt, dass die Dinger ihr Gift noch haben?«, fragte er unvermittelt.

Dolphus' Bruder war erstaunt. »So steht es im Einklang mit der Schrift«, sagte er. Seine näselnde Hill-Country-Redeweise war ebenso scharf ausgeprägt wie bei Dolphus, hatte aber nicht dessen Verschmitztheit und muntere Herzlichkeit. »Wenn wir mit Zeichen arbeiten, arbeiten wir mit den Schlangen, wie Gott sie gemacht hat.«

»Ich hätte aber gebissen werden können«, sagte Eugene knapp.

»Nicht, wenn du von Gott gesalbt bist, mein Bruder!«

Er wandte sich vom Fenster ab und sah ihn an, und sein strahlend durchdringender Blick ließ Eugene leicht zusammenzucken.

»Lies die Bücher der Propheten, mein Bruder! Das Evangelium nach Markus! Es kommt der Sieg über den Teufel in den letzten Tagen hier, wie es in der Bibel gesagt wird ... *Die Zeichen aber, die da folgen werden denen, die da glauben, sind die: In meinem Namen werden sie Teufel austreiben und Schlangen aufnehmen, und so sie etwas Tödliches trinken, wird's ihnen nicht schaden ...*«

»Diese Tiere sind gefährlich.«

»Seine Hand hat die Schlange geschaffen, Bruder, wie sie auch das kleine Lamm geschaffen hat.«

Eugene antwortete nicht. Er hatte den vertrauensvollen Curtis eingeladen, mit ihm in der Wohnung auf die Ankunft des jungen Reese zu warten. Weil Curtis ein so heldenhaftes Hündchen war – entsetzt und mit nutzloser Tollpatschigkeit eilte er zu Hilfe, wenn er seine Lieben verletzt oder in Gefahr glaubte –, hatte Eugene ihm einen Schrecken einjagen wollen, indem er so tat, als sei er gebissen worden.

Aber der Witz war auf seine eigenen Kosten gegangen. Jetzt schämte er sich, weil er Curtis diesen Streich hatte spielen wollen, zumal da dieser auf Eugenes Schreckensschrei mit großem Mitgefühl reagiert hatte, als die Klapperschlange auf das Drahtgitter losgegangen war und Eugenes Hand mit Gift bespritzt hatte; er hatte Eugenes Arm gestreichelt und fürsorglich nachgefragt: »Beißen? Beißen?«

»Das Mal in deinem Gesicht, mein Bruder?«

»Was ist damit?« Eugene war sich der grausigen roten Narbe wohl bewusst, die sich über sein Gesicht zog, und es war nicht nötig, dass Fremde ihn darauf aufmerksam machten.

»Stammt sie nicht vom Annehmen der Zeichen?«

»Ein Unfall«, sagte Eugene knapp. Die Verletzung war das Resultat eines Gebräus aus Lauge und Crisco-Backfett, im Gefängnisjargon bekannt als »Angola Cold Cream«. Ein bösartiger heimtückischer Wicht namens Weems aus

Der Billardsaal.

Cascilla, Mississippi, der wegen schwerer Körperverletzung einsaß, hatte es Eugene bei einem Streit um eine Packung Zigaretten ins Gesicht geworfen. Während Eugene von dieser Verätzung genas, war es geschehen, dass der Herr ihm im Dunkel der Nacht erschienen war und ihn von seiner Mission in der Welt in Kenntnis gesetzt hatte; Eugene war aus dem Lazarett gekommen – mit wiederhergestelltem Augenlicht und voller Bereitschaft, seinem Verfolger zu verzeihen –, aber Weems war tot gewesen. Ein anderer verstimmter Gefangener hatte ihm mit einer in den Griff einer Zahnbürste eingeschmolzenen Rasierklinge die Kehle durchgeschnitten – ein Akt, der Eugenes neu gefundenen Glauben an die machtvollen Turbinen der Vorsehung weiter vergrößert hatte.

»Wir alle, die wir Ihn lieben«, sagte Loyal, »tragen Sein Mal.« Und er streckte die Hände aus, die von Narbengewebe pockig zerfurcht waren. Ein schwarz gefleckter Finger war an der Spitze birnenförmig geschwollen und scheußlich anzusehen, und ein anderer war nur noch ein Stumpf.

»Es ist so«, sagte Loyal. »Wir müssen bereit sein, für Ihn zu sterben, wie Er bereit war, für uns zu sterben. Und wenn wir die tödliche Schlange aufheben und in Seinem Namen damit umgehen, dann zeigen wir unsere Liebe zu Ihm, wie er Seine Liebe zu dir und mir gezeigt hat.«

Eugene war gerührt. Der Junge meinte es offensichtlich ehrlich und war kein Jahrmarktschreier, sondern ein Mann, der seinen Glauben lebte und der sein Leben für Christus opferte wie die Märtyrer in alter Zeit. Aber genau bei diesem Gedanken wurden sie völlig unerwartet von einem Klopfen an der Tür gestört, einer Serie von kurzen, flotten Lauten: *tap tap tap tap.*

Eugene hob seinem Besucher ruckartig das Kinn entgegen, und ihre Blicke trennten sich. Einige Augenblicke lang war alles still; man hörte nur ihr Atmen und das trockene, wispernde Rasseln aus den Dynamitkisten – ein scheußliches Geräusch, so zart, dass Eugene es bis jetzt gar nicht wahrgenommen hatte.

Tap tap tap tap. Wieder klopfte es, pedantisch, selbstgefällig – Roy Dial, ganz sicher. Eugene hatte die Miete bezahlt, aber Dial war der geborene Vermieter, der es nicht unterlassen konnte, sich einzumischen, und er kam oft unter diesem oder jenem Vorwand, um herumzuschnüffeln.

Der junge Reese legte Eugene eine Hand auf den Arm. »Ein Sheriff in Franklin County hat einen Haftbefehl gegen mich«, sagte er Eugene ins Ohr. Sein Atem roch nach Heu. »Mein Daddy und fünf andere sind da vorgestern Nacht verhaftet worden, wegen öffentlicher Ruhestörung.« Eugene hob beruhigend die Hand, aber jetzt rüttelte Mr. Dial heftig am Türknopf. »Hallo? Jemand zu Hause?« *Tap tap tap tap.* Einen Moment lang war es wieder still, und dann hörte Eugene zu seinem Entsetzen, wie ein Schlüssel sich verstohlen im Schloss drehte.

Er flüchtete ins hintere Zimmer und sah gerade noch, wie die Türkette die sich behutsam öffnende Tür aufhielt. »Eugene?« Der Türknopf ratterte. »Ist da jemand drin?«

»Ähm, tut mir Leid, Mr. Dial, aber Sie kommen gerade ungünstig«, rief Eugene in einem höflichen, unverbindlichen Ton, wie er ihn bei Rechnungseintreibern und Polizisten benutzte.

»Eugene! Hallo, mein Freund! Hören Sie, ich verstehe, was Sie meinen, aber ich wäre Ihnen dankbar, wenn wir ein Wörtchen miteinander reden könnten.« Die Spitze eines schwarzen Flügelkappenschuhs schob sich durch den Türspalt. »Okydoke? Eine halbe Sekunde.«

Eugene schlich sich heran und neigte ein Ohr zur Tür. »Äh, was kann ich für Sie tun?«

»*Eugene.*« Wieder ratterte der Türknopf. »Eine halbe Sekunde, und Sie sind mich los.«

Er sollte selber Prediger werden, dachte Eugene verdrossen. Er wischte sich mit dem Handrücken über den Mund und sagte so umgänglich und geschmeidig, wie er nur konnte: »Äh, es tut mir wirklich Leid, dass ich Ihnen das antun muss, aber Sie erwischen mich wirklich in einem schlechten Moment, Mr. Dial. Ich bin gerade mitten in meinem Bibelstudium.«

Nach kurzem Schweigen ertönte Mr. Dials Stimme wieder. »Na schön. Aber Eugene – Sie sollten den ganzen Müll nicht vor fünf Uhr nachmittags an den Randstein rausstel-

Der Billardsaal.

len. Wenn ich eine Vorladung bekomme, mache ich Sie verantwortlich.«

»Mr. Dial.« Eugene blickte starr auf den »Little Igloo«-Kühlkoffer, der auf dem Küchenboden stand. »Ich sag's nicht gerne, aber ich glaube, der Müll da draußen gehört den Mormonenjungs.«

»Wem er gehört, ist nicht mein Problem. Die Müllabfuhr will das Zeug nicht vor fünf Uhr draußen haben.« Eugene warf einen Blick auf seine Armbanduhr. *Fünf Minuten vor fünf, du Baptistenteufel.* »Okay. Ich werd's im Auge behalten, ehrlich.«

»Danke! Ich wäre wirklich dankbar, wenn wir uns in dieser Sache gegenseitig helfen könnten, Eugene. Ach, übrigens – ist Jimmy Dale Ratliff Ihr Cousin?«

Nach einer argwöhnischen Pause antwortete Eugene: »Zweiten Grades.«

»Ich kann seine Telefonnummer nicht auftreiben. Könnten Sie sie mir geben?«

»Jimmy Dale und die andern da draußen haben kein Telefon.«

»Wenn Sie ihn sehen, Eugene, könnten Sie ihm bitte sagen, er soll bei mir im Büro vorbeikommen? Wir müssten uns mal kurz über die Finanzierung seines Fahrzeugs unterhalten.«

In der Stille, die darauf folgte, sann Eugene darüber nach, wie Jesus die Tische der Geldwechsler umgeworfen und die Händler aus dem Tempel vertrieben hatte. Mit Rindern und Ochsen hatten sie gehandelt, den Autos und Lastwagen biblischer Zeiten.

»Okay?«

»Ja, mach ich, Mr. Dial.«

Eugene lauschte Mr. Dials Schritten, als er die Treppe hinunterging, langsam erst und auf halber Höhe innehaltend, ehe sie dann flotter wurden. Er schlich sich zum Fenster. Mr. Dial ging nicht schnurstracks zu seinem Wagen (einem Chevy Impala mit Händlernummernschildern), sondern blieb noch ein paar Minuten vor dem Haus, wo Eugene ihn nicht sehen konnte. Wahrscheinlich, um Loyals Pick-up zu inspizieren, ebenfalls ein Chevrolet; möglicherweise auch nur, um die armen Mormonen zu kontrollieren, die er zwar mochte, aber trotzdem gnadenlos schikanierte, mit provokanten Passagen aus der Schrift aufzog und sie nach ihren Ansichten über das Leben nach dem Tode und dergleichen befragte.

Erst als der Chevy ansprang (mit einem ziemlich trägen, wiederstrebenden Klang für ein so neues Auto), wandte Eugene sich wieder seinem Besucher zu, der inzwischen das Knie gebeugt hatte und inbrünstig erzitternd betete, Daumen und Zeigefinger in die Augenhöhlen gepresst wie ein christlicher Athlet vor einem Footballspiel.

Eugene fühlte sich unwohl bei dem Gedanken, seinen Besucher im Gebet zu stören, aber ebenso sehr widerstrebte es ihm, sich ihm anzuschließen. Leise ging er zurück ins vordere Zimmer und nahm eine warme, schwitzende Käseecke aus seinem Kühlkoffer. Er hatte sie erst heute Morgen gekauft, und seitdem war sie nie ganz aus seinen Gedanken verschwunden. Mit seinem Taschenmesser schnitt er sich einen üppigen Brocken davon ab und schlang ihn ohne Cracker herunter, die Schultern hochgezogen und den Rücken der offenen Tür zugewandt, während sein Gast nebenan immer noch zwischen den Dynamitkisten kniete, und er fragte sich, wieso er nie auf den Gedanken gekommen war, in der Mission Vorhänge anzubringen. Bisher war das nie notwendig erschienen, da er ja im ersten Stock wohnte; sein eigener Garten war zwar kahl, aber die Bäume in den anderen Gärten schirmten das Haus vor Blicken aus den Nachbarfenstern ab. Trotzdem, etwas mehr Privatsphäre wäre wohl angebracht, solange die Schlangen sich in seiner Obhut befanden.

Ida Rhew steckte den Kopf durch die Tür in Harriets Zimmer. Sie hatte einen Stapel frischer Handtücher auf dem Arm. »Du schneidest doch keine Bilder aus dem Buch da, oder?« Sie beäugte die Schere, die auf dem Teppich lag.

»Nein, Ma'am«, sagte Harriet. Durch das offene Fenster wehte leise das Schnurren von Kettensägen: Bäume kippten, einer nach dem anderen. Expansion, das war alles, was

Der Billardsaal.

die Diakone der Baptistenkirche im Kopf hatten: neue Gemeinschaftsräume, neue Parkplätze, ein neues Jugendzentrum. Bald gäbe es im ganzen Block keinen einzigen Baum mehr.

»Lass dich dabei ja nicht von mir erwischen.«

»Nein, Ma'am.«

»Was soll dann die Schere da?« Streitsüchtig deutete sie mit dem Kopf darauf. »Räum sie weg«, sagte sie, »sofort.« Harriet ging gehorsam zu ihrem Schreibtisch, legte die Schere in die Schublade und schloss sie. Ida rümpfte die Nase und trollte sich. Harriet setzte sich auf das Fußende ihres Bettes und wartete. Als Ida außer Hörweite war, zog sie die Schublade wieder auf und nahm die Schere heraus.

Harriet besaß sieben Jahrbücher der Alexandria Academy, angefangen mit dem ersten Schuljahr. Pemberton hatte die Schule zwei Jahre zuvor abgeschlossen. Seite um Seite blätterte sie in seinem letzten Jahrbuch und studierte jedes Foto. Pemberton war überall: auf den Gruppenbildern der Tennis- und der Golfmannschaft. In karierter Hose, zusammengesunken an einem Tisch im Bibliotheksraum. Mit schwarzer Krawatte vor einem glitzernden Hintergrund mit weißen Fahnen, zusammen mit den anderen vom Homecoming-Komitee. Seine Stirn glänzte, und sein Gesicht leuchtete in einem wilden, glücklichen Rot; er sah aus, als sei er betrunken. Diane Leavitt, Lisa Leavitts große Schwester, hatte sich mit behandschuhter Hand bei ihm eingehängt, und obwohl sie lächelte, wirkte sie ein bisschen verdattert darüber, dass Angie Stanhope und nicht sie soeben zur Homecoming Queen gewählt worden war. Die strahlende Angie Stanhope: Sie hatte in diesem Jahr einfach alles gewonnen, gleich nach der High School geheiratet, und jetzt war sie teigig und verblichen und füllig, wenn Harriet sie im Supermarkt sah.

Und dann die Porträts der Abgangsschüler. Smokings, Pickel, Perlen. Mädchen vom Lande mit breitem Kinn, die in der Dekoration des Fotografen unbeholfen aussahen. Nur von Danny Ratliff keine Spur. War er durchgefallen? Ausgestiegen? Sie blätterte um und kam zu den Babybildern der Examensschüler (Diane Leavitt sprach in ein Spieltelefon aus Plastik, die stirnrunzelnde Pem in feuchter Windelhose watschelte um ein Planschbecken herum), und sie erblickte völlig unvorbereitet ein Foto ihres toten Bruders.

Ja, Robin. Da war er auf der Seite gegenüber, ganz für sich allein, zierlich und sommersprossig und fröhlich, mit einem großen Strohhut auf dem Kopf, der aussah, als gehöre er Chester. Er lachte – nicht, als lache er über etwas Komisches, sondern einfach freundlich, als liebe er die Person, die die Kamera hielt. ROBIN du FEHLST UNS!!! stand unter dem Bild, und darunter hatten alle seine Klassenkameraden, die Examen machten, ihren Namen geschrieben.

Lange Zeit betrachtete sie das Bild. Sie würde niemals wissen, wie Robins Stimme geklungen hatte, aber sein Gesicht hatte sie ihr Leben lang geliebt, und seine Wandlungen hatte sie auf einer verblassenden Spur von Schnappschüssen zärtlich verfolgt: beliebige Augenblicke, Wunder aus gewöhnlichem Licht. Wie hätte er wohl als Erwachsener ausgesehen? Man konnte es nicht wissen. Nach dem Foto zu urteilen, war Pemberton ein sehr hässliches Baby gewesen, breitschultrig, krummbeinig, halslos; nichts wies darauf hin, dass er einmal gut aussehen würde.

Es gab auch keinen Danny Ratliff in Pems Klasse des Jahres davor (Pem war da, als Jolly Junior), aber als sie mit dem Finger an der alphabetischen Liste der Klasse unter Pemberton hinunterfuhr, stieß sie plötzlich auf seinen Namen: *Danny Ratliff.*

Ihr Blick sprang zu der Spalte gegenüber. Statt eines Fotos war da nur ein krakeliger Cartoon von einem Teenager, der mit aufgestützten Ellenbogen an einem Tisch saß und über einem Blatt brütete, auf dem »Mogeltricks für das Examen« stand. Unter der Zeichnung war in harten Beatnik-Blockbuchstaben zu lesen: ZU BESCHÄFTIGT – FOTO NICHT ERHÄLTLICH.

Er war also mindestens einmal sitzen geblieben? War er nach der zehnten Klasse ausgestiegen?

Als sie noch ein Jahr zurückging, fand sie ihn schließlich: ein Junge mit tief in die Stirn gebürsteten, dichten Haarsträhnen, sodass sie die Augenbrauen bedeckten. Er sah gut aus, aber auf eine bedrohliche Weise, wie ein rüpelhafter Pop-

Der Billardsaal.

star, und er wirkte älter als ein Neuntklässler. Seine Augen waren halb verborgen unter den langen Ponyfransen, was ihm einen niederträchtigen, verhüllten Gesichtsausdruck verlieh; seine Lippen waren dreist gespitzt, als wolle er einen Kaugummi ausspucken oder verächtlich schnauben.

Sie studierte das Bild lange. Dann schnitt sie es sorgfältig aus und schob es in ihr orangegelbes Notizbuch.

»Harriet, komm mal runter.« Idas Stimme kam vom Fuße der Treppe.

»Ma'am?«, rief Harriet und räumte hastig alles zusammen.

»Wer hat Löcher in diese Lunchbox gemacht?«

Hely ließ sich weder an diesem Nachmittag noch am Abend sehen. Am nächsten Morgen regnete es, und er kam auch nicht, und so beschloss Harriet, zu Edie hinüberzugehen und nachzusehen, ob sie Frühstück gemacht hatte.

»Ein Diakon!«, sagte Edie. »Will sich an einem Kirchenausflug für Witwen und alte Damen bereichern!« Sie sah gut aus in Khakihemd und Overall; sie wollte heute mit dem Garden Club auf dem Konföderiertenfriedhof arbeiten. »›Nun ja‹, hat er zu mir gesagt«, und sie spitzte die Lippen und äffte Mr. Dials Stimme nach, »›aber Greyhound würde Ihnen achtzig Dollar berechnen.‹ Greyhound! ›Ja‹, habe ich gesagt, ›das überrascht mich nun gar nicht! Nach allem, was ich höre, ist Greyhound immer noch ein gewinnorientiertes Unternehmen!‹«

Während sie redete, spähte sie über den Rand ihrer halbmondförmigen Brillengläser hinweg in die Zeitung; ihre Stimme klang königinhaft, ihr Ton war vernichtend. Von der Schweigsamkeit ihrer Enkelin hatte sie keine Notiz genommen, was Harriet (die still auf ihrem knusprigen Toast kaute) noch inbrünstiger und entschlossener schmollen ließ. Seit dem Gespäch mit Ida war sie auf Edie ziemlich schlecht zu sprechen, gerade weil Edie unentwegt Briefe an Kongressabgeordnete und Senatoren schrieb, Petitionen verfasste und darum kämpfte, dieses alte Wahrzeichen oder jene gefährdete Tierart zu retten. War Idas

Wohlergehen nicht genauso wichtig wie irgendein Wasservogel im Mississippi, der Edies Tatkraft so gründlich in Anspruch nahm?

»Natürlich hab ich nicht davon angefangen«, sagte Edie und rümpfte gebieterisch die Nase, als wolle sie sagen: *Und er kann froh sein, dass ich es nicht getan habe,* »aber ich werde Roy Dial nie verzeihen, wie er Daddy mit diesem letzten Auto übers Ohr gehauen hat. Daddy hat am Ende vieles durcheinander gebracht. Aber ebenso gut hätte er ihn niederschlagen und ihm das Geld aus der Tasche stehlen können.«

Harriet merkte, dass sie allzu übertrieben auf die Hintertür starrte, und wandte sich wieder ihrem Frühstück zu. Wenn Hely bei ihr zu Hause vorbeikam und sie nicht da war, kam er immer hierher, und das war ihr manchmal unbehaglich, denn Edie tat nichts lieber, als sie mit Hely aufzuziehen, indem sie ganz zufällig etwas von Sweethearts und Romanzen murmelte und leise kleine Liebeslieder vor sich hin summte, die Harriet rasend machten. Harriet ertrug jegliche Art von Neckereien nur schwer, aber wenn man sie mit Jungen aufzog, geriet sie außer sich vor Wut. Edie tat, als wisse sie das nicht, und wich in theatralischem Erstaunen vor den Resultaten ihres Treibens (Tränen, Protesten) zurück. »Die Dame, wie mich dünkt, gelobt zu viel!«, erklärte sie fröhlich und in einem heiter spöttischen Tonfall, den Harriet verabscheute, oder sie bemerkte etwas selbstgefälliger: »Du musst diesen kleinen Jungen ja wirklich gern haben, wenn es dich so aus dem Häuschen bringt, wenn man über ihn redet.«

»Ich finde«, sagte Edie und schreckte Harriet damit aus ihren Erinnerungen auf, »sie sollten ihnen in der Schule ein warmes Mittagessen geben, aber für die Eltern keinen Cent!« Sie redete über einen Artikel in der Zeitung. Kurz vorher hatte sie vom Panamakanal gesprochen, und wie verrückt es sei, das Ding einfach wegzugeben.

»Ich denke, ich werde jetzt mal die Todesanzeigen lesen«, verkündete sie. »Das hat Daddy immer gesagt: ›Ich werde wohl erst mal die Todesanzeigen lesen und nachsehen, ob jemand, den ich kenne, gestorben ist.‹«

Der Billardsaal.

Sie blätterte nach hinten. »Ich wünschte, es würde aufhören zu regnen«, sagte sie mit einem Blick aus dem Fenster, als habe sie vergessen, dass Harriet anwesend war. »Es gibt auch drinnen reichlich zu tun. Der Geräteschuppen muss sauber gemacht und die Blumentöpfe müssen desinfiziert werden. Aber ich garantiere dir, die Leute werden aufwachen und nur einen Blick auf dieses Wetter werfen…«

Wie aufs Stichwort klingelte das Telefon.

»Da haben wir's.« Edie klatschte in die Hände und stand vom Tisch auf. »Die erste Absage des Morgens.«

Harriet ging mit gesenktem Kopf durch den Nieselregen nach Hause; sie hatte sich von Edie einen gigantischen Schirm ausgeliehen, mit dem sie, als sie kleiner war, Mary Poppins gespielt hatte. Das Wasser gurgelte in der Gosse. Lange Reihen von orangegelben Taglilien, vom Regen niedergedrückt, neigten sich aberwitzig über den Gehweg, als wollten sie sie anschreien. Halb rechnete sie damit, Hely in seinem gelben Regenmantel durch die Pfützen plantschend heranrennen zu sehen; sie war entschlossen, ihn zu ignorieren, wenn er käme, aber die dampfende Straße war leer: keine Leute, keine Autos.

Da niemand da war, der sie daran gehindert hätte, im Regen zu spielen, hüpfte sie ostentativ von Pfütze zu Pfütze. Sprachen sie und Hely nicht mehr miteinander? Ihre längste Schweigepause lag lange zurück, in der vierten Klasse. Sie hatten in der Schule Streit bekommen, während einer Winterpause im Februar, als der Schneeregen gegen die Fenster prasselte und alle Kinder aufgebracht waren, weil sie drei Tage hintereinander nicht auf den Schulhof durften. Das Klassenzimmer war überfüllt, und es stank: nach Schimmel und Kalkstaub und sauer gewordener Milch, aber vor allem nach Urin. Der Teppichboden dünstete diesen Gestank aus, und an feuchten Tagen wurde man verrückt davon. Die Kinder hielten sich die Nasen zu oder taten, als müssten sie sich übergeben, und sogar die Lehrerin, Mrs. Miley, durchstreifte den hinteren Teil des Klassenzimmers mit einer Dose Raumduftspray, den sie in gleichmäßigen, unentwegten Bögen versprühte, während sie die Matheaufgaben erklärte oder etwas diktierte. Unablässig sank ein sanfter, desodorierender Dunst auf die Köpfe der Kinder herab, und wenn sie nach Hause gingen, rochen sie wie Kloschüsseln in der Damentoilette. Mrs. Miley durfte ihre Klasse eigentlich nicht unbeaufsichtigt lassen, aber ihr gefiel der Pipigeruch ebenso wenig wie den Kindern, und oft trottete sie über den Flur zu Mrs. Rideout, die die fünfte Klasse unterrichtete, um mit ihr zu plaudern. Sie ernannte immer ein Kind, das die Aufsicht führen musste, wenn sie weg war, und diesmal war es Harriet.

»Die Aufsicht führen« machte keinen Spaß. Während Harriet an der Tür Wache hielt und aufpasste, wann Mrs. Miley zurückkam, rannten die übrigen Kinder – die nur darauf achten mussten, wieder rechtzeitig auf ihren Plätzen zu sein – in dem übel riechenden, überheizten Raum herum, spielten Fangen, warfen mit Damesteinen und drückten einander Kugeln aus zusammengeknülltem Notizpapier ins Gesicht. Hely und ein Junge namens Greg DeLoach vergnügten sich damit, Harriets Hinterkopf mit den zerknüllten Papierkugeln zu bombardieren, während sie in der Tür Wache stand. Die beiden befürchteten nicht, dass sie sie verpetzen würde. Alle hatten so viel Angst vor Mrs. Miley, dass niemand je bei ihr petzte. Aber Harriet hatte schrecklich schlechte Laune, weil sie zur Toilette musste und weil sie Greg DeLoach hasste, der unter anderm die Gewohnheit hatte, in der Nase zu bohren und die Popel zu essen. Wenn Hely mit Greg spielte, ließ er sich von Gregs Persönlichkeit infizieren wie mit einer Krankheit. Zusammen bewarfen sie Harriet mit weichgekauten Papiergeschossen und beschimpften sie, und sie kreischten, wenn sie in ihre Nähe kam.

Als Mrs. Miley zurückkam, meldete Harriet ihr, was Greg und Hely getan hatten, und um das Maß voll zu machen, verschwieg sie auch nicht, dass Greg sie Hure genannt hatte. Greg hatte sie tatsächlich schon einmal Hure genannt (einmal hatte er sie sogar mit einem rätselhaften Wort belegt,

Der Billardsaal.

das wie »Hurenhopper« klang), aber jetzt hatte er nichts Schlimmeres als »Ekelpaket« benutzt. Hely musste fünfzig Extravokabeln lernen, aber Greg bekam die Vokabeln und neun Schläge mit dem Paddel (eins für jeden Buchstaben in den Wörtern »blöde« und »Hure«) von der zähen, alten, gelbzahnigen Mrs. Kennedy, die so groß wie ein Mann war und in der ganzen Grundschule für den Prügelstrafvollzug zuständig war.

Der Hauptgrund, warum Helys Wut auf Harriet so lange anhielt, war der, dass er drei Wochen brauchte, um sich die Vokabeln gut genug einzuprägen, damit er einen schriftlichen Test bestehen konnte. Harriet hatte sich ungerührt und ohne große Schmerzen mit einem Leben ohne Hely abgefunden; es war ein Leben wie sonst auch, nur einsamer. Aber zwei Tage nach dem Test stand er vor ihrer Hintertür und wollte mit ihr Fahrrad fahren. Wenn sie sich gestritten hatten, war es meistens Hely, der die Beziehung wieder aufnahm, ob er nun der Schuldige gewesen war oder nicht. Er war einfach nicht nachtragend, und er war der Erste, der in Panik geriet, wenn er unversehens eine Stunde Zeit und niemanden zum Spielen hatte.

Harriet schüttelte den Schirm aus, stellte ihn auf die hintere Veranda und ging durch die Küche in den Flur. Ida Rhew kam aus dem Wohnzimmer und versperrte ihr den Weg, ehe sie die Treppe hinauf zu ihrem Zimmer gehen konnte.

»Hör mal gut zu!«, sagte sie. »Du und ich, wir sind noch nicht fertig mit dieser Lunchbox. Ich weiß, dass du die Löcher in das Ding gebohrt hast!«

Harriet schüttelte den Kopf. Sie fühlte sich zwar gezwungen, bei ihrem anfänglichen Leugnen zu bleiben, aber sie hatte nicht die Energie für eine wirkungsvollere Lüge.

»Soll ich vielleicht glauben, dass jemand ins Haus eingebrochen ist und es getan hat?«

»Das ist Allisons Lunchbox.«

»Du weißt genau, dass deine Schwester da keine Löcher reinbohrt«, rief Ida ihr nach, als sie die Treppe hinaufging. »Mir kannst du nichts vormachen.«

Harriets weiterer Tag schleppte sich dahin. Niemand schien zu merken, dass Hely nicht kam – außer seltsamerweise Harriets Mutter, bei der man nicht absolut sicher sein konnte, dass sie es merken würde, wenn ein Hurrikan das Dach vom Haus risse. »Wo ist der kleine Price?«, rief sie an diesem Nachmittag von der Sonnenveranda zu Harriet hinein. Sie nannte Hely »den kleinen Price«, weil Price der Mädchenname seiner Mutter war.

»Weiß nicht«, sagte Harriet kurz angebunden und ging nach oben. Aber bald langweilte sie sich; gereizt wanderte sie zwischen Bett und Fensterbank hin und her und schaute zu, wie der Regen an die Fensterscheiben peitschte, und bald spazierte sie wieder hinunter.

Nachdem sie einige Zeit ziellos herumgelungert hatte und schließlich aus der Küche verjagt worden war, setzte sie sich schließlich in eine vernachlässigte Ecke des Flurs, wo die Bodendielen besonders glatt waren, um Jacks zu spielen. Dabei zählte sie laut in einem eintönigen Singsang, der sich in einschläfernder Weise mit dem Aufschlag des Balls und mit Idas monotonem Gesang in der Küche mischte:

Daniel sah den Stein, gehauen aus dem Berge
Daniel sah den Stein, gehauen aus dem Berge
Daniel sah den Stein, gehauen aus dem Berge ...

Der Jacksball war aus einem harten, wundersamen Plastik und sprang höher als ein Gummiball. Wenn er auf einen speziellen, leicht erhabenen Nagel im Dielenboden traf, schwirrte er in einem verrückten Winkel durch die Gegend. Und der Kopf dieses speziellen, leicht erhabenen Nagels – schwarz und leicht schief, sodass er an den winzigen Sampanhut eines Chinesen erinnerte – selbst dieser Nagelkopf war ein unschuldiges, wohlmeinendes Objekt, an dem Harriet ihre Aufmerksamkeit verankern konnte, ein willkommener Ruhepunkt im Chaos der Zeit. Wie oft war sie schon mit dem nackten Fuß auf diesen Nagel getreten? Er war geknickt von der Wucht des Hammerschlags und nicht so scharfkantig, dass man sich daran verletzen könnte, aber einmal, ungefähr im Alter von vier, war sie auf dem Hin-

Der Billardsaal.

terteil über den Dielenfußboden gerutscht und an diesem Nagel hängen geblieben. Sie hatte sich ihre Unterhose aufgerissen: eine blaue Unterhose von Kiddie Korner, eine von einem ganzen Satz Hosen, die jeweils in rosa Buchstaben mit den Namen der Wochentage bestickt waren. Drei, sechs, neun. Der Nagelkopf war standhaft; er hatte sich nicht verändert, seit sie ein Baby war. Nein: Er war geblieben, wo er immer war, und residierte still in seinem Tidentümpel hinter der Flurtür, während der Rest der Welt den Bach hinunterging. Sogar Kiddie Korner, wo bis vor kurzem alle ihre Kleider gekauft worden waren, gab es nicht mehr. Die winzige, rosig gepuderte Mrs. Rice, die eine unveränderliche Einrichtung in Harrietts ersten Lebensjahren mit ihren großen schwarzen Brillengläsern und ihrem großen goldenen Amulettarmband gewesen war, hatte das Geschäft verkauft und war ins Altersheim gezogen. Harriet ging nicht gern an dem leeren Laden vorbei, und tat sie es doch, blieb sie immer mit der Hand an der Schläfe stehen, um durch die staubige Scheibe zu spähen. Jemand hatte die Vorhänge von den Ringen gerissen, und die Vitrinen waren leer. Der Boden war mit Zeitungspapier übersät, und gespenstische, kindergroße Puppen – bräunlich, nackt, mit modellierten Pagenfrisuren – standen im leeren Halbdunkel und starrten hierhin und dorthin.

Jesus war der Stein, gehauen aus dem Berge
Jesus war der Stein, gehauen aus dem Berge
Jesus war der Stein, gehauen aus dem Berge
Und er reißet ein die Reiche dieser Welt...

Foursies. Fivesies. Sie war die Jacks-Meisterin von Amerika. Sie war Jacks-Weltmeisterin. Mit kaum bemühter Begeisterung rief sie die Punkte aus, bejubelte sich selbst, wippte vor Staunen über ihre eigene Leistung auf den Fersen zurück. Eine Zeit lang fühlte sich diese Aufregung fast so an, als habe sie Spaß. Aber so sehr sie sich auch anstrengte, sie konnte nie ganz vergessen, dass es niemanden interessierte, ob sie Spaß hatte oder nicht.

———

Danny Ratliff fuhr mit einem unangenehmen Ruck aus seinem Nickerchen hoch. Er hatte in den letzten Wochen mit wenig Schlaf auskommen müssen, weil sein ältester Bruder, Farish, in dem Präparierschuppen hinter dem Wohnwagen ihrer Großmutter ein Methamphetaminlabor eingerichtet hatte. Farish war kein Chemiker, aber das Amphetamin war nicht schlecht und das ganze Projekt somit eine Goldgrube. Mit den Drogen, seiner Behindertenrente und den Hirschköpfen, die er für die Jäger in der Umgebung präparierte, verdiente Farish fünfmal so viel wie in alten Zeiten, als er in Häuser eingebrochen war und Batterien aus Autos gestohlen hatte. Um solche Geschäfte machte er heutzutage einen weiten Bogen. Seit seiner Entlassung aus der psychiatrischen Klinik weigerte Farish sich, seine beträchtlichen Talente anders als in beratender Eigenschaft zur Anwendung zu bringen. Zwar hatte er seinen Brüdern alles beigebracht, was sie wussten, aber er beteiligte sich nicht mehr an ihren Unternehmungen; er weigerte sich, detaillierten Beschreibungen einzelner Jobs zuzuhören, weigerte sich sogar, im Auto mitzufahren. Obwohl er unendlich viel begabter als seine Brüder war, wenn es darum ging, Schlösser zu knacken, Autos kurzzuschließen, Objekte auszuspähen und sich aus dem Staub zu machen, war diese neue Politik des Heraushaltens letzten Endes für alle sehr viel klüger; denn Farish war ein Meister, und zu Hause war er sehr viel nützlicher als hinter Gittern.

Das Geniale an dem Methamphetaminlabor bestand darin, dass das Präparatorengeschäft (das Farish mit Unterbrechungen zwanzig Jahre lang ganz legal betrieben hatte) ihm Zugang zu Chemikalien eröffnete, die sonst eher mühsam zu beschaffen gewesen wären. Außerdem war der Gestank des Taxidermiebetriebs hilfreich dabei, den ausgeprägten Geruch von Katzenpisse, der bei der Meth-Herstellung entstand, zu überlagern. Die Ratliffs wohnten im Wald, ein gutes Stück abseits der Straße, aber der Geruch war trotzdem ein todsicherer Hinweis; so manches Labor (sagte Farish) war durch naseweise Nachbarn aufgeflogen, oder weil der Wind in die falsche Richtung geweht hatte, geradewegs ins Fenster eines vorbeifahrenden Polizeiwagens.

Der Billardsaal.

Der Regen hatte aufgehört; die Sonne schien durch die Gardinen. Danny kniff die Augen zu, drehte sich unter lautem Kreischen der Sprungfedern um und vergrub das Gesicht im Kopfkissen. Sein Wohnwagen, einer von zweien hinter dem großen, in dem seine Großmutter wohnte, war fünfzig Schritt von dem Labor entfernt, aber der Gestank von Methamphetamin und Hitze und Taxidermie drang bis hierher, und Danny hatte ihn so satt, dass er sich am liebsten übergeben hätte. Teils Katzenpisse, teils Formaldehyd, teils Verwesung und Tod, hatte er fast alles durchdrungen: Kleidung und Möbel, Wasser und Luft, das Plastikgeschirr seiner Großmutter. Sein Bruder roch so stark danach, dass man es kaum aushalten konnte, näher als auf zwei Schritte an ihn heranzukommen, und ein- oder zweimal hatte Danny zu seinem Entsetzen einen Hauch davon in seinem eigenen Schweiß gewittert.

Starr lag er da, mit klopfendem Herzen. In den letzten paar Wochen war er praktisch nonstop auf Hochtouren gewesen, ohne Schlaf, nur hin und wieder kurz weggetreten. Blauer Himmel, schnelle Musik im Radio, lange, rasende Nächte, die immer weiter flogen, auf irgendeinen imaginären Fluchtpunkt zu, und er mitten hindurch, das Gaspedal fest durchgetreten, eine nach der andern, dunkel und hell und wieder dunkel, als jage er auf einem langen, ebenen Highway durch Sommerregenschauer. Es ging nicht darum, irgendwo hinzufahren, sondern nur darum, schnell zu fahren. Manche Leute (nicht Danny) fuhren so schnell und weit und wild, dass irgendwann ein schwarzer Morgen mit Zähneknirschen und Vogelgezwitscher vor Sonnenaufgang zu viel kam – und *schnipp*: bye-bye. Unwiederbringlich zerfetzt, mit wilden Augen, fuchtelnd und zuckend: fest davon überzeugt, dass Maden ihr Knochenmark fraßen, dass ihre Freundinnen sie betrogen und dass die Regierung sie durch den Fernseher beobachtete und die Hunde Morsebotschaften kläfften. Danny hatte einmal gesehen, wie ein ausgemergelter Freak (K. C. Rockingham, mittlerweile verstorben) mit einer Nähnadel auf sich eingestochen hatte, bis seine Arme aussahen, als hätte er sie bis an die Ellenbogen in eine Fritteuse getaucht. Winzige Hakenwürmer bohrten sich in seine Haut, behauptete er. Zwei endlose Wochen lang hatte er in einem Zustand, der dem Triumphieren nah war, vierundzwanzig Stunden täglich vor dem Fernseher gesessen, sich das Fleisch von den Unterarmen gekratzt und das imaginäre Ungeziefer angeschrien: »Erwischt!« und »Ha!« Farish war ein- oder zweimal nah an dieser Frequenz des Kreischens gewesen (einmal war es besonders schlimm gewesen, als er einen Schürhaken geschwungen und irgendetwas über John F. Kennedy geschrien hatte), aber so weit würde es mit Danny nie kommen.

Nein: Ihm fehlte nichts, ihm ging's prima, er schwitzte bloß wie ein Tiger, ihm war zu heiß, und er war ein bisschen angespannt. Ein Tick ließ sein Augenlid flattern. Geräusche, selbst winzige Geräusche, zerrten allmählich an seinen Nerven, aber was ihn am meisten fertig machte, war der Alptraum, den er jetzt seit einer Woche immer wieder hatte, immer derselbe. Er schien über ihm zu schweben und nur darauf zu warten, dass er eindöste; kaum lag er auf dem Bett und glitt in einen unbehaglichen Schlaf hinüber, stürzte der Alptraum sich auf ihn und packte ihn bei den Füßen und zerrte ihn mit Übelkeit erregender Geschwindigkeit hinab.

Er drehte sich wieder auf den Rücken und starrte hinauf zu dem Badeanzug-Poster, das mit Klebstreifen an der Decke befestigt war. Wie ein unangenehmer Kater lasteten die Schwaden des Alptraums immer noch auf ihm, tief und giftig. So schrecklich der Traum war, er konnte sich doch nie genau an Einzelheiten erinnern, wenn er aufwachte, weder an Leute noch an Situationen (obwohl immer mindestens eine andere Person dabei war), sondern nur an die Fassungslosigkeit, mit der er in blinde, atemlose Leere gesaugt wurde: Sträuben, dunkle Flügelschläge, Grauen. Es würde sich gar nicht so schlimm anhören, wenn man davon erzählte, aber wenn er je einen schlimmeren Traum gehabt hatte, konnte er sich daran nicht erinnern.

Schwarze Fliegen wimmelten auf dem halb verzehrten Doughnut – seinem Lunch –, das auf dem Klapptisch neben seinem Bett lag. Summend erhoben sie sich, als Danny aufstand, und schwirrten ein paar Augenblicke lang wie ver-

Der Billardsaal.

rückt durcheinander, bevor sie sich wieder auf das Doughnut senkten.

Jetzt, da seine Brüder Mike und Ricky Lee im Gefängnis waren, hatte Danny den Wohnwagen für sich. Aber er war alt, und die Decke war niedrig, und obwohl Danny ihn peinlich sauber hielt – die Fenster geputzt, niemals schmutziges Geschirr –, war er schäbig und eng. Hin und her drehte sich der brummende Ventilator und ließ im Vorüberstreichen die dünnen Gardinen hochwehen. Aus der Brusttasche seines Jeanshemdes, das auf dem Stuhl lag, nahm er ein Schnupftabaksdöschen, in dem aber kein Schnupftabak war, sondern pulverisiertes Methamphetamin.

Er nahm eine ordentliche Nase vom Handrücken. Das Brennen tat so gut, traf seine hintere Kehle so genau, dass seine Augen sich trübten. Beinahe sofort verzog sich der giftige Dunst: Die Farben waren klarer, die Nerven stärker, das Leben wieder gar nicht so übel. Rasch und mit zitternden Händen schüttete er sich noch eine Prise auf den Handrücken, ehe der Kickstart der ersten komplett durchgezogen war.

Ah ja: eine Woche auf dem Land. Funkelnde Regenbogen. Plötzlich fühlte er sich munter, ausgeruht, als Herr der Lage. Danny machte sein Bett, straff wie ein Trommelfell, leerte den Aschenbecher und wusch ihn in der Spüle aus, warf die Coke-Dose und den halben Doughnut weg. Auf dem Klapptisch lag ein halb fertiges Puzzle (eine fahle Naturszene, Winterbäume, Wasserfall), das ihn so manche Speednacht hindurch unterhalten hatte. Sollte er ein bisschen daran arbeiten? Ja: das Puzzle. Aber dann nahm das Problem der Elektrokabel seine Aufmerksamkeit gefangen. Elektrokabel lagen verheddert um den Ventilator, sie kletterten die Wände hinauf, zogen sich überall durch den Raum. Uhrenradio, Fernseher, Toaster, der ganze Kram. Er wedelte eine Fliege vor seinem Gesicht weg. Vielleicht sollte er sich um die Kabel kümmern, ein bisschen System hineinbringen. Vom Fernseher bei seiner Großmutter drüben schnitt sich die Stimme eines Ansagers der World Wrestling Federation durch den Nebel, klar und deutlich: »Doctor Death *plllatzt* jetzt der Kragen ...«

»*Nerv* mich nicht«, schrie Danny unversehens, und ehe ihm klar war, was er tat, hatte er zwei Fliegen totgeschlagen und betrachtete die schmierigen Spuren an der Krempe seines Cowboyhutes. Er konnte sich nicht daran erinnern, den Hut aufgehoben zu haben, nicht einmal daran, dass er im Raum gewesen war.

»Wo kommst *du* denn her?«, fragte er den Hut. Komisch. Die Fliegen waren jetzt aufgebracht und sausten um seinen Kopf herum, aber im Augenblick war es der Hut, der Danny interessierte. Wieso war er drinnen? Er hatte ihn im Wagen gelassen; da war er sicher. Er warf ihn auf das Bett – plötzlich wollte er nicht mehr, dass das Ding ihn berührte –, und etwas an der Art, wie er ganz allein ein bisschen schief auf dem sorgfältig gemachten Bett lag, ließ ihm die Haare zu Berge stehen.

Scheiß drauf, dachte Danny. Er dehnte seine Nackenwirbel, zog die Jeans an und ging hinaus. Sein Bruder Farish lag in einem Aluminiumliegestuhl vor dem Trailer ihrer Großmutter und machte sich mit einem Taschenmesser die Fingernägel sauber. Um ihn herum verteilt lagen diverse fallen gelassene Ablenkungsutensilien: ein Schraubenzieher und ein teilweise zerlegtes Transistorradio, ein Taschenbuch mit einem Hakenkreuz auf dem Cover. Auf der Erde zwischen alledem saß ihr jüngster Bruder, Curtis, die Stummelbeine V-förmig vor sich ausgestreckt; er schmiegte ein schmutziges, nasses Kätzchen an die Wange und summte vor sich hin. Als Dannys Mutter Curtis bekommen hatte, war sie sechsundvierzig und eine üble Trinkerin gewesen, aber obwohl ihr Vater (selbst ein Trinker, ebenfalls verstorben) diese Geburt lautstark beklagt hatte, war Curtis ein goldiges Geschöpf; er liebte Kuchen, Mundharmonikamusik und Weihnachten, und abgesehen davon, dass er täppisch und langsam war, hatte er nur den einen Fehler, dass er leicht taub war und den Fernseher gern ein bisschen zu laut stellte.

Farish nickte Danny mit zusammengebissenen Zähnen zu, ohne aufzublicken. Er stand selbst ziemlich unter Strom. Der Reißverschluss seines braunen Overalls (einer United-Parcel-Uniform mit einem Loch an der Brust, wo das Etikett herausgeschnitten war) stand fast bis zur Taille

Der Billardsaal.

offen, sodass man die dichte schwarze Brustbehaarung sehen konnte. Ob Winter oder Sommer, Farish trug immer nur diese braunen Uniform-Overalls, außer wenn er zum Gericht oder zu einer Beerdigung gehen musste. Er hatte sie secondhand im Dutzend bei dem Kurierdienst gekauft. Vor Jahren hatte Parish tatsächlich bei der Post gearbeitet, aber nicht als Paketauslieferer, sondern als Briefträger. Ihm zufolge gab es keine coolere Tour, um wohlhabende Gegenden auszukundschaften, zu sehen, wer verreist war, wer die Fenster unverriegelt ließ, bei wem sich an jedem Wochenende die Zeitungen stapelten und wer einen Hund hatte, der möglicherweise Komplikationen machen konnte. Diese Masche hatte ihn seinen Job als Brietträger gekostet und hätte ihn sogar nach Leavenworth gebracht, wenn der Staatsanwalt ihm einen dieser Einbrüche während seines Dienstes hätte nachweisen können.

Wenn jemand im »Black Door Tavern« sich über Farishs UPS-Overall lustig machte oder wissen wollte, warum er ihn trug, pflegte Farish kurz angebunden zu antworten, dass er bei der Post gewesen sei. Aber das war Quatsch: Farish war zerfressen von Hass auf die Bundesregierung und vor allem auf die Post. Danny hatte den Verdacht, dass der eigentliche Grund, weshalb Farish diese Overalls so schätzte, darin bestand, dass er sich während seines Aufenthalts in der psychiatrischen Klinik daran gewöhnt hatte, ähnliche Kleidung zu tragen (eine andere Geschichte), aber über solche Dinge wollte weder Danny noch sonst irgendjemand gern mit Farish sprechen.

Er wollte eben zu dem großen Trailer hinübergehen, als Farish die Lehne seines Liegestuhls aufrichtete und das Taschenmesser zuschnappen ließ. Sein Knie wippte heftig auf und ab. Farish hatte ein schlechtes Auge, weiß und milchig blind, und noch nach all den Jahren wurde es Danny unbehaglich, wenn Farish sich ihm so plötzlich zuwandte, wie er es jetzt tat.

»Gum und Eugene hatten eben einen kleinen Streit da drinnen über das Fernsehen«, sagte er. Gum war ihre Großmutter, die Mutter ihres Vaters. »Eugene findet, dass Gum ihre Leute nicht gucken sollte.«

Während er sprach, starrten die beiden Brüder quer über die Lichtung in den dichten, stillen Wald, ohne einander anzusehen: Farish hing massig in seinem Liegestuhl, und Danny stand neben ihm, wie Fahrgäste in einem überfüllten Zug. *Meine Leute,* so nannte ihre Großmutter ihre Soap Opera. Hohes Gras wucherte um ein totes Auto. Im dichten Unkraut schwamm eine kaputte Schubkarre mit dem Bauch nach oben.

»Eugene sagt, das ist nicht christlich. Ha!« Farish schlug sich auf das Knie, und das Klatschen ließ Danny zusammenzucken. »Gegen Wrestling hat er nichts. Oder gegen Football. Was ist denn so christlich am Wrestling?«

Mit Ausnahme von Curtis, der alles auf der Welt liebte, sogar Bienen und Wespen und die Blätter, die von den Bäumen fielen, hatten alle Ratliffs ein eher zwiespältiges Verhältnis zu Eugene. Er war der zweitälteste Bruder; im Familienunternehmen (das Diebstahl hieß) war er nach dem Tod des Vaters Farishs Feldmarschall gewesen. Dabei hatte er seine Aufgaben pflichtbewusst – wenn auch weder besonders tatkräftig noch inspiriert – erfüllt, aber als er gegen Ende der sechziger Jahre wegen Autodiebstahls im Parchman-Gefängnis gewesen war, hatte er eine Vision empfangen, die ihm auftrug, hinauszuziehen und Jesus zu preisen. Seitdem war das Verhältnis zwischen Eugene und dem Rest der Familie ein bisschen angespannt. Er lehnte es ab, sich weiterhin die Hände mit dem schmutzig zu machen, was er als des Teufels Werke bezeichnete, auch wenn er, wie Gum oft und schrill genug einwandte, durchaus nichts dagegen hatte, sich von des Teufels Werken mit Essen und Obdach versorgen zu lassen.

Eugene kümmerte das nicht. Er überschüttete sie mit Bibelzitaten, nörgelte pausenlos an seiner Großmutter herum und ging ganz allgemein jedem auf die Nerven. Er hatte die Humorlosigkeit ihres Vaters geerbt (wenn auch gottlob nicht seinen Jähzorn); selbst in alten Zeiten, als er noch Autos gestohlen und sich nächtelang betrunken herumgetrieben hatte, hatte man sich in seiner Gesellschaft nie besonders amüsiert. Er war nicht verbiestert oder nachtragend, sondern im Grunde ein anständiger

Der Billardsaal.

Kerl, aber er langweilte sie mit seinem Bekehrungseifer zu Tode.

»Was macht Eugene überhaupt hier?«, fragte Danny. »Ich dachte, er ist in der Mission mit dem Schlangenjungen.«

Farish lachte – ein erschreckendes, schrilles Kichern. »Ich schätze, die Mission überlässt er Loyal, solange die Schlangen da sind.« Eugene vermutete hinter Loyals Besuch zu Recht andere Beweggründe als Erweckungsinteresse und christliche Verbundenheit, denn es war Loyals Bruder Dolphus gewesen, der diesen Besuch von seiner Gefängniszelle aus eingefädelt hatte. Seit Dolphus' alter Kurier im vergangenen Februar wegen eines ausstehenden Haftbefehls hochgenommen worden war, hatte keine Amphetaminlieferung das Labor mehr verlassen. Danny hatte sich erboten, die Drogen selbst nach Kentucky hinaufzufahren, aber Dolphus wollte nicht, dass irgendjemand in sein Vertriebsgebiet einrückte (eine begründete Sorge für einen Mann hinter Gittern), und außerdem: Warum sollte man einen Kurier engagieren, wenn er einen kleinen Bruder namens Loyal hatte, der den Stoff kostenlos hochbringen konnte? Loyal war natürlich nicht eingeweiht, denn Loyal war ein frommer Mann und würde nicht wissentlich mit den Plänen kooperieren, die Dolphus im Gefängnis ausgeheckt hatte. Er hatte an einer Erweckungsveranstaltung in East Tennessee teilzunehmen, und nach Alexandria fuhr er, um Dolphus einen Gefallen zu tun, da dessen alter Freund Farish einen Bruder hatte (Eugene), der bei seinen ersten Schritten im Erweckungsgeschäft Hilfe brauchte. Mehr wusste Loyal nicht. Und wenn er in aller Unschuld wieder nach Kentucky zurückführe, würde er, ohne es zu ahnen, neben seinen Reptilien eine Anzahl gut verpackter Bündel transportieren, die Farish im Motorraum des Pick-ups versteckt hätte.

»Was ich nicht kapiere«, sagte Danny und starrte dabei in den Kiefernwald, der sich dunkel um ihre staubige kleine Lichtung drängte, »ist, wieso sie überhaupt mit den Viechern herumspielen? Werden sie nicht gebissen?«

»Doch, andauernd.« Farish warf angriffslustig den Kopf zurück. »Geh nur rein und frag Eugene. Er wird dir bestimmt

mehr erzählen, als du je wissen wolltest.« Sein Motorradstiefel wippte rasend schnell auf und ab. »Wenn du mit 'ner
Schlange rumfummelst und sie beißt dich nicht, ist das ein
Wunder. Und wenn du mit ihr rumfummelst und sie beißt
dich doch, ist das auch ein Wunder.«

»Von 'ner Schlange gebissen werden, das ist doch kein
Wunder.«

»Ist es wohl, wenn du nicht zum Arzt gehst, sondern dich
bloß am Boden rumwälzt und Jesus rufst. Und am Leben
bleibst.«

»Und wenn du stirbst?«

»Ist es auch ein Wunder. Dann fährst du in den Himmel
auf, weil du die Zeichen angenommen hast.«

Danny schnaubte. »Na, verflucht«, sagte er und verschränkte die Arme vor der Brust. »Wenn alles ein Wunder ist, was für'n Sinn hat das alles dann?« Der Himmel
über den Kiefern war strahlend blau und spiegelte sich
blau in den Pfützen auf der Erde, und Danny war high und
okay und einundzwanzig. Vielleicht würde er in den Wagen
hopsen und rüber zum »Black Door« fahren, vielleicht auch
einen kleinen Trip zum Stausee machen.

»Die werden ein ganzes Nest voller Wunder finden, wenn
sie da in den Busch gehen und einen oder zwei Steine umdrehen«, sagte Farish missmutig.

Danny lachte. »Ich sag dir, was 'n Wunder wäre: wenn
Eugene mit 'ner Schlange rumspielt.« Mit Eugenes Predigten war es nicht weit her; all seiner religiösen Inbrunst zum
Trotz waren sie seltsam flach und hölzern. Von Curtis
abgesehen, der jedes Mal, wenn er dabei war, nach vorn
galoppiert kam, um sich retten zu lassen, hatte er, soweit
Danny wusste, keine einzige Seele bekehrt.

»Wenn du mich fragst, wirst du nie erleben, dass Eugene mit 'ner Schlange rumspielt. Eugene spießt nicht
mal 'n Wurm auf'n Angelhaken. Sag mal, Bruder«, Farish,
den Blick starr auf die Krüppelkiefern jenseits der Lichtung gerichtet, nickte energisch, als wolle er das Thema
wechseln, »was hältst du von der großen weißen Klapperschlange, die gestern hier angekrochen ist?«

Er meinte das Meth – die Charge, die er gerade fertig ge-

Der Billardsaal.

stellt hatte. Danny *glaubte* wenigstens, dass er es meinte. Oft war es schwer zu sagen, wovon Farish gerade redete, vor allem wenn er high oder betrunken war.

»Na?« Farish blickte zu ihm auf, ziemlich ruckhaft, und zwinkerte, nur ein Zucken des Augenlids, beinahe unmerklich.

»Nicht schlecht«, sagte Danny vorsichtig, und er hob den Kopf auf eine Weise, die sich lässig anfühlte, und schaute in die entgegengesetzte Richtung, völlig cool. Farish konnte leicht explodieren, wenn jemand wagte, ihn misszuverstehen, auch wenn die meisten Leute oft genug keine Ahnung hatte, wovon er sprach.

»*Nicht schlecht.*« Farishs Gesichtsausdruck konnte man so oder so deuten, aber dann schüttelte er nur den Kopf. »Reinstes Pulver. Ballert dich glatt durchs Fenster, verdammt. Hab letzte Woche fast den Verstand verloren, als ich mit dem jodstinkenden Zeug rumgepanscht hab. Hab's durch Lösungsmittel gejagt, durch Ringelflechtentinktur, was weiß ich alles, und der Stoff ist immer noch so klebrig, dass ich ihn mit'm Hammer nicht in die Nase kriege. Eins ist verdammt sicher, das kann ich dir sagen.« Glucksend ließ er sich in seinen Liegestuhl zurückfallen und umklammerte die Armlehnen, als werde er gleich durchstarten. »Eine Charge wie die, egal, wie du sie verschneidest…« Plötzlich fuhr er kerzengerade hoch und schrie: »Ich hab gesagt, *schaff mir das Ding vom Hals!*«

Ein Klatschen, ein erstickter Schrei. Danny machte einen Satz, und aus dem Augenwinkel sah er die kleine Katze durch die Luft fliegen. Curtis, dessen klumpige Züge zu einer starren Maske aus Trauer und Angst gefroren waren, rieb sich mit der Faust das Auge und stolperte hinterher. Es war das letzte Kätzchen aus dem Wurf; Farishs Schäferhunde hatten die andern schon erledigt.

»Ich hab's ihm gesagt.« Farish erhob sich bedrohlich. »Ich hab's ihm wieder und wieder gesagt, er soll diese Katze *niemals* in meine Nähe lassen.«

»Stimmt«, sagte Danny und schaute weg.

———————

Nachts war es immer zu still bei Harriet zu Hause. Die Uhren tickten zu laut; jenseits der flachen Lichtkreise der Tischlampen wurden die Zimmer höhlenhaft düster, und die hohen Decken wichen in scheinbar endlose Schatten zurück. Im Herbst, wenn die Sonne früh unterging, verstärkte sich diese Stimmung noch. Aber auf zu sein und nur Allisons Gesellschaft zu haben war in mancher Hinsicht schlimmer, als nachts allein zu sein. Sie lag am anderen Ende der Couch, das Gesicht aschblau im Schein des Fernsehers, und ihre nackten Füße ruhten auf Harriets Schoß.

Harriet starrte Allisons Füße müßig an. Sie waren feucht und schinkenrosa und merkwürdig sauber, wenn man bedachte, dass Allison die ganze Zeit barfuß herumlief. Kein Wunder, dass Allison und Weenie sich so gut verstanden hatten. Weenie war mehr Mensch als Katze gewesen, aber Allison war mehr Katze als Mensch. Sie tappte ständig allein durch die Gegend und ignorierte alle andern, aber sie hatte nicht das geringste Problem damit, sich neben Harriet zusammenzurollen, wenn sie Lust dazu hatte, und ihre Füße auf Harriets Schoß zu legen, ohne zu fragen.

Allisons Füße waren sehr schwer. Plötzlich zuckten sie heftig. Harriet hob den Kopf und sah, dass Allisons Lider flatterten. Sie träumte. Sofort packte Harriet den kleinen Zeh und bog ihn zurück, und Allison schrie auf und zog das Bein an wie ein Storch.

»Was träumst du da?«, wollte Harriet wissen.

Allison, in ihre Wange hatte sich ein rotes Waffelmuster vom Sofa geprägt, schaute sie mit schlaftrunkenen Augen an, als erkenne sie sie nicht … *nein, nicht ganz*, dachte Harriet, die die Verwirrung ihrer Schwester mit scharfem, aber ungerührtem klinischem Blick betrachtete. *Es ist, als ob sie mich sieht und noch etwas anderes.*

Allison legte sich die gewölbten Hände auf die Augen. So blieb sie kurz liegen, ganz still, und dann stand sie auf. Ihre Wangen sahen geschwollen aus, ihre Lider schwer und undurchschaubar.

»Du *hast* geträumt.« Harriet behielt sie fest im Auge.

Allison gähnte. Sie rieb sich die Augen und wankte schlaftrunken auf die Treppe zu.

Der Billardsaal.

»Warte!«, rief Harriet. »Was hast du geträumt? Erzähl's mir!«

»Kann ich nicht.«

»Was heißt das, du kannst nicht? Du *willst* nicht!«

Allison drehte sich um und sah sie an – seltsam, wie Harriet fand. »Ich will nicht, dass es wahr wird«, sagte sie und wandte sich zur Treppe.

»Dass *was* wahr wird?«

»Was ich eben geträumt habe.«

»Was war es denn? Ging es um Robin?«

Allison blieb auf der untersten Stufe stehen und drehte sich um. »Nein«, sagte sie, »es ging um dich.«

»Das waren nur neunundfünfzig Sekunden«, sagte Harriet kühl, während Pemberton hustete und prustete.

Pem klammerte sich an den Beckenrand und wischte sich mit dem Unterarm über die Augen. »Quatsch«, brachte er keuchend hervor. Er war kastanienbraun im Gesicht, fast wie Harriets Schuhe. »Du hast zu langsam gezählt.«

Mit lang gezogenem, zornigem Pusten blies sie alle Luft aus ihrer Lunge. Dann atmete sie ein Dutzend Mal tief und heftig ein und aus, bis sich in ihrem Kopf alles zu drehen begann. Auf dem Höhepunkt des letzten Atemzugs tauchte sie unter und stieß sich ab.

Die eine Strecke war einfach. Auf dem Rückweg, durch kalte blaue Tigerstreifen aus Licht, schien alles zu gerinnen und in Zeitlupe zu erstarren – ein Kinderarm schwebte vorbei, traumartig und leichenweiß, irgendein Kinderbein, an dessen abstehenden Härchen winzige weiße Bläschen hingen, rollte sich mit langsamem, schäumendem Stoß vorüber, und das Blut rauschte ihr in die Schläfen und flutete zurück und rauschte herein und flutete zurück und rauschte wie Meeresbrandung an einem Strand. Dort oben – schwer vorstellbar – rasselte das Leben in leuchtenden Farben weiter, bei hoher Temperatur und Geschwindigkeit. Kinder kreischten, Füße klatschten auf heißem Zement, Kinder hockten in feuchte Handtücher gehüllt auf dem

Boden und schlürften blaue Eisstangen, blau wie das Pool-wasser. »Bomb Pops« hießen sie. Bomb Pops. Sie waren die neueste Mode, die beliebteste Süßigkeit in diesem Jahr. Fröstelnde Pinguine an der Kühltruhe am Getränkestand. Blaue Lippen ... blaue Zungen ... Frösteln und Frösteln und klappernde Zähne, so *kalt* ...

Sie brach mit ohrenbetäubendem Krachen durch die Oberfläche wie durch eine Glasscheibe; das Wasser war flach, aber nicht so flach, dass sie wirklich darin stehen konnte, und so hüpfte sie nach Luft schnappend auf den Zehenspitzen auf und ab, während Pemberton, der interessiert zugesehen hatte, sich elegant ins Wasser stürzte und zu ihr herausglitt.

Ehe sie sich versah, hatte er sie gewandt umschlungen, und plötzlich lag ihr Ohr an seiner Brust, und sie schaute hoch und sah die nikotingelbe Rückseite seiner Schneidezähne. Sein lohbrauner, scharfer Geruch, erwachsen, fremdartig und für Harriet nicht wirklich angenehm, überlagerte sogar das Chlorwasser.

Harriet drehte sich aus seiner Umarmung, und sie fielen auseinander, Pemberton auf den Rücken, mit einem harten Klatschen, das eine Wand aus Wasser aufspritzen ließ, während Harriet plantschend zum Rand schwamm und ziemlich großspurig hinauskletterte. In ihrem gelbschwarz gestreiften Badeanzug sah sie aus wie eine Hummel (sagte Libby).

»Was denn? Hast du es nicht gern, wenn man dich aufgabelt?«

Sein Tonfall war nachsichtig und zärtlich, als wäre sie ein Kätzchen, das ihn gekratzt hatte. Harriet runzelte die Stirn und trat ihm eine Ladung Wasser ins Gesicht.

Pem duckte sich. »Was ist denn los?«, fragte er frotzelnd. Er wusste genau – aufreizend genau –, wie gut er aussah mit seinem überlegenen Lächeln und den ringelblumenblonden Haaren, die hinter ihm im blauen Wasser wehten, ganz wie der lachende Nix in Edies illustrierter Tennyson-Ausgabe.

Der Billardsaal.

Wärst du gern je
ein Wassermann kühn,
der sitzt allein
und singt allein
tief unten im See
im Goldkronenglühen

»Hmmn?« Pemberton ließ ihren Fußknöchel wieder los, bespritzte sie leicht und schüttelte dann den Kopf, dass die Tropfen flogen. »Wo ist mein Geld?«

»Welches Geld?« Harriet war verdattert.

»Ich hab dir beigebracht, wie man hyperventiliert, oder? Das lernt man sonst nur in teuren Tauchkursen.«

»Ja, aber das ist alles, was du mir gesagt hast. Den Atem anhalten, das übe ich jeden Tag.«

Pem wich mit gekränkter Miene zurück. »Ich dachte, wir hätten eine Abmachung, Harriet.«

»Haben wir nicht!« Harriet konnte es nicht ausstehen, wenn man sie aufzog.

Pem lachte. »Schon gut. Ich sollte *dich* für den Unterricht bezahlen. Sag mal«, er tauchte den Kopf unter Wasser und kam wieder hoch, »ist deine Schwester immer noch so mies drauf wegen der Katze?«

»Ich nehme es an, ja. Warum?«, fragte Harriet ziemlich argwöhnisch. Pems Interesse an Allison war ihr unerklärlich.

»Sie sollte sich einen Hund anschaffen. Hunde können Kunststücke lernen, aber Katzen kann man überhaupt nichts beibringen. Denen ist das scheißegal.«

»Ihr auch.«

Pemberton lachte. »Na, dann ist ein kleiner Hund genau das, was sie braucht, glaube ich. Im Clubhaus am schwarzen Brett bietet jemand Chow-Chow-Welpen an.«

»Sie möchte aber lieber eine Katze haben.«

»Hat sie je einen Hund gehabt?«

»Nein.«

»Na, siehst du. Sie weiß nicht, was ihr entgeht. Katzen sehen *aus*, als ob sie wüssten, was los ist, aber sie sitzen bloß rum und glotzen.«

»Weenie nicht. Der war ein Genie.«

»Klar.«

»Nein, wirklich. Er hat jedes Wort verstanden, das wir zu ihm gesagt haben. *Und er hat versucht, mit uns zu sprechen.* Allison hat dauernd mit ihm geübt. Er hat getan, was er konnte, aber sein Mund war einfach zu anders, und die Laute kamen nicht richtig raus.«

»Darauf wette ich.« Pemberton rollte herum und ließ sich auf dem Rücken treiben.

»Ein paar Wörter hat er trotzdem gelernt.«

»Yeah? Zum Beispiel?«

»Zum Beispiel ›Nase‹.«

»*Nase?* Das ist aber ein schräges Wort für einen Kater«, sagte Pemberton müßig.

»Sie wollte mit den Namen von Dingen anfangen, von Dingen, auf die sie zeigen konnte. Wie Miss Sullivan bei Helen Keller. Sie hat Weenies Nase berührt und gesagt: ›Nase! Das ist deine Nase! Du hast eine *Nase*!‹ Dann hat sie ihre Nase berührt, und dann wieder seine, hin und her.«

»Sie hatte wohl sonst nicht viel zu tun.«

»Na ja, eigentlich nicht. Sie haben den ganzen Nachmittag so dagesessen. Und nach einer Weile brauchte Allison nur noch ihre Nase zu berühren, und dann hob Weenie die Pfote und berührte seine eigene Nase, und – *das ist kein Witz*«, sagte sie, als Pemberton laut Hohn lachte. »Nein, wirklich, dann hat er so komisch miaut, als ob er sagen wollte: ›Nase.‹«

Pemberton rollte sich auf den Bauch, ging unter und kam platschend wieder hoch. »Hör auf.«

»Es ist wahr. Frag Allison.«

Pem machte ein gelangweiltes Gesicht. »Bloß weil er ein Geräusch gemacht hat…«

»Ja, aber es war nicht irgendein Geräusch.« Sie räusperte sich und versuchte, das Geräusch zu imitieren.

»Du erwartest doch nicht, dass ich das glaube.«

»Sie hat es auf Tonband! Allison hat einen ganzen Haufen Aufnahmen von ihm gemacht. Das meiste klingt wie ganz normales Miauen, aber wenn du genau hinhörst, kannst du tatsächlich auch ein oder zwei Wörter verstehen.«

Der Billardsaal.

»Harriet, ich lach mich gleich tot.«

»Es ist wahr. Frag Ida Rhew. Und er wusste auch, wie spät es war. Jeden Nachmittag um Punkt zwei Uhr fünfundvierzig hat er an der Hintertür gekratzt, damit Ida ihn rausließ und er Allison vom Bus abholen konnte.«

Pemberton dümpelte unter Wasser und strich seine Haare zurück, und dann hielt er sich die Nase zu und prustete geräuschvoll, um die Ohren frei zu machen. »Wieso kann Ida Rhew mich nicht leiden?«, fragte er fröhlich.

»Ich weiß nicht.«

»Sie hat mich noch nie leiden können. Sie war immer eklig zu mir, wenn ich rüberkam, um mit Robin zu spielen, schon als ich noch im Kindergarten war. Sie hat immer 'ne Gerte von den Büschen abgerissen, die ihr da hinten habt, und mich damit durch den ganzen Garten gejagt.«

»Hely kann sie auch nicht leiden.«

Pemberton nieste und wischte sich die Nase mit dem Handrücken ab. »Was ist eigentlich mit dir und Hely los? Geht ihr nicht mehr miteinander?«

Harriet war entsetzt. »Wir sind noch nie miteinander gegangen.«

»Er sagt aber was anderes.«

Harriet hielt den Mund. Hely ließ sich provozieren und schrie Sachen, die er gar nicht meinte, wenn Pemberton diesen Trick abzog, aber sie würde nicht darauf reinfallen.

Helys Mutter, Martha Price Hull – die mit Harriets Mutter auf der High School gewesen war –, war dafür berüchtigt, dass sie ihre Söhne nach Strich und Faden verwöhnte. Sie betete sie hemmungslos an und ließ sie tun, was immer sie wollten, ganz gleich, was ihr Vater dazu sagte. Bei Hely konnte man es zwar noch nicht sagen, aber man hielt diese Nachsicht doch allgemein für den Grund, weshalb Pemberton sich so enttäuschend entwickelt hatte. Ihre zärtlichen Erziehungsmethoden waren legendär. Groß- und Schwiegermütter zogen stets Martha Price und ihre Söhne als warnendes Beispiel für die Affenliebe junger Mütter heran, für den großen Kummer, den es einbringen würde, wenn man seinem Kind (beispielsweise) drei Jahre lang erlaubte, jegliche Nahrung außer Schokoladentorte zu verweigern, wie es bei Pemberton der berühmte Fall gewesen war. Im Alter zwischen vier und sieben Jahren hatte Pemberton nichts außer Schokoladentorte zu sich genommen, überdies (wie man ingrimmig betonte) nur eine *ganz besondere Sorte* Schokoladentorte, die Kondensmilch und alle möglichen kostspieligen Zutaten erforderte. Um sie zu backen, musste die vernarrte Martha Price täglich morgens um sechs Uhr aufstehen. Die Tanten erzählten immer noch davon, wie Pem als Robins Gast sich bei Libby geweigert hatte, zu Mittag zu essen: Er habe mit den Fäusten auf den Tisch getrommelt (»wie Heinrich der Achte«) und Schokoladentorte verlangt. (»Kannst du dir das vorstellen? ›*Mama gibt mir Schokoladentorte.*‹« »Ich hätte ihm eine ordentliche Tracht Prügel gegeben.«) Dass Pemberton immer noch alle seine Zähne im Mund hatte, war ein Wunder, aber sein Mangel an Fleiß und seine Abneigung gegen einträgliche Arbeit waren, das fanden alle, durch diese früh erlebte Katastrophe vollständig erklärbar.

Man spekulierte viel darüber, wie bitter peinlich Pems Vater sein ältester Sohn sein musste, denn er war der Direktor der Alexandria Academy, und junge Menschen zu disziplinieren war sein Beruf. Mr. Hull war kein brüllender Ex-Sportler mit rotem Gesicht, wie er an Privatschulen für gewöhnlich anzutreffen war, er war nicht einmal ein Coach. Er unterrichtete Naturwissenschaften für die Schüler der Junior High School, und die übrige Zeit verbrachte er bei geschlossener Tür in seinem Büro und las Bücher über Luftfahrttechnik. Aber auch wenn Mr. Hull die Schule fest im Griff hatte und die Schüler in Angst und Schrecken vor seinem Schweigen lebten, untergrub seine Frau zu Hause seine Autorität. Er hatte alle Mühe, sich bei seinen eigenen Söhnen durchzusetzen – besonders bei Pemberton, der immer witzelte und feixte und hinter dem Kopf seines Vaters Kaninchenohren machte, wenn Gruppenfotos aufgenommen werden sollten. Eltern hatten großes Mitgefühl mit Mr. Hull, auch wenn es alle anderen Anwesenden nervös machte, wie vernichtend er Pemberton bei öffentlichen

Der Billardsaal.

Anlässen ankläffte. Pem selbst schien es nicht das Geringste auszumachen, und er hörte nicht auf mit seinen lässigen Witzeleien und superschlauen Bemerkungen.

Aber auch wenn Martha Hull nichts dagegen hatte, dass ihre Söhne sich überall in der Stadt herumtrieben, sich die Haare bis über die Schultern wachsen ließen, zum Mittagessen Wein tranken oder zum Frühstück Desserts aßen, gab es im Hause Hull doch ein paar unumstößliche Regeln. Obwohl Pemberton zwanzig war, durfte er in Gegenwart seiner Mutter nicht rauchen, und Hely durfte es natürlich überhaupt nicht. Laute Rock 'n' Roll-Musik auf der Stereoanlage war verboten (obwohl Pemberton und seine Freunde, sobald die Eltern aus dem Haus waren, die ganze Nachbarschaft mit The Who und den Rolling Stones bedröhnten – was bei Charlotte zu Verwirrung, bei Mrs. Fountain zu Beschwerden und bei Edie zu vulkanhaften Wutausbrüchen führte). Weder Vater noch Mutter konnten Pemberton daran hindern zu gehen, wohin er wollte, aber Hely durfte unter keinen Umständen nach Pine Hill (einem üblen Stadtteil mit Pfandleihen und Jukebox-Läden) und in die Billardhalle.

Und genau in dieser Billardhalle fand Hely, der immer noch wegen Harriet schmollte, sich jetzt wieder. Er hatte sein Fahrrad ein Stück weiter unten an der Straße abgestellt, im Durchgang neben der City Hall, für den Fall, dass seine Mutter oder sein Vater vorüberfuhren. Mürrisch knirschte er auf seinen Barbecue-Kartoffelchips rum, die neben Zigaretten und Kaugummi an der verstaubten Theke verkauft wurden, und stöberte in den Comic-Heften im Ständer neben der Tür.

Die Pool Hall war zwar nur eine oder zwei Straßen weit vom Stadtzentrum entfernt und hatte keine Alkohollizenz, aber sie war trotzdem der härteste Laden in Alexandria, schlimmer noch als das »Black Door« oder die »Esquire Lounge« drüben in Pine Hill. Es hieß, dass in der Billardhalle mit Drogen gehandelt werde, Glücksspiel grassierte hier, und sie war der Schauplatz zahlloser Schießereien, Messerstechereien und rätselhafter Brände. Die Hohlblockwände waren knastgrün gestrichen, und flackernde Leuchtstoffröhren an der styroporverkleideten Decke verbreiteten ein trübes Licht. Von den sechs Tischen waren an diesem Nachmittag nur zwei in Gebrauch, und von hinten kamen die gedämpften Geräusche eines Flippers, an dem zwei Country-Typen mit glatt zurückgekämmten Haaren und Druckknopf-Jeanshemden spielten.

Zwar kam die schimmelige, heruntergekommene Atmosphäre der Billardhalle dem Gefühl der Verzweiflung entgegen, das Hely empfand, aber er konnte nicht Pool spielen, und er traute sich nicht, bei den Tischen herumzulungern und zuzusehen. Dennoch war es belebend, einfach nur unbemerkt an der Tür zu stehen, Barbecue-Chips zu mampfen und das gefährliche Ozon der Verkommenheit zu atmen.

Was Hely in die Pool Hall lockte, waren die Comics. Hier hatten sie die beste Auswahl in der Stadt. Im Drugstore gab es *Richie Rich*, und im »Big Star«-Supermarkt hatten sie auch noch *Superman* (auf einem Ständer in ungemütlicher Nähe des Hähnchengrills, sodass Hely dort nicht allzu lange stöbern konnte, ohne sich gründlich den Arsch zu braten). Aber in der Pool Hall gab es *Sergeant Rock* und *G.I. Combat* (echte Soldaten, die echte Schlitzaugen abmurksten), es gab *Rima the Jungle Girl* in ihrem Pantherfell-Badeanzug, und das Beste war eine reichhaltige Auswahl an Horror-Comics (mit Werwölfen, lebendig Begrabenen und sabbernden Kadavern, die schlurfend vom Friedhof kamen), und Hely fand sie allesamt unglaublich fesselnd. Er hatte nicht gewusst, dass eine so elektrisierende Lektüre überhaupt existierte, und schon gar nicht, dass er, Hely, sie hier in seiner eigenen Stadt kaufen konnte, bis er eines Nachmittags hatte nachsitzen müssen und in einem leeren Pult ein Heft mit dem Titel *Secrets of a Sinister House* gefunden hatte. Auf dem Cover versuchte ein verkrüppeltes Mädchen im Rollstuhl in einem unheimlichen alten Haus, unter panischem Schreien vor einer Riesenkobra zu fliehen. Im Inneren des Heftes ging das verkrüppelte Mädchen unter schäumenden Krämpfen zugrunde. Und es gab noch mehr: Vampire, ausgestochene Augen, Brudermorde. Hely war in den Bann geschlagen. Er las es fünf- oder sechsmal von vorn bis hinten, und dann nahm er es mit nach Hause

Der Billardsaal.

und las es noch ein paarmal, bis er es vorwärts und rückwärts auswendig konnte, jede einzelne Geschichte: »Zimmergefährte des Satans «, »Komm zu mir in meinen Sarg« und »Reisebüro Transsilvanien«. Es war ohne Frage das großartigste Comic-Heft, das er je gesehen hatte, und sicherlich war es einzigartig auf der Welt, irgendein wunderbarer Glücksfall der Natur, nirgends erhältlich. Deshalb war er fassungslos, als er ein paar Wochen später in der Schule einen Jungen namens Benny Landreth sah, der etwas ganz Ähnliches las. Auf dem Cover war das Bild einer Mumie, die einen Archäologen strangulierte. Er beschwor Benny, der eine Klasse höher und ziemlich niederträchtig war, ihm den Comic zu verkaufen, und als das nicht klappte, bot er Benny zwei und dann drei Dollar an, wenn Benny ihm erlaubte, sich das Heft eine Minute anzuschauen, nur eine Minute.

»Geh zur Pool Hall und kauf dir selber eins«, hatte Benny gesagt, und dann hatte er das Heft zusammengerollt und Hely damit auf den Kopf gehauen.

Das war zwei Jahre her. Inzwischen waren Horror-Comics das Einzige, was Hely über gewisse schwierige Abschnitte seines Lebens hinweghalf: über Windpocken, langweilige Autofahren, Camp Lake de Selby. Wegen seiner begrenzten Mittel und des strikten Verbots, die Pool Hall zu betreten, fanden seine Einkaufsexpeditionen nur selten, vielleicht einmal im Monat, statt, und seine Vorfreude darauf war grenzenlos. Der dicke Mann an der Kasse hatte anscheinend nichts dagegen, wenn Hely so lange am Comic-Ständer herumstand; eigentlich bemerkte er ihn kaum, und das war auch gut so, denn manchmal studierte Hely die Comics stundenlang, um sicherzugehen, dass er die klügstmögliche Auswahl traf.

Er war hergekommen, um sich von Harriet abzulenken, aber nach den Kartoffelchips hatte er nur noch fünfunddreißig Cent, und ein Heft kostete zwanzig. Halbherzig blätterte er in einer Geschichte in *Dark Mansions* mit dem Titel »Der Dämon vor der Tür« (*»AARRRGGGHH – !!! –* ICH – ICH – HABE ETWAS – **ETWAS UNSAGBAR BÖSES ENTFESSELT...** DAS DIESES LAND **HEIMSUCHEN WIRD**

BIS ZUM SONNENAUFGANG!!!!!«), aber sein Blick wanderte immer wieder zu der »Charles Atlas«-Bodybuilding-
Anzeige auf der Seite gegenüber. »Sehen Sie sich doch einmal ehrlich an. Besitzen Sie die dynamische Spannkraft,
die Frauen so sehr bewundern? Oder sind Sie ein dürrer,
hagerer, siebenundneunzig Pfund schwerer, halb lebendiger Schwächling?«

Hely wusste nicht genau, wie viel er wog, aber siebenundneunzig Pfund klang nach einer ganzen Menge. Düster betrachtete er die »Vorher«-Zeichnung – im Grunde
nichts weiter als eine Vogelscheuche – und fragte sich, ob
er hinschreiben und sich die Informationen kommen lassen
sollte, oder ob es ein Beschiss war wie die Röntgenbrille, die
er mal auf eine Anzeige hin bestellt hatte. Es hatte geheißen, mit der Röntgenbrille könne man durch Fleisch und
Wände und Frauenkleider hindurchsehen. Gekostet hatte
sie einen Dollar achtundneunzig plus fünfunddreißig Cent
Versand; es hatte ewig gedauert, bis sie kam, und als sie
schließlich da war, war es bloß ein Plastikbrillengestell mit
zwei verschiedenen Pappdeckeleinschüben. Auf dem einen
war eine Zeichnung von einer Hand, in der man die Knochen sehen konnte, und auf dem anderen eine sexy Sekretärin in einem durchsichtigen Kleid mit einem schwarzen
Bikini darunter.

Ein Schatten fiel über Hely. Als er aufblickte, sah er zwei
Gestalten, die ihm halb den Rücken zugewandt hatten;
sie waren von den Pooltischen zum Comic-Regal herüber-
geschendert, um sich unter vier Augen zu unterhalten. Den
einen erkannte Hely: Catfish de Bienville – ein Slumlord
und so etwas wie Lokalprominenz; er trug sein rostrotes
Haar in einer riesigen Afrofrisur und fuhr einen spezial-
angefertigten Gran Torino mit getönten Scheiben. Hely
sah ihn oft hier in der Billardhalle, und an Sommeraben-
den stand er auch draußen vor der Autowaschanlage herum und redete mit Leuten. Er hatte Gesichtszüge wie
ein Schwarzer, aber seine Haut war nicht dunkel; er hatte
blaue Augen und Sommersprossen und war so weiß wie
Hely. Aber vor allem erkannte man ihn an seiner Kleidung:
Seidenhemden, Schlaghosen und Gürtelschnallen so groß

Der Billardsaal.

wie Salatschüsseln. Die Leute erzählten, er kaufe die Sachen bei Lansky Brothers in Memphis, wo angeblich auch Elvis einkaufte. Jetzt trug er trotz der Hitze eine Smokingjacke aus rotem Cord, eine weiße Schlaghose und Plateauschuhe aus rotem Lackleder.

Aber nicht Catfish hatte gesprochen, sondern der andere: unterernährt, tough, mit abgekauten Fingernägeln. Er war kaum mehr als ein Teenager, nicht zu groß, nicht zu sauber, mit kantigen Wangenknochen und strähnigen Hippie-Haaren mit Mittelscheitel, aber er hatte eine angeschmuddelte, unterschwellig bösartige Coolness an sich, fast wie ein Rockstar, und er hielt sich sehr aufrecht, als wäre er jemand Wichtiges, was er aber offensichtlich nicht war.

»Woher kriegt der sein Spielgeld?«, fragte Catfish ihn im Flüsterton.

»Behindertenrente, schätze ich«, sagte der hippiehaarige Typ und schaute auf. Seine Augen waren von einem verblüffenden, silbrigen Blau, und ihr Blick hatte etwas Starres und Unbewegliches.

Anscheinend redeten sie über den armen Carl Odum, der eben auf der anderen Seite des Raumes mit dem Dreieck die Bälle aufbaute und sich erbot, gegen jeden anzutreten, der wollte, und um jede Summe zu spielen, die der Gegner verlieren wollte. Carl, ein Witwer mit – wie es schien – neun oder zehn schmutzigen kleinen Kindern, war nur ungefähr dreißig, aber er sah doppelt so alt aus. Gesicht und Hals waren von Sonnenbränden zerstört, und seine blassen Augen waren rosig umrandet. Bei einem Unfall unten in der Eierverpackungsfabrik hatte er ein paar Finger verloren, nicht lange nach dem Tod seiner Frau. Jetzt war er betrunken und prahlte damit, dass er jeden Anwesenden an die Wand spielen werde. »Hier ist meine Brücke«, sagte er und hielt die verstümmelte Hand hoch. »Das ist alles, was ich brauche.« Dreck saß in den Linien seiner Handfläche und unter den Nägeln der beiden verbliebenen Finger, des Daumens und des Zeigefingers.

Odum richtete diese Bemerkungen an den Typen, der neben ihm am Tisch stand, einen bärtigen Riesen. Er war ein Bär von einem Kerl in einem braunen Overall mit einem zerfransten Loch in der Brust, wo das Namensetikett hätte sitzen müssen. Er kümmerte sich überhaupt nicht um Odum, sondern blickte starr auf den Tisch. Lange dunkle Haare, grau durchzogen, hingen ihm bis über die Schultern. Er war sehr groß, und die Haltung seiner Schultern wirkte irgendwie unbeholfen, als säßen die Arme nicht bequem in ihren Gelenken; sie hingen steif herab, an den Ellenbogen leicht gekrümmt, und die Hände baumelten schlaff herunter, ungefähr so, wie die Pranken eines Bären baumeln würden, wenn er sich auf den Hinterbeinen aufrichtete. Hely konnte den Blick nicht von ihm wenden. Mit seinem buschigen schwarzen Bart und dem braunen Overall sah er aus wie irgendein verrückter südamerikanischer Diktator.

»Alles, was mit Pool oder Poolspielen zu tun hat«, erklärte Odum eben. »Ich schätze, das muss man wohl als zweite Natur bezeichnen.«

»Tja, manche von uns haben solche Gaben«, sagte der große Kerl in dem braunen Overall mit einer tiefen, aber nicht unangenehmen Stimme, und dabei hob er den Kopf, und Hely sah mit Schrecken, dass das eine Auge ganz unheimlich aussah: milchig blind und zur Seite gerichtet.

Sehr viel näher, nur ein paar Schritte weit von Hely entfernt, schleuderte sich der tough aussehende Junge die Haare aus dem Gesicht und sagte angespannt zu Catfish: »Zwanzig Kröten die Runde. Immer wenn er verliert.« Geschickt schüttelte er mit der anderen Hand eine Zigarette aus der Packung, eine kunstvoll schnelle Drehung des Handgelenks, als ob er würfelte. Hely registrierte aufmerksam, dass seine Hände trotz der geübten Coolness dieser Geste zitterten wie bei einem alten Mann. Der Junge beugte sich vor und flüsterte Catfish etwas ins Ohr.

Catfish lachte laut. »Verlieren – am Arsch«, sagte er. Mit einer lässigen, anmutigen Bewegung wandte er sich ab und schlenderte davon, nach hinten auf die Flipperautomaten zu.

Der toughe Typ zündete sich seine Zigarette an und starrte quer durch den Saal. Hely fröstelte es, als sein Blick über ihn hinwegglitt, ohne ihn wahrzunehmen: wilde Augen

Der Billardsaal.

mit viel Licht darin, die Hely an alte Bilder von konföderierten Soldatenjungen erinnerten.

Der bärtige Mann drüben am Pooltisch hatte nur ein gesundes Auge, das mit dem gleichen silbrigen Licht leuchtete. Hely betrachtete die beiden über den Rand seines Comic-Heftes hinweg und bemerkte eine leichte Familienähnlichkeit zwischen ihnen. Auf den ersten Blick sahen sie zwar sehr verschieden aus (der bärtige Mann war älter und sehr viel schwerer als der Junge), aber sie hatten das gleiche lange dunkle Haar und die gleiche sonnenverbrannte Haut, den stieren silbrigen Blick und den steifen Hals und eine ähnliche Schmallippigkeit beim Sprechen, als wollten sie schlechte Zähne verbergen.

»Wie hoch willst du denn bei ihm reingehen?«, fragte Catfish, der eben wieder lautlos erschienen war.

Der Junge lachte gackernd, und bei diesem spröden Lachen hätte Hely beinahe sein Comic-Heft fallen gelassen. Er hatte reichlich Zeit gehabt, sich an dieses schrille, höhnische Gelächter zu gewöhnen; lange, lange noch war es von der Brücke hinter ihm hergeklungen, als er durch das Unterholz stolperte und der Widerhall der Schüsse von den Bachböschungen schwirrte.

Er war es. Ohne den Cowboyhut, deshalb hatte Hely ihn nicht wiedererkannt. Das Blut schoss ihm ins Gesicht, und er starrte inbrünstig in sein Comic-Heft und auf das schreiende Mädchen, das sich da an Johnny Perils Schulter klammerte (»*Johnny! Die Wachsfigur! Sie hat sich bewegt!*«).

»Odum ist kein schlechter Spieler, Danny«, sagte Catfish leise. »Finger hin, Finger her.«

»Na, er könnte Farish schlagen, wenn er nüchtern ist. Aber nicht besoffen.«

Ein doppeltes Blitzlicht pufftе in Helys Kopf. *Danny? Farish?* Von Rednecks beschossen zu werden war schon aufregend genug, aber von den Ratliffs beschossen zu werden – das war noch viel besser. Er konnte es nicht erwarten, nach Hause zu kommen und Harriet davon zu erzählen. War dieser bärtige Waldmensch tatsächlich der sagenumwobene Farish Ratliff? Aber es gab nur einen einzigen Farish, von dem Hely je gehört hatte.

Mit Mühe zwang Hely sich, weiter in seinen Comic zu schauen. Er hatte Farish Ratliff noch nie aus der Nähe gesehen, immer nur von weitem, aus dem fahrenden Auto auf ihn aufmerksam gemacht oder auf einem verschwommenen Foto in der Lokalzeitung. Geschichten über ihn hatte er aber sein Leben lang gehört. Vor Zeiten war Farish Ratliff der berüchtigtste Gangster in Alexandria gewesen, der führende Kopf einer Familienbande, die alle nur vorstellbaren Einbrüche und Diebstähle beging. Im Laufe der Jahre hatte er auch eine Reihe von erzieherischen Schriften verfasst und verbreitet, mit Titeln wie »Dein Geld oder dein Leben« (ein Protest gegen die von der Bundesregierung erhobene Einkommensteuer), »Rebellenstolz: Eine Antwort auf die Kritiker« und »Nicht MEINE Tochter!« All das hatte ein jähes Ende genommen, als es ein paar Jahre zuvor zu einem Zwischenfall mit einem Bulldozer gekommen war.

Hely wusste nicht, warum Farish beschlossen hatte, den Bulldozer zu stehlen. In der Zeitung hatte gestanden, dass der Vorarbeiter auf einem Bauplatz hinter der Party Ice Company bemerkt hatte, dass die Maschine verschwunden war, und ehe man sich versah, entdeckte man Farish, wie er damit über den Highway donnerte. Der Aufforderung anzuhalten folgte er nicht; stattdessen wendete er und setzte sich mit der Schaufel des Bulldozers zur Wehr. Als die Cops das Feuer eröffneten, schoss er über eine Kuhweide von dannen, riss einen Stacheldrahtzaun nieder und ließ panische Rinder in alle Himmelsrichtungen davonstieben, bis er den Bulldozer in einen Graben lenkte. Die Polizisten kamen über die Weide gerannt und schrien, Farish solle mit erhobenen Händen aus dem Fahrzeug kommen, und dann blieben sie wie angewurzelt stehen, als sie Farish in der Ferne sahen, wie er sich in der Kabine des Bulldozers eine .22er an die Schläfe hielt und schoss. In der Zeitung war ein Bild von einem Cop namens Jackie Sparks gewesen, der ehrlich erschüttert aussah, als er da draußen auf der Kuhweide vor dem am Boden Liegenden stand und den Sanitätern Anweisungen zurief.

Es war zwar ein Rätsel, wieso Farish den Bulldozer über-

Der Billardsaal.

haupt gestohlen hatte, aber das eigentliche Rätsel war, weshalb Farish sich hatte erschießen wollen. Manche Leute behaupteten, er habe Angst davor gehabt, wieder ins Gefängnis zu müssen, aber andere sagten, nein, das Gefängnis mache einem Mann wie Farish nichts aus, und außerdem sei die Straftat nicht so schwer gewesen, und er wäre in einem oder zwei Jahren wieder draußen gewesen. Die Schussverletzung war ernst, und Farish war beinahe daran gestorben. Er war erneut in die Schlagzeilen gekommen, als er aus einem nach Meinung der Ärzte unabänderlichen Koma erwacht war und Stampfkartoffeln verlangt hatte. Mit einem rechtsgültig anerkannten blinden rechten Auge schickte man ihn im Anschluss ans Krankenhaus auf Antrag des Verteidigers wegen Unzurechnungsfähigkeit in die staatliche Irrenanstalt in Whitfield, eine Maßnahme, die nicht ganz ungerechtfertigt erschien.

Nach seiner Entlassung aus der Psychiatrie war Farish in mehrfacher Hinsicht ein anderer Mensch. Es war nicht nur das Auge. Die Leute sagten, er habe zu trinken aufgehört, und soweit man wusste, brach er auch nicht mehr in Tankstellen ein und stahl keine Autos und Kettensägen aus fremden Garagen (obgleich seine jüngeren Brüder, was diese Aktivitäten anging, den Ausfall wettmachten). Seine Rasseninteressen traten ebenfalls in den Hintergrund; er stand nicht mehr auf dem Gehweg vor der staatlichen Schule und verteilte seine selbst gefertigten Pamphlete, in denen er die Schulintegration beklagte. Er betrieb jetzt eine Taxidermie-Werkstatt, und mit seiner Behindertenrente und dem, was er mit dem Präparieren von Hirschköpfen und Barschen für die Jäger und Angler der Umgebung verdiente, war er jetzt ein ziemlich gesetzestreuer Bürger. So hieß es wenigstens.

Und da war er nun, der leibhaftige Farish Ratliff – zum zweiten Mal in einer Woche, wenn man die Brücke mitzählte. Die einzigen Ratliffs, die Hely in diesem Teil der Stadt sonst zu sehen bekam, waren Curtis (der in ganz Alexandria umherstreifte und mit seiner Wasserpistole auf vorbeifahrende Autos schoss) und Bruder Eugene, eine Art Prediger. Diesen Eugene sah man manchmal auf dem Town

Square predigen, und häufiger noch taumelte er durch den heißen Auspuffdunst am Rande des Highways, schrie etwas von Pfingsten und schüttelte die Faust gegen den vorüberziehenden Verkehr. Farish war angeblich nicht mehr ganz richtig im Kopf, seit er auf sich geschossen hatte, aber Eugene (das hatte Hely von seinem Vater gehört) war ganz klar geistesgestört. Er fraß roten Lehm aus den Gärten der Leute und wälzte sich anfallsweise auf dem Gehweg, wenn er im Donner Gottes Stimme vernahm.

Catfish besprach sich leise mit ein paar Männern mittleren Alters am Tisch bei Odum. Einer von ihnen, ein fetter Mann in einem gelben Sporthemd, dessen misstrauische Schweinsäuglein aussahen wie in einem Teigkloß versunkene Rosinen, warf einen Blick zu Farish und Odum hinüber, schritt dann majestätisch zur anderen Seite des Tisches und versenkte einen billigen Ball. Ohne einen Blick auf Catfish zu werfen, griff er bedächtig zu seiner Gesäßtasche, und einen halben Herzschlag später tat einer der drei Zuschauer, die hinter ihm standen, das Gleiche.

»Hey«, rief Danny Ratliff quer durch den Raum zu Odum hinüber. »Immer mit der Ruhe. Wenn es jetzt um Geld geht, hat Farish das nächste Spiel.«

Farish räusperte sich mit lautem, würgendem Geräusch den Schleim aus dem Rachen und verlagerte sein Gewicht von einem Fuß auf den anderen.

»Der alte Farish hat ja jetzt nur noch ein Auge.« Catfish schlängelte sich heran und klopfte Farish auf den Rücken.

»Vorsicht«, sagte Farish ziemlich bedrohlich und mit einem erbosten Rucken des Kopfes, das nicht aussah wie bloßes Theater.

Catfish beugte sich geschmeidig über den Tisch und streckte Odum die Hand entgegen. »Catfish de Bienville ist der Name«, sagte er.

Odum winkte gereizt ab. »Ich weiß, wer du bist.«

Farish schob zwei Vierteldollarstücke in den Metallschieber und riss hart daran. Die Bälle polterten unter dem Tisch hervor.

»Ich hab diesen Blinden schon ein- oder zweimal geschlagen. Ich spiele Pool mit jedem hier, der *sehen* kann.« Odum

Der Billardsaal.

taumelte zurück und fand das Gleichgewicht wieder, indem er seinen Queue auf den Boden stieß. »Kannst du nicht zur Seite gehen und mir vom Hals bleiben?«, fuhr er Catfish an, der schon wieder hinter ihm aufgetaucht war. »Ja, *du*...«

Catfish beugte sich zu ihm und flüsterte ihm etwas ins Ohr. Langsam zogen sich seine weißblonden Brauen zu einem verdatterten Knoten zusammen.

»Spielst du nicht gern um Geld, Odum?«, fragte Farish höhnisch nach einer kurzen Pause und fing an, die Bälle aufzulegen. »Bist du 'n Diakon von den Baptisten drüben?«

»Nee«, sagte Odum. Der gierige Gedanke, den Catfish ihm ins Ohr geblasen hatte, arbeitete sich langsam auf seinem rot verbrannten Gesicht voran, unübersehbar wie eine Wolke, die sich über den leeren Himmel schiebt.

»Diddy«, kam ein ätzendes Stimmchen vom Eingang her. Es war Lasharon Odum. Ihre dürre Hüfte war seitwärts ausgestellt, was, wie Hely fand, widerlich erwachsen aussah. Ein Baby saß rittlings darauf, ebenso schmutzig wie sie. Beide hatten orangegelb verschmierte Ringe um den Mund, von Eis oder Fanta.

»Na, sieh mal an«, sagte Catfish theatralisch.

»Diddy, du hast gesagt, ich soll dich holen kommen, wenn der große Zeiger auf der Drei ist.«

»Hundert Eier«, sagte Farish in die Stille. »Ja oder nein?«

Odum drehte die Kreide auf seinem Queue und krempelte sich imaginäre Ärmel hoch. Dann sagte er abrupt und ohne seine Tochter anzusehen: »Diddy ist noch nicht so weit, Sugar. Hier habt ihr jeder 'n Zehner. Verschwinde und guck dir die Comics an.«

»Diddy, du hast aber gesagt, ich soll dich erinnern...«

»Ich habe gesagt, *verschwinde*. Du bist dran«, sagte er zu Farish.

»Ich hab aufgelegt.«

»Ich weiß.« Odum winkte aus dem Handgelenk ab. »Na los, ich lass dir den Vortritt.«

Farish sackte vornüber und legte sein Gewicht auf den Tisch. Mit seinem gesunden Auge spähte er am Queue entlang – geradewegs zu Hely herüber –, und sein Blick war so kalt, als schaue er an einem Gewehrlauf entlang.

Klack. Die Bälle kreiselten auseinander. Odum ging auf die andere Seite und studierte den Tisch ein paar Augenblicke lang. Dann reckte er kurz den Hals, indem er den Kopf zur Seite schwenkte, und beugte sich hinunter, um seinen Stoß zu machen.

Catfish schob sich zwischen die Männer, die von den Flipperautomaten und den anderen Tischen herüberdrifteten, um zuzuschauen. Unauffällig raunte er dem Mann im gelben Hemd etwas zu, gerade als Odum mit einem angeberischen Heber nicht einen, sondern zwei gestreifte Bälle versenkte.

Juchzender Jubel. Catfish driftete im Stimmengewirr der Zuschauer wieder zu Danny zurück. »Odum kann den Tisch den ganzen Tag halten«, flüsterte er, »solange sie bei Eightball bleiben.«

»Farish kriegt das genauso hin, wenn er einmal angefangen hat.«

Odum spielte eine neue Kombination, einen heiklen Stoß, bei dem der Spielball eine Volle traf, die eine andere einlochte. Wiederum Jubel.

»Wer ist mit drin?«, fragte Danny. »Die zwei am Flipper?«

»Nicht interessiert«, sagte Catfish, und mit einem beiläufigen Blick über die Schulter und über Helys Kopf hinweg griff er in die Uhrentasche seiner Lederweste und hatte dann einen metallenen Gegenstand in der hohlen Hand, der in Größe und Form ungefähr einem Golftee entsprach. Für einen kurzen Moment, bevor sich Catfishs beringte Finger darum schlossen, sah Hely die Bronzefigur einer nackten Lady mit hohen Absätzen und einer aufgetürmten Afrofrisur.

»Wieso nicht? Wer sind die denn?«

»Nur zwei brave Christenjungs«, sagte Catfish, während Odum einen leichten Ball in der Seitentasche versenkte. Verstohlen, die Hand halb in der Jackentasche, schraubte er der Lady den Kopf vom Körper und schnippte ihn mit dem Daumen in die Tasche. »Die andern da«, er verdrehte die Augen zu dem Mann im gelben Sporthemd und seinen fetten Freunden, »sind auf der Durchreise aus Texas.« Catfish sah sich beiläufig um, und dann wandte er sich ab, als

Der Billardsaal.

müsse er niesen, und nahm schnell und heimlich eine Nase.
»Arbeiten auf 'm Krabbenboot.« Mit dem Ärmel seiner Smokingjacke wischte er sich die Nase ab, und sein Blick
wanderte ausdruckslos über den Comic-Ständer und über
Helys Kopf hinweg, während er Danny die Phiole in der
hohlen Hand hinüberreichte.

Danny schniefte geräuschvoll und drückte sich dann die
Nase zu. Tränen stiegen ihm in die Augen. »Allmächtiger
Gott«, sagte er.

Odum pfefferte wieder einen Ball ins Loch. Unter dem
Gejohle der Männer von dem Krabbenboot starrte Farish
wütend auf den Tisch; er balancierte seinen Queue waagerecht im Nacken, hatte die Ellenbogen darübergeschlungen
und ließ die Pranken baumeln.

In einer lockeren, ulkigen kleinen Tanzbewegung trat
Catfish zurück. Er wirkte plötzlich sehr beschwingt. »Mis-
tah Farish«, trompetete er fröhlich quer durch den Raum
und imitierte dabei den Tonfall eines populären schwarzen
Fernsehkomikers, »hat sich ein *Bild* von der Situation gemacht.«

Hely war so aufgeregt und durcheinander, dass er das
Gefühl hatte, der Kopf werde ihm platzen. Mit der Phiole
konnte er nichts anfangen, aber mit Catfishs üblen Reden
und seinem verdächtigen Benehmen durchaus: Er begriff
zwar nicht genau, was hier im Gange war, aber er wusste,
dass es sich um Glücksspiel handelte und dass so etwas
verboten war. Genauso, wie es verboten war, mit Pistolen
von einer Brücke zu schießen, selbst wenn niemand getroffen wurde. Seine Ohren brannten knallrot vor Aufregung,
was hoffentlich niemand bemerken würde. Beiläufig stellte
er den Comic weg, den er sich angesehen hatte, und nahm
einen neuen vom Ständer. Ein Skelett, das im Zeugenstand
saß, deutete mit einem fleischlosen Arm auf die Zuschauer,
und ein gespenstischer Anwalt dröhnte: »Und jetzt zeigt
mein Zeuge – das **OPFER!** – Ihnen…

»DEN MANN, DER DEN MORD BEGING!!!!«

»Na los, hau weg!«, schrie Odum unvermittelt, als die Acht
über den Filz schoss, von der Bande abprallte und in die
gegenüberliegende Ecktasche plumpste.

In dem Pandämonium, das jetzt ausbrach, zog Odum eine kleine Flasche Whiskey aus der Gesäßtasche und trank einen tiefen, durstigen Schluck daraus. »Lass deine hundert Dollar sehen, Ratliff.«

»Dafür bin ich gut. Und für 'ne neue Runde auch«, fauchte Farish, während die Kugeln aus dem Rücklauf fielen und er sie wieder auflegte. »Sieger fängt an.«

Odum zuckte die Achseln, spähte mit schmalem Auge am Queue entlang – die Nase gerümpft, sodass die Oberlippe seine karnickelhaften Schneidezähne entblößte – und legte ein krachendes Break hin, sodass nicht nur die Spielkugel auf der Stelle kreiselte, wo sie die anderen Kugeln getroffen hatte, sondern die Acht auch pfeilgerade in einer Ecktasche verschwand.

Die Männer, die auf dem Krabbenboot arbeiteten, johlten und klatschten. Sie sahen aus, als hätten sie das Gefühl, auf eine tolle Sache gestoßen zu sein. Catfish latschte beschwingt, die Knie locker, das Kinn hoch erhoben, zu ihnen hinüber, um sich über die Finanzen zu beraten.

»Schneller hast *du* dein Geld noch nie verloren!«, rief Danny quer durch den Saal.

Hely merkte, dass Lasharon Odum dicht hinter ihm stand, nicht, weil sie etwas sagte, sondern weil das Baby erkältet war und deshalb abstoßend feucht vor sich hin keuchte. »Hau ab hier«, brummte er und rückte ein Stück beiseite.

Sie kam ihm schüchtern nach, drängte sich störend an den Rand seines Gesichtsfeldes. »Leih mir 'n Vierteldollar.«

Ihr hoffnungslos winselnder Tonfall war noch widerlicher als das verrotzte Atmen des Babys. Viel sagend wandte er ihr den Rücken zu. Farish – die Männer vom Krabbenboot verdrehten die Augen – langte wieder in den Rücklauf.

Odum packte mit beiden Händen den eigenen Unterkiefer und ruckte den Kopf nach links und dann nach rechts, dass es im Nacken krachte: *snick.* »Immer noch nicht genug?«

»*Oh, all* right *now.*« Catfish schmalzte im Chor mit der Jukebox und schnippte mit den Fingern: »*Baby what I say.*«

»Was ist das für 'n *Schrott* in der Musikbox?«, knurrte

Der Billardsaal.

Farish und ließ die Kugeln mit wütendem Gepolter auf den Tisch fallen.

Catfish wiegte sich spöttisch in den mageren Hüften. »Mach dich locker, Farish.«

»Hau *ab*«, sagte Hely zu Lasharon, die sich wieder herangeschlichen hatte und ihn beinahe berührte. »Du stinkst nach Popel.«

Ihre Nähe war ihm so ekelhaft, dass er es lauter sagte, als er wollte, und er erstarrte, als Odums unscharfer Blick vage zu ihnen herüberschwenkte. Auch Farish schaute auf, und sein gesundes Auge nagelte Hely fest wie ein Wurfmesser.

Odum holt tief und betrunken Luft und legte seinen Queue auf den Tisch. »Seht ihr das kleine Mädchen, das da steht?«, fragte er Farish und Co. melodramatisch. »Geht mir gegen den Strich, das zu sagen, aber das kleine Mädchen da schuftet wie eine erwachsene Frau.«

Catfish und Danny Ratliff wechselten einen kurzen, erschrockenen Blick.

»Ich frage euch. Wo findet man so'n süßes kleines Mädchen, das einem das Haus versorgt und auf die Kleinen aufpasst und Essen auf'n Tisch stellt und geht und holt und bringt, damit ihr armer alter Diddy auch alles hat?«

Ich würde nichts essen, was sie *auf'n Tisch bringt*, dachte Hely.

»Die jungen Leute heute glauben alle, sie müssten alles haben«, antwortete Farish ungerührt. »Würde ihnen gut tun, wenn sie wie deine wären und nichts hätten.«

»Als ich und meine Brüder und Schwestern hier raufkamen, hatten wir nicht mal 'n Eisschrank«, sagte Odum mit bebender Stimme. Er kam jetzt richtig in Fahrt. »Den ganzen Sommer über hab ich draußen auf den Feldern Baumwolle gepflückt…«

»Ich hab auch meinen Teil Baumwolle gepflückt.«

»… und meine Mama, sag ich euch, *die hat auf den Feldern geschuftet wie ein Niggermann.* Und ich, ich konnte nicht mal zur Schule gehen. Mama und Daddy brauchten mich zu Hause! Nein, wir haben nie was gehabt, aber wenn ich das Geld dazu hätte – da gäb's nichts auf der Welt, was ich den Kleinen da drüben nicht kaufen würde. Sie wissen schon, dass der olle Daddy es lieber ihnen geben als selber behalten würde. Hmm? Wisst ihr das nicht?«

Sein haltloser Blick wanderte von Lasharon und dem Baby zu Hely. »Ich habe gefragt, ob ihr das nicht wisst«, wiederholte er in lauterem und weniger angenehmem Ton.

Jetzt starrte er Hely ins Gesicht. Hely war entsetzt. *Du meine Güte*, dachte er, *ist der alte Trottel so besoffen, dass er nicht mehr weiß, dass ich nicht sein Kind bin?* Mit offenem Mund starrte er zurück.

»Ja, Diddy«, wisperte Lasharon kaum hörbar.

Odums rot geränderte Augen blickten sanfter und richteten sich unsicher auf seine Tochter; das feuchte, selbstmitleidige Beben seiner Lippen bereitete Hely größeres Unbehagen als alles andere an diesem Nachmittag.

»Gehört? Habt ihr gehört, was das kleine Mädchen sagt? Komm her und nimm deinen alten Diddy in die Arme.« Er wischte sich mit dem Handknöchel eine Träne weg.

Lasharon rückte das Baby auf ihrer knochigen Hüfte höher und ging langsam zu ihm. Die besitzergreifende Art, mit der Odum sie umarmte, und der teilnahmslose Blick, mit dem sie es hinnahm – wie ein jämmerlicher alter Hund, der die Berührung seines Besitzers hinnimmt –, erweckte Helys Abscheu, machte ihm aber auch ein bisschen Angst.

»Diese Kleine hier *liebt* ihren alten Diddy, nicht wahr?« Mit Tränen in den Augen drückte er sie an sein Hemd.

An der Art, wie sie sich anschauten und die Augen verdrehten, sah Hely zu seiner Genugtuung, dass Catfish und Danny Ratliff von Odums Rührseligkeit genauso angewidert waren wie er.

»*Sie* weiß, dass ihr Diddy ein armer Mann ist! *Sie* braucht keinen Haufen olles Spielzeug und Bonbons und feine Kleider!«

»Wieso sollte sie auch?«, fragte Farish schroff.

Odum, berauscht vom Klang der eigenen Stimme, drehte sich benebelt um und zog die Stirn kraus.

»Yeah. Du hast ganz richtig gehört. Wieso sollte *sie* den ganzen Dreck haben? Wieso *irgendeins* von denen? Wir hatten auch nichts, als wir raufgekommen sind, oder?«

Der Billardsaal.

Langsam breitete sich Erstaunen in Odums Gesicht aus und ließ es leuchten. »Nein, Bruder!«, rief er beglückt.

»Haben wir uns geschämt, arm zu sein? Waren wir uns zum Arbeiten zu schade? Was gut genug für uns ist, ist auch gut genug für *sie*, richtig?«

»Verdammt richtig!«

»Wer sagt denn, dass Kinder glauben sollen, sie wären was Besseres als ihre Eltern? Die Bundesregierung, die sagt das! Wieso, glaubst du, steckt die Regierung ihre Nase in die Privathäuser der Leute und überschüttet sie mit Lebensmittelmarken und Impfungen und liberaler Erziehung? Ich sag dir, wieso. Das ist 'ne Gehirnwäsche für die Kids, damit sie glauben, sie müssten *mehr* haben als ihre Eltern, damit sie verachten, wo sie herkommen, und sich über ihr eigen Fleisch und Blut erheben. Ich weiß nicht, wie es bei dir ist, aber mein Daddy hat mir nie was umsonst gegeben.«

Leises Beifallsgemurmel überall in der Pool Hall.

»Nee«, sagte Odum und wackelte betrübt mit dem Kopf. »Mama und Diddy haben mir nichts geschenkt. Ich hab für alles arbeiten müssen. Für alles, was ich hab.«

Farish deutete mit einer knappen Kopfbewegung auf Lasharon und das Baby. »Dann sag mir eins. Warum sollte *sie* haben, was *wir* nicht hatten?«

»Bei Gott, das ist wahr! Lass Diddy in Ruhe, Sugar«, sagte Odum zu seiner Tochter, die apathisch an seinem Hosenbein zupfte.

»Diddy, bitte, wir gehen.«

»Diddy will noch nicht gehen, Sugar.«

»Aber Diddy, du hast gesagt, ich soll dich erinnern, dass der Chevrolet-Laden um sechs zumacht.«

Mit ziemlich angestrengter Gutwilligkeit im Blick schlängelte Catfish sich hinüber zu den Männern vom Krabbenboot; einer von ihnen hatte eben auf die Uhr geschaut. Aber in diesem Augenblick griff Odum in die vordere Tasche seiner dreckigen Jeans, wühlte einen oder zwei Augenblicke darin herum und förderte dann das dickste Bündel Geldscheine zutage, das Hely je gesehen hatte.

Das verschaffte ihm sofort ungeteilte Aufmerksamkeit. Odum warf die Rolle Scheine auf den Billardtisch.

»Was von meiner Versicherungsprämie noch übrig ist.«
Mit betrunkener Frömmigkeit nickte er. »Aus meiner Hand
hier. Wollte damit zum Chevrolet-Laden und Roy Dial bezahlen, diesen Scheißkerl mit seinem Pfefferminzatem. Der
ist gekommen und hat mein verdammtes Auto abgeholt,
direkt vor meiner ...«

»So arbeiten die«, sagte Farish nüchtern. »Diese Schweine
von der Steuer, von der Kreditvermittlung, vom Sheriff's De-
partment. Die kommen ohne weiteres auf deinen Grund und
Boden und nehmen sich, was sie wollen ...«

»*Und*«, fuhr Odum mit lauterer Stimme fort, »ich werde
jetzt hingehen und mir den Wagen zurückholen. Hiermit.«

»Äh, mich geht's ja nichts an, aber du solltest nicht so viel
Kohle in ein *Auto* stecken.«

»Was?«, fragte Odum streitsüchtig und taumelte zurück.
Das Geld lag in einem gelben Lichtkreis auf dem grünen
Filz.

Farish hob seine schmuddelige Pranke. »Ich sage bloß,
wenn du deinen Wagen bei einem schleimigen Wiesel wie
Dial *über* dem Ladentisch kaufst, wie man so sagt, dann
wirst du nicht bloß von Dial mit der Finanzierung regelrecht ausgeraubt, sondern dann stehen auch noch Staats-
und Bundesregierung auf der Matte, um sich ihren Anteil
zu holen. Ich hab schon hunderttausendmal gegen die Verkaufssteuer gepredigt. Die Verkaufssteuer ist *verfassungs-
widrig*. Ich kann den Finger auf die Stelle in der Verfassung
dieses Landes legen, wo das steht.«

»Komm, Diddy«, sagte Lasharon kraftlos und zupfte unentwegt an Odums Hosenbein. »Diddy, bitte, wir gehen.«

Odum sammelte sein Geld wieder ein. Er schien nicht genau begriffen zu haben, worum es in Farishs kleiner Rede
gegangen war. »No, Sir.« Er atmete schwer. »Der Kerl kann
sich nicht einfach nehmen, was mir gehört! Ich gehe jetzt
schnurstracks zu Dial Chevrolet und schmeiß ihm das hier
ins Gesicht«, er klatschte mit dem Geld auf den Pooltisch,
»und dann werde ich zu ihm sagen, ich werde sagen: ›Gib
mir sofort meinen Wagen zurück, du Pfefferminzstinker.‹«
Umständlich stopfte er sich die Scheine in die rechte Jeans-
tasche, während er in der linken nach einem Vierteldollar

Der Billardsaal.

wühlte. »Aber vorher sagen diese Vierhundert und noch zwei von dir, dass ich dir beim Eightball noch mal den Arsch aufreißen kann.«

Danny Ratliff, der in einem engen Kreis vor dem Cola-Automaten hin- und hergelaufen war, atmete hörbar aus.

»Ist'n hoher Einsatz«, sagte Farish gelassen. »Ich fange an?«

»Du fängst an.« Odum machte eine betrunkene, großzügige Gebärde.

Mit absolut ausdruckslosem Gesicht griff Farish in die Hüfttasche und zog eine große schwarze Brieftasche heraus, die mit einer Kette an einer Gürtelschlaufe seines Overalls befestigt war. Flink und professionell wie ein Bankkassierer zählte er sechshundert Dollar in Zwanzigern ab und legte sie auf den Tisch.

»Das ist 'ne Menge Geld, mein Freund«, sagte Odum.

»Freund?« Farish lachte rau. »Ich hab nur zwei Freunde. Meine *besten* Freunde.« Er hielt die immer noch prall mit Scheinen gefüllte Brieftasche hoch, damit alle sie sehen konnten. »Siehst du? Das hier ist mein bester Freund, und der ist immer in meiner Tasche. Und mein zweitbester Freund ist auch immer bei mir. Und dieser Freund ist eine .22er Pistole.«

»Diddy«, sagte Lasharon ohne Hoffnung und zupfte ein letztes Mal am Hosenbein ihres Vaters. »Bitte.«

»Was glotzt *du* so, du kleiner Scheißer?«

Hely machte einen Satz. Danny Ratliff ragte dicht neben ihm in die Höhe, und seine Augen leuchteten Furcht erregend.

»Hmmn? Gib Antwort, wenn ich mit dir rede, du kleiner Scheißer.«

Alle schauten ihn an – Catfish, Odum, Farish, die Männer vom Krabbenboot und der fette Typ an der Kasse.

Wie aus weiter Ferne hörte er Lasharon Odum mit ihrer ätzenden Stimme sagen: »Er guckt sich bloß mit mir die Comics an, Diddy.«

»Stimmt das? *Stimmt* das?«

Hely brachte vor Schrecken kein Wort heraus. Er nickte nur.

»Wie heißt du?« Das kam in bärbeißigem Ton von der anderen Seite des Raumes. Hely schaute hinüber und sah, dass Farish Ratliff sein gesundes Auge wie eine Schlagbohrmaschine auf ihn gerichtet hatte.

»Hely Hull«, sagte Hely, ohne nachzudenken, und dann schlug er sich entsetzt die Hand vor den Mund.

Farish gluckste trocken. »So ist es richtig, Kleiner.« Er drehte mit schraubenden Bewegungen ein blaues Stück Kreide auf der Spitze seines Queues, aber sein gesundes Auge blieb auf Hely gerichtet. »Nie was sagen, solange man dich nicht *zwingt*.«

»Ach, ich weiß, wer diese kleine Sackratte ist«, sagte Danny Ratliff zu seinem großen Bruder und deutete mit dem Kinn auf Hely. »Du heißt Hull, sagst du?«

»Ja, Sir«, sagte Hely kläglich.

Danny stieß ein schrilles, raues Lachen aus. »Ja, *Sir*. Hört euch das an. Komm mir nicht mit *Sir*, du kleiner ...«

»Ist ganz in Ordnung, wenn der Junge Manieren hat«, unterbrach Farish ihn scharf. »Hull heißt du?«

»Ja, *Sir*.«

»Er ist 'n Bruder von diesem Hull, der mit 'm alten Cadillac-Cabrio durch die Gegend fährt«, sagte Danny zu Farish.

»Diddy«, sagte Lasharon Odum laut in die angespannte Stille. »Diddy, kann ich und Rusty die Comics angucken?«

Odum gab ihr einen Klaps auf den Hintern. »Lauf nur, Sugar. Hey«, sagte er dann betrunken zu Farish und stieß zur Betonung mit dem Queue auf den Boden, »wenn wir hier spielen wollen, lass uns spielen. Ich muss los.«

Aber Farish hatte nach einem letzten langen Blick auf Hely zu dessen großer Erleichterung längst angefangen, die Bälle aufzulegen.

Hely konzentrierte sich mit jeder Faser auf das Comic-Heft. Die Buchstaben hüpften leicht im Takt seines Herzschlags. *Nicht aufblicken*, warnte er sich. *Nicht mal für eine Sekunde*. Seine Hände zitterten, und sein Gesicht brannte so rot, dass er das Gefühl hatte, jeder im Raum müsse darauf aufmerksam werden wie auf ein offenes Feuer.

Farish spielte das Break, und es krachte so laut, dass Hely zusammenzuckte. Ein Ball polterte in eine Tasche,

Der Billardsaal.

vier oder fünf lange, rollende Sekunden später gefolgt von einem zweiten.

Die Männer vom Krabbenboot schwiegen. Einer rauchte eine Zigarre, und von dem Gestank bekam Hely Kopfschmerzen, aber auch von der grellbunten Druckfarbe, die vor seinen Augen über die Lettern flirrte.

Lange war es still. *Klunk.* Wieder Stille. Sehr, sehr leise begann Hely sich zur Tür zu schleichen.

Klunk, klunk. Die Stille vibrierte vor Anspannung.

»Mann!«, schrie jemand. »Du hast gesagt, der Drecksack sieht nichts!«

Tumult. Hely war an der Kasse vorbei und fast zur Tür hinaus, als eine Hand vorschoss und ihn hinten am Hemd packte, und unversehens blinzelte er in das Bullengesicht des glatzköpfigen Kassierers. Mit Entsetzen wurde ihm klar, dass er immer noch den Comic von vorhin umklammert hielt, ohne dafür bezahlt zu haben. In panischer Hast wühlte er in der Tasche seiner Shorts. Aber der Kassierer interessierte sich überhaupt nicht für ihn, er schaute ihn nicht einmal an, auch wenn er ihn weiter am Hemd festhielt. Er hatte nur Augen für das, was am Pooltisch vor sich ging.

Hely warf einen Vierteldollar und einen Zehner auf die Theke, und sowie der Kerl sein Hemd losließ, schoss er zur Tür hinaus. Nach der Dunkelheit in der Billardhalle tat die Nachmittagssonne seinen Augen weh. Auf dem Gehweg fing er an zu rennen, aber er war so geblendet, dass er kaum sehen konnte, wohin er lief.

Auf dem Platz waren so spät am Nachmittag keine Fußgänger und nur wenige geparkte Autos. Fahrrad, wo war das Fahrrad? Er rannte an der Post vorbei, vorbei am Freimaurertempel, und er war halb die Main Street hinuntergerannt, als ihm einfiel, dass er in die falsche Richtung lief, weil er das Fahrrad im Durchgang hinter der City Hall hatte stehen lassen.

Er machte kehrt und rannte keuchend zurück. Im Durchgang war es düster und glitschig von Moos. Einmal, als Hely noch kleiner war, war er dort hineingeschlüpft, ohne darauf zu achten, wo er lief, und er war der Länge nach über die schattenhafte Gestalt eines Tramps gestolpert (ein übel riechender Haufen Lumpen), der über die halbe Länge des Durchgangs ausgestreckt lag. Als Hely über ihn hinschlug, sprang er fluchend auf und packte Hely beim Knöchel. Hely hatte geschrien, als habe man ihn mit kochendem Benzin übergossen, und in seinem qualvollen Drang zu entkommen, hatte er einen Schuh verloren.

Aber jetzt hatte Hely solche Angst, dass es ihm egal war, auf wen er hier trat. Er stürmte in den Durchgang, schlitterte über den moosglatten Zementboden und raffte sein Fahrrad auf. Es war nicht genug Platz, um hinauszufahren, ja, kaum genug Platz, um es herumzudrehen. Er packte die Lenkstange, wuchtete und sägte hin und her, bis er das Vorderrad nach vorn manövriert hatte, und dann schob er das Rad im Laufschritt hinaus auf den Gehweg – wo zu seinem Schrecken Lasharon Odum mit dem Baby stand und auf ihn wartete.

Hely erstarrte. Träge rückte sie das Baby auf ihrer Hüfte herauf und schaute ihn an. Er hatte nicht die leiseste Ahnung, was sie von ihm wollte, aber er wagte auch nicht, etwas zu sagen; also blieb er einfach stehen und starrte sie an, während sein Herz in der Brust galoppierte.

Nach einer Ewigkeit, wie es schien, rückte sie das Baby erneut zurecht und sagte: »Schenk mir das Heft.«

Wortlos griff Hely in die Gesäßtasche und reichte ihr das Heft. Gelassen und ohne einen Funken Dankbarkeit verlagerte sie das Gewicht des Babys auf einen Arm und wollte es mit der anderen Hand nehmen, aber ehe sie es tun konnte, streckte das Baby die Arme aus und ergriff das Heft mit schmutzigen kleinen Händen. Mit ernstem Blick hielt es sich das Comic-Heft dicht vors Gesicht und schloss dann versuchsweise die klebrigen, gelb verschmierten Lippen darum.

Hely sah es mit Abscheu; es war eine Sache, wenn sie das Heft lesen wollte, aber eine ganz andere, wenn sie es haben wollte, damit das Baby darauf herumkauen konnte. Lasharon traf keine Anstalten, ihm das Heft wegzunehmen. Stattdessen schaute sie es mit Kulleraugen an und wippte es zärtlich auf und ab, ganz so, als wäre es sau-

Der Billardsaal.

ber und reizend und nicht so ein verschleimter kleiner Röchler.

»Warum Diddy weint?«, fragte sie es munter mit Babystimme und schaute in das winzige Gesicht. »Warum Diddy weint da drinnen?«

»Zieh dir was an«, sagte Ida Rhew zu Harriet. »Du tropfst alles voll.«

»Mach ich gar nicht. Ich bin auf dem Heimweg getrocknet.«

»Du ziehst dir trotzdem was an.«

In ihrem Zimmer wand Harriet sich aus dem klammen Badeanzug und zog Khakishorts und das einzige saubere T-Shirt an, das sie hatte: weiß mit einem gelben Smiley auf der Brust. Sie verabscheute dieses Smiley-T-Shirt. Es war ein Geburtstagsgeschenk ihres Vaters; so würdelos es auch war, er musste doch aus irgendeinem Grund gefunden haben, dass es zu ihr passte, und dieser Gedanke ärgerte Harriet mehr als das Hemd an sich.

Harriet wusste es nicht, aber das Smiley-T-Shirt (und die Baskenmütze mit dem Peace-Zeichen und all die anderen bunten und unangebrachten Sachen, die ihr Vater ihr zum Geburtstag geschickt hatte), waren überhaupt nicht von ihrem Vater ausgesucht worden, sondern von seiner Geliebten in Nashville, und wenn diese Geliebte (sie hieß Kay) nicht gewesen wäre, hätten Harriet und Allison überhaupt keine Geburtstagsgeschenke bekommen. Kay war die Erbin einer kleinen Softdrink-Firma, leicht übergewichtig, mit einer zuckrigen Stimme, einem weichen, schlaffen Lächeln und ein paar psychischen Problemen. Sie trank auch ein bisschen zu viel, und in irgendwelchen Bars dachten sie und Harriets Vater gemeinsam weinerlich an seine armen kleinen Töchter, die da unten in Mississippi bei ihrer verrückten Mutter festsaßen.

Jeder in der Stadt wusste von Dix' Geliebten in Nashville, nur nicht seine eigene Familie und die seiner Frau. Niemand war mutig genug, es Edie zu sagen, oder herzlos genug, es den anderen zu erzählen. Dix' Kollegen in der

Bank wussten Bescheid, und sie missbilligten die Liaison, denn gelegentlich brachte er die Frau mit zu Veranstaltungen der Bank. Roy Dials Schwägerin, die in Nashville wohnte, hatte Mr. und Mrs. Dial überdies erzählt, dass die beiden Turteltauben sogar ein gemeinsames Apartment hätten. Mr. Dial (was man ihm zugute halten muss) behielt diese Information bis heute für sich, wohingegen Mrs. Dial sie sofort in ganz Alexandria herumposaunt hatte. Sogar Hely wusste es. Er hatte es von seiner Mutter aufgeschnappt, als er neun oder zehn Jahre alt war. Darauf angesprochen, hatte sie ihn schwören lassen, dass er es Harriet gegenüber niemals erwähnen werde, und er hatte es auch nie getan.

Hely wäre es nie in den Sinn gekommen, seiner Mutter nicht zu gehorchen. Aber obwohl er das Geheimnis für sich behielt – das einzige echte Geheimnis, das er vor Harriet hatte –, glaubte er nicht, dass sie besonders aufgebracht sein würde, wenn sie es erführe. Und mit dieser Annahme lag er ganz richtig. Außer Edie – aus verletztem Stolz – hätte sich niemand einen Deut darum geschert, und selbst wenn Edie oft darüber murrte, dass ihre Enkelinnen ohne Vater aufwuchsen, hätte weder sie noch sonst jemand je behauptet, dass Dix' Rückkehr an diesem Mangel etwas ändern würde.

Harriet war äußerst finster gelaunt – so finster, dass ihr die Ironie des Smiley-T-Shirts eigentlich schon wieder gefiel. Dieser selbstzufriedene Ausdruck erinnerte sie an ihren Dad, auch wenn für ihren Dad kaum Grund bestand, so fröhlich zu sein, geschweige denn solche Fröhlichkeit von Harriet zu erwarten. Kein Wunder, dass Edie ihn verabscheute. Man hörte es schon daran, wie sie seinen Namen aussprach: *Dixon*, niemals Dix.

Harriets Nase lief, und ihre Augen brannten vom Chlorwasser. Sie setzte sich auf die Fensterbank und schaute durch den Vorgarten auf das satte Grün der Bäume. Nach dem vielen Schwimmen fühlten ihre Glieder sich schwer und seltsam an, und ein dunkler Lack der Trauer hatte sich auf das Zimmer gelegt, wie es meistens geschah, wenn Harriet nur lange genug stillsaß. Als kleines Mädchen hatte sie manchmal ihre Adresse vor sich hingesungen, wie

Der Billardsaal.

sie einem Besucher aus dem Weltall erscheinen musste: Harriet Cleve Dufresnes, 363 George Street, Alexandria, Mississippi, Amerika, Planet Erde, Milchstraße... und das Gefühl von hallender Weite, das Gefühl, verschluckt zu werden vom schwarzen Schlund des Universums – das winzigste weiße Körnchen in einem endlosen Gerieseel von weißem Zucker –, war manchmal so, als müsse sie ersticken.

Sie nieste heftig. Kleine Tröpfchen sprühten überall hin. Sie hielt sich die Nase zu, sprang mit tränenden Augen auf und lief die Treppe hinunter, um sich ein Kleenex zu holen. Das Telefon klingelte, und sie sah kaum, wo sie hinlief; Ida stand am Telefontisch am Fuße der Treppe, und ehe Harriet sich versah, sagte Ida: »Da kommt sie«, und drückte ihr den Hörer in die Hand.

»Harriet, paß auf. Danny Ratliff ist jetzt in der Pool Hall, er und sein Bruder. Die waren das, die von der Brücke auf mich geschossen haben.«

»Moment mal«, sagte Harriet völlig desorientiert. Mit Mühe unterdrückte sie einen zweiten Nieser.

»Aber ich hab ihn *gesehen*, Harriet. Und er ist unheimlich. Er und sein Bruder.«

Und er plapperte immer weiter, von Raub und Gewehren und Glücksspiel und Diebstahl. Staunend hörte sie zu, und der Niesreiz war vergangen. Nur ihre Nase lief noch, und ungelenk bog sie sich und versuchte, sie an dem kurzen Ärmel ihres T-Shirts abzuwischen, mit der gleichen rollenden Kopfbewegung, mit der Weenie der Kater den Teppich bearbeitet hatte, um etwas aus dem Auge zu entfernen.

»Harriet?« Hely brach mitten in seiner Erzählung ab. Vor lauter Eifer, ihr zu erzählen, was passiert war, hatte er ganz vergessen, dass sie nicht miteinander sprachen.

»Ich bin noch dran.«

Ein kurzes Schweigen folgte, in dem Harriet den Fernseher hörte, der bei Hely im Hintergrund fröhlich schnatterte.

»Wann bist du aus der Pool Hall weggegangen?«, fragte sie.

»Vor ungefähr einer Viertelstunde.«

»Meinst du, die sind noch da?«

»Kann sein. Es sah aus, als ob es eine Schlägerei geben würde. Die Typen von dem Boot waren sauer.«

Harriet nieste. »Ich will ihn sehen. Ich fahre sofort mit dem Rad hin.«

»Hey, auf gar keinen Fall!«, sagte Hely erschrocken, aber sie hatte schon aufgelegt.

Es hatte keine Schlägerei gegeben, jedenfalls nichts, was Danny so bezeichnet hätte. Als es einen Moment lang so ausgesehen hatte, als ob Odum nicht zahlen wollte, nahm Farish einen Stuhl und schlug ihn damit zu Boden. Dann fing er an, methodisch auf ihn einzutreten (während seine Kids im Eingang kauerten), und schon bald flehte Odum ihn heulend an, das Geld zu nehmen. Die Männer vom Krabbenboot gaben eher Anlass zur Besorgnis; sie hätten eine Menge Ärger machen können, wenn sie gewollt hätten. Aber auch wenn der dicke Mann im gelben Hemd mit ein paar farbenprächtigen Ausdrücken um sich geworfen hatte, begnügten die anderen sich mit leisem Gemurre und lachten sogar, wenn auch ein bisschen verärgert. Aber sie hatten Urlaub und jede Menge Kohle.

Auf Odums Mitleid erregende Appelle reagierte Farish völlig ungerührt. *Fressen oder gefressen werden,* das war seine Philosophie, und alles, was er jemand anderem wegnehmen konnte, betrachtete er als sein rechtmäßiges Eigentum. Während Odum voller Panik hin und her hinkte und Farish anflehte, er möge doch an die Kinder denken, musste Danny bei Farishs aufmerksamem, freundlichem Gesichtausdruck daran denken, wie Farishs zwei Deutsche Schäferhunde aussahen, wenn sie soeben eine Katze umgebracht hatten oder im Begriff waren, sie umzubringen: wachsam, geschäftmäßig, verspielt. *Nicht persönlich nehmen, Mieze. Nächstes Mal hast du vielleicht mehr Glück.*

Danny bewunderte Farishs nüchterne Haltung, wenngleich er selbst solche Situationen lieber vermied. Er zündete sich eine Zigarette an, obwohl er vom vielen Rauchen bereits einen schlechten Geschmack im Mund hatte.

»Entspann dich«, sagte Catfish, als er an Odum heran-

Der Billardsaal.

glitt und ihm eine Hand auf die Schulter legte. Catfishs gute Laune war unerschöpflich; er war immer vergnügt, ganz gleich, was passierte, und er konnte nicht begreifen, warum nicht alle anderen genauso unverwüstlich waren.

Mit letzter Kraft, halb irre, aber doch eher jämmerlich als bedrohlich, bäumte Odum sich auf. »Hände weg von mir, Nigger.«

Catfish blieb ungerührt. »Wer spielen kann wie du, Brother, der hat doch kein Problem, das Geld zurückzugewinnen. Wenn du Lust hast, kommst du nachher zu mir in die Esquire Lounge. Vielleicht können wir uns ja was einfallen lassen.«

Odum taumelte rückwärts gegen die Wand. »Mein Auto«, sagte er. Sein Auge war geschwollen, und sein Mund blutete.

Ungebeten zuckte eine hässliche Erinnerung aus frühen Kindertagen durch Dannys Kopf: Bilder von nackten Frauen in einer Angler- und Jägerzeitschrift, die sein Vater im Bad neben dem Klo hatte liegen lassen. Erregung, aber eklige Erregung, das Schwarz und Rosa zwischen den Beinen der Frauen vermischt mit einem blutenden Bock mit einem Pfeil im Auge auf der einen Seite und einem Fisch am Haken auf der nächsten. Und alles das, der verendende Bock, in den Vorderbeinen eingeknickt, und der nach Luft schnappende Fisch, vermischte sich mit dem atemlosen Kampf gegen das Ding in seinem Alptraum.

»Aufhören«, sagte er laut.

»Wer soll aufhören?«, fragte Catfish abwesend und klopfte die Taschen seiner Smokingjacke nach der kleinen Phiole ab.

»Dieses Geräusch in meinen Ohren. Das hört und hört nicht auf.«

Catfish nahm eine schnelle Prise und reichte Danny die Phiole. »Lass dich davon nicht fertig machen. Hey, Odum«, rief er quer durch den Saal, »der Herr liebt die fröhlichen Verlierer.«

»Ho«, sagte Danny und drückte sich die Nase zu. Tränen stiegen ihm in die Augen. Der eisige Desinfektionsmittelgeschmack in der Kehle gab ihm ein Gefühl von Sauberkeit: Alles war wieder im Lot. Alles funkelte auf der blanken Oberfläche dieses Wassers, das wie ein Gewitter über eine Sickergrube hinwegrauschte, die er bis obenhin satt hatte: Armut, Schmiere und Fäulnis, blaue Gedärme voller Scheiße.

Er gab Catfish die Phiole zurück. Ein eiskalter, frischer Wind wehte durch seinen Kopf. Die schmuddelige, verseuchte Stimmung der Billardhalle – Bodensatz und Schmutz – erschien ganz plötzlich blank poliert und sauber und komisch. Mit einem hohen, melodischen *Ping* überkam ihn die erheiternde Erkenntnis, dass der verheulte Odum in seinen Bauernklamotten und seinem dicken, rosaroten Kürbiskopf haargenau aussah wie Elmer Fudd. Und der lange dürre Catfish, der da an der Jukebox lehnte, das war Bugs Bunny, wie er gerade aus seinem Kaninchenloch gehopst war. Große Füße, große Schneidezähne, sogar die Art, wie er seine Zigarette hielt: So hielt Bugs Bunny seine Möhre, wie eine Zigarre, genauso keck.

Danny fühlte sich frisch und schwindlig und dankbar; er zog seine Rolle Scheine aus der Tasche und schälte einen Zwanziger ab. Hundert hatte er immer noch, hier in der Hand. »Gib ihm das für seine Kids, Mann.« Er drückte Catfish den Zwanziger in die Hand. »Ich hau ab.«

»Wohin?«

»Bloß weg«, hörte Danny sich sagen.

Er schlenderte hinaus zu seinem Wagen. Es war Samstagabend, kein Mensch unterwegs, und eine klare Sommernacht lag vor ihm, mit Sternen und warmem Wind und einem Nachthimmel voller Neon. Der Wagen war eine Schönheit: ein TransAm in diesem wunderbaren Bronzeton, mit Sonnendach und seitlichen Belüftungsschlitzen. Danny hatte ihn gerade erst gewaschen und gewachst, und seine Lady verströmte das Licht so funkelnd und scharf, dass sie aussah wie ein Raumschiff vor dem Start.

Eins von Odums Kids, ziemlich sauber für Odums Verhältnisse und außerdem schwarzhaarig – möglicherweise hatte sie eine andere Mutter –, saß genau gegenüber vor dem Haushaltswarengeschäft. Sie schaute ein Buch an und wartete darauf, dass ihr jämmerlicher Vater herauskam.

Der Billardsaal.

Plötzlich wurde ihm bewusst, dass sie ihn ansah. Sie hatte keinen Muskel bewegt, aber ihr Blick war nicht mehr auf das Buch gerichtet, sondern auf ihn, und zwar schon seit einer ganzen Weile, wie es einem manchmal mit Meth passierte, wenn man ein Straßenschild anschaute und es dann noch zwei Stunden lang andauernd sah. Es ging ihm auf die Nerven, genau wie vorher der Cowboyhut auf dem Bett. Speed versaute einem wirklich das Zeitgefühl (*darum heißt es ja auch Speed!*, dachte er, und heiß durchströmte ihn Begeisterung über die eigene Cleverness: *Der Speeder wird schneller! Die Zeit wird langsamer!*), ja, es dehnte die Zeit wie ein Gummiband, ließ sie vor- und zurückschnappen, und manchmal hatte Danny das Gefühl, dass alles auf der Welt ihn anstarrte, sogar Katzen und Kühe und die Bilder in einer Illustrierten... Eine Ewigkeit schien vergangen zu sein, und Wolken flogen über ihn hinweg wie im Zeitraffer in einem Naturfilm, und immer noch sah das Mädchen ihn an, ohne mit der Wimper zu zucken. Ihre Augen waren von kaltem Grün wie bei einer Wildkatze aus der Hölle, wie beim Teufel selbst.

Aber nein: Sie starrte ihn überhaupt nicht an. Sie schaute auf ihr Buch, als habe sie die ganze Zeit gelesen. Die Läden waren zu, kein Auto weit und breit, lange Schatten, der Asphalt schimmerte wie in einem bösen Traum. In einem Flashback erlebte Danny einen Morgen in der vergangenen Woche, als er ins White Kitchen gegangen war, nachdem er die Sonne über dem Stausee hatte aufgehen sehen: Kellnerin, Cop, Milchmann und Postbote, alle hatten die Köpfe gedreht und ihn angestarrt, als er die Tür aufstieß – ganz zufällig, als reagierten sie nur neugierig auf das Klingeln der Glocke –, aber sie meinten es ernst, ihn, jawohl, *ihn* starrten sie an, überall Augen, alle strahlend grün wie ein Satan in Leuchtfarbe. Da war er seit zweiundsiebzig Stunden auf den Beinen gewesen, matt und feuchtkalt überall, hatte sich gefragt, ob sein Herz in der Brust vielleicht gleich platzen würde wie ein dicker Wasserballon, gleich hier im White Kitchen, während die Blicke der merkwürdigen kleinen Teenager-Kellnerinnen grüne Dolche waren...

Langsam, langsam, sagte er zu seinem rasenden Herzen. Und *wenn* die Kleine ihn angestarrt hatte? Na und? *Fuck,* na und? Danny hatte selbst viele heiße, öde Stunden da drüben auf dieser Bank verbracht und auf seinen eigenen Vater gewartet. Nicht das Warten war so schlimm gewesen, sondern die Angst vor dem, was er und Curtis später vielleicht abkriegen würden, wenn das Spiel nicht gut gelaufen war. Es gab keinen Grund zu der Annahme, dass Odum sich nicht auf die gleiche Weise über seine Verluste hinwegtröstete: So ging es zu in der Welt. »Solange ihr unter *meinem* Dach...« Die Glühbirne über dem Küchentisch schwang an ihrer Schnur hin und her, und ihre Großmutter stand am Herd und rührte in irgendeinem Topf, als kämen das Fluchen und Schlagen und Schreien aus dem Fernseher.

Beinahe krampfhaft verdrehte Danny sich und wühlte in seiner Tasche nach etwas Kleingeld, das er dem Mädchen zuwerfen könnte. Sein Vater hatte das Gleiche manchmal bei den Kindern anderer Männer getan, wenn er gewonnen hatte und guter Laune war. Unversehens schwebte eine unwillkommene Erinnerung an Odum selbst aus der Vergangenheit herauf – ein magerer Teenager in einem zweifarbigen Sporthemd, die weißblonde Entenschwanzfrisur gelblich von dem Fett, mit dem er sich kämmte, hockte mit einem Päckchen Kaugummi in der Hand neben dem kleinen Curtis und sagte, er solle doch nicht heulen...

Mit einem Knall – einem hörbaren Knall, den er spüren konnte wie eine kleine Detonation in seinem Kopf – merkte Danny verblüfft, dass er die ganze Zeit laut gesprochen hatte, während er glaubte, er denke still vor sich hin. Oder doch nicht? Die Vierteldollarstücke waren noch in seiner Hand, aber als er den Arm hob, um sie hinüberzuwerfen, schoss eine zweite Schockwelle durch seinen Kopf, denn das Mädchen war nicht mehr da. Die Bank war leer, keine Spur mehr von ihr und auch sonst von keinem lebenden Wesen, nicht mal von einer streunenden Katze, nirgends auf der Straße.

»Jodel-ay-hii-hoo«, sagte er bei sich, sehr leise, tonlos.

———————

Der Billardsaal.

»Aber was ist *passiert*?« Hely zappelte vor Ungeduld. Sie saßen auf der verrosteten Eisentreppe vor einem verlassenen Baumwollschuppen bei den Bahngleisen. Das Gelände war sumpfig und lag hinter Krüppelkiefern versteckt, und der stinkende schwarze Schlamm zog die Fliegen an. Die Tore des Schuppens waren mit schwarzen Flecken gesprenkelt, die aus dem Sommer vor zwei Jahren stammten, als Hely und Harriet und Dick Pillow, der jetzt in Camp de Selby war, sich über mehrere Tage hinweg damit amüsiert hatten, schlammige Tennisbälle dagegen zu werfen.

Harriet gab keine Antwort. Sie war so still, dass es ihn beklommen machte. In seiner Aufregung sprang er auf und fing an, hin und her zu gehen.

Die Zeit verging, und sie schien sich durch sein fachmännisches Auf- und Abgehen immer noch nicht beeindrucken zu lassen. Ein leichter Wind kräuselte die Oberfläche der Pfütze in einer Reifenspur im Schlamm.

Voller Unbehagen, denn er hatte Angst, sie zu ärgern, brannte aber auch darauf, sie zum Reden zu bringen, gab er ihr einen Stoß mit dem Ellenbogen. »Na los«, sagte er aufmunternd. »Hat er dir was getan?«

»Nein.«

»Würde ich ihm auch nicht raten. Sonst trete *ich* ihm in den Arsch.«

Die Kiefern, Weihrauchkiefern großenteils, Abfallholz, das zum Bauen nichts taugte, standen erstickend dicht. Ihre rote Rinde war zottig und schälte sich in großen roten und silbrigen Placken wie Schlangenhaut von den Stämmen. Hinter dem Lagerhaus schwirrten Grillen im hohen Gras.

»Komm schon.« Hely sprang auf und attackierte die Luft mit einem Karatehieb, ließ einen meisterlichen Tritt folgen. »Du kannst es mir erzählen.«

In der Nähe zirpte eine Heuschrecke. Hely spähte mitten im Schlag in die Höhe. Heuschrecken bedeuteten, dass sich ein Gewitter zusammenbraute, dass Regen unterwegs war, aber durch das schwarze Gestrüpp der Äste brannte der Himmel noch immer in einem klaren, erdrückenden Blau.

Er vollführte noch zwei Karateschläge, begleitet von einem leisen Doppelgrunzen – ha, *ha* –, aber Harriet schaute nicht einmal hin.

»Was hast du denn?«, fragte er aggressiv und schleuderte sich die langen Haare aus der Stirn. Ihre gedankenverlorene Art erweckte allmählich eine seltsame Panik in ihm, und er begann zu befürchten, sie könnte irgendeinen geheimen Plan entwickelt haben, der ihn nicht einschloss.

Sie blickte zu ihm auf, und zwar so schnell, dass er einen Moment lang glaubte, sie werde aufspringen und ihm einen Arschtritt verpassen. Aber sie sagte nur: »Ich dachte gerade an den Herbst, als ich in der zweiten Klasse war. Da hab ich im Garten ein Grab gegraben.«

»Ein Grab?« Hely war skeptisch. Zu Hause im Garten hatte er schon jede Menge Löcher zu graben versucht (unterirdische Bunker, einen Tunnel nach China), aber er war nie mehr als ungefähr einen halben Meter tief gekommen. »Und wie bist du rein- und rausgeklettert?«

»Es war nicht tief. Nur«, sie hielt die Hände dreißig Zentimeter weit auseinander, »ungefähr so. Und lang genug, dass ich drin liegen konnte.«

»Warum machst du denn so was? Hey, Harriet!«, rief er plötzlich, denn auf der Erde hatte er soeben einen gigantischen Käfer mit Zangen und Hörnern entdeckt, fünf Zentimeter lang. »Sieh dir das an! Mann! Das ist der größte Käfer, den ich je gesehen hab!«

Harriet beugte sich vor und schaute ihn ohne Neugier an. »Ja, nicht schlecht«, sagte sie. »Na, jedenfalls, weißt du noch, wie ich mit Bronchitis im Krankenhaus war? Und die Halloween-Party in der Schule verpasst hab?«

»O ja.« Hely wandte den Blick von dem Käfer ab und unterdrückte mit Mühe den Drang, ihn aufzuheben und daran herumzufummeln.

»Deswegen bin ich krank geworden. Der Boden war echt kalt. Ich hatte mich mit trockenem Laub zugedeckt und blieb da liegen, bis es dunkel wurde und Ida mich reinrief.«

»Weißt du was?« Hely hatte nicht widerstehen können und streckte den Fuß aus, um den Käfer mit der Schuhspitze anzustoßen. »Da ist so 'ne Frau in einem meiner

Der Billardsaal.

Comics, die hat ein Telefon im Grab. Da rufst du an, und dann klingelt's unter der Erde. Ist das nicht irre?« Er setzte sich neben sie. »Hey, was hältst du davon? Hör zu, das ist super. Sagen wir, Mrs. Bohannon hätte ein Telefon in ihrem Sarg, und sie ruft mitten in der Nacht an und sagt: *Ich will meine goldene Perücke haben. Gebt mir meine goooldene Perücke wieder...*«

»Lass das lieber«, sagte Harriet scharf, als sie sah, wie seine Hand verstohlen auf sie zugekrochen kam. Mrs. Bohannon, die Kirchenorganistin, war im Januar nach langer Krankheit gestorben. »Außerdem haben sie Mrs. Bohannon mit ihrer Perücke begraben.«

»Woher weißt du das?«

»Hat Ida erzählt. Ihre echten Haare sind vom Krebs ausgefallen.«

Eine Weile saßen sie schweigend da. Hely sah sich nach dem Riesenkäfer um, aber der war bedauerlicherweise verschwunden. Er wiegte sich hin und her und schlug mit dem Absatz seines Turnsschuhs rhythmisch gegen die Metallstufe, *bong bong bong bong...*

Was war das für eine Geschichte mit dem Grab, wovon redete sie überhaupt? *Er* erzählte *ihr* immer alles. Er war ganz heiß auf eine Konferenz im Werkzeugschuppen gewesen: düsteres Raunen, Drohungen, Komplotte, Spannung, ja selbst ein Angriff von Harriet wäre besser als nichts gewesen.

Schließlich stand er auf, seufzte übertrieben und streckte sich. »Okay«, sagte er wichtigtuerisch, »folgender Plan. Wir üben mit der Schleuder bis zum Mittagessen. Hinten auf dem Trainingsgelände.« Was Hely gern als »Trainingsgelände« bezeichnete, war der abgeschiedene Teil seines Gartens zwischen den Gemüsebeeten und dem Schuppen, in dem sein Vater den Rasenmäher abstellte. »Und dann, in ein, zwei Tagen, gehen wir zu Pfeil und Bogen über...«

»Ich hab keine Lust zum Spielen.«

»Na, ich auch nicht.« Hely war gekränkt. Sein Pfeil-und-Bogen-Set *war* ein Kinderspielzeug mit blauen Saugnäpfen an den Spitzen, das, selbst wenn es ihn demütigte, doch besser als gar nichts war.

Aber keiner seiner Pläne konnte Harriets Interesse wecken. Nachdem er ein paar Augenblicke lang angestrengt nachgedacht hatte, schlug er mit einem wohl berechneten »Hey!«, das aufkommenden Nervenkitzel andeutete, vor, sofort zu ihm nach Hause zu fahren und eine »Bestandsaufnahme der Waffen« vorzunehmen, wie er es nannte (obwohl er wusste, wie viele Waffen er besaß: sein Luftgewehr, ein rostiges Taschenmesser und einen Bumerang, den sie beide nicht werfen konnten). Als er auch damit nur ein Achselzucken hervorrief, machte er (in wilder Verzweiflung, denn ihre Gleichgültigkeit war unerträglich) den Vorschlag, eine von den *Good Housekeeping*-Zeitschriften seiner Mutter herauszusuchen und Danny Ratliff im »*Buch des Monats*«-Club anzumelden.

Daraufhin wandte Harriet ihm das Gesicht zu, doch der Blick, der ihn traf, war alles andere als ermutigend.

»Aber ich *sag's* dir.« Er war ein bisschen verlegen, aber immer noch hinreichend überzeugt von der Buchclub-Taktik, um die Sache weiterzuverfolgen. »Was Schlimmeres kann man auf der ganzen Welt keinem antun. Ein Schüler hat das mal mit Dad gemacht. Wenn wir genug von diesen Rednecks da anmelden, und wenn wir das oft genug machen... Hey, hör mal.« Harriets unerbittlicher Blick entnervte ihn. »*Mir* ist es egal.« Es war ihm noch frisch in Erinnerung, wie grässlich langweilig es war, den ganzen Tag allein herumzusitzen, und er hätte sich mit Vergnügen ausgezogen und nackt auf die Straße gelegt, wenn sie es von ihm verlangt hätte.

»Hör mal, ich bin müde«, sagte sie gereizt. »Ich geh jetzt für 'ne Weile rüber zu Libby.«

»Okay«, sagte Hely nach einer stoischen Pause voller Ratlosigkeit. »Dann bring ich dich hin.«

Schweigend schoben sie ihre Fahrräder auf dem Feldweg zur Straße. Hely akzeptierte Libbys Vorrangstellung in Harriets Leben, ohne sie ganz zu verstehen. Sie unterschied sich von Edie und den anderen Tanten, sie war gütiger, mütterlicher. Damals im Kindergarten hatte Harriet ihm und den anderen Kindern erzählt, Libby *sei* ihre Mutter, und seltsamerweise hatte niemand, auch Hely nicht,

Der Billardsaal.

dies in Frage gestellt. Libby war alt und wohnte in einem anderen Haus als Harriet, aber Libby war es gewesen, die Harriet am ersten Tag an der Hand hereingeführt hatte; sie brachte Kuchen, wenn Harriet Geburtstag hatte, und sie hatte bei den Kostümen für *Cinderella* geholfen (wo Hely eine hilfreiche Maus gespielt hatte; Harriet war die kleinste – und gemeinste – der Stiefschwestern gewesen). Zwar erschien auch Edie in der Schule, wenn Harriet wegen Prügeleien oder Aufsässigkeit Ärger hatte, aber nie kam jemand auf den Gedanken, *sie* könnte Harriets Mutter sein: Sie war viel zu streng, fast wie eine der biestigen Algebralehrerinnen an der High School.

Leider war Libby nicht zu Hause. »Miss Cleve ist auf'm Friedhof«, sagte eine schlaftrunkene Odean (die ziemlich lange gebraucht hatte, bis sie an der Hintertür erschienen war). »Unkraut jäten auf den Gräbern.«

»Willst du da hin?«, fragte Hely, als sie wieder auf dem Gehweg standen. »Ich hab nichts dagegen.« Die Fahrt mit dem Rad zum Konföderierten-Friedhof durch die Hitze war schwierig und anstrengend; sie führte quer über den Highway und dann kreuz und quer durch fragwürdige Gegenden mit Tamale-Buden, kleinen griechischen und italienischen und schwarzen Kindern, die auf der Straße zusammen Fußball spielten, und einem schmuddeligen, chaotischen Lebensmittelladen, hinter dessen Theke ein alter Mann mit einem goldenen Schneidezahn stand und harte italienische Kekse und buntes italienisches Eis und lose Zigaretten für fünf Cent das Stück verkaufte.

»Eigentlich schon, aber Edie ist auch auf dem Friedhof. Sie ist die Vorsitzende des Garden Club.«

Hely akzeptierte diese Absage ohne Nachfrage. Er ging Edie nach Möglichkeit aus dem Weg, und dass Harriet ihr nicht begegnen wollte, wunderte ihn nicht im Geringsten. »Dann können wir ja zu mir nach Hause fahren«, sagte er und schleuderte sich die Haare aus den Augen. »Komm.«

»Vielleicht ist meine Tante Tatty zu Hause.«

»Wieso spielen wir nicht bei dir oder bei mir auf der Veranda?« Ziemlich verbittert warf Hely eine Erdnussschale aus seiner Hosentasche gegen die Windschutzscheibe eines geparkten Autos. Libby war in Ordnung, aber die beiden anderen Tanten waren fast so schlimm wie Edie.

Harriets Tante Tat war mit den anderen vom Garden Club auf dem Friedhof gewesen, aber wegen ihres Heuschnupfens hatte sie darum gebeten, dass man sie nach Hause fuhr. Sie war gereizt, ihre Augen juckten, sie hatte dicke rote Striemen von den Winden auf den Handrücken, und sie hatte ebenso wenig Verständnis wie Hely für dieses sture Beharren darauf, an diesem Nachmittag bei *ihr* zu Hause zu spielen. Als sie die Tür öffnete, hatte sie immer noch ihre schmutzigen Gartensachen an: Bermudashorts und ein kittellanges afrikanisches Dashiki. Edie besaß ein ganz ähnliches Gewand; ein befreundeter Baptistenmissionar, der in Nigeria stationiert war, hatte sie ihnen mitgebracht. Der Stoff war farbenprächtig und kühl, und die beiden alten Damen trugen die exotischen Geschenke häufig, wenn sie leichte Gartenarbeit oder andere Besorgungen zu erledigen hatten. Der Black-Power-Symbolik, die ihre »Kaftane« in den Augen neugieriger Betrachter ausstrahlten, waren sie sich überhaupt nicht bewusst. Junge Schwarze hängten sich aus den Fenstern vorüberfahrender Autos und salutierten Edie und Tatty mit erhobener Faust. »*Gray Panther!*«, schrien sie, und: »Eldridge und Bobby, *right on!*«

Tattycorum machte die Arbeit im Freien keinen Spaß, aber Edie hatte sie drangsaliert, bis sie sich an dem Projekt des Garden Club beteiligt hatte. Jetzt wollte sie nur Khakis und »Kaftan« loswerden und in die Waschmaschine stopfen. Sie brauchte eine Benadryl gegen ihren Heuschnupfen, sie brauchte ein Bad, und sie wollte ihr Buch aus der Bibliothek zu Ende lesen, ehe es morgen zurückgebracht werden musste. Sie war nicht erfreut, als sie die Tür öffnete und die Kinder vor sich sah, aber sie begrüßte sie gnädig und nur mit einem Hauch von Ironie. »Wie du siehst, Hely, bin ich im Moment nicht präsentabel«, sagte sie zum zweiten Mal, und sie führte die beiden auf gewundenen Pfaden durch die halbdunkle Diele, die durch schwere alte Anwaltsbücherschränke noch enger wirkte, in

Der Billardsaal.

ein formelles Wohn- und Esszimmer, das von dem wuchtigen Mahagoni-Sideboard und der Anrichte aus »Drangsal« und einem fleckigen alten goldgerahmten Spiegel, der bis an die Decke reichte, erdrückt wurde. Raubvögel auf Kupferstichen funkelten aus der Höhe auf sie herab. Ein gewaltiger Malayer-Teppich, ebenfalls aus »Drangsal« und viel zu groß für irgendein Zimmer in diesem Haus, lag baumdick zusammengerollt vor der Tür am anderen Ende wie ein samtener Stamm, der quer über dem Weg eigensinnig verrottete. »Passt auf hier«, sagte sie und streckte die Hand aus, um den Kindern nacheinander hinüberzuhelfen wie eine Pfadfinderführerin, die sie im Wald über einen umgestürzten Baum leitete. »Harriet wird dir sagen, dass Adelaide die Hausfrau in der Familie ist. Libby versteht sich auf Kinder, und Edith sorgt dafür, dass die Züge pünktlich fahren. Ich bin für all das nicht geboren. Nein, mein Daddy nannte mich immer die Archivarin. Weißt du, was das ist?«

Mit rot geränderten Augen warf sie einen Blick zurück, stechend und belustigt. Unter einem Wangenknochen war ein Streifen Schmutz. Unauffällig schlug Hely die Augen nieder, denn er hatte ein bisschen Angst vor Harriets alten Ladys mit ihren langen Nasen und ihrem durchtriebenen, vogelartigen Benehmen, das ihn immer an einen Hexenzirkel denken ließ.

»Nein?« Tat wandte den Kopf ab und nieste heftig. »Archivarin«, sagte sie schnaufend, »ist nur ein vornehmes Wort für Packratte… Harriet, Liebling, bitte verzeih deinem alten Tantchen, dass es deinem armen Freund die Ohren voll schwatzt. Sie möchte euch nicht auf die Nerven fallen, aber sie möchte auch nicht, dass Hely nach Hause geht und seiner netten kleinen Mutter erzählt, was für ein Durcheinander bei mir herrscht. Und beim nächsten Mal«, sie senkte die Stimme und ging auf Harriet zu, »beim nächsten Mal, Liebling, solltest du Tante Tatty anrufen, bevor ihr den weiten Weg hierher auf euch nehmt. Wenn ich nun nicht da gewesen wäre, um euch aufzumachen?«

Sie gab der ungerührten Harriet einen schmatzenden Kuss auf die runde Wange (das Kind war wirklich dreckig; der Junge war immerhin sauber, wenn auch eigentümlich gekleidet in diesem langen weißen T-Shirt, das ihm bis über die Knie reichte wie Grandpas Nachthemd). Sie ließ die beiden auf der hinteren Veranda zurück und eilte in die Küche, wo sie mit klapperndem Teelöffel aus Leitungswasser und einem Beutel Pulver mit Zitrusaroma aus dem Supermarkt eine Limonade zusammenrührte. Tattycorum hatte echte Zitronen und Zucker im Haus, aber heutzutage rümpfte ja alles die Nase über die echten Sachen, behaupteten Tattys Freundinnen im Zirkel, die Enkelkinder hatten.

Sie rief die Kinder herein, damit sie sich ihre Gläser abholten (»Ich fürchte, hier geht es sehr formlos zu, Hely. Es macht dir hoffentlich nichts aus, dich selbst zu bedienen«), und dann lief sie nach hinten, um sich frisch zu machen.

An Tats Wäscheleine, die sich quer über die hintere Veranda spannte, hing eine Steppdecke mit großen braunen und schwarzen Karos. Der Klapptisch, an dem sie saßen, stand davor wie vor einer Bühnenkulisse, und die Vierecke der Decke nahmen die kleinen Vierecke des Spielbretts zwischen ihnen wieder auf.

»Hey, woran erinnert dich diese Steppdecke?«, fragte Hely fröhlich und trat mit dem Absatz gegen die Sprosse an seinem Stuhl. »Das Schachturnier in *Liebesgrüße aus Moskau*? Weißt du noch? Die erste Szene mit dem riesigen Schachbrett?«

»Wenn du diesen Läufer anfasst«, sagte Harriet, »dann musst du auch ziehen.«

»Ich hab doch schon gezogen. Den Bauern da.« Er interessierte sich nicht für Schach oder Dame, von beiden Spielen bekam er Kopfschmerzen. Er hob sein Limonadenglas hoch und tat, als habe er auf dem Grund eine Botschaft von den Russen entdeckt, aber Harriet nahm keine Notiz von seinen hochgezogenen Brauen.

»Glückwunsch, Sir«, krähte Hely und knallte das Glas auf den Tisch, obwohl sie ihm nicht Schach bot und an

Der Billardsaal.

ihrem Spiel überhaupt nichts Ungewöhnliches war. »Ein brillanter Zug.« Es war eine Textzeile aus dem Schachturnier im Film, und er war stolz, dass er sich daran erinnerte.

Sie spielten weiter. Hely schlug mit seinem Läufer einen von Harriets Bauern und klatschte sich mit der flachen Hand an die Stirn, als Harriet sich sofort mit einem Springer auf seinen Läufer stürzte. »Das geht nicht«, sagte er, obwohl er eigentlich nicht genau wusste, ob es ging oder nicht. Nur mit allergrößter Mühe hatte er sich den Schachzug des Springers merken können, und das war schlecht, denn die Springer waren die Figuren, die Harriet am liebsten und am geschicktesten einsetzte.

Harriet starrte auf das Brett, das Kinn verdrossen in die Hand gestützt. »Ich glaube, er weiß, wer ich bin«, sagte sie plötzlich.

»Du hast doch nichts gesagt, oder?«, fragte Hely beunruhigt. Auch wenn er ihren Wagemut bewunderte, war es seiner Meinung nach keine gute Idee gewesen, dass sie allein zur Pool Hall gefahren war.

»Er ist rausgekommen und hat mich angestarrt. Hat einfach dagestanden, ohne sich zu rühren.«

Hely verschob einen Bauern, ohne nachzudenken, nur um etwas zu tun. Plötzlich fühlte er sich sehr müde und mürrisch. Er mochte keine Limonade, und Schach war nicht das, was er sich unter Spaß vorstellte. Er hatte ein eigenes, hübsches Schachspiel, ein Geschenk seines Vaters, aber er spielte nie damit, außer wenn Harriet herüberkam. Meistens benutzte er die Figuren als Grabsteine für G.I. Joe.

———

Die Hitze war unerträglich, obwohl der Ventilator surrte und die Rollos halb heruntergezogen waren, und Tats Allergie hämmerte klobig und unregelmäßig in ihrem Schädel. Das Kopfschmerzpulver hatte einen bitteren Geschmack im Mund hinterlassen. Sie legte ein Buch über Maria Stuart aufgeschlagen auf die Chenille-Tagesdecke und schloss die Augen für einen Moment.

Von der Veranda war kein Pieps zu hören; die Kinder spielten leise, aber es war trotzdem schwer zur Ruhe zu kommen, solange sie im Haus waren. Die beiden herrenlosen Kinder drüben in der George Street gaben ebenso viel Anlass zur Sorge, wie es wenig gab, was man für sie tun konnte. Während sie nach dem Wasserglas auf dem Nachttisch griff, wanderten ihre Gedanken zu Allison, die sie im Grunde ihres Herzens von ihren beiden Großnichten am liebsten hatte und die das Kind war, das ihr die größten Sorgen bereitete. Allison war wie ihre Mutter Charlotte: zarter, als gut für sie war. Nach Tats Erfahrungen waren es milde, sanfte Mädchen wie Allison und Charlotte, die vom Leben brutal niedergemacht wurden. Harriet war wie ihre Großmutter – zu sehr sogar, weshalb Tat sich in ihrer Gesellschaft nie allzu wohl gefühlt hatte. Sie war ein helläugiges Tigerjunges: ganz niedlich als Kleinkind, aber das ließ nach mit jedem Zentimeter, den sie wuchs. Noch war Harriet nicht alt genug, um selbst für sich zu sorgen, aber der Tag würde bald genug kommen, und dann würde sie wie Edith blühen und gedeihen, was immer ihr widerfuhr: Hungersnot, Bankenkrach oder der Einmarsch der Russen.

Die Schlafzimmertür quietschte. Tat erschrak und legte sich die Hand auf die Rippen. »Harriet?«

Old Scratch, Tattys schwarzer Kater, sprang leichtfüßig auf das Bett, setzte sich hin und starrte sie an. Sein Schwanz zuckte hin und her.

»Was machst du hier, Bombo?«, fragte er – besser gesagt, Tatty fragte es an seiner Stelle in einem schrillen, frechen Singsang, in dem sie und ihre Schwestern von Kindesbeinen an Gespräche mit ihren Haustieren geführt hatten.

»Du hast mir einen Mordsschrecken eingejagt, Scratch«, antwortete sie eine Oktave tiefer mit ihrer normalen Stimme.

»Ich weiß eben, wie man die Tür aufmacht, Bombo.«

»Still.« Sie stand auf und schloss die Tür. Als sie sich wieder hingelegt hatte, rollte der Kater sich behaglich an ihrem Knie zusammen, und wenig später waren sie beide eingeschlafen.

Der Billardsaal.

Dannys Großmutter Gum verzerrte das Gesicht, als sie mit beiden Händen erfolglos versuchte, eine gusseiserne Pfanne mit Maisbrot vom Herd zu heben.

»Warte, Gum, ich helf dir.« Farish sprang so schnell auf, dass er den Aluminium-Küchenstuhl umstieß.

Gum zog den Kopf ein und wich schlurfend vom Herd zurück, und sie lächelte zu ihrem Lieblingsenkel auf. »Oh, Farish, ich mach das schon«, sagte sie kraftlos.

Danny saß da und starrte auf das karierte Vinyltischtuch, und er wünschte sich inständig woandershin. In der Küche des Wohnwagens war es so eng, dass man sich kaum bewegen konnte, und wegen der Hitze und der Gerüche vom Herd war es selbst im Winter unangenehm, hier zu sitzen. Vor ein paar Minuten war er in einen Tagtraum abgedriftet, in einen Traum von einem Mädchen. Kein reales Mädchen, sondern ein Mädchen wie ein Geist. Dunkles Haar, das wogte wie die Algen am Rand eines flachen Tümpels: vielleicht schwarz, vielleicht grün. Sie war ihm wunderbar nah gekommen, als wolle sie ihn küssen, aber stattdessen hatte sie ihm in den offenen Mund geatmet, kühle, frische, köstliche Luft, Luft wie ein Hauch aus dem Paradies. Die süße Erinnerung ließ ihn erschauern. Er wollte allein sein, den Tagtraum genießen, denn er verblasste rasch, und Danny sehnte sich verzweifelt danach, wieder darin zu versinken. Aber stattdessen war er hier. »Farish«, sagte seine Großmutter eben, »du sollst wirklich nicht aufstehen.« Die Hände bang zusammengepresst, verfolgte sie mit den Augen, wie Farish herüberlangte und Salz und Sirup auf den Tisch knallte. »Bitte, plag dich nicht damit.«

»Setz dich hin, Gum«, sagte Farish streng. Es war die übliche Prozedur für die beiden; sie gehörte zu jeder Mahlzeit.

Mit bedauernden Blicken und großem Geziere humpelte Gum murmelnd zu ihrem Stuhl, während Farish, vollgedröhnt mit Stoff bis unter die Haarspitzen, donnernd zwischen Herd und Tisch und dem Kühlschrank auf der Veranda hin und her polterte und mit lautem Geschepper und Geklapper den Tisch deckte. Als er ihr einen übervollen Teller entgegenhielt, winkte sie ihn matt beiseite.

»Ihr Jungs esst mal zuerst«, sagte sie. »Eugene, willst du das nicht haben?«

Farish funkelte Eugene an, der still mit auf dem Schoß gefalteten Händen dasaß, und ballerte Gum den Teller hin.

»Hier... Eugene...« Mit zitternden Händen bot sie Eugene den Teller an, aber der scheute davor zurück und wollte ihn nicht annehmen.

»Gum, du bist ein Strich in der Landschaft«, brüllte Farish. »Bald liegst du wieder im Krankenhaus.«

Stumm strich Danny sich das Haar aus der Stirn und nahm sich ein viereckiges Stück Maisbrot. Ihm war zu heiß, und er stand zu sehr unter Strom, um zu essen, und der unchristliche Gestank aus dem Labor, vereint mit dem Geruch von ranzigem Fett und Zwiebeln, gab ihm das Gefühl, er werde nie wieder Hunger haben.

»Ja«, sagte Gum und starrte wehmütig lächelnd auf die Tischdecke, »ich koche wirklich zu gern für euch.«

Danny war ziemlich sicher, dass seine Großmutter nicht mal halb so gern für ihre Jungs kochte, wie sie behauptete. Sie war ein winziges, ausgemergeltes, lederbraunes Geschöpf, gebeugt vom dauernden Katzbuckeln und so hinfällig, dass sie eher aussah wie eine Hundertjährige und nicht so alt, wie sie in Wirklichkeit war, nämlich um die Sechzig. Als Tochter eines cajun-französischen Vaters und einer reinblütigen Chickasaw-Indianerin in einer Taglöhnerhütte mit Lehmboden und ohne sanitäre Einrichtungen geboren (Entbehrungen, über die sie ihre Enkel täglich neu in Kenntnis setzte), war Gum als Dreizehnjährige mit einem Pelzjäger verheiratet worden, der fünfundzwanzig Jahre älter war als sie. Man konnte sich kaum vorstellen, wie sie damals ausgesehen hatte – in ihrer kargen Jugend hatte es kein Geld für Torheiten wie Kameras und Fotografen gegeben –, aber Dannys Vater (der Gum leidenschaftlich angebetet hatte, eher wie ein Freier denn wie ein Sohn) erinnerte sich zu Lebzeiten an sie als Mädchen mit roten Wangen und glänzend schwarzem Haar. Sie war bei seiner Geburt erst vierzehn gewesen, und sie war (hatte er erzählt) »das hübscheste kleine Coon-Ass-Mädel, das du je gesehen hast«. Coon-Ass hieß Waschbärarsch, und so

Der Billardsaal.

nannte man die Cajuns, aber als Danny klein war, hatte er die unbestimmte Vorstellung gehabt, Gum habe tatsächlich etwas von einem Waschbären an sich. Mit ihren tief liegenden dunklen Augen, ihren schiefen Zähnen und den kleinen, dunklen, runzligen Händen war eine gewisse Ähnlichkeit mit diesem Tier nicht zu leugnen.

Denn Gum war winzig. Und sie schien jedes Jahr weiter zu schrumpfen. Inzwischen war sie kaum mehr als ein hohlwangiges Stückchen Schlacke, schmallippig und verderblich. Wie sie ihren Enkeln regelmäßig in Erinnerung rief, hatte sie ihr Leben lang schwer gearbeitet, und diese schwere Arbeit (deren sie sich nicht schämte – nicht sie) war es gewesen, was sie vor der Zeit verschlissen hatte.

Curtis machte sich glücklich schmatzend über sein Abendessen her, während Farish weiter mit abrupt angebotenen Speisen und Handreichungen um Gum herumgluckte, die sie allesamt mit betrübter Leidensmiene zurückwies. Farish verfolgte seine Großmutter mit grimmiger Anhänglichkeit; ihre krüppelhafte und allgemein erbarmungswürdige Erscheinung rührte ihn unweigerlich, und sie ihrerseits umschmeichelte Farish auf die gleiche sanfte, demütige, unterwürfige Art, wie sie ihren toten Sohn umschmeichelt hatte. Und wie ihre Schmeichelei vor allem den schlimmsten Seiten an Dannys Vater Vorschub geleistet (sein Selbstmitleid gehätschelt, seinen Jähzorn befeuert, seinen Stolz und vor allem seine gewalttätige Ader genährt) hatte, beflügelte auch etwas in der Art, wie sie vor Farish buckelte, seine brutale Seite.

»Farish, *ich* kann so viel nicht essen«, murmelte sie (der Tatsache zum Trotz, dass der Augenblick vorbei war und alle ihre Enkel inzwischen eigene Teller vor sich stehen hatten). »Diesen Teller gib Bruder Eugene.«

Danny verdrehte die Augen und stieß sich ein Stück weit vom Tisch ab. Seine Geduld war unter Speed schon ziemlich strapaziert, und alles am Benehmen seiner Großmutter (ihre matten Abwehrgebärden, ihr Leidenston) war reine Berechnung, präzise wie nach der Multiplikationstabelle, um Farish dazu anzustacheln, dass er herumfuhr und sich auf Eugene stürzte.

Und so kam es natürlich auch. »*Dem?*« Farish starrte wütend zum Ende des Tisches, wo Eugene mit hochgezogenen Schultern sein Essen herunterschlang. Eugenes Appetit war ein wunder Punkt, ein Quell unerbittlicher Zwistigkeiten, denn er aß mehr als sonst jemand im Haushalt und trug wenig zu den Kosten bei.

Curtis streckte mit vollen Backen eine fettige Pfote nach dem Stück Hühnchen aus, das seine Großmutter ihm mit zitternder Hand über den Tisch reichte. Schnell wie der Blitz schlug Farish seine Hand herunter; es gab ein hässliches Klatschen, und Curtis' Unterkiefer klappte herunter. Ein paar halb zerkaute Klumpen fielen aus seinem Mund auf die Tischdecke.

»Aaach, lass es ihn doch haben, wenn er es will«, sagte Gum zärtlich. »Hier, Curtis. Willst du noch was essen?«

»Curtis«, sagte Danny bebend vor Ungeduld, denn er befürchtete, dass er es nicht aushalten würde, wenn sich dieses unangenehme kleine Abendbrotdrama jetzt zum tausendsten Mal abspielen sollte. »Hier. Nimm meins.« Aber Curtis, der nicht verstand, worum es bei diesem Spiel genau ging, und es auch nie verstehen würde, streckte lächelnd die Hand nach dem Hühnerschenkel aus, der da vor seinem Gesicht zitterte.

»Wenn er das nimmt«, knurrte Farish und starrte zur Decke, »ich schwöre euch, dann schlage ich ihn von hier nach ...«

»Hier, Curtis«, wiederholte Danny, »nimm meins.«

»Oder meins«, sagte ganz plötzlich der zu Besuch weilende Prediger von seinem Platz neben Eugene am Ende des Tisches. »Es ist genug da. Wenn das Kind es will ...«

Sie hatten alle vergessen, dass er da war. Alle drehten sich um und starrten ihn an, und Danny nutzte die Gelegenheit, sich unauffällig hinüberzubeugen und sein ganzes widerliches Essen auf Curtis' Teller zu schieben.

Curtis geriet über diesen unverhofften Glücksfall in ein ekstatisches Blubbern. »Lieb!«, rief er und verschränkte die Hände.

»Das alles schmeckt mächtig gut«, sagte Loyal höflich. Der Blick seiner blauen Augen war fiebrig und zu intensiv. »Ich danke euch allen.«

Der Billardsaal.

Farish hielt sein Maisbrot in der Schwebe. »Du hast kein bisschen Ähnlichkeit mit Dolphus.«

»Weißt du, meine Mutter findet, dass es so ist. Dolphus und ich sind beide blond, wie ihre Seite der Familie.«

Farish gluckste und fing an, sich mit einem Stück Maisbrot Erbsen in den Mund zu schaufeln. Auch wenn er sichtbar, knisternd, high war, schaffte er es immer, in Gums Gegenwart sein Essen runterzubringen, um sie nicht zu kränken.

»Ich sag dir, Bruder Dolphus, der wusste, wie man die Sense schwingt«, erklärte er mit vollem Mund. »Damals in Parchman, wenn er dir da gesagt hat, du sollst hopsen, dann bist du gesprungen. Und wenn du *nicht* gesprungen bist, na, dann hat *er* dich springen lassen. Curtis, verdammt!« Er schob lautstark seinen Stuhl zurück und verdrehte die Augen. »Du willst wohl, dass mir schlecht wird. Gum, kannst du nicht dafür sorgen, dass er seine Finger aus dem Essen nimmt?«

»Er weiß es doch nicht besser.« Gum stand mit knarrenden Gelenken auf und schob die Servierplatte zur Seite, wo Curtis sie nicht erreichen konnte. Dann ließ sie sich wieder auf ihren Stuhl sinken, sehr langsam, wie in ein eiskaltes Bad. Sie nickte Loyal ehrerbietig zu. »Der gute Herrgott hat sich für den hier leider nicht genug Zeit genommen«, sagte sie und zog kleinlaut den Kopf zwischen die Schultern. »Aber wir lieben unser kleines Monster, stimmt's nicht, Curtis?«

»Lieb«, gurrte Curtis und bot ihr ein Stück Maisbrot an.

»Nein, Curtis. Gum braucht das nicht.«

»Gott macht keine Fehler«, sagte Loyal. »Sein liebender Blick ruht auf uns allen. Gepriesen sei Der, Der jedem Seiner Geschöpfe eine andere Gestalt gibt.«

»Na, wir wollen mal hoffen, dass Gott nicht woandershin guckt, wenn ihr anfangt, mit den Klapperschlangen rumzufummeln.« Farish warf einen verschlagenen Blick zu Eugene hinüber und goss sich noch ein Glas Eistee ein. »Loyal? So heißt du?«

»Jawohl. Loyal Bright. Bright, das ist die Seite meiner Mama.«

»Na, dann sag mir mal, Loyal, was hat es für einen Sinn, all diese Reptilien hier runterzukarren, wenn sie dann in der verdammten Kiste bleiben müssen? Seit wann läuft denn diese Erweckungsfeier?«

»Seit einem Tag«, sagte Eugene mit vollem Mund, ohne aufzuschauen.

»Ich kann nicht vorherbestimmen, wann ich mit den Schlangen umgehe«, sagte Loyal. »Gott lässt die Salbung auf uns kommen, und manchmal tut Er es nicht. Er ist es, Der uns den Sieg verleiht. Manchmal gefällt es Ihm, unseren Glauben auf die Probe zu stellen.«

»Aber ich schätze, du musst dir doch ziemlich bescheuert vorkommen, wenn du da vor all den Leuten stehst und weit und breit ist keine Schlange zu sehen.«

»Nein. Die Schlange ist Sein Geschöpf, und sie dient Seinem Willen. Wenn wir sie aufheben und mit ihr hantieren, und es geschieht nicht nach Seinem Willen, dann werden wir verletzt werden.«

»Also gut, Loyal.« Farish lehnte sich zurück. »Würdest du sagen, dass der Herr mit Eugene hier nicht ganz einverstanden ist? Vielleicht ist es das, was euch aufhält.«

»Na, eins kann ich dir sagen«, warf Eugene sehr plötzlich ein. »Es hilft überhaupt nicht, wenn Leute mit Stöcken an den Schlangen herumstochern und sie mit Zigarettenrauch anblasen und sie stören und ärgern…«

»Moment mal…«

»Farsh, ich hab *gesehen*, wie du draußen auf dem Laster mit ihnen rumgespielt hast.«

»*Farsh*«, wiederholte Farish mit hoher, höhnischer Stimme. Eugene sprach manche Worte komisch aus.

»Mach dich nicht lustig über mich.«

»Jungs«, sagte Gum matt. »Jungs.«

»Gum«, sagte Danny, und dann leiser noch einmal: »Gum«, denn seine Stimme hatte so laut und unvermittelt geklungen, dass alle am Tisch zusammengefahren waren.

»Ja, Danny?«

»Gum, was ich dich fragen wollte…« Er stand so sehr unter Strom, dass er sich nicht mehr erinnern konnte, was das, worüber alle hier redeten, mit dem zu tun hatte, was

Der Billardsaal.

jetzt aus seinem Mund kam. »Haben sie dich als Geschworene bestimmt?«

Seine Großmutter faltete ein Stück Weißbrot zusammen und tauchte es in einen Klecks Maissirup. »Ja.«

»Was?«, fragte Eugene. »Wann fängt der Prozess denn an?«

»Mittwoch.«

»Und wie willst du hinkommen, wenn der Laster kaputt ist?«

»Als Geschworene?« Farish saß plötzlich kerzengerade. »Wieso sagt mir das keiner?«

»Die arme alte Gum wollte dich nicht belästigen, Farish...«

»Der Laster ist nicht richtig kaputt«, sagte Eugene. »Aber so, dass sie ihn nicht fahren kann. Ich selber kann das Lenkrad kaum drehen.«

»*Als Geschworene?*« Grob schob Farish seinen Stuhl zurück. »Und wieso ziehen sie da eine Invalide heran? Man sollte doch meinen, dass sie einen gesunden und kräftigen Mann finden könnten...«

»Ich diene doch gern«, sagte Gum mit Märtyrerstimme.

»Ja, das weiß ich, ich sage bloß, sie könnten doch jemand anders finden. Du musst da den ganzen Tag rumsitzen auf diesen harten Stühlen, und bei deiner Arthritis...«

»Na, um die Wahrheit zu sagen«, unterbrach Gum ihn im Flüsterton, »was mir Sorgen macht, ist diese Übelkeit von der anderen Medizin, die ich nehme.«

»Du hast ihnen hoffentlich gesagt, dass sie dich damit praktisch wieder ins Krankenhaus bringen. Eine arme alte verkrüppelte Lady aus dem Haus zu zerren...«

Diplomatisch fiel Loyal ihm ins Wort. »Bitte, was ist es denn für ein Prozess, Ma'am?«

Gum wischte mit ihrem Brot im Sirup herum. »Nigger hat 'n Traktor geklaut.«

»Dafür lassen sie dich den weiten Weg machen?«, fragte Farish. »Bloß wegen so was?«

»Tja, zu meiner Zeit«, sagte Gum friedlich, »da gab's diesen ganzen Quatsch mit 'nem großen Prozess nicht.«

———

Als auf ihr Klopfen niemand antwortete, schob Harriet behutsam Tats Schlafzimmertür auf. Im Halbdunkel sah sie ihre alte Tante dösend auf der weißen Sommerdecke liegen. Sie hatte die Brille abgelegt, und ihr Mund stand offen.

»Tat?«, fragte Harriet unsicher. Im Zimmer roch es nach Medizin, Vetiver und Menthol und Staub. Ein Ventilator surrte in einschläfernden Halbkreisen hin und her und ließ die dünnen Gardinen nach links und nach rechts wehen.

Tat schlief weiter. Es war kühl und still im Zimmer. Silbern gerahmte Fotos standen auf der Kommode: Richter Cleve und Harriets Urgroßmutter mit einer Kamee am Hals, vor der Jahrhundertwende. Harriets Mutter in den fünfziger Jahren als Debütantin mit Ellenbogenhandschuhen und aufwendiger Frisur. Ein großes, handkoloriertes Porträt von Tats Mann, Mr. Pink, als jungem Mann und ein sehr viel später aufgenommenes Hochglanz-Pressefoto von Mr. Pink, wie er einen Preis der Handelskammer entgegennahm. Auf dem schweren Frisiertisch standen Tats Sachen: Pond's Cold Cream, ein Marmeladenglas mit Haarnadeln, Nadelkissen, Kamm und Bürste aus Bakelite und ein einzelner Lippenstift – eine einfache, bescheidene kleine Familie, säuberlich aufgestellt wie für ein Gruppenfoto.

Harriet war zum Weinen zumute. Sie warf sich auf das Bett.

Tat schrak jäh aus dem Schlaf. »Du *liebe* Güte. Harriet?« Blind rappelte sie sich hoch und tastete nach ihrer Brille. »Was ist los? Wo ist dein kleiner Freund?«

»Er ist nach Hause gegangen. Tatty, hast du mich lieb?«

»Was ist denn? Wie spät ist es, Schatz?« Hilflos blinzelnd spähte sie zu ihrem Wecker hinüber. »Du weinst doch nicht, oder?« Sie beugte sich hinüber und legte Harriet die Hand auf die Stirn, aber sie war feucht und kühl. »Was um alles in der Welt ist denn los?«

»Kann ich hier übernachten?«

Tat war bestürzt. »Ach, Liebling. Die arme Tatty ist halb tot von ihren Allergien… Bitte sag mir doch, was du hast, Schatz. Ist dir nicht gut?«

»Ich mache auch keine Mühe.«

Der Billardsaal.

»Liebling. Oh, Liebling. Du machst mir *niemals* Mühe, und Allison auch nicht. Aber ...«

»Warum wollt du und Libby und Adelaide mich *nie* über Nacht bei euch haben?«

Tat war fassungslos. »Aber Harriet.« Sie knipste die Leselampe an. »Du weißt, dass das nicht wahr ist.«

»Ihr fragt mich nie!«

»Pass auf, Harriet. Ich hole den Kalender, und wir suchen uns einen Tag in der nächsten Woche aus. Bis dahin geht es mir wieder besser und ...«

Sie sprach nicht weiter. Das Kind weinte.

»Jetzt schau doch«, sagte sie mit munterer Stimme. Tat bemühte sich zwar, interessiert auszusehen, wenn ihre Freundinnen von ihren Enkelkindern schwärmten, aber sie bedauerte nicht, dass sie selbst keine hatte. Sie fand Kinder langweilig und lästig – eine Tatsache, die sie vor ihren kleinen Nichten tapfer zu verbergen suchte. »Ich hole dir einen Waschlappen. Es wird dir besser gehen, wenn du ... Nein, komm lieber mit. Harriet, steh auf.«

Sie nahm Harriets schmutzige Hand und führte sie durch den dunklen Flur zum Badezimmer. Am Waschbecken drehte sie beide Hähne auf und gab Harriet ein Stück rosa Toilettenseife. »Hier, mein Schatz. Wasch dir das Gesicht und die Hände ... die Hände zuerst. Und jetzt spritz dir ein bisschen von diesem kühlen Wasser ins Gesicht, dann geht es dir gleich besser ...«

Sie hielt einen Waschlappen unter den Hahn, betupfte geschäftig Harriets Wangen damit und reichte ihn ihr anschließend. »So, Liebling. Jetzt nimmst du diesen schönen kühlen Waschlappen und wäschst dich damit, am Hals und unter den Armen, ja?«

Harriet gehorchte; mechanisch strich sie sich einmal über die Kehle und fuhr dann mit dem Waschlappen unter ihr Hemd, um zweimal matt hin- und herzuwischen.

»Also wirklich. Ich weiß, dass du das besser kannst. Sorgt denn Ida nicht dafür, dass du dich wäschst?«

»Doch, Ma'am«, sagte Harriet mutlos.

»Warum bist du dann so schmutzig? Achtet sie nicht darauf, dass du jeden Tag in die Badewanne gehst?«

»Doch, Ma'am.«

»Und sorgt sie nicht dafür, dass du den Kopf unter den Wasserhahn hältst, und sieht sie nicht nach, ob die Seife auch nass ist, wenn du herauskommst? Es nützt ja nichts, Harriet, wenn du ins heiße Wasser steigst und einfach nur dasitzt. Ida Rhew weiß ganz genau, was sie dir sagen muss ...«

»Es ist nicht Idas Schuld! Wieso gibt jeder immer nur Ida die Schuld an allem?«

»Niemand gibt ihr *Schuld*. Ich weiß ja, dass du Ida liebst, mein Schatz, aber ich glaube, deine Großmutter sollte vielleicht mal ein Wörtchen mit ihr reden. Ida hat ja nichts Unrechtes getan; es ist nur so, dass Farbige eine andere Vorstellung von – oh, Harriet. Bitte.« Tatty rang die Hände.

»Nein. *Bitte* fang jetzt nicht wieder an.«

Eugene folgte Loyal nach dem Essen einigermaßen beklommen nach draußen. Loyal sah aus, als sei er im Frieden mit der Welt, bereit zu einem gemächlichen Verdauungsspaziergang, aber Eugene (der sich nach dem Essen seinen unbequemen schwarzen Predigeranzug angezogen hatte) war am ganzen Körper klamm vor Bangigkeit. Er warf einen Blick in den Außenspiegel von Loyals Truck und fuhr sich rasch mit dem Kamm durch die fettig graue Entenschwanzfrisur. Die Erweckungsandacht am Abend zuvor (irgendwo draußen auf einer Farm am anderen Ende des County) war kein Erfolg gewesen. Die Neugierigen, die bei ihrem Zelt aufgetaucht waren, hatten gefeixt und mit Kronkorken und Kieselsteinen geworfen, sie hatten den Kollektenteller ignoriert und sich verdrückt, ehe die Andacht zu Ende gewesen war. Und wer konnte es ihnen verdenken? Der junge Reese – Augen wie blaue Gasflammen, die Haare nach hinten geweht, als habe er soeben einen Engel erblickt – hatte vielleicht im kleinen Finger mehr Glauben als die ganze kichernde Bande zusammen, aber keine einzige Schlange war aus der Kiste gekommen, nicht eine, und so verlegen Eugene darüber auch gewesen war, er hatte doch keine Lust gehabt, sie mit eigener Hand

Der Billardsaal.

herauszuholen. Loyal hatte ihm versichert, dass man sie heute Abend in Boiling Spring freundlicher empfangen würde, aber was kümmerte Eugene Boiling Spring? Klar, es gab da drüben eine solide Gemeinde von Gläubigen, und die gehörte jemand anderem. Übermorgen wollten sie versuchen, auf dem Platz in der Stadt ein Publikum zusammenzutrommeln, nur wie um alles in der Welt wollten sie das anstellen, wenn ihr größter Publikumsmagnet, die Schlangen, gesetzlich verboten war?

Loyal schien das alles nicht zu kümmern. »Ich bin hier, um Gottes Werk zu tun«, hatte er gesagt. »Und Gottes Werk ist der Kampf gegen den Tod.« Am Abend zuvor hatte ihm auch das Gejohle der Leute nichts ausgemacht, aber obwohl Eugene Angst vor den Schlangen hatte und wusste, dass er selbst außerstande wäre, sie mit eigenen Händen aufzuheben, freute er sich doch nicht auf einen weiteren Abend der öffentlichen Demütigungen.

Sie standen draußen auf der beleuchteten Betonplatte, die sie als »Carport« bezeichneten; an einem Ende befand sich ein Gasgrill, am andern ein Basketballkorb. Eugene warf einen nervösen Blick auf Loyals Truck – auf die Plane über den Schlangenkisten auf der Ladefläche, auf den Sticker an der Stoßstange, auf dem in schrägen, fanatischen Lettern stand: *DIESE WELT IST NICHT MEINE HEIMAT!* Curtis saß wohl verwahrt im Trailer vor dem Fernseher (wenn er sähe, wie sie wegfuhren, würde er heulen und mitkommen wollen), und Eugene wollte eben vorschlagen, rasch einzusteigen und loszufahren, als die Fliegentür sich knarrend öffnete und Gum auf sie zu geschlurft kam.

»Hallo, Ma'am!«, rief Loyal herzlich.

Eugene wandte sich halb ab. In letzter Zeit hatte er mit einem beständigen Hass auf seine Großmutter zu kämpfen und musste sich immer wieder in Erinnerung rufen, dass Gum doch nur eine alte Lady war – und krank noch dazu, seit Jahren krank. Er erinnerte sich an den Tag vor langer Zeit, als er und Farish noch klein gewesen waren und sein Vater mitten am Nachmittag betrunken nach Hause gestolpert gekommen war. Er hatte sie aus dem Trailer gezerrt, als wolle er sie verprügeln, puterrot im Gesicht und mit zusammengebissenen Zähnen. Aber er war nicht wütend. Er weinte. *O Herr, mir ist übel, seit ich es gehört hab heute Morgen. Herrgott, erbarme dich. Die arme Gum wird nur noch einen oder zwei Monate bei uns sein. Die Ärzte sagen, sie ist zerfressen bis auf die Knochen vom Krebs.*

Das war zwanzig Jahre her. Seitdem waren noch vier Brüder zur Welt gekommen und allesamt groß geworden: herangewachsen und aufgewachsen und weggegangen, verkrüppelt oder im Gefängnis. Vater und Onkel und Mutter und eine tot geborene kleine Schwester waren allesamt unter der Erde. Aber Gum war quicklebendig. Von diversen Ärzten und Gesundheitsbehörden flatterten regelmäßig Todesurteile über sie ins Haus, Eugenes ganze Kindheit und Jugend hindurch, und noch heute bekam Gum ungefähr alle sechs Monate eins. Jetzt, da ihr Sohn tot war, verkündete sie die schlechte Nachricht selbst, in vergebungheischendem Ton. Ihre Milz sei vergrößert und drohe zu platzen; ihre Leber, ihre Bauchspeicheldrüse, ihre Schilddrüse seien ausgefallen; sie sei zerfressen von diesem Krebs oder von jenem Krebs, von so vielen verschiedenen Arten, dass ihre Knochen inzwischen schwarz wie Holzkohle seien, wie die verkohlten Hühnerknochen im Herdfeuer. Und tatsächlich: Gum sah zerfressen aus. Weil er sie nicht umbringen konnte, hatte der Krebs sich in ihr eingerichtet und sich ein behagliches Zuhause geschaffen – hatte sich hinter ihren Rippen eingenistet und feste Wurzeln geschlagen, und er bohrte die Spitzen seiner Tentakel durch ihre Haut nach außen, sichtbar in einem Gesprenkel von schwarzen Muttermalen. Wenn man Gum jetzt aufschnitte (so kam es Eugene vor), würde wahrscheinlich gar kein Blut mehr in ihr sein, sondern nur noch ein giftiger, schwammiger Brei.

»Ma'am, wenn Sie die Frage gestatten«, sagte Loyal höflich, »wie kommt's, dass Ihre Jungen Sie Gum nennen?«

»Weiß keiner. Der Name ist einfach *kleben geblieben*«, kicherte Farish, der gerade aus der Tür seines Taxidermieschuppens platzte, begleitet von einem Strahl von elektrischem Licht auf dem Riedgras. Er stürmte hinter ihr heran, umarmte und kitzelte sie, als wären sie ein Liebes-

Der Billardsaal.

paar. »Soll ich dich zu den Schlangen auf den Laster werfen, Gum?«

»Hör auf«, sagte Gum lustlos. Sie fand es unwürdig, sich anmerken zu lassen, wie gut ihr diese raubeinigen Aufmerksamkeiten gefielen, aber sie gefielen ihr nichtsdestominder; ihr Gesicht blieb ausdruckslos, aber ihre schwarzen Äuglein funkelten vor Vergnügen.

Eugenes Besucher spähte argwöhnisch durch die offene Tür des fensterlosen Taxidermie/Methamphetamin-Schuppens, der vom Licht einer nackten Glühbirne unter der Decke durchflutet war: Bechergläser, Kupferrohre, ein unglaublich komplexes, zusammengestückeltes Gewirr von Vakuumpumpen und Schläuchen und Brennern und alten Badezimmerhähnen. Gruselige Erinnerungen an die Taxidermiewerkstatt – ein Puma-Embryo in Formaldehyd, eine Anglerkiste aus durchsichtigem Plastik, gefüllt mit den verschiedensten Glasaugen – verliehen dem Ganzen das Aussehen von Frankensteins Laboratorium.

»Komm schon, komm rein«, sagte Farish und wirbelte herum. Er ließ Gum los und packte Loyal hinten am Hemd, und halb riss, halb warf er ihn durch die Labortür.

Eugene folgte ihnen beklommen. Sein Besucher, der ein ähnlich raues Benehmen vielleicht von seinem Bruder Dolphus her gewohnt war, schien nicht nervös zu sein, aber Eugene kannte Farish gut genug, um zu wissen, dass Farishs gute Laune Anlass genug war, nervös zu sein.

»Farsh«, sagte er schrill. »Farsh.«

Drinnen standen auf dunklen Borden reihenweise Gläser mit Chemikalien. Whiskeyflaschen mit abgekratzten Etiketten enthielten eine dunkle Flüssigkeit, die Farish für seine Laborarbeit brauchte. Danny saß auf einem umgedrehten Plastikeimer; er trug Spülhandschuhe aus Gummi und stocherte mit einem kleinen Instrument in irgendetwas herum. Hinter ihm blubberte ein gläserner Filterkolben, und ein ausgestopfter Hühnerhabicht mit ausgebreiteten Schwingen spähte finster aus dem Schatten der Deckenbalken herunter, als wolle er gleich herabstoßen. Auf den Regalen standen auch Barsche auf roh gezimmerten Holzständern, Truthahnfüße, Fuchsköpfe, Hauskatzen (von ausgewachsenen Katern bis zu winzigen Kätzchen), Spechte, Schlangenhalsvögel und ein Reiher, halb vernäht und stinkend.

»Ich sag dir, Loyal, mir hat mal jemand eine Bullmokassinschlange gebracht, die war *so* dick. Ich wünschte, ich hätte sie noch und könnte sie dir zeigen. Ich glaube, die war größer als alles, was du da draußen auf dem Laster hast.«

Eugene schob sich herein; er kaute auf dem Daumennagel und schaute Loyal über die Schulter. Es war, als sehe er mit Loyals Augen zum ersten Mal diese ausgestopften Kätzchen und den Reiher mit dem gebogenen Hals und den Augenhöhlen, so runzlig wie Kauri-Muscheln. »Zum Präparieren«, sagte er laut, als er merkte, dass Loyals Blick auf den Reihen der Whiskeyflaschen verweilte.

»Der Herr will, dass wir Sein Reich lieben und behüten, und dass wir es uns untertan machen«, sagte Loyal und betrachtete die grausige Ausstellung, die inmitten des Gestanks und der Kadaver und Schatten wie ein Querschnitt durch die Hölle anmutete. »Du musst mir verzeihen, aber ich weiß nicht, ob das bedeutet, dass es recht ist, wenn wir sie ausstopfen und aufstellen.«

In der Ecke entdeckte Eugene einen Stapel *Hustler*-Hefte. Das Bild auf dem obersten war Ekel erregend. Er legte Loyal die Hand auf den Arm. »Komm, lass uns gehen«, sagte er, da er nicht wusste, was Loyal sagen oder tun würde, wenn er das Bild sähe, und unvorhersehbares Verhalten jeglicher Art war in Farishs Nähe nicht ratsam.

»Na«, sagte Farish, »ich weiß nicht, ob du da Recht hast, Loyal.« Zu Eugenes Entsetzen beugte Farish sich über seinen Aluminium-Arbeitstisch, warf sich das Haar über die Schulter und zog eine weiße Linie – Eugene vermutete, dass es Dope war – durch einen zusammengerollten Dollarschein in die Nase. »Entschulige, aber irre ich mich, wenn ich annehme, Loyal, dass du 'n schönes dickes T-Bone-Steak genauso schnell aufisst wie mein Bruder hier?«

»Was ist das?«, wollte Loyal wissen.

»Kopfschmerzpulver.«

»Farish hat 'ne Behinderung«, warf Danny hilfsbereit ein.

Der Billardsaal.

»Meine Güte«, sagte Loyal milde zu Gum, die in ihrem Schneckentempo eben erst vom Laster zur Tür des Schuppens geschlurft war. »Das Gebrechen ist wahrlich ein grimmiger Zuchtmeister unter Ihren Kindern.«

Farish warf sein Haar zurück, richtete sich auf und zog geräuschvoll die Nase hoch. Ungeachtet dessen, dass er der Einzige in diesem Haushalt war, der eine Behindertenrente bezog, paßte es ihm nicht, wenn sein eigenes Missgeschick in einem Atemzug mit Eugenes entstelltem Gesicht erwähnt wurde – und schon gar nicht mit Curtis und seinen umfassenderen Problemen.

»Wie wahr, Loyle«, sagte Gum und wackelte betrübt mit dem Kopf. »Der liebe Herrgott hat mich schrecklich geschlagen mit Krebs, mit der Arthuritis, mit dem Zucker-Diabetes und mit dem hier…« Sie deutete auf eine verwest aussehende, schwarz-violette Kruste an ihrem Hals, so groß wie ein Vierteldollar. »Da haben sie der armen alten Gum die Adern ausgeschabt«, sagte sie eifrig und drehte den Kopf zur Seite, damit Loyal besser sehen konnte. »Da haben sie mit 'm Kathetur reingestochen, genau hier durch, sehen Sie…?«

»Wann wollt ihr denn heute Abend die Leute erwecken?«, fragte Danny munter. Er hielt sich den Finger ans Nasenloch und richtete sich gerade wieder auf, nachdem auch er eine Dosis Kopfschmerzpulver zu sich genommen hatte.

»Wir sollten fahren«, sagte Eugene zu Loyal. »Komm.«

»Und dann«, fuhr Gum fort, »haben sie diesen Dingsda-Ballon in meine Halsader hier geschoben, und dann…«

»Gum, er muss jetzt los.«

Gum gackerte und griff mit einer schwarz gesprenkelten Klaue nach dem Ärmel von Loyals weißem Oberhemd. Sie war entzückt, einen so rücksichtsvollen Zuhörer gefunden zu haben, und es widerstrebte ihr, ihn jetzt einfach wieder laufen zu lassen.

Harriet war auf dem Heimweg von Tatty. Die breiten Gehwege waren überschattet von Pekan- und Magnolienbäumen und übersät von zertretenen Blütenblättern der

Kreppmyrten. Durch die warme Luft wehte leise das traurige Abendläuten der Ersten Baptistenkirche. Die Gebäude in der Main Street waren prächtiger als die Häuschen im georgianischen Stil oder im Stil der Zimmermannsgotik; die Baustile, die man hier sah, hießen Greek Revival, Italianate, Second Empire Victorian, allesamt Überbleibsel einer bankrotten Baumwollökonomie. Ein paar Häuser, aber nicht viele, gehörten immer noch den Nachkommen der Familien, die sie erbaut hatten, und einige wenige waren sogar von reichen Leuten von außerhalb gekauft worden. Aber es gab auch Schandflecken in wachsender Zahl, mit Dreirädern im Vorgarten und Wäscheleinen zwischen den dorischen Säulen.

Es dämmerte. Ein Glühwürmchen blinkte auf, unten am Ende der Straße, und dann, praktisch vor ihrer Nase, zwei weitere in rascher Folge: *pop pop*. Sie wollte nicht nach Hause – noch nicht jedenfalls –, und obwohl die Main Street so weit unten ziemlich verlassen und ein bisschen Furcht einflößend war, beschloss sie, noch ein Stückchen weiter zu gehen, bis hinunter zum Alexandria Hotel. Alle nannten es noch immer Alexandria Hotel, obwohl es schon seit Ewigkeiten kein Hotel mehr war. Während der Gelbfieberepidemie von 1879, als die geplagte Stadt überflutet wurde von kranken und panischen Fremden, die sich von Natchez und New Orlans in den Norden geflüchtet hatten, hatte man die Sterbenden – schreiend, phantasierend, nach Wasser heulend – wie Sardinen auf die Veranda und den Balkon des überfüllten Hotels gepackt, während die Toten haufenweise auf dem Gehweg davor lagen.

Ungefähr alle fünf Jahre versuchte irgendjemand, das Alexandria Hotel wieder aufzumöbeln und ein Textilgeschäft oder ein Versammlungshaus oder irgendetwas anderes darin zu eröffnen, aber solche Bestrebungen waren nie lange von Erfolg gekrönt. Nur an dem Gebäude vorbeizugehen bereitete den Leuten schon Unbehagen. Ein paar Jahre zuvor hatte jemand von außerhalb versucht, in der Lobby einen Tea-Room zu betreiben, aber der war auch schon wieder geschlossen.

Harriet blieb auf dem Gehweg stehen. Dort unten am

Der Billardsaal.

Ende der leeren Straße ragte das Hotel auf: ein weißes, starräugiges Wrack, verschwommen im Zwielicht. Dann, ganz plötzlich, glaubte sie zu sehen, wie sich in einem der oberen Fenster etwas bewegte – etwas Flatteriges, wie ein Stück Stoff –, und sie machte kehrt und flüchtete mit hämmerndem Herzen die lange, dunkler werdende Straße hinunter, als schwebe eine ganze Flotte von Gespenstern hinter ihr her.

Sie rannte den ganzen Weg nach Hause, ohne stehen zu bleiben, und polterte durch die Haustür, atemlos und erschöpft und mit tanzenden Flecken vor den Augen. Allison war unten und saß vor dem Fernseher.

»Mutter macht sich Sorgen«, sagte sie. »Geh und sag ihr, dass du wieder da bist. Ach, und Hely hat angerufen.«

Harriet war halb oben, als ihre Mutter ihr auf der Treppe entgegenstürzte. Ihre Schlafzimmerpantoffeln klatschten laut auf den Stufen. »*Wo* bist du gewesen? Antworte mir auf der Stelle!« Ihr Gesicht war rot und glänzend, und sie hatte sich ein zerknautsches altes weißes Oberhemd, das Harriets Vater gehörte, über das Nachthemd geworfen. Sie packte Harriet bei der Schulter und schüttelte sie, und dann stieß sie sie unfassbarerweise gegen die Wand, sodass Harriet mit dem Hinterkopf gegen einen gerahmten Kupferstich der Sängerin Jenny Lind stieß.

»Was ist denn los?«, fragte Harriet vollkommen verständnislos.

»Weißt du, was für Sorgen ich mir gemacht habe?« Die Stimme ihrer Mutter klang hoch und eigenartig. »Ich war *krank* vor Angst, weil ich nicht wusste, wo du warst. *Völlig ... von ... Sinnen ...*«

»Mutter?« Verwirrt wischte Harriet sich mit dem Arm über das Gesicht. Ob sie betrunken war? Manchmal benahm ihr Vater sich so, wenn er an Thanksgiving zu Hause war und zu viel getrunken hatte.

»Ich dachte schon, du bist tot. Wie kannst du es wagen ...«

»Was ist denn los?« Das Licht der Deckenlampe war grell, und Harriets einziger Gedanke war jetzt, nach oben in ihr Zimmer zu gelangen. »Ich war nur bei Tat.«

»Unsinn. Sag mir die Wahrheit.«

»Aber es *stimmt*«, sagte Harriet ungeduldig und wollte sich an ihrer Mutter vorbeischieben. »Ruf sie doch an, wenn du mir nicht glaubst.«

»Das werde ich ganz sicher tun, gleich morgen früh. Aber jetzt wirst du mir sagen, wo du gewesen bist.«

»Na los«, sagte Harriet. Es ärgerte sie, dass ihr der Weg versperrt war. »Ruf sie *an*.«

Harriets Mutter machte einen schnellen, erbosten Schritt auf sie zu, und ebenso schnell wich Harriet zwei Stufen zurück. Ihr frustrierter Blick landete auf einem Pastellporträt ihrer Mutter (funkelnde Augen, humorvoll, ein Kamelhaarmantel und ein glänzender Teen-Queen-Pferdeschwanz); es war in Paris auf der Straße gemalt worden, als sie im vorletzten College-Jahr im Ausland gewesen war. Die Augen dieses Porträts, sternenhaft mit ihren übertriebenen Lichtreflexen in weißer Kreide, schienen sich in lebhaftem Mitgefühl für Harriets Dilemma zu weiten.

»*Warum* quälst du mich so?«

Harriet wandte sich von dem Kreideporträt ab und starrte wieder in dasselbe Gesicht – nur war es jetzt viel älter und sah auf unbestimmte Weise unnatürlich aus, als sei es nach einem schrecklichen Unfall wiederhergestellt worden.

»*Warum?*«, kreischte ihre Mutter. »Willst du mich in den Wahnsinn treiben?«

Ein alarmierendes Kribbeln zog sich über Harriets Kopfhaut. Ab und zu benahm ihre Mutter sich merkwürdig, oder sie war verwirrt und aus dem Häuschen, aber nicht so wie jetzt. Es war erst sieben Uhr; im Sommer spielte Harriet oft bis zehn Uhr draußen, und ihre Mutter merkte es nicht einmal.

Allison stand am Fuße der Treppe und hatte eine Hand auf den tulpenförmigen Knauf des Geländerpfostens gelegt.

»Allison?«, sagte Harriet ziemlich schroff. »Was ist los mit Mama?«

Harriets Mutter gab ihr eine Ohrfeige, die zwar nicht wehtat, aber ordentlich knallte. Harriet hielt sich die Wan-

Der Billardsaal.

ge und starrte ihre Mutter an, die jetzt schnell atmete, in seltsamen, kurzen Stößen.

»Mama? Was hab ich denn getan?« Sie war zu schockiert, um zu weinen. »Wenn du dir Sorgen gemacht hast, warum hast du dann nicht Hely angerufen?«

»Ich kann doch wohl nicht so früh am Morgen bei den Hulls anrufen und das ganze Haus wecken!«

Allison unten an der Treppe sah genauso verdattert aus, wie Harriet sich fühlte. Aus irgendeinem Grund hatte Harriet den Verdacht, dass ihre Schwester der Grund für dieses Missverständnis war, was immer es sein mochte.

»Du hast was getan!«, schrie sie. »Was hast du ihr erzählt?«

Aber Allisons Augen waren rund und ungläubig auf ihre Mutter gerichtet. »Mama?«, sagte sie. »Was meinst du mit ›Morgen‹?«

Charlotte legte eine Hand auf das Geländer. Sie sah bestürzt aus.

»Es ist *Abend*. Dienstagabend«, sagte Allison.

Charlotte stand totenstill da, die Augen weit aufgerissen, der Mund leicht geöffnet. Dann rannte sie die Treppe hinunter und schaute aus dem Fenster neben der Haustür.

»O mein Gott.« Sie stützte sich mit beiden Händen auf das Fenstersims und beugte sich vor. Sie schob den Riegel auf und trat auf die Veranda hinaus ins Dämmerlicht. Sehr langsam, als ob sie träumte, ging sie zu einem Schaukelstuhl und setzte sich.

»Du lieber Himmel«, sagte sie, »du hast Recht. Ich bin aufgewacht, und es war sechs Uhr dreißig, und – Gott helfe mir – da dachte ich, es ist sechs Uhr morgens.«

Eine Zeit lang hörte man keinen Laut außer den Grillen und ein paar Stimmen irgendwo an der Straße. Die Godfreys hatten Besuch; ein fremdes weißes Auto stand in der Einfahrt, und ein Kombiwagen parkte am Randstein vor dem Haus. Im gelblichen Licht auf der hinteren Veranda stiegen Rauchwölkchen vom Grill in die Höhe.

Charlotte schaute zu Harriet herauf. Ihr Gesicht war von Schweiß benetzt und viel zu weiß, und ihre Pupillen waren so groß und schwarz und alles verschlingend, dass die Iris weggeschrumpft war, eine blaue Corona, die um die Ränder eines verfinsterten Mondes leuchtete.

»Harriet, ich dachte, du wärest die ganze Nacht weg gewesen…« Klamm und atemlos stand sie da, als wäre sie halb ertrunken. »Oh, Baby, ich dachte, du wärest entführt oder tot. Mama hat schlecht geträumt, und – o Gott, ich habe dich geschlagen.« Sie schlug die Hände vors Gesicht und fing an zu weinen.

»Komm herein, Mama«, sagte Allison leise. »Bitte.« Es durfte nicht sein, dass die Godfreys oder Mrs. Fountain ihre Mutter weinend und im Nachthemd auf der Veranda stehen sahen.

»Harriet, komm her. Wie kannst du mir je verzeihen? Mama ist verrückt«, schluchzte sie nass in Harriets Haare. »Es tut mir so Leid…«

Harriet fühlte sich in einem unbequemen Winkel an die Brust ihrer Mutter gequetscht, aber es gelang ihr, sich nicht zu winden. Sie erstickte fast. Über ihr, und doch weit entfernt, weinte und hustete ihre Mutter mit gedämpften, keuchenden Geräuschen wie eine Schiffbrüchige, die an den Strand gespült worden war. Der rosa Stoff des Nachthemdes, der sich an Harriets Wange drückte, war so stark vergrößert, dass er gar nicht aussah wie Stoff, sondern wie ein technisches Geflecht aus groben, seildicken Strängen. Es war interessant. Harriet schloss die Augen an der Brust ihrer Mutter. Das Rosa verschwand. Die Augen auf: Da war es wieder. Sie experimentierte mit abwechselndem Blinzeln, und die optische Illusion sprang hin und her, bis eine dicke, ja, ungewöhnlich riesige Träne auf den Stoff tropfte und sich zu einem karmesinroten Fleck ausbreitete.

Plötzlich packte ihre Mutter sie bei den Schultern. Ihr Gesicht glänzte und roch nach Cold Cream; ihre Augen waren tintenschwarz und fremdartig wie die Augen eines Ammenhais, den Harriet in einem Aquarium an der Golfküste gesehen hatte.

»Du weißt nicht, wie das ist«, sagte ihre Mutter.

Und wieder sah Harriet sich an das Nachthemd ihrer Mutter gepresst. *Konzentrieren*, befahl sie sich. Wenn sie sich angestrengt bemühte, konnte sie woanders sein.

Der Billardsaal.

Ein Parallelogramm aus Licht lag schräg auf der Veranda. Die Haustür stand offen. »Mama?«, hörte sie Allison sagen, von weit her. »Bitte...«

Als Harriets Mutter sich endlich bei der Hand nehmen und wieder ins Haus führen ließ, brachte Allison sie behutsam zum Sofa, legte ihr ein Kissen hinter den Kopf und schaltete den Fernseher ein. Das Geplapper war eine unbestreitbare Erleichterung, die fröhliche Musik, die sorglosen Stimmen. Dann wandelte sie hin und her und brachte Kleenex, Kopfschmerzpulver, Zigaretten und einen Aschenbecher, ein Glas Eistee und ein Kühlkissen, das ihre Mutter im Gefrierschrank aufbewahrte. Aus klarem Plastik, blau wie ein Swimmingpool, war es wie eine Harlekin-Halbmaske von Mardi Gras geformt, und ihre Mutter legte es sich auf die Augen, wenn die Nebenhöhlen sie plagten oder wenn sie unter dem litt, was sie »üble Kopfschmerzen« nannte.

Ihre Mutter akzeptierte Kleenex und Tee aus dem kleinen Füllhorn der Tröstungen und drückte sich bedrückt, unter leisem Gemurmel, das aquamarinblaue Kühlkissen auf die Stirn. »Was müsst ihr von mir denken?... Ich schäme mich so...«

Die Eismaske entging Harriet nicht; sie saß im Sessel gegenüber und betrachtete ihre Mutter. Sie hatte ein paar Mal gesehen, wie ihr Vater morgens, wenn er getrunken hatte, steif an seinem Schreibtisch saß, die blaue Eismaske vor den Kopf gebunden, während er telefonierte oder wütend in seinen Unterlagen blätterte. Aber der Atem ihrer Mutter roch nicht nach Alkohol. Dort draußen auf der Veranda, an die Brust ihrer Mutter gepresst, hatte sie nichts dergleichen wahrgenommen. Ihre Mutter *trank* auch nicht – nicht so, wie ihr Vater trank. Ab und zu mixte sie sich Coke mit Bourbon, aber dann schleppte sie das Glas den ganzen Abend mit sich herum, bis das Eis geschmolzen und die Papierserviette aufgeweicht war, und am Ende schlief sie ein, ehe sie alles ausgetrunken hatte.

Allison erschien wieder in der Tür. Sie warf einen Blick auf ihre Mutter, um sich zu vergewissern, dass sie nichts sah, und dann formte sie lautlos mit dem Mund die Worte: *Er hat heute Geburtstag.*

Harriet blinzelte. Natürlich – wie hatte sie das vergessen können? Normalerweise war es der Jahrestag seines Todes im Mai, der diese Dinge bei ihrer Mutter auslöste: Weinkrämpfe, unerklärliche Panikattacken. Vor ein paar Jahren war es so schlimm gewesen, dass sie außerstande gewesen war, das Haus zu verlassen, um bei Allisons Abschlussfeier nach der achten Klasse dabei zu sein. Aber in diesem Mai war der Tag ohne Zwischenfall gekommen und gegangen.

Allison räusperte sich. »Mama, ich lasse dir ein Bad ein«, sagte sie. Ihre Stimme klang seltsam energisch und erwachsen. »Du brauchst nicht hineinzugehen, wenn du nicht willst.«

Harriet stand auf, um nach oben zu gehen, aber ihre Mutter ließ in einer panischen, blitzschnellen Bewegung den Arm vorschießen, als sei Harriet im Begriff, vor ein Auto zu laufen.

»Mädchen! Meine beiden lieben Mädchen!« Sie klopfte mit der flachen Hand rechts und links neben sich auf das Sofa, und obwohl ihr Gesicht vom Weinen verschwollen war, irrlichterte in ihrer Stimme schwach, aber fröhlich die Studentin auf dem Porträt im Hausflur.

»Harriet, warum um alles in der Welt hast du denn nichts gesagt?«, fragte sie. »Hast du dich gut amüsiert mit Tatty? Woüber habt ihr euch unterhalten?«

Wieder einmal fehlten Harriet im grellen Scheinwerferlicht der Aufmerksamkeit ihrer Mutter die Worte. Aus irgendeinem Grund konnte sie nur an eine Geisterbahn auf der Kirmes denken, in der sie einmal als kleines Mädchen mitgefahren war, mit einem Gespenst, das friedlich im Dunkeln an einer aufgespannten Angelschnur hin- und hergesegelt war und plötzlich, vollkommen unerwartet, seine Bahn verlassen hatte und ihr geradewegs ins Gesicht gesprungen war. Ab und zu fuhr sie noch immer kerzengerade aus tiefem Schlaf hoch, weil die weiße Gestalt ihr aus der Dunkelheit entgegenschoss.

»Was hast du bei Tatty gemacht?«

»Schach gespielt.« In der Stille, die darauf folgte, versuchte Harriet, sich irgendeine komische oder unterhalt-

Der Billardsaal.

same Beobachtung einfallen zu lassen, die sie an diese Antwort anhängen könnte.

Ihre Mutter legte den Arm um Allison, damit auch sie sich nicht ausgeschlossen fühlte. »Und warum bist du nicht mitgegangen, Schatz? Hast du denn schon zu Abend gegessen?«

»Und jetzt zeigen wir Ihnen den ABC-Film der Woche«, verkündete der Fernseher. Als der Vorspann lief, stand Harriet auf und wollte in ihr Zimmer gehen, aber ihre Mutter folgte ihr die Treppe hinauf.

»Hasst du deine Mutter, weil sie sich so verrückt benimmt?« Verloren stand sie in der offenen Tür zu Harriets Zimmer. »Willst du dir nicht den Film mit uns ansehen? Nur wir drei?«

»Nein danke«, sagte Harriet höflich. Ihre Mutter starrte auf den Teppich, und ihr Blick, erkannte Harriet, kam dem Teil des Teerflecks gefährlich nahe, der neben dem Bett sichtbar war.

»Ich...« In der Stimme ihrer Mutter schien eine Saite zu reißen; hilflos huschte ihr Blick über Allisons Stofftiere und den Bücherstapel auf der Fensterbank neben Harriets Bett. »Du musst mich hassen«, sagte sie mit rostiger Stimme.

Harriet schaute zu Boden. Sie konnte es nicht ertragen, wenn ihre Mutter so melodramatisch wurde. »Nein, Mama«, sagte sie, »ich will nur diesen Film nicht sehen.«

»Oh, Harriet. Ich hatte einen so scheußlichen Traum. Und es war so schrecklich, als ich aufwachte und du nicht hier warst. Du weißt, dass deine Mutter dich liebt, nicht wahr, Harriet?«

Harriet hatte Mühe zu antworten. Sie fühlte sich leicht betäubt, als wäre sie unter Wasser: die langen Schatten, das geisterhaft grünliche Lampenlicht, der Wind, der die Gardinen hereinwehte.

»Weißt du nicht, dass ich dich liebe?«

»Doch«, sagte Harriet. Aber ihre Stimme klang dünn, als käme sie aus weiter Ferne, oder als gehörte sie jemand anderem.

KAPITEL 4.

Die Mission.

Es war komisch, dachte Harriet, dass sie Curtis immer noch nicht hasste, trotz allem, was sie jetzt über seine Familie wusste. Weiter unten an der Straße, da, wo sie ihm das letzte Mal begegnet war, stapfte er plattfüßig und sehr zielstrebig am Randstein entlang. Hin- und herschwankend, die Wasserpistole fest mit beiden Händen umklammert, folgte seine pummelige Gestalt von Kopf bis Fuß der Wiegebewegung.

An dem heruntergekommenen Haus mit billigen Mietwohnungen fiel eine Fliegentür zu. Zwei Männer erschienen auf der Außentreppe; sie schleppten eine große Kiste, die mit einer Plane bedeckt war. Der Mann, der Harriet zugewandt war, sah sehr jung und sehr unbeholfen aus. Seine Stirn glänzte, seine Haare standen zu Berge, und seine Augen blickten schockiert, als sei er soeben einer Explosion entgangen. Der andere, der rückwärts als Erster herunterkam, stolperte vor lauter Hast beinahe; und obwohl die Kiste schwer und die Treppe schmal und die Plane sehr bedenklich über die Kiste drapiert war – sie drohte jeden Augenblick herunterzurutschen und die beiden zu verheddern –, machten sie nicht einen Augenblick Pause, sondern polterten in verzweifelter Hektik immer weiter.

Curtis wabbelte mit einem blökenden Aufschrei herum und richtete seine Wasserpistole auf die beiden, als sie die Kiste zur Seite drehten und mit kleinen Schritten zu einem Pick-up beförderten, der in der Einfahrt parkte. Eine

Die Mission.

zweite Plane war über der Ladefläche des Lasters ausgebreitet. Der ältere und schwerere der beiden Männer (weißes Hemd, schwarze Hose, offene schwarze Weste) schob sie mit dem Ellenbogen beiseite und stemmte dann sein Ende der Kiste über den Rand der Ladefläche.

»Vorsicht!«, rief der junge Mann mit den wilden Haaren, als die Kiste mit einem massiven Krachen umkippte.

Der andere, er hatte Harriet noch immer den Rücken zugewandt, wischte sich mit einem Taschentuch über die Stirn. Sein graues Haar war zu einer öligen Entenschwanzfrisur zurückgekämmt. Zusammen schoben sie die Plane zurecht und gingen wieder die Treppe hinauf.

Harriet beobachtete diese mysteriöse Plackerei ohne große Neugier. Hely konnte sich stundenlang damit unterhalten, dass er Arbeitern auf der Straße mit offenem Mund zuschaute, und wenn es ihn wirklich interessierte, ging er hin und löcherte sie mit Fragen über Nutzlasten und Arbeitskräfte und Maschinen. All das langweilte Harriet – was sie interessierte, war Curtis. Wenn es stimmte, was Harriet ihr Leben lang gehört hatte, dann waren seine Brüder nicht gut zu ihm. Manchmal erschien Curtis in der Schule mit unheimlichen roten Blutergüssen an Armen und Beinen, in einer Farbe, die Curtis allein eigentümlich war: Preiselbeerrot. Die Leute sagten, er sei einfach zarter, als er aussah, und bekomme leicht Blutergüsse, wie er sich auch leichter erkältete als die anderen Kinder. Manchmal ließen die Lehrer ihn trotzdem Platz nehmen und stellten ihm Fragen über diese Blutergüsse – welche Fragen genau und was Curtis darauf antwortete, das wusste Harriet nicht. Aber unter den Kindern herrschte die unbestimmte, dafür aber weit verbreitete Überzeugung, dass Curtis zu Hause misshandelt wurde. Er hatte keine Eltern, nur seine Brüder und eine tattrige alte Großmutter, die sich darüber beklagte, dass sie zu schwach sei, um für ihn zu sorgen. Im Winter kam er oft ohne Jacke zur Schule, ohne Lunchgeld und ohne Lunch (oder mit irgendeinem ungesunden Lunch, einem Glas Gelee zum Beispiel, das man ihm dann wegnehmen musste). Die chronischen Ausreden der Großmutter für all das riefen bei den Lehrern ungläubige Blicke

hervor. Alexandria Academy war schließlich eine Privat-
schule. Wenn Curtis' Familie sich die tausend Dollar Schul-
geld im Jahr leisten konnte, warum reichte das Geld dann
nicht auch für seinen Lunch und eine Jacke?

Harriet hatte Mitleid mit Curtis – aus der Ferne. So
gutmütig er war, seine breiten, unbeholfenen Bewegungen
machten die Leute nervös. Kleine Kinder hatten Angst
vor ihm, und die Mädchen wollten im Schulbus nicht neben
ihm sitzen, weil er versuchte, ihre Gesichter und Kleider
und Haare anzufassen. Jetzt hatte er sie zwar noch nicht
entdeckt, aber ihr graute schon bei dem Gedanken daran,
was dann passieren würde. Beinahe schon aus Gewohnheit starrte sie zu Boden und schämte sich, als sie auf die
andere Straßenseite wechselte.

Wieder schlug die Fliegentür zu, und die beiden Männer trappelten mit einer neuen Kiste die Treppe herunter,
als ein langer, schnittiger, perlgrauer Lincoln Continental
um die Ecke bog. Mr. Dial, im Profil anzusehen, rauschte
majestätisch an Harriet vorbei. Und zu ihrem Erstaunen
hielt er in der Einfahrt.

Als sie die letzte Kiste auf den Laster gehievt und die
Plane darübergezogen hatten, stiegen die beiden Männer sichtlich entspannter die Treppe hinauf. Die Wagentür
öffnete sich: *snick.* »Eugene?«, rief Mr. Dial. Er stieg aus und
ging dicht an Curtis vorbei, offenbar ohne ihn zu sehen.
»*Eugene?* Eine halbe Sekunde.«

Der Mann mit dem grauen Entenschwanz blieb wie
erstarrt stehen. Als er sich umdrehte, versetzte das ver-
spritzte rote Mal auf seinem Gesicht Harriet einen alp-
traumartigen Schock. Es sah aus wie ein Handabdruck von
roter Farbe.

»Ich bin wirklich froh, dass ich Sie hier draußen treffe!
Es ist ja so schwierig, Sie in die Finger zu bekommen,
Eugene«, sagte Mr. Dial und folgte ihnen ungebeten
die Treppe hinauf. Dem jungen, drahtigen Mann, dessen
Blick nervös hin- und herzuckte, als wolle er die Flucht
ergreifen, streckte er die Hand entgegen. »Roy Dial, Dial
Chevrolet.«

»Das ist... das ist Loyal Reese«, sagte der ältere Mann

Die Mission.

mit sichtlichem Unbehagen und befingerte dabei den Rand
des roten Mals auf seiner Wange.

»Reese?« Mr. Dial musterte den jungen Mann freundlich.
»Nicht von hier, oder?«

Der junge Mann stammelte irgendetwas; zwar konnte
Harriet nicht verstehen, was er sagte, aber sein Akzent
war unverwechselbar: Hill Country, eine hohe Stimme, na-
sal und hell.

»Ah! Schön, Sie bei uns zu haben, Loyal… Nur zu Besuch, ja? Denn«, Mr. Dial hob die Hand, um allen Protesten
zuvorzukommen, »es *gibt* da die Bedingungen des Miet-
vertrages. Nur eine Person. Kann doch nicht schaden, wenn
wir dafür sorgen, dass wir einander verstehen, oder, Gene?«
Mr. Dial verschränkte die Arme, ganz so, wie er es bei Harriet in der Sonntagsschule auch tat. »Übrigens, wie gefällt
Ihnen die neue Fliegentür, die ich für Sie hab einbauen lassen?«

Eugene brachte ein Lächeln zustande. »Prima, Mr. Dial.
Sie funktioniert besser als die andere.« Mit der Narbe und
seinem Lächeln sah er aus wie ein gutmütiger Gihul aus
einem Horrorfilm.

»Und der Wasserboiler?« Mr. Dial verschraubte die Hände ineinander. »Mit dem geht's doch wohl *viel* schneller, das
weiß ich. Badewasser heiß machen und so weiter. Haben
jetzt mehr kochendes Wasser, als Sie brauchen können,
was? Ha ha ha.«

»Na ja, Sir, Mr. Dial…«

»Eugene, wenn Sie gestatten, will ich jetzt zur Sache
kommen«, sagte Mr. Dial und legte behaglich den Kopf zur
Seite. »Es ist ja in Ihrem Interesse ebenso wie in meinem,
dass wir die Kommunikationskanäle offen halten, meinen
Sie nicht auch?«

Eugene machte ein verwirrtes Gesicht.

»Also, die letzten beiden Male, als ich vorbeikam, um
mit Ihnen zu sprechen, haben Sie mir den Zutritt zum
vermieteten Objekt verweigert. Jetzt helfen Sie mir auf
die Sprünge, Eugene…« Mit erhobener Hand blockierte er
kundig jede Unterbrechung. »Was geht hier vor? Wie können wir die Situation verbessern?«

»Mr. Dial, ich weiß wirklich nicht, was Sie meinen.«

»Ich muss Sie sicher nicht daran erinnern, Eugene, dass ich als Ihr Vermieter das Recht habe, das Objekt zu betreten, wann ich es für richtig halte. Wir wollen einander doch entgegenkommen, ja?« Er bewegte sich die Treppe hinauf. Der junge Loyal Reese, der jetzt noch erschrockener aussah, ging unauffällig rückwärts die Stufen zum Apartment hinauf.

»Ich verstehe das Problem nicht, Mr. Dial! Wenn ich was falsch gemacht hab …«

»Eugene, ich will Ihnen offen sagen, was mich beunruhigt. Ich habe Beschwerden über einen gewissen Geruch erhalten. Als ich neulich hier war, habe ich ihn auch bemerkt.«

»Wenn Sie einen Moment hereinkommen wollen, Mr. Dial …?«

»Das würde ich allerdings gern tun, Eugene, wenn Sie nichts dagegen haben. Denn, wissen Sie, es ist ja so, dass ich eine gewisse Verantwortung gegenüber allen Mietern eines Objektes habe.«

»*Hat!*«

Harriet schrak zusammen. Curtis wiegte sich hin und her und winkte ihr mit geschlossenen Augen zu.

»Blind«, rief er.

Mr. Dial wandte sich halb um. »Na, hallo, Curtis! Aber Vorsicht da«, sagte er gut gelaunt und trat mit dem Ausdruck leisen Abscheus beiseite.

Daraufhin schwenkte Curtis mit einem ausladenden Paradeschritt herum und stapfte quer über die Straße auf Harriet zu, die Arme gerade vor sich ausgestreckt und mit baumelnden Händen wie Frankenstein.

»*Monster*«, gurgelte er. »Uuuu, *Monster.*«

Harriet wäre am liebsten im Erdboden versunken. Aber Mr. Dial hatte sie nicht gesehen. Er wandte sich um, wobei er immer weiterredete (»Nein, warten Sie, Eugene, Sie müssen da wirklich auch meinen Standpunkt verstehen«), und stieg mit großer Entschlossenheit die Treppe hinauf, während die beiden Männer nervös vor ihm zurückwichen.

Curtis blieb vor Harriet stehen. Bevor sie etwas sagen

Die Mission.

konnte, klappte er die Augen auf. »Schuhe zubinden«, verlangte er.

»Sie sind zugebunden, Curtis.« Dies war ein eingefahrener Dialog zwischen ihnen. Weil Curtis sich die Schuhe nicht zubinden konnte, bat er dauernd andere Kinder auf dem Schulhof, ihm zu helfen. Inzwischen war es seine Art, ein Gespräch anzufangen, ob seine Schuhe nun zugebunden werden mussten oder nicht.

Ohne Vorwarnung ließ Curtis einen Arm vorschießen und packte Harriet beim Handgelenk. »Hab dich«, blubberte er glücklich.

Ehe sie sich versah, schleppte er sie entschlossen über die Straße. »Halt«, sagte sie erbost und wollte sich losreißen, »lass mich los!«

Aber Curtis zog sie weiter. Er war sehr stark. Harriet stolperte hinter ihm her. »*Hör auf!*«, schrie sie und trat ihn vors Schienbein, so fest sie konnte.

Curtis blieb stehen. Seine feuchte, fleischige Faust an ihrem Handgelenk erschlaffte. Sein Gesicht war ausdruckslos und ziemlich beängstigend, aber dann streckte er die Hand aus und tätschelte ihren Kopf. Es war ein großflächiges, plattes, spreizfingriges Tätscheln, das nicht genau ins Ziel traf – wie wenn ein Baby versuchte, ein Kätzchen zu streicheln. »Bist stark, Hat«, sagte er.

Harriet wich zurück und rieb sich das Handgelenk. »Mach das nicht noch mal«, brummte sie. »Leute rumzerren.«

»Bin *gutes* Monster, Hat!«, knurrte Curtis mit seiner barschen Monsterstimme. »Freundlich!« Er klopfte sich auf den Bauch. »Fress nur Kekse!«

Er hatte sie quer über die Straße geschleift, bis hinter den Pick-up, der in der Einfahrt stand. Er ließ die Pfoten friedlich unter dem Kinn baumeln und trottete in seiner Krümelmonster-Haltung zum Heck des Wagens, um die Plane anzuheben. »Guck, Hat!«

»Ich will nicht«, sagte Harriet mürrisch, aber als sie sich abwandte, erhob sich ein trockenes, wütendes Zischeln auf der Ladefläche.

Schlangen. Harriet traute ihren Augen nicht. Auf dem

Laster stapelten sich vergitterte Kisten, und in den Kisten waren Klapperschlangen, Mokassinschlangen, Kupferköpfe, große und kleine Schlangen, zu großen, fleckigen Knoten ineinander verflochten, und schuppige weiße Schnauzen züngelten hierhin und dorthin aus der Masse wie Flammen, prallten dumpf an die Kistenwände, zogen sich in sich zurück und stießen gegen das Gitter und gegen das Holz und gegeneinander, zuckten dann zurück und glitten – emotionslos, mit starrem Blick – mit ihren weißen Kehlen flach über den Boden, ergossen sich in eine fließende S-Form... *tick tick tick*... bis sie gegen die Kistenwand stießen und sich aufbäumend in die Masse zurückbogen, zischend.

»Nich freundlich, Hat«, hörte sie Curtis hinter ihr undeutlich sagen. »Nich anfassen.«

Die Kisten hatten vergitterte Scharnierdeckel und an beiden Seiten Traggriffe. Die meisten waren angestrichen: weiß, schwarz, im Ziegelrot der Scheunen auf dem Land. Auf manchen sah man Bibelverse in einer kleinen, krakeligen Druckschrift oder Muster aus Messingnieten: Kreuze, Schädel, Davidsterne, Sonnen, Monde und Fische. Andere waren mit Kronkorken, Knöpfen, Glasscherben und sogar Fotos verziert: verblichene Polaroids von Särgen, ernsten Familien, starr blickenden Bauernjungen, die Klapperschlangen in die Höhe hielten, irgendwo an einem dunklen Ort, wo im Hintergrund Feuer loderten. Ein Foto, ausgewaschen und geisterhaft, zeigte ein schönes Mädchen mit straff nach hinten gepressten Haaren; ihre Augen waren fest geschlossen, und ihr scharf geschnittenes, hübsches Gesicht war zum Himmel gerichtet. Sie hatte die Fingerspitzen an die Schläfen erhoben, über eine bösartig dicke Waldklapperschlange, die um ihren Kopf drapiert war, der Schwanz teilweise um ihren Hals geschlungen. Darüber stand, in einem Gewirr aus vergilbten Lettern, die aus einer Zeitung ausgeschnitten waren:

SCHLafe beI JESuS
REESiE fOrd
1935–52

Die Mission.

Hinter ihr gurrte Curtis ein unverständliches Wort, das klang wie »Spuk«.

Im Gewirr der Kisten – funkelnd, vielfältig und von Botschaften übersät – stieß Harriet auf einen verblüffenden Anblick. Einen Moment lang konnte sie kaum glauben, was sie sah: In einer senkrecht stehenden Kiste wiegte sich eine Königskobra majestätisch in ihrem einsamen Quartier. Unter dem Scharnier, wo das Gitter ans Holz stieß, formten rote Heftzwecken die Worte: HERR JESUS. Die Schlange war nicht weiß wie die Kobra, die Mowgli in der versunkenen Affenstadt begegnet war, sondern schwarz: schwarz wie Nag und seine Frau Nagaina, mit denen der Mungo Rikki-tikki-tavi in den Gärten in dem großen Bungalow im Distrikt Segowlee auf Leben und Tod um den Jungen Teddy gekämpft hatte.

Stille. Die Kobra hatte ihre Haube ausgebreitet. Aufrecht und gelassen starrte sie Harriet an, und ihr Körper oszillierte lautlos hin und her, hin und her. *Schau und zittere.* Die winzigen roten Augen waren die unbewegten Augen eines Gottes: Hier gab es Dschungel, Grausamkeit, Revolten und Zeremonien, Weisheit. Auf der Rückseite der ausgebreiteten Haube war, das wusste Harriet, das Brillenmal, das der große Gott Brahm allen Kobra-Leuten gegeben hatte, nachdem die erste Kobra sich erhoben und ihre Haube ausgebreitet hatte, um Brahm zu beschützen, als er schlief.

Aus dem Haus kam ein gedämpftes Geräusch – eine Tür wurde geschlossen. Harriet blickte auf und erst jetzt sah sie, dass die Fenster im ersten Stock blank und metallisch glänzten: mit silberner Alufolie verklebt. Während sie noch hinaufstarrte (denn es war ein gespenstischer Anblick, in gewisser Weise ebenso beunruhigend wie die Schlangen), drückte Curtis die Fingerspitzen zusammen und schlängelte seinen Arm vor ihrem Gesicht hin und her. Langsam, langsam öffnete er die Hand, eine Bewegung, die aussah, als öffne sich ein Maul. »Monster«, wisperte er und schloss die Hand zweimal wieder: *schnapp schnapp.* »Beißen.«

Oben *hatte* sich die Tür geschlossen. Harriet trat vom Pick-up zurück und lauschte angestrengt. Eine Stimme – gedämpft, aber erfüllt von Missbilligung – hatte soeben eine andere unterbrochen: Mr. Dial war immer noch da oben hinter diesen versilberten Fenstern, und zum ersten Mal im Leben war Harriet froh, seine Stimme zu hören.

Sofort packte Curtis wieder ihren Arm und wollte sie zur Treppe ziehen. Im ersten Moment war sie zu erschrocken, um zu protestieren, aber dann, als sie sah, wohin er wollte, sträubte sie sich und trat nach ihm und stemmte die Absätze in den Boden. »Nein, Curtis«, schrie sie, »ich will da nicht hin, hör auf, bitte ...«

Sie war im Begriff, ihn in den Arm zu beißen, als ihr Blick auf seinen großen weißen Tennisschuh fiel.

»Curtis, hey, *Curtis*, dein Schuh ist offen«, sagte sie.

Curtis hielt inne und schlug sich die Hand vor den Mond. »Oh, oh!« Verdattert bückte er sich, und Harriet rannte weg, rannte, so schnell sie konnte.

»Die gehören zur Kirmes«, sagte Hely auf seine aufreizende Art, als wisse er alles, was es darüber zu wissen gab. Er und Harriet waren in seinem Zimmer; die Tür war geschlossen, und sie saßen auf der unteren Koje seines Stockbetts. Fast alles in Helys Zimmer war schwarz oder golden: zu Ehren der »New Orleans Saints«, seiner Lieblings-Footballmannschaft.

»Das glaube ich nicht.« Harriet kratzte mit dem Daumennagel über den wulstigen Cordstoff der schwarzen Tagesdecke. Ein gedämpfter Bass dröhnte aus der Stereoanlage in Pembertons Zimmer weiter unten am Korridor.

»Wenn du zum ›Schlangenparadies‹ gehst, da sind Bilder und so Zeugs auf den Gebäuden.«

»Ja«, sagte Harriet widerstrebend. Sie konnte es nicht in Worte fassen, aber die Kisten, die sie auf der Ladefläche des Trucks gesehen hatte – mit ihren Schädeln und Sternen und Halbmonden, ihren wackligen, fehlerhaft geschrieben Bibelzeilen –, vermittelten ihr ein ganz anderes Gefühl als das grelle alte Plakat vom »Schlangenparadies«: eine zwinkernde, limonengrüne Schlange, die sich um eine kitschige Frau im zweiteiligen Badeanzug wickelte.

Die Mission.

»Na, wem gehören sie dann?«, fragte Hely. Er sortierte einen Stapel Kaugummibilder. »Müssen doch die Mormonen sein. Die haben da drüben die Zimmer gemietet.«

»Hmm.« Die Mormonen, die im Erdgeschoss von Mr. Dials Apartmenthaus wohnten, waren ein langweiliges Paar, Außenseiter, ohne richtigen Job.

»Mein Grandpa sagt, die Mormonen glauben, dass sie einen eigenen kleinen Planeten kriegen, auf dem sie wohnen können, wenn sie sterben«, erzählte Hely. »Und dass sie es okay finden, mehr als eine Frau zu haben.«

»Die da drüben bei Mr. Dial wohnen, haben überhaupt keine Frau.« Einmal, als sie bei Edie zu Besuch gewesen war, hatten die beiden nachmittags an die Tür geklopft. Edie ließ sie herein und nahm ihre Traktate entgegen; sie bot ihnen sogar Limonade an, nachdem sie Coca-Cola abgelehnt hatten. Und dann sagte sie ihnen, sie seien ja anscheinend ganz nette junge Männer, aber was sie da glaubten, sei ein Haufen Unsinn.

»Hey, wir rufen Mr. Dial an«, sagte Hely unvermittelt.

»Yeah, klar.«

»Ich meine, wir rufen ihn an und tun, als wären wir jemand anders, und dann fragen wir, was da drüben los ist.«

»Wir tun, als wären wir wer?«

»Ich weiß nicht… Willst du das haben?« Er warf ihr einen Sticker zu: ein grünes Monster mit blutunterlaufenen Augen an Stielen, das einen Strandbuggy fuhr. »Den hab ich doppelt.«

»Nein danke.« Mit den schwarz-goldenen Vorhängen und den Stickern, die dicht an dicht auf den Fensterscheiben klebten, hatte Hely praktisch jeden Sonnenstrahl aus dem Zimmer verbannt. Das Ergebnis war deprimierend, dunkel wie in einem Keller.

»Er ist ihr Vermieter«, sagte Hely. »Komm, ruf ihn an.«

»Und was soll ich sagen?«

»Dann ruf Edie an. Wenn sie so viel über Mormonen weiß.«

Plötzlich begriff Harriet, warum er so erpicht darauf war zu telefonieren: Es war das neue Telefon auf dem Nachttisch, das einen Hörer mit Tasten hatte, der aussah wie ein Saints-Footballhelm.

»Wenn sie glauben, dass sie auf ihrem privaten Planeten wohnen dürfen und das alles«, sagte Hely und deutete mit dem Kopf auf das Telefon, »wer weiß, was die sonst noch alles glauben? Vielleicht haben die Schlangen was mit ihrer Kirche zu tun.«

Weil Hely immer wieder auf das Telefon schaute, und weil sie nicht wusste, was sie sonst tun sollte, zog Harriet das Telefon zu sich herüber und drückte Edies Nummer.

»Hallo?«, sagte Edie in scharfem Ton, als es zweimal geklingelt hatte.

»Edie«, sagte Harriet in den Footballhelm, »glauben die Mormonen irgendwas über Schlangen?«

»Harriet?«

»Zum Beispiel, halten sie Schlangen als Haustiere oder ... ich weiß nicht, haben sie massenhaft Schlangen und so Zeug im Haus?«

»Woher um alles in der Welt hast du so eine Idee, Harriet?«

Nach einer unbehaglichen Pause sagte Harriet: »Aus dem Fernsehen.«

»Aus dem Fernsehen?«, wiederholte Edie ungläubig. »Aus welcher Sendung?«

»*National Geographic.*«

»Ich wusste nicht, dass du Schlangen magst, Harriet. Ich dachte, du schreist immer *Hilfe! Hilfe!*, wenn du draußen im Garten eine kleine Ringelnatter siehst.«

Harriet schwieg und ließ diese unwürdige Stichelei unkommentiert im Raum stehen.

»Als Kinder haben wir immer Geschichten über Prediger gehört, die draußen im Wald mit Schlangen hantierten. Aber das waren keine Mormonen, sondern Hinterwäldler aus Tennessee. Übrigens, Harriet, hast du schon *Eine Studie in Scharlachrot* von Sir Arthur Conan Doyle gelesen? Also, *da* findest du sehr gute Informationen über den Mormonenglauben.«

»Ja, ich weiß.« Edie hatte ihr schon nach dem Besuch der Mormonen davon erzählt.

»Ich glaube, die alten Sherlock-Holmes-Bücher sind drüben bei deiner Tante Tat. Vielleicht hat sie sogar das

Die Mission.

Buch Mormon in der Sammelausgabe, die mein Vater hatte, weißt du, mit Konfuzius und dem Koran und den religiösen Schriften der ...«

»Ja, aber wo kann ich was über diese Schlangenleute lesen?«

»Entschuldige, aber ich kann dich nicht hören. Was ist das für ein Echo? Von wo rufst du an?«

»Ich bin bei Hely.«

»Es klingt, als wärest du auf der Toilette.«

»Nein, dieses Telefon hat nur 'ne komische Form ... Hör mal, Edie«, sagte sie, denn Hely wedelte mit den Armen hin und her und versuchte, ihre Aufmerksamkeit auf sich zu ziehen, »was ist mit diesen Schlangenleuten? Wo gibt es sie?«

»Im Hinterwald, in den Bergen, in den trostlosen Gegenden der Erde – mehr weiß ich nicht«, sagte sie vornehm.

Harriet hatte kaum aufgelegt, als Hely hervorsprudelte: »Weißt du, früher war da oben in dem Haus eine Trophäenausstellung, fällt mir gerade ein. Ich glaube, die Mormonen wohnen bloß unten.«

»Und wer wohnt jetzt oben?«

Hely stieß aufgeregt mit dem Finger auf das Telefon, aber Harriet schüttelte den Kopf, denn sie hatte nicht vor, Edie noch einmal anzurufen.

»Was ist mit dem Truck? Hast du die Nummer?«

»Du liebe Güte«, sagte Harriet. »Nein.« Daran hatte sie noch nicht gedacht, dass die Mormonen nicht Auto fuhren.

»Hast du wenigstens gesehen, ob er aus Alexandria County war oder nicht? Denk nach, Harriet, denk nach!«, sagte er melodramatisch. »Du *musst* dich erinnern!«

»Warum fahren wir nicht einfach rüber und sehen nach? Denn wenn wir jetzt losgehen – hör schon auf damit!« Gereizt drehte sie den Kopf zur Seite, als Hely anfing, eine imaginäre Taschenuhr wie ein Hypnotiseur vor ihrem Gesicht hin- und herpendeln zu lassen.

»Du wirst sähr, sähr müüde«, sagte Hely mit starkem transsylvanischem Akzent. »Sähr ... sähr ...«

Harriet stieß ihn von sich, aber er ging nur auf die andere Seite und wackelte mit den Fingern vor ihrem Gesicht. »Sähr ... sähr ...«

Harriet wandte sich ab, aber er hörte nicht auf, und schließlich gab sie ihm mit aller Kraft einen Schubs.

»Herrgott!«, schrie Hely. Er hielt sich den Arm und kippte rücklings auf das Bett.

»Ich hab gesagt, du sollst aufhören.«

»Herrgott, Harriet!« Er setzte sich auf, rieb sich den Arm und zog Grimassen. »Du hast meinen Musikantenknochen getroffen!«

»Dann geh mir nicht auf die Nerven!«

Plötzlich erhob sich ein wildes Faustgehämmer an der geschlossenen Tür. »Hely? Hast du da jemanden bei dir? Mach sofort die Tür auf!«

»Essie!«, schrie Hely und ließ sich entnervt zurückfallen. »Wir tun doch nichts!«

»Mach die Tür auf! Sofort!«

»Mach doch selbst!«

Herein platzte Essie Lee, die neue Haushälterin, die so neu war, dass sie noch nicht einmal Harriets Namen kannte – obwohl Harriet den Verdacht hatte, dass sie nur so tat. Sie war ungefähr fünfundvierzig, viel jünger als Ida, mit molligen Wangen und künstlich geglätteten Haaren, die an den Enden abgebrochen und splissig waren.

»Was schreist du hier grundlos den Namen des Herrn? Du solltest dich schämen«, rief sie. »Hier spielen, bei geschlossener Tür! Die machst du nich mehr zu, hast du gehört?«

»*Pem* macht *seine* Tür auch zu!«

»Der hat aber auch kein Mädchen bei sich.« Essie fuhr herum und funkelte Harriet an, als wäre sie Katzenkotze auf dem Teppich. »Mit Geschrei und Gefluche und Getobe.«

»Du solltest mit meinem Besuch nicht so reden!«, schrillte Hely. »Das darfst du nicht. Ich sag's meiner Mutter.«

»*Ich sag's meiner Mama.*« Essie äffte seinen winselnden Ton nach und verzog das Gesicht. »Lauf doch und sag's ihr. Sagst ihr ja dauernd Sachen, die ich nich mal gemacht hab – wie du deiner Mama erzählt hast, ich hätte die Schokochips aufgegessen, wo du sie doch selber gegessen hast? Jawohl, du weißt, dass es so war.«

Die Mission.

»Verschwinde!«

Harriet studierte voller Unbehagen den Teppich. Nie hatte sie sich an die lautstarken Dramen gewöhnen können, die bei Hely zu Hause ausbrachen, wenn seine Eltern auf der Arbeit waren: Hely und Pem gegeneinander (aufgebrochene Schlösser, von den Wänden gerissene Plakate gestohlene und zerrissene Hausaufgaben) oder, öfter noch, Hely und Pem gegen ständig wechselnde Haushälterinnen: Ruby, die einmal zusammengefaltete Weißbrotscheiben aß und sie nie etwas anderes im Fernsehen anschauen ließ, wenn *General Hospital* lief. Sister Bell, die Zeugin Jehovas. Shirley mit ihrem braunen Lippenstift und ihren zahllosen Ringen, die ständig telefonierte. Mrs. Doane, eine düstere alte Frau, die schreckliche Angst vor Einbrechern hatte und mit einem Metzgermesser auf dem Schoß am Fenster Wache hielt. Ramona, die irgendwann zum Berserker wurde und Hely mit einer Haarbürste verfolgte. Keine von ihnen war freundlich oder nett gewesen, aber das konnte man ihnen kaum verdenken, denn sie waren Hely und Pemberton den ganzen Tag ausgeliefert.

»Hör dich nur an«, sagte Essie verachtungsvoll. »Garstiges Etwas.« Mit einer unbestimmten Gebärde deutete sie auf die grausigen Vorhänge und die Sticker, die das Fenster verfinsterten. »Abbrennen würde ich's am liebsten, dieses ganze hässliche…«

»*Sie hat gedroht, das Haus abzubrennen!*«, kreischte Hely, puterrot im Gesicht. »Du hast es gehört, Harriet. Ich habe eine Zeugin. Sie hat eben gedroht, das ganze Haus…«

»Ich hab kein Wort von eurem Haus gesagt. Du kannst nich…«

»Doch, hast du doch. Hat sie nicht, Harriet? Ich sag's meiner Mutter«, schrie er, ohne Harriets Antwort abzuwarten, die viel zu verdattert war, um ein Wort herauszubringen. »Und sie wird die Stellenvermittlung anrufen und denen sagen, dass du verrückt bist und dass sie dich zu niemandem mehr schicken sollen…«

Hinter Essie erschien Pems Kopf in der Tür. Er schaute Hely an und machte mit vorgeschobener Unterlippe einen bebenden, babyhaften Schmollmund. »*Ja, wer hat denn*

da Mist demacht?«, zwitscherte er mit tückischer Zärtlichkeit.

Das waren die falschen Worte, genau im falschen Augenblick. Essie Lee fuhr herum, und die Augen quollen ihr aus
den Höhlen. »Was hast du so mit mir zu reden?«, kreischte
sie.

Pemberton zog die Stirn kraus und blickte verständnislos aus der Wäsche.

»Du jämmerliches Ding! Liegst den ganzen Tag im Bett
rum und hast im Leben noch nich gearbeitet! Aber ich muss
Geld verdienen. Mein Kind...«

»Was hat *die* denn?« Pemberton schaute Hely an.

»Essie hat gedroht, das Haus abzubrennen«, sagte Hely
voller Genugtuung. »Harriet ist meine Zeugin.«

»Davon hab ich nichts gesagt!« Essies runde Wangen bebten vor Erregung. »Das ist gelogen!«

Pemberton räusperte sich. Hinter Essies wogender Schulter hob er seine Hand und winkte: *alles klar*. Mit einer
schnellen Daumenbewegung deutete er auf die Treppe.

Hely packte Harriet jählings bei der Hand, zerrte sie
in das Badezimmer zwischen seinem und Pembertons Zimmer und schob den Riegel vor. »Beeil dich!«, schrie er Pemberton zu, der auf der anderen Seite in seinem Zimmer
war und die Tür aufriss – und dann stürzten sie hinaus,
durch Pembertons Zimmer (im Halbdunkel stolperte Harriet über einen Tennisschläger) und hasteten hinter ihm
her die Treppe hinunter.

»Das war verrückt«, sagte Pemberton. Es war das erste Mal
seit einer Weile, dass einer von ihnen sprach. Sie saßen zu
dritt an dem einsamen Picknicktisch hinter dem Jumbo's
Drive-in auf einer Betonplatte neben zwei verloren aussehenden Kinderspielgeräten: einem Zirkuselefanten und
einer verblichenen gelben Ente auf einer Spiralfeder. Sie
waren ungefähr zehn Minuten lang mit dem Cadillac ziellos
durch die Gegend gefahren, alle drei auf dem Vordersitz,
ohne Klimaanlage und bei geschlossenem Dach kurz vor
dem Braten, bis Pem schließlich bei Jumbo's gehalten hatte.

Die Mission.

»Vielleicht sollten wir am Tennisplatz vorbeifahren und es Mutter sagen«, meinte Hely. Er und Pemberton behandelten einander mit ungewohnter, wenn auch gebremster Herzlichkeit; der Streit mit Essie hatte sie geeint.

Pemberton nahm einen letzten schlürfenden Schluck von seinem Milkshake und warf den Becher in den Mülleimer. »Mann, das war knapp.« Das grelle Licht der Nachmittagssonne spiegelte sich im Schaufenster und brannte weiß auf den Spitzen seiner vom Poolwasser gekräuselten Haare. »Die Frau ist ein Freak. Ich hatte Angst, sie würde euch was tun.«

»Hey«, sagte Hely und richtete sich auf. »Die Sirene.« Alle lauschten einen Augenblick auf den fernen Ton.

»Das ist wahrscheinlich die Feuerwehr«, sagte Hely düster. »Unterwegs zu unserem Haus.«

»Erzähl mir noch mal, was passiert ist«, sagte Pem. »Sie ist einfach ausgeflippt?«

»Völlig durchgedreht. Hey, gib mir 'ne Zigarette«, fügte er lässig hinzu, als Pem eine zerdrückte Packung Marlboro aus der Tasche seiner abgeschnittenen Jeans auf den Tisch warf und in der anderen Tasche nach den Streichhölzern wühlte.

Pem zündete sich eine Zigarette an und schob dann Marlboros und Streichhölzer zur Seite, damit Hely sie nicht erreichen konnte. Der Rauch roch ungewöhnlich scharf und giftig auf dem heißen Beton inmitten der Auspuffgase vom Highway. »Ich muss sagen, ich hab's kommen sehen.« Er schüttelte den Kopf. »Ich hab's Mama schon gesagt. Die Frau ist irre. Ist wahrscheinlich aus Whitfield abgehauen.«

»*So* schlimm war es gar nicht«, platzte Harriet heraus. Sie hatte kaum ein Wort gesprochen, seit sie aus dem Haus geflohen waren.

Pem und Hely drehten sich zu ihr um und starrten sie an, als sei sie von Sinnen. »Hä?«, sagte Pem.

»Auf wessen Seite bist du?«, fragte Hely empört.

»Sie hat nicht *gesagt,* dass sie das Haus abbrennen will.«

»Hat sie doch!«

»Nein! Sie hat nur *abbrennen* gesagt. Aber sie hat nicht

gesagt, *das Haus*. Sie meinte Helys Poster und Sticker und das ganze Zeug.«

»Ach ja?«, sagte Pemberton trocken. »Helys Poster verbrennen? Das findest du dann wohl okay.«

»Ich dachte, du hast mich gern, Harriet«, sagte Hely schmollend.

»Aber sie hat nicht gesagt, das sie das Haus abbrennen will«, beharrte Harriet. »Sie hat nur gesagt... Ich meine«, fuhr sie fort, als Pemberton Hely anschaute und wissend die Augen verdrehte, »dass es keine große Sache war.«

Hely rückte demonstrativ auf der Bank von ihr ab.

»War es doch auch nicht«, sagte Harriet, die immer unsicherer wurde. »Sie war bloß... sauer.«

Pem verdrehte die Augen und blies eine Rauchwolke von sich. »Was du nicht sagst, Harriet.«

»Aber... aber ihr tut so, als wäre sie mit dem Metzgermesser hinter uns her gewesen.«

Hely schnaubte. »Na, beim nächsten Mal ist sie's vielleicht! Ich bleibe nicht mehr mit ihr allein«, erklärte er voller Selbstmitleid und starrte auf den Betonboden. »Ich hab's satt, dauernd Morddrohungen zu kriegen.«

Die Fahrt durch Alexandria war kurz und ungefähr so reizvoll und unterhaltsam wie der Fahneneid. Am östlichen Stadtrand floss der Houma River nach Süden und von dort im Bogen wieder herauf, und er umschlang zwei Drittel der Stadt. In der Choctaw-Sprache bedeutete Houma »rot«, aber der Fluss war gelb: fett und träge, mit dem Glanz ockergelber Ölfarbe aus der Tube. Man überquerte ihn von Süden her auf einer zweispurigen Eisenbrücke, die noch unter Roosevelt gebaut worden war, und gelangte in den Teil der Stadt, den Besucher als das »historische Viertel« bezeichneten. Eine breite, flache, ungastliche Allee, einsam und verlassen unter der heißen Sonne, mündete auf den Town Square mit der trostlosen Statue eines konföderierten Soldaten, der sich auf sein aufgestelltes Gewehr lehnte. Früher war der kleine Platz von Eichen überschattet gewesen, aber die waren ein oder zwei Jahre zuvor ab-

Die Mission.

gesägt worden, um Raum für eine wirre, aber enthusiastische Anhäufung von öffentlichen Nostalgiebauten zu schaffen: Uhrturm, Pavillons, Laternenpfählen und Orchesterpodium – ein unziemlich zusammengewürfelter Haufen Spielzeug.

In der Main Street, bis hinauf zur Ersten Baptistenkirche, waren die Häuser überwiegend groß und alt. Im Osten, jenseits von Margin und High Street, waren die Bahngleise, die stillgelegte Baumwollkämmerei und die Lagerschuppen, wo Harriet und Hely spielten. Dahinter, zur Levee Street und zum Fluss hin, begann das Elend: Müllkippen, Schrottplätze, Hütten mit Blechdächern und durchhängenden Veranden und Hühnern, die im Schlamm scharrten.

An der düstersten Stelle, dort wo das Alexandria Hotel stand, verwandelte sich die Main Street in den Highway 5. Die Interstate hatte Alexandria links liegen lassen, und der Highway erfuhr jetzt die gleiche Vernachlässigung wie die Geschäfte am Town Square: aufgegebene Lebensmittelläden und Parkplätze, die in einem giftigen grauen Hitzedunst schmorten, die Checkerboard-Futtermittelhandlung und die alte Southland-Tankstelle, die jetzt mit Brettern vernagelt war (das verblichene Schild zeigte ein freches Kätzchen mit weißem Lätzchen und weißen Strümpfen, das mit der Pfote nach einer Baumwollkapsel schlug). Ein Abzweig nach Norden, auf die County Line Road, führte sie vorbei an Oak Lawn Estates, und hinter einer stillgelegten Überführung begannen Rinderweiden und Baumwollfelder mit winzigen, verstaubten Pachtfarmen, die mühevoll aus dem trockenen roten Lehmboden dieses Ödlands gehauen waren. Harriets und Helys Schule – Alexandria Academy – war hier draußen, eine Viertel-Autostunde von der Stadt entfernt: ein flaches Gebäude aus Hohlblocksteinen und Wellblech, das sich mitten auf einem staubigen Feld wie ein Flugzeughangar ausbreitete. Zehn Meilen weiter nördlich, jenseits der Schule, wurden die Rinderweiden endgültig von Kiefernwäldern verdrängt. Sie rückten zu beiden Seiten an die Straße heran, eine dunkle, hohe, Klaustrophobie erzeugende Wand, die unerbittlich fast bis zur Grenze nach Tennessee reichte.

Aber statt auf das Land hinauszufahren, hielten sie an der roten Ampel bei Jumbo's, wo der Zirkuselefant sich aufbäumte und mit seinem sonnengebleichten Rüssel eine Neonkugel in die Höhe hielt, auf der stand:

EIS
SHAKES
BURGERS

Dann – vorbei am Friedhof, der sich wie eine Bühnenkulisse auf seinem Hügel erhob (mit schwarzen Eisenzäunen und steinernen Engeln mit anmutigen Hälsen, die die marmornen Torpfeiler an Nord-, Süd-, Ost- und Westseite bewachten) – kehrten sie im Bogen wieder in die Stadt zurück.

Als Harriet kleiner war, war das östliche Ende der Natchez Street nur von Weißen bewohnt gewesen. Jetzt lebten hier Schwarze und Weiße, zum größten Teil in Harmonie. Die schwarzen Familien waren jung und gut gestellt und hatten Kinder; die meisten Weißen – wie Allisons Klavierlehrerin und Libbys Freundin Mrs. Newman McLemore – waren alte verwitwete Ladys ohne Familie.

»Hey, Pem, fahr mal langsamer bei dem Mormonenhaus da vorn«, sagte Hely. Pem schaute ihn verständnislos an. »Was ist denn los?«, fragte er, aber er bremste trotzdem ab.

Curtis war verschwunden, und Mr. Dials Wagen auch. In der Einfahrt parkte ein Pick-up, aber Harriet sah, dass es nicht mehr derselbe war; die Heckklappe war heruntergelassen, und auf der Ladefläche stand nur eine Werkzeugkiste.

»*Da* sind sie drin?«, fragte Hely und unterbrach unvermittelt eine Klagetirade über Essie Lee.

»Mann, was ist denn *das* da oben?« Pemberton stoppte mitten auf der Straße. »Ist das Alufolie an den Fensterscheiben?«

»Harriet, erzähl ihm, was du gesehen hast. Sie sagt, sie hat...«

»Ich will gar nicht wissen, was da oben vorgeht. Drehen die schmutzige Filme oder was? Mann.« Pemberton legte

Die Mission.

den Schalthebel in Parkstellung, überschattete die Augen mit der Hand und spähte hinauf. »Was für ein Irrer klebt sich denn Alufolie an alle Fenster?«

»O mein Gott.« Hely zappelte auf dem Sitz herum und blickte starr geradeaus.

»Was hast du für'n Problem?«

»Pem, los, lass uns *fahren*.«

»Was ist denn los?«

»Sieh doch«, sagte Harriet nach kurzem, fasziniertem Schweigen. Im mittleren Fenster war ein schwarzes Dreieck erschienen, wo die Alufolie abgeschält wurde – von einer namenlosen, aber geschickten Klaue.

Als der Wagen davonraste, rollte Eugene die Folie mit zitternden Fingern wieder hoch. Er bekam Migräne. Tränen rannen ihm aus dem Auge; als er in Dunkelheit und Durcheinander vom Fenster zurücktrat, stieß er gegen einen Kasten Sodaflaschen, und das Geschepper ließ den Schmerz in einem gleißenden Zickzack über seine linke Gesichtshälfte herabzucken.

Migränekopfschmerzen lagen bei den Ratliffs in der Familie. Von Eugenes Großvater – »Papaw« Ratliff, längst verstorben – erzählte man sich, er habe einmal, als er an seinen »üblen Kopfschmerzen« litt, einer Kuh mit einem Vierkantholz ein Auge ausgeschlagen. Und Eugenes Vater, von dem gleichen Leiden geplagt, hatte Danny an irgendeinem längst vergessenen Weihnachtsabend einmal so heftig geschlagen, dass Danny mit dem Kopf gegen die Kühltruhe geflogen war und sich einen Zahn abgebrochen hatte.

Jetzt waren diese Kopfschmerzen so unvermittelt erwacht, wie sie es selten taten. Die Schlangen genügten schon, um einen krank zu machen, ganz zu schweigen von dem Schrecken, der in ihn gefahren war, als Roy Dial so unangemeldet angerollt war. Aber weder die Cops noch Dial würden hier in einem protzigen alten Kanonenboot herumschnüffeln, wie da draußen vor dem Haus eins angehalten hatte.

Er ging ins andere Zimmer, wo es kühler war, setzte sich an den Klapptisch und stützte den Kopf in die Hände. Er hatte noch immer den Geschmack von dem Schinkensandwich im Mund, das er ohne Appetit zum Lunch gegessen hatte, und der bittere Aspirin-Nachgeschmack machte die Erinnerung daran noch unangenehmer.

Die Kopfschmerzen machten ihn geräuschempfindlich. Als er den Motor im Leerlauf gehört hatte, war er sofort zum Fenster geeilt, felsenfest davon überzeugt, den Sheriff von Clay County zu sehen – oder wenigstens einen Streifenwagen. Wider besseres Wissen zog er jetzt das Telefon zu sich heran und wählte Farishs Nummer. So sehr es ihm zuwider war, Farish anzurufen, in einer solchen Angelegenheit wusste er sich doch nicht zu helfen. Es war ein heller Wagen gewesen, aber das grelle Licht und seine Kopfschmerzen hatten verhindert, dass er die Marke erkannte: vielleicht ein Lincoln, vielleicht ein Cadillac, vielleicht auch ein großer Chrysler. Und von den Insassen hatte er nur sehen können, dass sie weiß waren, obwohl einer von ihnen eindeutig zum Fenster heraufgezeigt hatte. Was hatte so ein altmodischer Paradewagen vor der Mission zu halten? Farish hatte im Gefängnis eine Menge schrille Figuren kennen gelernt – Figuren, mit denen man sich tunlichst noch weniger anlegte als mit den Cops.

Während Eugene (die Augen fest geschlossen) den Hörer so hielt, dass er sein Gesicht nicht berührte, und zu berichten versuchte, was geschehen war, aß Farish dem Klang nach geräuschvoll und gleichmäßig eine Schüssel Cornflakes: *knirsch schlapp knirsch schlapp.* Als er zu Ende geredet hatte, hörte er am anderen Ende eine ganze Weile nichts anderes als Farishs Kauen und Schlucken.

Eugene hielt sich im Dunkeln das linke Auge. »Farsh?«

»Na, in einem hast du Recht: Kein Cop und kein Inkassomann fährt in so 'nem auffälligen Wagen rum«, sagte Farish. »Vielleicht Syndikat, von der Golfküste unten. Bruder Dolphus hat da mal ein paar kleine Geschäfte gemacht.«

Die Schüssel stieß klickend an den Hörer, als Farish sie offensichtlich an den Mund setzte und die restliche Milch austrank. Geduldig wartete Eugene darauf, dass er wei-

Die Mission.

tersprach, aber Farish schmatzte nur mit den Lippen und seufzte. Ein fernes Klappern von Löffel an Porzellan.

»Was kann ein Syndikat von der Golfküste denn von *mir* wollen?«, fragte er schließlich.

»Was weiß ich? Hast du mir irgendwas verschwiegen?«

»Ehrlich währt am längsten, Bruder«, antwortete Eugene steif. »Ich führe bloß meine Mission und liebe den Herrn.«

»Na ja. Angenommen, das stimmt. Könnte sein, dass sie hinter dem kleinen Reese her sind. Wer weiß, in was für 'n Schlamassel er sich gebracht hat.«

»Sei ehrlich zu mir, Farsh. Du hast mich in was reingeritten, ich weiß es. Ich *weiß*«, wiederholte er über Farishs Einspruch hinweg, »dass es was mit deinem Rauschgift zu tun hat. Deswegen ist der Junge aus Kentucky hier. Frag mich nicht, woher ich das weiß; ich weiß es einfach. Ich wünschte, du würdest mir einfach sagen, wieso du ihn eingeladen hast.«

Farish lachte. »Ich hab ihn nicht eingeladen. Dolphus hat mir gesagt, dass er zu diesem Homecoming rüberfahren wollte...«

»In East Tennessee.«

»Ich weiß, ich weiß, aber er ist noch nie hier unten gewesen. Ich dachte, du und der Junge, ihr könntet euch zusammentun, weil du doch gerade erst anfängst, und der Junge hat schon 'ne große eigene Gemeinde. Ich schwöre bei Gott, mehr weiß ich darüber nicht.«

Lange war es still in der Leitung. Etwas an der Art, wie Farish atmete, ließ Eugene sein spöttisches Grinsen spüren, fast so deutlich, als könnte er es sehen.

»Aber in einem hast du Recht«, wiederholte Farish großmütig. »Man kann wirklich nicht wissen, was dieser Loyal so treibt. Und dafür muss ich mich bei dir entschuldigen. Der alte Dolphus steckt seine Nase wirklich in jeden Kochtopf.«

»Loyal hat mit alledem nichts zu tun. Das hier ist 'ne Sache, die ihr alleine ausgebrütet habt, du und Danny und Dolphus.«

»Du hörst dich furchtbar an«, sagte Farish. »Sag mal, hast du wieder diese Kopfschmerzen.«

»Mir geht's ziemlich mies.«

»Hör mal, wenn ich du wäre, würde ich mich hinlegen. Wollt ihr beide heute Abend predigen?«

»Warum?«, fragte Eugene misstrauisch. Nachdem die Sache mit Dial um ein Haar schief gegangen wäre – reine Glückssache, dass sie die Schlangen auf den Truck geschafft hatten, bevor er aufgetaucht war –, hatte Loyal sich für den ganzen Ärger entschuldigt (»war mir über die Situation nicht im Klaren, wie du hier in der Stadt lebst«) und sich erboten, die Schlangen an einen ungenannten Ort zu verfrachten.

»Wir kommen hin und hören euch zu«, sagte Farish großzügig. »Ich und Danny.«

Eugene strich sich mit der Hand über die Augen. »Das will ich nicht.«

»Wann fährt Loyal wieder nach Hause?«

»Morgen. Hör mal, ich *weiß*, dass du was im Schilde führst, Farsh. Ich will nicht, dass du diesen Jungen in Schwierigkeiten bringst.«

»Wieso machst du dir seinetwegen solche Sorgen?«

»Keine Ahnung«, sagte Eugene, und das stimmte wirklich.

»Na, dann sehen wir euch heute Abend«, sagte Farish und legte auf, bevor Eugene noch ein Wort hervorbrachte.

»Was da oben los ist, Sweetie, da hab ich keinen blassen Schimmer«, sagte Pemberton. »Aber ich kann dir sagen, wer die Bude gemietet hat: Danny und Curtis Ratliffs großer Bruder. Er ist 'n Prediger.«

Bei diesen Worten drehte Hely sich um und starrte Harriet erstaunt an.

»Er ist 'n echter Irrer«, sagte Pem. »Und mit seinem Gesicht stimmt was nicht. Er steht draußen am Highway und brüllt und schüttelt seine Bibel, wenn die Autos vorbeifahren.«

»Ist das der Typ, der ans Auto gekommen ist und an die Scheibe geklopft hat, als Daddy an der Kreuzung gehalten hat?«, fragte Hely. »Der mit dem unheimlichen Gesicht?«

Die Mission.

»Vielleicht ist er auch nicht verrückt. Vielleicht ist es bloß 'ne Nummer«, sagte Pem. »Die meisten von diesen Hinterwald-Predigern, die rumschreien und in Ohnmacht fallen und auf Stühle springen und den Gang rauf- und runterrennen, die machen bloß Theater. Ist alles ein großer Betrug, dieser Erweckungskram.«

»Harriet – Harriet, weißt du was?« Hely wand sich unbändig aufgeregt auf dem Sitz. »Ich weiß, wer der Typ ist. Er predigt jeden Samstag in der Stadt. Er hat einen kleinen schwarzen Kasten, an den ein Mikrofon angeschlossen ist, und...« Er wandte sich wieder seinem Bruder zu. »Glaubst du, der fuchtelt mit Schlangen rum? Harriet, erzähl ihm, was du da drüben gesehen hast.«

Harriet kniff ihn.

»Hmm? Schlangen? Wenn der mit Schlangen rumfuchtelt«, sagte Pemberton, »dann ist er noch verrückter, als ich dachte.«

»Vielleicht sind sie ja zahm«, sagte Hely.

»Idiot. Schlangen kann man nicht zähmen.«

Es war ein Fehler gewesen, Farish von dem Auto zu erzählen. Eugene bereute, dass er überhaupt ein Wort davon gesagt hatte. Farish hatte eine halbe Stunde später zurückgerufen, als es Eugene gerade gelungen war einzudämmern, und dann noch einmal zehn Minuten später. »Hast du irgendwelche verdächtigen Figuren in Uniform auf der Straße vor deinem Haus gesehen? Im Jogginganzug, im Hausmeisterkittel?«

»Nein.«

»Hat dich jemand beschattet?«

»Hör mal, Farsh, ich versuche ein bisschen zu schlafen.«

»Ich sag dir, woran du merkst, wenn sie dich beschatten. Du überfährst 'ne rote Ampel oder fährst in der falschen Richtung durch 'ne Einbahnstraße, und dann siehst du, ob sie dir nachfahren. Oder – ich sag dir was. Vielleicht sollte ich einfach mal selbst vorbeikommen und mich umsehen.«

Nur unter größten Schwierigkeiten gelang es Eugene, Farish davon abzubringen, zur Mission zu kommen und –

wie er sagte – eine »Inspektion« vorzunehmen. Dann ließ er sich im Sitzsack nieder, um ein Nickerchen zu machen. Als er gerade dabei war, in einen benebelten, unruhigen Schlaf zu versinken, merkte er, dass Loyal vor ihm stand.

»Loyle?«, stammelte er.

»Ich hab schlechte Neuigkeiten«, sagte Loyal.

»Was ist denn?«

»Da war ein abgebrochener Schlüssel im Schloss. Ich bin nicht reingekommen.«

Eugene blieb still sitzen und versuchte, sich einen Reim zu machen. Er schlief noch halb; in seinem Traum waren verlorene Schlüssel vorgekommen, Autoschlüssel. Er war in einer hässlichen Bar gestrandet gewesen, mit einer lauten Musikbox, an einer Schotterstraße irgendwo in der Nacht, ohne nach Hause zu können.

Loyal sagte: »Jemand hat mir gesagt, ich könnte die Schlangen drüben in Webster County in einer Jagdhütte lassen. Aber da steckte ein abgebrochener Schlüssel im Schloss, und ich konnte nicht rein.«

»Ah.« Eugene schüttelte den Kopf, um ihn zu klären, und schaute sich im Zimmer um. »Das heißt also…«

»Die Schlangen sind draußen auf meinem Laster.«

Es war lange still.

»Loyle, um die Wahrheit zu sagen, ich hab Migräne.«

»Ich bring sie rein. Du brauchst nicht zu helfen. Ich kann sie allein rauftragen.«

Eugene rieb sich die Schläfen.

»Hör mal, ich bin wirklich in der Klemme. Es ist grausam, sie da draußen in der Hitze braten zu lassen.«

»Ja«, sagte Eugene teilnahmslos. Aber nicht das Wohlergehen der Schlangen machte ihm Sorgen, sondern der Umstand, dass sie da draußen entdeckt werden konnten – von Mr. Dial, von den geheimnisvollen Schnüfflern im Cabrio oder von sonst wem. Und plötzlich erinnerte er sich, dass auch eine Schlange in seinem Traum vorgekommen war, eine gefährliche Schlange, die irgendwo frei zwischen den Leuten umhergekrochen war.

»Okay«, sagte er seufzend zu Loyal. »Bring sie rein.«

»Ich verspreche dir, morgen früh sind sie weg. Das Ganze

Die Mission.

ist nicht gut für dich gelaufen, das weiß ich«, sagte Loyal. Der intensive Blick seiner blauen Augen war unverhohlen mitfühlend. »Mich hier aufzunehmen.«

»Ist nicht deine Schuld.«

Loyal fuhr sich mit der Hand durchs Haar. »Aber ich möchte dir sagen, dass mir die Gemeinschaft mit dir gefallen hat. Wenn der Herr dich nicht beruft, die Schlange aufzuheben – nun, Er hat Seine Gründe. Manchmal beruft Er mich auch nicht.«

»Ich verstehe.« Eugene hatte das Gefühl, er sollte noch mehr sagen, aber er brachte die richtigen Gedanken nicht auf. Und er schämte sich zu sehr, zu sagen, was er empfand: dass sein Geist ausgetrocknet und leer war, dass er nicht von Natur aus gut war, gut im Geiste und im Herzen. Dass er von unreinem Blut war, von unreiner Herkunft, dass Gott auf ihn herabschaute und seine Gaben verachtete, wie Er die Gaben Kains verachtet hatte.

»Eines Tages werde ich berufen werden«, sagte er mit einer Munterkeit, die er nicht empfand. »Der Herr ist bloß noch nicht bereit für mich.«

»Es gibt andere Gaben des Geistes«, sagte Loyal. »Gebete, Predigten, Prophezeiungen, Visionen. Den Kranken die Hände auflegen. Mildtätige Werke tun. Sogar in deiner eigenen Familie…« Er zögerte diskret. »Auch da ist Gutes zu tun.«

Müde schaute Eugene in die gütigen, offenen Augen seines Besuchers.

»Es geht nicht um das, was du willst«, sagte Loyal. »Es geht um den vollkommenen Willen Gottes.«

Als Harriet zur Hintertür hereinkam, war der Küchenboden feucht, und die Arbeitsflächen waren sauber gewischt – aber von Ida weit und breit keine Spur. Im Haus war es still: kein Radio, kein Ventilator, keine Schritte, nur das monotone Brummen des Kühlschranks. Hinter ihr kratzte etwas: Harriet erschrak und fuhr gerade noch rechtzeitig herum, um eine Eidechse zu sehen, die am Fliegengitter des offenen Fensters hinaufkrabbelte.

Der Geruch des Kiefernholzreinigers, den Ida benutzte, machte ihr in der Hitze Kopfschmerzen. Im Esszimmer hockte der wuchtige Porzellanschrank aus »Drangsal« inmitten schwindlig hoher Zeitungsstapel. Zwei längliche Tranchierplatten, die aufrecht vor dem obersten Bord lehnten, verliehen dem Schrank einen wilden Blick: Geduckt und angespannt auf seinen krummen Füßen, stand er auf der einen Seite leicht schräg von der Wand ab – wie ein verstaubter alter Säbelfechter, der gleich mit einem Satz über die Zeitungsstapel hinausspringen würde. Harriet strich im Vorbeigehen zärtlich mit der Hand darüber, und es war, als drücke der alte Schrank die Schultern zurück und mache sich zuvorkommend schmal, um sie durchzulassen.

Sie fand Ida Rhew im Wohnzimmer in ihrem Lieblingssessel, wo sie immer ihren Lunch aß, Knöpfe annähte oder Erbsen palte, während sie ihre Soap Operas verfolgte. Der Sessel selbst – plump, bequem, mit verschlissenem Tweedbezug und klumpiger Polsterung – hatte inzwischen Ähnlichkeit mit Ida angenommen, wie ein Hund zuweilen seinem Besitzer ähnelt; und wenn Harriet nachts nicht schlafen konnte, kam sie manchmal herunter, rollte sich hier zusammen, die Wange an den braunen Tweedstoff geschmiegt, und sang leise seltsame, alte, traurige Lieder, die niemand außer Ida sang, Lieder aus der Zeit, als Harriet ein Baby gewesen war, Lieder, so alt und geheimnisvoll wie die Zeit selbst, über Geister und gebrochene Herzen und Geliebte, die tot und für immer fort waren:

Sehnst du dich nicht nach der Mutter manchmal?
Sehnst du dich nicht nach der Mutter manchmal?
Die Blumen blühen in Ewigkeit,
Und nie geht dort unter die Sonne.

Allison lag mit gekreuzten Fußknöcheln vor dem Sessel auf dem Bauch. Sie und Ida schauten aus dem gegenüberliegenden Fenster. Die Sonne stand tief und orangegelb am Himmel, und die Fernsehantennen auf Mrs. Fountains Dach ragten durch das knisternde Nachmittagsgleißen.

Wie sehr sie Ida liebte! Die Macht dieses Gefühls machte

Die Mission.

sie schwindlig. Ohne eine Sekunde an ihre Schwester zu denken, rannte sie auf Ida zu und schlang ihr leidenschaftlich die Arme um den Hals.

Ida schrank auf. »Du meine Güte«, sagte sie. »Wo kommst *du* denn her?«

Harriet schloss die Augen und schmiegte das Gesicht in die feuchte Wärme an Idas Hals, der nach Nelken roch und nach Tee und Holzrauch und nach noch etwas anderem Bittersüßen, Fedrigen, aber für Harriet war es ganz entschieden der Duft der Liebe.

Ida griff hinter sich und löste Harriets Arm von ihrem Nacken. »Willst du mich erwürgen?«, fragte sie. »Guck mal da. Wir beobachten grade den Vogel drüben auf dem Dach.«

Ohne sich umzudrehen, sagte Allison: »Er kommt jeden Tag.«

Harriet überschattete die Augen mit der Hand. Oben auf Mrs. Fountains Schornstein, säuberlich eingerahmt von zwei Ziegeln, stand ein Rotschulterstärling: adrett und soldatisch in seiner Haltung und mit festem, scharfem Blick. Ein glühender, scharlachroter Streifen saß wie eine militärische Epaulette auf jedem Flügel.

»Er ist'n Komischer«, sagte Ida, »und so hört er sich an.« Sie spitzte die Lippen und imitierte kundig den Ruf des Rotschulterstärlings: nicht das flüssige Pfeifen der Walddrossel, das im trockenen *tsch tsch tsch* des Grillengezirps versank und dann in überschwänglichem, schluchzendem Trillern wieder aufstieg; nicht den klaren Drei-Ton-Pfiff der Meise oder den rauen Schrei des Blauhähers, der wie das Knarren eines verrosteten Tors klang. Das hier war ein abrupter, schwirrender, ungewohnter Ruf, ein Warnschrei – *kongarii!* –, der in einem gedämpften, flötenden Ton erstickte.

Allison lachte laut. »Sieh doch!« Sie richtete sich auf den Knien auf, denn der Vogel merkte plötzlich auf und legte den glänzenden Kopf intelligent zur Seite. »Er hört dich!«

»Mach das noch mal!«, sagte Harriet. Ida machte nicht oft Vogelstimmen nach; dazu musste man sie schon in der richtigen Stimmung erwischen.

»Ja, Ida, bitte!«

Aber Ida lachte nur und schüttelte den Kopf. »Aber ihr kennt doch noch die alte Geschichte«, sagte sie, »wie er seine roten Flügel gekriegt hat?«

»Nein«, sagten Harriet und Allison wie aus einem Mund, obwohl sie sie kannten. Jetzt, wo sie älter waren, erzählte Ida ihnen immer seltener Geschichten, und das war schade, denn Idas Geschichten waren wild und merkwürdig und oft sehr beängstigend: Geschichten von ertrunkenen Kindern und Geistern im Wald, vom Bussard und seiner Jagdgesellschaft, von Waschbären mit Goldzähnen, die Babys in der Wiege bissen, und von verzauberten Schalen mit Milch, die sich nachts in Blut verwandelte...

»Na, es war einmal vor langer Zeit«, sagte Ida, »ein buckliger kleiner Mann, der war so wütend auf alles, dass er beschloss, die ganze Welt zu verbrennen. Da nimmt er sich 'ne Fackel, so wütend, wie er ist, und geht runter zum großen Fluss, wo alle Tiere wohnen. Denn damals, in alten Zeiten, da gab's nicht Massen von zweitklassigen kleinen Flüssen und Bächen wie heute. Da gab's nur den einen.«

Drüben auf Mrs. Fountains Schornstein flatterte der Vogel knapp und geschäftsmäßig mit den Flügeln und flog weg.

»Ach nee. Da geht er hin. Will meine Geschichte nicht hören.« Mit tiefem Seufzen schaute Ida auf die Uhr, und zu Harriets Bestürzung streckte sie sich und stand auf. »Ist auch Zeit, dass ich nach Hause gehe.«

»Erzähl's uns trotzdem!«

»Morgen erzähl ich's euch.«

»Ida, geh nicht!«, rief Harriet, als Ida das kurze, zufriedene Schweigen beendete, indem sie seufzte und sich zur Tür in Bewegung setzte, langsam, als ob ihr die Beine wehtäten. »Bitte...«

»Oh, ich komm morgen wieder«, sagte Ida trocken und ohne sich umzudrehen. Sie klemmte sich die braune Papiertüte mit ihren Lebensmitteln unter den Arm und ging schwerfällig hinaus. »Keine Sorge.«

Die Mission.

»Hör mal, Danny«, sagte Farish, »Reese fährt nach Hause. Also werden wir heute Abend in die Stadt gehen und uns Eugenes«, zerstreut wedelte er mit der Hand, »du weißt schon. Diesen Kirchenquatsch anhören müssen.«

»Warum?«, fragte Danny und schob seinen Stuhl zurück. »Warum müssen wir das?«

»Der Junge fährt morgen. Morgen *früh*, wie ich ihn kenne.«

»Na, komm, dann fahren wir einfach zur Mission und packen den Stoff jetzt in seinen Truck.«

»Das geht nicht. Er ist irgendwo hingefahren.«

»Verdammt.« Danny saß da und dachte kurz nach. »Wo willst du es denn verstecken. Im Motor?«

»Ich kenne Stellen, da könnte das FBI die Karre auseinander nehmen, ohne was zu finden.«

»Wie lange wirst du brauchen?… Ich sag, *wie lange wirst du brauchen?*«, wiederholte er, als er ein feindseliges Funkeln in Farishs Augen aufleuchten sah. »Ich meine, um den Stoff zu verstecken.« Farish war auf einem Ohr ein bisschen schwerhörig von der Schussverletzung, und wenn er zugedröhnt und paranoid war, verstand er manchmal auf eine ziemlich verquere Art alles falsch, was man sagte. Dann dachte er, man hätte ihm gesagt, er solle sich verpissen, wenn man ihn in Wirklichkeit nur gebeten hatte, die Tür zuzumachen oder das Salz rüberzureichen.

»Wie lange, sagst du?« Farish hielt fünf Finger hoch.

»Okay. Dann machen wir Folgendes. Wir sparen uns die Predigt und gehen hinterher zur Mission. Ich beschäftige die beiden oben, und du gehst raus und versteckst das Paket im Truck, was weiß ich wo. Fertig.«

»Weißt du, was mich beunruhigt?«, sagte Farish unvermittelt. Er setzte sich zu Danny an den Tisch und fing an, sich mit einem Taschenmesser die Fingernägel sauber zu machen. »Da war vorhin ein Wagen bei Gene. Er hat mich deshalb angerufen.«

»Ein Wagen? Was für'n Wagen?«

»Unmarkiert. Parkte vor dem Haus.« Farish seufzte gereizt. »Sind abgehauen, als sie sahen, dass Gene aus dem Fenster guckte.«

»Bedeutet wahrscheinlich nichts.«

»Was?« Farish bog sich zurück und blinzelte. »Flüster hier nicht rum. Ich kann's nicht ausstehen, wenn du flüsterst.«

»Ich hab gesagt, es ist *nichts*.« Danny schaute seinen Bruder eindringlich an und schüttelte den Kopf. »Was sollte irgendjemand von Eugene wollen?«

»Die haben's nicht auf Eugene abgesehen«, sagte Farish düster, »sondern auf mich. Ich sag dir, es gibt Regierungsstellen, die haben eine *so* dicke Akte über mich.«

»Farish.« Es war nicht gut, wenn Farish mit der Bundesregierung anfing – nicht, wenn er so high war wie jetzt. Seine Tiraden würden die ganze Nacht und bis in den nächsten Tag hinein dauern.

»Hör mal«, sagte er, »wenn du diese Steuer einfach bezahlen würdest...«

Farish warf ihm einen kurzen, wütenden Blick zu.

»Vorgestern ist ein Brief gekommen. Wenn du deine Steuer nicht bezahlst, Farish, dann *werden* sie dich irgendwann greifen.«

»Es geht nicht um Steuern«, sagte Farish. »Die Regierung beobachtet meinen Arsch schon seit zwanzig Jahren.«

Harriets Mutter stieß die Tür auf und kam in die Küche, wo Harriet, den Kopf auf die Hände gestützt, zusammengesunken am Tisch saß. In der Hoffnung, dass man sie fragen würde, was ihr fehle, sank sie noch weiter zusammen, aber ihre Mutter nahm keine Notiz von ihr, sondern ging geradewegs zum Gefrierschrank und wühlte die gestreifte Familienpackung mit ihrem Pfefferminzeis heraus.

Harriet sah zu, wie sie sich auf die Zehenspitzen erhob, um ein Weinglas vom obersten Regal zu nehmen, und dann umständlich ein paar Löffel Eiscreme hineinschaufelte. Das Nachthemd, das sie anhatte, war sehr alt, mit hauchzarten Volants und Bändern am Hals. Als Harriet klein war, war sie davon fasziniert gewesen, denn es glich damals dem Gewand der blauen Fee in ihrem *Pinocchio*-Buch. Jetzt sah es nur alt aus: verschlissen und an den Nähten grau.

Die Mission.

Als Harriets Mutter sich umdrehte, um das Eis wieder ins Kühlfach zu stellen, sah sie Harriet am Tisch. »Was ist los?«, fragte sie.

»Zunächst mal«, sagte Harriet laut, »sterbe ich hier vor Hunger.«

Harriets Mutter runzelte die Stirn – unbestimmt, freundlich – und stellte ihr dann (*nein, lass sie es nicht sagen,* dachte Harriet) genau die Frage, die Harriet vorausgeahnt hatte. »Warum nimmst du nicht ein bisschen Eis?«

»*Ich ... hasse ... diese ... Sorte ... Eis.*« Wie oft hatte sie das schon gesagt?

»Hm?«

»Mutter, *ich hasse Pfefferminzeis.*« Sie war plötzlich ganz verzweifelt. Hörte ihr denn niemand je zu? »Ich kann es nicht ausstehen! Ich hab es noch nie gemocht! Niemand mag es außer dir!«

Mit Genugtuung sah sie das gekränkte Gesicht ihrer Mutter. »Es tut mir Leid ... Ich dachte, wir essen alle gern etwas Leichtes, Kühles ... Jetzt, wo es abends so heiß ist ...«

»Aber *ich* nicht.«

»Na, dann soll Ida dir etwas machen ...«

»Ida ist nicht mehr da!«

»Hat sie dir denn nichts dagelassen?«

»Nein!« Jedenfalls nichts, was Harriet haben wollte. Nur Thunfisch.

»Na, was möchtest du denn? Es ist so heiß – du möchtest nichts Schweres«, sagte sie zweifelnd.

»*Doch, möchte ich doch!*« Bei Hely zu Hause gab es jeden Abend ein richtiges Abendessen, egal, wie heiß es war: ein großes, heißes, fettiges Abendessen, das die Küche dampfen ließ. Roastbeef, Lasagne, gebratene Shrimps.

Aber ihre Mutter hörte nicht zu. »Vielleicht ein bisschen Toast«, sagte sie vergnügt, während sie endlich den Eiscremeeimer in das Kühlfach stellte.

»*Toast?*«

»Wieso, was ist daran auszusetzen?«

»Man isst keinen *Toast* zum Abendessen! Wieso können wir nicht essen wie normale Leute?« In der Schule, im Gesundheitskundeunterricht, hatte die Lehrerin die Kinder aufgefordert, zwei Wochen lang ihre Mahlzeiten zu notieren, und Harriet hatte mit Entsetzen festgestellt, wie schlecht ihre Ernährungsweise aussah, wenn man sie schwarz auf weiß vor sich hatte, vor allem an den Abenden, an denen Ida nicht kochte: Eis am Stiel, schwarze Oliven, Toast und Butter. Also hatte sie die Liste zerrissen und aus einem Kochbuch, das ihre Mutter zur Hochzeit geschenkt bekommen hatte *(Tausend Arten, deine Familie glücklich zu machen)*, eine brave Aufstellung ausgewogener Menüs abgeschrieben: Hähnchenschnitzel, Sommerkürbis-Gratin, Gartensalat, Apfelkompott.

»Es ist Idas Aufgabe«, sagte ihre Mutter mit plötzlicher Schärfe, »dir etwas zu machen. Dafür bezahle ich sie. Wenn sie ihre Pflicht nicht tut, werden wir uns jemand anders suchen müssen.«

»Sei still!«, schrie Harriet. Das alles war so unfair, dass es sie fassungslos machte.

»Dein Vater ist ständig hinter mir her wegen Ida. Er sagt, sie tut nicht genug im Haus. Ich weiß, dass du sie gern hast, aber ...«

»Es ist nicht ihre Schuld!«

»... aber wenn Ida nicht tut, was sie soll, dann werde ich ein Wörtchen mit ihr reden müssen«, sagte ihre Mutter. »Morgen ...«

Sie driftete mit ihrem Glas Pfefferminzeis hinaus. Harriet – betäubt und verdattert von der Wendung, die dieses Gespräch genommen hatte – legte die Stirn auf die Tischplatte.

Sie hörte, wie jemand in die Küche kam. Stumpf blickte sie auf und sah Allison in der Tür stehen.

»Du hättest das nicht sagen dürfen.«

»Lass mich in Ruhe!«

In diesem Augenblick klingelte das Telefon. Allison nahm ab. »Hallo?« Dann wurde ihr Gesicht ausdruckslos. Sie ließ den Hörer fallen, sodass er an seiner Schnur hin- und herbaumelte.

»Für dich«, sagte sie zu Harriet und ging hinaus.

Kaum hatte sie hallo gesagt, sprudelte Hely los. »Harriet? Hör dir das an ...«

Die Mission.

»Kann ich bei euch zu Abend essen?«

»Nein«, sagte Hely nach einer verwirrten Pause. Das Abendessen war vorbei, aber er war viel zu aufgeregt gewesen, um zu essen. »Hör zu, Essie ist tatsächlich ausgerastet. Sie hat in der Küche ein paar Gläser zerschlagen und ist abgehauen, und mein Dad ist bei ihr zu Hause vorbeigefahren, und Essies Freund ist auf die Veranda rausgekommen, und sie haben einen Riesenkrach gekriegt, und Dad hat ihm gesagt, Essie braucht gar nicht wiederzukommen, sie ist gefeuert! *Yeah!* Aber deswegen ruf ich nicht an«, fuhr er hastig fort, denn Harriet begann fassungslos irgendwas vor sich hin zu stammeln. »Pass auf, Harriet. Wir haben nicht viel Zeit. Dieser Prediger mit der Narbe im Gesicht ist in *diesem Moment* unten auf dem Platz. Sie sind zu zweit. Ich hab sie gesehen, als ich mit Dad von Essie nach Hause kam, aber ich weiß nicht, wie lange sie noch da sind. Die haben einen Lautsprecher. Ich kann sie *hier zu Hause* hören.«

Harriet legte den Hörer auf die Theke und ging zur Hintertür. Tatsächlich wehte von der rankenumwucherten Veranda das blecherne Echo eines Lautsprechers herein; jemand schrie, und undeutlich hörte man das Rauschen und Knistern eines schlechten Mikrofons.

Als sie wieder zum Telefon zurückgekehrt war, hörte sie Hely rau und verschwörerisch atmen.

»Kannst du rauskommen?«, fragte sie.

»Wir treffen uns an der Ecke.«

Es war nach sieben, aber noch hell draußen. Harriet spritzte sich an der Spüle ein bisschen Wasser ins Gesicht und ging zum Werkzeugschuppen, um ihr Fahrrad zu holen. Sie brauste die Einfahrt hinunter, und der Kies prasselte unter ihren Reifen, bis ihr Vorderrad – *bump* – auf die Straße stieß, und dann sauste sie davon.

Hely wartete mit seinem Rad an seiner Ecke. Als er sie von weitem kommen sah, fuhr er los. Harriet trat noch heftiger in die Pedalen und hatte ihn bald eingeholt. Die Straßenlaternen brannten noch nicht, und die Luft roch nach geschnittenen Hecken und Ungezieferspray und Geißblatt. Rosenbeete loderten in Magenta- und Karmesinrot und Tropicana-Orange im schwindenden Licht.

Sie jagten vorbei an schläfrigen Häusern und zischelnden Rasensprengern. Ein kläffender Terrier schoss hinter ihnen auf die Straße und verfolgte sie mit fliegenden Beinchen einen oder zwei Blocks weit, ehe er zurückblieb.

Sie bogen scharf um die Ecke der Walthall Street. Der breite Giebel von Mr. Lillys holzverkleidetem viktorianischem Haus schob sich ihnen im Fünfundvierzig-Grad-Winkel entgegen wie ein Hausboot, das auf einer grünen Uferböschung gestrandet und seitwärts gekippt war. Harriet ließ sich von ihrem Schwung durch die Kurve tragen, und der Duft der Kletterrosen – Wolken von lieblichem Rosa, die in mächtigen Wellen vom Spalier der Veranda fluteten – wehte würzig und flüchtig an ihr vorüber, als sie eine oder zwei Sekunden lang im Leerlauf dahinschwebte und sich dann wieder antrieb, hinaus in die Main Street mit ihren weißen Fassaden und Säulen im satten Licht, eine lang gestreckte, großartige Perspektive bis zum Town Square. Dort hoben sich das dünne weiße Gitterwerk und die Pfosten von Pavillon und Orchesterplattform im Zwielicht der lavendelblauen Ferne hart vom tiefblauen Leintuch des Himmels ab: ein Bild der Ruhe, wie die von hinten beleuchtete Kulisse für das High-School-Theaterstück *(Unsere kleine Stadt)*, wenn man von den beiden Männern in weißen Hemden und schwarzen Hosen absah, die dort auf und ab schritten, mit den Armen fuchtelten, sich im Gehen vorbeugten und zurückbogen und schrien. Ihre Wege führten sie kreuz und quer in alle vier Ecken einer X-Formation und trafen sich in der Mitte. Sie führten sich auf wie zwei Versteigerer: Laut verstärkte, rhythmische Phrasen liefen aufeinander zu, prallten zusammen und lösten sich voneinander in zwei selbständigen Linien, Eugene Ratliffs nuschelnder Bass und der hohe, hysterische Kontrapunkt des jüngeren Mannes, ein Country-Genäsel mit den scharf gezupften *i*s und *e*s der Berge:

» – deine Mama –«
» – dein Daddy –«
» – dein armes kleines Baby, das unter der Erde liegt –«
»du willst mir sagen, sie kommen zurück?«

Die Mission.

»Ich will dir sagen, sie kommen zurück.«
»Du willst mir sagen, sie werden auferstehen?«
»Ich will dir sagen, sie werden auferstehen.«
»Die Schrift will dir sagen, sie werden auferstehen.«
»Christus will dir sagen, sie werden auferstehen.«
»Die Propheten wollen dir sagen, sie werden auferstehen.«

Während Eugene Ratliff mit dem Fuß aufstampfte und in die Hände klatschte, dass sich in seiner grauen Entenschwanzfrisur eine fettige Strähne löste und ihm ins Gesicht fiel, warf der Junge mit dem wilden Haar die Hände in die Höhe und fing an zu tanzen. Er zitterte am ganzen Leib, und seine weißen Hände zuckten, als ob der elektrische Strom, der aus seinen Augen loderte und ihm die Haare zu Berge stehen ließ, jetzt durch seinen ganzen Körper knisterte und ihn in regelrechten Krämpfen auf dem Orchesterpodium hin und her riss und zerrte.

» – Ich will es hinausschreien wie in biblischen Zeiten –«
» – Ich will es hinausschreien wie Elia.«
» – Es laut hinausschreien, um den Teufel zu ärgern –«
» – Kommt her, Kinder, und ärgert den Teufel!«

Der Platz war praktisch menschenleer. Auf der anderen Straßenseite standen zwei Teenager und kicherten voller Unbehagen. Mrs. Mireille Abbott stand in der Tür des Juweliergeschäfts, und drüben vor dem Haushaltswarenladen saß eine Familie im Auto bei heruntergedrehten Fenstern und schaute zu. Am kleinen Finger des Predigers (leicht abgespreizt vom bleistiftdünnen Mikrofon, als wäre es der Henkel einer Teetasse) fing ein rubinfarbener Stein das Licht der untergehenden Sonne ein und blitzte tiefrot.

» – Hier in diesen Letzten Tagen, in denen wir leben –«
» – sind wir hier, um die Wahrheit dieser Bibel zu predigen –«
» – Wir predigen die Schrift wie in alten Zeiten –«
» – Wir predigen sie, wie die Propheten es getan haben –«

Harriet sah den Pick-up (DIESE WELT IST NICHT MEINE HEIMAT!) und stellte enttäuscht fest, dass die Ladefläche leer war bis auf einen kleinen Verstärker mit Vinylgehäuse, der aussah wie ein billiger Aktenkoffer.

»Oh, es ist lange her, dass ein paar von euch hier —«
» – in der Bibel gelesen haben —«
» – in die Kirche gegangen sind —«
» – auf die Knie gefallen sind wie ein kleines Kind…«

Mit jähem Schrecken erkannte Harriet, dass Eugene Ratliff sie anschaute.

» – denn fleischliches Trachten ist *TOD* —«
» – rachsüchtiges Trachten ist *TOD* —«
» – die Leibeslust ist *TOD*…«

»Fleisches«, sagte Harriet fast mechanisch.
»Was?«, fragte Hely.
»Fleischeslust. Nicht Leibeslust.«

» – denn der Lohn der Sünde ist *TOD* —«
» – denn die Lügen des Teufels sind *HÖLLE UND TOD*…«

Sie hatten einen Fehler gemacht, begriff Harriet, indem sie sich zu nah herangewagt hatten, aber jetzt war das nicht mehr zu ändern. Hely stand mit offenem Mund da und glotzte. Sie gab ihm einen Rippenstoß. »Komm«, flüsterte sie.

»Was?« Hely wischte sich mit dem Unterarm über die klebrige Stirn.

Harriet drehte die Augen zur Seite: *Lass uns verschwinden.* Wortlos wandten sie sich ab und schoben ihre Fahrräder höflich davon, bis sie um die Ecke verschwunden und außer Sicht waren.

»Aber wo waren denn die Schlangen?«, fragte Hely quengelnd. »Hast du nicht gesagt, sie waren auf dem Laster?«

»Sie müssen sie wieder ins Haus gebracht haben, nachdem Mr. Dial weg war.«

Die Mission.

»Dann komm«, sagte Hely, »fahren wir hin. Schnell, bevor sie fertig sind.«

Sie sprangen auf die Räder und fuhren zum Mormonenhaus, so schnell sie konnten. Die Schatten wurden schärfer und komplexer. In den dunklen Wänden der Ligusterhecken entlang der Straße hatten Grillen und Frösche angefangen zu schrillen. Als sie schließlich, vor Anstrengung keuchend, in Sichtweite des Holzhauses waren, sahen sie, dass die Veranda dunkel und die Einfahrt leer war. Straßauf, straßab war nur eine einzige Menschenseele zu sehen: ein uralter Schwarzer mit scharfgeschnittenen, glänzenden Wangenknochen, straffgesichtig und gelassen wie eine Mumie, der mit einer braunen Papiertüte unter dem Arm friedlich auf dem Gehweg entlangging.

Hely und Harriet versteckten ihre Räder unter einem wuchernden Zimterlenbusch auf dem Mittelstreifen. Wachsam warteten sie hinter dem Busch, bis der alte Mann um die Ecke geschlurft und verschwunden war. Dann überquerten sie pfeilschnell die Straße und hockten sich unter die tief hängenden, ausladenden Äste eines Feigenbaums im Nachbargarten, denn im Garten des Holzhauses gab es keine Deckung, nicht einmal einen Busch, nur ein bisschen hässliches Schlangenbart-Gestrüpp, das um einen abgesägten Baumstumpf wucherte.

»Wie kommen wir da rauf?«, fragte Harriet und beäugte das Regenrohr, das zum ersten Stock hinaufführte.

»Warte.« Atemlos ob seines eigenen Wagemuts schoss Hely aus der Deckung des Feigenbaums hervor, rannte holterdipolter die Treppe hinauf und kam ebenso schnell wieder herunter. Er flitzte quer durch den kahlen Garten und duckte sich zu Harriet unter den Feigenbaum. »Abgeschlossen«, sagte er mit dem verrückten Achselzucken einer Comicfigur.

Zusammen betrachteten sie das Haus durch bebendes Laub. Die ihnen zugewandte Seite war dunkel. Die Fenster an der Straßenseite glänzten im satten Licht der untergehenden Sonne lavendelblau.

»Da oben«, sagte Harriet und streckte den Finger aus. »Wo das Dach flach ist, siehst du?«

Über der schrägen Dachtraufe ragte eine kleine Gaube auf, und darin konnte man ein kleines Milchglasfenster erkennen, das am unteren Rand zwei Fingerbreit offen stand. Hely wollte eben fragen, wie sie da hinaufkommen wollte – das Fenster war gut fünf Meter hoch über dem Boden –, als sie sagte: »Wenn du 'ne Räuberleiter machst, kann ich am Rohr raufklettern.«

»Kommt nicht in Frage!«, sagte Hely. Das Rohr war fast durchgerostet.

Es war ein sehr kleines Fenster, kaum mehr als dreißig Zentimeter breit. »Ich wette, das ist das Badezimmer«, sagte Harriet und deutete dann auf ein dunkles Fenster in halber Höhe. »Wozu gehört das da?«

»Das sind die Mormonen. Hab nachgesehen.«

»Und was ist da drin?«

»'ne Treppe. Da ist ein Absatz mit einem schwarzen Brett und ein paar Postern.«

»Vielleicht – hab ich dich!«, sagte Harriet triumphierend, nachdem sie sich auf den Arm geklatscht hatte und jetzt den blutig verschmierten Moskito in ihrer Handfläche betrachtete.

»Vielleicht sind die beiden Etagen innen miteinander verbunden«, sagte sie zu Hely. »Du hast drinnen niemanden gesehen, oder?«

»Hör zu, Harriet, die sind nicht zu Hause. Wenn sie zurückkommen und uns erwischen, sagen wir, es war 'ne Mutprobe. Aber wir müssen uns beeilen, oder wir können die Sache vergessen. Ich hab keine Lust, die ganze Nacht hier draußen zu hocken.«

»Okay…« Sie holte tief Luft und rannte in den gerodeten Garten hinaus; Hely folgte ihr auf den Fersen. Sie trappelten die Treppe hinauf. Hely behielt die Straße im Auge, und Harriet legte die Hand an die Scheibe und spähte hinein: eine verlassene Treppe, auf der sich Klappstühle stapelten; triste, hellbraune Wände, beleuchtet von einem flackernden Lichtstrahl, der durch ein Fenster von der Straße hereinfiel. Weiter hinten stand ein Trinkwasserkühler, und an einer Tafel hingen Plakate (MIT FREMDEN REDEN. EINE LÖSUNG FÜR KINDER IN NOT.)

Die Mission.

Das Fenster war geschlossen und hatte kein Fliegengitter. Seite an Seite krümmten Hely und Harriet die Finger unter die Kante des metallenen Fensterrahmens und versuchten, ihn hochzuschieben, vergebens –

»Auto«, zischte Hely, und mit klopfendem Herzen pressten sie sich an die Hauswand, als das Auto vorüberrauschte.

Als es weg war, lösten sie sich aus dem Schatten und versuchten es noch einmal. »Was ist das denn?«, flüsterte Hely. Er reckte sich auf die Zehenspitzen und untersuchte die Mitte des Fensters, wo die obere und die untere Scheibe glatt aneinander stießen.

Harriet sah, was er meinte. Da war kein Riegel, und die Scheiben hatten gar keinen Platz, um aneinander vorbeizugleiten. Sie strich mit den Fingern über den Rahmen.

»Hey«, sagte Hely plötzlich und winkte ihr, sie solle ihm helfen.

Zusammen drückten sie den oberen Teil des Fensters nach innen. Etwas schnappte ein und knarrte, und dann schwenkte die untere Hälfte des Fensters auf einer horizontalen Achse ächzend nach außen. Hely warf einen letzten Blick auf die im Dunkel versinkende Straße – reckte den Daumen hoch, *die Luft ist rein –*, und einen Augenblick später wanden sie sich nebeneinander durch das Fenster hinein.

Hely hing kopfüber auf der Fensterkante, und seine Fingerspitzen berührten den Boden. Das grau gesprenkelte Linoleum kam ihm entgegen, als wäre die Granit-Imitation die Oberfläche eines fremden Planeten, der ihm mit einer Million Meilen pro Stunde entgegenraste – und *bamm* stieß sein Kopf auf den Boden, und er purzelte hinein. Harriet rollte neben ihm herunter.

Sie waren drin: auf dem Absatz einer altmodischen Treppe, nur drei Stufen hoch. Oben, am Ende der Treppe, war ein weiterer, lang gestreckter Absatz. Sie platzten fast vor Aufregung, rappelten sich auf und hasteten die Treppe hinauf, bemüht, nicht zu laut zu keuchen, und als sie oben um die Ecke bogen, wären sie beinahe ungebremst gegen eine schwere Tür geprallt, die mit einem dicken Vorhängeschloss gesichert war.

Hier war auch noch ein Fenster, ein altmodisches Holzfenster mit Riegel und Fliegengitter. Hely ging hin, um es zu untersuchen, und während Harriet noch verzweifelt auf das Vorhängeschloss starrte, fing er plötzlich an, frenetisch zu gestikulieren und erregt die Zähne zu blecken: Unter diesem Fenster verlief die Dachtraufe, die geradewegs zu dem kleinen Fenster in der Gaube führte.

Sie stemmten sich unter das Schiebefenster, bis sie rot im Gesicht waren, und es gelang ihnen, den Rahmen ungefähr drei Handbreit hochzuschieben. Harriet wand sich als Erste hinaus (Hely steuerte ihre Beine wie einen Pflug, bis sie ihm unbeabsichtigt einen Tritt versetzte und er fluchend zurücksprang). Die Dachpappe war heiß und klebrig und rau unter ihren Händen. Behutsam, ganz behutsam stand sie auf. Mit fest geschlossenen Augen hielt sie sich mit der linken Hand am Fensterrahmen fest und streckte Hely die rechte entgegen, als er neben ihr herausgekrochen kam.

Der Wind wurde kühler. Ein doppelter Kondensstreifen zog sich diagonal über den Himmel, dünne weiße Wasserskispuren auf einem riesigen See. Harriet – sie atmete schnell und wagte nicht hinunterzuschauen – roch das zarte Parfüm irgendeiner nachts duftenden Blüte tief unter ihr: Levkojen vielleicht, oder Ziertabak. Sie legte den Kopf in den Nacken und schaute zum Himmel: Die Wolken waren riesenhaft, und ihre Bäuche waren mit einem strahlenden Rosa glasiert wie bei den Wolken auf einem biblischen Gemälde. Sehr, sehr vorsichtig – den Rücken an die Wand geschmiegt und elektrisiert vor Aufregung – schoben sie sich um die steile Ecke und schauten unversehens in den Garten mit ihrem Feigenbaum.

Sie hakten die Fingerspitzen unter die Aluminiumverkleidung, die die Tageshitze gespeichert hatte und ein bisschen zu heiß zum Anfassen war, und rückten Stückchen für Stückchen an die Dachgaube heran. Harriet war als Erste da, und sie rutschte ein wenig weiter hinüber, um Hely Platz zu machen. Das Fenster war wirklich sehr klein,

Die Mission.

kaum größer als ein Schuhkarton, und der Spalt am unteren Rand war höchstens fünf Zentimeter breit. Vorsichtig mit den Händen übergreifend, verlagerten sie ihren Griff von der Verkleidung zum Fensterrahmen und zogen ihn zusammen hoch: zaghaft zunächst, falls das Ding unvermittelt hochsauste und sie rücklings hinunterfielen. Der Rahmen glitt mühelos zehn, zwölf Zentimeter hoch, aber dann blieb er stecken, obwohl sie daran zerrten, bis ihre Arme zitterten.

Harriet hatte feuchte Hände, und ihr Herz prallte wie ein Tennisball in ihrer Brust hin und her. Unten auf der Straße hörten sie ein Auto kommen.

Sie erstarrten. Der Wagen rauschte vorbei, ohne anzuhalten.

»Mann«, hörte sie Hely flüstern, »guck da bloß nicht runter.« Er war ein kleines Stück weit von ihr entfernt und berührte sie nicht, aber eine greifbare Corona von Feuchtigkeit umhüllte ihn wie ein Kraftfeld.

Sie drehte sich um. Im gespenstischen, lavendelblauen Zwielicht streckte er den Daumen hoch, schob Kopf und Unterarme durch das Fenster wie ein Schwimmer beim Brustschwimmen und fing an, sich hindurchzuwinden.

Es war eng, und an den Hüften blieb er stecken. Harriet klammerte sich mit der linken Hand an die Aluminiumverkleidung und stemmte mit der rechten das Fenster hoch, und sie wich so weit wie möglich zurück, um seinen hektisch um sich tretenden Füßen auszuweichen. Das Dach war nur schwach geneigt. Sie rutschte und wäre beinahe hinuntergefallen, konnte sich im letzten Moment noch festhalten, aber ehe sie schlucken oder auch nur durchatmen konnte, plumpste Helys vordere Hälfte mit lautem Bums in die Wohnung, und nur seine Turnschuhe guckten noch aus dem Fenster. Einen Moment lang verharrte er wie betäubt, dann zog er sich ganz hinein. »Ja!«, hörte Harriet ihn sagen. Seine Stimme klang fern und frohlockend – die vertraute Ekstase des dunklen Dachbodens, wo sie auf Händen und Knien auf Forts aus Pappkarton zukrochen.

Sie schob den Kopf durch das Fenster. Im Dunkeln konnte sie ihn gerade noch erkennen: Er lag zusammengekrümmt auf dem Boden und hielt sich die Kniescheibe. Unbeholfen kniete er sich dann hin und rutschte heran, packte Harriet bei den Unterarmen und ließ sich zurückfallen. Harriet zog den Bauch ein und tat ihr Bestes, um sich durchzuwinden, sie strampelte mit den Füßen in der Luft wie Pu der Bär, der im Kaninchenloch festsaß.

Immer noch zappelnd rutschte sie hinein, teils auf Hely, teils auf einen klammen, schimmeligen Teppich, der roch, als habe er lange ganz unten in einem Boot gelegen. Als sie zur Seite rollte, stieß sie mit dem Kopf gegen die Wand. Es dröhnte hohl. Sie waren tatsächlich in einem Bad, aber in einem winzigen: Toilette, Waschbecken, keine Wanne, Spanplattenwände, mit einer Folie überzogen, die wie Kacheln aussah.

Hely war inzwischen auf den Beinen und zog sie hoch. Als sie aufstand, nahm sie einen herben, fischigen Geruch wahr – nicht nach Schimmel, obwohl auch Schimmel dabei war, aber es roch scharf und ausgeprägt und ganz und gar abscheulich. Harriet kämpfte den ekligen Geschmack in ihrer Kehle nieder und richtete ihre aufsteigende Panik gegen die Tür (eine Akkordeontür aus schlabbrigem, mit einer Holzmaserung bedrucktem Vinyl), die in ihren Schienen festklemmte.

Die Tür schnappte auf, und sie fielen übereinander hindurch in ein größeres Zimmer, in dem es ebenso stickig, aber dunkler war. Die gegenüberliegende Wand wölbte sich bauchig vor; sie war von einem Brandschaden rauchig geschwärzt und von Feuchtigkeit aufgequollen. Hely, aufgeregt und achtlos wie ein Terrier, der Witterung aufgenommen hat, wurde plötzlich von einer Angst gepackt, die so scharf war, dass sie mit metallischem Geschmack auf seiner Zunge vibrierte. Nicht zuletzt Robins und seines Schicksals wegen hatten seine Eltern ihm sein Leben lang eingeschärft, dass nicht alle Erwachsenen gut seien: Manche – nicht viele, aber einige – raubten Eltern ihre Kinder, um sie zu quälen und sogar zu ermorden. Nie zuvor war ihm so machtvoll bewusst geworden, dass dies die Wahrheit war, und es traf ihn wie ein Schlag vor die Brust. Der Ge-

Die Mission.

stank und die scheußlich geschwollene Wand machten ihn seekrank, und all die Horrorstorys, die seine Eltern ihm erzählt hatten (Kinder, gefesselt und geknebelt in verlassenen Häusern, an einem Strick aufgehängt oder in einen Wandschrank gesperrt, wo sie verhungerten), erwachten auf einmal zum Leben, richteten ihre durchbohrenden gelben Augen auf ihn und grinsten mit Haifischzähnen: *schnapp schnapp.*

Niemand wusste, wo sie waren. Niemand – kein Nachbar, kein Passant – hatte gesehen, wie sie hereinkletterten; niemand würde je wissen, was aus ihnen geworden war, wenn sie nicht mehr nach Hause kämen. Er lief Harriet nach, die zuversichtlich ins nächste Zimmer ging, stolperte über ein Elektrokabel und hätte beinahe laut geschrien.

»Harriet?« Seine Stimme klang fremd. Er blieb im Dunkeln stehen und wartete auf eine Antwort, und er starrte auf das einzige sichtbare Licht: drei wie aus Feuer gezeichnete Rechtecke, die Umrisse der drei mit Alufolie verklebten Fenster, die gespenstisch im Finstern schwebten, als jäh der Boden unter ihm nachgab. Vielleicht war es eine Falle. *Woher wussten sie eigentlich, dass niemand zu Hause war?*

»Harriet!«, rief er. Plötzlich musste er so dringend pinkeln wie noch nie im Leben. Er fummelte an seinem Reißverschluss, ohne zu wissen, was er tat, wandte sich von der Tür ab und ließ es strömen, mitten auf den Teppich: schnell, schnell, schnell, und ohne an Harriet zu denken. In seiner Qual fing er an zu hopsen, denn indem seine Eltern ihn so eindringlich vor diesen Irren gewarnt hatten, hatten sie ihm, ohne es zu wissen, ein paar seltsame Vorstellungen eingetrichtert, und die schlimmste darunter war der panische Glaube, dass die Entführer den gekidnappten Kindern nicht erlaubten, die Toilette zu benutzen, sondern sie zwangen, sich zu besudeln, wo immer sie sein mochten: gefesselt auf einer dreckigen Matratze, eingesperrt in einem Kofferraum, begraben in einem Sarg mit einem Rohr zum Atmen ...

So!, dachte er, halb von Sinnen vor Erleichterung. Selbst wenn die Rednecks ihn jetzt folterten (mit Klappmessern,

Schrotflinten, egal), würden sie nicht die Genugtuung haben, zu sehen, wie er sich in die Hose machte. Dann hörte er etwas hinter sich, und sein Herz geriet ins Schleudern wie ein Auto auf Glatteis.

Aber es war nur Harriet. Ihre Augen waren groß und tintenschwarz, und neben dem Türrahmen sah sie sehr klein aus. Er war so froh, sie zu sehen, dass er nicht einmal daran dachte, sich zu fragen, ob sie ihn wohl beim Pinkeln erwischt hatte.

»Sieh dir das an«, sagte sie ausdruckslos.

Angesichts ihrer Gelassenheit verflog seine Angst. Er folgte ihr nach nebenan. Kaum hatte er das Zimmer betreten, da schlug ihm der faulige Moschusgestank – wieso hatte er ihn bloß nicht sofort erkannt? – so heftig entgegen, dass er ihn schmecken konnte …

»Heiliger Strohsack«, sagte er und hielt sich die Hand vor die Nase.

»Ich hab's doch *gesagt*«, antwortete sie hochnäsig.

Die Kisten – viele Kisten, fast genug, um den ganzen Boden zu bedecken – blinkten im Halbdunkel: Perlmuttknöpfe, Spiegelscherben, Nagelköpfe, Straßsteine und zersplittertes Glas, das alles funkelte diskret im trüben Licht wie ein Piratenschatz in einer Höhle, grobe Seekisten, umbekümmert und großzügig bestreut mit Diamanten und Silber und Rubinen.

Er schaute nach unten. In der Kiste neben seinem Turnschuh – nur eine Handbreit entfernt – lag eine zusammengerollte Waldklapperschlange und zuckte mit dem Schwanz: *tsch tsch tsch.* Unwillkürlich machte er einen Satz rückwärts und sah durch den Gitterdeckel am Rande seines Gesichtsfeldes eine andere Schlange, die gefleckt, s-förmig, auf ihn zufloß. Als sie mit der Schnauze die Kistenwand berührte, schnappte sie zurück, mit einem solchen Zischen und einer so kraftvollen Peitschenbewegung (einer unmöglichen Bewegung, wie ein rückwärts laufender Film: ein Strahl, der sich aus einer Milchpfütze erhob und hochfloß, zurück in den Krug), dass Hely noch einmal zurücksprang und gegen eine andere Kiste stieß, die ihm sogleich ein überschäumendes Zischen entgegenspie.

Die Mission.

Harriet, sah er, war dabei, eine senkrecht stehende Kiste von den andern weg zur verriegelten Tür zu schieben. Sie hielt inne und strich sich das Haar aus dem Gesicht. »Ich will die hier«, sagte sie. »Hilf mir.«

Hely war überwältigt. Es war ihm nicht klar gewesen, aber bis zu diesem Augenblick hatte er nicht geglaubt, dass sie ihm die Wahrheit sagte. Die Aufregung durchströmte ihn wie eine eisige Luftblase, kribbelnd, tödlich, köstlich wie kaltes grünes Meerwasser, das durch ein Leck im Boden eines Bootes flutet.

Mit zusammengepressten Lippen schob Harriet die Kiste ein paar Schritt weit über den freien Boden und kippte sie dann auf die Seite. »Wir tragen sie –« Sie unterbrach sich und rieb sich die Hände. »Wir tragen sie draußen die Treppe runter.«

»Wir können nicht mit dieser *Kiste* über die Straße gehen.«

»Hilf mir einfach, okay?« Keuchend wuchtete sie die Kiste weiter.

Hely machte sich auf den Weg zu ihr. Es war nicht angenehm, zwischen den Kisten hindurchzuwaten, denn hinter den Gittern – nicht mehr als Fliegendraht, durch den man leicht mit dem Fuß hindurchtreten konnte – ahnte er schattenhafte Bewegung: Ringe, die sich auflösten, zerschmolzen und sich neu formten, schwarze Diamanten, die in abscheulichen, lautlosen Runden dahinflossen, einer nach dem andern. Sein Kopf fühlte sich an, als sei er voller Luft. *Das hier ist nicht wahr,* sagte er sich, *nicht wahr, nein, nur ein Traum,* und tatsächlich sollten seine Träume ihn noch viele Jahre lang – weit bis ins Erwachsenenalter hinein – gnadenlos in diese übel riechende Dunkelheit zurückstürzen, hierher zwischen die zischenden Schatztruhen des Alptraums.

Die Fremdartigkeit der Kobra – königlich aufrecht, gereizt schwankend in der schaukelnden Kiste – nahm Hely überhaupt nicht wahr. Das Einzige, was zu ihm durchdrang, war die seltsame, unangenehme Verlagerung ihres Gewichts von einer Seite zur andern und die Notwendigkeit, mit der Hand nicht in die Nähe des Drahtgitters zu kommen. Verbissen zogen sie die Kiste zur Hintertür, und Harriet schob den Riegel auf und öffnete sie weit. Dann hoben sie die Kiste zusammen hoch und schleppten sie längsseits die Treppe hinunter (die Kobra verlor das Gleichgewicht, drosch und peitschte mit trockener, wütender Gewalt), und unten stellten sie sie auf den Boden.

Es war inzwischen dunkel. Die Straßenlaternen brannten, und von der anderen Straßenseite leuchteten Verandalichter herüber. Ihnen war schwindlig, und sie hatten Angst, die Kiste auch nur anzuschauen, so hasserfüllt klangen die rasenden Stöße darin, als sie sie mit den Füßen unter das Haus schoben.

Der Nachtwind war kalt. Harriets Arme prickelten von einer stachligen Gänsehaut. Oben, durch die Hausecke verdeckt, schlug die Fliegentür gegen das Treppengeländer und fiel dann wieder zu. »Warte«, sagte Hely. Er richtete sich aus seiner halben Hocke auf und rannte noch einmal die Treppe hinauf. Mit zitternden, kraftlosen Fingern fummelte er am Türknauf herum und tastete nach dem Schloss. Seine Hände waren klebrig vom Schweiß, und eine sonderbare, traumartige Leichtigkeit hatte ihn erfasst. Die dunkle, uferlose Welt umwogte ihn, als säße er hoch oben in der Takelage eines Alptraumpiratenschiffs, hin und her geworfen vom Nachtwind, der über die hohe See fegte ...

Beeil dich, drängte er sich selbst, *beeil dich, damit wir hier verschwinden können,* aber seine Hände wollten nicht richtig gehorchen, sie rutschten und glitschten hilflos auf dem Türknauf herum, als gehörten sie ihm gar nicht –

Von unten kam ein erstickter Aufschrei von Harriet, so fassungslos vor Angst und Verzweiflung, dass er unvermittelt wieder abbrach.

»Harriet?«, rief Hely in die ungewisse Stille, die darauf folgte. Seine Stimme klang flach und seltsam beiläufig. Und im nächsten Augenblick knirschten Autoreifen auf dem Kies. Scheinwerferstrahlen schwenkten großartig über den Garten. Immer wenn Hely in den nächsten Jahren an diesen Abend dachte, war es aus irgendeinem Grund dieses Bild, das ihm am lebhaftesten vor Augen stand: das starre gelbe Gras, plötzlich überflutet vom grellen Licht der Auto-

Die Mission.

scheinwerfer, vereinzelte Büschel – Mohrenhirse, Hundszunge –, bebend im harten Strahl...

Bevor er einen Gedanken fassen oder auch nur atmen konnte, wurde das Abblendlicht zum Standlicht heruntergeschaltet: *pop.* Noch einmal *pop,* und das Gras war dunkel. Dann öffnete sich eine Autotür, und es klang, als poltere ein halbes Dutzend Paar schwere Stiefel die Treppe herauf.

Hely geriet in Panik. Später würde er sich fragen, warum er sich in seiner Angst nicht einfach von der Treppe hinuntergestürzt und sich ein Bein oder möglicherweise den Hals gebrochen hatte, aber in seinem Schrecken über diese schweren Schritte konnte er an nichts anderes denken als an den Prediger, an dieses Narbengesicht, das da im Dunklen zu ihm heraufkam, und der einzige Ort, an den er sich flüchten konnte, war das Apartment.

Er huschte hinein, und im Dunkeln sank ihm das Herz in die Hose. Kartentisch, Klappstühle, Eisschrank: wo sich verstecken? Er rannte ins hintere Zimmer, stieß mit dem Fuß gegen eine Dynamitkiste (die mit zornigem Klatschen und dem *tsch tsch tsch* einer Rassel reagierte) und begriff sofort, dass er einen schrecklichen Fehler begangen hatte, aber es war zu spät. Die Eingangstür knarrte. *Hab ich sie überhaupt zugemacht?* dachte er, und Übelkeit erregende Angst kroch über ihn hinweg.

Stille folgte, die längste Stille seines Lebens. Eine Ewigkeit schien vergangen zu sein, als er das leise Klicken eines Schlüssels hörte, der sich im Schloss drehte, und dann noch zweimal schnell hintereinander.

»Was ist los?«, fragte eine brüchige Männerstimme. »Greift er nicht?«

Nebenan wurde das Licht angeknipst. In dem hellen Streifen, der durch die Tür hereinfiel, sah Hely, dass er in der Falle saß: kein Versteck, keine Fluchtmöglichkeit. Von den Schlangen abgesehen, war das Zimmer praktisch leer: Zeitungen, eine Werkzeugkiste, ein handgemaltes Schild *(Mit der Hilfe unseres Herrn: Aufrechterhaltung und Verbreitung der protestantischen Religion und Durchsetzung unserer bürgerlichen Rechte...)* und in der hinteren Ecke ein Sitzsack aus Vinyl. In drangvoller Hast (sie konnten ihn sehen, wenn sie nur einen Blick durch die Tür warfen) schlüpfte er zwischen den Dynamitkisten hindurch zu dem Sitzsack.

Draußen klickte es noch einmal. »Doch, jetzt geht's«, sagte die brüchige Stimme undeutlich, während Hely auf die Knie fiel und sich, so gut es ging, unter den Sitzsack zwängte und das klobige Ding über sich zog.

Wieder Stimmen, aber jetzt konnte er nichts mehr verstehen. Der Sitzsack war schwer, und Hely lag der Tür abgewandt und hatte die Beine fest an die Brust gezogen. Der Teppich, auf den er die rechte Wange presste, roch nach Schweißsocken. Dann ging zu seinem Entsetzen das Licht an.

Was sagten sie? Er versuchte, sich so klein wie möglich zu machen. Da er sich nicht bewegen konnte, blieb ihm, wenn er die Augen nicht schließen wollte, nichts anderes übrig, als fünf oder sechs Schlangen anzustarren, die sich einen halben Meter vor seiner Nase in einer bunten Kiste mit einem Gitter an der Seite bewegten. Als Hely sie, halb hypnotisiert und mit schreckensstarren Muskeln, anschaute, rieselte eine kleine Schlange aus dem Gewirr der anderen heraus und kroch halb am Gitter herauf. Das Grübchen an ihrem Hals war weiß, und die Bauchschuppen bildeten lang gestreckte, horizontale Platten, kalkig gelb wie Zinksalbe.

Zu spät – wie es manchmal geschah, wenn er unversehens das Spaghettisoßengedärm eines überfahrenen Tiers auf dem Highway anglotzte – machte Hely die Augen zu. Schwarze Kreise auf orangegelbem Grund – der Nachglanz des Lampenlichts im Negativ – trieben vor seinen Lidern herauf, einer nach dem andern, wie Luftblasen in einem Aquarium, und wurden immer matter, als sie aufstiegen und verschwanden...

Vibrationen im Boden: Schritte. Sie hielten inne, und dann trampelten neue Schritte herein, schwerer und schneller, und hörten jäh auf.

Was ist, wenn mein Schuh rausguckt?, dachte Hely, und ein beinahe unbeherrschbares Grauen durchbrutzelte ihn.

Alles war still. Die Schritte zogen sich ein kleines Stück

Die Mission.

weit zurück. Gedämpfte Stimmen. Ihm war, als gehe einer zum Fenster, laufe dort unruhig auf und ab, komme dann zurück. Wie viele verschiedene Stimmen es waren, konnte er nicht erkennen, aber eine Stimme erhob sich deutlich über den Rest: ein verstümmelter Singsang wie bei dem Spiel, das er und Harriet manchmal im Schwimmbad spielten, wenn sie abwechselnd unter Wasser Sätze sprachen und herausfinden mussten, was der andere gesagt hatte. Gleichzeitig vernahm er ein leise Geräusch aus der Schlangenkiste – *skritsch skritsch skritsch* –, ein Rascheln, das so leise war, dass er es sich vielleicht nur einbildete. Er klappte die Augen auf. Durch den schmalen Streifen zwischen Sitzsack und miefigem Teppich starrte er seitwärts auf zwanzig Zentimeter Schlangenbauch, der gespenstisch am Drahtgitter der Kiste vor ihm ruhte. Wie die leberartige Spitze des Tentakels irgendeines Seeungeheuers pendelte das Tier blind hin und her wie ein Scheibenwischer... *und kratzte sich,* erkannte Hely mit entsetzter Faszination, *skritsch... skritsch... skritsch...*

Und aus war das Licht, ganz unerwartet. Schritte und Stimmen entfernten sich.

Skritsch... skritsch... skritsch... skritsch... skritsch...

Hely schaute verloren ins Dunkel, völlig starr, die Hände flach zwischen die Knie gepresst. Der Bauch der Schlange hinter dem Gitter war immer noch undeutlich zu sehen. Und wenn er jetzt die ganze Nacht hier bleiben musste? Hilflos wieselten und stolperten seine Gedanken durcheinander, derart wild, dass ihm ganz schlecht wurde. Präg dir ein, wo die Ausgänge sind, ermahnte er sich – so hatte er es in der Schule gelernt, für Brand- oder andere Notfälle, aber er hatte hier nicht besonders gut aufgepasst, und die Ausgänge, an die er sich erinnern konnte, waren absolut unbrauchbar: Die Wohnungstür war unerreichbar... die Innentreppe auf der Seite der Mormonen mit einem Vorhängeschloss versperrt... das Toilettenfenster, ja, das war möglich, aber das Hereinkommen war schon schwierig genug gewesen, ganz zu schweigen von der Vorstellung, sich da wieder hinauszuquetschen, ohne dass man ihn hörte, hinaus in die Dunkelheit...

Zum ersten Mal dachte er jetzt an Harriet. Wo war sie wohl? Er versuchte, sich vorzustellen, was er an ihrer Stelle tun würde. Ob sie so vernünftig war, wegzulaufen und jemanden zu holen? Unter anderen Umständen hätte Hely sich von ihr lieber glühende Kohlen auf den Rücken streuen lassen, ehe sie seinen Dad hätte rufen dürfen, aber jetzt sah er – vom Sterben abgesehen – keine Alternative. Mit seinen schütteren Haaren und seinem etwas fülligen Bauch war Helys Vater weder groß noch imposant, er war sogar eher kleiner als der Durchschnitt, aber in seinen Jahren als Leiter der High School hatte er sich einen Blick angeeignet, der die Verkörperung der Autorität war, und die Art, wie er ein versteinertes Schweigen in die Länge ziehen konnte, ließ auch erwachsene Männer kleinlaut werden.

Harriet? Angespannt rief er sich das elfenbeinweiße Telefon im Schlafzimmer seiner Eltern vor Augen. Wenn Helys Dad wüsste, was passiert war, würde er furchtlos anmarschiert kommen, ihn bei der Schulter packen und hinausschleifen – hinaus zum Auto, ihm eine Tracht Prügel verpassen und auf der Heimfahrt einen Vortrag halten, der Helys Ohren zum Glühen bringen würde, während der Prediger zwischen seinen Schlangen kauerte und »jawohl Sir, danke Sir« murmelte, ohne zu wissen, was da über ihn gekommen war.

Der Nacken tat ihm weh. Er hörte nichts mehr, nicht mal die Schlange. Plötzlich fiel ihm ein, dass Harriet vielleicht tot war: erwürgt, erschossen, überfahren vom Pick-up des Predigers, der beim Einbiegen über sie hinweggerollt war – was wusste er?

Niemand weiß, wo ich bin. Seine Beine verkrampften sich. Ganz behutsam streckte er sie ein wenig. *Niemand. Niemand. Niemand.*

Ein Hagel von Nadelstichen prickelte durch seine Waden. Eine Weile blieb er ganz still und angespannt liegen und rechnete jeden Augenblick damit, dass der Prediger sich auf ihn stürzen würde. Als nichts geschah, drehte er sich schließlich um. Das Blut kribbelte in seinen verkrampften Gliedern. Er wackelte mit den Zehen und drehte

Die Mission.

den Kopf hin und her. Er wartete. Als er es schließlich nicht mehr aushalten konnte, streckte er den Kopf unter dem Sitzsack hervor.

Die Kisten funkelten im Dunkeln. Ein schiefes Rechteck aus Licht ergoss sich durch die Tür auf den schnupftabakbraunen Teppich. Durch den Türrahmen – Hely kroch auf den Ellenbogen ganz langsam vorwärts – sah er ein schmuddelig gelbes Zimmer, von einer Glühbirne unter der Decke strahlend hell erleuchtet. Eine hohe Hinterwäldlerstimme sprach, schnell und undeutlich.

Eine grollende Stimme fiel ein: »Jesus hat nie was für mich getan, und das Gesetz wird es ganz bestimmt nicht tun.«

Hely krallte die Finger in den Teppich; er lag wie versteinert da und versuchte, nicht zu atmen. Dann sprach eine andere Stimme, entfernt und missgelaunt. »Diese Reptilien haben nichts mit dem Herrn zu tun. Sie sind bloß fies.«

Der Schatten in der Tür gab ein unheimliches, schrilles Kichern von sich – und Hely erstarrte zu Eisen. *Farish Ratliff.* Sein schlimmes Auge – fahl wie das eines gekochten Hechts – bohrte sich in die Dunkelheit wie der Lichtstrahl eines Leuchtturms.

»Ich sag dir, was du tun solltest...« Zu Helys ungeheurer Erleichterung entfernten sich die schweren Schritte. Aus dem Nebenzimmer kam ein Knarren, als werde ein Küchenschrank geöffnet. Als Hely endlich die Augen aufmachte, war die erleuchtete Tür leer.

»... was du tun solltest, wenn du keine Lust mehr hast, sie rumzuschleppen: Dann solltest du sie alle in den Wald fahren und sie laufen lassen und erschießen. Knall sie ab, jede Einzelne. Verbrenn sie«, fuhr er über die Einwände des Predigers hinweg lautstark fort. »Schmeiß sie in den Fluss – mir egal. Dann bist du das Problem los.«

Streitbares Schweigen. »Schlangen können schwimmen«, sagte dann eine andere Stimme – auch männlich, weiß, aber jünger.

»In so 'ner verdammten Kiste werden sie aber nicht weit schwimmen, oder?« Es knirschte, als habe Farish in etwas hineingebissen. In scherzhaftem Ton, Krümel im Mund, redete er weiter. »Hör mal, Eugene, wenn du nicht mit ihnen rumkaspern willst – ich hab meinen .38er unten im Handschuhfach. Für zehn Cent geh ich jetzt da rein und bring sie alle um.«

Helys Herz setzte aus. *Harriet!* dachte er wild. *Wo bist du?* Das waren die Männer, die ihren Bruder ermordet hatten! Wenn sie ihn fänden (und sie würden ihn finden, da war er sicher), würden sie auch ihn ermorden...

Welche Waffe hatte er? Wie sollte er sich verteidigen? Eine zweite Schlange hatte sich neben der ersten am Gitter heraufgeschoben; ihre Schnauze lag unter dem Kiefer der anderen, und sie sahen aus wie die ineinander verdrehten Schlangen am Äskulapstab. Ihm war noch nie aufgefallen, wie widerlich dieses verbreitete Symbol war – in Rot auf die Spendenumschläge seiner Mutter für die Gesellschaft gegen Lungenkrankheiten gedruckt. Seine Gedanken überschlugen sich, und ihm war kaum bewusst, was er tat, als er die zitternde Hand ausstreckte und den Verschluss der Schlangenkiste vor ihm öffnete.

So, das wird sie bremsen, dachte er, und er rollte sich auf den Rücken und betrachtete die styroporverkleidete Decke. In dem Durcheinander, das entstehen würde, könnte er vielleicht entkommen. Und selbst wenn er gebissen würde, könnte er es vielleicht noch bis zum Krankenhaus schaffen.

Eine der Schlangen hatte sprunghaft nach ihm geschnappt, als er nach dem Riegel gegriffen hatte. Jetzt fühlte er etwas Klebriges auf seiner Handfläche – Gift? Das Ding hatte zugestoßen und ihn durch das Gitter besprüht. Hastig rieb er die Hand am Hosenboden seiner Shorts; hoffentlich hatte er da keinen Schnitt oder Kratzer, den er vergessen hatte.

Die Schlangen brauchten eine Weile, bis sie begriffen, dass sie frei waren. Die zwei, die am Gitter gelehnt hatten, waren sofort herausgefallen; ein paar Augenblicke lang lagen sie bewegungslos da, bis andere Schlangen über sie hinwegglitten, um zu sehen, was hier los war. Ganz plötzlich, als habe man ihnen ein Zeichen gegeben, schienen sie zu verstehen, dass sie frei waren, und schlängelten sich erfreut heraus, fächerförmig in verschiedene Richtungen.

Die Mission.

Hely wand sich schwitzend unter dem Sitzsack hervor und kroch, so schnell er es wagen konnte, an der offenen Tür vorbei, durch den Lichtschein, der von nebenan hereinfiel. Ihm war schlecht vor Angst, aber er wagte nicht, ins andere Zimmer hineinzusehen, sondern schaute starr nach unten, weil er befürchtete, sie könnten seinen Blick auf sich spüren.

Als er wohlbehalten an der Tür vorbei war – einstweilen wohlbehalten jedenfalls –, sackte er im Schatten der gegenüberliegenden Wand zusammen, zittrig und entkräftet vom Pochen seines Herzens. Die Ideen waren ihm ausgegangen. Wenn jetzt jemand hereinkäme und das Licht einschaltete, würden sie ihn sofort sehen, wehrlos vor der Spanplattenwand kauernd.

Hatte er *wirklich* die Schlangen herausgelassen? Von da aus, wo er hockte, sah er zwei auf dem Boden im Flur liegen, und eine dritte schlängelte sich zielstrebig auf das Licht zu. Noch einen Augenblick zuvor hatte es ausgesehen wie ein guter Plan, aber jetzt bereute er es inbrünstig: *Bitte, lieber Gott, bitte lass sie nicht hier rüberkriechen...* Die Schlangen hatten Muster auf dem Rücken, wie Kupferköpfe, nur schärfer ausgeprägt. An der kühnsten, die sich dreist auf das Nachbarzimmer zubewegte, erkannte er jetzt die Hornringe einer fünf Zentimeter langen Rassel an der Schwanzspitze.

Aber wirklich nervös machten ihn die, die er nicht sehen konnte. In der Kiste waren mindestens fünf oder sechs Schlangen gewesen. Wo waren sie jetzt?

Von den vorderen Fenstern ging es senkrecht zur Straße hinunter. Seine einzige Hoffnung war das Toilettenfenster. Wenn er erst auf dem Dach wäre, könnte er von der Kante baumeln und sich dann das restliche Stück fallen lassen. Er war schon von Baumästen gesprungen, die fast so hoch gewesen waren.

Aber zu seiner Bestürzung war die Toilettentür nicht da, wo er sie vermutet hatte. Er schob sich an der Wand entlang – für seinen Geschmack viel zu weit in den dunklen Bereich, wo er die Schlangen herausgelassen hatte –, aber was er für die Tür gehalten hatte, war überhaupt keine Tür, sondern eine Spanplatte, die an der Wand lehnte.

Hely war perplex. Die Toilettentür war links gewesen, da war er sicher. Er überlegte noch, ob er sich weiterschieben oder zurückziehen sollte, als die Erkenntnis sein Herz wie ein Stich durchzuckte: Die Tür war auf der linken Seite *im anderen Zimmer*.

Er war wie vom Donner gerührt. Einen Augenblick lang stürzte das Zimmer unter ihm ins Leere (endlose Tiefen, lautlose Schächte, riesig geweitete Pupillen), und als es wieder heraufkam, brauchte er einen Moment, um herauszufinden, wo er war. Er lehnte den Kopf an die Wand und ließ ihn hin und her rollen. Wie hatte er so dumm sein können? Er hatte immer Schwierigkeiten mit Richtungen und verwechselte links und rechts. Buchstaben und Zahlen tauschten die Plätze, wenn er den Blick von der Seite hob, und grinsten ihn dann von anderswo an, und manchmal setzte er sich sogar in der Schule auf den falschen Stuhl, ohne es zu merken. *Flüchtigkeit! Flüchtigkeit!,* schrie die rote Tinte auf seinen Aufsätzen, seinen Mathearbeiten, seinen voll gekritzelten Arbeitsblättern.

Als die Scheinwerfer in die Einfahrt schwenkten, war Harriet völlig überrascht. Sie ließ sich zu Boden fallen und rollte sich unter das Haus – und *bums,* rumpelte sie gegen die Kiste der Kobra, die daraufhin erbost zustieß. Der Kies knirschte, und ehe sie noch Luft holen konnte, donnerten mit einem jähen Windstoß die Reifen nur zwei Schritt vor ihrem Gesicht vorüber, und bläuliches Licht flimmerte durch das struppige Gras.

Harriet lag mit dem Gesicht nach unten in pulvrigem Staub. Der Übelkeit erregende Geruch von etwas Totem drang ihr in die Nase. Alle Häuser in Alexandria hatten Kriechkeller, um vor Hochwasser sicher zu sein, und der hier war höchstens einen halben Meter hoch und kaum weniger Klaustrophobie erweckend als ein Grab.

Die Kobra, der es nicht gefallen hatte, die Treppe hintergeschaukelt und auf die Seite gekippt zu werden, schlug

Die Mission.

gegen die Kistenwand – Harriet spürte die entsetzlichen, trockenen Peitschenhiebe durch das Holz. Aber schlimmer als die Schlange oder der Gestank von irgendeiner toten Ratte war der Staub, der unbarmherzig in der Nase kitzelte. Sie drehte den Kopf zur Seite. Der rote Schein der Schlusslichter schwenkte schräg unter dem Haus hindurch und glühte unversehens auf geringelten Regenwurmhäufchen, Ameisenhügeln, einer schmutzige Glasscherbe.

Dann war alles wieder schwarz. Die Wagentür wurde zugeschlagen.« – und deswegen fing der Wagen an zu brennen«, sagte eine grollende Stimme, die nicht dem Prediger gehörte.

Schritte kamen auf sie zu. Harriet kämpfte verzweifelt gegen das Niesen an; sie hielt den Atem an, presste sich die Hand vor den Mund und hielt sich die Nase zu. Über ihrem Kopf polterten die Schritte die Treppe hinauf. Ein Stachel berührte tastend ihren Fußknöchel. Er fand keinen Widerstand, setzte fester an und bohrte sich hinein. Harriet erzitterte von Kopf bis Fuß unter dem Drang, mit der Hand auf die Stelle zu klatschen.

Noch ein Stich, diesmal an der Wade. Feuerameisen. Toll.

»Na, als er wieder nach Hause kam«, sagte die grollende Stimme, leiser jetzt und aus größerer Entfernung, »konnten sie *alle* sehen, wer die Wahrheit aus ihm rausgeholt hat...«

Dann verstummte die Stimme. Oben war alles still, aber sie hatte nicht gehört, wie die Tür aufgegangen war, und Harriet spürte, dass sie noch nicht hineingegangen waren, sondern wachsam auf dem Treppenabsatz standen. Steif blieb sie liegen und strengte sich mit jeder Faser an, irgendetwas zu hören.

Minuten vergingen. Die Feuerameisen stachen sie in Arme und Beine, energisch und in wachsender Zahl. In der erstickenden Stille glaubte sie Schritte zu hören, Stimmen – aber wenn sie versuchte, Genaueres zu unterscheiden, verschwammen die Geräusche und lösten sich in Nichts auf.

Starr vor Angst lag sie auf der Seite und schaute hinaus in die pechschwarze Dunkelheit der Einfahrt. Wie lange würde sie hier liegen bleiben müssen? Wenn sie herkämen, würde ihr nichts anderes übrig bleiben, als weiter unter das Haus zu kriechen, und da ging es nicht bloß um Feuerameisen: Wespen bauten ihre Nester unter Häusern, aber auch Stinktiere und Spinnen und alle möglichen Arten von Nagetieren und Reptilien. Kranke Katzen und Opossums schleppten sich hier herein, um zu krepieren, und ein Schwarzer namens Sam Bebus, der Heizungen reparierte, war kürzlich auf die Seite eins der Zeitung gekommen, weil er unter einer Greek-Revival-Villa in der Main Street, nur ein paar Blocks von hier, einen menschlichen Schädel gefunden hatte

Plötzlich kam der Mond hinter einer Wolke hervor und versilberte das spärliche Gras, das um das Haus herum wuchs. Harriet ignorierte die Feuerameisen; sie hob die Wange aus dem Staub und lauschte. Hohe Halme von Rispenhirse, die Ränder weiß im Mondlicht, bebten in Augenhöhe, wehten dann einen Moment lang flach über dem Boden und federten wieder hoch, zerzaust und zittrig. Sie wartete. Endlich, nach langem, atemlosem Schweigen, robbte sie auf den Ellenbogen voran und schob den Kopf unter dem Haus hervor.

»Hely?«, flüsterte sie. Im Garten war es totenstill. Unkrautpflanzen, die aussahen wie kleine grüne Weizenhalme, wuchsen aus dem funkelnden Kies der Einfahrt. Am Ende der Einfahrt ragte der Pick-up riesenhaft und unverhältnismäßig in die Höhe, stumm und dunkel, das Heck ihr zugewandt.

Harriet pfiff, dann wartete sie. Eine Ewigkeit schien vergangen zu sein, als sie schließlich ganz hervorkroch und aufstand. Etwas, das sich anfühlte wie ein zerquetschter Käfer, hatte sich in ihre Wange gebohrt. Mit sandigen Händen wischte sie es ab, streifte sich die Ameisen von Armen und Beinen. Feine braune Wolkenfetzen wehten wie Benzindunst über den Mond. Als sie vorübergezogen waren, lag der Garten in einem klaren, aschgrauen Licht.

Eilig zog Harriet sich in den Schatten am Haus zurück. In dem baumlosen Garten war es auf einmal taghell. Jetzt erst wurde ihr bewusst, dass sie gar nicht gehört hatte, wie Hely die Treppe heruntergekommen war.

Die Mission.

Sie spähte um die Ecke. Der Nachbargarten war leer, Laubschatten flirrten auf dem Gras, aber keine Menschenseele war zu sehen. Mit wachsendem Unbehagen schob sie sich an der Hauswand entlang. Durch einen Maschendrahtzaun fiel ihr Blick in die glasige Stille des übernächsten Gartens, wo ein Kinderplantschbecken einsam und verlassen im mondbeschienenen Gras stand.

Im Schatten, den Rücken an die Wand geschmiegt, umrundete Harriet das ganze Haus, aber von Hely war nirgends eine Spur. Höchstwahrscheinlich war er nach Hause gerannt und hatte sie im Stich gelassen. Zögernd trat sie hinaus auf den Rasen und reckte den Hals, um zum oberen Stockwerk hinaufzuschauen. Der Treppenabsatz war leer; das Badezimmerfenster – immer noch halb offen – war dunkel. In der Wohnung brannte Licht, und sie hörte Bewegungen, Stimmen, aber es war alles zu undeutlich.

Harriet nahm ihren ganzen Mut zusammen und rannte hinaus auf die hell erleuchtete Straße, aber als sie zu dem Busch auf dem Mittelstreifen kam, wo sie ihre Räder zurückgelassen hatten, setzte ihr Herz einmal aus und geriet ins Schleudern. Sie blieb wie angewurzelt stehen und konnte nicht glauben, was sie sah: Unter den weiß blühenden Zweigen lagen beide Fahrräder unberührt auf der Seite.

Einen Moment lang stand sie wie erstarrt da. Dann kam sie zur Besinnung, duckte sich hinter den Busch und sank auf die Knie. Helys Fahrrad war teuer und neu, und er war in einem lächerlichen Maße eigen damit. Sie stützte den Kopf auf die Hände und starrte es an, und sie hatte Mühe, nicht in Panik zu geraten. Schließlich schob sie die Zweige auseinander und spähte über die Straße zum beleuchteten ersten Stock des Mormonenhauses.

Die Stille dieses Hauses mit seinen versilberten Fenstern, die im Obergeschoss geisterhaft blinkten, machte ihr große Angst, und unvermittelt brach der ganze Ernst der Lage über sie herein. Hely saß da oben in der Falle, da war sie sicher. Und sie brauchte Hilfe, aber sie hatte keine Zeit, welche zu holen, und sie war allein. Ein paar Augenblicke lang hockte sie benommen auf den Fersen, sah sich um und überlegte, was sie tun sollte. Da war das Badezimmerfenster, das immer noch offen stand, aber was sollte ihr das nützen? In »Ein Skandal in Böhmen« hatte Sherlock Holmes eine Rauchbombe durch das Fenster geworfen, um Irene Adler aus dem Haus zu holen – eine hübsche Idee, aber Harriet hatte keine Rauchbombe, sie hatte überhaupt nichts außer Stöcken und Kieselsteinen.

Sie dachte noch einen Moment lang nach, und dann lief sie im hohen, weiten Mondlicht über die Straße zurück zum Nachbarhaus und in den Garten, wo sie sich unter dem Feigenbaum versteckt hatten. Unter einem Laubdach von Pekanbäumen wucherte ein unordentliches Beet mit Schattenpflanzen (Buntwurz, Brennende Büsche), eingefasst von einem Ring aus weiß gestrichenen Steinbrocken.

Harriet ließ sich auf die Knie fallen und versuchte, einen der Steine hochzuheben, aber sie waren zusammenzementiert. Im Haus kläffte gedämpft ein Hund durch das Tosen einer Klimaanlage, die heiße Luft aus einem Seitenfenster blies, schrill und unermüdlich. Wie ein Waschbär, der auf dem Grund eines Baches nach Fischen tastet, stieß sie die Hände in das schäumende Grün und suchte blind in dem wuchernden Gewirr herum, bis ihre Finger sich um einen glatten Zementbrocken schlossen. Mit beiden Händen hob sie ihn heraus. Der Hund kläffte immer noch. »Pancho!«, schrillte eine hässliche Yankee-Stimme, die Stimme einer alten Frau, rau wie Sandpapier. Sie hörte sich krank an. »Sei still!«

Gebückt unter der Last des Steins rannte Harriet zurück in die Einfahrt des Holzhauses. Da standen *zwei* Trucks, sah sie jetzt, unten am Ende der Einfahrt. Der eine war aus Mississippi – Alexandria County –, aber der andere hatte Nummernschilder aus Kentucky. So schwer der Zementbrocken auch war, Harriet blieb kurz stehen und prägte sich beide Autonummern ein. Niemand hatte damals daran gedacht, sich Autonummern zu merken, als Robin ermordet worden war.

Flink duckte sie sich hinter den ersten Pick-up, den aus Kentucky. Dann nahm sie den Zementbrocken (und jetzt

Die Mission.

sah sie, dass es nicht irgendein blöder Zementbrocken war, sondern ein Gartenschmuck in Form eines zusammengerollten Kätzchens) und schlug damit gegen den Scheinwerfer.

Pop machte es, als die Birne zerplatzte, leicht und mit einem Geräusch wie ein Blitzlicht: *pop pop*. Dann lief sie weiter und zerschlug auch an Ratliffs Pick-up sämtliche Lichter, Scheinwerfer und Schlussleuchten. Sie hatte gute Lust, sie mit aller Kraft zu zerschmettern, aber sie hielt sich zurück; sie wollte die Nachbarn nicht alarmieren, und um sie zu zerschlagen, genügte ein kurzer, fester Stoß – als wollte man ein Ei aufschlagen –, und schon fielen große dreieckige Glasscherben in den Kies.

Sie suchte sich die größten und spitzesten Scherben von den Heckleuchten und bohrte sie ins Profil der Hinterreifen, so tief es ging, ohne sich die Hände zu zerschneiden. Dann ging sie um den Laster herum und tat das Gleiche mit den Vorderreifen. Mit klopfendem Herzen atmete sie zwei- oder dreimal tief durch. Dann richtete sie sich auf, stemmte das Zementkätzchen mit beiden Händen und ihrer ganzen Kraft so hoch sie konnte und schleuderte es durch die Frontscheibe des Pick-ups.

Sie zersprang mit funkelndem Krachen. Ein Hagel von Glassplittern prasselte auf das Armaturenbrett. Auf der anderen Straßenseite strahlte eine Verandalampe auf, und dann ging nebenan das Licht an, aber die mondbeschienene Einfahrt, von glitzernden Glasscherben übersät, war leer, denn Harriet war schon halb die Treppe hinaufgelaufen.

»Was war das?«

Stille. Plötzlich und zu Helys Entsetzen fluteten hundertfünfzig Watt weiße Elektrizität von der Glühbirne unter der Decke über ihn hinweg. Entsetzt und vom gleißenden Licht geblendet, duckte er sich an die schmuddelige Spanplatte, und fast ehe er einmal mit der Wimper zucken konnte (da ringelten sich *furchtbar* viele Schlangen auf dem Boden), fluchte jemand, und es wurde wieder dunkel.

Eine klobige Gestalt kam durch die Tür in das dunkle

Zimmer. Leichtfüßig für seine Größe huschte der Mann an Hely vorbei zu den vorderen Fenstern.

Hely erstarrte. Das Blut schoss mit lautem Rauschen aus seinem Kopf hinunter in seine Füße, und als das Zimmer anfing, hin und her zu schwingen, kam im vorderen Raum Unruhe auf. Aufgeregte Stimmen, kaum verständlich. Ein Stuhl scharrte über den Boden. »Nein, nicht«, sagte jemand ganz deutlich.

Hektisches Geflüster. Im Dunkeln, nur ein paar Schritte entfernt, stand Farish Ratliff und lauschte bewegungslos, das Kinn hoch erhoben, die plumpen Beine gespreizt wie ein angriffsbereiter Bär.

Nebenan öffnete sich knarrend die Tür. »Farsh?«, sagte einer der Männer. Und dann hörte Hely zu seiner Überraschung eine Kinderstimme: winselnd, atemlos, undeutlich.

Schrecklich dicht neben ihm fauchte Farish: »Wer ist das?«

Aufruhr. Farish – zum Greifen nah für Hely – atmete tief und entnervt aus, wirbelte herum und stapfte dröhnend zurück ins beleuchtete Zimmer, als wollte er jemanden erwürgen.

Einer der Männer räusperte sich und sagte. »Farish, hör mal…«

»Unten… kommen Sie gucken…« Die neue Stimme – das Kind – klang hinterwäldlerisch und weinerlich. Ein bisschen *zu* weinerlich, erkannte Hely, von ungläubiger Hoffnung durchströmt.

»Farsh, sie sagt, der Truck…«

»Er hat die Fenster eingeschlagen«, fistelte die dünne, saure Stimme. »Wenn Sie sich beeilen…«

Ein allgemeines Gepolter brach aus, aber ein Gebrüll, das Häuser einstürzen lassen konnte, beendete es gleich wieder.

»… wenn Sie sich beeilen, erwischen Sie ihn noch«, sagte Harriet. Der Akzent war leicht verrutscht, und die Stimme – hoch und pedantisch – war erkennbar ihre eigene, aber das schien in dem ekstatischen Gestammel und Gefluche niemand zu bemerken. Schritte polterten die Hintertreppe hinunter.

Die Mission.

»Verdammt!«, schrie jemand draußen.

Ein außergewöhnlicher Tumult wehte herauf, Flüche und Gebrüll. Hely schob sich vorsichtig zur Tür. Einen Augenblick lang blieb er stehen und lauschte so angestrengt, dass er im matten Licht die kleine Klapperschlange nicht sah, die sich nur zwei oder drei Handbreit neben seinem Fuß stoßbereit zusammenzog.

»Harriet?«, flüsterte er schließlich, oder besser gesagt, er wollte es flüstern, aber er hatte fast keine Stimme mehr. Jetzt erst merkte er, wie schrecklich durstig er war. Unten in der Einfahrt wurde wirr durcheinander gebrüllt, eine Faust hämmerte auf Metall, immer wieder, und es klang wie der galvanisierte Badezuber, der bei Schulaufführungen und Ballettdarbietungen für die Donnerhalleffekte benutzt wurde.

Vorsichtig spähte er um die Tür herum. Die Stühle waren kunterbunt zurückgestoßen, Gläser mit schmelzendem Eis standen in verschränkten Wasserringen auf dem Klapptisch neben einem Aschenbecher und zwei Zigarettenpackungen. Die Tür zur Treppe stand sperrangelweit offen. Eine zweite kleine Schlange war ins Zimmer gekrochen und lag unauffällig unter dem Heizkörper, aber Hely hatte die Schlangen ganz vergessen. Ohne noch einen Augenblick zu vergeuden, ja, ohne auch nur darauf zu achten, wo er hinlief, rannte er durch die Küche zur Hintertür.

Der Prediger umschlang seinen Oberkörper mit den Armen, beugte sich vom Randstein über die Straße und spähte hinunter, als warte er auf einen Zug. Die verätzte Seite seines Gesichts war Harriet abgewandt, aber selbst im Profil bot er einen entnervenden Anblick mit seiner verstohlenen, beunruhigenden Angewohnheit, ab und zu die Zungenspitze zwischen den Lippen vorschnellen zu lassen. Harriet hielt einen so großen Abstand zu ihm, wie es gerade noch vertretbar war, und hatte das Gesicht abgewandt, sodass weder er noch die andern (die immer noch in der Einfahrt fluchten) sie genauer betrachten konnten. Es drängte sie heftig danach, einfach wegzurennen; tatsächlich war sie auf den Gehweg hinausgedriftet, um genau das zu tun, aber der Prediger hatte sich aus dem Trubel in der Einfahrt gelöst und war ihr nachgekommen, und sie war nicht sicher, dass sie ihm würde weglaufen können. Oben hatte sie innerlich gebebt und sich gewunden, als die Brüder in der erleuchteten Tür vor ihr aufgeragt waren: Riesen allesamt, von überwältigender Masse, sonnenverbrannt und narbig und tätowiert und schmierig, hatten sie mit ihren steinernen, hellfarbigen Augen auf sie herabgestarrt. Der schmutzigste und massigste von ihnen – bärtig, mit buschigen schwarzen Haaren und einem gespenstisch weißen Fischauge wie der blinde Pew in der *Schatzinsel* – hatte mit der Faust gegen den Türrahmen geschlagen und so unflätig und ausgiebig und mit so erschreckender Wut geflucht, dass Harriet schockiert zurückgewichen war. Jetzt zerstampfte er methodisch und mit fliegender, grausträhniger Mähne die Überreste eines Rücklichts mit seinem Stiefelabsatz zu Splittern. Mit seinem Muskelmanntorso und seinen kurzen Beinen sah er aus wie der ängstliche Löwe, nur böse.

»Du sagst, die hatten kein Auto?« Der Prediger wandte ihr sein Narbengesicht zu und musterte sie.

Harriet hielt den Blick gesenkt und schüttelte stumm den Kopf. Die Lady mit dem Chihuahua, in einem ärmellosen Nachthemd und mit Flipflop-Badelatschen, am dürren Handgelenk ein rosafarbenes Krankenhausarmband, schlurfte wieder zu ihrem Haus zurück. Sie war mit dem Hund auf dem Arm herausgekommen, Zigaretten und ein Feuerzeug in einer geprägten Lederhülle in der Hand, und war am Rand ihres Vorgartens stehen geblieben, um zu sehen, was los war. Über ihre Schulter hinweg starrte der Chihuahua, der immer noch kläffte, Harriet ins Gesicht und zappelte, als wünsche er sich auf der ganzen Welt nichts so sehr, wie dem Griff seiner Herrin zu entrinnen und Harriet zu zerreißen.

»Er war weiß?«, fragte der Prediger. Er trug eine Lederweste über seinem kurzärmeligen weißen Hemd, und sein graues Haar war zu einer hohen, welligen Tolle ölig zurückgekämmt. »Sicher?«

Die Mission.

Harriet nickte und zog sich demonstrativ schüchtern eine Haarsträhne ins Gesicht.

»Du läufst heute Abend aber mächtig spät durch die Gegend. Hab ich dich vorhin nicht auf dem Platz gesehen?«

Harriet schüttelte den Kopf und schaute angelegentlich zum Haus zurück. Genau in dem Augenblick kam Hely mit leerem Gesicht, weiß wie ein Laken, die Treppe heruntergestürmt. Er flog die Stufen herunter, ohne Harriet oder sonst jemanden zu sehen – und prallte frontal gegen den einäugigen Mann, der eben etwas in seinen Bart brummte und mit gesenktem Kopf und sehr schnellem Schritt zum Haus zurückging.

Hely taumelte zurück und stieß einen grässlichen, keuchenden dünnen Schrei aus. Aber Farish walzte einfach an ihm vorbei und polterte die Treppe hinauf. Er machte ruckartige Kopfbewegungen und sprach in abgehacktem, wütendem Ton (»... versuch's lieber nicht, *lieber* nicht...«), als rede er mit einer unsichtbaren, aber doch genau erkennbaren Kreatur, etwa einen Meter hoch, die hinter ihm die Stufen hinaufkraxelte. Dann schoss wie aus dem Nichts sein Arm vor und schlug in die leere Luft: ein harter Schlag, als treffe er tatsächlich jemanden damit, irgendeinen buckligen bösen Geist, der ihm auf den Fersen war.

Hely war verschwunden. Plötzlich fiel ein Schatten auf Harriet. »Wer bist du?«

Harriet erschrak heftig. Als sie hochblickte, sah sie Danny Ratliff vor sich stehen.

»Hast es bloß zufällig gesehen?« Er stemmte die Hände in die Hüften und schleuderte sich das Haar aus dem Gesicht. »Wo warst du denn, als hier die Fenster zerschmissen wurden? Wo kommt sie her?«, fragte er seinen Bruder.

Harriet starrte verdattert zu ihm auf. Als sie sah, wie überrascht er die Nasenflügel blähte, war ihr klar, dass der Abscheu ihr unübersehbar ins Gesicht geschrieben stand.

»Guck mich nicht so an«, fauchte er. Aus der Nähe gesehen war er wölfisch braun und dünn. Er trug Jeans und ein schlabbriges, langärmeliges T-Shirt, und seine Augen mit den schweren Lidern unter dichten Brauen hatten einen niederträchtigen, leicht verrutschten Ausdruck, der sie nervös machte. »Was ist los mit dir?«

Der Prediger machte einen ziemlich aufgeregten Eindruck; er schaute unaufhörlich die Straße hinauf und hinunter, verschränkte die Arme vor der Brust und klemmte die Hände unter die Achseln. »Keine Sorge«, sagte er mit seiner überfreundlichen Stimme. »Wir beißen dich nicht.«

Trotz ihrer Angst konnte Harriet nicht umhin, die klecksig blaue Tätowierung an seinem Unterarm zu bemerken und sich zu fragen, was sie wohl darstellen sollte. Und was war das für ein Prediger, der tätowierte Arme hatte?

»Was ist denn?«, fragte er sie. »Du hast Angst vor meinem Gesicht, was?« Seine Stimme klang ganz freundlich, aber dann packte er Harriet ohne Vorwarnung bei den Schultern und reckte ihr sein Gesicht auf eine Weise entgegen, die vermuten ließ, dass sein Gesicht in der Tat etwas sei, wovor man große Angst haben sollte.

Harriet erstarrte – nicht so sehr wegen der Verätzung (rot glänzend, mit dem fibrösen, blutigen Schimmer von rohem Bindegewebe), als vielmehr wegen seiner Hände auf ihren Schultern. Unter einem glatten, wimpernlosen Augenlid funkelte das Auge des Predigers farbig wie ein blauer Glassplitter. Abrupt zuckte seine gewölbte Hand vor, als wolle er sie ohrfeigen, aber als sie zurückzuckte, leuchteten seine Augen auf: »Oh, oh, *oh!*«, sagte er triumphierend. Mit einer zarten Berührung, die sie rasend machte, streichelte sein Fingerknöchel ihre Wange, und dann erschien in seiner Hand vor ihrem Gesicht ganz unerwartet ein krummer Streifen Kaugummi, den er zwischen Zeige- und Mittelfinger kreisen ließ.

»Hast jetzt nicht mehr viel zu sagen, was?« Das war Danny. »Da oben hast du vorhin noch ziemlich viel zu quatschen gehabt.«

Harriet starrte interessiert auf seine Hände. Sie waren knochig und jungenhaft, aber sie trugen auch tiefe Narben, und die abgekauten Fingernägel hatten schwarze Ränder. Auf den Fingern steckten große, hässliche Ringe (ein silberner Schädel, ein Motorrademblem), wie ein Rockstar sie vielleicht tragen würde.

Die Mission.

»Wer immer das getan hat, ist wirklich mächtig schnell weggerannt.«

Harriet schaute zu seinem Profil hinauf. Es war schwer zu sagen, was er dachte. Er schaute die Straße hinauf und hinunter, und sein Blick huschte auf eine schnelle, hektische, misstrauische Art hin und her – wie bei einem Schulhoftyrannen, der sicher sein wollte, dass der Lehrer nicht hersah, bevor er ausholte und jemanden boxte.

»Haben?«, fragte der Prediger und ließ den Kaugummistreifen vor ihr hin- und herpendeln.

»Nein, danke«, sagte Harriet und bereute es, kaum dass sie es ausgesprochen hatte.

»Was zum Teufel machst du hier draußen?«, wollte Danny Ratliff plötzlich wissen und fuhr herum, als habe sie ihn beleidigt. »Wie heißt du?«

»Mary«, flüsterte Harriet. Ihr Herz klopfte. *Nein, danke, na toll.* So schmutzig sie war (Blätter im Haar, Dreck an Armen und Beinen) – wer würde schon glauben, dass sie ein kleiner Redneck war? Niemand. Und Rednecks zu allerletzt.

»Huh!« Danny Ratliffs schrilles Kichern war durchdringend und bestürzend. »Ich hör dich nicht.« Er sprach schnell, aber er bewegte dabei kaum die Lippen. »Lauter.«

»*Mary.*«

»Mary?« Seine Stiefel waren groß und Furcht erregend mit ihren vielen Schnallen. »Mary wie? Zu wem gehörst du?«

Ein leichter Wind, der frösteln machte, wehte durch die Bäume. Laubschatten bebten und wellten über den Asphalt.

»John – Johnson«, sagte Harriet kläglich. *Herrgott,* dachte sie, *fällt mir nichts Besseres ein?*

»Johnson?«, wiederholte der Prediger. »Welcher Johnson?«

»Komisch, für mich siehst du aus wie eine von Odums Gören.« Dannys Kiefermuskeln arbeiteten verstohlen auf der linken Seite, wo er sich innen auf die Wange biss. »Wieso bist du ganz allein hier? Hab ich dich nicht draußen bei der Pool Hall gesehen?«

»Mama...« Harriet schluckte und beschloss, noch einmal von vorn anzufangen. »Mama, sie sagt...«

Danny Ratliff sah sie an, beäugte die teuren neuen Camp-Mokassins, die Edie ihr bei L.L. Bean bestellt hatte.

»Mama sagt, ich darf da nich hin«, behauptete sie in kleinlautem Ton.

»Wer ist deine Mama?«

»Odums Frau ist verstorben«, sagte der Prediger und faltete affektiert die Hände.

»Ich frag nicht dich, ich frag *sie*.« Danny nagte an der Ecke seines Daumennagels und starrte Harriet auf eine versteinerte Weise an, die ihr neues Unbehagen bereitete. »Guck dir ihre Augen an, Gene«, sagte er zu seinem Bruder und warf nervös den Kopf in den Nacken.

Freundlich beugte der Prediger sich herunter und spähte ihr ins Gesicht. »Na, verdammt, die sind aber grün. Woher hast du denn grüne Augen?«

»Guck doch, wie sie mich anstarrt!«, sagte Danny schrill.

»Wie sie starrt. Was ist los mit dir, Mädchen?«

Der Chihuahua kläffte immer noch. Harriet hörte in weiter Ferne etwas wie eine Polizeisirene. Die beiden Männer hörten sie auch und strafften sich. Aber in diesem Augenblick ertönte oben ein grässlicher Schrei.

Danny und sein Bruder sahen einander an, und dann stürzte Danny zur Treppe. Eugene – so erschrocken, dass er sich nicht rühren, sondern nur an Mr. Dial denken konnte (denn wenn Mr. Dial und der Sheriff bei diesem Geheul nicht aufkreuzen würden, dann überhaupt nie) – strich sich mit der Hand über den Mund. Hinter sich hörte er klatschende Schritte auf dem Gehweg. Als er sich umdrehte, sah er, wie das Mädchen wegrannte.

»Mädchen!«, rief er ihr nach. »Hey du, Mädchen!« Er wollte ihr nachlaufen, als oben ein Fenster krachend hochfuhr und eine Schlange heraussegelte. Ihr Bauch schimmerte weiß vor dem Nachthimmel.

Eugene machte einen Satz rückwärts. Er war zu erschrocken, um aufzuschreien. Obwohl das Ding in der Mitte platt getrampelt und der Kopf ein blutiger Brei war, zuckte und flippte es krampfartig im Gras.

Die Mission.

Loyal Reese stand plötzlich hinter ihm. »Das ist nicht recht«, sagte er zu Eugene und schaute auf die tote Schlange hinunter, aber schon kam Farish wieder die Treppe heruntergestürmt, die Fäuste geballt und Mordlust im Blick, und bevor Loyal, der mit den Lidern klapperte wie ein Baby, noch ein Wort hervorbringen konnte, hatte Farish ihn herumgerissen und ihm einen Fausthieb auf den Mund verpasst, dass er taumelte.

»Für wen arbeitest du?«, brüllte Farish.

Loyal wich zurück und öffnete den Mund, aus dem ein dünnes Rinnsal Blut lief, und als nach einem oder zwei Augenblicken immer noch kein Wort herauskam, warf Farish einen kurzen Blick über die Schulter und schlug ihn dann noch einmal. Diesmal ging Loyal zu Boden.

»Wer hat dich geschickt?«, kreischte Farish, packte ihn beim Hemd und riss ihn wieder auf die Beine. »Wessen Idee war das? Du und Dolphus, ihr habt wohl gedacht, ihr könnt mich verarschen und ein bisschen schnelle Kohle machen, aber da habt ihr den Falschen verarscht…«

»Farish«, rief Danny, der kalkweiß die Treppe herunterkam, immer zwei Stufen auf einmal. »Hast du den .38er im Laster?«

»Moment«, rief Eugene voller Panik – Waffen in Mr. Dials Apartment? Eine Leiche? »Ihr seht das ganz falsch.« Er fuchtelte mit den Händen in der Luft herum. »Beruhigt euch doch.«

Farish stieß Loyal zu Boden. »Ich hab die ganze Nacht Zeit«, sagte er. »*Motherfucker*. Bescheißt du mich, schlag ich dir die Zähne aus und puste dir ein Loch in die Brust.«

Danny packte Farish beim Arm. »Lass ihn, Farish, *komm*. Wir brauchen die Knarre oben.«

Loyal, der auf dem Boden lag, richtete sich auf den Ellenbogen auf. »Sind sie rausgekommen?«, fragte er, und seine Stimme war von einem so unschuldigen Erstaunen erfüllt, dass sogar Farish innehielt.

Danny taumelte in seinen Motorradstiefeln zurück und wischte sich mit einem schmutzigen Unterarm über das Gesicht. Er sah schockiert aus, als habe soeben eine Bombe eingeschlagen. »Die ganze beschissene Bude ist voll«, sagte er.

»Eine fehlt noch«, sagte Loyal zehn Minuten später und wischte sich mit der Faust die blutig rote Spucke vom Mund. Sein linkes Auge war violett und bis auf einen schmalen Schlitz zugeschwollen.

»Ich rieche was Komisches«, sagte Danny. Die Bude stinkt nach Pisse. Riechst du das, Gene?«

»Da ist sie«, schrie Farish plötzlich und stürzte sich auf ein totes Heizungsgitter, aus dem ein fünfzehn Zentimeter langes Stück Schlangenschwanz herausragte.

Der Schwanz zuckte einmal und verschwand mit einem Abschiedsrasseln wie eine Peitschenschnur durch das Gitter.

»Hör auf«, sagte Loyal zu Farish, der mit seinem Motorradstiefel dröhnend gegen das Heizungsgitter trat. Er lief zu dem Gitter und beugte sich furchtlos hinunter (Eugene und Danny wichen zurück, und sogar Farish hörte mit seinem Getanze auf und ging beiseite). Loyal spitzte die Lippen und gab einen gespenstischen, durchdringenden kleinen Pfiff von sich: *iiiiiiii*. Es klang wie eine Kreuzung aus einem Teekessel und dem Geräusch, das entsteht, wenn man mit einem nassen Finger über einen Luftballon reibt.

Stille. Loyal schürzte die blutig geschwollenen Lippen noch einmal – *iiiiiiii*, ein Pfeifen, bei dem sich einem die Nackenhaare sträubten. Dann legte er das Ohr an den Boden und lauschte. Nachdem es volle fünf Minuten still geblieben war, rappelte er sich mühsam auf und rieb sich mit den Handflächen über die Schenkel.

»Sie ist weg«, gab er bekannt.

»Weg?«, rief Eugene. »Wohin?«

Loyal wischte sich mit dem Handrücken über den Mund. »Nach unten in die andere Wohnung«, sagte er düster.

»Du solltest im Zirkus auftreten.« Farish betrachtete Loyal mit neuem Respekt. »Das ist vielleicht 'n Trick. Wer hat dir beigebracht, so zu pfeifen?«

»Schlangen hören auf mich«, sagte Loyal bescheiden, und alles starrte ihn an.

»Ho!« Farish legte ihm den Arm um die Schultern; der Schlangenpfiff hatte ihn so sehr beeindruckt, dass er seine

Die Mission.

Wut ganz vergessen hatte. »Glaubst du, du kannst mir das auch beibringen?«

Danny starrte aus dem Fenster. »Hier ist was Komisches im Gange«, murmelte er.

»Was war das?«, blaffte Farish und fuhr herum. »Wenn du mir was zu sagen hast, Danny-Boy, dann sag's mir ins Gesicht.«

»Ich hab gesagt, *hier ist was Komisches im Gange.* Die Tür da war offen, als wir raufgekommen sind.«

»Gene.« Loyal räusperte sich. »Du musst den Leuten da unten Bescheid sagen. Ich weiß, wo sie hin ist. Sie ist durch den Heizungsschacht runter und macht es sich bei der Warmwasserleitung bequem.«

»Was glaubst du, wieso sie nicht zurückgekommen ist?«, fragte Farish. Er spitzte den Mund und versuchte erfolglos, das unirdische Pfeifen zu imitieren, mit dem Loyal nacheinander sechs Waldklapperschlagen aus verschiedenen Ecken des Zimmers herangelockt hatte. »Ist sie nicht so gut abgerichtet wie die andern?«

»Die sind alle nicht abgerichtet. Sie mögen dieses Gebrüll und Gestampfe nicht. Nein«, sagte Loyal, und er kratzte sich am Kopf und spähte durch das Gitter, »sie ist weg.«

»Und wie willst du sie wiederkriegen?«

»Hör mal, ich muss zum Arzt«, heulte Eugene und rieb sich das Handgelenk. Seine Hand war so geschwollen, dass sie aussah wie ein aufgeblasener Gummihandschuh.

»Verdammt!« Farish strahlte. »Du bist wirklich gebissen worden!«

»Ich sag doch, ich bin gebissen worden! Da, da und da!«

Loyal kam herüber, um sich die Hand anzusehen. »Sie benutzen nicht immer ihr ganzes Gift für einen Biss.«

»Das Biest hat an mir gebaumelt!« Der Raum begann sich an den äußeren Rändern schwarz zu färben; seine Hand brannte, und er fühlte sich high und gar nicht so übel – so wie damals in den Sechzigern im Gefängnis, vor seiner Errettung, wenn er sich bedröhnt hatte, indem er in der Wäscherei Reinigungsflüssigkeit geschnüffelt hatte: Da hatten die dampfigen Hohlblockkorridore sich um ihn zusammengezogen, bis er alles durch einen engen, aber eigenartig angenehmen Kreis gesehen hatte, als schaute er durch eine leere Klopapierrolle.

»Ich bin schon schlimmer gebissen worden«, sagte Farish, und das war er tatsächlich, Jahre zuvor, als er auf einem Feld, das er roden wollte, einen Stein aufgehoben hatte. »Loyle, hast du für solche Fälle auch 'n Pfiff?«

Loyal nahm Eugenes geschwollene Hand. »O je«, sagte er bedrückt.

»Na los!«, sagte Farish fröhlich. »Bete für ihn, Prediger! Ruf den Herrn für uns an! Mach deinen Kram!«

»So funktioniert das nicht. Junge, das kleine Kerlchen hat dich ordentlich erwischt!«, sagte Loyal zu Eugene. »Genau in die Vene hier.«

Rastlos fuhr Danny sich mit der Hand durch die Haare und wandte sich ab. Seine Glieder waren steif und schmerzten vom Adrenalin, seine Muskeln waren angespannt wie Klaviersaiten, er wollte noch eine Nase, er wollte raus aus dieser Mission, es war ihm egal, ob Eugene der Arm abfiel, und von Farish hatte er auch die Schnauze voll. Da schleifte Farish ihn den ganzen Weg bis in die Stadt – aber war Farish rausgegangen, um den Stoff in Loyals Truck zu verstauen, als er Gelegenheit dazu gehabt hatte? Nein. Er hatte fast eine halbe Stunde rumgesessen, wohlig auf seinem Stuhl zurückgelehnt, und das faszinierte Publikum genossen, das er in dem höflichen kleinen Prediger gehabt hatte, hatte geprahlt und angegeben und Geschichten erzählt, die seine Brüder allesamt schon eine Million Mal gehört hatten, und überhaupt ununterbrochen rumgequatscht. Danny hatte angefangen, gar nicht so zarte Andeutungen zu machen, aber er war immer noch nicht rausgegangen, um die Drogen aus dem Seesack zu holen und sie da zu verstauen, wo er es geplant hatte. Nein: Er war jetzt viel zu sehr interessiert an Loyal Reese und seinen Klapperschlangen. Und er hatte sich allzu leicht von Reese einwickeln lassen: *viel* zu leicht. Manchmal, wenn Farish high war, fuhr er auf irgendwelche Ideen und Fantasien ab und wurde sie überhaupt nicht mehr los. Man wusste nie, was seine Aufmerksamkeit gefangen nehmen würde. Irgendeine bedeutungslose Kleinigkeit – ein Witz, ein Zeichen-

Die Mission.

trickfilm im Fernsehen – konnte ihn fesseln wie ein Baby. Ihr Vater war genauso gewesen. Selbst wenn er dabei war, Danny oder Mike oder Ricky Lee wegen irgendeiner Belanglosigkeit halb totzuschlagen, brauchte er nur irgendeine unwichtige Nachricht aufzuschnappen, und schon hielt er mitten im Schlag inne (ließ seinen Sohn zusammengesackt und weinend auf dem Boden liegen) und lief nach nebenan, um das Radio lauter zu stellen. *Rinderpreise gestiegen!* Ja, stell dir vor.

Laut sagte er: »Ich sag dir, was ich gern wissen möchte.« Er hatte Dolphus noch nie getraut, und diesem Loyal traute er auch nicht. »Wie sind die Schlangen überhaupt aus der Kiste gekommen?«

»Oh, Scheiße!« Farish sprang zum Fenster. Erst nach ein paar Augenblicken begriff Danny, dass das leise, statische *pop pop pop* in seinen Ohren nicht aus seinem Kopf kam: Da hielt tatsächlich ein Auto draußen auf dem Kies.

Ein glühender Punkt – wie eine Zecke, die in Flammen aufging – loderte zischelnd in seinem Gesichtsfeld auf. Ehe Danny sich versah, war Loyal im hinteren Zimmer verschwunden, und Farish stand an der Tür und sagte: »Komm her. Sag ihm, der Krach – Eugene? – sag ihm, du bist draußen im Garten von 'ner Schlange gebissen worden...«

»Sag ihm...« Eugene taumelte mit glasigem Blick im grellen Licht der Glühbirne unter der Decke. »Sag ihm, er soll seine Scheißreptilien einpacken. Ich rate ihm, lieber nicht mehr hier zu sein, wenn ich morgen früh aufstehe.«

»Sorry, Mister«, sagte Farish und trat vor, um der wütend stammelnden Gestalt, die sich Zugang verschaffen wollte, den Weg zu versperren.

»Was geht hier vor? Was für eine Party ist...«

»Das ist keine Party, Sir, nein, kommen Sie *nicht* herein.« Farish blockierte die Tür mit seiner massigen Gestalt. »Wir haben keine Zeit, rumzustehen und Besuch zu empfangen. Wir brauchen Hilfe hier, mein Bruder ist von 'ner Schlange gebissen worden, er ist schon ganz von Sinnen, sehen Sie? Helfen Sie mir, ihn zum Wagen zu bringen.«

»Du Babdisten-Teufel«, sagte Eugene zu der rotgesichtigen Halluzination namens Roy Dial – in karierten Shorts und kanariengelbem Golfhemd –, die da am Ende eines engen Tunnels flackerte, in einem immer kleiner werdenden Radius von Licht.

In dieser Nacht – während eine beringte, hurenhafte Lady weinte inmitten von Blumen und Menschen, auf dem flimmernden Schwarzweißbildschirm weinte um das große Tor und den breiten Weg und die Massen, die darauf in den Untergang strömten – warf Eugene sich in seinem Krankenhausbett hin und her, und ein Geruch wie von verbrannten Kleidern erfüllte seine Nase. Hin und her driftete er, zwischen den weißen Vorhängen und den Hosanna-Rufen der hurenhaften Lady und einem Sturm an den Ufern eines dunklen, fernen Flusses. Bilder wirbelten heran und davon wie Prophezeiungen: beschmutzte Tauben, das Nest eines bösen Vogels, gebaut aus den schuppigen Fetzen abgeworfener Schlangenhäute, eine lange schwarze Schlange, die aus einem Loch gekrochen kam, mit Vögeln im Bauch. Winzige Klumpen, die sich bewegten, immer noch lebendig, immer noch bestrebt zu singen, selbst in der Finsternis des Schlangenbauches...

In der Mission schlief Loyal in seinem Schlafsack zusammengerollt trotz seines blauen Auges tief und fest, weder von Alpträumen noch von Reptilien geplagt. Noch ehe die Sonne aufging, wachte er ausgeruht auf, sprach seine Gebete, wusch sich das Gesicht, trank ein Glas Wasser, lud eilig seine Schlangen auf, kam wieder nach oben und schrieb am Küchentisch fein säuberlich Dankesworte an Eugene auf die Rückseite einer Tankquittung, die er dann auf dem Tisch liegen ließ, zusammen mit einem fransengeschmückten Lesezeichen aus Kunstleder, einem Traktat mit dem Titel »Hiobs Bekehrung« und einem Stapel von siebenunddreißig Ein-Dollar-Scheinen. Bei Sonnenaufgang saß er in seinem Truck mit den zerschlagenen Scheinwerfern und war auf dem Highway unterwegs zum Homecoming seiner Kirche in East Tennessee. Dass die Kobra (seine kostbarste Schlange, die einzige, für die er Geld bezahlt hatte) nicht da war, merkte er erst in Knoxville. Als

Die Mission.

er bei Eugene anrief, um es ihm zu sagen, meldete sich niemand. Und niemand war in der Mission und hörte das Schreien der Mormonenjungen, die spät aufgestanden waren (um acht Uhr, weil sie erst mitten in der Nacht aus Memphis zurückgekommen waren) und sich durch den Anblick einer Waldklapperschlange, die auf einem Korb mit frisch gewaschenen Hemden lag und sie beobachtete, aus ihrer Morgenandacht gerissen sahen.

KAPITEL 5.

Die roten Handschuhe.

Am nächsten Morgen wurde Harriet erst spät wach. Alles juckte, sie war ungewaschen, das Bett sandig. Der Geruch unter dem Haus, die bunten Kisten mit Nieten, funkelnd wie Juwelen, die langen Schatten in der erleuchteten Tür – das alles und mehr war in ihren Traum hineingeblutet und hatte sich seltsam vermischt mit den Tuschfeder-Illustrationen in ihrer Heftchenausgabe von »Rikki-Tikki-Tavi« (der großäugige Teddy, der Mungo, sogar die Schlangen keck und liebenswürdig wiedergegeben). Am Fuße der Seite, wie das Schlussbild in einem Märchenbuch, war irgendein armes Geschöpf gewesen, gefesselt und dumpf auf den Boden schlagend. Es hatte Schmerzen, es brauchte ihre Hilfe, aber Harriet erkannte nicht, welche, und obwohl seine bloße Anwesenheit ein Vorwurf war, eine Erinnerung an ihre eigene Nachlässigkeit und Ungerechtigkeit, war sie doch zu angewidert, um ihm zu helfen oder auch nur in seine Richtung zu schauen.

Beachte es nicht, Harriet! sang Edie. Sie und der Prediger waren in der Ecke des Zimmers bei der Kommode damit beschäftigt, einen Folterstuhl einzurichten, der aussah wie ein Zahnarztsessel und dessen gepolsterte Kopf- und Armlehnen von Nadeln starrten. Auf eine bestürzende Weise sahen die beiden aus wie ein Liebespaar, wie sie sich mit hochgezogenen Brauen anbetungsvolle Blicke zuwarfen. Edie prüfte hier und da die Nadelspitzen mit zartem Finger, während der Prediger liebevoll lächelnd zurücktrat, die

Die roten Handschuhe.

Arme vor der Brust verschränkte und die Hände unter die Achseln schob...

Während Harriet unruhig in die stehenden Wasser des Alptraums zurücksank, schrak Hely in der oberen Koje seines Stockbetts so jäh aus dem Schlaf hoch, dass er sich den Kopf an der Decke stieß. Ohne nachzudenken, warf er die Beine über die Bettkante und wäre beinahe hinausgefallen, denn am Abend zuvor hatte er in seiner irren Angst vor dem, was ihm da nachgekrochen kommen könnte, die Leiter losgehakt und auf den Teppich geworfen.

Befangen, als wäre er auf dem Schulhof vor aller Augen gestolpert, richtete er sich auf und sprang auf den Boden. Er war bereits aus seinem dunklen, klimatisierten kleinen Zimmer hinaus und halb den Flur hinuntergelaufen, bevor ihm auffiel, wie still es im Haus war. Er schlich sich die Treppe hinunter in die Küche (niemand da, die Einfahrt leer, Moms Autoschlüssel weg), schüttete sich eine Portion »Giggle Pops« in eine Schüssel, ging damit ins Wohnzimmer und schaltete den Fernseher ein. Eine Gameshow war im Gange. Er schlürfte seine Knusperflocken. Obwohl die Milch kalt genug war, kratzten die knirschenden Bröckchen seinen Gaumen; sie schmeckten merkwürdig nach nichts, nicht einmal süß.

Die Stille im Haus bereitete Hely Unbehagen. Er musste an den schrecklichen Morgen denken, nachdem er und sein älterer Cousin Todd im Country Club eine Flasche Rum aus einer Tüte auf dem Vordersitz eines fremden, unverschlossenen Lincoln genommen und halb leer getrunken hatten. Während Helys und Todds Eltern beim Grill am Pool gestanden und Cocktailwürstchen auf Zahnstochern geknabbert hatten, hatten er und Todd sich einen Golfwagen ausgeliehen und damit eine Kiefer gerammt. Hely konnte sich daran allerdings kaum erinnern: Er wusste eigentlich nur noch, dass er einen Steilhang am Ende des Golfplatzes hinuntergekullert war, Hals über Kopf. Als er später Bauchschmerzen bekam, sagte Todd, er solle zum Büfett gehen und möglichst viele Cocktailwürstchen essen, so schnell er könnte. Dann hatte er auf dem Parkplatz hinter einem Cadillac gekniet und sich übergeben, während Todd so furchtbar hatte lachen müssen, dass sein gemeines Sommersprossengesicht rot wie eine Tomate geworden war. Irgendwie hatte er es bis nach Hause geschafft, sich ins Bett gelegt und war eingeschlafen. Als er am nächsten Morgen aufgewacht war, war das Haus leer gewesen: Sie waren alle nach Memphis gefahren, ohne ihn, und hatten Todd und seine Eltern zum Flughafen gebracht.

Das war der längste Tag seines Lebens gewesen. Er hatte stundenlang allein im Haus herumtappen müssen, einsam und ohne Beschäftigung, hatte versucht, sich genau zu erinnern, was am Abend zuvor passiert war, und er hatte befürchtet, dass er eine furchtbare Strafe zu erwarten hatte, wenn seine Eltern nach Hause kämen – und mit dieser Befürchtung lag er ganz richtig. Er musste sein ganzes Geburtstagsgeld herausrücken, um den Schaden zu bezahlen (seine Eltern waren gezwungen, den größten Teil zu übernehmen), und er musste einen Entschuldigungsbrief an den Besitzer des Golfwagens schreiben. Er bekam Fernsehverbot, für alle Zeit, wie ihm schien. Aber das Schlimmste war, dass seine Mutter sich laut fragte, wo er gelernt habe zu stehlen. »Es geht weniger um den Schnaps«, das hatte sie wohl tausendmal zu seinem Vater gesagt, »als vielmehr darum, dass er ihn gestohlen hat.« Für seinen Vater zählten solche Unterscheidungen nicht: Er benahm sich, als habe Hely eine Bank ausgeraubt. Eine Ewigkeit lang sprach er kaum mit ihm, außer um sich das Salz reichen zu lassen oder dergleichen, und er würdigte ihn keines Blickes. Das Leben zu Hause war nie wieder ganz so wie vorher geworden. Und natürlich hatte Todd – typisch Mr. Musikgenie, erste Klarinette in der Junior-High-School-Band in Illinois – Hely die ganze Schuld in die Schuhe geschoben, wie immer schon, wenn sie sich früher (gottlob nicht oft) gesehen hatten.

Ein prominenter Gast in der Gameshow hatte eben ein unanständiges Wort gesagt, und der Showmaster ließ einen Piepton darüber hinwegtönen, ein aufdringliches Geräusch wie das quietschende Spielzeug eines Hundes.

Wo zum Teufel blieben seine Eltern? Warum kamen sie nicht einfach nach Hause, damit die Sache erledigt war?

Die roten Handschuhe.

Na, na, na!, sagte der lachende Showmaster eben. Der andere Promi-Kandidat bog sich auf seinem Stuhl zurück und klatschte beifällig.

Hely bemühte sich, nicht mehr an den vergangenen Abend zu denken. Die Erinnerung daran verfinsterte und vermieste den Morgen wie der Nachgeschmack eines bösen Traums. Er versuchte, sich einzureden, dass er nichts Unrechtes getan habe, eigentlich gar nichts, er hatte nichts kaputtgemacht, er hatte niemanden verletzt, und er hatte nichts weggenommen, was ihm nicht gehörte. Da war die Schlange, gut. Aber die hatten sie nicht richtig weggenommen, sie war immer noch unter dem Haus. Und er hatte die anderen Schlangen herausgelassen, aber – na und? Das war Mississippi hier: Schlangen krochen sowieso überall rum, und wer würde merken, dass es jetzt ein paar mehr waren? Er hatte einen Riegel aufgemacht, mehr nicht, *einen einzigen Riegel.* Was sollte daran so weltbewegend sein? Es war ja nicht so, als hätte er einem Stadtrat den Golfwagen geklaut und zu Schrott gefahren...

Ding machte die Glocke: *Zeit für die heutige Entscheidungsrunde!* Die Kandidaten, deren Blicke hin und her huschten, standen vor der großen Tafel und schluckten. Was hatten *die* für Sorgen?, dachte Hely verbittert. Er hatte nicht wieder mit Harriet gesprochen, nachdem er entkommen war – er wusste nicht mal, ob sie es geschafft hatte, nach Hause zu kommen. Auch eine Sache, die ihm allmählich Sorgen machte. Als er sich aus dem Garten gerettet hatte, war er sofort auf die andere Straßenseite geflitzt und nach Hause gerannt, über Zäune und durch fremde Gärten, und von überallher in der Dunkelheit, so war es ihm vorgekommen, hatten ihn Hunde angekläfft.

Als er sich mit rotem Gesicht und keuchend zur Hintertür hereingeschlichen hatte, sah er auf der Uhr am Herd, dass es noch früh war, erst neun. Er hörte, dass seine Eltern im Wohnzimmer fernsahen. Jetzt, am Morgen, wünschte er, er hätte den Kopf zu ihnen hineingesteckt und irgendetwas gesagt, hätte auf der Treppe noch »Gute Nacht« gerufen oder so etwas. Aber er hatte nicht den Mut gehabt, ihnen entgegenzutreten, und war feige ins Bett gehuscht, ohne ein Wort mit jemandem zu sprechen.

Er hatte kein Verlangen danach, Harriet zu sehen. Bei ihrem bloßen Namen musste er an Dinge denken, an die er lieber nicht dachte. Steif, als ob irgendein feindseliger Beobachter ihn hinterrücks von der Tür her finster anschaute, starrte er die unbekümmerten Prominenten an, die sich über ihr Rätsel berieten, und versuchte, seine Sorgen zu vergessen. Keine Harriet, keine Schlangen, keine drohende Bestrafung durch seinen Dad. Keine großen, Furcht erregenden Rednecks, die ihn *erkannt* hatten, da war er sicher. Wenn sie nun zu seinem Vater gingen? Oder, schlimmer noch: wenn sie hinter *ihm* her waren? Wer konnte schon wissen, was ein Irrer wie Farish Ratliff tun würde?

Ein Wagen hielt in der Einfahrt, und Hely hätte beinahe geschrien. Aber als er aus dem Fenster schaute, sah er, dass es nicht die Ratliffs waren, sondern nur sein Dad. Hastig und krampfhaft versuchte er, sich hängen zu lassen und eine insgesamt gelassenere Haltung einzunehmen, aber es gelang ihm nicht wirklich. Mit eingezogenem Kopf wartete er auf das Zuschlagen der Tür, auf die trockenen Schritte seines Vaters, der schnell durch den Flur kam, wie er es immer tat, wenn er wütend war und es ernst meinte...

Zitternd vor Anstrengung versuchte Hely, sich nicht allzu steif zu halten, aber dann konnte er seine Neugier nicht mehr bezähmen, und mit einem angstvoll verstohlenen Blick nach draußen erkannte er, dass sein Vater mit nervenzerreißender Gelassenheit eben erst aus dem Auto stieg. Er wirkte unbekümmert, ja, sogar gelangweilt, auch wenn sein Gesichtsausdruck wegen der grauen Sonnengläser, die auf seiner Brille klemmten, schwer zu erkennen war.

Hely konnte den Blick nicht mehr von ihm wenden und sah zu, wie er um den Wagen herumging und den Kofferraum aufmachte. Nacheinander hob er seine Einkäufe ins leere Sonnenlicht und stellte sie auf den Zementboden: Wandfarbe. Plastikeimer. Ein zusammengerollter grüner Gartenschlauch.

Die roten Handschuhe.

Hely stand sehr leise auf, trug seine Schüssel in die Küche und spülte sie aus. Dann ging er hinauf in sein Zimmer und machte die Tür zu. Er legte sich in die untere Koje, starrte zu dem Lattenrost über ihm hinauf und bemühte sich, nicht zu hyperventilieren oder allzu sehr auf seinen eigenen Herzschlag zu achten. Dann hörte er Schritte. Draußen vor der Tür fragte sein Vater: »Hely?«

»Sir?« *Warum quietscht meine Stimme so?*

»Ich dachte, ich hätte dir gesagt, du sollst den Fernseher ausschalten, wenn du nicht mehr schaust?«

»Ja, Sir.«

»Ich möchte, dass du herauskommst und mir hilfst, den Garten deiner Mutter zu wässern. Heute Morgen dachte ich, es würde Regen geben, aber anscheinend hat es sich verzogen.«

Hely wagte nicht zu widersprechen. Er verabscheute den Blumengarten seiner Mutter. Ruby, das Hausmädchen vor Essie Lee, war niemals auch nur in die Nähe der dichten, winterharten Pflanzenbüsche gegangen, aus denen seine Mutter ihre Schnittblumen holte. »Schlangen mögen Blumen«, hatte sie immer gesagt.

Hely zog seine Tennisschuhe an und ging hinaus. Die Sonne stand schon hoch und heiß am Himmel. Das grelle Licht schien ihm in die Augen, und ihm war flau vor Hitze, als er mit zwei oder drei Schritten Abstand auf dem knisternden gelben Rasen stand und den Schlauch über das Blumenbeet schwenkte, wobei er ihn so weit wie möglich von sich weg hielt.

»Wo ist dein Fahrrad?«, fragte sein Vater, der eben aus der Garage kam.

»Ich …« Hely sank das Herz in die Hose. Sein Fahrrad war noch da, wo er es zurückgelassen hatte: auf dem Mittelstreifen vor dem Mormonenhaus.

»Wie oft muss ich es dir denn sagen? Du sollst erst ins Haus kommen, wenn das Rad in der Garage ist. Ich hab's bis obenhin satt, dir zu predigen, dass du es nicht im Garten herumliegen lassen sollst.«

––––––––

Irgendetwas stimmte nicht, als Harriet herunterkam. Ihre Mutter trug eins der baumwollenen Blusenkleider, mit denen sie zur Kirche ging, und wirbelte in der Küche umher. »Hier«, sagte sie und reichte Harriet kalten Toast und ein Glas Milch. Ida hatte Harriet den Rücken zugewandt und fegte den Boden vor dem Herd.

»Gehen wir irgendwohin?«, fragte Harriet.

»Nein, Schatz...« Die Stimme ihrer Mutter klang fröhlich, aber ihr Mund wirkte ein wenig angespannt, und der wächserne korallenrote Lippenstift ließ ihr Gesicht weiß aussehen. »Ich dachte nur, ich stehe heute Morgen auf und mache dir Frühstück. Ist das in Ordnung?«

Harriet sah sich nach Ida um, die sich aber nicht umdrehte. Die Haltung ihrer Schultern war eigenartig. *Edie ist etwas passiert,* dachte Harriet entsetzt. *Edie ist im Krankenhaus...* Ehe sie über diesen Gedanken hinwegkommen konnte, bückte Ida Rhew sich mit dem Kehrblech, ohne Harriet anzusehen, und Harriet sah erschrocken, dass sie geweint hatte.

Die ganze Angst der letzten vierundzwanzig Stunden brach donnernd über sie herein, begleitet von einer Angst, für die sie keinen Namen hatte. Zaghaft fragte sie: »Wo ist Edie?«

Harriet Mutter sah sie verdutzt an. »Zu Hause«, sagte sie. »Warum?«

Der Toast war kalt, aber Harriet aß ihn trotzdem. Ihre Mutter setzte sich zu ihr an den Tisch und sah ihr zu. Sie stützte die Ellenbogen auf den Tisch und legte das Kinn in die Hände. »Schmeckt's?«, fragte sie.

»Ja, Ma'am.« Weil sie nicht wusste, was los war und wie sie sich verhalten sollte, konzentrierte Harriet sich auf den Toast. Dann seufzte ihre Mutter. Harriet blickte auf und sah noch, wie sie sich ziemlich niedergeschlagen erhob und hinausschwebte.

»Ida?«, flüsterte Harriet, als sie allein waren.

Ida schüttelte den Kopf und antwortete nicht. Ihr Gesicht war ausdruckslos, aber große, glasklare Tränen quollen auf den unteren Rand ihrer Augenlider. Dann wandte sie sich viel sagend ab.

Die roten Handschuhe.

Harriet war bestürzt. Sie starrte Idas Rücken an, die Schürzenbänder, die sich über dem Baumwollkleid kreuzten, und sie hörte alle möglichen winzigen Geräusche: das Brummen des Kühlschranks, das Summen einer Fliege über der Spüle.

Ida warf den Handfeger in den Eimer unter der Spüle und machte die Schranktür zu. »Wieso hast du mich verpetzt?«, fragte sie, ohne sich umzudrehen.

»Dich *verpetzt?*«

»Ich bin immer gut zu dir.« Ida rauschte an ihr vorbei und stellte das Kehrblech an seinen Platz auf dem Boden neben dem Heißwasserbereiter, wo auch der Mopp und der Besen standen.

»Was hab ich denn verpetzt? Hab ich nicht!«

»Hast du doch. Und weißt du noch was?« Der feste Blick der geröteten Augen ließ Harriet zittern. »Du hast dafür gesorgt, dass die arme Frau in Mr. Claude Hulls Haus gefeuert worden ist. *Jawohl, das hast du*«, übertönte sie Harriets verblüfftes Gestammel. »Mr. Claude ist gestern Abend da hingefahren, und du hättest hören sollen, wie er mit der armen Frau geredet hat. Als ob sie 'n Hund wär. Ich hab alles gehört, und Charley T. auch.«

»Hab ich nicht! Ich hab…«

»Hör dich an!«, zischte Ida. »Du solltest dich was schämen. Mr. Claude zu erzählen, die Frau wollte das Haus anzünden. Und was machst du *dann*? Verdrückst dich nach Hause und erzählst deiner Mama, ich fütter dich nicht richtig.«

»Ich hab das nicht erzählt! Hely hat es erzählt!«

»Ich red nicht von ihm. Ich red von *dir*.«

»Aber ich hab ihm gesagt, er soll das *nicht* sagen! Wir waren in seinem Zimmer, und sie hat an die Tür gehämmert und angefangen zu schreien…«

»Ja, und dann kommst du nach Hause und schwärzt mich an. Du warst wütend auf mich, als ich gestern nach Hause gegangen bin, bloß weil ich nach der Arbeit nicht noch rumsitzen und Geschichten erzählen wollte. Streit's nicht ab.«

»Ida! Du weißt doch, dass Mama alles durcheinander bringt! Ich hab *nur* gesagt…«

»Ich sag dir, warum du das getan hast. Du bist wütend und sauer, weil ich nicht den ganzen Abend hier rumsitze und Brathühnchen mache und Geschichten erzähle, wo ich doch nach Hause gehen und meine eigene Arbeit machen muss. Nachdem ich den ganzen Tag hinter euch hergeputzt hab.«

Harriet lief hinaus. Der Tag war heiß, sonnengebleicht, lautlos. Sie fühlte sich, als habe sie soeben beim Zahnarzt einen Zahn plombiert bekommen: Pflaumenschwarz erblühte der Schmerz in ihren hinteren Backenzähnen, während sie durch die Glastüren in die gleißende, glühende Hitze des Parkplatzes hinausging. *Harriet, holt dich jemand ab?* Ja, Ma'am, antwortete sie der Arzthelferin immer, ob nun jemand draußen auf sie wartete oder nicht.

In der Küche war alles still. Am Zimmer ihrer Mutter waren die Blenden geschlossen. War Ida entlassen? Irgendwie unfassbar, aber diese Frage weckte weder Schmerz noch Angst, nur eine dumpfe Verwunderung wie dann, wenn sie sich nach der Betäubungsspritze kräftig innen in die Wange biss und keinen Schmerz fühlte.

Ich pflücke ihr ein paar Tomaten zum Lunch, sagte sie sich, und im grellen Licht blinzelnd ging sie zur Seite des Hauses, zu Idas kleinem Gemüsegarten, einem uneingezäunten Fleckchen, drei oder vier Meter im Quadrat, das dringend gejätet werden musste. Da, wo Ida wohnte, hatte sie keinen Platz für einen Garten. Sie machte ihnen zwar jeden Tag Tomatensandwiches, aber das andere Gemüse nahm sie zum größten Teil mit nach Hause. Beinahe täglich offerierte Ida ihr irgendeine Freundlichkeit dafür, dass Harriet ihr im Garten half – eine Partie Dame, eine Geschichte –, aber Harriet lehnte immer ab: Sie konnte Gartenarbeit nicht ausstehen, sie konnte die Erde an den Händen nicht leiden, nicht die Käfer, nicht die Hitze, und auch nicht die brennenden Härchen an den Kürbisranken, von denen ihr die Beine juckten.

Jetzt wurde ihr schlecht von so viel Selbstsucht. Ungezählte schmerzliche Gedanken umdrängten und plagten sie erbarmungslos. Ida musste dauernd so schwer arbeiten,

Die roten Handschuhe.

nicht bloß hier, sondern auch zu Hause. Und was hatte Harriet je zu tun?

Tomaten. Darüber wird sie sich freuen. Sie pflückte auch ein paar Paprika und Okraschoten und eine dicke schwarze Aubergine, die erste in diesem Jahr. Sie legte das erdverschmierte Gemüse in einen kleinen Karton und machte sich dann ans Jäten, zähneknirschend vor Widerwillen. Gemüsepflanzen, die gerade kein Gemüse trugen, sahen für Harriet aus wie ausgewuchertes Unkraut mit ihrer Gewohnheit, sich auszubreiten, und mit ihren rauen, plumpen Blättern. Deshalb ließ sie alles stehen, was sie nicht genau kannte, und riss nur Unkraut aus, bei dem sie sich sicher war: Klee und Löwenzahn (klar) und die langen Halme der Mohrenhirse, die Ida auf eine trickreiche Weise falten konnte, sodass ein schriller, unirdischer Pfiff zustande kam, wenn sie sie zwischen die Lippen klemmte und auf eine bestimmte Art blies.

Aber die Halme waren scharf, und es dauerte nicht lange bis einer einen roten Strich über ihren Daumenballen gezogen hatte, als habe sie sich an Papier geschnitten. Harriet richtete sich schwitzend auf ihren staubigen Absätzen auf. Sie hatte ein Paar Gartenhandschuhe aus rotem Stoff in Kindergröße, die Ida Rhew ihr im letzten Sommer im Haushaltswarengeschäft gekauft hatte, und ihr war furchtbar zumute, wenn sie nur daran dachte. Ida hatte nicht viel Geld, sicher nicht genug, um es für Geschenke auszugeben, und was noch schlimmer war: Harriet konnte den Garten so wenig ausstehen, dass sie sie nie angezogen hatte, nicht ein einziges Mal. *Gefallen dir die kleinen Handschuhe nicht, die ich dir geschenkt hab?,* hatte Ida sie eines Nachmittags ziemlich betrübt gefragt, als sie zusammen auf der Veranda gesessen hatten. Auf Harriets Beteuerungen hin hatte sie nur den Kopf geschüttelt.

Doch, sie gefallen mir, wirklich. Ich trag sie beim Spielen im …

Du brauchst mir keine Geschichte zu erzählen, Baby. Ich bin bloß traurig, weil dir nichts dran liegt.

Harriets Gesicht glühte rot. Die roten Handschuhe hatten drei Dollar gekostet, und dafür musste die arme Ida fast einen ganzen Tag arbeiten. Wenn sie jetzt darüber nachdachte, wurde ihr klar, dass die roten Handschuhe das Einzige waren, was Ida ihr je geschenkt hatte. Und sie hatte sie verloren! Wie konnte sie so achtlos sein? Im Winter hatten sie lange Zeit unbeachtet in einer Zinkwanne im Werkzeugschuppen gelegen, mit der Baumschere und der Heckenschere und anderem Werkzeug, das Chester gehörte.

Sie vergaß das Jäten, ließ die ausgerissenen Schösslinge kreuz und quer verstreut auf der Erde liegen und lief zum Werkzeugschuppen. Aber die Handschuhe waren nicht mehr in der Zinkwanne. Sie waren auch nicht auf Chesters Werkbank. Sie lagen nicht auf dem Regal zwischen Blumentöpfen und Dünger und nicht hinter den verkrusteten Büchsen mit Lack und Terpentin und Wandfarbe.

Auf den Regalen fand sie Federballschläger, Baumschere und Handsäge, zahllose Verlängerungskabel, einen gelben Plastikschutzhelm für Bauarbeiter und Gartenwerkzeug aller Art: Beile, Rosenscheren, eine Unkrauthacke, einen Grubber, Pflanzenheber in drei verschiedenen Größen und Chesters eigene Handschuhe. Aber nicht die Handschuhe, die Ida ihr geschenkt hatte. Harriet spürte, dass sie hysterisch wurde. *Chester weiß, wo sie sind,* dachte sie. *Ich werde ihn fragen.* Chester kam nur montags; an den anderen Tagen arbeitete er entweder für die County-Verwaltung – dann jätete er Unkraut und mähte den Rasen auf dem Friedhof – oder hatte irgendwelche Gelegenheitsjobs in der Stadt.

Sie stand schwer atmend im staubigen, nach Benzin riechenden Halbdunkel, starrte in das Werkzeugdurcheinander auf dem ölfleckigen Boden und überlegte, wo sie als Nächstes suchen sollte, denn sie musste die roten Handschuhe finden. *Ich muss,* dachte sie, und ihr Blick huschte über die Unordnung. *Ich werde sterben, wenn ich sie verloren habe.*

In diesem Augenblick kam Hely angerannt und streckte den Kopf zur Tür herein. »Harriet!«, keuchte er und klammerte sich am Türrahmen fest. »Wir müssen die Räder holen!«

Die roten Handschuhe.

»Die Räder?« wiederholte Harriet verwirrt.

»Die sind noch da! Mein Dad hat gemerkt, dass meins weg ist, und er wird mir den Arsch versohlen, wenn ich es verloren hab! Komm schon!«

Harriet versuchte, ihre Aufmerksamkeit auf die Fahrräder zu richten, aber sie konnte an nichts anderes denken als an die Handschuhe. »Ich gehe später«, sagte sie schließlich.

»Nein! Jetzt sofort! Ich geh da nicht allein hin!«

»Na, dann warte ein bisschen, und dann ...«

»Nein!«, heulte Hely. »Wir müssen sofort los!«

»Hör mal, ich muss ins Haus gehen und mir die Hände waschen. Leg diesen ganzen Schrott wieder auf das Regal, ja?«

Hely starrte den Wirrwarr auf dem Boden an. »Alles?«

»Erinnerst du dich an ein Paar rote Handschuhe, die ich mal hatte? Sie waren immer in der Wanne da.«

Hely schaute sie furchtsam an, als wäre sie verrückt geworden.

»Gartenhandschuhe. Aus rotem Stoff, mit Gummibündchen.«

»Harriet, es ist mein Ernst. Die Fahrräder haben die ganze Nacht da draußen gelegen. Vielleicht sind sie gar nicht mehr da.«

»Wenn du sie findest, sag Bescheid, okay?«

Sie lief zurück zum Gemüsebeet und warf das Unkraut, das sie herausgezogen hatte, auf einen großen, unordentlichen Haufen. *Nicht so wichtig,* dachte sie, *ich räum's später weg...* Dann hob sie den Karton mit dem Gemüse auf und lief ins Haus.

Ida war nicht in der Küche. Schnell und ohne Seife wusch Harriet sich an der Spüle die Erde von den Händen. Dann ging sie mit ihrem Karton ins Wohnzimmer, wo Ida in ihrem Tweedsessel saß, die Knie gespreizt, den Kopf auf die Hände gestützt.

»Ida?«, sagte Harriet schüchtern.

Steif drehte Ida Rhew den Kopf herum. Ihre Augen waren immer noch rot.

»Ich... ich hab dir was mitgebracht«, stammelte Harriet. Sie stellte den Pappkarton vor Ida auf den Boden.

Dumpf starrte Ida auf das Gemüse hinunter. »Was mach ich jetzt?«, fragte sie kopfschüttelnd. »Wo soll ich denn hin?«

»Du kannst es mit nach Hause nehmen, wenn du willst«, sagte Harriet hilflos. Sie hob die Aubergine auf, um sie Ida zu zeigen.

»Deine Mama sagt, ich arbeite nicht gut. Wie soll ich denn gut arbeiten, wenn sie Zeitungen und Müll bis unter die Decke stapelt?« Ida griff nach der Ecke ihrer Schürze und wischte sich damit über die Augen. »Sie bezahlt mir bloß zwanzig Dollar die Woche. Ist auch nicht richtig. Odean bei Miss Libby drüben kriegt fünfunddreißig, und die muss sich weder mit so 'nem Durcheinander noch mit zwei Kindern rumplagen.«

Harriets Hände baumelten nutzlos herab. Sie sehnte sich danach, Ida zu umarmen, sie auf die Wange zu küssen, ihr auf den Schoß zu fallen und in Tränen auszubrechen, aber irgendetwas in Idas Stimme und der angespannten, unnatürlichen Art, wie sie dasaß, bewirkte, dass sie nicht wagte, näher zu kommen.

»Deine Mama sagt – sie sagt, ihr seid jetzt groß und braucht nicht mehr versorgt zu werden. Ihr geht beide in die Schule. Und nach der Schule könnt ihr selber für euch sorgen.«

Ihre Blicke trafen sich – Idas Augen rot und tränen-feucht, Harriets Augen groß und rund vor Entsetzen – und verharrten einen Moment lang beieinander, einen Moment, den Harriet bis an ihr Lebensende nicht vergessen würde. Ida schaute als Erste weg.

»Und sie hat ja Recht«, sagte sie. »Allison ist auf der High School, und du – du brauchst auch niemanden mehr, der den ganzen Tag im Haus bleibt und auf dich aufpasst. Die meiste Zeit des Jahres bist du sowieso in der Schule.«

»Ich gehe seit sieben Jahre zur Schule!«

»Na, aber das ist es, was sie mir sagt.«

Harriet stürmte die Treppe hinauf zum Zimmer ihrer Mutter und rannte hinein, ohne anzuklopfen. Ihre Mutter saß auf der Bettkante, und Allison kniete davor, drückte das Gesicht in die Tagesdecke und weinte. Als Harriet herein-

Die roten Handschuhe.

kam, hob sie den Kopf und schaute Harriet mit geschwollenen Augen so schmerzerfüllt an, dass es ihr die Sprache verschlug.

»Nicht du auch noch«, sagte ihre Mutter undeutlich, mit
schläfrigem Blick. »Lasst mich in Ruhe, Kinder. Ich möchte
mich einen Augenblick hinlegen...«

»Du darfst Ida nicht rauswerfen.«

»Ich habe Ida auch gern, Kinder, aber sie arbeitet nicht
umsonst, und in letzter Zeit kommt sie mir unzufrieden
vor.« Das waren genau die Worte von Harriets Vater, und sie
sprach langsam und mechanisch, als ob sie eine auswendig
gelernte Rede hersagte.

»Du darfst sie nicht rauswerfen«, wiederholte Harriet
schrill.

»Euer Vater sagt...«

»Na und? Er wohnt nicht hier.«

»Kinder, dann müsst ihr selbst mit ihr reden. Ida ist mit
mir einer Meinung, dass keiner von uns glücklich darüber
ist, wie es in letzter Zeit hier zugeht.«

Eine lange Pause trat ein.

»Warum hast du Ida gesagt, ich hätte sie angeschwärzt?«,
fragte Harriet. »Was hast du zu ihr gesagt?«

»Darüber reden wir später.« Charlotte drehte sich um
und legte sich auf das Bett.

»Nein! *Jetzt!*«

»Mach dir keine Sorgen, Harriet«, Charlotte schloss die
Augen. »Und weine nicht, Allison, bitte nicht, ich kann das
nicht ertragen.« Sie sprach stockend, und ihre Stimme verlor sich. »Es wird sich alles finden. Ich verspreche euch...«

Kreischen, Spucken, Kratzen, Beißen: Nichts davon war
der Wut angemessen, die in Harriet aufloderte. Sie starrte
das entspannte Gesicht ihrer Mutter an. Friedlich hob sich
ihre Brust, friedlich senkte sich ihre Brust. Feuchtigkeit
glitzerte an ihrer Oberlippe, wo der korallenrote Lippenstift verblasst und fedrig in die feinen Fältchen hineinge-
krochen war. Ihre Lider glänzten ölig und sahen wund aus,
und an den inneren Augenwinkeln waren tiefe Mulden wie
von Daumenabdrücken.

Harriet ließ Allison am Bett ihrer Mutter zurück und

ging, mit der Hand auf das Geländer klatschend, nach unten. Ida saß immer noch in ihrem Sessel und starrte aus dem Fenster. Sie hatte die Wange in die Handfläche gestützt, und als Harriet in der Tür stehen blieb und sie betrübt anschaute, schien Ida hell erleuchtet und klar auf unbarmherzige Art und Weise aus ihrer Umgebung hervorzustechen. Nie hatte sie so zuverlässig ausgesehen, so unzerstörbar und robust und so wunderbar massiv. Die Brust unter dem dünnen grauen Bamwollstoff ihres verblichenen Kleides wogte machtvoll, während sie atmete. Harriet wollte zu ihr gehen, aber da wandte Ida den Kopf – noch immer glitzerten die Tränen auf ihren Wangen – und warf ihr einen Blick zu, der sie wie angewurzelt stehen bleiben ließ.

Lange starrten die beiden einander an. Die beiden hatten Anstarrwettkämpfe ausgetragen, seit Harriet klein war – ein Spiel, eine Prüfung der Willenskraft, etwas zum Lachen –, aber diesmal war es kein Spiel. Alles war falsch und schrecklich, und niemand lachte, als Harriet schließlich gezwungen war, beschämt den Blick zu senken. Schweigend, denn es gab sonst nichts mehr zu tun, ließ Harriet den Kopf hängen und ging hinaus, und die geliebten, kummervollen Augen brannten ihr im Rücken.

»Was ist los?«, fragte Hely, als er Harriets dumpf benommenen Gesichtsausdruck sah. Er hatte sie mit Vorwürfen überschütten wollen, weil sie so lange gebraucht hatte, aber als er ihre Miene sah, war er sicher, dass sie beide in großen, großen Schwierigkeiten waren – in den schlimmsten ihres Lebens.

»Mutter will Ida rauschmeißen.«

»Übel«, sagte Hely entgegenkommend.

Harriet schaute zu Boden und versuchte sich zu erinnern, wie ihr Gesicht funktionierte und ihre Stimme klang, wenn alles okay war.

»Lass uns die Räder später holen«, sagte sie und fasste neuen Mut, als sie hörte, wie gelassen ihre Stimme aus ihrem Mund kam.

Die roten Handschuhe.

»Nein! Mein Dad bringt mich um!«

»Sag ihm, du hast es hier gelassen.«

»Ich kann es nicht einfach da draußen liegen lassen. Jemand wird es klauen... Hey, du hast gesagt, du kommst mit«, sagte Hely verzweifelt. »Geh einfach mit mir hin...«

»Okay. Aber vorher musst du mir versprechen...«

»Harriet, *bitte*. Ich hab den ganzen Schrott für dich aufgeräumt.«

»Du musst mir versprechen, dass du heute Abend noch mal mit mir hingehst. Die Kiste holen.«

»Wo willst du sie denn hinbringen?«, fragte Hely verdutzt. »Bei *mir* zu Hause können wir sie nicht verstecken.«

Harriet hielt beide Hände in die Höhe: keine gekreuzten Finger.

»Okay«, sagte Hely und hielt ebenfalls beide Hände hoch. Es war ihre private Zeichensprache, so bindend wie ein laut ausgesprochenes Versprechen. Dann wandte er sich ab und ging mit schnellem Schritt los, durch den Garten und zur Straße, und Harriet folgte ihm.

Sie hielten sich dicht bei den Büschen und duckten sich hinter Bäume, und so waren sie bis auf etwa zehn Meter an das Mormonenhaus herangekommen, als Hely plötzlich Harriets Handgelenk ergriff und den Zeigefinger ausstreckte. Auf dem Mittelstreifen blitzte eine lange, dünne Chromspeiche unter den sperrigen Zweigen des Zimterlenbuschs hervor.

Vorsichtig schlichen sie sich näher. Die Einfahrt war leer. Nebenan, vor dem Haus, das dem Hund Pancho und seinem Frauchen gehörte, parkte ein weißer Wagen der County-Verwaltung, den Harriet als das Auto von Mrs. Dorrier erkannte. Jeden Donnerstagnachmittag um Viertel vor vier rollte Mrs. Dorriers weißes Auto langsam vor Libbys Haus, und dann stieg Mrs. Dorrier in der blauen Uniform des Gesundheitsdienstes aus, um Libbys Blutdruck zu messen. Sie pumpte die Manschette an Libbys vogelknochigem Arm straff auf und zählte die Sekunden an ihrer großen, maskulinen Armbanduhr, während Libby, die durch alles, was auch nur entfernt mit Medizin oder Krankheit oder Ärzten zu tun hatte, in unsagbare Bedrängnis gestürzt wurde, dasaß und zur Decke starrte, die Augen hinter den Brillengläsern mit Tränen gefüllt, die Hand auf die Brust gedrückt, mit bebenden Lippen.

»Los, komm jetzt«, sagte Hely und warf einen Blick über die Schulter.

Harriet deutete mit dem Kopf auf den weißen Wagen. »Die Krankenschwester ist da drüben«, flüsterte sie. »Warte, bis sie weg ist.«

Sie warteten hinter einem Baum. Nach zwei Minuten quengelte Hely: »Was dauert denn da so lange?«

»Keine Ahnung«, sagte Harriet, die sich das auch fragte. Mrs. Dorrier hatte Patienten im ganzen County, und bei Libby war sie immer wie der Blitz drin und wieder draußen und blieb nie auf einen Schwatz oder eine Tasse Kaffee.

»Ich warte hier nicht den ganzen Tag«, flüsterte Hely, aber da ging auf der anderen Seite die Fliegentür auf, und heraus kam Mrs. Dorrie mit ihrer weißen Haube und der blauen Uniform. Ihr folgte die sonnengedörrte Yankee-Frau in schmutzigen Schlappen und einem papageiengrünen Hauskleid, und Pancho hing über ihrem Arm. »Zwei Dollar pro Pille!«, quakte sie. »Ich nehme täglich Medizin für vierzehn Dollar! Ich hab zu dem Jungen unten in der Apotheke gesagt...«

»Medizin ist teuer«, sagte Mrs. Dorrier höflich und wandte sich zum Gehen. Sie war groß und dünn und ungefähr fünfzig Jahre alt; sie hatte eine graue Strähne in ihrem schwarzen Haar und eine sehr korrekte Haltung.

»Ich sag: ›Söhnchen, ich hab Emphysem! Ich hab Gallensteine! Ich hab Arthritis! Ich‹ – was willst du denn, Pancho?«, fragte sie ihren Hund, der sich in ihrem Griff versteift hatte und die Riesenohren waagerecht vom Kopf abspreizte. Obwohl Harriet sich hinter dem Baum versteckt hielt, schien er sie zu sehen und aus seinen Lemurenaugen anzustarren. Er fletschte die Zähne, und dann fing er wie tollwütig an zu kläffen und zu zappeln, um sich zu entwinden.

Die roten Handschuhe.

Die Frau gab ihm mit der flachen Hand einen Klaps auf den Kopf. »Halt die Klappe!«

Mrs. Dorrier lachte unbehaglich, hob ihre Tasche auf und wollte die Treppe hinuntergehen. »Bis nächsten Dienstag dann.«

»Er ist ganz aus'm Häuschen«, rief die Frau, die immer noch mit Pancho rang. »Gestern Abend hatten wir hier einen Spanner. Und nebenan ist die Polizei gekommen.«

»Was für ein Tag!« Mrs. Dorrier blieb an ihrem Wagen stehen. »Das ist nicht Ihr Ernst!«

Pancho kläffte immer noch wie wild. Während Mrs. Dorrier einstieg und langsam davonrollte, gab die Frau, die inzwischen auf dem Gehweg stand, ihm noch einen Klaps, und dann trug sie ihn ins Haus und schlug die Tür hinter sich zu.

Hely und Harriet ließen atemlos noch ein paar Augenblicke verstreichen, und als sie sich vergewissert hatten, dass kein Auto kam, rannten sie über die Straße zum grasbewachsenen Mittelstreifen und ließen sich bei den Fahrrädern auf die Knie fallen.

Harriet deutete mit dem Kopf auf die Zufahrt des Holzhauses. »Da ist niemand zu Hause.« Der Stein in ihrer Brust war ein wenig leichter geworden, und sie fühlte sich jetzt unbeschwerter, kühl und flink.

Grunzend riss Hely sein Rad aus dem Busch.

»Ich muss die Schlange da unten rausholen.«

Bei ihrem schroffen Ton bekam er plötzlich Mitleid mit ihr, ohne zu verstehen, warum. Er richtete sein Fahrad auf. Harriet saß auf ihrem eigenen und funkelte ihn an.

»Wir kommen noch mal her«, versprach er und wich ihrem Blick aus. Er sprang auf sein Rad, und sie stießen sich ab und glitten zusammen die Straße hinunter.

Harriet überholte ihn aggressiv und schnitt ihm an der Ecke den Weg ab. Sie benahm sich, als hätte sie soeben Mordsprügel bezogen, fand er, als er ihr nachschaute, wie sie tief über den Lenker geduckt wütend in die Pedale trat, wie Dennis Peet oder Tommy Scoggs, niederträchtige Kids, die kleinere Kinder verprügelten und von größeren verprügelt wurden. Vielleicht lag es daran, dass sie ein

Mädchen war, aber wenn Harriet diese wüste Draufgänger-
laune hatte, versetzte ihn das in Erregung. Der Gedanke
an die Kobra erregte ihn auch; ihm war zwar nicht wohl bei
der Aussicht darauf – noch nicht, jedenfalls –, Harriet zu
erklären, dass er ein halbes Dutzend Klapperschlangen
in der Wohnung freigelassen hatte, aber plötzlich begriff
er, dass das Holzhaus leer war und es vielleicht eine ganze
Weile bleiben würde.

»Was glaubst du, wie oft sie frisst?«, fragte Harriet. Sie war
hinten über die Karre gebeugt und schob, während Hely
vorne zog, nicht sehr schnell, denn es war fast so dunkel,
dass man nichts mehr sehen konnte. »Vielleicht sollten wir
ihr einen Frosch geben.«

Hely wuchtete die Karre vom Randstein auf die Straße.
Ein Strandlaken, das er von zu Hause mitgebracht hatte,
war über die Kiste drapiert. »Ich füttere dieses Ding mit
keinem Frosch«, erklärte er.

Seine Vermutung war richtig gewesen: Das Mormonenhaus war leer. Es war nur eine Ahnung gewesen, weiter
nichts, aber sie basierte auf der Überzeugung, dass er persönlich die Nacht lieber eingesperrt in einem Kofferraum
verbringen würde als in einem Haus, in dem Klapperschlangen frei herumkrochen. Er hatte Harriet immer noch
nicht erzählt, was er getan hatte, aber er hatte hinreichend
über seine Tat gegrübelt, um seine Unschuld rechtfertigen
zu können. Er ahnte nicht, dass die Mormonen in diesem
Augenblick in einem Zimmer im Holiday Inn saßen und
mit einem Immobilienrechtsanwalt in Salt Lake darüber
sprachen, ob die Anwesenheit giftigen Ungeziefers in einer
Mietwohnung einen Bruch des Mietvertrags darstellte.

Hely hoffte, dass niemand vorbeifahren und sie sehen
würde. Er und Harriet waren vorgeblich im Kino; sein Vater
hatte ihnen das Geld dafür gegeben. Harriet hatte den ganzen Nachmittag bei Hely zu Hause zugebracht, was eigentlich nicht ihre Art war (normalerweise hatte sie irgendwann genug von ihm und ging früh nach Hause, auch wenn
er sie anflehte, noch zu bleiben). Sie hatten stundenlang im

Die roten Handschuhe.

Schneidersitz in Helys Zimmer auf dem Boden gesessen und Flohhüpfen gespielt, und dabei hatten sie sich leise über die gestohlene Kobra unterhalten und überlegt, was sie damit anfangen sollten. Die Kiste war zu groß, um sie bei Harriet oder bei ihm auf dem Grundstück zu verstecken. Schließlich hatten sie sich für eine nie fertig gestellte Straßenüberführung westlich der Stadt entschieden, die sich außerhalb der Stadtgrenze über ein besonders trostloses Stück der County Line Road spannte.

Die Dynamitkiste unter dem Haus hervorzuziehen und sie auf Helys rote Kinderkarre zu laden war einfacher gewesen als erwartet. Sie hatten keine Menschenseele zu Gesicht bekommen. Der Abend war diesig und schwül, und in der stillen Ferne grollte Donner. Die Leute hatten die Polster von ihren Gartenmöbeln genommen, die Rasensprenger abgedreht und ihre Katzen ins Haus geholt.

Sie rumpelten den Gehweg hinunter. Es waren nur zwei Blocks auf offenen Gehwegen die High Street hinauf bis zum Eisenbahndepot, und je weiter nach Osten sie kamen – zum Güterbahnhof und zum Fluss –, desto weniger Lichter sahen sie. Hohes Unkraut raschelte in vernachlässigten Vorgärten, und darin standen Tafeln mit der Aufschrift ZU VERKAUFEN oder BETRETEN VERBOTEN.

Pro Tag hielten nur zwei Personenzüge im Bahnhof von Alexandria. Morgens um 7 Uhr 14 hielt der »City of New Orleans« auf dem Heimweg von Chicago, abends um 20 Uhr 47 kam er zurück, und in der übrigen Zeit lag der Bahnhof verlassen da. Das wacklige kleine Fahrkartenhäuschen mit seinem spitzen Teerdach und der abblätternden Farbe war dunkel; erst in einer Stunde würde der Kartenverkäufer kommen und es öffnen. Dahinter verband ein Gewirr von unbenutzten Schotterstraßen den Rangierbahnhof mit dem Güterbahnhof und den Güterbahnhof mit der Baumwollkämmerei und dem Sägewerk und dem Fluss.

Hely und Harriet machten Halt, um die Karre vom Gehweg auf den Schotter hinunterzubugsieren. Hunde bellten, große Hunde, aber weit weg. Südlich des Depots sah man die Lichter des Holzplatzes und weiter hinten die freundlichen Straßenlaternen ihrer eigenen Wohngegend. Sie wandten diesem letzten Schimmer der Zivilisation den Rücken zu und machten sich entschlossen auf den Weg in die entgegengesetzte Richtung – in die äußere Dunkelheit, in die weiten, flachen, unbewohnten Einöden, die sich nach Norden erstreckten, vorbei am ausgestorbenen Güterbahnhof mit seinen offenen Güterwagen und leeren Baumwollwaggons, auf einen schmalen Kiesweg zu, der im schwarzen Kiefernwald verschwand.

Hely und Harriet hatten schon an dieser verlassenen Straße gespielt, die zu dem stillgelegten Baumwollschuppen führte, allerdings nicht oft. Der Wald war still und Furcht erregend, und selbst am helllichten Tag war es auf dem Weg, der vom Dickicht zu einem schmalen Pfad zusammengepresst war, immer düster unter dem von Ranken erstickten Laubdach der Götterbäume, verkrüppelten Amberbäume und Kiefern. Die Luft war feucht und ungesund und sirrte von Moskitos, und nur selten unterbrach etwas die Stille: das unvermittelte Rascheln eines Kaninchens im Gestrüpp oder das raue Krächzen eines unsichtbaren Vogels. Vor ein paar Jahren hatte hier ein entflohener Trupp Kettensträflinge Zuflucht gefunden. Noch nie waren sie in diesem Ödland einer Menschenseele begegnet – nur einmal einem winzigen schwarzen Jungen in roter Unterhose, der in die Knie gegangen war und mit der Rückhand einen Stein nach ihnen geschleudert hatte, ehe er quiekend im Unterholz verschwunden war. Es war ein einsamer Fleck, und weder Harriet noch Hely spielte gern hier, auch wenn sie es beide nie zugegeben hätten.

Die Karrenräder knirschten laut auf dem Kies. Wolken von Mücken, die sich von den Dünsten des Insektensprays, mit dem sie sich beide von Kopf bis Fuß eingesprüht hatten, nicht beeindrucken ließen, umtanzten sie auf der dumpfigen, luftlosen Lichtung. Im Dämmerschatten konnten sie gerade noch sehen, was vor ihnen war. Hely hatte zwar eine Taschenlampe mitgebracht, aber jetzt, da sie hier waren, kam ihnen die Idee, überall herumzuleuchten, nicht mehr so gut vor.

Je weiter sie gingen, desto schmaler wurde der Pfad. Er

Die roten Handschuhe.

erstickte unter dem Gestrüpp, das von beiden Seiten wie Mauern herandrängte, und sie kamen mit ihrer Karre nur sehr langsam voran und mussten manchmal anhalten, um im dichten blauen Zwielicht Äste und Zweige vor ihren Gesichtern beiseite zu schieben. »Puh!«, sagte Hely vorn, und als sie weiterrollten, wurde das Summen der Fliegen lauter, und ein feuchter, fauliger Geruch schlug Harriet ins Gesicht.

»Igitt!«, hörte sie Hely sagen.

»Was denn?« Es war jetzt so dunkel, dass sie kaum mehr als die breiten weißen Streifen auf dem Rücken von Helys Rugbyhemd sehen konnte. Der Kies knirschte, als Hely den Wagen vorn anhob und scharf nach links wuchtete.

»Was *ist* das?« Der Gestank war unglaublich.

»Ein Opossum.«

Ein dunkler Klumpen, wimmelnd von Fliegen, lag formlos zusammengekrümmt auf den Pfad. Harriet wandte sich ab, als sie sich daran vorbeischoben.

Sie plagten sich weiter, bis das metallische Summen der Fliegen verklungen war und auch der Gestank hinter ihnen lag, erst dann blieben sie stehen, um sich kurz auszuruhen. Harriet knipste die Taschenlampe an und hob mit Daumen und Zeigefinger eine Ecke des Strandlakens hoch. Im Lichtstrahl glitzerten die kleinen Augen der Kobra sie bösartig an, als sie das Maul öffnete, um sie anzuzischen. Der offene Spalt sah aus wie ein schreckliches Lächeln.

»Wie geht's ihr?«, fragte Hely in schroffem Ton und stützte die Hände auf die Knie.

»Gut«, sagte Harriet – und machte einen Satz rückwärts (sodass der Lichtkreis irr durch die Baumwipfel geisterte), als die Schlange gegen das Gitter zuckte.

»Was war das?«

»Nichts weiter«, sagte Harriet. Sie schaltete die Taschenlampe aus. »Es macht ihr anscheinend gar nicht viel aus, in der Kiste zu sein.« Ihre Stimme klang sehr laut durch die Stille. »Wahrscheinlich war sie ihr ganzes Leben lang drin. Man kann sie ja auch schlecht rauslassen, damit sie ein bisschen rumkriechen kann, nicht wahr?«

Sie schwiegen ein paar Augenblicke und setzten sich dann widerstrebend in Bewegung.

»Ich schätze, die Hitze macht ihr auch nichts«, sagte Harriet. »Sie ist aus Indien. Da ist es heißer als hier.«

Hely achtete sorgfältig darauf, wo er hintrat, jedenfalls so sorgfältig, wie das im Dunkeln möglich war. In den Schwarzkiefern zu beiden Seiten schrillte der Chorgesang der Baumfrösche hin und her, und ihr Lied pulsierte stereophonisch zwischen dem linken und dem rechten Ohr, dass einem schwindlig wurde.

Der Pfad mündete in eine Lichtung, wo der Baumwollschuppen stand, knochengrau im Mondlicht. Die Nischen an der Laderampe, wo sie so viele Nachmittage gesessen, mit den Beinen gebaumelt und sich unterhalten hatten, wirkten fremdartig im tiefen Schatten, aber die runden Schlammflecken auf den mondlichtüberfluteten Türen, die sie mit den Tennisbällen gemacht hatten, waren deutlich zu sehen.

Zusammen bugsierten sie die Karre durch einen Graben. Das Schlimmste hatten sie jetzt hinter sich. Mit dem Fahrrad brauchte man von Helys Haus bis zur Country Line Road eine Dreiviertelstunde, aber der Weg hinter dem Lagerschuppen war eine Abkürzung. Gleich dahinter lagen die Bahngleise, und dann – vielleicht eine Minute später – stieß der Pfad wie durch Zauberei auf die County Line Road, gleich hinter dem Highway 5.

Hinter dem Schuppen konnten sie die Gleise erkennen. Telegrafenmasten, von dichtem Geißblatt umwuchert, ragten schwarz vor einem gespenstisch violetten Himmel empor. Hely drehte sich um und sah im Mondlicht, dass Harriet nervös in dem Riedgras umherspähte, das hier kniehoch wuchs.

»Was ist los?«, fragte Hely. »Was verloren?«

»Mich hat was gestochen.«

Hely wischte sich mit dem Unterarm über die verschwitzte Stirn. »Der Zug kommt erst in einer Stunde«, sagte er.

Zusammen rackerten sie sich ab, um die Karre auf die Gleise zu heben. Bis zum Personenzug nach Chicago hatten

Die roten Handschuhe.

sie tatsächlich noch eine Weile Zeit, aber sie wussten beide, dass manchmal unverhofft Güterzüge durchkamen. Lokale Güterzüge, die am Depot hielten, krochen so langsam vorbei, dass man sie praktisch zu Fuß überholen konnte, aber die Expressgüterzüge nach New Orleans rasten mit Gebrüll so schnell vorüber, dass Hely, wenn er mit seiner Mutter an der Schranke am Highway 5 wartete, kaum die Aufschriften auf den Waggons lesen konnte.

Jetzt, da sie das Dickicht hinter sich gelassen hatten, kamen sie schneller voran. Die Karre rumpelte explosionsartig über die Schwellen. Hely taten die Zähne weh. Sie machten eine Menge Krach, und obwohl niemand da war, der sie hätte hören können, hatte er Angst, dass sie bei dem Gepolter und den Fröschen einen herankommenden Güterzug erst wahrnehmen würden, wenn er über sie hinwegrollte. Beim Laufen hielt er den Blick auf das Gleis gerichtet, und er fragte sich eben, ob es nicht eine gute Idee wäre, langsamer zu laufen und doch die Taschenlampe anzuknipsen, als Harriet einen mächtigen Seufzer tat. Er blickte auf und atmete selbst erleichtert durch, als er in der Ferne rotes Neonlicht flackern sah.

Am Rande des Highways kauerten sie sich in stachligem Unkraut neben der Karre nieder und spähten hinaus zum Bahnübergang mit der Tafel, auf der stand: STOPPEN, SCHAUEN, LAUSCHEN. Ein leichter Wind wehte ihnen ins Gesicht, frisch und kühl wie Regen. Wenn sie den Highway hinunter nach links schauten – nach Süden, nach Hause –, konnten sie in der Ferne gerade noch das Texaco-Schild sehen und das rosa-grüne Neon von Jumbo's Drive-in. Hier dagegen war der Abstand zwischen den Lichtern größer: keine Geschäfte, keine Verkehrsampeln, keine Parkplätze, nur Felder voller Unkraut und Wellblechschuppen.

Ein Auto rauschte vorbei und ließ sie zusammenschrecken. Mit einem Blick in beide Richtungen vergewisserten sie sich, dass nicht noch eins kam, und dann überquerten sie hastig die Gleise und den stillen Highway. Die Karre holperte im Dunkeln hinter ihnen her, quer über eine Kuhweide zur County Line Road. Die Gegend so weit hier draußen hinter dem Country Club war trostlos: eingezäuntes Weideland im Wechsel mit endlosen, staubigen Flächen, von Bulldozern platt geschürft.

Ein durchdringender Mistgestank wehte Hely ins Gesicht. Gleich darauf spürte er etwas eklig Glitschiges unter seinem Turnschuh. Er blieb stehen.

»Was ist?«

»Warte«, sagte er kläglich und schleifte seinen Schuh durch das Gras. Hier draußen brannten zwar keine Lichter mehr, aber der Mond schien so hell, dass sie genau sehen konnten, wo sie waren. Neben der County Line Road verlief ein isolierter Teerstreifen, der nach ungefähr zwanzig Metern abbrach – eine Parallelstraße, deren Bau eingestellt worden war, als die Highway Commission beschlossen hatte, die Interstate auf der anderen Seite des Houma verlaufen zu lassen, an Alexandria vorbei. Gras spross aus dem buckligen Asphalt, und vor ihnen spannte sich der fahle Bogen der aufgegebenen Überführung über die County Line Road.

Sie hatten daran gedacht, die Schlange im Wald zu verstecken, aber ihr Erlebnis in Oak Lawn Estates war ihnen noch lebhaft in Erinnerung, und sie scheuten vor dem Gedanken zurück, nach Einbruch der Dunkelheit durch dichtes Unterholz zu trampeln, während sie sich mit einer fünfzig Pfund schweren Kiste abschleppten. Sie hatten auch erwogen, sie in oder bei einem der Lagerschuppen zu verstecken, aber selbst die stillgelegten, deren Fenster mit Sperrholzplatten vernagelt waren, waren durch Tafeln als »Privatbesitz« ausgewiesen.

Die Betonbrücke war dagegen ungefährlich. Von der Natchez Street aus war sie über die Abkürzung leicht zu erreichen; sie überquerte für jedermann sichtbar die County Line Road, aber es führte kein Verkehr hinüber, und sie war weit genug von der Stadt entfernt, sodass Bauarbeiter, neugierige alte Leute oder andere Kinder keine Gefahr darstellten.

Die Überführung war nicht stabil genug, um Autos zu tragen – und selbst wenn sie es gewesen wäre, hätte man höchstens mit einem Jeep hinaufkommen können –, aber

Die roten Handschuhe.

die rote Karre ließ sich mühelos die Rampe hinaufrollen, wenn Harriet von hinten schob. Zu beiden Seiten erhob sich eine Betonmauer, einen Meter hoch, hinter die man sich leicht ducken konnte, wenn unten auf der Straße ein Auto vorbeikäme, aber als Harriet sich aufrichtete, um Ausschau zu halten, lag die Straße in beiden Richtungen im Dunkeln. Weites Flachland erstreckte sich in der Finsternis, und weiße Lichter funkelten, wo die Stadt lag.

Als sie auf dem höchsten Punkt angekommen waren, wehte ein stärkerer Wind: frisch, gefährlich, belebend. Straßenoberfläche und Begrenzungsmauer waren von aschfarbenem Staub überpudert. Hely wischte sich die kalkig weißen Hände an den Shorts ab, knipste die Taschenlampe an und ließ den Lichtstrahl umherhüpfen: über einen verkrusteten Blechtrog mit zerknülltem Abfallpapier, einen schief abgesägten Hohlblockstein, einen Stapel Zementsäcke und eine Glasflasche, in der noch ein Fingerbreit klebriger Orangensprudel war. Harriet klammerte sich an die Mauerkante und beugte sich über die dunkle Straße hinaus, als stehe sie an der Reling eines Ozeandampfers. Das Haar wehte ihr aus dem Gesicht, und sie sah weniger elend als am Nachmittag aus.

In der Ferne hörten sie das lang gezogene, gespenstische Pfeifen eines Zuges. »Du liebe Güte«, sagte Harriet, »es ist doch noch nicht acht, oder?«

Hely hatte weiche Knie. »Nein«, sagte er. Irgendwo in der singenden Dunkelheit hörte er auf den Gleisen das halsbrecherische Rattern der Güterwaggons, die auf die Bahnüberquerung am Highway 5 zurasten, lauter und lauter und lauter …

Die Zugsirene heulte, näher jetzt, und der Güterzug raste mit lautem Tosen vorbei, und sie standen da und schauten zu, wie er über die Gleise dahinrauschte, wo sie keine Viertelstunde zuvor ihre Karre geschoben hatten. Das Echo der warnenden Glocke vibrierte streng in der Ferne. Über dem Fluss, in den fetten Wolken im Osten zuckte lautlos ein Blitz, eine quecksilberblaue Ader.

»Wir sollten öfters hierherkommen«, sagte Harriet. Sie schaute nicht zum Himmel, sondern auf den klebrig schwarzen Strom aus Asphalt, der durch den Tunnel unter ihren Füßen floss, und obwohl Hely hinter ihr stand, war es fast, als rechne sie gar nicht damit, dass er sie hörte – als beuge sie sich über den Überlauf eines Staudamms, wo Gischtschleier ihr ins Gesicht wehten, und als sei sie taub für alles außer dem Rauschen des Wassers.

Die Schlange schlug in ihrer Kiste hin und her, und sie erschraken beide.

»Okay«, sagte Harriet in einem albern zärtlichen Ton, »sei gaaanz ruhig...«

Zusammen stemmten sie die Kiste aus der Karre und zwängten sie zwischen die Mauer und die Zementsäcke. Harriet kniete sich zwischen den herumliegenden zerdrückten Pappbechern und Zigarettenkippen der Bauarbeiter auf den Boden und versuchte, einen leeren Zementsack unter dem Stapel hervorzuziehen.

»Wir müssen uns beeilen«, sagte Hely. Die Hitze lastete auf ihm wie eine kratzige, feuchte Wolldecke, und seine Nase juckte vom Zementstaub, vom Heu auf den Feldern und von der statisch aufgeladenen Luft.

Harriet riss an dem leeren Sack, der zuerst klemmte und dann in der Nachtluft hin- und herpeitschte wie das gespenstische Banner einer Mondexpedition. Rasch drückte sie ihn herunter und duckte sich hinter die Betonwand. Hely ließ sich neben ihr auf die Knie fallen. Sie steckten die Köpfe zusammen und breiteten den Sack über die Kiste, und dann beschwerten sie die Ecken mit Zementbrocken, damit der Sack nicht fortwehen konnte.

Hely hatte sich noch nie so weit entfernt von der bekannten Welt gefühlt. Gestrandet auf einem Wüstenplaneten, hinten am Horizont die spärlichen Lichter einer außerirdischen Siedlung: feindselig wahrscheinlich, im Widerstand gegen die Föderation.

»Hier ist sie gut aufgehoben«, sagte Harriet und stand auf.

»Hier kann sie bleiben«, sagte Hely mit seiner tiefen Space-Commander-Stimme.

»Schlangen brauchen nicht jeden Tag zu fressen. Ich hoffe bloß, sie hat ordentlich was zu trinken bekommen, bevor wir sie geholt haben.«

Die roten Handschuhe.

Ein Blitz zuckte über den Himmel, grell diesmal und mit scharfem Knattern. Fast gleichzeitig grollte der Donner.

»Lass uns die lange Strecke zurückgehen.« Hely strich sich das Haar aus den Augen. »Über die Straße.«

»Warum? Bis der Zug aus Chicago kommt, dauert's noch ein Weilchen«, fügte sie hinzu, als er nicht antwortete.

Hely erschrak über ihren eindringlichen Blick. »Der kommt in einer halben Stunde.«

»Das schaffen wir.«

»Mach, was du willst.« Hely war froh, dass seine Stimme sich abgebrühter anhörte, als er sich fühlte. »Ich nehme die Straße.«

Schweigen. »Was willst du dann mit der Karre machen?«, fragte sie schließlich.

Hely überlegte kurz. »Hier lassen, denke ich.«

»Hier draußen?«

»Na und?«, sagte Hely. »Ich spiel nicht mehr damit.«

»Aber jemand könnte sie finden.«

»Hier kommt niemand her.«

Sie rannten die Betonrampe hinunter – es machte Spaß, den Wind in den Haaren zu fühlen –, und der Schwung trug sie halb über die dunkle Weide, ehe ihnen die Luft ausging und sie langsamer trabten.

»Es gibt Regen«, sagte Harriet.

»Na und?« Hely fühlte sich unbesiegbar: der leitende Offizier, der Eroberer des Planeten. »Hey, Harriet«, sagte er und deutete auf ein schickes angestrahltes Schild, das sanft leuchtend in einer Mondlandschaft aus planiertem Lehm stand. Darauf stand:

Heritage Groves
Heim der Zukunft

»Die Zukunft muss ganz schön beschissen sein, was?«, sagte Hely.

Sie hasteten am Randstreifen des Highway 5 entlang (Hely stets im Bewusstsein der Gefahr: Konnte sein, dass seine Mom Eiscreme haben wollte und seinen Dad gebeten hatte, zu Jumbo's zu fahren, bevor sie zumachten) und nutzten die Deckung von Laternenpfählen und Mülltonnen. In die erste dunkle Nebenstraße, die sich bot, bogen sie ein und liefen dann zum Pix Cinema am Town Square.

»Der Hauptfilm ist halb vorbei«, sagte das Mädchen mit dem glänzenden Gesicht, das die Karten verkaufte, und schaute sie über den Rand ihres Taschenspiegels hinweg an.

»Das macht nichts.« Hely schob seine zwei Dollar unter der Scheibe durch und trat zurück, mit nervös hin und her schwingenden Armen und zittrigen Beinen. Die zweite Hälfte eines Films über einen sprechenden Volkswagen über sich ergehen zu lassen, das war das Letzte, wozu er jetzt Lust hatte. Gerade, als das Mädchen den Taschenspiegel zuklappte und nach dem Schlüsselbund griff, um herauszukommen und sie einzulassen, ertönte in der Ferne eine Dampfsirene: Der 20:47 nach New Orleans näherte sich dem Bahnhof Alexandria.

Hely boxte Harriet auf die Schulter. »Wir sollten da mal irgendwann aufspringen und nach New Orleans fahren. Irgendwann abends.«

Harriet wandte ihm den Rücken zu und schaute mit verschränkten Armen auf die Straße. Donner grollte in der Ferne. Die Markise des Haushaltswarengeschäfts gegenüber flatterte im Wind, und Papierfetzen wirbelten kreiselnd den Gehweg entlang.

Hely schaute zum Himmel und streckte die flache Hand aus. Gerade, als das Mädchen klickend den Schlüssel im Schloss der Glastür drehte, klatschte ihm ein Regentropfen auf die Stirn.

»Gum, kannst du den TransAm fahren?«, fragte Danny. Er war high, himmelhoch high, und seine Großmutter sah aus wie ein stachliger alter Kaktus in ihrem rot geblümten Hauskleid. *Blumig,* dachte er und starrte sie von seinem Stuhl aus an, *eine rote Papierblume.*

Und Gum stand in der Tat steif wie ein Kaktus da und vegetierte einen Moment lang vor sich hin, ehe sie nach Luft schnappte und mit ihrer stachligen Stimme antwor-

Die roten Handschuhe.

tete: »Fahren ist kein Problem. Ist bloß sehr tief über dem Boden für mich. Diese Arthuritis.«

»Na, ich kann nicht…« Danny musste abbrechen und noch einmal nachdenken und wieder anfangen. »Ich kann dich zum Geschworenendienst fahren, wenn du willst, aber das ändert nichts daran, dass der Wagen tief über dem Boden liegt.« Alles hatte die falsche Höhe für seine Großmutter. Wenn der Pick-up fuhr, meckerte sie, dass ihr die Kabine zu hoch sei.

»Oh«, sagte Gum friedlich, »ich hab nichts dagegen, wenn du mich fährst, Junge. Kannst ruhig mal was anfangen mit deiner teuren Truckerausbildung.«

Die leichte kleine braune Klaue ihrer Hand lag auf Dannys Arm, und langsam, langsam humpelte sie hinaus zum Wagen. Sie überquerten den gestampften Lehmplatz, wo Farish in seinem Liegestuhl saß und ein Telefon auseinander nahm, und Danny dachte plötzlich (in einem eindringlichen Flash, wie ihm so etwas manchmal einfiel), dass alle seine Brüder genau wie er selbst tief in die Natur der Dinge hineinblicken konnten. Curtis sah das Gute in den Menschen; Eugene sah Gottes Gegenwart in der Welt, sah, wie jedes Ding seine eigene Aufgabe und seinen eigenen, wohl geordneten Platz in der Welt hatte. Und er, Danny, sah den Leuten ins Herz, sah, was sie dazu brachte, zu tun, was sie taten, und manchmal – die Drogen ließen es ihn glauben – manchmal konnte er sogar ein kleines Stück weit in die Zukunft sehen. Aber Farish – jedenfalls bis zu seinem Unfall – Farish hatte tiefer in die Dinge hineinschauen können als jeder andere. Farish verstand, was Macht war, er sah verborgene Möglichkeiten; er begriff, wie Dinge funktionierten, egal, ob es sich um Maschinen handelte oder um die Tiere draußen in der Taxidermiewerkstatt. Aber wenn er sich heutzutage für etwas interessierte, musste er es aufschneiden und auf dem Boden verstreuen, um sich zu vergewissern, dass darin nichts Besonderes verborgen war.

Gum mochte kein Radio, also fuhren sie schweigend in die Stadt. Jedes einzelne, simultan surrende Stück Metall im bronzenen Leib des Wagens war Danny bewusst.

»Tja«, sagte sie friedfertig, »ich hab von Anfang an befürchtet, dass aus dem Truckerjob nichts werden würde.«
Danny antwortete nicht. Die Truckerzeiten, damals vor
seiner zweiten Verhaftung, waren die glücklichsten seines Lebens gewesen. Er war viel herumgekommen, hatte
abends Gitarre gespielt, in der unbestimmten Hoffnung,
eine Band zu gründen, weil das Lastwagenfahren ihm
im Vergleich mit dem Leben, das er sich ausgemalt hatte,
ziemlich langweilig und gewöhnlich vorkam. Aber wenn er
heute zurückschaute – es war nur ein paar Jahre her, aber
es kam ihm vor wie ein ganzes Leben –, dann waren es die
Tage im Truck und nicht die Nächte in den Bars, woran er
sich sehnsuchtsvoll erinnerte.

Gum seufzte. »Ist wahrscheinlich gut so«, sagte sie mit
ihrer dünnen, schmächtigen alten Stimme. »Du hättest
sonst bis an dein Lebensende diesen alten Laster gefahren.«

Besser, als hier zu Hause festzusitzen, dachte Danny.
Seine Großmutter hatte ihm immer das Gefühl gegeben,
dumm zu sein, weil ihm der Job gefiel. »Danny erwartet
nicht viel vom Leben«, hatte sie überall erzählt, nachdem
die Spedition ihn eingestellt hatte. »Es ist gut, wenn du
nicht viel erwartest, Danny, denn dann wirst du auch nicht
enttäuscht.« Das war die wichtigste Lektion im Leben,
die sie ihren Enkeln eingetrichtert hatte: nicht zu viel von
der Welt zu erwarten. Die Welt war ein mieser Ort, und ein
Hund fraß den andern (auch einer ihrer Lieblingssprüche).
Wenn einer ihrer Jungs zu viel erwartete oder sich über
seinen Stand erhob, dann würden seine Hoffnungen zerschlagen und zertreten werden. Aber in Dannys Augen war
das keine besonders großartige Lektion.

»Was ich zu Ricky Lee gesagt hab.« Krusten und Ge-
schwüre und atrophierte schwarze Venen auf den Händen,
die sie selbstzufrieden im Schoß gefaltet hatte. »Als er das
Basketball-Stipendium für Delta State bekommen hatte.
Er hätte neben dem Studium und dem Basketballtraining
abends noch arbeiten müssen, um die Bücher zu bezahlen.
Ich hab zu ihm gesagt: ›Es geht mir gegen den Strich, wenn
ich denke, dass du so viel schwerer arbeiten musst als alle

Die roten Handschuhe.

andern, Ricky. Bloß damit ein Haufen reicher Kids, die mehr haben als du, rumstehen und sich über dich lustig machen können.‹«

»Ja«, sagte Danny, als ihm klar wurde, dass seine Großmutter eine Reaktion von ihm erwartete. Ricky Lee hatte das Stipendium nicht angenommen. Gum und Farish hatten es fertig gebracht, sich gemeinsam so sehr über ihn lustig zu machen, dass er es schließlich abgelehnt hatte. Und wo war Ricky jetzt? Im Gefängnis.

»Das alles. College und Nachtschicht, bloß um Ball zu spielen.«

Danny schwor sich, dass Gum morgen allein zum Gericht fahren würde.

Als Harriet an diesem Morgen aufwachte, schaute sie eine Weile zur Decke, ehe ihr einfiel, wo sie war. Sie setzte sich auf – sie hatte schon wieder in ihren Kleidern geschlafen, und ihre Füße waren schmutzig – und ging nach unten.

Ida Rhew war im Garten und hängte Wäsche auf. Harriet blieb stehen und schaute ihr zu. Sie dachte daran, unaufgefordert ein Bad zu nehmen, um Ida eine Freude zu machen, und beschloss dann, es nicht zu tun: Wenn sie ungewaschen und in den schmutzigen Kleidern von gestern erschien, würde Ida wenigstens sehen, wie lebensnotwendig es war, dass sie blieb. Summend, den Mund voller Wäscheklammern, bückte Ida sich über ihren Korb. Sie wirkte nicht bekümmert oder besorgt, nur gedankenverloren.

»Bist du entlassen?«, fragte Harriet und beobachtete sie aufmerksam.

Ida schrak zusammen; dann nahm sie die Wäscheklammern aus dem Mund. »Ja, guten Morgen, Harriet!«, sagte sie mit einer herzlichen, unpersönlichen Fröhlichkeit, bei der Harriet das Herz in die Hose sank. »Wie dreckig du bist! Geh rein und wasch dich.«

»Bist du entlassen?«

»Nein, ich bin nicht entlassen. Ich hab mich entschieden«, sagte Ida. »Ich hab beschlossen, runter nach Hattiesburg zu meiner Tochter zu ziehen.«

Spatzen zwitscherten über ihnen. Ida schlug mit lautem Klatschen einen nassen Kissenbezug aus und hängte ihn an die Leine. »Das hab ich beschlossen«, sagte sie. »Es ist Zeit.«

Harriet hatte einen trockenen Mund. »Wie weit ist Hattiesburg?«, fragte sie, obwohl sie wusste, dass es an der Golfküste lag, Hunderte von Meilen weit weg.

»Ganz da unten. Da unten, wo sie diese alten, langnadeligen Kiefern haben! Du brauchst mich nicht mehr«, sagte Ida so beiläufig, als wolle sie sagen, Harriet brauche keinen Nachtisch oder keine Coca-Cola mehr. »Als ich geheiratet hab, war ich bloß 'n paar Jährchen älter als du. Und kriegte 'n Baby.«

Harriet war schockiert und gekränkt. Sie konnte Babys nicht ausstehen – und das wusste Ida genau.

»*Yes, Ma'am.*« Abwesend hängte Ida ein Hemd an die Leine. »Alles ändert sich. Ich war erst fünfzehn, als ich Charley T. geheiratet hab. Bald bist du auch verheiratet.«

Es hatte keinen Sinn, mit ihr zu diskutieren. »Geht Charley T. mit?«

»'türlich geht er mit.«

»Freiwillig?«

»Ich nehm's an.«

»Und was macht ihr da unten?«

»Wer – ich oder Charley?«

»Du.«

»Weiß nicht. Bei irgendwem arbeiten, schätz ich. Auf andere Kinder aufpassen oder auf Babys.«

Was für eine Vorstellung, dass Ida – Ida! – sie wegen irgendeines sabbernden Babys im Stich ließ!

»Wann fährst du?«, fragte sie Ida kalt.

»Nächste Woche.«

Es gab nichts weiter zu sagen. Idas Haltung ließ keinen Zweifel daran, dass sie an einer längeren Unterredung nicht interessiert war. Harriet blieb noch einen Augenblick stehen und sah ihr zu – wie sie sich über den Korb beugte, ein Wäschestück aufhängte, sich wieder über den Korb beugte –, und dann ging sie weg, durch den Garten, im leeren, unwirklichen Sonnenschein. Als sie ins Haus kam,

Die roten Handschuhe.

trippelte ihre Mutter zögerlich in ihrem Feen-Nachthemd in die Küche und wollte ihr einen Kuss geben, aber Harriet wand sich los und stapfte zur Hintertür hinaus.

»Harriet! Was ist denn, Schatz?«, rief ihre Mutter ihr kläglich durch die Tür nach. »Ich glaube, du bist wütend auf mich… Harriet?«

Ida schaute Harriet abschätzend an, als sie vorbeistürmte. Sie nahm die Wäscheklammern aus dem Mund. »Gib deiner Mama Antwort«, sagte sie in einem Ton, der Harriet für gewöhnlich erstarren ließ.

»Ich brauche nicht mehr auf dich zu hören«, sagte Harriet und ging weiter.

»Wenn deine Mutter Ida gehen lassen will«, sagte Edie, »dann kann ich mich da nicht einmischen.«

Harriet bemühte sich erfolglos, Edies Blick auf sich zu ziehen. »Warum nicht?«, fragte sie schließlich, und als Edie sich wieder ihrem Block und Bleistift zuwandte: »Edie, *warum* nicht?«

»Weil ich es nicht kann.« Edie versuchte zu entscheiden, was sie für die Reise nach Charleston einpacken sollte. Ihre marineblauen Pumps waren am bequemsten, aber sie passten nicht annähernd so gut zu ihren pastellfarbenen Sommerkostümen wie die zweifarbigen. Sie ärgerte sich auch ein bisschen darüber, dass Charlotte sie nicht zu Rate gezogen hatte, wenn es um eine so wichtige Entscheidung ging, wie es die Frage war, ob man die Haushälterin behalten oder entlassen sollte.

»Aber *warum* kannst du dich nicht einmischen?«, insistierte Harriet.

Edie legte den Bleistift aus der Hand. »Harriet, es steht mir nicht zu.«

»Es steht dir nicht *zu*?«

»Man hat mich nicht um Rat gefragt. Zerbrich dir nicht den Kopf, Kind«, fuhr sie munterer fort und stand auf, um sich noch eine Tasse Kaffee einzuschütten. Dann legte sie Harriet abwesend die Hand auf die Schulter. »Alles wird sich zum Besten wenden! Du wirst schon sehen!«

Zufrieden darüber, dass sie die Sache so schnell ge-
klärt hatte, setzte Edie sich mit ihrem Kaffee wieder hin
und sagte nach kurzem und – wie ihr schien – friedlichem
Schweigen: »Ich wünschte, ich hätte ein paar von diesen
netten kleinen Wash-and-Wear-Kostümen für diese Fahrt.
Die, die ich habe, sind alle ziemlich abgetragen, und Leinen
eignet sich nicht für die Reise. Ich *könnte* natürlich einen
Kleidersack hinten ins Auto hängen…« Sie schaute nicht
Harriet an, sondern irgendwo über ihren Kopf hinweg, und
versank wieder in ihren Gedanken, ohne Harriets rotes
Gesicht oder ihr feindseliges, herausforderndes Starren zu
bemerken.

Nach ein paar Augenblicken, in denen Edie ihren Gedanken nachhing, knarrten Schritte auf der hinteren Veranda.
»Hallo?« Eine Schattengestalt, die Hand an der Stirn, spähte durch das Fliegengitter herein. »Edith?«

»Ja, was sagt man dazu!«, rief eine zweite Stimme, dünn
und fröhlich. »Ist das Harriet, die du da bei dir hast?«

Bevor Edie vom Tisch aufstehen konnte, war Harriet
hochgesprungen und zur Tür gesaust – vorbei an Tat, hinaus
zu Libby auf der Veranda.

»Wo ist Adelaide?«, fragte Edie und sah Tat an, die an ihr
vorbei Harriet anlächelte.

Tat verdrehte die Augen. »Sie wollte noch zum Laden und
ein Glas koffeinfreien Kaffee kaufen.«

»Du meine Güte«, sagte Libby draußen auf der Veranda
mit leicht erstickter Stimme. »Harriet, du lieber Himmel!
Was für eine freudige Begrüßung…«

»Harriet«, rief Edie scharf. »Häng dich nicht so an Libby.«

Sie wartete und lauschte. Auf der Veranda hörte sie
Libby sagen: »Bist du auch sicher, dass dir nichts fehlt,
mein Engel?«

»Himmel«, sagte Tatty, »weint das Kind etwa?«

»Libby, wie viel bezahlst du Odean pro Woche?«

Edie stand auf und marschierte zur Fliegentür. »Das geht
dich nichts an, Harriet«, fauchte sie. »Komm ins Haus.«

»Ach, Harriet tut mir doch nichts.« Libby zog ihren Arm
zurück, schob ihre Brille zurecht und schaute Harriet mit
unschuldsvoller und argloser Verblüffung an.

Die roten Handschuhe.

»Deine Großmutter will sagen«, Tat folgte Edie auf die Veranda, denn von Kindesbeinen an war es ihre Aufgabe gewesen, Edies scharfe Machtworte und Dekrete diplomatisch neu zu formulieren, »sie will sagen, Harriet, dass es unhöflich ist, Leuten Fragen über Geld zu stellen.«

»Mir macht das nichts«, sagte Libby loyal. »Harriet, ich zahle Odean fünfunddreißig Dollar die Woche.«

»Mutter zahlt Ida nur zwanzig. Das ist nicht recht, oder?«

»Na ja«, sagte Libby nach kurzem Zögern und klapperte verdutzt mit den Lidern, »ich weiß nicht. Ich meine, deine Mutter tut nichts *Unrechtes,* aber...«

Edie war entschlossen, den Morgen nicht mit einer Diskussion über eine gefeuerte Haushälterin zu verschwenden. »Dein Haar sieht hübsch aus, Lib«, unterbrach sie. »Sieht ihr Haar nicht hübsch aus? Wer hat es gemacht?«

»Mrs. Ryan«, sagte Libby und hob ratlos die Hand an die Schläfe.

»Wir sind inzwischen alle so grau geworden«, sagte Tat vergnügt. »Man kann uns kaum noch voneinander unterscheiden.«

»Findest du Libbys Haar nicht schön?«, fragte Edie streng. »Harriet?«

Harriet war den Tränen nahe. Wütend schaute sie weg.

»Ich kenne ein kleines Mädchen, das auch einmal einen Haarschnitt gebrauchen könnte«, sagte Tat schelmisch. »Schickt deine Mutter dich immer noch zum Herrenfriseur, Harriet, oder darfst du schon in den Beauty-Salon?«

»Ich denke, Mr. Liberti kann das genauso gut und kostet nicht halb so viel«, sagte Edie. »Tat, du hättest Adelaide sagen sollen, dass sie nicht erst zum Laden gehen muss. Ich habe ihr gesagt, dass ich heiße Schokolade in diesem kleinen Einzelpäckchen habe, die ich für sie eingepackt habe.«

»Edith, das *habe* ich ihr gesagt, aber sie verträgt keinen Zucker.«

Edie zog boshaft und in gespieltem Erstaunen die Brauen hoch. »Warum nicht? Macht Zucker sie etwa auch *wild?*«

Adelaide lehnte es seit kurzem ab, Kaffee zu trinken, und gab dies als Grund dafür an.

»Wenn sie koffeinfreien Kaffee haben will, sehe ich nicht ein, warum sie keinen kriegen soll.«

Edie schnaubte. »Ich auch nicht. Ich möchte keinesfalls, dass Adelaide *wild* wird.«

»Was? Was ist denn das mit diesem *wild*?«, fragte Libby erschrocken.

»Ach, *weißt du das nicht*? Adelaide verträgt keinen Kaffee. Denn *Kaffee macht sie wild*.« Adelaide hatte erst kürzlich angefangen, das zu erzählen, weil ihre alberne Chorfreundin Mrs. Pitcock herumlief und das Gleiche behauptete.

»Na, ich trinke ab und zu selbst gern ein Tässchen Koffeinfreien«, sagte Tat. »Aber es ist nicht so, dass ich ihn haben *muss*. Ich kann auch gut darauf verzichten.«

»Wir fahren aber doch nicht nach Belgisch-Kongo! In Charleston kann man koffeinfreien Kaffee kaufen, und es gibt keinen Grund, weshalb sie eine Riesendose davon im Koffer mit sich herumschleppt!«

»Warum denn nicht? Wenn du heiße Schokolade mitnimmst? *Für dich?*«

»Du weißt, wie früh Addie immer aufsteht, Edith«, warf Libby bang ein. »Sie hat Angst, dass der Zimmerservice erst um sieben oder um acht anfängt...«

»Deshalb habe ich diese gute heiße Schokolade eingepackt! Eine Tasse heiße Schokolade wird Adelaide *kein bisschen* schaden!«

»Mir ist es gleich, was ich trinke. Heiße Schokolade klingt schrecklich gut! Denkt doch bloß«, Libby klatschte in die Hände und drehte sich zu Harriet um, »nächste Woche um diese Zeit sind wir in South Carolina! Ich bin so aufgeregt!«

»Ja.« Tat strahlte. »Und es ist mächtig tüchtig von deiner Großmutter, dass sie uns alle hinfährt.«

»Ob das tüchtig ist, weiß ich nicht, aber ich nehme an, dass ich uns alle unversehrt hin- und zurückbringen kann.«

»Libby, Ida Rhew hat gekündigt«, sprudelte Harriet kläglich hervor. »Sie zieht weg...«

»Gekündigt?«, fragte Libby, die ein bisschen schwerhörig war und jetzt einen beschwörenden Blick zu Edith hinüberwarf, die meistens lauter und deutlicher sprach als

Die roten Handschuhe.

andere Leute. »Ich fürchte, du musst ein bisschen langsamer erzählen.«

»Sie redet von Ida Rhew, die bei ihnen arbeitet«, sagte Edie und verschränkte die Arme. »Sie geht weg, und Harriet ist deshalb traurig. Ich habe ihr gesagt, dass die Dinge sich ändern und dass Menschen weiterziehen. So ist es eben in der Welt.«

Libby machte ein bestürztes Gesicht. Mit unverhohlenem Mitgefühl schaute sie Harriet an.

»Oh, das ist wirklich schade«, sagte Tat. »Du wirst Ida vermissen, das weiß ich, mein Herz, sie war ja lange bei euch.«

»Ah«, sagte Libby, »aber das Kind liebt Ida! Du liebst Ida, nicht wahr, Schatz?«, sagte sie zu Harriet. »Genauso, wie ich Odean liebe.«

Tat und Edie schauten sich an und verdrehten die Augen, und Edie sagte: »Du liebst Odean ein bisschen *zu* sehr, Lib.« Über Odeans Faulheit witzelten die Schwestern schon seit Jahren: Sie saß im Haus herum, angeblich bei schlechter Gesundheit, und Libby brachte ihr kalte Getränke und erledigte den Abwasch.

»Aber Odean ist seit über fünfzig Jahren bei mir«, sagte Libby. »Sie ist meine Familie. Sie war schon draußen in ›Drangsal‹ bei mir, und sie ist nicht bei guter Gesundheit.«

»Sie nutzt dich aus, Libby«, sagte Tat.

»Liebling«, sagte Libby und war ganz rosig im Gesicht geworden, »ich muss dir sagen, dass Odean mich aus dem Haus *getragen* hat, als ich diese schwere Lungenentzündung hatte, damals auf dem Land draußen. Mich getragen! Auf dem Rücken! Den ganzen weiten Weg von ›Drangsal‹ hinüber nach Chippokes!«

»Na, heute tut sie jedenfalls nicht mehr viel«, sagte Edie kurz und bündig.

Libby schaute Harriet eine ganze Weile still an, und der Blick ihrer wässrigen alten Augen war fest und mitfühlend.

»Es ist furchtbar, ein Kind zu sein«, sagte sie schlicht, »und anderen Leuten ausgeliefert.«

»Warte, bis du erwachsen bist«, sagte Tatty aufmunternd und legte Harriet den Arm um die Schultern. »Dann hast du ein eigenes Haus, und Ida Rhew kann bei dir wohnen. Wie findest du das?«

»Unsinn«, sagte Edie. »Sie wird bald drüber hinwegkommen. Haushälterinnen kommen, Haushälterinnen gehen...«

»Ich werde niemals drüber hinwegkommen!«, kreischte Harriet, und alle erschraken.

Bevor jemand etwas sagen konnte, schüttelte sie Tattys Arm ab, machte kehrt und rannte hinaus. Edie zog resigniert die Brauen hoch, als wolle sie sagen: *Damit muss ich mich schon den ganzen Morgen abgeben.*

»Du meine Güte«, sagte Tat schließlich und fuhr sich mit der Hand über die Stirn.

»Um die Wahrheit zu sagen«, bekannte Edie, »ich glaube, Charlotte begeht einen Fehler, aber ich hab's satt, da drüben dauernd in den Fettnapf zu treten.«

»Du hast Charlotte immer alles abgenommen, Edith.«

»Das stimmt. Deshalb kann sie auch nichts allein tun. Ich finde, es wird höchste Zeit, dass sie mehr Verantwortung übernimmt.«

»Aber was ist mit den Mädchen?«, fragte Libby. »Meinst du, die kommen damit zurecht?«

»Libby, du hattest in ›Drangsal‹ den Haushalt zu führen und für Daddy und uns zu sorgen, als du kaum älter warst als sie jetzt.« Edie deutete mit dem Kopf in die Richtung, in die Harriet verschwunden war.

»Das ist wahr. Aber diese Kinder sind anders, als wir waren, Edith. Sie sind empfindsamer.«

»Schön, aber selbst *wenn* wir empfindsam gewesen wären – wir hatten keine andere Wahl.«

»Was ist denn mit dem Kind los?« Adelaide – gepudert, mit Lippenstift und frisch onduliert – kam die Verandatreppe herauf. »Sie kam mir wie der Blitz auf der Straße entgegengerannt, unglaublich schmutzig, und sie hat nicht mal mit mir gesprochen!«

»Lasst uns alle hineingehen«, sagte Edie, denn der Morgen wurde allmählich heiß. »Ich habe eine Kanne Kaffee gekocht. Natürlich nur für diejenigen, die welchen trinken können.«

Die roten Handschuhe.

»Oh«, sagte Adelaide und blieb stehen, um ein Beet mit rosaroten Lilien zu bewundern, »die gedeihen ja wirklich prachtvoll.«

»Die Zephyrlilien? Die hab ich draußen auf dem Grundstück geholt. Hab sie mitten im Winter ausgegraben und eingetopft, aber im Sommer darauf ist nur eine einzige gekommen.«

»Und jetzt sieh sie dir an!« Adelaide beugte sich über die Blumen.

»Mutter nannte sie«, sagte Libby und spähte über das Verandageländer, »Mutter nannte sie immer ihre rosa Regenlilien.«

»Zephyr ist der richtige Name.«

»Rosa Regen, so nannte Mutter sie. Wir hatten sie bei ihrer Beerdigung, und Tuberosen. Es war so heiß, als sie starb…«

»Ich muss jetzt ins Haus«, unterbrach Edie sie. »Ich kriege sonst einen Hitzschlag. Ich bin drinnen und trinke eine Tasse Kaffee – wann immer ihr so weit seid.«

»Würde es dir zu viele Umstände machen, einen Kessel Wasser für mich aufzusetzen?«, fragte Adelaide. »Ich vertrage keinen Kaffee, er macht mich…«

»*Wild?*« Edie zog eine Braue hoch. »Na, aber wir möchten keineswegs, dass du *wild* wirst, nicht wahr, Adelaide?«

Hely hatte mit dem Fahrrad alles abgeklappert, aber Harriet war nirgends zu finden. Die (selbst für Harriets Verhältnisse) merkwürdige Atmosphäre bei ihr zu Hause war beunruhigend. Er war hineinspaziert und hatte Allison weinend am Küchentisch gefunden, während Ida geschäftig den Fußboden wischte, als ob sie es weder hören noch sehen könnte. Keine der beiden hatte ein Wort gesagt. Er hatte Gänsehaut bekommen.

Er beschloss, es in der Bibliothek zu versuchen. Ein Strom von künstlich gekühlter Luft wehte ihm entgegen, als er die Glastür aufstieß. In der Bibliothek war es immer kalt, im Winter wie im Sommer. Mrs. Fawcett schwenkte auf ihrem Drehstuhl hinter der Ausleihtheke herum und winkte ihm zu. Ihre Armreifen klingelten.

Hely winkte zurück, und ehe sie ihn beim Kragen nehmen und versuchen konnte, ihn für den sommerlichen Lesewettbewerb zu gewinnen, marschierte er, so schnell und so höflich wie nur möglich, hinüber in den Raum mit den Nachschlagewerken. Harriet saß unter einem Porträt von Thomas Jefferson und hatte die Ellenbogen auf den Tisch gestützt. Aufgeschlagen vor ihr lag das größte Buch, das er je gesehen hatte.

»Hey«, sagte er und ließ sich auf den Stuhl neben ihr fallen. Er war so aufgeregt, dass er kaum leise sprechen konnte. »Rate mal. Danny Ratliffs Auto parkt vor dem Gericht.«

Sein Blick fiel auf das riesige Buch, und er erkannte, dass es ein Band Zeitungen war. Erschrocken erblickte er auf dem vergilbten Zeitungspapier ein geisterhaftes, körniges Foto von Harriets Mutter mit offenem Mund und zerzausten Haaren vor Harriets Haus. TRAGÖDIE AM MUTTERTAG lautete die Schlagzeile. Im Vordergrund schob eine verschwommene Männergestalt eine Bahre in etwas, das aussah wie das Heck eines Krankenwagens, aber man konnte nicht genau erkennen, was darauf lag.

»Hey«, sagte er laut und selbstzufrieden, »das ist ja euer Haus.«

Harriet klappte den Band zu und deutete auf ein Schild mit der Aufschrift »Sprechen verboten«.

»Komm«, flüsterte Hely und winkte ihr, sie solle ihm folgen. Wortlos schob Harriet ihren Stuhl zurück und folgte ihm nach draußen.

Die beiden traten hinaus auf den Gehweg in Hitze und gleißendes Licht.

»Es ist Danny Ratliffs Wagen. Ich kenne ihn«, sagte Hely und überschattete die Augen mit der Hand. »Es gibt nur einen einzigen solchen TransAm in der Stadt. Wenn er nicht genau vor dem Gericht parken würde, weißt du, was *ich* dann machen würde? Ich würde eine Glasscherbe unter den Reifen schieben.«

Harriet dachte an Ida Rhew und Allison, die jetzt zu Hause hinter zugezogenen Vorhängen saßen und ihre blöde Soap Opera mit Geistern und Vampiren anschauten.

Die roten Handschuhe.

»Lass uns die Schlange holen und in seinen Wagen legen«, sagte sie.

»Ausgeschlossen.« Hely war jäh ernüchtert. »Wir können sie nicht auf die Karre laden und wieder hierher bringen. Jeder würde uns sehen.«

»Was hat es für einen Sinn, sie zu klauen«, fragte Harriet erbittert, »wenn wir nicht dafür sorgen, dass sie ihn beißt?« Sie standen eine Weile schweigend auf der Bibliothekstreppe. Schließlich seufzte Harriet und sagte: »Ich gehe wieder rein.«

»Warte!«

Sie drehte sich um.

»Ich hab mir Folgendes gedacht.« Er hatte überhaupt nichts gedacht, aber er fühlte sich genötigt, etwas zu sagen, um das Gesicht zu wahren. »Ich dachte mir … Dieser Trans-Am hat ein T-Top. Ein Dach, das man aufmachen kann«, fügte er hinzu, als er Harriets verständnislosen Blick sah. »Und ich wette eine Million Dollar, dass er die County Line Road nehmen muss, um nach Hause zu fahren. Alle diese Hinterwäldler wohnen da draußen hinter dem Fluss.«

»Er wohnt da«, sagte Harriet. »Ich hab im Telefonbuch nachgesehen.«

»Na super. Weil die Schlange ja schon auf der Brücke ist.« Harriet verzog verächtlich das Gesicht.

»Jetzt komm schon«, sagte Hely. »Hast du nicht neulich die Nachrichten gesehen, mit den Kids in Memphis, die von der Brücke Steine auf die Autos geschmissen haben?«

Harriet zog die Brauen zusammen. Bei ihr zu Hause sah sich niemand die Nachrichten an.

»Das war 'ne Riesenstory. Zwei Tote. Ein Mann von der Polizei trat auf und sagte, man soll die Fahrspur wechseln, wenn man Kids sieht, die von der Brücke gucken. Jetzt *komm* schon.« Hoffnungsvoll trat er mit der Turnschuhspitze gegen ihren Fuß. »Du hast doch nichts vor. Lass uns *wenigstens* nach der Schlange sehen. Ich möchte sie noch mal sehen – du nicht? Wo ist dein Rad?«

»Ich bin zu Fuß hier.«

»Auch okay. Hops auf die Lenkstange. Ich fahr dich raus, wenn du mich zurückfährst.«

Leben ohne Ida. Wenn Ida gar nicht existierte, dachte Harriet – sie saß im Schneidersitz auf der sonnengebleichten Straßenüberführung –, *dann ginge es mir jetzt nicht so schlecht. Ich brauche nur so zu tun, als hätte ich sie nie gekannt. Ganz einfach.*

Denn das Haus selbst würde sich nicht verändern, wenn Ida ginge. Die Spuren ihrer Anwesenheit waren nie besonders ausgeprägt gewesen. In der Speisekammer stand die Flasche mit dunklem Karo-Sirup, den sie sich auf ihr Brötchen goss. Da war der rote Plastikbecher, den sie im Sommer morgens immer mit Eis füllte und dann mit sich herumtrug, um im Laufe des Tages daraus zu trinken. (Harriets Eltern hatten es nicht gern, wenn Ida aus den normalen Küchengläsern trank; Harriet schämte sich, wenn sie daran nur dachte.) Da war die Schürze, die Ida auf der hinteren Veranda aufbewahrte; da waren die Schnupftabaksdosen mit Tomatensämlingen und das Gemüsebeet am Haus.

Und das war alles. Ida hatte bei Harriet zu Hause gearbeitet, seit Harriet lebte. Aber wenn diese wenigen Habseligkeiten fort wären – der Plastikbecher, die Schnupftabaksdosen, die Sirupflasche –, würde nichts mehr erkennen lassen, dass sie je da gewesen war. Bei dieser Erkenntnis fühlte Harriet sich noch unermesslich viel schlechter. Sie stellte sich das verlassene Gemüsebeet vor, überwuchert von Unkraut.

Ich werde mich darum kümmern, nahm sie sich vor. *Ich werde Sämereien bestellen, aus der Anzeige hinten auf der Illustrierten.* Sie malte sich aus, wie sie in Strohhut und Gartenkittel – wie der braune Kittel, den Edie trug – auf die harte Kante einer Schaufel trat. Edie züchtete Blumen, würde ihr sagen können, wie das mit Gemüse ging. Edie würde sich wahrscheinlich freuen, dass sie sich auf einmal für etwas Nützliches interessierte.

Die roten Handschuhe kamen ihr jäh in den Sinn, und bei dem Gedanken daran erhoben sich Angst und Ratlosigkeit und Leere wie eine mächtige Welle und fluteten in der Hitze über sie hinweg. Das einzige Geschenk, das sie je von Ida bekommen hatte, und sie hatte sie verloren... *Nein,*

Die roten Handschuhe.

sagte sie sich, *du wirst die Handschuhe schon wieder finden,* denk *jetzt nicht daran, denk an etwas anderes...*

Woran denn? Daran, wie berühmt sie eines Tages sein würde, als preisgekrönte Botanikerin. Sie sah sich wie George Washington Carver in einem weißen Laborkittel zwischen Reihen von Blumen einhergehen. Sie würde eine brillante Wissenschaftlerin sein und dennoch bescheiden bleiben und kein Geld für ihre vielen genialen Erfindungen nehmen.

Am Tag sah der Blick von der Brücke anders aus. Die Weiden waren nicht grün, sondern braun verdorrt, und Rinder hatten staubig rote Flecken kahl getrampelt. An den Stacheldrahtzäunen gedieh ein üppiges Gestrüpp von Geißblattranken, durchflochten von Gift-Efeu. Dahinter dehnte sich wegloses Nichts; nur das Skelett einer Scheune – graue Bretter, rostiges Blech – lag da wie ein Schiffswrack am Strand.

Der Schatten der aufgestapelten Zementsäcke war überraschend tief und kühl, und auch der Zement an ihrem Rücken fühlte sich kühl an. *Mein ganzes Leben lang,* dachte sie, *werde ich mich an diesen Tag erinnern und daran, wie ich mich fühle.* Unsichtbar hinter einer Anhöhe dröhnte monoton eine Landmaschine. Darüber kreisten drei Bussarde wie schwarze Papierdrachen. Der Tag, an dem sie Ida verloren hatte, würde sich immer mit diesen schwarzen Schwingen verbinden, die durch einen wolkenlosen Himmel glitten, mit schattenlosen Feldern und einer Luft wie trockenes Glas.

Hely saß ihr mit gekreuzten Beinen im weißen Staub gegenüber, den Rücken an die Betonmauer gelehnt, und las ein Comic-Heft, auf dessen Cover ein Sträfling im gestreiften Anzug auf Händen und Knien über einen Friedhof kroch. Er schien halb zu schlafen, obwohl er eine Weile, vielleicht eine Stunde lang, wachsam an der Mauer gekniet und jedes Mal *(sssh! sssh!)* gezischt hatte, wenn ein Lastwagen vorbeifuhr.

Mit einiger Anstrengung lenkte sie ihre Gedanken wieder zu ihrem Gemüsegarten zurück. Es würde der schönste Garten der Welt werden, mit Obstbäumen und Zierhe-

cken und dekorativ angeordneten Kohlpflanzen. Irgendwann würde er das ganze Grundstück ausfüllen, und Mrs.
Fountains noch dazu. Die Leute, die vorbeifuhren, würden anhalten und sich herumführen lassen. Der Ida-Rhew-
Brownley-Gedächtnisgarten... *nein, nicht »Gedächtnis«,*
dachte sie hastig, denn das klang, als wäre Ida gestorben.

Ganz plötzlich fiel einer der Bussarde vom Himmel, und
die beiden andern stießen ihm nach, als würden sie von derselben Drachenschnur heruntergeholt, stießen herab, um
irgendeine zermalmte Feldmaus oder einen Igel, den der
Traktor überrollt hatte, zu verschlingen. In der Ferne kam
ein Auto, verschwommen in der flimmernden Luft. Harriet
überschattete ihre Augen mit beiden Händen. Dann sagte
sie: »Hely!«

Das Comic-Heft flatterte zu Boden. »Bist du sicher?«
Er rappelte sich hoch, um über die Mauer zu schauen. Sie
hatte schon zweimal Fehlalarm gegeben.

»Er ist es«, sagte sie, und auf Händen und Knien kroch sie
durch den weißen Staub zur gegenüberliegenden Mauer, wo
die Kiste auf vier Zementsäcken stand.

Hely spähte blinzelnd die Straße entlang. Ein Auto
schimmerte in der Ferne in Wellen von Benzindunst und
Staub. Für den TransAm schien es nicht schnell genug heranzukommen, aber gerade, als er das sagen wollte, blitzte
die Motorhaube in der Sonne in hartem, metallischem
Bronzeglanz auf. Durch das heiße Flirren der Luftspiege-
lungen brach der zähnefletschende Kühlergrill: glänzend,
haifischgesichtig, unverwechselbar.

Er duckte sich hinter die Mauer (die Ratliffs hatten Pistolen, was er irgendwie bis zu diesem Augenblick vergessen hatte) und kroch hinüber, um ihr zu helfen. Zusammen
kippten sie die Kiste auf die Seite, sodass das Gitter der
Straße zugewandt war. Beim ersten falschen Alarm waren
sie gelähmt gewesen, als es darum ging, blind an der ver-
gitterten Seite herunterzugreifen und den Riegel aufzuziehen, und sie hatten konfus herumgetappt, während der
Wagen unter ihnen vorbeischoss. Jetzt war der Verschluss
gelockert, und sie hielten einen Eisstiel bereit, um den Riegel ganz aufzuschieben, ohne ihn zu berühren.

Die roten Handschuhe.

Hely sah sich um. Der TransAm rollte auf sie zu – beunruhigend langsam. *Er hat uns gesehen – er muss uns gesehen haben.* Aber der Wagen hielt nicht an. Nervös schaute er zu der Kiste hinauf, die über ihren Köpfen stand.

Harriet atmete, als ob sie Asthma hätte. Sie warf einen Blick über die Schulter. »Okay...«, sagte sie. »Los: eins, zwei...«

Der Wagen verschwand unter der Brücke, sie stieß den Riegel zurück, und die Welt erstarrte in der Zeitlupe, als sie in gemeinsamer Anstrengung die Kiste nach vorn kippten. Als die Kobra verrutschte und ins Gleiten kam und mit dem Schwanz hin und her schlug, um sich ins Lot zu bringen, durchzuckten Hely mehrere Gedanken gleichzeitig, vor allem aber: Wie würden sie davonkommen? Konnten sie vor ihm weglaufen? Denn anhalten würde er auf jeden Fall – jeder Trottel würde anhalten, wenn eine Kobra durch das Dach in seinen Wagen fiel –, und dann würde er hinter ihnen her sein...

Der Beton vibrierte unter ihren Füßen, gerade als die Kobra hinausrutschte und durch die leere Luft fiel. Harriet stand auf und legte die Hände auf die Mauer, und ihr Gesicht war hart und niederträchtig wie das eines Jungen aus der achten Klasse. »Bomben frei«, sagte sie.

Sie beugten sich über die Mauer, um besser zu sehen. Hely war es schwindlig. Unten wand sich die Kobra im leeren Raum, zuckte hin und her, dem Asphalt entgegen. *Nicht getroffen,* dachte er, und genau in diesem Moment schoss der TransAm – mit offenem T-Top – unter ihren Füßen hervor, geradewegs unter die fallende Schlange.

Ein paar Jahre zuvor hatten Pem und Hely an der Straße beim Haus ihrer Großmutter Baseballwerfen gespielt: einem alten Haus mit einem modernen Anbau – hauptsächlich aus Glas. »Schlag den Ball durch das Fenster«, hatte Pem gesagt, »und ich geb dir eine Million Dollar.« »Okay«, sagte Hely, und *krack* – ohne nachzudenken holte er aus und schlug den Ball, ohne auch nur hinzusehen, schlug ihn so weit, dass sogar Pem der Unterkiefer herunterklappte, als der Ball über ihm dahinsegelte, weit, weit, weit, geradlinig und ohne von seiner Bahn abzuweichen, bis er *peng* durch die Wintergartenscheibe krachte und praktisch im Schoß seiner Großmutter landete, die gerade telefonierte – mit Helys Vater, wie sich herausstellte. Die Chancen für einen solchen Treffer standen eins zu einer Million: Hely war nicht gut in Baseball, er wurde immer als Letzter von denen, die nicht schwul oder behindert waren, in ein Team gewählt, und noch nie hatte er einen Ball so hoch und hart und sicher geschlagen, und sein Schläger war klappernd zu Boden gefallen, als er staunend die saubere, reine Flugbahn verfolgte, während der Ball in makellosem Bogen geradewegs auf die mittlere Scheibe der verglasten Veranda seiner Großmutter zugeflogen war.

Und das Verrückte war: Er hatte *gewusst,* dass der Ball das Fenster seiner Großmutter zerschlagen würde, hatte es in dem Augenblick gewusst, als er spürte, wie er satt auf den Schläger traf. Beim Zusehen, wie der Ball einer Lenkrakete gleich auf die mittlere Glasscheibe zugerast war, hatte er keine Zeit gehabt, irgendetwas anderes zu empfinden als überschäumende Freude, und einen oder zwei atemlose Herzschläge lang (bevor er auf das Glas traf, auf dieses unglaublich ferne Ziel) waren Hely und der Baseball eins gewesen. Er hatte das Gefühl gehabt, er steuere den Ball mit seinen Gedanken, und Gott habe in diesem seltsamen Augenblick aus irgendwelchen Gründen entschieden, ihm die absolute mentale Kontrolle über diesen dummen Gegenstand zu verleihen, der da mit Höchstgeschwindigkeit unausweichlich seinem Ziel entgegenschoss, *krach, peng, banzai…*

Trotz allem, was danach kam (Tränen, eine Tracht Prügel), war dies nach wie vor einer der erfülltesten Augenblicke seines Lebens gewesen. Und mit eben dieser Ungläubigkeit – mit diesem Schrecken, dieser Begeisterung, dieser verdattert glotzenden Ehrfurcht vor all den unsichtbaren Mächten des Universums, die sich da gemeinsam erhoben und gleichzeitig diesem einen unglaublichen Punkt zustrebten – sah Hely, wie die anderthalb Meter lange Kobra schief auf das offene T-Top traf, diagonal, sodass das Übergewicht des Schwanzes jäh in den TransAm rutschte und den Rest nach sich zog.

Die roten Handschuhe.

Hely konnte nicht länger an sich halten, er sprang auf und stieß die Faust in die Luft: »Ja!« Jauchzend und hopsend wie ein Dämon, packte er Harriets Arm und schüttelte ihn und stieß mit frohlockendem Finger nach dem Trans-Am, der mit kreischenden Bremsen auf die andere Straßenseite geschleudert war. Sanft rollte er in einer Staubwolke auf dem unbefestigten Bankett entlang, und der Kies knirschte unter den Reifen.

Dann hielt er an. Ehe einer der beiden sich rühren oder etwas sagen konnte, öffnete sich die Tür, und heraus stolperte nicht Danny Ratliff, sondern eine ausgemergelte, mumienhafte Kreatur: schmächtig, geschlechtslos, in einen abscheulichen senfgelben Hosenanzug gekleidet. Mit kraftlosen Klauen zerrte sie an sich selbst, torkelte auf den Highway hinaus, hielt inne und wankte ein paar Schritte zurück. *Aiiijiiiii,* heulte sie. Ihre Schreie klangen dünn und merkwürdig blutleer, wenn man bedachte, dass die Kobra an der Schulter dieser Kreatur hing: Ein anderthalb Meter langer, schwarzer Körper baumelte wie ein massives Pendel an der Haube (das bösartige Brillenzeichen war deutlich zu erkennen) und endete in einem dünnen, beängstigend aktiven schwarzen Schwanz, der den roten Staub zu gewitterhaften Wolken peitschte.

Harriet stand wie gebannt da. Sie hatte sich den Augenblick klar genug vorgestellt, aber irgendwie geschah es jetzt alles verkehrt herum, als sehe sie es durch das falsche Ende eines Teleskops – das Schreien klang fern und unmenschlich, die Gebärden waren flach und dünn gedehnt in rauschhaftem, ritualisiertem Grauen. Es war unmöglich, jetzt aufzuhören, das Spielzeug wegzuräumen, die Schachfiguren umzustoßen und von vorn anzufangen.

Sie drehte sich um und rannte los. Hinter ihr ein Klappern, ein Luftzug, und im nächsten Augenblick schleuderte Helys Fahrrad an ihr vorbei, schoss die Rampe hinunter und flog auf dem Highway davon – jeder war jetzt sich selbst der Nächste. Hely duckte sich über die Lenkstange wie einer der geflügelten Affen aus dem *Zauberer von Oz* und trat wild in die Pedalen.

Harriet rannte mit pochendem Herzen, und die matten

Schreie der Kreatur *(aiii... aiii...)* hallten sinnlos in der Ferne. Der Himmel loderte hell und mörderisch. Herunter von der Straße... hier, auf dem Gras jetzt, vorbei an dem Zaunpfahl mit dem »Betreten verboten«-Schild und halb über die Weide... Was sie sich im tiefenlosen Gleißen auf der Brücke zum Ziel genommen und getroffen hatten, war nicht so sehr der Wagen selbst als vielmehr ein Punkt, an dem es kein Zurück mehr gab: Die Zeit war jetzt ein Rückspiegel, und die Vergangenheit raste rückwärts davon und verschwand hinter dem Horizont. Rennen würde sie vorwärts bringen, vielleicht sogar nach Hause, aber nicht zurück – nicht zehn Minuten, nicht zehn Stunden, nicht zehn Jahre oder Tage. Und das war hart, wie Hely sagen würde. Hart: Denn zurück, das war die Richtung, in die sie laufen, die Vergangenheit der einzige Ort, an dem sie sein wollte.

Zufrieden glitt die Kobra ins hohe Unkraut der Kuhweide, in eine Hitze und Vegetation, die der ihrer Heimat nicht unähnlich war, glitt davon in die Fabeln und Legenden der Stadt. In Indien hatte sie an den Rändern von Dörfern und Feldern gejagt (war im Dämmerlicht in Kornspeicher geschlüpft und hatte sich von Ratten ernährt), und nun paßte sie sich bereitwillig an die Scheunen und Silos und Müllkippen ihrer neuen Heimat an. Noch jahrelang würden Farmer und Jäger und Betrunkene die Kobra sichten, Neugierige würden versuchen, sie aufzutreiben, um sie zu fotografieren oder zu töten, und viele, viele Geschichten über mysteriöse Todesfälle würden ihren lautlosen, einsamen Weg begleiten.

»Wieso warst du nicht bei ihr?«, fragte Farish wütend im Wartezimmer der Intensivstation. »Das möchte ich wissen. Ich dachte, du wärst dafür verantwortlich, sie nach Hause zu fahren?«

»Woher sollte ich denn wissen, dass sie früher rauskommt? Sie hätte mich in der Pool Hall anrufen können. Als ich um fünf zum Gericht kam, war sie weg.« *Hat mich*

Die roten Handschuhe.

sitzen lassen, hätte Danny gern gesagt und sagte es nicht. Er hatte zur Autowaschanlage laufen und Catfish bitten müssen, ihn nach Hause zu fahren. Farish atmete sehr geräuschvoll durch die Nase, wie er es immer tat, wenn er im Begriff war, aus der Haut zu fahren. »Okay, dann hättest du eben da auf sie warten sollen.« »Am Gericht? Draußen im Wagen? Den ganzen Tag?« Farish fluchte. »Ich hätte sie selbst fahren sollen.« Er wandte sich ab. »Ich hätte wissen sollen, dass so was passiert.«

»Farish«, sagte Danny und brach dann ab. Es war besser, Farish nicht daran zu erinnern, dass er nicht fahren konnte.

»Wieso zum Teufel hast du nicht den Truck genommen?«, blaffte Farish. »Sag mir das.«

»Weil sie gesagt hat, der Truck wär ihr zu hoch, um reinzuklettern. *Zu hoch*«, wiederholte Danny lauter, als Farishs Miene sich argwöhnisch verfinsterte.

»Ich hab dich schon verstanden«, sagte Farish. Er starrte Danny an, einen langen, unbehaglichen Augenblick lang.

Gum lag auf der Intensivstation und hing an zwei Infusionen und einem Herz-Atmungsmonitor. Ein Lastwagenfahrer hatte sie gebracht. Er war zufällig gerade zur rechten Zeit vorbeigekommen, um das erstaunliche Schauspiel zu sehen: eine alte Lady, die auf dem Highway umherstolperte, während ihr eine Königskobra an der Schulter baumelte. Er hatte angehalten, war aus dem Wagen gesprungen und hatte mit einem zwei Meter langen Stück Bewässerungsschlauch aus gelbem Plastik, das hinten auf dem Laster gelegen hatte, auf das Biest eingeprügelt. Als er die Schlange heruntergeschlagen hatte, war sie ins Unkraut geschossen und verschwunden – aber ganz ohne Zweifel, erzählte er dem Arzt in der Notaufnahme, als er Gum einlieferte, war es eine Kobraschlange gewesen: gespreizte Haube, Brillenzeichnung, alles. Er wusste, wie sie aussahen, sagte er, weil auf den Munitionsschachteln für die Schrotflinte ein Bild davon war.

»Genau wie die Armadillos und Killerbienen«, mutmaßte der Lastwagenfahrer – ein kurzbeiniger kleiner Bursche mit einem breiten, roten, fröhlichen Gesicht –, während Dr. Breedlove in seinem Lehrbuch zur Inneren Medizin nach dem Kapitel über giftige Reptilien suchte. »Kommen von Texas raufgekrochen und werden hier wild.«

»Wenn es stimmt, was Sie sagen«, meinte Dr. Breedlove, »dann kommt sie von sehr viel weiter her als bloß aus Texas.«

Dr. Breedlove kannte Mrs. Ratliff aus seinen Jahren in der Notaufnahme, wo sie häufig zu Gast gewesen war. Einer der jüngeren Sanitäter hatte sie ganz passabel nachahmen können: wie sie die Hände in die Brust krallte und ihren Enkeln keuchend letzte Anweisungen erteilte, während sie zum Krankenwagen wankte. Die Geschichte von der Kobra klang wie ein Haufen Blödsinn, aber die Symptome der alten Frau paßten tatsächlich, so unglaublich es erschien, zu einem Kobrabiss und überhaupt nicht zum Biss irgendeines einheimischen Reptils. Ihre Augenlider hingen herab, ihr Blutdruck war niedrig, sie klagte über Schmerzen in der Brust und Atembeschwerden. Die Bisswunde wies keine spektakuläre Schwellung auf wie bei einem Klapperschlangenbiss. Anscheinend hatte das Tier nicht sehr tief zugebissen; das Schulterpolster ihres Hosenanzugs hatte verhindert, dass die Zähne allzu weit in die Schulter eindrangen.

Dr. Breedlove wusch sich die großen, rosigen Hände und ging hinaus, um mit der Gruppe der Enkel zu sprechen, die missmutig vor der Intensivstation standen.

»Sie zeigt neurotoxische Symptome«, erklärte er. »Ptosis, Atembeschwerden, fallender Blutdruck, Abwesenheit eines lokal begrenzten Ödems. Wir beobachten sie aufmerksam, denn vielleicht müssen wir sie intubieren und beatmen.«

Die erschrockenen Enkel starrten ihn misstrauisch an, während das schwachsinnig aussehende Kind Dr. Breedlove enthusiastisch zuwinkte. »Hi!«, sagte der Junge.

Die Art, wie Farish vortrat, machte deutlich, dass er hier das Sagen hatte.

»Wo ist sie?« Er drängte sich an dem Arzt vorbei. »Ich will mit ihr sprechen.«

»Sir, *Sir*. Das ist leider unmöglich. Sir? Ich muss Sie bitten, sofort wieder auf den Flur zurückzukommen.«

Die roten Handschuhe.

»Wo ist sie?« Farish stand ratlos in dem Gewirr von Schläuchen und Maschinen und piepsenden Geräten.

Dr. Breedlove baute sich vor ihm auf. »Sir, sie liegt ruhig und bequem da.« Fachmännisch und mit der Hilfe zweier Pfleger bugsierte er Farish wieder hinaus auf den Flur. »Man darf sie jetzt nicht stören. Im Moment können Sie nichts für sie tun. Sehen Sie, da vorn ist ein Warteraum, wo Sie sich hinsetzen können. *Dort.*«

Farish schüttelte seine Hand ab. »Was tut ihr denn für sie?«, fragte er, als ob es, was immer es sei, nicht genüge.

Dr. Breedlove wiederholte seinen geschmeidigen Vortrag über Herz-Atmungsmonitor und Ptosis und die Abwesenheit eines lokal begrenzten Ödems. Was er nicht erwähnte, war, dass das Krankenhaus kein Kobra-Antitoxin hatte und auch keines bekommen konnte. Die letzten paar Minuten mit dem Lehrbuch zur Inneren Medizin hatten Dr. Breedlove in einem nicht unbeträchtlichen Umfang über ein Gebiet unterrichtet, das im Medizinstudium nicht behandelt worden war. Bei Kobrabissen half nur das spezifische Serum. Aber nur die allergrößten Zoos und Kliniken waren damit ausgestattet, und es musste innerhalb weniger Stunden verabreicht werden, sonst blieb es wirkungslos. Also war die alte Lady auf sich selbst gestellt. Kobrabisse, so stand es im Lehrbuch, waren in zehn bis fünfzig Prozent der Fälle tödlich. Das war eine breite Spanne, zumal da die Zahlen nicht spezifizierten, ob die Überlebensquote auf behandelten oder unbehandelten Bissen basierte. Außerdem war sie alt, und neben dem Schlangenbiss gab es noch schrecklich viele andere Dinge bei ihr, die nicht in Ordnung waren. Ihre Akte war fingerdick. Und wenn man ihn zwänge zu sagen, wie groß ihre Chancen waren, die kommende Nacht – oder auch nur die nächste Stunde – zu überleben, so hätte Dr. Breedlove nicht die leiseste Ahnung gehabt, welche Prognose er riskieren konnte.

Harriet legte den Telefonhörer auf, ging die Treppe hinauf und betrat, ohne anzuklopfen, das Zimmer ihrer Mutter. Dort stellte sie sich an das Fußende des Bettes.

»Morgen fahre ich ins Camp Lake de Selby«, gab sie bekannt.

Harriets Mutter blickte von ihrer Ehemaligenzeitschrift auf. Halb dösend hatte sie das Profil einer früheren Klassenkameradin betrachtet, die irgendeinen komplizierten Job auf dem Capitol Hill hatte, ohne dass Charlotte ganz genau begriff, worum es dabei ging.

»Ich hab Edie angerufen. Sie fährt mich hin.«

»Was?«

»Die zweite Runde hat schon angefangen, und sie haben zu Edie gesagt, es wäre gegen die Regeln, aber sie würden mich trotzdem nehmen. Sie haben ihr sogar einen Rabatt gegeben.«

Sie wartete mit undurchdringlicher Miene. Ihre Mutter sagte nichts, aber es kam auch nicht darauf an, was sie zu sagen hatte. Jetzt lag die Sache klar in Edies Händen. Und so sehr sie Camp de Selby verabscheute, es war doch nicht so schlimm wie die Erziehungsanstalt oder das Gefängnis.

Denn Harriet hatte ihre Großmutter aus schierer Panik angerufen. Als sie die Natchez Street hinuntergerannt war, hatte sie Sirengeheul gehört – sie wusste nicht, ob es ein Krankenwagen oder die Polizei war –, noch bevor sie zu Hause angekommen war. Keuchend, hinkend, mit Krämpfen in den Waden und brennender Lunge, schloss Harriet sich im unteren Bad ein, zog sich aus, warf ihre Kleider in den Wäschekorb und ließ sich ein Bad ein. Während sie starr in der Wanne saß und auf die schmalen, tropischen Lichtstreifen starrte, die durch die Jalousie in den halbdunklen Raum fielen, hatte sie ein paarmal Geräusche wie von Stimmen vor der Haustür gehört. Was um alles in der Welt sollte sie tun, wenn es die Polizei wäre?

Versteinert vor Angst und fest davon überzeugt, dass jeden Augenblick jemand an die Badezimmertür hämmern würde, saß sie in der Wanne, bis das Wasser kalt war. Als sie herausgestiegen war und sich angezogen hatte, schlich sie sich auf Zehenspitzen in den vorderen Flur und spähte durch die Gardine hinaus, aber auf der Straße war niemand zu sehen. Ida war schon nach Hause gegangen,

Die roten Handschuhe.

und im Haus herrschte unheilvolle Stille. Es war, als seien Jahre verstrichen, aber in Wirklichkeit waren es nur fünfundvierzig Minuten gewesen.

Angespannt blieb sie im Flur stehen und hielt am Fenster Wache. Nach einiger Zeit hatte sie genug davon, aber sie brachte es immer noch nicht über sich, die Treppe hinaufzugehen, und so wanderte sie zwischen Flur und Wohnzimmer hin und her und schaute immer wieder vorn aus dem Fenster. Dann hörte sie wieder Sirenen, und einen Moment lang blieb ihr das Herz stehen, weil es sich anhörte, als bögen sie in die George Street ein. Sie stand mitten im Wohnzimmer und wagte nicht, sich zu rühren, und nach sehr kurzer Zeit ließen ihre Nerven sie vollends im Stich, und sie wählte Edies Nummer. Atemlos trug sie das Telefon zum Fenster bei der Tür, damit sie beim Sprechen die Straße durch die Gardine im Auge behalten konnte.

Edie, das musste man ihr lassen, hatte mit dankenswerter Schnelligkeit die Initiative ergriffen – so schnell, dass Harriet beinahe eine leise Regung von neu erwachter Zuneigung zu ihr empfand. Sie rief auf der Stelle am Lake de Selby an, und auf das anfängliche Zögern eines maulfaulen Mädchens im Büro hin verlangte sie, dass man sie unverzüglich mit Dr. Vance verbinde. Sodann arrangierte sie alles Nötige, und als sie zehn Minuten später zurückrief, hatte sie alles geregelt: eine Gepäckliste, eine Wasserski-Erlaubnis, eine obere Koje im Chickadee Wigwam und den Plan, Harriet am nächsten Morgen um sechs Uhr abzuholen. Sie hatte das Camp nicht (wie Harriet glaubte) vergessen, sondern nur keine Lust mehr gehabt, sich länger herumzuärgern – einerseits mit Harriet und andererseits mit Harriets Mutter, von der sie in diesen Fragen keine Unterstützung erhielt. Nach Edies fester Überzeugung rührten Harriets Probleme daher, dass sie nicht genug Umgang mit anderen Kindern hatte, speziell nicht mit netten, kleinen, gewöhnlichen Baptistenkindern, und während Harriet mit Mühe und Not den Mund hielt, hatte sie sich am Telefon voller Begeisterung darüber ausgelassen, wie viel Spaß Harriet dort haben werde und welche Wunder ein bisschen

Disziplin und christliche Sportlichkeit bei ihr wirken würden.

Das Schweigen im Schlafzimmer ihrer Mutter war ohrenbetäubend. »Tja«, sagte Charlotte. Sie legte die Zeitschrift zur Seite. »Das kommt alles sehr plötzlich. Ich dachte, es wäre dir so schrecklich schlecht gegangen im Camp letztes Jahr.«

»Wir fahren, bevor du wach bist. Edie will früh auf der Straße sein. Ich dachte, ich sollte es dir sagen.«

»Wieso hast du es dir anders überlegt?«

Harriet zuckte bloß unverschämt die Achseln.

»Nun… ich bin stolz auf dich.« Charlotte wusste nicht, was sie sonst sagen sollte. Harriet, das fiel ihr jetzt auf, war schrecklich sonnenverbrannt und dünn. Wem glich sie noch gleich mit ihren glatten schwarzen Haaren und der Art, wie sie das Kinn vorstreckte?

»Ich frage mich«, sagte sie laut, »was eigentlich aus dem Buch über die kleine Hiawatha geworden ist, das immer im Haus war?«

Harriet schaute aus dem Fenster, als erwarte sie jemanden.

»Es ist wichtig.« Tapfer bemühte Charlotte sich, den Faden wieder aufzunehmen. *Es liegt an den verschränkten Armen,* dachte sie, *und am Haarschnitt.* »Ich will damit sagen, es ist gut für dich, wenn du dich beteiligst… an Dingen.«

Allison lungerte vor der Tür herum und lauschte, vermutete Harriet. Allison folgte ihr durch den Gang und blieb in der Tür ihres Zimmers stehen, als Harriet ihre Kommodenschublade öffnete und Tennissocken herausnahm, Unterwäsche und ihr grünes »Camp de Selby«-Shirt vom letzten Sommer.

»Was hast du angestellt?«, fragte sie.

Harriet erstarrte. »Nichts«, sagte sie. »Wieso glaubst du, ich hätte was angestellt?«

»Du benimmst dich, als ob du Ärger hättest.«

Nach einer langen Pause wandte Harriet sich mit rot glühendem Gesicht wieder dem Packen zu.

»Ida wird weg sein, wenn du wiederkommst«, sagte Allison.

Die roten Handschuhe.

»Mir egal.«

»Das ist ihre letzte Woche. Wenn du wegfährst, wirst du sie nie wieder sehen.«

»Na und?« Harriet stopfte ihre Tennisschuhe in den Ranzen. »Sie liebt uns nicht wirklich.«

»Ich weiß.«

»Na, warum soll es mir dann was ausmachen?«, antwortete Harriet aalglatt, obwohl ihr Herz ins Schleudern geriet und einmal aussetzte.

»Weil wir *sie* lieben.«

»*Ich* nicht«, sagte Harriet sofort. Sie zog den Reißverschluss zu und warf den Ranzen auf das Bett.

Unten nahm Harriet einen Bogen Briefpapier von dem Tisch im Eingangsflur, und im schwindenden Licht setzte sie sich hin und schrieb:

Lieber Hely,
ich fahre morgen ins Camp. Ich hoffe, den Rest des Sommers geht's dir gut. Vielleicht sitzen wir im selben Zimmer, wenn du nächstes Jahr in die siebte Klasse kommst.
Deine Freundin
Harriet C. Dufresnes.

Sie war gerade fertig, als das Telefon klingelte. Erst wollte sie nicht abnehmen, aber nach dem dritten oder vierten Läuten wurde sie schwach und griff vorsichtig zum Hörer.

»*Mann.*« Helys Stimme kam knisternd und sehr leise durch das Footballhelm-Telefon. »Hast du die ganzen Sirenen vorhin gehört?«

»Ich hab dir gerade einen Brief geschrieben«, sagte Harriet. Die Atmosphäre im Flur war wie im Winter, nicht wie im August. Das Licht, das von der rankenumwucherten Veranda durch die Gardinen neben der Tür und durch das halbrunde Oberlicht mit den strahlenförmigen Sprossen hereinsickerte, war aschfahl, nüchtern und matt. »Edie fährt mich morgen ins Camp.«

»Ausgeschlossen!« Es hörte sich an, als komme seine Stimme vom Grunde des Meeres. »Fahr nicht! Du bist verrückt geworden!«

»Ich bleib nicht hier.«

»Lass uns weglaufen!«

»Das kann ich nicht.« Mit der Zehenspitze malte Harriet ein glänzendes schwarzes Mal in den Staub, der den geschwungenen Rosenholzsockel des Tisches überhaucht hatte.

»Und wenn uns jemand gesehen hat? Harriet?«

»Ich bin noch dran«, sagte Harriet.

»Und was ist mit meiner Karre?«

»Ich weiß nicht.« Harriet hatte auch schon an Helys Karre gedacht. Sie stand immer noch auf der Straßenbrücke, und die leere Kiste ebenfalls.

»Soll ich noch mal hin und sie holen?«

»Nein. Jemand könnte dich sehen. Dein Name steht doch nicht drauf, oder?«

»Nein. Ich benutze sie ja nie. Sag mal, Harriet, wer *war* diese Person?«

»Keine Ahnung«

»Die sah echt alt aus. Diese Person.«

Ein angespanntes, erwachsenes Schweigen trat ein – nicht wie das übliche Schweigen, wenn sie nicht mehr wussten, was sie sagen sollten, und jeder freundschaftlich darauf wartete, dass der andere den Mund wieder aufmachte.

»Ich muss Schluss machen«, sagte Hely schließlich. »Meine Mom macht Tacos zum Abendessen.«

»Okay.«

Sie saßen da, jeder an seinem Ende der Leitung, und atmeten, Harriet in der hohen, muffigen Diele, Hely auf der oberen Koje in seinem Zimmer.

»Was ist eigentlich mit den Kids passiert, von denen du erzählt hast?«

»Was?«

»Die Kids in den Nachrichten aus Memphis. Die Steine von der Brücke geworfen haben.«

»Ach, die. Die haben sie erwischt.«

Die roten Handschuhe.

»Und was haben sie mit ihnen gemacht?«

»Ich weiß nicht. Ich nehme an, sie sind ins Gefängnis gekommen.«

Wieder war es lange still.

»Ich schreib dir 'ne Postkarte. Dann hast du in der Postrunde was zu lesen«, sagte Hely. »Und wenn was passiert, sag ich's dir.«

»Nein, nicht. *Schreib nichts auf.* Nicht darüber.«

»Ich werde nichts verraten!«

»Ich weiß, dass du nichts *verraten* wirst«, sagte Harriet gereizt. »Du sollst einfach nicht darüber reden.«

»Na, wenigstens nicht mit irgendjemandem.«

»Mit *niemandem*. Du kannst nicht rumlaufen und es Leuten wie … wie … wie *Greg DeLoach* erzählen. Ganz im Ernst, Hely«, sagte sie über seinen Einwand hinweg. »Versprich mir, dass du ihm nichts erzählst.«

»Greg wohnt weit draußen in Hickory Circle. Ich sehe ihn nur in der Schule. Und außerdem – *Greg* würde uns nicht verraten, das weiß ich genau.«

»Erzähl's ihm trotzdem nicht. Denn wenn du es auch nur einem einzigen Menschen erzählst …«

»Ich wünschte, ich könnte mit dir fahren. Ich wünschte, ich könnte *irgendwohin* fahren«, sagte Hely kläglich. »Ich hab Angst. Ich glaube, vielleicht war es Curtis' Grandma, auf die wir die Schlange geschmissen haben.«

»Hör mir zu. Ich möchte, dass du es mir versprichst. Erzähl es *niemandem*. Denn …«

»Wenn sie Curtis' Großmutter ist, dann ist sie's auch von den andern. Von Danny und Farish und dem Prediger.« Zu Harriets Überraschung brach er in schrilles, hysterisches Gelächter aus. »*Diese Typen werden mich umbringen.*«

»Ja«, sagte Harriet ernst. »Und deshalb darfst du es *niemals irgendjemandem* erzählen. Wenn du nichts erzählst, und wenn ich nichts erzähle …«

Sie spürte etwas, blickte auf und zu ihrem Schrecken sah sie Allison in der Wohnzimmertür stehen, nur ein paar Schritt weit entfernt.

»Es ist blöd, dass du wegfährst.« Helys Stimme klang blechern. »Und ich glaub es einfach nicht, dass du in dieses verdammte beschissene Baptistencamp fährst.«

Harriet wandte ihrer Schwester demonstrativ den Rücken zu und machte ein vieldeutiges Geräusch, um Hely zu verstehen zu geben, dass sie nicht frei sprechen konnte, aber Hely kapierte nicht.

»Ich wünschte, ich könnte auch irgendwohin fahren. Wir sollten dieses Jahr eigentlich in den Smoky Mountains Urlaub machen, aber Dad sagt, er will nicht so viele Meilen auf dem Tacho haben. Sag mal, glaubst du, du kannst mir ein paar Vierteldollarstücke dalassen, damit ich dich anrufen kann, wenn es nötig ist?«

»Ich hab kein Geld.« Typisch Hely: Er versuchte, Geld von ihr zu schnorren, obwohl er derjenige war, der Taschengeld bekam. Allison war verschwunden.

»Mann, ich hoffe bloß, dass es nicht seine Großmutter war. Bitte, *bitte,* mach, dass es nicht seine Großmutter war.«

»Ich muss jetzt Schluss machen.« Warum war das Licht so jämmerlich? Harriet hatte das Gefühl, als breche ihr das Herz. Im Spiegel gegenüber, auf dem trüben Abbild der Wand über ihr (rissiger Putz, dunkle Fotografien, tote Wandleuchter aus vergoldetem Holz), wirbelte eine schimmelige Wolke aus schwarzen Punkten.

Noch immer hörte sie Helys rauen Atem am anderen Ende der Leitung. Nichts bei Hely zu Hause war jämmerlich – alles war fröhlich und neu, und immer lief der Fernseher –, aber sogar sein Atem klang verändert und tragisch, wenn er durch den Telefondraht in ihr Haus gelangte.

»Meine Mom hat darum gebeten, dass Miss Ehrlichson meine Klassenlehrerin sein soll, wenn ich diesen Herbst in die Siebte komme«, sagte Hely. »Ich schätze, da werden wir uns nicht mehr so oft sehen, wenn die Schule wieder anfängt.«

Harriet machte ein gleichgültiges Geräusch, um sich nicht anmerken zu lassen, dass sie bei diesem Verrat ein schmerzhafter Stich durchzuckte. Edies alte Freundin Mrs. Hackney (Spitzname: »die Hacke«) hatte Harriet in der siebten Klasse unterrichtet, und sie würde es auch in

Die roten Handschuhe.

der achten tun. Aber wenn Hely sich für Miss Ehrlichson entschieden hatte (jung und blond und neu an der Schule), dann würden Hely und Harriet unterschiedliche Arbeitsräume, unterschiedliche Lunchpausen, unterschiedliche Klassenzimmer haben, ja, alles würde anders sein.

»Miss Ehrlichson ist cool. Meine Mom sagt, es kommt überhaupt nicht in Frage, dass sie noch einmal eins ihrer Kinder ein Jahr mit Mrs. Hackney durchmachen lässt. Bei ihr kann man die Buchbesprechung über jedes Buch machen, das einem gefällt, und – okay!«, antwortete Hely einer Stimme aus dem Off. Zu Harriet sagte er: »Essenszeit. Wir sprechen uns später.«

Harriet saß da und hielt sich den schweren schwarzen Hörer ans Ohr, bis am anderen Ende das Freizeichen ertönte. Dann legte sie ihn mit gediegenem Klicken auf die Gabel. Hely mit seiner dünnen, vergnügten Stimme und seinen Plänen für Miss Ehrlichson, ja, selbst Hely kam ihr jetzt vor wie etwas, das verloren war oder bald verloren sein würde, etwas Vergängliches wie Gewitterwürmchen oder Sommer. Das Licht in der schmalen Diele war jetzt fast völlig verschwunden. Und ohne dass Helys Stimme, so blechern und leise sie auch gewesen war, die Düsternis aufhellte, wurde ihre Trauer immer schwärzer und rauschte tosend heran wie ein Wasserfall.

Hely! Er lebte in einer geschäftigen, geselligen, farbenfrohen Welt, wo alles modern und hell war: mit Cornflakes und Pingpong, Stereoanlagen und Soda, und seine Mutter lief in T-Shirt und abgeschnittenen Jeans barfuß auf dem Teppichboden hin und her. Sogar der Geruch drüben war neu und limonenfrisch – nicht wie in ihrem eigenen trüben Zuhause schwer und miefig von Erinnerungen, ein kummervoller Widerhall von Staub und alten Kleidern. Was kümmerten Hely, der jetzt Tacos zum Abendessen aß und im Herbst fröhlich in Miss Ehrlichsons Klassenzimmer davonsegeln würde, was kümmerten Hely Kälte und Einsamkeit? Was wusste er von ihrer Welt?

Wenn Harriet sich später an diesen Tag erinnerte, kam er ihr vor wie der wissenschaftlich exakte Kristallisationspunkt, an dem ihr Leben ins Elend umgeschwenkt war. Sie war nie wirklich glücklich und zufrieden gewesen, aber auf die seltsamen Dunkelheiten, die jetzt vor ihr lagen, war sie doch nicht vorbereitet. Für den Rest ihres Lebens würde Harriet sich mit schmerzhaftem Schrecken daran erinnern, dass sie nicht tapfer genug gewesen war, um einen letzten Nachmittag – den allerletzten! – auf dem Boden vor Idas Sessel zu sitzen und den Kopf auf Idas Knie zu legen. Wovon sie wohl gesprochen hätten? Sie würde es nie wissen. Es würde sie schmerzen, dass sie feige davongelaufen war, bevor Idas letzte Arbeitswoche vorbei war. Es würde sie schmerzen, dass das ganze Missverständnis auf irgendeine merkwürdige Weise ihre eigene Schuld gewesen war. Es würde sie schrecklich schmerzen, dass sie Ida nicht Lebewohl gesagt hatte. Aber vor allem würde es sie schmerzen, dass sie zu stolz gewesen war, Ida zu sagen, dass sie sie liebte. In ihrem Zorn und ihrem Stolz hatte sie sich nicht klar gemacht, dass sie Ida nie wieder sehen würde. Ein ganz neues, hässliches Leben senkte sich um Harriet herab, dort im dunklen Flur am Telefontisch, und auch wenn es ihr jetzt noch neu erschien, würde es in den kommenden Wochen grausig vertraut werden.

KAPITEL 6.

Das Begräbnis.

_____

»Gastlichkeit war das Leitmotiv des Lebens in jenen Tagen«, sagte Edie. Ihre Stimme, klar und deklamierend, erhob sich mühelos über den heißen Wind, der zu den Autofenstern hereinrauschte. Majestätisch und ohne sich der Mühe des Blinkens zu unterziehen, schwenkte sie auf die linke Spur und schnitt dabei einen Holzlaster.

Der Oldsmobile war eine üppige, kurvenreiche Seekuh von einem Auto. Edie hatte ihn in den fünfziger Jahren in Colonel Chipper Dee's Autohandlung in Vicksburg gekauft. Eine endlose leere Sitzfläche erstreckte sich zwischen Edie auf der Fahrerseite und Harriet, die sich auf der anderen Seite gegen die Tür flegelte. Zwischen ihnen – neben Edies Basthandtasche mit den hölzernen Henkeln – standen eine karierte Thermosflasche mit Kaffee und eine Schachtel Doughnuts.

»Draußen in ›Drangsal‹ kreuzten Mutters Verwandte aus heiterem Himmel auf und blieben manchmal wochenlang da, und niemand dachte sich auch nur das Geringste dabei«, erzählte Edie. Die zulässige Höchstgeschwindigkeit betrug fünfundfünfzig, aber sie blieb bei ihrem gewohnten, entspannten Tempo: vierzig Meilen pro Stunde.

Im Rückspiegel sah Harriet, wie der Fahrer des Holzlasters sich mit der flachen Hand an die Stirn schlug und ungeduldige Gebärden machte.

»Ich spreche allerdings nicht von den Verwandten aus Memphis«, sagte Edie. »Ich spreche von den Verwandten

Das Begräbnis.

aus Baton Rouge. Miss Ollie und Jules und Mary Willard. Und die kleine Tante Fluff!«

Harriet starrte trostlos aus dem Fenster: Sägewerke und Fichtenwüsten, lachhaft rosig im Licht des frühen Morgens. Ein warmer, staubiger Wind wehte ihr das Haar ins Gesicht, peitschte monoton eine lose Ecke der Deckenbespannung und ließ den Zellophandeckel der Doughnut-Schachtel rattern. Sie hatte Hunger und Durst, aber es gab außer dem Kaffee nichts zu trinken, und die Doughnuts waren bröckelig und altbacken. Edie kaufte immer Doughnuts vom Vortag, obwohl sie nur ein paar Cent billiger waren als die frischen.

»Mutters Onkel hatte eine kleine Pflanzung unten bei Covington – Angevine hieß sie«, sagte Edie und zupfte mit ihrer freien Hand eine Serviette heraus, und auf eine Art, die man nur als königlich bezeichnen konnte – wie ein König, der es gewohnt war, mit den Fingern zu essen –, nahm sie einen großen Bissen von ihrem Doughnut. »Libby fuhr immer mit uns dreien hinunter, mit dem alten Zug Nummer vier. Manchmal für Wochen! Miss Ollie wohnte in einem kleinen Haus auf der Rückseite, mit einem Holzherd und einem Tisch und Stühlen, und in diesem kleinen Häuschen haben wir lieber gespielt als irgendwo anders!«

Harriets Beine klebten am Autositz. Gereizt rutschte sie hin und her und versuchte, es sich bequem zu machen. Sie saßen jetzt seit drei Stunden im Wagen, und die Sonne stand hoch und heiß am Himmel. Immer wieder zog Edie in Betracht, den Oldsmobile gegen einen Wagen mit Klimaanlage und funktionierendem Radio einzutauschen, aber immer überlegte sie es sich in letzter Minute anders, hauptsächlich weil es ihr insgeheim Vergnügen machte, zu sehen, wie Roy Dial die Hände rang und bekümmert umhertanzte. Es machte Mr. Dial verrückt, dass eine gut situierte alte Baptistendame in einem zwanzig Jahre alten Wagen durch die Stadt fuhr. Manchmal, wenn die neuen Modelle herauskamen, rollte er spät nachmittags bei Edie an und stellte ihr unaufgefordert einen »Tester« vor die Tür, meistens ein Spitzenmodell von Cadillac. »Fahren Sie ihn einfach mal ein paar Tage«, sagte er und spreizte die

Hände. »Mal sehen, was Sie davon halten.« Edie spannte ihn grausam auf die Folter und tat, als habe sie sich auf den ersten Blick in das angebotene Fahrzeug verliebt, und dann – gerade als Mr. Dial den Vertrag aufsetzen wollte – gab sie es zurück und hatte plötzlich Einwände gegen die Farbe oder die elektrischen Fensterheber, oder sie beklagte sich über irgendeinen mikroskopischen Mangel, ein Klappern am Armaturenbrett oder einen hakenden Verriegelungsknopf.

»Auf den Nummernschildern von Mississippi steht immer noch ›Staat der Gastfreundschaft‹, aber meiner Meinung nach ist die wahre Gastfreundschaft dort in der ersten Hälfte dieses Jahrhunderts ausgestorben. *Mein* Urgroßvater war entschieden gegen den Bau des Alexandria Hotels, damals vor dem Krieg.« Edie hob die Stimme, um das lang gezogene, hartnäckige Hupen des Lastwagens hinter ihnen zu übertönen. »Er sagte, er selbst werde mit dem größten Vergnügen jeden respektablen Reisenden aufnehmen, der in die Stadt käme.«

»Edie, der Mann hinter dir hupt dich an.«

»Soll er.« Edie war wieder in ihr gemütliches Tempo verfallen.

»Aber ich glaube, er möchte überholen.«

»Es wird ihm nichts schaden, wenn er ein bisschen langsamer fährt. Wo will er denn so eilig hin mit seinen Balken?«

Die Landschaft mit sandigen Lehmhügeln und endlosen Kiefernwäldern war so nackt und fremdartig, dass Harriet davon Magenschmerzen bekam. Alles, was sie sah, erinnerte sie daran, dass sie weit weg von zu Hause war. Sogar die Leute in den anderen Autos sahen anders aus: sonnengerötet, mit breiten, flachen Gesichtern, in Farmerkleidung.

Sie kamen an einer trostlosen Ansammlung von Betrieben vorbei: Freelon Spraying Co., Tune's AAA Transmission, New Dixie Stone and Gravel. Ein klappriger alter Schwarzer im Overall und mit einer orangegelben Jagdmütze auf dem Kopf humpelte mit einer braunen Einkaufstüte im Arm am Straßenrand entlang. Was würde Ida wohl

Das Begräbnis.

denken, wenn sie zur Arbeit kam und sah, dass Harriet weg war? Jetzt ungefähr würde sie eintrudeln, und bei diesem Gedanken beschleunigte sich Harriets Atmung.

Durchhängende Telefonkabel, Äcker mit Kohl und Mais, heruntergekommene Häuser mit Vorhöfen aus gestampftem Lehm. Harriet schmiegte die Stirn an die warme Scheibe. Vielleicht würde Ida begreifen, wie gekränkt Harriet war; vielleicht würde sie begreifen, dass sie nicht jedes Mal, wenn sie sich über irgendetwas ärgerte, gleich damit drohen konnte, zu packen und zu gehen… Ein bebrillter Schwarzer mittleren Alters streute ein paar roten Hühnern Körner aus einem Fettkanister hin; feierlich hob er die Hand, als der Wagen vorüberfuhr, und Harriet winkte zurück, so eifrig, dass sie ein bisschen verlegen wurde.

Sie machte sich auch Sorgen wegen Hely. Er war zwar anscheinend ziemlich sicher, dass sein Name nicht auf der Karre stand, aber sie dachte trotzdem nicht gern daran, dass dieses Ding da oben stand und nur darauf wartete, dass jemand es fand. Wenn sie sich vorstellte, was passieren würde, wenn man die Karre zu Hely zurückverfolgte, wurde ihr ganz schlecht. *Nicht daran denken, nicht daran denken,* ermahnte sie sich.

Immer weiter ging die Fahrt. Anstelle der Hütten kamen weitere Wälder und vereinzelte flache Felder, die nach Pestiziden rochen. Auf einer düsteren kleinen Lichtung war eine dicke Weiße in braunem Hemd und Shorts dabei, nasse Wäsche über eine Leine neben ihrem Wohnwagen zu hängen. Ein Fuß war eingegipst und geschient, und sie warf einen Blick auf den Wagen, ohne zu winken.

Plötzlich wurde Harriet durch Bremsenkreischen und eine scharfe Kurve aus ihren Gedanken gerissen. Sie schleuderte gegen die Tür, und die Doughnut-Schachtel kippte um. Edie war quer durch den Gegenverkehr in die holprige kleine Landstraße eingebogen, die zum Camp führte.

»Entschuldige, Liebes«, sagte Edie unbekümmert und beugte sich herüber, um ihre Handtasche wieder aufzustellen. »Ich weiß nicht, warum sie diese Schilder so klein machen, dass man sie erst lesen kann, wenn man unmittelbar davor ist.«

Schweigend rumpelten sie die Schotterstraße entlang.
Ein silbernes Lippenstiftröhrchen rollte über den Sitz,
und Harriet fing es auf, bevor es herunterfiel. *Kirschen im
Schnee* stand auf dem Etikett an der Unterseite. Sie warf
es in Edies Basthandtasche.

»Jetzt sind wir wirklich in Jones County!«, sagte Edie
fröhlich. Ihr Profil, dunkel vor dem Gegenlicht der Sonne,
sah scharfgeschnitten und mädchenhaft aus. Nur die Konturen ihres Halses und ihre knotigen und fleckigen Hände
auf dem Lenkrad verrieten ihr Alter. In ihrer frischen weißen Bluse, dem karierten Rock und den dazu passenden
zweifarbigen Oxfordschuhen sah sie aus wie eine enthusiastische Zeitungsreporterin aus den vierziger Jahren auf
der Jagd nach dem Scoop. »Erinnerst du dich an den alten
Newt Knight, den Deserteur, aus deinem Geschichtskurs
über Mississippi, Harriet? Den Robin Hood der Kiefern-
wälder, so nannte er sich! Er und seine Männer waren arm
und heruntergekommen, und sie wollten nicht für die Reichen in den Krieg ziehen. Also verkrochen sie sich hier im
Hinterwald und lehnten alles ab, was mit der Konföde-
ration zu tun hatte. Republik Jones, so nannten sie sich. Die
Kavallerie schickte ihnen Bluthunde auf den Hals, und
die alten Frauen bestreuten diese Hunde mit rotem Pfeffer,
dass sie erstickten! Das ist die Sorte Gentlemen, die man
hier unten in Jones County antrifft.«

»Edie«, sagte Harriet, die das Gesicht ihrer Großmutter
beobachtet hatte, während sie erzählte, »vielleicht solltest
du mal deine Augen untersuchen lassen.«

»Ich kann noch prima lesen. *Yes, Ma'am.* Früher«, sagte
Edie, »da war dieser Hinterwald voll von abtrünnigen Konföderierten. Sie waren zu arm, um selbst Sklaven zu halten,
und sie ärgerten sich über die, die reich genug waren, um
welche zu haben!«

Auf der linken Seite ging der Wald in ein offenes Gelände
über. Der bloße Anblick – die kleinen, jämmerlichen Tri-
bünen, die Fußballtore, das struppige Gras – ließ Harriet
das Herz in die Hose sinken. Ein paar zäh aussehende
ältere Mädchen schlugen einen Prellball hin und her, und
ihr Klatschen und Ächzen – *uff!* – hallte hart und hörbar

Das Begräbnis.

durch die Morgenstille. Auf einem handgemalten Schild über der Punktetafel stand:

de Selby Frischlinge!
es gibt keine Grenzen!

Harriets Kehle schnürte sich zusammen. Plötzlich war ihr klar, dass sie einen schrecklichen Fehler begangen hatte.

»Nathan Bedford Forrest kam nun nicht gerade aus der reichsten und kultiviertesten Familie der Welt, aber er war der größte General des Krieges!«, erzählte Edie. »*Yes, Ma'am!* ›Am schnellsten das Meiste!‹ – das war Forrest!«

»Edie«, sagte Harriet schnell und mit dünner Stimme. »Ich will hier nicht bleiben. Lass uns wieder nach Hause fahren.«

»*Nach Hause?*« Edie klang amüsiert und gar nicht überrascht. »Unsinn! Du wirst eine großartige Zeit hier verbringen.«

»Nein, *bitte*. Ich hasse das hier.«

»Warum wolltest du dann herkommen?«

Harriet konnte darauf nichts antworten. Als sie um die altvertraute Ecke am Fuße der Anhöhe bogen, tat sich eine Galerie vergessener Schrecklichkeiten vor ihr auf. Das löchrige Gras, die staubstumpfen Kiefern, die spezielle gelblich rote Farbe des Kieses, der aussah wie rohe Hühnerleber – wie hatte sie vergessen können, wie sehr sie diesen Ort verabscheute und wie jämmerlich ihr jede einzelne Minute zumute gewesen war? Oben links das Durchgangstor, dahinter die Hütte des Hauptbetreuers, halb versunken in bedrohlichem Schatten. Über der Tür hing ein selbst gemaltes Transparent aus Stoff mit einer Taube, auf dem in dicken Hippie-Lettern stand: FREUT EUCH!

»Edie, bitte«, sagte Harriet hastig. »Ich hab's mir anders überlegt. Lass uns wieder fahren.«

Edie hielt das Lenkrad umklammert; sie fuhr herum und funkelte Harriet mit ihren hellen Augen, räuberisch und kalt, an – Augen, die Chester als »Scharfschützenaugen« bezeichnete, weil sie dazu geschaffen zu sein schienen, an einem Gewehrlauf entlangzuspähen. Harriets Augen

(»kleiner Scharfschütze« nannte Chester sie manchmal) waren ebenso hell und eisig, und für Edie war es nicht angenehm, ihrem eigenen festen Blick *en miniature* zu begegnen. Sie entdeckte keinerlei Trauer oder Bangigkeit in der starren Miene ihrer Enkelin. Alles, was sie sah, war nur Unverschämtheit, noch dazu aggressive Unverschämtheit.

»Sei nicht albern«, sagte sie gefühllos und schaute wieder auf die Straße, gerade noch rechtzeitig, um nicht in den Graben zu fahren. »Es wird dir hier gefallen. In einer Woche wirst du schreien und toben, weil du nicht nach Hause willst.«

Harriet starrte sie ungläubig an.

»Edie«, sagte sie, »dir würde es hier auch nicht gefallen. Nicht für eine Million Dollar würdest du bei diesen Leuten bleiben.«

»›Oh, Edie!‹« In gehässigem Falsett äffte Edie Harriets Stimme nach. »›*Bring mich zurück! Bring mich zurück ins Camp!*‹ Das wirst du sagen, wenn es Zeit zum Abreisen ist.«

Harriet war so gekränkt, dass sie nicht sprechen konnte. »Werde ich nicht«, brachte sie schließlich hervor. »Werde ich überhaupt nicht.«

»Wirst du doch!«, sang Edie mit hoch erhobenem Kinn in dem selbstgefälligen, vergnügten Ton, den Harriet verabscheute. »Wirst du doch!«, sang sie noch lauter, ohne Harriet anzusehen.

Plötzlich trötete eine Klarinette eine Schauder erregende Note, halb Eselsgeblöke, halb ländliches Hallo: Dr. Vance mit seiner Klarinette kündigte ihr Eintreffen an. Dr. Vance war kein richtiger Doktor – kein Arzt –, sondern nur eine Art besserer christlicher Kapellmeister, ein Yankee mit dichten, buschigen Augenbrauen und riesigen Maultierzähnen. Er war ein großes Tier in der baptistischen Jugendarbeit, und es war Adelaide gewesen, die zutreffenderweise darauf hingewiesen hatte, dass er das wandelnde Ebenbild der berühmten Tenniel-Zeichnung des verrückten Hutmachers aus *Alice im Wunderland* war.

»Willkommen, die Damen!«, krähte er und beugte sich zu Edies heruntergekurbeltem Fenster herein. »Lobet den Herrn!«

Das Begräbnis.

»Hört, hört«, antwortete Edie, die für den predigenden Tonfall, der sich mitunter in Dr. Vance' Reden schlich, wenig übrig hatte. »Hier ist unser kleiner Camper. Ich denke, wir checken sie ein, und dann mache ich mich wieder auf den Weg.«

Dr. Vance drückte das Kinn herunter und beugte sich noch weiter ins Fenster, um Harriet anzugrinsen. Sein Gesicht war rau und rot wie ein Stein. Mit kaltem Blick sah Harriet die Haare in seinen Nasenlöchern und die Flecken in den Zwischenräumen seiner Zähne.

Dr. Vance wich theatralisch zurück, als habe ihn Harriets Blick versengt. »Hui!« Er hob den Arm, schnupperte an seiner Achselhöhle und sah Edie an. »Ich dachte schon, ich hätte heute Morgen vielleicht mein Deodorant vergessen.«

Harriet starrte auf ihre Knie. *Selbst wenn ich hier bleiben muss,* sagte sie, *brauche ich noch lange nicht so zu tun, als ob es mir gefällt.* Dr. Vance wollte, dass seine Camper laut, extrovertiert und ausgelassen waren, und jeder, der sich nicht von selbst in diesen Campgeist fügen wollte, wurde von ihm gepiesackt und aufgezogen und gewaltsam genötigt, sich zu öffnen. *Was ist los, kannst du keinen Spaß vertragen? Kannst du nicht über dich selbst lachen?* Wenn ein Kind, ganz gleich, aus welchem Grund, zu still war, sorgte Dr. Vance dafür, dass es mit dem Wasserballon durchnässt wurde oder vor der ganzen Mannschaft wie ein Huhn tanzen oder in der Schlammgrube ein eingefettetes Schwein fangen oder einen lustigen Hut tragen musste.

»Harriet!«, sagte Edie nach einer verlegenen Pause. Was immer sie sonst behaupten mochte: Dr. Vance bereitete ihr ebenfalls Unbehagen, da war sich Harriet ganz sicher.

Dr. Vance blies einen säuerlichen Ton auf seiner Klarinette, und als es ihm auch damit nicht gelang, Harriet aus der Reserve zu locken, schob er den Kopf zum Fenster herein und streckte ihr die Zunge heraus.

Ich bin unter Feinden, sagte Harriet sich. Sie musste standhaft bleiben und immer daran denken, warum sie hier war. Denn so sehr sie Camp de Selby auch hasste, im Augenblick war es der sicherste Ort für sie.

Dr. Vance stieß einen Pfiff aus, höhnisch, beleidigend. Widerwillig schaute Harriet zu ihm hinüber (es hatte keinen Sinn, sich weiter zu sträuben; er würde sie einfach immer weiter bedrängen), und er zog die Brauen schief wie ein trauriger Clown und schob die Unterlippe vor. »Eine Jammerparty ist keine tolle Party«, sagte er. »Weißt du, warum nicht? Hmm? *Weil man die alleine feiert.*«

Mit glühendem Gesicht schaute Harriet an ihm vorbei aus dem Fenster. Schmale Kiefern. Ein Trupp Mädchen in Badeanzügen stakste auf Zehenspitzen vorbei, die Beine und Füße mit rotem Schlamm beschmiert. *Die Macht der Highland-Häuptlinge ist gebrochen,* dachte sie. *Ich bin aus meinem Vaterland geflüchtet und in die Heide gezogen.*

»... Probleme zu Hause?«, hörte sie Dr. Vance ziemlich scheinheilig fragen.

»Durchaus nicht. Sie ist nur... Harriet hat ein paar Rosinen im Kopf«, sagte Edie mit klarer, weithin vernehmbarer Stimme.

Eine scharfe, hässliche Erinnerung kam Harriet plötzlich in den Sinn: Dr. Vance, wie er sie zum Hula-Hoop-Wettbewerb auf die Bühne schob, und wie das ganze Camp sich angesichts ihrer Not ausschütten wollte vor Lachen.

»Na...« Dr. Vance kicherte. »Rosinen im Kopf sind eine Krankheit, gegen die wir hier ganz bestimmt ein Heilmittel haben!«

»Hast du gehört, Harriet? *Harriet?*« Edie seufzte. »Ich weiß nicht, was in sie gefahren ist.«

»Oh, einen oder zwei Scherzabende, einen oder zwei Kartoffelwettläufe, und sie wird schon warm werden.«

Die Scherzabende! Konfuse Erinnerungen erhoben sich mit Getöse: gestohlene Unterhosen, Wasser in ihrer Koje *(seht doch, Harriet hat ins Bett gemacht!),* eine laute Mädchenstimme: *Hier kannst du nicht sitzen!*

Da kommt die gelehrte Miss Bücherwurm!

»Na *hey!*« Das war Dr. Vance' Frau mit ihrer schrillen, ländlich angehauchten Stimme, die sich ihnen da in ihren Polyestershorts entgegenwiegte. Mrs. Vance (»Miss Patsy«, wie sie sich von den Campern gern nennen ließ) war für die Mädchen im Camp zuständig, und sie war genauso

Das Begräbnis.

schlimm wie Dr. Vance, wenn auch anders: Sie betatschte einen, war aufdringlich und stellte zu viele persönliche Fragen (nach Jungen, Körperfunktionen und so weiter). Obwohl Miss Patsy ihr offizieller Spitzname war, nannten die Mädchen sie nur Nursie: die Krankenschwester.

»*Hey*, Honey!« Und schon langte sie durch das Wagenfenster und kniff Harriet in den Oberarm. »*Wie geht's denn, Mädel?*« Tatsch, tatsch. »*Na, sieh mal an!*«

»Guten Tag, Mrs. Vance«, sagte Edie. »Wie geht's Ihnen?« Perverserweise mochte Edie Leute wie Mrs. Vance, denn sie gaben ihr genug Raum, um besonders hochnäsig und majestätisch zu sein.

»*Na, dann kommt mal alle! Gehen wir rauf zum Büro!*« Alles, was Mrs. Vance sagte, sagte sie mit unnatürlichem Pep. »*Gott*, wie bist du groß geworden, Mädel!«, wandte sie sich an Harriet. »Ich bin sicher, dass du dieses Jahr keine Boxkämpfe mehr anfangen wirst, nicht wahr?«

Und Dr. Vance warf Harriet einen eisigen Blick zu, der ihr nicht gefiel.

Im Krankenhaus spielte Farish das Szenario des Unfalls immer wieder durch, stellte Spekulationen an und Theorien auf, die ganze Nacht hindurch und bis in den nächsten Tag hinein, sodass seine Brüder es allmählich bis obenhin satt hatten, ihm zuzuhören. Stumpf und mit vor Erschöpfung geröteten Augen hingen sie im Warteraum der Intensivstation; halb hörten sie ihm zu, und halb verfolgten sie einen Zeichentrickfilm mit einem Hund, der ein Geheimnis aufklärte.

»Wenn du dich bewegst, *muss* sie dich beißen.« Farish sprach mit der Luft, als rede er mit der abwesenden Gum. »Du hättest dich nicht bewegen dürfen. Soll sie doch auf deinem Schoß liegen.«

Er war aufgestanden, fuhr sich mit der Hand durch die Haare und fing an, auf und ab zu gehen, sodass er den andern den Blick auf den Fernseher versperrte. »Farsh«, sagte Eugene laut und schlug die Beine andersherum übereinander, »Gum musste schließlich den Wagen fahren, oder nicht?«

»Aber sie brauchte ihn nicht in den Graben zu fahren«, sagte Danny.

Farish zog die Brauen zusammen. »*Zehn Pferde* hätte mich nicht aus dem Fahrersitz gebracht«, sagte er streitsüchtig. »Still wie 'ne Maus hätte ich dagesessen. Wenn du dich bewegst«, er machte eine glatte, gleitende Bewegung mit der flachen Hand, »bedrohst du sie. Dann wehrt sie sich.«

»Was zum Teufel soll sie denn machen, Farish? Da fällt 'ne Schlange durch das Dach in den verdammten Wagen?«

Plötzlich klatschte Curtis in die Hände und zeigte auf den Fernseher. »Gum!«, rief er.

Farish fuhr herum. Im nächsten Moment brachen Eugene und Danny in entsetztes Gelächter aus. In dem Zeichentrickfilm stürmten der Hund und ein paar junge Leute durch ein altes Geisterschloss. Ein grinsendes Skelett hing zwischen ein paar Trompeten und Äxten an der Wand — ein Skelett, das auf sonderbare Weise eine merkwürdige Ähnlichkeit mit Gum hatte. Unversehens flog es von der Wand und segelte hinter dem Hund her, der heulend davonrannte.

»So«, stammelte Eugene, denn er hatte Mühe, die Worte hervorzubringen, »*so* sah sie aus, als die Schlange hinter ihr her war.«

Farish drehte sich wortlos um und schaute sie müde und verzweifelt an. Curtis ahnte, dass er etwas falsch gemacht hatte, und hörte sofort auf zu lachen. Mit banger Miene starrte er Farish an. Aber genau in diesem Augenblick erschien Dr. Breedlove in der Tür, und alles verstummte.

»Ihre Großmutter ist bei Bewusstsein«, sagte er. »Anscheinend wird sie durchkommen. Wir haben die Schläuche abgemacht.«

Farish schlug die Hände vors Gesicht.

»Die Beatmungsschläuche jedenfalls. Die Infusionen laufen weiter, denn ihr Herzschlag ist noch nicht stabil. Möchten Sie sie sehen?«

Mit feierlichen Mienen trotteten sie im Gänsemarsch hinter ihm her (alle bis auf Curtis, der zufrieden vor dem Fernseher zurückblieb, und durch einen Dschungel von Maschi-

Das Begräbnis.

nen und rätselhaften Apparaten gelangten sie zu einem mit Vorhängen umgebenen Bereich, in dem Gum verborgen war. Obgleich sie völlig reglos dalag, nahezu beängstigend reglos, sah sie eigentlich nicht viel mitgenommener aus als sonst, von den Augenlidern abgesehen, die wegen der Muskellähmung schlaff und halb geschlossen waren.

»Tja, ich lasse Sie dann einen Augenblick allein.« Der Arzt rieb sich tatkräftig die Hände. »Aber nur einen Augenblick. Strengen Sie sie nicht an.«

Farish trat als Erster ans Bett. »Ich bin's«, sagte er und beugte sich dicht über sie.

Ihre Lider flatterten, dann hob sie langsam eine Hand von der Decke, und Farish ergriff sie.

»Wer hat dir das angetan?«, fragte er streng und hielt das Ohr dicht an ihre Lippen, um zu lauschen.

Nach ein paar Augenblicken sagte sie: »Ich weiß nicht.« Ihre Stimme klang trocken und brüchig und sehr schwach. »Ich hab von weitem bloß ein paar Kinder gesehen.«

»Vergiss die Kinder«, sage Eugene. »Weißt du, an wen ich dachte, als ich es gehört hab? *Porton Stiles.*« Wegen des Schlangenbisses trug er selbst noch den Arm in der Schlinge. »Oder Buddy Reebals. Es hat immer schon geheißen, Buddy hätte 'ne Schwarze Liste. Mit Leuten, die er sich eines Tages vornehmen will.«

»Das war keiner von denen.« Farish richtete sich auf, und in seinem Blick lag plötzlich schneidende, hellsichtige Intelligenz. »Das alles hat neulich abends in der Mission angefangen.«

»Guck mich nicht so an«, sagte Eugene. »Ist doch nicht *meine* Schuld.«

»Glaubst du, Loyal war es?«, fragte Danny.

»Wie denn?«, wandte Eugene ein. »Er ist vor einer Woche weggefahren.«

»Na, eins steht jedenfalls verdammt fest. Es war *seine* Schlange. Das ist überhaupt keine Frage«, sagte Farish.

»Na, *du* warst derjenige, der gesagt hat, er soll mit seinen Schlangen herkommen«, antwortete Eugene erbost. »Nicht ich. Ich meine, ich trau mich ja nicht mal mehr in meine eigene Wohnung…«

»Ich hab gesagt, es war seine *Schlange*.« Farish tappte
erregt mit der Fußspitze auf den Boden. »Ich hab nicht gesagt, dass er sie geschmissen hat.«

»Aber weißt du, Farish, was mich nervös macht«, sagte
Danny. »Wer hat die Frontscheibe eingeschlagen? Wenn sie
nach Stoff gesucht haben …«

Danny merkte, dass Eugene ihn komisch anschaute. Er
brach ab und stopfte die Hände in die Taschen. Es war nicht
nötig, vor Eugene und Gum über die Drogen zu reden.

»Glaubst du, Dolphus steckt dahinter?«, fragte er Farish.
»Oder jemand, der für Dolphus arbeitet?«

Farish überlegte. »Nein. Dieser ganze Scheiß mit den
Schlangen und so weiter, das ist nicht sein Stil. Dolphus
würde einfach jemanden runterschicken, der dir den Arsch
aufreißt.«

»Weißt du, was mir nicht aus dem Kopf geht?«, sagte
Danny. »Das Mädchen, das an dem Abend oben an der Tür
war.«

»An sie hab ich auch gedacht«, sagte Farish. »Ich hab
sie mir nicht genau angesehen. Wo kam sie her? Und wieso
trieb sie sich draußen am Haus rum?«

Danny zuckte die Achseln.

»Du hast sie nicht gefragt?«

»Hey, Mann.« Danny bemühte sich, in ruhigem Ton zu
sprechen. »An dem Abend war 'ne Menge los.«

»Und du hast sie abhauen lassen?« Farish wandte sich
an Gum. »Du sagst, du hast ein Kind gesehen. Schwarz oder
weiß? Junge oder Mädchen?«

»Yeah, Gum«, sagte Danny. »Was hast du gesehen?«

»Na, um die Wahrheit zu sagen«, antwortete ihre Großmutter matt, »was Genaues hab ich nicht gesehen. Ihr wisst
doch, wie meine Augen sind.«

»War es ein Kind? Oder mehrere?«

»Ich hab nicht viel gesehen. Als ich von der Straße run-
terfuhr, hab ich oben auf der Brücke ein Kind schreien und
lachen hören.«

»Dieses Mädchen«, sagte Eugene zu Farish, »war an dem
Abend in der Stadt und hat mir und Loyal beim Predigen
zugesehen. Ich erinnere mich an sie. Sie hatte ein Fahrrad.«

Das Begräbnis.

»Sie hatte kein Fahrrad, als sie in die Mission kam«, sagte Danny. »Da ist sie zu Fuß weggerannt.«

»Ich sag ja nur, was ich gesehen hab.«

»Ich glaube, ich hab ein Fahrrad gesehen, wenn ich's mir überlege«, sagte Gum. »Aber sicher bin ich nicht.«

»Ich will mit diesem Mädchen sprechen«, sagte Farish. »Ihr sagt, ihr wisst nicht, wer sie ist?«

»Sie hat uns ihren Namen genannt, aber sie konnte sich nicht entscheiden. Erst hieß sie Mary Jones. Dann hieß sie Mary Johnson.«

»Würdest du sie wiedererkennen, wenn du sie noch mal siehst?«

»*Ich* würde sie wiedererkennen«, sagte Eugene. »Ich hab zehn Minuten neben ihr gestanden, und ich hab ihr Gesicht aus der Nähe gesehen.«

»Ich auch«, sagte Danny.

Farish presste die Lippen zusammen. »Sind die Cops mit der Sache befasst?«, fragte er seine Großmutter unvermittelt. »Haben sie dir irgendwelche Fragen gestellt?«

»Ich hab ihnen nichts gesagt.«

»Gut.« Unbeholfen tätschelte Farish seiner Großmutter die Schulter. »Ich kriege raus, wer dir das angetan hat«, versprach er. »Und du kannst drauf wetten: Wenn ich sie finde, wird's ihnen Leid tun.«

Für Allison glichen Idas letzte Arbeitstage den Tagen vor Weenies Tod: diese endlosen Stunden, die sie neben seiner Kiste auf dem Küchenfußboden gelegen hatte. Ein Teil von ihm war noch da gewesen, aber das meiste – das Beste – war schon fort. »Le Sueur«-Erbsen hatte auf der Kiste gestanden. Die schwarzen Buchstaben hatten sich mit der ganzen üblen Wucht der Verzweiflung in Allisons Erinnerung geprägt. Mit der Nase dicht vor diesen Buchstaben hatte sie dagelegen und versucht, im Takt seines abgehackten, qualvollen kleinen Keuchens zu atmen, als könne sie ihm mit ihrer eigenen Lunge Auftrieb geben. Wie riesig die Küche war, von so tief unten gesehen, so spät nachts: all diese Schatten. Noch jetzt hatte Weenies Tod den wächsernen Schimmer des Linoleums in Edies Küche, noch immer verband sich damit das Gefühl der Bedrängnis durch die Schränke mit ihren Glastüren (ein Publikum von Tellern in Reihen auf der Galerie, hilflos glotzend) und die nutzlose Fröhlichkeit der roten Geschirrtücher und der Vorhänge mit dem Kirschenmuster. Diese stummen, wohlmeinenden Objekte – Pappkiste, Kirschenvorhänge, bunt zusammengewürfeltes Geschirr – waren dicht an Allisons Trauer herangerückt und hatten die ganze lange, furchtbare Nacht hindurch mit ihr gewacht. Und jetzt, da Ida ging, gab es im ganzen Haus nichts, was Allisons Schmerz geteilt oder aufgefangen hätte, nichts außer ein paar Gegenständen: die düsteren Teppiche, die wolkigen Spiegel, die Sessel, so geduckt und trauernd, und sogar die tragische alte Standuhr, die sich sehr starr und korrekt aufrecht hielt, als wolle sie im nächsten Augenblick in Schluchzen ausbrechen. Die Wiener Dudelsackpfeifer und die Doulton-Ladys in ihren Krinolinen gestikulierten beschwörend in der Porzellanvitrine und deuteten hierhin und dorthin, die Wangen hektisch rot, der dunkle Blick der kleinen, hohlen Augen wie betäubt.

Ida Hatte Zu Tun. Sie machte den Kühlschrank sauber, nahm alles aus den Schränken und wischte sie aus; sie machte Bananenbrot und einen oder zwei Aufläufe, die sie in Alufolie wickelte und in den Gefrierschrank stellte. Sie plauderte, summte sogar und machte einen ganz vergnügten Eindruck – nur, dass sie die ganze Zeit, während sie umherhastete, Allison nie in die Augen schaute. Einmal glaubte Allison zu sehen, dass sie weinte. Behutsam blieb sie in der Tür stehen. »Weinst du?«, fragte sie.

Ida Rhew zuckte zusammen, drückte sich dann die Hand auf die Brust und lachte. »Du meine Güte, nein!«, rief sie.

»Ida, bist du traurig?«

Aber Ida schüttelte nur den Kopf und arbeitete weiter, und Allison ging auf ihr Zimmer und weinte. Später würde sie bereuen, dass sie eine ihrer letzten paar Stunden mit Ida damit vergeudet hatte, allein in ihrem Zimmer zu weinen. Aber in diesem Augenblick in der Küche zu stehen und zuzusehen, wie Ida ihr den Rücken zuwandte und die

Das Begräbnis.

Schränke reinigte, war so traurig, dass sie es nicht ertragen konnte, so traurig, dass Allison panische, atemlose Erstickungsgefühle bekam, wenn sie sich nur daran erinnerte. Irgendwie war Ida bereits weg; so warm und zuverlässig sie auch war, sie hatte sich doch schon in eine Erinnerung verwandelt, in einen Geist, obwohl sie da in ihren weißen Krankenschwesternschuhen in der sonnigen Küche stand.

Allison ging zum Lebensmittelladen und ließ sich einen Pappkarton geben, in dem Ida ihre Stecklinge unterbringen konnte, damit sie auf der Reise nicht kaputtgingen. Mit dem Geld, das sie hatte – zweiunddreißig Dollar, altes Weihnachtsgeld – kaufte sie alles, was ihr einfiel und was Ida vielleicht brauchen oder sich wünschen würde: Lachs in Dosen, den Ida gern mit Crackern zum Lunch aß, Ahornsirup, Kniestrümpfe und ein elegantes Stück englische Lavendelseife, Kekse mit Feigenfüllung, eine Schachtel Pralinen, ein Briefmarkenheftchen, eine hübsche rote Zahnbürste und eine Tube gestreifte Zahnpasta und sogar ein großes Glas »Einmal täglich«-Vitamine.

Sie trug das alles nach Hause, und an diesem Abend verbrachte sie lange Zeit auf der hinteren Veranda damit, Idas Stecklinge einzupacken: Jede Schnupftabaksdose, jeder Plastikbecher kam einzeln in einen sorgfältig gefalteten Umschlag aus feuchtem Zeitungspapier. Auf dem Dachboden war eine hübsche rote Schachtel mit Weihnachtslichtern. Allison hatte sie ausgekippt und die Schachtel mit nach unten in ihr Zimmer genommen, um die Geschenke darin zu verpacken, als ihre Mutter durch den Flur getrippelt kam (mit leichtem, unbekümmertem Schritt) und den Kopf zur Tür hereinstreckte.

»Es ist einsam hier ohne Harriet, nicht?«, fragte sie strahlend. Ihr Gesicht glänzte von Cold Cream. »Möchtest du in mein Zimmer kommen und fernsehen?«

Allison schüttelte den Kopf. Das Verhalten ihrer Mutter beunruhigte sie, denn es war überhaupt nicht ihre Art, abends nach zehn noch herumzulaufen, sich für irgendetwas zu interessieren und Einladungen auszusprechen.

»Was machst du denn da? Ich finde, du solltest zu mir

kommen und fernsehen«, sagte ihre Mutter, als Allison keine Antwort gab.

»Okay.« Allison stand auf.

Ihre Mutter warf ihr einen seltsamen Blick zu, und Allison schaute in qualvoller Verlegenheit weg. Manchmal, besonders wenn sie beide miteinander allein waren, spürte sie schmerzhaft, wie enttäuscht ihre Mutter war, dass sie sie war und nicht Robin. Ihre Mutter konnte nichts dafür – im Gegenteil, sie bemühte sich sogar rührend angestrengt, es zu verbergen –, aber Allison wusste, dass ihre bloße Existenz eine Erinnerung an das war, was fehlte, und mit Rücksicht auf die Gefühle ihrer Mutter tat sie ihr Bestes, um ihr aus dem Weg zu gehen und sich im Haus so unauffällig wie möglich zu verhalten. Die nächsten paar Wochen würden schwierig werden, wenn Ida nicht mehr da und Harriet verreist wäre.

»Du *musst* nicht fernsehen kommen«, sagte ihre Mutter schließlich. »Ich dachte nur, du möchtest es vielleicht.«

Allison spürte, dass sie rot wurde. Sie wich dem Blick ihrer Mutter aus. Alle Farben in ihrem Zimmer – auch die der Schachtel kamen ihr plötzlich viel zu grell vor.

Als ihre Mutter wieder gegangen war, packte Allison weiter ein, und dann steckte sie das Geld, das sie noch übrig hatte, in einen Umschlag mit dem Briefmarkenheftchen, einem Schulfoto von sich und ihrer Adresse, die sie in sorgsamen Blockbuchstaben auf einen Bogen gutes Briefpapier geschrieben hatte. Schließlich verschnürte sie die Schachtel mit einem grünen Flitterband.

Viel später, mitten in der Nacht, schrak Allison aus einem schlechten Traum hoch – aus einem Traum, den sie schon öfter gehabt hatte und in dem sie mit dem Gesicht dicht vor einer weißen Wand stand. In diesem Traum konnte sie sich nicht bewegen, und es war, als werde sie den Rest ihres Lebens diese kahle Wand anstarren müssen.

Sie blieb still im Dunkeln liegen und schaute die Schachtel auf dem Boden neben ihrem Bett an, bis die Straßenlaternen erloschen und das Zimmer sich mit blauem Dämmerlicht füllte. Schließlich stand sie auf, nahm eine gerade Nadel von ihrem Sekretär und setzte sich barfuß und mit

Das Begräbnis.

gekreuzten Beinen auf den Boden, und dann verbrachte sie
eine gute Stunde damit, eifrig winzige Geheimbotschaften
in die Pappschachtel zu stechen, bis die Sonne aufging und
es im Zimmer wieder hell war: Idas letzter Tag. IDA, WIR
LIEBEN DICH. IDA R. BROWNLEE. KOMM ZURÜCK
IDA. VERGISS MICH NICHT, IDA. IN LIEBE.

Obwohl er deswegen ein schlechtes Gewissen hatte, genoss
Danny den Aufenthalt seiner Großmutter im Krankenhaus. Das Leben zu Hause war einfacher, wenn sie Farish
nicht dauernd aufstachelte. Und obwohl Farish eine Menge
Drogen nahm (solange Gum weg war, hinderte ihn nichts
daran, die ganze Nacht mit Rasierklinge und Spiegel vor
dem Fernseher zu hocken), war die Gefahr nicht so groß,
dass er seinen Brüdern an die Gurgel ging, wenn die zu-
sätzliche Belastung, sich dreimal täglich zu Gums mächtigen Pfannengerichten in der Küche zu versammeln, weg-
fiel.

Danny nahm selbst eine Menge Stoff, aber das war okay.
Bald würde er damit aufhören, er war bloß noch nicht so
weit. Und die Drogen gaben ihm genug Energie, um den ganzen Trailer sauber zu machen. Barfuß, schwitzend, nackt bis
auf die Jeans, putzte er Fenster und Wände und Böden; er
warf das ganze ranzige Schmalz und Speckfett weg, das
Gum in müffelnden alten Kaffeedosen überall in der Küche
versteckt hatte; er schrubbte das Bad und bohnerte das
Linoleum, bis alles glänzte, und er bleichte die ganze alte
Unterwäsche und die T-Shirts, bis sie wieder weiß waren.
(Ihre Großmutter hatte sich nie an die Waschmaschine
gewöhnen können, die Farish ihr gekauft hatte; dauernd
wusch sie weißes Zeug mit buntem zusammen, sodass es
grau wurde.)

Das Putzen gab Danny ein gutes Gefühl: das Gefühl, Herr
der Lage zu sein. Der Trailer war tiptop sauber und aufgeräumt, wie die Kombüse auf einem Schiff. Sogar Farish bemerkte, wie adrett alles aussah. Danny wusste, dass es nicht
ratsam war, irgendeins von Farishs »Projekten« anzurühren
(halb zusammengebaute Maschinenteile, kaputte Rasenmä-

her und Vergaser und Tischlampen), aber man konnte um sie herum putzen. All den unnötigen Müll loszuwerden war schon der halbe Erfolg. Zweimal täglich fuhr er den Abfall zur Müllkippe. Wenn er für Curtis Buchstabensuppe warmgemacht oder Eier mit Speck gebraten hatte, spülte er die Teller und trocknete sie gleich ab, statt sie stehen zu lassen. Er klügelte sogar eine Methode aus, wie man das Geschirr im Schrank am besten stapelte, damit es nicht so viel Platz wegnahm.

Abends saß er mit Farish herum. Auch das war ein Vorzug von Speed: Es verdoppelte den Tag. Man hatte Zeit zum Arbeiten, Zeit zum Reden, Zeit zum Nachdenken.

Und es gab eine Menge nachzudenken. Die Attacken der letzten Zeit – auf die Mission, auf Gum – hatten Farishs Aufmerksamkeit auf einen einzigen Punkt konzentriert. In den alten Zeiten – vor seiner Kopfverletzung – hatte Farish ein Händchen dafür gehabt, bestimmte praktische und logistische Probleme zu analysieren, und ein bisschen von dieser alten, berechnenden Gerissenheit lag jetzt in der Neigung seines Kopfes, als er und Danny auf der unvollendeten Straßenbrücke standen und den Tatort untersuchten: die verzierte Dynamitkiste der Kobra, leer. Eine rote Kinderkarre. Ein Gewirr von kleinen Fußspuren, die im Zementstaub hin und her liefen.

»Wenn sie das gewesen ist«, sagte Farish, »dann bringe ich das kleine Luder um.« Er stemmte die Fäuste in die Hüften und starrte schweigend in den Zementstaub.

»Was denkst du?«, fragte Danny.

»Ich frage mich, wie ein Kind diese schwere Kiste bewegen konnte.«

»Mit der Karre.«

»Nicht über die Treppe bei der Mission.« Farish nagte an der Unterlippe. »Und außerdem – wenn sie die Schlange geklaut hat, wieso klopft sie dann an und zeigt ihr Gesicht?«

Danny zuckte die Achseln. »Kids«, sagte er. Er zündete sich eine Zigarette an, sog den Rauch in die Nase und ließ

Das Begräbnis.

das große Zippo-Feuerzeug zuschnappen. »Sind halt dämlich.«

»Wer das hier getan hat, war nicht dämlich. Um so was abzuziehen, braucht man Mumm. Und Timing.«

»Oder Glück.«

»Egal«, sagte Farish. Er verschränkte die Arme – in seinem braunen Overall sah er aus wie ein Soldat –, und plötzlich starrte er Danny auf eine Weise von der Seite an, die Danny nicht gefiel.

»Du würdest Gum doch nichts antun, oder?«, fragte Farish.

Danny sah ihn fassungslos an. »Nein!« Der Schrecken verschlug ihm fast die Sprache. »Mann!«

»Sie ist alt.«

»Das weiß ich!« Aggressiv schleuderte Danny sich die langen Haare aus dem Gesicht.

»Ich überlege nur, wer sonst noch wusste, dass sie und nicht du an dem Tag mit dem TransAm unterwegs war.«

Danny war verdattert. »Wieso denn?« Das gleißende Licht über dem Highway schien ihm in die Augen und vergrößerte seine Verwirrung. »Wieso kommt's darauf an? Sie hat bloß gesagt, sie klettert nicht gern in den Truck. Das hab ich dir erzählt. Frag sie selbst.«

»Oder mir.«

»Was?«

»Oder mir.« Farish atmete hörbar, in feuchten kleinen Schnaufern. »Du würdest mir doch nichts antun, oder?«

»Nein«, sagte Danny nach einer langen, angespannten Pause, und seine Stimme klang so ausdruckslos, wie es nur ging. Was er gern gesagt hätte, aber nicht zu sagen wagte, war: *Fuck you.* Er verbrachte genauso viel Zeit wie Farish mit dem Drogengeschäft, erledigte Besorgungen, arbeitete im Labor – ja,verdammt, er musste ihn sogar überall hinfahren –, aber Farish zahlte ihm keineswegs den gleichen Anteil wie sich selbst, im Gegenteil: Er bezahlte ihm einen Scheißdreck und warf ihn nur hin und wieder mal einen Zehner oder einen Zwanziger hin. Gut, eine Zeit lang war es um Längen besser gewesen als ein normaler Job. Tagelang bloß Billard spielen oder Farish mit dem Wagen durch die Gegend fahren, Musik hören, die ganze Nacht aufbleiben, kurzum Spaß und Spiele, und so viel Stoff, wie er haben wollte. Aber jeden Morgen die Sonne aufgehen zu sehen, das wurde allmählich ein bisschen unheimlich und monoton, und in letzter Zeit war es regelrecht beängstigend. Er hatte dieses Leben satt, hatte das Highsein satt – aber würde Farish ihm bezahlen, was er ihm schuldete, damit er die Stadt verlassen und irgendwo hingehen konnte, wo niemand ihn kannte (hier hatte man keine großen Chancen, wenn man mit Nachnamen Ratliff hieß), um sich zur Abwechslung einen anständigen Job zu suchen? Nein. Warum sollte Farish ihn bezahlen? Er machte ein gutes Geschäft mit seinem Sklaven.

»Finde das Mädchen«, sagte Farish abrupt. »Das hat für dich jetzt oberste Priorität. Ich will, dass du das Mädchen findest und dass du rauskriegst, was sie über diese Sache weiß. Und wenn du ihr den beschissenen Hals umdrehen musst.«

»*Sie* hat das koloniale Williamsburg schon gesehen, und ihr ist es egal, ob ich es sehe oder nicht«, sagte Adelaide, und sie drehte sich schmollend um und schaute aus dem Rückfenster.

Edie atmete tief durch die Nase. Die Autofahrt mit Harriet ins Camp hatte ihr eigentlich schon gereicht. Wegen Libby (die zweimal hatte zurückfahren müssen, um sich zu vergewissern, dass sie alles abgestellt hatte) und wegen Adelaide (die sie im Wagen hatte warten lassen, während sie noch rasch ein Kleid bügelte, das sie in letzter Minute doch noch mitnehmen wollte) und wegen Tat (die gewartet hatte, bis sie halb zur Stadt hinaus waren, ehe ihr einfiel, dass sie ihre Uhr neben der Spüle hatte liegen lassen) – wegen einer Desorganisation, die selbst in einer Heiligen den Satan zum Vorschein bringen konnte, waren sie jetzt schon mit zwei Stunden Verspätung unterwegs, und auf einmal (noch ehe sie die Stadt hinter sich gelassen hatten) verlangte Adelaide, dass sie einen Umweg durch einen anderen Staat machten.

Das Begräbnis.

»Oh, mit Virginia werden wir nichts verpassen; wir werden doch so viel zu sehen bekommen«, sagte Tat – geschminkt, frisch nach Lavendelseife, Haarspray und *Souvenez-vous?*-Toilettenwasser duftend – und wühlte in ihrer gelben Handtasche nach ihrem Asthma-Inhalator. »Obwohl es schade ist… wenn wir schon mal so weit oben sind…«

Adelaide fing an, sich mit einer Nummer von *Mississippi Byways,* die sie mitgebracht hatte, um sie im Wagen zu lesen, Luft zuzufächeln.

»Wenn ihr da hinten nicht genug Luft bekommt«, sagte Edie, »warum dreht ihr dann nicht die Fenster ein Stückchen herunter?«

»Weil ich mir die Haare nicht durcheinander bringen möchte. Ich hab sie gerade erst machen lassen.«

»Na«, sagte Tat und beugte sich herüber, »ein ganz kleiner Spalt…«

»Nicht! Stopp! Das ist die Tür!«

»Nein, Adelaide, *das* ist die Tür. *Das* ist das Fenster.«

»Bitte mach dir keine Mühe. Mir gefällt es so.«

»Ich an deiner Stelle«, sagte Edie, »würde mir nicht allzu viele Sorgen um meine Frisur machen, Addie. Es wird dir ziemlich heiß werden da hinten.«

»Na, solange all die anderen Fenster offen sind«, sagte Adelaide steif, »werde ich schon genügend durchgepustet.«

Tat lachte. »Also, *mein* Fenster mache ich nicht zu.«

»Gut«, sagte Adelaide spröde, »und *meins* mache ich nicht auf.«

Libby, die vorn neben Edie saß, gab einen schläfrignervösen Laut von sich, als könne sie sich nicht recht entspannen. Ihr puderduftendes zartes Eau de Cologne war nicht aufdringlich, aber im Verein mit der Hitze und den machtvollen, asiatischen Wolken von Shalimar und *Souvenez-vous?,* die hinten waberten, bewirkte es, dass Edie allmählich die Nebenhöhlen zuschwollen.

Plötzlich quiekte Tat. »Wo ist meine Handtasche?«

»Was? Was?«, fragten alle gleichzeitig.

»Ich finde meine Handtasche nicht!«

»Edie, du musst umdrehen«, sagte Libby. »Sie hat ihre Handtasche vergessen.«

»Ich habe meine Handtasche nicht *vergessen*! Ich hatte sie eben noch!«

»Ich kann hier nicht mitten auf der Straße einfach umdrehen«, sagte Edie.

»Wo kann sie denn sein? Ich hatte sie doch eben noch! Ich...«

»Oh, Tatty!« Adelaide lachte fröhlich. »Da ist sie doch! Du sitzt drauf.«

»Was hat sie gesagt? Hat sie sie gefunden?« Panisch schaute Libby hin und her. »Hast du deine Handtasche gefunden, Tat?«

»Ja, ich hab sie.«

»Oh, Gott sei Dank. Die Handtasche darf man nicht verlieren. Was machst du, wenn du deine Handtasche verlierst?«

Als habe sie eine Radiodurchsage zu machen, verkündete Adelaide: »Das erinnert mich an dieses verrückte Wochenende am vierten Juli, als wir nach Natchez hinuntergefahren sind. Das werde ich nie vergessen.«

»Ich werde es auch nicht vergessen«, sagte Edie. Es war in den fünfziger Jahren gewesen, bevor Adelaide das Rauchen aufgegeben hatte; Adelaide – ins Reden vertieft – hatte den Aschenbecher in Brand gesetzt, während Edie auf dem Highway entlangfuhr.

»Meine Güte, was war das für eine lange und heiße Autofahrt.«

»Ja, zumindest meine Hand fühlte sich ziemlich heiß an«, sagte Edie schnippisch. Ein rot glühender Tropfen geschmolzenes Plastik – Zellophan von Adelaides Zigarettenschachtel – war an ihrem Handrücken kleben geblieben, als sie versuchte, die Flammen auszuschlagen und gleichzeitig den Wagen zu fahren (Addie hatte nichts weiter getan, als quiekend auf dem Beifahrersitz herumzuzappeln). Es war eine hässliche Verbrennung gewesen, die eine Narbe hinterlassen hatte, und vor Schmerz und Schrecken wäre Edie beinahe von der Straße abgekommen. Danach war sie zweihundert Meilen weit durch die Augusthitze gefahren und hatte die rechte Hand in einen Pappbecher mit Eiswasser gehalten, während ihr die Tränen über das

Das Begräbnis.

Gesicht strömten und Adelaide den ganzen Weg quengelte und nörgelte.

»Und damals im August, als wir alle nach New Orleans gefahren sind?« Adelaides Hand machte eine komische Flatterbewegung vor ihrer Brust. »Ich dachte, ich *sterbe* am Hitzschlag, Edith. Ich dachte, du schaust herüber auf den Beifahrersitz und *siehst, dass ich gestorben bin.*«

Du! dachte Edie. *Mit deinem geschlossenen Fenster! Wessen Schuld war denn das?*

»Ja!«, sagte Tat. »Was für eine Reise! Und das war ...«

»Du warst gar nicht dabei.«

»Doch, das war ich!«

»Das war sie wirklich. Ich werde es nie vergessen«, sagte Adelaide herrisch.

»Weißt du nicht mehr, Edith? Das war die Reise, wo du in Jackson ins McDonald's Drive-In gefahren bist und versucht hast, dem Mülleimer auf dem Parkplatz unsere Bestellung aufzugeben.«

Perlendes Gelächter voller Heiterkeit. Edie knirschte mit den Zähnen und konzentrierte sich auf die Straße.

»Oh, was sind wir doch für ein paar verrückte alte Ladys«, sagte Tat. »Was müssen die Leute über uns gedacht haben?«

»Ich hoffe bloß, ich habe an alles gedacht«, murmelte Libby. »Letzte Nacht hab ich plötzlich gedacht, dass ich meine Strümpfe zu Hause gelassen und dass ich mein ganzes Geld verloren habe ...«

»Ich wette, du hast kein Auge zugetan, nicht wahr, Liebes?« Tat beugte sich nach vorn und legte die Hand auf Libbys schmale kleine Schulter.

»Unsinn! Mir geht es wunderbar! Ich bin ...«

»Du weißt, dass sie nicht geschlafen hat!«, sagte Adelaide. »Hat sich die ganze Nacht Sorgen gemacht! Was du brauchst, ist ein Frühstück.«

»Also, wisst ihr«, sagte Tatty und klatschte in die Hände, »das ist eine wundervolle Idee!«

»Lass uns Halt machen, Edith.«

»Jetzt hört mal zu! Ich wollte heute Morgen um sechs Uhr losfahren! Wenn wir jetzt Pause machen, ist es Mittag, bevor wir unterwegs sind! Habt ihr denn nichts gegessen, bevor wir abgefahren sind?«

»Nun, ich wusste ja nicht, wie es *meinem Magen* gehen würde, ehe wir ein Weilchen unterwegs waren«, sagte Adelaide.

»Wir sind kaum aus der Stadt!«

»Mach dir um mich keine Sorgen, Liebes«, sagte Libby. »Ich bin so aufgeregt, ich könnte keinen Bissen essen.«

»Hier, Tat.« Edie fummelte die Thermosflasche hervor. »Gib ihr einen kleinen Becher Kaffee.«

»Wenn sie nicht geschlafen hat«, sagte Tat pedantisch, »bekommt sie von Kaffee vielleicht Herzklopfen.«

Edie schnaubte. »Was ist los mit euch? Bei *mir* habt ihr immer Kaffee getrunken, ohne über Herzklopfen oder sonst irgendetwas zu klagen. Jetzt tut ihr so, als wäre es Gift. Macht euch alle *wild*.«

Ganz plötzlich sagte Adelaide: »O Gott. Dreh um, Edith.«

Tat hielt sich eine Hand vor den Mund und lachte. »Heute Morgen ist wirklich der Wurm drin, nicht wahr?«

»Was ist jetzt wieder?«, fagte Edie.

»Tut mir Leid«, sagte Adelaide gepresst. »Ich muss zurück.«

»Was hast du vergessen?«

Adelaide blickte starr gerade aus. »Meinen koffeinfreien Kaffee.«

»Dann musst du dir eben welchen kaufen.«

»Na ja«, meinte Tat, »wenn sie zu Hause ein Glas *hat*, wäre es ja eine Schande, wenn sie jetzt noch eins kauft...«

»Außerdem«, sagte Libby und hielt sich die Hände an die Wangen, während sie aufrichtig erschrocken die Augen aufriss, »was ist, wenn sie keinen findet? Wenn man da oben keinen *kaufen* kann?«

»*Koffeinfreien Kaffee kann man überall kaufen!*«

»Edith, bitte«, fauchte Adelaide. »Ich will davon nichts hören. Wenn du mich nicht zurückfahren willst, halte bitte an und lass mich aussteigen.«

Sehr scharf und ohne zu blinken, bog Edie in die Zufahrt zur Highway-Bankfiliale ein und wendete auf dem Parkplatz.

Das Begräbnis.

»Sind wir nicht verrückt? Ich dachte, ich bin die Einzige, die heute Morgen alles vergessen hat«, sagte Tat vergnügt, während sie gegen Adelaide rutschte, und sie stützte sich mit der Hand an Addies Arm ab, als Edie ihre jähe Wende vollführte. Und gerade wollte sie laut verkünden, dass sie nicht mehr ganz so schlimme Gewissensbisse habe, weil sie ihre Uhr an der Spüle habe liegen lassen, als auf dem Vordersitz ein atemloser Aufschrei von Libby ertönte – und *bamm!* Hart an der Beifahrerseite getroffen, schleuderte das Auto herum, drehte sich um sich selbst, und ehe man sich versah, gellte die Hupe, und Blut strömte aus Edies Nase, und sie waren auf der falschen Seite des Highways und starrten durch ein Spinnennetz aus gesplittertem Glas in den Verkehr, der auf sie zukam.

»Oh, *Harrr-iet!*«

Gelächter. Zu Harriets Bestürzung hatte die jeansgekleidete Bauchrednerpuppe von allen im Publikum ausgerechnet sie aufs Korn genommen. Sie und fünfzig andere Mädchen unterschiedlichen Alters saßen auf langen Bänken auf einer Waldlichtung, die die Betreuer als »Kapelle« bezeichneten.

Vorn drehten zwei Mädchen aus Harriets Hütte (Dawn und Jada) sich um und funkelten sie an. Sie hatten sich noch am Morgen mit Harriet gestritten, und nur das Läuten der Kapellenglocke hatte den Streit unterbrochen.

»Hey, sei nicht blöd, Ziggie, alter Junge!«, gluckste der Bauchredner. Er hieß Zach und war Betreuer im Jungencamp. Dr. und Mrs. Vance hatten mehr als einmal erwähnt, dass Zig (die Puppe) und Zach seit zwölf Jahren das Zimmer miteinander teilten und dass die Puppe als Zachs »Zimmergenosse« mit ihm an der Bob Jones University gewesen war. Harriet hatte schon viel darüber gehört, sehr viel mehr, als ihr lieb war. Die Puppe war gekleidet wie ein Slum-Kid – Kniehosen und runder Strohhut –, und sie hatte ein Furcht erregendes rotes Maul und Sommersprossen, die aussahen wie Masern. Jetzt riss sie – mutmaßlich Harriet nachäffend – die Augen auf und drehte den Kopf einmal um dreihundertsechzig Grad.

»Hey, Boss, *ich* soll blöde sein?«, kreischte sie aggressiv. Neues Gelächter – besonders laut von Jada und Dawn, die vorn begeistert applaudierten. Harriet starrte mit glühenden Wangen und unnahbarer Miene auf den verschwitzten Rücken des Mädchens vor ihr. Es war ein älteres Mädchen mit einem BH, der sich in Fettwülste schnitt. *Hoffentlich sehe ich niemals so aus,* dachte sie. *Eher hungere ich mich zu Tode.*

Sie war jetzt seit zehn Tagen im Camp, und es kam ihr vor wie eine Ewigkeit. Sie hatte den Verdacht, dass Edie ein Wörtchen mit Dr. Vance und seiner Frau geredet hatte, denn die Betreuer hatten ein aufreizendes System entwickelt, speziell sie aufs Korn zu nehmen, aber ein Teil des Problems – das war Harriet sonnenklar, ohne dass sie daran etwas hätte ändern können – bestand darin, dass sie außerstande war, sich in die Gruppe einzufügen, ohne Aufmerksamkeit auf sich zu lenken. Aus Prinzip hatte sie es unterlassen, die »Gelöbniskarte« in ihrem Informationspaket zu unterschreiben. Dabei handelte es sich um eine Reihe von feierlichen Gelübden, zu denen die Camper genötigt wurden: keine »Erwachsenenfilme« anzuschauen und keine »Hard Rock«- oder »Acid Rock«-Musik zu hören, keinen Alkohol zu trinken, keinen Sex vor der Ehe zu haben, weder Marihuana noch Tabak zu rauchen und den Namen des Herrn nicht eitel auszusprechen. Es war nicht so, dass Harriet wirklich das Bedürfnis hatte, irgendetwas davon zu tun (außer vielleicht – nicht sehr oft – in Erwachsenenfilme zu gehen), aber sie war trotzdem entschlossen, diese Karte nicht zu unterschreiben.

»*Hey, Honey!* Hast du nicht was vergessen?«, fragte Nursie Vance strahlend, und sie legte einen Arm um Harriet (die sich sofort versteifte) und drückte sie kameradschaftlich an sich.

»Nein.«

»Ich hab aber keine Gelöbniskarte von dir gekriegt.«

Harriet schwieg.

Nursie drückte noch einmal aufdringlich zu. »Weißt du,

Das Begräbnis.

Honey, Gott gibt uns nur zwei Möglichkeiten! Entweder ist etwas recht, oder es ist unrecht! Entweder bist du ein Vorkämpfer Christi, oder du bist es nicht!« Sie zog eine leere Gelöbniskarte aus der Tasche.

»So, Harriet, ich möchte, dass du darüber betest. Und dann sollst du tun, was der Herr dir sagt.«

Harriet starrte auf Nursies wulstige weiße Tennisschuhe hinunter.

Nursie ergriff Harriets Hand. »Möchtest du, dass ich *mit* dir bete, Honey?«, fragte sie vertraulich, als biete sie ihr eine besonders köstliche Gefälligkeit an.

»Nein.«

»Oh, ich weiß, der Herr wird dich schon zur richtigen Entscheidung führen«, sagte Nursie mit augenzwinkernder Begeisterung. »Oh, ich weiß es genau!«

Die Mädchen in Harriets Wigwam hatten sich schon vor Harriets Ankunft zu Paaren gefunden, und die meiste Zeit ignorierten sie sie. Zwar war sie einmal nachts wach geworden, weil ihre Hand in einer Schüssel mit warmem Wasser gelegen hatte und die anderen Mädchen tuschelnd und kichernd am Fußende ihrer Koje gestanden hatten (die Hand in warmes Wasser zu legen, war ein Trick, von dem man annahm, dass er die Schlafende dazu bringen würde, ins Bett zu pinkeln), ansonsten schienen sie es aber nicht besonders auf Harriet abgesehen zu haben. Freilich war auch einmal Klarsichtfolie unter den Sitz der Latrine gespannt gewesen, und von draußen war gedämpftes Gelächter gekommen: »Hey, was machst du so lange da drinnen?« Ein Dutzend Mädchen hatten sich vor Lachen gebogen, als sie mit versteinerter Miene und durchnässten Shorts herausgekommen war – aber dieser Streich war doch sicher nicht speziell gegen sie gerichtet gewesen, da hatte sie doch sicher nur Pech gehabt? Immerhin, alle anderen hatten anscheinend Bescheid gewusst: Beth und Stephanie, Beverley und Michelle, Marcy und Darci und Sara Lynn, Kristle und Jada und Lee Ann und Devon und Dawn. Sie waren großenteils aus Tupelo und Columbus (die Mädchen aus Alexandria – nicht, dass sie ihr lieber gewesen wären – waren in den Wigwams Oriole und Goldfinch); sie waren alle größer als Harriet und sahen älter aus – Mädchen eben, die Lippenstift mit Geschmack und abgeschnittene Jeans trugen und sich auf dem Wasserskisteg mit Kokosnussöl einrieben. Ihre Gesprächsthemen (die Bay City Rollers, die Osmonds, ein Junge namens Jay Jackson, der in ihre Schule ging) langweilten und nervten sie. Das alles hatte Harriet kommen sehen. Sie hatte die Gelöbniskarten kommen sehen. Sie hatte das öde Leben ohne Bücher kommen sehen, den Mannschaftssport (den sie verabscheute) und die Scherzabende und die Tiraden der Bibelstunden; sie hatte kommen sehen, dass sie an windstillen und glühend heißen Nachmittagen endlos in unbequemen Kanus sitzen und sich blöde Unterhaltungen darüber anhören würde, ob Dave ein guter Christ war, ob Wayne was mit Lee Ann gehabt hatte oder ob Jay Jackson trank. Das alles war schon schlimm genug. Aber Harriet würde nächstes Jahr in die achte Klasse kommen, und was sie nicht hatte kommen sehen, war die entsetzliche neue Würdelosigkeit, dass sie – zum ersten Mal im Leben – als »Teen Girl« klassifiziert wurde: eine Kreatur ohne Verstand, bestehend aus lauter Auswölbungen und Absonderungen, wenn sie den Schriften glauben konnte, die man ihr gegeben hatte. Was sie nicht hatte kommen sehen, waren die munteren, demütigenden Filmchen mit herabwürdigenden medizinischen Informationen; was sie nicht hatte kommen sehen, waren die obligatorischen »Quasselrunden«, in denen die Mädchen nicht nur genötigt wurden, persönliche Fragen zu stellen – von denen einige in Harriets Augen unverhohlen pornographisch waren –, sondern sie auch noch zu beantworten.

Bei diesen Diskussionen glühte Harriet vor Hass und Scham. Sie empfand es als erniedrigend, dass Nursie stillvergnügt annahm, sie – Harriet – sei genauso wie diese dummen Mädchen aus Tupelo, die nichts anderes im Kopf hatten als Achselgeruch, Fortpflanzungsorgane und ihre Dates mit Jungen. Der Dunst von Deodorant und Hygienespray in den Umkleideräumen, die stachlige Beinbehaarung, der fettige Lippenstift, all das war besudelt vom glit-

Das Begräbnis.

schigen Öl der »Pubertät«, der Obszönität – bis hinunter zum schweißigen Glanz der Hot Dogs. Schlimmer noch: Harriet kam sich vor, als sei eine der abscheulichen durchsichtigen Abbildungen aus »Dein Körper in der Entwicklung« – nichts als Gebärmutter, Eierstöcke und Brustdrüsen – auf ihren eigenen stummen Körper projiziert, und als sehe jeder, der sie anschaute, selbst wenn sie angezogen war, nichts als Organe und Genitalien und Haare an unschicklichen Stellen. Zu wissen, dass es unausweichlich war (»nur ein *natürlicher Teil des Heranwachsens!*«), war nicht besser, als zu wissen, dass sie eines Tages sterben würde. Der Tod war zumindest würdevoll: das Ende von Unehre und Trauer.

Gut, ein paar der Mädchen in ihrer Hütte, vor allem Kristle und Marcy, hatten einen annehmbaren Sinn für Humor. Aber die fraulicheren unter ihren Hüttenkameradinnen (Lee Ann, Darci, Jada, Dawn) waren derb und abstoßend. Harriet war angewidert von dem Eifer, mit dem sie sich über grobe biologische Kategorien identifizierten, zum Beispiel, wer »Titten« hatte und wer nicht. Sie redeten von »Knutschorgien« und von ihren »Tagen«, und sie sprachen ein erbärmliches Englisch. Und sie hatten eine absolut schweinische Fantasie. *Hier,* hatte Harriet gesagt, als Ann Lee versuchte, ihre Rettungsweste anzuziehen, *das schiebst du hier hinein, so…*

Alle Mädchen, einschließlich Ann Lee, brachen in Gelächter aus. *Was machst du damit, Harriet?*

Man schiebt es hinein, sagte Harriet eisig. *Hineinschieben ist ein tadelloses Wort…*

O yeah? Idiotisches Gekicher – sie waren Schweine, sie alle, die ganze schwitzende, menstruierende, jungsgeile Bande mit ihren Schamhaaren und ihren Transpirationsproblemen, wie sie einander zuzwinkerten und gegen die Knöchel traten. *Sag das doch noch mal, Harriet! Wie geht das? Was soll sie tun?*

Zach und Zig waren inzwischen beim Thema Biertrinken. »Aber jetzt sag mal, Zig: Würdest du etwas trinken, das schlecht schmeckt? Und außerdem schlecht für dich ist?«

»Puh! Nie im Leben! Aber es gibt immer ein paar wirklich dumme Kids, die glauben, Bier trinken ist *cool*, Mann!« Zach machte das Peace-Zeichen. Nervöses Gelächter.

Harriet, die vom langen Sitzen in der Sonne Kopfschmerzen hatte, betrachtete blinzelnd eine Ansammlung von Moskitostichen an ihrem Arm. Nach dieser Versammlung (die Gott sei Dank in zehn Minuten vorbei wäre) kamen fünfundvierzig Minuten Schwimmen, dann ein Bibelquiz und dann Lunch.

Schwimmen war die einzige Beschäftigung, die Harriet gefiel und auf die sie sich freute. Allein mit ihrem Herzschlag pflügte sie geschmeidig durch den dunklen, traumlosen See, durch die fahlen, flackernden Sonnenstrahlen, die das Düster durchbohrten. Dicht unter der Oberfläche war das Wasser warm wie Badewasser, aber wenn sie tiefer schwamm, berührten Lanzen von kaltem Quellwasser ihr Gesicht, und pudrige Dunkelheit wälzte sich wie Wolken von grünem Rauch aus dem plüschigen Morast am Grund herauf und wirbelte bei jedem Schwimmzug, jedem Beinstoß, in Spiralen auseinander.

Die Mädchen durften nur zweimal wöchentlich schwimmen: dienstags und donnerstags. Und sie war besonders froh, dass heute Donnerstag war, weil ihr nach der unangenehmen Überraschung in der Postrunde am Morgen immer noch schwindlig war. Ein Brief von Hely war gekommen. Als sie ihn aufmachte, sah sie zu ihrem Schrecken einen Ausschnitt aus dem *Alexandria Eagle* mit der Schlagzeile: EXOTISCHES REPTIL ATTACKIERT FRAU.

Ein Brief war auch dabei, auf blau liniertem Schulheftpapier. »Uuuh, ist der von deinem Freund?« Dawn riss ihr den Brief aus der Hand. »*Hey Harriet*«, las sie allen laut vor, »*wie läuft's so?*«

Der Zeitungsausschnitt flatterte zu Boden. Mit zitternden Händen hob Harriet ihn auf, knüllte ihn zusammen und steckte ihn in die Tasche.

»*Dachte mir, das hier möchtest du sehen. Guck's dir an...*‹ Guck dir was an? Was denn?«, fragte Dawn.

Harriet hatte die Hand in der Tasche und riss das Zeitungspapier mit den Fingernägeln in Fetzen.

Das Begräbnis.

»Sie hat's in der Tasche«, sagte Jada. »Sie hat da was in die Tasche gesteckt.«

»Hol's raus! Hol's raus!«

Genussvoll stürzte Jada sich auf Harriet, und Harriet schlug ihr ins Gesicht.

Jada kreischte. »O mein Gott! Sie hat mich *gekratzt!* Du hast mich am Augenlid gekratzt, du kleines Stück Scheiße!«

»Hey, Leute!«, zischte jemand. »Mel kann euch hören.« Melanie war die Betreuerin ihres Wigwams.

»Ich blute!«, heulte Jada. »Sie wollte mir das Auge auskratzen! *Fuck!*«

Dawn war wie vom Donner gerührt, und ihr Lipgloss-überzuckerter Mund stand offen. Harriet nutzte das Durcheinander, um ihr Helys Brief aus der Hand zu reißen und ebenfalls in die Tasche zu stopfen.

»Seht doch!« Jada streckte die Hand aus. An ihren Fingerspitzen und auf ihrem Augenlid war Blut, nicht viel, aber doch ein bisschen. »Seht doch, was sie mit mir gemacht hat!«

»Seid *still*«, rief eine schrille Stimme, »sonst kriegen wir einen Minuspunkt.«

»Wenn wir noch einen kriegen«, sagte jemand anders entnervt, »dürfen wir mit den Jungs keine Marshmallows rösten.«

»Ja, das stimmt. Haltet die Klappe.«

Jada kam mit dramatisch geballten Fäusten auf Harriet zu. »Ich rate dir, sieh dich vor, Mädchen«, sagte sie. »Ich *rate* dir…«

»Seid *still*! Mel kommt!«

Dann hatte die Glocke zur Kapelle geläutet. Zach und seine dumme Bauchrednerpuppe waren Harriets Rettung gewesen, vorläufig jedenfalls. Wenn Jada sie verpetzen sollte, würde sie Ärger bekommen, aber das war nichts Neues. Ärger zu bekommen, weil sie sich mit jemandem geschlagen hatte, daran war Harriet gewöhnt.

Was ihr Sorgen machte, war der Zeitungsausschnitt. Es war unglaublich dumm von Hely, ihn ihr zu schicken. Wenigstens hatte niemand ihn gesehen, das war die Hauptsache. Außer der Schlagzeile hatte sie selbst kaum etwas gesehen; sie hatte ihn zusammen mit Helys Brief in der Tasche gründlich zerrissen und die Fetzen durcheinander geknetet. Irgendetwas, merkte sie plötzlich, hatte sich auf der Lichtung verändert. Zach hatte zu reden aufgehört, und die Mädchen waren plötzlich alle sehr still und ruhig. Panik durchrieselte Harriet. Sie erwartete, dass alle Köpfe sich gleichzeitig nach ihr umdrehten und sie anstarrten, aber dann räusperte Zach sich, und Harriet begriff, als erwache sie aus einem Traum, dass das Schweigen gar nicht sie betraf, sondern dass jetzt das Gebet kam. Hastig schloss sie die Augen und senkte den Kopf.

Als das Gebet vorüber war und die Mädchen sich streckten und kicherten und zu plaudernden Gruppen zusammenfanden (Jada und Dawn und Darci redeten offensichtlich über Harriet und starrten feindselig zu ihr herüber), kam Mel (mit grünem Augenschirm und einem Streifen weißer Zinksalbe auf der Nase) zu Harriet. »Vergiss das Schwimmen. Die Vances wollen dich sprechen.«

Harriet bemühte sich, ihr Erschrecken zu verbergen.

»Oben im Büro«, sagte Mel und fuhr sich mit der Zunge über ihre Zahnspange. Über Harriets Kopf hinwegspähend, hielt sie ohne Zweifel Ausschau nach dem wunderbaren Zach und befürchtete, er könnte ins Jungencamp zurückgehen, ohne mit ihr zu sprechen.

Harriet nickte und versuchte, ein gleichgültiges Gesicht zu machen. Was konnten sie ihr schon tun? Sie zwingen, den ganzen Tag allein im Wigwam zu sitzen?

»Hey«, rief Mel ihr nach – sie hatte Zach entdeckt und schlängelte sich mit erhobener Hand zwischen den Mädchen hindurch auf ihn zu –, »wenn die Vances vor der Bibelstunde mit dir fertig sind, gehst du auf den Tennisplatz und übst mit der Zehn-Uhr-Gruppe, okay?«

Die Dunkelheit unter den Kiefern war eine willkommene Erholung nach der sonnengebleichten Helligkeit in der »Kapelle«, und der Pfad durch den Wald war weich und

Das Begräbnis.

klebrig. Harriet ließ den Kopf hängen. *Das ging schnell,* dachte sie. Jada war roh und tyrannisch, aber für eine Petze hatte Harriet sie nicht gehalten.

Aber wer weiß, vielleicht war gar nichts. Vielleicht wollte Dr. Vance sie nur zu einer »Sitzung« holen, wie er es nannte (dabei wiederholte er unzählige Bibelverse über »Gehorsam« und fragte dann, ob Harriet Jesus als ihren persönlichen Erlöser akzeptiere). Vielleicht wollte er sie auch über die *Star Wars*-Figur befragen (zwei Abende zuvor hatte er das ganze Camp zusammengetrommelt, Jungen *und* Mädchen, und sie eine Stunde lang angeschrien, weil einer von ihnen – behauptete er – eine *Star Wars*-Figur gestohlen habe, die Brantley gehörte, seinen grunzenden kleinen Sohn im Kindergartenalter).

Vielleicht hatte auch jemand für sie angerufen. Das Telefon stand in Dr. Vance' Büro. Aber wer sollte sie anrufen? Hely?

Vielleicht die Polizei, dachte sie voller Unbehagen. *Vielleicht haben sie die Karre gefunden.* Sie versuchte, diesen Gedanken beiseite zu schieben.

Wachsam trat sie aus dem Wald. Vor dem Büro, neben dem Minibus und Dr. Vance' Kombi, stand ein Wagen mit Händlernummernschild – von Dial Chevrolet. Bevor Harriet Zeit hatte, sich zu fragen, was das mit ihr zu tun hatte, öffnete sich die Tür mit der melodischen Kaskade eines Windspiels, und heraus kam Dr. Vance, hinter ihm Edie.

Harriet erstarrte vor Schrecken. Edie sah anders aus, ganz fahl und bedrückt, und einen Augenblick lang überlegte Harriet, ob es ein Irrtum war. Aber nein, es war wirklich Edie, sie trug nur eine alte Brille, an die Harriet nicht gewöhnt war, mit einem männlichen schwarzen Gestell, das für ihr Gesicht zu schwer war und sie blass aussehen ließ.

Dr. Vance sah Harriet und winkte mit beiden Armen, als winke er quer durch ein überfülltes Stadion. Harriet ging nur zögerlich weiter. Womöglich steckte sie in echten Schwierigkeiten, und zwar bis über beide Ohren – aber dann hatte auch Edie sie gesehen und lächelte. Und irgendwie (lag es vielleicht an der Brille?) war es die alte Edie, die prähistorische, die Edie aus der herzförmigen Schachtel, die gepfiffen und Robin unter einem geisterhaften Kodachrome-Himmel Basebälle zugeworfen hatte.

»Hottentott!«, rief sie.

Dr. Vance sah mit gefasstem Wohlwollen zu, wie Harriet, durch den alten, selten gebrauchten Kosenamen von überschäumender Liebe erfasst, über den Kiesplatz herangelaufen kam, und wie Edie sich (knapp und soldatisch) vorbeugte und ihr einen Kuss auf die Wange gab.

»Yes, Ma'am. Mächtig froh, die Grandma zu sehen!«, dröhnte Dr. Vance und wippte auf den Fersen. Er sprach mit überschwänglicher Wärme, aber zugleich klang es, als sei er in Gedanken mit anderen Dingen beschäftigt.

»Harriet«, sagte Edie, »sind das alle deine Sachen?« Harriet erblickte ihren Koffer, ihren Ranzen und ihren Tennisschläger auf dem Kies neben Edie.

Nach einer kurzen verwirrten Pause und ehe ihr klar war, dass es ihre eigenen Habseligkeiten waren, die sie da sah, stellte Harriet fest: »Du hast eine neue Brille.«

»Eine alte Brille. Der Wagen ist neu.« Edie deutete mit dem Kopf auf das neue Auto, das neben Dr. Vance' Wagen parkte. »Wenn du noch etwas in der Hütte hast, lauf gleich los und hole es.«

»Wo ist denn dein Auto?«

»Nicht so wichtig. Beeil dich.«

Harriet – einem geschenkten Gaul schaut man nicht ins Maul – rannte davon. Sie war verdattert über diese unverhoffte Errettung, umso mehr, weil sie bereit gewesen war, sich Edie zu Füßen auf den Boden zu werfen und sie lauthals anzuflehen, sie mit nach Hause zu nehmen.

Abgesehen von ein paar Bastelarbeiten, die sie nicht haben wollte, brauchte sie nur ihre Badelatschen und ihre Handtücher zu holen. Jemand hatte eins von ihren Handtüchern geklaut, um damit schwimmen zu gehen, also raffte sie nur das eine an sich und lief zurück zu Dr. Vance' Hütte.

Dr. Vance war dabei, ihre Sachen im Kofferraum von Edies neuem Wagen zu verstauen, und jetzt erst sah Harriet, dass Edie sich ein bisschen steif bewegte.

Das Begräbnis.

Vielleicht ist es wegen Ida, dachte Harriet plötzlich. *Vielleicht hatte Ida beschlossen, doch nicht wegzugehen. Oder sie hat beschlossen, dass sie mich noch einmal sehen will, ehe sie geht.* Aber Harriet wusste, dass es in Wahrheit um etwas anderes gehen musste.

Edie beäugte sie misstrauisch. »Ich dachte, du hättest zwei Handtücher.«

»Nein, Ma'am.« Sie sah Spuren einer dunklen, verkrusteten Substanz an den Rändern von Edies Nasenlöchern. Schnupftabak? Chester schnupfte.

Ehe sie einsteigen konnte, kam Dr. Vance um den Wagen herum, schob sich seitwärts zwischen Harriet und die Tür, beugte sich herunter und reichte ihr die Hand.

»Gott hat Seinen eigenen Plan, Harriet«, sagte er, als verrate er ihr ein kleines Geheimnis. »Bedeutet das, dass er uns immer gefallen wird? Nein. Bedeutet es, dass wir ihn immer verstehen werden? Nein. Bedeutet es, dass wir darüber jammern und klagen sollen? Nein, wahrlich nicht!«

Harriets Wangen brannten vor Verlegenheit, während sie in Dr. Vance' harte graue Augen starrte. In Nursies Diskussionsgruppe über »Dein Körper in der Entwicklung« war eine Menge von Gottes Plan geredet worden: wie all die Röhren und Hormone und erniedrigenden Ausscheidungen in den Filmen zu Gottes Plan für Mädchen gehörten.

»Und warum ist das so? Warum stellt Gott uns auf die Probe? Warum prüft er unsere Standhaftigkeit? Warum müssen wir über diese universalen Herausforderungen nachsinnen?« Dr. Vance schaute ihr forschend ins Gesicht. »Was lehren sie uns auf unserem christlichen Weg durchs Leben?«

Schweigen. Harriet war starr vor Abscheu und konnte nicht einmal ihre Hand wegziehen. Hoch in den Kiefern krächzte ein Blauhäher.

»Ein Teil der Herausforderung an uns, Harriet, besteht darin, zu akzeptieren, dass Sein Plan stets zum Besten ist. Und was heißt das: akzeptieren? Wir müssen uns Seinem Willen beugen! Freudig müssen wir uns beugen! Das ist die Herausforderung, der wir als Christen gegenüberstehen!«

Plötzlich bekam Harriet, deren Gesicht nur eine Handbreit von seinem entfernt war, große Angst. Sie konzentrierte sich angestrengt auf ein paar winzige rötliche Bartstoppeln in der Kerbe seines Kinns, die dem Rasierapparat entgangen waren.

»Lasset uns beten«, sagte Dr. Vance unvermittelt und drückte ihre Hand. »Herr Jesus«, sagte er und presste Daumen und Zeigefinger in die fest geschlossenen Augen. »Welch ein Privileg ist es, heute hier vor dir stehen zu dürfen! Welch ein Segen, zu dir beten zu dürfen! Lass uns frohlocken, frohlocken in deiner Gegenwart!«

Wovon redet er da?, dachte Harriet benommen. Ihre Mückenstiche juckten, aber sie wagte nicht, sich zu kratzen. Mit halb geschlossenen Augen starrte sie auf ihre Füße.

»O Harr. Bitte sei bei Harriet und ihrer Familie in den Tagen, die kommen werden. Beschütze sie. Behüte, leite und führe sie. Hilf ihnen zu verstehen, o Harr«, sagte Dr. Vance, all seine Silben und Konsonanten sehr deutlich betonend, »dass alle diese Leiden und Prüfungen ein Teil ihres christlichen Weges auf Erden sind …«

Wo ist Edie?, fragte Harriet sich und schloss die Augen. *Im Auto?* Dr. Vance' Hand fühlte sich klebrig und unangenehm an. Wie peinlich wäre es, wenn Marcy und die anderen Mädchen aus der Hütte jetzt vorbeikämen und sähen, wie sie auf dem Parkplatz stand und ausgerechnet Dr. Vance' Hand hielt.

»O Harr. Hilf ihnen, dass sie sich nicht von dir abwenden. Hilf ihnen, sich zu unterwerfen. Hilf ihnen, klaglos ihren Weg zu gehen. Hilf ihnen, nicht ungehorsam oder aufsässig zu werden, sondern dein Walten zu akzeptieren und den Bund mit dir zu halten …«

Uns unterwerfen? Wem denn?, dachte Harriet mit einem hässlichen kleinen Schrecken.

»… darum bitten wir dich im Namen Jesu Christi, AMEN«, sagte Dr. Vance so laut, dass Harriet erschrak. Sie sah sich um. Edie stand auf der Fahrerseite neben dem Wagen, eine Hand auf die Motorhaube gestützt. Hatte sie die ganze Zeit dagestanden, oder war sie erst zum Ende des Gebets herangekommen?

Das Begräbnis.

Nursie Vance war aus dem Nichts aufgetaucht. Sie stürzte sich auf Harriet und drückte sie an ihren erstickenden Busen.

»Der Herr liebt dich!«, sagte sie mit ihrer Zwinkerstimme. »*Vergiss das nie!*«

Sie gab Harriet einen Klaps auf den Hintern und wandte sich Edie zu, als wolle sie eine ganz normale kleine Unterhaltung anfangen. »Na, *hey!*« Aber Edie war in keiner so toleranten oder geselligen Stimmung, wie sie es gewesen war, als sie Harriet im Camp abgeliefert hatte. Sie nickte Nursie knapp zu, und das war alles.

Sie stiegen ein. Edie spähte einen Augenblick lang über den Rand ihrer Brille auf die ungewohnten Armaturen; dann legte sie den Gang ein und fuhr los. Die Vances kamen hinaus in die Mitte des Kiesplatzes, schlangen einander die Arme um die Taille und winkten, bis Edie um die Ecke bog.

Der neue Wagen hatte eine Klimaanlage und war deshalb viel, viel leiser. Harriet betrachtete alles – das neue Radio, die elektrischen Fenster – und ließ sich voller Unbehagen auf ihrem Sitz nieder. In hermetisch verschlossener Kühle schnurrten sie durch den fließenden Laubschatten der Schotterstraße und glitten federnd über Schlaglöcher, die das Skelett des Oldsmobile hatten erzittern lassen. Erst als sie ganz am Ende der dunklen Straße angelangt waren und auf den sonnigen Highway bogen, wagte Harriet, einen verstohlenen Blick auf ihre Großmutter zu werfen.

Aber Edies Aufmerksamkeit schien auf etwas ganz anderes gerichtet zu sein. Sie fuhren und fuhren. Die Straße war breit und leer: keine Autos, ein wolkenloser Himmel, Bankette von rostrotem Staub, die am Horizont zu einem Punkt verschmolzen. Plötzlich räusperte Edie sich: ein lautes, verlegenes AHEM.

Erschrocken wandte Harriet den Blick vom Fenster und schaute Edie an, und diese sagte: »Es tut mir Leid, kleines Mädchen.«

Einen Moment lang wagte Harriet nicht zu atmen. Alles war wie erstarrt: die Schatten, ihr Herz, die roten Zeiger der Uhr im Armaturenbrett. »Was ist denn?«, fragte sie.

Aber Edie wandte den Blick nicht von der Straße. Ihr Gesicht war versteinert.

Die Klimaanlage war zu hoch eingestellt. Harriet schlang die Hände um ihre nackten Arme. *Mutter ist tot,* dachte sie. *Oder Allison. Oder Dad.* Und im selben Atemzug wusste sie im tiefsten Herzen, dass sie mit alledem fertig werden würde. Laut fragte sie: »Was ist passiert?«

»Es ist Libby.«

In dem Aufruhr nach dem Unfall war niemand auf die Idee gekommen, dass einer der alten Damen etwas Ernsthaftes zugestoßen sein könnte. Abgesehen von ein paar Platzwunden und Blutergüssen und Edies Nasenbluten, das schlimmer aussah, als es war, waren alle mehr durchgeschüttelt als verletzt. Und die Sanitäter hatten sie mit aufreizender Gründlichkeit untersucht, ehe sie weiterziehen durften. »Nicht eine Schramme an dieser hier«, hatte der neunmalkluge Krankenwagenfahrer verkündet, der Libby – weißes Haar, Perlen, puderpinkfarbenes Kostüm – beim Aussteigen aus dem zerdrückten Wagen behilflich gewesen war.

Libby war wie betäubt gewesen. Die ganze Wucht des Zusammenstoßes hatte ihre Seite getroffen. Und obwohl sie immer wieder die Fingerspitzen an ihren Halsansatz drückte – behutsam, als wolle sie den Puls ertasten –, flatterte sie nur mit der Hand und sagte: »Oh, mach dir keine Sorgen um *mich!*«, als Edie gegen den Protest der Sanitäter aus dem Krankenwagen kletterte, um nach ihren Schwestern zu sehen.

Alle hatten einen steifen Nacken; Edies fühlte sich an, als hätte man ihn schnalzen lassen wie eine Bullenpeitsche. Adelaide ging neben dem Oldsmobile im Kreis herum und kniff sich immer wieder in die Ohren, um festzustellen, ob beide Ohrringe noch da waren, und rief ein ums andere Mal aus: »Es ist ein Wunder, dass wir nicht tot sind! Edith, es ist ein Wunder, dass du uns nicht alle umgebracht hast!«

Aber nachdem alle auf Gehirnerschütterung und Knochenbrüche untersucht worden waren (warum, dachte

Das Begräbnis.

Edie, *warum nur* hatte sie nicht darauf bestanden, dass diese Idioten Libbys Blutdruck maßen? Sie war ausgebildete Krankenschwester, sie verstand etwas von diesen Dingen!), hatten die Sanitäter am Ende nur Edie ins Krankenhaus bringen wollen. Sie hatte sich in eine Diskussion verwickeln lassen. Mit ihr sei alles in Ordnung; bloß die Rippen habe sie sich am Lenkrad angeknackst, und aus ihrer Zeit als Militärkrankenschwester wusste Edie, dass man bei Rippenbrüchen nicht das Geringste tun konnte, außer einen straffen Verband anzulegen und den Soldaten weiterzuschicken.

»Aber Sie haben einen Rippenbruch, Ma'am«, sagte der andere Sanitäter, nicht der Neunmalkluge, sondern der mit dem großen dicken Kürbiskopf.

»Ja, das ist mir bewusst!« Edie hatte ihn beinahe angeschrien.

»Aber Ma'am...« Aufdringliche Hände streckten sich ihr entgegen. »Sie sollten wirklich mit uns ins Krankenhaus fahren, Ma'am...«

»Wozu? Die werden nichts weiter tun als mir einen Verband anlegen und hundert Dollar kassieren! Für hundert Dollar verbinde ich mir die Rippen noch selber!«

»Die Unfallambulanz wird Sie sehr viel mehr als hundert Dollar kosten«, sagte der Neunmalkluge und stützte sich auf die Haube von Edies armem, verbeultem Auto (das Auto! das Auto! Jedes Mal, wen sie hinschaute, brach es ihr das Herz). »Die Röntgenaufnahmen alleine kommen schon auf fünfundsiebzig.«

Inzwischen war eine kleine Zuschauerschar zusammengeströmt: naseweises Personal aus der Bankfiliale größtenteils, kichernde kleine, Kaugummi kauende Mädchen mit toupierten Haaren und braunem Lippenstift. Tat, die den Polizeiwagen angehalten hatte, indem sie mit ihrer gelben Handtasche gefuchtelt hatte, kletterte auf den Rücksitz des zertrümmerten Oldsmobile (obwohl die Hupe immer noch plärrte) und blieb dort mit Libby sitzen, während die Verhandlungen mit den Polizisten und dem anderen Fahrer geführt wurden, was eine Ewigkeit zu dauern schien. Der andere Fahrer war ein lebhafter und aufreizender kleiner alter Klugscheißer namens Lyle Pettit Rixey: sehr dünn, mit langen spitzen Schuhen und einer Hakennase wie ein Springteufel, der beim Gehen zierlich die Knie anhob. Anscheinend war er sehr stolz auf den Umstand, dass er aus Attala County kam, und auch auf seinen Namen, den er gern und vollständig wiederholte. Immer wieder deutete er mit einem knochigen Nörgelfinger auf Edie und sagte:»Die *Frau* da«, und es klang, als sei Edie betrunken oder Alkoholikerin.»Diese *Frau* ist mir einfach vor den Kühler gekommen. Diese *Frau* sollte besser überhaupt kein Auto fahren.« Edie wandte sich hochmütig ab und kehrte ihm den Rücken zu, während sie die Fragen der Polizisten beantwortete.

Der Unfall war ihre Schuld: Sie hatte die Vorfahrt missachtet, und sie konnte nichts Besseres tun, als diese Schuld würdevoll auf sich zu nehmen. Ihre Brille war zerbrochen, und da, wo sie in der flimmernden Hitze stand (»diese *Frau* hat sich weiß Gott einen heißen Tag ausgesucht, um vor mir auf die Straße zu schießen«, beschwerte Mr. Rixey sich bei den Sanitätern), konnte sie von Libby und Tat kaum mehr als einen pinkfarbenen und gelben Fleck auf dem Rücksitz des kaputten Oldsmobile erkennen. Edie betupfte sich die Stirn mit einem feuchten Papiertaschentuch. In »Drangsal« hatten jedes Jahr zu Weihnachten Kleider in vier verschiedenen Farben unter dem Baum gelegen – Rosa für Libby, Blau für Edie, Gelb für Tat und Lavendel für die kleine Adelaide. Farbige Federläppchen, farbige Schleifen, farbiges Briefpapier ... blonde Porzellanpuppen, identisch bis auf die Kleider, jede in einem anderen Pastellton ...

»Haben Sie auf dem Highway gewendet«, fragte der Polizist,»oder haben Sie nicht?«

»Das habe ich *nicht*. Ich habe hier auf dem Parkplatz gewendet.« Vom Highway her blitzte ein Rückspiegel störend am Rand ihres Gesichtsfelds, und gleichzeitig kam ihr unversehens eine unerklärliche Kindheitserinnerung in den Sinn: Tattys alte Blechpuppe in einem schmutzig gelben Kleid, wie sie mit gespreizten Beinen im Staub des Küchengartens von Haus Drangsal lag, unter den Feigenbäumen, wo die Hühner, wenn sie ausgerissen waren, manch-

Das Begräbnis.

mal zum Scharren hinkamen. Edie selbst hatte nie mit Puppen gespielt, hatte nie das geringste Interesse an ihnen gehabt, aber jetzt sah sie die Blechpuppe mit eigenartiger Klarheit vor sich: den Körper aus braunem Stoff und die Nase, die in einem makabren, metallischen Silber glänzte, wo die Farbe abgerieben war. Wie viele Jahre hatte Tatty dieses verbeulte Ding mit seinem metallenen Totenschädel im Garten mit sich herumgeschleift, und wie viele Jahre war es her, dass Edie an dieses gespenstische kleine Gesicht mit der abgescheuerten Nase gedacht hatte?

Der Polizist befragte Edie eine halbe Stunde lang. Seine monotone Stimme und seine verspiegelte Sonnenbrille erweckten ein bisschen das Gefühl, als werde sie von der Fliege aus dem gleichnamigen Horrorfilm mit Vincent Price verhört. Edie überschattete ihre Augen mit der Hand und war bemüht, sich auf seine Fragen zu konzentrieren, aber immer wieder wanderte ihr Blick zu den Autos, die auf dem sonnenbestrahlten Highway vorbeiblitzten, und sie konnte nur an Tattys grässliche alte Puppe mit der silbernen Nase denken. Wie um alles in der Welt hatte das Ding noch geheißen? Edie konnte sich beim besten Willen nicht erinnern. Tatty hatte nicht richtig gesprochen, bis sie in die Schule gekommen war, und alle ihre Puppen hatten lächerliche Namen gehabt, Namen, die sie sich ausgedacht hatte, Namen wie Gryce und Lillium und Artemo…

Die kleinen Mädchen aus der Bank fingen an, sich zu langweilen; sie betrachteten ihre Fingernägel, zwirbelten sich Haarsträhnen um die Finger und drifteten bald wieder hinein. Adelaide, der Edie erbittert die Schuld an der ganzen Sache gab (sie mit ihrem koffeinfreien Kaffee!), wirkte äußerst verärgert. Sie hielt deutlich Abstand zum Ort des Geschehens, als gehöre sie nicht dazu, und sprach mit einer neugierigen Chorfreundin, Mrs. Cartrett, die angehalten hatte, um zu sehen, was los war. Irgendwann war sie mit Mrs. Cartrett in den Wagen gesprungen und weggefahren, ohne Edie eines Wortes zu würdigen. »Wir fahren zu McDonald's auf einen Hot Dog!«, hatte sie Tat und der armen Libby zugerufen. Zu McDonald's! Und als der insektengesichtige Polizist Edie schließlich erlaubt hatte weiterzufahren, war ihr armes altes Auto zu allem Überfluss natürlich nicht mehr angesprungen, und sie war gezwungen gewesen, die Schultern durchzudrücken und noch einmal in die grässliche, kalte Bankfiliale zu gehen, zurück zu den frechen kleinen Kassiererinnen, und sie zu fragen, ob sie noch einmal telefonieren dürfe. Und die ganze Zeit hatten Libby und Tat klaglos auf dem Rücksitz des Oldsmobile in der schrecklichen Hitze gesessen.

Das Taxi hatte nicht lange auf sich warten lassen. Edie stand vorn am Schreibtisch des Filialleiters und telefonierte mit der Werkstatt, und durch das große Fenster sah sie, wie die beiden zum Taxi gingen: Arm in Arm staksten sie in ihren Sonntagsschuhen über den Kies. Sie klopfte an die Scheibe, woraufhin Tat sich im gleißenden Sonnenschein halb umdrehte und den Arm hob, und ganz plötzlich fiel Edie der Name ihrer alten Puppe wieder ein, so plötzlich, dass sie laut auflachte. »Was?«, fragte der Mann von der Werkstatt, und der Filialleiter mit seinen Glotzaugen hinter dicken Brillengläsern schaute zu ihr auf, als wäre sie verrückt geworden, aber Edie kümmerte das nicht. *Lycobus.* Natürlich. So hatte die Blechpuppe geheißen. Lycobus, die ungezogen war und ihrer Mutter freche Widerworte gab. Lycobus, die Adelaides Puppen zu einer Teeparty einlud und ihnen dann nur Wasser und Radieschen servierte.

Als der Abschleppwagen schließlich kam, ließ Edie sich von dem Fahrer nach Hause bringen. Es war das erste Mal seit dem Zweiten Weltkrieg, dass sie in einem Lastwagen saß; die Kabine war hoch, und mit ihren angeknacksten Rippen hineinzuklettern war kein Spaß gewesen. Aber, wie der Richter seinen Töchtern immer wieder gern in Erinnerung gerufen hatte, ein Bettler konnte nicht wählerisch sein.

Als sie nach Hause kam, war es fast ein Uhr. Edie hängte ihre Kleider auf (erst als sie sich auszog, fiel ihr ein, dass das Gepäck noch im Kofferraum des Oldsmobile war) und nahm ein kühles Bad; dann setzte sie sich in BH und Miederhose auf die Bettkante, hielt die Luft an und wickelte sich einen straffen Verband um die Rippen, so gut sie

Das Begräbnis.

konnte. Dann trank sie ein Glas Wasser und nahm eine Empirin mit Kodein, die von irgendeiner Zahnbehandlung übrig geblieben war, zog sich ihren Kimono an und legte sich auf das Bett.

Geraume Zeit später weckte das Telefon sie. Einen Moment lang glaubte sie, das dünne Stimmchen am anderen Ende sei die Mutter der Kinder.»Charlotte?«, kläffte sie, und als niemand antwortete:»Wer ist da, bitte?«

»Allison. Ich bin hier bei Libby. Sie… sie ist irgendwie aufgebracht.«

»Kann ich ihr nicht verdenken«. Der Schmerz, der Edie beim jähen Aufrichten durchzuckte, kam ganz unverhofft, und sie sog zischend die Luft zwischen den Zähnen ein.»Im Augenblick sollte sie sich nicht um Besuch kümmern müssen. Du solltest ihr nicht zur Last fallen, Allison.«

»Aber sie macht überhaupt keinen erschöpften Eindruck. Sie – sie sagt, sie muss Rote Bete einlegen.«

»Rote Bete einlegen!« Edie schnaubte.»Ich wäre *äußerst* aufgebracht, wenn ich heute Nachmittag Rote Bete einlegen sollte.«

»Aber sie sagt…«

»Lauf nach Hause und lass Libby ihre Ruhe«, sagte Edie. Sie war ein bisschen benommen von der Schmerztablette, und weil sie Angst hatte, über den Unfall ausgefragt zu werden (der Polizist hatte die Vermutung geäußert, dass es an ihren Augen gelegen haben könnte; es war sogar von einem Test die Rede gewesen und von Führerscheinentzug), war ihr sehr daran gelegen, dieses Gspräch bald zu beenden.

Im Hintergrund war gereiztes Gemurmel zu hören.

»Was war das?«

»Sie ist beunruhigt. Sie hat gesagt, ich soll dich anrufen, Edie, ich weiß nicht, was ich machen soll, *bitte* komm rüber und sieh…«

»Wozu um alles in der Welt? Gib sie mir mal.«

»Sie ist nebenan.« Unverständliches Gemurmel, dann wieder Allisons Stimme:»Sie sagt, sie muss in die Stadt, und sie weiß nicht, wo ihre Schuhe und Strümpfe sind.«

»Sag ihr, sie soll sich keine Sorgen machen. Die Koffer sind noch im Wagen. Hat sie ihren Mittagsschlaf gehabt?«

Wiederum Gemurmel – genug, um Edies Geduld auf eine harte Probe zu stellen.»Hallo!«, rief sie laut.

»Sie sagt, es geht ihr gut, Edie, aber...«

(Libby sagte immer, es geht ihr gut. Als Libby Scharlach hatte, sagte sie, es geht ihr gut.)

»... aber sie will sich nicht hinsetzen.« Allisons Stimme kam wie aus weiter Ferne, als halte sie den Hörer nicht richtig vor den Mund.»Sie steht im Wohnzimmer...«

Obwohl Allison weiter sprach und Edie weiter zuhörte, war der Satz zu Ende, und ein neuer hatte begonnen, ehe Edie ganz plötzlich klar wurde, dass sie kein Wort verstanden hatte.

»Entschuldige«, sagte sie kurz angebunden,»aber du musst lauter sprechen.« Aber bevor sie Allison wegen ihres Gemurmels rügen konnte, gab es plötzlich Lärm an der Haustür: *tap tap tap tap tap,* eine Serie von forschen kleinen Klopfern. Edie schlang ihren Kimono um sich, band die Schärpe zu und spähte durch den Flur. Da stand Roy Dial und grinste wie ein Opossum mit seinen kleinen grauen Sägezähnen. Er winkte ihr fröhlich mit den Fingern.

Hastig zog Edie den Kopf zurück ins Schlafzimmer. *Dieser Geier,* dachte sie. *Am liebsten würde ich ihn erschießen.* Er schien sich zu freuen wie ein Schneekönig. Allison redete immer noch.

»Hör mal, ich muss jetzt auflegen«, sagte sie knapp. »Draußen steht Besuch, und ich bin nicht angezogen.«

»Sie sagt, sie muss eine Braut am Bahnhof abholen«, antwortete Allison klar und deutlich.

Edie, die nicht gern zugab, dass sie schlecht hörte und deshalb gewohnt war, über Ungereimtheiten im Gespräch hinwegzugaloppieren, holte tief Luft (sodass ihr die Rippen wehtaten) und sagte:»Libby soll sich hinlegen. Wenn sie möchte, komme ich vorbei, messe ihren Blutdruck und gebe ihr ein Beruhigungsmittel, sobald ich...«

Tap tap tap tap tap!

»Sobald ich ihn los bin.« Sie verabschiedete sich, warf sich ein Tuch um die Schultern, schlüpfte in ihre Pantoffeln

Das Begräbnis.

und wagte sich in den Flur hinaus. Vor dem Bleiglasfenster in der Tür hielt Mr. Dial mit weit offenem Mund in einer übertriebenen Pantomime des Entzückens etwas in die Höhe, das aussah wie ein in gelbes Zellophan gehüllter Obstkorb. Als er sah, dass sie im Hausmantel war, reagierte er mit einer Gebärde bestürzten Bedauerns (seine Brauen zuckten in der Mitte nach oben und bildeten ein umgekehrtes V); er deutete auf seinen Korb und formte mit überschwänglichen Lippenbewegungen die Worte: *Entschuldigung! Nur eine Kleinigkeit! Ich lasse es hier…*

Nach kurzer Unschlüssigkeit rief Edie in verändertem, fröhlichem Ton:»Warten Sie! Ich komme sofort!« Kaum hatte sie sich abgewandt, wurde ihr Lächeln sauer; sie lief in ihr Zimmer, schloss die Tür und pflückte ein Hauskleid aus dem Schrank

Reißverschluss hoch, Rouge auf die Wangen, ein Wölkchen Puder auf die Nase; dann fuhr sie sich mit der Bürste durchs Haar – sie verzog das Gesicht vor Schmerzen, als sie den Arm hob –, warf noch einen kurzen Blick in den Spiegel, öffnete die Zimmertür und ging durch den Flur, um ihn zu begrüßen.

»Was sagt man dazu«, erklärte sie steif, als Mr. Dial ihr den Korb überreichte.

»Ich hab sie hoffentlich nicht gestört.« Mr. Dial drehte traulich den Kopf und schaute sie mit dem anderen Auge an. »Dorothy hat Susie Cartrett beim Einkaufen getroffen, und die hat ihr von dem Unfall erzählt… Ich sage ja seit *Jahren*«, er legte ihr die Hand auf den Arm, um seinen Worten Nachdruck zu verleihen, »dass an diese Kreuzung eine Ampel gehört. Seit Jahren! Ich hab sofort im Krankenhaus angerufen, aber sie haben mir gesagt, man hätte Sie nicht eingeliefert – Gott sei Dank.« Er legte eine Hand auf die Brust und verdrehte voller Dankbarkeit die Augen gen Himmel.

»Du meine Güte«, sagte Edie besänftigt. »Danke.«

»Hören Sie, das ist die gefährlichste Kreuzung im ganzen County! Ich sag Ihnen, was passieren wird. Es ist eine Schande, aber es muss jemand zu Tode kommen, ehe die Behörde Notiz nimmt. *Zu Tode.*«

Überrascht stellte Edie fest, dass sie sich von Mr. Dials Benehmen erweichen ließ. Er war überaus freundlich, zumal da er offenbar davon überzeugt war, dass dieser Unfall unter keinen Umständen ihre Schuld gewesen sein konnte. Und als er auf den neuen Cadillac deutete, der am Randstein parkte (»nur eine kleine Höflichkeit... dachte mir, Sie könnten ein paar Tage einen Leihwagen gebrauchen...«), reagierte sie nicht annähernd so feindselig auf seine raffinierte Frechheit, wie sie es noch wenige Minuten zuvor getan hätte, und ging entgegenkommend mit ihm hinaus, um sich die Ausstattung zeigen zu lassen: Ledersitze, Kassettendeck, Servolenkung (»Dieses gute Stück steht erst seit zwei Tagen auf dem Platz, und ich muss sagen, schon auf den ersten Blick hab ich mir gedacht: *Das* ist *genau* der richtige Wagen für Miss Edith!«). Es verschaffte ihr eine seltsame Genugtuung, ihm dabei zuzusehen, wie er ihr die elektrischen Fensterheber und alles andere vorführte, wenn man bedachte, dass erst vor kurzer Zeit gewisse Leute die Anmaßung besessen hatten anzudeuten, dass sie überhaupt nicht mehr Auto fahren sollte.

Er redete und redete. Die Wirkung der Schmerztablette ließ allmählich nach. Edie hätte seinen Wortschwall gern abgekürzt, aber Mr. Dial nutzte seine Chance (denn er wusste vom Fahrer des Abschleppwagens, dass der Oldsmobile reif für den Schrottplatz war) und fing an, die einzelnen Vorteile dieses Kaufs aufzuzählen: fünfhundert Dollar Rabatt auf den Listenpreis – und warum? Gespreizte Handflächen: »Nein, nicht aus Herzensgüte. *No, Ma'am,* Miss Edith. Ich sag Ihnen, warum. Weil ich ein guter Geschäftsmann bin, und weil Dial Chevrolet Sie als Kundin gewinnen möchte.« Während er im satten Sommerlicht dastand und ihr erläuterte, warum er auch noch die erweiterte Garantie weiter erweitern würde, hatte Edie plötzlich eine klare, hässliche, alptraumhafte Vision vom nahenden Alter. Schmerzende Gelenke, verschwommener Blick, ein ständiger Nachgeschmack von Aspirin im Hals. Abblätternde Farbe, undichtes Dach, tropfende Wasserhähne, Katzen, die auf den Teppich pinkelten, und ein Rasen, der nicht mehr gemäht wurde. Und Zeit: genug Zeit, um stun-

Das Begräbnis.

denlang vor der Tür zu stehen und irgendeinem x-belie-
bigen Betrüger oder Winkeladvokaten oder »hilfsbereiten«
Fremden zuzuhören, der auf dem Highway vorbeigedrif-
tet war. Wie oft war sie nach »Drangsal« hinausgefahren
und hatte ihren Vater schwatzend in der Einfahrt stehen
sehen – mit irgendeinem Vertreter oder skrupellosen Un-
ternehmer, mit einem grinsenden, baumbeschneidenden
Zigeuner, der später behaupten würde, sein Angebot sei pro
Ast, nicht pro Baum zu verstehen gewesen. Mit geselligen
Judassen in Florsheim-Schuhen, die ihm Hefte mit nackten
Mädchen und das eine oder andere Schlückchen Whiskey
angeboten hatten, und außerdem noch alle möglichen Fir-
menbeteiligungen und unglaubliche Steuersparmodelle,
Schürfrechte, gesicherte Grundstücke, so viele risikofreie
Investitionsmöglichkeiten und »einmalige Chancen«, dass
sie den armen Kerl schließlich um seinen kompletten Besitz erleichtert hatten, einschließlich seines Geburtshau-
ses...

Mit einem zunehmend finsteren Gefühl der Hoffnungslosigkeit hörte Edie zu. Was hatte es für einen Sinn zu
kämpfen? Sie war, genau wie ihr Vater, eine stoische alte
Heidin; sie ging zwar zur Kirche, weil es ihre gesellschaftliche und bürgerliche Pflicht war, aber sie glaubte kein
Wort von dem, was da gesprochen wurde. Ein stechender
Schmerz fuhr bei jedem Atemzug durch ihre Rippen, und
sie konnte nicht aufhören, an die Onyx-Diamant-Brosche
zu denken, die sie von ihrer Mutter geerbt hatte: Wie ein
dummes altes Weib hatte sie sie in einen unverschlossenen
Koffer gepackt, der jetzt im unverschlossenen Kofferraum
eines Schrottwagens am anderen Ende der Stadt lag. *Mein
Leben lang,* dachte sie, *bin ich beraubt worden. Alles, was
ich je geliebt habe, hat man mir genommen.*

Und irgendwie war Mr. Dials gesellige Anwesenheit ein
seltsamer Trost: sein gerötetes Gesicht, der reife Geruch
seines Aftershaves und sein wieherndes Delphinlachen.
Sein umständliches Getue, das in krassem Gegensatz
zu der soliden Festigkeit seiner Brust unter dem gestärk-
ten Oberhemd stand, war merkwürdig beruhigend. *Ich
habe immer gefunden, dass er ein nett aussehender Mann*

ist, dachte Edie. Roy Dial mochte seine Fehler haben, aber er war wenigstens nicht so impertinent, anzudeuten, dass Edie nicht fähig sei, Auto zu fahren ...»Ich *werde* fahren«, hatte sie noch eine Woche zuvor den Dreikäsehoch von Augenarzt angedonnert.»Und wenn ich ganz Mississippi umbringe...« Und während sie dastand und zuhörte, wie Mr. Dial über den Wagen redete und dabei einen Wurstfinger auf ihren Arm legte (eins hatte er ihr noch zu sagen, und dann noch etwas, und als sie es wirklich gründlich satt hatte, ihm zuzuhören, fragte er: *Was muss ich denn sagen, um Sie als Kundin zu gewinnen? In diesem Augenblick? Sagen Sie mir, was ich sagen muss, um mit Ihnen ins Geschäft zu kommen* ...) – während Edie, ausnahmsweise merkwürdig unfähig, sich ihn vom Hals zu schaffen, dastand und sich seine Schallplatte anhörte, übergab Libby sich ins Waschbecken, und dann legte sie sich mit einem kühlen Tuch auf der Stirn auf ihr Bett und versank in ein Koma, aus dem sie nie wieder aufwachen sollte.

Ein Schlaganfall. Wann sie den ersten erlitten hatte, wusste niemand. An einem anderen Tag wäre Odean da gewesen, aber Odean hatte wegen der Reise diese Woche frei. Als Libby schließlich die Tür öffnete – sie hatte eine Weile gebraucht, so lange, dass Allison schon dachte, sie sei eingeschlafen –, hatte sie keine Brille aufgehabt, und ihre Augen blickten ein wenig verschwommen. Sie schaute Allison an, als habe sie jemand anderen erwartet.

»Ist alles in Ordnung?«, fragte Allison. Sie hatte von dem Unfall gehört.

»O ja«, sagte Libby abwesend.

Sie ließ Allison herein, und dann wanderte sie im Haus nach hinten, als suche sie etwas, das sie verlegt hatte. Anscheinend fehlte ihr nichts, sie hatte nur einen fleckigen Bluterguss auf dem Wangenknochen, der die Farbe von dünn aufgestrichenem Traubengelee hatte, und ihr Haar war nicht so ordentlich, wie sie es sonst gern hatte.

Allison sah sich um.»Findest du deine Zeitung nicht?« Das Haus war blitzsauber: die Fußböden frisch gewischt,

Das Begräbnis.

alles abgestaubt, sogar die Sofakissen aufgeschüttelt und ordentlich aufgestellt. Irgendwie war es gerade die adrette Sauberkeit im Haus gewesen, die Allison daran gehindert hatte zu merken, dass etwas nicht in Ordnung war. Bei ihr zu Hause verband sich Krankheit mit Unordnung: mit speckigen Vorhängen und knirschender Bettwäsche, mit offenen Schubladen und mit Krümeln auf dem Tisch.

Nach kurzer Suche hatte Allison die Zeitung gefunden. Die Seite mit dem Kreuzworträtsel nach oben gefaltet, die Brille obenauf, lag sie auf dem Boden neben Libbys Sessel. Sie trug sie in die Küche, wo Libby am Tisch saß und mit der Hand das Tischtuch glatt strich, in kleinen, monotonen Kreisbewegungen.

»Hier ist dein Rätsel«, sagte Allison. In der Küche war es unbehaglich hell. Obwohl die Sonne durch die Gardinen strahlte, brannte aus irgendeinem Grund die Deckenbeleuchtung, als wäre es ein dunkler Winternachmittag und nicht mitten im Sommer.

»Nein, ich kann das dumme Ding nicht machen«, sagte Libby gereizt und schob die Zeitung beiseite. »Die Buchstaben rutschen immer wieder vom Papier… Ich muss jetzt zusehen, dass ich mit der Roten Bete anfange.«

»Rote Bete?«

»Wenn ich jetzt nicht anfange, wird sie nicht rechtzeitig fertig werden. Die kleine Braut kommt mit dem Nummer vier…«

»Welche Braut?«, fragte Allison nach einer kurzen Pause. Sie hatte noch nie von Nummer vier gehört, was immer das sein mochte. Alles war hell und unwirklich. Ida Rhew war erst vor ein paar Stunden gegangen – genau wie an jedem anderen Freitag auch, nur dass sie weder am Montag noch sonst irgendwann zurückkommen würde. Und sie hatte nichts mitgenommen außer dem roten Plastikbecher, aus dem sie trank. Im Flur, auf dem Weg hinaus, hatte sie die sorgfältig verpackten Setzlinge und den Karton mit den Geschenken zurückgewiesen: Das sei alles zu schwer zum Tragen. »Ich brauch das nicht«, sagte sie fröhlich und schaute Allison dabei in die Augen. Sie klang wie jemand, der von einem kleinen Kind einen Knopf oder ein angelecktes Bonbon angeboten bekommt.»Wozu, glaubst du, brauch ich diesen ganzen Unsinn?« Allison war wie vom Donner gerührt und kämpfte mit den Tränen.»Ida, ich hab dich lieb«, sagte sie. »Ja«, sagte Ida nachdenklich,»ich hab dich auch lieb.« Es war furchtbar, so furchtbar, dass es nicht wahr sein konnte. Aber da standen sie, in der Haustür. Trauer stieg Allison in die Kehle wie ein dicker Kloß, als sie sah, wie säuberlich Ida den grünen Scheck zusammenfaltete, der mit der Vorderseite nach oben auf dem Tisch im Flur lag – *zwanzig Dollar 100* –, wie sie darauf achtete, dass die beiden Ränder absolut gleichmäßig aufeinander lagen, ehe sie mit Daumen und Zeigefinger eine gerade Falte ins Papier kniff. Dann klappte sie ihre kleine schwarze Handtasche auf und tat ihn hinein.

»Von zwanzig Dollar die Woche kann ich nicht mehr leben«, sagte sie. Ihre Stimme klang ruhig und normal, und gleichzeitig war etwas damit nicht in Ordnung. Wie konnten sie so im Flur stehen? Wie konnte dieser Augenblick real sein?»Ich hab euch lieb, aber so ist es mal Ich werde alt.« Sie berührte Allisons Wange.»Sei jetzt brav. Und sag der kleinen Mistbiene, ich hab sie lieb.« Mistbiene nannte sie Harriet, wenn Harriet ungezogen war. Dann schloss sich die Tür, und sie war weg.

»Ich nehme an«, sagte Libby – und mit leisem Schrecken sah Allison, dass Libby sich mit ruckhaften Kopfbewegungen auf dem Küchenboden umschaute, als flattere eine Motte um ihre Füße herum –»sie wird sie nicht finden, wenn sie ankommt.«

»Wie bitte?«, fragte Allison.

»Die *Rote Bete. Die eingelegte Rote Bete.* Oh, ich wünschte, jemand würde mir helfen.« Klagend und halb komisch verdrehte Libby die Augen.

»Soll ich was für dich tun?«

»Wo ist Edith?«, fragte Libby, und ihre Stimme klang seltsam knapp und energisch.»*Sie* wird etwas für mich tun.«

Allison setzte sich an den Küchentisch und versuchte, ihre Aufmerksamkeit auf sich zu lenken.»Musst du die Rote Beete denn *heute* machen?«, fragte sie.»Lib?«

Das Begräbnis.

»Ich weiß nur das, was man mir gesagt hat.«

Allison nickte, und einen Moment lang saß sie in der allzu hellen Küche und fragte sich, was sie jetzt tun sollte. Manchmal kam Libby aus der Missionsgesellschaft oder aus ihrem Zirkel mit merkwürdigen und sehr spezifischen Wünschen nach Hause: nach Rabattmarken oder alten Glasrahmen, nach Etiketten von Campbell's Suppendosen (die die Baptistenmission in Honduras gegen Bargeld eintauschte), nach Eisstielen oder alten LUX-Spülmittelflaschen (für Bastelarbeiten für den Kirchenbasar).

»Sag mir, wen ich anrufen soll«, sagte Allison schließlich. »Ich kann anrufen und erzählen, dass du heute Morgen einen Unfall hattest. Dann kann jemand anders die Rote Bete besorgen.«

»*Edith* wird etwas für mich tun«, sagte Libby abrupt. Sie stand auf und ging ins andere Zimmer.

»Soll ich sie anrufen?« Allison spähte hinter ihr her.

»Libby?« Sie hatte Libby noch nie so brüsk gehört.

»Edith wird alles in Ordnung bringen«, sagte Libby mit einer matten, übellaunigen Stimme, die gar nicht zu ihr passte.

Und Allison ging zum Telefon. Aber sie hatte sich immer noch nicht von Idas Fortgang erholt, und was sie Edie gegenüber nicht in Worte fassen konnte, war, wie verändert Libby ihr erschien, wie verwirrt, und wie seltsam eingefallen ihr Gesichtsausdruck war. Die beschämte Miene, mit der sie an ihrem Kleid herumzupfte. Allison dehnte die Telefonschnur, so weit es ging, und reckte den Hals, um ins Nebenzimmer zu schauen, während sie redete, und ihre Bestürzung ließ sie stammeln. Libbys weiße, federzarte Haare schienen an den Spitzen rot zu brennen – Haare, so dünn, dass Allison ihre ziemlich großen Ohren dahinter sehen konnte.

Edie fiel Allison ins Wort, bevor sie zu Ende gesprochen hatte. »Lauf nach Hause und lass Libby ihre Ruhe.«

»Warte«, sagte Allison und rief nach nebenan: »Libby? Hier ist Edie. Willst du mit ihr sprechen?«

»Was?«, fragte Edie. »Hallo?«

Sonnenlicht sammelte sich auf dem Esszimmertisch, Pfützen aus hellem, sentimentalem Gold, und wässrige Münzen aus Licht – Reflexe vom Kronleuchter – schimmerten an der Decke. Das ganze Zimmer strahlte wie ein hell erleuchteter Ballsaal. Libbys Umrisse brannten rot wie glühende Asche, und die Nachmittagssonne, die sie mit ihrer Corona umstrahlte, barg in ihrem Schatten eine Dunkelheit, die war, als brenne etwas.

»Sie – ich mach mir Sorgen um sie.« Allison war verzweifelt. »*Bitte* komm rüber. Ich verstehe nicht, wovon sie redet.«

»Hör mal, ich muss jetzt auflegen«, sagte Edie. »Draußen steht Besuch, und ich bin nicht angezogen.«

Und dann legte sie auf. Allison blieb am Telefon stehen und versuchte, ihre Gedanken zu sammeln, und dann lief sie nach nebenan, um nach Libby zu sehen, die sich mit starrem Gesicht zu ihr umdrehte.

»Wir hatten zwei Ponys«, sagte sie. »Kleine braune.«

»Ich rufe den Arzt.«

»Das wirst du *nicht* tun«, sagte Libby mit solcher Festigkeit, dass Allison unter dem Ton erwachsener Autorität sofort einknickte. »Du wirst nichts dergleichen tun.«

»Aber du bist krank.« Allison fing an zu weinen.

»Nein, mir geht's gut, mir geht's gut. Es ist nur so, dass sie inzwischen da sein müssten, um mich *abzuholen*. Wo bleiben sie denn? Es wird spät.« Und sie legte ihre Hand in Allisons – ihre kleine, trockene, papierne Hand – und sah sie an, als erwarte sie, irgendwo hingebracht zu werden.

Der Geruch von Lilien und Tuberosen, der in dem überhitzten Bestattungsgeschäft überwältigend wirkte, ließ Harriets Magen jedes Mal flau flattern, wenn der Ventilator umschwenkte und der Luftzug in ihre Richtung wehte. Sie hatte ihr bestes Sonntagskleid an, das weiße mit den Gänseblümchen, und saß mit trüben Augen auf einer Bank mit verschnörkelter Lehne. Die Schnitzereien bohrten sich zwischen ihre Schulterblätter, und das Kleid war oben herum zu eng, was die Beklemmungen in ihrer Brust und die atemberaubende Stickigkeit der Luft nur verstärkte. Sie

Das Begräbnis.

hatte das Gefühl, eine Weltraumatmosphäre zu atmen, die nicht aus Sauerstoff, sondern aus einem leeren Gas bestand. Weder zu Abend noch zum Frühstück hatte sie etwas gegessen. Den größten Teil der Nacht über hatte sie wach gelegen, das Gesicht ins Kopfkissen gedrückt, und geweint, und als sie am nächsten Vormittag mit pochendem Schädel die Augen geöffnet und ihr eigenes Zimmer gesehen hatte, war sie eine Weile benommen liegen geblieben und hatte die vertrauten Gegenstände bestaunt (die Gardinen, die Laubreflexe im Kommodenspiegel, sogar der Stapel der überfälligen Bücher aus der Bibliothek auf dem Boden war noch da). Alles war so, wie sie es an dem Tag, als sie ins Camp gefahren war, zurückgelassen hatte. Doch dann stürzte die Erinnerung wie ein schwerer Stein auf sie herab: Ida war fort, und Libby war tot, und alles war schrecklich und nicht in Ordnung.

Edie – in Schwarz, mit einem hohen Perlenkragen, wie gebieterisch sie aussah dort neben dem Pult mit dem Kondolenzbuch! – stand an der Tür. Zu jedem, der hereinkam, sprach sie genau die gleichen Worte:»Der Sarg steht nebenan«, sagte sie statt einer Begrüßung zu einem rotgesichtigen Mann in verstaubtem Braun, der ihre Hand umfasste, und dann, über seine Schulter hinweg, zu der mageren Mrs. Fawcett, die sittsam von hinten herangetrippelt war und wartete, bis sie an der Reihe war:»Der Sarg steht nebenan. Der Leichnam ist leider nicht ausgestellt, aber das war nicht meine Entscheidung.«

Einen Moment lang sah Mrs. Fawcett verwirrt aus, dann nahm auch sie Edies Hand. Sie sah aus, als wolle sie in Tränen ausbrechen.»Ich war *so* traurig, als ich es hörte«, sagte sie.»Wir alle unten in der Bibliothek haben Miss Cleve geliebt. Es war so traurig heute Morgen, als ich hereinkam und die Bücher sah, die ich für sie zurückgelegt hatte.«

Mrs. Fawcett!, dachte Harriet, und verzweifelte Zuneigung durchströmte sie. Im Gedränge der dunklen Kleider war sie ein tröstender Farbfleck in ihrem bedruckten Sommerkleid und den rotleinenen Espadrilles, so als komme sie geradewegs von der Arbeit.

Edie tätschelte ihr die Hand.»Ja, sie war gleichfalls verrückt nach Ihnen allen in der Bibliothek«, sagte sie, und Harriet wurde übel bei ihrem heftigen, eisigen Tonfall.

Adelaide und Tat standen bei der Bank Harriet gegenüber und schwatzten mit zwei stämmigen älteren Damen, die aussahen wie Schwestern. Sie sprachen über die Blumen in der Totenkapelle, die infolge einer Nachlässigkeit des Bestattungsinsituts über Nacht verwelkt waren. Die stämmigen Damen taten laute Ausrufe der Bestürzung. »Man sollte doch meinen, dass die Putzfrauen oder sonst jemand sie hätte gießen können!«, rief die größere, fidelere der beiden. Sie hatte rundliche Apfelbäckchen und weiße Locken wie ein weiblicher Weihnachtsmann.

»Oh«, sagte Adelaide und hob kühl das Kinn, »*die* Mühe konnten sie sich wohl nicht zumuten.« Hass durchbohrte Harriet wie ein unerträglicher Stich – Hass auf Addie, auf Edie, auf alle diese alten Damen mit ihren forschen Fachkenntnissen zum Protokoll der Trauer.

Unmittelbar neben Harriet stand noch eine Gruppe von angeregt plaudernden Damen. Harriet kannte keine von ihnen, außer der Kirchenorganistin, Mrs. Wilder Whitfield. Noch einen Augenblick zuvor hatten sie laut gelacht, als wären sie auf einer Bridge-Party, aber jetzt steckten sie die Köpfe zusammen und tuschelten miteinander. »Olivia Vanderpool«, murmelte eine Frau mit nichts sagendem glatten Gesicht, »tja, Olivia hat sich *jahrelang* hingeschleppt. Am Ende wog sie noch fünfundsiebzig Pfund und konnte keine feste Nahrung mehr zu sich nehmen.«

»Die arme Olivia. Nach dem zweiten Sturz war sie nie wieder die Alte.«

»Es heißt ja, Knochenkrebs sei der schlimmste Krebs.«

»Absolut. Ich kann nur sagen, es ist ein Segen, dass die kleine Miss Cleve so schnell dahingegangen ist. Sie hatte ja niemanden.«

Sie hatte niemanden? dachte Harriet. *Libby?* Mrs. Whitfield sah, dass Harriet sie anfunkelte, und lächelte, aber Harriet wandte sich ab und starrte mit roten, in Tränen schwimmenden Augen auf den Teppich. Seit der Heimfahrt aus dem Camp hatte sie so viel geweint, dass sie sich wie

Das Begräbnis.

betäubt fühlte. Ihr war übel, und sie konnte kaum schlucken. Als sie in der Nacht zuvor endlich eingeschlafen war, hatte sie von Insekten geträumt, von einem wütenden, schwarzen Schwarm, der aus dem Herd in ein Haus geströmt war.

»Zu wem gehört dieses Kind?«, fragte die glattgesichtige Frau Mrs. Whitfield in weithin hörbarem Flüsterton.

»Ah«, sagte Mrs. Whitfield und senkte die Stimme. Im Halbdunkel spritzte und blinkte das Licht der Laternen durch Harriets Tränen, alles versank jetzt im Dunst, alles zerschmolz. Ein Teil ihrer selbst – kalt und wütend – stand abseits und machte sich über sie lustig, weil sie weinte, während die Kerzenflammen sich auflösten und zu bösartigen Prismen zersprangen.

Das Bestattungsinstitut in der Main Street, nicht weit von der Baptistenkirche, befand sich in einem hohen viktorianischen Haus, das von Türmchen und stachligen Eisenschnörkeln strotzte. Wie oft war Harriet mit dem Fahrrad hier vorbeigefahren und hatte sich gefragt, was wohl vorging da oben in diesen Türmchen, unter den Kuppeldächern, hinter den verhangenen Fenstern? Gelegentlich – abends, wenn jemand gestorben war – flackerte ein mysteriöses Licht hinter dem bunten Glasfenster im höchsten der Türmchen, ein Licht, das sie an einen Artikel über Mumien erinnerte, den sie in einem alten *National Geographic* gesehen hatte. *Einbalsamierende Priester mühten sich bis tief in die Nacht hinein,* hatte unter dem Bild gestanden, *um ihre Pharaonen für die lange Reise in die Unterwelt bereitzumachen.* Wann immer das Licht im Turm brannte, lief es Harriet eisig den Rücken hinunter, und sie trat ein bisschen kräftiger in die Pedale, um nach Hause zu kommen. Im Winter, wenn es früh dunkel wurde und sie von der Chorprobe nach Hause fuhr, zog sie den Mantel fester um sich und rutschte auf dem Rücksitz von Edies Wagen ein bisschen tiefer.

Ding dong, die Glocke klingt,

sangen die Mädchen beim Seilspringen auf dem Rasen vor der Kirche nach dem Chor,

531.

Sagt meiner Mutter noch einen Gruß,
Denn auf dem Schindanger ich liegen muss,
Wohl neben meinem Bruder.

Was immer für nächtliche Rituale dort oben stattfinden mochten, was immer man dort, aufschlitzend und ausblutend und ausstopfend, mit lieben Menschen anstellen mochte, das Erdgeschoss war in beruhigender viktorianischer Gruseligkeit versunken. Die Salons und Empfangsräume waren weitläufig, prunkvoll und schattendunkel; der Teppich war dick und rostig braun, und die Möbel (gedrechselte Stühle und altmodische Sessel) waren trist und steif. Eine samtene Kordel am Fuße der Treppe versperrte den Treppenaufgang, wo ein roter Teppich stufenweise in der Dunkelheit eines Horrorfilms verschwand.

Der Bestatter war ein freundlicher kleiner Mann namens Mr. Makepeace. Er hatte lange Arme und eine lange, schmale, zierliche Nase, und infolge einer Polioerkrankung zog er ein Bein nach. Er war fröhlich und redselig und trotz seines Berufes beliebt. Auf der anderen Seite des Raumes hinkte er von einer plaudernden Gruppe zur nächsten, ein deformierter Würdenträger, der Hände schüttelte, stets lächelte, stets willkommen war. Die Leute traten beiseite und nahmen ihn sittsam in ihre Gesprächsrunden auf. Seine unverwechselbare Silhouette, der Winkel, in dem er das Bein nachzog, und seine Gewohnheit, dann und wann seinen Oberschenkel mit beiden Händen zu umfassen und das lahme Bein vorwärts zu reißen, wenn es stecken blieb, all das ließ Harriet an ein Bild denken, das sie einmal in einem von Helys Horror-Comics gesehen hatte: ein buckliger Butler in einem Herrenhaus, der sein Bein gewaltsam, mit beiden Händen dem Zugriff eines skeletthaften Dämons entriss, der ihn von unten zu packen suchte.

Den ganzen Morgen hatte Edie davon gesprochen, was für »gute Arbeit« Mr. Makepeace geleistet habe. Sie hatte sich durchsetzen und eine Totenfeier mit offenem Sarg haben wollen, obwohl Libby ihr Leben lang immer wieder eindringlich wiederholt hatte, dass sie ihren Leichnam nicht ausgestellt haben wollte. Zu Lebzeiten hatte Edie

Das Begräbnis.

über solche Befürchtungen gespottet, und nach Libbys
Tod hatte sie sich über ihre Wünsche hinweggesetzt und
Sarg und Kleidung mit Blick auf die Zurschaustellung
ausgewählt: weil die Verwandten von außerhalb es erwarten würden, weil es so Brauch war, weil man es einfach
so machte. Aber heute Morgen hatten Adelaide und Tatty
im hinteren Raum des Bestattungsinstituts einen derartig
hysterischen Wirbel gemacht, dass Edie sie schließlich an-
gefaucht hatte:»Oh, in Gottes Namen!«, und dann hatte sie
Mr. Makepeace angewiesen, den Deckel zu schließen.

Unter dem starken Duft der Lilien nahm Harriet noch
einen anderen Geruch war. Es war ein chemischer Geruch wie von Mottenkugeln, nur noch ekliger: Einbalsa-
mierungsflüssigkeit? Aber es tat nicht gut, über solche
Dinge nachzudenken. Am besten, sie dachte überhaupt
nicht. Libby hatte Harriet nie erklärt, warum sie so entschieden gegen einen offenen Sarg war, aber Harriet hatte
einmal gehört, wie Tatty jemandem erzählt hatte, dass damals, als sie noch klein waren,»diese Bestatter auf dem
Lande schon *sehr* schlechte Arbeit gemacht haben. Damals,
bevor es elektrische Kühlräume gab. Unsere Mutter ist im
Sommer gestorben, wissen Sie«.

Edie stand immer noch an ihrem Platz neben dem Kondolenzbuch, und ihre Stimme erhob sich für einen Augenblick klar und deutlich über die andern.»Na, dann kannten
diese Leute Daddy eben nicht. *Er* hat sich mit so etwas niemals abgegeben.«

Weiße Handschuhe. Diskretes Murmeln, wie bei einem
Meeting der»Töchter der Amerikanischen Revolution«.
Die muffige, stickige Luft verklebte Harriets Lunge. Tatty
hatte die Arme verschränkt und sprach mit einem winzigen
kleinen Glatzkopf, den Harriet nicht kannte, und obwohl
sie dunkle Ringe unter den Augen hatte und keinen Lippenstift trug, benahm sie sich merkwürdig geschäftsmäßig und kühl.»Nein«, sie schüttelte den Kopf,»nein, es war
der alte Mr. Holt le Fevre, der Daddy diesen Spitznamen
gab, als die beiden noch klein waren. Mr. Holt spazierte mit
seiner Zofe die Straße hinunter und riss sich los und sprang
Daddy an, und Daddy hat sich natürlich gewehrt, und Mr.

Holt, der dreimal so groß war wie Daddy, fing an zu weinen: ›Du bist ein alter Schubser!‹«

»Ich habe oft gehört, wie mein Vater den Richter so genannt hat. Schubser.«

»Na, aber es war eigentlich kein Spitzname, der zu Daddy gepasst hätte. Er war kein besonders kräftiger Mann, auch wenn er in den letzten Jahren ein bisschen zugenommen hat. Wegen der Phlebitis und mit seinen geschwollenen Knöcheln war er nicht mehr so beweglich wie früher.«

Harriet biss sich innen auf die Wange.

»Als Mr. Holt nicht mehr bei Sinnen war«, sagte Tat, »zum Ende hin, da hat Violet mir erzählt, dass er ab und zu noch einmal einen klaren Kopf bekam und fragte: ›Wo wohl der alte Schubser steckt? Ich hab den alten Schubser seit einer Weile nicht mehr gesehen.‹ Da war Daddy natürlich schon seit Jahren tot. Einmal nachmittags, da hielt er sich so lange damit auf, sich den Kopf zu zerbrechen über Daddy, und warum er so lange nicht mehr da gewesen war, dass Violet schließlich zu ihm sagte: ›Der Schubser war hier, Holt, und er wollte dich besuchen. Aber du hast geschlafen.‹«

»Ach, der Gute«, sagte der Mann mit der Glatze und schaute über Tats Schulter hinweg zu einem Ehepaar, das eben hereinkam.

Harriet saß sehr, sehr still da. *Libby!*, wollte sie schreien, so wie sie selbst jetzt noch manchmal laut nach Libby schrie, wenn sie im Dunkeln aus einem Alptraum erwachte. Libby, die beim Arzt Tränen in den Augen hatte. Libby, die sich vor Bienen fürchtete!

Sie schaute Allison an, und ihre Blicke trafen sich. Allisons Augen waren rot und kummervoll. Harriet presste die Lippen zusammen, bohrte die Fingernägel in die Handballen und starrte wütend auf den Teppich, und mit großer Konzentration hielt sie den Atem an.

Fünf Tage – fünf Tage bis zu ihrem Tod – war Libby in Krankenhaus gewesen. Kurz vor dem Ende hatte es sogar so ausgesehen, als würde sie noch einmal aufwachen. Sie hatte im Schlaf gemurmelt und die Phantomseiten

Das Begräbnis.

eines Buches umgeblättert, bevor ihre Worte vollends unverständlich wurden und sie in einem weißen Nebel aus Medikamenten und Lähmung versank. *Ihre Lebenszeichen schwinden,* sagte die Krankenschwester, die am letzten Morgen hereinkam, um nach ihr zu sehen, während Edie auf einer Pritsche neben dem Bett schlief. Es war gerade noch genug Zeit, um Adelaide und Tat ins Krankenhaus zu rufen – und dann, kurz vor acht, als ihre drei Schwestern alle an ihrem Bett versammelt waren, atmete sie langsamer und langsamer,»und dann«, sagte Tat mit betrübtem Lächeln,»dann hörte sie einfach auf.« Sie hatten ihre Ringe aufschneiden müssen, weil ihre Hände so geschwollen waren... Libbys kleine Hände, so papierzart und zierlich! Geliebte kleine fleckige Hände, Hände, die Papierschiffchen gefaltet und sie in der Spüle hatten schwimmen lassen! *Geschwollen wie Grapefruits,* das war die Floskel, die schreckliche Floskel, die Edie in den letzten paar Tagen mehr als einmal wiederholt hatte. *Geschwollen wie Grapefruits. Mussten den Juwelier rufen, damit er die Ringe von den Fingern schnitt...*

Warum habt ihr mich nicht geholt?, hatte Harriet fassungslos und wie vom Donner gerührt gefragt, als sie endlich die Sprache wieder gefunden hatte. Ihre Stimme in der klimatisierten Kälte von Edies neuem Wagen hatte gequietscht, schrill und unangemessen unter der schwarzen Lawine, unter der sie fast die Besinnung verloren hatte, als sie diese Worte gehört hatte: Libby Ist Tot.

Na ja, hatte Edie philosophisch erwidert, *ich dachte, warum soll ich dir deinen Spaß verderben, solange es nicht sein muss.*

»Ihr armen kleinen Mädchen«, sagte eine vertraute Stimme über ihnen. Es war Tat.

Allison schlug die Hände vors Gesicht und fing an zu schluchzen. Harriet biss die Zähne zusammen. *Sie ist die Einzige, die trauriger ist als ich,* dachte sie. *Der einzige andere wirklich traurige Mensch in diesem Raum.*

»Nicht weinen.« Tats Lehrerinnenhand ruhte einen Moment lang auf Allisons Schulter. »Libby würde es nicht wollen.«

Warum, dachte Harriet wütend, blind und benommen vom Weinen, *warum haben sie mich in diesem stinkigen Camp gelassen, während Libby im Bett lag und starb?* Im Auto hatte Edie fast so etwas wie eine Entschuldigung vorgebracht. *Wir dachten, sie kommt wieder auf die Beine,* hatte sie zuerst gesagt, und dann: *Ich dachte, du möchtest sie lieber in Erinnerung behalten, wie sie war* – und schließlich: *Ich hab nicht nachgedacht.*

»Kinder?«, sagte Tat. »Erinnert ihr euch an unsere Cousinen Delle und Lucinda aus Memphis?«

Zwei alte Damen mit hängenden Schultern kamen heran: die eine groß und braun, die andere rund und schwarzhaarig und mit einer juwelenbesetzten schwarzen Samthandtasche.

»Ich muss schon sagen!«, erklärte die große Braune. Sie stand da wie ein Mann in ihren großen flachen Schuhen, die Hände in den Taschen ihres khakifarbenen Blusenkleides.

»Die lieben Kleinen«, murmelte die kleine Dicke und betupfte sich die Augen (die schwarz umrandet waren wie bei einem Stummfilmstar) mit einem rosa Papiertaschentuch.

Harriet starrte sie an und dachte an den Pool im Country Club, an das blaue Licht, und wie absolut lautlos die Welt war, wenn man tief Luft holte und unter Wasser glitt. *Du kannst jetzt dort sein,* sagte sie sich, *du kannst jetzt dort sein, wenn du angestrengt genug daran denkst.*

»Harriet, darf ich dich für einen Augenblick ausborgen?« Adelaide, die in ihrem trauerschwarzen Kostüm mit dem weißen Kragen sehr schick aussah, nahm sie bei der Hand und zog sie hoch.

»Aber nur, wenn du versprichst, sie zurückzubringen!« Die kleine runde Lady drohte mit einem schwer beringten Finger.

Du kannst von hier verschwinden. Im Geiste. Du brauchst nur wegzugehen. Wie hatte Peter Pan noch zu Wendy gesagt? »Mach einfach die Augen zu und denke hübsche Gedanken.«

»Oh!« Mitten im Raum blieb Adelaide wie angewurzelt

Das Begräbnis.

stehen und schloss die Augen. Leute strömten an ihnen vorbei. Musik von einer unsichtbaren Orgel erklang schwerfällig ganz in der Nähe.

»Tuberosen!« Adelaide atmete aus, und die Konturen ihrer Nase hatten im Profil so viel Ähnlichkeit mit Libbys, dass Harriets Herz sich unangenehm zusammenzog. »Riech doch mal!« Sie nahm Harriet bei der Hand und zog sie zu einem großen Blumenarrangement in einer Porzellanvase hinüber.

Die Orgelmusik war nicht echt. In einem Alkoven hinter der Totenbahre entdeckte Harriet ein Tonbandgerät, dessen Spulen sich hinter samtenen Drapagen drehten.

»Meine Lieblingsblume!« Adelaide drängte sie weiter. »Siehst du, die kleinen da. *Riech* mal dran, Schatz.«

Harriets Magen fing an zu flattern. Der Duft in dem überheizten Raum war übermächtig und von tödlicher Süße.

»Sind sie nicht himmlisch?«, fragte Adelaide. »Ich hatte welche in meinem Hochzeitsbouquet…«

Etwas flackerte vor Harriets Augen, und alles bekam schwarze Ränder. Ehe sie sich versah, wirbelten die Lichter um sie herum, und große Finger – die Finger eines Mannes – umfassten ihren Ellenbogen.

»In *Ohnmacht* würde ich vielleicht nicht fallen, aber in geschlossenen Räumen bekomme ich mindestens Kopfschmerzen davon«, sagte jemand.

»Bringt sie an die frische Luft«, sagte der Fremde, der sie festhielt, ein alter Mann, ungewöhnlich groß, mit weißen Haaren und buschigen schwarzen Augenbrauen. Trotz der Hitze trug er einen Pullunder mit V-Ausschnitt über Hemd und Krawatte.

Von nirgendwoher stieß Edie auf sie herab, ganz in Schwarz, wie die böse Hexe, und verharrte vor Harriets Gesicht. Kühle grüne Augen taxierten sie einen Moment lang eisig. Dann richtete sie sich auf *(und auf und auf und auf)* und sagte: »Bringt sie zum Wagen hinaus.«

»*Ich* werde das tun«, sagte Adelaide. Sie ging um Harriet herum und nahm ihren linken Arm, und der alte Mann (der sehr alt war, über achtzig, vielleicht sogar über neun-

zig) nahm ihren rechten. Zusammen führten sie Harriet
zur Tür hinaus in das blendende Sonnenlicht, sehr langsam, eher im Tempo des alten Mannes als in Harriets eige-
nem, so schwummrig ihr auch war.

»Harriet«, sagte Adelaide wie eine Bühnenschauspiele-
rin und drückte ihre Hand, »ich wette, du weißt nicht, wer
das ist! Das ist Mr. J. Rhodes Sumner, der da, wo ich aufgewachsen bin, ein Haus hatte – nur ein Stück weit die Straße
hinunter!«

»*Chippokes*«, sagte Mr. Sumner und blies sich großspurig
auf.

»Richtig, *Chippokes*. Ganz in der Nähe von ›Drangsal‹.
Ich weiß, du hast uns von Mr. Sumner erzählen hören, Harriet, der im diplomatischen Dienst nach Ägypten gegangen
ist?«

»Ich kannte deine Tante Addie, als sie noch ein kleines
Baby war.«

Adelaide lachte schäkernd. »*So* klein war ich nun auch
wieder nicht, Harriet. Ich dachte, du möchtest dich gern
mit Mr. Sumner unterhalten, weil du dich doch so sehr für
König Tut und all das interessierst.«

»Ich war nicht lange in Kairo«, sagte Mr. Sumner. »Nur
während des Krieges. Damals war alle Welt in Kairo.« Er
schlurfte zur offenen Beifahrertür einer langen schwarzen Cadillac-Limousine, die dem Bestattungsinstitut gehörte, und beugte sich ein wenig hinunter, um mit dem
Fahrer zu sprechen. »Würden Sie sich wohl um diese junge
Dame hier kümmern? Sie wird sich für ein paar Minuten
auf dem Rücksitz hinlegen.«

Der Fahrer, dessen Gesicht so weiß war wie Harriets,
obwohl er eine riesige, rostrote Afrofrisur hatte, erschrak
und schaltete sein Radio ab. »Wa…?«, fragte er und schaute
hin und her, als wisse er nicht, wen er zuerst ansehen sollte:
den tattrigen alten Weißen, der sich da ins Fenster lehnte,
oder Harriet, die hinten einstieg. »Geht's ihr nicht gut?«

»Was sagt man dazu?« Mr. Sumner bückte sich und
spähte hinter Harriet in den dunklen Innenraum des Wagens. »Gibt's in diesem Ding vielleicht eine Bar?«

Der Fahrer schüttelte sich und richtete sich auf. »Nein,

Das Begräbnis.

Sir, Boss, die ist in meinem *anderen* Wagen!«, antwortete er mit scherzhafter, nachsichtiger, künstlicher Freundlichkeit.

Mr. Sumner schlug beifällig mit der flachen Hand auf das Wagendach und lachte mit dem Fahrer. »Nicht schlecht!«, sagte er. Seine Hände zitterten, und obwohl sein Verstand noch sehr klar zu sein schien, war er einer der ältesten und gebrechlichsten Menschen, die Harriet je hatte umherlaufen sehen. »Nicht schlecht! Ihnen geht's offenbar ziemlich gut, was?«

»Kann nicht klagen.«

»Freut mich. So, Kind«, sagte er zu Harriet, »was möchtest du haben? Möchtest du eine Coca-Cola?«

»Oh, John«, hörte sie Adelaide murmeln, »das braucht sie nicht.«

John! Harriet blickte starr geradeaus.

»Du musst wissen, dass ich deine Tante Libby mehr geliebt habe als irgendetwas auf der Welt«, hörte sie Mr. Sumner sagen. Seine Stimme klang alt und zittrig und sehr nach den Südstaaten. »Ich hätte das Mädchen gebeten, mich zu heiraten, wenn ich geglaubt hätte, dass sie mich nimmt.«

Harriet stiegen die Tränen in die Augen, und das machte sie rasend. Sie presste die Lippen fest zusammen und bemühte sich, nicht zu weinen. Die Luft im Wagen war zum Ersticken.

»Als dein Urgroßvater tot war«, sagte Mr. Sumner, »hab ich Libby tatsächlich gefragt, ob sie mich heiratet. So alt wir da beide schon waren.« Er gluckste. »Und weißt du, was sie gesagt hat?« Als er Harriets Blick nicht auf sich ziehen konnte, klopfte er leise an die Wagentür. »Hmm? Weißt du, was sie gesagt hat, Kind? Sie meinte, es könnte vielleicht gehen, wenn sie dazu nicht in ein *Flugzeug* steigen müsste! Ha ha ha! Damit du mich recht verstehst, junge Dame: Ich arbeitete damals in Venezuela.«

Hinter ihm sagte Adelaide etwas, und der alte Mann murmelte: »Verflixt, aber sie ist doch wirklich durch und durch wie Edith!«

Adelaide lachte kokett – und daraufhin fingen Harriets

Schultern ganz von allein an zu zucken, und ohne dass sie
es wollte, brach das Schluchzen aus ihr hervor.
»Ah!«, rief Mr. Sumner ehrlich bestürzt, und wieder fiel
sein Schatten durch das Autofenster über sie. »Du armes
Herzchen!«
»Nein, nein. *Nein*«, sagte Adelaide mit Nachdruck und
führte ihn davon. »Lassen Sie sie nur in Ruhe. Sie kommt
schon wieder zu sich.«
Die Wagentür stand immer noch offen. Harriets Schluchzen klang laut und abweisend durch die Stille. Von vorn
beobachtete der Limousinenfahrer sie schweigend im
Rückspiegel, über den Rand eines Drugstore-Paperbacks
(auf dem Cover ein Astrologiekreis) mit dem Titel *Deine
Liebeszeichen* hinweg. Dann fragte er: »Deine Mama gestorben?«
Harriet schüttelte den Kopf. Im Rückspiegel zog der Fahrer die Brauen hoch. »Ich sag, ist deine Mama gestorben?«
»*Nein.*«
»Na dann…«, er drückte den Zigarettenanzünder ein,
»…hast du auch keinen Grund zum Weinen.«
Der Zigarettenanzünder schnappte wieder heraus, und
der Fahrer zündete sich seine Zigarette an und blies den
Rauch in langem Strahl aus dem Fenster. »Du weißt nicht,
was traurig sein heißt«, sagte er. »Bis zu diesem Tag.« Er
öffnete das Handschuhfach und reichte ihr ein paar Papier-
taschentücher über die Sitzlehne nach hinten.
»Wer ist dann gestorben?«, wollte er wissen. »Dein
Daddy?«
»Meine Tante«, brachte Harriet hervor.
»Deine was?«
»Meine *Tante.*«
»Oh! Dein Tantchen!« Schweigen. Dann: »Hast du bei ihr
gewohnt?«
Der Fahrer wartete ein paar Augenblicke geduldig
und wandte sich dann achselzuckend wieder nach vorn. Er
legte den Ellenbogen ins offene Fenster und rauchte stumm
seine Zigarette. Ab und zu senkte er den Blick auf sein
Buch, das er mit einer Hand aufgeklappt neben dem rech-
ten Oberschenkel hielt.

Das Begräbnis.

»Wann bist du geboren?«, fragte er Harriet nach einer Weile. »In welchem Monat?«

»Im Dezember«, sagte Harriet, als er seine Frage gerade wiederholen wollte.

»Im Dezember?« Er schaute sie über die Lehne hinweg zweifelnd an. »Du bist Schütze?«

»Steinbock.«

»Steinbock!« Sein Lachen klang ziemlich unangenehm und anzüglich. »Dann bist du eine kleine *Ziege.* Ha ha ha!« Die Glocke der Baptistenkirche auf der anderen Straßenseite schlug Mittag. Das eisige, mechanische Läuten der Glocken weckte eine von Harriets frühesten Erinnerungen: ein Herbstnachmittag, leuchtender Himmel, rote und gelbe Blätter in der Gosse, und Libby, die sich über Harriet in ihrem roten Parka beugte und beide Hände um ihre Taille schlang: »Hör doch!« Und zusammen hatten sie dem Mollklang in der kalten, hellen Luft gelauscht, der ganz unverändert ein Jahrzehnt später wieder erklang, frostig und traurig wie ein Akkord auf einem Spielzeugklavier. Ein Ton, der selbst im Sommer nach kahlen Ästen klang, nach Himmel im Winter und nach verlorenen Dingen.

»Was dagegen, wenn ich das Radio anmache?«, fragte der Fahrer. Als Harriet nicht antwortete, weil sie weinte, schaltete er es einfach ein.

»Hast du 'n Freund?«, erkundigte er sich.

Auf der Straße hupte ein Auto. »Yo!«, rief der Fahrer und winkte mit erhobener Handfläche – und Harriet fuhr wie elektrisiert hoch, als Danny Ratliffs Blick sie erfasste und seine Augen sich weiteten, weil er sie erkannte. Sie sah den Schrecken, der sich in seinem Gesicht spiegelte. Dann war er vorbei, und sie starrte hinter dem unanständig hochgereckten Heck des TransAm her.

»Hey, ich hab gefragt«, erschrocken sah Harriet, dass der Fahrer sich über den Sitz lehnte und sie anschaute, »ich hab gefragt, ob du 'n Freund hast.«

Harriet wollte dem TransAm nachschauen, ohne sich etwas anmerken zu lassen. Sie sah, wie er ein paar Straßen weiter abbog, zur Bahnstrecke und zum alten Güterbahnhof. Auf der anderen Straßenseite schlug die Kirchenglocke die Stunde: *dong dong dong dong dong* ...

»Du bist hochnäsig«, sagte der Fahrer. Seine Stimme klang spöttisch und kokett. »Stimmt's?«

Plötzlich kam Harriet auf den Gedanken, dass er wenden und zurückkommen könnte. Sie schaute zur Eingangstreppe des Bestattungsinstituts hinauf. Ein paar Leute standen da beieinander, eine Gruppe alter Männer, die Zigaretten rauchten, und Adelaide und Mr. Sumner ein Stück weiter abseits. Mr. Sumner beugte sich fürsorglich über sie – gab er ihr etwa Feuer? Addie rauchte seit Jahren nicht mehr. Aber da stand sie, die Arme verschränkt, warf den Kopf in den Nacken wie eine Fremde und blies Rauchwolken in die Luft.

»Jungs mögen das nicht, wenn Mädchen sich hochnäsig benehmen«, sagte der Fahrer.

Harriet stieg aus – die Tür stand immer noch offen – und ging schnell die Treppe zum Bestattungsinstitut hinauf.

Ein verzweifelter Schauder lief Danny zellophanknisternd über den Nacken, als er am Bestattungsinstitut vorbeiraste. Luftige Methamphetamin-Klarheit glidderte in neunhundert verschiedenen Richtungen gleichzeitig über seinen Körper. Stundenlang hatte er das Mädchen gesucht, überall, die ganze Stadt hatte er durchkämmt, durch die Wohnstraßen war er gekreuzt, Schleife um endlose Schleife im Kriechtempo. Und jetzt, als er sich gerade entschlossen hatte, Farishs Auftrag in den Wind zu schlagen und die Suche einzustellen: Volltreffer.

Und ausgerechnet bei Catfish. Das war der Hammer. Natürlich konnte man nie genau sagen, wo Catfish auftauchen würde, denn sein Onkel gehörte zu den reichsten Leuten der Stadt, ob schwarz oder weiß, und saß an der Spitze eines beträchtlichen Unternehmensimperiums: mit Totengräber-, Baumbeschneider-, Fassadenanstreicher-, Wurzelroder-, Dachdecker-, Lotterie-, Auto- und Hausgerätereparatur- und einem halben Dutzend anderer Firmen. Man wusste nie, wo Catfish auftauchte: in Niggertown, wo

Das Begräbnis.

er für seinen Onkel Mieten kassierte, auf einer Leiter am Gericht, wo er die Fenster putzte, am Steuer eines Taxis oder eines Leichenwagens.

Aber das jetzt? Diese ausgeflippte Realität von zwanzig Autos hintereinander? Es war ja wohl ein bisschen allzu viel Zufall, das Mädchen (ausgerechnet das Mädchen) mit Catfish in einer Bestattungslimousine von Bienville sitzen zu sehen. Catfish wusste, dass eine sehr umfangreiche Ladung Stoff auf Auslieferung wartete, und er war ein bisschen zu beiläufig neugierig, wo Danny und Farish das Zeug aufbewahrten. Ja, er war ein bisschen zu wissbegierig gewesen in seiner lässigen, redseligen Art, hatte sich nicht nehmen lassen, schon zweimal beim Trailer »vorbeizukommen«, war unangemeldet angerollt in seinem Gran Torino, schattenhaft hinter den getönten Scheiben. Er hatte sich ungewöhnlich lange im Bad aufgehalten, hatte rumgestöbert und den Wasserhahn vollrohr laufen lassen. Er war ein bisschen zu schnell aufgestanden, als Danny herausgekommen war und ihn dabei erwischt hatte, wie er unter den TransAm guckte. Reifenplatten, hatte er gesagt. Dachte, du hättest 'n platten Reifen, Mann. Der Reifen war in Ordnung, und das wussten sie beide.

Nein. Catfish und das Mädchen waren das geringste seiner Probleme, dachte er mit einem hoffnungslosen Gefühl der Unausweichlichkeit, als er über die Schotterstraße zum Wasserturm holperte. Ihm kam es so vor, als holperte er hier dauernd entlang, im Bett, in seinen Träumen, fünfundzwanzigmal am Tag durch immer dasselbe Schlagloch. Nein, es lag nicht nur an den Drogen, dieses dauernde Gefühl, *beobachtet* zu werden. Der Einbruch bei Eugene, der Angriff auf Gum – sie alle schauten jetzt unablässig über die Schulter und zuckten beim kleinsten Geräusch zusammen. Aber Anlass zur größten Sorge bereitete inzwischen Farish, der so heiß gelaufen war, dass er kurz vor dem Überkochen stand.

Als Gum im Krankenhaus war, hatte Farish keinen Grund mehr gehabt, auch nur so zu tun, als ginge er ins Bett. Stattdessen blieb er jetzt die ganze Nacht auf, jede Nacht, und Danny musste mit ihm aufbleiben, er ging auf und ab, schmiedete Pläne bei Sonnenaufgang hinter geschlossenen Vorhängen, zog seine Lines auf dem Spiegel und quatschte sich heiser. Und jetzt, wo Gum wieder zu Hause war (in stoischem Desinteresse schlurfte sie mit schlaftrunkenen Augen an der Tür vorbei auf dem Weg zur Toilette), änderte ihre Anwesenheit nichts an diesem Muster, aber sie steigerte Farishs Unruhe ins beinahe Unerträgliche. Ein geladener .38er erschien auf dem Couchtisch neben dem Spiegel und den Rasierklingen. Bestimmte Gruppen – gefährliche Gruppen – hatten es auf ihn abgesehen. Die Sicherheit ihrer Großmutter stand auf dem Spiel. Und, ja, Danny mochte über manche dieser Theorien den Kopf schütteln, aber wer weiß? Dolphus Reese (seit dem Zwischenfall mit der Kobra *persona non grata*) brüstete sich oft mit seinen Beziehungen zum organisierten Verbrechen. Und das organisierte Verbrechen, das den Vertrieb der Drogen übernommen hatte, lag schließlich seit dem Mord an Kennedy in einem Bett mit der CIA.

»Nicht meinetwegen«, sagte Farish, und er drückte sich die Nase zu und legte den Kopf in den Nacken, »*wow*, nicht meinetwegen mach ich mir Sorgen, sondern um die arme kleine Gum da drinnen. Was sind das für *motherfucker*, mit denen wir's zu tun haben? Mein *eigenes* Leben ist mir scheißegal. Verdammt, ich bin barfuß durch den Dschungel gejagt worden, ich hab 'ne volle Woche mit dem Arsch im Schlamm in 'nem Reisfeld gelegen und durch ein Bambusrohr geatmet. Mir können die einen Scheißdreck anhaben. Hört ihr?« Farish deutete mit der Klinge seines Klappmessers auf das Testbild im Fernsehen. »Mir könnt ihr einen Scheißdreck anhaben!«

Danny schlug die Beine übereinander, damit sein Knie aufhörte zu zittern, und sagte nichts. Es beunruhigte ihn, dass Farish immer häufiger über seine Kriegserlebnisse redete, denn Farish hatte den größten Teil der Vietnam-Jahre in der staatlichen Irrenanstalt in Whitfield verbracht. Meistens hob Farish sich seine Vietnamgeschichten für die Pool Hall auf. Erst vor kurzem hatte Farish ihm offenbart, dass die Regierung bestimmte Häftlinge und Psychiatriepatienten – Vergewaltiger, Verrückte, entbehrliche

Das Begräbnis.

Leute – nachts aus dem Bett zerrten und sie auf streng geheime Militäroperationen schickten, von denen sie wahrscheinlich nicht zurückkommen würden. Schwarze Hubschrauber auf den Baumwollfeldern des Gefängnisses, mitten in der Nacht. Die Wachttürme unbesetzt, ein mächtiger Wind, der in den dürren Sträuchern rauschte. Männer in Balaklavas, mit AK-47 bewaffnet. »Und ich sag dir noch was.« Farish sah sich um, bevor er in die Büchse spuckte, die er mit sich rumschleppte. »Die sprachen nicht alle Englisch.«

Was Danny Sorgen machte, war der Umstand, dass das Meth sich noch auf dem Gelände befand (auch wenn Farish es mehrmals am Tag zwanghaft versteckte und wieder neu versteckte). Farish behauptete, er müsse »'ne Weile drauf sitzen«, bevor er es wegbrachte, aber das Wegbringen (das wusste Danny) war das eigentliche Problem, nachdem Dolphus aus dem Spiel war. Catfish hatte angeboten, sie mit jemandem zusammenzubringen, mit irgendeinem Cousin in South Louisiana, aber das war gewesen, bevor Farish Zeuge seiner Schnüffelei unter dem Wagen geworden war und mit dem Messer hinausgestürmt war und gedroht hatte, Catfish den Kopf abzuschneiden.

Und Catfish war seitdem klugerweise nicht mehr da gewesen, hatte nicht mal angerufen, aber leider war Farishs Misstrauen damit nicht zu Ende. Er beobachtete auch Danny, und er wollte, dass Danny es wusste. Manchmal machte er verschlagene Andeutungen, oder er wurde listig und vertraulich und tat, als vertraue er Danny Geheimnisse an, die es gar nicht gab. Dann wieder lehnte er sich in seinem Sessel zurück, als wäre er plötzlich hinter etwas gekommen, und dann grinste er breit und sagte: »Du Scheißkerl. *Du Scheißkerl.*« Manchmal sprang er auch bloß ohne Vorwarnung auf und fing an zu schreien und Danny alle möglichen Lügen und Verrätereien vorzuwerfen. Danny hatte nur eine Möglichkeit, Farish daran zu hindern, dass er völlig durchdrehte und ihn zusammenschlug: Er musste immer ruhig bleiben, ganz gleich, was Farish sagte oder tat. Geduldig ließ er Farishs Beschuldigungen über sich ergehen (die unberechenbar und explosiv über ihn hereinbrachen, in beliebigen Abständen) und antwortete langsam und bedacht, ganz höflich, nichts Ausgefallenes, keine plötzlichen Bewegungen: das psychologische Äquivalent des Aussteigens aus dem Wagen mit erhobenen Händen. Dann, eines Morgens vor Sonnenaufgang, als die Vögel gerade anfingen zu singen, war Farish fluchend aufgesprungen, hatte irgendwas gemurmelt und sich ein paar Mal mit einem blutigen Taschentuch die Nase geputzt, und dann hatte er einen Rucksack hervorgeholt und Danny befohlen, ihn in die Stadt zu fahren. Mitten in der Stadt ließ er sich absetzen und schickte Danny nach Hause, wo er auf seinen Anruf warten sollte.

Aber Danny (nach all den Beschimpfungen und grundlosen Beschuldigungen allmählich doch stinksauer) war stattdessen um die Ecke gefahren und hatte den Wagen auf dem leeren Parkplatz bei der Presbyterianerkirche abgestellt. Dann folgte er Farish zu Fuß und in sicherem Abstand, als dieser mit seinem Armeerucksack wütend den Gehweg entlangstapfte.

Er wollte die Drogen im alten Wasserturm hinter den Bahngleisen verstecken, dessen war sich Danny ziemlich sicher. Er verlor Farish in der überwucherten Wildnis des Rangiergeländes aus den Augen, aber dann sah er ihn in der Ferne auf der Leiter am Turm wieder, hoch oben in der Luft, mühsam erklommen, den Rucksack zwischen den Zähnen, eine stämmige Silhouette vor dem lachhaft rosigen Morgenhimmel.

Er hatte auf der Stelle kehrtgemacht, war zum Wagen zurückgegangen und geradewegs nach Hause gefahren, äußerlich ruhig, aber mit schwirrendem Kopf. Da war es versteckt, im Turm, und da war es noch immer: Methamphetamin im Wert von fünftausend Dollar – zehntausend, wenn man es streckte. Farishs Geld, nicht seins. Er würde ein paar hundert Dollar zu sehen kriegen – was immer Farish rausrücken würde –, wenn der Stoff verkauft wäre. Aber ein paar hundert Kröten genügten nicht, um nach Shreveport oder Baton Rouge zu gehen, nicht genug, um sich eine Wohnung und eine Freundin zu suchen und sich im Fernfahrergeschäft zu etablieren. Heavy Metal auf der

Das Begräbnis.

Acht-Spur-Maschine und nie wieder Country Music, sowie er diese Hillbilly-Stadt hinter sich gelassen hätte – nie wieder. Mit einem großen, chromblitzenden Truck (getönte Scheiben, klimatisierte Kabine) brüllend auf der Interstate entlangdonnern, Richtung Westen. Weg von Gum. Weg von Curtis mit den kläglichen Teenager-Pickeln, die jetzt in seinem Gesicht aufzublühen begannen. Weg von dem verblichenen Schulfoto von ihm selbst, das über dem Fernseher in Gums Trailer hing: mager, mit verschlagenem Blick und langen dunklen Ponyfransen.

Danny parkte, zündete sich eine Zigarette an und blieb sitzen. Der Wassertank selbst, etwa fünfzehn Meter hoch über dem Boden, war eine hölzerne Tonne mit einem kegelförmigen Dach, die auf spindeldürren Metallbeinen ruhte. Eine wacklige Wartungsleiter führte zum Dach des Tanks, und dort öffnete sich eine Falltür zum Wasserreservoir.

Tag und Nacht verfolgte ihn das Bild des Rucksacks – wie ein Weihnachtsgeschenk hoch oben auf dem Regal, auf das er nicht klettern durfte. Immer, wenn er in seinen Wagen stieg, lockte es ihn mit magnetischer Faszination. Zweimal war er schon allein zum Tank gefahren, und dann hatte er nur dagesessen und hinaufgestarrt und seinen Tagträumen nachgehangen. Ein Vermögen. Seine Auslöse.

Wenn es ihm gehört hätte, was es nicht tat. Und er war ziemlich nervös bei dem Gedanken, raufzusteigen und es zu holen. Er befürchtete, dass Farish eine Leitersprosse angesägt oder die Klappe oben mit einer Selbstschussanlage versehen oder den Turm sonst wie mit einer Falle gesichert haben könnte – Farish, der ihm beigebracht hatte, wie man Rohrbomben baute; Farish, dessen Labor von selbst gebastelten Schnappfallen aus Brettern und rostigen Nägeln umgeben und mit im Unkraut verborgenen Stolperdrähten umspannt war; Farish, der kürzlich aus einer Anzeige auf der Rückseite des *Soldier of Fortune* einen Bausatz für federgeschleuderte Wurfmesser geordert hatte. »Tritt auf dieses Schätzchen und – *whing!*«, rief er und sprang inmitten des Durcheinanders auf dem Boden, wo er gearbeitet hatte, begeistert auf, während Danny voller Entsetzen einen Satz auf der Rückseite des Kartons las: *Schaltet jeden Angreifer auf eine Distanz von bis zu zehn Metern aus.* Wer konnte schon wissen, wie er den Turm präpariert hatte? Wenn er ihn präpariert hatte, dann so, dass man verstümmelt und nicht getötet wurde (er kannte Farish), und Danny hatte keine Lust, einen Finger oder ein Auge zu verlieren. Aber ein hartnäckiges leises Raunen erinnerte ihn immer wieder, dass Farish den Turm vielleicht überhaupt nicht präpariert hatte. Zwanzig Minuten zuvor, als er zur Post fahren wollte, um die Stromrechnung für seine Großmutter zu bezahlen, hatte ihn eine irrwitzige Welle von Optimismus überflutet, eine blendende Vision des sorgenfreien Lebens, das ihn in South Louisiana erwartete, und er war in die Main Street eingebogen und zum Rangierbahnhof gefahren, um auf der Stelle den Turm zu besteigen, den Rucksack herauszufischen, ihn im Kofferraum im Reservereifen zu verstecken und zur Stadt hinauszufahren, ohne sich noch einmal umzusehen.

Aber jetzt, da er hier war, zögerte er auszusteigen. Nervige kleine Silberstränge – wie Draht – blinkten im Unkraut am Fuße des Turms. Seine Hände zitterten vom Speed, als Danny sich eine Zigarette anzündete und zum Wasserturm hinaufstarrte. Einen Finger oder eine Zehe abgerissen zu bekommen wäre ein Vergnügen im Vergleich zu dem, was Farish mit ihm anfangen würde, wenn er auch nur ahnte, was Danny dachte.

Und man konnte eine Menge in die Tatsache hineinlesen, dass Farish die Drogen ausgerechnet in einem Wassertank versteckt hatte: ein gezielter Schlag ins Gesicht für Danny. Farish wusste, wie viel Angst Danny vor Wasser hatte seit dem Versuch ihres Vaters, ihm im Alter von vier oder fünf Jahren das Schwimmen beizubringen, indem er ihn einfach von einem Steg in den See geworfen hatte. Statt zu schwimmen – wie Farish und Mike und seine anderen Brüder es getan hatten, als dieser Trick an ihnen ausprobiert worden war – war Danny untergegangen. Er erinnerte sich noch ganz deutlich an das Grauen des Versinkens und an das nächste Grauen, als er würgend sandig graues Wasser ausgespuckt hatte, während sein Vater (wutentbrannt, weil er

Das Begräbnis.

in voller Kleidung hatte ins Wasser springen müssen) ihn anschrie. Danny hatte den abgenutzten Steg hinter sich gelassen und nie wieder den Wunsch verspürt, in tiefem Wasser zu schwimmen.

Perverserweise hatte Farish auch die praktischen Gefahren ignoriert, die sich damit verbanden, das Zeug in einer feuchten Umgebung zu lagern. An einem regnerischen Tag im März war Danny mit Farish im Labor gewesen, als der Stoff wegen der Luftfeuchtigkeit nicht hatte kristallieren wollen. Sie hatten machen können, was sie wollten, das Zeug hatte zusammengepappt und sich auf dem Spiegel unter ihren Fingern zu einer klebrigen, festen Paste verklumpt: unbrauchbar.

Resigniert nahm Danny eine Nase, um seine Nerven zu beruhigen, und dann warf er seine Zigarette aus dem Fenster und ließ den Motor an. Als er wieder auf der Straße war, vergaß er seine eigentliche Aufgabe (die Stromrechnung seiner Großmutter zu überweisen) und fuhr noch einmal am Bestattungsinstitut vorbei. Catfish saß noch in der Limo, aber das Mädchen nicht mehr, und draußen auf der Treppe wimmelten zu viele Leute herum.

Vielleicht fahr ich noch mal um den Block, dachte er.

Grace Fountain kam ziemlich befangen die Stufen an Edies Veranda herauf und durch die Haustür herein. Sie folgte den Stimmen und dem festlichen Gläserklingen durch einen Flur, der durch wuchtige Bücherschränke mit Glastüren sehr schmal war, in ein überfülltes Wohnzimmer. Ein Ventilator surrte. Das Zimmer war voller Menschen: Männer, die ihr Jackett abgelegt hatten, Frauen mit rosigen Gesichtern. Auf der Spitzentischdecke standen eine Punschbowle, Teller mit Schinkenbrötchen und silberne Schälchen mit Erdnüssen und gebrannten Mandeln. Ein Stapel roter Papierservietten (*schäbig,* fand Mrs. Fountain) trug Edies Monogramm in Gold.

Mrs. Fountain umklammerte ihre Handtasche und wartete in der Tür darauf, dass man sie begrüßte. Im Vergleich zu ihrem war Edies Haus kleiner, eigentlich eher ein Bungalow, aber Mrs. Fountain stammte vom Land –»von guten Christen«, wie sie gern betonte, aber es waren trotzdem Hinterwäldler –, und die Punschbowle schüchterte sie ebenso ein wie die goldfarbenen Seidenvorhänge und der große Esstisch im Plantagenstil, an dem, wenn man ihn ausklappte, mindestens zwölf Personen Platz fanden, und das übermächtige Porträt von Richter Cleves Vater, das den Kamin darunter winzig aussehen ließ. Ringsum an den Wänden standen wie in einer Tanzschule aufgereiht vierundzwanzig Esszimmerstühle mit lyraförmiger Lehne und petit-point-besticktem Sitzpolster, und wenn das Zimmer auch ein bisschen klein und ein bisschen niedrig war für so viele große, dunkle Möbel, ließ das alles sie trotzdem kleinlaut werden.

Edith, die eine weiße Cocktailschürze über dem schwarzen Kleid trug, entdeckte Mrs. Fountain, stellte ein Tablett mit Brötchen ab und kam herüber.»Ja, Grace! Danke, dass Sie hereinschauen.« Sie trug ein schweres schwarzes Brillengestell – eine Männerbrille, wie sie Mrs. Fountains verstorbener Ehemann Porter getragen hatte. Nicht sehr schmeichelhaft, fand Mrs. Fountain, für eine Lady. Außerdem trank sie aus einem Wasserglas (das unten mit einer feuchten Weihnachtsserviette umwickelt war) etwas, das aussah wie Whiskey mit Eis.

Mrs. Fountain konnte sich nicht verkneifen zu bemerken:»Sieht aus, als ob Sie feierten – so eine große Party hier, nach der Beisetzung.«

»Man kann sich ja nicht einfach hinlegen und sterben«, blaffte Edie.»Gehen Sie rüber und holen Sie sich was von den Hors d'œuvres, bevor sie kalt werden, ja?«

Mrs. Fountain blieb verwirrt stocksteif stehen und ließ den Blick ziellos über weiter entfernte Gegenstände wandern. Schließlich antwortete sie unbestimmt:»Danke«, und dann begab sie sich steifbeinig zum Büfett.

Edie drückte sich das kalte Glas an die Schläfe. Bis zu diesem Tag war sie weniger als ein halbes Dutzend Mal im Leben beschwipst gewesen, und zwar ausschließlich vor ihrem dreißigsten Lebensjahr und immer unter sehr viel fröhlicheren Umständen.

Das Begräbnis.

»Edith, Liebes, kann ich Ihnen bei irgendwas helfen?« Eine Frau aus der Baptistengemeinde, klein, rundgesichtig und von einer gutmütigen Wuseligkeit wie Winnie der Pu, an deren Namen sich Edie beim besten Willen nicht erinnern konnte, drängte sich auf.

»Nein, danke!« Sie klopfte der Lady auf die Schulter und bahnte sich einen Weg durch die Menge. Die Schmerzen in ihren Rippen waren atemberaubend, aber auf eine seltsame Weise war sie dankbar dafür, denn sie halfen ihr, sich zu konzentrieren: auf ihre Gäste, auf das Kondolenzbuch und auf saubere Gläser, auf die heißen Hors d'œuvres und auf den Nachschub an Crackern und auf das regelmäßige Nachfüllen der Bowle mit frischem Ginger Ale. All diese Sorgen wiederum lenkten sie von Libbys Tod ab, den sie noch nicht verdaut hatte. In den letzten Tagen – ein hektischer, grotesker Wirbel von Blumen und Ärzten und Bestattern und Papieren, die zu unterschreiben waren, und Gästen von außerhalb – hatte sie keine einzige Träne vergossen. Sie hatte sich mit dem Beisammensein nach der Beerdigung befasst (das Silber musste poliert, die Punschbecher mussten klirrend vom Dachboden geholt und gespült werden), unter anderm wegen der Gäste von außerhalb, die einander zum Teil schon seit Jahren nicht mehr gesehen hatten. Natürlich wollte jeder die Gelegenheit nutzen, Versäumtes nachzuholen, mochte der Anlass noch so traurig sein, und Edie war dankbar dafür, dass sie einen Grund hatte, in Bewegung zu bleiben und zu lächeln und die Schälchen mit gebrannten Mandeln aufzufüllen. Am Abend zuvor hatte sie sich ein weißes Kopftuch umgebunden und war mit Kehrschaufel und Möbelpolitur und Teppichkehrer durch das Haus geeilt, hatte bis nach Mitternacht Kissen aufgeschüttelt und Spiegel poliert und Möbel verrückt und Läufer ausgeschüttelt und die Böden geschrubbt. Sie hatte die Blumen arrangiert, sie hatte die Teller in ihrer Porzellanvitrine neu geordnet. Dann war sie in ihre makellose Küche gegangen und hatte die Spüle bis zum Rand mit Seifenlauge gefüllt und mit vor Erschöpfung zitternden Händen die verstaubten, zarten Punschbecher gespült, einen nach dem andern, hundert Stück alles in allem, und als sie morgens um drei endlich zu Bett gegangen war, hatte sie den Schlaf der Gerechten geschlafen. Libbys kleine Katze mit dem rosa Näschen, Blossom – der neueste Zuwachs in ihrem Haushalt – hatte sich voller Angst in Edies Schlafzimmer zurückgezogen, wo sie unter dem Bett kauerte. Oben auf Bücherschrank und Porzellanvitrine hockten Edies eigene Katzen, alle fünf: Dot und Salambo, Rhamses und Hannibal und Slim. Da saßen sie, jede für sich, zuckten mit den Schwänzen und starrten mit ihren gelben Hexenaugen auf das Treiben herab. Für gewöhnlich hatte Edie nicht mehr Freude an Gästen als die Katzen, aber heute war sie dankbar für diese Scharen, denn sie lenkten sie von ihrer Familie ab, deren Benehmen höchst unbefriedigend war, eher ärgerlich als tröstlich. Sie hatte von ihnen allen die Nase voll, besonders von Addie, die mit dem grässlichen alten Mr. Sumner herumturtelte: der glattzüngige Mr. Sumner, der Schäker, Mr. Sumner, den ihr Vater, der Richter, verachtet hatte. Andauernd berührte sie seinen Ärmel und klapperte mit den Augendeckeln, und dabei nippte sie Punsch, bei dessen Herstellung sie nicht geholfen, aus einem Becher, den sie nicht mitgespült hatte. Addie, die nicht ein einziges Mal nachmittags bei Libby im Krankenhaus gesessen hatte, weil sie ihr Mittagsschläfchen nicht verpassen wollte. Auch von Charlotte hatte sie die Nase voll; denn sie war gleichfalls nicht ins Krankenhaus gekommen, weil sie zu viel damit zu tun hatte, mit irgendeiner eingebildeten Schwermut im Bett herumzuliegen. Von Tatty hatte sie die Nase voll – die war zwar oft genug ins Krankenhaus gekommen, aber immer nur, um ganz unerbetene Szenarien darüber zum Vortrag zu bringen, wie Edith den Unfall hätte verhindern können und wie sie auf Allisons unzusammenhängenden Anruf hätte reagieren sollen. Und von den Kindern hatte sie die Nase voll, von ihnen und ihrem extravaganten Geweine im Institut und am Grab. Jetzt saßen sie immer noch hinten auf der Veranda und stellten sich an wie damals bei dem toten Kater: *kein Unterschied*, dachte Edie verbittert, *überhaupt kein Unterschied*. Und nicht minder abscheulich war Cousine Delle mit ihren Krokodilstränen, die Libby seit Jah-

Das Begräbnis.

ren nicht mehr besucht hatte. »Es ist, als hätten wir Mutter noch einmal verloren«, hatte Tatty gesagt, aber für Edie war Libby sowohl Mutter als auch Schwester gewesen. Mehr als das: Sie war der einzige Mensch auf der Welt, männlich oder weiblich, lebendig oder tot, dessen Meinung ihr jemals etwas bedeutet hatte.

Auf zweien von diesen Esszimmerstühlen mit der Lyralehne – alte Freunde im Unglück, wie sie sich hier an den Wänden des kleinen Zimmers drängten – hatte Mutters Sarg gestanden, vor mehr als sechzig Jahren unten im düsteren Salon von Haus »Drangsal«. Ein fahrender Prediger von der Kirche Gottes, nicht mal ein Baptist, hatte aus der Bibel vorgelesen, irgendeinen Psalm, in dem es um Gold und Onyx gegangen war, bloß dass er nicht Onyx gelesen hatte, sondern »Oinks«. Das war zum Familienwitz geworden: »Oinks«. Die arme kleine Libby war erst ein blasser, dünner Teenager gewesen in einem alten schwarzen Teekleid ihrer Mutter, an Saum und Busen mit Stecknadeln passend gemacht, ihr porzellanweißes Gesicht (natürlich ohne Farbe, wie es bei blonden Mädchen der Fall war in jenen Tagen, bevor es Sonnenbräune und Rouge gab) von Schlafmangel und Trauer zu kränklicher, trockener Kreideblässe ausgelaugt. Vor allem erinnerte Edie sich daran, dass ihre eigene Hand sich in Libbys feucht und heiß angefühlt hatte und dass sie die ganze Zeit auf die Füße des Predigers gestarrt hatte. Er hatte zwar versucht, ihren Blick auf sich zu ziehen, aber sie war zu schüchtern gewesen, um ihm ins Gesicht zu schauen, und mehr als ein halbes Jahrhundert später sah sie noch immer die Risse im Leder seiner Schnürschuhe und den rostfarbenen Streifen Sonnenlicht, der über die Aufschläge seiner schwarzen Hose fiel.

Der Tod ihres Vaters war einer jener Sterbefälle gewesen, die jedermann als »Segen« bezeichnete, und die Beerdigung war seltsam vergnügt vonstatten gegangen. Scharen von rotgesichtigen alten »Landsleuten« (wie der Richter und seine Freunde einander nannten, alle seine Angelkumpane und Busenfreunde aus der Anwaltsvereinigung) hatten im Salon von »Drangsal« mit dem Rücken zum Kamin gestanden, Whiskey getrunken und sich Geschichten aus Kindheit und Jugend des »alten Schubsers« erzählt. »Alter Schubser«, das war ihr Spitzname für ihn gewesen. Und gerade sechs Monate später der kleine Robin – noch jetzt ertrug sie es nicht, daran zu denken: dieser winzige Sarg, kaum anderthalb Meter lang. Wie hatte sie diesen Tag nur überstehen können? Bis obenhin abgefüllt mit Beruhigungsmitteln... ein Schmerz, der so stark war, dass ihr davon schlecht geworden war wie bei einer Lebensmittelvergiftung... schwarzen Tee hatte sie erbrochen und Eiersoße...

Sie blickte aus dem Nebel ihrer Gedanken auf, und ein übler Schreck durchfuhr sie, als sie eine kleine Robin-Gestalt in Tennisschuhen und abgeschnittenen Jeans sah, die sich durch ihren Flur schlich: der kleine Hull, erkannte sie nach einem Augenblick der Lähmung, Harriets Freund. Wer um alles in der Welt hatte ihn hereingelassen? Edie stahl sich in den Flur und schlich sich an ihn heran. Als sie ihn bei der Schulter packte, fuhr er zusammen und schrie – ein kleiner, keuchender, panischer Aufschrei – und duckte sich vor ihr zusammen wie eine Maus vor einer Eule.

»Kann ich dir helfen?«

»Harriet... ich wollte...«

»Ich bin nicht Harriet. Harriet ist meine Enkelin.« Edie verschränkte die Arme und beobachtete ihn mit diesem sportlichen Vergnügen an seinem Unbehagen, das für Hely Grund genug war, sie zu hassen.

Hely versuchte es noch einmal. »Ich... ich...«

»Na los, spuck's schon aus.«

»Ist sie hier?«

»Ja, sie ist hier. Jetzt lauf nach Hause.« Sie packte ihn bei den Schultern, drehte ihn um und schob ihn mit beiden Händen zur Tür.

Der Junge schüttelte sie ab. »Geht sie wieder ins Camp zurück?«

»Jetzt ist keine Zeit zum Spielen«, fauchte Edie. Die Mutter des Jungen, eine kokette kleine Rotznase von Kindesbeinen an, hatte sich nicht die Mühe gemacht, bei Libbys

Das Begräbnis.

Beerdigung zu erscheinen, hatte keine Blumen geschickt, ja, nicht einmal angerufen. »Lauf zu deiner Mutter und sag ihr, sie soll darauf achten, dass du die Leute nicht belästigst, wenn es einen Todesfall gegeben hat. Jetzt *verschwinde!*«, rief sie, als er immer noch dastand und sie anglotzte.

Sie blieb in der Tür stehen und sah ihm nach, wie er die Verandatreppe hinunterging und sich ohne überstürzte Eile um die Ecke verdrückte und verschwand. Dann ging sie in die Küche, holte die Whiskeyflasche aus dem Schrank unter der Spüle und frischte ihren Drink auf, ehe sie ins Wohnzimmer zurückkehrte, um nach ihren Gästen zu sehen. Das Gedränge lichtete sich. Charlotte (die zerdrückt und schweißfeucht aussah und rosa im Gesicht war, als habe sie sich heftig anstrengen müssen) stand auf ihrem Posten bei der Punschbowle und lächelte mit benebelter Miene die mopsgesichtige Mrs. Chaffin aus dem Blumengeschäft an, die gesellig mit ihr schwatzte, während sie zwischendurch an ihrem Punsch nippte. »Ich gebe Ihnen einen Rat«, sagte sie eben, besser gesagt, sie schrie, denn Mrs. Chaffin hatte wie viele Schwerhörige die Neigung, die eigene Stimme zu erheben, statt andere zu bitten, lauter zu sprechen. »Sehen Sie zu, dass das Nest wieder gefüllt wird. Es ist schrecklich, ein Kind zu verlieren, aber in meinem Geschäft habe ich viel mit Todesfällen zu tun, und das Beste ist, wenn man sich gleich dranmacht und noch was Kleines kriegt.«

Edie sah eine große Laufmasche hinten im Strumpf ihrer Tochter. Die Verantwortung für die Punschbowle zu tragen war keine besonders anspruchsvolle Aufgabe. Selbst Harriet oder Allison hätten das übernehmen können, und Edie hätte auch eine der beiden damit beauftragt, wenn sie es nicht unangemessen gefunden hätte, dass Charlotte während des Empfangs in der Gegend herumstand und tragisch ins Leere stierte. »Aber ich weiß nicht, was ich da tun soll«, hatte sie mit ängstlich quiekender Stimme gesagt, als Edie sie zur Bowle bugsiert und ihr die Kelle in die Hand gedrückt hatte.

»Du füllst ihnen den Becher und schenkst ihnen nach, wenn sie noch etwas wollen.«

Als wäre die Kelle ein Schraubenschlüssel und die Punschbowle eine komplizierte Maschine, hatte Charlotte ihre Mutter entgeistert angestarrt. Mehrere Damen aus dem Chor lauerten höflich und mit zögerndem Lächeln in der Nähe der Becher und Untertassen.

Edie riss Charlotte die Kelle aus der Hand, tauchte sie in die Bowle, füllte einen Becher und stellte ihn auf das Tischtuch; dann gab sie Charlotte die Kelle zurück. Unten am Ende des Tisches drehte die kleine Mrs. Teagarten (ganz in Grün, wie ein kleiner, munterer Laubfrosch mit ihrem breiten Mund und den großen, feucht glänzenden Augen) sich theatralisch um und drückte eine sommersprossige Hand an die Brust. »Gütiger Himmel!«, rief sie. »Ist das für mich?«

»Aber natürlich!«, antwortete Edie mit ihrer hellsten Bühnenstimme, und die Damen kamen strahlend auf sie zugewandert.

Charlotte zupfte ihre Mutter eindringlich am Ärmel. »Aber was soll ich zu ihnen sagen?«

»*Ist* das nicht erfrischend?«, rief Mrs. Teagarten laut. »Schmecke ich da Ginger Ale?«

»Ich schätze, du brauchst überhaupt nichts zu sagen«, hatte Edie ihrer Tochter zugeflüstert und sich dann mit lauter Stimme an die versammelte Gesellschaft gewandt: »Ja, das ist nur eine einfache kleine, alkoholfreie Bowle, nichts Besonderes, nur das, was wir hier zu Weihnachten trinken. Mary Grace! Katherine! Möchtet ihr nicht einen Schluck trinken?«

»Oh, Edith…« Und die Chordamen drängten heran. »Sieht das nicht entzückend aus… Ich weiß nicht, woher du die Zeit nimmst…«

»Edith ist eine so tüchtige Gastgeberin, sie kann so was im Handumdrehen auf die Beine stellen.« Das war Cousine Lucinda, die jetzt anmarschiert kam, die Hände in den Rocktaschen vergraben.

»Oh, für Edith ist das nicht schwer«, hörte man Adelaide mit dünner Stimme sagen. »Sie hat einen *Gefrierschrank*.«

Edie hatte die Kränkung ignoriert, ein paar der Damen einander vorgestellt und sich dann zurückgezogen. Char-

Das Begräbnis.

lotte brauchte man nur zu sagen, was sie tun sollte, dann fehlte ihr nichts, solange keine unabhängigen Gedanken oder Entscheidungen verlangt wurden. Eigentlich war Robins Tod ein doppelter Verlust gewesen, denn sie hatte auch Charlotte verloren, ihre geschäftige, gescheite Tochter, die sich so tragisch verändert hatte. Der Schicksalsschlag hatte sie vernichtet. Natürlich kam man über so etwas nie hinweg, aber es war jetzt zehn Jahre her. Man riss sich doch irgendwie zusammen, blickte nach vorn. Wehmütig dachte Edie an Charlottes Kindheit, als sie verkündet hatte, sie wolle Einkäuferin für die Modeabteilung eines großen Kaufhauses werden.

Mrs. Chaffin stellte eben ihren Becher auf die Untertasse, die sie auf der Handfläche der Linken balancierte. »Wissen Sie«, sagte sie eben zu Charlotte, »Christsterne können wunderbar zu einer weihnachtlichen Beerdigung passen. Um diese Jahreszeit ist es in der Kirche oft so dunkel.«

Edie stand mit verschränkten Armen da und beobachtete die beiden. Wenn sich der richtige Augenblick ergäbe, wollte sie auch ein Wörtchen mit Mrs. Chaffin reden. Zwar hatte Dix – so kurzfristig, laut Charlotte – nicht aus Nashville zur Beerdigung kommen können, aber das Arrangement aus Falschem Jasmin und Eisbergrosen, das er geschickt hatte (zu dekorativ, zu geschmackvoll, *feminin* irgendwie), hatte Edies Aufmerksamkeit erregt. Auf jeden Fall war es aufwendiger, als es Mrs. Chaffins Arrangements sonst waren. Im Bestattungsinstitut war sie dann Zeuge eines Gesprächs geworden, in dem sie Mrs. Hatfield Keene, die dabei war, Mrs. Chaffin bei den Blumen zur Hand zu gehen, hatte sagen hören – steif, als reagiere sie auf eine unangemessene Vertraulichkeit: »Nun ja, sie könnte Dixons Sekretärin gewesen sein.«

Mrs. Chaffin hatte eine Gladiolenfontäne zurechtgerückt, und dabei hatte sie die Nase gerümpft und den Kopf viel sagend zur Seite gelegt. »Also, ich war ja am Telefon und hab den Auftrag selbst entgegengenommen.« Sie trat einen Schritt zurück, um ihr Werk zu begutachten. »Und für *mich* klang sie nun wirklich nicht wie eine Sekretärin.«

Hely ging nicht nach Hause, sondern nur um die Ecke und außen herum zur Seitenpforte von Edies Garten, wo er Harriet in Edies Hollywoodschaukel sitzen sah. Er marschierte hin und fragte ohne Einleitung:»Hey, wann bist du nach Hause gekommen?«

Er hatte erwartet, dass seine Anwesenheit sie aufheitern würde, und als sie es nicht tat, war er verärgert.»Hast du meinen Brief gekriegt?«

»Ja«, sagte Harriet. Sie hatte so viele gebrannte Mandeln vom Büffett gegessen, dass ihr halb schlecht war, und sie hatte einen unangenehmen Nachgeschmack im Mund. »Du hättest ihn nicht schicken sollen.«

Hely setzte sich neben sie in die Schaukel.»Ich bin fast durchgedreht. Ich…«

Mit einer knappen Kopfbewegung deutete Harriet auf Edies Veranda, wo vier oder fünf Erwachsene mit Punschbechern hinter dem Fliegendraht standen und schwatzten.

Hely holte tief Luft. Leiser fuhr er fort:»Man konnte Angst kriegen hier. Er fährt *überall* rum. Ganz langsam. Als ob er uns sucht. Ich bin mit meiner Mutter im Auto unterwegs, und da parkt er bei der Brücke, als ob er sie beobachtet.«

Obwohl sie nebeneinander saßen, schauten sie beide starr geradeaus zu den Erwachsenen auf der Veranda hinüber und sahen einander nicht an.»Du bist nicht noch mal hingegangen, um die Karre zu holen, oder?«, fragte Harriet.

»Nein!«, sagte Hely schockiert.»Glaubst du, ich bin bescheuert? 'ne Zeit lang war er jeden Tag da. In letzter Zeit fährt er immer zum Güterbahnhof, unten bei den Gleisen.«

»Warum?«

»Woher soll ich das wissen? Vor zwei Tagen hatte ich Langeweile und bin zum Lagerschuppen gegangen, um ein paar Tennisbälle zu schlagen. Da hab ich ein Auto gehört, und zum Glück hab ich mich gleich versteckt, denn *er* war's. Ich hab noch nie solche Angst gehabt. Er hielt an und blieb 'ne Weile im Wagen sitzen. Dann ist er ausgestiegen und rumgelaufen. Vielleicht war er mir gefolgt. Ich weiß es nicht.«

Harriet rieb sich die Augen.»Ich hab ihn erst kürzlich in die Richtung fahren sehen. Heute.«

Das Begräbnis.

»Zur Bahnlinie?«

»Kann sein. Ich hab mich gefragt, wo er hinwollte.«

»Ich bin bloß froh, dass er mich nicht gesehen hat«, sagte Hely. »Als er aus dem Wagen stieg, hätte ich fast 'n Herzanfall gekriegt. Ungefähr eine Stunde lang hab ich mich im Gebüsch versteckt.«

»Wir sollten einen Sondereinsatz starten. Rübergehen und sehen, was er da unten treibt.«

Sie hatte angenommen, dass der Ausdruck »Sondereinsatz« für Hely unwiderstehlich klingen würde, und war überrascht, als er sofort und entschlossen antwortete: »Ohne mich. *Ich* geh da nicht noch mal runter. Dir ist nicht klar ...«

Seine Stimme war schrill geworden. Einer der Erwachsenen drehte sich um und schaute mit leerem Blick zu ihnen herüber. Harriet gab ihm einen Rippenstoß.

Er sah sie genervt an. »Aber du *kapierst* nicht. Du hättest das sehen müssen. Der hätte mich umgebracht, wenn er mich gesehen hätte – so, wie er da rumgesucht hat.« Hely imitierte den Gesichtsausdruck und ließ mit verzerrtem Gesicht den Blick wild über den Boden schweifen.

»Was hat er denn gesucht?«

»Ich weiß es nicht. Aber im Ernst, ich leg mich nicht mehr mit ihm an, Harriet, und du solltest es lieber auch nicht tun. Wenn er oder einer von seinen Brüdern rauskriegt, dass wir das waren, die die Schlange geworfen haben, dann sind wir tot. Hast du das Stück aus der Zeitung nicht gelesen, das ich dir geschickt hab?«

»Ich hatte keine Gelegenheit.«

»Na, es war seine Grandma«, sagte Hely nüchtern. »Und sie wär fast gestorben.«

Edies Gartentür öffnete sich knarrend. Harriet sprang plötzlich auf. »Odean!«, rief sie. Aber die kleine schwarze Dame in Strohhut und baumwollenem Gürtelkleid richtete den Blick auf Harriet, ohne den Kopf zu drehen, und antwortete nicht. Sie presste die Lippen zusammen, und ihr Gesicht war starr. Langsam schlurfte sie zur hinteren Veranda, stieg die Stufen hinauf und klopfte an die Tür.

»Miz Edith da?« Sie legte eine Hand an die Schläfe und spähte durch das Fliegengitter.

Nach kurzem Zögern setzte Harriet sich wieder in die Schaukel; sie war wie vom Donner gerührt, und die brüske Abfuhr ließ ihre Wangen glühen. Odean war alt und bärbeißig, und Harriet hatte nie ein besonders gutes Verhältnis zu ihr gehabt, aber niemand hatte Libby näher gestanden. Die beiden waren wie ein altes Ehepaar gewesen, nicht nur in ihren Streitigkeiten (bei denen es meistens um Libbys Katze gegangen war, die Odean verabscheute), sondern auch in ihrer stoischen, kameradschaftlichen Zuneigung zueinander, und bei ihrem Anblick hatte Harriets Herz einen heftigen Aufschwung verspürt. Seit dem Unfall hatte sie nicht mehr an Odean gedacht. Odean war bei Libby gewesen, seit sie beide junge Frauen gewesen waren, draußen in »Drangsal«. Wo würde sie jetzt hingehen, was würde sie anfangen? Odean war eine klapprige alte Lady und bei schlechter Gesundheit, und im Haushalt war sie (wie Edie oft beklagte) nicht mehr viel nütze.

Durcheinander auf der Veranda. »Da«, sagte drinnen jemand und trat beiseite, und dann schob Tat sich seitwärts auf die Veranda. »Odean!«, sagte sie. »Du kennst mich doch, oder? Ediths Schwester?«

»Wieso hat niemand mir von Miss Libby erzählt?«

»Du liebe Güte ... O je. Odean.« Ein Blick zurück auf die Veranda, perplex, beschämt. »Das tut mir *so* Leid. Willst du nicht hereinkommen?«

»Mae Helen, die bei Mrs. McLemore arbeitet, ist gekommen und hat's mir erzählt. Niemand hat mich geholt. Und Sie haben sie schon unter die Erde gebracht.«

»Oh, Odean! Wir haben nicht gedacht, dass du Telefon hast ...«

In der Stille, die darauf folgte, pfiff eine Meise: vier klare, muntere, freundliche Töne.

»Sie hätten mich holen müssen.« Odeans Stimme brach. Ihr kupferfarbenes Gesicht blieb unbewegt. »Zu Hause. Ich wohn draußen in Pine Hill. Das wissen Sie. Die Mühe hätten Sie sich wirklich machen können ...«

Das Begräbnis.

»Odean ... o je«, sagte Tat hilflos. Sie holte tief Luft und
sah sich um. »Bitte, willst du nicht hereinkommen und dich
kurz hinsetzen?«

»Nein, Ma'am«, sagte Odean steif. »Ich danke.«

»Odean, es tut mir *so* Leid. Wir dachten ja nicht ...«
Odean wischte eine Träne weg. »Ich hab siebenundfünf-
zig Jahre bei Miss Lib gearbeitet, und niemand hat mir
auch nur gesagt, dass sie im Krankenhaus war.«

Tat schloss kurz die Augen. »Odean.« Eine ganze Weile
war es entsetzlich still. »Oh, das ist schrecklich. Wie kannst
du uns verzeihen?«

»Die ganze Woche über denk ich, Sie sind oben in South
Carolina, und ich soll nächsten Montag wieder arbeiten
kommen. Und da liegt sie unter der Erde.«

»*Bitte.*« Tat legte ihr eine Hand auf den Arm. »Warte hier,
ich hole Edith. Wirst du hier warten, nur einen Augenblick?«

Aufgelöst lief sie ins Haus. Auf der Veranda wurden die
Gespräche wieder aufgenommen, leise und unverständlich. Odean wandte sich mit ausdrucksloser Miene ab und
starrte ins Leere. Jemand – ein Mann – sagte in unüberhör-
barem Flüsterton: »Ich glaube, sie will ein bisschen Geld.«

Das Blut stieg Harriet heiß ins Gesicht. Odean blieb mit
dumpfem Gesicht und ohne mit der Wimper zu zucken, wo
sie war, und rührte sich nicht. Unter all den großen weißen
Leuten in Sonntagskleidung sah sie sehr klein und grau
aus: ein einsamer Zaunkönig in einem Schwarm von Sta-
ren. Hely war aufgestanden und stand hinter der Schaukel.
Mit unverhohlenem Interesse verfolgte er die Szene.

Harriet wusste nicht, was sie tun sollte. Sie hatte das
Gefühl, sie sollte zu Odean gehen – Libby hätte es so gewollt –, aber Odean wirkte nicht sehr freundlich oder ein-
ladend, im Gegenteil, in ihrer Haltung war etwas schrecklich Abweisendes, das Harriet Angst einjagte. Plötzlich und
unvermittelt kam auf der Veranda Unruhe auf, und Allison
stürzte zur Tür heraus und in Odeans Arme, sodass die alte
Lady – die Augen vor Schreck über den jähen Überfall weit
aufgerissen – sich am Verandageländer festhalten musste,
um nicht rückwärts hinunterzufallen.

Allison schluchzte so heftig, dass sogar Harriet erschrak. Odean starrte über Allisons Schulter hinweg, ohne die Umarmung zu erwidern, ja, sie schien ihr nicht einmal willkommen zu sein.

Edie kam heraus auf die Treppe.»Allison, geh wieder ins Haus«, befahl sie, und sie packte Allison bei den Schultern und drehte sie um.»Auf der Stelle!«

Mit schrillem Aufschrei riss Allison sich los und rannte quer durch den Garten, vorbei an der Hollywoodschaukel, vorbei an Hely und Harriet in Edies Werkzeugschuppen. Es gab ein blechernes Krachen wie von einer Harke, die umfiel, als die Tür zuknallte.

Hely drehte glotzend den Kopf hin und her und sagte nüchtern:»Mann, deine Schwester hat sie nicht alle.«

Von der Veranda hallte Edies Stimme klar und weithin hörbar herüber, ein bisschen wie eine öffentliche Ansprache: zwar förmlich, aber durchbebt von Emotionen und so etwas wie Not.»Odean! Danke, dass du gekommen bist! Willst du nicht einen Augenblick hereinkommen?«

»Nein, ich will niemanden stören.«

»Sei nicht albern! Wir sind mächtig froh, dich zu sehen!«

Hely trat Harriet gegen den Fuß.»Hey«, sagte er und deutete mit dem Kopf zum Werkzeugschuppen.»Was ist los mit ihr?«

»Papperlapapp!«, sagte Edie tadelnd zu Odean, die weiterhin reglos dastand.»Genug davon! Du kommst sofort herein!«

Harriet konnte nicht sprechen. Aus dem wackligen Werkzeugschuppen kam ein einzelnes, gespenstisch trockenes Schluchzen wie von einem Tier, das erwürgt wurde. Harriets Gesicht verzerrte sich, aber nicht vor Abscheu oder Verlegenheit, sondern in einer fremdartigen, beängstigenden Gefühlsregung, die Hely zurückweichen ließ, als habe Harriet eine ansteckende Krankheit.

»Uh«, sagte er grausam und schaute über ihren Kopf hinweg – Wolken, ein Flugzeug, das seine Bahn über den Himmel zog –,»ich glaube, ich muss jetzt *abhauen.*«

Er wartete darauf, dass sie etwas sagte, und als sie es nicht tat, schlenderte er davon, nicht in seinem gewohnten,

Das Begräbnis.

wieseligen Gang, sondern befangen die Arme hin- und herschlenkernd.

Das Tor fiel zu. Harriet starrte wütend zu Boden. Die Stimmen auf der Veranda waren schärfer und lauter geworden, und mit dumpfem Schmerz begriff Harriet, wovon die Rede war: von Libbys Testament. »Wo ist es?«, fragte Odean eben.

»Keine Sorge, das alles wird beizeiten erledigt werden.« Edie nahm Odean beim Arm, als wolle sie sie ins Haus führen. »Das Testament liegt in ihrem Bankfach. Montagmorgen werde ich mit dem Anwalt hingehen...«

»Ich trau keinem Anwalt«, sagte Odean erbost. »Miss Lib hat mir was versprochen. Sie hat gesagt, Odean, hat sie gesagt, wenn mir was passiert, guck da in die Zedernholztruhe. Da ist 'n Umschlag drin für dich. Geh einfach rein und guck. Brauchst keinen zu fragen.«

»Odean, wir haben nichts von ihren Sachen angerührt. Am Montag...«

»Der Herrgott weiß, was passiert ist«, sagte Odean hochfahrend. »Der Herr weiß es, und *ich* weiß es. Jawohl, Ma'am, ich weiß auf jeden Fall, was Miss Libby zu mir gesagt hat.«

»Du kennst doch Mr. Billy Wentworth, oder?« Edies Stimme klang scherzhaft, als rede sie mit einem Kind, aber mit einer Heiserkeit, die Furcht erregend war. »Sag nicht, dass du Mr. Billy nicht vertraust, Odean! Der seine Praxis zusammen mit seinem Schwiegersohn hat, unten am Square?«

»Ich will bloß, was mir zusteht.«

Die Schaukel war verrostet. Moos quoll samtig aus den Ritzen der rissigen Ziegel im Boden. Mit verzweifelt zusammengebissenen Zähnen richtete Harriet ihre ganze Aufmerksamkeit auf eine ramponierte Schneckenmuschel, die am Fuße einer Gartenvase lag.

»Odean, das *bestreite* ich doch nicht«, sagte Edie. »Du bekommst, was dir rechtlich zusteht. Sobald...«

»Von rechtlich verstehe ich nichts. Ich weiß nur, was richtig ist.«

Die Muschel war kalkig vom Alter und so verwittert, dass sie aussah wie bröckeliger Gips. Die Spitze war abgebrochen, und die innere Kante versank in einem zarten silb-rig-rosafarbenen Perlglanz, der an Edies alte Maiden's-Blush-Rosen erinnerte. Vor Harriets Geburt hatte die ganze Familie jedes Jahr Urlaub am Golf gemacht, aber nach Robins Tod waren sie nie wieder dort gewesen. Gläser mit winzigen grauen Klappmuscheln, die auf diesen Reisen gesammelt worden waren, standen hoch oben auf den Borden in den Schränken der Tanten, verstaubt und traurig. »Wenn sie eine Weile nicht im Wasser waren, verlieren sie ihre Zauberkraft«, hatte Libby gesagt, und dann hatte sie Wasser in das Waschbecken im Bad laufen lassen, die Muscheln hineingeschüttet und eine Fußbank davor gestellt, damit Harriet hinaufsteigen konnte (winzig war sie damals gewesen, ungefähr drei Jahre alt, und wie riesig und weiß war ihr das Waschbecken vorgekommen!). Und völlig überrascht hatte sie zugesehen, wie das gleichförmige Grau plötzlich hell und glatt und magisch wurde und zu tausend klingelnden Farben zerbrach: purpurn hier, muschelschwarz durchtränkt dort, zu Rippen aufgefächert, zu zarten polychromen Spiralen verwirbelt, silbern, marmorblau, korallenrot, perlmuttgrün und rosa! Wie kalt und klar war das Wasser gewesen, und ihre eigenen Hände bis zum Handgelenk – wie eisig gerötet und weich! »Riech nur«, hatte Libby gesagt und tief durchgeatmet. »So riecht das Meer!« Und Harriet hatte das Gesicht dicht über das Wasser gebeugt und den herben Duft eines Meeres geschnuppert, das sie nie gesehen hatte, den Salzgeruch, von dem Jim Hawkins in der *Schatzinsel* erzählte. Das Rauschen der Brandung, die Schreie fremder Vögel und die weißen Segel der *Hispaniola*, die sich wie die weißen Seiten eines Buches vor einem wolkenlosen, heißen Himmel blähten.

Der Tod – sagten alle – sei das Gestade des Glücks. Auf den alten Fotos von der See war ihre Familie noch einmal jung, und Robin stand bei ihnen: Boote und weiße Taschentücher, Möwen, die sich ins Licht erhoben. Ein Traum, in dem alle gerettet wurden.

Aber es war ein Traum vom vergangenen Leben, nicht von dem Leben, das kommen würde. Und im gegenwärtigen Leben gab es nichts als rostige Magnolienblätter, flech-

Das Begräbnis.

tenüberkrustete Blumentöpfe, das gleichmäßige Summen der Bienen am heißen Nachmittag, das gesichtslose Gemurmel der Trauergäste. Lehm und schleimiges Gras unter dem rissigen Gartenziegel, den sie mit dem Fuß beiseite gestoßen hatte. Harriet betrachtete das hässliche Stück Erde mit großer Aufmerksamkeit, als wäre es das Einzige auf der Welt, das wahr war – und in gewisser Weise stimmte das ja auch.

KAPITEL 7.

Der Turm.

Die Zeit war zerbrochen, und Harriet hatte keine Anhaltspunkte mehr, sie zu messen. Früher war Ida der Planet gewesen, dessen Runden die Stunden markiert hatten, und ihr leuchtender alter, zuverlässiger Lauf (Waschen am Montag, Flicken am Dienstag, Sandwiches im Sommer und Suppe im Winter) beherrschte Harriets Leben in jeder Hinsicht: Wochen, die sich in regelmäßiger Folge umeinander drehten, jeder Tag eine Serie von aufeinander folgenden Bildern. Donnerstagmorgens stellte Ida vor der Spüle das Bügelbrett auf und bügelte, und Dampf keuchte unter dem monolithischen Eisen hervor. Donnerstagnachmittags, im Winter wie im Sommer, schüttelte sie die Teppiche aus, klopfte sie und hängte sie zum Lüften nach draußen, der rote türkische Läufer, der über dem Verandageländer hing, als Fahne, die eindeutig für *Donnerstag* stand. Endlose Sommer-Donnerstage, kalte Donnerstage im Oktober, ferne, dunkle Donnerstage aus der Erstklässler-Vergangenheit, da Harriet unter heißen Decken dämmerte, fiebernd von einer Mandelentzündung. Das Klatschen des Teppichklopfers und das Zischen und Gurgeln des Dampfbügeleisens waren lebendige Laute der Gegenwart, aber auch Glieder in einer Kette, die sich durch Harriets Leben zurückschlängelte und in der abstrakten Finsternis des Säuglingsalters verschwand. Tage endeten um fünf, wenn Ida auf der hinteren Veranda die Schürze wechselte; Tage begannen mit dem Knarren der Haustür und Idas Schrit-

Der Turm.

ten im Flur. Friedvoll wehte das Brummen des Staubsaugers aus fernen Zimmern, und bald oben, bald unten erklang das einschläfernde Quietschen von Idas Gummisohlen und manchmal das hohe, trockene Gackern ihres Hexenlachens. So glitten die Tage vorüber. Türen öffneten, Türen schlossen sich, Schatten versanken und erhoben sich wieder. Idas kurzer Blick, wenn Harriet barfuß an einer offenen Tür vorbeirannte, war ein herber, köstlicher Segen: Liebe, die einfach da war. Ida! Ihre Lieblingssnacks (Lutscher, Melasse auf kaltem Maisbrot), ihre »Sendungen«. Späße und Standpauken, Esslöffel voll Zucker, der wie Schnee auf den Grund des Eisteeglases sank. Seltsame alte, traurige Lieder, die aus der Küche heraufwehten *(Sehnst du dich nicht nach der Mutter manchmal, manchmal...?),* und Vogelrufe aus dem Garten, während die weiße Wäsche an der Leine flatterte, Pfeifen und Trillern, *kit kit, kit kit,* das süße Klingen von poliertem Silber im Spülbecken, die vielfältigen Geräusche des Lebens selbst.

Aber das alles war nicht mehr da. Ohne Ida dehnte sich die Zeit und versank in einer endlos schimmernden Leere. Stunden und Tage, Licht und Dunkelheit glitten unbemerkt ineinander, es gab keinen Unterschied mehr zwischen Lunch und Frühstück, Werktag und Wochenende, Morgengrauen und Abenddämmerung, und es war, als lebe Harriet tief in einer Höhle bei künstlichem Licht.

Mit Ida war so manches Labsal verschwunden. Dazu gehörte der Schlaf. Nacht für Nacht hatte Harriet im klammen Chickadee Wigwam auf sandigen Laken wach gelegen, mit Tränen in den Augen, denn niemand außer Ida konnte das Bett so machen, wie sie es gern hatte. In Motels und manchmal sogar bei Edie zu Hause lag Harriet bis tief in die Nacht hinein mit offenen Augen da, krank vor Heimweh und im schmerzlichen Bewusstsein fremdartiger Stoffe und unvertrauter Gerüche (Parfüm, Mottenkugeln, Waschmittel, die Ida nicht benutzte), aber mehr als alles andere krank vor Sehnsucht nach Idas Handschrift: unerklärbar, stets beruhigend, wenn sie einsam oder angstvoll aufwachte, und niemals wunderbarer als dann, wenn sie fehlte.

Harriet war in eine Stille voller Echos zurückgekehrt, in ein verzaubertes Haus, von einer Dornenhecke umgeben. Auf ihrer Seite des Zimmers (bei Allison herrschte das Chaos) war alles so vollkommen, wie Ida es hinterlassen hatte: ein ordentlich gemachtes Bett, weiße Rüschen, und Staub, der sich wie Reif auf alles legte.

Und so blieb es auch. Das Laken unter der Decke war immer noch frisch. Idas Hand hatte es gewaschen und glatt gezogen; es war die letzte Spur von Ida im Hause, und sosehr Harriet sich danach sehnte, in ihr Bett zu kriechen, das Gesicht im herrlich weichen Kopfkissen zu vergraben und die Decke über den Kopf zu ziehen, sie brachte es doch nicht über sich, dieses letzte kleine Stück Himmel, das ihr geblieben war, in Unordnung zu bringen. Nachts schwebte das Spiegelbild des Bettes hell und durchscheinend in den schwarzen Fensterscheiben wie schaumiger weißer Konfekt, weich wie eine Hochzeitstorte. Aber es war ein Festschmaus, den sie nur sehnsüchtig anschauen konnte, denn wenn sie einmal in dem Bett schliefe, wäre selbst die Hoffnung auf Schlaf dahin.

Also schlief sie oben auf der Decke. Unruhige Nächte, in denen Mücken sie in die Beine stachen und in ihren Ohren sirrten. Früh morgens war es kühl, und mitunter richtete Harriet sich schlaftrunken auf, um nach einer Phantombettdecke zu greifen; wenn ihre Hände ins Leere fassten, plumpste sie zurück auf die Decke, zuckte wie ein Terrier im Schlaf und träumte. Sie träumte von schwarzem Sumpfwasser mit Eis, von ländlichen Pfaden, auf denen sie wieder und wieder entlanglaufen musste, obwohl sie vom Barfußlaufen einen Splitter im Fuß hatte. Träumte, wie sie durch dunkles Seewasser nach oben schwamm und mit dem Kopf gegen eine Metallplatte stieß, die ihr den Weg versperrte, sodass sie die Luft darüber nicht erreichen konnte. Träumte, wie sie sich bei Edie zu Hause unter dem Bett versteckte, vor irgendeiner unheimlichen – und unsichtbaren – Erscheinung, die ihr mit leiser Stimme zurief: »Hast du mir was dagelassen, Missy? Hast du mir was dagelassen?« Morgens wachte sie spät und erschöpft auf, und ein rotes Muster von der Tagesdecke hatte sich tief in ihre

Der Turm.

Wange geprägt. Und noch bevor sie die Augen öffnete, wagte sie nicht, sich zu bewegen, sondern lag still in dem atemlosen Bewusstsein, dass etwas nicht in Ordnung war, wenn sie jetzt aufwachte.

Und so war es auch. Im Haus war es beängstigend trüb und still. Wenn sie aufstand und auf Zehenspitzen zum Fenster ging und den Vorhang aufzog, tat sie es mit dem Gefühl, als sei sie die einzige Überlebende einer schrecklichen Katastrophe. Montag: die Wäscheleine leer. Wie konnte es Montag sein, wenn keine Laken und Hemden an der Leine flatterten? Der Schatten der leeren Wäscheleine war ein schroffer Strich im trockenen Gras. Sie schlich sich die Treppe hinunter in den düsteren Hausflur, denn jetzt, da Ida nicht mehr da war, öffnete niemand morgens die Jalousien (oder kochte Kaffee oder rief »Guten Morgen, Baby!« oder tat sonst eins der tröstlichen kleinen Dinge, die Ida immer getan hatte), und so blieb das Haus den größten Teil des Tages über in ein gefiltertes Unterwasserzwielicht getaucht.

Unter dieser öden Stille – einer schrecklichen Stille, als sei die Welt zu Ende gegangen und als seien die meisten Menschen tot – lag das schmerzhafte Bewusstsein, dass nur ein paar Straßen weiter Libbys Haus stand, verrammelt und leer. Der Rasen ungemäht, die Blumenbeete braun und voller Unkraut, und drinnen die Spiegel leere Tümpel, die nichts abbildeten, und Sonnenlicht und Mondschein glitten gleichgültig durch die Räume. Wie gut kannte sie Libbys Haus zu allen Stunden, in jeder Stimmung und bei jedem Wetter – die winterliche Stumpfheit, wenn es im Flur halb dunkel war und die Gasheizung mit kleiner Flamme brannte, die stürmischen Tage und Nächte (wenn Regen an violetten Fensterscheiben hinunterströmte und Schatten an der Wand gegenüber) und die lodernden Herbstnachmittage, wenn Harriet nach der Schule müde und unglücklich in Libbys Küche saß, sich von Libbys Geplauder neuen Mut geben ließ und sich in der Wärme ihrer freundlichen Fragen sonnte. All die Bücher, die Libby ihr laut vorgelesen hatte, jeden Tag ein Kapitel nach der Schule: *Oliver Twist, Die Schatzinsel, Ivan-*

hoe. Manchmal war das Oktoberlicht, das an diesen Nachmittagen plötzlich in den Westfenstern des Hauses aufloderte, klinisch und erschreckend in seiner strahlenden Helligkeit, und seine gleißende Kälte war wie die Verheißung
von etwas Unerträglichem, wie der unmenschliche Glanz
alter Erinnerungen auf dem Sterbebett: lauter Träume
und gespenstische Abschiede. Aber immer – und mochte
das Licht noch so still und trostlos sein (das bleierne Ticken
der Uhr auf dem Kaminsims, das Buch aus der Bibliothek
mit dem Gesicht nach unten auf dem Sofa) – immer leuchtete Libby selbst blass und hell, wenn sie durch die düsteren Zimmer ging: wie eine Pfingstrose mit ihrem weißen,
zerzausten Haar. Manchmal sang sie vor sich hin, und ihre
dünne Stimme klang süß und zittrig durch die hohen
Schatten der gefliesten Küche über das fette Summen des
Kühlschranks hin:

Eule und Kätzchen, die fuhren zur See
im erbsengrünen Bötchen
beladen mit Groschen und Gummigaloschen
und Marmeladenbrötchen…

Da saß sie und stickte, und ihre winzige silberne Schere
hing an einem rosa Band um ihren Hals. Sie löste das
Kreuzworträtsel, las eine Biographie der Madame de Pom-
padour, sprach mit ihrer kleinen Katze… *tip tip tip*, Harriet
konnte ihre Schritte hören, in diesem Augenblick, das besondere Geräusch ihrer Schuhe, Größe 34, *tip tip tip* den
langen Flur hinunter, um ans Telefon zu gehen. Libby! Wie
sie sich immer gefreut hatte, wenn Harriet anrief – sogar
spätabends –, als gäbe es niemanden auf der Welt, dessen
Stimme sie so gern hörte! »Oh! Mein *Schatz*!«, rief sie dann.
»Wie *lieb* von dir, dass du dein armes altes Tantchen an-
rufst…« Und die Fröhlichkeit und Wärme in ihrer Stimme
durchrieselte Harriet so sehr, dass sie (selbst wenn sie allein
am Wandtelefon in der dunklen Küche stand) die Augen
schloss und den Kopf senkte, warm durchglüht von Kopf bis
Fuß, wie eine läutende Glocke. War irgendjemand anders so
glücklich, von Harriet zu hören? Nein: niemand. Und jetzt

Der Turm.

konnte sie diese Nummer wählen, konnte sie wählen, so oft sie wollte, unaufhörlich bis ans Ende der Zeit, und nie mehr würde sie Libby am anderen Ende rufen hören: Mein Liebling! Mein *Schatz!* Nein, das Haus war jetzt leer und still, auch wenn der Duft von Zedernholz und Vetiverwurzel noch in den geschlossenen Räumen hing. Bald würden die Möbel fort sein, aber für einen Moment war alles noch so, wie es gewesen war, als Libby ihre Reise begonnen hatte: die Betten gemacht, die gespülten Teetassen auf dem Abtropfgitter gestapelt. Die Tage wanderten durch die Räume, einer nach dem andern, ganz unbemerkt. Wenn die Sonne aufging, erwachte der Briefbeschwerer aus sprudelndem Glas zu leuchtendem Leben, zu seinem kleinen blitzenden Leben, das drei Stunden währte, um dann wieder in Dunkelheit und Schlummer zu versinken, wenn das Dreieck aus Sonnenlicht gegen Mittag darüber hinweggestrichen war. Der Blumenrankenteppich, das riesig verschlungene Spielbrett aus Harriets Kindertagen, leuchtete hier, leuchtete da unter den gelben Lichtstreifen, die am späten Nachmittag durch die hölzernen Blenden barsten und an den Wänden entlangglitten. Lange Finger, lange, schräge Stränge, die über die gerahmten Fotos hinwegzogen: Libby als Mädchen, dünn und ängstlich, wie sie Edie an der Hand hielt. Das stürmische alte Haus »Drangsal« in Sepiabraun mit seiner gewitterschwülen Atmosphäre von rankenumwucherter Tragödie. Auch dieses Abendlicht würde verblassen und verschwinden, bis nur noch das kühle blaue Halblicht der Straßenlaternen da war, gerade genug, dass man überhaupt noch etwas sah, gleichförmig schimmernd bis zum Morgengrauen. Hutschachteln, säuberlich gefaltete Handschuhe, die in Schubladen schlummerten. Kleider, die Libbys Berührung nie wieder spüren würden, hingen in dunklen Wandschränken. Bald würden sie in Kisten verpackt und zu den Baptistenmissionen in Afrika und China geschickt werden, und, vielleicht schon bald, würde eine zierliche chinesische Dame in einem bemalten Haus unter goldenen Bäumen und fernen Himmeln mit den Missionaren Tee trinken und dabei eines von Libbys rosafarbenen Sonntagsschulkleidern tragen. Wie konnte die Welt sich weiterdrehen, wie sie es tat, wie konnten die Leute ihre Gärten bepflanzen, Karten spielen, in die Sonntagsschule gehen und Kisten mit alten Kleidern an die Mission in China schicken und dabei die ganze Zeit auf eine eingestürzte Brücke zurasen, die im Dunkeln klaffte?

So brütete Harriet vor sich hin. Sie saß allein auf der Treppe, im Flur oder am Küchentisch, den Kopf auf die Hände gestützt; sie saß auf der Fensterbank in ihrem Schlafzimmer und schaute auf die Straße hinunter. Alte Erinnerungen juckten und brannten: schlechte Laune, Undankbarkeit, Worte, die sie nie mehr zurücknehmen konnte. Immer wieder dachte sie daran, wie sie im Garten schwarze Käfer gefangen und sie oben in eine Kokosnusstorte gesteckt hatte, an der Libby den ganzen Tag gearbeitet hatte. Und wie Libby geweint hatte, wie ein kleines Mädchen, das Gesicht in den Händen vergraben. Libby hatte auch geweint, als Harriet an ihrem achten Geburtstag auf sie wütend geworden war und ihr gesagt hatte, dass sie ihr Geschenk nicht leiden konnte: ein herzförmiges Amulett für ihr Armband. »Ein Spielzeug! Ich wollte ein *Spielzeug*!« Nachher hatte Harriets Mutter sie beiseite genommen und ihr gesagt, dass das Amulett teuer gewesen sei und viel mehr gekostet habe, als Libby sich leisten könne. Und das Schlimmste: Als sie Libby zum letzten Mal gesehen hatte, zum allerletzten Mal, da hatte Harriet ihre Hand abgeschüttelt und war den Gehweg hinuntergelaufen, ohne sich umzudrehen. Manchmal, im Laufe eines teilnahmslos verbrachten Tages (nebelhafte Stunden auf dem Sofa, dumpfes Blättern in der *Encyclopedia Britannica*), überkamen solche Gedanken sie mit derart frischer Wucht, dass Harriet in den Wandschrank kroch und die Tür zumachte und weinte, das Gesicht in den Taftröcken der staubigen alten Partykleider ihrer Mutter vergraben, krank in der Gewissheit, dass das, was sie empfand, nie mehr anders werden würde, sondern nur noch schlimmer.

In zwei Wochen würde die Schule anfangen. Hely hatte etwas, das »Band Clinic« hieß und bedeutete, dass die Schul-

Der Turm.

band jeden Tag auf den Footballplatz hinauszog und dort in der drückenden Hitze auf- und abmarschierte. Wenn das Footballteam zum Training herauskam, zogen die Musiker im Gänsemarsch in die blechgedeckte Baracke, in der sich die Turnhalle befand, und dort saßen sie auf Klappstühlen und übten wie in einem Workshop mit ihren Instrumenten. Nachher zündete der Leiter der Schulkapelle ein Feuer an und briet Hotdogs, oder er organisierte ein Softballspiel oder eine improvisierte »Jamsession« mit den größeren Kids. An manchen Abenden kam Hely früh nach Hause, aber dann, behauptete er, musste er nach dem Abendessen noch Posaune üben.

In gewisser Hinsicht war Harriet froh, dass er nicht da war. Ihre Trauer, zu groß, um sie zu verbergen, war ihr peinlich, und der katastrophale Zustand des Hauses ebenfalls. Nach Idas Fortgang war Harriets Mutter auf eine Weise aktiver geworden, die an bestimmte Nachttiere im Zoo von Memphis erinnerte: an zierliche kleine, telleräugige Beuteltiere, die – getäuscht durch die ultravioletten Lampen, die ihre Glaskäfige erleuchteten – fraßen und sich putzten und anmutig umherhuschend ihren blättrigen Geschäften nachgingen, stets in der illusorischen Überzeugung, sie seien wohl verborgen im Schutze der Dunkelheit. Geheime Pfade erschienen über Nacht und führten kreuz und quer durch das Haus, markiert durch Papiertaschentücher, Asthma-Inhalatoren, Fläschchen mit Tabletten und Handlotion und Nagellack, Gläser mit schmelzendem Eis, die ineinander verschränkte weiße Ringe auf den Tischplatten hinterließen. Eine tragbare Staffelei stand plötzlich in einer besonders voll gestopften, schmutzigen Ecke in der Küche, und darauf wuchs – nach und nach, Tag für Tag – ein Bild mit wässrig violetten Stiefmütterchen (die Vase, in der sie standen, vollendete sie allerdings nicht über die Bleistiftskizze hinaus). Sogar ihr Haar bekam einen satten, neuen brünetten Ton (»Chocolate Kiss« stand auf der mit klebrig schwarzen Tropfen verschmierten Flasche, die Harriet im Abfallkorb im unteren Bad liegen sah). Ungeachtet der ungebürsteten Teppiche, der klebrigen Fußböden, der sauer riechenden Handtücher im Bad, verschwendete sie

eine verwirrende Sorgfalt auf Belanglosigkeiten. Eines
Nachmittags sah Harriet, wie sie Stapel von Kram nach
links und rechts verschob, damit sie niederknien und die
Messingknöpfe an den Türen mit einer besonderen Poli-
tur und einem besonderen Tuch blank putzen konnte. An
einem anderen Nachmittag verbrachte sie – hinwegsehend
über Krümel, Fettspritzer und verschütteten Zucker auf
der Küchentheke, über die schmutzige Tischdecke und
den Turm von Tellern, der kipplig aus kaltem, grauen Spül-
wasser ragte, hinwegsehend vor allem über einen gewissen süßlichen Hauch von Verdorbenem, der von überall und
nirgends zugleich zu kommen schien – eine volle Stunde
damit, einen alten verchromten Toaster zu polieren, bis er
glänzte wie die Stoßstange an einer Limousine, und dann
trat sie zurück und betrachtete noch einmal zehn Minuten
lang ihr Werk. »Wir kommen doch prima zurecht, nicht
wahr?«, sagte sie. »Ida hat die Sachen nie richtig sauber
gemacht, oder? Jedenfalls nicht so.« Sie starrte den Toaster
an. »Es macht Spaß, nicht? Nur wir drei.«

Es machte keinen Spaß. Aber immerhin, sie gab sich
Mühe. Eines Tages gegen Ende August kam sie aus dem
Bett, nahm ein Schaumbad, zog sich an und schminkte sich
die Lippen. Sie setzte sich in der Küche auf die Trittleiter
und blätterte in *The James Beard Cook Book*, bis sie ein Rezept für »Steak Diane« gefunden hatte, und dann ging sie
in den Laden und kaufte alles, was sie dafür brauchte. Als
sie wieder zu Hause war, band sie sich eine gerüschte Cocktailschürze (ein Weihnachtsgeschenk, noch nie benutzt) vor
ihr Kleid, zündete sich eine Zigarette an, machte sich eine
Coke mit Eis und etwas Bourbon und nippte daran, während sie genau nach Rezept kochte. Dann hob sie die Platte
hoch über den Kopf, und sie alle zwängten sich im Gänsemarsch ins Esszimmer. Harriet machte Platz auf dem
Tisch, und Allison zündete zwei Kerzen an, die lange,
schwankende Schatten an die Decke warfen. Es war das
beste Abendessen, das Harriet seit langem bekommen
hatte, nur die Teller standen drei Tage später noch immer
in der Spüle.

Nicht zuletzt unter diesem bis dahin unvorhersehba-

Der Turm.

ren Aspekt war Idas Anwesenheit viel wert gewesen: Sie hatte den Aktivitätsradius ihrer Mutter auf eine Weise beschränkt, die Harriet erst jetzt – zu spät – zu schätzen begann. Wie oft hatte sie sich nach der Gesellschaft ihrer Mutter gesehnt, sich gewünscht, sie wäre aufgestanden und aus ihrem Schlafzimmer gekommen? Jetzt war dieser Wunsch mit einem Streich in Erfüllung gegangen, und wenn Harriet einsam und angesichts der stets geschlossenen Schlafzimmertür entmutigt gewesen war, so konnte sie jetzt nie sicher sein, wann die Tür sich knarrend öffnen und ihre Mutter herausschweben würde, um wehmütig Harriets Sessel zu umkreisen, als warte sie darauf, dass Harriet das erlösende Wort sprach und das Schweigen beendete und alles zwischen ihnen wieder leicht und behaglich wurde. Harriet hätte ihrer Mutter mit Freuden geholfen, wenn sie auch nur die geringste Ahnung gehabt hätte, was sie denn sagen sollte. Allison konnte ihre Mutter wortlos trösten, allein durch die Ruhe ihrer körperlichen Anwesenheit, aber bei Harriet war es anders, es schien immer, als solle sie irgendetwas sagen oder tun, und sie wusste nicht, was, und unter dem Druck dieses erwartungsvollen Blicks wurde sie vollends sprachlos und beschämt und manchmal auch – wenn er zu verzweifelt wurde oder zu lange dauerte – frustriert und wütend. Dann richtete sie mutwillig den eigenen Blick starr auf ihre Hände oder den Fußboden oder die Wand, um dem Flehen in den Augen ihrer Mutter zu entgehen.

Harriets Mutter sprach nicht oft von Libby – sie brachte den Namen kaum über die Lippen, ohne in Tränen auszubrechen –, aber ihre Gedanken drehten sich meistens um sie, und die Richtung dieser Gedanken war so offenkundig, als habe sie sie laut ausgesprochen. Libby war überall. Gespräche handelten von ihr, ohne dass ihr Name je erwähnt wurde. Orangen? Jeder erinnerte sich an die Orangenscheiben, die Libby gern im Weihnachtspunsch schwimmen ließ, an den Orangenkuchen (ein jammervolles Dessert aus einem Kochbuch aus den Rationierungszeiten des Zweiten Weltkriegs), den Libby manchmal buk. Birnen? Auch Birnen waren reich an Assoziationen: Libbys eingemachte Ingwerbirnen, das Lied von dem kleinen Birnbaum, das Libby manchmal sang, das Stillleben mit den Birnen, das Libby um die Jahrhundertwende am State College für Frauen gemalt hatte. Und irgendwie war es möglich – indem man über ganz andere Themen sprach –, stundenlang von Libby zu sprechen, ohne ihren Namen zu nennen. Unausgesprochene Verweise auf Libby spukten in jeder Unterhaltung: Jedes Land und jede Farbe, jedes Gemüse und jeder Baum, jeder Löffel und Türknopf und Nachtisch, alles war von der Erinnerung an sie durchtränkt und verfärbt – und auch wenn Harriet die Richtigkeit dieser Verehrung nicht in Frage stellte, war ihr dabei manchmal unbehaglich zumute, als habe die Person Libby sich in eine Art ungesundes, allgegenwärtiges Gas verwandelt, das durch Schlüssellöcher und unter Türspalten hereinsickerte.

Das alles war ein sehr merkwürdiges Redemuster und umso merkwürdiger, weil ihre Mutter auf hundert verschiedene wortlose Arten unmissverständlich klar gemacht hatte, dass die Mädchen Ida nicht erwähnen sollten. Selbst wenn sie indirekt von Ida sprachen, war Charlottes Missvergnügen unübersehbar. Und sie war – das Glas halb zum Mund erhoben – erstarrt, als Harriet (ohne nachzudenken) Ida und Libby in einem Atemzug erwähnt hatte.»Wie kannst du es wagen!«, rief sie, als habe Harriet sich auf illoyale Weise, niederträchtig und unverzeihlich über Libby geäußert.»Schau mich nicht so *an*!«, giftete sie sie an und ergriff dann die Hand der erschrockenen Allison, ließ sie wieder fallen und flüchtete aus dem Zimmer.

So war es Harriet zwar untersagt, ihre eigene Trauer mitzuteilen, aber die Trauer ihrer Mutter war ein beständiger Vorwurf, und Harriet fühlte sich auf unbestimmte Weise dafür verantwortlich. Manchmal, besonders nachts, war es fast mit Händen zu greifen und durchdrang wie ein Dunst das ganze Haus. Wie ein dichter Nebelschwaden hing es um den gesenkten Kopf, die hängenden Schultern ihrer Mutter, schwer wie der Whiskeygeruch über ihrem Vater, wenn er getrunken hatte. Harriet schlich sich zur Tür und beobachtete stumm ihre Mutter, die im gelblichen Licht der Lampe am Küchentisch saß, den Kopf auf die

Der Turm.

Hände gestützt, eine brennende Zigarette zwischen den Fingern.

Und wenn ihre Mutter sich dann umdrehte und versuchte zu lächeln oder zu plaudern, ergriff Harriet die Flucht. Die schüchterne, kleinmädchenhafte Art, wie ihre Mutter jetzt auf Zehenspitzen durch das Haus lief, war ihr zuwider – wie sie um Ecken spähte und in Wandschränke schaute, als wäre Ida ein Tyrann, den sie glücklich losgeworden war. Immer, wenn sie zögernd heranrückte mit ihrem speziellen scheuen, bebenden Lächeln, das bedeutete, dass sie »reden« wollte, spürte Harriet, wie sie zu hartem Eis erstarrte. Stocksteif hielt sie sich, wenn ihre Mutter sich zu ihr aufs Sofa setzte, unbeholfen zu ihr herüberlangte und ihr die Hand tätschelte.

»Du hast noch dein ganzes Leben vor dir.« Ihre Stimme war zu laut, und sie klang wie eine Schauspielerin.

Harriet schwieg und starrte mürrisch auf die *Encyclopedia Britannica*, die aufgeschlagen auf ihrem Schoß lag: ein Artikel über die Capy, eine Familie von südamerikanischen Nagetieren, zu denen auch Meerschweinchen gehörten.

»Die Sache ist nur«, ihre Mutter lachte, ein ersticktes, dramatisches kleines Lachen, »ich hoffe, dass du niemals solchen Schmerz erleben musst, wie ich ihn erlitten habe.«

Harriet studierte ein Schwarzweißfoto des Capybara, des größten Mitglieds der Capy-Familie. Es war das größte Nagetier der Welt.

»Du bist noch jung, Schatz. Ich habe mein Bestes getan, um dich zu beschützen. Ich will nur nicht, dass du Fehler begehst, wie ich sie begangen habe.«

Sie wartete. Sie saß viel zu nah. Harriet fühlte sich unbehaglich, aber sie hielt still und schaute nicht auf; sie war entschlossen, ihrer Mutter nicht die kleinste Angriffsfläche zu bieten. Alles, was ihre Mutter wollte, war eine Demonstration von Interesse (kein echtes Interesse, nur eine Schau), und Harriet wusste genau, was ihr gefallen würde: wenn sie die Enzyklopädie viel sagend beiseite legte, die Hände im Schoß faltete und ein mitfühlendes Stirnrunzeln aufsetzte, während ihre Mutter redete. *Arme Mutter.* Das war genug, das würde reichen.

Sicher, es war nicht viel. Aber es war so unfair, dass Harriet zitterte. Hörte ihre Mutter denn zu, wenn *sie* reden wollte? Und in der Stille, während sie starr auf die Enzyklopädie schaute (wie schwer es war, standhaft zu bleiben und nicht zu antworten!), dachte sie daran, wie sie tränenblind wegen Ida ins Schlafzimmer ihrer Mutter gestolpert war, und wie ihre Mutter schlaff und einer Königin gleich eine Fingerspitze erhoben hatte, *eine Fingerspitze*, einfach so...

Plötzlich wurde ihr bewusst, dass ihre Mutter aufgestanden war und auf sie herabblickte. Ihr Lächeln war schmal und widerhakenbewehrt wie ein Angelhaken.»Bitte lass dich von mir nicht stören, wenn du liest«, sagte sie.

Sofort war Harriet von Reue überwältigt.»Mutter, was?« Sie schob die Enzyklopädie zur Seite.

»Schon gut.« Ihre Mutter schaute weg und zog die Schärpe ihres Bademantels straff.

»Mutter?«, rief Harriet ihr durch den Gang nach, als die Schlafzimmertür sich – ein bisschen allzu sittsam – klickend schloss.»Mutter, es tut mir Leid...«

Warum war sie so voller Hass? Warum konnte sie sich nicht benehmen, wie es anderen Leuten gefiel? Harriet saß auf dem Sofa und machte sich Vorwürfe, und die scharfen, unangenehmen Gedanken drehten sich noch immer in ihrem Kopf, als sie sich längst aufgerafft und ins Bett geschleppt hatte. Ihre Beklemmungen und Schuldgefühle beschränkten sich nicht auf ihre Mutter – nicht einmal auf ihre unmittelbare Situation –, sondern sie waren weithin kreuz und quer verzweigt, und am qualvollsten waren die, die sich um Ida drehten. Wenn Ida nun einen Schlaganfall erlitt? Oder von einem Auto überfahren wurde? So etwas kam vor, und das wusste Harriet inzwischen nur allzu gut: Menschen starben, einfach so, fielen um und waren tot. Würde Idas Tochter sie benachrichtigen? Oder würde sie – was eher wahrscheinlich war – annehmen, dass zu Hause bei Harriet sich *dafür* niemand interessierte?

Unter einer kratzigen Häkeldecke warf und wälzte Harriet sich hin und her und schrie lauter Vorwürfe und Befehle im Schlaf. Hin und wieder zuckte Augustwetterleuch-

Der Turm.

ten bläulich durch das Zimmer. Sie würde nie vergessen, wie ihre Mutter Ida behandelt hatte: Nie würde sie es vergessen, nie verzeihen, nie. Aber so zornig sie auch war, sie konnte ihr Herz doch nicht vollständig vor dem würgenden Leid ihrer Mutter verhärten. Und die Qual war am größten, wenn ihre Mutter versuchte, so zu tun, als wäre es nicht da. Sie kam im Pyjama die Treppe heruntergeschlendert, warf sich vor ihren schweigenden Töchtern auf das Sofa wie ein alberner Babysitter und schlug vor, irgendetwas »Lustiges« zu tun, als wären sie drei dicke Freundinnen, die hier zusammenhockten. Ihr Gesicht war gerötet, ihre Augen glänzten, aber unter der Fröhlichkeit spürte man panische, jammervolle Anspannung, und Harriet hätte am liebsten geweint. Sie wollte Karten spielen. Sie wollte Toffee machen – Toffee! Sie wollte fernsehen. Sie wollte mit ihnen in den Country Club auf ein Steak – was unmöglich war, das Restaurant im Country Club war montags gar nicht geöffnet, was dachte sie sich denn nur? Und sie kam dauernd mit entsetzlichen Fragen: »Möchtest du einen BH?«, fragte sie Harriet und: »Möchtest du eine Freundin einladen?« und »Möchtest du nach Nashville fahren und deinen Vater besuchen?«

»Ich finde, du solltest eine Party geben«, sagte sie zu Harriet.

»Eine Party?«, fragte Harriet wachsam.

»Ach, du weißt schon, eine kleine Coca-Cola- oder Ice-Cream-Party für die Mädchen aus deiner Klasse.«

Harriet brachte vor Verblüffung kein Wort heraus.

»Du musst… unter Leute. Lade sie ein. Mädchen in deinem Alter.«

»Warum?«

Harriets Mutter wedelte wegwerfend mit der Hand. »Bald kommst du auf die High School«, sagte sie. »Nicht mehr lange, und es wird Zeit für dich, an den Debütantinnenball zu denken. Und – du weißt schon – an Cheerleadertruppe und Mannequinclub.«

Mannequinclub?, dachte Harriet erstaunt.

»Die beste Zeit deines Lebens liegt noch vor dir, Harriet.

Ich glaube, die High School wird wirklich deine Zeit sein, Harriet.«

Harriet hatte keine Ahnung, was sie darauf sagen sollte.

»Es ist wegen deiner Kleider, nicht wahr, Schätzchen?« Ihre Mutter schaute sie flehend an. »Willst du deshalb deine kleinen Freundinnen nicht einladen?«

»Nein!«

»Wir fahren zu Youngland nach Memphis. Kaufen dir ein paar hübsche Kleider. Dein Vater soll dafür bezahlen.«

Das dauernde Auf und Ab ihrer Mutter begann auch an Allisons Nerven zu zerren – zumindest sah es so aus, denn sie fing an, ohne weitere Erklärungen nachmittags und abends zu verschwinden. Das Telefon klingelte öfter. Zweimal in einer Woche hatte Harriet abgenommen, und ein Mädchen, das sich als »Trudy« vorstellte, hatte Allison sprechen wollen. Wer »Trudy« war, fragte Harriet nicht, und es war ihr auch gleichgültig, aber sie beobachtete doch durch das Fenster, wie Trudy (eine schattenhafte Gestalt in einem braunen Chrysler) vor dem Haus hielt, um Allison, die barfuß am Randstein wartete, einsteigen zu lassen.

Zu anderen Gelegenheiten kam Pemberton mit seinem babyblauen Cadillac, um sie abzuholen, und sie fuhren weg, ohne Hallo zu sagen oder Harriet zum Mitkommen einzuladen. Harriet saß auf der Fensterbank oben in ihrem dunklen Zimmer, wenn sie die Straße hinuntergefahren waren, und starrte hinaus in den düsteren Himmel über den Bahngleisen. In der Ferne sah sie die Lichter des Baseballfeldes und die Lichter von Jumbo's Drive-in. Wo fuhren sie hin, Pemberton und Allison, wenn sie im Dunkeln wegfuhren, und was hatten sie einander zu sagen? Die Straße glänzte noch von dem Gewitter, das am Nachmittag niedergegangen war; darüber schien der Mond durch ein zerfetztes Loch in den Gewitterwolken, sodass die wallenden Ränder von einem fahlen, grandiosen Licht überflutet wurden. Dahinter – man sah es durch den Riss im Himmel – war Klarheit: kalte Sterne, endlose Fernen. Es war wie der Blick in einen klaren Teich, der flach zu sein schien, nur ein paar Handbreit tief, aber warf man eine Münze in dieses gläserne Wasser, würde sie fallen und fallen, immer tie-

Der Turm.

fer in endlosen Spiralen, ohne je auf den Grund zu gelangen.

―――――――

»Wie ist Idas Adresse?«, fragte Harriet eines Morgens Allison. »Ich will ihr schreiben und ihr von Libby erzählen.« Im Haus war es heiß und still; schmutzige Wäsche lagerte in dicken grauen Girlanden auf der Waschmaschine. Allison blickte ausdruckslos von ihrer Cornflakesschale auf.

»Nein«, sagte Harriet nach einer ganzen Weile ungläubig.

Allison schaute weg. Sie hatte kürzlich angefangen, dunkles Augen-Make-up zu benutzen, und das verlieh ihrem Gesicht einen ausweichenden, abweisenden Ausdruck.

»Sag nicht, dass du sie nicht hast! Was ist los mit dir?«

»Sie hat sie mir nicht gegeben.«

»Hast du nicht danach *gefragt*?«

Schweigen.

»Hast du, oder hast du nicht? Was ist los mit dir?«

»Sie weiß, wo wir wohnen«, sagte Allison, »wenn sie uns schreiben möchte.«

»Schatz?« Die Stimme ihrer Mutter von nebenan: hilfsbereit, aufreizend. »Suchst du etwas?«

Nach einer langen Pause aß Allison mit gesenktem Blick weiter. Das Knirschen der Cornflakes war ekelhaft laut, wie das verstärkte Knirschen von irgendeinem Laub fressenden Insekt in einem Naturfilm. Harriet schob ihren Stuhl zurück und ließ den Blick in sinnloser Panik durch die Küche wandern: Welche Stadt, hatte Ida gesagt, welche Stadt genau, und wie hieß ihre Tochter mit Familiennamen? Und was würde das helfen, selbst wenn sie es wüsste? In Alexandria hatte Ida kein Telefon gehabt. Um Ida zu erreichen, musste Edie in den Wagen steigen und zu ihrem Haus fahren – kein richtiges Haus, nur eine windschiefe braune Hütte in einem Hof mit gestampftem Lehmboden, kein Gras, kein Gehweg, nur Erde. Rauch, der oben aus einem rostigen kleinen Ofenrohr wölkte, als Edie an einem Winterabend mit Harriet dort angehalten hatte, um Ida zu Weihnachten Früchtekuchen und Mandarinen zu bringen. Bei der Erinnerung daran, wie Ida in der Tür erschienen war – überrascht hatte sie im Scheinwerferlicht des Wagens gestanden und sich die Hände an einer schmutzigen Schürze abgewischt –, schnürte ihr eine jähe, scharfe Trauer die Kehle zu. Ida hatte sie nicht ins Haus gelassen, aber der kurze Blick, den sie durch die offene Tür werfen konnte, erfüllte Harriet mit Verwirrung und Kummer: alte Kaffeebüchsen, ein Öltuch auf dem Tisch, der verschlissene alte, nach Rauch riechende Pullover – ein Männerpullover –, den Ida im Winter trug und der jetzt an einem Haken hing.

Harriet spreizte die Finger der linken Hand und untersuchte verstohlen den Schnitt im Fleisch des Handballens, den sie sich am Tag nach Libbys Beerdigung mit einem Schweizer Armeemesser zugefügt hatte. In der erstickenden Trübsal des stillen Hauses hatte die Wunde sie vor Überraschung laut aufschreien lassen. Das Messer fiel klappernd auf den Boden im Bad. Neue Tränen schossen ihr in die Augen, die vom Weinen längst heiß und wund waren. Harriet umklammerte die Hand und presste die Lippen zusammen, als Blutstropfen wie schwarze Münzen auf die überschatteten Fliesen fielen; hin und her war ihr Blick geirrt, hinauf in die Ecken der Decke, als erwarte sie Hilfe von dort oben. Der Schmerz war eine seltsame Erleichterung, eisig und erfrischend, und auf seine raue Art beruhigte er sie und half ihr, ihre Gedanken zu konzentrieren. *Wenn es nicht mehr so wehtut,* sagte sie sich, *wenn es angefangen hat zu heilen, dann werde ich auch nicht mehr so traurig wegen Libby sein.*

Und die Schnittwunde *war* besser geworden. Sie tat nicht mehr so weh, außer wenn sie auf eine bestimmte Weise die Faust ballte. Ein weinroter Striemen aus Narbengewebe war in der kleinen Kerbe emporgewuchert. Es sah interessant aus, wie ein kleiner Klecks von rosafarbenem Leim, und es erinnerte sie auf angenehme Weise an Lawrence von Arabien, der sich mit Zigaretten verbrannt hatte. Offenbar war so etwas aufbauend für einen soldatischen Charakter. »Der Trick«, hatte er im Film gesagt, »besteht darin, dass

Der Turm.

man gegen den Schmerz nichts hat.« Im gewaltigen und kunstreichen System des Leidens, das begriff Harriet jetzt allmählich, war dies ein Trick, den zu erlernen lohnte.

So verging der August. Bei Libbys Beerdigung hatte der Prediger aus den Psalmen vorgelesen. »Ich wache und klage wie ein einsamer Vogel auf dem Dache.« Die Zeit heilt alle Wunden, hatte er gesagt. Aber wann?

Harriet dachte an Hely, wie er in der gleißenden Sonne auf dem Footballfeld Posaune spielte, und auch das erinnerte sie an die Psalmen. »Lobet ihn mit Posaunen, lobet ihn mit Psalter und Harfen!« Helys Empfindungen gingen nicht sehr tief, denn er lebte im sonnigen Flachwasser, wo es immer warm und hell war. Er hatte Dutzende von Haushälterinnen kommen und gehen sehen. Auch ihre Trauer um Libby verstand er nicht. Hely konnte alte Leute nicht leiden; er hatte Angst vor ihnen, und er mochte nicht mal seine eigenen Großeltern, die in einer anderen Stadt wohnten.

Aber Harriet vermisste ihre Großmutter und ihre Großtanten, und diese waren zu beschäftigt, um sich viel um sie zu kümmern. Tat packte Libbys Sachen ein: Sie faltete die Bettwäsche, polierte das Silber, rollte die Teppiche auf und kletterte auf die Leiter, um die Vorhänge abzunehmen, und sie überlegte, was man mit den Sachen in Libbys Schränken und Zedernholztruhen und Kammern anfangen sollte.

»Liebchen, du bist wirklich ein Engel, dass du mir das anbietest«, sagte sie, als Harriet sie anrief und ihr helfen wollte. Aber obwohl Harriet sich hinübergewagt hatte, hatte sie es nicht über sich gebracht, den Weg zum Haus hinaufzugehen, so erschrocken war sie über die drastisch veränderte Atmosphäre, die Libbys Haus umgab: das Unkraut auf dem Blumenbeet, der struppige Rasen, die tragische Note der Vernachlässigung. An den vorderen Fenstern fehlten die Vorhänge, und ihre Abwesenheit wirkte schockierend, und drinnen, über dem Kaminsims im Wohnzimmer, war nur ein großer blinder Fleck, wo der Spiegel gehangen hatte.

Harriet blieb entsetzt auf dem Gehweg stehen, dann wandte sie sich ab und rannte wieder nach Hause. Am Abend rief sie beschämt bei Tat an, um sich zu entschuldigen.

»Ja«, sagte Tat, und ihre Stimme klang nicht ganz so freundlich, wie Harriet es gern gehabt hätte, »ich habe mich schon gefragt, was passiert ist.«

»Ich... ich...«

»Liebling, ich bin müde«, sagte Tat, und sie klang wirklich erschöpft. »Kann ich irgendetwas für dich tun?«

»Das Haus sieht verändert aus.«

»Ja, das stimmt. Es ist nicht leicht, sich dort aufzuhalten. Gestern hab ich mich in der Küche voller Kisten an ihren armen kleinen Tisch gesetzt und geweint und geweint.«

»Tatty, ich...« Harriet weinte selbst.

»Schau, Schatz, es ist lieb von dir, dass du an Tatty denkst, aber ich komme schneller voran, wenn ich allein bin. Mein armer Engel.« Jetzt weinte Tat auch wieder. »Wir unternehmen irgendetwas Schönes, wenn ich fertig bin, ja?«

Sogar Edie hatte sich verändert. Sie war dünner geworden seit Libbys Tod; ihre Wangen waren eingefallen, und sie erschien irgendwie kleiner. Harriet hatte sie seit der Beerdigung kaum gesehen. Fast jeden Tag fuhr sie mit ihrem neuen Wagen in die Stadt und traf sich mit Bankern oder Anwälten oder Steuerberatern. Libbys Hinterlassenschaft war ein einziger Kuddelmuddel, hauptsächlich wegen Richter Cleves Bankrott und seiner wirren Versuche gegen Ende, aufzuteilen und zu verbergen, was von seinem Vermögen noch übrig war. Diese Verwirrung fand ihren Widerhall in dem kleinen, verknoteten Erbe, das er Libby hinterlassen hatte. Und um alles noch schlimmer zu machen, hatte der Mann, mit dessen Wagen Edie zusammengestoßen war, sie verklagt und »Depressionen und seelische Qualen« geltend gemacht. Eine Einigung lehnte er ab; es sah so aus, als würde es einen Prozess geben. Edie zeigte sich wortkarg und stoisch, aber es war klar, dass sie Kummer hatte.

»Na ja, es *war* deine Schuld, Liebe«, sagte Adelaide.

Der Turm.

Seit dem Unfall habe sie Kopfschmerzen, sagte Adelaide.
Sie sei außerstande, »mit Kisten herumzuhantieren«. Sie
sei nicht sie selbst. Nachmittags, nach ihrem Nickerchen
(»Nickerchen!«, sagte Tat, als machte sie nicht selbst gern
ein Nickerchen), spazierte sie hinunter zu Libbys Haus, bearbeitete Teppiche und Polstermöbel mit dem Staubsauger
(was überflüssig war) und ordnete die Kisten, die Tatty bereits gepackt hatte, neu. Aber hauptsächlich zerbrach sie
sich laut den Kopf über Libbys Vermächtnis, und sie pro-
vozierte Tatty und Edie gleichermaßen mit ihrem freundlich, aber doch durchsichtig vorgetragenen Verdacht, Edie
und die Anwälte wollten sie, Adelaide, um ihren – wie sie
sagte – »Anteil« betrügen. Jeden Abend rief sie Edie an, um
sie detailliert nach allem auszufragen, was sich an diesem
Tag in der Anwaltskanzlei zugetragen hatte (die Anwälte
seien zu teuer, klagte sie, und sie befürchte, dass ihr »Anteil« von den Gebühren »aufgefressen« werde), und außerdem übermittelte sie Mr. Sumners Ratschläge zu finanziel-
len Dingen.

»Adelaide«, rief Edie zum fünften oder sechsten Mal, »ich
wünschte, du würdest diesem alten Mann nicht alle unsere
Angelegenheiten auf die Nase binden!«

»Warum nicht? Er ist ein Freund der Familie!«

»Mein Freund ist er nicht!«

Und mit mörderischer Fröhlichkeit erwiderte Adelaide:
»Ich habe gern das Gefühl, dass es jemanden gibt, dem
meine Interessen am Herzen liegen.«

»Und vermutlich findest du, dass es bei mir nicht so ist.«

»Das habe ich nicht gesagt.«

»Doch, das hast du gesagt.«

Das war nichts Neues. Adelaide und Edie hatten sich
schon als Kinder nicht vertragen, wenngleich die Atmosphäre zwischen ihnen noch nie so unverhohlen giftig gewesen war. Wenn Libby noch gelebt hätte, hätte sie Frieden zwischen den beiden gestiftet, lange bevor das Ganze eskaliert
wäre; sie hätte Adelaide um Geduld und Zurückhaltung angefleht und Edie mit all den üblichen Argumenten beschwo-
ren, nachsichtig zu sein (»Sie *ist* doch das Baby… hatte nie
eine Mutter… Papa hat Addie so sehr verwöhnt…«).

Aber Libby war tot. Und ohne ihre Vermittlung wurde die Kluft zwischen Edie und Adelaide mit jedem Tag eisiger und tiefer, und es kam so weit, dass Harriet (die schließlich Edies Enkelin war) in Adelaides Anwesenheit ein unbehagliches Frösteln verspürte. Harriet empfand das alles umso unfairer, weil sie früher, wenn Addie und Edie sich gestritten hatten, meistens Addies Partei ergriffen hatte. Edie konnte eine Tyrannin sein, das wusste Harriet nur allzu gut. Aber jetzt begann sie, Edie zu verstehen und zu begreifen, was Edie mit dem Wort »kleinlich« meinte.

Mr. Sumner war wieder zu Hause in South Carolina, oder wo immer er wohnen mochte, aber er und Adelaide korrespondierten eifrig miteinander, und Adelaide vibrierte vor Wichtigkeit. »Camellia Street«, hatte sie gesagt, als sie Harriet den Absender auf einem seiner Briefe zeigte. »Ist das nicht ein hübscher Name? Die Straßen hier haben solche Namen nicht. Wie gern würde ich in einer Straße mit einem so eleganten Namen wohnen.«

Sie hielt den Umschlag auf Armlänge vor sich und betrachtete ihn zärtlich über die Brille hinweg, die weit vorn auf ihrer Nase saß. »Er hat auch eine hübsche Handschrift für einen Mann, nicht wahr?«, sagte sie. »Säuberlich, so würde ich's nennen, oder? Oh, Daddy hielt große Stücke auf Mr. Sumner.«

Harriet sagte nichts dazu. Edie zufolge hatte der Richter Mr. Sumner für einen »losen Vogel« gehalten, was immer das bedeuten mochte. Und Tatty, das Zünglein an der Waage in dieser Meinungsfrage, wollte sich überhaupt nicht über Mr. Sumner äußern; lediglich ihr Verhalten ließ ahnen, dass sie nichts Freundliches über ihn zu sagen hatte.

»Ich bin überzeugt, dass ihr euch über vieles unterhalten könntet, du und Mr. Sumner«, sagte Adelaide. Sie hatte die Karte aus dem Umschlag gezogen und betrachtete sie von vorn und von hinten. »Er ist ja sehr kosmopolitisch. In Ägypten hat er gelebt, wusstest du das?«

Während sie sprach, schaute sie das Bild vorn auf der Karte an, eine Ansicht von Old Charleston; auf der Rückseite entzifferte Harriet in Mr. Sumners ausdrucksvollem,

Der Turm.

altmodischem Schreibstil die Worte *bedeuten mir mehr* und *teure Dame.*

»Ich dachte, dafür interessierst du dich, Harriet.« Adelaide hielt die Karte nochmals mit ausgestrecktem Arm vor sich und betrachtete sie mit schräg gelegtem Kopf. »All die alten Mumien und Katzen und so weiter.«

»Wirst du dich mit Mr. Sumner verloben?«, platzte Harriet heraus.

Adelaide tat unbeteiligt und betastete einen ihrer Ohrringe. »Hat deine Großmutter dir aufgetragen, mich das zu fragen?«

Hält sie mich für schwachsinnig? »Nein, Ma'am.«

»Ich hoffe«, sagte Adelaide mit frostigem Lachen, »ich hoffe, dass ich dir noch nicht *gar* so alt vorkomme …«, und als sie sich erhob, um Harriet zur Tür zu bringen, warf sie einen Blick auf ihr Spiegelbild in der Fensterscheibe, der Harriet ganz mutlos machte.

Tagsüber war es sehr laut. Schwere Maschinen – Bulldozer, Motorsägen – dröhnten drei Straßen weiter. Die Baptisten fällten die Bäume und asphaltierten das Gelände rings um die Kirche, weil sie neue Parkplätze brauchten, wie sie sagten.

Die Bücherei war wegen Renovierungsarbeiten geschlossen. Der Kindersaal wurde leuchtend gelb angestrichen, in einem glatten, glänzenden, emailleartigen Gelb, das aussah wie der Lack an einem Taxi. Es war grässlich. Harriet hatte die Gelehrsamkeit ausstrahlende Holztäfelung geliebt, die dort gewesen war, solange sie zurückdenken konnte: Wie konnten sie dieses schöne dunkle, alte Holz anstreichen? Und der sommerliche Lesewettbewerb war vorbei, und Harriet hatte ihn nicht gewonnen.

Es gab niemanden, mit dem sie hätte reden können, sie hatte nichts zu tun, und sie konnte nirgends hingehen außer zum Schwimmbad. Jeden Tag um eins klemmte sie sich ihr Handtuch unter den Arm und zog los. Der August ging dem Ende entgegen; Football- und Cheerleader-Training hatten schon begonnen, und sogar der Kindergarten hatte wieder angefangen. Abgesehen von den Rentnern draußen auf dem Golfplatz und ein paar jungen Hausfrauen, die in Liegestühlen lagen und sich von der Sonne braten ließen, war der Country Club verlassen. Die Luft war die meiste Zeit über heiß und still wie Glas. Ab und zu verschwand die Sonne hinter einer Wolke, und dann strich ein heißer Windstoß über den Pool und kräuselte die Wasseroberfläche und ließ die Markise am Getränkestand knattern. Harriet genoss es, unter Wasser gegen etwas Schweres kämpfen und treten zu können, genoss die weißen, frankensteinschen Elektrizitätsblitze, die wie von einem großen Generator im Bogen gegen die Wände des Beckes zuckten. Wenn sie dort schwebte – von strahlenden Ketten und Pailletten umfangen, drei Meter hoch über der bauchigen Wölbung des tiefen Endes –, vergaß sie sich manchmal minutenlang, verlor sich in hallender Stille, in Leitern aus blauem Licht.

Lange, traumhafte Momente verbrachte sie bäuchlings treibend wie eine Tote und starrte nach unten auf ihren eigenen Schatten. Houdini war bei seinen Unterwassertricks immer ziemlich schnell freigekommen, und während die Polizisten auf ihre Armbanduhren blickten und an ihren Kragen zupften, während sein Assistent nach der Axt brüllte und seine Frau aufschrie und in gespielter Ohnmacht zusammensank, war er meist schon längst aus seinen Fesseln entkommen und trieb ganz gelassen – und unsichtbar – unter der Wasseroberfläche.

So weit zumindest war Harriet im Laufe des Sommers auch gekommen. Sie konnte den Atem bequem mehr als eine Minute lang anhalten, und wenn sie sich sehr still hielt, konnte sie es (nicht mehr ganz so bequem) bis auf fast zwei Minuten ausdehnen. Manchmal zählte sie die Sekunden, aber meistens vergaß sie es: Was sie faszinierte, war der Vorgang an sich, die Trance. Ihr Schatten, drei Meter tief unter ihr, bebte dunkel auf dem Boden am tiefen Ende, so groß wie der Schatten eines erwachsenen Mannes. *Das Boot ist gesunken*, sagte sie sich und stellte sich vor, wie sie schiffbrüchig in blutwarmer Endlosigkeit dahintrieb. Seltsamerweise war es ein tröstlicher Gedanke. *Niemand wird mich retten.*

Der Turm.

Eine Ewigkeit lang hatte sie sich so treiben lassen – hatte sich kaum bewegt, nur um zu atmen, als sie sehr leise hörte, wie jemand ihren Namen rief. Mit einem Schwimmzug und einem Beinstoß kam sie an die Oberfläche, wo Hitze, grelles Licht und das geräuschvolle Brummen der Kühlanlage am Clubhaus sie erwarteten. Durch Nebelschleier sah sie Pemberton (der noch keinen Dienst gehabt hatte, als sie angekommen war) hoch oben auf seinem Bademeisterstuhl; er winkte und sprang dann zu ihr ins Wasser.

»Hey!«, sagte er, als er wieder auftauchte und großartig den Kopf schüttelte, dass die Tropfen sprühten. »Du bist gut geworden, seit du im Camp warst! Wie lange kannst du die Luft anhalten? *Im Ernst!*«, sagte er, als Harriet nicht antwortete. »Lass uns die Zeit nehmen. Ich hab 'ne Stoppuhr.«

Harriet spürte, dass sie rot wurde.

»Komm schon. Warum willst du nicht?«

Harriet wusste es nicht. Unten auf dem blauen Grund sahen ihre Füße – schraffiert mit blassblauen atmenden Tigerstreifen – sehr weiß und zweimal so dick wie sonst aus.

»Wie du willst.« Pem stand auf, um sich das Haar zurückzustreichen, und ließ sich dann wieder ins Wasser sinken, sodass ihre Köpfe auf gleicher Höhe waren. »Wird's dir nicht langweilig, einfach so im Wasser zu liegen? Chris war ein bisschen sauer.«

»Chris?«, fragte Harriet nach einer kurzen Pause erschrocken. Und der Klang ihrer eigenen Stimme erschreckte sie noch mehr, denn sie hörte sich trocken und rostig an, als habe sie seit Tagen nicht gesprochen.

»Als ich kam, um ihn abzulösen, meinte er bloß: ›Guck dir die Kleine an. Liegt da im Wasser wie ein Klotz.‹ Die Moms mit den Kleinkindern sind ihm auf die Nerven gegangen deswegen, als ob er ein totes Kind den ganzen Nachmittag *einfach so* im Pool treiben ließe.« Er lachte, und als es ihm nicht gelang, Harriets Blick auf sich zu ziehen, schwamm er hinüber zur anderen Seite.

»Willst du 'ne Coke?«, fragte er, und die Art, wie seine

Stimme sich fröhlich überschlug, erinnerte sie an Hely. »Umsonst? Chris hat mir den Schlüssel für den Kühlkasten dagelassen.«

»Nein, danke.«

»Hey, warum hast du nicht gesagt, dass Allison zu Hause war, als ich vorgestern angerufen hab?«

Harriet sah ihn an – und bei ihrem ausdruckslosen Blick zog Pemberton die Stirn kraus –, und dann hüpfte sie über den Boden des Pools und schwamm davon. Es stimmte: Sie hatte gesagt, Allison sei nicht da, und dann hatte sie aufgelegt, obwohl Allison nebenan gesessen hatte. Und mehr noch: Sie wusste nicht, warum sie es getan hatte, konnte nicht einmal einen Grund erfinden.

Er hüpfte ihr nach; sie hörte sein Plantschen. *Warum lässt er mich nicht in Ruhe?,* dachte sie verzweifelt.

»Hey«, hörte sie ihn rufen. »Ich hab gehört, Ida Rhew hat gekündigt.« Ehe sie sich versah, tauchte er vor ihr auf.

»Sag mal«, begann er – und stutzte. »Weinst du etwa?«

Harriet tauchte, trat ihm einen kräftigen Schwall Wasser ins Gesicht und schoss unter Wasser davon.

»Harriet?«, hörte sie ihn rufen, als sie bei der Leiter wieder hochkam. In verbissener Eile kletterte sie hinaus und hastete mit gesenktem Kopf zum Umkleideraum, und eine Kette von schwarzen Fußspuren schlängelte sich hinter ihr her.

»Hey!«, rief er. »Sei doch nicht so. Du kannst dich doch tot stellen, solange du willst. Harriet?«, rief er noch einmal, aber sie rannte hinter die Betonmauer und in den Damenumkleideraum, und ihre Ohren glühten.

Das Einzige, was Harriet noch irgendein Gefühl von Sinn und Zweck gab, war der Gedanke an Danny Ratliff. Dieser Gedanke war wie ein Jucken. Immer wieder – wie man pervers einen faulen Zahn mit der Zunge betastet – überprüfte sie sich selbst, indem sie an ihn dachte. Und immer wieder loderte mit krankhafter Vorhersehbarkeit die Wut auf, wie ein Feuerwerk, das aus einem offenen Nerv prasselt.

In ihrem Zimmer lag sie im schwindenden Licht auf dem

Der Turm.

Teppich und starrte das schäbige Schwarzweißfoto an, das sie aus dem Jahrbuch ausgeschnitten hatte. Die lässige, leicht verrutschte Anmutung, die sie am Anfang so schockiert hatte, war längst verglüht, und was sie jetzt sah, wenn sie das Bild anschaute, war kein Junge, ja, nicht einmal mehr eine Person, sondern die unverhohlene Verkörperung des Bösen. Sein Gesicht war jetzt so giftig, dass sie das Foto nur noch mit spitzen Fingern am Rand anfasste. Die Verzweiflung in ihrem Haus war das Werk seiner Hände. Er verdiente den Tod.

Die Schlange auf seine Großmutter zu werfen hatte ihr keine Erleichterung verschafft. *Er* war es, den sie wollte. Vor dem Bestattungsinstitut hatte sie einen kurzen Blick auf sein Gesicht geworfen, und in einem war sie jetzt ganz sicher: *Er hatte sie erkannt.* Ihre Blicke hatten sich getroffen und ineinander verschränkt – und seine blutunterlaufenen Augen hatten bei ihrem Anblick so wild und merkwürdig aufgeblitzt, dass sie noch bei der Erinnerung daran Herzklopfen bekam. Eine unheimliche Klarheit hatte zwischen ihnen geflackert, eine Art Wiedererkennen, und auch wenn Harriet nicht genau wusste, was das zu bedeuten hatte, wurde sie den merkwürdigen Eindruck nicht los, dass sie Danny Ratliffs Gedanken ebenso sehr beunruhigte wie er die ihren.

Mit Abscheu dachte Harriet daran, wie das Leben die Erwachsenen, die sie kannte, niedergedrückt hatte, jeden Einzelnen von ihnen. Irgendetwas strangulierte sie, wenn sie älter wurde, ließ sie an ihren eigenen Kräften zweifeln – war es Faulheit? Sie ließen locker, sie hörten auf zu kämpfen und fanden sich resigniert ab mit dem, was geschah. »So ist das Leben.« Das war es, was sie alle sagten. »So ist das Leben, Harriet – so ist es einfach, du wirst schon sehen.«

Nun: Harriet würde es *nicht* sehen. Sie war noch jung, und die Ketten an ihren Füßen waren noch nicht zu eng geworden. Jahrelang hatte sie Angst davor gehabt, neun zu werden – Robin war neun gewesen, als er starb –, aber dann war ihr neunter Geburtstag gekommen und gegangen, und jetzt hatte sie vor nichts mehr Angst. Was auch getan werden musste, *sie* würde es tun. Sie würde jetzt zuschlagen, solange sie es noch konnte, ehe ihr Mut versiegte und die Kraft sie verließ, und dabei würde nichts ihr Kraft geben außer ihre eigene, gigantische Einsamkeit.

Sie richtete ihre Aufmerksamkeit auf das unmittelbar vorliegende Problem. Warum fuhr Danny Ratliff zum Güterbahnhof? Viel zu stehlen gab es dort nicht. Die meisten Lagerschuppen waren mit Brettern vernagelt, und an einem, der es nicht war, war Harriet hinaufgeklettert und hatte durch das Fenster geschaut. Bis auf ein paar zerfaserte Baumwollballen, altersschwarze Maschinen und staubige Pestizidtanks, die mit dem Bauch nach oben in den Ecken lagen, war er leer. Wilde Theorien gingen ihr durch den Kopf: Gefangene, eingesperrt in einem Güterwaggon. Vergrabene Leichen, Jutesäcke mit gestohlenem Geld. Skelette, Mordwaffen, geheime Zusammenkünfte.

Die einzige Möglichkeit, genau herauszufinden, was er trieb, entschied sie, bestand darin, dass sie zum Güterbahnhof ging und sich selbst ein Bild machte.

Sie hatte seit Ewigkeiten nicht mit Hely gesprochen. Weil er der einzige Siebenklässler bei der »Band Clinic« war, war er sich jetzt zu fein, um sich mit Harriet herumzutreiben. Da kümmerte es ihn nicht, dass man ihn nur eingeladen hatte, weil die Bläsersektion knapp an Posaunen war. Als sie das letzte Mal miteinander geredet hatten (am Telefon, und da hatte *sie* ihn angerufen), hatte er nur von der Kapelle gesprochen, Klatschgeschichten über die großen Kids erzählt, als ob er wirklich mit ihnen bekannt wäre, und von der Trommel-Majorette und den tollen Blechbläsersolisten per Vornamen geredet. In mitteilsamem, aber distanziertem Ton, als wäre sie eine Lehrerin oder eine Freundin seiner Eltern, informierte er sie über die vielen, vielen Details des Halbzeit-Medleys, an dem sie arbeiteten: ein Beatles-Medley, das die Kapelle mit »Yellow Submarine« beschließen würde, und dabei würden sie ein riesiges Unterseeboot (dessen Propeller durch einen wirbelnden Baton dargestellt werden sollte) auf dem Football-Spielfeld bil-

Der Turm.

den. Harriet hörte schweigend zu. Sie schwieg auch zu Helys unbestimmten, aber begeisterten Einschüben darüber, wie »verrückt« die Kids in der High-School-Band seien. »Die Footballspieler haben überhaupt keinen *Spaß.* Die müssen aufstehen und ihre Runden laufen, wenn es noch dunkel ist, und Coach Cogwell brüllt sie dauernd an, es ist wie bei der Nationalgarde oder so was. Aber Chuck und Frank und Rusty und die vom zweiten High-School-Jahr in der Trompetensektion... die sind *so* viel irrer als irgendeiner von denen im Footballteam.«

»Hmm.«

»Die geben *andauernd* Widerworte und reißen verrückte Witze und haben den ganzen Tag 'ne Sonnenbrille auf. Mr. Wooburn ist cool, dem macht das nichts. Gestern zum Beispiel – warte mal«, sagte er zu Harriet und dann zu einer Nörgelstimme im Hintergrund: »Was?«

Ein Wortwechsel. Harriet wartete. Nach ein, zwei Augenblicken war Hely wieder da.

»Sorry, ich muss jetzt üben«, sagte er tugendsam. »Dad sagt, ich muss jeden Tag üben, weil meine neue Posaune 'ne Menge Geld gekostet hat.«

Harriet legte auf, stützte sich im trüben Licht des Flurs mit den Ellenbogen auf den Telefontisch und dachte nach. Hatte er Danny Ratliff vergessen? Oder interessierte es ihn einfach nicht mehr? Ihr mangelnder Kummer über Helys distanzierte Art überraschte sie selbst, aber sie empfand unwillkürliche Freude darüber, wie wenig sie seine Gleichgültigkeit schmerzte.

In der Nacht zuvor hatte es geregnet, und obwohl der Boden nass war, konnte Harriet nicht erkennen, ob in letzter Zeit ein Auto über den breiten Schotterstreifen gefahren war (eigentlich ein Ladebereich für Baumwollwaggons und keine Straße), der das Rangiergelände mit dem Güterbahnhof und den Güterbahnhof mit dem Fluss verband. Sie stand mit ihrem Rucksack – das orangefarbene Notizbuch unter dem Arm, falls irgendwelche Hinweise aufzuschreiben wären – am Rand der weiten Verladestelle und schaute

hinaus über die Weichen und Schleifen und Rammböcke
auf den Gleisen, auf die weißen Warnkreuze und die toten
Signallaternen, die rostverkrusteten Güterwaggons in der
Ferne und den Wasserturm, der auf seinen Spindelbeinen
hinter allem hoch aufragte: ein riesiger runder Tank mit
einem spitzen Dach, das aussah wie der Hut des Blech-
holzfällers im *Zauberer von Oz*. In ihrer frühen Kindheit
hatte sie eine seltsame Zuneigung zu dem Wasserturm
entwickelt, vielleicht wegen dieser Ähnlichkeit. Er erschien
ihr wie eine Art stummer, freundlicher Wächter, und wenn
sie schlafen ging, dachte sie oft daran, wie er irgendwo
da draußen einsam und ungeliebt im Dunkeln stand. Als
sie sechs war, waren an Halloween ein paar böse Jungen
auf den Turm geklettert und hatten eine Furcht erregende
Teufelsfratze auf den Tank gemalt, mit Schlitzaugen und
Haifischzähnen – und danach hatte Harriet viele Nächte
lang aufgeregt wach gelegen und nicht schlafen können,
wenn sie an ihren standhaften Gefährten dachte, wie er
jetzt mit seinen Vampirzähnen feindselig und finster über
die schweigenden Dächer hinausstarrte.

Das Furcht erregende Gesicht war längst verblichen.
Jemand anders hatte mit Goldfarbe *Examen '70* darüber
gesprüht, und auch das war inzwischen verblasst, von der
Sonne gebleicht und vom Regen der Jahre verwaschen.
Streifen des Verfalls zogen sich in melancholischen schwarzen Tropfen von oben nach unten über die Wand des Tanks
– aber auch wenn es eigentlich nicht mehr da war, brannte
das Teufelsgesicht immer noch in ihrer Erinnerung wie der
Nachglanz eines hellen Lichts in einem gerade verdunkelten Zimmer.

Der Himmel war weiß und leer. *Wenn Hely dabei ist*,
dachte sie, *hat man wenigstens jemanden, mit dem man reden kann.* War Robin wohl hierher zum Spielen gekommen?
Hatte er rittlings über seinem Fahrrad gestanden und auf
die Bahngleise hinausgeschaut? Sie versuchte, das alles
mit seinen Augen zu sehen. Es dürfte sich kaum viel verändert haben; vielleicht hingen die Telegraphendrähte inzwischen ein wenig stärker durch, und vielleicht waren die
Ranken und Winden in den Bäumen ein bisschen dichter

Der Turm.

geworden. Wie würde das alles wohl in hundert Jahren aussehen, wenn sie tot wäre?

Sie überquerte das Gelände des Güterbahnhofs in Richtung Wald, sie hüpfte über die Schienen und summte vor sich hin. Noch nie hatte sie sich allein so weit in diese verlassene Gegend vorgewagt. Als sie den Pfad in den schattigen Wald erreicht hatte (üppige Vegetation, die knisternd durch die Ruinen ihrer im Tod erstarrten Stadt wucherte, die Gehwege aufbrechen ließ und sich durch die Häuser schlängelte), war der Übergang vom Warmen ins Kühle so, als schwimme sie im See in eine kühle Schicht Quellwasser hinein. Luftige Mückenwolken wirbelten vor ihr davon, kreisten in der plötzlichen Bewegung umeinander wie Teichflöhe im grünen Wasser. Bei Tageslicht sah sie, dass der Pfad schmaler und enger war, als sie es sich im Dunkeln vorgestellt hatte. Fuchsschwanzgras und Rispenhirse wuchsen in stachligen Büscheln, und die Furchen im Lehmboden waren mit schaumigen grünen Algen gefüllt.

Ein rauer Schrei über ihr ließ sie zusammenfahren: nur eine Krähe. Bäume, von denen schwere Ketten und Girlanden von Lianen troffen, ragten zu beiden Seiten des Pfades auf wie verwesende Seeungeheuer. Sie ging langsam, den Blick zum dunklen Blätterdach hinaufgerichtet, und bemerkte das laute Summen der Fliegen nicht, obwohl es immer lauter wurde – bis ihr ein übler Geruch in die Nase stieg und sie zu Boden blickte. Eine glitzernde grüne Schlange – nicht giftig, denn sie hatte einen spitzen Kopf – lag tot vor ihr auf dem Weg. Sie war ungefähr einen Meter lang, und jemand hatte sie in der Mitte platt getreten, sodass ihre Eingeweide in fetten, dunklen Klumpen hervorgequollen waren, aber das Bemerkenswerte war ihre Farbe: ein funkelndes Chartreuse mit irisierenden Schuppen, ganz wie auf dem bunten Bild des Schlangenkönigs in einem Märchenbuch, das Harriet schon als Baby besessen hatte.

Am Rande des Pfades sah Harriet den gerieften Sohlenabdruck eines Stiefels – eines großen Stiefels –, der deutlich in den Lehm geprägt war, und gleichzeitig schmeckte sie den Todesgestank der Schlange hinten in der Kehle, und sie fing an zu rennen, mit klopfendem Herzen, als sei der Teufel selbst hinter ihr her, rannte, ohne zu wissen, warum. Die Seiten ihres Notizbuchs flatterten laut in der Stille. Wasser tröpfelte ringsumher von den Ranken; ein Gewirr von verkrüppelten Götterbäumen in unterschiedlichen Größen – wie Stalagmiten auf dem Boden einer Höhle – erhob sich fahl aus dem Würgegriff des Gestrüpps, gestaffelt, die Stämme im Zwielicht schimmernd wie Echsenhaut.

Sie brach hinaus ins Sonnenlicht – und spürte plötzlich, dass sie nicht allein war. Sie blieb stehen. Grashüpfer zirpten schrill und hektisch im Sumach. Sie überschattete die Augen mit dem Notizbuch und ließ den Blick über die hell durchglühte Ebene wandern.

Hoch oben in einer Ecke ihres Gesichtsfeldes sprang ein silberner Blitz sie an, direkt aus dem Himmel, so schien es, und Harriet sah erschrocken eine dunkle Gestalt, die auf der Leiter am Wasserturm hinaufkroch, Hand über Hand greifend, ungefähr zehn Meter hoch und zwanzig Meter weit entfernt. Wieder blitzte das Licht auf: eine metallene Armbanduhr, die blinkte wie ein Signalspiegel.

Mit rasendem Herzklopfen wich sie in den Wald zurück und blinzelte durch das tropfende Blättergeflecht hinaus. Er war es. Schwarzes Haar. Sehr mager. Enges T-Shirt mit einer Aufschrift auf dem Rücken, die sie nicht lesen konnte. Ein Teil ihrer selbst empfand kribbelnde Erregung, aber ein anderer, kühlerer Teil stand abseits und sah mit Staunen, wie klein und flach dieser Augenblick war. *Da ist er*, sagte sie zu sich (spornte sich an mit diesem Gedanken, versuchte die angemessene Aufregung zu provozieren), *er ist es, er ist es ...*

Ein Ast war ihr im Weg und sie duckte sich, damit sie besser sehen konnte. Jetzt kletterte er die letzten Sprossen hinauf, stemmte sich auf das Dach und blieb auf dem schmalen Laufgang stehen, den Kopf gesenkt, die Hände auf den Hüften, reglos vor dem harten, wolkenlosen Himmel. Dann warf er einen scharfen Blick hinter sich, bückte sich und legte eine Hand auf das Metallgeländer (es war sehr niedrig, und er musste sich ein Stück zur Seite beu-

Der Turm.

gen). Flink und leichtfüßig hinkte er nach links, bis Harriet
ihn nicht mehr sehen konnte.

Harriet wartete. Ein paar Augenblicke später kam er
auf der anderen Seite wieder zum Vorschein. In diesem
Moment schnellte ein Grashüpfer vor ihrer Nase hoch, und
Harriet fuhr mit leisem Rascheln einen Schritt zurück. Ein
Zweig knackte unter ihrem Fuß. Danny Ratliff (er war es,
sie konnte sein Profil deutlich sehen, trotz seiner Haltung,
geduckt wie ein Tier) drehte den Kopf in ihre Richtung. Er
konnte sie unmöglich gehört haben, ein so zartes Geräusch,
so weit weg, aber auf irgendeine unglaubliche Weise *hatte*
er sie gehört, denn sein Blick verweilte auf ihr, leuchtend
und unheimlich, unbewegt…

Harriet stand ganz still da. Eine dünne Ranke hing
vor ihrem Gesicht und zitterte sacht in ihrem Atem. Seine
Augen glitten kalt über sie hinweg und suchten das Gelände
ab, und sie leuchteten mit dem bizarren, blinden, marmor-
artigen Glanz, den Harriet auf alten Fotos von konföderierten Soldaten gesehen hatte: sonnenverbrannte Knaben mit
Lichtpunkten in den Augen, die starr ins Herz einer großen
Leere schauten.

Dann wandte er sich ab. Zu ihrem Entsetzen fing er an,
die Leiter schnell wieder herunterzuklettern, und immer
wieder sah er sich dabei um.

Er hatte mehr als die Hälfte des Weges zurückgelegt, ehe
Harriet zur Besinnung kam. Sie machte kehrt und rannte,
so schnell sie konnte, auf dem feuchten, summenden Pfad
zurück. Sie ließ das Notizbuch fallen, hastete zurück und
hob es auf. Die grüne Schlange lag wie ein großer Angelhaken quer über dem Weg, funkelnd im Halbdunkel. Sie
sprang darüber hinweg, schlug mit beiden Händen die Fliegen beiseite, die summend vor ihrem Gesicht aufstiegen,
und rannte weiter.

Sie stürzte auf die Lichtung hinaus, wo der Baumwollschuppen stand: Blechdach, mit Brettern vernagelte Fenster, wie tot. Weit hinter sich hörte sie ein Krachen im Unterholz; in ihrer Panik war sie einen Augenblick lang wie
gelähmt, und die Unschlüssigkeit trieb sie zur Verzweiflung. In dem Schuppen, das wusste sie, gab es eine Menge

gute Verstecke – aufgestapelte Ballen, leere Waggons –, aber wenn er sie da in die Enge triebe, würde sie nicht mehr hinauskommen.

Sie hörte ihn in der Ferne rufen. Das Atmen tat weh, und sie presste eine Hand in ihre stechende Seite, als sie hinter den Schuppen rannte und eine Schotterstraße nahm: sehr viel breiter, breit genug für ein Auto, mit großen, kahlen Flecken, marmoriert von Wirbeln aus schwarzem und weißem Sand im roten Lehm und gesprenkelt vom lückenhaften Schatten hoher Platanen. Das Blut pochte in ihren Ohren, und ihre Gedanken klapperten und schepperten in ihrem Kopf herum wie die Münzen in einem Sparschwein, das man schüttelte, und ihre Beine waren schwer, als renne sie durch die schlammige Melasse eines Alptraums, und sie konnte sie nicht schnell genug bewegen, konnte sie nicht schnell genug bewegen, und sie wusste nicht, ob das Krachen und Knacken von Zweigen (unnatürlich laut, wie Pistolenschüsse) nur der Lärm ihrer eigenen Schritte war, oder ob es Schritte waren, die ihr auf dem Pfad folgten.

Die Straße führte jetzt steil bergab. Schneller und schneller rannte sie, immer schneller und schneller; sie hatte Angst hinzufallen, wagte aber nicht, ihr Tempo zu verlangsamen, und ihre Füße stampften voran, als gehörten sie gar nicht mehr zu ihr, sondern zu irgendeiner groben Maschine, die sie antrieb, bis die Straße abwärts und jäh wieder aufwärts führte, hinauf auf eine hohe Erdböschung: der Flussdeich.

Der Deich, der Deich! Ihre Schritte wurden langsamer, immer langsamer, und trugen sie noch halb den steilen Hang hinauf, ehe sie keuchend vor Erschöpfung ins Gras kippte und auf Händen und Knien vollends hinaufkroch.

Sie hörte das Wasser, bevor sie es sah ... und als sie endlich mit wackligen Knien oben stand, wehte ihr der Wind kühl ins verschwitzte Gesicht, und sie sah das gelbe Wasser, das an der unterspülten Uferböschung wirbelte. Und flussauf- und flussabwärts – Leute. Schwarze und Weiße, Junge und Alte, Leute, die plauderten und Sandwiches aßen und angelten. In der Ferne schnurrten Motorboote.

Der Turm.

»Na, ich sag dir, welcher mir gefallen hat«, sagte eine hohe Männerstimme klar und deutlich, »der mit dem spanischen Namen. Ich fand, der hat gut gepredigt.«

»Dr. Mardi? Mardi ist kein spanischer Name.«

»Na, wie auch immer. Der war jedenfalls der Beste, wenn du mich fragst.«

Die Luft war frisch und roch nach Schlamm. Schwindlig und zitternd stopfte Harriet das Notizbuch in ihren Rucksack und kletterte die Deichböschung hinunter zu dem Anglerquartett (jetzt redeten sie über Mardi Gras und ob dieses Fest französischen oder spanischen Ursprungs sei) und ging auf schwerelosen Beinen am Ufer entlang, vorbei an zwei warzigen alten Anglern (Brüdern, wie es aussah, in gürtelbewehrten Bermudashorts, die sie hoch über ihre Humpty-Dumpty-Bäuche gezogen hatten), vorbei an einer sonnenbadenden Lady, die in einem Liegestuhl lag wie eine Seeschildkröte mit leuchtend pinkfarbenem Lippenstift und einem dazu passenden Tuch; vorbei an einer Familie mit einem Transistorradio und einer Kühlbox voller Fische und an allen möglichen schmutzigen Kindern mit zerkratzten Beinen, die kraxelten und kullerten und hin und her rannten und sich gegenseitig herausforderten, die Hand in den Ködereimer zu stecken, und kreischend wieder wegrannten...

Immer weiter ging sie. Alle Leute schienen zu verstummen, bemerkte sie, wenn sie näher kam, aber das bildete sie sich vielleicht nur ein. Bei den vielen Menschen konnte er ihr hier unten nichts anhaben, aber dann kribbelte es in ihrem Nacken, als ob sie jemand anstarrte. Nervös sah sie sich um und erstarrte, als sie nur wenige Schitte hinter sich einen schmuddeligen jungen Mann in Jeans und mit langen dunklen Haaren sah. Aber es war nicht Danny Ratliff, sondern nur jemand, der aussah wie er.

Der Tag selbst, die Menschen, die Eisboxen, das Geschrei der Kinder, hatte eine grelle Bedrohlichkeit angenommen. Harriet ging einen Schritt schneller. Die Sonne blitzte auf den verspiegelten Brillengläsern eines üppig gepolsterten Mannes (mit aufgeschwollenen Lippen, eklig vom Kautabak) am anderen Ufer. Sein Gesicht war völlig ausdrucksos; Harriet schaute hastig weg, fast so, als habe er eine Grimasse geschnitten.

Gefahr überall jetzt. Was war, wenn er irgendwo an der Straße auf sie wartete? Das würde er tun, wenn er clever war: den Weg zurückgehen, außen herumlaufen und ihr dann hinter einem geparkten Auto oder einem Baum auflauern. Sie musste schließlich nach Hause, oder? Sie würde die Augen offen halten und auf den Hauptstraßen bleiben müssen, durfte keine Abkürzungen durch einsame Gegenden nehmen, was schwierig war, denn es gab eine Menge einsame Gegenden hier im alten Teil der Stadt. Und wenn sie in der Natchez Street wäre, wo die Bulldozer bei der Baptistenkirche solchen Lärm machten, wer würde sie da hören, wenn sie schrie? Wenn sie im falschen Augenblick schrie: niemand. Wer hatte Robin gehört? Und er war mit seinen Schwestern im eigenen Garten gewesen.

Das Ufer war jetzt schmal und steinig geworden und lag ziemlich verlassen da. Gedankenverloren stieg sie die Steintreppe (rissig und mit kleinen runden Nadelkissen aus Gras bewachsen) zur Straße hinauf und wäre auf dem Treppenabsatz beinahe über ein schmutziges kleines Kind mit einem noch schmutzigeren Baby auf dem Schoß gestolpert. Auf einem alten Männerhemd, das wie eine Picknickdecke auf dem Boden ausgebreitet war, kniete Lasharon Odum und ordnete geschäftig die viereckigen Stücke einer zerbrochenen Tafel Schokolade auf einem großen, pelzigen Blatt. Neben ihr standen drei Plastikbecher mit gelblichem Wasser, das aussah, als habe sie es aus dem Fluss geschöpft. Alle drei Kinder waren übersät von Krusten und Mückenstichen, aber was Harriet vor allem bemerkte, waren die roten Handschuhe – *ihre* Handschuhe, die Handschuhe, die Ida ihr geschenkt hatte, verdreckt und kaputt – an Lasharons Händen. Lasharon blickte auf, aber bevor sie ein Wort sagen konnte, schlug Harriet ihr das Blatt aus den Händen, sodass die Schokolade durch die Luft flog, stürzte sich auf sie und warf sie zu Boden. Die Handschuhe waren zu groß und an den Fingerspitzen leer; Harriet riss ihr den linken ohne große Mühe von der Hand, aber als

Der Turm.

Lasharon begriff, worauf sie es abgesehen hatte, fing sie an, sich zu wehren.

»Gib den her! Er gehört mir!«, schrie Harriet, und als Lasharon die Augen zukniff und den Kopf schüttelte, packte sie ein Büschel von Lasharons Haaren. Lasharon kreischte und griff sich mit den Händen an die Schläfen, und im selben Augenblick zog Harriet ihr den Handschuh ab und stopfte ihn in die Tasche.

»Das sind *meine*«, zischte sie. »Diebin!«

»Meine!«, kreischte Lasharon in ratloser Empörung. »Die hat sie mir geschenkt!«

Geschenkt? Harriet war verdattert. Sie wollte schon fragen, wer ihr die Handschuhe geschenkt hatte (Allison? Ihre Mutter?), aber dann ließ sie es bleiben. Das Kleinkind und das Baby starrten sie mit großen, angstvollen Augen an.

»GESCHENKT hat sie –«

»Halt die Klappe!«, fuhr Harriet sie an. Sie schämte sich jetzt ein bisschen, weil sie einen solchen Wutanfall bekommen hatte. »Komm ja nicht noch mal zum Betteln zu mir nach Hause!«

In der kurzen, verwirrten Pause, die darauf folgte, drehte sie sich mit wild klopfendem Herzen um und lief schnell die Treppe hinauf. Der Zwischenfall hatte sie so heftig aufgebracht, dass sie Danny Ratliff für den Augenblick vergessen hatte. *Wenigstens*, dachte sie – und wich hastig auf den Gehweg zurück, als ein Kombiwagen auf der Straße an ihr vorbeischoss; sie musste wirklich aufpassen, wo sie hinlief – *wenigstens hab ich die Handschuhe wieder. Meine Handschuhe.* Sie waren alles, was sie von Ida noch hatte.

Aber sie war nicht richtig stolz auf sich, eher trotzig und ein bisschen verstört. Die Sonne schien ihr unangenehm ins Gesicht. Sie wollte wieder auf die Straße laufen, ohne sich umzusehen, und erst im letzten Moment bremste sie, hob die Hand gegen das gleißende Licht, schaute nach rechts und links und lief dann hinüber.

»Oh, was würdest du geben im Tausch für deine Seele«, sang Farish und stieß den Schraubenzieher unten in Gums elek-

trischen Büchsenöffner. Er hatte gute Laune, anders als Danny, dem Nerven, Horror, Vorahnungen bis ins Rückgrat klirrten.

Er saß auf der Aluminiumtreppe vor seinem Trailer und zupfte an einem blutig eingerissenen Fingernagel, während Farish inmitten einer glitzernden Unordnung von Zylindern und Schnappringen und Dichtungen, die auf dem harten Lehmboden verstreut lagen, geschäftig bei der Arbeit vor sich hinsummte. Wie ein verrückt gewordener Klempner sah er in seinem braunen Overall aus, als er methodisch den Trailer ihrer Großmutter, den Carport und die Schuppen durchsuchte, Sicherungskästen öffnete, Fußböden aufriss und (seufzend und triumphierend pustend) diverse Kleingeräte aufhebelte, die ihm gerade ins Auge fielen – die ganze Zeit unermüdlich auf der Suche nach durchschnittenen Drähten, verlegten Einzelteilen und verborgenen Transistorröhren – nach irgendeinem subtilen Hinweis auf Sabotage am elektronischen Apparat ihres Haushalts. »Gleich«, fauchte er und schleuderte einen Arm hinter sich, »ich hab gesagt, *gleich*«, als Gum herangeschlichen kam, als wolle sie etwas sagen. »Ich *komm* schon noch dazu, okay?«

Aber er war noch nicht dazu gekommen, und der Hof war so dicht übersät von Schrauben und Rohren und Steckern und Drähten und Schaltern und Platten und allem möglichen Metallmüll, dass es aussah, als sei eine Bombe explodiert und habe im Umkreis von zehn Metern lauter Schrott niederprasseln lassen.

Zwei Ziffernplättchen aus einem Uhrenradio – Doppelnull, weiß auf schwarz – lagen auf dem staubigen Boden und starrten zu Danny herauf wie zwei Cartoon-Glotzaugen. Farish fummelte und zappelte mit dem Büchsenöffner herum, brabbelte und sabbelte in all dem Chaos umher, als habe er nichts anderes im Sinn, und wenn er Danny auch nie richtig anschaute, lag doch ein sehr merkwürdiges Lächeln auf seinem Gesicht. Es war besser, ihn zu ignorieren mit all seinen verschlagenen Andeutungen und seinen hinterhältigen Speedfreak-Spielchen, aber er führte offensichtlich etwas im Schilde, und es beunruhigte Danny, dass er nicht genau wusste, was es war. Denn er hatte den Verdacht, dass Farishs umständliche Spionageabwehr-Akti-

Der Turm.

vitäten eine Inszenierung waren, die um seinetwillen auf-
geführt wurde.

Er starrte das Profil seines Bruders an. *Ich hab nichts getan,* dachte er. *War nur oben, um's anzugucken. Hab nichts
genommen.*

Aber er weiß, dass ich es nehmen wollte. Und da war noch
etwas. Jemand hatte ihn beobachtet. Unten in dem Gestrüpp aus Sumach und Lianen hinter dem Turm hatte sich
etwas bewegt. Ein weißer Schimmer, wie ein Gesicht. Ein
kleines Gesicht. Die Fußspuren auf dem glitschigen Lehmboden des überschatteten Pfades waren die eines Kindes
gewesen, tief eingedrückt, kreuz und quer, und das war
schon unheimlich genug, aber weiter hinten, neben einer
toten Schlange auf dem Weg, hatte er ein abgegriffenes
kleines Schwarzweißbild von sich gefunden. *Von sich!* Ein
winziges Schulfoto von der Junior High, aus dem Jahrbuch
ausgeschnitten. Er hatte es aufgehoben und angestarrt,
hatte nicht glauben können, was er sah. Und alle möglichen
alten Erinnerungen und Ängste aus jener längst vergangenen Zeit stiegen herauf und vermischten sich mit dem
Schattengesprenkel, der roten Tonerde und dem Gestank
der toten Schlange... er war fast in Ohnmacht gefallen,
so unbeschreiblich unheimlich war es gewesen, sein jünge-
res Ich in einem neuen Hemd vom Boden herauflächeln zu
sehen – wie die hoffnungsvollen Fotos auf lehmigen neuen
Gräbern auf Landfriedhöfen.

Und es war Realität, er hatte sich nichts eingebildet,
denn das Bild war jetzt in seiner Brieftasche, und er hatte
es schon zwanzig- oder dreißigmal herausgeholt und mit
blanker Fassungslosigkeit betrachtet. Ob Farish es dort
hingelegt hatte? Sollte es eine Warnung sein? Oder irgendein kranker Witz, damit er die Nerven verlor, während er
auf den Zehenbrecher trat oder in den Angelhaken lief, der
unsichtbar in Augenhöhe baumelte?

Das Gespenstische an dieser Sache verfolgte ihn. Seine
Gedanken drehten sich rundherum in immer derselben
nutzlosen Schiene (wie der Türknopf an seinem Schlafzimmer, der sich ganz leicht drehen und drehen und drehen ließ, ohne dass die Tür sich öffnete), und das Einzige,

was ihn jetzt daran hinderte, das Schulfoto sofort wieder aus der Brieftasche zu nehmen und anzuschauen, war der Umstand, dass Farish vor ihm stand.

Danny starrte ins Leere und hatte plötzlich (wie es oft passierte, seit er das Schlafen aufgegeben hatte) einen lähmenden Tagtraum: Wind wehte über eine Fläche, die aussah wie Schnee oder Sand – und in weiter Ferne eine verschwommene Gestalt. Er dachte, es sei sie, und ging auf sie zu, näher und näher, bis er erkannte, dass sie es nicht war, dass da überhaupt nichts vor ihm war, nichts als leerer Raum. Wer *war* dieses verdammte Mädchen? Erst gestern hatten irgendwelche Kinderfrühstücksflocken mitten auf Gums Küchentisch gestanden – irgendein Zeug, das Curtis gern aß, in einer bunten Schachtel –, und Danny war auf dem Weg zum Klo wie angewurzelt stehen geblieben und hatte die Schachtel angestarrt, denn darauf war *ihr Gesicht*. Sie! Blasses Gesicht, schwarzer Topfschnitt, über eine Schale mit Frühstücksflocken gebeugt, die einen magischen Glanz auf das gesenkte Gesicht warf. Und rings um ihren Kopf schwebten Feen und Glitzerfunken. Er sprang zum Tisch, packte die Schachtel und sah verwirrt, dass sie es gar nicht war (nicht mehr), sondern ein anderes Kind, ein Kind, das er aus dem Fernsehen kannte.

In seinen Augenwinkeln pufften winzige Explosionen, lauter kleine Blitzlichter. Und plötzlich erkannte er – und fuhr zurück in seinen Körper, saß blitzartig, schweißnass, wieder auf den Stufen vor seinem Trailer –: Wenn sie durch die rätselhaften Dimensionen, aus denen sie kam, in seine Gedanken schlüpfte, dieses Mädchen, dann ging ihr etwas voraus, das große Ähnlichkeit mit einer geöffneten Tür hatte, durch die ein leuchtender Wirbel hereinwehte. Lichtpunkte, glitzernde Stäubchen, wie Tiere unter einem Mikroskop – Meth-Käfer, das wäre die wissenschaftliche Erklärung, denn jedes Jucken, jeder Gänsehautpickel, jedes mikroskopische Fleckchen und Körnchen, das dir über die müden alten Augäpfel schwamm, war wie ein lebendiges Insekt. Aber die Kenntnis des wissenschaftlichen Hintergrunds machte die Sache nicht weniger real. Am Ende krochen Käfer über jede vorstellbare Oberfläche,

Der Turm.

lange, fließende Kolonnen, die sich über die Maserung der Bodendielen schlängelten. Käfer auf der Haut, die du nicht abwischen konntest, obwohl du dir die Haut wund scheuertest. Käfer in deinem Essen. Käfer in deiner Lunge, in deinen Augäpfeln, ja, in deinem sich windenden Herzen. Seit neuestem legte Farish immer eine Papierserviette (mit einem Trinkhalm durchbohrt) auf sein Glas mit Eistee, um die unsichtbaren Schwärme fern zu halten, die er beständig von seinem Gesicht und seinem Kopf wischte.

Und auch Danny hatte solche Biester – nur, dass seine gottlob keine bohrenden und kriechenden Käfer waren, keine Maden und Termiten der Seele, sondern Glühwürmchen. Auch jetzt, am helllichten Tag, flackerten sie an den Rändern seines Gesichtsfelds. Staubkörnchen, wahrgenommen als elektronische Explosionen: Funkeln, Funkeln überall. Die Chemikalien hatten von ihm Besitz ergriffen, sie hatten jetzt die Oberhand; es waren Chemikalien – rein, metallisch, präzise –, die als Dampf an die Oberfläche kochten und das Denken und Sprechen und sogar das Sehen übernahmen.

Deshalb denke ich wie ein Chemiker, dachte er und war benommen von der Klarheit dieser einfachen Feststellung.

Er ruhte im schneeweißen Fallout der Funken, die bei dieser Offenbarung um ihn herum niedergingen, als ihm mit Schrecken bewusst wurde, dass Farish mit ihm redete, und das schon seit einer ganzen Weile.

»Was?« Schuldbewusst fuhr er zusammen.

»Ich sage, du *weißt* doch, wofür das mittlere d in Radar steht«, sagte Farish. Er lächelte, aber sein Gesicht war rot versteinert, und das Blut staute sich darin.

Danny war entsetzt über diese irrwitzige Herausforderung, über das Grauen, das sich so tief selbst in den harmlosesten Kontakt mit seiner eigenen Verwandtschaft geschlichen hatte. Er richtete sich auf und drehte mit krampfhaftem Ruck den Körper zur Seite, um in der Tasche nach Zigaretten zu wühlen, obwohl er wusste, dass er keine hatte.

»*Detection*. Also: Entdeckung. *Ra*dio *De*tecting *A*nd *Ra*nging.« Farish schraubte ein hohles Teil aus dem Büchsenöffner, hielt es ans Licht und spähte hindurch, bevor er es wegwarf. »Da hast du eins der ausgeklügeltsten Überwachungsgeräte, die es gibt – Standardausrüstung in jedem Polizeifahrzeug –, und wer dir erzählt, dass die Polizei es benutzt, um zu schnelle Autofahrer zu schnappen, erzählt dir einen Haufen Scheiß.«

Entdeckung? dachte Danny. Worauf wollte er hinaus?

»Radar war eine Kriegsentwicklung, *top secret*, für militärische Zwecke, und jetzt benutzt es jede einzelne verdammte Polizeibehörde im ganzen Land, um in Friedenszeiten die Bewegungen der amerikanischen Bevölkerung zu überwachen. Die *ganzen* Kosten? Die *ganze* Ausbildung? *Nur*, damit man weiß, wer fünf Meilen schneller fährt, als er darf?« Farish schnaubte. »*Blödsinn*.«

War es Einbildung, oder schaute Farish ihn extrem viel sagend an? *Er will was von mir,* dachte Danny. *Er will sehen, was ich sage.* Das Dumme war: Er wollte Farish gern von dem Mädchen erzählen, aber er konnte nicht zugeben, dass er am Turm gewesen war. Aus welchem Grund hätte er dort sein sollen? Er fühlte sich versucht, das Mädchen trotzdem zu erwähnen, obwohl er wusste, dass er es nicht durfte, denn egal, wie vorsichtig er es formulierte, Farish würde auf jeden Fall Verdacht schöpfen.

Nein: Er musste den Mund halten. Vielleicht wusste Farish, dass er vorhatte, den Stoff zu klauen. Und vielleicht – Danny kam nicht ganz dahinter, aber es konnte sein –, vielleicht hatte Farish ja auch etwas damit zu tun, dass das Mädchen da gewesen war.

»Diese kleinen Kurzwellen werden ausgestrahlt«, Farish spreizte die Finger, »und dann werden sie zurückgeworfen und melden deine genaue Position. Es geht nur um die *Beschaffung von Informationen*.«

Ein Test, dachte Danny fiebrig. So ging Farish vor. In den letzten paar Tagen hatte er Berge von Dope und Bargeld unbeaufsichtigt im Labor herumliegen lassen. Danny hatte natürlich nichts davon angerührt. Aber möglicherweise waren die jüngsten Ereignisse Teil eines komplizierteren Tests. War es nur Zufall, dass das Mädchen genau an dem Abend in der Mission aufgekreuzt war, als Farish da-

Der Turm.

rauf bestanden hatte hinzufahren, an dem Abend, als die Schlangen freigelassen worden waren? Das stank doch von Anfang an, dass sie dort vor der Tür gestanden hatte. Aber Farish hatte eigentlich kaum Notiz von ihr genommen, oder?

»Worauf ich hinaus will«, sagte Farish und atmete tief durch die Nase ein, als eine Kaskade von mechanischen Teilen klingelnd aus dem Büchsenöffner fiel. »Wenn sie uns mit all diesen Wellen bestrahlen, *dann muss doch irgendjemand am anderen Ende sitzen.* Stimmt's?« Oben an seinem Schnurrbart, der nass war, klebte ein Klumpen Speed, so groß wie eine Erbse. »Alle diese Informationen sind wertlos, wenn sie nicht jemand *bekommt.* Jemand, der das nötige Training hat. Jemand, der dazu *ausgebildet* ist. Stimmt's? Hab ich Recht?«

»Stimmt«, sagte Danny nach einer kurzen Pause und bemühte sich, genau den richtigen Ton zu treffen, was ihm fast gelang. Worauf wollte Farish hinaus mit seiner Leier von Überwachung und Bespitzelung, wenn er damit nicht seinen wahren Argwohn tarnen wollte?

Aber er weiß doch gar nichts, dachte Danny in jäher Panik. *Kann er nicht.* Farish konnte nicht mal Auto fahren.

Farish dehnte ruckhaft die Nackenwirbel und sagte verschlagen: »Verdammt, du *weißt* es doch.«

»Was?« Danny sah sich um; einen Moment lang dachte er, er habe vielleicht laut gesprochen, ohne es zu wollen. Aber bevor er aufspringen und seine Unschuld beteuern konnte, fing Farish an, in einem engen Kreis umherzugehen und dabei starr zu Boden zu blicken.

»Das ist nicht allgemein bekannt beim amerikanischen *Volk*, der militärische Einsatz dieser Wellen«, sagte er. »*Fuck*, und ich sag dir noch was. Selbst das beschissene Pentagon weiß nicht, was diese Wellen wirklich *sind.* Oh, sie können sie *erzeugen*, und sie können sie *verfolgen*«, er lachte, ein kurzes, schneidendes Lachen, »aber sie wissen verdammt noch mal nicht, woraus sie bestehen.«

Ich muss mit dieser Scheiße aufhören. Ich brauche nichts weiter zu tun, dachte Danny. Mit grauenhafter Klarheit wurde ihm bewusst, dass eine Fliege an seinem Ohr herumsummte, immer wieder, wie eine Tonbandschleife in einem endlosen, beschissenen Alptraum. *Ich kann mir den Stoff schnappen und aus der Stadt verschwinden, während er immer noch hier auf dem Boden sitzt und von Radiowellen faselt und mit seinem Schraubenzieher Toaster auseinander nimmt...*

»Elektronen beschädigen das Gehirn«, sagte Farish, und dabei schaute er Danny scharf an, als habe er den Verdacht, dass Danny an irgendeinem Punkt nicht seiner Meinung sei.

Danny fühlte sich matt. Sein stündlicher Kick war längst überfällig. Wenn er ihn nicht bekam, würde er ziemlich bald pennen müssen, denn sein überstrapaziertes Herz flatterte, sein Blutdruck sank in den Keller, und er war halb verrückt vor Angst, dass er ganz verschwinden würde, denn Schlaf war nicht mehr Schlaf, wenn du keinen kriegst – irgendwann brach der Damm, und dann rollte er unwiderstehlich über dich hinweg, quetschte dich besinnungslos, eine hohe schwarze Mauer, die mehr wie der Tod war.

»Und was sind Radiowellen?«, fragte Farish.

Danny hörte das alles nicht zum ersten Mal. »Elektronen.«

»Genau, Blödmann!« Mit einem manischen Charles-Manson-Glitzern in den Augen beugte er sich vor und schlug sich mit überraschender Heftigkeit gegen die Stirn. »Elektronen! Elektronen!«

Der Schraubenzieher blinkte: *peng* – Danny sah es auf einer riesigen Leinwand, wie einen kalten Wind, der aus seiner Zukunft herunterwehte... sah sich selbst, wie er auf seinem verschwitzten kleinen Bett lag, ausgeschaltet, wehrlos, zu schwach, um sich zu bewegen. Das Ticken der Uhr, das Wehen der Gardine. Dann knarrte die gepolsterte Tür des Wohnwagens, ganz langsam, und Farish glitt leise an sein Bett, das Metzgermesser in der Faust...

»*Nein!*«, schrie er und riss die Augen auf. Farishs gesundes Auge war auf ihn gerichtet wie eine Bohrmaschine.

Einen langen, bizarren Augenblick lang starrten sie einander an. Dann fauchte Farish: »Sieh dir deine Hand an. Was hast du damit gemacht?«

Der Turm.

Verwirrt hob Danny die zitternden Hände vor die Augen und sah, dass sein Daumen, wo er an dem eingerissenen Nagel gezupft hatte, mit Blut bedeckt war.
»Pass lieber auf dich auf, Bruder«, sagte Farish.

———

Am Morgen kam Edie vorbei, in nüchternes Marineblau gekleidet, um Harriets Mutter abzuholen; sie wollte mit ihr frühstücken gehen, ehe sie sich um zehn mit dem Steuerberater traf. Sie hatte drei Tage zuvor angerufen, um diese Verabredung zu treffen, und Harriet – sie war ans Telefon gegangen und hatte dann ihre Mutter oben abnehmen lassen – hatte den ersten Teil des Gesprächs mitangehört. Edie hatte gesagt, es gebe eine persönliche Angelegenheit, die sie besprechen müssten; es sei wichtig, und sie wolle sich nicht am Telefon darüber unterhalten. Jetzt stand sie im Flur und wollte sich nicht setzen; sie schaute immer wieder auf die Uhr und die Treppe hinauf.

»Sie werden kein Frühstück mehr servieren, wenn wir kommen«, sagte sie und verschränkte die Arme. Ihre Wangen waren blass vom Puder, und ihre Lippen (wie ein kleiner Amorbogen, scharf konturiert mit dem wachsigen, scharlachroten Lippenstift, den Edie normalerweise in der Kirche trug) sahen weniger aus wie die Lippen einer Lady, als vielmehr wie die dünnen, geschürzten Lippen des alten Sieur d'Iberville in Harriets Buch über die Geschichte von Mississippi. Ihr Kostüm (mit Abnähern an der Taille und dreiviertellangen Ärmeln) war sehr streng und auf eine altmodische Weise elegant; in diesem Kostüm (hatte Libby immer gesagt) sah Edie aus wie Mrs. Simpson, die den König von England geheiratet hatte.

Harriet lag der Länge nach auf der untersten Treppenstufe und starrte finster auf den Teppich; dann hob sie den Kopf und sprudelte: »Aber WARUM darf ich nicht mitkommen?«

»Zum einen«, Edie schaute Harriet nicht an, sondern blickte über ihren Kopf hinweg, »weil deine Mutter und ich etwas zu besprechen haben.«

»Ich bin auch ganz still!«

»Unter vier Augen. Zum Zweiten«, und jetzt richtete Edie ihren eisig leuchtenden Blick ziemlich wütend auf Harriet, »bist *du* nicht so angezogen, dass du irgendwohin gehen kannst. Warum gehst du nicht in die Badewanne?«

»Wenn ich das mache, bringst du mir dann ein paar Pfannkuchen mit?«

»Oh, Mutter.« In einem ungebügelten Kleid kam Charlotte die Treppe herunter; ihr Haar war noch feucht vom Bad. »Es tut mir so Leid. Ich...«

»Oh! Das ist schon in Ordnung«, sagte Edie, aber ihrem Ton war deutlich anzuhören, dass es keineswegs in Ordnung war.

Sie gingen hinaus. Harriet schaute ihnen schmollend durch die staubige Organdy-Gardine nach, als sie wegfuhren.

Allison war noch oben und schlief. Sie war am vergangenen Abend erst sehr spät nach Hause gekommen. Von bestimmten mechanischen Geräuschen abgesehen – die Uhr tickte, der Lüftungsventilator surrte, der Wasserboiler summte –, war es im Haus so still wie in einem U-Boot.

Auf der Theke in der Küche stand eine Dose Salzcracker, die vor Idas Fortgang und Libbys Tod gekauft worden war. Harriet rollte sich in Idas Sessel zusammen und aß ein paar davon. Der Sessel roch immer noch nach Ida, wenn sie die Augen schloss und tief atmete, aber es war ein flüchtiger Duft, der verflog, wenn sie sich zu sehr bemühte, ihn einzufangen. Heute hatte sie zum ersten Mal nicht geweint – oder weinen wollen –, als sie aufgewacht war, zum ersten Mal seit dem Morgen, an dem sie nach Camp de Selby gefahren war, aber auch wenn ihre Augen trocken waren und ihr Kopf klar, fühlte sie sich rastlos. Das ganze Haus hielt still, als warte es darauf, dass etwas passierte.

Harriet aß ihre Cracker auf und klopfte sich die Krümel von den Händen. Dann kletterte sie auf einen Stuhl und erhob sich auf die Zehenspitzen, um die Pistolen auf dem obersten Bord im Waffenschrank zu betrachten. Unter den exotischen Spielerpistolen (Derringers mit Perlmuttgriff, verwegene Duellpistolen) erwählte sie die größte und hässlichste Waffe von allen: einen Double-Action-Revolver der

Der Turm.

Marke Colt, der von allen die größte Ähnlichkeit mit den Revolvern besaß, die sie im Fernsehen bei Polizisten gesehen hatte.

Sie sprang vom Stuhl und machte den Schrank zu. Vorsichtig und mit beiden Händen (sie war schwerer als erwartet) legte sie die Waffe auf den Teppich, und dann lief sie zum Bücherschrank im Esszimmer, um die *Encyclopedia Britannica* zu holen.

Pistolen. Siehe: Feuerwaffen.

Sie schleppte den Band F ins Wohnzimmer und benutzte den Revolver, um die Seiten niederzuhalten, während sie im Indianersitz auf dem Teppich saß und Zeichnung und Text studierte. Das technische Vokabular war rätselhaft; nach etwa einer halben Stunde ging sie noch einmal zum Bücherschrank, um das Wörterbuch zu holen, aber das half ihr auch nicht viel weiter.

Immer wieder kehrte sie zu der Zeichnung zurück und beugte sich darüber, auf allen vieren kauernd. *Abzugsbügel. Ausschwenkbare Trommel...* aber wohin schwenkte man sie? Der Revolver auf dem Bild sah nicht aus wie der, den sie vor sich liegen hatte: *Kranverriegelung, Trommelkranmechanik, Ausstoßerstange...*

Plötzlich klickte es, und die Trommel kippte heraus: leer. Die ersten Patronen, mit denen sie es versuchte, passten nicht in die Löcher, die nächsten auch nicht, aber in derselben Schachtel waren noch ein paar andere, die anscheinend ganz leicht hineinglitten.

Sie hatte kaum angefangen, den Revolver zu laden, als sie hörte, wie die Haustür aufging und ihre Mutter hereinkam. Rasch schob sie mit einer einzigen, ausladenden Bewegung alles unter Idas Sessel – Revolver, Patronen, Enzyklopädie, alles – und stand auf.

»Habt ihr mir Pfannkuchen mitgebracht?«, rief sie.

Keine Antwort. Harriet wartete angespannt und starrte auf den Teppich (für ein Frühstück war die Sache wirklich schnell gegangen). Sie lauschte den Schritten ihrer Mutter auf der Treppe und hörte überrascht ein röchelndes Keuchen, als ob ihre Mutter sich verschluckt hätte oder weinte.

Stirnrunzelnd und die Hände in die Hüften gestemmt,

blieb Harriet stehen, wo sie war, und spitzte die Ohren. Als es wieder totenstill war, ging sie vorsichtig zum Flur und spähte hinaus, aber sie hörte nur noch, wie die Zimmertür ihrer Mutter sich öffnete und wieder schloss. Eine Ewigkeit schien zu vergehen. Harriet beäugte die Ecke der Enzyklopädie, deren Umrisse ein kleines Stück weit unter dem Volant an Idas Sessel hervorlugten. Die Uhr in der Diele tickte, und immer noch rührte sich nichts. Sie bückte sich, zog die Enzyklopädie aus ihrem Versteck hervor, und dann legte sie sich auf den Bauch, stützte das Kinn in die Hände und las den ganzen Artikel über Feuerwaffen noch einmal.

Die Minuten verstrichen, eine nach der andern. Harriet streckte sich flach am Boden aus und hob den Tweed-Volant des Sessels hoch, und sie betrachtete die dunklen Umrisse des Revolvers und der Pappschachtel mit den Patronen daneben. Von der Stille ermutigt, langte sie unter den Sessel und zog beides heraus. Sie war so vertieft, dass sie nicht hörte, wie ihre Mutter die Treppe herunterkam, bis sie plötzlich im Flur, ganz in der Nähe, rief:»Mein Schatz?«

Harriet schrak hoch. Ein paar Patronen waren aus der Schachtel gekullert. Harriet raffte sie hastig zusammen und stopfte eine ganze Hand voll in die Tasche.

»Wo bist du?«

Harriet hatte gerade noch Gelegenheit, alles wieder unter den Sessel zu schieben und aufzustehen, bevor ihre Mutter in der Tür erschien. Der Puder in ihrem Gesicht war verwischt, sie hatte eine rote Nase und feuchte Augen, und einigermaßen überrascht sah Harriet, dass sie Robins Drosselkostüm mitgebracht hatte. Wie schwarz es aussah, wie *klein*. Schlaff und formlos hing es an dem gepolsterten Satinkleiderbügel wie Peter Pans Schatten, den er sich mit Seife hatte ankleben wollen.

Ihre Mutter schien etwas sagen zu wollen, aber dann brach sie ab und schaute Harriet verwundert an.»Was machst du hier?«

In banger Erwartung starrte Harriet das winzige Kostüm an.»Warum …«, begann sie, aber dann konnte sie nicht weitersprechen und deutete nur mit dem Kopf darauf.

Der Turm.

Harriets Mutter warf einen verdutzten Blick auf das Kostüm – fast, als habe sie vergessen, dass sie es in der Hand hatte. »Oh«, sagte sie und betupfte einen Augenwinkel mit einem Papiertaschentuch. »Tom French hat Edie gefragt, ob sein Kind es ausborgen kann. In der ersten Runde spielen sie gegen ein Team, das ›Die Raben‹ heißt, und Toms Frau meinte, es wäre doch niedlich, wenn eins der Kinder sich als Rabe verkleidet und mit der Cheerleader-Truppe auf das Feld marschiert.«

»Aber wenn du es ihnen nicht leihen willst, musst du ihnen sagen, dass sie es nicht bekommen.«

Harriets Mutter machte ein überraschtes Gesicht. Einen langen, seltsamen Augenblick lang schauten die beiden einander an.

Harriets Mutter räusperte sich. »Wann möchtest du nach Memphis fahren und deine Schulkleider kaufen?«

»Wer soll sie fertig machen?«

»Wie bitte?«

»Ida näht immer die Säume um.«

Harriets Mutter wollte etwas sagen, aber dann schüttelte sie den Kopf, als wolle sie einen unangenehmen Gedanken vertreiben. »Wann wirst du nur darüber hinwegkommen?«

Harriet starrte wütend auf den Teppich. *Niemals,* dachte sie.

»Schatz, ich weiß, dass du Ida geliebt hast – und vielleicht wusste ich nicht, wie sehr …«

Schweigen.

»Aber … Liebling, Ida wollte weg.«

»Sie wäre geblieben, wenn du sie darum gebeten hättest.« Harriets Mutter räusperte sich. »Schatz, ich bin genauso traurig darüber wie du, aber Ida wollte nicht bleiben. Dein Vater hat sich ständig über sie beklagt, weil sie so wenig arbeitete. Er und ich haben uns am Telefon immer wieder deshalb gestritten, wusstest du das?« Sie schaute zur Decke. »Er fand, sie täte nicht genug, und für das, was wir ihr bezahlt haben …«

»Ihr habt ihr doch gar nichts bezahlt!«

»Harriet, ich glaube, dass Ida hier schon … schon sehr

lange nicht mehr zufrieden war. Sie wird anderswo ein besseres Gehalt bekommen… Es ist ja nicht so, dass ich sie noch *brauche* wie damals, als ihr klein wart, du und Allison…«

Harriet hörte mit eisiger Miene zu.

»Ida war so viele Jahre bei uns, dass ich mir wohl irgendwie eingeredet habe, ich könnte ohne sie nicht auskommen, aber… uns geht es doch *prima*, oder?«

Harriet biss sich auf die Oberlippe und starrte verstockt in die Ecke des Zimmers – Durcheinander überall, der Ecktisch übersät mit Stiften, Briefumschlägen, Untersetzern, alten Taschentüchern, und auf einem Stapel Zeitschriften stand ein überquellender Aschenbecher.

»Oder? Prima, oder? Ida«, ihre Mutter schaute sich hilflos um, »Ida ist einfach *rücksichtslos* über mich hinweggegangen, hast du das nicht bemerkt?«

Es war lange still, und Harriet sah aus dem Augenwinkel auf dem Teppich unter dem Tisch eine Patrone, die sie übersehen hatte.

»Versteh mich nicht falsch. Als ihr klein wart, hätte ich auf Ida nicht verzichten können. Sie hat mir *enorm* geholfen. Vor allem, als…« Harriets Mutter seufzte. »Aber in den letzten paar Jahren war sie mit nichts von dem zufrieden, was hier im Hause vorging. Zu euch war sie ja nett, aber mir gegenüber war sie voller Abneigung. Stand einfach da mit verschränkten Armen und hat mich *verurteilt*…«

Harriet starrte unverwandt auf die Patrone. Sie langweilte sich jetzt ein bisschen, hörte die Stimme ihrer Mutter, ohne wirklich zuzuhören, blickte weiter zu Boden und driftete bald in ihren bevorzugten Tagtraum. Die Zeitmaschine startete; Harriet brachte Notvorräte zu Scotts Gruppe am Pol. Alles hing von ihr ab. Packlisten, Packlisten, und er hatte lauter falsche Dinge mitgenommen. *Müssen es durchkämpfen bis zum letzten Zwieback…* Sie würde sie alle retten, und zwar mit Vorräten aus der Zukunft: Instantkakao und Vitamin-C-Tabletten, Gaskartuschen, Erdnussbutter, Benzin für die Schlitten und frisches Gemüse aus dem Garten und Taschenlampen mit Batterien…

Der Turm.

Plötzlich wurde ihr bewusst, dass die Stimme ihrer Mutter aus einer anderen Richtung kam. Harriet hob den Kopf. Ihre Mutter stand jetzt in der Tür.

»Ich kann vermutlich überhaupt nichts richtig machen, ja?«, sagte sie.

Sie wandte sich ab und ging hinaus. Es war noch keine zehn Uhr. Im Wohnzimmer war es schattig und kühl; dahinter gähnten die deprimierenden Tiefen des Flurs. Ein leichter, fruchtiger Hauch des Parfüms ihrer Mutter hing noch immer in der staubigen Luft.

Kleiderbügel klirrten und scharrten im Garderobenschrank. Harriet blieb stehen, wo sie stand, und als sie ihre Mutter nach ein paar Minuten immer noch im Flur herumrascheln hörte, schob sie sich langsam hinüber zu der verirrten Kugel und stieß sie mit dem Fuß unter das Sofa. Dann setzte sie sich vorn auf die Kante von Idas Sessel und wartete. Nach langer Zeit wagte sie sich schließlich in den Flur hinaus und sah ihre Mutter vor dem offenen Wandschrank stehen; sie faltete – nicht sehr ordentlich – ein paar Bettlaken zusammen, die sie vom obersten Bord genommen hatte.

Ihre Mutter lächelte, als sei überhaupt nichts vorgefallen. Mit einem komischen kleinen Seufzer trat sie von dem Durcheinander zurück, das sie angerichtet hatte, und sagte:»Meine Güte. Manchmal denke ich, wir sollten einfach den Wagen voll packen und zu eurem Vater ziehen.«

Sie blickte herüber zu Harriet. »Hm?«, sagte sie strahlend, als habe sie ein besonders großes Vergnügen vorgeschlagen.»Was würdest du dazu sagen?«

Sie wird machen, was sie will, dachte Harriet verzweifelt. *Es ist egal, was ich sage.*

»Ich weiß nicht, wie es dir geht«, sagte ihre Mutter und wandte sich wieder ihrer Wäsche zu,»aber ich finde, es wird Zeit, dass wir uns allmählich mehr wie eine *Familie* benehmen.«

»Warum?«, fragte Harriet verwirrt nach einer kurzen Pause. Die Wortwahl ihrer Mutter war erschreckend. Oft, wenn Harriets Vater irgendeine unvernünftige Anweisung hatte geben wollen, hatte er sie mit diesen Worten eingeleitet: *Wir müssen uns hier allmählich mehr wie eine Familie benehmen.*

»Ja, es ist einfach zu viel«, sagte ihre Mutter verträumt. »Zwei Mädchen allein großzuziehen.«

Harriet ging nach oben, setzte sich auf ihre Fensterbank und schaute hinaus. Die Straße war heiß und leer. Den ganzen Tag zogen Wolken vorbei. Am Nachmittag um vier ging sie hinüber zu Edies Haus und setzte sich auf die Verandatreppe, das Kinn in die Hände gestützt, bis um fünf Uhr Edies Auto um die Ecke rollte. Harriet lief ihr entgegen. Edie klopfte an die Fensterscheibe und lächelte. Ihr marineblaues Kostüm war jetzt nicht mehr ganz so schneidig, sondern zerknautscht von der Hitze, und als sie aus dem Wagen stieg, bewegte sie sich steif. Harriet galoppierte neben ihr den Weg und die Stufen auf die Veranda hinauf und erzählte ihr atemlos, dass ihre Mutter vorgeschlagen hatte, nach Nashville zu ziehen. Zu Harriets Schrecken atmete Edie nur tief durch und schüttelte den Kopf.

»Na ja«, sagte sie, »vielleicht ist das gar nicht so eine schlechte Idee.«

Harriet wartete.

»Wenn deine Mutter verheiratet sein will, muss sie sich auch ein bisschen Mühe geben, fürchte ich.« Edie blieb einen Moment lang still stehen, seufzte und schob dann den Schlüssel ins Türschloss. »So kann es ja nicht weitergehen.«

»Aber *warum?*«, heulte Harriet.

Edie blieb stehen und schloss die Augen, als habe sie Kopfschmerzen. »Er ist dein Vater, Harriet.«

»Aber ich kann ihn nicht *leiden.*«

»Ich hab auch nichts übrig für ihn«, fauchte Edie. »Aber wenn sie verheiratet bleiben wollen, dann sollten sie doch, schätze ich, im selben Staat leben, meinst du nicht?«

»Dad ist das egal«, sagte Harriet entsetzt. »*Ihm* gefällt es, wie es ist.«

Edie rümpfte die Nase. »Ja, das stimmt vermutlich.«

»Wirst du mich nicht vermissen? Wenn wir wegziehen?«

»Manchmal kommt es im Leben nicht so, wie es unserer Meinung nach kommen sollte«, sagte Edie, als eröffne

Der Turm.

sie ihr eine vergnügliche, aber wenig bekannte Tatsache.
»Wenn die Schule anfängt ...«

Wo?, dachte Harriet. *Hier oder in Tennessee?*

»... dann solltest du dich ins Lernen stürzen. Das wird dich ablenken.«

Bald wird sie tot sein, dachte Harriet und starrte Edies Hände an, die an den Knöcheln geschwollen und schokoladenbraun gesprenkelt waren wie ein Vogelei. Libbys Hände waren zwar ähnlich geformt gewesen, aber weißer und schmaler, und die Adern auf dem Handrücken waren blau hervorgetreten.

Sie riss sich aus ihren Gedanken und war schockiert über Edies kalte, forschende Augen, die sie aufmerksam musterten.

»Du hättest mit dem Klavierunterricht nicht aufhören sollen«, sagte Edie.

»Das war Allison!« Harriet war immer furchtbar entsetzt, wenn Edie solche Fehler machte. »Ich hab nie Klavierunterricht gehabt.«

»Na, dann solltest du damit anfangen. Du hast nicht mal halbwegs genug zu tun, das ist dein Problem, Harriet. Als ich in deinem Alter war, bin ich geritten und habe Geige gespielt und meine Kleider selbst genäht. Wenn du Nähen lernen würdest, würdest du vielleicht auch anfangen, dich ein bisschen mehr für dein Äußeres zu interessieren.«

»Fährst du mit mir hinaus nach ›Drangsal‹, damit ich es mir ansehen kann?«, fragte Harriet unvermittelt.

Edie war verblüfft. »Da gibt es nichts zu sehen.«

»Aber fährst du mit mir hin? Bitte? Dahin, wo es war?«

Edie gab keine Antwort. Mit ziemlich ausdruckslosem Gesicht starrte sie über Harriets Schulter hinweg. Als auf der Straße ein Auto donnernd beschleunigte, schaute Harriet an ihr vorbei und sah gerade noch, wie ein metallisches Blitzen um die Ecke verschwand.

»Falsche Adresse«, sagte Edie und nieste. »Gesundheit. Nein«, sagte sie blinzelnd und fischte in ihrer Handtasche nach einen Taschentuch, »draußen bei ›Drangsal‹ gibt es nicht mehr viel zu sehen. Der Kerl, dem das Grundstück jetzt gehört, ist Hühnerfarmer. Vielleicht lässt er uns nicht

einmal die Stelle anschauen, wo das Haus gestanden hat.«
»Warum nicht?«
»Weil er ein fetter alter Gauner ist. Alles da draußen ist in Stücke gegangen.« Abwesend tätschelte sie Harriets Rücken. »Jetzt lauf nach Hause, damit Edie diese hochhackigen Schuhe ausziehen kann.«
»Wenn sie nach Nashville ziehen, kann ich dann hier bleiben und bei dir wohnen?«
»Aber Harriet!«, sagte Edie erschrocken und verwirrt. »Willst du denn nicht bei deiner Mutter und Allison sein?«
»Nein, Ma'am.« Harriet beobachtete Edie aufmerksam. Aber Edie zog nur die Brauen hoch, als sei sie amüsiert. Auf ihre vergnügte Art, die Harriet rasend machte, sagte sie: »Oh, ich nehme an, dass du dir das nach einer oder zwei Wochen anders überlegen würdest.«
Harriet stiegen die Tränen in die Augen. »Nein!«, rief sie nach einer störrischen, unbefriedigenden Pause. »Warum *sagst* du das dauernd? Ich *weiß*, was ich will; ich überleg's mir *nie*...«
»Lass uns darüber reden, wenn es so weit ist, ja?«, sagte Edie. »Neulich erst habe ich etwas gelesen, das Thomas Jefferson an John Adams geschrieben hat, als er ein alter Mann war: dass die meisten Dinge, die ihm im Leben Sorgen bereitet hatten, nie wirklich zustande gekommen seien. ›Wie viel Schmerz hat uns das Unheil bereitet, das nie geschehen ist‹ oder so ähnlich.« Sie sah auf die Uhr. »Falls es dich tröstet: Ich glaube, es wird schon ein Torpedo nötig sein, um deine Mutter aus diesem Haus zu treiben, aber das ist *meine* Meinung. Und jetzt lauf zu.« Harriet stand da und starrte sie hasserfüllt mit roten Augen an.

Kaum war er um die Ecke gebogen, hielt Danny vor der Presbyterianerkirche an. »Allmächtiger«, sagte Farish. Er atmete schwer durch die Nase. »War *sie* das?«
Danny, der so high und so überwältigt war, dass er kaum sprechen konnte, nickte nur. Er hörte alle möglichen beängstigenden kleinen Geräusche: das Atmen der Bäume,

Der Turm.

das Singen der Drähte, das Knistern des Grases beim Wachsen.

Farish drehte sich um und schaute aus dem Rückfenster. »Verdammt, ich hab dir gesagt, du sollst die Kleine suchen. Willst du mir sagen, dass du sie jetzt zum ersten Mal gesehen hast?«

»Ja«, sagte Danny scharf. Er war erschüttert, wie plötzlich das Mädchen in Sicht gekommen war, am beunruhigenden Rand seines Gesichtsfeldes, genau wie sie es beim Wasserturm getan hatte (obwohl er Farish vom Wasserturm nichts erzählen konnte; er hatte am Wasserturm nichts zu *suchen*).

Und jetzt, auf diesem Rundkurs ohne Ziel (*wechsle die Strecke*, sagte Farish, *wechsle die Fahrtzeiten, guck immer wieder in den Rückspiegel*), war er um die Ecke gebogen – und wen hatte er gesehen? Das Mädchen, das auf einer Veranda stand.

Allerlei Echos. Atmend, leuchtend, raschelnd. Tausend Spiegel blitzten in den Baumwipfeln. Wer war die alte Lady? Als der Wagen langsamer geworden war, hatten sich ihre Blicke getroffen, waren einander begegnet in einem verwirrten, verwunderten Aufblitzen, und sie hatte genau die gleichen Augen wie das Mädchen... Einen Herzschlag lang war alles von ihm abgefallen.

»Los!«, hatte Farish gesagt und mit der flachen Hand auf das Armaturenbrett geschlagen, und dann, als sie um die Ecke gefahren waren, hatte Danny anhalten müssen, weil er sich viel zu high fühlte, weil hier irgendwas Gespenstisches im Gange war, eine mörderische Multilevel-Speed-Telepathie (Rolltreppen, die auf- und abfuhren, Discokugeln, die sich auf jedem Stockwerk drehten). Sie spürten es beide, sie brauchten nicht mal ein Wort zu sagen, und Danny konnte Farish kaum ansehen, denn er wusste, dass sie beide an genau dieselbe irre, verfluchte Geschichte dachten, die am Morgen gegen sechs passiert war: wie Farish (nachdem er die ganze Nacht auf gewesen war) in Unterhosen und mit einem Karton Milch ins Wohnzimmer gekommen war, und wie ihm gleichzeitig eine bärtige Cartoon-Figur in Unterhosen und mit einem Karton Milch auf dem Fernsehbildschirm entgegengekommen war. Farish war stehen geblieben; die Cartoon-Figur war stehen geblieben

Siehst du das?, hatte Farish gefragt.

Ja, hatte Danny gesagt. Er schwitzte. Ihre Blicke trafen sich für eine Sekunde. Als sie wieder auf den Fernseher geschaut hatten, war das Bild ein anderes geworden.

Sie saßen nebeneinander im heißen Wagen, und ihre Herzen klopften beinahe hörbar.

»Ist dir aufgefallen«, sagte Farish plötzlich, »dass jeder einzelne Truck, den wir auf dem Weg hierher gesehen haben, schwarz war?«

»Was?«

»Die verschieben was. Keine Ahnung, was.«

Danny sagte nichts. Ein Teil seiner selbst wusste, dass es Quatsch war, dieses paranoide Gerede, aber ein anderer Teil wusste, dass es etwas zu bedeuten hatte. Dreimal hatte am Abend zuvor das Telefon geklingelt, im Abstand von genau einer Stunde, und der Anrufer hatte aufgelegt, ohne ein Wort zu sagen. Dann die leere Patronenhülse, die Farish auf dem Fenstersims des Labors gefunden hatte. Was hatte die zu bedeuten?

Und jetzt das: das Mädchen wieder, dieses Mädchen. Der saftige, besprengte Rasen an der Presbyterianerkirche leuchtete blaugrün im Schatten einer Ziertanne: geschwungene Ziegelwege, getrimmte Buchsbäume, alles so adrett und funkelnd wie in einer Spielzeugeisenbahnlandschaft.

»Ich komm nicht dahinter, wer zum Teufel sie ist«, sagte Farish und wühlte in der Tasche nach seinem Stoff. »Du hättest sie nicht abhauen lassen dürfen.«

»Eugene hat sie abhauen lassen, nicht ich.« Danny nagte an der Innenseite seiner Wange. Nein, das war keine Einbildung: Das Mädchen war vom Erdboden verschwunden in den Wochen nach Gums Unfall, als er in der Stadt herumgefahren war und sie gesucht hatte. Aber jetzt: Du denkst an sie, du erwähnst sie, und da ist sie, leuchtend auf der anderen Straßenseite mit ihrer Chinesenfrisur und den bösartigen Augen.

Sie nahmen beide eine Nase, und das gab ihnen wieder ein wenig Boden unter den Füßen.

Der Turm.

»Jemand«, sagte Danny und atmete ein, »*jemand* hat die Kleine auf uns gehetzt, damit sie uns bespitzelt.« So high er war, er bereute doch im selben Augenblick, was er da gesagt hatte.

Farishs Miene verfinsterte sich. »Was sagst du?«, knurrte er. »Wenn jemand diese Göre beauftragt hat, *mich* zu bespitzeln, dann reiße ich sie in Stücke.«

»Sie weiß was«, sagte Danny. Warum? *Weil sie ihn aus dem Fenster eines Leichenwagens angeschaut hatte. Weil sie in seine Träume eingedrungen war. Weil sie ihn verfolgte, ihn jagte, in seinem Kopf herummachte.*

»Na, ich würde schon gern wissen, was sie oben bei Eugene zu suchen hatte. Wenn dieses kleine Luder meine Heckleuchten zerschmissen hat ...«

Seine melodramatische Art machte Danny misstrauisch. »Wenn sie die Heckleuchten zerschmissen hat«, sagte er und wich Farishs Blick sorgfältig aus, »wieso, glaubst du, hat sie dann an die Tür geklopft und es uns gesagt?«

Farish zuckte die Achseln. Er zupfte an einem verkrusteten Fleck an seinem Hosenbein herum, war auf einmal ganz vertieft darin, und Danny war plötzlich fest davon überzeugt, dass Farish mehr über das Mädchen (und über die ganze Sache) wusste, als er sagte.

Nein, das ergab keinen Sinn, aber trotzdem – es war was dran. Hunde bellten in der Ferne.

»Jemand«, sagte Farish plötzlich und verlagerte sein Gewicht auf dem Sitz, »*jemand* ist da raufgestiegen und hat bei Eugene die Schlangen rausgelassen. Die Fenster sind dicht bis auf das auf dem Klo. Und *da* könnte nur ein Kind rein.«

»Ich werd mit ihr reden«, sagte Danny. Werd sie 'ne Menge fragen. Zum Beispiel: *Wieso hab ich dich in meinem ganzen Leben noch nie gesehen, und jetzt seh ich dich überall? Zum Beispiel: Wieso schwirrst und flatterst du nachts an meinem Fenster rum wie ein Totenkopffalter?*

Er hatte so lange nicht geschlafen, dass er, wenn er jetzt die Augen schloss, an einem Ort voller Schilf und dunkler Seen war, mit Bootswracks, die halb versunken im schaumigen Wasser trieben. Und da war sie mit ihrem mottenweißen Gesicht und ihrem schwarzen Haar und wisperte etwas in diesem feuchten, zikadenschrillen Zwielicht, etwas, das er fast verstand, aber doch nicht ganz...

Ich kann dich nicht hören, sagte er.

»Was nicht hören?«

Ping: schwarzes Armaturenbrett, blaue presbyterianische Ziertannen, Farish, der ihn auf dem Beifahrersitz anstarrte. »Was nicht hören?«, wiederholte er.

Danny blinzelte, wischte sich über die Stirn. »Schon gut«, sagte er. Er schwitzte.

»In Vietnam, diese kleinen Bombenlegerinnen, das waren zähe Biester«, sagte Farish vergnügt. »Rannten mit scharfen Granaten durch die Gegend – für die war das alles ein Spiel. So'n Kind kannst du dazu bringen, Sachen zu machen, die nur ein Verrückter versuchen würde.«

»Ja«, sagte Danny. Das war eine von Farishs Lieblingstheorien. In Dannys Kindheit hatte er damit gerechtfertigt, dass er Danny und Eugene und Mike und Ricky Lee die ganze Dreckarbeit für ihn machen und durch Fenster klettern ließ, während er, Farish, im Wagen saß, Honigkringel aß und sich voll dröhnte.

»Kinder werden geschnappt? Na und? Jugendstrafe? Scheiße...« Farish lachte. »Als ihr klein wart, hab ich euch drauf *trainiert*. Ricky ist durch Fenster geklettert, kaum dass er auf meinen Schultern stehen konnte. Und wenn ein Cop vorbeikam...«

»Allmächtiger«, sagte Danny nüchtern und richtete sich auf, denn im Rückspiegel sah er, wie das Mädchen mutterseelenallein um die Ecke kam.

Harriet, den Kopf gesenkt, die Stirn nachdenklich gerunzelt, ging die Straße entlang auf die Presbyterianerkirche zu (und ihr trostloses Zuhause, drei Straßen weiter), als etwa fünf Meter weit vor ihr die Tür eines parkenden Autos plötzlich klickend aufsprang.

Es war der TransAm. Fast ehe sie einen Gedanken fassen konnte, machte sie kehrt, huschte in den dumpfigen, bemoosten Garten der Kirche und rannte los.

Der Turm.

Durch den Garten neben der Kirche gelangte man über Mrs. Claibornes Garten (Hortensienbüsche, winziges Treibhaus) geradewegs zu Edies Garten – der durch einen zwei Meter hohen Bretterzaun versperrt war. Harriet lief durch einen dunklen Gang – Edies Zaun auf der einen Seite, auf der anderen eine stachlige, undurchdringliche Hecke aus Lebensbäumen, die den Nachbargarten säumte – und stieß wieder auf einen Zaun: Mrs. Davenports Garten, ein Maschendrahtzaun. In panischer Hast kletterte Harriet darüber hinweg. Oben blieben ihre Shorts an einem Draht hängen; mit einer Drehung des ganzen Körpers riss sie sich los und sprang keuchend hinunter.

Hinter sich, in dem belaubten Durchgang, hörte sie das Krachen und Brechen von Schritten. In Mrs. Davenports Garten gab es nicht viel Deckung; sie schaute sich hilflos um, rannte dann quer durch den Garten, riegelte das Tor auf und lief durch die Einfahrt. Sie hatte vor, zu Edies Haus zurückzulaufen, aber als sie den Gehweg erreicht hatte, ließ etwas sie innehalten (woher kamen diese Schritte?), und nachdem sie einen Sekundenbruchteil lang überlegt hatte, rannte sie geradeaus weiter, auf das Haus der O'Bryants zu. Sie war mitten auf der Straße, als zu ihrem Schrecken der TransAm um die Ecke kam.

Sie hatten sich also getrennt. Das war clever. Harriet rannte unter den hohen Kiefern hindurch, über die Kiefernnadeln, die wie ein Teppich im tief überschatteten Vorgarten der O'Bryants lagen, zu dem kleinen Häuschen an der Rückseite, in dem Mr. O'Bryants Pooltisch stand. Sie packte die Türklinke, rüttelte daran – abgeschlossen. Atemlos starrte sie hinein zu den gelblichen kiefernholzgetäfelten Wänden – sah Bücherregale, die bis auf ein paar alte Jahrbücher der Alexandria Academy leer waren, und eine Glaslampe mit der Aufschrift »Coca-Cola« an einer Kette über dem dunklen Billardtisch – und lief dann nach rechts.

Auch nicht gut: wieder ein Zaun. Im Nachbargarten kläffte ein Hund. Wenn sie sich von der Straße fern hielt, konnte der Kerl im TransAm sie nicht erwischen, aber sie musste aufpassen, dass der andere, der zu Fuß unterwegs war, sie nicht in die Enge oder hinaus ins Freie trieb.

Mit galoppierendem Herzschlag und schmerzender Lunge bog sie nach links. Hinter sich hörte sie keuchendes Atmen und den Lärm schwerer Schritte. Sie lief im Zickzack durch Gebüschlabyrinthe, kreuzte mehrmals ihren eigenen Weg und schwenkte rechtwinklig ab, wenn es vor ihr nicht weiterging: durch fremde Gärten, über Zäune und in ein Gewirr von Rasenflächen mit Terrassen und Steinplatten, vorbei an Schaukeln und Wäschestangen und Gartengrills, vorbei an einem rundäugigen Baby, das sie furchtsam anstarrte und in seinem Laufstall schwer auf das Hinterteil plumpste. Ein Stück weiter stemmte ein hässlicher alter Mann mit einem Bulldoggengesicht sich halb aus seinem Liegestuhl auf der Veranda hoch und brüllte:»Mach, dass du wegkommst!«, als Harriet erleichtert (denn er war der erste Erwachsene, den sie zu Gesicht bekam) stehen bleiben wollte, um zu Atem zu kommen.

Seine Worte waren wie eine Ohrfeige; trotz aller Angst war sie darüber so erschrocken, dass sie einen Herzschlag lang wie angewurzelt stehen blieb und mit verblüfftem Lidschlag in die entzündeten Augen starrte, die ihr entgegenfunkelten, und auf die sommersprossige, geschwollene alte Faust, die sich wie zum Schlag erhoben hatte.»Ja, *dich* meine ich!«, schrie der Mann.»Verschwinde hier!«

Harriet rannte weiter. Von einigen der Leute, die hier in der Straße wohnten, hatte sie zwar schon die Namen gehört (die Wrights, die Motleys, Mr. und Mrs. Price), aber sie kannte sie nur vom Sehen und nicht gut genug, um atemlos an ihre Haustür zu hämmern. Warum hatte sie sich hierher jagen lassen, in dieses unbekannte Territorium? *Denk nach, denk nach*, befahl sie sich. Ein paar Häuser vorher, kurz bevor der alte Mann ihr mit der Faust gedroht hatte, war sie an einem Chevrolet El Camino vorbeigekommen, auf dessen Ladefläche Farbeimer und Abdeckplanen gelegen hatten; das wäre ein perfektes Versteck gewesen...

Sie duckte sich hinter einen Propangastank, vornüber gebeugt und die Hände auf die Knie gestützt, und rang nach Atem. Hatte sie sie abgehängt? Nein: Der eingesperrte Airedale unten am Ende des Blocks, der sich gegen den Zaun ge-

Der Turm.

worfen hatte, als sie vorbeigelaufen war, fing wieder an zu kläffen.

Blindlings machte sie kehrt und stürmte weiter. Krachend brach sie durch eine Lücke in einer Ligusterhecke und wäre beinahe der Länge nach über den verblüfften Chester geflogen, der auf den Knien an einem Bewässerungsstutzen in einem dick bemulchten Blumenbeet herumhantierte.

Er riss die Arme hoch, als sei vor ihm etwas explodiert. »Pass auf!« Chester übernahm Gelegenheitsarbeiten für alle möglichen Leute, aber sie hatte nicht gewusst, dass er auch hier arbeitete. »Was zum Donner —«

» – wo kann ich mich verstecken?«

»*Dich verstecken?* Du kannst hier nicht spielen.« Er schluckte und wedelte mit einer erdverkrusteten Hand. »Na los. Hau ab!«

Harriet sah sich panisch um: ein Futterglas für Kolibris, eine Glasveranda, ein jungfräulicher Picknicktisch. Das gegenüberliegende Ende des Gartens war von einer Wand aus Stechpalmendickicht begrenzt, und hinten versperrte ihr ein Rosengebüsch den Rückzug.

»Hau ab, sag ich. Guck dir das Loch an, was du da in die Hecke gerissen hast.«

Ein von Ringelblumen gesäumter Steinplattenpfad führte zu einem putzigen Puppenhäuschen von Werkzeugschuppen, passend zum Haus angestrichen und mit kitschig verschnörkelten Zierleisten. Die grüne Tür stand offen. In ihrer Verzweiflung hetzte Harriet den Pfad entlang, stürzte sich hinein (»Hey!«, rief Chester) und warf sich zwischen einen Stapel Feuerholz und eine dicke Rolle Glasfasermatte.

Die Luft war stickig und staubig. Harriet hielt sich die Nase zu. Im Halbdunkel – mit keuchender Lunge und prickelnder Kopfhaut – sah sie einen zerfransten Federball neben dem Brennholzstapel auf dem Boden liegen, und auf einer Reihe bunter Metallkanister stand »Benzin« und »Getriebeöl« und »Frostschutz«.

Stimmen: männlich. Harriet erstarrte. Lange Zeit verging, und es kam ihr so vor, als seien die Kanister mit Benzin und Getriebeöl und Frostschutz die letzten drei Artefakte des Universums. *Was können sie mir tun?*, dachte sie wild. *Wenn Chester dabei ist?* Sie lauschte angestrengt, aber das Rasseln ihres eigenen Atems übertönte alles. *Du musst schreien*, schärfte sie sich ein, *wenn sie dich packen, musst du schreien und dich losreißen, schreien und wegrennen*... Aus irgendeinem Grund hatte sie vor dem Auto am meisten Angst. Sie hätte nicht sagen können, warum, aber sie hatte das Gefühl, wenn sie sie im Wagen hätten, wäre alles zu Ende.

Chester würde sicher nicht zulassen, dass sie sie mitnahmen. Aber sie waren zu zweit, und Chester war allein. Und Chesters Wort würde gegen zwei Weiße nicht lange standhalten.

Augenblick um Augenblick verging. Worüber redeten sie, wieso dauerte es so lange? Konzentriert starrte Harriet eine eingetrocknete Honigwabe unter der Werkbank an.

Dann plötzlich näherte sich eine Gestalt.

Die Tür öffnete sich knarrend. Ein Dreieck aus verwaschenem Licht fiel auf den Lehmboden. Alles Blut wich aus ihrem Kopf, und einen Augenblick lang glaubte sie in Ohnmacht zu fallen, aber es war nur Chester, nur Chester, der sagte: »Kannst rauskommen.«

Es war, als sei eine gläserne Barriere geborsten. Geräusche fluteten herein: Vogelgezwitscher, eine Grille, die auf dem Boden hinter einem Ölkanister durchdringend zirpte.

»Bist du da drin?«

Harriet schluckte; als sie sprach, war ihre Stimme matt und rau. »Sind sie weg?«

»Was hast du ihnen getan?« Das Licht war hinter ihm; sie konnte sein Gesicht nicht sehen, aber es war wirklich Chester: Chester mit seiner Schmirgelpapierstimme, mit seiner schlaksigen Silhouette. »Die tun, als hättest du ihnen was geklaut.«

»Sind sie weg?«

»*Ja*, sie sind weg«, sagte Chester ungeduldig. »Komm jetzt da raus.«

Harriet stand hinter der Rolle Glaswolle auf und strich sich mit dem Oberarm über die Stirn. Sie war mit Sand gesprenkelt, und an ihrer Wange klebten Spinnweben.

Der Turm.

»Du hast doch nichts umgeschmissen da drin, oder?«, fragte Chester und spähte in die hinteren Winkel des Schuppens. Dann schaute er auf sie herab. »Wie du aussiehst.« Er hielt ihr die Tür auf. »Wieso waren sie hinter dir her?«

Immer noch atemlos schüttelte Harriet den Kopf. »Kerle wie die haben nicht hinter 'nem Kind herzurennen.« Chester sah sich um, während er in die Brusttasche lange, um seine Zigaretten herauszuholen. »Was hast du gemacht? Hast du 'n Stein auf ihr Auto geworfen?«

Harriet reckte den Hals, um an ihm vorbeizuspähen. Aber wegen der dichten Büsche (Liguster, Stechpalme) konnte sie von der Straße nichts sehen.

»Ich sag dir was.« Chester blies den Rauch durch die Nasenlöcher. »Hast Glück, dass ich heute hier arbeite. Mrs. Mulverhill, wenn die nicht grade in der Chorprobe wär, die hätte die Polizei gerufen, weil du hier durchgerannt bist. Letzte Woche musste ich mit dem Wasserschlauch auf so'n armen alten Hund spritzen, der sich in den Garten verlaufen hatte.«

Er rauchte. Harriets Herzschlag dröhnte immer noch in ihren Ohren.

»Wie kommst du denn dazu«, fragte Chester, »hier bei den Leuten durch die Büsche zu toben? Ich sollte es deiner Großmutter sagen.«

»Was haben sie zu dir gesagt?«

»*Gesagt?* Gar nichts haben die gesagt. Der eine hat seinen Wagen draußen abgestellt, und der andere hat den Kopf durch die Hecke gestreckt und reingeguckt, als ob er der Stromableser wär, der den Zähler sucht.« Chester zerteilte ein paar unsichtbare Zweige und imitierte den Blick des Mannes, einschließlich seines unheimlichen Augenrollens. »Hatte 'n Overall an, als käm er vom Elektrizitätswerk.«

Über ihnen knackte ein Zweig; es war nur ein Eichhörnchen, aber Harriet schrak heftig zusammen.

»Willst du mir nicht sagen, warum du vor diesen Kerlen weggerannt bist?«

»Ich ... ich hab ...«

»Was?«

»Ich hab gespielt«, sagte Harriet lahm.

»Du solltest dich nicht so aufregen.« Durch eine Rauchwolke musterte Chester sie pfiffig. »Was guckst du denn so ängstlich da rüber? Soll ich dich nach Hause bringen?«

»Nein«, sagte sie, aber als Chester lachte, merkte sie, dass ihr Kopf eifrig nickte: *ja.*

Chester legte ihr eine Hand auf die Schulter. »Du bist ganz durcheinander«, sagte er, aber seinem fröhlichen Tonfall zum Trotz machte er ein besorgtes Gesicht. »Ich sag dir was. Wenn ich jetzt nach Hause geh, komm ich sowieso bei euch vorbei. Ich wasch mich schnell am Hydranten, und dann geh ich mit dir.«

»Schwarze Trucks«, sagte Farish abrupt, als sie auf den Highway einbogen, um nach Hause zu fahren. Er war ganz aufgedreht und atmete mit lautem, asthmatischem Keuchen. »Ich hab im Leben noch nie so viele schwarze Trucks gesehen.«

Danny gab ein vieldeutiges Geräusch von sich und fuhr sich mit der Hand über das Gesicht. Seine Muskeln vibrierten, und er zitterte immer noch. Was hätten sie mit dem Mädchen gemacht, wenn sie sie erwischt hätten?

»Verdammt«, sagte er, »jemand hätte uns da hinten die Cops auf den Hals hetzen können.« Er hatte wie so oft in letzter Zeit das Gefühl, mitten in einem irrwitzigen Hochseil-Stunt aus einem Traum zur Besinnung zu kommen. Hatten sie den Verstand verloren? Einfach so ein Kind zu jagen, am helllichten Tag, mitten in einer Wohngegend? Auf Kidnapping stand in Mississippi die Todesstrafe.

»Das ist Wahnsinn«, sagte er laut.

Aber Farish deutete aufgeregt aus dem Fenster, und seine dicken, schweren Ringe (der am kleinen Finger geformt wie ein Spielwürfel) blitzten exotisch in der Nachmittagssonne. »Da«, sagte er, »und da.«

»Was?«, fragte Danny, »was?« Autos überall. Licht flutete von den Baumwollfeldern, so intensiv wie Licht auf dem Wasser.

Der Turm.

»*Schwarze Trucks.*«

»Wo?« Die Geschwindigkeit des fahrenden Wagens gab
ihm das Gefühl, als habe er etwas vergessen oder etwas
Wichtiges zurückgelassen.

»Da, da, da.«

»Der Truck ist *grün*.«

»Nein, ist er nicht – *da!*«, rief Farish triumphierend.

»Siehst du, da fährt schon wieder einer!«

Danny Herz hämmerte, und der Druck in seinem Kopf
stieg an. Am liebsten hätte er gesagt: *Fuck*, na und?, aber
weil er Farish nicht reizen wollte, ließ er es bleiben. Über
Zäune klettern, durch ordentliche Kleinstadtgärten mit
Grillterrassen stürmen: lächerlich. Es war so irrsinnig, dass
ihm flau wurde. An dieser Stelle in der Geschichte sollte
man eigentlich zur Besinnung kommen, seinen Kram in
Ordnung bringen: sofort anhalten, wenden, sein Leben für
immer ändern. Eine Geschichte, die Danny nie ganz glauben
konnte.

»Guck da.« Farish schlug auf das Armaturenbrett, so
laut, dass Danny beinahe aus der Haut gefahren wäre.
»Den hast du gesehen, ich *weiß* es. Die Trucks machen
mobil. Bereiten den Einsatz vor.«

Licht überall: viel zu viel Licht. Sonnenflecken, Mole-
küle. Der Wagen war zu einer fremdartigen Idee geworden.

»Ich muss anhalten«, sagte Danny.

»Was?«, fragte Farish.

»Ich kann nicht fahren.« Er spürte, dass seine Stimme
schrill und hysterisch wurde; Autos rauschten vorbei, viel-
farbige Streifen von Energie, ein Gedränge von Träumen.

Auf dem Parkplatz vor dem White Kitchen legte er
die Stirn auf das Lenkrad und atmete tief durch, während
Farish erklärte – und dabei mit der Faust in die flache
Hand schlug –, dass es nicht das Meth selbst sei, was einen
fertig mache, sondern die Tatsache, dass man nichts esse.
Deshalb schnappe er – Farish – nicht über. Er esse einfach
regelmäßig, ob er Appetit habe oder nicht. »Aber du, du bist
wie Gum.« Er stach mit dem Zeigefinger in Dannys Bizeps.
»Du vergisst das Essen. Deshalb bist du mager bis auf die
Knochen.«

Danny starrte auf das Armaturenbrett. Monoxyd-Schwaden und Übelkeit. Es war nicht angenehm, sich vorzustellen, dass er in irgendeiner Hinsicht wie Gum sein sollte, aber mit seiner verbrannten Haut und den hohlen Wangen und der kantigen, mageren, ausgezehrten Gestalt war er der Einzige von allen Enkeln, der wirklich aussah wie sie. Das war ihm noch nie in den Sinn gekommen.

»Hier«, sagte Farish, und er stemmte die Hüfte hoch und tastete geschäftig nach seiner Brieftasche: immer gern zu Diensten, immer gern bereit, lehrreiche Erklärungen abzugeben. »Ich weiß genau, was du jetzt brauchst. Eine Coke und ein heißes Schinkensandwich. Das bringt dich gleich wieder auf die Beine.«

Umständlich öffnete er die Wagentür und stemmte sich hinaus (gutwillig, steifbeinig, sich wiegend wie ein alter Seekapitän) und ging hinein, um die Coke und das heiße Schinkensandwich zu holen.

Danny blieb still sitzen. Farishs Geruch hing dick und übermächtig im stickigen Wagen. Das Letzte auf der Welt, was er jetzt haben wollte, war ein heißes Schinkensandwich; aber irgendwie würde er das Ding runterwürgen müssen.

Der Nachglanz des Mädchens raste durch seinen Kopf wie ein Kondensstreifen: dunkelhaarig verwischt, ein bewegliches Ziel. Aber das Gesicht der alten Lady auf der Veranda, das war noch da. Als er wie in Zeitlupe an dem Haus (an ihrem Haus?) vorbeigefahren war, waren die Augen der alten Lady (machtvolle Augen voller Licht) über ihn hinweggeglitten, ohne ihn zu sehen, und ein gliddernder, mulmiger Schreck war über ihn gekommen, als er sie wieder erkannte. Er kannte die alte Lady – sie war ihm vertraut, aber doch fern, wie etwas aus einem lange zurückliegenden Traum.

Durch das große Fenster sah er, wie Farish an der Theke lehnte und wortreich auf eine knochige kleine Kellnerin einredete, die ihm gefiel. Vielleicht, weil sie Angst vor ihm hatten oder weil sie den Umsatz brauchten, vielleicht auch, weil sie einfach nett waren, hörten die Kellnerinnen im White Kitchen sich Farishs wilde Geschichten respekt-

Der Turm.

voll an, und seine verwahrloste Erscheinung und sein blindes Auge und seine allwissenden Tiraden schienen ihnen nichts auszumachen. Wenn er laut oder aufgeregt wurde und anfing, mit den Armen herumzufuchteln, oder seine Kaffeetasse umstieß, blieben sie ruhig und höflich. Farish seinerseits enthielt sich in ihrer Gegenwart aller unflätigen Ausdrücke, selbst wenn er besinnungslos high war, und am Valentinstag hatte er sogar einen Blumenstrauß ins Restaurant gebracht.

Ohne seinen Bruder aus dem Auge zu lassen, stieg Danny aus und ging seitlich um das Restaurant herum und an einer Reihe von verdorrten Sträuchern entlang zur Telefonzelle. Aus dem Telefonbuch war die Hälfte der Seiten herausgerissen, aber zum Glück die letzte Hälfte, und mit einer zitternden Fingerspitze fuhr er an den Cs hinunter. Auf dem Briefkasten hatte der Name Cleve gestanden. Und richtig, hier stand es schwarz auf weiß: E. Cleve in der Margin Street.

Und – seltsam – das ließ eine Glocke klingen. Danny stand in der erstickend heißen Telefonzelle und verdaute die Erkenntnis. Denn er hatte die alte Lady kennen gelernt, vor so langer Zeit, dass es ihm vorkam wie in einem anderen Leben. Sie war im County bekannt – weniger um ihrer selbst willen, sondern wegen ihres Vaters, der politisch ein hohes Tier gewesen war, und wegen des früheren Hauses ihrer Familie, das »Drangsal« geheißen hatte. Aber das Haus gab es längst nicht mehr, und nur noch der Name hatte überlebt. An der Interstate, nicht weit von der Gegend, wo es gestanden hatte, gab es ein Schnellrestaurant (auf dem Schild war ein Herrenhaus mit weißen Säulen zu sehen), das »Steak House Drangsal« hieß. Das Schild war noch da, aber heute war auch das Restaurant mit Brettern vernagelt und sah aus wie ein Spukhaus.

Als Kind (in welcher Klasse, wusste er nicht mehr, die ganze Schulzeit war für ihn ein trister Nebel) war er auf einer Geburtstagsparty in »Drangsal« gewesen. Die Erinnerung daran war geblieben: riesige Zimmer, unheimlich, in Halbdunkel getaucht und historisch angehaucht, mit rostbraunen Tapeten und Kronleuchtern. Die alte Lady, der das Haus gehörte, war Robins Großmutter, und Robin war mit ihm zur Schule gegangen. Robin wohnte in der Stadt, und Danny, der oft zu Fuß durch die Straßen wanderte, wenn Farish in der Billardhalle war, hatte ihn eines windigen Nachmittags im Herbst gesehen, als er allein vor seinem Haus spielte. Eine Zeit lang standen sie da und schauten einander an – Danny auf der Straße, Robin auf dem Rasen vor seinem Haus – wie wachsame kleine Tiere. Dann sagte Robin:»Ich finde Batman gut.«

»Ich finde Batman auch gut«, sagte Danny. Und dann rannten sie zusammen auf dem Gehweg auf und ab und spielten, bis es dunkel wurde.

Weil Robin die ganze Klasse zu seiner Party eingeladen hatte (er hatte aufgezeigt und um Erlaubnis gebeten, und dann war er zwischen den Reihen hin- und hergegangen und hatte jedem einzelnen Kind einen Umschlag gegeben), war es für Danny kein Problem gewesen, sich von jemandem im Auto mitnehmen zu lassen, ohne dass sein Vater oder Gum etwas davon wussten. Kinder wie Danny gaben keine Geburtstagspartys, und Dannys Vater hätte nicht gewollt, dass er hinging, selbst wenn er eingeladen war (was meistens nicht der Fall war), weil keiner seiner Jungs für so was Unnützes wie ein Geschenk Geld zum Fenster rauswerfen würde, jedenfalls nicht für den Sohn oder die Tochter irgendeines reichen Mannes. Jimmy George Ratliff hielt nichts von solchem Unfug. Ihre Großmutter argumentierte anders. Wenn Danny auf eine Party ginge, wäre er dem Gastgeber»zu Dank verpflichtet«. Warum die Einladungen der Stadtleute annehmen, die Danny (ohne Zweifel) sowieso nur einluden, um sich über seine abgelegten Kleider und seine Country-Manieren lustig zu machen? Dannys Familie war arm, sie waren»einfache Leute«. Schicke Torten und Partykleider waren nichts für sie. Unablässig erinnerte Gum ihre Enkel daran, sodass nicht die Gefahr bestand, dass sie übermütig wurden und es vergaßen.

Danny hatte erwartet, dass die Party bei Robin zu Hause stattfinden würde (wo es schon schön genug war), aber er war wie vom Donner gerührt, als der voll gepackte Kombiwagen, den die Mutter irgendeines Mädchens steuerte,

Der Turm.

über die Stadtgrenze hinaus fuhr, an Baumwollfeldern vorbei und durch eine lange Allee zu dem Haus mit der Säulenfassade. An einen solchen Ort gehörte er nicht. Und schlimmer noch: Er hatte kein Geschenk mitgebracht. In der Schule hatte er versucht, ein Matchbox-Auto, das er gefunden hatte, in ein Blatt Papier aus einem Schulheft einzupacken, aber er hatte keinen Klebstreifen gehabt, und es hatte überhaupt nicht ausgesehen wie ein Geschenk, sondern bloß wie eine zusammengeknüllte Seite mit Hausaufgaben.

Aber niemand schien zu bemerken, dass er kein Geschenk hatte; zumindest sagte niemand etwas. Und aus der Nähe war das Haus auch nicht so großartig, wie es von weitem aussah – im Gegenteil, es fiel auseinander, die Teppiche waren von Motten zerfressen, der Putz bröckelte, und die Decken hatten Risse. Die alte Lady, Robins Großmutter, hatte bei der Party den Vorsitz geführt, und auch sie war groß und förmlich und Angst einflößend. Als sie die Haustür geöffnet hatte, hatte sie ihm einen tödlichen Schrecken eingejagt, wie sie so in ihrer steifen Haltung vor ihm gestanden hatte, mit ihrem schwarzen, reich aussehenden Kleid und ihren zornigen Augenbrauen. Ihre Stimme klang scharf, und ihre Schritte auch, wie sie schnell durch die hallenden Räume klapperten, so energisch und hexenhaft, dass die Kinder aufhörten zu reden, wenn sie in ihrer Mitte erschien. Aber sie hatte ihm ein wunderschönes weißes Stück Torte auf einem Glasteller gereicht: ein Stück mit einer dicken Rose aus Zuckerguss, und Schrift war auch drauf gewesen, das große rosarote H aus HAPPY. Sie hatte über die Köpfe der anderen Kinder hinweggeschaut, die sich an dem schönen Tisch um sie drängten, und Danny (der sich im Hintergrund hielt) das spezielle Stück mit der rosaroten Rose gegeben, als wolle sie, dass Danny und niemand sonst es bekam.

Das also war die alte Lady. *E. Cleve.* Seit Jahren hatte er sie nicht mehr gesehen oder an sie gedacht. Als »Drangsal« in Flammen aufging – Flammen, die den Nachthimmel meilenweit erleuchtet hatten –, schüttelten Dannys Vater und seine Großmutter mit klammheimlich amüsiertem Ernst den Kopf, als hätten sie die ganze Zeit gewusst, dass ein solches Haus brennen musste. Sie konnten nicht anders – sie genossen es mitanzusehen, wie die »Großmächtigen« ein wenig heruntergestutzt wurden, und Gum hegte einen speziellen Groll gegen »Drangsal«, weil sie als Kind auf den Plantagen des Hauses Baumwolle gepflückt hatte. Es gab eine großkotzige Klasse von Weißen – Verräter an der eigenen Rasse, wie Dannys Vater sagte –, in deren Augen Weiße, die Pech gehabt hatten, nicht besser waren als irgendein gewöhnlicher Gartennigger.

Ja: Die alte Lady war heruntergestutzt worden, und ein Abstieg in der Welt, wie sie ihn erlebt hatte, war fremdartig und traurig und geheimnisvoll. Dannys eigene Familie konnte kaum noch weiter absteigen. Und Robin (ein großzügiger, freundlicher Junge) war tot – seit vielen Jahren schon: ermordet von irgendeinem Irren auf der Durchreise, oder von einem dreckigen alten Tramp, der von der Bahnlinie heraufgewandert war. Niemand wusste es. Die Lehrerin, Mrs. Marter (ein tückischer Fettarsch mit einer Bienenkorbfrisur – sie hatte Danny gezwungen, eine ganze Woche lang eine gelbe Frauenperücke in der Schule zu tragen, zur Strafe für irgendetwas, er wusste gar nicht mehr, wofür eigentlich) hatte an dem Montagmorgen in der Schule mit den anderen Lehrern auf dem Flur tuschelnd zusammengestanden, und sie hatte rote Augen gehabt, als ob sie geweint hätte. Nach dem Läuten hatte sie sich an ihr Pult gesetzt und gesagt:»Kinder, ich habe sehr traurige Nachrichten.«

Die meisten Kids aus der Stadt hatten es schon gehört, nur Danny nicht. Zuerst hatte er gedacht, Mrs. Marter wollte sie verarschen, aber als sie Buntstifte und Zeichenpapier auspacken und Karten für Robins Familie malen mussten, war ihm klar geworden, dass sie es nicht tat. Auf seine Karte hatte er mit großer Sorgfalt Batman und Spiderman und den Incredible Hulk gezeichnet, die in einer Reihe vor Robins Haus standen. Er hätte sie gern in Action-Pose gemalt – wie sie Robin retteten und die Schurken pulverisierten –, aber er konnte nicht gut genug zeichnen, und deshalb mussten sie einfach in einer Reihe dastehen und

Der Turm.

geradeaus starren. Nachträglich hatte er noch den Einfall, sich selbst mit dazuzumalen, ein kleines Stück abseits. Er hatte das Gefühl, dass er Robin im Stich gelassen hatte. Normalerweise war das Hausmädchen sonntags nicht da, aber an diesem Tag war sie es doch gewesen. Wenn er sich am Nachmittag nicht von ihr hätte verjagen lassen, wäre Robin vielleicht noch am Leben. Wie die Dinge lagen, hatte Danny damals das Gefühl, dass er um Haaresbreite davongekommen war. Ihr Vater ließ ihn und Curtis oft allein durch die Stadt streifen – oft auch nachts –, und es war nicht so, dass sie ein Zuhause oder freundliche Nachbarn gehabt hätten, zu denen sie hätten laufen können, wenn irgendein Irrer hinter ihnen her gewesen wäre. Curtis versteckte sich zwar brav, aber er begriff nicht, warum er den Mund halten sollte, und musste andauernd zum Schweigen gebracht werden. Trotzdem war Danny froh gewesen, ihn dabeizuhaben, selbst wenn Curtis vor lauter Angst Hustenanfälle kriegte. Am schlimmsten waren die Nächte, wenn Danny allein war. Mucksmäuschenstill versteckte er sich in Werkzeugschuppen und hinter den Hecken fremder Leute und atmete schnell und flach in der Dunkelheit, bis die Pool Hall um zwölf zumachte. Dann kroch er aus seinem Versteck hervor und rannte durch die dunklen Straßen bis zur erleuchteten Pool Hall, und beim leisesten Geräusch schaute er sich um. Die Tatsache, dass er bei seinen nächtlichen Wanderungen nie jemanden besonders Furchterregenden zu sehen bekam, jagte ihm umso mehr Angst ein, als wäre Robins Mörder unsichtbar, oder als habe er geheime Kräfte. Er fing an, Alpträume über Batman zu haben, in denen Batman sich in leeren Räumen umdrehte und auf ihn zukam, schnell und mit böse leuchtenden Augen.

Danny war keine Heulsuse – so was ließ sein Vater nicht zu, nicht mal bei Curtis –, aber eines Tages fing Danny vor der versammelten Familie an zu schluchzen, und darüber war er selbst ebenso überrascht wie alle andern. Und als er nicht aufhören konnte, riss sein Vater ihn beim Arm hoch und erbot sich, ihm einen Grund zum Weinen zu geben. Nachdem er eine Tracht Prügel mit dem Gürtel bezogen hatte, schnitt ihm Ricky Lee in der engen Diele des Trailers den Weg ab. »Er war wohl dein Schätzchen.«

»Dir wär's wohl lieber, wenn *du* es gewesen wärst«, sagte seine Großmutter gütig.

Gleich am nächsten Tag hatte Danny in der Schule mit lauter Sachen angegeben, die er gar nicht getan hatte. Auf irgendeine merkwürdige Weise hatte er nur versucht, sein Gesicht zu wahren – *er* hatte keine Angst vor irgendwas, nicht er –, aber ihm war trotzdem unbehaglich, wenn er jetzt daran dachte, wie die Trauer sich in Lügen und Großmäuligkeit verwandelt hatte. Zum Teil war es sogar Neid gewesen, als habe Robins Leben nur aus Partys und Geschenken und Torten bestanden. Denn, sicher: Für Danny war es nicht einfach gewesen, aber wenigstens war er nicht tot.

Die Glocke über der Tür klingelte, und Farish kam mit einer fettigen Papiertüte auf den Parkplatz. Er blieb wie angewurzelt stehen, als er den leeren Wagen sah.

Geschmeidig trat Danny aus der Telefonzelle: keine plötzlichen Bewegungen. In den letzten paar Tagen war Farishs Benehmen so unberechenbar, dass Danny sich allmählich vorkam wie eine Geisel.

Farish drehte sich um und sah ihn an. Seine Augen waren glasig. »Was machst du hier?«

»Äh, nichts weiter. Hab bloß ins Telefonbuch geguckt.« Danny ging zügig zum Wagen und achtete auf einen angenehm neutralen Gesichtsausdruck. In letzter Zeit konnte alles, was außerhalb des Gewöhnlichen lag, Farish hochgehen lassen; am Abend zuvor hatte er sich über irgendetwas im Fernsehen aufgeregt und ein Glas Milch so hart auf den Tisch geknallt, dass es in seiner Hand zerbrochen war.

Farish starrte ihn aggressiv an und verfolgte ihn mit den Augen. »Du bist nicht mein Bruder.«

Danny erstarrte, die Hand an der Wagentür.

Ohne jede Vorwarnung stürmte Farish heran und schlug Danny, sodass er der Länge nach auf den Asphalt flog.

Als Harriet nach Hause kam, telefonierte ihre Mutter oben mit ihrem Vater. Was das zu bedeuten hatte, wusste Har-

Der Turm.

riet nicht, aber es schien ein schlechtes Zeichen zu sein. Sie setzte sich auf die Treppe, stützte das Kinn auf die Hände und wartete. Aber als eine ganze Weile verging – eine halbe Stunde ungefähr – und ihre Mutter nicht erschien, schob sie sich rückwärts eine Stufe höher und dann noch eine, bis sie sich schließlich ganz hochgearbeitet hatte und auf der obersten Treppenstufe saß, mit dem Rücken zu dem Lichtstreifen, der unter der Tür ihrer Mutter hindurchschien. Sie spitzte die Ohren: Die Stimmlage ihrer Mutter war klar und deutlich zu hören (rau, flüsternd), aber ihre Worte waren es nicht.

Schließlich gab sie auf und ging hinunter in die Küche. Ihr Atem ging immer noch flach, und ab und zu zuckte ein Muskel schmerzhaft in ihrem Brustkorb. Durch das Fenster über der Spüle strömte das Sonnenlicht in die Küche, rot und violett und grandios, wie es im Spätsommer werden konnte, wenn Hurrikanwetter aufkam. *Gott sei Dank bin ich nicht zu Edie zurückgerannt*, dachte sie. In ihrer Panik war sie dicht davor gewesen, sie zu Edies Haustür zu führen. Edie war zäh, aber sie war trotzdem eine alte Dame mit gebrochenen Rippen. Die Schlösser im Haus: lauter alte Kastenschlösser, leicht aufzubrechen. Oben an Vorder- und Hintertür waren altmodische Riegel, völlig nutzlos. Als sie einmal geglaubt hatte, die Tür klemme, hatte sie sich von außen mit ihrem ganzen Gewicht dagegengeworfen, und noch jetzt, Monate später, baumelte der Beschlag an einem einzigen Nagel am morschen Türrahmen.

Ein leiser, frösteln machender Wind wehte durch das offene Fenster über ihre Wange. Oben und unten, überall waren offene Schiebefenster, von Ventilatoren aufgehalten, offene Fenster in praktisch jedem Zimmer. Was sollte ihn daran hindern, geradewegs hierher zum Haus zu kommen? Und wieso sollte er sich mit den Fenstern plagen, wenn er so gut wie jede Tür benutzen konnte?

Allison kam barfuß in die Küche gerannt, nahm den Telefonhörer ab, als wolle sie jemanden anrufen, und lauschte ein paar Sekunden mit einem komischen Gesichtsausdruck, bevor sie auf die Gabel drückte und den Hörer behutsam wieder einhängte.

»Mit wem spricht sie?«, fragte Harriet.

»Mit Dad.«

»*Immer noch?*«

Allison zuckte die Achseln, aber ihr Gesicht war sorgenvoll, und sie lief mit gesenktem Kopf hinaus. Harriet blieb noch einen Augenblick stirnrunzelnd in der Küche stehen. Dann ging sie zum Telefon und nahm den Hörer ab. Im Hintergrund hörte sie einen Fernseher.»… könnte es dir ja nicht verdenken«, sagte ihre Mutter in nörgelndem Ton.

»Sei nicht albern.« Die gelangweilte Ungeduld ihres Vaters hörte man an seinem Atmen.»Warum kommst du nicht her, wenn du mir nicht glaubst?«

»Ich will nicht, dass du etwas sagst, was du nicht meinst.«

Leise drückte Harriet die Gabel herunter und hängte dann ein. Sie hatte befürchtet, dass die beiden über sie sprechen könnten, aber das jetzt war noch schlimmer. Es war schon schlimm genug, wenn ihr Vater zu Besuch kam und das Haus von lärmender Heftigkeit erfüllt und von seiner Gegenwart aufgeladen war, aber ihm lag etwas daran, was die Leute von ihm dachten, und wenn Edie und die Tanten in der Nähe waren, benahm er sich besser. Zu wissen, dass sie nur ein paar Straßen weit entfernt waren, gab Harriet ein Gefühl von größerer Sicherheit. Und das Haus war so groß, dass sie auf Zehenspitzen umherschleichen und ihm die meiste Zeit aus dem Weg gehen konnte. Aber seine Wohnung in Nashville war klein, nur fünf Zimmer. Dort würde sie ihm nicht entkommen können.

Wie als Reaktion auf ihre Gedanken – *peng* – knallte es hinter ihr. Sie schrak zusammen und fuhr sich mit der Hand an den Hals. Eins der Schiebefenster war heruntergerutscht, und mehrere Gegenstände (Zeitschriften, eine rote Geranie in einem Terrakottatopf) waren auf den Küchenboden gefallen. Einen gespenstischen, vakuumversiegelten Augenblick lang (Gardinen glatt, Wind verschwunden) starrte sie den zerbrochenen Blumentopf an, die schwarze Erde, die auf dem Linoleum verstreut lag, und dann hob sie den Kopf und spähte ängstlich in die vier schattendunklen

Der Turm.

Ecken der Küche. Das Leuchten des Sonnenuntergangs an der Decke war grausig und unheimlich.

»Hallo?«, flüsterte sie schließlich – was immer es für ein Geist gewesen sein mochte (freundlich oder nicht), der da durch das Fenster geweht war. Denn sie hatte das Gefühl, dass sie beobachtet wurde. Aber alles blieb still, und nach ein paar Augenblicken machte Harriet kehrt und flüchtete aus der Küche, als sei der leibhaftige Teufel hinter ihr her.

Mit einer Lesebrille aus dem Drugstore saß Eugene still im sommerlichen Zwielicht an Gums Küchentisch. Er las eine verschmierte alte Broschüre von der Bürgerinformation des County mit dem Titel: *Der heimische Garten: Obst- und Zierpflanzen.* Die Hand mit dem Schlangenbiss war zwar längst nicht mehr verbunden, aber sie sah immer noch unbrauchbar aus, und die steifen Finger hielten das Heft offen wie ein Briefbeschwerer.

Eugene war als veränderter Mensch aus dem Krankenhaus gekommen. Er hatte eine Offenbarung gehabt, während er wach lag und auf das idiotische Gelächter aus dem Fernsehen gelauscht hatte, das durch den Gang geweht war – gebohnerte Schachbrettfliesen, gerade Linien, auf weiße Flügeltüren zustrebend, die einwärts schwingend ins Endlos führten. Er hatte die Nächte hindurch gebetet, bis zum Morgengrauen, hatte zu der frostigen Harfe aus Licht an der Decke hinaufgestarrt und in der antiseptischen Luft des Todes gezittert: das Summen der Röntgengeräte, das Roboterpiepsen der Herzmonitore, die gummiquietschenden, geheimnisumwitterten Schritte der Schwestern und das qualvolle Atmen des Mannes im Nachbarbett.

Eugenes Offenbarung war eine dreifache gewesen. Erstens: Weil er spirituell nicht bereit war, mit Schlangen zu hantieren, und die Salbung durch den Herrn nicht erfahren hatte, hatte Gott in seiner barmherzigen Gerechtigkeit zugeschlagen und ihn niedergestreckt. Zweitens: Nicht jedem auf der Welt – nicht jedem Christen, nicht jedem Gläubigen – war es zugedacht, auch ein Priester des Wortes zu sein; es war Eugenes Fehler gewesen zu glauben, dass das Amt des Predigers (für das er in fast jeder Hinsicht ungeeignet war) die einzige Leiter sei, auf der die Rechtschaffenen in den Himmel gelangen könnten. Der Herr, so schien es, hatte andere Pläne mit ihm, hatte sie die ganze Zeit gehabt, denn Eugene war kein Redner, er hatte keine Ausbildung und kein Sprachtalent, und er fand nicht mühelos zur Harmonie mit seinen Mitmenschen. Schon das Mal in seinem Gesicht machte ihn zu einem schlechten Boten, denn die Menschen schraken zaghaft zurück vor einem so unübersehbaren Zeichen der Rache des lebendigen Gottes.

Aber wenn Gene kein Prophet und kein Prediger des Evangeliums sein konnte – was dann? *Ein Zeichen*, betete er, während er wach in seinem Krankenhausbett lag, im kühlen grauen Halbdunkel... und beim Beten wanderte sein Blick immer wieder zu einer gestreiften Vase mit roten Nelken am Bett seines Nachbarn, eines sehr großen, sehr braunen alten Mannes mit sehr runzligem Gesicht. Sein Mund klappte auf und zu wie bei einem Fisch am Angelhaken, und seine trockenen, lebkuchenbraunen Hände, aus denen schwarze Haarbüschel sprossen, zerrten und zupften, mit einer Verzweiflung, die schrecklich anzusehen war, an der fahlen Bettdecke.

Die Blumen waren der einzige Farbtupfer im Zimmer. Als Gum im Krankenhaus gelegen hatte, war Eugene noch einmal zurückgekehrt, um durch die Tür zu seinem armen Nachbarn hineinzuschauen, mit dem er nie ein Wort gewechselt hatte. Das Bett war leer, aber die Blumen waren noch da, loderten rot auf dem Nachtschrank, als zeigten sie ihr Mitgefühl mit dem tiefen, roten Basston des Schmerzes, der in seinem gebissenen Arm pochte, und plötzlich lichtete sich der Schleier, und Eugene ward offenbart, dass die Blumen selbst das Zeichen waren, um das er gebetet hatte. Sie waren kleine, lebende Dinge, die Gott geschaffen hatte, und sie lebten wie sein Herz: zarte, schlanke Schönheiten mit Adern und Gefäßen, die Wasser aus ihrer Glasvase tranken, die ihren matten, hübschen Gewürznelkenduft auch im finstern Tal verströmten. Und da er noch über diese Dinge nachsann, hatte der Herr selbst zu Eugene gespro-

Der Turm.

chen, als er so dastand in der Stille des Nachmittags, und hatte gesagt: *Pflanze meine Gärten.*

Das war die dritte Offenbarung. Noch am selben Nachmittag hatte Eugene die Samenpäckchen auf der hinteren Veranda durchforstet und auf einem feuchten, dunklen Fleckchen Erde, wo bis vor kurzem auf einer schwarzen Plastikplane ein Stapel alter Traktorreifen gelagert hatte, eine Reihe Grünkohl und eine Reihe Winterrübenkohl ausgesät. In der Futtermittelhandlung hatte er außerdem zwei Rosensträucher im Sonderangebot erstanden, die er in das kümmerliche Gras vor dem Trailer seiner Großmutter pflanzte. Gum zeigte sich misstrauisch, wie es ihre Art war, als wären die Rosen ein hinterhältiger Streich auf ihre Kosten. Eugene hatte sie ein paarmal dabei ertappt, wie sie vor dem Trailer stand und die armen kleinen Sträucher anstarrte, als wären sie gefährliche Eindringlinge, Schnorrer und Parasiten, die gekommen waren, um sie alle bis aufs Hemd auszurauben. »*Ich* möchte bloß gern wissen«, sagte sie und humpelte hinter Eugene her, während er die Rosen mit Insektenspray und Gießkanne versorgte, »wer sich um die Dinger kümmern wird? Wer bezahlt den ganzen teuren Spray und Dünger? Und wer muss sie nachher gießen und abstauben und pflegen und dauernd mit ihnen rumfummeln?« Und ihre umwölkten alten Augen hatten Eugene einen Märtyrerblick zugeworfen, als wolle sie sagen, dass die ganze Bürde der Rosenpflege nur wieder freudlos auf ihren eigenen Schultern lasten werde.

Jetzt öffnete sich die Tür des Trailers so laut knarrend, dass Eugene zusammenfuhr, und Danny schleppte sich herein: schmutzig, unrasiert, hohläugig. Dehydriert sah er aus, als sei er tagelang in der Wüste umhergeirrt, und er war so dünn, dass seine Jeans über die Hüftknochen herabrutschten.

»Du siehst furchtbar aus«, sagte Eugene.

Danny warf ihm einen scharfen Blick zu, und dann sackte er auf einen Stuhl am Küchentisch und legte den Kopf in die Hände.

»Bist du selbst schuld. Du solltest einfach aufhören, dieses Zeug zu nehmen.«

Danny hob den Kopf. Sein leerer Blick war beängstigend.
Unvermittelt sagte er:»Erinnerst du dich an dieses kleine
schwarzhaarige Mädchen, das in der Mission aufgetaucht
ist an dem Abend, als du gebissen wurdest?«
»Ja, schon«, sagte Eugene und klappte die Broschüre
über seinem Finger zu.»Ja, ich erinnere mich. Farish kann
rumlaufen und verrücktes Zeug reden, wie er will, und keiner kann ihm widersprechen –«
»Du erinnerst dich also an sie.«
»Ja. Und es ist komisch, dass du sie erwähnst.« Eugene
überlegte, wie er anfangen sollte.»Das Mädchen ist weggerannt«, sagte er,»bevor die Schlangen aus dem Fenster gekommen sind. Sie war nervös, wie sie da unten bei mir auf'm
Gehweg stand, und sowie da oben das Geschrei losging, da
war sie *weg*.« Eugene legte seine Broschüre beiseite.»Und
ich kann dir noch was sagen. *Ich* hab diese Tür *nicht* offen
stehen lassen. Mir egal, was Farsh sagt. Sie stand offen, als
wir zurückkamen, und …«

Er bog den Kopf zurück und blinzelte das winzige Foto
an, das Danny ihm plötzlich ins Gesicht hielt.

»Das bist doch du«, sagte er.

»Ich …« Danny erschauerte und verdrehte die rot geränderten Augen zur Decke.

»Wo kommt das her?«

»*Sie* hat's dagelassen.«

»Wo gelassen?«, fragte Eugene, und dann:»Was ist das
für ein Lärm?« Draußen heulte jemand laut.»Ist das Curtis?« Er stand auf.

»Nein«, Danny atmete tief und heiser ein,»das ist Farish.«

»Farish?«

Danny schob geräuschvoll seinen Stuhl zurück und warf
wilde Blicke durch den Raum. Das Schluchzen klang gebrochen und guttural, so verzweifelt wie das Schluchzen eines
Kindes, aber heftiger, als ob Farish sein eigenes Herz he-
raufwürgte und spuckte.

»Meine Güte«, sagte Eugene beeindruckt,»hör dir das
an.«

»Ich hatte grade ein übles Erlebnis mit ihm, auf dem

Der Turm.

Parkplatz beim White Kitchen«, sagte Danny und hielt die Hände hoch; sie waren aufgeschürft und schmutzig.

»Was ist denn passiert?«, fragte Eugene. Er ging zum Fenster und spähte hinaus. »Wo ist Curtis?« Curtis, dem seine Bronchien Atemprobleme bereiteten, bekam oft grässliche Hustenanfälle, wenn er sich aufregte – oder wenn jemand anders sich aufregte, was ihn mehr aus dem Häuschen bringen konnte als alles andere.

Danny schüttelte den Kopf.»Ich weiß nicht«, sagte er. Seine Stimme klang heiser und angestrengt, als sei sie überbeansprucht.»Ich hab's satt, dauernd Angst zu haben.«Zu Eugenes Verblüffung zog er ein niederträchtig aussehendes krummes Gartenmesser aus dem Stiefel und legte es mit solidem Klacken auf den Tisch. Sein Blick war stoned, aber dennoch viel sagend.

»Das ist mein Schutz«, sagte er.»Vor *ihm*.« Und er verdrehte die Augen auf eine eigentümlich tintenfischhafte Weise nach oben, sodass man nur noch das Weiße sah; Eugene nahm an, dass Farish damit gemeint war.

Das furchtbare Weinen war verstummt. Eugene wandte sich vom Fenster ab und setzte sich zu Danny.»Du bringst dich um«, sagte er.»Du musst mal schlafen.«

»Mal schlafen«, wiederholte Danny. Er stand auf, als wolle er eine Rede halten, und setzte sich wieder.

»Als ich klein war«, sagte Gum, die mit ihrer Gehhilfe herangeschlichen kam, Zoll für Zoll wiegte sie sich voran, *klick, klick, klick, klick,* »da hat mein Diddy gesagt, ein Mann, der sich auf'n Stuhl setzt und ein Buch liest, mit dem stimmt was nicht.«

Das sagte sie mit friedvoller Zärtlichkeit, als mache die schlichte Weisheit dieser Bemerkung ihrem Vater Ehre. Die Broschüre lag auf dem Tisch. Sie streckte eine zitternde alte Hand aus und hob sie auf. Mit ausgestrecktem Arm hielt sie sie vor sich und betrachtete die Vorderseite. Dann drehte sie sie um und schaute die Rückseite an.»Mein armer Gene.«

Eugene sah sie über die Brille hinweg an.»Was denn?«

»Ach«, sagte Gum nach einer nachsichtigen Pause.»Na ja. Ich seh's einfach nicht gern, dass du dir solche Hoffnungen machst. Ist 'ne harte Welt für Leute wie uns. 'n scheußlicher Gedanke für mich, all die jungen College-Professoren, die vor dir um einen Job anstehen.«

»Gum, kann ich mir das verdammte Ding nicht einfach mal angucken?« Sie meinte es sicher nicht böse, seine Großmutter: Sie war eine arme kleine, gebrechliche alte Lady, die ihr Leben lang schwer gearbeitet, nie etwas besessen, nie eine Chance gehabt hatte – die nie gewusst hatte, was eine Chance war. Aber warum das bedeuten sollte, dass auch ihre Enkel keine Chance hatten, das begriff Eugene nicht so recht.

»Das hab ich in der Bürgerberatung gekriegt, Gum«, sagte er. »Gratis. Du solltest auch mal hingehen und dich umsehen. Über jede Sorte Obst und Gemüse und Bäume, die es gibt, haben die was da, wie man es anpflanzt und so weiter.«

Danny, der die ganze Zeit still dagesessen und ins Leere gestarrt hatte, stand ein bisschen zu plötzlich auf. Sein Blick war glasig, und er schwankte. Eugene und Gum schauten ihn an. Er tat einen Schritt rückwärts.

»Die Brille steht dir gut«, sagte er zu Eugene.

»Danke.« Befangen hob Eugene die Hand, um die Brille zurechtzurücken.

»Sieht gut aus«, sagte Danny. In seinen glasigen Augen lag eine unbehagliche Faszination. »Solltest du immer tragen.«

Er drehte sich um, seine Knie knickten ein, und er fiel zu Boden.

All die Träume, die Danny in den letzten paar Wochen von sich fern gehalten hatte, brachen donnernd über ihn herein, wie die Wassermassen an einem gebrochenen Damm, und Trümmer und Treibgut aus verschiedenen Phasen seines Lebens krachten mit herunter – sodass er wieder dreizehn war und auf seiner Pritsche lag, die erste Nacht in der Jugendstrafanstalt (braune Hohlblockwände, ein Industrieventilator, der auf dem Zementboden stand und hin- und herschwankte, als wolle er durchstarten und davon-

Der Turm.

fliegen). Aber er war auch fünf – in der ersten Klasse – und neun, als seine Mutter im Krankenhaus war und ihm so schrecklich fehlte; er hatte solche Angst davor, dass sie sterben könnte, und vor seinem betrunkenen Vater im Nebenzimmer, dass er in einem Delirium des Grauens wach lag und sich jedes einzelne Gewürz auf den bedruckten Vorhängen einprägte, die damals in seinem Zimmer gehangen hatten. Es waren alte Küchenvorhänge gewesen; Danny wusste heute noch nicht, was Koriander war oder Piment, aber er sah noch immer die braunen Buchstaben vor sich, die auf dem senfgelben Baumwollstoff klingelten *(Piment, Muskat, Koriander, Nelken)*, und die Namen allein waren ein Gedicht, das einen grinsenden Alptraum im Zylinderhut an sein Bett beschwor ...

Danny warf sich im Bett hin und her und war alle diese Jungen und zugleich er selbst, zwanzig Jahre alt – mit einem Vorstrafenregister, mit einem Drogenproblem, mit einem Vermögen in Gestalt von Farishs Stoff, das mit schriller Geisterstimme aus seinem Versteck hoch über der Stadt nach ihm rief, sodass der Wasserturm sich mit einem Baum verband, auf den er als Kind einmal geklettert war, um einen Hühnerhundwelpen hinunterzuwerfen, weil er sehen wollte, was passierte (der Welpe war krepiert). Seine Schuldgefühle bei dem Gedanken daran, Farish zu beklauen, wurden wie in einer zugestöpselten Flasche zusammengeschüttelt mit den beschämenden Kindheitslügen, die er erzählt hatte – dass er Rennwagen gefahren und Leute zusammengeschlagen und umgebracht habe –, mit Erinnerungen an Schule, Gericht, Gefängnis, an die Gitarre, die er nicht mehr hatte spielen dürfen, weil sein Vater gesagt hatte, es sei zu viel Arbeit (wo *war* diese Gitarre? er musste sie finden, draußen warteten Leute im Wagen, wenn er sich nicht beeilte, würden sie ohne ihn fahren). Alle diese widersprüchlichen Zeiten und Orte zerrten an ihm. Er sah seine Mutter – seine Mutter! –, die durch das Fenster zu ihm hereinschaute, und die Anteilnahme in ihrem geschwollenen, gütigen Gesicht rührte ihn zu Tränen; andere Gesichter ließen ihn entsetzt zurückfahren. Wie erkannte man den Unterschied zwischen den Lebenden und den Toten? Manche waren freundlich, andere waren es nicht. Und sie alle sprachen mit ihm und miteinander, obwohl sie einander im Leben nie gekannt hatten; sie gingen ein und aus, in großen, geschäftsmäßigen Gruppen, und es war schwer zu sagen, wer wohin gehörte und was sie alle zusammen in seinem Zimmer suchten, wo sie nicht hingehörten, und ihre Stimmen mischten sich in den Regen, der auf das Blechdach des Trailers prasselte.

Eugene mit seiner seltsamen, gelehrtenhaften Drugstore-Brille saß an seinem Bett. Von den gelegentlich aufstrahlenden Blitzen beleuchtet, waren er und der Stuhl die einzigen unveränderlichen Gegenstände in einem verwirrenden und stets sich wandelnden Wirbel von Leuten. Hin und wieder schien das Zimmer leer zu sein, und Danny fuhr kerzengerade hoch, weil er Angst hatte zu sterben, weil er Angst hatte, sein Puls sei stehen geblieben und sein Blut kühle sich ab und sogar die Geister zögen davon...

»Leg dich hin, leg dich *hin*«, sagte Eugene. Eugene: komplett verrückt, aber – neben Curtis – der sanftmütigste unter den Brüdern. Farish hatte eine große Dosis von der Niedertracht ihres Vaters abbekommen; erst seit er sich in den Kopf geschossen hatte, war es weniger geworden – das hatte ihm ein bisschen von seiner Härte ausgestrieben. Ricky Lee hatte sie wahrscheinlich am schlimmsten, diese niederträchtige Ader. In Angola tat sie ihm gute Dienste.

Aber Eugene ähnelte weniger Daddy mit seinen tabakfleckigen Zähnen und seinen Ziegenbockaugen, sondern mehr ihrer armen, trunksüchtigen Mutter, die im Sterben von einem Engel Gottes fantasiert hatte, der barfuß auf dem Kamin stand. Sie war unscheinbar gewesen, Gott segne sie, und Eugene, der gleichfalls unscheinbar aussah mit seinen dicht zusammenstehenden Augen und seiner ehrlichen Knollennase, hatte große Ähnlichkeit mit ihr. Irgendwie milderte die Brille die Hässlichkeit seiner Narbe. *Paff:* Der Blitz vor dem Fenster beleuchtete ihn blau von hinten, und die Verbrennung, die unter der Brille bis über das Auge hinaufspritzte, sah aus wie ein roter Stern.

»Das Problem ist«, sagte er jetzt gerade, und er hatte die Hände zwischen den Knien gefaltet, »ich hatte nicht begrif-

Der Turm.

fen, dass du die kriechende Schlange nicht von der ganzen Schöpfung absondern kannst. Wenn du das machst, o Mann, dann *wird* sie dich beißen.« Danny starrte ihn staunend an. Die Brille verlieh ihm ein fremdartiges, gebildetes Äußeres; er sah aus wie ein Schulmeister aus einem Traum. Als Eugene aus dem Gefängnis gekommen war, hatte er die Gewohnheit mitgebracht, in langen, wirren Absätzen zu reden. Wie jemand, der mit den vier Wänden sprach und dem niemand zuhörte, und auch darin war er wie ihre Mutter, die sich im Bett hin- und hergedreht und mit Besuchern gesprochen hatte, die nicht da gewesen waren, und die Eleanor Roosevelt und Jesaja und Jesus gerufen hatte.

»Verstehst du«, sagte Eugene, »die Schlange ist eine Dienerin des Herrn, sie ist Sein Geschöpf wie alles andere, verstehst du. Noah hat sie mit allen andern auf seine Arche genommen. Jetzt kannst du nicht einfach sagen: ›Oh, die Klapperschlange ist böse‹, denn Gott hat sie *alle* geschaffen. Und *alles* ist gut. Seine Hand hat die Schlange geformt, genau wie sie das kleine Lamm geformt hat.« Und er richtete den Blick in eine Ecke des Zimmers, in die das Licht wirklich nicht schien, und voller Grauen erstickte Danny mit der Faust einen Schrei angesichts der atemlosen schwarzen Kreatur aus seinem alten Alptraum, klein und rasend auf dem Boden zu Eugenes Füßen, erschauernd, zerrend, zappelnd ... und auch wenn sie nicht erwähnens- oder schilderswert war, eher jämmerlich als schrecklich, erweckte ihr ekelhafter, flatternder Geruch in Danny ein Grauen, das alles Blutvergießen hinter sich ließ und jeder Beschreibung spottete – schwarzer Vogel, schwarze Männer und Frauen und Kinder, die sich hastig in die sichere Deckung der Uferböschung flüchteten, Angst und Schüsse, und in seinem Mund ein fauliger, öliger Geschmack, und er zitterte, als wolle sein Körper auseinander brechen: zuckende Muskeln, reißende Sehnen, zerfallend zu schwarzen Federn und ausgewaschenen Knochen.

Auch Harriet – früh am selben Morgen, gerade als es draußen hell wurde – schrak panisch erschrocken in ihrem Bett hoch. Was sie so erschreckt hatte, welcher Traum, wusste sie nicht genau. Draußen war es Tag, aber noch nicht lange. Der Regen hatte aufgehört, und im Zimmer war es still und voller Schatten. Von Allisons Bett her starrten durcheinander gewürfelte Teddybären und ein schielendes Känguru über die Verwehungen der Bettdecke hinweg zu ihr herüber. Von Allison war nur eine lange Haarsträhne zu sehen, die fächerförmig über das Kopfkissen ausgebreitet war wie das Haar eines ertrunkenen Mädchens, das auf der Wasseroberfläche trieb.

In der Kommode waren keine sauberen Hemden mehr. Leise zog sie Allisons Schublade auf, und zu ihrem Entzücken fand sie in dem Durcheinander der schmutzigen Sachen ein gebügeltes und säuberlich zusammengefaltetes Hemd: ein altes Girl-Scout-Hemd. Harriet drückte es ans Gesicht und atmete tief und verträumt ein, denn es duftete immer noch, ganz leicht, nach Idas Wäsche.

Harriet zog Schuhe an und ging auf Zehenspitzen die Treppe hinunter. Bis auf das Ticken der Uhr war alles still; das wüste Durcheinander wirkte irgendwie weniger schmutzig in diesem Morgenlicht, das prachtvoll auf dem Treppengeländer und auf der staubigen Mahagonitischplatte lag. An der Treppe lächelte das frische Schulmädchen auf dem Porträt ihrer Mutter: rosarote Lippen, weiße Zähne, riesige, funkelnde Augen mit weißen Sternen, die – *ting* – in strahlenden Pupillen blitzten. Harriet schlich sich daran vorbei, geduckt wie eine Einbrecherin vor einem Bewegungsmelder, und ins Wohnzimmer, wo sie sich bückte und den Revolver unter Idas Sessel hervorholte.

Im Wandschrank in der Diele suchte sie etwas, worin sie ihn transportieren könnte, und sie fand eine solide Plastiktüte mit Kordelzug. Aber die Umrisse der Waffe, sah sie, waren durch das Plastik sichtbar. Sie nahm sie wieder heraus, wickelte sie in ein paar dicke Lagen Zeitungspapier und warf sich das Bündel dann über die Schulter wie Dick Whittington aus ihrem Märchenbuch, der auszog, sein Glück zu machen.

Als sie aus dem Haus kam, fing ein Vogel an zu singen, dicht an ihrem Ohr, so schien es: eine liebliche, klare Ton-

Der Turm.

leiter, die anschwoll, abfiel und wieder aufstieg. Obwohl der August noch nicht vorbei war, prickelte etwas staubig und kühl wie der Herbst in der Morgenluft; die Zinnien in Mrs. Fountains Garten – knallfroschrot, glühend orangegelb und golden – ließen allmählich die Köpfe hängen, sommersprossig, zerzaust, verblassend.

Von den Vögeln abgesehen, die laut und durchdringend sangen, mit einem übergeschnappten Optimismus, der etwas Dringliches hatte, war die Straße einsam und still. Sogar der unbedeutende Klang ihrer Schritte auf dem Asphalt schien weithin zu hallen.

Tauglitzerndes Gras, feuchte Straßen, die sich breit und schwarz dahinzogen, als führten sie ins Endlose. Je näher sie dem Güterbahnhof kam, desto kleiner wurden die Rasenflächen, desto schäbiger die Häuser, und desto dichter standen sie zusammen. Als sie ein paar Straßen weit in Richtung Italien Town gegangen war, rauschte ein einsames Auto vorbei.

Jenseits der Natchez Street waren die Gehwege bucklig und rissig und sehr schmal, nicht mal einen halben Meter breit. Harriet sah vernagelte Gebäude mit durchhängenden Veranden, Gärten mit verrosteten Propantanks, Gras, das seit Wochen nicht gemäht worden war. Ein roter Chow-Chow mit verfilztem Fell prallte scheppernd gegen seinen Maschendrahtzaun, und die Zähne blitzten in seiner blauen Schnauze. So bösartig er war, dieser Chow, Harriet hatte doch Mitleid mit ihm. Er sah aus, als habe er im ganzen Leben noch kein Bad bekommen, und im Winter ließen seine Besitzer ihn draußen mit nichts als einer alten Pastetenkonserve aus Aluminium, in der gefrorenes Wasser stand.

Vorbei an der Lebensmittelkartenstelle, vorbei an dem ausgebrannten Gemüseladen (vom Blitz getroffen, nie wieder aufgebaut worden), bis sie in die Schotterstraße einbog, die zum Güterbahnhof und zum Wasserturm der Eisenbahn führte. Sie hatte keine klare Vorstellung von dem, was sie tun wollte oder was sie erwartete – und am besten dachte sie auch nicht allzu viel darüber nach. Bemüht richtete sie den Blick auf den nassen Schotter, der von schwarzem Reisig und belaubten Zweigen übersät war, die das Unwetter in der vergangenen Nacht abgerissen hatte.

Vor langer Zeit hatte der Wasserturm das Wasser für die Dampflokomotiven enthalten, aber ob er jetzt noch für irgendetwas benutzt wurde, wusste sie nicht. Zwei Jahre zuvor waren Harriet und ein Junge namens Dick Pillow hinaufgeklettert, um festzustellen, wie weit man dort oben sehen konnte: ziemlich weit, praktisch bis zur Interstate. Die Aussicht war faszinierend gewesen: flatternde Wäsche an den Leinen, spitze Dächer, die aussahen wie ein Feld voller Origami-Bögen, rote und schwarze und grüne und silberne Dächer, Dächer aus Dachpfannen und Kupfer und Teerpappe und Wellblech, die sich in der luftig traumhaften Ferne unter ihnen ausbreiteten. Es war, als schaue man in ein anderes Land. Das Panorama hatte etwas wunderlich Spielzeughaftes, das sie an Bilder von Asien erinnerte, die sie gesehen hatte, von China und Japan. Dahinter kroch der Fluss, das gelbe Wasser wellig und blinkend, und die Entfernungen erschienen so grenzenlos, dass man sich leicht vorstellen konnte, gleich hinter dem Horizont, jenseits der lehmigen Drachenwindungen des Flusses, liege ein funkelndes Uhrwerk-Asien, hämmernd und summend und Millionen von winzigen Glocken läutend.

Der Blick hatte sie so vollständig gefangen genommen, dass sie auf den Tank selbst kaum geachtet hatte. So sehr sie sich bemühte, sie konnte sich nicht mehr genau entsinnen, wie es dort oben genau aussah oder wie der Tank gebaut war – sie wusste nur, dass er aus Holz war und dass im Dach eine Falltür gewesen war, in ihrer Erinnerung ungefähr einen halben Meter im Quadrat, mit Scharnieren und einem Griff wie an einem Küchenschrank. Zwar hatte sie eine so lebhafte Fantasie, dass sie nie ganz sicher sein konnte, woran sie sich tatsächlich erinnerte und was ihre Vorstellungskraft hineingemalt hatte, um die Lücken zu füllen, aber je länger sie an Danny Ratliff dachte, wie er oben auf dem Turm gekauert hatte (seine angespannte Haltung, die aufgeregten Blicke, die er immer wieder hinter sich geworfen hatte), desto mehr schien es, als habe er dort oben etwas versteckt oder sich selbst verstecken wol-

Der Turm.

len. Aber was ihr immer wieder in den Sinn kam, war die klirrende, exzentrische Erregung, mit der sein Blick den ihren gestreift hatte und aufgelodert war wie ein Signalspiegel in der Sonne: Es war, als reflektiere er einen Code, einen Notruf, ein Wiedererkennen. Irgendwie *hatte er gewusst, dass sie da draußen war;* sie war innerhalb seines Bewusstseins, und auf eine seltsame Weise (Harriet erkannte es mit Frösteln) war Danny Ratliff der einzige Mensch, der sie wirklich *lange* angeschaut hatte.

Die Bahnschienen blinkten wie dunkles Quecksilber in der Sonne wie Arterien, die sich an den Weichen silbern verzweigten; die alten Telegrafenmasten waren zottig von Ranken und Lianen, und darüber erhob sich der Wasserturm, ausgebleicht von der Sonne. Wachsam ging Harriet über die unkrautbewachsene Lichtung darauf zu und um ihn herum, ein paarmal, ringsherum um die verrosteten Metallbeine, im Abstand von ungefähr drei Metern.

Dann warf sie einen nervösen Blick hinter sich (keine Autos, kein Motorengeräusch, kein Laut außer dem Vogelgezwitscher) und trat an die Leiter, um hinaufzuspähen. Die unterste Sprosse war höher, als sie es in Erinnerung hatte. Nur ein sehr großer Mann hätte nicht springen müssen, um sie zu erreichen. Als sie zwei Jahre zuvor mit Dick hier gewesen war, hatte sie auf seine Schultern klettern müssen, und dann war er in halsbrecherischer Weise auf den Bananensattel seines Fahrrads gestiegen, um ihr zu folgen.

Harriet betrachtete die Beine des Tanks: H-Träger aus Metall mit länglichen Löchern im Halbmeterabstand, ganz leicht abgewinkelt. Weiter oben war der Unterbau mit Metallstreben verbunden, die sich zu einem großen X kreuzten. Wenn sie sich an einem der vorderen Beine weit genug hochziehen könnte (es war ziemlich weit; Harriet konnte nicht gut Entfernungen schätzen), könnte sie sich vielleicht auf einer der unteren Kreuzstreben zur Leiter hinüberschieben.

Tapfer fing sie an. Die Schnittwunde an ihrer linken Handfläche war zwar verheilt, aber noch empfindlich, und sie war gezwungen, die Hand zu schonen. Die Löcher in den

Eisenträgern waren gerade groß genug, um die Finger und die Spitzen ihrer Turnschuhe hineinzuschieben. Schwer atmend kletterte sie hoch. Sie kam langsam voran. Das Eisen war von dickem Rost überstäubt, der ziegelrot auf ihre Hände abfärbte. Sie hatte keine Höhenangst – Höhen erregten sie, und sie kletterte gern –, aber viel Halt fand sie nicht, und jeder Zoll erforderte Anstrengung.

Selbst wenn ich runterfalle, sagte sie sich, *werde ich davon nicht sterben.* Harriet war schon aus ziemlich großen Höhen heruntergefallen (und gesprungen): vom Dach des Werkzeugschuppens, von dem dicken Ast des Pecanbaums in Edies Garten, von dem Gerüst vor der Presbyterianerkirche – und sie hatte sich nie etwas gebrochen. Aber so hoch oben fühlte sie sich neugierigen Blicken schutzlos ausgesetzt, und bei jedem Geräusch, das von unten kam, bei jedem Knistern, jedem Vogelruf verspürte sie den Drang, den verrosteten Träger zwei Handbreit vor ihrer Nase aus den Augen zu lassen. Aus dieser Nähe betrachtet, war der Träger eine Welt für sich, die Wüstenoberfläche eines rostroten Planeten...

Ihre Hände wurden taub. Auf dem Schulhof – beim Tauziehen, oder wenn sie an einem Seil oder an der obersten Sprosse des Kletterturms hing – überkam sie manchmal der seltsame Impuls, den Griff zu lockern und sich fallen zu lassen, und gegen diesen Impuls musste sie auch jetzt ankämpfen. Zähneknirschend zog sie sich höher, und sie konzentrierte ihre ganze Kraft in die Fingerspitzen, und ein Vers aus einem alten Buch, einem Kinderbuch, löste sich in ihrem Kopf und klimperte darin herum:

Old Mr. Chang hat einen Zopf,
Trägt einen Korb auf seinem Kopf.
Mit zwei Scheren zerschneid't er sein Essen,
Mit zwei Paar Stäbchen wird's dann gegessen...

Unter Aufbietung ihrer letzten Willenskraft packte sie die unterste Querstrebe und zog sich hoch. Old Mr. Chang! Sein Bild in dem Buch hatte ihr Todesangst eingejagt, als

Der Turm.

sie klein war: mit seinem spitzen Chinesenhut, seinem fadendünnen Schnurrbart und seinen gestreckten, schlauen Mandarinaugen, aber das Furchterregendste an ihm war die schlanke Schere, die er mit zierlicher Gebärde hochhielt, und sein breites, dünnes, spöttisches Lächeln…

Harriet hielt einen Augenblick inne und betrachtete ihre Position. Als Nächstes – und das war der schwierige Teil – würde sie das Bein in den freien Raum schwingen müssen, zu der Kreuzstrebe. Sie atmete tief durch und zog sich ins Leere.

Ein Seitenblick fiel auf den Boden, der schief zu ihr heraufwogte, und einen Herzschlag lang war Harriet sicher, dass sie abstürzen würde. Im nächsten Moment lag sie rittlings auf der Strebe und umklammerte sie wie ein Faultier. Sie war jetzt sehr hoch über dem Boden, hoch genug, um sich den Hals zu brechen, und sie schloss die Augen und ruhte sich kurz aus, die Wange an das raue Eisen geschmiegt.

Old Mr. Chang hat einen Zopf,
Trägt einen Korb auf seinem Kopf.
Mit zwei Scheren zerschneid't er sein Essen…

Vorsichtig öffnete sie die Augen, stützte sich auf den Querträger und richtete sich auf. Wie hoch sie hier war! Genau so hatte sie schon einmal gesessen – rittlings auf einem Ast, mit lehmbeschmierter Unterhose, und Ameisen hatten sie in die Beine gebissen –, als sie von einem Baum nicht wieder heruntergekommen war. Hochgeklettert war sie, furchtlos »wie ein verdammmtes Eichhörnchen«, hatte der alte Mann gerufen, der zufällig vorbeigekommen war und Harriets dünnes, verlegenes Stimmchen gehört hatte, das aus der Höhe um Hilfe gerufen hatte.

Langsam stand Harriet auf. Ihre Hände umklammerten den Träger, und ihre Knie zitterten. Sie verlagerte den Griff auf die Kreuzstrebe über ihr und ging – mit einer Hand über die andere greifend – hinunter. Sie sah ihn immer noch vor sich, diesen alten Mann mit seinem Buckel und dem flachen, blutunterlaufenen Gesicht, das durch eine Wildnis von Ästen zu ihr heraufspähte. »Zu wem gehörst du?«, hatte er mit heiserer Stimme gerufen. Er hatte in dem grauen Stuckhaus bei der Baptistenkirche gewohnt, dieser alte Mann, und zwar allein. Jetzt war er tot, und in seinem Vorgarten war nur noch ein Stumpf, wo der Pecanbaum gestanden hatte. Wie war er erschrocken, als ihre emotionslosen Rufe (»Hilfe… Hilfe…«) aus dem Nichts herabgeweht waren – hatte nach oben und unten und hin und her geschaut, als habe ihm ein Gespenst auf die Schulter geklopft!

Der Winkel des X wurde jetzt zu eng, um darin zu stehen. Harriet setzte sich wieder rittlings auf die Strebe und umklammerte die gegenüberliegende. Es war ein heikler Winkel; sie hatte nicht mehr viel Gefühl in den Händen, und ihr Herz schien fast zu platzen, als sie sich mit vor Erschöpfung zitternden Armen ins Leere hinaus und auf die andere Seite schwang.

Jetzt war sie in Sicherheit. Sie rutschte auf der linken unteren Strebe des X hinunter, als wäre sie das Treppengeländer bei ihr zu Hause. Er war eines schrecklichen Todes gestorben, dieser alte Mann, und schon der Gedanke daran war Harriet unerträglich. Einbrecher waren in sein Haus eingedrungen; sie hatten ihn gezwungen, sich neben seinem Bett auf den Boden zu legen, und ihn mit einem Baseballschläger besinnungslos geschlagen. Als die Nachbarn schließlich anfingen, sich Sorgen zu machen, und nach ihm sahen, hatte er tot in einer Blutlache gelegen.

Sie war jetzt an dem gegenüberliegenden Eisenpfeiler angekommen und lehnte sich dagegen. Die Leiter war gleich dahinter. Dorthin zu gelangen war nicht mehr so kompliziert, aber sie war müde und wurde unvorsichtig. Als sie die Leiter gepackt hatte, durchfuhr sie jähes Entsetzen, denn sie war mit dem Fuß abgerutscht und hatte sich nur mit knapper Not festhalten können. Jetzt war der gefährliche Augenblick vorbei, bevor sie es begriffen hatte.

Sie machte die Augen zu und hielt sich fest, bis sie wieder normal atmete. Als sie sie öffnete, war es, als hänge sie an der Strickleiter eines Heißluftballons. Die ganze Erde breitete sich in weitem Panorama vor ihr aus, aber dies war

Der Turm.

nicht der Augenblick für Tagträume. Das Dröhnen eines Sprühflugzeugs – das sie einen Moment lang für das Motorengeräusch eines Autos hielt – jagte ihr einen üblen Schrecken ein, und sie drehte sich um und kletterte den Rest der Leiter hinauf, so schnell sie konnte.

Danny lag still auf dem Rücken und starrte an die Decke. Er fühlte sich schwach wie nach einem Fieber, und plötzlich wurde ihm klar, dass er schon geraume Zeit zu diesem Sonnenlichtstreifen hinaufschaute. Irgendwo draußen hörte er Curtis singen, ein Wort, das klang wie »Gummidrops«, immer wieder, und während er so dalag, drang ihm ein seltsames klopfendes Geräusch ins Bewusstsein – wie von einem Hund, der sich auf dem Boden neben seinem Bett kratzte.

Danny stemmte sich mühsam auf den Ellenbogen hoch und fuhr heftig erschrocken zurück, als er Farish erblickte, der mit verschränkten Armen auf dem Stuhl saß, auf dem Eugene gesessen hatte, mit dem Fuß auf den Boden tappte und ihn mit einem verklebten Auge nachdenklich betrachtete. Sein Bart war rings um den Mund tropfnass, als habe er sich bekleckert, oder als habe er gesabbert und an seinen Lippen genagt.

Ein Vogel – ein Hüttensänger oder so etwas, ein niedliches *twideldii* wie im Fernsehen – zwitscherte vor dem Fenster. Danny rutschte zur Seite und wollte sich aufsetzen, aber Farish schnellte vor und gab ihm einen Stoß gegen die Brust.

»*Oh* nein, nichts da.« Sein Amphetaminatem schlug Danny heiß und faulig ins Gesicht. »Dich hab ich am Arsch.«

»Jetzt komm schon«, sagte Danny müde und wandte das Gesicht ab, »lass mich aufstehen.«

Farish bog sich zurück, und einen Moment lang loderte ihr toter Vater aus der Hölle herauf und funkelte verächtlich hinter Farishs Augen hervor.

»Halt den Mund«, zischte er und stieß Danny auf das Kopfkissen, »sag kein Wort, hör *mir* zu. Du unterstehst jetzt *mir*.«

Verwirrt blieb Danny liegen und rührte sich nicht. »Ich hab Verhöre gesehen«, sagte Farish, »und ich hab gesehen, wie Leute unter Drogen gesetzt wurden. *Nachlässigkeit.* Die wird uns alle umbringen. Schlafwellen sind *magnetisch.*« Er tippte sich mit zwei Fingern an die Stirn. »Kapierst du? Kapierst du? Sie können dein ganzes Wesen auslöschen. Du öffnest dich elektromagnetischen Kapazitäten, die das ganze System deiner Loyalität versauen und zerstören, einfach *so.*«

Er ist komplett durchgeknallt, dachte Danny. Farish atmete schnell durch die Nase und fuhr sich mit der Hand durch die Haare, um kurz darauf das Gesicht zu verziehen und die Hand mit gespreizten Fingern vom Körper wegzuschütteln, als habe er etwas Schleimiges, Ekliges angefasst. »Werde mir ja nicht superschlau!«, brüllte er, als er sah, dass Danny ihn anschaute.

Danny senkte den Blick und entdeckte Curtis, der durch die offene Tür in den Trailer lugte; sein Kinn war auf der Höhe der Türschwelle. Sein Mund war orangegelb verschmiert, als habe er mit dem Lippenstift ihrer Großmutter gespielt, und auf seinem Gesicht lag ein verschwörerischer, amüsierter Ausdruck.

Froh über die Ablenkung lächelte Danny ihm zu. »Hey, Alligator«, sagte er, aber bevor er sich nach dem orangegelben Zeug an Curtis' Mund erkundigen konnte, fuhr Farish herum, stieß einen Arm in die Höhe und kreischte: »Raus, raus, *raus!*«

Im Handumdrehen war Curtis verschwunden, und man hörte ihn die Metallstufen hinunterpoltern. Danny richtete sich langsam auf und wollte verstohlen aus dem Bett rutschen, aber Farish wirbelte herum und stieß mit dem Finger nach ihm.

»Hab ich was von Aufstehen gesagt? Ja? Hab ich?« Sein Gesicht war beinahe violett. »Ich werd dir was erklären.«

Danny blieb liebenswürdig sitzen.

»Wir operieren hier mit militärischer Wachsamkeit. Roger? *Roger?*«

»Roger«, sagte Danny, als er begriffen hatte, dass es das war, was von ihm erwartet wurde.

Der Turm.

»Okay. Folgendes sind die vier Level«, Farish zählte sie an den Fingern ab, »im System. Code *Grün.* Code *Gelb.* Code *Orange.* Code *Rot.* So.« Farish hielt einen zitternden Zeigefinger in die Höhe. »Was Code Grün ist, kannst du dir vielleicht auf Grund deiner Erfahrung als Führer eines Kraftfahrzeugs denken.«

»Los?«, sagte Danny nach einer langen, seltsamen, schläfrigen Pause.

»*Positiv. Positiv.* Freie Fahrt für alle Systeme. Bei Code Grün bist du entspannt und ruhig, und die Umgebung ist nicht bedrohlich. Und jetzt hör zu«, sagte Farish mit zusammengebissenen Zähnen. »*Es gibt keinen Code Grün. Code Grün existiert nicht.*«

Danny starrte auf ein Gewirr von orangegelben und schwarzen Verlängerungskabeln auf dem Boden.

»Code Grün ist keine Option, und ich sag dir, warum. Ich werd's nur einmal sagen.« Er ging auf und ab, was bei Farish nichts Gutes bedeutete. »Wenn du auf dem Level von Code Grün angegriffen wirst, ist dein Arsch im Eimer.«

Aus dem Augenwinkel sah Danny, wie Curtis' pummelige kleine Pfote hochlangte und eine Packung Biskuitröllchen auf das Sims des offenen Fensters neben seinem Bett legte.

»Wir operieren derzeit unter *Code Orange*«, sagte Farish. »Unter Code Orange ist die Gefahr klar und gegenwärtig, und deine Aufmerksamkeit ist *in jedem Augenblick* darauf konzentriert. Ich wiederhole: *in jedem Augenblick.*«

»Immer mit der Ruhe, Mann«, sagte Danny. »Du regst dich auf.« Es hatte… na ja, locker klingen sollen, aber irgendwie tat es das nicht, und Farish fuhr herum. Die Wut war geronnen in seinem Gesicht und ließ es beben, verstopfte es und quetschte es purpurn.

»Ich sag dir was«, verkündete er unverhofft. »Du und ich, wir werden 'ne kleine Spazierfahrt machen. *Ich kann deine Gedanken lesen, Schwachkopf!*«, kreischte er und schlug sich mit der Faust an die Schläfe. Danny starrte ihn entsetzt an. »Glaub ja nicht, du kannst mich verarschen!«

Danny schloss die Augen für einen Moment und öffnete sie wieder. Er musste pissen wie ein Rennpferd. »Hör mal, Mann«, sagte er flehentlich, während Farish an der Lippe nagte und finster zu Boden starrte, »beruhig dich doch mal für 'ne Sekunde. *Easy*«, sagte er und hielt die flachen Hände hoch, als Farish aufschaute – ein bisschen zu schnell, und sein Blick war ein bisschen zu flatterig und unscharf.

Ehe er sich versah, hatte Farish ihn beim Kragen hochgerissen und schlug ihn auf den Mund. »Sieh dich doch an«, zischte er und riss ihn noch einmal am Hemd hoch. »Ich kenn dich innen und außen, *motherfucker*.«

»Farish ...« Von Schmerz umnebelt, betastete Danny seinen Unterkiefer und bewegte ihn hin und her. Das war der Punkt, an den du nie kommen wolltest. Farish war mindestens hundert Pfund schwerer als er.

Farish schleuderte ihn wieder auf das Bett. »Zieh deine Schuhe an. Du fährst.«

»Okay«, sagte Danny und befingerte seinen Kiefer, »wohin?« Wenn es schnippisch klang (was es tat), dann teilweise deshalb, weil Danny immer fuhr, egal, wohin es gehen sollte.

»Werd mir ja nicht superschlau.« Ein schallender Schlag mit der Rückhand ins Gesicht. »Wenn auch nur ein *Gramm* von dem Stoff fehlt – nein, setz dich, hab ich was von Aufstehen gesagt?«

Danny setzte sich wortlos hin und zog die Motorradstiefel über die nackten, klebrigen Füße.

»So ist es richtig. Immer schön dahin gucken, wo du jetzt hinguckst.«

Die Fliegentür an Gums Trailer öffnete sich wimmernd, und einen Augenblick später hörte Danny sie in ihren Hausschuhen über den Kies schlurfen.

»Farish?«, rief sie mit ihrer dünnen, trockenen Stimme. »Alles okay? Farish?« Typisch, dachte Danny, wirklich typisch, dass er derjenige war, um den sie sich Sorgen machte.

»Hoch«, sagte Farish. Er packte Danny beim Ellenbogen, schob ihn zur Tür und stieß ihn hinaus.

Danny flog kopfüber die Treppe hinunter und landete mit dem Gesicht im Dreck. Während er aufstand und sich abklopfte, stand Gum mit ausdrucksloser Miene daneben. Langsam, langsam drehte sie den Kopf und fragte Farish: »Was ist denn in *ihn* gefahren?«

Der Turm.

Farish bäumte sich in der Tür auf.»Oh, in *den* ist allerdings was gefahren!«, schrie er.»*Sie* sieht es auch! Oh, du glaubst, du kannst *mir* was vormachen«, Farish lachte unnatürlich schrill,»aber du machst nicht mal deiner Großmutter was vor!«

Gum starrte eine ganze Weile Farish an, dann Danny; ihre Lider waren vom Kobragift halb geschlossen, und sie sah dauernd schläfrig aus. Sie streckte die Hand aus, fasste den Muskel an Dannys Oberarm und drehte das Fleisch zwischen Daumen und Zeigefinger – kräftig, aber mit hinterlistiger Sanftheit, sodass ihr Gesicht und die kleinen, glitzernden Augen ruhig blieben.

»Oh, Farish«, sagte sie,»du solltest nicht so streng mit ihm sein.« Aber etwas in ihrem Tonfall ließ ahnen, dass Farish guten Grund habe, streng mit ihm zu sein, sehr streng sogar.

»Ha!«, schrie Farish.»Sie haben's geschafft.« Es war, als spreche er zu Kameras, die im Waldsaum versteckt waren. »Sie haben ihn erwischt. Meinen eigenen Bruder!«

»Wovon redest du?«, fragte Danny in die intensive, vibrierende Stille, die darauf folgte, und erschrocken hörte er, wie matt und unehrlich seine eigene Stimme klang.

Verwirrt wich er zurück, und Gum kroch langsam, langsam die Stufen zu Dannys Trailer hinauf zu Farish, dessen Blick wie eine Messerklinge blitzte, während er schnell durch die Nase atmete: ein fauliges, heißes, abgehacktes Schnauben. Danny musste sich abwenden: Er konnte sie nicht mehr anschauen, denn er sah mit schmerzhafter Klarheit, wie sie Farish mit ihrer Langsamkeit reizte, zur Raserei brachte, in eine glotzäugige Psychose trieb. Er stand da und tappte mit dem Fuß auf die Schwelle, verdammt, wie zum *Teufel* konnte sie so beschissen lahmarschig sein? Jeder sah es (jeder außer Farish): Wenn er nur mit ihr zusammen in einem Raum war, zitterte er vor Ungeduld, es machte ihn wahnsinnig, gewalttätig, gaga, aber natürlich wurde Farish niemals wütend auf Gum, sondern ließ seine Frustration immer an allen andern aus.

Als sie schließlich die oberste Stufe erklommen hatte, war Farish violett angelaufen und bebte am ganzen Leib wie eine Maschine, die zu explodieren drohte. Sachte, sachte schlängelte sie sich an Farish herauf und tätschelte seinen Ärmel.

»Ist es wirklich so wichtig?«, fragte sie, und ihr freundlicher Ton deutete an, dass es allerdings wichtig sei, sehr wichtig sogar.

»Verflucht, ja!«, brüllte Farish. »Ich lasse mich nicht bespitzeln! Ich lasse mich nicht beklauen! Ich lasse mich nicht belügen – nein, nein!« Er riss ruckartig den Kopf zurück, als er ihre kleine, papierne Klaue auf seinem Arm fühlte.

»Herrje. Es tut Gum so Leid, dass ihr Jungs euch nicht vertragt.« Aber sie sah Danny an, als sie es sagte.

»Mit mir brauchst du kein Mitleid zu haben!«, kreischte Farish, und mit dramatischer Gebärde stellte er sich vor Gum, als könne Danny sich auf sie stürzen und sie beide umbringen. »*Er* ist derjenige, der dir Leid tun kann!«

»Mir tut keiner von euch beiden Leid.« Sie hatte sich an Farish vorbeigewunden und kroch durch die offene Tür in Dannys Trailer.

»Gum, bitte«, sagte Danny verzweifelt und ging so nah heran, wie er sich traute. Er reckte den Hals und sah, wie das verblichene pinkfarbene Hauskleid im Halbdunkel des Trailers verschwand. »Gum, bitte geh da nicht rein.«

»Gute Nacht«, hörte er sie undeutlich sagen. »Wollen wir mal dieses Bett machen …«

»Kümmer dich nicht darum!«, rief Farish und funkelte Danny an, als sei das alles nur *seine* Schuld.

Danny schoss an Farish vorbei in den Trailer. »Gum, nicht«, bat er gequält, »*bitte*.« Nichts brachte Farish so zuverlässig zu blindwütiger Raserei wie Gum, wenn sie sich in den Kopf setzte, hinter Danny oder Gene »Ordnung zu machen« – nicht, dass einer der beiden es je von ihr verlangt hätte. Einmal, vor Jahren (Danny würde es nie vergessen, *niemals*), hatte er sie dabei angetroffen, wie sie sein Kopfkissen und sein Bettzeug methodisch mit Insektengift eingesprüht hatte …

»Gott, diese Vorhänge sind dreckig«, sagte Gum und schlurfte in Dannys Schlafzimmer.

Der Turm.

Ein langer Schatten fiel schräg über die Schwelle herein. »Ich bin derjenige, der mit dir redet«, sagte Farish mit leiser, beängstigender Stimme. »Schaff deinen Arsch hier raus und hör *zu*.« Abrupt packte er Danny hinten beim Hemd und schleuderte ihn wieder die Treppe hinunter auf den harten Lehmboden und zwischen den Müll (zerbrochene Liegestühle, leere Bier-, Soda- und Motoröldosen, ein Schlachtfeld voller Schrauben und Transistoren und Zahnräder und zerlegten Getrieben), und ehe Danny sich aufrappeln konnte, sprang er herab und trat ihm in die Rippen.

»Wo fährst du hin, wenn du allein unterwegs bist?«, schrie er. »Hä?«

Danny rutschte das Herz in die Hose. Hatte er im Schlaf gesprochen?

»Du hast gesagt, du überweist Gums Rechnungen. Aber du hast sie nicht überwiesen. Sie haben zwei Tage auf dem Sitz gelegen, nachdem du zurückgekommen bist – was weiß ich, wo du gewesen bist. Die Reifen dick voll Lehm, den du auch nicht kriegst, wenn du die Main Street runter zur Post fährst, oder?«

Wieder versetzte er Danny einen Fußtritt. Danny rollte zur Seite, krümmte sich zusammen und umschlang seine Knie.

»Steckt Catfish auch mit drin?«

Danny schüttelte den Kopf. Er schmeckte Blut im Mund.

»Ich werd's tun. Ich bring diesen Nigger um. Ich bring euch beide um.« Farish riss die Beifahrertür des TransAm auf, packte Danny beim Genick und stieß ihn hinein.

»Du fährst«, schrie er.

Danny fragte sich, wie er den Wagen vom Beifahrersitz aus fahren sollte, und befühlte seine blutige Nase. *Gott sei Dank bin ich nicht high,* dachte er und wischte sich mit dem Handrücken über die aufgesprungene Lippe, *Gott sei Dank bin ich nicht high, sonst würde ich jetzt durchdrehen…*

»Fahren?«, strahlte Curtis und kam zum offenen Fenster getappt, und mit seinen orangeverschmierten Lippen machte er: *bruuum bruuum.* Erst dann sah er entsetzt das Blut in Dannys Gesicht.

»Nein, Baby«, sagte Danny, »du fährst nirgendwohin.« Bevor er noch zu Ende gesprochen hatte, erschlaffte Curtis' Gesicht jäh. Er schnappte nach Luft, drehte sich um und rannte davon, als Farish die Fahrertür öffnete: *klick*. Ein Pfiff. »Rein«, sagte er, und ehe Danny begriff, was passierte, sprangen Farishs zwei Deutsche Schäferhunde auf den Rücksitz. Der eine, Van Zant hieß er, hechelte Danny geräuschvoll ins Ohr; sein Atem war heiß und stank nach verwestem Fleisch. Danny krampfte sich der Magen zusammen. Das war ein schlechtes Zeichen. Die Hunde waren abgerichtet und scharf. Einmal hatte die Hündin sich aus dem Zwinger gewühlt und Curtis durch seine Jeans ins Bein gebissen, und zwar so schlimm, dass er im Krankenhaus genäht werden musste.

»Farish, *bitte*«, sagte er. Farish klappte die Lehne wieder zurück und setzte sich ans Steuer.

»Klappe.« Farish blickte starr mit merkwürdig tot wirkenden Augen geradeaus. »Die Hunde kommen mit.«

Danny wühlte mit großem Getue in seiner Hosentasche herum. »Wenn ich fahren soll, brauch ich meine Brieftasche.« Was er in Wirklichkeit brauchte, war irgendeine Waffe, und sei es nur ein Messer.

Im Wagen war es glühend heiß. Danny schluckte. »Farish?«, sagte er. »Wenn ich fahren soll, brauch ich meinen Führerschein. Ich geh eben rein und hol ihn.«

Farish lehnte sich zurück, schloss die Augen und blieb einen Moment lang so sitzen, völlig reglos und mit flatternden Lidern, als stemme er sich gegen einen drohenden Herzanfall. Dann richtete er sich ganz plötzlich auf und brüllte aus voller Lunge: »*Eugene!*«

»Hey«, sagte Danny durch das ohrenbetäubende Kläffen vom Rücksitz, »du brauchst ihn doch nicht rauszurufen. Ich geh schon selbst, okay?«

Er griff zur Türklinke. »Ho, das hab ich gesehen!«, schrie Farish.

»Farish...«

»Das hab ich auch gesehen!« Farishs Hand schoss zu seinem Stiefelschaft hinunter. *Hat er da ein Messer drin?*, dachte Danny. *Super.*

Der Turm.

Halb atemlos vor Hitze und mit vor Schmerz pochenden Gliedern saß er einen Augenblick lang still da und dachte nach. Was konnte er tun, damit Farish sich nicht noch einmal auf ihn stürzte?

»Ich kann auf dieser Seite nicht fahren«, sagte er. »Ich geh rein, hol meine Brieftasche, und wir tauschen die Plätze.« Aufmerksam beobachtete er seinen Bruder. Aber Farishs Gedanken waren abgeschweift. Er hatte sich zum Rücksitz umgedreht und ließ sich von den Schäferhunden das Gesicht ablecken.

»Diese Hunde«, sagte er drohend und hob das Kinn, um sich der hektischen Zuneigung zu entziehen, »diese Hunde bedeuten mir mehr als jeder Mensch, der je *geboren* wurde. An diesen beiden Hunden liegt mir mehr als an jedem menschlichen Leben, das je *gelebt* wurde.«

Danny wartete. Farish küsste und streichelte die Hunde und murmelte in einer unverständlichen Babysprache. Nach ein, zwei Augenblicken (die UPS-Overalls waren ja hässlich, aber einen Vorteil, fand Danny, hatten sie: Es war schwierig bis unmöglich für Farish, eine Waffe verborgen bei sich zu tragen) öffnete Danny behutsam die Wagentür, stieg aus dem TransAm und ging quer über den Hof.

An Gums Trailer öffnete sich die Tür mit einem gummiquietschenden Kühlschrankgeräusch, und Eugene streckte den Kopf heraus. »Sag ihm, ich hab keine Lust, in diesem Ton mit mir reden zu lassen.«

Die Autohupe gellte, und die Schäferhunde fingen wieder an, wie irrsinnig zu kläffen. Eugene schob die Brille auf der Nase herunter und spähte über Dannys Schulter. »Ich würd die Tiere nicht in den Wagen lassen, wenn ich du wäre«, sagte er.

Farish warf den Kopf in den Nacken und schrie: »Komm wieder her! *Sofort!*«

Eugene holte tief Luft und rieb sich den Nacken. Er bewegte kaum die Lippen, als er sagte: »Wenn der nicht bald wieder in Whitfield landet, wird er jemanden umbringen. Heute Morgen ist er reingekommen und wollte mich anzünden.«

»Was?«

»Du hast geschlafen.« Eugene warf einen furchtsamen
Blick über Dannys Schulter auf den TransAm; was immer
da mit Farish und dem Auto im Gange war, machte ihn
äußerst nervös. »Er hat sein Feuerzeug rausgeholt und gedroht, mir den Rest meines Gesichts abzubrennen. Steig
nicht zu ihm in den Wagen. Nicht mit den Hunden. Man
weiß nicht, wozu er imstande ist.«
»Zwing mich nicht, dich zu holen!«, rief Farish aus dem
Wagen.
»Hör zu«, sagte Danny und warf einen nervösen Blick
zurück zu dem TransAm. »Wirst du auf Curtis aufpassen?
Versprichst du mir das?«
»Wieso? Wo willst du denn hin?« Eugene sah ihn scharf
an. Dann wandte er sich ab. »Nein«, sagte er blinzelnd,
»nein, sag's mir nicht, sag kein Wort mehr…«
»Ich zähle bis drei«, schrie Farish.
»Versprichst du's?«
»Ich schwöre bei Gott.«
»*Eins.*«
»Und hör nicht auf Gum«, sagte Danny über das neuer-
liche Gellen der Hupe hinweg. »Sie quatscht dir bloß alles
mies.«
»*Zwei!*«
Danny legte Eugene die Hand auf die Schulter und
sah sich kurz nach dem Wagen um (das Einzige, was sich
bewegte, waren die Hunde, die mit den Schwänzen gegen
die Scheiben klopften). »Tu mir einen Gefallen. Bleib einen Augenblick hier stehen und lass ihn nicht rein.« Er
schlüpfte eilig in den Trailer, langte auf das Regal hinter
dem Fernseher und nahm Gums .22er von ihrem Platz. Er
zog das Hosenbein hoch und schob die Pistole mit der Mün-
dung nach unten in seinen Stiefel. Gum bewahrte sie gern
geladen auf, und er betete zum Himmel, dass sie es auch
jetzt war, denn er hatte keine Zeit, mit Patronen herumzufummeln.
Draußen hörte er schwere, schnelle Schritte. Er hörte,
wie Eugene mit hoher, ängstlicher Stimme sagte: »Hebe
nicht die Hand gegen mich.«
Danny zog das Hosenbein herunter und öffnete die

Der Turm.

Tür. Er wollte eben seine Entschuldigung hervorsprudeln (»meine Brieftasche«), als Farish ihn schon beim Kragen packte. »Versuch ja nicht, mir wegzulaufen, Söhnchen.« Er schleifte Danny die Stufen herunter. Auf halbem Weg zum Wagen kam Curtis angerannt und wollte Danny die Arme um den Leib schlingen. Er weinte, besser gesagt, er hustete und rang keuchend nach Luft, wie er es immer tat, wenn er aufgeregt war. Danny, der hinter Farish herstolperte, konnte eine Hand ausstrecken und ihm den Kopf tätscheln.

»Geh weg, Baby«, rief er Curtis zu. »Sei brav …« Eugene stand in der Tür des Trailers und schaute angstvoll zu; der arme Curtis weinte jetzt, weinte zum Steinerweichen. Danny sah, dass sein Handgelenk orangegelb verschmiert war, wo Curtis seinen Mund aufgedrückt hatte.

Es war eine grelle, schockierende Farbe, die Danny für einen Sekundenbruchteil erstarren ließ. *Ich bin zu müde für das alles,* dachte er, *zu müde.* Und ehe er sich versah, hatte Farish die Fahrertür des TransAm aufgerissen und ihn hineingestoßen. »Fahren«, sagte er.

Das Dach des Wassertanks war klappriger, als Harriet es in Erinnerung hatte: pelzig graue Bretter mit gelockerten Nägeln an manchen Stellen und schwarzen Lücken an anderen, wo das dunkle Holz geschrumpft und gebrochen war, und das Ganze gesprenkelt von dicken weißen Haken und Schnörkeln aus Vogelkot.

Von der Leiter aus betrachtete Harriet das Dach, das jetzt in Augenhöhe vor ihr lag. Dann stieg sie vorsichtig hinauf und fing an, zur Mitte hochzuklettern – und etwas in ihrer Brust riss sich los, als eine Planke kreischte und sich unter ihren Füßen senkte wie eine Klaviertaste.

Vorsichtig, sehr vorsichtig machte sie einen Riesenschritt zurück. Die Planke federte knarrend wieder hoch. Steifbeinig und mit klopfendem Herzen schob sie sich an den Rand des Tanks, zum Geländer, wo die Bretter stabiler waren – warum war die Luft so merkwürdig dünn hier oben? *Höhenkrankheit*: Piloten und Bergsteiger litten darunter, und was immer das Wort tatsächlich bedeuten mochte, es beschrieb, was sie empfand: ein flaues Gefühl im Magen und ein Funkeln am Rande ihres Gesichtsfelds. In der diesigen Ferne glänzten Blechdächer. Auf der anderen Seite lag der dichte Wald, wo sie und Hely so oft gespielt hatten, wo sie ihre alltäglichen Kriege geführt und sich gegenseitig mit Klumpen von rotem Lehm bombardiert hatten: ein Dschungel, üppig und singend, ein palmenreiches kleines Vietnam, in das man mit dem Fallschirm gelangte.

Sie umrundete den Tank zweimal. Die Tür war nirgends zu sehen. Harriet fing schon an zu glauben, dass es sie gar nicht gab, als sie sie schließlich doch noch entdeckte: verwittert und nahezu perfekt getarnt in der gleichförmigen Fläche, erkennbar nur an ein oder zwei Splittern Chromfarbe am Griff, die noch nicht abgeblättert waren.

Sie ließ sich auf die Knie fallen. Mit einer ausladenden Scheibenwischerbewegung des Arms zog sie die Klappe auf (die Angeln knarrten wie in einem Horrorfilm) und ließ sie mit einem Knall fallen, der die Planken unter ihr vibrieren ließ.

Drinnen: Dunkelheit und ein übler Geruch. Das leise, intime Sirren von Moskitos hing in der abgestandenen Luft. Durch Löcher in der Decke starrten stachlige Sonnenstrahlen kreuz und quer hinunter, dünn wie Bleistifte, staubige Lanzen, pudrig und pollenschwer wie Goldrute. Das Wasser unten war dick und tintenschwarz wie Motoröl. Auf der anderen Seite erkannte sie die undeutlichen Umrisse eines aufgedunsenen Tiers, das auf der Seite schwamm.

Eine wacklige und halb durchgerostete Eisenleiter führte ungefähr zwei Meter tief hinunter und endete unmittelbar über der Wasseroberfläche. Als Harriets Augen sich an das Halbdunkel gewöhnt hatten, sah sie mit prickelnder Erregung, dass etwas Glänzendes mit Klebstreifen an der obersten Sprosse befestigt war, ein Paket oder so etwas, eingewickelt in einen schwarzen Plastikmüllsack.

Sie stieß mit der Fußspitze dagegen. Nach kurzem Zögern legte sie sich auf den Bauch, langte durch die Luke

Der Turm.

und schlug leicht mit der flachen Hand dagegen. Etwas Weiches, aber nicht Flüssiges war darin – kein Geld, nichts Gestapeltes, Scharfkantiges, fest Umrissenes, sondern etwas, das unter Druck nachgab wie Sand.

Das Paket war mit starkem Klebeband vielfach umwickelt. Harriet zupfte und zerrte daran, zog mit beiden Händen, versuchte die Fingernägel unter die Ränder des Klebebands zu graben. Schließlich gab sie auf, riss mehrere Schichten Plastik auf und griff mitten ins Herz des Pakets. Drinnen: etwas Glattes, Kühles, das sich tot anfühlte. Hastig zog Harriet die Hand zurück. Staub rieselte aus dem Paket und breitete sich wie ein Perlmuttfilm auf der Wasseroberfläche aus. Sie spähte hinunter auf das trockene Schillern (Gift? Sprengstoff?), das wie eine pulvrige Glasur auf dem Wasser trieb. Über Rauschgift wusste sie Bescheid (aus dem Fernsehen und von den farbigen Abbildungen im Gesundheitskundebuch), aber da war es auffällig und unverkennbar: handgedrehte Zigaretten, Injektionsspritzen, bunte Pillen. Vielleicht diente dieses Paket nur zur Ablenkung, wie bei *Stahlnetz*; vielleicht war das eigentliche Paket anderswo versteckt, und das hier war nur ein gut verschnürter Sack mit ... was?

In dem aufgerissenen Müllsack schimmerte etwas glänzend und fahl. Behutsam schob Harriet das Plastik beiseite und stieß auf ein geheimnisvolles Nest aus weißen Beuteln, das aussah wie das Gelege von riesigen Insekteneiern. Einer plumpste ins Wasser – Harriet zog schnell die Hand zurück – und trieb halb versunken wie eine Qualle unter der Oberfläche.

Einen schrecklichen Augenblick lang glaubte sie, die Beutel seien lebendig. In den wässrigen Lichtreflexen, die im Innern des Tanks umhertanzten, hatte es ausgesehen, als pulsierten sie sacht. Aber jetzt sah sie, dass es wirklich nur durchsichtige Plastikbeutel waren, die ein weißes Pulver enthielten.

Behutsam langte Harriet hinunter und berührte einen der kleinen Beutel (die feine blaue Linie des Ziploc-Verschlusses am oberen Rand war deutlich sichtbar), und dann hob sie ihn heraus und wog ihn in der Hand. Das Pulver war weiß wie Zucker oder Salz, aber die Beschaffenheit war anders – härter, kristalliner – und das Gewicht sonderbar gering. Sie öffnete den Beutel und hielt ihn an die Nase. Es roch nach nichts, da war höchstens ein leises, sauberes Aroma, das sie an das Scheuerpulver erinnerte, mit dem Ida das Badezimmer geputzt hatte. Na, was immer es sein mochte: Es gehörte ihm. Mit einer Rückhandbewegung warf sie den kleinen Beutel ins Wasser. Da schwamm er. Harriet betrachtete ihn, und ohne lange zu überlegen, was sie da tat oder warum sie es tat, griff sie wieder in den schwarzen Plastiksack mit den weißen Beutelchen, die sich dort zusammendrängten wie Samen in einer Schote, nahm sie heraus und warf sie in müßigen Bündeln zu dreien und vieren in das schwarze Wasser.

Als sie jetzt im Wagen saßen, hatte Farish vergessen, welche Laus ihm über die Leber gelaufen war, oder zumindest sah es so aus. Danny fuhr durch die Baumwollfelder, auf denen der Dunst von Morgenhitze und Pestiziden lag, und warf immer wieder nervöse Seitenblicke zu Farish hinüber, der zurückgelehnt dasaß und mit dem Radio mitsummte. Kaum waren sie vom Schotter auf den Asphalt gelangt, hatte Farishs angespannte Gewalttätigkeit sich gelegt, und seine Laune war besser geworden. Er hatte die Augen geschlossen und tief und zufrieden geseufzt, als die kühle Luft aus der Klimaanlage rauschte, und jetzt flogen sie auf dem Highway in Richtung Stadt und hörten die *Morning Show* auf WNAT. Eigentlich hasste Farish den Sender, aber jetzt nickte er gefällig mit dem Kopf zur Musik und trommelte auf seinem Knie, auf der Armlehne, auf dem Armaturenbrett.

Nur, dass er ein bisschen zu heftig trommelte. Es machte Danny nervös. Je älter Farish wurde, desto mehr benahm er sich wie ihr Vater: das eigentümliche Lächeln, bevor er etwas Niederträchtiges sagte, die unnatürliche Lebhaftigkeit – redselig, überfreundlich –, die einem üblen Ausbruch vorausging.

Der Turm.

W*iderspenstisch!* W*iderspenstisch!* Einmal hatte Danny
dieses Wort in der Schule benutzt, *widerspenstisch*, das
Lieblingswort seines Vaters, und die Lehrerin hatte gesagt, dieses Wort gebe es nicht mal. Aber Danny hörte noch
immer diesen schrillen, verrückten Überschlag in der Stimme seines Vaters, w*iderspenstisch!*, und hart klatschte
der Gürtel bei dem *wi* herunter, während Danny auf seine
Hände starrte: sommersprossig, großporig, von Narben
übersät und die Knöchel weiß, weil er sich so krampfhaft
an den Küchentisch klammerte. Danny kannte seine eigenen Hände sehr gut, wirklich sehr gut: In jedem schweren,
schlimmen Augenblick seines Lebens hatte er sie studiert
wie ein Buch. Sie waren wie eine Fahrkarte in die Vergangenheit: zurück zu Prügeln, Totenbetten, Beerdigun-
gen, Misserfolgen, zu Demütigungen auf dem Schulhof und
zu Verurteilungen im Gericht, zu Erinnerungen, die realer
waren als dieses Lenkrad, diese Straße.

Jetzt hatten sie den Stadtrand erreicht. Sie fuhren am
schattigen Gelände des Old Hospital vorbei, wo irgendwelche High-School-Cheerleader in V-Formation gleichzeitig
in die Höhe sprangen: *Hey!* Sie trugen keine Uniform, nicht
mal einheitliche Hemden, und trotz ihrer flotten, gleichförmigen Bewegungen wirkten sie ungeordnet. Arme wirbelten zu Winksignalen, Fäuste stießen in die Luft.

An einem anderen Tag – an jedem anderen Tag – hätte
Danny vielleicht hinter der alten Apotheke geparkt und
ihnen heimlich zugesehen. Aber als er jetzt langsam durch
das Getüpfel des Laubschattens fuhr, überlief es ihn eisig,
denn im Vordergrund erschien ganz plötzlich eine kleine,
bucklige Kreatur ganz in Schwarz, die – ein Megafon in der
Hand – in ihrem sumpfig schmatzenden Schritt innehielt
und ihn vom Gehweg her beobachtete. Es war so etwas
wie ein kleiner schwarzer Kobold – kaum einen Meter groß,
mit orangegelbem Schnabel und großen, orangegelben Füßen, merkwürdig durchnässt, wie es aussah. Als der Wagen
vorbeifuhr, verfolgte es ihn mit einer geschmeidigen Drehung und spreizte seine schwarzen Flügel wie eine Fleder-
maus … und Danny hatte das gespenstische Gefühl, dass er
sie schon einmal gesehen hatte, diese Kreatur, teils Krähe,

teils Zwerg, teils teuflisches Kind, dass er sich (so unwahrscheinlich es war) an sie erinnerte, von irgendwoher. Und was noch seltsamer war: dass *sie* sich an *ihn* erinnerte.

Und als er einen Blick in den Rückspiegel warf, sah er sie noch einmal, eine kleine schwarze Gestalt mit schwarzen Flügeln, die seinem Wagen nachschaute wie ein unwillkommener kleiner Bote aus der anderen Welt.

Die Grenzen werden dünner. Dannys Kopfhaut kribbelte. Die baumgesäumte Straße war plötzlich wie ein Fließbandkorridor in einem Alptraum, und tiefgrüne Fieberschatten drängten sich zu beiden Seiten heran.

Er schaute in den Rückspiegel. Die Kreatur war verschwunden.

Das waren nicht die Drogen; die hatte er im Schlaf ausgeschwitzt: Nein, der Fluss war über die Ufer getreten, und aller mögliche Müll und unerhörter Abfall war von seinem Grund herauf ans Tageslicht geschwemmt worden, ein Katastrophenfilm. Träume und Erinnerungen und unaussprechliche Ängste schwappten diese öffentliche Straße hinunter. Und Danny hatte (nicht zum ersten Mal) das Gefühl, dass er diesen Tag schon einmal geträumt hatte, dass er die Natchez Street hinunter auf etwas zufuhr, das schon stattgefunden hatte.

Er rieb sich den Mund. Er musste pinkeln. Die Rippen und der Kopf taten ihm weh von Farishs Fußtritten, aber er konnte kaum an etwas anderes denken als daran, wie dringend er pinkeln musste. Und das Runterkommen vom Speed hinterließ einen ekligen, chemischen Nachgeschmack in seinem Mund.

Er warf einen verstohlenen Blick auf Farish, der immer noch von der Musik gefangen war: Er nickte mit dem Kopf, summte vor sich hin und trommelte mit dem Fingerknöchel auf die Armlehne. Aber die Polizeihündin auf dem Rücksitz funkelte Danny an, als wisse sie genau, was er dachte.

Er versuchte, sich aufzupeppen. Eugene würde sich, bei all seinen frommen Tiraden, um Curtis kümmern. Und dann war da noch Gum. Der bloße Name löste eine Lawine von schuldbewussten Gedanken aus, aber obwohl Danny sich mächtig zusammennahm und mit aller Willenskraft

Der Turm.

versuchte, Zuneigung zu seiner Großmutter zu empfinden, fühlte er nichts. Manchmal, besonders wenn er Gum mitten in der Nacht in ihrem Trailer husten hörte, bekam er einen Kloß in den Hals und wurde sentimental bei dem Gedanken an die Strapazen, die sie durchlitten hatte, aber Liebe war eine Regung, die er für seine Großmutter nur in ihrer Anwesenheit verspürte, und auch dann nur gelegentlich. Und niemals anderswo.

Und was sollte das alles überhaupt? Danny musste so dringend pinkeln, dass seine Augäpfel zu platzen drohten; er presste die Augen zu und öffnete sie wieder. *Ich schicke Geld nach Hause. Sobald ich den Stoff verschoben und mich eingerichtet hab...*

Gab es einen anderen Weg? Nein. Es gab – abgesehen von dem, was vor ihm lag – keinen anderen Weg zu dem Haus am Wasser in einem anderen Staat. Er musste seine Gedanken auf diese Zukunft konzentrieren, musste sie wirklich sehen und sich reibungslos, und ohne zu stocken, auf sie zu bewegen.

Sie fuhren vorbei am alten Alexandria Hotel mit seiner durchhängenden Veranda und den morschen Blendläden – es spukte dort, hieß es, und das war kein Wunder bei den vielen Leuten, die hier gestorben waren; man spürte, wie der Laden es ausstrahlte, all das historische Sterben. Danny wollte das Universum anheulen, das ihn hier abgeladen hatte: hier in diesem Höllenloch von Stadt, in diesem heruntergekommenen County, das seit dem Bürgerkrieg kein Geld mehr gesehen hatte. Seine erste Verurteilung war nicht mal seine Schuld gewesen: Sein Vater war es gewesen, der ihn losgeschickt hatte, damit er eine lachhaft teure Stihl-Motorsäge aus der Werkstatt eines reichen deutschen Farmers klaute, der mit einer Flinte dagesessen und sein Eigentum bewacht hatte. Jetzt war es lächerlich, sich daran zu erinnern, wie er sich auf die Entlassung aus dem Gefängnis gefreut hatte, wie er die Tage gezählt hatte, bis er wieder nach Hause durfte, denn was er damals nicht begriffen hatte (und ohne es zu wissen, war er glücklicher gewesen), war dies: Wenn du erst mal im Knast warst, kamst du nicht mehr raus. Die Leute behandelten dich da-

nach wie einen anderen Menschen, und du hattest Rückfälle, wie einer Rückfälle hatte, wenn er an Malaria oder Al-
koholismus litt. Die einzige Lösung bestand darin, irgendwo hinzugehen, wo dich keiner kannte, wo keiner deine
Familie kannte und wo du versuchen konntest, ein ganz
neues Leben anzufangen.

Straßenschilder wiederholten sich, Wörter: *Natchez, Natchez, Natchez.* Die Handelskammer: ALEXANDRIA: SO
SOLLTE ES SEIN. *Nein,* dachte Danny, *so sollte es* nicht
sein. So ist *es, verdammt!*

Er bog scharf ab und fuhr auf den Güterbahnhof zu.
Farish hielt sich am Armaturenbrett fest und schaute ihn
an; in seinem Blick lag so etwas wie Verwunderung. »Was
machst du?«

»Du hast gesagt, ich sollte hierher fahren«, sagte Danny
und bemühte sich, möglichst neutral zu klingen.

»Ja?«

Danny hatte das Gefühl, etwas sagen zu müssen, aber er
wusste nicht, was. *Hatte* Farish vom Turm gesprochen?
Plötzlich war er nicht mehr sicher.

»Du hast gesagt, du wolltest mich kontrollieren«, sagte er
versuchsweise, wie einen Testballon, um zu sehen, was passieren würde.

Farish zuckte die Achseln, und dann lehnte er sich zu
Dannys Überraschung wieder zurück und schaute aus dem
Fenster. Das Herumfahren brachte ihn meistens in gute
Stimmung. Danny hörte noch immer, wie Farish einen leisen Pfiff ausgestoßen hatte, als er zum ersten Mal mit dem
TransAm vorgefahren war. Wie gern fuhr er durch die
Gegend, stieg einfach in den Wagen und fuhr los! In den
ersten paar Monaten waren sie nur zum Spaß nach In-
diana raufgefahren, nur sie beide, und einmal bis rüber
nach West Texas – ohne Grund, zu sehen gab es da nichts,
nur klares Wetter und die Highway-Schilder, die über
ihnen aufblitzten, während sie im Radio irgendeinen Song
suchten.

»Ich sag dir was. Lass uns irgendwo frühstücken«, schlug
Farish vor.

Danny Absichten gerieten ins Wanken. Er hatte Hunger.

Der Turm.

Dann dachte er an seinen Plan. Er war gefasst, er stand fest, er war der einzige Ausweg. Schwarze Flügel winkten ihn um die Ecke, in eine Zukunft, die er nicht sehen konnte.

Er wendete nicht, sondern fuhr weiter. Bäume drängten sich dicht an den Wagen. Die Asphaltstraße lag jetzt so weit hinter ihnen, dass man von einer richtigen Straße hier gar nicht mehr sprechen konnte: Es waren Schlaglöcher in einer ausgefahrenen Schotterpiste.

»Ich versuch bloß, 'ne Stelle zum Wenden zu finden«, sagte er, und im selben Augenblick merkte er, wie dumm es klang.

Er hielt an. Sie waren ein ordentliches Stück weit von der Straße entfernt; die Piste war so schlecht, das Gestrüpp so hoch, dass er keine Lust hatte, noch weiter zu fahren und zu riskieren, dass er irgendwo stecken blieb. Die Hunde fingen wie verrückt an zu bellen, sprangen hin und her und drängten nach vorn. Danny drehte sich um, als wolle er aussteigen. »Da wären wir«, sagte er ohne jeden Sinn. Hastig zog er die kleine Pistole aus dem Stiefel und richtete sie auf Farish.

Aber Farish sah es nicht. Er hatte sich auf dem Sitz zur Seite gedreht und den massigen Bauch der Tür zugewandt. »Geh da *runter*«, sagte er zu der Hündin, die Van Zant hieß. »Runter, hab ich gesagt. *Ab!*« Er hob die Hand, und der Hund wich zurück.

»Willst du dich mit *mir* anlegen? Kommst du *mir* mit diesem widerspenstischen Scheiß?«

Er hatte noch keinen Blick auf Danny oder die Pistole geworfen. Um seine Aufmerksamkeit auf sich zu ziehen, räusperte Danny sich.

Farish hob eine schmutzige rote Hand. »Moment!«, sagte er, ohne sich umzusehen. »Warte, ich muss diesem Hund Disziplin beibringen. Ich hab's *satt*« – (zack, auf den Kopf), »du mieser Köter. Werd mir ja nicht frech!« Er und die Hündin funkelten einander an. Sie hatte die Ohren flach an den Kopf gelegt, und ihre gelben Augen glühten.

»Na los. Mach's ruhig. Ich knall dir eine, wie du sie noch nie – nein, warte.« Er hob den Arm und drehte sich halb zu Danny um, aber es war das blinde Auge, das er auf ihn richtete. »Ich muss diesem Biest eine Lektion erteilen.« Es war kalt und blau wie eine Auster, dieses blinde Auge. »Na los«, sagte er zu dem Hund, »versuch's nur. Es wird das letzte Mal sein, dass du je –«

Danny spannte den Hahn und schoss Farish in den Kopf. Es ging einfach so, genauso schnell: *krack*. Farishs Kopf schnellte nach vorn, und sein Mund klappte auf. Mit einer seltsam gelassenen Geste griff er zum Armaturenbrett, um sich abzustützen. Dann drehte er sich zu Danny um, das gesunde Auge halb geschlossen, aber das blinde weit aufgerissen. Eine Blase aus Speichel, vermischt mit Blut, quoll aus seinem Mund; er sah aus wie ein Fisch, wie ein Katzenwels am Haken: *blop, blop*.

Danny schoss noch einmal, in den Hals diesmal. In der Stille, die um ihn herum in blechernen Kreisen hallte und verwehte, stieg er aus dem Wagen und schlug die Tür zu. Jetzt war es passiert, und es gab kein Zurück. Sein Hemd war vorn mit Blut bespritzt; er berührte seine Wange und betrachtete dann die rostig verschmierten Fingerspitzen. Farish war vornüber zusammengesackt, seine Arme lagen auf dem Armaturenbrett; sein Hals war Brei, aber sein Mund – voller Blut – bewegte sich noch. Sable, der kleinere der beiden Hunde, hing mit den Pfoten über der Lehne des Beifahrersitzes und versuchte mit strampelnden Hinterbeinen darüber hinweg und seinem Herrn auf den Kopf zu klettern. Der Drecksköter namens Van Zant war vom Rücksitz nach vorn gesprungen. Mit gesenkter Nase drehte sie sich zweimal um sich selbst, dann noch einmal in die andere Richtung, und dann senkte sie den Hintern auf den Fahrersitz, die schwarzen Ohren steil aufgerichtet – wie ein Teufel. Einen Moment lang funkelte sie Danny mit ihren Wolfsaugen an, und dann fing sie an zu bellen: ein kurzes, scharfes Kläffen, klar und weithin hallend.

Der Alarm war so unüberhörbar, als schreie sie: »Feuer! Feuer!« Danny wich zurück. Das dünne Knallen der Pistole hatte Scharen von Vögeln auffliegen lassen wie Schrapnell. Jetzt kamen sie wieder herunter, landeten auf den Bäumen, auf dem Boden. Überall in seinem Wagen war Blut: Blut auf der Frontscheibe, auf dem Armaturenbrett, am Beifahrerfenster.

Der Turm.

Ich hätte frühstücken sollen, dachte er hysterisch. *Wann hab ich zuletzt gegessen?*

Und bei diesem Gedanken wurde ihm bewusst, dass er urinieren musste, und zwar ganz dringend, schon seit er heute Morgen aufgewacht war.

Eine wunderbare Erleichterung senkte sich auf ihn herab und sickerte in seinen Blutkreislauf. *Es ist alles okay,* dachte er und zog seinen Reißverschluss auf, und dann –

Sein schönes Auto. Sein Auto. Vor wenigen Augenblicken noch war es ein Prachtstück gewesen, eine Schönheit, und jetzt war es ein Tatort aus *True Detective.* Die Hunde darin sprangen wie rasend hin und her. Farish lag zusammengesunken und mit dem Gesicht nach unten auf dem Armaturenbrett. Seine Haltung wirkte merkwürdig entspannt und natürlich; man hätte denken können, er beuge sich hinunter, um einen herabgefallenen Schlüssel aufzuheben, wenn da nicht diese große Blutlache gewesen wäre, die sich unter seinem Kopf ausbreitete und langsam auf den Boden tröpfelte. Die ganze Frontscheibe war mit Blut bespritzt – dicke, dunkle, glänzende Tropfen, die am Glas klebten wie ein großer Strauß Stechpalmenbeeren im Blumenladen. Auf dem Rücksitz sprang Sable hin und her und schlug mit dem Schwanz gegen die Scheiben. Van Zant saß neben ihrem Herrn und stieß ihn immer wieder an, in schnell aufeinander folgenden Finten: stupste mit der Nase gegen seine Wange, wich zurück, sprang wieder vor und stupste ihn wieder, und sie bellte, bellte, ein kurzes, durchdringendes Kläffen – sie war ein Hund, verdammt, aber dieses scharfe, drängende Gekläff war so unmissverständlich, als würde jemand mit lauter Stimme um Hilfe schreien.

Danny rieb sich das Kinn und sah sich gehetzt um. Was immer ihn geritten hatte abzudrücken, war verflogen, aber seine Probleme hatten sich vervielfacht und verfinsterten die Sonne. Warum um alles in der Welt hatte er Farish *im* Wagen erschossen? Hätte er sich doch nur noch zwei Sekunden zurückgehalten. Aber nein: Er hatte es nicht erwarten können, die Sache hinter sich zu bringen, hatte wie ein Idiot drauf gebrannt, abzudrücken und loszuballern, statt auf den richtigen Augenblick zu warten.

Er krümmte sich zusammen und stemmte die Hände auf die Knie. Ihm war schlecht, und er fühlte sich klamm; sein Herz hämmerte, und er hatte seit Wochen nichts Richtiges mehr gegessen. Der harte Adrenalinstoß war versickert, und mit ihm das bisschen Kraft, das er noch gehabt hatte, und sein sehnlichster Wunsch war es, sich auf den warmen grünen Boden zu legen und die Augen zuzumachen. Wie hypnotisiert starrte er den Boden an; dann schüttelte er sich und richtete sich wieder auf. Jetzt eine Nase, und er wäre gleich wieder okay – eine Nase, *o Gott*, bei dem bloßen Gedanken fingen seine Augen an zu tränen –, aber er war zu Hause weggefahren, ohne etwas mitzunehmen, und jetzt die Wagentür aufzumachen und an Farishs Leiche herumzuwühlen und die Reißverschlusstaschen an diesem dreckigen alten, beschissenen UPS-Overall auf- und zuzumachen – das war das Letzte auf der Welt, wozu er Lust hatte.

Er hinkte um den Wagen herum nach vorn. Van Zant wollte ihn anspringen, und ihre Schnauze prallte mit solchem Krachen gegen die Windschutzscheibe, dass er zurücktaumelte.

Inmitten des ohrenbetäubenden Gebells blieb er einen Moment lang mit geschlossenen Augen stehen. Er atmete flach und versuchte, seine Nerven zu beruhigen. Er wollte nicht hier sein, aber er war hier. Und er musste jetzt anfangen nachzudenken und es langsam angehen lassen, Schritt für Schritt.

Es waren die Vögel, die sich mit lautem Gezeter erhoben, was Harriet erschreckte. In einer jähen Explosion stoben sie ringsumher in die Höhe, sodass sie zusammenfuhr und schützend einen Arm vor das Gesicht hob. Vier oder fünf Krähen ließen sich in ihrer Nähe nieder und umklammerten das Geländer am Tank mit ihren Füßen. Sie wandten die Köpfe und sahen sie an, und die Krähe, die ihr am nächsten war, schlug mit den Flügeln und flatterte davon. Unten, in weiter Ferne, hörte sie etwas, das sich anhörte wie bellende Hunde, Hunde, die außer sich waren. Aber vor-

Der Turm.

her hatte sie, wenn sie sich nicht irrte, noch ein anderes Geräusch gehört, einen leisen Knall, sehr dünn in der windigen, sonnengebleichten Ferne.

Harriet saß in der Luke, die Beine im Tank, die Füße auf der Leiter, und rührte sich nicht. Ihr Blick wanderte verwirrt umher, und einer der Vögel schaute sie an. Keck und boshaft wie ein Cartoon-Vogel legte er den Kopf schräg und sah fast so aus, als wolle er etwas sagen, aber während sie ihn noch ansah, hallte ein zweiter Knall von unten herauf, und der Vogel fuhr hoch und flog weg.

Harriet lauschte. Halb im Tank, halb draußen, richtete sie sich ein Stück auf und erschrak, als die Leiter unter ihrem Gewicht knarrte. Hastig kletterte sie auf die Planken, kroch auf Händen und Knien zum Rand und reckte den Hals so weit vor, wie sie konnte.

Dort unten – weit hinten auf dem freien Feld, dicht am Wald, zu weit weg, um ihn deutlich zu sehen – stand der TransAm. Vögel senkten sich wieder auf das Gelände herab, landeten einer nach dem andern auf den Zweigen, in den Büschen, auf der Erde. Neben dem Wagen, weit, weit weg, stand Danny Ratliff. Er hatte ihr den Rücken zugewandt und presste sich beide Hände an die Ohren, als schreie ihn jemand an.

Harriet duckte sich – seine Haltung, angespannt und aufgebracht, jagte ihr einen Schreck ein –, und im nächsten Augenblick wurde ihr klar, was sie noch gesehen hatte, und langsam richtete sie sich wieder auf.

Ja: leuchtendes Rot. In Tropfen auf die Windschutzscheibe gespritzt, so leuchtend und schockierend, dass es selbst aus dieser Entfernung sofort ins Auge fiel. Dahinter – im Wagen, hinter dem halb durchsichtigen Schleier aus roten Spritzern – nahm sie undeutliche, schreckliche Bewegungen wahr: Irgendetwas warf sich dort wild hin und her und schlug um sich. Und was immer es sein mochte, dieses dunkle Toben, Danny Ratliff schien auch Angst davor zu haben. Er ging langsam rückwärts, wie ein Roboter, und seine Schritte waren wie das Rückwärtswanken eines erschossenen Cowboys im Kino.

Harriet überkam plötzlich ein seltsam leeres, träges

Gefühl. Von dort, wo sie war, so hoch oben, sah das alles irgendwie flach und unwichtig aus, beiläufig fast. Die Sonne brannte weiß und wütend vom Himmel, und in ihrem Kopf dröhnte die gleiche wunderliche, luftige Leichtigkeit, die ihr beim Klettern den Wunsch eingab, den Griff zu lockern und sich einfach fallen zu lassen.

Ich sitze in der Patsche, dachte sie, *und zwar mächtig,* aber es fiel ihr schwer, es tatsächlich so zu empfinden, auch wenn es stimmte.

In der hellen Ferne bückte Danny Ratliff sich, um etwas Glänzendes aus dem Gras aufzuheben, und ein mulmiges Flattern erfasste Harriets Herz, als sie (mehr an der Art, wie er es in der Hand hielt, als an irgendetwas anderem) erkannte, dass es eine Pistole war. In der furchtbaren Stille bildete sie sich einen Moment lang ein, ferne Trompetenmusik zu hören – Helys Marschkapelle, weit im Osten –, und als sie verwirrt in die Richtung schaute, war ihr, als blitze dort in der dunstigen Ferne ein winziges, goldenes Funkeln auf, wie von Messing in der Sonne.

Vögel – Vögel überall, mächtige, schwarze, krächzende Explosionen, wie radioaktiver Fallout, wie Schrapnell. Ein schlechtes Zeichen: Wörter und Träume und Gesetze und Zahlen, Stürme von Informationen in seinem Kopf, unentzifferbar, flatternd, kreisend. Danny presste die Hände auf die Ohren. Er sah sein eigenes Spiegelbild schief in der blutbespritzten Frontscheibe, eine wirbelnde rote Galaxie, auf dem Glas erstarrt, und einen dünnen Wolkenfilm, der hinter seinem Kopf dahinzog. Ihm war schlecht, und er war erschöpft; er brauchte eine Dusche und ein gutes Essen, er musste nach Hause und ins Bett. Er konnte diese Scheiße nicht gebrauchen. *Ich hab meinen Bruder erschossen, und warum? Weil ich so dringend pinkeln musste, dass ich nicht mehr geradeaus denken konnte.* Farish hätte sich nicht mehr eingekriegt. Makabre Storys in der Zeitung, darüber konnte er sich kaputtlachen: der Betrunkene, der von einer Straßenbrücke gepisst hatte und dabei abgerutscht und auf dem Highway zu Tode gestürzt war. Der Idiot, der

Der Turm.

wach geworden war, weil neben seinem Bett das Telefon klingelte, und der seine Pistole gegrabscht und sich in den Kopf geschossen hatte.

Die Waffe lag im Unkraut zu seinen Füßen, wo er sie hatte fallen lassen. Er bückte sich steif, um sie aufzuheben. Sable schnüffelte an Farishs Wange und Hals herum, mit wühlenden und drängenden Bewegungen, bei denen Danny ganz flau wurde, während Van Zant jede seiner Handlungen mit ihren ätzend gelben Augen verfolgte. Als er auf den Wagen zuging, bäumte sie sich auf und bellte mit neuer Energie. Mach du nur die Tür auf, schien sie zu sagen. Mach du nur diese gottverfluchte Tür auf, *motherfucker.* Danny dachte an die Dressurstunden auf dem Hof, bei denen Farish die Arme mit Steppdecken und Jutesäcken umwickelt und geschrien hatte: *Fass! Fass!* Überall waren Watteflöckchen herumgeschwebt.

Seine Knie zitterten. Er rieb sich den Mund und versuchte sich zu sammeln. Dann zielte er mit der Pistole über den Unterarm auf das gelbe Auge des Hundes Van Zant und drückte ab. Ein Loch von der Größe eines Silberdollars explodierte in der Scheibe. Das Schreien, das Toben und Schluchzen im Wagen ließ ihn mit den Zähnen knirschen; er beugte sich zur Scheibe hinunter, schob die Pistole durch das Loch und schoss noch einmal auf die Hündin, und dann schwenkte er den Lauf herum und erledigte auch den anderen mit einem guten, sauberen Schuss. Dann holte er weit aus und schleuderte die Pistole so weit weg, wie er konnte.

Keuchend stand er im grellen Morgenlicht, als sei er eine Meile gerannt. Die Schreie aus dem Wagen waren das schlimmste Geräusch, das er je im Leben gehört hatte: hoch und unirdisch wie von einer geborstenen Maschine, ein metallisch schluchzender Ton, der sich unermüdlich in die Länge zog, ein Geräusch, das Danny körperliche Schmerzen bereitete, bis er das Gefühl hatte, wenn es nicht aufhörte, würde er sich einen Stock ins Ohr treiben müssen.

Aber es hörte nicht auf, und nachdem er lächerlich lange halb abgewandt dagestanden hatte, ging er steifbeinig in die Richtung, in die er die Pistole geworfen hatte. Die

Schreie der Hunde gellten ihm in den Ohren. Ingrimmig ließ er sich auf die Knie nieder und suchte im spärlichen Gras, teilte es mit den Händen, und sein Rücken straffte sich unter den markerschütternden, kraftvollen Schreien. Aber die Pistole war leer: keine Patronen mehr. Danny wischte sie an seinem Hemd sauber und warf sie tiefer in den Wald hinein. Er wollte sich zwingen, zum Wagen zu gehen und nachzusehen, als die Stille über ihn hinwegrollte, in alles zermalmenden Wogen, und jede Woge hatte ihren eigenen Kamm und ihr eigenes Tal, genau wie die Schreie, die ihnen vorausgegangen waren.

Sie würde jetzt mit unserem Kaffee kommen, dachte er und rieb sich den Mund, *wenn ich zum ›White Kitchen‹ gefahren und nicht hierher abgebogen wäre.* Die Kellnerin namens Tracey, die dürre mit den klingelnden Ohrringen und dem kleinen flachen Arsch, brachte den Kaffee immer, ohne zu fragen. Er sah Farish vor sich, auf dem Stuhl zurückgelehnt, den Bauch großartig vorgewölbt, wie er den Vortrag über die Eier hielt, den er immer hielt (dass er sie nicht *trinken* wollte, und dass man der Köchin sagen sollte, sie könnte sie gar nicht hart genug machen), während Danny ihm am Tisch gegenüber saß und seinen fiesen alten Schädel anstarrte, verfilzt wie schwarzes Seegras, und dabei dachte: *Du hast keine Ahnung, wie nah ich dran war.*

All das verschwand, und er merkte, dass er eine zerbrochene Flasche im Unkraut anstarrte. Er öffnete und schloss die eine Faust, dann die andere. Seine Handflächen fühlten sich schleimig und kalt an. *Ich muss in die Gänge kommen,* dachte er in jäher Panik.

Und immer noch blieb er stehen. Es war, als sei die Sicherung durchgebrannt, die seinen Körper mit dem Gehirn verband. Jetzt, wo das Autofenster zerschossen war und die Hunde nicht mehr heulten und schrien, hörte er ganz leise Musikklänge, die aus dem Radio wehten. Ob die Leute, die diesen Song sangen (irgendeinen Scheiß über Sternenstaub in deinen Haaren), sich je auch nur einen Moment lang vorstellten, dass ihnen jemand zuhörte, der auf einer Schotterstraße an einer stillgelegten Bahnstrecke vor einem Auto mit einer Leiche stand? Nein, diese Leute

Der Turm.

schwirrten bloß dauernd in Los Angeles und Hollywood rum, in weißen Anzügen mit glitzernden Pailletten und mit Sonnenbrillen, die oben dunkel und unten klar waren, und sie tranken Champagner und schnupften ihr Koks von silbernen Tabletts. Sie kamen nie auf die Idee – wenn sie im Studio neben ihrem Flügel standen mit ihren Glitzerschals und ihren schicken Cocktails –, nie kamen sie auf die Idee, dass irgendein armer Mensch in Mississippi auf einer Schotterstraße stehen und ein paar größere Probleme zu lösen haben würde, während im Radio lief: *on the day that you were born the angels got together*...

Er tat einen Schritt auf den Wagen zu, einen Schritt. Seine Knie zitterten; das Knirschen des Schotters unter seinen Sohlen erschreckte ihn. *Jetzt mach schon!* befahl er sich mit hochfliegender Hysterie und sah sich gehetzt um (nach links, nach rechts, zum Himmel), und dabei streckte er die Hand aus, um sich zu stützen, sollte er fallen. *Steh nicht dämlich rum!* Was er zu tun hatte, war klar; die Frage war nur, wie, denn es führte kein Weg um die Tatsache herum, dass er prinzipiell lieber zur Säge greifen und sich den Arm absägen würde, ehe er die Leiche seines Bruders anrührte.

Auf der Ablage am Armaturenbrett lag die schmutzige Hand seines Bruders: nikotingelbe Finger, der dicke goldene Ring am kleinen Finger, geformt wie ein Spielwürfel. Danny starrte ihn an und versuchte, sich wieder in seine Lage hineinzudenken. Was er nötig hatte, war eine Nase: Er musste sich konzentrieren und seinen Mumm wieder finden. Oben im Wasserturm war reichlich Stoff, jede Menge Stoff, und je länger er herumstand, desto länger würde auch der TransAm hier im Unkraut stehen, mit einem toten Mann und zwei Schäferhundkadavern, die auf die Sitze bluteten.

Harriet klammerte sich mit beiden Fäusten am Geländer fest und lag auf dem Bauch, atemlos vor Angst. Weil ihre Füße höher als der Kopf lagen, war ihr das Blut ins Gesicht geströmt, und der Herzschlag dröhnte in ihren Schläfen.

Das Schreien im Auto hatte aufgehört, dieses scharfe, schrille Tiergeheul, das anscheinend überhaupt nicht hatte aufhören wollen, aber selbst die Stille wirkte jetzt gedehnt und unförmig verzerrt von diesen unirdischen Schreien. Er stand immer noch da, Danny Ratliff, da unten auf dem Boden. Sehr klein sah er aus in dieser flachen, friedlichen Ferne. Alles war still wie ein Bild. Jeder Grashalm, jedes Blatt an jedem Baum war wie gekämmt und geölt und ordentlich glatt gestrichen.

Harriets Ellenbogen waren wund. Sie verlagerte ihr Gewicht in dieser anstrengenden Lage ein wenig. Was sie da gesehen hatte, wusste sie nicht genau – es war zu weit weg –, aber die Schüsse und die Schreie hatte sie deutlich genug gehört, und der Nachklang gellte immer noch in ihren Ohren: schrill, brühheiß, unerträglich. Im Wagen bewegte sich nichts mehr; seine Opfer (dunkle Umrisse, mehr als einer, schien es) lagen still.

Plötzlich drehte er sich um, und Harriets Herz krampfte sich schmerzhaft zusammen. *Bitte, lieber Gott,* betete sie, *bitte, lieber Gott, lass ihn nicht hier heraufkommen…*

Aber er ging auf den Waldrand zu, und nach einem kurzen Blick zurück bückte er sich rasch. Ein gelblich-weißer Hautstreifen, der überhaupt nicht zu der dunklen Bräune seiner Arme passen wollte, erschien in der Lücke zwischen dem T-Shirt und dem Bund seiner Jeans. Er ließ das Magazin aus der Pistole rasten und untersuchte es, richtete sich auf und wischte die Waffe an seinem Hemd ab, und dann schleuderte er sie in den Wald, und der Schatten der Pistole flog dunkel über den grasbewachsenen Boden.

Harriet beobachtete das alles über ihren Unterarm hinweg und widerstand dem starken Drang wegzuschauen. Obwohl sie verzweifelt darauf brannte herauszufinden, was er da tat, erforderte es eine sonderbare Anstrengung, den Blick derart konzentriert auf immer denselben hellen, fernen Punkt zu richten, und sie musste den Kopf schütteln, um eine Art Nebel zu vertreiben, der ab und an durch ihr Gesichtsfeld kroch, ganz wie die Dunkelheit, die sich über die Zahlen auf der Schultafel schob, wenn sie allzu angestrengt hinschaute.

Der Turm.

Nach einer Weile ging er zu seinem Wagen zurück. Dort blieb er stehen und wandte ihr die verschwitzten Rückenmuskeln zu, den Kopf leicht gesenkt, die Arme starr an der Seite. Sein Schatten lag gestreckt auf dem Schotter, eine schwarze Planke, die auf zwei Uhr deutete. Im grellen Licht war er ein wohltuender Anblick, dieser Schatten, beruhigend und kühlend für das Auge. Dann glitt er davon und verschwand, als er sich umdrehte und auf den Turm zukam.

Harriets Magen sackte ins Leere. Einen Augenblick später hatte sie sich wieder gefasst, wühlte nach dem Revolver, fing an, ihn mit zitternden Fingern auszuwickeln. Ganz plötzlich kam ihr ein altes Schießeisen, mit dem sie nicht umgehen konnte (sie war nicht mal sicher, dass sie es richtig geladen hatte), sehr unbedeutend vor, wenn es allein zwischen ihr und Danny Ratliff stehen sollte, zumal in einer so halsbrecherischen Lage.

Ihr Blick hüpfte umher. Wo sollte sie Stellung beziehen? Hier? Oder auf der anderen Seite, vielleicht ein bisschen tiefer? Dann hörte sie ein Scheppern auf der metallenen Leiter.

Verzweifelt sah sie sich um. Sie hatte in ihrem ganzen Leben noch nicht geschossen. Selbst, wenn sie ihn träfe, würde er nicht auf der Stelle umfallen, und das morsche Dach bot keinen Platz zum Rückzug.

Klank... klank... klank...

Harriet – einen Moment lang spürte sie körperlich das Grauen, gepackt und über die Kante geschleudert zu werden – kam taumelnd auf die Beine, aber gerade als sie sich mitsamt ihrem Revolver durch die Luke ins Wasser stürzen wollte, ließ etwas sie innehalten. Mit den Armen fuchtelnd, bäumte sie sich auf und fand das Gleichgewicht wieder. Der Tank war eine Falle. Es wäre schlimm genug, ihm von Angesicht zu Angesicht im hellen Sonnenlicht gegenüberzustehen, aber da unten hätte sie keine Chance mehr.

Klank... klank...

Der Revolver war schwer und kalt. Unbeholfen hielt sie ihn umklammert und kroch seitwärts auf dem Dach herunter, und dann drehte sie sich auf dem Bauch herum, hielt die Waffe mit beiden Händen fest und robbte auf den Ellenbogen vorwärts, so weit es ging, ohne den Kopf über die Kante des Tanks hinauszuschieben. Ihr Gesichtsfeld war schmal und dunkel, zu einem einzelnen Augenschlitz zusammengeschrumpft wie das Visier eines Ritterhelms, und sie merkte plötzlich, dass sie seltsam unbeteiligt hindurchspähte und dass alles fern und unwirklich erschien. Nur eins war noch da, nämlich das schneidende, verzweifelte Verlangen, ihr Leben wie ein Knallfrosch zu versprühen – in einer einzigen Explosion, mitten in Danny Ratliffs Gesicht.

Klank... klank...

Sie schob sich weiter nach vorn, gerade noch weit genug, um über den Rand zu schauen. Der Revolver zitterte in ihren Händen. Noch ein kleines Stück, und sie sah seinen Scheitel ungefähr fünf Meter weit unter sich.

Sieh nicht hoch, dachte Harriet verzweifelt. Sie stützte sich auf die Ellenbogen, hob den Revolver genau vor ihren Nasenrücken, spähte am Lauf entlang und hielt ihn so gerade, wie sie nur konnte. Dann schloss sie die Augen und drückte ab.

Peng. Der Kolben schlug ihr mit lautem Krachen vor die Nase, und sie schrie auf, rollte sich auf den Rücken und packte ihre Nase mit beiden Händen. Ein Schauer von orangegelben Funken sprühte in der Dunkelheit hinter ihren Lidern empor. Irgendwo weit hinten in ihrer Wahrnehmung hörte sie, wie der Revolver klappernd hinunterfiel; er traf die Sprossen der Leiter mit hohlem, metallischem Scheppern, das sich anhörte, wie wenn jemand mit einem Stock über ein Eisengitter im Zoo strich. Aber der Schmerz in ihrer Nase war so wütend und grell wie nichts anderes, das sie je erlebt hatte, und Blut strömte zwischen ihren Fingern hervor, heiß und glitschig. Überall an ihren Händen war Blut, und sie schmeckte es im Mund, und als sie ihre roten Finger anschaute, konnte sie sich einen Moment lang nicht erinnern, wo sie war oder warum sie hier war.

Der Turm.

Bei dem Knall erschrak Danny so heftig, dass er beinahe den Halt verloren hätte. Etwas klirrte schwer auf die Sprosse über ihm, und im nächsten Augenblick bekam er einen harten Schlag auf den Kopf.

Im ersten Moment glaubte er zu fallen, und er wusste nicht, wonach er greifen sollte, aber dann – mit einem traumartigen Ruck – erkannte er, dass er sich immer noch mit beiden Händen an der Leiter festklammerte. Schmerz breitete sich in großen, flachen Wellen von seinem Scheitel her aus, als habe eine Uhr geschlagen, Wellen, die mitten in der Luft hängen blieben und sich nur langsam auflösten.

Er hatte gespürt, dass etwas an ihm vorbei nach unten gefallen war, und er glaubte auch gehört zu haben, wie es unten auf dem Kies landete. Er berührte seine Kopfhaut – da schwoll eine Beule an, die er fühlen konnte –, und dann drehte er sich um, so weit er es wagen konnte, und spähte nach unten, um zu sehen, was ihn da getroffen hatte. Die Sonne schien ihm ins Gesicht, und er konnte nur den gestreckten Schatten des Wassertanks sehen, und sein eigener Schatten hing wie eine lang gestreckte Vogelscheuche an der Leiter.

Die Fenster des TransAm auf der Lichtung waren blinde Spiegel im grellen Licht. Ob Farish den Turm präpariert hatte? Danny hatte die Frage verneint, aber es wurde ihm schlagartig klar, dass er nicht sicher sein konnte.

Und jetzt war er hier. Er stieg eine Sprosse höher und hielt inne; er überlegte, ob er wieder hinunterklettern und das Ding suchen sollte, das ihn am Kopf getroffen hatte, aber dann sah er ein, dass es reine Zeitverschwendung wäre. Was er dort getan hatte, dort unten, war erledigt; was er jetzt zu tun hatte, war klettern: Er musste sich darauf konzentrieren, auf das Dach zu kommen. Er wollte sich nicht in die Luft sprengen lassen – *aber wenn es passiert*, dachte er und warf einen Blick hinunter zu dem blutverschmierten Wagen, *dann scheiß drauf.*

Es gab nichts anderes zu tun als weiterzuklettern. Er rieb sich die schmerzende Beule am Kopf, holte tief Luft und stieg eine Sprosse höher.

———————

Irgendetwas in Harriet rastete ein, und sie war wieder in ihrem Körper. Sie lag auf der Seite, und es war, als kehre sie zu einem Fenster zurück, von dem sie weggegangen war, aber zu einer anderen Scheibe. Ihre Hand war voller Blut. Sie starrte sie an, ohne genau zu wissen, was sie da sah. Dann fiel es ihr wieder ein, und sie fuhr kerzengerade hoch. Er war unterwegs, und sie hatte keinen Augenblick Zeit zu verlieren. Benommen stand sie auf. Plötzlich schoss eine Hand von hinten heran und packte sie beim Knöchel. Sie schrie und trat danach und kam unverhofft wieder frei. Sie stürzte zur Luke, gerade als Danny Ratliff mit zerschlagenem Gesicht und seinem blutbespritzten Hemd hinter ihr auf der Leiter heraufkam wie ein Schwimmer, der aus dem Pool klettert.

Er war Furcht erregend, übel riechend, riesig. Keuchend, beinahe weinend vor Entsetzen klapperte Harriet die Leiter hinunter zum Wasser. Sein Schatten fiel über die offene Luke und verfinsterte die Sonne. *Klank:* Hässliche Motorradstiefel traten über ihr auf die Leiter. Er kam herunter, ihr nach: *klank klank klank klank.*

Harriet drehte sich um und stürzte sich von der Leiter. Mit den Füßen zuerst tauchte sie ein, hinunter in die dunkle Kälte, bis sie den Boden erreichte. Prustend und würgend von dem ekelhaften Geschmack, zog sie die Arme durch und schoss mit einem einzigen, kraftvollen Schwimmzug wieder an die Oberfläche.

Kaum war sie aufgetaucht, schloss sich eine starke Hand um ihr Handgelenk und zog sie hoch. Er stand brusttief im Wasser auf der Leiter, hielt sich mit der einen Hand fest und lehnte sich zur Seite, um sie zu halten, und seine silbrigen Augen durchbohrten sie wie ein Messer.

Sie schlug um sich, wand sich, sträubte sich mit aller Kraft, mit einer Kraft, von der sie nicht gewusst hatte, dass sie sie besaß. Aber obwohl sie gewaltige Wasserfontänen aufwirbelte, kam sie nicht los. Immer höher zog er sie – ihre nassen Kleider waren schwer, und sie spürte, wie seine Muskeln vor Anstrengung bebten –, während sie ihm das abscheuliche Wasser ins Gesicht spritzte, Schlag um Schlag.

Der Turm.

»Wer bist du?«, schrie er. Seine Lippe war aufgeplatzt, und seine Wangen waren fettig und unrasiert. »Was willst du von mir?«

Harriet stieß ein ersticktes Keuchen aus. Der Schmerz in ihrer Schulter war atemberaubend. Auf seinem Bizeps wand sich eine blaue Tätowierung: eine düstere Oktopusform, ein verschwommener Schriftzug, Old English, unlesbar.

»Was machst du hier oben? Sag schon!« Er schüttelte Harriets Arm, bis gegen ihren Willen ein lauter Schrei aus ihrer Kehle drang. Verzweifelt strampelnd suchte sie im Wasser irgendetwas, um sich abzustützen. Blitzartig klemmte er ihr Bein mit seinem Knie fest und packte sie – schrill gackernd wie eine Frau – bei den Haaren. Mit einer schnellen Bewegung tauchte er ihr Gesicht in das dreckige Wasser und riss sie dann triefend wieder hoch. Er zitterte am ganzen Körper.

»Jetzt antworte mir, du kleines Biest!«, kreischte er.

In Wahrheit zitterte Danny vor Schrecken ebenso sehr wie vor Wut. Er hatte so schnell gehandelt, dass er keine Zeit zum Nachdenken gehabt hatte, und jetzt, da er das Mädchen erwischt hatte, konnte er es kaum glauben.

Sie hatte eine blutige Nase; ihr Gesicht, auf dem sich das wässrige Licht kräuselte, war streifig von Rost und Dreck. Hasserfüllt starrte sie ihn an, aufgeplustert wie eine kleine Schleiereule.

»Mach lieber den Mund auf«, schrie er. »Und zwar *sofort*.« Seine Stimme dröhnte und hallte wie verrückt im Tank hin und her. Sonnenstrahlen sickerten durch das löchrige Dach herein, ein ungesundes, von fern kommendes Licht wie in einem Bergwerksschacht oder einem eingestürzten Brunnen.

Im Halbdunkel schwebte das Gesicht des Mädchens über dem Wasser wie ein weißer Mond. Ihre schnellen, kleinen Atemzüge drangen ihm plötzlich schneidend ins Bewusstsein.

»*Antworte mir*«, schrie er, »was zum Teufel suchst du hier

oben?« Er schüttelte sie noch einmal, so heftig er konnte,
lehnte sich über das Wasser hinaus und hielt sich mit der
anderen Hand an der Leiter fest, packte sie beim Hals und
schüttelte sie, bis sie schrie, und trotz aller Erschöpfung
und Angst durchströmte ihn eine Woge von Wut, und er
brüllte so wild über ihr Schreien hinweg, dass ihr Gesicht
ausdruckslos wurde und die Schreie auf ihren Lippen erstarben.

Sein Kopf tat weh. *Nachdenken*, befahl er sich. *Nachdenken.* Er hatte sie, ja – aber was sollte er mit ihr machen?
Er war in einer vertrackten Lage. Danny hatte sich immer
eingeredet, dass er notfalls wie ein Hund würde paddeln
können, aber jetzt (brusttief im Wasser an dieser wackligen
Leiter hängend) war er nicht mehr so sicher. Wie schwer
konnte es sein zu schwimmen? Kühe konnten schwimmen,
sogar Katzen – warum nicht er?

Er merkte, dass die Kleine sich raffiniert entwinden
wollte. Sofort packte er sie wieder, und seine Finger bohrten sich tief in ihren Hals, sodass sie aufschrie.

»Pass auf, du Ziege«, sagte er. »Du redest jetzt und sagst
mir, wer du bist, und vielleicht werde ich dich nicht ersäu-
fen.«

Das war eine Lüge, und es klang wie eine Lüge. Ihrem
aschgrauen Gesicht sah er an, dass sie es auch wusste. Er
fühlte sich schlecht, denn sie war nur ein Kind, aber es gab
keine andere Möglichkeit.

»Ich lass dich laufen«, sagte er so überzeugend wie möglich.

Zu seinem Ärger blies das Mädchen die Wangen auf und
zog sich noch tiefer in sich selbst zurück. Er zerrte sie ins
Licht, damit er sie besser sehen konnte, und ein klammer
Streifen Sonnenlicht fiel über ihre weiße Stirn. Obwohl es
so warm war, sah sie halb erfroren aus, und fast konnte er
hören, wie sie mit den Zähnen klapperte.

Wieder schüttelte er sie so heftig, dass ihm die Schulter
wehtat, aber obwohl ihr die Tränen über das Gesicht liefen, presste sie die Lippen fest zusammen und gab keinen
Laut von sich. Und plötzlich, aus dem Augenwinkel, erblickte Danny etwas Fahles, das da im Wasser trieb: kleine

Der Turm.

weiße Klumpen, zwei oder drei Stück, die halb versunken vor seiner Brust im Wasser trieben.

Er fuhr zurück – Froschlaich? –, und im nächsten Augenblick schrie er. Es war ein Schrei, der ihn selbst verblüffte; hoch und heiß kochte er aus seinen Eingeweiden herauf.

»O mein Gott!« Er konnte nicht glauben, was er da sah, und dann schaute er an der Leiter hinauf zu den schwarzen Plastikfetzen, die wie Girlanden an der obersten Sprosse hingen. Das war ein Alptraum, das war nicht Wirklichkeit: der Stoff versaut, sein Vermögen dahin. Farish tot, für nichts. Glatter Mord, wenn sie ihn schnappten. O Gott.

»Warst du das? *Du*?«

Die Kleine bewegte die Lippen.

Danny erblickte eine treibende Blase aus schwarzem Plastik im Wasser, und ein Heulen brach aus seiner Kehle, als habe er die Hand in ein Feuer gesteckt. »Was ist das? Was ist das?«, kreischte er und drückte ihr Gesicht auf das Wasser.

Erstickt kam die Antwort, das erste Wort, das sie sprach. »Ein Müllsack.«

»Was hast du damit gemacht? Hä? Hä?« Seine Hand spannte sich um Harriets Hals, und jählings drückte er ihren Kopf unter Wasser.

Harriet hatte gerade noch Zeit, nach Luft zu schnappen (mit entsetzt aufgerissenen Augen starrte sie in das dunkle Wasser), bevor er sie untertauchte. Sie kämpfte lautlos inmitten von Phosphoreszenz, Pistolenschüssen und Echos. Im Geiste sah sie einen verschlossenen Koffer, der auf einem Flussbett dahinpolterte, *bamm bamm bamm bamm* – mitgerissen von der Strömung, kullerte er Hals über Kopf über glatte, schleimige Steine, und ihr Kopf fühlte sich an wie eine Klaviertaste, die immer wieder angeschlagen wurde, immer wieder derselbe tiefe Ton, scharf und dringlich, während hinter ihren geschlossenen Lidern eine Vision wie von einem angerissenen Streichholz aufloderte, von einem weißen Lucifer-Streifen, der im Dunkeln heraufsprang.

Schmerz schoss durch ihre Kopfhaut, als er sie an den

Haarwurzeln hochriss. Husten betäubte ihre Ohren, und das dröhnende Echo überwältigte sie. Er brüllte Worte, die sie nicht verstand, und sein Gesicht war ziegelrot, wutgeschwollen, ein Furcht erregender Anblick. Würgend und hustend schlug sie mit den Armen auf das Wasser und suchte strampelnd Halt für ihre Füße. Als sie mit den Zehen an die Tankwand stieß, tat sie einen tiefen, sättigenden Atemzug. Die Erleichterung war himmlisch, unbeschreiblich (ein magischer Akkord, die Harmonie der Sphären), sie atmete ein und ein und ein, bis er brüllend ihren Kopf erneut hinunterdrückte und das Wasser wieder in ihren Ohren krachte.

Zähneknirschend hielt Danny sie fest. Schmerz wand sich wie dicke Seile tief durch seine Schultern, und bei dem kreischenden Wackeln der Leiter brach ihm der Schweiß aus. Ihr Kopf dümpelte leicht und instabil unter seiner Hand, wie ein Ballon, der ihm jeden Moment entgleiten konnte, und von ihrem brodelnden Gezappel wurde er seekrank. Sosehr er sich bemühte, sich abzustützen oder eine haltbare Position zu finden, es gelang ihm nicht. Er baumelte an der Leiter ohne etwas Festes unter den Füßen und strampelte umher, um auf irgendetwas zu treten, das nicht da war. Wie lange dauerte es, jemanden zu ertränken? Es war eine scheußliche Arbeit, und zweimal so scheußlich, wenn man nur einen Arm benutzen konnte.

Eine Mücke sirrte an seinem Ohr herum und machte ihn rasend. Er bewegte den Kopf ruckhaft hin und her, um ihr zu entgehen, aber dieses Drecksbiest schien zu spüren, dass er keine Hand frei hatte, um nach ihr zu schlagen.

Mücken überall *überall*. Sie hatten ihn endlich gefunden, und sie wussten, dass er sich nicht rühren konnte. Aufreizend genüsslich bohrten sie ihre Stacheln in sein Kinn, seinen Hals, in die bebende Haut an seinen Armen.

Komm schon, komm schon, bring's hinter dich, drängte er sich. Er drückte sie mit der rechten Hand – der stärkeren – unter Wasser, aber sein Blick war starr auf die Hand gerichtet, die die Leiter umklammerte. Er hatte nicht mehr

Der Turm.

viel Gefühl darin, und dass er sich überhaupt noch festhielt, konnte er mit Sicherheit nur sagen, wenn er seine Finger ins Visier nahm, die sich fest an die Sprosse klammerten. Außerdem machte das Wasser ihm Angst, und er fürchtete, ohnmächtig zu werden, wenn er nur hinschaute. Ein ertrinkendes Kind konnte einen erwachsenen Mann in die Tiefe ziehen – einen erfahrenen Schwimmer, selbst einen Rettungsschwimmer. Er hatte solche Geschichten gehört…

Unversehens wurde ihm klar, dass sie aufgehört hatte zu zappeln. Sie bewegte sich nicht mehr. Nadelstiche jagten über seine schmerzenden Arme hinunter, und er schwang sich auf der Leiter herum und wechselte den Griff. Dabei schlug er sich die Moskitos aus dem Gesicht. Eine Zeit lang schaute er die Kleine noch an, indirekt und aus dem Augenwinkel wie bei einem Verkehrsunfall auf dem Highway.

Plötzlich fingen seine Arme so heftig an zu zittern, dass er sich kaum noch an der Leiter festhalten konnte. Mit dem Unterarm wischte er sich den Schweiß aus dem Gesicht und spuckte einen Mundvoll Saures aus. Am ganzen Leib bebend, griff er nach der nächsthöheren Sprosse, streckte beide Ellenbogen und zog sich hoch, und das rostige Eisen unter ihm quietschte laut. So erschöpft er war, sosehr er drauf brannte, von diesem Wasser wegzukommen, er zwang sich doch, sich noch einmal umzudrehen und ihre Gestalt ein letztes Mal lange zu betrachten. Dann stieß er sie mit dem Fuß an und sah zu, wie sie kreiselnd in den Schatten davontrieb, reglos wie ein Balken.

Harriet hatte keine Angst mehr. Irgendetwas Seltsames hatte von ihr Besitz ergriffen. Ketten rissen, Schlösser brachen, die Schwerkraft rollte davon, und sie stieg empor, höher und immer höher, schwebend in luftloser Nacht: mit ausgebreiteten Armen, eine Astronautin, schwerelos. Dunkelheit bebte in ihrem Kielwasser in verschränkten Kreisen, anschwellend, sich ausdehnend wie die Kreise von Regentropfen auf Wasser.

Erhabene Fremdartigkeit. In ihren Ohren summte es,

und fast konnte sie die Sonne spüren, die ihr auf den Rücken brannte, während sie hoch über aschgrauen Ebenen und endlosen Wüsten dahinschwebte. *Ich weiß, was es für ein Gefühl ist zu sterben.* Wenn sie die Augen öffnete, würde sie auf ihren eigenen Schatten hinuntersehen (die Arme ausgebreitet wie ein Weihnachtsengel), der blau auf dem Boden des Swimmingpools schimmerte.

Das Wasser leckte an ihr, und die rollende Bewegung näherte sich in beruhigender Weise dem Rhythmus des Atmens. Es war, als habe das Wasser, das sie umgab, ihr das Atmen abgenommen. Das Atmen selbst war ein vergessenes Lied, ein Lied, das Engel sangen. Einatmen: ein Akkord. Ausatmen: Frohlocken, Triumph, die verlorenen Chöre des Paradieses. Sie hatte den Atem jetzt schon lange angehalten, und sie konnte ihn noch ein bisschen länger anhalten.

Noch ein bisschen länger. Noch ein bisschen länger. Plötzlich stieß ein Fuß gegen ihre Schulter, und sie merkte, dass sie auf die dunkle Seite des Tanks hinüberkreiselte. Ein sanfter Funkenschauer. Und weiter segelte sie durch die Kälte. Alles funkelte: Sternschnuppen, Lichter tief unter ihr, Städte, die in der dunklen Atmosphäre glitzerten. Ein drängender Schmerz brannte in ihrer Lunge, der jede Sekunde stärker wurde, aber *noch ein bisschen länger*, sagte sie sich, *nur noch ein bisschen länger, muss es bis zum Ende durchkämpfen...*

Ihr Kopf stieß an die gegenüberliegende Wand des Tanks. Der Anprall ließ sie zurückrollen, und in derselben Bewegung, in dieser Rückwärtswelle tauchte ihr Gesicht gerade lange genug auf, um einen winzigen Sekundenbruchteil lang Atem zu holen, bevor das Wasser sie wieder umschwappte.

Wieder die Dunkelheit. Eine *dunklere* Dunkelheit, wenn das möglich war, in der noch der letzte Lichtschimmer vor ihren Augen versickerte. Harriet trieb im Wasser und wartete, sanft umspült von ihren Kleidern.

Sie war an der sonnenlosen Seite des Tanks, dicht vor der Wand. Die Dunkelheit, hoffte sie, und die Bewegung des Wassers hatte ihren Atemzug getarnt (einen ganz winzigen

Der Turm.

Atemzug nur, am oberen Ende der Lunge). Es war nicht genug, um den Schmerz in ihrer Brust zu lindern, aber es war genug, um noch ein bisschen länger durchzuhalten.

Noch ein bisschen länger. Irgendwo tickte eine Stoppuhr. Denn es war nur ein Spiel, und zwar ein Spiel, in dem sie gut war. *Vögel können singen, und Fische können schwimmen, und ich kann das hier.* Funkelnde Nadelstiche rieselten wie eisige Regentropfen über ihre Kopfhaut und die Rückseite ihrer Arme. *Heißer Zementboden und Chlorgeruch, gestreifte Wasserbälle und Schlauchboote für Kinder, und ich stehe in der Schlange, um ein Snickers-Eis zu kaufen oder vielleicht ein Dreamsicle...*

Noch ein bisschen länger. Ein bisschen länger. Tiefer sank sie in die Luftlosigkeit, und ihre Lunge leuchtete vor Schmerz. Sie war ein kleiner weißer Mond, hoch oben über einer weglosen Wüste.

Danny klammerte sich keuchend an die Leiter. Die Kleine zu ertränken war eine solche Tortur gewesen, dass er für den Augenblick vergessen hatte, was mit dem Stoff passiert war, aber jetzt wurde ihm die wahre Situation wieder bewusst, und am liebsten hätte er sich das Gesicht zerkratzt und laut geheult. Denn – *fuck!* – wie sollte er mit einem blutbespritzten Wagen und ohne Geld aus der Stadt verschwinden? Er hatte mit dem Stoff gerechnet, hatte damit gerechnet, dass er ihn verdealen würde, wenn nötig, in Bars oder an der Straßenecke. Er hatte vielleicht vierzig Dollar bei sich (daran hatte er immerhin gedacht, als er hergefahren war; er konnte den Mann bei Texaco ja nicht gut mit Speed bezahlen), und dann war da noch Farishs bester Freund, diese mit Scheinen voll gestopfte Brieftasche, die er immer in der Gesäßtasche stecken hatte. Wie viel Geld wirklich drin war, wusste Danny auch nicht. Wenn er Glück hatte – wenn er wirklich Glück hatte –, waren es vielleicht tausend Dollar.

Also hatte er Farishs Schmuck (das Eiserne Kreuz war nichts wert, aber die Ringe schon) und seine Brieftasche. Danny fuhr sich mit der Hand über das Gesicht. Das Geld

in der Brieftasche würde einen Monat reichen, vielleicht
zwei. Aber dann...

Vielleicht konnte er sich einen falschen Ausweis besorgen. Oder er konnte einen Job finden, bei dem er keinen
Ausweis brauchte, als Wanderarbeiter, Orangen oder Tabak pflücken. Aber das war ein kläglicher Lohn, eine kläg-
liche Zukunft, verglichen mit dem Jackpot, den er sich ausgemalt hatte.

Und wenn sie die Leiche fänden, würden sie ihn suchen.
Die Kanone lag im Wald, nach Mafiaart sauber abgewischt.
Es wäre schlau gewesen, sie in den Fluss zu schmeißen,
aber jetzt, wo die Drogen weg waren, war die Pistole einer
der letzten Wertgegenstände für ihn. Je länger er über seine Möglichkeiten nachdachte, desto weniger und beschis-
sener kamen sie ihm vor.

Er schaute zu der Gestalt hinüber, die da im Wasser
dümpelte. Warum hatte sie seinen Stoff vernichtet? Warum? Er war abergläubisch, was die Kleine anging; sie war
ein Schatten und ein Unglücksbringer, aber jetzt, wo sie tot
war, befürchtete er, dass sie ihm vielleicht auch Glück gebracht hatte. Er wusste nicht, ob er nicht einen Riesenfeh-
ler begangen hatte – den Fehler seines Lebens –, indem er
sie umbrachte, *aber ehrlich, ich...*, sagte er zu der Gestalt
im Wasser und konnte den Satz nicht zu Ende bringen. Von
jenem ersten Augenblick vor der Pool Hall an hatte er sich
irgendwie in sie verstrickt, in eine Sache, die er nicht begriff, und das Geheimnis bedrängte ihn noch immer. Hätte
er sie auf trockenem Boden gehabt, dann hätte er es aus ihr
herausgeprügelt, aber dazu war es jetzt zu spät.

Er fischte eins der Speedpäckchen aus dem ekligen Wasser. Der Stoff war geschmolzen und klebte zusammen, aber
vielleicht war es noch spritzbar, wenn man ihn aufkochte.
Er fischte umher und sammelte ungefähr ein halbes Dutzend mehr oder weniger vollgesogene Päckchen ein. Gespritzt hatte er noch nie, aber warum sollte er nicht mal damit anfangen?

Noch ein letzter Blick, und dann fing er an, die Leiter
hinaufzusteigen. Die Sprossen bogen sich kreischend unter
seinem Gewicht. Er spürte, wie das Ding sich bewegte, es

Der Turm.

wackelte sehr viel stärker, als ihm lieb war, und er war dankbar, als er endlich wenigstens aus der dumpfigen Enge hinaus in Licht und Wärme gelangte. Mit zittrigen Beinen stand er auf. Alle Glieder taten ihm weh, ein Muskelschmerz, als sei er verprügelt worden, und wenn er es recht überlegte, entsprach das den Tatsachen. Ein Unwetter wälzte sich über den Fluss heran. Im Osten war der Himmel sonnig und blau, im Westen eisengrau, und Gewitterwolken quollen wogend über den Fluss. Schattenflecken segelten über die niedrigen Dächer der Stadt.

Danny streckte sich und rieb sich das Kreuz. Er war triefend nass; grüner Schleim hing in langen Strängen an seinen Armen, aber trotz allem hatte sich seine Stimmung absurd gebessert, nur weil er die klamme Dunkelheit hinter sich gelassen hatte. Die Luft war schwül, aber es wehte ein leichter Wind, und er konnte wieder atmen. Er trat über das Dach an den Rand des Tanks, und seine Knie wurden wässrig weich vor Erleichterung, als er in der Ferne das Auto unberührt stehen sah. Eine einzelne Wagenspur schlängelte sich dahinter durch das hohe Unkraut.

Froh und ohne nachzudenken wandte er sich der Leiter zu, aber er war ein bisschen aus dem Gleichgewicht geraten, und ehe er sich versah, brach er mit dem Fuß – *krack* – durch eine morsche Planke. Die Welt kippte plötzlich zur Seite: ein diagonales Aufzucken von grauen Brettern und blauem Himmel. Einen wilden Augenblick lang ruderte er mit kreisenden Armen, um die Balance wiederzufinden, aber dann krachte es noch einmal, und er sackte bis an die Taille durch die Bretter.

Harriet, die mit dem Gesicht nach unten im Wasser trieb, wurde von einem krampfhaften Schaudern erfasst. Sie hatte versucht, verstohlen den Kopf zur Seite zu drehen, um noch einmal ganz kurz durch die Nase zu atmen, aber es war ihr nicht geglückt. Ihre Lunge war am Ende ihrer Kraft, sie zuckte unkontrolliert und lechzte nach Luft, und wenn nicht Luft, dann Wasser. Und als ihr Mund sich ganz von allein öffnete, brach sie erschauernd durch die Wasseroberfläche und atmete tief, tief, tief.

Die Erleichterung war so groß, dass sie beinahe versunken wäre. Unbeholfen stützte sie sich mit einer Hand an der schleimigen Wand ab und keuchte und keuchte und keuchte, sog die Luft in sich ein: köstliche Luft, reine und abgrundtiefe Luft, Luft, die durch ihren Körper strömte wie ein Lied. Sie wusste nicht, wo Danny Ratliff war, sie wusste nicht, ob er sie beobachtete, und es war ihr egal. Atmen war das Einzige, was noch wichtig war, und wenn dies der letzte Atemzug ihres Lebens war, dann sollte es ihr recht sein.

Über ihr krachte es. Harriets erster Gedanke war die Pistole, aber sie versuchte nicht zu entkommen. *Soll er mich erschießen,* dachte sie, nach Luft schnappend, und ihre Augen waren feucht vor Dankbarkeit: Alles war besser als zu ertrinken.

Dann schlug ein Streifen Sonnenlicht hellgrün und samten auf das dunkle Wasser, und als Harriet hochschaute, sah sie zwei Beine, die durch ein Loch in der Decke baumelten.

Dann brach noch ein Brett.

Als das Wasser ihm entgegenflog, packte Danny würgende Angst. Wirr durchzuckte ihn die Warnung seines Vaters, die er vor langer Zeit gehört hatte: Luft anhalten, Mund zumachen. Dann prallte das Wasser in seine Ohren, ein Schrei staute sich auf seinen Lippen, und entsetzt starrte er in grüne Dunkelheit.

Er tauchte hinab. Dann trafen seine Füße wie durch ein Wunder auf den Grund. Danny sprang in die Höhe, stieg rudernd und prustend durch das Wasser hinauf und brach wie ein Torpedo durch die Wasseroberfläche. So hoch sprang er, dass er gerade genug Zeit hatte, um einmal wild zu japsen, bevor er wieder unterging.

Dunkelheit und Stille. Das Wasser, so schien es, reichte nur drei Handbreit über seinen Kopf. Über ihm leuchtete es grün, und wieder stieß er sich vom Grund ab, durch Schichten von Grün, die immer heller wurden, je höher er

Der Turm.

stieg, und brach rauschend ans Licht. Es schien besser zu klappen, wenn er die Arme am Körper hielt, statt herumzurudern, wie ein Schwimmer es tun sollte.

Er sprang und schnappte nach Luft und versuchte sich zu orientieren. Sonnenlicht flutete in den Tank. Das Licht strömte durch den eingebrochenen Teil des Daches, und die grünschleimigen Wände glitzerten grausig. Nach zwei oder drei Sprüngen hatte er auf der linken Seite die Leiter entdeckt.

War das zu schaffen?, fragte er sich, als das Wasser wieder über seinem Kopf zusammenschlug. Wenn er Stück für Stück darauf zusprang – warum nicht? Er musste es versuchen, denn eine bessere Möglichkeit gab es nicht.

Er brach durch die Oberfläche, und mit einem schmerzhaften Schock – so schneidend, dass er im falschen Augenblick einatmete – sah er die Kleine. Sie hing mit beiden Händen an der untersten Sprosse der Leiter.

Hatte er Halluzinationen? fragte er sich beim Abtauchen; er hustete, und Luftblasen strömten an seinen Augen vorbei. Denn das Gesicht war ihm sonderbar vorgekommen: Einen gespenstischen Augenblick lang war es nicht die Kleine gewesen, die er gesehen hatte, sondern die alte Lady: *E. Cleve*.

Würgend und japsend tauchte er wieder auf. Nein, kein Zweifel, es war das Mädchen, und sie lebte noch: halb ertrunken und mit verkniffenen Zügen, die Augen dunkel in einem kränklich weißen Gesicht. Der Nachglanz dieses Bildes glühte rund hinter seinen Lidern, als er wieder im dunklen Wasser versank.

Explosionsartig tauchte er wieder auf. Das Mädchen arbeitete sich jetzt mühsam hoch, klammerte sich an die Sprosse, schwang ein Knie hoch, zog sich an der Leiter in die Höhe. Weißer Gischt sprühte empor, als er weit ausholend nach ihrem Knöchel griff und ihn verfehlte und wieder untertauchte.

Bei seinem nächsten Sprung bekam er die unterste Sprosse zu fassen, aber sie war rostig und glitschig, und seine Finger glitten ab. Wieder sprang er und griff mit beiden Händen zu, und diesmal fand er Halt. Das Mädchen war über ihm auf der Leiter und kletterte wie ein Äffchen nach oben. Das Wasser troff von ihr herunter in sein aufwärts gewandtes Gesicht. Mit einer Kraft, die aus der Wut geboren war, zog Danny sich hoch, und das rostige Metall schrie unter seinem Gewicht wie ein lebendes Wesen. Unmittelbar über ihm gab eine Sprosse unter dem Turnschuh des Mädchens nach; er sah, wie sie taumelte und sich an der Seite der Leiter festklammerte, als ihr Fuß ins Leere trat. *Sie trägt sie nicht,* dachte er staunend, und er sah, wie sie sich fing und sich aufrichtete und ein Bein auf das Dach des Tanks schwang, *und wenn sie sie nicht trägt, dann –*

Die Sprosse brach in Dannys Fäusten. In einer einzigen, schnellen, schneidenden Bewegung – wie wenn man spröde Körner von einem Grashalm streift – fiel er durch die Leiter hinab, durch die verrosteten Sprossen zurück in den Tank.

Mit rostroten Händen zog Harriet sich vollends hoch und ließ sich keuchend vornüber auf die heißen Planken fallen. In der tiefblauen Ferne grollte der Donner. Die Sonne war hinter einer Wolke verschwunden, und ein rastloser Wind, der die Baumwipfel hin und her wiegte, ließ sie frösteln. Das Dach zwischen ihr und der Leiter war teilweise eingebrochen, und die geborstenen Bretter hingen schief in ein riesiges Loch. Ihr Atem rasselte unkontrolliert und laut, ein panisches Geräusch, bei dem ihr übel wurde, und als sie sich auf Händen und Knien aufrichtete, durchzuckte ein stechender Schmerz ihre Seite.

Aus dem Tank erscholl ein wildes Geplatsche. Sie ließ sich auf den Bauch fallen und kroch unter rauem Keuchen um den eingebrochenen Teil des Dachs herum. Ihr Herz krampfte sich zusammen, als die Bretter unter ihrem Gewicht jäh hinuntersackten und sich bedrohlich ächzend dem Wasser zuneigten.

Hastig rutschte sie zurück – gerade noch rechtzeitig, bevor eins der Bretter brach und ins Wasser fiel. Durch das Loch schoss eine erstaunliche Fontäne hoch in die Luft und bespritzte ihr Gesicht und ihre Arme.

Der Turm.

Ein ersticktes Heulen sprudelte wütend von unten herauf. Steif und vor Entsetzen beinahe zu Wachs erstarrt, schob Harriet sich auf Händen und Knien nach vorn, und obwohl ihr schwindlig wurde, wenn sie in das Loch schaute, war der Drang unwiderstehlich. Das Tageslicht flutete durch das geborstene Dach hinunter, und das Innere des Tanks leuchtete in sattem Smaragdgrün: das Grün von Sümpfen und Dschungeln, von Mowglis verlassenen Städten. Die grasgrüne Algenschicht war aufgebrochen wie Packeis, und schwarze Adern zogen sich rissig über den undurchsichtigen Wasserspiegel.

Dann – *platsch* – schoss Danny Ratliff herauf, bleich und nach Luft schnappend. Das Haar klebte ihm dunkel auf der Stirn. Seine Hand streckte sich suchend herauf, griff nach der Leiter, aber da war keine Leiter mehr, sah Harriet, als sie blinzelnd hinunter auf das grüne Wasser spähte. Sie war ungefähr anderthalb Meter über dem Wasserspiegel abgebrochen: unerreichbar hoch für ihn.

Von Grauen erfüllt sah sie, wie die Hand wieder im Wasser versank, das Letzte, was verschwand: abgebrochene Fingernägel, die sich in die Luft krallten. Sein Kopf kam wieder hoch, nicht hoch genug, mit flatternden Lidern, sein Atem ein hässliches, nasses Gurgeln.

Er konnte sie dort über sich sehen und versuchte, etwas zu sagen. Wie ein Vogel ohne Flügel zuckte und zappelte er im Wasser, und beim Anblick dieses Kampfes erfasste sie ein Gefühl, für das sie keinen Namen hatte. Die Worte, die aus seinem Mund kamen, waren ein unverständliches Blubbern, als er um sich schlagend wieder unterging, und dann sah sie nur noch ein algenhaftes Haarbüschel und Luftblasen, die weiß schäumend auf der schleimigen Oberfläche kreisten.

Alles war still, nur die Luftblasen brodelten. Wieder brach er herauf: Sein Gesicht sah jetzt irgendwie geschmolzen aus, und sein Mund war ein schwarzes Loch. Er klammerte sich an ein paar treibende Bretter, aber sie trugen ihn nicht, und als er krachend wieder ins Wasser zurückfiel, schauten seine weit aufgerissenen Augen sie an – vorwurfsvoll, hilflos wie die Augen in einem guillotinierten Kopf, den man vor dem

Pöbel in die Höhe hält. Sein Mund klappte auf und zu, und wieder wollte er etwas sagen, irgendein blubberndes, keuchendes, unverständliches Wort, das verschluckt wurde, als er wieder versank.

Ein starker Wind kam auf, Gänsehaut überzog Harriets Arme, und das Laub an den Bäumen fing an zu rascheln. Unversehens, binnen eines Atemzugs, verdunkelte der Himmel sich schiefergrau. In einer ausladend heranstreichenden Bö prasselten Regentropfen auf das Dach wie ein Schauer von Kieselsteinen.

Es war ein warmer, alles durchnässender, beinahe tropischer Regen, ein Guss, wie er in der Hurrikansaison manchmal an der Golfküste auftrat. Laut trommelte er auf das zerbrochene Dach, aber nicht laut genug, um das Gurgeln und Platschen dort unten zu übertönen. Regentropfen sprangen wie silbrige kleine Fische auf dem Wasserspiegel.

Harriet bekam einen Hustenanfall. Das Wasser war ihr in den Mund und bis in die Nase gedrungen, und der faulige Geschmack durchtränkte sie bis ins Mark. Der Regen wehte ihr ins Gesicht, und sie spuckte auf die Planken, drehte sich auf den Rücken und rollte den Kopf hin und her, halb wahnsinnig von dem scheußlichen Geräusch, das aus dem Tank heraufhallte – ein Geräusch, dachte sie plötzlich, das wahrscheinlich nicht viel anders klang als die Geräusche, die Robin von sich gegeben hatte, als er stranguliert wurde. Sie hatte sich immer vorgestellt, dass es schnell und sauber geschehen war – kein Zucken, kein hässliches, nasses Würgen, nur ein Händeklatschen und eine Rauchwolke. Und dieser Gedanke war plötzlich sehr verlockend: Wie schön wäre es, einfach vom Antlitz der Erde zu verschwinden. Was für ein süßer Traum, jetzt aus ihrem Körper zu verschwinden, *puff*, wie ein Geist. Ketten, die leer zu Boden klirrten.

Die warme grüne Erde dampfte. Weit unten im Gestrüpp stand der TransAm geduckt in verstörender Stille. Regentropfen funkelten wie ein feiner weißer Dunst auf der Haube, und drinnen hätte ein Liebespaar sitzen und sich küssen können. Oft würde sie ihn in den kommenden Jah-

Der Turm.

ren so sehen – matt, vertraut, glanzlos –, weit hinten in den dünnen, sprachlosen Rändern ihrer Träume.

––––––––––

Es war zwei Uhr, als Harriet, nachdem sie kurz innegehalten und gelauscht hatte (aber die Luft war rein), durch die Hintertür ins Haus kam. Außer Mrs. Godfrey (die sie anscheinend nicht erkannt hatte) und Mrs. Fountain, die ihr von ihrer Veranda aus einen über die Maßen seltsamen Blick zugeworfen hatte (sie war schmutzig und streifig überzogen von Schleimsträngen, die an ihrer Haut kleben geblieben und in der Wärme festgebacken waren), war sie niemandem begegnet. Vorsichtig spähte sie nach rechts und links, und dann huschte sie durch den Flur zum unteren Bad und verriegelte die Tür hinter sich. Ein unerträglicher Verwesungsgeschmack brannte rauchig in ihrem Mund. Sie zog sich aus (der Geruch war abscheulich, und als sie sich das Girl-Scout-Hemd über den Kopf streifte, musste sie würgen), warf die Sachen in die Badewanne und drehte die Wasserhähne auf.

Edie erzählte oft die Geschichte, wie sie einmal beinahe an einer Auster gestorben wäre, die sie auf einer Hochzeit in New Orleans bekommen hatte (»So krank war ich *nie* wieder«). Sie wusste, dass die Auster schlecht war, sagte sie, kaum dass sie hineingebissen hatte; sie hatte sie sofort in ihre Serviette gespuckt, aber wenige Stunden später war sie zusammengebrochen und hatte ins Baptistenkrankenhaus gebracht werden müssen. Ganz genau so hatte Harriet in dem Augenblick, als sie das Wasser im Tank geschmeckt hatte, gewusst, dass sie davon krank werden würde. Die Fäulnis war in ihr Fleisch eingesickert, und nichts würde sie abwaschen können. Sie wusch sich die Hände und spülte sich den Mund aus, sie gurgelte mit Listerin und spuckte es aus, sie hielt die gewölbten Hände unter den Kaltwasserhahn und trank und trank und trank, aber der Geruch durchdrang alles, sogar das saubere Wasser. Er stieg aus den schmutzigen Kleidern in der Wanne, er stieg reif und warm aus den Poren ihrer Haut. Harriet schüttete eine halbe Schachtel »Mr. Bubble« in die Badewanne und ließ das heiße Wasser laufen, bis ein unerhörter Schaumberg heraufquoll. Aber trotz des nervenbetäubenden Mundwassers blieb der Geschmack wie ein hässlicher Fleck auf ihrer Zunge und rief ihr besonders lebhaft die aufgedunsene Kreatur ins Gedächtnis, die halb versunken an der dunklen Wand des Tanks gedümpelt hatte.

Es klopfte. »Harriet«, rief ihre Mutter, »bist du das?« Harriet badete sonst nie im Erdgeschoss.

»Ja, Ma'am«, rief Harriet durch das Rauschen des Wassers.

»Machst du da Durcheinander?«

»Nein, Ma'am«, rief Harriet und betrachtete düster das Durcheinander.

»Du weißt, ich hab's nicht gern, wenn du dieses Bad benutzt.«

Harriet konnte nicht antworten, da eine Welle von Magenkrämpfen sie erfasst hatte. Sie setzte sich auf den Wannenrand, starrte die verriegelte Tür an, presste sich beide Hände auf den Mund und wiegte sich vor und zurück.

»Ich hoffe, es gibt keinen Schmutz da drin.«

Das Wasser, das Harriet am Hahn getrunken hatte, kam wieder hoch. Sie behielt die Tür im Blick, erhob sich vom Wannenrand – vor Leibschmerzen zusammengekrümmt – und ging auf Zehenspitzen, so leise sie konnte, zur Toilette. Kaum hatte sie die Hände vom Mund genommen, brach es aus ihr hervor: ein verblüffender Schwall von klarem, stinkendem Wasser, das ganz genauso roch wie das abgestandene Wasser, in dem Danny Ratliff ertrunken war.

Harriet trank noch mehr Wasser aus dem Hahn, wusch ihre Kleider und wusch sich selbst. Sie ließ das Wasser ablaufen, schrubbte die Wanne mit Scheuerpulver, spülte Schleim und Dreck weg und stieg noch einmal hinein, um sich selbst abzuspülen. Aber es nützte nichts – trotz Unmengen von Wasser und Seife fühlte sie sich gebeizt und voll gesogen von Fäulnis, so verfärbt und elend, dass sie den Kopf hängen ließ wie ein ölverschmutzter Pinguin, den sie einmal drüben bei Edie in einem *National Geographic*-Heft

Der Turm.

gesehen hatte und der kläglich in einem Eimer gestanden und die kleinen, verschmierten Flossenflügel abgespreizt hatte, damit sie seinen besudelten Körper nicht berührten.

Harriet ließ noch einmal das Wasser aus der Wanne und schrubbte sie sauber; dann wrang sie ihre nassen Kleider aus und hängte sie zum Trocknen auf. Sie versprühte Desinfektionsmittel, sie besprühte sich selbst mit grünem Eau de Cologne aus einer staubigen Flasche mit einer Flamencotänzerin auf dem Etikett. Jetzt war sie sauber und rosig, und ihr war schwindlig vor Hitze, aber unter dem Parfüm war die feuchte Luft des dampfigen Badezimmers immer noch schwer vom Hauch der Verwesung, deren Geschmack reif auf ihrer Zunge lag.

Noch mehr Mundwasser, dachte sie, als ohne Vorwarnung ein weiterer widerlicher Schwall aus ihrem Magen heraufkam und in einer unglaublichen, klaren Flut aus ihrem Mund sprudelte.

Als es vorbei war, legte Harriet sich auf den Boden und schmiegte die Wange an die meergrünen Fliesen. Sobald sie wieder stehen konnte, schleppte sie sich zum Waschbecken und wischte es mit einem Waschlappen aus. Dann wickelte sie sich in ein Badelaken und schlich sich die Treppe hinauf in ihr Zimmer.

Ihr war so schlecht, so schwindlig, und sie war so müde, dass sie, ehe ihr klar war, was sie tat, die Tagesdecke abgezogen hatte und ins Bett gestiegen war – in das Bett, in dem sie seit Wochen nicht mehr geschlafen hatte. Aber das Gefühl war so himmlisch, dass es ihr egal war, und trotz der krampfhaften Leibschmerzen versank sie in einen tiefen Schlaf.

Sie wurde von ihrer Mutter geweckt. Es war dämmrig. Harriet hatte Bauchschmerzen, und ihre Augen fühlten sich sandig an wie damals, als sie Bindehautentzündung gehabt hatte.

»Was?«, fragte sie und stützte sich schwer auf die Ellenbogen.

»Ich habe gefragt, ob du krank bist?«

»Ich weiß nicht.«

Harriets Mutter beugte sich über sie und befühlte ihre Stirn, dann zog sie die Stirn kraus und richtete sich wieder auf. »Was ist das für ein Geruch?« Als Harriet nicht antwortete, beugte sie sich noch einmal vor und beschnupperte misstrauisch ihren Hals.

»Hast du von dem grünen Eau de Cologne genommen?«

»Nein, Ma'am.« Das Lügen war inzwischen eine Gewohnheit; im Zweifel war es jetzt immer am besten, einfach *nein* zu sagen.

»Das Zeug taugt nichts.« Harriets Vater hatte es ihrer Mutter zu Weihnachten geschenkt, dieses limonengrüne Parfüm mit der Flamencotänzerin; seit Jahren stand es unbenutzt auf dem Regal, eine feste Einrichtung seit Harriets Kindheit. »Wenn du Parfüm möchtest, kaufe ich dir ein Fläschchen Chanel Nr. 5 im Drugstore. Oder Norell, das benutzt Mutter. Ich selbst mag Norell nicht so gern, es ist ein bisschen zu kräftig...«

Harriet schloss die Augen; beim aufrechten Sitzen wurde ihr wieder übel. Kaum hatte sie den Kopf wieder auf das Kissen gelegt, war ihre Mutter mit einem Glas Wasser und einem Aspirin an ihrem Bett.

»Vielleicht solltest du eine Dose Bouillon essen«, sagte sie. »Ich rufe Mutter an und frage sie, ob sie welche hat.«

Als sie gegangen war, stand Harriet auf, wickelte sich in die kratzige Häkeldecke und tappte den Flur hinunter zum Bad. Der Fußboden war kalt, die Klobrille ebenfalls. Auf das Erbrechen (ein bisschen) folgte Durchfall (eine Menge). Als sie sich danach das Gesicht wusch, sah sie im Spiegel des Medizinschränkchens erschrocken, wie rot ihre Augen waren.

Fröstelnd schlich sie sich zurück ins Bett. Die Decke lag schwer auf ihr, aber besonders warm war ihr nicht.

Dann schüttelte ihre Mutter das Fieberthermometer herunter. »Hier«, sagte sie, »mach den Mund auf«, und schob es hinein.

Harriet lag da und schaute an die Decke. In ihrem Magen brodelte es, und der Sumpfgeschmack des Wassers verfolgte sie noch immer. Sie versank in einem Traum, und

Der Turm.

eine Krankenschwester, die aussah wie Mrs. Dorrier vom Gesundheitsdienst, erklärte ihr, sie sei von einer giftigen Spinne gebissen worden, und nur eine Blutransfusion würde ihr das Leben retten.

Ich hab's getan, sagte Harriet. Ich hab ihn umgebracht.

Mrs. Dorrier und ein paar andere Leute bereiteten die Geräte für die Bluttransfusion vor. Jemand sagte: Sie ist jetzt so weit.

Ich will nicht, sagte Harriet. Lasst mich in Ruhe.

Okay, sagte Mrs. Dorrier und ging. Harriet fühlte sich unbehaglich. Ein paar andere Damen waren noch da; sie lächelten sie an und flüsterten miteinander, aber keine bot ihr Hilfe an oder befragte sie nach ihrer Entscheidung zu sterben, obwohl sie sich ein bisschen wünschte, dass sie es täten.

»Harriet?« Beim Klang der Stimme ihrer Mutter fuhr sie erschrocken hoch. Im Zimmer war es dunkel; das Fieberthermometer war verschwunden.

»Hier«, sagte ihre Mutter. Der fleischig riechende Dampf, der ihr aus dem Becher entgegenstieg, war schwer und Übelkeit erregend.

Harriet fuhr sich mit der Hand über das Gesicht. »Ich möchte nicht.«

»Bitte, Liebling!« Ungeduldig hielt ihre Mutter ihr den Punschbecher entgegen. Er war aus rubinrotem Glas, und Harriet liebte ihn; eines Nachmittags hatte Libby ihn ganz überraschend aus ihrer Porzellanvitrine genommen, in Zeitungspapier gewickelt und Harriet geschenkt, weil sie wusste, dass Harriet ihn so gern hatte. Jetzt, hier im dunklen Zimmer, war er schwarz, nur in seinem Herzen glomm ein unheimlicher, rubinroter Funke.

»Nein«, sagte Harriet und wandte den Kopf von dem Becher ab, der unerbittlich an ihren Mund drängte, »nein, nein.«

»*Harriet!*« Das war der alte, knappe Debütantinnenton, dünnhäutig und gereizt, ein Nörgeln, das keinen Widerspruch duldete.

Da war der Becher wieder, direkt unter ihrer Nase. Harriet blieb nichts anderes übrig, als sich aufzusetzen und ihn anzunehmen. Sie stürzte die fleischige, Ekel erregende Flüssigkeit hinunter und bemühte sich, nicht zu würgen. Als sie fertig war, wischte sie sich den Mund mit der Papierserviette ab, die ihre Mutter ihr reichete – und dann kam alles ohne Vorwarnung wieder hoch, platschte auf die Bettdecke, Petersilienschnipsel und alles andere.

Harriets Mutter stieß einen leisen Schrei aus. In ihrem Ärger sah sie seltsam jung aus, wie ein mürrischer Babysitter an einem schlechten Abend.

»Entschuldigung«, sagte Harriet kläglich. Die Brühe roch wie eine Mischung aus Sumpfwasser und Hühnersuppe.

»Oh, Liebes, was für eine Schweinerei. Nein, nicht –« Charlottes Stimme bekam einen panischen Unterton, als Harriet sich von Erschöpfung überwältigt in die Schweinerei zurücksinken lassen wollte.

Dann geschah etwas sehr Merkwürdiges und Plötzliches. Ein starkes Licht strahlte ihr von oben ins Gesicht. Es war die Kristallglas-Deckenlampe im Flur. Erstaunt erkannte Harriet, dass sie nicht im Bett, nicht einmal in ihrem Zimmer lag, sondern auf dem Boden im oberen Flur, in dem schmalen Durchgang zwischen einigen Zeitungsstapeln. Und das Seltsamste war, dass Edie neben ihr kniete, düster und blass und ohne Lippenstift.

Völlig desorientiert hob Harriet einen Arm und rollte den Kopf hin und her, und ihre Mutter wollte sich laut weinend auf sie stürzen. Edie streckte den Arm aus und hielt sie zurück. »Lass sie atmen!«

Harriet lag auf dem Hartholzboden und war ratlos. Neben dem Erstaunen darüber, dass sie plötzlich woanders war, kam ihr als Erstes zu Bewusstsein, dass ihr Kopf und ihr Hals wehtaten – und zwar *wirklich* wehtaten. Und als Zweites fiel ihr auf, dass Edie nicht hier oben zu sein hatte. Harriet konnte sich nicht mal erinnern, wann Edie überhaupt das letzte Mal im Haus gewesen war (vom Eingangsflur abgesehen, der relativ sauber gehalten wurde, für den Fall, dass Besuch kam).

Wie bin ich hierher gekommen?, fragte sie Edie, aber es kam nicht so heraus, wie es sollte (ihre Gedanken waren

Der Turm.

durcheinander gewürfelt und zusammengequetscht), und sie schluckte und versuchte es noch einmal.

Edie beruhigte sie. Sie half ihr, sich aufzurichten, und Harriet schaute an ihren Armen und Beinen hinunter und stellte mit seltsamem Kribbeln fest, dass sie andere Sachen anhatte.

Warum hab ich andere Sachen an?, wollte sie fragen – aber auch das kam nicht richtig heraus. Tapfer kaute sie auf dem Satz.

»Pscht.« Edie legte ihr einen Finger auf die Lippen. Zu Harriets Mutter (die im Hintergrund weinte – und Allison stand hinter ihr mit gehetztem Blick und kaute an den Fingernägeln) sagte sie: »Wie lange hat das gedauert?«

»Ich weiß es nicht.« Harriets Mutter presste sich die Hände an die Schläfen.

»Charlotte, es ist *wichtig*, sie hatte einen *Anfall*.«

Der Warteraum im Krankenhaus flimmerte unstet wie in einem Traum. Alles war zu hell – die Oberflächen blitzsauber –, aber die Stühle waren abgenutzt und schäbig, wenn man zu genau hinschaute. Allison las eine zerfledderte Kinderzeitschrift, und zwei offiziell aussehende Frauen mit Namensschildern versuchten gegenüber, mit einem schlaffgesichtigen alten Mann zu reden. Er saß schwerfällig und zusammengesunken auf seinem Stuhl, als sei er betrunken, und starrte auf den Boden; seine Hände baumelten zwischen den Knien, und sein kecker Tirolerhut war ihm über das Auge gerutscht. »Na, sie will ja nicht hören«, sagte er eben und schüttelte den Kopf. »Um nichts in der Welt lässt sie es langsamer angehen.«

Die beiden Frauen sahen einander an. Die eine setzte sich neben ihn.

Dann war es dunkel, und Harriet wanderte allein durch eine fremde Stadt mit hohen Gebäuden. Sie musste ein paar Bücher in die Bibliothek zurückbringen, bevor dort zugemacht wurde, aber die Straßen wurden immer enger, bis sie weniger als einen halben Meter breit waren und sie unversehens vor einem hohen Steinhaufen stand. *Ich muss ein Telefon finden,* dachte sie.

»Harriet?«

Das war Edie. Sie stand. Eine Krankenschwester, die einen leeren Rollstuhl vor sich herschob, war durch eine Schwingtür im Hintergrund gekommen.

Es war eine junge Schwester, mollig und hübsch, mit schwarzer Wimperntusche und fantastisch geschwungenem Lidschatten und einer Menge Rouge, das den unteren Rand ihrer Augenhöhlen umrahmte, ein rosiger Halbkreis vom Wangenbein zum Stirnbein. Sie sah aus (fand Harriet) wie die geschminkten Sängerinnen auf Bildern aus der Pekingoper. Regennachmittage bei Tatty, auf dem Teppich ausgestreckt mit Büchern wie *Kabuki-Theater in Japan* und *Der illustrierte Marco Polo von 1880.* Kublai Khan in einer bunt bemalten Sänfte, ah, Masken und Drachen, goldene Buchseiten und Seidenpapier, ganz Japan und China in dem schmalen Missionsbücherschrank am Fuße der Treppe!

Sie schwebten den hellen Korridor hinunter. Der Wasserturm, der Leichnam im Wasser – das alles war schon zu einem fernen Traum verblasst, und nichts war davon mehr übrig außer ihren Leibschmerzen (die heftig waren: Schmerzen wie Lanzen, die zustachen und sich wieder zurückzogen) und den schrecklichen Kopfschmerzen. Das Wasser war der Grund, weshalb sie krank war, und sie wusste, dass sie es ihnen sagen musste, denn sie mussten es wissen, damit sie sie wieder gesund machen konnten, aber *ich darf es nicht erzählen,* dachte sie, *ich kann es nicht.*

Diese Gewissheit durchflutete sie mit traumgleicher Entschiedenheit. Während die Schwester sie durch den glänzenden Raumschiffkorridor schob, beugte sie sich vor und tätschelte Harriets Wange, und Harriet – krank und deshalb fügsamer als sonst – gestattete es klaglos. Es war eine weiche, kühle Hand mit goldenen Ringen.

»Alles in Ordnung?«, fragte die Schwester, als sie Harriet (Edies schnelle Schritte klapperten hinter ihnen hallend auf den Fliesen) in eine kleine, halb private Ecke schob und den Vorhang mit einem Ruck zuzog.

Der Turm.

Harriet ließ es über sich ergehen, dass ihr ein Kranken-
hauskittel angezogen wurde, und dann legte sie sich auf
knisterndes Papier und ließ die Krankenschwester Fieber
messen –
du meine Güte!
ja, die Kleine ist wirklich krank!
– und Blut abnehmen. Dann setzte sie sich auf und trank
gehorsam einen winzigen Becher von einer kreidig schmeckenden Medizin, die ihrem Magen gut tun würde, wie die
Schwester sagte. Edie saß ihr gegenüber auf einem Schemel neben einem Glasschrank mit Medikamenten und
einer Standwaage mit Schiebegewichten. Als die Schwester
den Vorhang zugezogen hatte und weggegangen war, waren
sie allein, und Edie stellte eine Frage, die Harriet nur halb
beantwortete, weil sie zum Teil in diesem Raum war und
den Kalkgeschmack der Medizin im Mund hatte, aber zum
Teil auch in einem kalten Fluss schwamm, auf dem ein
bösartiger Silberglanz lag wie Licht, Mondlicht auf Petro-
leum. Eine Tiefenströmung packte ihre Beine und riss sie
mit sich, und ein schrecklicher alter Mann mit einer nassen Pelzmütze lief am Ufer entlang und schrie ihr Worte zu,
die sie nicht hören konnte …
»So. Dann setz dich mal hin, bitte.«
Harriet schaute in das Gesicht eines Fremden im weißen Mantel. Er war kein Amerikaner, sondern ein Inder
mit blauschwarzem Haar und melancholischen Augen mit
schweren Lidern. Er fragte sie, ob sie wisse, wie sie heiße
und wo sie sei; er leuchtete ihr mit einem dünnen Lichtstrahl ins Gesicht; er spähte ihr in die Augen, in die Nase,
in die Ohren; er betastete ihren Bauch und ihre Achsel-
höhlen mit eiskalten Händen, vor denen sie zurückzuckte.
» – ihr erster Anfall?« Wieder dieses Wort.
»Ja.«
»Hast du irgendetwas Komisches gerochen oder geschmeckt?«, fragte der Arzt Harriet.
Der feste Blick seiner schwarzen Augen bereitete ihr
Unbehagen. Sie schüttelte den Kopf.
Mit zartem Zeigefinger hob der Arzt ihr Kinn. Harriet
sah, dass seine Nasenflügel sich weiteten.

»Tut dir der Hals weh?«, fragte er mit seiner Butterstimme.

Aus weiter Ferne hörte sie Edie rufen: »Guter Gott, was hat sie denn da am Hals?«

»Verfärbungen«, sagte der Arzt. Er strich sanft mit den Fingerspitzen darüber und drückte dann mit dem Daumen fest zu. »Tut das weh?«

Harriet machte ein undeutliches Geräusch. Es war weniger der Hals, was ihr wehtat, als vielmehr der Nacken. Und ihre Nase, die vom Rückstoß des Revolvers getroffen worden war, war äußerst berührungsempfindlich, aber obwohl sie sich dick geschwollen anfühlte, schien niemand sonst etwas davon zu bemerken.

Der Arzt hörte Harriets Herz ab und ließ sie die Zunge herausstrecken. Unbeirrt und eindringlich schaute er mit einer kleinen Lampe in ihren Rachen. Harriets Kiefer schmerzte unangenehm, und sie richtete den Blick hinüber zu dem Tupferspender und der Flasche Desinfektionsmittel auf dem Tisch neben ihr.

»Okay«, sagte der Arzt seufzend und nahm den Holzspatel aus ihrem Mund.

Harriet ließ sich zurücksinken. Ihr Magen krampfte sich scharf zusammen. Das Licht pulsierte organgegelb durch ihre geschlossenen Lider.

Edie und der Arzt sprachen miteinander. »Der Neurologe kommt alle zwei Wochen«, sagte er. »Vielleicht kann er morgen oder übermorgen von Jackson heraufkommen...«

Immer weiter redete er mit seiner monotonen Stimme. Und wieder fuhr ein Stich durch Harriets Bauch – so furchtbar, dass sie sich auf der Seite zusammenkrümmte und die Hände in den Leib presste. Dann hörte es auf. *Okay*, dachte Harriet matt und dankbar vor Erleichterung, *jetzt ist es vorbei, es ist vorbei...*

»Harriet«, sagte Edie laut, so laut, dass Harriet annahm, sie sei eingeschlafen, oder doch beinahe, »sieh mich an.«

Gehorsam öffnete Harriet die Augen. Das grelle Licht tat weh.

»Schauen Sie sich ihre Augen an. Sehen Sie, wie rot sie sind? Sie sehen *entzündet* aus.«

Der Turm.

»Die Symptome sind unklar. Wir müssen warten, bis die Befunde da sind.«

Wieder zog Harriets Magen sich wütend zusammen; sie drehte sich auf den Bauch, weg vom Licht. Sie wusste, warum ihre Augen rot waren: Das Wasser hatte darin gebrannt.

»Was ist mit dem Durchfall? Und dem Fieber? Und, du lieber Gott, diese blauen Flecken an ihrem Hals? Es sieht aus, als ob jemand sie gewürgt hätte. Wenn Sie mich fragen —«

»Möglicherweise liegt eine Infektion vor. Aber der Anfall ist nicht febril. Febril heißt...«

»Ich weiß, was das heißt. Ich war Krankenschwester, Sir«, unterbrach Edie ihn knapp.

»Nun, dann sollten Sie auch wissen, dass jegliche Dysfunktion des Nervensystems oberste Priorität hat«, antwortete der Arzt ebenso knapp.

»Und die anderen Symptome...«

»Sind unklar. Wie gesagt. Zunächst geben wir ihr ein Antibiotikum und Flüssigkeit. Elektrolyte und Blutbild sollten wir bis morgen Nachmittag haben.«

Harriet verfolgte das Gespräch jetzt aufmerksam und wartete darauf, dass sie an die Reihe kam. Aber schließlich konnte sie nicht länger warten und platzte heraus: »Ich muss gehen.«

Edie und der Arzt drehten sich um und sahen sie an. »Ja, dann geh«, sagte der Arzt mit einer knappen Handbewegung, die für Harriet eine königliche und exotische Geste war, und er hob das Kinn wie ein Maharadscha. Als sie vom Tisch sprang, hörte sie, wie er nach einer Schwester rief.

Aber draußen vor dem Vorhang war keine Schwester, und es kam auch keine. Verzweifelt tappte Harriet den Korridor hinunter. Eine andere Schwester – sie hatte kleine, glitzernde Augen wie ein Elefant – kam schwerfällig hinter einem Schreibtisch hervor. »Suchst du was?«, fragte sie. Steifgliedrig und träge griff sie nach Harriets Hand.

Ihre Langsamkeit versetzte Harriet in Panik; sie schüttelte den Kopf und rannte davon. Halb schwindlig flog sie durch den fensterlosen Flur, und ihre Aufmerksamkeit richtete sich ausschließlich auf die Tür mit der Aufschrift DAMEN am Ende des Korridors, und als sie an einer Nische mit ein paar Stühlen vorbeikam, blieb sie nicht stehen, um sich umzuschauen, als sie eine Stimme zu hören glaubte, die sie anrief:»Hat!«

Und dann erschien plötzlich Curtis vor ihr. Hinter ihm, mit einer Hand auf seiner Schulter – das Mal in seinem Gesicht leuchtete blutrot wie eine Zielscheibe –, stand der Prediger *(Donner und Blitz und Klapperschlangen)*, ganz in Schwarz.

Harriet starrte die beiden an. Dann machte sie kehrt und rannte den hell erleuchteten, antiseptischen Flur hinunter. Der Boden war glatt, ihre Füße rutschten weg, und sie fiel hin, aufs Gesicht, rollte auf den Rücken und warf sich eine Hand über die Augen.

Schnelle Schritte, quietschende Gummisohlen auf den Fliesen, und ehe Harriet sich versah, kniete die erste Schwester (die junge mit den Ringen und dem farbenfrohen Make-up) neben ihr. *Bonnie Fenton* stand auf ihrem Namensschild.»Hoppsala!«, sagte sie mit fröhlicher Stimme.»Wehgetan?«

Harriet umklammerte ihren Arm und starrte der Krankenschwester mit äußerster Konzentration ins Gesicht. *Bonnie Fenton*, wiederholte sie bei sich, als sei der Name eine Zauberformel, die sie beschützte. *Bonnie Fenton, Bonnie Fenton, Bonnie Fenton...*

»Deshalb dürfen wir auf den Gängen nicht rennen!«, sagte die Schwester. Aber sie sprach nicht mit Harriet, sondern mit Bühnenstimme zu einer dritten Person, und als Harriet den Gang hinunterschaute, sah sie weiter hinten Edie und den Arzt hinter dem Vorhang hervorkommen. Sie spürte, wie der Blick des Predigers sich in ihren Rücken bohrte, und sie rappelte sich auf, rannte zu Edie und schlang ihr die Arme um die Taille.

»Edie!«, rief sie.»Bring mich nach Hause, bring mich nach Hause!«

»Harriet! Was ist denn in dich gefahren?«

»Wenn du nach Hause gehst«, sagte der Arzt,»wie sollen wir dann herausfinden, was dir fehlt?« Er versuchte,

Der Turm.

freundlich zu sein, aber die Haut unter den Augenhöhlen in seinem schwermütigen Gesicht sah aus wie geschmolzenes Wachs, und das war plötzlich sehr beängstigend. Harriet fing an zu weinen.

Ein abwesendes Tätscheln auf ihrem Rücken: typisch für Edie, dieses Tätscheln, knapp und geschäftsmäßig, und Harriet musste nur noch lauter weinen.

»Sie ist ganz außer sich.«

»Normalerweise sind sie nach einem Anfall schläfrig. Aber wenn sie aufgebracht ist, können wir ihr etwas geben, damit sie sich entspannt.«

Harriet warf einen furchtsamen Blick über die Schulter. Aber der Flur war leer. Sie beugte sich herunter und berührte ihr Knie; sie hatte es aufgeschürft, und es tat weh. Sie war vor jemandem weggerannt, sie war hingefallen und hatte sich wehgetan, das zumindest war wirklich passiert, und sie hatte es nicht geträumt.

Schwester Bonnie löste Harriet von Edie. Schwester Bonnie führte Harriet zurück hinter den Vorhang... Schwester Bonnie öffnete einen Schrank, zog aus einer kleinen Glasampulle eine Spritze auf...

»*Edie!*«, schrie Harriet.

»Harriet?« Edie steckte den Kopf durch den Vorhang. »Sei nicht albern, es ist nur eine Spritze.«

Ihre Stimme ließ Harriet erneut in Tränen ausbrechen, und sie bekam einen Schluckauf. »Edie, bring mich nach Hause. Ich hab Angst. Ich hab Angst. Ich kann nicht hier bleiben. Diese Leute sind hinter mir her. Ich...«

Sie wandte den Kopf ab und verzog das Gesicht, als ihr die Schwester die Nadel in den Arm stieß. Dann wollte sie vom Tisch herunterrutschen, aber die Schwester hielt sie am Handgelenk fest. »Nein, wir sind noch nicht fertig, Schätzchen.«

»Edie? Ich... Nein, die *will* ich nicht!« Sie wich vor Schwester Bonnie zurück, die zur anderen Seite herumgegangen war und mit einer neuen Spritze auf sie zukam.

Höflich, aber ohne viel Heiterkeit, lachte die Schwester und warf dabei Edie einen Hilfe suchenden Blick zu.

»Ich will nicht einschlafen, ich *will* nicht einschlafen«,

schrie Harriet, als sie sich umzingelt sah, und sie schüttelte Edie auf der einen Seite und Schwester Bonnies weiche, beharrliche, beringte Hand auf der anderen von sich ab. »Ich hab Angst! Ich...«

»Doch nicht vor dieser kleinen *Nadel*, Herzchen.« Schwester Bonnies Stimme, anfangs noch besänftigend, klang jetzt kühl und bedrohlich. »Sei nicht albern. Nur ein kleiner Stich, und...«

»Na«, sagte Edie, »ich werde jetzt mal nach Hause fahren...«

»EDIE!«

»Wir wollen mal nicht so laut sein, Schatz«, sagte die Schwester, und dabei stach sie Harriet die Nadel in den Arm und drückte den Kolben herunter.

»Edie! Nein! Sie sind hier! Lass mich nicht allein! Lass mich...«

»Ich komme doch *wieder* – jetzt hör mal zu.« Edie hob das Kinn, und ihre Stimme übertönte Harriets panisches Gestammel scharf und effizient. »Ich muss Allison nach Hause bringen, und dann muss ich bei mir vorbeifahren und ein paar Sachen holen.« Sie wandte sich der Schwester zu. »Können Sie ein Bett für mich in ihr Zimmer stellen?«

»Selbstverständlich, Ma'am.«

Harriet rieb sich die Einstichstelle an ihrem Arm. *Bett.* Das Wort hatte einen tröstlichen, heimeligen Klang – wie *Watte*, wie *Hottentott*, Harriets alter Babykosename. Fast konnte sie es auf der Zunge schmecken, dieses runde, süße Wort *Hottentott*: glatt und hart, rund wie ein Malzbonbon.

Sie lächelte in die Runde der lächelnden Gesichter am Tisch.

»Jetzt wird jemand schläfrig«, sagte Schwester Bonnie.

Wo war Edie? Harriet hatte Mühe, die Augen offen zu halten. Unermessliche Himmel lasteten auf ihr, Wolken trieben durch märchenhafte Dunkelheit. Harriet schloss die Augen und sah schwankende Äste, und ohne es zu merken, schlief sie ein.

Der Turm.

Eugene streifte durch die kühlen Flure, die Hände auf dem Rücken verschränkt. Als schließlich ein Pfleger kam, der das Kind aus dem Untersuchungszimmer rollte, schlenderte er in sicherem Abstand hinterher, um zu sehen, wohin sie sie brachten.

Der Pfleger blieb am Aufzug stehen und drückte auf einen Knopf. Eugene machte kehrt und ging den Flur hinunter zur Treppe. Als er im ersten Stock aus dem hallenden Treppenhaus kam, hörte er die Fahrstuhlglocke, und dann kam der Wagen unten am Gang mit dem Fußende zuerst durch die Edelstahltür, und der Pfleger manövrierte das Kopfende.

Sie glitten den Flur hinunter. Eugene schloss die stählerne Feuertür so leise, wie er konnte, und spazierte mit klickenden Absätzen in diskretem Abstand hinterher. Aus sicherer Entfernung merkte er sich das Zimmer, in das sie einbogen. Dann wanderte er zurück zum Aufzug, und unterwegs betrachtete er ausgiebig eine Ausstellung von Kinderzeichnungen am schwarzen Brett und die illuminierten Bilder der Süßigkeiten in einem summenden Automaten.

Er hatte immer gehört, dass vor einem Erdbeben die Hunde bellten. Tja, und wenn in letzter Zeit irgendetwas Schlimmes passiert war oder bevorgestanden hatte, war jedes Mal dieses schwarzhaarige kleine Mädchen irgendwo in der Nähe gewesen. Und sie *war* es – keine Frage. Er hatte draußen vor der Mission reichlich Zeit gehabt, sie anzusehen, an dem Abend, als er gebissen worden war.

Und hier war sie wieder. Beiläufig ging er an der offenen Tür vorbei und warf einen kurzen, verstohlenen Blick hinein. Ein mattes Licht glomm in einer Vertiefung in der Decke und versickerte im Schatten. Im Bett war nur ein kleiner Haufen Decken zu sehen. Darüber, zum Licht hinauf deutend, wie eine Qualle, die in stillem Wasser schwebte, hing ein durchsichtiger Infusionsbeutel mit einer klaren Flüssigkeit, aus dem sich ein Tentakel herabschlängelte.

Eugene ging zum Wasserspender, trank einen Schluck und blieb eine Weile vor der Ausstellungsvitrine des Babyhilfswerks stehen. Von diesem Posten aus sah er eine Krankenschwester kommen und gehen. Aber als er wieder zu dem Zimmer zurückspazierte und den Kopf durch die offene Tür streckte, sah er, dass das Mädchen nicht allein war. Ein schwarzer Pfleger war damit beschäftigt, eine Pritsche aufzustellen, und auf Eugenes Fragen reagierte er nicht.

Eugene lungerte vor der Tür herum und bemühte sich, nicht allzu auffällig zu wirken (was im leeren Korridor natürlich schwierig war), und als schließlich die Schwester mit einem Arm voll Bettwäsche zurückkam, hielt er sie vor der Tür an.

»Wer ist das Kind da drinnen?«, fragte er in seinem freundlichsten Ton.

»Das ist Harriet. Die Leute heißen Dufresnes.«

»Ah.« Der Name ließ eine Glocke läuten, aber er wusste nicht genau, warum. Er spähte an der Schwester vorbei ins Zimmer. »Hat sie niemanden bei sich?«

»Die Eltern hab ich nicht gesehen, nur die Großmutter.« Die Schwester wandte sich ab und ließ erkennen, dass das Gespräch für sie beendet war.

»Armes kleines Ding.« Eugene wollte noch nicht aufgeben und streckte den Kopf durch die Tür. »Was hat sie denn?«

Bevor sie ein Wort sagte, sah Eugene ihr schon am Gesicht an, dass er zu weit gegangen war. »Bedaure, aber diese Information kann ich Ihnen nicht geben.«

Eugene lächelte – gewinnend, wie er hoffte. »Wissen Sie«, sagte er, »ich weiß, dass diese Narbe in meinem Gesicht nicht besonders schön ist. Aber sie macht mich nicht zu einem schlechten Menschen.«

Frauen pflegten in der Regel klein beizugeben, wenn er seine Verletzung ins Spiel brachte, aber die Schwester schaute ihn an, als habe er etwas auf Spanisch gesagt.

»Ich frag ja nur«, sagte Eugene liebenswürdig und hob eine Hand. »Entschuldigen Sie die Störung, Ma'am.« Er kam ihr nach, aber die Schwester war mit den Bettlaken beschäftigt. Er überlegte, ob er ihr seine Hilfe anbieten sollte, aber die Haltung ihres Rückens warnte ihn davor, sein Glück allzu sehr zu strapazieren.

Der Turm.

Eugene schlenderte zurück zum Süßigkeitenautomaten. *Dufresnes.* Woher kannte er den Namen? Farish war derjenige, den man danach fragen musste; Farish wusste, wer wer war in der Stadt, und Farish hatte alles im Kopf: Adressen, Familienverbindungen, Skandale. Aber Farish lag unten im Koma, und man rechnete nicht damit, dass er die Nacht überleben würde.

Eugene blieb am Stationszimmer stehen, dem Aufzug gegenüber. Er lehnte sich an die Theke und tat eine Zeit lang so, als betrachte er eine Fotocollage und dann eine Grünlilie in einem Geschenkkorb, und er wartete. *Dufresnes.* Schon vor seiner kurzen Unterhaltung mit der Schwester hatte die Episode auf dem Flur (und vor allem die alte Lady, deren scharfer Tonfall nach Geld und Baptisten roch) ihn davon überzeugt, dass das Kind keins von Odums Gören war – und das war schade, denn wenn das Mädchen zu Odum gehört hätte, dann hätte das gut zu bestimmten Vermutungen gepasst, die er hegte. Odum hatte guten Grund, sich an Farish *und* Danny zu rächen.

Jetzt kam die Schwester aus dem Zimmer des Kindes, und sie warf Eugene einen Blick zu. Sie war ein hübsches Mädchen, aber mit Lippenstift und Schminke beschmiert wie eine Irre. Eugene wandte sich mit einem lässigem Winken ab und schlenderte davon, den Flur entlang, die Treppe hinunter, vorbei an der Nachtschwester (der die Schreibtischlampe gespenstisch ins Gesicht heraufleuchtete), hinunter zum fensterlosen Warteraum der Intensivstation, wo beschirmte Lampen rund um die Uhr gedämpft leuchteten und wo Gum und Curtis auf der Couch schliefen. Es hatte keinen Sinn, oben herumzuhängen und Aufmerksamkeit auf sich zu lenken. Er würde wieder hinaufgehen, wenn die bemalte Nutte Dienstschluss hätte.

Allison lag zu Hause im Bett auf der Seite und starrte durch das Fenster zum Mond hinaus. Harriets leeres Bett – abgezogen, die vom Erbrochenen getränkten Laken in einem Haufen auf dem Boden – war ihr kaum bewusst. Im Geiste sang sie vor sich hin, aber es war weniger ein Lied als eine improvisierte Serie von leisen Tönen, die sich in Variationen auf und ab bewegten, monoton und unaufhörlich wie der Gesang eines traurigen, unbekannten Nachtvogels. Ob Harriet da war oder nicht, war ihr ziemlich gleichgültig; doch nun, ermutigt von der Stille auf der anderen Seite des Zimmers, fing sie an, laut zu summen, wahllos aneinander gereihte Noten und Phrasen, die sich spiralig in die Dunkelheit zogen.

Der Schlaf, sonst Allisons Zuflucht, wollte nicht kommen. Also lag sie auf der Seite, mit offenen Augen und ohne Sorgen, und summte im Dunkeln vor sich hin, und Schlaf war ein unbedeutender, ferner Schemen, ein Kräuseln wie Rauch auf verlassenen Dachböden, ein Singen wie das Meer im Perlglanz einer Muschel.

Edie erwachte auf ihrer Pritsche neben Harriets Bett, weil ihr Licht ins Gesicht fiel. Es war schon spät, ihre Armbanduhr zeigte Viertel nach acht, und sie hatte um neun einen Termin beim Steuerberater. Sie stand auf und ging ins Bad, und ihr blasses, erschöpftes Gesicht im Spiegel ließ sie einen Moment innehalten: Es lag hauptsächlich am Licht der Leuchtstoffröhren, aber trotzdem...

Sie putzte sich die Zähne und machte sich tapfer an ihr Gesicht: zog sich die Brauen nach, schminkte die Lippen. Edie hatte kein Vertrauen zu Ärzten. Sie hatte die Erfahrung gemacht, dass sie nicht zuhörten, sondern lieber herumstolzierten und so taten, als hätten sie auf alles eine Antwort. Sie zogen voreilige Schlüsse, sie ignorierten alles, was nicht in ihre Theorien paßte. Und dieser Arzt war außerdem auch noch ein Ausländer. Sowie er das Wort *Anfall* gehört hatte, dieser Dr. Dagoo oder wie er heißen mochte, waren die anderen Symptome bei dem Kind zur Bedeutungslosigkeit verblasst; sie waren »unklar«. *Unklar,* dachte Edie, als sie aus dem Badezimmer kam und ihre schlafende Enkelin betrachtete (mit aufmerksamer Neugier, als wäre Harriet ein kranker Strauch oder eine aus mysteriösen Gründen welkende Zimmerpflanze), *unklar, weil Epilepsie nicht das ist, was sie hat.*

Der Turm.

Mit akademischem Interesse studierte sie Harriet noch ein Weilchen, und dann kehrte sie ins Badezimmer zurück, um sich anzuziehen. Harriet war ein robustes Kind, und Edie war nicht schrecklich besorgt um sie, höchstens in einer sehr allgemeinen Hinsicht. Was ihr allerdings durchaus Sorgen machte – und was sie bis tief in die Nacht hinein auf ihrer Pritsche wach gehalten hatte –, waren die katastrophalen Zustände im Haus ihrer Tochter. Wenn sie es sich jetzt überlegte, war Edie eigentlich nicht mehr im oberen Stockwerk gewesen, seit Harriet ein Baby gewesen war. Charlotte war eine Packratte; sie hob alles auf, und diese Neigung (das wusste Edie) hatte sich nach Robins Tod verstärkt. Aber es war doch ein tüchtiger Schock gewesen zu sehen, wie es jetzt im Haus aussah. Dreckig: Ein anderes Wort gab es nicht. Kein Wunder, dass das Kind krank war, wenn überall Müll und Abfall herumlag; es war eher ein Wunder, dass sie nicht alle drei im Krankenhaus lagen. Edie zog den Reißverschluss auf dem Rücken ihres Kleides hoch und biss sich innen auf die Wange. Schmutziges Geschirr, Stapel, ja, *Türme* von Zeitungen, die mit Sicherheit Ungeziefer anlockten. Und das Schlimmste war der Geruch. Alle möglichen unangenehmen Szenarien waren Edie durch den Kopf gegangen, als sie sich auf der klumpigen Krankenhausliege schlaflos hin und her gewälzt hatte. Das Kind konnte sich vergiftet oder eine Hepatitis zugezogen haben; vielleicht war sie im Schlaf von einer Ratte gebissen worden. Edie war so entsetzt und beschämt gewesen, dass sie einem fremden Arzt solche Vermutungen nicht hatte anvertrauen können – und sie war es noch immer, auch im kalten Licht des Morgens. Was sollte man aber auch sagen? *Ach, übrigens, Doktor, meine Tochter führt einen völlig verdreckten Haushalt?*

Es würden Kakerlaken da sein und Schlimmeres. Irgendetwas musste geschehen, bevor Grace Fountain oder irgendeine andere naseweise Nachbarin die Gesundheitsbehörde anrief. Charlotte zur Rede zu stellen würde nichts erbringen außer Ausreden und Tränen. Sich an den ehebrecherischen Dix zu wenden wäre riskant, denn wenn es zur Scheidung käme (und das war möglich), würde diese

Verwahrlosung vor Gericht für ihn von Vorteil sein. Warum um alles in der Welt hatte Charlotte die Farbige nur gehen lassen?

Edie steckte sich das Haar zurück, nahm zwei Aspirin mit einem Glas Wasser (nach dieser Nacht auf der Pritsche taten ihr die Rippen mächtig weh) und trat wieder hinaus ins Zimmer. *Alle Wege führen ins Krankenhaus,* dachte sie. Seit Libbys Tod war sie jede Nacht im Traum ins Krankenhaus zurückgekehrt – war durch die Gänge geirrt, mit dem Aufzug auf- und abgefahren, hatte nach Etagen und Zimmernummern gesucht, die nicht existierten –, und jetzt war es Tag, und sie war schon wieder hier, in einem Zimmer, das große Ähnlichkeit mit dem hatte, in dem Libby gestorben war.

Harriet schlief noch, und das war gut so. Der Arzt hatte gesagt, sie würde einen großen Teil des Tages verschlafen. Nach dem Steuerberater, bei dem sie einen weiteren Vormittag damit verschwenden würde, über Richter Cleves (praktisch in Geheimschrift verfassten) Büchern zu brüten, musste sie zum Anwalt. Er drängte sie, sich mit diesem grässlichen Mr. Rixey zu einigen. Nur würde sie nach dem »vernünftigen Kompromiss«, den er vorschlug, so gut wie mittellos dastehen. Gedankenverloren (Mr. Rixey hatte den »vernünftigen Kompromiss« noch nicht einmal akzeptiert; sie würde heute erfahren, ob er es inzwischen getan hatte) warf Edie noch einen letzten Blick in den Spiegel, nahm ihre Handtasche und verließ das Zimmer. Den Prediger, der am Ende des Korridors lungerte, bemerkte sie nicht.

Die Bettlaken fühlten sich köstlich kühl an. Harriet lag mit fest geschlossenen Augen im Morgenlicht. Sie hatte von steinernen Stufen auf einem hellen, grasbewachsenen Feld geträumt, von Stufen, die nirgendwohin führten, Stufen, die so alt und bröckelig waren, dass sie ebenso gut Felsblöcke hätten sein können, die umgestürzt und in der summenden Wiese versunken waren. Die Infusionsnadel in ihrer Ellenbeuge war ein hässliches Ziepen, silbern und kalt, und verschlungene Apparaturen wanden sich daraus

Der Turm.

hervor und durch die Zimmerdecke hinauf in den weißen Himmel des Traums.

Ein paar Minuten schwebte sie zwischen Schlafen und Wachen. Schritte hallten über den Flur (kalte Korridore, mit Echos wie in einem Palast), und sie blieb ganz still liegen und hoffte, irgendeine freundliche, dienstlich befugte Person werde herüberkommen und Notiz von ihr nehmen: Harriet so klein, Harriet so blass und krank.

Die Schritte näherten sich dem Bett und hörten auf. Harriet spürte, dass jemand sich über sie beugte. Still blieb sie liegen, mit flatternden Lidern, und ließ sich betrachten. Dann öffnete sie die Augen und fuhr entsetzt zusammen, als sie den Prediger erblickte. Sein Gesicht war nur eine Handbreit von ihrem entfernt. Seine Narbe leuchtete rot wie der Kehllappen eines Truthahns, und unter dem zerschmolzenen Gewebe über dem Stirnbein glänzte sein Auge feucht und wild.

»Ganz leise«, sagte er und legte den Kopf schräg wie ein Papagei. Der hohe, singende Klang seiner Stimme hatte etwas Unheimliches. »Man muss ja keinen Lärm machen oder?«

Harriet hätte gern Lärm gemacht, jede Menge Lärm. Starr vor Angst und Verwirrung schaute sie ihn an.

»Ich weiß, wer du bist.« Sein Mund bewegte sich beim Sprechen fast nicht. »Du warst an dem Abend in der Mission.«

Harriet richtete den Blick hinüber zur leeren Tür. Schmerz durchzuckte ihre Schläfen wie elektrischer Strom.

Der Prediger zog die Stirn kraus und beugte sich tiefer. »Du warst bei den Schlangen. Ich glaube, du warst es, die sie rausgelassen hat, nicht?«, fragte er mit seiner eigenartigen, hohen Stimme. Seine Pomade roch nach Flieder. »Und du hast meinen Bruder Danny verfolgt, nicht?«

Harriet starrte ihn an. Wusste er über den Turm Bescheid?

»Wieso bist du im Flur vor mir weggerannt?«

Er wusste es *nicht.* Harriet achtete darauf, dass sie sich nicht bewegte. In der Schule konnte niemand sie besiegen, wenn es darum ging, wer zuerst wegschaute. Dumpfe

Glocken dröhnten in ihrem Kopf. Sie war nicht gesund; sie wünschte, sie könnte sich die Augen reiben und den Morgen noch einmal beginnen. Irgendetwas an der Stellung ihres Gesichts im Verhältnis zu dem des Predigers leuchtete nicht ein; es war, als sei er ein Spiegelbild, dass sie aus einem anderen Winkel hätte sehen müssen.

Der Prediger blinzelte sie an. »Du bist ein freches kleines Stück«, sagte er, »frech wie Dreck.«

Harriet fühlte sich matt und schwindlig. *Er weiß es nicht*, ermahnte sie sich erbittert, *er weiß es nicht*. Neben ihrem Bett war ein Knopf, mit dem sie die Schwester rufen konnte, und sie hatte das dringende Bedürfnis, den Kopf zu drehen und hinzuschauen, aber sie zwang sich, still liegen zu bleiben.

Er beobachtete sie aufmerksam. Das Weiß des Zimmers hinter ihm verlor sich in luftigen Fernen, in einer Leere, die auf ihre Art genauso Übelkeit erregend war wie dunkle Enge im Wassertank.

»Hör mal«, sagte er und beugte sich wieder tiefer. »Wovor hast du solche Angst? Niemand hat dich angerührt.«

Starr und ohne mit der Wimper zu zucken, schaute Harriet ihm ins Gesicht.

»Vielleicht hast du was getan, dass du jetzt Angst haben musst, ja? Ich will wissen, was du da zu suchen hattest, als du um mein Haus rumgeschlichen bist. Und wenn du's mir nicht sagst, werde ich es aus dir rausholen.«

»Poch poch!«, rief eine fröhliche Stimme von der Tür her.

Hastig richtete der Prediger sich auf und fuhr herum. Winkend in der Tür stand Roy Dial mit ein paar Sonntagsschul-Broschüren und einer Schachtel Pralinen.

»Ich hoffe, ich störe nicht.« Furchtlos kam Mr. Dial hereinmarschiert. Er trug Freizeitkleidung, nicht Anzug und Krawatte wie in der Sonntagsschule. Sehr sportlich sah er aus mit seinen Segelschuhen und der Khakihose; ein Hauch von Florida und Sea World umgab ihn. »Ja, *Eugene*! Was machen Sie denn hier?«

»Mr. Dial!« Der Prediger sprang auf ihn zu und hielt ihm die Hand entgegen.

Sein Ton hatte sich verändert, war aufgeladen mit einer

Der Turm.

ganz neuen Art von Energie, und trotz Krankheit und Angst entging es Harriet nicht. *Er hat Angst,* dachte sie.

»Ah, ja.« Mr. Dial schaute Eugene an. »Ist nicht gestern ein Ratliff eingeliefert worden? In der Zeitung stand...«

»Ja, Sir! Mein Bruder Farsh. Er...« Eugene unternahm einen erkennbaren Versuch, sich zu bremsen. »Ja, man hat auf ihn geschossen, Sir.«

Geschossen?, dachte Harriet benommen.

»In den Hals geschossen, Sir. Sie haben ihn gestern Abend gefunden. Er...«

»Ja, du meine Güte!«, rief Mr. Dial fröhlich und bog sich mit einer Drolligkeit zurück, die erkennen ließ, wie wenig es ihn interessierte, von Eugenes Familie zu hören. »Du liebe Güte! Das finde ich aber abscheulich! Da werde ich aber ganz bestimmt vorbeikommen und ihn besuchen, wenn es ihm wieder besser geht! Ich...«

Mr. Dial gab Eugene keine Gelegenheit, ihm zu erklären, dass es Farish nicht mehr besser gehen würde, sondern warf die Hände in die Höhe, als wolle er sagen: *Was soll man machen?,* und legte dann die Schachtel Pralinen auf den Nachttisch. »Die sind leider nicht für dich, Harriet«, sagte er und beugte sich mit seinem Delphinprofil vertraulich vor, um sie mit dem linken Auge anzuzwinkern. »Ich wollte vor der Arbeit rasch einen Besuch bei der lieben Agnes Upchurch machen« (Miss Upchurch war eine klapprige alte, invalide Baptistin, eine Bankierswitwe, die hoch oben auf Mr. Dials Kandidatenliste für den Baufonds stand), »und wem laufe ich da unten über den Weg? Ausgerechnet deiner Großmutter! Du liebe Güte! sage ich. Miss Edith! Ich...«

Der Prediger, sah Harriet, schob sich auf die Tür zu. Mr. Dial bemerkte, dass sie ihn anschaute, und drehte sich um.

»Und woher kennen *Sie* diese prächtige junge Lady?«

Der Prediger brach den Rückzug ab und versuchte, das Beste aus der Situation zu machen. »Na ja, Sir«, sagte er und rieb sich mit einer Hand den Nacken, während er wieder an Mr. Dials Seite kam, als habe er die ganze Zeit nichts anderes vorgehabt, »ja, Sir, ich war hier, als sie sie gestern Abend brachten. Zu schwach zum Gehen. War mächtig krank, das kleine Mädchen, und das ist die Wahrheit.« Dies sagte er in abschließendem Ton, als könnten hier unmöglich noch weitere Erklärungen notwendig sein.

»Und da machen Sie einfach«, Mr. Dial sah aus, als bringe er es kaum über sich weiterzusprechen, »*einen Besuch?* Bei Harriet hier?«

Eugene räusperte sich und schaute weg. »Da ist ja noch mein Bruder, Sir«, sagte er, »und wenn ich schon mal hier bin, kann ich doch auch ein paar andere besuchen und trösten. Es ist eine solche Freude, unter die Kleinen hinauszugehen und die kostbare Saat auszubringen.«

Mr. Dial sah Harriet an, als wolle er fragen: *Hat der Mann dich belästigt?*

»Dazu braucht man nichts als ein Paar Knie und eine Bibel. Das da, wissen Sie«, sagte Eugene und deutete mit dem Kopf auf den Fernsehapparat, »das ist der größte Schaden für das Seelenheil eines Kindes, den Sie im Hause haben können. Den Sündenkasten, so nenne ich es.«

»Mr. Dial«, sagte Harriet plötzlich, und ihre Stimme klang dünn und weit weg, »wo ist meine Großmutter?«

»Unten, glaube ich«, sagte er und fixierte sie mit seinem frostigen Delphinauge. »Am Telefon. Was ist denn?«

»Mir ist nicht gut«, sagte Harriet wahrheitsgemäß.

Der Prediger, sah sie, schlich sich aus dem Zimmer. Als er sah, dass Harriet ihn beobachtete, warf er ihr noch einen Blick zu, bevor er hinausschlüpfte.

»Was ist denn?« Mr. Dial beugte sich über sie und überwältigte sie mit seinem scharfen, fruchtigen Aftershave. »Möchtest du ein Glas Wasser? Möchtest du frühstücken? Ist dir schlecht?«

»Ich... ich...« Harriet setzte sich mühsam auf. Was sie wirklich wollte, konnte sie kaum sagen. Sie hatte Angst davor, allein gelassen zu werden, aber sie wusste nicht, wie sie Mr. Dial das sagen sollte, ohne ihm zu erzählen, wovor sie Angst hatte und warum.

In diesem Augenblick klingelte das Telefon auf ihrem Nachttisch.

»Warte, ich mach's schon.« Mr. Dial raffte den Hörer von der Gabel und reichte ihn ihr.

»Mama?«, sagte Harriet matt.

Der Turm.

»Herzlichen Glückwunsch! Ein brillanter Coup!«

Es war Hely. Seine überschwängliche Stimme klang blechern und fern. Am Rauschen in der Leitung erkannte Harriet, dass er das Footballhelm-Telefon in seinem Zimmer benutzte.

»Harriet? Ha! Mann, du hast ihn vernichtet! Du hast ihn *umgenietet!*«

»Ich …« Harriets Gehirn arbeitete nicht mit voller Geschwindigkeit, und ihr fiel nicht schnell genug ein, was sie sagen sollte. Trotz der schlechten Verbindung war sein Jauchzen und Jubeln am anderen Ende so laut, dass Harriet fürchtete, Mr. Dial werde ihn hören.

»Sagenhaft!« Vor lauter Aufregung ließ er den Hörer fallen, und es klapperte gewaltig. Dann sprudelte seine Stimme wieder auf sie ein, hechelnd und ohrenbetäubend. »Es hat in der Zeitung gestanden …«

»Was?«

»Ich *wusste*, das warst du. Was machst du denn im Krankenhaus? Was ist passiert? Bist du verletzt? Hat er auf dich geschossen?«

Harriet räusperte sich auf eine spezielle Weise, die ihm sagte, dass sie gerade nicht offen sprechen konnte.

»Oh – *okay*«, sagte Hely nach einer düsteren Pause. »Sorry.«

Mr. Dial nahm seine Pralinen und formte mit dem Mund die Worte: *Ich muss los.*

»Nein, nicht«, sagte Harriet in jäher Panik, aber Mr. Dial ging unbeirrt weiter rückwärts zur Tür hinaus.

Bis später!, sagte er lautlos und mit strahlender Gebärde. *Muss ein paar Autos verkaufen!*

»Dann antworte einfach mit ja oder nein«, sagte Hely eben. »Bist du in Schwierigkeiten?«

Furchtsam schaute Harriet zur leeren Tür hinüber. Mr. Dial war bei weitem nicht der freundlichste oder verständnisvollste unter den Erwachsenen, aber er war zumindest kompetent: durch und durch rechtschaffen und pedantisch, die Verkörperung inniger moralischer Entrüstung. Niemand würde es wagen, ihr ein Haar zu krümmen, wenn er in der Nähe war.

»Wollen sie dich verhaften? Steht ein Polizist vor deiner Tür?«

»Hely, kannst du etwas für mich tun?«, fragte sie.

»Na klar«, sagte er plötzlich ganz ernst und wachsam. Harriet behielt die Tür im Auge. »Versprich es.« Obwohl sie halb flüsterte, hallte ihre Stimme in der frostigen Stille weiter, als ihr lieb war, über Kunststoff und glatte Fliesen.

»Was? Ich versteh dich nicht!

»Du musst es mir versprechen.«

»Harriet, komm schon, sag, was es ist!«

»Am Wasserturm.« Harriet holte tief Luft, denn es gab keine andere Möglichkeit, es zu sagen, als es einfach frei auszusprechen. »Da liegt ein Revolver auf dem Boden. Du musst hingehen –«

»Ein *Revolver?*«

» – ihn holen und wegwerfen«, sagte sie ohne Hoffnung. Wieso sollte sie sich die Mühe machen, gedämpft zu sprechen? Wer wusste schon, wer alles zuhörte, an seinem Ende oder an ihrem? Eben war eine Schwester an der Tür vorbeigegangen; jetzt kam wieder eine und warf im Vorbeigehen einen neugierigen Blick herein.

»Himmel, Harriet!«

»Hely, ich *kann* nicht.« Sie hätte am liebsten geweint.

»Aber ich hab Bläserprobe. Und wir müssen heute länger bleiben.«

Bläserprobe. Harriet verlor allen Mut. Wie sollte das jemals klappen?

»Oder«, sagte Hely, »oder ich könnte *jetzt* gehen. Wenn ich mich beeile... Mom fährt mich in 'ner halben Stunde.«

Harriet lächelte der Schwester, die den Kopf zur Tür hereinstreckte, matt zu. Was sollte das alles überhaupt? Ließe sie den Revolver ihres Vaters auf dem Boden liegen, würde die Polizei ihn finden, und wenn Hely ihn holte, wüsste am Nachmittag die ganze Blaskapelle Bescheid.

»Was soll ich damit machen?«, fragte Hely. »Soll ich ihn bei dir im Garten verstecken?«

»Nein«, sagte Harriet mit solcher Schärfe, dass die Schwester die Brauen hochzog. »Wirf ihn in...«, *mein Gott*, dachte sie und schloss die Augen, *nun sag's schon...*, »wirf ihn in...«

Der Turm.

»In den Fluss?«, schlug Hely hilfsbereit vor.

»Genau.« Harriet rutschte zur Seite, als die Schwester (eine massige, viereckige Frau mit steifem grauem Haar und großen Händen) um sie herumgriff, um das Kissen aufzuschütteln.

»Und wenn er nicht untergeht?«

Es dauerte einen Moment, bis sie diese Frage begriffen hatte. Hely wiederholte sie, während die Krankenschwester Harriets Krankenblatt vom Fußende des Bettes nahm und mit schwerfälligem Seemannsgang hinausging.

»Er ist … aus Metall«, sagte Harriet.

Hely, erkannte sie erschrocken, sprach mit jemandem am anderen Ende.

Aber sofort war er wieder da. »Okay! Muss los!«

Klick. Harriet hielt sich den toten Hörer ans Ohr und saß wie betäubt da, bis das Freizeichen wieder einsetzte. Angstvoll (nicht einen Moment lang hatte sie die Tür aus den Augen gelassen) legte sie den Hörer auf die Gabel, und dann ließ sie sich in die Kissen zurücksinken und schaute sich furchtsam im Zimmer um.

Die Stunden schleppten sich endlos dahin, weiß auf weiß. Harriet hatte nichts zu lesen, und obwohl sie schreckliche Kopfschmerzen hatte, wagte sie nicht zu schlafen. Mr. Dial hatte ihr eine Sonntagsschul-Broschüre dagelassen; sie hieß »Schürzenband-Andachten«, und auf dem Umschlag war ein rosiges Baby mit einem altmodischen Sonnenhut, das einen Blumenwagen schob. In ihrer Verzweiflung nahm sie es schließlich in die Hand. Es war für Mütter mit Kleinkindern gedacht, und innerhalb weniger Augenblicke war Harriet angewidert.

Trotzdem las sie das ganze Ding von der ersten bis zur letzten dünnen Umschlagseite, und dann saß sie da. Und saß da. Es gab keine Uhr im Zimmer, keine Bilder, die sie anschauen konnte – nichts, was ihre Gedanken und Befürchtungen daran hindern konnte, sich kläglich umeinander zu drehen, nichts außer dem Schmerz, der immer wieder in Wellen durch ihren Leib schoss. Wenn er davongerollt war, lag sie da wie gestrandet und schnappte nach

Luft, für den Augenblick sauber durchgespült, aber schon bald setzten die nagenden Sorgen mit neuer Energie wieder ein. Hely hatte ihr eigentlich überhaupt nichts versprochen. Wer konnte schon sagen, ob er den Revolver holen würde oder nicht? Und selbst wenn er ihn holte – würde er genug Verstand besitzen, um ihn auch wegzuwerfen? Hely bei der Bläserprobe, wie er den Revolver ihres Vaters herumzeigte:»Hey, Dave, sieh mal hier!« Sie verzog schmerzlich das Gesicht und presste den Kopf tief ins Kissen. Der Revolver ihres Vaters. Voll von ihren Fingerabdrücken. Und Hely, der größte Quasselkopf der Welt. Aber wen außer Hely hätte sie um Hilfe bitten können? Niemanden. Niemanden.

Nach einer ganzen Weile kam die Schwester wieder hereingewalzt (ihre dicksohligen Schuhe waren an den Rändern ganz abgelaufen), um Harriet eine Spritze zu geben. Harriet rollte den Kopf hin und her und sprach mit sich selbst; sie hatte Mühe, sich aus ihren Sorgen zu lösen, und musste sich anstrengen, um ihre Aufmerksamkeit der Krankenschwester zuzuwenden. Die Schwester hatte ein fideles, wettergegerbtes Gesicht mit runzligen Wangen, dicke Beine und einen schrägen, wiegenden Gang. Wenn die Schwesterntracht nicht gewesen wäre, hätte sie der Kapitän eines Segelschiffs sein können, der seine Decks abschritt. Auf ihrem Namensschild stand GLADYS COOTS.

»Ich mache, so schnell ich kann«, sagte sie eben.

Harriet war zu erschöpft und zu besorgt, um den üblichen Widerstand zu leisten. Sie drehte sich auf den Bauch und zog eine Grimasse, als die Nadel sich in ihre Hüfte schob. Sie hasste Spritzen, und als sie kleiner war, hatte sie geschrien und geweint und versucht wegzulaufen, und zwar in einem solchen Maße, dass Edie (die Injektionen geben konnte) in der Arztpraxis ein paar Mal ungeduldig die Ärmel aufgekrempelt und ihr die Spritze eigenhändig verpasst hatte.

»Wo ist meine Großmutter?«, fragte sie, während sie sich wieder umdrehte und die Einstichstelle an ihrem Hintern rieb.

»Allmächtiger! Hat dir niemand etwas gesagt?«

Der Turm.

»Was denn?«, rief Harriet und krabbelte im Bett rückwärts wie ein Krebs gegen das Kopfende. »Was ist passiert? Wo ist sie?«

»Sschh. Beruhige dich!« Tatkräftig begann die Schwester die Kissen aufzuschütteln. »Sie musste für 'ne Weile in die Stadt, das ist alles. Das ist *alles!*«, wiederholte sie, als Harriet sie zweifelnd anschaute. »Jetzt leg dich wieder hin und mach's dir bequem.«

In ihrem ganzen Leben würde Harriet niemals, niemals wieder einen so langen Tag erleben. Der Schmerz pulsierte und flitterte erbarmungslos in ihren Schläfen, und ein Parallelogramm aus Sonnenlicht schimmerte bewegungslos an der Wand. Schwester Coots, die mit der Bettpfanne ein und aus wogte, war eine Rarität: ein weißer Elefant, der – großartig angekündigt – etwa alle hundert Jahre wiederkehrte. Im Laufe des endlosen Vormittags nahm sie Blut ab, gab Harriet Augentropfen, brachte ihr Eiswasser, Ginger Ale, einen Teller grüne Gelatine, die Harriet kostete und beiseite schob, und das Besteck klapperte aufdringlich auf ihrem bunten Plastiktablett.

Aufrecht saß sie im Bett und lauschte bang. Durch den Korridor zog sich ein Netz von ruhigen Echos: Stimmen aus dem Stationszimmer, gelegentliches Lachen, das Tappen von Krücken und das Scharren von Gehhilfen, mit denen graue Rekonvaleszenten aus der Physiotherapie über den Gang schlurften. Ab und zu ertönte eine weibliche Lautsprecherstimme und verkündete Reihen von Zahlen oder obskure Befehle: *Carla, bitte in den Flur, ein Pfleger nach zwei, ein Pfleger nach zwei …*

Als ob sie etwas addierte, zählte Harriet an den Fingern ab, was sie wusste. Sie murmelte vor sich hin, und es kümmerte sie nicht, dass sie dabei aussah wie eine Verrückte. Der Prediger wusste nichts vom Wasserturm. Nichts von dem, was er gesagt hatte, deutete darauf hin, dass er wusste, dass Danny dort oben war (oder dass er tot war). Aber das alles könnte sich ändern, wenn der Arzt herausfände, dass Harriets Erkrankung von verdorbenem Wasser herrührte. Der TransAm parkte weit genug weg vom Turm, sodass wahrscheinlich niemand auf die Idee gekommen war, sich dort oben umzusehen – und wer weiß, wenn sie es nicht schon getan hatten, würden sie es vielleicht auch nicht tun.

Aber vielleicht doch. Und dann lag da der Revolver ihres Vaters. *Warum* hatte sie ihn nicht aufgehoben, wie hatte sie es vergessen können? Natürlich hatte sie damit auf niemanden tatsächlich geschossen, aber die Waffe war abgefeuert worden, das würden sie sehen, und der Umstand, dass sie am Fuße des Turmes lag, wäre Grund genug, dass jemand hinaufstieg und *hinein*schaute.

Und Hely. All seine fröhlichen Fragen: ob sie verhaftet war, ob ein Polizist vor der Tür stand. Für Hely wäre es ungeheuer unterhaltsam, wenn sie tatsächlich verhaftet würde. Kein tröstlicher Gedanke.

Dann kam ihr ein schrecklicher Einfall. Was wäre, wenn die Polizei den TransAm beobachtete? War der Wagen nicht ein Tatort wie im Fernsehen? Würden da nicht Cops und Fotografen stehen und Wache halten? Sicher, der Wagen parkte ein gutes Stück weit vom Turm weg – aber hatte Hely Verstand genug, um den Leuten aus dem Weg zu gehen, wenn er sie sah? Und würde er überhaupt in der Lage sein, sich dem Turm zu nähern? Da waren die Lagerschuppen, schön; sie waren weniger weit von dem Wagen entfernt, und wahrscheinlich würden sie sich dort zuerst umsehen. Aber irgendwann würden sie auch bis zum Turm kommen, oder? Sie verfluchte sich dafür, dass sie ihn nicht gewarnt hatte. Wenn dort viele Leute wären, würde ihm nichts anderes übrig bleiben, als kehrtzumachen und wieder nach Hause zu gehen.

Am späten Vormittag riss der Arzt sie aus ihren Sorgen. Es war Harriets Hausarzt, der auch kam, wenn sie einen roten Rachen oder eine Mandelentzündung hatte, aber Harriet mochte ihn nicht besonders. Er war jung und hatte ein schweres, düsteres Gesicht und vorzeitige Hängebacken; seine Miene war steif, sein Benehmen kühl und sarkastisch. Er hieß Dr. Breedlove, aber Edie hatte ihm – teils wegen seiner hohen Honorare – den Spitznamen »Dr. Gierig« gegeben. Seine Unfreundlichkeit, hieß es, hatte verhindert, dass er einen erstrebenswerteren Posten in einer

Der Turm.

anderen Stadt bekommen hatte. Aber er war so kurz angebunden, dass Harriet nicht das Gefühl hatte, sie müsse eine
falsche Fassade von lächelnder Vertraulichkeit aufrechter-
halten, wie sie es bei den meisten anderen Erwachsenen
tat, und aus diesem Grund respektierte sie ihn zähneknirschend trotz seiner Fehler.

Dr. Gierig umkreiste ihr Bett, und wie zwei feindselige
Katzen vermieden er und Harriet es, einander in die Augen
zu sehen. Er musterte sie kühl und warf einen Blick auf das
Krankenblatt. Dann wollte er wissen: »Isst du viel Salat?«

»Ja«, sagte Harriet, obwohl es nicht stimmte.

»Wässerst du ihn vorher in Salzwasser?«

»Nein«, sagte Harriet, als sie sah, dass er diese Antwort
von ihr erwartete.

Er murmelte etwas von Dysenterie und ungewaschenen
Salaten aus Mexiko, und nach kurzem Grübeln hängte er
die Tafel mit dem Krankenblatt geräuschvoll scheppernd
wieder ans Fußende, wandte sich ab und ging.

Plötzlich klingelte das Telefon. Ohne auf die IV-Nadel in
ihrem Arm zu achten, grabschte Harriet nach dem Hörer,
ehe das erste Klingeln vorbei war.

»Hey!« Es war Hely. Im Hintergrund Echos wie in der
Turnhalle. Das High-School-Orchester probte auf Klappstühlen auf dem Basketball-Spielfeld. Harriet hörte einen
ganzen Zoo von Stimmklängen: Hupen und Zirpen, quie-
kende Klarinetten und trötende Trompeten.

»Warte«, sagte Harriet, als er ohne Unterbrechung weiter-
reden wollte, »nein, *warte* einen Moment.« Bei dem Münztelefon in der Turnhalle herrschte viel Betrieb, und es war
nicht der richtige Ort für ein vertrauliches Gespräch. »Sag
nur ja oder nein. Hast du ihn geholt?«

»Jawohl, Sir.« Er sprach mit einer Stimme, die nicht
wie James Bond klang, aber Harriet erkannte sie als seine
James-Bond-Stimme. »Ich habe die Waffe beschafft.«

»Hast du sie weggeworfen, wie ich es dir gesagt hab?«

»Q«, krähte Hely, »hab ich Sie je im Stich gelassen?«

In der kurzen, säuerlichen Pause, die darauf folgte, hörte
Harriet Geräusche im Hintergrund, ein Schieben und Tu-
scheln.

»Hely«, sagte sie und setzte sich aufrecht hin, »wer ist da bei dir?«

»Niemand«, sagte Hely ein bisschen zu schnell. Aber sie hörte das Holpern in seiner Stimme, als ob er irgendjemanden mit dem Ellenbogen anstieße.

Geflüster. Jemand kicherte: *ein Mädchen.* Wut durchzuckte Harriet wie ein Stromschlag.

»Hely«, sagte sie, »es wäre wirklich besser, wenn da niemand bei dir wäre, denn – nein«, sagte sie über Helys Beteuerung hinweg, »hör mir jetzt zu. Denn –«

»Hey!« *Lachte* er etwa. »Was ist los mit dir?«

»Denn«, sagte Harriet so laut, wie sie es wagen konnte, *»deine Fingerabdrücke sind auf dem Revolver.«*

Abgesehen von der Kapelle und dem Knuffen und Wispern der Kids im Hintergrund war am anderen Ende kein Laut zu hören.

»Hely?«

Als er schließlich sprach, klang seine Stimme brüchig und fern. »Ich... hau *ab!*«, sagte er erbost zu irgendeinem anonymen Kicherer im Hintergrund. Ein kurzes Geschubse, und der Hörer schlug gegen die Wand. Dann war Hely wieder da.

»Warte mal kurz, ja?«, sagte er.

Peng machte der Hörer noch einmal. Harriet lauschte. Aufgeregtes Getuschel.

»Nein, *du* –« sagte jemand.

Neues Geschubse. Harriet wartete. Schritte, die sich entfernten, rennend; jemand rief etwas Unverständliches. Als Hely wieder an den Apparat kam, war er außer Atem.

»Mann«, sagte er in erbostem Flüsterton, »du hast mich reingelegt.«

Harriet atmete selbst schwer. Sie schwieg. Auch ihre eigenen Fingerabdrücke waren auf dem Revolver, aber es gab keinen vernünftigen Grund, ihn darauf aufmerksam zu machen.

»Wem hast du davon erzählt?«, fragte sie nach eisigem Schweigen.

»Niemandem. Na ja – außer Greg und Anton. Und Jessica.«

Der Turm.

Jessica?, dachte Harriet. *Jessica Dees?*

»Komm schon, Harriet.« Jetzt winselte er. »Sei nicht so gemein. Ich hab getan, was du gesagt hast.«

»Ich hab nicht gesagt, dass du es *Jessica Dees* erzählen sollst.«

Hely pustete genervt durch die Nase.

»Du bist selbst schuld. Du hättest es niemandem erzählen dürfen. Jetzt sitzt du in der Patsche, und ich kann dir nicht helfen.«

»Aber...« Hely rang nach Worten. »Das ist nicht fair!«, sagte er schließlich. »Ich hab niemandem erzählt, dass du es warst!«

»Dass ich was war?«

»Ich weiß nicht – was immer du getan hast.«

»Wie kommst du darauf, dass ich was getan hab?«

»Yeah, *okay*.«

»Wer war mit dir beim Turm?«

»Niemand. Ich meine...«, sagte Hely unglücklich, und er erkannte seinen Fehler zu spät.

»Niemand.«

Schweigen.

»Dann«, sagte Harriet (*Jessica Dees!* Hatte er sie nicht mehr alle?), »ist es *dein* Revolver. Du kannst nicht mal beweisen, dass ich dich darum gebeten hab.«

»Kann ich wohl!«

»Ach ja? Wie denn?«

»Ich *kann* es«, sagte er ohne große Überzeugung. »Kann ich auch. Weil...«

Harriet wartete.

»Weil...«

»Du kannst überhaupt nichts beweisen«, sagte Harriet. »Und deine Fingerabdrücke sind überall auf dem Ding, auf dem *du-weißt-schon-was*. Also überleg dir jetzt lieber sofort, was du Jessica und Greg und Anton erzählst, wenn du nicht ins Gefängnis und auf den elektrischen Stuhl kommen möchtest.«

Jetzt, befürchtete Harriet, hatte sie sogar Helys Leichtgläubigkeit überstrapaziert, aber nach dem betäubten Schweigen am anderen Ende zu urteilen, war dem nicht so.

»Hör zu, Hely.« Sie bekam Mitleid. »*Ich* werde dich nicht verraten.«

»Nicht?«, sagte er leise.

»Nein! Es bleibt zwischen dir und mir. Niemand sonst weiß etwas, wenn *du* es nicht weitererzählt hast.«

»Niemand?«

»Pass auf, jetzt gehst du zu Greg und den anderen und sagst ihnen, dass du bloß Spaß gemacht hast.« Harriet winkte Schwester Coots zu, die den Kopf zur Tür hereinstreckte, um sich zu verabschieden; ihre Schicht war zu Ende. »Ich weiß nicht, was du ihnen erzählt hast, aber du sagst einfach, du hättest es dir nur ausgedacht.«

»Und wenn jemand das Ding findet?«, fragte Hely verzweifelt. »Was dann?«

»Als du beim Turm warst, hast du da jemanden gesehen?«

»Nein.«

»Hast du den Wagen gesehen?«

»Nein«, sagte Hely nach kurzem Zögern verwirrt. »Was für'n Wagen?«

Gut, dachte Harriet. Offenbar hatte er sich von der Straße fern gehalten und war hinten herum zum Turm gegangen.

»Was für'n Wagen, Harriet? Wovon redest du?«

»Schon gut. Hast du ihn an der tiefen Stelle in den Fluss geworfen?«

»Ja. Von der Eisenbahnbrücke.«

»Das ist gut.« Hely war ein Risiko eingegangen, als er da hinaufgeklettert war, aber eine einsamere Stelle hätte er sich nicht aussuchen können. »Und niemand hat dich gesehen? Da bist du sicher?«

»Nein. Aber sie können den Fluss mit Netzen absuchen.«

Schweigen. »Du weißt schon«, sagte er dann. »*Meine* Fingerabdrücke.«

Harriet korrigierte ihn nicht. »Pass auf.« Bei Hely brauchte man bloß immer wieder das Gleiche zu sagen, bis er kapiert hatte. »Wenn Jessica und die andern nicht quatschen, wird niemand je auf die Idee kommen, nach dem... Gegenstand zu suchen.«

Der Turm.

Schweigen.

»Also, was hast du ihnen genau erzählt?«

»Die *genaue* Geschichte hab ich ihnen nicht erzählt.«

Das stimmt, dachte Harriet. Die genaue Geschichte kannte Hely nicht.

»Was dann?«

»Im Grunde bloß ... Ich meine, es war ungefähr das, was heute Morgen in der Zeitung stand. Dass jemand auf Farish Ratliff geschossen hat. Viel stand da nicht, bloß dass der Hundefänger ihn gestern Abend gefunden hat, als er hinter einem wilden Hund her war, der von der Straße weg zu dem alten Baumwollschuppen gelaufen war. Aber das mit dem Hundefänger hab ich weggelassen. Ich hab's mehr so...«

Harriet wartete.

»... mehr so spionagemäßig erzählt.«

»Na, dann mach's noch ein bisschen *mehr* spionagemäßig«, schlug Harriet vor. »Erzähl ihnen...«

»*Ich* weiß!« Jetzt war er wieder ganz aufgeregt. »Das ist eine klasse Idee! Ich mach's wie *Liebesgrüße aus Moskau.* Weißt du, mit der Aktentasche...«

»... die Kugeln und Tränengas verschießt.«

»*Die Kugeln und Tränengas verschießt!* Und die Schuhe! Die Schuhe!« Er redete von Agent Klebbs Schuhen, in denen vorn Schnappmesser verborgen waren.

»Ja, das ist klasse. Hely —«

»Und der Schlagring, weißt du, auf dem Trainingsgelände, weißt du, wo sie dem großen blonden Typen in den Magen schlägt?«

»Hely? Ich würde es nicht übertreiben.«

»Nein. Nicht zu sehr. Aber wie 'ne Geschichte halt«, schlug Hely fröhlich vor.

»Ja«, sagte Harriet. »Wie 'ne Geschichte.«

»Lawrence Eugene Ratliff?«

Der Fremde hielt Eugene an, bevor er das Treppenhaus erreicht hatte. Es war ein großer, freundlich aussehender Mann mit einem struppigen blonden Schnurrbart und harten, grauen, vorquellenden Augen.

»Wo wollen Sie hin?«

»Ah…« Eugene schaute auf seine Hände. Er hatte noch
einmal zum Zimmer des Mädchens hinaufgehen wollen,
um zu sehen, ob er nicht doch etwas aus ihr herausholen
könnte, aber das konnte er natürlich nicht sagen.

»Was dagegen, wenn ich Sie begleite?«

»Kein Problem«, sagte Eugene in dem liebenswürdigen
Ton, der ihm an diesem Tag bisher noch keine guten Dienste geleistet hatte.

Ihre Schritte hallten laut, als sie am Treppenhaus vorbei zum Ende des Korridors gingen, auf die Tür zu, über
dem EXIT stand.

»Ich belästige Sie ungern«, sagte der Mann und stieß die
Tür auf, »zumal unter solchen Umständen, aber ich würde
gern ein Wort mit Ihnen reden, wenn Sie gestatten.«

Sie traten aus dem antiseptischen Halbdunkel hinaus
in die sengende Hitze. »Was kann ich für Sie tun?«, fragte Eugene und strich sich mit einer Hand das Haar zurück.
Er war müde und steif, denn er hatte die Nacht auf einem
Stuhl verbracht, und auch wenn er seit einer Weile ein bisschen zu viel Zeit im Krankenhaus verbrachte, war diese glühende Nachmittagsssonne das Letzte, wonach er sich sehnte.

Der Fremde setzte sich auf eine Betonbank und winkte
Eugene, ebenfalls Platz zu nehmen. »Ich suche Ihren Bruder Danny.«

Eugene setzte sich neben ihn und schwieg. Er hatte genug Erfahrung im Umgang mit der Polizei, um zu wissen,
dass es – immer – am klügsten war, sich nicht in die Karten sehen zu lassen.

Der Cop klatschte in die Hände. »Junge, es ist wirklich
heiß hier draußen, was?« Er wühlte eine Packung Zigaretten aus der Tasche und zündete sich gemächlich eine
an. »Ihr Bruder Danny ist mit einem gewissen Alphonse
de Bienville befreundet«, sagte er und blies den Rauch aus
dem Mundwinkel. »Kennen Sie den?«

»Ich weiß, wer er ist.« Alphonse war Catfishs Taufname.

»Scheint ein viel beschäftigter Bursche zu sein.« Und
in vertraulichem Ton fuhr er fort: »In jeder verdammten
Sache, die hier läuft, hat er doch seine Finger, oder?«

Der Turm.

»Kann ich nicht sagen.« Eugene gab sich mit Catfish möglichst wenig ab. Catfishs lockere, lässige, respektlose Art bereitete ihm Unbehagen. In seiner Gegenwart fehlten ihm die Worte, und er war verlegen, er wusste nie, was er antworten sollte, und hatte immer das Gefühl, dass Catfish sich hinter seinem Rücken über ihn lustig machte.

»Welche Rolle spielt er in dem kleinen Geschäft, das ihr da draußen führt?«

Eugene erstarrte innerlich; seine Hände baumelten zwischen den Knien, und er bemühte sich, keine Miene zu verziehen.

Der Cop unterdrückte ein Gähnen und legte dann den ausgestreckten Arm auf die Lehne der Bank. Er hatte die Gewohnheit, sich nervös mit der flachen Hand auf den Bauch zu klopfen wie ein Mann, der gerade ein bisschen abgenommen hat und sich jetzt vergewissern will, dass sein Bauch noch flach ist.

»Hören Sie, wir wissen Bescheid, Eugene«, sagte er. »Wir wissen, was da draußen bei euch läuft. Ein halbes Dutzend Leute sind draußen bei Ihrer Großmutter. Also kommen Sie, machen Sie mir nichts vor, und sparen Sie uns beiden ein bisschen Zeit.«

»Ich will ehrlich zu Ihnen sein.« Eugene drehte sich um und sah ihm ins Gesicht. »Ich hab mit dem, was da draußen im Schuppen ist, nichts zu tun.«

»Also wissen Sie von dem Labor. Sagen Sie mir, wo die Drogen sind.«

»Sir, Sie wissen darüber mehr als ich, und das ist die Wahrheit.«

»Tja, da gibt's noch 'ne Kleinigkeit, die Sie vielleicht wissen möchten. Ein Officer ist da draußen in eine von diesen… Fallen gelaufen, die Sie da rund ums Gelände gelegt haben, und hat sich verletzt. Zum Glück ist er schreiend umgefallen, ehe jemand auf einen dieser Stolperdrähte treten und den ganzen Laden in die Luft jagen konnte.«

»Farsh hat ein paar psychische Probleme«, sagte Eugene nach kurzem, verdattertem Schweigen. Die Sonne schien ihm geradewegs in die Augen, und ihm war sehr unbehaglich zumute. »Er war in der Klinik.«

»Ja, und vorbestraft ist er auch.«

Der Cop schaute Eugene unverwandt an. »Hören Sie«, sagte Eugene und schlug krampfhaft die Beine übereinander. »Ich weiß, was Sie denken. Ich hatte ein paar Probleme, das geb ich zu, aber das ist vorbei. Ich hab Gott um Vergebung gebeten, und dem Staat hab ich gegeben, was ich ihm schuldig war. Jetzt gehört mein Leben Jesus Christus.«

»M-hm.« Der Cop schwieg ein Weilchen. »Dann sagen Sie mir mal, welche Rolle spielt Ihr Bruder Danny bei alledem?«

»Er und Farsh sind zusammen weggefahren, gestern Morgen. Das ist alles, was ich weiß. Mehr nicht.«

»Ihre Großmutter sagt, sie hätten Streit gehabt.«

»Streit würde ich eigentlich nicht sagen«, antwortete Eugene nach einer nachdenklichen Pause. Es gab keinen Grund, die Sache für Danny schlimmer zu machen, als sie es ohnehin schon war. Wenn Danny nicht auf Farish geschossen hatte – na, dann würde er eine Erklärung haben. Und wenn er es doch getan hatte – was Eugene befürchtete –, dann konnte Eugene nichts sagen oder tun, um ihm zu helfen.

»Ihre Großmutter sagt, es hätte beinahe eine Prügelei gegeben. Danny hätte irgendwas getan, was Farish wütend gemacht hätte.«

»Hab ich nicht gesehen.« Typisch Gum, so was zu sagen. Farish ließ Gum niemals in die Nähe der Polizei. Sie war so parteiisch in ihrer Beziehung zu ihren Enkeln, dass sie imstande war, sich über Danny oder Eugene zu beklagen und sie wegen dieser oder jener Kleinigkeit in die Pfanne zu hauen, während sie Farish in den Himmel hob.

»Na schön.« Der Cop drückte seine Zigarette aus. »Ich wollte nur eins klarstellen, okay? Das hier ist ein Gespräch, Eugene, keine Vernehmung. Es hat ja keinen Sinn, Sie mit aufs Revier zu nehmen und Ihnen Ihre Rechte vorzulesen, wenn es nicht sein muss. Sind wir uns da einig?«

»Ja, Sir«, Eugene schaute ihm in die Augen und gleich wieder weg. »Danke, Sir.«

»Also. Ganz unter uns. Wo, glauben Sie, ist Danny?«

»Ich weiß es nicht.«

»Na, nach allem, was ich höre, standen Sie sich alle ziem-

Der Turm.

lich nah«, sagte der Cop in dem gleichen vertraulichen Ton. »Ich kann mir nicht vorstellen, dass er irgendwohin verschwindet, ohne es Ihnen zu sagen. Gibt's Freunde, von denen ich was wissen sollte? Verbindungen über die Staatsgrenzen? Allein und zu Fuß kann er ja nicht allzu weit gekommen sein, nicht ohne irgendwelche Hilfe.«

»Wieso glauben Sie, dass er abgehauen ist? Woher wissen Sie, dass er nicht irgendwo liegt, tot oder verletzt wie Farish?«

Der Cop verschränkte die Hände um sein Knie. »Das ist jetzt interessant, dass Sie das fragen. Denn gerade heute Morgen haben wir Alphonse de Bienville in Gewahrsam genommen, um ihm genau die gleiche Frage zu stellen.«

Das war ein neuer Aspekt. Eugene dachte darüber nach.

»Glauben Sie, Catfish hat es getan?«

»Was getan?«

»Auf meinen Bruder geschossen.«

»Tja.« Der Cop starrte eine Weile ins Leere. »Catfish ist ein flotter Geschäftsmann. Bestimmt sah er die Chance, ein paar schnelle Mäuse zu machen, indem er sich Ihr Unternehmen vornahm, und wie es aussieht, hatte er das vor. Aber da liegt das Problem, Eugene. Wir können Danny nicht finden, und wir können die Drogen nicht finden. Und wir haben keinerlei Indiz dafür, dass Catfish weiß, wo sie sind. Damit sind wir wieder zurück auf LOS. Und deshalb hab ich gehofft, Sie könnten mir ein Stückchen weiterhelfen.«

»Tut mir Leid, Sir.« Eugene rieb sich den Mund. »Ich weiß wirklich nicht, was ich für Sie tun kann.«

»Tja, vielleicht sollten Sie dann noch ein bisschen nachdenken. Immerhin geht es hier um Mord.«

»Mord?« Eugene war wie vom Donner gerührt. »Farish ist *tot*?« Einen Moment lang bekam er in der Hitze keine Luft mehr. Er war seit über einer Stunde nicht mehr oben auf der Intensivstation gewesen; er hatte Gum und Curtis allein wieder hinaufgehen lassen, nachdem sie in der Cafeteria Gemüsesuppe und Bananenpudding gegessen hatten, und war noch sitzen geblieben, um eine Tasse Kaffee zu trinken.

Der Cop machte ein überraschtes Gesicht, aber ob die Überraschung echt oder gespielt war, konnte Eugene nicht erkennen.

»Das wussten Sie nicht?« sagte der Cop. »Ich hab Sie den Gang runterkommen sehen und dachte …«

»Hören Sie«, Eugene war schon aufgestanden und entfernte sich, »hören Sie, ich muss da rein und zu meiner Großmutter. Ich …«

»Gehen Sie nur, gehen Sie nur«, sagte der Cop; er schaute immer noch weg und wedelte mit der Hand, »gehen Sie wieder rein und tun Sie, was Sie tun müssen.«

Eugene ging durch den Nebeneingang hinein und blieb einen Moment lang benommen stehen. Eine Krankenschwester, die vorüberkam, sah ihn; sie schaute ihn ernst an und schüttelte leise den Kopf, und plötzlich fing er an zu rennen, seine Schuhe klatschten laut auf den Fliesen, und er rannte an Schwestern mit weit aufgerissenen Augen vorbei bis hinunter zur Intensivstation. Er hörte Gum, bevor er sie sah – ein trockenes, dünnes, einsam klingendes Heulen, das sein Herz scharf und schmerzhaft anschwellen ließ. Curtis stand die Angst ins Gesicht geschrieben, wie er so dasaß und heftig nach Atem rang. Er umklammerte ein großes Stofftier, das er vorher noch nicht gehabt hatte, und eine Lady vom Patientendienst – sie war sehr freundlich gewesen, als sie ins Krankenhaus gekommen waren, und hatte sie ohne weitere Umstände zur Intensivstation gebracht – hielt seine Hand und sprach leise mit ihm. Als sie Eugene sah, stand sie auf. »Da ist er«, sagte sie zu Curtis, »da ist er wieder, mein Schatz, mach dir keine Sorgen.« Sie warf einen Blick zur Tür des nächsten Zimmers und sagte zu Eugene: »Ihre Großmutter …«

Eugene ging ihr mit ausgestreckten Armen entgegen. Aber sie drängte sich an ihm vorbei und wankte in den Flur hinaus, und dabei rief sie mit einer seltsamen dünnen, hohen Stimme Farishs Namen.

Die Lady vom Patientendienst hielt Dr. Breedlove, der eben vorbeikam, am Ärmel fest. »Doktor«, sagte sie und deutete mit dem Kopf auf Curtis, der nach Luft schnappte und regelrecht blau im Gesicht war, »er hat Atemprobleme.«

Der Turm.

Der Arzt blieb eine halbe Sekunde lang stehen und schaute Curtis an. »Epinephrin«, blaffte er, und eine Schwester lief davon. Eine zweite Schwester fuhr er an: »Warum ist Mrs. Ratliff noch nicht sediert?«

Und mitten in all diesem Durcheinander – Krankenpfleger, eine Spritze in Curtis' Arm (»So, mein Kleiner, gleich geht's dir besser«) und zwei Krankenschwestern, die sich auf seine Großmutter stürzten – war plötzlich der Cop wieder da.

»Hören Sie«, sagte er mit erhobenen Händen, »tun Sie einfach, was Sie tun müssen.«

»Was?« Eugene sah sich um.

»Ich werde hier draußen auf Sie warten.« Der Cop nickte. »Denn ich glaube, es wird die Sache beschleunigen, wenn Sie mit mir zum Revier kommen. Sobald Sie so weit sind.«

Eugene schaute sich um. Er hatte die Situation immer noch nicht ganz begriffen; es war, als sehe er alles durch eine Wolke. Seine Großmutter war verstummt und schlurfte zwischen zwei Schwestern den kalten, grauen Gang hinunter. Curtis rieb sich den Arm, aber wunderbarerweise hatte sein Keuchen und Würgen aufgehört. Er zeigte Eugene sein Stofftier, das aussah wie ein Kaninchen.

»Meins!«, sagte er und rieb sich mit der Faust die geschwollenen Augen.

Der Cop schaute Eugene immer noch an, als erwarte er eine Antwort.

»Mein kleiner Bruder«, sagte Eugene und wischte sich mit der Hand durch das Gesicht. »Er ist behindert. Ich kann ihn hier nicht einfach allein lassen.«

»Na, dann nehmen Sie ihn mit«, sagte der Cop. »Wir finden bestimmt ein bisschen Schokolade für ihn.«

»Baby?«, sagte Eugene und fiel fast hintenüber, als Curtis auf ihn zustürzte. Der Junge schlang seine Arme um ihn und vergrub sein feuchtes Gesicht an seinem Hemd.

»Hab dich lieb«, sagte er mit erstickter Stimme.

»Ja, Curtis.« Eugene klopfte ihm unbeholfen auf den Rücken. »Ja, ja. Jetzt hör auf. Ich hab dich auch lieb.«

»Die sind süß, nicht?«, sagte der Cop nachsichtig. »Meine

Schwester hatte auch einen mit Down-Syndrom. Ist nicht älter als fünfzehn geworden, aber – Gott – wir haben ihn alle geliebt. War die traurigste Beerdigung, auf der ich je gewesen bin.«

Eugene antwortete mit einem undeutlichen Geräusch. Curtis litt an zahlreichen Krankheiten, und manche davon waren ernst, aber all das war das Letzte, worüber er jetzt nachdenken wollte. Was er jetzt eigentlich zu tun hatte, war ihm klar: Er musste jemanden fragen, ob er Farishs Leichnam noch einmal sehen und ein paar Minuten bei ihm verbringen könnte, um ein kurzes Gebet zu sprechen. Farish hatte sich nie allzu sehr für sein Schicksal nach dem Tod interessiert (für sein irdisches Schicksal übrigens auch nicht), aber das bedeutete nicht, dass er nicht am Ende doch noch die Gnade erfahren hatte. Schließlich hatte Gott auch schon früher ganz unerwartet über Farish gelächelt. Als er sich nach dem Zwischenfall mit dem Bulldozer in den Kopf geschossen hatte und alle Ärzte gesagt hatten, dass nur noch die Apparate ihn am Leben hielten, da hatte er sie auch überrascht und war wie Lazarus wieder zum Leben erwacht. Wie viele Menschen gab es denn, die beinahe buchstäblich von den Toten auferstanden waren und plötzlich zwischen den lebenserhaltenden Maschinen gesessen und Stampfkartoffeln verlangt hatten? Würde Gott eine Seele auf so dramatische Weise aus dem Grab zurückholen, nur um sie dann in die ewige Verdammnis zu stürzen? Wenn er den Leichnam sehen, wenn er ihn mit eigenen Augen anschauen könnte, dann würde er ganz sicher wissen, in welcher Verfassung Farish dahingegangen war.

»Ich will meinen Bruder sehen, bevor sie ihn wegbringen«, sagte er. »Ich muss den Arzt suchen.«

Der Cop nickte. Eugene wandte sich ab, aber Curtis packte panisch sein Handgelenk.

»Sie können ihn hier draußen bei mir lassen«, sagte der Cop. »Ich passe auf ihn auf.«

»Nein«, sagte Eugene, »nein, ist schon in Ordnung, er kann ruhig mitkommen.«

Der Cop sah Curtis an und schüttelte den Kopf. »Wenn

Der Turm.

so was passiert, ist es ein Segen für sie«, sagte er. »Dass sie es nicht verstehen, meine ich.«

»Das versteht keiner von uns«, sagte Eugene

Die Medizin, die Harriet bekam, machte sie schläfrig. Jetzt klopfte es an ihrer Tür: Tatty. »Liebling!«, rief sie und stürmte herein. »Wie geht's meinem Kind?«

Harriet rappelte sich erfreut auf und streckte die Arme aus. Dann hatte sie plötzlich das Gefühl zu träumen, und das Zimmer sei leer, ein seltsames Gefühl, das so überwältigend war, dass sie sich die Augen rieb und versuchte, ihre Verwirrung zu verbergen.

Aber es war Tatty. Sie gab Harriet einen Kuss auf die Wange. »Aber sie sieht gut aus, Edith«, rief sie. »Wach sieht sie aus.«

»Na ja, es ist schon viel besser«, sagte Edie kühl. Sie legte ein Buch auf den Nachttisch. »Hier, ich dachte mir, das könnte dir Gesellschaft leisten.«

Harriet sank auf das Kissen zurück und hörte zu, wie die beiden redeten, und ihre Stimmen verschmolzen zu einem leuchtenden, harmonischen Nonsens. Dann war sie woanders, auf einer dunkelblauen Galerie mit verhängten Möbeln. Es regnete und regnete.

»Tatty?«, sagte sie und richtete sich im hellen Zimmer auf. Es war viel später, denn das Sonnenlicht gegenüber streckte sich und schlich an der Wand hinab, bis es sich in einer glasigen Lache auf den Boden ergoss.

Sie waren weg. Harriet fühlte sich benommen, als sei sie aus einem dunklen Kino in den gleißenden Nachmittag hinausgekommen. Ein dickes, vertraut aussehendes blaues Buch lag auf ihrem Nachttisch: Captain Scott. Als sie es sah, bekam ihr Herz Flügel. Nur um sicher zu sein, dass sie es sich nicht einbildete, streckte sie die Hand aus und berührte es, und dann setzte sie sich – trotz ihrer Kopfschmerzen und ihrer Benommenheit – auf und versuchte, eine Weile zu lesen. Aber während sie las, versank die Stille des Krankenhauses nach und nach in einer außerweltlichen, gletscherhaften Lautlosigkeit, und bald hatte sie das unangenehme Gefühl, dass das Buch auf eine direkte und äußerst verstörende Weise zu ihr – Harriet – sprach. Alle paar Zeilen stach ein Satz scharf und pointiert hervor, als rede Captain Scott sie unmittelbar an – als habe er in seinen Südpoltagebüchern absichtsvoll eine Reihe von persönlichen Botschaften an sie verschlüsselt. Alle paar Zeilen fiel ihr eine neue Bedeutung auf. Sie versuchte, es sich auszureden, aber das half nichts, und bald bekam sie solche Angst, dass sie gezwungen war, das Buch zur Seite zu legen.

Dr. Breedlove kam an der offenen Tür vorbei und blieb stehen, als er sie aufrecht im Bett sitzen sah, angstvoll und aufgeregt.

»Wieso bist du wach?«, wollte er wissen. Er kam herein, studierte mit ausdruckslosem Boxergesicht ihr Krankenblatt und ging mit polterndem Schritt wieder hinaus. Keine fünf Minuten später kam eine Krankenschwester mit einer weiteren Injektionsspritze hereingeeilt.

»Na los, dreh dich schon um«, sagte sie grob. Sie schien aus irgendeinem Grund wütend auf Harriet zu sein.

Als sie gegangen war, drückte Harriet das Gesicht in die Kissen. Die Decken waren weich. Geräusche dehnten sich geschmeidig über ihrem Kopf, und dann strudelte sie schnell hinunter in die weite, todtraurige Leere, die alte Schwerelosigkeit erster Alpträume.

»Aber ich wollte keinen Tee«, sagte eine gereizte, vertraute Stimme.

Es war jetzt dunkel. Zwei Leute waren da. Ein mattes Licht umschien ihre Köpfe. Und dann hörte Harriet zu ihrem Entsetzen eine Stimme, die sie schon lange nicht mehr gehört hatte: die Stimme ihres Vaters.

»Was anderes als Tee hatten sie nicht.« Er sprach mit einer übertriebenen Höflichkeit, die an Sarkasmus grenzte. »Höchstens noch Kaffee und Saft.«

»Ich hab dir *gesagt*, du sollst nicht nach unten in die Cafeteria gehen. Hier im Flur steht ein Cola-Automat.«

»Du brauchst ihn nicht zu trinken, wenn du nicht willst.«

Der Turm.

Harriet lag ganz still und hielt die Augen halb geschlossen. Wenn ihre Eltern zusammen in einem Zimmer waren, wurde die Atmosphäre jedes Mal frostig und unbehaglich, ganz gleich, wie höflich sie miteinander umgingen. *Warum sind sie hier?*, dachte sie benommen. *Ich wünschte, es wären Tatty und Edie.*

Dann wurde ihr mit Schrecken klar, dass sie gehört hatte, wie ihr Vater den Namen Danny Ratliff erwähnte.

»Ist das nicht furchtbar?«, sagte er jetzt. »Sie haben alle darüber geredet, unten in der Cafeteria.«

»Worüber?«

»Danny Ratliff. Robins kleiner Freund – weißt du nicht mehr? Er kam manchmal in den Garten, und sie haben zusammen gespielt.«

Freund?, dachte Harriet.

Jetzt war sie hellwach, und ihr Herz schlug so wild, dass sie Mühe hatte, nicht zu zittern; sie lag mit geschlossenen Augen da und lauschte. Sie hörte, wie ihr Vater einen Schluck Kaffee trank. Dann sprach er weiter. »Ist noch zu Hause vorbeigekommen. Nachher. Ein verwahrloster kleiner Junge. Hat angeklopft und sich entschuldigt, weil er nicht bei der Beerdigung gewesen war, aber er hätte niemanden gehabt, der ihn im Auto mitgenommen hätte.«

Aber das ist nicht wahr, dachte Harriet voller Panik. *Sie konnten sich nicht ausstehen. Das hat Ida gesagt.*

»O ja!« In der lebhaften Stimme ihrer Mutter lag so etwas wie Schmerz. »Das arme kleine Kerlchen. Doch, ich erinnere mich an ihn. Oh, das ist wirklich schlimm.«

»Komisch.« Harriets Vater seufzte tief. »Mir ist, als wäre es gestern gewesen, dass er und Robin im Garten herumspielten.«

Harriet war starr vor Entsetzen.

»Es hat mir so Leid getan«, sagte Harriets Mutter. »Es hat mir *so* Leid getan, als ich vor einer Weile hörte, dass er auf die schiefe Bahn geraten war.«

»Aber das musste so kommen, bei so einer Familie.«

»Na ja, sie sind nicht alle schlecht. Ich habe Roy Dial auf dem Gang getroffen, und er hat mir erzählt, dass einer der anderen Brüder vorbeigekommen ist, um Harriet zu besuchen.«

»Ach, wirklich?« Harriets Vater nahm wieder einen großen Schluck Kaffee. »Glaubst du denn, er wusste, wer sie war?«

»Das würde mich nicht wundern. Wahrscheinlich ist er deshalb vorbeigekommen.«

Ihre Unterhaltung wandte sich anderen Dingen zu. Harriet drückte voller Angst das Gesicht ins Kissen und rührte sich nicht. Nie war sie auf den Gedanken gekommen, dass ihr Verdacht gegen Danny Ratliff falsch sein könnte – einfach falsch. Wenn er Robin nun überhaupt nicht umgebracht hatte?

Auf das schwarze Grauen, das sie bei diesem Gedanken überfiel, war sie nicht gefasst gewesen: wie eine Falle, die hinter ihr zuschnappte. Sofort versuchte sie, die Vorstellung beiseite zu schieben. Danny Ratliff war schuldig, das wusste sie. Sie wusste es genau, denn es war die einzige einleuchtende Erklärung. Sie *wusste*, was er getan hatte, auch wenn es sonst niemand wusste.

Und trotzdem kamen ihr Zweifel, plötzlich und mit großer Wucht, und mit ihnen die Angst, sie könnte blindlings in etwas Furchtbares hineingetappt sein. Sie versuchte sich zu beruhigen. Danny Ratliff hatte Robin ermordet, es musste so sein. Aber wenn sie versuchte, sich genau zu entsinnen, woher sie es wusste, waren die Gründe nicht mehr so klar, wie sie es einmal gewesen waren, und wenn sie sich jetzt daran erinnern wollte, konnte sie es nicht mehr.

Sie biss sich innen auf die Wange. Warum war sie so sicher gewesen, dass er es getan hatte? Sie war einmal *sehr* sicher gewesen, weil es sich einfach *richtig* angefühlt hatte, und das war das Wichtigste gewesen. Aber jetzt war da eine beklemmende Angst, die nicht vergehen wollte – wie der faulige Geschmack in ihrem Mund. Warum war sie so sicher gewesen? Ja, Ida hatte ihr eine Menge erzählt, aber plötzlich erschienen ihr diese Geschichten (die Streitereien, das geklaute Fahrrad) nicht mehr so überzeugend. Hatte Ida nicht auch Hely absolut grundlos gehasst? Und wenn Hely zum Spielen gekommen war, hatte Ida sich

Der Turm.

nicht oft in Harriets Namen empört, ohne sich dafür zu interessieren, wer schuld an ihrem Streit gewesen war? Vielleicht hatte sie Recht. Vielleicht *hatte* er es getan. Aber wie sollte sie es jetzt jemals mit Sicherheit wissen? Ihr wurde übel, als sie an die Hand dachte, die sich da aus dem grünen Wasser in die Luft gekrallt hatte. *Warum hab ich ihn nicht gefragt?*, dachte sie. *Er war doch da.* Aber nein, sie hatte zu viel Angst gehabt, sie hatte nur noch fliehen wollen.

»Oh, sieh doch!« Harriets Mutter stand plötzlich auf. »Sie ist wach!«

Harriet erstarrte. Sie war so vertieft in ihre Gedanken gewesen, dass sie vergessen hatte, die Augen geschlossen zu halten.

»Sieh mal, wer da ist, Harriet!«

Ihr Vater stand auf und kam zum Bett. Trotz der matten Beleuchtung konnte Harriet erkennen, dass er ein bisschen dicker geworden war, seit sie ihn das letzte Mal gesehen hatte.

»Hast deinen alten Daddy seit einer Weile nicht gesehen, was?«, sagte er. Wenn er zu Scherzen aufgelegt war, nannte er sich gern selbst den »alten Daddy«. »Wie geht's meinem Mädchen?«

Harriet ließ es über sich ergehen, dass er sie auf die Stirn küsste und ihre Wange energisch mit dem Handballen knuffte. Das war seine übliche Art, sie zu liebkosen, aber Harriet empfand eine tiefe Abneigung dagegen, vor allem, weil dieselbe Hand sie manchmal auch wütend ohrfeigte.

»Wie geht's dir?«, fragte er noch einmal. Er hatte Zigarren geraucht; sie konnte es riechen. »Du hast diese Ärzte gründlich zum Narren gehalten, Kind!« Wie er es sagte, klang es, als habe sie einen großen akademischen oder sportlichen Triumph errungen.

Harriets Mutter hielt sich bang im Hintergrund. »Vielleicht möchte sie sich nicht unterhalten, Dix.«

Ohne sich umzudrehen, sagte ihr Vater: »Sie braucht sich ja nicht zu unterhalten, wenn sie nicht möchte.«

Als sie in das robuste, rote Gesicht ihres Vaters schaute und seine flinken, aufmerksamen Augen sah, verspürte Harriet das dringende Bedürfnis, ihn nach Danny Ratliff zu fragen. Aber sie hatte Angst.

»Was?«, fragte ihr Vater.

»Ich hab nichts gesagt.« Ihre eigene Stimme überraschte sie, so rau und dünn.

»Nein, aber du wolltest.« Ihr Vater schaute sie leutselig an. »Was denn?«

»Lass sie in Ruhe, Dix«, murmelte ihre Mutter.

Ihr Vater wandte den Kopf – schnell und wortlos –, eine Bewegung, die Harriet nur zu gut kannte.

»Aber sie ist müde!«

»Ich *weiß*, dass sie müde ist. Ich bin *auch* müde«, sagte Harriets Vater in diesem kalten, übertrieben höflichen Ton. »Ich hab acht Stunden im Auto gesessen, um herzukommen. Soll ich jetzt nicht mit ihr sprechen?«

Als sie endlich gegangen waren – die Besuchszeit war um neun zu Ende –, wagte Harriet nicht einzuschlafen. Sie saß aufrecht im Bett und starrte die Tür an, voller Angst, dass der Prediger zurückkommen könnte. Ein unangekündigter Besuch ihres Vaters war an sich schon Anlass für Beklommenheit – zumal angesichts der drohenden Gefahr eines Umzugs nach Nashville –, aber das war jetzt ihre geringste Sorge. Wer konnte schon sagen, was der Prediger tun würde, nachdem Danny Ratliff tot war?

Dann fiel ihr der Waffenschrank ein, und sie verlor vollends den Mut. Ihr Vater schaute nicht jedes Mal danach, wenn er nach Hause kam, meistens nur in der Jagdsaison, aber es würde zu ihrem Glück passen, wenn er es *jetzt* täte. Vielleicht war es ein Fehler gewesen, die Waffe in den Fluss zu werfen. Wenn Hely sie im Garten versteckt hätte, dann hätte sie sie wieder an ihren Platz zurücklegen können, aber dazu war es jetzt zu spät.

Nie hätte sie sich träumen lassen, dass er so bald nach Hause kommen würde. Natürlich, sie hatte eigentlich niemanden mit dem Revolver verletzt – aus irgendeinem Grund vergaß sie das immer wieder –, und wenn Hely die Wahrheit sagte, lag er jetzt auf dem Grund des Flusses.

Der Turm.

Wenn ihr Vater einen Blick in den Schrank warf und feststellte, dass der Revolver weg war, konnte er sie doch nicht damit in Zusammenhang bringen, oder?

Und dann war da noch Hely. Sie hatte ihm fast nichts von der wahren Geschichte erzählt, und das war gut. Aber hoffentlich würde er nicht allzu eingehend über die Fingerabdrücke nachdenken. Würde ihm irgendwann klar werden, dass ihn nichts daran hindern konnte, sie zu verpetzen? Wenn er erst begriffen hätte, dass ihr Wort gegen seins stand ... aber bis dahin würde vielleicht genug Zeit vergangen sein.

Die Leute waren unaufmerksam. Sie kümmerten sich um nichts, und sie würden alles vergessen. Bald wäre jede Spur, die sie vielleicht hinterlassen hatte, kalt. So war es doch auch bei Robin gewesen, oder? Die Spur war kalt geworden. Und ihr dämmerte die hässliche Erkenntnis, dass Robins Mörder – wer immer es gewesen sein mochte – irgendwann dagesessen und die gleichen Gedanken gedacht haben musste wie sie jetzt.

Aber ich habe niemanden ermordet, dachte sie und starrte auf die Bettdecke. *Er ist ertrunken. Ich konnte nichts dazu.*

»Na, Kleine?«, sagte die Schwester, die hereingekommen war, um nach der Infusion zu sehen. »Brauchst du irgendwas?«

Harriet saß reglos da, presste sich die Faust an den Mund und starrte auf die Bettdecke, bis die Schwester wieder gegangen war.

Nein: Sie hatte niemanden ermordet. Aber es war ihre Schuld, dass er tot war. Und vielleicht hatte er Robin nie ein Haar gekrümmt.

Bei solchen Gedanken wurde ihr ganz schlecht, und sie bemühte sich, willentlich an etwas anderes zu denken. Sie hatte getan, was sie hatte tun müssen, und es war albern, jetzt anzufangen, an sich und ihren Methoden zu zweifeln. Sie dachte an den Piraten Israel Hands, der im blutwarmen Wasser vor der *Hispaniola* trieb, und diese Untiefen hatten etwas Alptraumhaftes und Prachtvolles: Grauen, falscher Himmel, endloses Delirium. Das Schiff war verloren; sie hatte versucht, es auf eigene Faust zurückzuerobern. Fast wäre sie ein Held gewesen. Aber jetzt, befürchtete sie, war sie überhaupt kein Held, sondern etwas völlig anderes. Am Ende – ganz am Ende, als der Wind die Zeltwand blähte und eindrückte, als eine einzelne Kerzenflamme auf dem verlorenen Kontinent blakte –, hatte Captain Scott mit tauben Fingern in einem kleinen Notizbuch von seinem Scheitern geschrieben. Ja, er hatte tapfer das Unmögliche in Angriff genommen, hatte den toten, nie bereisten Mittelpunkt der Welt erreicht: aber umsonst. Alle Tagträume hatten ihn im Stich gelassen. Und ihr wurde klar, wie traurig er gewesen sein musste, dort draußen in den Eisfeldern in der antarktischen Nacht, Evans und Titus Oates schon verloren unter endlosem Schnee, Birdie und Dr. Wilson still und stumm in ihren Schlafsäcken, wo sie davontrieben und von grünen Wiesen träumten.

Düster schaute Harriet hinaus in das antiseptische Zwielicht. Eine große Last drückte sie, eine Finsternis. Sie hatte Dinge gelernt, von denen sie nie gewusst hatte, Dinge, von denen sie nicht geahnt hatte, dass es sie zu wissen gab, und doch war es auf seltsame Weise die geheime Botschaft von Captain Scott: dass Sieg und Niederlage manchmal dasselbe waren.

Harriet erwachte spät aus einem unruhigen Schlaf und sah ein deprimierendes Frühstückstablett vor sich: Fruchtgelatine, Apfelsaft und rätselhafterweise ein kleiner Teller mit weißem, gekochtem Reis. Die ganze Nacht hatte sie schlecht geträumt. Ihr Vater hatte bedrückend nah an ihrem Bett herumgestanden, war hin- und hergegangen und hatte mit ihr geschimpft, weil sie etwas kaputtgemacht hatte, das ihm gehörte.

Dann wurde ihr klar, wo sie war, und ihr Magen zog sich angstvoll zusammen. Verwirrt rieb sie sich die Augen und setzte sich dann auf, um nach dem Tablett zu greifen. Erst da erblickte sie Edie, die im Sessel an ihrem Bett saß. Sie trank Kaffee – keinen Kaffee aus der Krankenhaus-Cafeteria, sondern welchen, den sie von zu Hause mitgebracht

Der Turm.

hatte, in der Thermosflasche mit dem Schottenkaro – und las die Morgenzeitung.

»Oh, gut, du bist wach«, sagte sie. »Deine Mutter kommt gleich.«

Sie benahm sich munter und völlig normal. Harriet versuchte ihre Beklommenheit niederzuzwingen. Über Nacht hatte sich nichts geändert, oder?

»Du musst frühstücken«, sagte Edie. »Heute ist ein großer Tag für dich, Harriet. Wenn der Neurologe dich gesehen hat, wirst du heute Nachmittag vielleicht schon entlassen.«

Harriet bemühte sich um Fassung. Sie musste so tun, als sei alles in Ordnung; sie musste den Neurologen davon überzeugen, dass sie völlig gesund war, und wenn sie dazu lügen musste. Es war lebenswichtig, dass sie nach Hause gehen durfte. Sie musste ihre ganze Energie darauf konzentrieren, aus dem Krankenhaus zu entkommen, bevor der Prediger sich noch einmal in ihr Zimmer schlich oder jemand dahinter kam, was passiert war. Dr. Breedlove hatte etwas von ungewaschenem Salat gesagt. Dabei musste sie bleiben, sie musste es fest im Gedächtnis behalten und davon reden, wenn man sie fragte. Sie musste um jeden Preis verhindern, dass irgendjemand einen Zusammenhang zwischen ihrer Erkrankung und dem Wasserturm herstellte.

Mit einer wütenden Willensanstrengung richtete sie ihre Aufmerksamkeit auf das Frühstückstablett. Sie würde den Reis essen, das wäre wie ein Frühstück in China. *Hier bin ich,* dachte sie, *ich bin Marco Polo und frühstücke mit Kublai Khan. Aber ich kann nicht mit Stäbchen essen, deshalb esse ich stattdessen mit dieser Gabel hier.*

Edie hatte sich wieder ihrer Zeitung zugewandt. Harriet warf einen Blick auf die Titelseite – und die Gabel verharrte auf halbem Wege zum Mund. MORDVERDÄCHTIGER GEFUNDEN lautete die Schlagzeile. Auf einem Foto sah man zwei Männer, die eine schlaff durchhängende Gestalt bei den Achseln hielten. Das Gesicht war gespenstisch weiß, langes Haar klebte an den Wangen, und es war so verzerrt, dass es nicht aussah wie ein richtiges Gesicht, sondern wie eine Skulptur aus geschmolzenem Wachs mit einem schiefen schwarzen Loch anstelle eines Mundes und großen, schwarzen Augenhöhlen wie bei einem Totenschädel. Aber bei aller Verzerrung gab es keinen Zweifel: Es war Danny Ratliff.

Harriet saß aufrecht im Bett, drehte den Kopf zur Seite und versuchte, den Artikel zu lesen. Edie blätterte um und sah Harriets starren Blick und den seltsam schief gelegten Kopf. Sie ließ die Zeitung sinken und fragte in scharfem Ton: »Ist dir schlecht? Soll ich die Schüssel holen?«

»Kann ich die Zeitung sehen?«

»Natürlich.« Edie griff zum hinteren Teil, nahm die Comics heraus und reichte sie Harriet. Dann las sie geruhsam weiter.

»Sie erhöhen schon wieder die Gemeindesteuer«, sagte sie. »Ich weiß nicht, was sie mit all dem Geld vorhaben, das sie da fordern. Wahrscheinlich bauen sie wieder ein paar neue Straßen, die sie nie zu Ende bringen.«

Wütend starrte Harriet auf die Comics-Seite, ohne etwas zu sehen. MORDVERDÄCHTIGER GEFUNDEN. Wenn Danny Ratliff ein Verdächtiger war – wenn *verdächtig* das Wort war, das sie benutzten –, dann hieß das doch, dass er noch lebte, oder?

Verstohlen warf sie noch einen Blick auf die Zeitung. Edie hatte sie jetzt halb zusammengefaltet, sodass die Seite eins nicht mehr zu sehen war, und hatte angefangen, das Kreuzworträtsel zu lösen.

»Ich höre, dass Dixon dich gestern Abend besucht hat«, sagte sie in dem kühlen Ton, der sich immer dann in ihre Stimme schlich, wenn sie von Harriets Vater sprach. »Und wie war das?«

»Okay.« Harriet hatte ihr Frühstück vergessen und saß jetzt kerzengerade im Bett. Sie versuchte, ihre Aufregung zu verbergen, aber sie hatte das Gefühl, wenn sie nicht bald die Titelseite zu sehen bekäme und erfahren könnte, was passiert war, würde sie tot umfallen.

Er weiß nicht mal, wie ich heiße, sagte sie sich. Zumindest glaubte sie es nicht. Wenn ihr Name in der Zeitung gestanden hätte, säße Edie jetzt nicht so gelassen da und löste das Kreuzworträtsel.

Der Turm.

Er hat versucht, mich zu ertränken, dachte sie. Er würde kaum herumlaufen und den Leuten davon erzählen.

Schließlich nahm sie all ihren Mut zusammen und fragte: »Edie, wer ist der Mann, der vorn auf der Zeitung ist?«

Edie sah sie verständnislos an, dann drehte sie die Zeitung um. »Ach, der«, sagte sie. »Er hat jemanden umgebracht. Er hat sich oben in dem alten Wasserturm vor der Polizei versteckt und kam nicht mehr raus und wäre fast ertrunken. Vermutlich war er ziemlich froh, als jemand heraufkam und ihn fand.« Sie schaute eine Weile in die Zeitung. »Es gibt ein paar Leute namens Ratliff, die draußen hinter dem Fluss wohnen«, sagte sie dann. »Ich erinnere mich an einen alten Ratliff, der eine Zeit lang draußen auf ›Drangsal‹ gearbeitet hat. Tatty und ich hatten eine Heidenangst vor ihm, weil er keine Vorderzähne hatte.«

»Und was haben sie mit ihm gemacht?«, fragte Harriet.

»Mit wem?«

»Mit dem Mann da.«

»Er hat gestanden, seinen Bruder ermordet zu haben.« Edie wandte sich wieder ihrem Kreuzworträtsel zu. »Er wurde außerdem wegen einer Rauschgiftsache gesucht. Deshalb nehme ich an, sie werden ihn ins Gefängnis gebracht haben.«

»Ins Gefängnis?« Harriet schwieg kurz. »Steht das da?«

»Oh, er wird schon schnell genug wieder rauskommen, mach dir keine Sorgen«, sagte Edie knapp. »Diese Typen haben sie kaum gefangen und eingesperrt, da werden sie auch schon wieder freigelassen. Willst du dein Frühstück nicht?« Sie hatte gesehen, dass Harriet ihr Tablett nicht angerührt hatte.

Harriet nahm sich demonstrativ ihren Reis vor. *Wenn er nicht tot ist,* dachte sie, *bin ich auch keine Mörderin. Ich habe gar nichts getan. Oder?*

»Siehst du. So ist's schon besser. Du musst ein bisschen essen, bevor diese Untersuchungen anfangen, was immer das sein mag«, sagte Edie. »Wenn sie dir Blut abnehmen, wird dir vielleicht ein bisschen schwindlig.«

Harriet aß gewissenhaft und mit gesenktem Blick, aber ihre Gedanken rasten hin und her wie ein Tier in einem

Käfig, und plötzlich kam ihr ein so schrecklicher Einfall, dass sie laut herausplatzte:»Ist er krank?«

»Wer? Der Junge da, meinst du?«, fragte Edie schroff, ohne von ihrem Rätsel aufzublicken.»Ich halte nichts von dem Unfug, dass Kriminelle *krank* sind.«

In diesem Augenblick klopfte jemand laut an die offene Zimmertür, und Harriet schrak so heftig zusammen, dass sie beinahe ihr Tablett umgestoßen hätte.

»Hallo, ich bin Dr. Baxter«, sagte der Mann und streckte Edie die Hand entgegen. Er sah jung aus – jünger als Dr. Breedlove –, aber sein Haar war bereits schütter. Er trug eine altmodische schwarze Arzttasche, die sehr schwer aussah.»Ich bin der Neurologe.«

»Ah.« Edie warf einen misstrauischen Blick auf seine Schuhe – Laufschuhe mit dicken Sohlen und blauem Wildlederbesatz, wie sie die Leichtathletikmannschaft an der High School trug.

»Wundert mich, dass es hier oben bei euch nicht regnet«, sagte der Arzt; er öffnete seine Tasche und wühlte darin herum.»Ich bin heute früh in Jackson losgefahren –«

»Ja«, sagte Edie munter,»Sie sind der Erste hier, der uns nicht den ganzen Tag warten lässt.« Sie betrachtete immer noch seine Schuhe.

»Als ich zu Hause wegfuhr«, sagte der Arzt,»um sechs, da gab's eine schwere Unwetterwarnung für Central Mississippi. Wie es da geregnet hat – Sie würden's nicht glauben.« Er rollte ein rechteckiges Stück grauen Flanell auf dem Nachttisch aus und ordnete in säuberlicher Reihe eine Taschenlampe, einen silbernen Hammer und ein Gerät mit Drehknöpfen darauf an.

»Ich bin durch schreckliches Wetter gefahren, um herzukommen«, sagte er.»Eine Zeit lang hab ich befürchtet, ich müsste wieder nach Hause fahren.«

»Was sagt man dazu«, sagte Edie höflich.

»Ein Glück, dass ich es geschafft hab«, sagte der Arzt.»Um Vaiden herum waren die Straßen wirklich schlecht …«

Er drehte sich um und sah Harriets Gesichtsausdruck.»Du meine Güte! Warum schaust du mich so an? Ich werde

Der Turm.

dir nicht wehtun.« Er musterte sie einen Moment und klappte dann seine Tasche zu.

»Pass auf«, sagte er, »ich werde dir erst mal ein paar Fragen stellen.« Er nahm das Krankenblatt vom Fußende und betrachtete es eingehend, und seine Atemzüge klangen laut durch die Stille.

»Wie sieht's aus?«, fragte er und sah Harriet an. »Du hast doch keine Angst vor ein paar Fragen, oder?«

»Nein.«

»Nein, *Sir*«, sagte Edie und legte die Zeitung beiseite.

»Also, es werden wirklich einfache Fragen sein«, sagte der Arzt und setzte sich auf ihre Bettkante. »Du wirst dir wünschen, dass die Fragen in der Schule auch alle so einfach wären. Wie heißt du?«

»Harriet Cleve Dufresnes.«

»Gut. Wie alt bist du, Harriet?«

»Zwölfeinhalb.«

»Wann hast du Geburtstag?«

Er ließ Harriet von zehn aus rückwärts zählen, er ließ sie lächeln und die Stirn runzeln und die Zunge herausstrecken, sie musste den Kopf still halten und seinem Finger mit den Augen folgen. Harriet tat, was er sagte: Sie zuckte für ihn mit den Schultern, berührte ihre Nase mit dem Finger, sie krümmte und streckte die Knie, und die ganze Zeit wahrte sie eine gefasste Miene und atmete gleichmäßig…

»So, das hier ist ein Ophthalmoskop«, sagte der Arzt. Er roch deutlich nach Alkohol – ob es Franzbranntwein oder Schnaps oder auch ein scharfes, alkoholisch riechendes Aftershave war, konnte Harriet nicht sagen. »Kein Grund zur Besorgnis, es wird lediglich ein sehr starkes Licht auf deinen Sehnerv werfen, sodass ich erkennen kann, ob irgendetwas auf dein Gehirn drückt…«

Harriet blickte starr geradeaus. Soeben war ihr ein unbehaglicher Gedanke gekommen: Wenn Danny Ratliff *nicht* tot war, wie sollte sie Hely dann daran hindern herumzuerzählen, was passiert war? Wenn Hely erfuhr, dass Danny noch lebte, würden ihn seine Fingerabdrücke auf dem Revolver nicht mehr interessieren; er würde sagen können, was er wollte, ohne den elektrischen Stuhl fürchten zu müssen. Und er würde über das, was passiert war, reden wollen, dessen war Harriet sicher. Sie musste sich überlegen, wie sie ihn zum Schweigen brachte...

Der Arzt hielt nicht Wort, denn seine Untersuchung wurde immer unangenehmer, je länger sie dauerte. Er schob Harriet ein Stück Holz in die Kehle, um sie zum Würgen zu bringen, er betupfte ihren Augapfel mit Wattebäuschen, um sie zum Blinzeln zu bringen. Er schlug ihr mit einem Hammer an ihren Elektrizitätsknochen und stach sie hier und dort mit einer spitzen Nadel, um festzustellen, ob sie es spürte. Edie stand mit verschränkten Armen abseits.

»Sie sehen mächtig jung aus für einen Arzt«, stellte sie fest.

Der Arzt antwortete nicht. Er war immer noch mit seiner Nadel beschäftigt. »Spürst du das?«, fragte er Harriet.

Harriet, die die Augen geschlossen hielt, zuckte gereizt zusammen, als er sie erst in die Stirn und dann in die Wange stach. Wenigstens war der Revolver weg. Hely konnte nicht beweisen, dass er da gewesen war, um ihn für sie zu beseitigen. Das musste sie sich immer wieder sagen. So schlimm es auch aussehen mochte, es stand immer noch sein Wort gegen ihres.

Aber er würde tausend Fragen haben. Er würde alles wissen wollen – alles, was am Wasserturm passiert war –, und was konnte sie ihm jetzt sagen? Dass Danny Ratliff ihr entkommen war, dass sie nicht geschafft hatte, was sie sich vorgenommen hatte? Oder, schlimmer noch: dass sie vielleicht die ganze Zeit auf dem falschen Dampfer gewesen war, dass sie vielleicht gar nicht wusste, wer Robin ermordet hatte, und dass sie es vielleicht niemals wissen würde?

Nein, dachte sie in plötzlicher Panik, *das reicht nicht. Ich muss mir etwas anderes einfallen lassen.*

»Was?«, fragte der Arzt. »Hat das wehgetan?«

»Ein bisschen.«

»Das ist ein gutes Zeichen«, sagte Edie. »Wenn es wehtut.«

Vielleicht, dachte Harriet – sie schaute zur Decke und presste die Lippen zusammen, als der Arzt etwas Scharfes über ihre Fußsohle zog – *vielleicht hat Danny Ratliff Robin*

Der Turm.

wirklich *ermordet*. Es wäre einfacher, wenn er es getan hätte. Mit Sicherheit wäre es am einfachsten, es Hely zu erzählen: dass Danny Ratliff es ihr am Ende gestanden hatte (vielleicht war es ein Unfall gewesen, vielleicht hatte er es gar nicht gewollt?), und dass er sie vielleicht sogar um Verzeihung angefleht hatte. Ein weites Feld von möglichen Geschichten erblühte wie giftige Blumen ringsherum. Sie konnte sagen, dass sie Danny Ratliff das Leben geschenkt, dass sie in einer großen Geste der Barmherzigkeit über ihm gestanden hatte. Sie konnte sagen, dass sie am Ende Mitleid mit ihm bekommen und ihn oben im Turm zurückgelassen hatte, wo er gerettet werden konnte.

»Na, das war doch nicht so schlimm, oder?« Der Arzt stand auf.

»Kann ich jetzt nach Hause?«, fragte Harriet hastig.

Der Arzt lachte. »Ho! Nicht so eilig. Ich werde mich jetzt kurz draußen auf dem Flur mit deiner Großmutter unterhalten. Ist das okay?«

Edie wandte sich zur Tür, und als die beiden hinausgingen, hörte Harriet, wie sie fragte: »Es ist keine Meningitis, oder?«

»Nein, Ma'am.«

»Hat man Ihnen von dem Erbrechen und dem Durchfall erzählt? Und von dem Fieber?«

Harriet blieb still im Bett sitzen. Sie hörte den Arzt draußen reden, aber so sehr sie darauf brannte zu erfahren, was sie über sie sagten, seine murmelnde Stimme war zu weit weg und zu geheimnisvoll und zu leise. Sie starrte ihre Hände auf der weißen Bettdecke an. Danny Ratliff lebte noch, und auch wenn sie es niemals geglaubt hätte, noch vor einer halben Stunde nicht: Sie war froh. Selbst, wenn es bedeutete, dass sie gescheitert war: Sie war froh. Und wenn das, was sie gewollt hatte, von Anfang an unmöglich gewesen war, lag doch immer noch ein gewisser, einsamer Trost in der Tatsache, dass sie genau das gewusst und es trotzdem versucht hatte.

»Junge«, sagte Pem und schob seinen Stuhl zurück; er hatte eine Cremeschnitte zum Frühstück gegessen. »Zwei volle

Tage war er da oben. Der arme Kerl. Selbst, wenn er seinen Bruder umgebracht hat.«

Hely schaute von seinen Frühstücksflocken auf, und mit fast unerträglicher Anstrengung gelang es ihm, den Mund zu halten.

Pem schüttelte den Kopf. Seine Haare waren noch feucht von der Dusche. »Er konnte nicht mal schwimmen. Stell dir das vor. Er ist zwei volle Tage da drin auf und ab gesprungen und hat versucht, den Kopf über Wasser zu halten. So was Ähnliches hab ich mal gelesen, ich glaube, es war im Zweiten Weltkrieg, da ist ein Flugzeug in den Pazifik gestürzt. Die Typen lagen tagelang im Wasser, und da gab's *massenhaft* Haifische. Man konnte nicht schlafen, sondern musste rumschwimmen und andauernd auf die Haifische aufpassen, sonst schlichen sie sich ran und bissen einem das Bein ab.« Eingehend betrachtete er das Foto, und ihn schauderte. »Der arme Kerl. Steckt zwei volle Tage in diesem fiesen Ding, wie 'ne Ratte im Eimer. Ein bescheuertes Versteck, wenn man nicht schwimmen kann.«

Hely konnte nicht mehr. »So war es nicht«, platzte er heraus.

»Ach ja«, sagte Pem gelangweilt. »Als ob du das wüsstest.«

Hely ließ aufgeregt die Beine baumeln und wartete darauf, dass sein Bruder die Zeitung weglegte oder noch etwas sagte.

»Es war Harriet«, sagte er schließlich. »Sie hat's getan.«

»Hmm?«

»Sie war's. Sie hat ihn da reingeschubst.«

Pem sah ihn an. »Wen geschubst? Du meinst Danny Ratliff?«

»Ja. Weil er ihren Bruder ermordet hat.«

Pem schnaubte. »Danny Ratliff hat Robin nicht ermordet, ebenso wenig wie ich.« Er blätterte die Zeitung um. »Wir waren alle in derselben Klasse.«

»Hat er doch«, sagte Hely eifrig. »Harriet hat Beweise.«

»Ach ja? Zum Beispiel?«

Der Turm.

»Ich weiß nicht – 'ne Menge Zeug. Aber sie kann es beweisen.«

»Ja klar.«

»Jedenfalls.« Hely konnte sich nicht mehr halten. »Sie ist ihnen da runter gefolgt, mit einem Revolver, und sie hat Farish Ratliff erschossen, und dann hat sie Danny gezwungen, auf den Wasserturm zu klettern und reinzuspringen.«

Pemberton blätterte zur letzten Seite der Zeitung, wo die Comics waren. »Ich glaube, Mom lässt dich zu viel Coke trinken«, sagte er.

»Es ist wahr! Ich schwöre!«, rief Hely aufgeregt. Weil…« Und dann fiel ihm ein, dass er nicht sagen konnte, warum er es wusste, und senkte den Blick.

»Wenn sie einen Revolver hatte«, sagte Pemberton, »warum hat sie dann nicht alle beide erschossen, und fertig?« Er schob seinen Teller zur Seite und schaute Hely an wie einen Kretin. »*Wie* zum *Teufel* soll Harriet ausgerechnet Danny Ratliff zwingen, auf dieses Ding zu klettern? Danny Ratliff ist ein zäher Hund. Selbst wenn sie einen Revolver hätte, er könnte ihn ihr in zwei Sekunden wegnehmen. Verflucht, er könnte *mir* einen Revolver in zwei Sekunden wegnehmen. Wenn du dir Lügengeschichten ausdenken willst, Hely, dann musst du dir schon was Besseres einfallen lassen.«

»Ich weiß nicht, wie sie es gemacht hat«, sagte Hely bockig und starrte in seine Frühstücksflocken. »Aber sie hat. Ich weiß es.«

»Lies doch selber«, sagte Pem und schob ihm die Zeitung herüber, »dann siehst du, was für ein Idiot du bist. Sie hatten Drogen im Turm versteckt. Und sie haben sich darum gestritten. Die Drogen schwammen im Wasser. Deswegen waren sie überhaupt da oben.«

Es kostete Hely gewaltige Mühe, aber er schwieg. Ihm war plötzlich beklemmend klar geworden, dass er schon sehr viel mehr gesagt hatte, als gut war. »Außerdem«, sagte Pemberton, »ist Harriet im Krankenhaus. Das weißt du, Blödmann.«

»Na, und wenn sie mit 'ner Kanone am Wasserturm

war?«, sagte Hely erbost. »Und wenn sie mit diesen Typen Streit gekriegt hat? Und dabei verletzt wurde? Und wenn sie die Kanone am Wasserturm zurückgelassen hat, und wenn sie jemanden gebeten hat, hinzugehen und —«

»Nein. Harriet ist im Krankenhaus, weil sie Epilepsie hat. *Epilepsie*«, sagte Pemberton und tippte sich an die Stirn. »Du Schwachkopf.«

»Oh, Pem!«, rief ihre Mutter in der Tür. Ihr Haar war frisch geföhnt, und sie trug ein kurzes Tennisröckchen, das ihre Bräune betonte. »Warum hast du ihm das erzählt?«

»Ich wusste nicht, dass ich das nicht sollte«, sagte Pem mürrisch.

»Ich hab's dir gesagt!«

»Sorry. Hab ich vergessen.«

Hely schaute verwirrt zwischen den beiden hin und her.

»Das ist ein schlimmes Stigma für ein Kind in der Schule«, sagte ihre Mutter und setzte sich zu ihnen an den Tisch. »Es wäre schrecklich für sie, wenn es sich herumspräche. Obwohl«, sie griff nach Pems Gabel und nahm ein großes Stück von der Cremeschnitte, die er übrig gelassen hatte, »ich war ja nicht überrascht, als ich es hörte, und euer Vater auch nicht. Es erklärt vieles.«

»Was ist Epilepsie?«, fragte Hely unsicher. »Ist das so was wie verrückt?«

»*Nein*, Peanut«, sagte seine Mutter hastig und legte die Gabel hin, »nein, nein, nein, das stimmt nicht. Das darfst du nirgendwo sagen. Es bedeutet nur, dass sie manchmal das Bewusstsein verliert. Anfälle hat. Wie …«

»So«, sagte Pem und gab eine wilde Vorstellung: Er ließ die Zunge heraushängen, verdrehte die Augen, zuckte auf dem Stuhl.

»Pem! Hör auf!«

»Allison hat alles gesehen«, sagte Pemberton. »Sie sagt, es hat zehn Minuen gedauert.«

Helys Mutter sah den seltsamen Ausdruck in seinem Gesicht, und sie tätschelte ihm die Hand. »Mach dir keine Sorgen, Schatz«, sagte sie. »Epilepsie ist nicht gefährlich.«

»Außer, wenn du Auto fährst«, sagte Pem. »Oder ein Flugzeug fliegst.«

Der Turm.

Seine Mutter warf ihm einen strengen Blick zu, so streng, wie sie es nur jemals tat, was nicht sehr streng war.

»Ich fahre jetzt rüber in den Club«, sagte sie und stand auf. »Dad sagt, er fährt dich heute Morgen zur Probe, Hely. Aber lauf *nicht* rum und erzähl den Leuten in der Schule davon. Und mach dir keine Sorgen um Harriet. Sie wird wieder gesund. Das versprech ich dir.«

Als ihre Mutter gegangen war und sie den Wagen aus der Einfahrt fahren hörten, stand Pemberton auf, ging zum Kühlschrank und wühlte auf dem obersten Regal herum. Endlich hatte er gefunden, was er suchte: eine Dose Sprite.

»Du bist dermaßen zurückgeblieben.« Er lehnte sich an den Kühlschrank und strich sich die Haare aus den Augen. »Es ist ein Wunder, dass du nicht auf der Sonderschule bist.«

Lieber als alles auf der Welt hätte Hely ihm erzählt, wie er zum Wasserturm gegangen war und den Revolver geholt hatte, aber er presste die Lippen zusammen und starrte finster auf den Tisch. Er würde Harriet anrufen, wenn er von der Probe nach Hause käme. Wahrscheinlich würde sie nicht sprechen können, aber er könnte ihr Fragen stellen, und sie könnte mit ja oder nein antworten

Pemberton riss die Dose auf und sagte: »Weißt du, es ist peinlich, wie du rumläufst und Lügen erfindest. Du glaubst, es ist cool, aber es sieht einfach dämlich aus.«

Hely sagte nichts. Er würde sie anrufen, bei der erstbesten Gelegenheit. Wenn er sich aus der Probe schleichen könnte, würde er sie sogar von dem Münztelefon in der Schule anrufen. Und sobald sie nach Hause käme und sie allein wären, draußen im Werkzeugschuppen, dann würde sie ihm das mit dem Revolver erklären – und wie sie die ganze Sache organisiert hatte: wie sie Farish Ratliff erschossen und Danny in den Turm gesperrt hatte, und es würde unglaublich sein. Die Mission war erfüllt, die Schlacht gewonnen. Irgendwie – unfassbar – hatte sie genau das getan, was sie angekündigt hatte, und war damit durchgekommen.

Er sah zu Pemberton auf.

»Sag, was du willst, es ist mir egal«, brummte er. »Aber sie ist ein Genie.«

Pem lachte. »Klar ist sie das«, sagte er und ging zur Tür. »Verglichen mit dir.«

Danksagungen.

Mein Dank gilt Ben Robinson und Allan Slaight für ihre Erkenntnisse über Houdini und sein Leben, Dr. Stacey Suecoff und Dr. Dwayne Breining für ihre unbezahlbaren (und ausgiebigen) medizinischen Recherchen, Chip Kidd für sein erstaunliches Auge, und Matthew Johnson für die Beantwortung meiner Fragen zu giftigen Reptilien und Muscle Cars in Mississippi. Außerdem bedanke ich mich bei Binky, Gill, Sonny, Bogie, Sheila, Gary, Alexandra, Katie, Holly, Christina, Jenna, Amber, Peter A., Matthew G., Greta, Cherry, Mark, Bill, Edna, Richard, Jane, Alfred, Marcia, Marshall und Elizabeth, den McGloins, Mutter und Rebecca, Nannie, Wooster, Alice und Liam, Peter und Stephanie, George und May, Harry und Bruce, Baron und Pongo und Cecil und – vor allem – Neal: Ohne Dich hätte ich es nicht geschafft.

INHALT.

Prolog
11

KAPITEL 1: Die tote Katze
29

KAPITEL 2: Die Schwarzdrossel
91

KAPITEL 3: Der Billardsaal
199

KAPITEL 4: Die Mission
333

KAPITEL 5: Die roten Handschuhe
409

KAPITEL 6: Das Begräbnis
473

KAPITEL 7: Der Turm
565

Impressum

Die amerikanische Originalausgabe erschien 2002 unter dem Titel
»The Little Friend« bei Alfred A. Knopf, New York

Umwelthinweis:
Dieses Buch und der Schutzumschlag
wurden auf chlorfrei gebleichtem Papier gedruckt.
Die Einschrumpffolie (zum Schutz vor Verschmutzung)
ist aus recyclingfähiger und umweltfreundlicher PE-Folie.

1. Auflage
Copyright © der Originalausgabe 2002
by Donna Tartt
This translation published by arrangement
with Alfred A. Knopf, Inc.
Copyright © der deutschsprachigen Erstausgabe 2003
by Wilhelm Goldmann Verlag, München,
in der Verlagsgruppe Random House GmbH
Satz: Uhl + Massopust, Aalen
Druck und Bindung: GGP Media, Pößneck
Printed in Germany
ISBN 3-442-30668-X
www.goldmann-verlag.de